Academia Scientiarum Boica

Monumenta Boica

Academia Scientiarum Boica

Monumenta Boica

ISBN/EAN: 9783741198229

Manufactured in Europe, USA, Canada, Australia, Japa

Cover: Foto ©Andreas Hilbeck / pixelio.de

Manufactured and distributed by brebook publishing software
(www.brebook.com)

Academia Scientiarum Boica

Monumenta Boica

MONUMENTORUM BOICORUM

COLLECTIO NOVA.

Edidit

ACADEMIA SCIENTIARUM BOICA.

VOLUMEN V. PARS I.

AUGUSTAE VINDELICORUM,
Typis WILHELMI REICHEL.
MDCCCXXXVIII.

Quum primum Tomum novae Monumentorum collectionis, sive totius operis vigesimum octavum publici juris faceremus, in praefatione ad partem primam diximus, finita serie diplomatum imperatorum inde a Carolo Magno usque ad Rudolphum e gente habsburgica, indicem nos tripartitum ad meliorem documentorum usum exhibituros esse. Collectione igitur diplomatum tam imperatorum, quam ecclesiae pataviensis edito Tomo XXXI completa, haud cunctamur, indicem tam personarum quam locorum et rerum ad partes primas Tomorum XXVIII, XXIX, XXX et XXXI suppeditare, quem alius itidem tripartitus ad partes secundas eorundem voluminum, diplomata ecclesiae pataviensis continentes, brevi sequetur.

Datum Monachii ex aedibus Academia regiae, Kal. Maji anno 1838.

A.

A. archiepiscopus maidburgensis. T. XXXI (1232) 552.
A. decanus major wirceburgensis. T. XXX (1224) 129.
Abenberg, Abenberc, Abemberch, Abimberch, Uabenberc etc.
    „   Rapoto comes de — T. XXIX (1157) 345; fidelis imperii et burgi Dabenberc advocatus (1160) 351, 352. (1165) 376. (1169) 398, 393. (1172) 413.
    „   Conradus comes de — T. XXIX (1161) 357.
    „   Fridericus comes de — T. XXIX (1169) 398, 393; filius Rapotonis ibid. (1182) 445, 447. (1192) 463. (1194) 477, 480. (1199) 489. — T. XXXI (1189) 456. (1193) 448. — conf. etiam *Fridericus*.
Abensberg, Abimsperch.
    „   Meinhardus comes de — T. XXX (1213) 5. — T. XXI. (1209) 470.
Abramus, comes in pago Sundergevve. T. XXVIII (950) 171.
    „   sive Abraham, episcopus frisiogensis. T. XXVIII (974) 210. — T. XXXI (969) 203. (973) 216. (974) 220, 221. (989) 247, 249. (992) 251. (1007) 280. (1140) 594.
Acelinus, serviens Heinrici III imper. T. XXIX (1050) 101.
Acemannus, presbyter regii juris traditur ecclesiae baugensi. T. XXXI (1002) 273.
Achalm, Achelm, Liutoldus comes de — T. XXIX (1075) 197.
Adalbero, conf. etiam *Albero*.
    „   archiepiscopus trevirensis. T. XXIX (1140) 270. — T. XXXI (1158) 392. (1140) 595; legatus apostolicus ibid.
    „   cancellarius. T. XXIX (1069) 180, 182. (1073) 184, 186, 188. (1074) 190. (1075) 197. — T. XXXI (1074) 357.
    „   comes. T. XXXI (951) 198.
    „   comes Bavariae. T. XXXI (1000) 271.
    „   comes in Carinthia. T. XXVIII (1007) 338.
    „   comes, fundator monasterii Chinbach. T. XXXI (1011) 287 (e gente Ebersberg).

Adalbero, comes, fundator monasterii Ebersberg. T. XXIX (1040) 56, 57; ex nobili prosapia et fundator mon. Ebersberg. T. XXXI (1191) 446; uxor ejus conf. *Richelinda.*

" comes intercedens pro monasterio S. Benedicti in Buron. T. XXXI (1048) 324.

" comes in pago Ensitala. T. XXVIII (1005) 324.

" comes in pago Housi. T. XXVIII (1010) 415.

" comes inter Isaram et Liubasam. T. XXVIII (1005) 310.

" comes, iu cujus comitatu silva Nortwalt. T. XXVIII (1010) 421.

" episcopus. T. XXVIII (901) 126. (903) 128, 129. (906) 140. T. XXXI (908) 178. — Magister regis Ludovici (900) 160. (901) 162.

" episcopus babenbergensis. T. XXIX (1054) 113, 116.

" episcopus metensis. T. XXIX (1114) 233.

" episcopus wirceburgensis. T. XXIX (1049) 98, 99. (1060) 144. (1062) 161. (1073) 187.

" ministerialis regis Heinrici. T. XXX (1251) 178.

" testis. T. XXIX (1033) 40. iterum T. XXX (1130) 223.

.. iterum testis. T. XXX (985) 389.

Adalbertus, conf. etiam *Adelbertus* et *Albertus.*

" abbas campidunensis. T. XXXI (1076) 358.

" abbas elwangensis. T. XXIX (1143) 280.

" abbas monasterii Hornbach, sive Orembach, etiam Gamundiae dicti. T. XXXI (972) 215. (980) 233. (988) 245.

" abbas monasterii Sews. T. XXXI (999) 267.

" archiepiscopus. T. XXXI (975) 218.

" archiepiscopus hammaburgensis. T. XXIX (1062) 163. (1063) 169.

" archiepiscopus maguntinus et archicancellarius. T. XXIX (1142) 231, 282. T. XXXI (1112) 383. (1122) 387. (1123) 390.

" electus archiepiscopus et archicancellarius. T. XXXI (1138) 392. (1140) 395, 397. (1145) 404.

" comes sacri palatii, fidelis vasallus et fundator monasterii Lindaugie. T. XXXI (839) 85.

" comes, test. T. XXIX (1089) 214.

" comes. T. XXVI (1142) 400.

" comes interveniens pro episcopo Rudolpho. T. XXVIII (905) 129.

" comes interveniens pro ecclesia frisingensi. T. XXVIII (906) 140.

" comes interveniens pro ecclesia maguntina. T. XXIX (1114) 233. (1121) 241.

" comes in pago Folcfolt. T. XXXI (1025) 297, 298.

" comes iu pago Hadinzgowe. T. XXVIII (1007) 550, 552.

(1018) 475.   (1024) 510.   T. XXIX (1035) 47.   T. XXXI
(1017) 290.
Adalbertus, comes in pago Salogove.   T. XXVIII (983) 242.
  „   comes in pago Scerra.   T. XXVIII (889) 84.
  „   comes in pago Sweinigowe.   T. XXVIII (1010) 420.
  „   comes in pago Tuonocgovve.   T. XXVIII (1019) 483.   T. XXIX
           (1051) 105.
  „   comes in pago Zabernogowe.   T. XXVIII (1003) 315.
  „   comes et marchio orientalis, sive in provincia orientali T. XXVIII
           (1020) 488. — In comitatu quodam ab eo possesso curtis Eit-
           terhof. (1021) 491.   (1021) 506.   T. XXIX (1025) 12, 13.
           (1033) 37, 40. (1034) 45; possidet comitatum in Sucinikgowe,
           T. XXIX (1040) 63, 65, 67.   (1049) 97.   (1051) 106. —
           T. XXXI (1019) 293.
  „   episcopus laureacensis.   T. XXVIII (974) 208.   (976) 221.
           (977) 223.
  „   idem dicitur episcopus pataviensis.   T. XXXI (977) 233.
  „   episcopus pataviensis memoratur.   T. XXIX (1052) 140.
  „   filius Irmburgae.   T. XXXI (892) 142.
  „   nobilis vir habuit praedia in villa Unolcinehova.   T. XXVIII
           (914) 148.
  „   servus, sive mancipium donatur comiti Oudelrich.   T. XXVIII
           (986) 246.
Adalbreht, Adalbret, Adalpraht.
  „   testis.   T. XXIX (1033) 40.
  „   testis.   T. XXX (983) 389.
Adalburg, possidet fundum Ratisponae.   T. XXXI (1000) 271.
Adalfridus, test. et collaudator.   T. XXIX (1048) 90. — Fuit frater
           Enzemanni.
Adalgerus, Adelgerus, cancellarius.   T. XXIX (1043) 79, 80. —
           T. XXXI (1043) 523.
  „   frater Amalungi et cohaeres Brunonis nobilis viri. T. XXVIII
           (991) 247.
  „   mancipium.   T. XXXI (817) 37.   (892) 143.
  „   testis.   T. XXVIII (890) 102.
Adalgoz, praefectus ad Rotu (Rota) in comitatu Arnulphi, in pago Duria.
           T. XXVIII (893) 116.
Adalgrim, mancipium donatur comiti Oudelrich.   T. XXVIII (986) 246.
Adalhardus, Adhalhardus, Adelhartus etc. — perdit possessiones in pago
           Cozfelda judicio Francorum, Alamannorum, Bawariorum etc.
           T. XXVIII (903) 130.
  „   civis ratisbonensis.   T. XXIX (1089) 210.
  „   comes.   T. XXXI (889) 122.
  „   comes illustris interveniens pro Sigihardo.   T. XXVIII
           (898) 116.

1*

Adalhardus, comes in pago Sualaveldon. T. XXVIII (996) 264.
  ,,   episcopus veronensis. T. XXXI (860) 96.
  ,,   test. T. XXIX (1043) 86.
Adalleodus diaconus et cancellarius. T. XXVIII (832) 22. (833) 25. (836) 30. T. XXXI (830) 59. (833) 67, 71, 73. (837) 80.
Adulmar notarius. T. XXVIII (940) 177.
Adalmar, test. T. XXVIII (890) 102.
Adalmuni, test. T. XXVIII (890) 102.
Adulolfus, abbas monast. Murrebart. T. XXXI (1027) 504.
Adalwara matrona. T. XXVIII (914) 148.
Adalramnus archiepiscopus salispurgensis. T. XXXI (829) 56, 57.
  ,,   dominus donat praedium monasterio S. Nicolai. T. XXIV (1111) 229.
Adalrih colonus. T. XXVIII (911) 143.
Adalrvardus episcopus innominatae sedis. T. XXVIII (916) 152.
Adam, primus abbas monasterii Eberach. T. XXIX (1151) 302, 306 (1152) 303. — T. XXXI (1137) 409.
Adelberius, conf. etiam *Adalbertus* et *Albertus*.
  ,,   advocatus, homo liber. T. XXIX (1180) 457.
  ,,   advocatus villae Ulma et cognatus Caroli magni. T. XXXI. (815) 23.
  ,,   archicancellarius et archiepiscopus moguntinus. T. XXIX (1123) 243. (1125) 249. (1127) 251. (1133) 260, 261. (1134) 263. (1136) 268. (1140) 270. (1141) 275.
  ,,   capellanus. T. XXIX (1172) 413.
  ,,   comes. T. XXIX (1143) 280.
  ,,   comes palatinus. T. XXIX (1143) 280.
  ,,   comes in pago Ratenzgovve. T. XXVIII (1007) 331. — T. XXIX (1150) 255.
  ,,   comes in pago Riniggowe superiore. T. XXVIII (1015) 447.
  ,,   marchio, sub quo quatuor provinciae Sclaviae. T. XXIX (1136) 268.
  ,,   marchio. T. XXIX (1151) 304. (1172) 413; et filius ejus innominatus. T. XXXI (1157) 411. — conf. *Hermannus*.
  ,,   filius Adelberti marchionis. T. XXIX (1172) 413.
  ,,   episcopus frisingensis. T. XXIX (1180) 459.
  ,,   ministerialis wirceburgensis. T. XXIX (1146) 294.
  ,,   ministerialis wirtenbergensis. T. XXIX (1146) 294.
  ,,   nobilis quidam Bavariae. T. XXIX (1171) 404.
Adelburg, *Adelburch*, Engelhardus de — T. XXXI (1230) 541.
Adelgostus, archiepiscopus magdeburgensis. T. XXIX (1089) 210.
Adelgotus, advocatus augustensis. T. XXIX (1143) 280.
Adelgozus, advocatus augustensis. T. XXIX (1156) 528.
Adelheidis, conjux imper. Ottonis I. T. XXVIII (975) 196, 198, 199, 201, 203, 204. — T. XXXI (963) 193. (965) 201. (969) 208. (992) 231.

Adelheidis, mater imper. Ottonis II. T. XXXI (973) 216, 218. (974) 220.
,,   imperatrix, avia regis Ottonis III memoratur. T. XXVIII
          (993) 255, 257, 259. — T. XXXI (985) 243.
,,   mater Ottonis imperatoris memoratur. T. XXXI (1140) 394.
,,   imperatrix. T. XXIX (1040) 69.
,,   regina et uxor Heinrici IV imp. T. XXIX (1089) 212.
,,   mater Gebehardi comitis. T. XXIX (1043) 78.
,,   uxor Eberaddi, ministerialis Heinrici V imper. T. XXIX (1123) 244.
,,   ancilla. T. XXXI (1079) 562.
Adelhogus, episcopus hildenesheimensis. T. XXIX (1182) 445.
Adelhun, ministerialis wirceburgensis S. Kiliani. T. XXIX (1146) 294.
,,   ministerialis wirtenbergensis. T. XXIX (1146) 294.
Adelmot, mancipium. T. XXVIII (940) 173.
Adelohus, praepositus goslariensis. T. XXIX (1168) 388, 393.
Adelram, test. T. XXIX (1043) 86.
Adelral, test. T. XXX (1130) 225.
Adelvolc, nobilis homo et fundator ecclesiae S. Mariae in Speginsbart.
          T. XXIX (1163) 565.
Adilint, conjux nobilis viri Brun. T. XXVIII (991) 247, 248.
Adilo, episcopus hildensheimensis. T. XXIX (1177) 427.
Adilramus, mancipium. T. XXXI (847) 57.
Adolfus, comes. T. XXVIII (807) 6.
,,   comes. T. XXIX (1130) 256.
,,   mancipium. T. XXXI (817) 57.
,,   praepositus Coloniae. T. XXIX (1193) 471.
,,   electus coloniensis. T. XXXI (1194) 453.
Adrianus, imperator memoratur. T. XXXI (676) 5.
Aeckardus, conf. *Eccardus*.
Aentzenkirchen, conf. *Anzenkirchen*.
Aesenheim, conf. *Asenheim*.
Agenaure, Heinhardus de — T. XXXI (1234) 561.
Agilolfus, abbas. T. XXVIII (930) 166.
,,   presbyter, filius Hundulfi. T. XXVIII (807) 6.
Agilo, advocatus nobilis foeminae Albsindae. T. XXVIII (930) 166.
,,   scabinus. T. XXX (985) 389.
Agilwardus, episcopus wirciburgensis. T. XXVIII (807) 5, 6.
Agnes, regina et imperatrix, uxor Heinrici III imp. T. XXIX (1043)
          78, 80. (1048) 90, 92. (1049) 97, 99. (1051) 104, 106.
          (1052) 107, 110. (1053) 112. (1054) 114, 115. (1055) 120.
          122, 124, 125. (1056) 127, 129, 131. (1057) 136, 138, 140.
          (1059) 142. (1060) 142, 146. (1061) 148, 150, 154. (1062)
          156. (1067) 175. (1078) 205. (1103) 248. (1111) 226. —
          T. XXXI (1055) 529, 551, 553. — Mater Heinrici IV imper.
          (1057) 336. (1058) 339, 341. (1060) 343. (1102) 378.

Ahedorf, Egilwan de — T. XXIX (1180) 440.
  „ Heinricus, frater ejus. loc. cit.
Ahnsen, *Ahehnsen*, Hademarus de — T. XXIX (1157) 339. (1177) 427.
Aichheim, Eberhardus de — T. XXX (1215) 15. (1296) 141.
Aistegen, Dieto de — T. XXX (1226) 141.
Alamannia, duces; conf. etiam *Suevia* et *Hermannus*.
  „   Burchardus Alamanniae sive Alamannorum dux. T. XXXI (972) 211.
  „   Otto, fratruelis imperatoris Ottonis II. T. XXXI (976) 223.
  „   Fridericus. T. XXXI (1157) 411.
Albeck, *Albecge*, *Albecke*; Sigiboto de — T. XXIX (1165) 376.
  „ Witegou de — T. XXIX (1171) 402.
  „ Siboto de — T. XXX (1215) 29, 30.
  „ Witegon, frater ejus. loc. cit. 50.
  „ Wittegowi senior de — T. XXX (1227) 149.
  „ Wittegowi junior de — loc. cit.
Alberich, *Alberike*, *Albricus*; episcopus laudensis. T. XXIX (1168) 387, 392.
  „   corepiscopus pataviensis. T. XXXI (860) 93, 99.
  „   abbas tharissensis. T. XXXI (1094) 374.
  „   scabinus. T. XXX (983) 339.
  „   testis. T. XXIX (1048) 86.
Albero, conf. etiam *Adalbero*.
  „   episcopus metensis. T. XXXI (1102) 378, 379.
  „   episcopus tridentinus. T. XXIX (1156) 329.
  „   filius Gotfridi judicis. T. XXXI (1259) 538.
Albertus, conf. etiam *Adalbertus* et *Adelbertus*.
  „   abbas elwangensis. T. XXIX (1157) 338. (1165) 380.
  „   abbas monast. S. Emmerami. T. XXIX (1157) 357.
  „   archiepiscopus magdeburgensis. T. XXX (1216) 44, 47, 50. (1220) 95, 99, 103. (1226) 157. (1231) 171, 174. (1232) 193, 196, 199. T. XXXI (1214) 486. (1220) 499.
  „   archiepiscopus moguntinus. T. XXIX (1089) 210.
  „   (potius Rotpertus sive Rupertus) dicitur archicancellarius. T. XXXI (975) 219.
  „   cancellarius. T. XXIX (1109) 222, 223. (1111) 225. (1112) 229. T. XXXI (1108) 584.
  „   custos. T. XXIX (1165) 380. (1168) 388, 393. (1170) 397. (1172) 407, 410, 413. (1174) 422. (1180) 457.
  „   episcopus frisingensis. T. XXIX (1182) 445.
  „   episcopus ratisponensis. T. XXX (1231) 511, 512.
  „   episcopus tridentinus. T. XXIX (1157) 338, 342.
  „   senior, marchio. T. XXIX (1156) 325. (1157) 342.
  „   marchio misnensis, conf. *Misnia*.
  „   notarius. T. XXX (1263) 334, 336. (1264) 339.

Albertus, notarius et capellanus episcopi eistetensis.   T. XXXI (1227) 528.

  ,,   Poloniae ducis filius.   T. XXIX (1163) 386, 393.

  ,,   praepositus ilmunstrensis.   T. XXX (1265) 345.   (1268) 367, 570.

Albo, mancipium.   T. XXXI (950) 196.

Albrinda, nobilis foemina Alamanniae.   T. XXVIII (930) 166.

Albuinus, *Albwinus*, comes in pago Folcfelt.   T. XXXI (1023) 297.

  ,,   comes in pago Rangowe.   T. XXVIII (1021) 501, 502.

  ,,   episcopus sabionensis.   T. XXVIII (979) 250.   (1002) 305. (1004) 519.

  ,,   vasallus episcopi Thiodonis.   T. XXXI (915) 185.

Alchishusen, Heinricus de —, ministerialis augustensis.   T. XXIX (1137) 453.

Aldigari, nobilissimis orta natalibus, soror Filomuouse et Helburgae.   T. XXXI (817) 40, 41.

Aldricus, cancellarius.   T. XXVIII (307) 7.

  .,   delegator praedii ad monasterium Campidona.   T. XXXI (838) 81.

Alegoz, advocatus augustensis.   T. XXIX (1161) 358.

Alenrell, *Alnrell*, Bertholdus de —   T. XXX (1220) 105.   (1224) 124.

Algishusen, Heinricus de —   T. XXX (1266) 347.

Alhardingen, Conradus de —   T. XXX (1252) 199.

Alhardus, abbas de Ebera.   T. XXX (1240) 280.

Alsatia, N. comes de —   T. XXX (1251) 170.

Allendorf, *Allendorph*, *Altindorf*, Heinricus de —   T. XXIX (1174) 420.   (1180) 440.   T. XXXI (1189) 458.

  ,,   Heinricus comes de —   T. XXIX (1189) 457. —   T. XXXI (1196) 459.

  ,,   Bertha, uxor ejus.   T. XXXI (1196) 459.

  ,,.   filii innominati Heinrici comitis et Berthae loc. cit.

Altman, test.   T. XXVIII (890) 102.

  ,,   Altmannus, comes, sub quo Ergaltingin.   T. XXVIII (1007) 368.

  ,,   episcopus pataviensis.   T. XXIX (1067) 173. (1074) 188. (1111) 226, 227.

Allokesheim, *Allokrisheim*, Sigefridus de —   T. XXIX (1193) 468.

  ,,   Volricus de — loc. cit.

  ,,   Regilo de — T. XXIX (1193) 468.   T. XXX (1229) 158.

Altwinus, episcopus brixinensis.   T. XXIX (1057) 133.   (1063) 164, 165. (1073) 184.   (1077) 199.   (1078) 200.   (1091) 216.

Alric, scultetus.   T. XXX (1253) 207.

Alzaeia, Wernerus dapifer de — T. XXX (1257) 329.

Amacho, test.   T. XXIX (1048) 86.

Amadeus, *Amedeus*, archiepiscopus bisantinus.   T. XXXI (1207) 469.

Amalberius, advocatus Embrichonis episcopi ratisponensis. T. XXVIII (874) 57.
,, cancellarius. T. XXX (773) 378.
,, cancellarius. T. XXX (886) 385.
,, notarius. T. XXVIII (885) 76. (887) 78. — T. XXXI (885) 117.
Amalgerus, possessor alodiorum inter Rabam et Choumberch. T. XXXI (860) 99.
Amalungus, Saxo. T. XXVIII (811) 7. conf. etiam *Bennit*.
,, frater Adalgeri et cohaeres Brunonis nobilis viri. T. XXVIII (991) 247; et advocatus monast. Vizenburg loc. cit. 248.
Ambergarius, Hermannus. T. XXX (1236) 253.
,, Heinricus, filius Hermanni. loc. cit.
,, Hermannus, filius Hermanni. loc. cit.
Ambricho, test. T. XXVIII (890) 102.
,, conf. *Embricho*.
Ambrosius, notarius. T. XXXI (967) 203.
Ammeking, Heinricus de — T. XXX (1267) 361.
Amelberius, Amulberius, conf. *Amalberius*.
Amerthal, Amertal, Friderich de — T. XXIX (1112) 231.
,, Hermannus comes de — T. XXXI (1112) 386.
Amirangin, Gullo de — T. XXX (1232) 199.
Amzinesbach, Crafto de — T. XXXI (1139) 438.
Andechs, conf. etiam *Blassenburg, Meran, Istria* et *Burgundia*, necnon *Wolfratshausen*.
Andechs, Andehse, Andesse, Andessen. — Bertolfus sive Pertolfus, comes de — T. XXIX (1154) 312, 313. (1157) 342, 343. (1160) 352, 353. (1161) 357, 361. (1168) 388, 393. (1170) 397.
,, Bertholdus comes de — et marchio Istriae. T. XXIX (1171) 404.
,, Bertholdus marchio de Andehse. T. XXIX (1193) 475. T. XXXI (1185) 425.
,, Bertholdus comes de — T. XXXI (1142) 401. (1162) 413. (1205) 467.
,, Poppo comes, filius Bertholdi. T. XXXI (1142) 401.
Andreas, magister scolarum. T. XXXI (1182) 421.
Aneboz, Eberhardus marscalcus de — T. XXIX (1194) 480.
Anegast, civis ratisbonensis. T. XXIX (1089) 210.
Angelmarus, cancellarius. T. XXXI (929) 57.
Angiel, Rudigerus dictus — T. XXXI (1259) 588.
,, Arnoldus dictus — loc. cit.
Angil, Arnoldus. T. XXXI (1218) 497. (1219) 498.
Anguilla, Hermannus civis nuernbergensis. T. XXX (1236) 251, 254.
,, Bertha, uxor ejus. loc. cit.
,, conf. etiam *Turbreche*.

Anhalt, *Anehalt*, Bernhardus dux de — T. XXIX (1207) 558.
 „ Heinrich, Graf zu —, Bruder des Herzogs Albrecht von Sachsen. T. XXXI (1212) 478.
Anindorf, Conradus de — T. XXX (1254) 213.
 „ N. ejus uxor — loc. cit.
Anno, archiepiscopus coloniensis et archicancellarius. T. XXIX (1060) 146. (1062) 158, 161, 163. (1065) 165, 167. (1067) 171. (1069) 181. (1073) 187. — T. XXXI (1055) 331. (1062) 344, 345, 346.
 „ episcopus tempore Ludovici pii memoratur. T. XXVIII (1005) 507.
 „ corepiscopus pataviensis. T. XXVIII (856) 29, 30. — T. XXXI (855) 71.
 „ nepos Annonis corepiscopi pataviensis. T. XXVIII (836) 50. T. XXXI (855) 71.
 „ presbyter regii juris, traditur ecclesiae haugensi. T. XXXI (1002) 275.
 „ restitor. T. XXXI (914) 184.
Anselmus, *Ansalmus*, *Anshalm* etc. — episcopus habelburgensis, sive havelbergensis. T. XXIX (1133) 260. (1147) 293. (1154) 313.
 „ fidelis, intercedit pro Hecilone. T. XXIX (1040) 71.
 „ marscalcus. T. XXXI (1182) 421. — Conf. etiam *Jaslingen*.
 „ test. T. XXIX (1033) 40. (1130) 256.
Antkar, servus regius Tingulvingae. T. XXVIII (855) 25.
Antoninus, imperator memoratur. T. XXXI (676) 5.
Antringen, Adalbertus de — T. XXIX (1075) 197, 198.
Antsae, conf. *Entsee*.
Anwiler, *nwilre*, *Annewilre*. Marquardus dapifer de — T. XXIX (1195) 471.
Anzenkirchen, *Aentznchirichen*; Conradus de — T. XXXI (1222) 511.
 „ Tymo, frater ejus — loc. cit.
Anzo, advocatus frisingensis in regione orientali. T. XXVIII (995) 261.
 „ advocatus Heinrici II ducis Bavariae. T. XXXI (995) 258.
Appo, test. T. XXVIII (890) 102.
Aragis, mancipium. T. XXXI (825) 50.
Aragoz, scabinus. T. XXX (985) 389.
Avatholus, comes. T. XXXI (877) 104.
Archambaldus, archicapellanus. T. XXXI (865) 104.
Ardicio, episcopus cumanus. T. XXIX (1161) 357.
Aribo, conf. etiam *Erbo*.
Aribo, *Arbo*, archiepiscopus et archicapellanus. T. XXVII (1021) 497, 499, 501, 503, 505, 508. (1022) 509. (1024) 511. — T. XXIX (1025) 2, 5, 5, 8, 11, 12, 13, 15, 17, 18, 19. (1027) 21, 22. (1029) 23, 26, 29. (1030) 31. (1031) 33. — T. XXXI (1024) 300. (1025) 303. (1027) 304, 305. (1028) 507. (1030) 310.

Aribo, archidiaconus ratisbonensis. T. XXX (1265) 343.
„ comes, in cujus comitatu Snello abbas (cremifanensis) obtinet possessiones. T. XXVIII (889) 87.
„ comes, in cujus proprietate monasterium Burgili sive Scwa. T. XXXI (999) 266, 267.
„ comes et palatinus comes; in pago Salzgowe. T. XXXI (1041) 319.
„ comes, in cujus comitatu rivus Scalaha. T. XXXI (833) 126.
„ comes. T. XXXI (903) 170.
„ comes in pago Trungavi. T. XXVIII (876) 62. — T. XXXI (838) 120.
„ comes in pago Ougesgovve. T. XXVIII (897) 115.
„ pater Mauigoldi. T. XXXI (1030) 309.
Arnaldus, conf. *Arnoldus* et *Arnolphus* sive *Arnulphus.*
Arnamar, test. T. XXVIII (890) 102.
Arnestus, *Arnustus*, conf. *Ernestus.*
Arngis, test. T. XXVIII (890) 101.
Arno, archiepiscopus quondam salisburgensis. T. XXXI (829) 56.
„ episcopus. T. XXXI (816) 32.
„ episcopus wirceburgensis. T. XXVIII (885) 67. (889) 92, 94, 95, 96, 98. — T. XXXI (857) 92, 93.
„ test. T. XXIX (1156) 326.
Arnoldus, abbas herafeldensis. T. XXVIII (1018) 466, 467.
„ archiepiscopus moguntinus et cancellarius. T. XXIX (1151) 312, 313. (1156) 323, 325, 326, 332. (1157) 338, 342, 343, 346. (1158) 348, 349. — T. XXXI (1157) 411.
„ archiepiscopus trevirensis. T. XXIX (1177) 427.
„ camerarius. T. XXX (1234) 219.
„ cancellarius. T. XXIX (1140) 270. T. XXXI (1140) 395, 397. (1143) 404. (1144) 407.
„ comes, in cujus comitatu Ufchiricha. T. XXVIII (1017) 464.
„ comes obtinet possessiones intra danubium et Maraham in comitatu Adalberti marchionis. T. XXIX (1025) 12.
„ comes in pago Owesgowe. T. XXIX (1078) 203.
„ dapifer, test. T. XXIX (1172) 405, 410. (1174) 420; ejus frater Conradus.
„ decanus herbipolensis. T. XXX (1234) 219.
„ homo Conradi III regis. T. XXIX (1151) 303.
„ ministerialis wirceburgensis. T. XXIX (1146) 294.
„ praepositus S. Andreae Coloniae. T. XXIX (1168) 388, 593.
„ praepositus herbipolensis. T. XXXI (1223) 518.
„ praepositus majoris ecclesiae moguntinae. T. XXIX (1192) 465. T. XXXI (1190) 441.
„ test. T. XXXI (1094) 374.

Arnolphus, *Arnulphus.*
" cancellarius. T. XXIX (1143) 280. (1144) 285, 285. (1146) 294, 296. (1147) 298. (1149) 301. (1151) 304, 307. (1152) 309.
" cancellarius. T. XXXI (880) 114.
" comes, interveniens pro Rudolpho episcopo. T. XXVIII (903) 129.
" comes, sub quo Antisina. T. XXVIII (1018) 474.
" comes intercedens pro monasterio Campidona. T. XXVIII (930) 167.
" comes in pago Duria. T. XXVIII (998) 116.
" comes (postea dux Bavariae) in pago Nordgove, in cujus comitatu monasterium Eibsteti. Conf. *Scheiern* et *Bavarine* duces.
" pater Peretoldi, donatoris praedii in Wischelburg ad monasterium Metens. Conf. *Scheiern.*
" comes in pago Sundargowe. T. XXXI (980) 237.
" item comes in pago Sundargowe. loc. cit.
" episcopus halverstadensis. T. XXVIII (1000) 282.
" imperator, conf. *Imperatores* et Reges.
Arnsberg, *Arnisberc*, *Arnisperg.* — Fridericus comes de — T. XXIX (1112) 231. — T. XXXI (1112) 385.
" Gotefridus comes de — T. XXX (1219) 79.
Arnstein, Gebhardus de — T. XXX (1240) 280. — T. XXXI (1230) 541.
" Adalbertus de — homo liber. T. XXIX (1180) 437.
" B. de —, sacri imperii in Italia legatus. T. XXXI (1232) 552.
Asbertus, *Aspertus*, cancellarius. T. XXVIII (888) 83. (889) 85, 86, 89, 94, 97, 99. (890) 101, 104. — T. XXXI (888) 119, 121, 123, 126. (889) 129. (890) 133, 134, 136.
" archicancellarius accipit capellam in Ufhusa, in pago Tuouaggorve. T. XXVIII (889) 90, 91.
Aschaha, Adalram de — T. XXIX (1111) 229.
" Gerhard de — T. XXIX (1112) 232. — T. XXXI (1112) 386.
Aschowe, Otto de — T. XXX (1252) 499.
Ascrih, testis. T. XXVIII (890) 102.
Ascuinus, comes obtinet possessionem in pago Rotgowe. T. XXVIII (1007) 334.
" intercedens pro monasterio S. Nicolai. T. XXIX (1111) 229.
Asenheim, *Asnhrim*, *Aesenheim.*
" Eberhardus de. T. XXXI (1222) 511.
" Fridericus, frater ejus. loc. cit.
" Heinricus de — loc. cit.
" Otto de — loc. cit.
Aspach, Ludovicus de — T. XXXI (1225) 521.
Atto, comes, possidens comitatus ducs in Bertoldesbara. T. XXXI (831) 60.

Allo, comes in pago wormatiensi. T. XXXI (819) 41.
   „   episcopus frisingensis. T. XXXI (816) 34.
Atrud, mancipium in pago Nilicherre. T. XXVIII (874) 59.
Atzo, camerarius. T. XXIX (1130) 440.
Audogarius, abbas monasterii campidancnsis. T. XXX (773) 375, 877.
Andulfus, comes. T. XXVIII (807) 5, 6.
Aurelius, S. — ejus cella Hirsaugiac. T. XXIX (1073) 191.
Austria, Oesterreich, Osterieh, Osterriche sive plaga Orientalis, pars orientalis, marca-orientalis, provincia orientalis etc. *Luitboldus-*marchio, conf. *Scheiern*.
   „   *Burckardus*, marchio et comes (in parte orientali). T. XXVIII (972) 193, 195.
   „   *Luitboldus I*, marchio. T. XXVIII (977) 223. (995) 244. — T. XXXI (977) 253; marchio illustris loc. cit. — Item marchio in Ostarrichi, pater Heinrici comitis (996) 260.
   „   *Heinricus*, comes in marca orientali. T. XXVIII (995) 261. (998) 271. (1002) 294 — In Oriente (1002) 297. — (1011) 428; ejus comitatus in orientali regno (1014) 450; in pago Ostarriche (1015) 457. — T. XXXI (995) 258; comes in Ostarriche et filius Luitboldi marchionis (996) 260. (1011) 286.
   „   *Adalbertus I*, comes et marchio orientalis, sive in provincia orientali. T. XXVIII (1020) 483. — In comitatu quodam ab eo possesso curtis Eitterhofe (1021) 491, 506. — T. XXIX (1025) 12, 18. (1033) 37, 40. (1034) 45; possidet comitatum in Sucinikgowe. T. XXIX (1040) 63, 65, 67. (1049) 97. (1051) 105. — T. XXXI (1019) 293.
   „   *Sigefridus*, marchio in parte orientali. T. XXIX (1045) 82, 83.
   „   *Ernestus*, comes in comitatu Osterich. T. XXIX (1055) 124; marchio (1063) 167; in pago Ostericha (1067) 173. — T. XXXI (1058) 341.
   „   *Luitboldus III*, comes in pago Osterriche. T. XXXI (1078) 361.
   „   *Luitboldus IV*, marchio. T. XXIX (1121) 241. T. XXXI (1109) 334.
   „   *Heinricus* (Jasomirgott), dux Austriae. T. XXIX (1157) 345. (1165) 378; filius Luitboldi (1179) 452.
   „   *Luitboldus VI*, dux Austriae. T. XXIX (1179) 432. (1193) 471. T. XXXI (1189) 437. (1194) 453.
   „   *Fridericus*, filius Leopoldi VI, dux. T. XXXI (1189) 437.
   „   *Heinricus*, filius Leopoldi ducis. T. XXX (1227) 149.
   „   *Luitboldus* sive Leopoldus VII, dux Austriae et Styriae. T. XXX (1213) 5, 9. (1215) 23, 27. (1216) 42, 45. (1217) 55, 57. (1219) 84. (1227) 149. (1228) 156. (1230) 163; quondam dux Austriae. T. XXX (1237) 254, 255, 256, 257, 258, 263. Dux Austriae. T. XXXI (1209) 473. (1227) 525. (1237) 565, 567, 568... .

Austria, N. (fortasse *Leopoldus VII*), dux Austriae. T. XXX (1225) 135, et Styriae. T. XXI (1209) 470, 471. (1230) 541.
„　　*Fridericus* (bellicosus), dux Austriae et Styriae. T. XXX (1236) 246.
„　　*Fridericus*, dux Austriae et Styriae. T. XIX (1266) 351, 355. (1267) 364. (1268) 367, 370. Consanguineus Conradini regis loc. cit. 364 — T. XXXI dux Austriae et Styriae et marchio veronensis (1259) 589; et marchio de Baden (1266) 593. — Conf. etiam *Baden*.
Arenberg, conf. *Abenberg*.
Arennis, Johannes de Avennis, miles. T. XXX (1257) 528.
Avo, advocatus Tutonis episcopi ratisponensis. T. XXVIII (895) 106.
Avichspurg, Rudolphus comes de — T. XXXI (1230) 541.
Azala, matrona donat praedium monasterio S. Nicolai. T. XXIX (1111) 328.
Atilinus, clericus in Cheskingen. T. XXVIII (1021) 507.

B.

B., conf. etiam *P.*
B., episcopus spirensis. T. XXX (1231) 170, 173.
B., patriarcha aquilejensis. T. XXX (1232) 193, 196, 199; 201. — T. XXXI (1232) 552.
Balbenheim, conf. *Pappenheim* et *Calatin*.
Bulo, abbas emmeramensis. T. XXIX (1156) 329.
„　　comes, intercedens pro quibusdam presbyteris. T. XXXI (901) 165. (903) 168.
„　　comes. T. XXX (983) 389.
„　　comes in pago Chiemengovve, Kiemigouwe etc. T. XXVIII (1021) 493.
„　　comes ibidem. T. XXIX (1062) 163.
„　　comes terminalis in regione Chreine. T. XXVIII (974) 210.
„　　comes in Illergowe. T. XXX (983) 387.
„　　comes in pago Tanahgovve etc. T. XXVIII (895) 106. (897) 114.
„　　comes ibidem. T. XXVIII (983) 239. T. XXXI (983) 239.
„　　comes, in cujus comitatu Ratisbona. T. XXXI (1000) 271.
„　　comes et ministerialis regius, intercedens pro Tutone episcopo ratisbonensi. T. XXVIII (904) 157.
„　　decanus, test. T. XXX (1130) 225.
„　　servus regius obtinet mancipia. T. XXXI (1034) 313, 316.
„　　testis. T. XXIX (1048) 96. — Item alius Dabo (1180) 256.
Baden, *Dadin*, *Baduon*, *Badun*. — N. marchio de — T. XXX (1218) 37. (1219) 84. (1231) 176, 177. (1232) 196, 200, 206. (1233) 212.

Baden, item N. marchio de — T. XXXI (1266) 593.
  „   Hermannus, marchio de — T. XXIX (1112) 231. (1114) 231.
         T. XXX (1216) 40, 42, 45, 47, 50, 53. (1217) 61. (1218) 65,
         66, 71. (1219) 79. (1223) 116. (1224) 127. (1235) 238, 240.
         T. XXXI (1112) 385. (1227) 528.
  „   H. marchio de — T. XXX (1234) 228. (1236) 247. T. XXXI
         (1254) 561.
  „   Fridericus, marchio de Baden et frater Hermanni, T. XXX (1216)
         42, 45, 47, 50. — T. XXXI (1210) 475.
  „   Fridericus marchio de Baden, dux Austriae et Styriae. T. XXX
         (1266) 351, 353. Conf. etiam *Austria*.
Baldericus, *Baldricus*, *Paldricus* — comes, qui possedit praedium Poch-
         partun. T. XXVIII (1021) 495.
  „   conf. etiam *Paldrih*.
Baldewinus, *Balduinus*, *Baltwinus*, archiepiscopus salisburgensis. T. XXIX
         (1043) 90. (1057) 136.
  „   civis ratisbonensis. T. XXIX (1089) 211.
  „   ministerialis regni. T. XXIX (1140) 271. Frater ejus Ge-
         bolfus, conf. *Gebolfus*.
  „   ministerialis wirzeburgensis. T. XXIX (1146) 294.
  „   test. T. XXIX (1157) 338.
  „   ante urbem, test. T. XXX (1219) 87.
  „   trajectensis episcopus. T. XXXI (1152) 421.
Baldmunt, presbyter et servus regius ex familia campidunensis coenobii.
         T. XXVIII (926) 163, 164.
  „   conf. etiam *Paldmunt*.
Baldo, cancellarius. T. XXVIII (876) 62. (878) 64. T. XXXI (877) 104, 105.
Baldonius, cancellarius. T. XXXI (877) 102.
Balurkusen, Conradus comes de — T. XXIX (1161) 357.
Bardo, *Pardo*, *Partho*, archicapellanus. T. XXIX (1032) 35. (1033)
         38, 40. (1034) 43, 44, 46. (1035) 48. (1036) 49. (1039)
         50, 53, 55. (1040) 57, 59, 61, 64, 67, 68, 70, 72, 73. (1042)
         75, 77. (1043) 79, 80. (1045) 82. (1048) 86, 88, 91, 93,
         95. (1049) 97, 100. (1050) 102. T. XXXI (1033) 314. (1041)
         320. (1043) 323. (1048) 325.
  „   minister Heinrici III regis. T. XXIX (1043) 78.
Barchstein, Heinrich de — T. XXXI (1112) 386.
Bartendorf, Tuto de — T. XXIX (1140) 272.
  „   Hartman de —, filius Tutonis ibid.
  „   Tuto, filius Tutonis ibid.
  „   Gebolf, filius Tutonis ibid.
Bartholomaeus, episcopus syracusanus. T. XXX (1224) 119, 122.
  „   notarius. T. XXXI (838) 82.
Baturichus, *Datericus*, episcopus ratisbonensis. T. XXVIII (831) 20.
         (832) 21. (833) 25. — Episcopus et summus capellanus

Ludovici germanici. (844) 37, 38, 39. — T. XXX (836) 334. — T. XXXI (855) 68, 69.

Bavaria, *Bavariae* (Dojoariae, Bajoariae etc.) duces et reges.

„ *Utilo*, *Otilo*, dux et pater Thassilonis, memoratur. T. XXVIII (898) 119, 120.

„ *Thassilo*, dux et filius Utilonis, memoratur. T. XXVIII (898) 120. — T. XXX (802) 380. — T. XXXI (1077) 360.

„ *Ludovicus*, rex Bajoariorum, postea dictus Germanicus. T. XXVIII (831) 20. (832) 21. (833) 24, 25. — T. XXXI (828) 54. (829) 56. (830) 58. (833) 66, 70, 72.

„ *Carlomannus*, rex Bavvariorum, filius Ludovici germanici. T. XXVIII (876) 61, 62. (878) 63, 64. (879) 65, 66. — Memoratur (890) 101. (895) 108, 110. — Rex Italiae (878) 64. (879) 66. — T. XXXI. Rex Bavvariorum (877) 101, 103. (878) 109, 110. (879) 111. — Memoratur (888) 118, 124. (893) 144. (899) 158.

„ *Arnulphus*, dux (e familia Schiensi). T. XXVIII (926) 163. (927) 165. — T. XXXI (927) 137. — Conf. etiam *Schiern*.

„ *Bertholdus*, dux. T. XXVIII (940) 171, 173, 176. (945) 181. Memoratur T. XXXI (976) 231. (1028) 506. Conf. etiam *Schiern*.

„ *Heinricus I*, dux, frater Ottonis I imperatoria. — Memoratur T. XXVIII (973) 196. (974) 208. (977) 223. (1021) 491. — T. XXXI (951) 198. — Memoratur vivus, licet jam ao. 955 defunctus. T. XXXI (971) 207. — Patruus imperatoris Ottonis II et quidem jam defunctus (977) 233.

„ *Heinricus II*, filius Heinrici L. T. XXVIII (959) 184, 186. (972) 193, 194. (973) 201. (974) 208, 210. — Postea destitutus et deinde iterum dux (935) 244. (936) 246. — Dux etiam Carinthinorum (993) 253. (995) 261. (1003) 315. — T. XXIX (1052) 110. (1063) 167. — T. XXXI nepos imperatoris Ottonis II (973) 216. (974) 220. — Dicitur junior (977) 233. (980) 258. (995) 253. (996) 260.

„ *Otto I*, dux. T. XXVIII (976) 215, 219. (977) 223. (979) 230. — Dux etiam Carinthinorum et Veronensium (980) 231. (981) 233. — Quamquam ao. 982 creditur defunctus, memoratur inter vivos (983) 235. — T. XXXI fratruelis imperatoris Ottonis II (977) 233. (980) 237.

„ *Heinricus III*, dux (postea imperator hujus nominis II). T. XXVIII (998) 271, 273. (999) 274. (1002) 232, 283, 284, 285, 239. T. XXXI (949) 266. (1000) 271.

„ *Heinricus IV*, dux. T. XXVIII (1021) 496, 499. T. XXIX (1025) 7.

„ *Otto II*, dux. T. XXIX (1062) 161, 163. (1067) 175.

„ *Welph I*, dux. T. XXIX (1073) 188. (1074) 189. (1078) 201, 203.

Bavaria, Welph II, dux. T. XXIX (1116) 257. — T. XXXI (1108) 384.
  „ *Heinricus VIII*, dux. T. XXIX (1121) 241. (1123) 245. — T. XXXI (1122) 387.
  „ *Heinricus IX*, dux. T. XXIX (1133) 260. (1134) 263. (1135) 265. (1141) 275.
  „ *Leopoldus*, dux et marchio. T. XXIX (1141) 275. — T. XXXI (1140) 396.
  „ *Heinricus X*, Jasomirgott, dux et marchio. T. XXIX (1154) 313. — T. XXXI (1144) 406.
  „ *Heinricus XI*, dux Bavariae et Saxoniae. T. XXIX (1156) 323. (1158) 347, 348. (1161) 357, 361. (1163) 367. (1165) 373. (1189) 458. — Quondam dux Bavariae et Saxoniae, dicitur nobilis vir Heinricus de Bruncswic. T. XXIX (1180) 439. Conf. etiam *Saxonia*.
  „ *Otto I*, e gente Schiro-wittelsbacensi, dux. T. XXIX (1181) 442. (1182) 446, 447. — T. XXX (1217) 54.
  „ *Ludovicus I*, dux. T. XXIX (1199) 487. (1200) 492. (1205) 516, 522, 525. (1207) 533. (1208) 542, 543. — T. XXX (1213) 5, 9. — Palatinus etiam comes Rheni (1215) 25, 29, 33. (1216) 42, 45, 47, 50. (1217) 54, 55, 56, 59, 61. (1218) 73, 75. (1219) 79, 84, 88. (1220) 94, 103. (1225) 116. (1226) 141, 144. (1227) 149, 154, 155. (1228) 156. (1229) 400. — T. XXXI (1195) 457. (1196) 460. (1209) 473. (1220) 499. (1221) 507. (1222) 508. (1225) 522. (1227) 525, 528. 530. (1230) 540.
  „ *Otto II*, illustris, dux. T. XXX (1227) 149. — Palatinus comes Rheni (1231) 163. (1235) 240. (1236) 246, 247. (1246) 299. (1248) 305, 306. (1251) 312, 319. (1266) 355. — T. XXXI (1227) 528.
  „ *Ludovicus II*, severus, dux. T. XXX (1250) 507. (1251) 312. (1261) 331. (1263) 333, 336. (1264) 338, 341. (1265) 343. (1266) 350, 353, 354. (1267) 360, 362, 363. (1268) 366, 369. — T. XXXI (1257) 586. (1259) 588. (1262) 591. (1266) 592.
  „ *Heinricus*, frater ejus, dux. T. XXX (1266) 350, 354. (1268) 367, 370. — T. XXXI (1266) 593.
Baydannus, episcopus iporiensis. T. XXXI (1193) 451.
Beatrix, imperatrix et uxor Friderici I. T. XXXI (1159) 415.
Babenburg, Wolframus de — T. XXIX (1149) 300. — Iterum Wolframus (1172) 410.
Bechtolf von Geraweiler, conf. Geraweiler.
Rebheim, Conradus, homo ecclesiae kitzingensis. T. XXIX (1180) 436.
Beierbach, *Beigerbach*, Heinricus de — T. XXIX (1168) 388, 393. — T. XXX (1235) 236.
Bewoll, comes. T. XXX (1252) 199.

Benedictus, papa VIII. T. XXVIII (1018) 468, 470. — T. XXXI (1048)
. 291.
Benna, uxor Heinrici de Calatin, conf. *Calatin.*
Bennit, comes et filius Amalungi Saxonis. T. XXVIII (811) 7.
Benno, episcopus osinabruggensis. T. XXIX (1073) 186, 187, 188.
(1077) 199.
„ frater Sigeboldi, testis et collaudator. T. XXIX (1048) 90.
„ testis. T. XXXI (1094) 374.
Benilingen, *Benilingin*, Ulricus de — T. XXX (1219) 79.
Benzehn, test. T. XXIX (1048) 86.
Benzenhoven, *Benzenhove*, Hartmannus de — T. XXIX (1156) 326.
Berardus, conf. *Bernhardus.*
Bercheim, Gerbohus de — ministerialis salisburgensis. T. XXIX (1207)
538.
Berchtheim, *Berchteim*, Gerhardus comes de — T. XXIX (1165) 376.
(1168) 388, 393. Conf. etiam *Bertheim.*
„ Hermannus, frater ejus. T. XXIX (1168) 388, 393.
Berengarus, *Berengarius*, *Beringarius* — comes. T. XXXI (1108) 384.
(1122) 387.
„ episcopus, intercedens pro ecclesia pataviensi. T. XXVIII
(1014) 450.
Berengerus, *Beringerus*, episcopus pataviensis. T. XXIX (1025) 18.
(1040) 63.
„ episcopus spirensis. T. XXX (1231) 169.
„ miles Giselae imperatricis. T. XXXI (1043) 320.
„ portarius. T. XXIX (1156) 325.
„ praepositus S. Johannis. T. XXIX (1156) 325.
„ testis. T. XXIX (1172) 405.
„ testis. T. XXX (1130) 225.
„ iterum. T. XXX loc. cit.
„ testis. T. XXX (983) 389.
„ conf. etiam *Peringerus.*
Berenwardus, episcopus wirceburgensis. T. XXVIII (998) 255, 256, 257,
259. (999) 276. Memoratur (1003) 307. T. XXXI (993)
256.
Berewigus, serviens Heinrici III imper. T. XXIX (1048) 87.
Berga, *Berg*, *Bertolfus*, comes de — T. XXIX (1168) 388, 393.
„ Ulricus comes de — T. XXIX (1200) 500. (1201) 505.
Berge, Adalbertus de — T. XXIX (1154) 313.
„ Wicelinus de — T. XXXI (1182) 421.
Bergis, Wernherus de — T. XXXI (1249) 498.
Berlsteten, *Berlstetin*, Ludolphus de — T. XXXI (1214) 487.
Bernarius, *Bernharius*, episcopus. T. XXVIII (890) 13.
„ capellanus. T. XXXI (865) 101.

Bernhardus, *Berenhardus*, *Berehardus*, *Berardus*, *Berinhardus* etc. Conf.
    etiam *Perahart.*
,,   abbas monasterii Neustat. T. XXXI (1000) 268.
,,   advocatus abbatis Arnoldi herzfeldensis. T. XXVIII (1018)
    466.
,,   advocatus abbatis Popponis fuldensis. T. XXVII (1018) 475.
,,   archiepiscopus panormitanus. T. XXX (1224) 119, 122.
,,   comes in marcha Cbreine. T. XXXI (989) 248.
,,   comes in pago Hardegowe. T. XXIX (1062) 156.
,,   comes et possessor beneficiarius imperatoris in pago Walzsazi
    in villa Imminestat. T. XXVIII (840) 35.
,,   dux. T. XXVIII (991) 248.
,,   dux, intercedit pro ecclesia wirceburgensi. T. XXVIII (1000)
    282, 287. — Sub cujus ministerio pagus Germaromarcha.
    T. XXVIII (1001) 290.
,,   episcopus bildinesheimensis. T. XXIX (1134) 263.
,,   mancipium, declaratur liber. T. XXXI (1013) 288.
,,   marchio cedens bona in pagis Suava et Hassega. T. XXVIII
    (1010) 423, 424.
,,   nobilis, test. T. XXIX (1136) 268.
,,   test. T. XXIX (1048) 96.
,,   possessor praedii quondam in Ariobach. T. XXIX (1089)
    212.
,,   vicedominus. T. XXIX (1135) 260.
Berowelphus, *Berewelfus*, episcopus wirceburgensis. T. XXVIII (857)
    31, 32. (846) 41. — Memoratur defunctus loc. cit. (889)
    95.
Bertha, *Berta*, abbatissa kitzingensis monasterii. T. XXIX (1180) 435,
    436.
,,   filia regis Ludovici germanici. T. XXXI (857) 93.
,,   Regina, uxor Heinrici IV regis. T. XXIX (1067) 171, 173, 175,
    (1068) 177. (1069) 181. (1073) 184. (1077) 199. (1079)
    207. — Memoratur (1091) 216. (1103) 218. T. XXXI (1080)
    363. (1102) 378.
Bertheim, conf. etiam *Berchtheim.*
,,   Gerhardus comes de — T. XXIX (1152) 308. (1156) 326.
,,   Hermannus, frater ejus. T. XXIX (1152) 309. (1172) 405.
Bertholdus, *Beretholdus*, *Beratholdus*, *Peretholdus* etc., conf. etiam *Perichtolt.*
Bertholdus, abbas S. Galli. T. XXX (1266) 347, 351, 353, 354. —
    T. XXXI (1266) 593.
,,   abbas uttenburensis. T. XXX (1236) 249.
,,   archiepiscopus salisburgensis. T. XXIX (1156) 329.
,,   canonicus wirceburgensis. T. XXIX (1146) 292. — Conf.
    etiam *Stuokingen.* — Ejus mater Cuniza, conf. *Cuniza.*

Bertholdus, *Berahtoldus*, comes in pago Folcfeld. T. XXVIII (975) 201.
,,   comes in Illergowe. T. XXX (983) 387.
,,   comes in pago Langowe. T. XXVIII (1003) 313.
,,   comes in pago Mortenovva. T. XXIX (1025) 3, 4.
,,   comes in pago Nitgowe. T. XXXI (1057) 336.
,,   comes in pago Nortgovre. T. XXVIII (961) 189.
,,   comes, beneficia quondam possidens in pago Ongesgove.
     T. XXVIII (897) 115.
,,   comes, possidet curtem Radasponae. T. XXVIII (976) 215.
,,   comes in pago Venusta et postea dux, conf. *Bavariae* duces
     et *Scheiern*.
,,   et Otto comites, fundatores mon. Usenhoven in Onscowe.
     Conf. *Scheiern*.
,,   comes, sub quo villa Buhchard. T. XXIX (1061) 154.
,,   diaconus Ratisbonae. T. XXVIII (976) 215.
,,   dux. T. XXIX (1073) 183.
,,   dux Davariae, conf. *Bavaria*.
,,   episcopus argentinensis. T. XXX (1226) 144.
,,   episcopus brixinensis. T. XXX (1217) 61.
,,   episcopus cicensis. T. XXIX (1189) 457.
,,   episcopus nuwenburgensis. T. XXXI (1189) 436.
,,   episcopus patariensis. T. XXX (1250) 309.
,,   filius Arnulphi (II schirensis), conf. *Scheiern*.
,,   frater Popponis praefecti wirceburgensis, conf. Praefecti de
     Würzburg.
,,   marchio Istriae, conf. *Istria*.
,,   marescalcus campidonensis. T. XXX (1243) 16.
,,   ministerialis wirceburgensis. T. XXIX (1146) 294.
,,   praefectus wirceburgensis, conf. Praefecti de *Würzburg*.
,,   praepositus monasterii Steingaden. T. XXX (1263) 332.
,,   praepositus, test. T. XXIX (1163) 380.
,,   praepositus, test. T. XXIX (1172) 407, 410.
,,   regalis aulae protonotarius. T. XXX (1216) 43, 45.
,,   serviens Heinrici III imper. T. XXIX (1054) 116.
,,   testis. T. XXIX (1043) 86.
,,   testis. T. XXIX (1157) 358.
Bertolfus, comes in pago Moenivelt. T. XXVIII (1022) 509.
,,   praepositus et archidiaconus. T. XXIX (1168) 388, 393.
,,   triscamerarius. T. XXIX (1168) 388, 393.
,,   Berthulfus, quondam possessor praedii Sconenberg. T. XXIX
     (1109) 222. — Ejus filia Richarda. loc. cit.
Berthous, abbas fuldensis. T. XXIX (1133) 260. (1134) 265.
Bertrada, mater Caroli magni. T. XXXI (786) 14.
Bertramus, episcopus metensis. T. XXXI (1194) 453.
,,   conf. etiam *Perethram*.

Berwardus, episcopus wirceburgensis, conf. *Beremeardus*.
Berwick, test. T. XXXI (1094) 374.
Bettendorf, *Bettendorph* — Friedcrich de — T. XXIX (1112) 231. —
      T. XXXI (1112) 386.
Bezelin, test. T. XXIX (1033) 40.
Bibelriel, *Bibelrieth* (conf. etiam *Bilried*) — Engelhardus de — T. XXIX
      (1174) 418.
  „   Hegilhardus de — T. XXIX (1194) 478.
Biberbach, Arnoldus de — T. XXIX (1171) 402.
Biburg, *Biburch*, *Dibure*, Erbo de — T. XXIX (1157) 338.
Bichelingen, Fridericus comes de T. XXXI (1189) 436.
  „   item Fridericus comes de — T. XXXI (1214) 487. (1232)
      555. (1235) 562.
Bienburg, Fridericus camerarius do — T. XXX (1224) 124.
Bigenburg, Fridericus camerarius de — T. XXX (1225) 131.
Bigenot, Conradus, test. T. XXX (1233) 207. (1234) 214. — Quondam
      scultetus nuernbergensis. T. XXX (1236) 252, 254.
  „   Hermannus, filius ejus. T. XXX (1234) 214.
Bileltrudis, *Bileltrud*, nobilis matrona, vidua Bertholdi (ducis Bavariae).
      T. XXXI (976) 231. — Uxor quondam Derchtoldi ducis (1028)
      306.
Billungus, *Billunc*, *Billongus*, *Billong* etc. etc.
  „   canonicus augustensis. T. XXIX (1156) 329.
  „   ministerialis wirceburgensis. T. XXIX (1146) 294.
  „   ministerialis et testis. T. XXIX (1149) 300.
  „   item ministerialis. T. XXIX (1149) 300. (1151) 304.
  „   ministerialis. T. XXIX (1180) 437.
  „   scultetus. T. XXIX (1165) 381. (1168) 389, 394. (1172)
      405, 407, 410, 412, 413.
  „   scultetus wirceburgensis. T. XXIX (1156) 326.
  „   testis. T. XXIX (1048) 86.
  „   Vicecomes. T. XXIX (1168) 394.
  „   Vicedominus et ministerialis. T. XXIX (1151) 304, 306.
  „   Vicedominus. T. XXIX (1165) 381. (1168) 389, 394.
  „   Vicedominus wirceburgensis. T. XXIX (1156) 326. (1172)
      412, 413.
Bilried, *Bilred* (conf. etiam *Bibelriet*), Fridericus de — T. XXIX (1168)
      388, 393.
Bilstein, *Bilestein*. F. comes de — T. XXIX (1207) 539.
  „   Gebebardus, comes de — T. XXXI (1157) 411.
  „   Gebehardus de — T. XXIX (1165) 376.
  „   Rapoto de — T. XXIX (1194) 484.
Binthenheim, Outo de — T. XXXI (1182) 421.
Birgestal, Dudo de — T. XXIX (1192) 466.
Biscoffenwineden, Hartmuodus de — T. XXIX (1172) 407.

Bittis (Bitsch), Philippus comes de — T. XXXI (1215) 489.

Blandrato, Wido comes de — T. XXIX (1161) 357.

Blankenstein, Blankinstein, Wirnto de — T. XXIX (1205) 523.

Blassenburg, Blassenberg, Blassenberch etc., conf. etiam *Andechs, Istria* et *Meran*.

    „   Bertholdus comes de — T. XXIX (1156) 326 — T. XXXI (1157) 411.

Bleia, conf. *Plaien*, Plain.

Blockingen, Bertholdus de —; ministerialis wirtembergensis. T. XXIX (1146) 294.

Bobo, conf. *Poppo*.

Bocho, episcopus wormatiensis. T. XXXI (1190) 440.

Bocksberg, Bockesperc, Boccesberc, Buchesberc etc.

    „   Adelber de — T. XXIX (1157) 338.

    „   Conradus de — T. XXIX (1165) 376. (1168) 388, 393. (1170) 397. (1172) 405. (1172) 407, 410. (1174) 420. (1182) 445. T. XXXI (1182) 421.

    „   Crafto de — frater Conradi. T. XXIX (1172) 407, 410.

    „   item Crafto de — T. XXX (1240) 280. Consiliarius regis (1245) 292.

    „   Heinricus de — T. XXX (1215) 30.

    „   H. de — nobilis vir. T. XXX (1231) 176.

Bodingen, Bottingen, Gerlacus de — T. XXI (1212) 480, 481.

Bodo, Botho, Boto.

    „   damnatus in placito palatino. T. XXXI (1055) 329.

    „   ministerialis wirceburgensis. T. XXIX (1156) 324, 325; filius Heroldi vicedomini. loc. cit.

    „   ministerialis wirceburgensis. T. XXIX (1165) 380.

    „   wirceburgensis, test. T. XXIX (1174) 423.

    „   ministerialis. T. XXIX (1180) 437.

    „   natione Noricus et vivens secundam legem bavaricam. T. XXXI (1094) 572, 574 — Uxor ejus Juditha.

    „   pater Heinrici, test. T. XXIX (1194) 478.

    „   testis. T. XXIX (1172) 405, 407, 410.

Boekelin, Richwin, test. T. XXIX (1147) 298.

Bogen, Pogen, Pogin, Pochin.

    „   Bertolfus comes de — T. XXIX (1154) 313.

    „   Albertus comes de — T. XXIX (1193) 471. — T. XXXI (1189) 438. (1196) 460, 462.

    „   Al. comes de — T. XXXI (1193) 448.

    „   Albertus, comes de — T. XXXI (1222) 508.

    „   N. comes de — T. XXX (1242) 288, 290.

    „   Conradus, comes de — T. XXX (1267) 364.

Bohemia.

    „   Ottocarus, rex Bohemiae. T. XXX (1213) 5, 9. (1220) 103. — T. XXXI (1220) 499.

Bohemia.
„   Wladislaus, dux Bohemiae. T. XXIX (1157) 345.
„   Diepaldus, frater Wladislai, ducis Bohemiae. T. XXIX loc. cit.
„   Oudalricus, filius ducis Boh. T. XXIX (1165) 380. (1168) 383, 393.
„   W., dux Bohemiae. T. XXX (1236) 246, 247.
Bolandin, conf. *Boulandia.*
Bonifacius, abbas monasterii Pruel. T. XXXI (1009) 284.
„   S. archiepiscopus moguntinus. T. XXVIII (993) 256, 257. — T. XXIX (1205) 515. — T. XXXI (788) 19, 20. (889) 130. (993) 256.
„   episcopus novariensis. T. XXXI (1185) 425.
Boulandia, Bonlande, Bolandin, conf. *Poudlande.*
„   Wernherus de — T. XXXI (1193) 451. — T. XXIX (1199) 489. (1209) 530; ministerialis moguntinus (1209) 557.
„   Wernherus dapifer de — T. XXX (1215) 5; dapifer aulae imperialis (1214) 19. (1215) 28, 32.
„   Guarnerius (Wernerus) de — senescalchus imperii. T. XXX (1215) 33; dapifer (1216) 43, 45, 47, 50.
„   Wernerius dapifer de — T. XXX (1231) 170. (1232) 196. T. XXXI (1215) 489.
„   Guarnerius de — T. XXX (1232) 193, 200. — G. de — T. XXXI (1232) 552.
„   Wernerus de — T. XXX (1222) 108.
„   Wernerus de — dapifer Wilhelmi regis. T. XXX (1255) 323. (1257) 329.
„   Wernerus de — T. XXX (1271) 371.
„   Philippus, frater Wernheri de Bonlande. T. XXIX (1199) 489. (1203) 550; ministerialis moguntinus. (1209) 557. T. XXX (1214) 19. (1215) 32.
„   Philippus, frater Guarnerii senescalbi. T. XXX (1215) 33. (1216) 40. — Frater Wernheri dapiferi. T. XXXI (1215) 489.
„   Philippus de — T. XXX (1217) 55, 57. (1219) 84.
„   Philippus de — T. XXX (1271) 371.
Borcardus, conf. *Burckardus.*
Boso, frater hospitalis S. Antonii viennensis dioecesis. T. XXX (1215) 31.
Botenlouben, Otto comes de — T. XXX (1234) 219.
Boto, conf. *Bodo.*
Bottingen, conf. *Bodingen.*
Bozano, Ulricus de — T. XXXI (1239) 573.
Brabantia, N. dux de — T. XXX (1231) 170, 175.
„   Heinricus dux de — T. XXX (1220) 95.
Bramberg, Hermannus de — T. XXXI (1157) 411.
Brandenburg, O. marchio brandenburgensis. T. XXX (1236) 246, 247.

Brandenburg, conf. etiam *Adelbertus merchio.*
Braunschweig, conf. *Brunswick.*
Bregenz, Rudolphus comes de — T. XXIX (1143) 280. (1160) 352.
Brence, Heinricus de — capellanus imperialis et praepositus ecclesiae
    S. Mauritii Augustae. T. XXIX (1187) 452.
Britto, test. T. XXXI (1094) 374.
Brivinus, dux. T. XXVIII (860) 52.
Brozoldesheim, Wolframus de — T. XXIX (1168) 399.
       "   Conradus de — loc. cit.
Bruksel, Pruksel, Otto de — T. XXX (1265) 343. (1266) 354, 355.
    T. XXXI (1266) 693.
Brukberg, Prukkeberch.
    "   Conradus de — T. XXX (1264) 343.
    "   N. soror ejus et uxor Conradi de Sekendorf. loc. cit.
    "   Albero de — T. XXX (1266) 351, 355. — T. XXXI (1259)
        583. (1266) 693.
    "   Albertus de — T. XXX (1257) 329.
Brun, conf. etiam *Bruno.*
    "   episcopus. T. XXIX (1132) 308.
    "   nobilis vir, construens ecclesiam in civitate sua Vizenburg. T. XXVIII
        (991) 247, 248.
    "   praepositus. T. XXX (1130) 225.
    "   testis. T. XXXI (1094) 374.
Brungerus, ex castro Hunaburg. T. XXXI (817) 37.
Bruningus, comes in pago Wedereiba. T. XXVIII (1018) 473.
Bruno, conf. etiam *Brun.*
    "   archicapellanus et archicancellarius. T. XXVIII (959) 184, 186,
        188. (961) 189. — T. XXXI (963) 200.
    "   archiepiscopus coloniensis. T. XXIX (1136) 268.
    "   archiepiscopus trevirensis. T. XXIX (1103) 219. (1109) 222.
        (1112) 231. — T. XXXI (1102) 378. (1112) 385.
    "   cancellarius. T. XXIX (1114) 234. (1116) 237. (1120) 239.
        (1121) 241. (1122) 243.
    "   cancellarius. T. XXXI (948) 193. (950) 194, 195, 196, 197.
    "   comes in pago Canzingowe. T. XXXI (1064) 348.
    "   episcopus spirensis. T. XXIX (1109) 222. (1123) 245.
    "   episcopus wirceburgensis. T. XXIX (1040) 63. — Consanguineus
        Heinrici III regis. l. cit. 69. — Nepos ejus (1042) 74.
    "   episcopus. T. XXXI (1140) 397.
    "   frater Ottonis I regis. T. XXVIII (943) 179, 180. (946) 181.
        T. XXXI (948) 189, 190, 192.
    "   nepos Ottonis II imper. possidens quondam teloneum Pataviae.
        T. XXVIII (976) 221.
    "   testis. T. XXIX (1172) 410.
    "   testis. T. XXXI (1094) 374.

Brunnete, Heinricus de — T. XXX (1228) 153.
Brunne, *Bruonne*, Wernherus de — T. XXX (1265) 343.
Brunnwich, *Brunniwich*.
    „   Heinricus, quondam dux Davariae et Saxoniae dicitur nobilis vir Heinricus de — T. XXIX (1180) 439.
    „   Heinricus de — T. XXXI (1194) 453.
Buchele, Fridericus de — T. XXIX (1149) 300.
Buchslat, Adalbertus de — T. XXIX (1075) 198.
Bucco, *Buocco*, *Buccho*, *Buggo*, *Bugo*.
    „   canonicus augustensis. T. XXIX (1156) 329.
    „   episcopus wormaticnsis. T. XXIX (1125) 249. (1133) 260. (1136) 268. (1140) 270. — T. XXXI (1138) 392. (1140) 395.
    „   testis. T. XXIX (1130) 256.
    „   testis. T. XXXI (1091) 374.
Buedingen, *Budingen*, *Butingen*, conf. *Puttingen*.
Bueren, *Pueren*, Heinricus de — T. XXIX (1163) 367.
Buoetendorph, *Butendorf*, conf. *Putendorf*.
Burckeim, Egino de — T. XXIX (1193) 468.
Burckardus, *Burckhardus*, *Durcardus*, *Burchardus*, *Burghardus*.
    „   abbas et fidelis imperatoris Arnulphi. T. XXXI (898) 153.
    „   abbas fuldensis. T. XXIX (1168) 388, 393. (1174) 422.
    „   abbas monasterii Otinga. T. XXXI (901) 164.
    „   camerarius. T. XXIX (1180) 440.
    „   cancellarius. T. XXIX (1033) 38, 40. (1054) 43, 44, 46. (1035) 48. (1036) 49. — T. XXXI (1033) 514.
    „   capellanus regis Pippini quondam et wirceburgensis episcopus. T. XXVIII (993) 256, 257, 259. — T. XXXI (993) 256.
    „   comes interveniens pro ecclesia frisingensi. T. XXVIII (906) 140.
    „   item alius comes, intercedens pro eadem. loc. cit.
    „   comes intercedens pro Rudolpho episcopo. T. XXVIII (903) 129.
    „   item alius comes, interveniens pro eodem. loc. cit. p. 130.
    „   comes interveniens pro capellano Martino. T. XXVIII (908) 141.
    „   comes in pago Hassago sive Hassegovve. T. XXVIII (991) 243. (1018) 467.
    „   comes, sub quo Ebarhusen. T. XXIX (1055) 123.
    „   comes, test. T. XXIX (1143) 280.
    „   comes, test. T. XXIX (1136) 268.
    „   decanus wirceburgensis. T. XXIX (1156) 325.
    „   dux. T. XXVIII (908) 141.
    „   dux. T. XXIX (1171) 400.
    „   episcopus argentinensis. T. XXXI (1159) 414.
    „   episcopus basiliensis. T. XXXI (1102) 379.

Burckardus, episcopus halberstadensis. T. XXIX (1062) 161.
,,   episcopus monasteriensis. T. XXIX (1103) 219. (1112) 231. (1114) 253. (1116) 237. (1156) 329. — T. XXXI (1102) 378. (1112) 385.
,,   episcopus patariensis. T. XXXI (903) 168, 170, 172. (907) 176.
,,   episcopus trajectensis. T. XXIX (1103) 219. (1112) 231. T. XXXI (1102) 378. (1112) 385.
,,   episcopus wirceburgensis. T. XXXI (786) 14, 15. (788) 19, 20.
,,   fidelis Arnulphi regis. T. XXXI (888) 118.
,,   liber homo. T. XXX (1150) 225.
,,   marchio et comes (in parte orientali). T. XXVIII (972) 193, 195. — Conf. etiam *Austria*.
,,   praefectus moideburgensis. T. XXIX (1161) 357.
,,   praepositus S. Petri in Mogantia. T. XXIX (1168) 388, 395. (1192) 463. T. XXXI (1190) 441.
,,   praepositus. T. XXIX (1151) 304.
,,   praepositus de Tiurstat. T. XXIX (1177) 427.
,,   testis. T. XXIX (1123) 245.
,,   testis et fratres ejus innominati. T. XXX (1130) 225.
,,   testis. T. XXXI (1094) 374.
Burgelin, *Buorgelin*, Olinandus de — T. XXIX (1146) 288 — ministerialis (1154) 313.
,,   Adalbero, frater ejus loc. cit. p. 313.
Burgow, *Burgowe*, *Burgore*, *Burgawe*, *Burgau*.
,,   Heinricus comes de — T. XXX (1213) 15.
,,   Heinricus marchio de — T. XXX (1234) 216. (1235) 236. T. XXXI (1235) 562.
,,   Heinricus marchio de — T. XXX (1251) 312. (1266) 354, 365. T. XXXI (1266) 593.
Burgundia, conf. etiam *Meronia* et *Andechs*, *Blassenburg* et *Istria*.
,,   Otto comes de — T. XXIX (1189) 457.
,,   Otto palatinus comes. T. XXXI (1190) 441.
,,   Conradus dux. T. XXXI (1140) 395.
Burgus, Albero de — T. XXIX (1177) 427.
Buseck, *Busecke*, Gotefridus de — T. XXIX (1174) 422.
Buso, capellanus. T. XXIX (1172) 415.
Butene, conf. *Puellen*.
Buteriet, Heinricus de — T. XXIX (1172) 407.
Buzinesheim, Iringus de — T. XXIX (1146) 296.
Byramus, episcopus aptensis. T. XXXI (1193) 451.

C.

C., conf. etiam H.

C. abbas fuldensis. T. XXXI (1227) 528.

„ abbas S. Galli. T. XXX (1230) 166. (1231) 168, 170.

„ abbas monasterii in Keisheim. T. XXX (1217) 62.

„ abbas de Wizenburg. T. XXX (1231) 170, 175.

„ butiglarius de Nuernberg. T. XXX (1254) 214.

„ cancellarius aulae regalis et electus ratisponensis. T. XXXI (1206) 465.

„ episcopus constanticnsis. T. XXX (1236) 247.

„ episcopus frisingensis. T. XXXI (1239) 572.

„ episcopus spirensis. T. XXXI (1235) 562.

„ praepositus inticensis. T. XXXI (1230) 540.

„ praepositus de Wechterwincle. T. XXX (1215) 58.

Cadoldus, Chadoldus, constructor monasterii Hassriebt. T. XXXI (932) 63.

„ dapifer ducis Austriae. T. XXX (1218) 63. — Conf. etiam *Veldesberg.*

Caganhard, Chaganhard, filius Irmburgae. T. XXXI (892) 142.

Calatin, Callindin, Kalatin, Kallindin etc., conf. etiam *Pappenheim* et *Heinricus mariscalcus.*

„ Heinricus marschalcus de — T. XXIX (1193) 471. (1200) 492. (1205) 513, 517, 520. (1207) 534, 536, 538, 540. (1208) 547, 550. T. XXX (1205) 400. — T. XXXI (1193) 431. (1209) 473.

„ Heinricus marschalcus de — T. XXX (1213) 5, 9, 11. — Marschalcus imperii — 13, 15, 17. (1232) 205.

„ Benna, uxor ejus. T. XXX (1232) 205.

Calominus, judaeus spirensis. T. XXXI (1090) 369.

Calw, Calwen, Calwe, Caloen, Chalawa, Calwin, Kalewn.

„ Adalbertus comes de castello Chalawa. T. XXIX (1075) 192—197. Restaurator monasterii hirsaugiensis. ibid.

„ Wieldrada, uxor Adalberti. T. XXIX (1075) 192.

„ Adalbertus, filius Adalberti et Wieltradae loc. cit.

„ Bruno, item filius loc. cit.

„ Gotefridus, item filius loc. cit.

„ Outa, filia Adalberti et Wieltradae loc. cit.

„ Irmingarda, item filia loc. cit.

„ Gottfridus comes de — T. XXIX (1089) 210. (1109) 222. (1112) 231. T. XXXI (1112) 535.

„ Albertus comes de — T. XXIX (1206) 523.

Calwenberg, Conradus de — T. XXXI (1206) 464.

Cambe, Chambe, Kambe, Khambe.
  „   Bertolfus, marchio de Cambe. T. XXIX (1154) 313.
  „   Adelramus de — T. XXIX (1157) 345.
  „   Alramus de — T. XXIX (1183) 449.
  „   Albertus de — T. XXIX (1200) 496. T. XXXI (1209) 473.
  „   Alramus, filius ejus et advocatus destitutus monasterii aldersbacensis. T. XXIX (1200) 496. T. XXXI (1209) 473.
  „   Albertus de — T. XXXI (1196) 460, 462.
Camerberg, conf. *Kammerberg.*
Caminata, conf. *Kemnat, Kemnaten.*
Camino, Wezelo de — T. XXXI (1185) 425.
Candestat, Wernher de —; ministerialis wirceburgensis. T. XXIX (1146) 294.
Candidus martyr. T. XXXI (816) 32.
Candpoldus, conf. *Gundpoldus, Gumpoldus.*
Capella, Heinricus de — civis ratisponensis. T. XXX (1217) 59.
Carinthia, Otto dux Carintinorum ac Veronensium. T. XXVIII (980) 231. — T. XXXI (980) 235; possidet etiam comitatum in pago Wermazvelde. loc. cit.
  „   Heinricus dux Carintane regionis. T. XXVIII (985) 244. — Carintinorum dux et marchio in Chreine. T. XXXI (989) 247.
  „   Oudalricus dux Carinthiae. T. XXXI (1142) 401.
  „   Heinricus dux. T. XXIX (1161) 361.
  „   Hermannus dux. T. XXIX (1166) 382.
  „   Bernhardus dux. T. XXIX (1207) 540. — T. XXX (1217) 55, 57. (1219) 79, 84. (1225) 135. (1230) 163. (1232) 193, 196, 200, 201. T. XXXI (1230) 541. (1232) 552.
  „   Ludowicus. T. XXXI (1227) 525.
Carolus, Karolus, episcopus seccoviensis. T. XXX (1230) 163.
  „   judex in Halle. T. XXXI (1194) 455.
  „   theloncarius ratisponensis. T. XXX (1217) 59.
Cassianus S., ejus capella Ratisbonae. T. XXVIII (885) 76.
Castel, Castele, Castello, Castelo, Kastele.
  „   Rupertus de — T. XXIX (1149) 300.
  „   Hermannus de — frater Ruperti loc. cit.
  „   Adalbertus de — frater Ruperti loc. cit.
  „   Rupertus, Robertus comes de — T. XXIX (1156) 326.
  „   Rupertus de — T. XXIX (1165) 376, 380. (1168) 388, 393. (1172) 405, 407.
  „   Rupertus homo liber de — T. XXIX (1180) 437. — (1192) 463. (1194) 478. (1195) 486. (1200) 494.
  „   Rupertus comes de — T. XXIX (1205) 529. T. XXX (1227) 149. (1234) 219. T. XXXI (1223) 518.
  „   Ludovicus, comes de — frater praedicti Ruperti. T. XXXI (1223) 519.

4 *

Castel, Heinricus comes de — T. XXX (1267) 562.
„   Wolmarus de — T. XXXI (1193) 451.
Castelbarco, *Castlabarco*, Bonifacius de — T. XXX (1267) 564.
Castelin, Sifridus. T. XXX (1228) 153.
Calzenelnbogen, *Calzenellinbogo*.
„   Hermannus de — clericus. T. XXIX (1172) 407.
„   Heinrich comes de — T. XXIX (1140) 270. T. XXXI (1138) 393. Conf. etiam *Kirchberg*.
Ceizzolfus, cancellarius. T. XXIX (1154) 313.
Ceringia, conf. *Zeringia*, sive *Zaeringen*.
Ch., abbas tegernseensis. T. XXXI (1239) 573.
Chadalhohus, comes in pago Hisiniggowe (Isinachgowe). T. XXVIII (1018) 469. Conf. etiam *Kadalhoh* et *Kadeloch*.
„   comes in pago Roltgovvri. T. XXVIII (1011) 454.
„   comes in pago Sundargovve. T. XXVIII (959) 185.
„   comes, sub quo forestum Heit. T. XXIX (1027) 22.
Chalatin, conf. *Calatin*.
Chalawa, conf. *Calw*.
Chaldorph, *Chaldorf*, Hartnid de — T. XXIX (1112) 252. T. XXXI (1112) 386.
Chambe, conf. *Cambe*.
Chamburg, *Chamburch*, Heinricus de — T. XXXI (1214) 487.
Chamerberg, *Chamerberch*, conf. *Kammerberg*.
Chastel, conf. *Castel*.
Cheldie, comitatus Cheldionis in pago Nortgowe. T. XXXI (895) 146.
Cheminata, conf. *Kemnat*, *Kemnaten*.
Chers, Diepoldus comes de — T. XXX (1213) 15.
Chirchberg, conf. *Kirchberg*.
Chirchdorf, conf. *Kirchdorf*.
Cholenbach, Adalbero de — T. XXIX (1112) 252.
Cholo, accipit bona in comitatu Chnaiberti in loco Herigoltesbusa. T. XXVIII (899) 125.
Chopho, conf. *Coph*.
Chreglingen, conf. *Creglingen*.
Chresbach, Liutfridus de — T. XXIX (1075) 198.
Christianus, archiepiscopus moguntinus et archicancellarius. T. XXIX (1168) 387, 392, 394. (1170) 397. (1171) 402. (1172) 413. (1174) 423. — (1177) 427. (1180) 437, 440. (1182) 445, 448. — T. XXXI (1182) 421.
„   cancellarius. T. XXIX (1163) 366, 372. (1165) 376, 381. T. XXXI (1163) 417.
„   episcopus pataviensis. T. XXVIII (993) 250, 251. (999) 274. (1007) 328.
„   Cristanus, itinerarius. T. XXVIII (1007) 328.
„   Cristauus test. T. XXIX (1033) 40.

Chrutheim, Wolfradus de — nobilis imperii. T. XXX (1237) 363.
Chunibert, *Chunipert*, *Chumiperchi*, *Cuniprehi*.
    „   comes, in cujus comitatu Herigolteshusa. T. XXVIII (899) 125.
    „   comes in pago Thuonahgovve. T. XXVIII (890) 102.
    „   comes, circumducit marcam ad Sconinova in Quinsingowe. T. XXVIII (890) 100, 101.
    „   test. T. XXVIII (890) 102.
Chuningen, Udalschalch de — T. XXIX (1075) 198.
Chuningesberg, conf. *Kuningesberg*.
Chunringen, conf. *Kunringen*.
Chuntilo, test. T. XXVIII (890) 102.
Chuoch, Heinricus de — T. XXXI. (1182) 491.
Cigeno N., et ejus vidua. T. XXXI (1243) 578.
Cimere, conf. *Zimmern*.
Cirniudiensi, Ulricus, civis augustensis. T. XXX (1266) 357.
Clingenberg, *Clingembere*, *Chingenburg*.
    „   Conradus pincerna de — T. XXXI (1231) 547.
    „   N. pincerna de — T. XXX (1232) 193, 196.
    „   C. pincerna de — T. XXX (1224) 129.
    „   Conradus pincerna de — T. XXX (1225) 131. (1230) 166.
Clingenstein, *Chinginstine*, Rudolphus de — T. XXX (1228) 153.
    „   Conradus de — T. XXX (1215) 30.
Colbo, Waltherus. T. XXIX (1147) 293.
    „   Berno, frater Waltheri. T. XXIX (1147) 298.
    „   Friedericus. T. XXIX (1165) 380.
    „   Conradus, pincerna. T. XXIX (1168) 389, 394. (1170) 397. (1171) 402. — Fortasse idem Conradus, pincerna, qui sine nomine gentilitio nominatur; conf. *Conradus* pincerna.
    „   Ludowicus, frater ejus. T. XXIX (1168) 389, 394.
    „   Berengerus, frater Conradi loc. cit.
Coldiz, conf. *Koldiz*.
Colinbach, Adalbero de — T. XXXI. (1112) 396.
Colmannus, ministerialis wirceburgensis. T. XXIX (1146) 294.
Commeatus, notarius. T. XXVIII (844) 38, 40. (846) 42. (855) 47, 48. T. XXXI (952) 91. (859) 94.
Comizn, conf. *Cumiza*.
Conradus, *Chonradus*, *Cunradus*, *Chunradus*.
    „   abbas altahensis. T. XXIX (1146) 291.
    „   abbas augiensis. T. XXX (1234) 231.
    „   abbas faucensis. T. XXX (1218) 68.
    „   abbas fuldensis. T. XXIX (1192) 462. T. XXX (1226) 144.
    „   abbas in Keisheim. T. XXX (1228) 157.
    „   abbas laurensis. T. XXX (1226) 144.
    „   abbas ottenburensis. T. XXX (1220) 92.

Conradus, abbas monast. Roth. T. XXX (1263) 334.
,,   abbas in Salrelt. T. XXXI (1193) 448.
,,   archiepiscopus conf. hujus nominis episcopos et *Wittelsbach*.
,,   butigularius (butigelarius, Putiglarius etc.) de Nürnberg. T. XXX (1233) 207. (1235) 236, 242. (1236) 252.
,,   butigularius de Nürnberg. T. XXXI. (1216) 494.
,,   filius butiglarii de Nümberg. T. XXXI (1243) 578.
,,   camerarius de Werda. T. XXXI (1220) 499.
,,   canonicus augustensis. T. XXIX (1156) 328, 829.
,,   cellerarius. T. XXIX (1168) 388, 393. (1172) 410.
,,   cellerarius. T. XXIX (1194) 479.
,,   civis in Ibitsheim. T. XXIX (1200) 497.
,,   civis in Urahe loc. cit.
,,   civis in Urvirsheim loc. cit.
,,   clericus et capellanus. T. XXX (1216) 40.
,,   custos. T. XXIX (1130) 286.
,,   custos majoris ecclesiae babenbergensis. T. XXIX (1152) 308.
,,   comes et nepos Ludovici infantis. T. XXVIII (911) 143.
,,   comes in pago Gozfelda. T. XXVIII (903) 130.
,,   comes interveniens pro ecclesia eistetensi. T. XXXI (908) 178.
,,   comes interveniens pro Rudolpho episcopo winceburgensi. T. XXVIII (903) 129.
,,   comes intercedens pro monasterio Weissenburg. T. XXXI. (902) 166.
,,   comes palatinus Rheni conf. *Palatinatus* Rheni.
,,   decanus ecclesiae spirensis. T. XXX (1214) 23.
,,   archiepiscopus coloniensis. T. XXX (1246) 297.
,,   archiepiscopus moguntinus et salisburgensis conf. *Wittelsbach*.
,,   archiepiscopus salisburgensis. T. XXIX (1125) 249. (1144) 284. T. XXXI (1122) 387.
,,   iterum archiepiscopus salisburgensis. T. XXIX (1172) 412.
,,   episcopus argentinensis. T. XXIX (1192) 465. T. XXXI (1190) 441.
,,   episcopus augustensis. T. XXIX. (1156) 328. (1157) 338. 343. (1161) 361. T. XXXI (1157) 411.
,,   episcopus brixinensis. T. XXIX (1206) 531. T. XXX (1244) 21.
,,   episcopus constantiensis. T. XXIX (1171) 400.
,,   episcopus constantiensis. T. XXX (1213) 13, 15. (1218) 74. (1231) 181.
,,   episcopus constantiensis. T. XXXI (972) 211.
,,   episcopus curiensis. T. XXIX (1125) 245. (1125) 249.
,,   episcopus eistetensis. T. XXIX (1157) 345. T. XXXI (1157) 411. (1159) 413.
,,   episcopus eistetensis. T. XXIX (1200) 494. — T. XXX quondam eistetensis episcopus. T. XXX (1213) 10. (1223) 115.

Conradus, episcopus quondam balberstadensis. T. XXXI (1214) 486.
„ episcopus herbipolensis conf. würzburgensis.
„ episcopus lubicensis. T. XXXI (1185) 425.
„ episcopus magdeburgensis. T. XXIX. (1136) 268.
„ episcopus metensis et spirensis, imperialis aulae cancellarius. T. XXX (1212) 2, 6. (1213) 9, 11, 13, 16, 17. (1214) 19, 23. (1215) 32, 37. (1216) 40, 42, 45, 47, 50, 53. (1217) 55, 57, 59. (1218) 65, 66, 70, 71, 73, 75. (1219) 79, 81, 82, 85, 87, 89. (1220) 95, 99. (1223) 117. — T. XXXI (1216) 493. (1220) 500. (1222) 512, 513.
episcopus pataviensis, frater Conradi regis. T. XXIX (1154) 313. (1157) 344, 345. (1161) 357, 360.
episcopus ratisbonensis. T. XXXI (1194) 453.
episcopus ratisbonensis. T. XXIX (1201) 503 — imperialis aulae cancellarius, 510, 514, 517, 518, 520, 522, 523, 524, 525. (1207) 534, 540. — T. XXX (1213) 5, 9. (1215) 25, 27, 37. (1216) 42, 44, 46, 49. (1219) 86, 87, 88. (1220) 94, 99. (1226) 138.
episcopus spirensis. T. XXIX (1207) 536, 538, 540. (1208) 547, 550; et cancellarius. (1209) 552, 555, 556, 557. — T. XXXI (1205) 400. (1207) 469. (1209) 473. (1210) 474. (1214) 487.
episcopus tridentinus. T. XXIX (1194) 479.
episcopus triestinus. T. XXX (1224) 119, 122.
episcopus würzeburgensis sive herbipolensis. T. XXIX (1199) 489, 490. (1200) 494, 500. (1201) 501, 503, 506; aulae imperialis cancellarius ibid.
„ episcopus wormatiensis. T. XXIX (1107) 338, 342.
„ episcopus wormatiensis. T. XXXI (1190) 439, 440, 441.
„ frater Arnoldi sive Arnulphi dapiferi. T. XXIX (1174) 420. conf. *Arnoldus* dapifer.
„ frater imperatoris Friderici I. T. XXIX (1156) 325.
„ frater monasterii Michelfelt. T. XXX (1233) 207.
„ judaeus. T. XXX (1233) 207.
„ liber homo. T. XXX (1130) 225.
„ iterum, liber homo. loc. cit.
„ marchio conf. *Misnia*.
„ ministerialis würzeburgensis. T. XXIX (1146) 294.
„ nepos Bertolfi comitis de Lindenfels. T. XXIX (1123) 245.
„ notarius. T. XXX (1240) 280; — de Ulma. (1241) 282.
„ notarius Conradini regis. T. XXX (1268) 367, 370.
„ officiatus de Gredingen. T. XXX (1213) 11.
„ pincerna. T. XXIX (1172) 405, 410. (1174) 423. T. XXXI (1182) 421.
„ pincerna conf. etiam *Colbo*.
„ plebanus de Asche. T. XXXI (1227) 528.

Conradus, plebanus de Ebise. T. XXX (1263) 334.
    ,,   praepositus friaacensis. T. XXX (1215) 27.
    ,,   praepositus frisingensis. T. XXXI (1196) 460.
    ,,   praepositis goslariensis. T. XXIX (1193) 471.
    ,,   praepositus novi monasterii. T. XXIX (1156) 325.
    ,,   praepositus major ecclesiae spirensis. T. XXX (1214) 23.
    ,,   praepositus S. Guidonis spirensis. T. XXX (1254) 231.
    ,,   praepositus ecclesiae omnium Sanctorum Spirae. T. XXXI (1187) 428, 429.
    ,,   praepositus. T. XXX (1130) 225.
    ,,   ejus nominis reges et imperatores, conf. *Imperatores.*
    ,,   servus Gebhardi de Sconinstedin. T. XXX (1232) 199.
    ,,   testis. T. XXIX (1123) 245.
    ,,   testis. T. XXIX (1157) 358.
    ,,   collaudat donationem ecclesiae wirceburgensi factam. T. XXXI (1027) 304.
Couze, Albertus de — T XXIX (1194) 479.
Corbinianus S., episcopus frisingensis memoratur. T. XXVIII (906) 140.
Cotefredus, conf. *Gottfridus.*
Crafto, Craftko, Craft, Graft, Krafto.
    ,,   comes, sub quo villa Arinbach. T. XXIX (1089) 212.
    ,,   comes in pago Ratenzgovve. T. XXIX (1056) 131. (1061) 152. (1062) 158. (1067) 175.
    ,,   testis. T. XXIX (1172) 406.
Crailing, Hugo de — T. XXX (1255) 325.
Cranichberg, Crunichsberg, Kranchesperch.
    ,,   Wolframus de — T. XXX (1215) 37.
    ,,   Conradus de — T. XXX loc. cit.
Cranz, Alhardus. T. XXIX (1205) 523.
Creglingen, Chregeliugen, Hartwich de — T. XXIX (1130) 258.
Creina, Eberhardus, marchio in Creina. T. XXIX (1040) 68.
Cristianus, conf. *Christianus.*
Croph, Cropho, Cropf, Crof.
    ,,   N., de Ehmudisheim. T. XXX (1216) 55.
    ,,   Conradus, de Flüglingen. T. XXX (1266) 351, 355. (1267) 564. (1268) 370. T. (1266) 593.
Crowzh, Gunzelinus de — T. XXXI (1214) 487.
Crozech, G. de — T. XXX (1224) 125. conf. etiam *Krozuc.*
Crumbach, Reinmarus de — T. XXX (1236) 253. conf. etiam *Grumbach.*
Cruzo, Marquardus. T. XXX (1254) 220.
Crutheim, Gottfridus de — T. XXIX (1172) 407.
    ,,   Wolfradus de — T. XXX (1235) 238.
    ,,   C. de — T. XXX (1242) 285.
    ,,   Wolfradus. T. XXIX (1200) 495.
Cumbertus, conf. *Gumpertus.*

Cumpoldus. Cumpoldus, conf. *Gumpoldus.*
Cumprecht, Cundprecht, conf. *Gumprecht.*
Cunegunda, regina et imperatrix, uxor Heinrici II. T. XXVIII (1002)
                295, 298, 302, 305. (1003) 307, 308, 313, 314. (1004) 319,
                321. (1005) 322, 324. (1007) 326, 333, 334, 343, 351. (1008)
                389, 392, 394, 395, 397, 399. (1009) 408. (1010) 416, 418,
                421, 426, 427. (1011) 430, 432, 433, 435. (1012) 439. (1013)
                442. (1014) 446, 451. (1016) 459. (1017) 464. (1018) 480.
                (1019) 485, 487. (1021) 489, 491, 493, 495, 500, 502. (1022)
                509. (1024) 510. — T. XXIX (1033) 56. — T. XXXI (1002)
                274. (1003) 279. (1007) 230. (1019) 294. (1022) 295.
Cuneza, conf. *Cuniza* et *Tokkenburg.*
Cuniberlus, Cunberlus, comes in pago Tunnagowe. T. XXVIII (980) 66.
                T. XXXI (980) 113. (983) 122.
Cuniza, Coniza, uxor Swiggeri militis. T. XXIX (1048) 87.
  „   *Cuneza*, mater Bertholdi canonici et Luodolphi de Stuolingen.
                T. XXIX (1146) 293.
Cuno, Chuno, Cuono, Cono.
  „   abbas elwangensis. T. XXX (1215) 30. (1216) 42, 45, 47, 50, 53.
          et fuldensis (1220) 103. — T. XXXI (1220) 499.
  „   canonicus wirceburgensis. T. XXIX (1206) 530.
  „   comes in pago Drisgowe. T. XXIX (1079) 206.
  „   comes in orientali Francia, auferens praedium Berenheim. T. XXVIII
                (1000) 281, 282.
  „   dux; ejus memoria in monasterio Tharissa. T. XXXI (1094) 373.
  „   episcopus ratisbonensis. T. XXIX (1129) 253.
  „   iterum episcopus ratisbonensis. T. XXIX (1168) 388, 393. (1171)
                402. (1179) 432. (1180) 439. (1182) 446, 447.
  „   episcopus strasburgensis. T. XXXI (1102) 378, 379.
  „   ministerialis wirceburgensis. T. XXIX (1146) 294.
  „   testis. T. XXIX (1033) 40.
  „   testis. T. XXIX (1123) 245.
Cunpoldus, conf. *Gumpoldus.*
Cunstat, N., mariscalchus de —; ministerialis ecclesiae babenbergensis.
                T. XXXI (1243) 577.
Cupfirlin, Roudegerus. T. XXIX (1200) 498.
Curia, Otto de — T. XXX (1265) 343.
  „   Bertholdus de —; civis egrensis. T. XXXI (1259) 583.
  „   Waltherus de —; civis egrensis. loc. cit.
Curtas, Rupertus, donator ad hospitale S. Johannis in Würzburg. T. XXX
                (1215) 34.

D.

Dachau, Dachowu, Dachowe. Conf. etiam *Scheiern* et *Wittelsbach.*
,, 	Conradus, comes de — T. XXIX (1152) 509. (1154) 315.
,, 	Conradus, dux et comes de — T. XXIX (1157) 345.
,, 	Arnoldus, frater Conradi comitis. T. XXIX (1154) 315.
Dachsberg, fratres de — T. XXX (1227) 445.
Dachstein, Gotebolt de — T. XXIX (1140) 272.
,, 	Hartman de — loc. cit.
Dagestein, Megelaus de — T. XXIX (1205) 520.
Dagesletten, Albero de — T. XXXI (1140) 397.
,, 	Albero filius ejus. T. XXXI. loc. cit.
Dalmatin, Dertholdus dux Dalmatiae. T. XXXI (1189) 433.
Danne, conf. *Tanne.*
Daniel, canonicus novi monasterii. T. XXXI (1227) 528.
,, 	episcopus pragensis. T. XXIX (1157) 345. T. XXXI (1154) 414.
David, judaeus spirensis. T. XXXI (1990) 369.
,, 	judaeus augustensis. T. XXX (1266) 357.
Dedilheim, Dedilhem, Otto de — T. XXX (1232) 199.
Degenhardus, scolasticus majoris ecclesiae herbipolensis. T. XXXI (1223)
	516.
,, 	Bischof von Sitten. Tit. XXXI (1212) 478.
,, 	conf. etiam *Thegenhardus.*
Deibaldus, conf. *Theobaldus.*
Deideram, test. T. XXIX (1048) 86.
Deokarius, abbas monasterii Ilasaricht. T. XXXI (832) 63, 65.
Deotmarus, Diotmarus, conf. etiam *Dietmarus, Theotmarus* et *Thietmarus.*
,, 	archicapellanus. T. XXVIII (888) 80, 82, 83. (889) 85, 86.
	88, 89. — T. XXXI (877) 105. (889) 119.
,, 	archicapellanus et archiepiscopus salisburgensis. T. XXVIII
	(889) 90, 91, 94, 97, 99. (890) 101, 103, 104, 107. (895)
	107, 109, 110. (896) 112, 113. (897) 115. (898) 116, 118,
	122.
Deotoloki, episcopus innominatae sedis. T. XXVIII (906) 140.
Deotricus, conf. *Dietricus.*
Dewin, Ulscalcus de — T. XXXI (1239) 575.
Dibaldus, conf. *Theobaldus.*
Dicka, Conradus de — T. XXIX (1208) 543.
Diedo, episcopus brandenburgensis. T. XXIX (1079) 207.
Diemo, conf. *Thimo.*
Dieptesbure, Volricus de — T. XXX (1215) 29.

Diepertus, possidens jure scodali praedium in Drucca. T. XXIX (1146) 289.

Dietbaldus, conf. *Theobaldus*.

Dietgerus, *Diotkerus*, possessiones accipit in pago Ougesgovve. T. XXVIII (987) 115.

Diethelmus, *Diethalmus*, *Diothelm*.
   ,,   episcopus constantiensis. T. XXIX (1200) 494. (1204) 505.
   ,,   possessor hubae in Meiorespach in pago Isanahgowe. T. XXXI (903) 169.

Dietherus, *Dytherus*, cancellarius. T. XXXI (1190) 441.

Diethokus, *Ihiothokus*, presbyter. T. XXXI (1002) 273.

Dietmarus, *Ihilmarus*, *Dhiotmarus*, conf. etiam *Deotmarus* et *Theotmarus*, necnon *Thietmarus*.
   ,,   abbas Althahae inferioris. T. XXIX (1049) 96.
   ,,   archiepiscopus salisburgensis. T. XXXI (1041) 319.
   ,,   civis ratisponensis. T. XXIX (1089) 211.
   ,,   comes in pago Folcfelt. T. XXVIII (1007) 329.
   ,,   iterum comes in eodem pago. T. XXXI (1023) 297.
   ,,   homo nobilis in loco Priempereh in pago Nortgovve. T. XXVII (961) 199.
   ,,   mancipium ecclesiae moguntinae. T. XXIX (1114) 233.
   ,,   praeses in Sueinikgovve. T. XXIX (1040) 63, 65.
   ,,   testis. T. XXX (1150) 225.

Dieto, *Dioto*, *Thiodo*, conf. etiam *Thiodo*.
   ,, abbas faucensis. T. XXX (1222) 109, 112.
   ,, camerarius. T. XXX (1217) 55, 57. conf. etiam *Racensburg*.
   ,, episcopus innominatae sedis. T. XXVIII (914) 145. (918) 157.
   ,, episcopus wirceburgensis. T. XXVIII (918) 163, 165. (923) 189, 161, 162, 163.
   ,, miles ex castro Hunsborg. T. XXXI (817) 37.

Dietricus, *Deotricus*, *Ihietricus*, *Ihietrich*, conf. etiam *Theodericus*.
   ,,   episcopus innominatae sedis. T. XXVIII (967) 190.
   ,,   mancipium, donatur comiti Oudelrich. T. XXVIII (986) 245.
   ,,   iterum mancipium, donatur eidem. loc. cit.
   ,,   iterum, donatur eidem. loc. cit.
   *   presbyter. T. XXXI (899) 159.
   ,,   praepositus in Honoldesbach. T. XXIX (1194) 477.

Diezen, Otto de — T. XXIX (1156) 329.

Dillingen, *Dilingin*, *Dilingen*, *Tilingen*.
   ,,   Hartmannus, comes de — T. XXIX (1128) 245. — T. XXX (1215) 30. (1226) 141. (1227) 148, 149. (1228) 188. — T. XXXI (1223) 515. (1227) 528.
   ,,   H. comes de — T. XXX (1236) 247.
   ,,   Albertus, comes de — T. XXIX (1165) 376. (1168) 535, 395. (1200) 500. (1205) 525.

Dionysius, martyr. T. XXXI (623) 2.
Diotkerus, conl. *Dietgerus*.
Ditz, *Dietz*, *Dietse*, *Dietis*, *Diets*, *Dieths*.
„ Heinricus, comes de — T. XXIX (1177) 427. — T. XXXI (1182) 421.
„ Bertholdus, comes do — T. XXIX (1192) 466.
„ Gerhardus, comes de — T. XXX (1216) 40, 47, 50. (1283) 116,
117. (1224) 124, 139. (1225) 131. — T. XXXI (1215) 489. (1223)
513. (1225) 522.
„ Bernhardus, comes de — T. XXXI (1210) 475.
Diura, Theodericus de — T. XXXI (1158) 393.
„ Rudegerus, frater ejus. loc. cit.
Domesberg, Sifridus dapifer de — T. XXXI (1262) 591.
Donnersberg, *Donnersberc*, *Donresberc*.
„ Sifridus de — ministerialis augustensis. T. XXIX (1187)
453. — T. XXX (1224) 124.
„ Heinricus, frater ejus. loc. cit.
„ Sifridus, dominus de — T. XXX (1266) 347.
Dorfum, testis. T. XXVIII (890) 102.
Dornberg, Wolframus advocatus de — T. XXX (1267) 362.
Dorne, conf. *Durne*.
Dorinburch, Hetericus, comes do — T. XXIX (1207) 536, 538.
Dornibach, Adilolt de — T. XXIX (1180) 440.
Dracholphus, *Draculfus*, episcopus. T. XXVIII (912) 146. T. XXXI
(916) 186.
Drago, frater Ludovici pii, archiepiscopus et sacri palatii archicapellanus.
T. XXVIII (837) 31. — T. XXXI (839) 83.
Drouth, *Drowze*. Albertus de — T. XXXI (1214) 487. (1215) 491.
Druant, nobilis vir. T. XXXI (905) 173. — Ejus filius Walach.
Druchburc, conf. *Trauckburg*.
Drukendingen, conf. *Trukendingen*.
Drushardus, camerarius spirensis. T. XXIX (1192) 466.
„ testis. T. XXIX (1199) 489.
Dudo, cancellarius. T. XXXI (817) 38.
„ canonicus augustensis. T. XXIX (1156) 329.
Dufenbach, Burckardus de — T. XXXI (1140) 397.
Dultinc, mancipium donatur comiti Oudelrich. T. XXVIII (986) 246.
Dumbrunne, *Dunbrunne*, Adalbertus de — T. XXXI (1138) 393.
„ Adalbero de — T. XXXI (1140) 397.
Durandus, diaconus. T. XXVIII (815) 12. (820) 14, (823) 13. (831) 20.
T. XXXI. (819) 45. (822) 49. (828) 65.
Duringus, sagittarius, proscribitur. T. XXXI. (1232) 511.
Durlo, Johannes de — magister et consiliarius regis Conradi IV. T. XXX
(1242) 285.
Durne, *Durna*, *Durnum*, *Duorne*, *Dorne* etc.
„ Conradus de — T. XXX (1224) 124. (1236) 236.

Durne, Rupertus de — T. XXIX (1172) 407. (1174) 422. (1182) 445.
(1192) 463. (1193) 471. (1194) 478, 479, 485, (1195) 486. T.
XXXI (1182) 421. (1190) 441. (1194) 453. (1196) 460.
,, Ulricus de — T. XXIX (1200) 495.
Dylon, Albertus comes de — T. XXX (1261) 531.
Dytherus, conf. *Dietherus*.

E.

E., abbas ebracensis. T. XXXI (1235) 563.
E., abbas waltsassensis. T. XXXI (1227) 524.
E., episcopus babenbergensis. T. XXX (1232) 193, 196, 199, 201. (1234)
228. — T. XXXI (1232) 552.
E., magister et canonicus babenbergensis. T. XXX (1242) 285.
Eben, *Ebo*, conf. *Eppo*.
Ebenhoven, Heinricus de — T. XXX (1219) 90.
Eberaddus, ministerialis Heinrici IV imp. T. XXIX (1123) 244.
Ebergozesperg, Conradus de — proscribitur. T. XXXI (1222) 511.
Eberhardus, conf. etiam *Heberhardus*.
,, abbas in Aldersbach. T. XXXI (1209) 472.
,, abbas monast. Salem. T. XXX (1214) 23. (1241) 231, 252.
,, archicapellanus. T. XXVIII (1014) 447.
,, archiepiscopus salisburgensis. T. XXIX (1154) 312.
,, iterum archiepiscopus salisburgensis. T. XXIX (1201) 504.
(1207) 533, 535, 537. — T. XXX (1213) 12. (1215) 25, 27.
(1218) 73. (1219) 84. (1230) 162. (1232) 193, 196, 198, 199.
(1235) 240. T. XXXI (1221) 507. (1227) 525. (1230) 541.
(1239) 572, 573.
,, archipresbyter. T. XXXI (1182) 421.
,, cancellarius. T. XXVIII (1005) 323, 325. (1007) 327, 328,
330, 332, 333, 335, 337, 339, 340, 342, 344, 345, 347, 349,
354, 357, 358, 361, 363, 365, 367, 368, 370, 372, 374, 376,
378, 380, 382, 384, 386, 388. (1008) 389, 391. — T. XXXI
(1007) 281.
,, cancellarius. T. XXIX (1040) 72, 73. (1042) 75, 77. T.
XXXI (1041) 390. (1048) 325.
,, comes. T. XXIX (1035) 40.
,, comes, intercedens pro monasterio campidonensi. T. XXVIII
(930) 167.
,, comes, nepos Sigibardi comitis in pago Chiemihgovve. T.
XXVIII (946) 181.
,, comes, intercedens pro sede cistetensi. T. XXVIII (918) 157.
,, comes in pago Hesinga. T. XXVIII (950) 182.

Eberhardus, comes, interveniens pro monasterio Niedermünster. T. XXIX
(1073) 186.
comes in pago Tuonahgevve. T. XXVIII (916) 151.
comes et nepos Ludovici infantis. T. XXVIII (911) 143.
comes, frater Adalberonis comitis, fundatoris mon. Ebersberg. T. XXIX (1040) 57.
custos babenbergensis. T. XXIX (1171) 413.
decanus frisingensis. T. XXXI (1239) 573.
episcopus augustensis. T. XXIX (1040) 69.
episcopus babenbergensis. T. XXVIII (1007) 336, 338, 339,
343, 345, 347, 352, 356, 358, 364, 366, 368, 370, 372, 374,
376, 378, 380, 382, 384, 386, 397. (1008) 392, 394, 396,
398, 400, 404. (1009) 414. (1010) 423, 426, 427. (1011)
430, 432, 436. (1013) 442. (1014) 446, 452. (1015) 455.
(1017) 464, 465. (1018) 473. (1019) 484, 485. (1021) 495,
501, 502, 504. T. XXIX (1025) 1, 2, 4, 6. (1034) 42, 44.
(1039) 52. (1040) 63. — T. XXXI (1008) 283. (1017) 289,
290. (1023) 297, 298. (1024) 300, 301.
episcopus babenbergensis. T. XXIX (1152) 308, 310. (1154)
312. (1156) 323, 325. (1157) 342, 345. (1158) 348. (1160)
350, 351, 352, 354. (1161) 361. (1165) 379, 380. (1166)
382, 383. — T. XXXI (1159) 414. (1163) 416.
episcopus babenbergensis. T. XXIX (1172) 413. — (1182)
443, 444.
episcopus constantiensis. T. XXX (1266) 347, 351, 353, 354.
— T. XXXI (1262) 591. (1266) 593.
episcopus cistelensis. T. XXIX (1156) 329. -- T. XXXI (1103)
384.
episcopus merseburgensis. T. XXIX (1177) 427. (1194) 479,
483. — T. XXXI (1194) 453.
episcopus tridentinus. T. XXIX (1177) 425.
magister et canonicus novi monasterii in Wirceburg. T. XXX
(1234) 219.
marchio in Creina. T. XXIX (1040) 58.
ministerialis et testis. T. XXX (1130) 225.
notarius. T. XXVIII (859) 51.
notarius. T. XXX (1264) 339.
pincerna (Schenck) canonicus constantiensis. T. XXX (1266)
347.
praepositus congregationis S. Georgii Bambergae. T. XXIX
(1130) 256.
praepositus S. Jacobi. T. XXIX (1177) 427.
praepositus monasterii Steingaden. T. XXX (1251) 316.
praepositus monasterii Robr. T. XXXI (1168) 412.
scolasticus majoris ecclesiae babenbergensis. T. XXIX (1152) 308

Eberhardus, scultetus nürnbergensis. T. XXX (1236) 252, 254.
,,   testis. T. XXXI (1094) 374.
,,   testis. T. XXIX (1123) 245.
,,   collaudat donationem silvae ecclesiae wirceburgensi factam.
          T. XXXI (1027) 504.
Ebermundesdorf, *Ebermuondesdorph*, *Ebermudesdorf*.
,,   Merebodo, Meribodo de — T. XXIX (1112) 332. —
          T. XXXI (1112) 386.
,,   Gebebardus de — loc. cit.
,,   Wirini, Wirnt de — loc. cit.
,,   Marchwart de — loc. cit.
,,   Eppo, Ebbo de — loc. cit.
,,   Eppo junior de — loc. cit.
Ebersberg, comites de Ebersberg in diplomatibus sine nomine gentilitio
          apparent conf. igitur *Adalbero* et *Eberhardus*.
,,   Cuno de — T. XXX (1224) 124.
Eberspeunt, *Eberspiunde*, Heinricus de — T. XXX (1219) 87.
Eberstein, *Everstein*, Albertus, comes de — T. XXIX (1172) 407.
,,   Albertus, comes de T. XXIX (1193) 471.
,,   Albertus, comes de — T. XXX (1213) 9. (1215) 28, 31, 35,
          37. T. XXXI (1214) 487. (1215) 489.
,,   G., comes de — T. XXX (1231) 170.
,,   Conradus, comes de — T. XXXI (1232) 554.
,,   Eberhardus de — T. XXX (1216) 40. (1219) 79. (1223) 117.
,,   Otto de — T. XXX (1234) 231. T. XXXI (1234) 658.
,,   Otto de — T. XXXI (1262) 591.
Eberwinus in Rothenburg. T. XXX (1233) 207.
,,   ministerialis wirceburgensis. T. XXIX (1146) 294.
Egge, Waltherus de — T. XXX (1220) 93.
Eggehardus, conf. *Ekkardus*.
Eggibertus, conf. *Ekbertus*.
Egeno, conf. etiam *Egino*.
,,   camerarius. T. XXIX (1123) 245.
,,   comes. T. XXIX (1136) 268.
,,   episcopus brixinensis. T. XXX (1240) 274.
Egilanus, miles ex castro Hunaburg. T. XXXI (817) 37.
Egilbertus, cancellarius. T. XXVIII (1002) 294, 296, 299, 301, 303, 304,
          506. (1003) 507, 309, 311, 313, 314, 316, 318. (1004) 320,
          321. — T. XXXI (1002) 275. (1003) 277, 279.
,,   episcopus frisingensis. T. XXVIII (1007) 355. (1021) 506. —
          T. XXIX (1029) 25. (1033) 37, 38. (1034) 45. — T. XXXI
          (1007) 280, 281. (1024) 299. (1025) 302, 303. (1031) 311.
          (1033) 313. — Educator regis Heinrici III. T. XXXI (1038) 314.
,,   episcopus pataviensis. T. XXIX (1049) 97. (1052) 110. (1055)
          126. (1056) 129. (1063) 166.

Egilbertus, conf. etiam *Eigelbertus*.
Egilwardus, episcopus innominato sedis. T. XXVIII (846) 41.
    „   episcopus wirceburgensis memoratur. T. XXVIII (939) 95.
Egino, conf. etiam *Egeno*.
    „   comes in pago Ilfigevve. T. XXVIII (939) 86.
Eginolf, *Eginolph*, test. T. XXVIII (990) 102.
Egirdiewilrie, Heinricus de — T. XXIX (1205) 523.
    „   Conradus de — loc. cit.
Egito, test. T. XXIX (1044) 86.
Eichelberg, *Eickelberc*, Waltherus de — T. XXIX (1193) 468.
Eigelbertus, archiepiscopus trevirensis. T. XXIX (1079) 207.
Eilbertus, episcopus babenbergensis. T. XXXI (1140) 397.
Eilica, abbatissa monasterii S. Mariae Pataviae. T. XXVIII (1010) 418, 419,
       420, 421, 422.
Einchardus, *Einchihardus*, episcopus wirceburgensis. T. XXXI (1094) 374.
       (1097) 376. (1102) 378, conf. etiam *Emehardus*.
Eische, Hermannus de — ministerialis. T. XXIX (1154) 313.
Eiseldsried, conf. *Isoldsried*.
Eispreil, ministerialis. T. XXX (1130) 328.
Eistetin, Heinricus de — T. XXIX (1193) 468.
    „   Heinricus de Horburg, filius ejus. loc. cit.
Ekkardus, *Ekkehardus*, *Eccehardus*, *Aeckardus*, *Eggehardus*, *Hechehardus*.
    „   cancellarius. T. XXIX (1133) 261, (1134) 263, (1136) 268.
    „   civis ratisponensis. T. XXIX (1089) 211.
    „   comes. T. XXXI (948) 189.
    „   comes, dicitur etiam ministerialis. T. XXIX (1180) 437.
    „   fidelis Ludovici imperatoris. T. XXVIII (939) 33.
    „   scultetus. T. XXIX (1194) 478.
    „   testis. T. XXIX (1130) 256.
Ekbertus, *Ekkebertus*, *Ekkibertus*, *Eggebertus*, *Eggibertus*, *Egbertus* etc.
    „   advocatus monasterii Weissenburg. T. XXXI (1102) 378.
    „   cancellarius. T. XXVIII (976) 213, 215, 218, 220, 222, 227.
       T. XXXI 229, 231.
    „   comes in pago Chunzingowe. T. XXIX (1067) 174.
    „   comes, sub quo monasterium Altaha in pago Chunzcogowe.
       T. XXIX (1154) 312.
    „   comes, intercedens pro monasterio Vizenburg. T. XXVIII (994)
       243.
    „   comes, interveniens pro ecclesia wirceburgensi. T. XXIX (1062)
       161.
    „   comes, consanguineus Conradi III regis. T. XXXI (1141) 398.
    „   episcopus babenbergensis. T. XXIX (1205) 520. (1207) 540.
       T. XXX (1217) 55, 57. (1220) 95, 99, 103. (1223) 117. (1225)
       133. (1234) 216, 217. (1236) 246, 247, 250. — T. XXXI (1220)
       499. (1223) 513. (1225) 523. (1234) 558, 559, 561. (1236) 564.

Ekbertus, marchio. T. XXIX (1067) 171.
„   marchio, possedit quondam Gredingen in Norigowe. T. XXIX
         (1091) 215.
Ekkpreth, monachus monasterii S. Emmerami. T. XXXI (901) 165.
Ekkrich, Ekkerich, Eccirich; — sacerdos, donator praedii ad monasterium
         S. Nicolai. T. XXIX (1111) 229.
„   test. T. XXVIII (890) 102.
Elbeno, serviens Heinrici III imp. T. XXIX (1048) 87.
Elewangen, Wernherus de — T. XXX (1213) 50.
Elkpach, Albanus de — ministerialis frisingensis. T. XXXI (1189) 458.
Elisabeth, regina Jerusalem et Siciliae. T. XXX (1259) 330. — Mater
         Conradini regis. T. XXX (1267) 363.
Elolfus, capellanus regis Arnulphi. T. XXVIII (889) 84.
Ehergaesenperg, Albertus de — proscribitur. T. XXXI (1223) 511.
Ellani, testis. T. XXVIII (890) 102.
„   iterum testis loc. cit.
Ellenhardus, episcopus frisingensis. T. XXIX (1057) 135, 136. (1062)
         161. (1065) 169. (1067) 171. (1074) 190. — T. XXXI
         (1062) 344. conf. etiam *Ellinkart.*
Ellimpreht, presbyter obtinet cappellam regiam in Rantesdorf. T. XXVIII
         (898) 122.
Ellingen, Elbingia, Waltherus de — T. XXX (1216) 52.
„   Cunegundis, uxor ejus. loc. cit.
Ellinkart, vinitor apud Maetingan in pago Westermann, in comitatu Luit-
         poldi. T. XXXI (901) 166.
Ellinral, matrona nobilis et concubina Arnulphi regis. T. XXVIII (914)
         148.
„   junior. loc. cit.
Embrico, Embricho, Hembricho.
„   archidiaconus erpisfortensis et cancellarius. T. XXIX (1125)
         249.
„   episcopus augustensis. T. XXIX (1073) 187.
„   episcopus ratisponensis. T. XXVIII (874) 57. (879) 64, 65.
         (885) 71, 72. — T. XXXI (896) 148.
„   episcopus wirceburgensis. T. XXIX (1136) 268. (1146) 293.
         T. XXX (1150) 293. (1234) 293. — T. XXXI (1139) 392. (1140)
         395, 397. (1142) 401. (1145) 404.
„   possessor praedii in Oppenheim. T. XXX (1214) 18.
„   test. T. XXX (1150) 293.
Emecherdus, Emcherdus, Emhart, conf. etiam *Einchardus.*
„   canonicus augustensis. T. XXIX (1156) 329.
„   episcopus wirceburgensis. T. XXIX (1156) 329.
„   fidelis Heinrici III imper. T. XXIX (1054) 118.
„   testis. T. XXIX (1033) 40.

Emersacher, Heinricus de — praepositus designatus ecclesiae S. Mauritii
  Augustae. T. XXIX (1187) 452.
Emicho, comes in Nachkowe. T. XXIX (1048) 92. — T. XXXI (985) 243.
 „ item comes ibidem. T. XXXI (1074) 366.
Emmeramus S. martyr ac pontifex Aquitaniae. T. XXXI (799) 22.
Engelbero, *Engilpero*.
 „ cancellarius. T. XXXI (903) 169, 170. (905) 176. (907) 177.
 . „ notarius. T. XXVIII (888) 80. (889) 88. (895) 107. (897)
  115. (898) 116, 118, 122. (901) 127. (903) 133, 136. (904)
  138. — T. XXXI (891) 138, 140. (892) 141, 143. (893) 144
  (896) 151. (898) 155. (899) 157, 159. (901) 163, 165.
Engelbertus, *Engilbertus*, *Engilpreht*.
 „ archiepiscopus coloniensis (conf. etiam Engelhardus). T. XXX
  (1216) 45, 47, 50. (1220) 95, 99. (1223) 116. (1224) 129.
  (1225) 131, 134. (1205) 400. — T. XXXI (1225) 522.
 „ civis ratisponensis. T. XXIX (1089) 211.
 „ comes, quondam possessor foresti apud Berthersgadmen.
  T. XXIX (1156) 322.
 „ comes, donator praediorum ad monasterium berchtesgadense.
  T. XXIX (1194) 482. (1205) 542. (1208) 545. T. XXX
  (1213) 3.
 „ conversus monasterii S. Emmerami. T. XXXI (1149) 400.
 „ filius dominae Judithae. T. XXIX (1048) 90.
 „ itinerarius. T. XXVIII (1007) 328.
 „ marchio. T. XXIX (1121) 241.
 „ marchio. T. XXXI (1140) 395. (1142) 401. — frater Rapotonis comitis ibid.
 „ ministerialis. T. XXIX (1149) 300.
 „ in Matahgovve. T. XXVIII (904) 137.
 „ testis. T. XXVIII (890) 102.
 „ testis. T. XXIX (1156) 326.
Engelfridus, abbas S. Emmerami. T. XXXI (1142) 399.
 „ homo comitis Adalhardi. T. XXXI (888) 122.
Engelhardus, *Engilhardus*.
 „ abbas S. Burchardi. T. XXIX (1168) 388, 393.
 „ archiepiscopus coloniensis (conf. etiam Engelbertus) T. XXX
  (1216) 42.
 „ dapifer. T. XXIX (1168) 389, 394.
 „ episcopus nuwenburgensis. T. XXX (1220) 95, 99. (1225)
  131. (1226) 144. — T. XXXI (1214) 486.
 „ testis. T. XXIX (1172) 405.
Engelmarus, *Engilmarus*.
 „ abbas. T. XXVIII (883) 69.
 „ abbas, obtinet duo monasteria ad Perge et Vvezinesprunnin.
  T. XXVIII (885) 76.

Engelmarus, diaconus, possessor bonorum ad Ettinchoven. T. XXVIII (874) 57.
,, episcopus. T. XXXI (898) 154.
,, episcopus pataviensis. T. XXVIII (887) 77. (898) 124. — T. XXXI — ministerialis regis Arnulphi (890) 133. — (892) 142. (893) 144.
,, vasallus episcopi Borchardi sive Burckardi. T. XXXI (903) 170.
Engelmonus, possessor beneficii in pago Chelasgave. T. XXVIII (844) 37.
Engelrich, Engilrich, mancipium. T. XXXI (893) 144.
Engelschalchus, Engilsenleus, Engilsealch.
,, civis ratisponensis. T. XXIX (1089) 211.
,, mancipium, donatur comiti Oudelrich. T. XXVIII (986) 246.
Engildeo, Engildio, Engeldich.
,, comes. T. XXVIII (884) 74. — T. XXXI (893) 146.
,, comes in Nordgovva. T. XXVIII (889) 89.
,, comes in pago Tonagevve. T. XXVIII (878) 63.
,, comes, circumducit marcam ad Sconinova in pago Quinzingore. T. XXVIII (890) 100, 101.
,, possessor bonorum in pago Vichbach. T. XXXI (916) 186.
,, testis. T. XXVIII (890) 102.
Engilger, assignatur ecclesiae pataviensi. T. XXXI (890) 134.
,, miles Iezonis comitis. T. XXVIII (888) 81.
Engilgoz, mancipium. T. XXXI (892) 145.
Engilrade, uxor Wilhelmi comitis. T. XXVIII (853) 45.
Engizo, traditur ecclesiae pataviensi. T. XXXI (890) 154.
Ennelinus, possessor bonorum in pago Ingerisgove. T. XXXI (1019) 294.
Enkilo, mancipium. T. XXXI (817) 37.
Ensinburg, Ensinbure, Aribo de — possessor beneficii in parte orientali. T. XXIX (1034) 45.
Entsee, Entse, Ense, Ensch, Entsche, Antsne.
,, Conradus de — T. XXIX (1163) 576, 380.
,, Regenhardus, advocatus fratrum S. Johannis in Uedengove. T. XXX (1130) 223. (1234) 223, 224.
,, Albertus de — T. XXIX (1201) 505. (1206) 530. (1209) 552. T. XXX (1213) 11. — T. XXXI (1212) 481.
,, Albertus de — T. XXX (1232) 201. (1234) 228. — T. XXXI (1234) 561.
Enta, mancipium. T. XXXI (1034) 316.
Enzemannus, frater Adalfridi, testis et collaudator. T. XXIX (1048) 90.
Eopreht, artifex in servitio regis Arnulphi. T. XXVIII (890) 102.
,, operarius Arnulphi regis. T. XXVIII (897) 114.
Eparuni, testis. T. XXVIII (890) 102.
Eppan, Heinricus comes de — T. XXIX (1177) 427.

Eppenstein, Eppinstein, Golfridus de — T. XXIX (1208) 550. — T. XXX
(1214) 19.
   „   Golfridus de — T. XXX (1246) 297.
   „   Gerhardus de — loc. cit.
Eppo, Epo, Ebbo, Ebo, Eben.
   „   abbas monasterii Madilhartisdorph. T. XXIX (1129) 252. (1135)
      265.
   „   advocatus quondam monasterii Neostat. T. XXXI (1000) 268.
   „   comes in pago Folchfelds. T. XXXI (890) 152.
   „   comes, sub quo Eminchovun et Walabansspach. T. XXVIII (1013)
      444.
   „   episcopus Citicénsis. T. XXIX (1073) 186, 187.
   „   episcopus Niwenburgensis. T. XXIX (1067) 171, 173, 175. (1077)
      190.
   „   ministerialis regis Arnulphi, possessiones accipit in pagis Folcfeld
      et Iffigevre. T. XXVIII (889) 86.
   „   ministerialis et testis. T. XXIX (1149) 300.
   „   serviens Heinrici IV regis. T. XXIX (1079) 207.
   „   testis. T. XXIX (1048) 36.
   „   iterum testis. loc. cit.
   „   iterum testis. loc. cit.
   „   iterum testis. T. XXXI (1094) 374.
Eranfridus, conf. etiam *Ereinfridus.*
   „   comes, interveniens pro Rudolpho episcopo. T. XXVIII (903)
      130.
Erbach, Conradus pincerna de — T. XXX (1264) 342.
Erbo, confer etiam *Aribo.*
   „   abbas monasterii Profeningen. T. XXIX (1129) 253. (1181) 442. —
      T. XXXI (1140) 396. (1142) 599.
   „   scultetus. T. XXIX (1157) 358.
   „   vir illustris, quondam fundator monasterii Wizenahe. T. XXIX
      (1146) 236. (1295) 515. — Uxor ejus Guilla, conf. *Guilla.*
Erchambraht, test. T. XXIX (1033) 40.
Erchambertus, Erkambertus, Krchambertus.
   „   episcopus frisingensis et abbas campidanensis. T. XXX
      (983) 387, 388, 389. — T. XXXI (959) 94.
   „   abbas monasterii Weissenburg. T. XXXI (966) 201.
Erchanboldus, Krchenboldus, Erchanbaldus, Ercanbaldus, Erkenboldus,
   Erkenbaldus, Erkawaldus etc.
   „   archicancellarius. T. XXVIII (1009) 411.
   „   archicapellanus. T. XXVIII (1011) 450, 452, 454, 456.
      (1012) 438, 440. (1013) 441, 443, 445. (1014) 449, 450,
      452, 454. (1015) 456, 458. (1016) 459, 461. (1017) 463,
      465. (1018) 467, 469, 472, 474, 479, 481. (1019) 484,
      486, 487. (1021) 490, 491, 494, 495.

Erchamboldus, archiepiscopus moguntinus, T. XXVIII (1013) 442.
,, archiepiscopus et archicapellanus. T. XXXI (1011) 286. (1015) 288. (1017) 290. (1090) 295.
,, cancellarius. T. XXVIII (794) 4. (807) 7. (811) 8. — T. XXXI (788) 18, 20.
,, episcopus eistetensis. T. XXVIII (889) 89. — Obtinet abbatiam Ahusa. T. XXVIII (895) 108. (901) 126. (905) 128, 129. (906) 140. (908) 142. (918) 157. (1002) 292. — T. XXXI (888) 124. (889) 130. (895) 147. (907) 173, 179. (912) 181.
,, episcopus. T. XXXI (903) 172.
,, testis. T. XXVIII (890) 102.
Erchanfridus, *Erchanfredus*. *Erchamfridus*, *Erchenfridus*.
,, capellanus. T. XXVIII (831) 20.
,, clericus. T. XXXI (916?) 186.
,, episcopus. T. XXX (983) 388.
,, episcopus ratisbonensis. T. XXVIII (853) 45, 46.
,, nominatur loco Engelfridus. T. XXXI (888) 122.
Erchengarius, illustris comes. T. XXVIII (912) 146.
Ercinfridus conf. etiam *Eranfridus*.
,, comes in pago Dliesiggowe. T. XXXI (888) 127.
Erenbertus, episcopus. T. XXVIII (857) 32.
,, conf. etiam *Erinbertus*.
Erenfels, *Erenfels*, — Conradus de — T. XXX (1265) 343.
Ergersheim, Ulricus de — T. XXIX (1209) 552.
Erinbert, *Erinbreht*, test. T. XXX (983) 389.
,, conf. etiam *Erenbertus*.
Erlenbreit, liber homo. T. XXX (1130) 225.
Erlenger, *Erkinger*, test. T. XXIX (1048) 86.
Erlach, Hertwicus de — T. XXIX (1151) 305, 306.
Erlefridus, nobilis senator et religiosus, unus ex fundatoribus monasterii Hirsaugia. T. XXIX (1075) 192. — Ejus filius Notingus.
Erlolphus, *Erlolfus*, abbas fuldensis. T. XXIX (1120) 239.
Erlongus, cancellarius. T. XXIX (1103) 220.
,, cancellarius. T. XXIX (1156) 329.
Erlungus, episcopus wirceburgensis. T. XXIX (1109) 222. (1112) 231. (1120) 239. — T. XXXI (1112) 335.
Ermenfridus, comes. T. XXVIII (820) 13.
Ermenrich, donat praedium monasterio S. Nicolai. T. XXIX (1111) 229.
Ermprebt, possessor habae in Mejorespach in pago Isanahgowe. T. XXXI (903) 168.
,, testis. T. XXVIII (890) 101.
Ernestus, *Ernustus*, *Arnestus*, *Arnustus*, *Hernustus*.
,, cancellarius. T. XXXI (813) 29.
,, cancellarius. T. XXVIII (895) 109. (896) 113. (903) 128, 130.

(906) 141. — T. XXXI (883) 123. (900) 161. (903) 167. (903) 179.

Ernestus, comes. T. XXXI (877) 104.

„ comes in pago Illigevve. T. XXVIII (912) 146.

„ comes interveniens pro Hartmanno minist. regio. T. XXVIII (959) 187.

„ comes in pago Suslavelden. T. XXXI (914) 183. (948) 190.

„ comes, quondam possessor praediorum in Tollenstein. T. XXVIII (1007) 326.

„ comes, in cujus comitatu curtis et silva Wizenburch. T. XXXI (889) 130.

„ filius Heinrici, fundatoris monasterii Madalhartisdorf. T. XXIX (1129) 262.

„ notarius. T. XXVIII (888) 82. (889) 91. — T. XXXI (879) 107.

„ notarius. T. XXXI (893) 146.

„ testis. T. XXXI (1094) 374.

Ernsberg, Ernsperch, Bertholdus de — T. XXX (1263) 334.

Froldus, abbas de Wizenburg. T. XXXI (1193) 448.

Ertpach, conf. *Erbach*.

Eschenlohe, Eschenloch, Escheloh, Eschiloh.

„ Heinricus, comes de — T. XXX (1263) 334.

„ Heinricus, filius ejus. loc. cit.

„ Bertholdus, comes de — T. XXX (1263) 334. (1266) 351, 355. (1267) 364. — T. XXXI (1266) 543.

Eschenore, Eschenowen, Eskenowe, Eskennuwe, Eskenhowee.

„ Othnandus de — T. XXIX (1146) 287. (1156) 526. T. XXXI (1140) 397.

„ Othnandus junior, filius ejus. T. XXIX (1140) 272. T. XXXI (1140) 397.

„ Othnandus de — T. XXIX (1212) 558.

„ Hermannus, Othnandi junioris frater. T. XXXI (1140) 397.

Esico, Esicho, comes, sub quo locus Cholebize. T. XXIX (1036) 49.

„ comes in pago Hardaga. T. XXIX (1043) 79.

Eskenhowre, conf. *Eschenowe*.

Ettgis, conjux regis Ottonis I. T. XXXI (950) 195.

Etich, Etih, homo quidam dictus. T. XXXI (914) 183, 184; pater Helmberti.

Eugenius, papa. T. XXVIII (903) 132. T. XXXI (824) 53. (896) 149. (971) 207.

Euprant, fidelis Caroli crassi imperatoris. T. XXVIII (883) 69.

Everhardus, conf. *Eberhardus*.

Everstein, conf. *Eberstein*.

Evelinus, ante monasterium, civis spirensis. T. XXX (1265) 324.

Ezzo, Ezzen, Etzo.

„ collaudat donationem silvae ecclesiae wirceburgensi factam. T. XXXI (1027) 304.

Ezzo, comes. T. XXX (983) 388.
„   comes in pago Wedercibo. T. XXIX (1048) 87.
„   comes palatinus. T. XXIX (1033) 40.

F.

Faramund, testis. T. XXVIII (890) 102.
Fasche, N., dominus de — T. XXX (1266) 347.
Fastrada, *Fastrata*, regina, uxor Caroli regis. T. XXVIII (993) 257. —
        XXXI (788) 19, 20.
Felix puer, Heinricus. T. XXIX (1180) 440.
„   Conradus. T. XXXI (1189) 438.
„   Heinricus, ministerialis frisingensis. loc. cit.
Ferreto, N., comes de — T. XXX (1231) 170.
Festinberg, Conradus de — T. XXX (1234) 214.
Filmageri, Rupertus, magister expensarum regis Conradini. T. XXX (1268)
        366, 369.
Filmmot, nobilissima orta natalibus, soror Helburgae et Aldigardae. T.
        XXXI (917) 40, 41.
Flandria, Baldewinus comes. T. XXXI (1112) 585.
Folcmarus, *Folgmarus*, cancellarius. T. XXVIII (974) 207. T. XXXI (975)
        223.
„   testis. T. XXIX (1123) 245.
Folcwinus, nobilis vir, obtinet possessiones in pago Bliesiggowe. T. XXXI
        (888) 127.
Foleiz, Conradus. T. XXX (1252) 199.
„   N., filius ejus. loc. cit.
Foneberg, conf. *Fuenenberg*.
Formosus, papa. T. XXVIII (903) 131, 132. T. XXXI (896) 149. (971)
        207.
Foro, Godofridus de — T. XXIX (1165) 381. (1168) 389, 394.
„   Engelbertus de — T. XXIX (1168) 389, 394.
„   Herolt in — ministerialis. T. XXIX (1180) 437.
Fraburg, Rupertus de — T. XXIX (1149) 300.
Frankenstein, *Frankeusten*, Ludewicus de — T. XXIX (1194) 478.
„   Goteboldus de — loc. cit.
„   Albertus de — T. XXX (1220) 103.
Frauenberg, *Frawenberch*, *Vrowenberch*.
„   Sifridus de — T. XXX (1245) 294. — Possessor comitatus de
        Hage ibid.
„   Otto de — T. XXX (1266) 351, 355. — T. XXXI (1266) 593.
Frauenhofen, *Fronhoven*, *Vronhofen*, *Vroenhofen*, *Vrowenhofen*.
„   Bertholdus de — T. XXX (1266) 347, 355. — T. XXXI (1262)
        591. (1266) 593.

Frauenhofen, Isinrich de — T. XXXI (1196) 460.
Frauenreil, Heinricus de — prescribitur. T. XXXI (1222) 511.
Freiburg, conf. *Triburg*.
Fremelsberg, *Fremelzberg*, Gerhohus de — ministerialis bogensis. T. XXXI (1222) 509.
Freundsberg, *Friundisperch*, *Friundsperch*.
    „   Volricus, sive Ulricus de — T. XXX (1263) 554, 336.
    „   Conradus de — filius Ulrici. T. XXX (1263) 334. (1267) 564.
    „   Fridericus, filius Ulrici. T. XXX (1263) 334.
Fridaprekt, testis. T. XXVIII (890) 102.
Fridberg, *Friedberg*, *Videberg*.
    „   Rudolphus, Durggravius de — T. XXXI (1235) 562.
Fridebohdus, abbas monasterii S. Afrae et confessor Hetnrici II, imperatoris. T. XXXI (1025) 296. (1029) 303.
Fridegisus, conf. etiam *Fridugisus*.
    „   archicapellanus. T. XXX (823) 383; et abbas. T. XXXI (822) 49. (823) 51. (831) 60. (832) 62.
Fridericus, abbas rotensis. T. XXX (1226) 133, 138.
    „   advocatus ratisponensis, obtinet praedia in marchia Cambe. T. XXIX (1086) 208.
    „   advocatus ecclesiae ratisbonensis. T. XXIX (1127) 251.
    „   advocatus ratisponensis. T. XXIX (1141) 275. T. XXXI (1142) 490.
    „   archicapellanus. T. XXVIII (939) 170. (940) 172, 173, 175. (941) 178. (943) 180. — T. XXXI (948) 193. (950) 196, 197.
    „   archiepiscopus salisburgensis. T. XXVIII (959) 184. (976) 215.
    „   archiepiscopus coloniensis. T. XXIX (1105) 219. (1109) 222. (1112) 251. — T. XXXI (1102) 378. (1112) 385. (1122) 387.
    „   archiepiscopus coloniensis. T. XXIX (1156) 325, 329. (1158) 348.
    „   cantor herbipolensis. T. XXX (1254) 219.
    „   cancellarius. T. XXIX (1060) 145, 147. (1061) 149, 151, 153, 155, 157. (1062) 159, 161, 165. (1063) 168. — T. XXXI (1062) 347. (1064) 349.
    „   comes, judicans in Hachingun in pago Sundergovve. T. XXVIII (1003) 310.
    „   comes, sub quo villa Lanthardcsdorf. T. XXIX (1056) 120.
    „   comes in pago Passir. T. XXIX (1078) 204.
    „   comes in pago Rieze. T. XXXI (1030) 310.
    „   comes, sub quo Ufchirchin. T. XXIX (1056) 123.
    „   comes, test. T. XXIX (1143) 280.
    „   dux. T. XXXI (1102) 378.
    „   dux. T. XXIX (1140) 270. (1143) 280. — T. XXXI (1138) 392.
    „   filius Friderici ducis. T. XXIX (1143) 280.

Fridericus, dux junior. T. XXIX (1147) 298.
   „   episcopus eistetensis. T. XXX (1240) 280.
   „   episcopus monasteriensis. T. XXIX (1161) 361.
   „   episcopus tridentinus. T. XXX (1213) 5, 9. (1217) 61.
   „   filius Conradi III regis T. XXIX (1149) 299. (1151) 302, 303.
            (1156) 323. conf. etiam Stoupha, Staullen.
   „   filius Friderici ducis. Vid. paullulum supra inter duces.
   „   filius comitis Rapotonis (*fortasse* de *Ahenberg.*) T. XXIX
            (1165) 380.
   „   filius Sizzonis comitis et Pilibildae. T. XXIX (1048) 90.
   „   notarius. T. XXX (1264) 359.
   „   notarius regis Conradini. T. XXX (1268) 366, 367, 369.
   „   praepositus S. Thomae Argentorati. T. XXIX (1192) 466.
            T. XXXI (1187) 438.
   „   testis. T. XXIX (1157) 538.
Friderun, foemina. T. XXXI (890) 152.
Fridilo, conf. *Fritilo.*
Fridolf, testis. T. XXVIII (890) 102.
Fridugisus, conf. etiam *Fridegisus.*
   „   cancellarius. T. XXVIII (820) 14. (823) 18. (831) 20.
Fritilo, *Fridilo*, abbas augensis. T. XXIX (1156) 325.
   „   comes. T. XXX (995) 388.
Friundisperch, conf. *Freundsberg.*
Froburg, *Froburc*, Conradus de — T. XXIX (1194) 477.
   „   Rupertus de — T. XXIX (1172) 410.
Frokildis, conjux Imtonis. T. XXVIII (820) 13.
Fronhofen, conf. *Frauenhofen.*
Fraustetten, Albero de — proscribitur. T. XXXI (1222) 511.
Frotolf, test. T. XXVIII (890) 102.
Frumold, vinitor apud Maetingan in pago Westermann. T. XXXI (901)
            166.
Fuenenberg, *Foneberg*, Rudolphus de — T. XXX (1233) 209, 212.
            (1234) 226.
Fürstenberg, *Fürstenberch*, Heinricus comes de — T. XXXI (1262) 591.
Fukinbach, Conradus de — T. XXX (1252) 199.
   „   Wernardus de — loc. cit.
Fulradus, abbas. T. XXXI (804) 24.
Fuondismuh, primus sive princeps renatorum in Bawariae partibus in pago
            Trungowe. T. XXXI (898) 118.
Fuzab, Heinricus, proscribitur. T. XXXI (1222) 511.

G.

Galterus, episcopus trojanus. T. XXIX (1192) 463. (1193) 471.

Gannisheim, Conradus de — T. XXIX (1193) 468.

Gans, Heinricus — T. XXXI (1223) 515.

Ganto, testis. T. XXX (985) 389.

Garabarius, advocatus Tutonis, episcopi ratisbonensis. T. XXVIII (893) 118.

Gardolfus, episcopus halberstadensis. T. XXIX (1194) 477.

Gassridonius, episcopus mantuensis. T. XXIX (1180) 440.

Gauzbaldus, cancellarius. T. XXVIII (832) 22. (835) 25.

Gauzbertus, *Gaucibertus*, *Gozbertus*.

"   episcopus et frater Tottonis abbatis. T. XXXI (769) 10.

"   diaconus. T. XXXI (835) 66, 67.

Gebehardus, conf. etiam *Kebeharius*.

"   archiepiscopus salzburgensis. T. XXIX (1062) 161, 163. (1067) 173. (1073) 184. (1074) 189.

"   cancellarius. T. XXIX (1059) 143. — T. XXXI(1056) 331. (1058) 338, 342.

"   cancellarius et episcopus. T. XXIX (1077) 199. (1078) 201, 203, 205. (1079) 207. — T. XXXI (1080) 564.

"   comes in pago Ateragowi. T. XXVIII (1007) 372.

"   comes in pago Danzgovre. T. XXVIII (1018) 473.

"   comes in pago Matuggovre. T. XXVIII (1007) 370.

"   comes possidens beneficia in pago Malihgowe. T. XXVIII (1014) 448.

"   comes in pago Nortgove. T. XXIX (1043) 78.

"   comes donat Sculcheim monasterio S. Nicolai. T. XXIX (1111) 229.

"   comes in Franconia. T. XXXI (1023) 298.

"   decanus majoris ecclesiae wirciburgensis. T. XXIX (1146) 294.

"   episcopus argentinensis. T. XXIX (1136) 268. (1140) 270.

"   episcopus eistetensis. T. XXIX (1053) 112.

"   episcopus eistetensis. T. XXIX (1125) 249. (1132) 260. (1141) 274, 275. — T. XXXI (1140) 597.

"   episcopus pataviensis. T. XXX (1222) 108. (1224) 127, 128. T. XXXI (1222) 509, 510, 513.

"   episcopus ratisponensis. T. XXIX (1042) 76.

"   episcopus spirensis. T. XXIX (1136) 263.

Gebehardus, episcopus würzburgensis sive herbipolensis. T. XXIX (1123) 245.

     "   episcopus würzburgensis. T. XXIX (1151) 302, 303, 306. (1156) 323. 525. (1157) 342, 345. (1158) 348. (1160) 351. T. XXXI (1157) 411.

     "   episcopus et cancellarius conf. supra cancellarius etc.

     "   ministerialis. T. XXIX (1149) 300.

     "   praepositus. T. XXIX (1146) 296. (1151) 306.

     "   testis. T. XXX (1150) 225.

     "   testis. T. XXIX (1172) 405.

     "   cognomento longus. donat praedium monasterio S. Nicolai. T. XXIX (1111) 229.

Gebulfus, frater Balduini, ministerialis regis Conradi III T. XXIX (1140) 271.

Geio, comes circumducit marcam ad Sconinova in pago Quinzingarve. T. XXVIII (890) 100, 101.

Girilo, abbas monasterii Weissenburg. T. XXXI (967) 202.

Gelderu, Heinricus comes gelrensis. T. XXXI (1182) 421.

Gelichen, Gelike conf. *Gleichen.*

Gemmuni, test. T. XXVIII (890) 102.

Gemnik, Heinricus de — T. XXX (1257) 329.

Gepzenstein, Johannes praefectus de — T. XXXI (1215) 487.

Geraharius, advocatus Tutonis, episcopi ratisbonensis. T. XXXI (905) 173.

Gerbertus, cancellarius. T. XXVIII (977) 224. — T. XXXI (977) 234.

Geres, archiepiscopus. T XXXI (975) 224.

Gerhardus, advocatus Pinguiae et ministerialis moguntinus. T. XXIX (1209) 657.

     "   archiepiscopus moguntinus et arohicancellarius. T. XXX (1257) 329.

     "   cancellarius. T. XXXI (1078) 361.

     "   cardinalis presbyter S. Crucis. T. XXIX (1133) 260. (1134) 265.

     "   episcopus merseburgensis. T. XXIX (1120) 239.

     "   mancipium. T. XXXI (817) 37.

     "   testis. T. XXIX (1035) 40.

     "   testis. T. XXIX (1172) 405.

     "   conf. etiam *Kerhurt.*

Gerhohus, Gerhoch, donator praedii ad monasterium S. Nicolai. T. XXIX (1111) 229.

     "   praepositus reichersbergensis. T. XXXI (1162) 445.

Gerlacus, comes in pago Logenahi. T. XXVIII (1018) 473.

Gerlunx, praepositus novi monasterii in Wirceburg. T. XXIX (1209) 552.

Gerlohus, testis et collaudator. T. XXIX (1048) 90.

Germunt, vinitor apud Maclingan in pago Westermann, in comitatu Luitpoldi. T. XXXI (901) 166.

7 *

Gero, comes in pagis Swara et Hassega. T. XXVIII (1040) 424.
„   episcopus halberstadensis. T. XXIX (1161) 561. ,
Geroldseck, Otto de — T. XXXI (1187) 429.
„   Burchardus, frater ejus loc. cit.
Gerolulus, advocatus canonicorum frisingensium. T. XXIX (1055) 124.
„   actor dominicus. T. XXXI (822) 49.
„   comes interveniens pro monasterio altahensi. T. XXXI (812) 26.
„   comes in pago Isiningovva. T. XXVIII (1011) 436.
„   comes in pago Rotgorve. T. XXVIII (1007) 334.
„   comes intercedens pro monasterio Cremiss. T. XXXI (828) 55.
„   episcopus frisingensis. T. XXXI (1230) 540. (1251) 548.
„   palatino placito et communi judicio damnatus perdit praedium
     in Lanthardesdorf. T. XXIX (1055) 120.
„   servus, ecclesiae wirceburgensi donatur. T. XXVIII (1004) 321.
„   testis. T. XXIX (1048) 86.
„   conf. etiam *Keroll.*
Gerricus, abbas weissenburgensis. T. XXXI (993) 254.
Gerweiler, Bechtolf von — T. XXXI (1217) 495.
Gertrudis, abbatissa monasterii inferioris Ratisponae. T. XXIX (1075)
     185.
„   abbatissa monasterii superioris Ratisponae. T. XXX (1216)
     46, 49.
„   quondam palatina. T. XXIX (1182) 443.
„   regina, uxor Conradi III T. XXXI (1140) 594.
„   soror Caroli magni. T. XXXI (782) 11.
„   uxor Hermanni comitis palatini. T. XXXI (1187) 410.
Gerune, servus, ecclesiae salisburgensi donatus. T. XXVIII (976) 215.
Gerungus, *Gerung*, *Gerune*, conf. etiam *Kerung.*
„   comes et vasallus Ludolfi, filii regis Ottonis I. T. XXXI (970)
     196, 197.
„   comes in pago Finsgowe. T. XXIX (1077) 199; et in pago
     Passir. T. XXIX (1078) 201.
„   comes in pago Waltschin. T. XXXI (1017) 290.
„   episcopus Misenensis. T. XXIX (1168) 387, 392.
„   ministerialis, sive homo hennenbergensis. T. XXIX (1152)
     308.
„   ministerialis wirceburgensis. T. XXIX (1146) 204.
Gerricus, *Gerwich*, episcopus concordiensis. T. XXXI (1142) 401.
„   liber homo. T. XXX (1130) 223.
Giebistorf, Wernherus de — T. XXIX (1157) 838.
Giech, Reginboto comes de — T. XXIX (1130) 256. — Conf. etiam *Re-*
     ginboto, sive *Reginbodo.*
Gienberg, *Gienberch*, Heinricus camerarius de — T. XXXI (1262) 391.
Ginzenha, Burcardus de — T. XXXI (1225) 521.
Girecke, Siboto de — T. XXX (1252) 199.

Gisela, regina, imperatrix et uxor Conradi II. T. XXIX (1026) 10, 12, 16, 18. (1027) 21, 22. (1029) 25, 27. (1030) 50. (1054) 32. (1052) 53. (1053) 37, 39. (1054) 41, 43, 44, 45. (1055) 47. (1056) 49. (1059) 50, 51. (1040) 69. (1051) 106. (1103) 213. T. XXXI (1027) 304. (1028) 306. (1031) 312. (1053) 313. (1054) 315; et mater Heinrici III (1041) 519. (1043) 340 —; avia Heinrici IV (1102) 378.

Giselbertus, *Girilbertus*, canonicus majoris ecclesiae babenbergensis. T. XXIX (1152) 308.

„ ministerialis moguntinus. T. XXIX (1209) 557.

„ mancipium. T. XXXI (817) 37.

Giselfredus, abbas campidonensis. T. XXXI (972) 210.

Girilharius, archiepiscopus magdeburgensis. T. XXXI (953) 242.

Gisilingen, Heinricus de — T. XXX (1234) 214.

Gizo, fidelis imperatoris Ottonis II. T. XXXI (976) 222.

Gisolung, ex castro Hunaburg. T. XXXI (817) 37.

„ iterum ex eodem castro. loc. cit.

Gize, N., testis. T. XXX (1233) 207.

Gleichen, *Glichen*, *Gelichen*, *Gebike*.

„ Lambertus, comes de — T. XXIX (1205) 543. (1206) 530. — T. XXX (1220) 103.

„ Ernestus, comes de — T. XXIX (1205) 543. (1206) 530.

„ Ernestus, comes de — T. XXX (1246) 297.

Glogau, *Glogow*, Heinricus, marchio de — XXIX (1184) 265.

Glokziter, Ritschardus, comes de — T. XXX (1257) 328.

Gluzo, sclavus; ejus domicilium Gluzengisazi. T. XXVIII (993) 253.

Gnozisheim, Conradus de — XXIX (1193) 468.

Gocerinus, conf. *Gozerinus*.

Gudeboldus, *Goteboldus*, *Gotheboll*, *Gotibald*.

„ archidiaconus babenbergensis. T. XXIX (1165) 380.

„ archipresbyter babenbergensis. T. XXIX (1174) 418.

„ comes. T. XXX (1130) 225; et filii ejus innominati loc. cit. — dicitur etiam comes urbanus ibid.

„ episcopus misinensis. T. XXIX (1184) 263.

„ frater Meginheri, hominis ecclesiae kitzingensis. T. XXIX (1180) 456.

„ frater Volcnandi. T. XXIX (1172) 405, 412.

„ ministerialis S. Kiliani. T. XXIX (1146) 294.

„ ministerialis wirceburgensis. T. XXIX (1146) 294.

„ ministerialis et testis. T. XXIX (1149) 301. (1151) 304.

„ testis. T. XXIX (1156) 326.

„ testis. T. XXIX (1157) 338.

„ mancipium. T. XXXI (817) 37.

Godefridus, *Gotefridus*, *Gotefredus*, *Gotnfredus*, *Gotifridus*, *Gotifredus*, *Gotfridus* etc.

Godefridus, archidiaconus et canonicus herbipolensis. T. XXXI (1225) 513.

     ,,   camerarius. T. XXX (1234) 220. — T. XXXI (1227) 528.

     ,,   cancellarius. T. XXIX (1172) 413. (1174) 423. (1177) 427. (1180) 437, 440, 441. (1182) 445, 448. — T. XXXI (1182) 421. (1185) 426.

     ,,   cantor majoris ecclesiae in Wirceburg. T. XXIX (1165) 380.

     ,,   cantor, test. T. XXIX (1168) 388, 393. (1172) 407, 410. (1180) 437.

     ,,   cantor. T. XXIX (1192) 466.

     ,,   comes. T. XXXI (908) 178.

     ,,   comes. T. XXIX (1205) 518.

     ,,   comes palatinus. T. XXIX (1114) 233. (1116) 237. (1120) 239. (1123) 245.

     ,,   decanus. T. XXIX (1194) 477.

     ,,   dux, intercedens pro Godefrido marchione. T. XXIX (1042) 76.

     ,,   dux. T. XXIX (1073) 188.

     ,,   episcopus trajectensis. T. XXIX (1161) 361.

     ,,   frater Sigefridi episcopi spirensis. T. XXXI (1188) 392.

     ,,   judex. T. XXXI (1259) 588.

     ,,   marchio ad Anasum. T. XXX (925) 832.

     ,,   marchio, sub quo comitatus Hengest et locus Gestnic. T. XXIX (1042) 76.

     ,,   ministerialis. T. XXIX (1151) 304.

     ,,   patriarcha aquilejensis. T. XXXI (1185) 425.

     ,,   praepositus majoris ecclesiae in Wiroiburg. T. XXIX (1194) 477.

     ,,   praepositus de Muggestat. T. XXIX (1206) 530.

     ,,   testis. T. XXIX (1156) 526.

     ,,   testis. T. XXIX (1172) 412.

     ,,   testis. T. XXXI (1182) 421.

Godehardus, abbas niederaltacensis. T. XXVIII (1002) 296.

     ,,   abbas althahensis. T. XXVIII (1009) 409. — T. XXXI (1019) 293.

     ,,   abbas althahensis. T. XXIX (1040) 62.

Godescalcus, abbas monasterii Echenbronnon. T. XXIX (1145) 280.

     ,,   comes, et ejus beneficium ad Vveride. T. XXVIII (896) 111.

     ,,   episcopus frisingensis. T. XXVIII (995) 261. (996) 265. (1005) 312. — T. XXXI (995) 253. (996) 260. (1002) 274. (1003) 278, 279. (1007) 290.

     ,,   episcopus mindensis. T. XXIX (1112) 231. T. XXXI (1112) 335.

     ,,   episcopus osenburgensis. T. XXIX (1112) 231. T. XXXI (1112) 335.

Gaerz, *Gorz*, *Gorze*, *Goritia*, *Gorizia*, conf. etiam *Tyrol.*

     ,,   Meinhardus, comes de — XXIX (1207) 540. — T. XXXI (1212) 480.

Goerz, Meinhardus, comes de — T. XXXI (1239) 572, 573.

  „   Meinhardus, comes de Goera et Tyrol. T. XXX (1263) 334. (1266) 354. (1267) 365. — T. XXXI (1266) 593.

Goldener, Sifridus, test. T. XXX (1233) 207.

Gonze, servus donatur ecclesiae wirceburgensi. T. XXVIII (1012) 439.

Gortone, Irnfridus de — T. XXXI (1222) 644.

Gotahelmus, *Gotahelm*, *Gotehelmus*.

  „   abbas benedictoburensis. T. XXIX (1046) 83.

  „   testis. T. XXX (985) 389.

  „   vasallus Engildeonis, comitis in Nordgovve. T. XXVIII (889) 89.

Goteboldus, conf. *Godeboldus*.

Gotze, possidet praedia apud Saltze in orientali Francia. T. XXVIII (1000) 287.

Gozbaldus, *Gozbaldus*, *Gozbald*, *Gauzbaldus*.

  „   abbas niederaltacensis. T. XXVIII (841) 86.

  „   archicapellanus. T. XXXI (829) 57 — et abbas altahensis T. XXXI (830) 58, 59. (855) 67, 71, 73.

  „   episcopus wirceburgensis. T. XXVIII (846) 41, 42. (849) 43. (889) 96. — T. XXXI (857) 92. (993) 256.

  „   presbyter obtinet praedia in pago Folcfeld. T. XXVIII (911) 143.

Gozbertus, *Gozprekt*, obtinet praedium in pago Nortkawe. T. XXIX (1054) 114.

  „   testis. T. XXVIII (890) 101.

Gozmarus, abbas de Wizenahae. T. XXIX (1146) 286.

  „   vinitor apud Maetingen in pago Westermann, in comitatu Luitpoldi. T. XXXI (901) 166.

Gozwinus, *Gozwin*, *Gocewinus*, *Goswin*.

  „   comes. T. XXIX (1161) 357.

  „   liber homo. T. XXX (1150) 225.

  „   scultetus ratisponensis. T. XXX (1217) 59.

  „   testis. T. XXIX (1157) 338.

Graispach, *Greisbach*, *Greifisbach*, conf. etiam *Greifisbach*.

  „   Bertholdus comes de — T. XXIX (1206) 523.

  „   Bertholdus comes de — T. XXX (1297) 149.

  „   Heinricus, filius ejus. loc. cit.

  „   Bertholdus, comes de — T. XXX (1266) 351, 365. T. XXXI (1266) 593.

Grantberg, *Grantperg*, Albero de — proscribitur. T. XXXI (1222) 511.

Gregorius, cancellarius. T. XXIX (1063) 165. (1067) 171.

  „   papa V. T. XXVIII (996) 265.

  „   papa VII, etiam Hiltprandus dictus. T. XXXI (1080) 365.

Greifisbach conf. etiam *Graispach*.

  „   Boumbardus de — T. XXIX (1193) 468.

Greiffabach, Walcoun de — loc. cit.
Gremingen, Heinricus comes de — T. XXXI (1187) 429.
Grimaldus, cancellarius. T. XXVIII (856) 30.
    ,,   archicapellanus. T. XXXI (837) 30. (857) 93. T. XXVIII (862) 53.
Grindlach, Grindelach, Grindelah, Grindelahe, Grindela, Grintela, Grintelach.
    ,,   Luitpold de — T. XXIX (1140) 272. (1146) 287, 288.
    ,,   Herdegnus de — T. XXIX (1174) 420.
    ,,   Liupoldus de — T. XXIX (1200) 498. T. XXX (1216) 53. (1219) 87. — T. XXXI (1225) 520. (1227) 528. (1231) 547.
    ,,   Herdegeno de — T. XXX (1216) 53. — T. XXXI (1225) 521.
    ,,   Hilteboldus de — T. XXX (1219) 87. — T. XXXI (1231) 547.
    ,,   L. de — T. XXX (1232) 206.
    ,,   L. de — frater L. de — T. XXX (1232) 206.
    ,,   Friedericus de — T. XXX (1234) 219.
    ,,   Lupoldus de — loc. cit.
    ,,   Lupoldus, dominus de — T. XXX (1228) 156. (1230) 161.
    ,,   N. frater ejus, loc. cit.
    ,,   N. filius Leupoldi de — T. XXXI (1225) 520.
    ,,   Herdegaus de — T. XXX (1267) 362.
Grub, Friedericus de — proscribitur. T. XXXI (1222) 511.
Grumbach, Crumbach, Gruonbach, Grunenbach, Grombach, Gronbach, Crumbach.
    ,,   Buobo de — T. XXIX (1075) 198.
    ,,   Marquardus de — T. XXIX (1146) 289. (1149) 299. (1151) 303; nominatur inter Liberos. (1151) 304; advocatus ecclesiae kizzingensis (1151) 306. — (1154) 313. (1156) 326. (1157) 342, 345. T. XXXI (1140) 397. (1157) 411.
    ,,   filii innominati Marquardi de — T. XXXI (1157) 411.
    ,,   Marquardus de — filius Marquardi. T. XXIX (1157) 345.
    ,,   Marquardus de — T. XXIX (1161) 358. (1165) 376; advocatus (1163) 380. (1168) 388, 393. (1172) 412.
    ,,   Adalbertus, filius Marquardi. T. XXIX (1165) 376. (1168) 388, 393. (1172) 412. (1174) 422. — T. XXXI (1189) 436.
    ,,   Otto, filius Marquardi. T. XXIX (1165) 376. (1170) 397. (1168) 388, 393. (1172) 412.
    ,,   Heinricus de — T. XXIX (1174) 422.
    ,,   Marquardus de — T. XXIX (1206) 530.
    ,,   Heinricus de — T. XXIX (1206) 530. T. XXX (1225) 151.
    ,,   Heinmarus de — T. XXX (1236) 253.
    ,,   Mathildis uxor ejus loc. cit.
Gruenkin, Sclavus, sive Slavus juxta aquam Lovam. T. XXXI (905) 175.
Gualtherus, miles et fidelis Conradi III regis. T. XXIX (1151) 302, 305.
Gubo, accipit beneficia ad Groschusa, in pago Ogaugowe, in comitatu Rudolphi comitis. T. XXVIII (988) 33.

Gadebregen, Biflangus de — T. XXIX (1156) 326.
„ filii ejus innominati loc. cit.
Gailla, uxor Erbonis, viri illustris. T. XXIX (1205) 515. conf. etiam *Willa*.

Gumpenhofen, *Gumpenhoven*, Marchwart de — T. XXIX (1112) 232. T. XXXI (1112) 386.

Gumpo, advocatus frisingensis. T. XXVIII (1007) 328.

Gumpoldus, *Gumpolt*, *Gundpoldus*, *Gundboldus*, *Cumpoldus*.
„ clericus et cognatus episcopi Burckardi. T. XXXI (903) 168, 169.
„ comes intercedit pro monasterio S. Emmerami. T. XXXI (903) 172.
„ comes, interveniens pro Vualdone episcopo frisingensi. T. XXVIII (903) 135.
„ comes, intercedit pro ecclesia frisingensi. T. XXVIII (906) 140.
„ comes, intervenit pro capella Ottingae. T. XXXI (901) 164.
„ comes, interveniens pro Tutone episcopo ratisponensi. T. XXVIII (903) 129.
„ comes in pago Isinnhgowe. T. XXXI (899) 159. (903) 168.
„ comes, habet beneficium in Muninga, in Matahgovve. T. XXVIII (904) 137.
„ servilis conditionis; manumittitur per excussam denarium. T. XXXI (1107) 383.
„ servus imperatoris Arnulphi. T. XXXI (898) 153.

Gumprecht, *Gumprht*, *Gumbert*, *Gumpert*, *Gundpertus*, *Guontbertus*, *Candpreht*, *Cumpreht*.
„ advocatus episcopi ratisbonensis Tutonis. T. XXVIII (895) 106.
„ archiepiscopus bisuntinus. T. XXIX (1156) 323.
„ collaudat donationem sylvae ecclesiae wirceburgensi factam. T. XXXI (1027) 304.
„ comes in pago Badeingowe. T. XXXI (1017) 290.
„ comes in pago Folcfeld. T. XXXI (1023) 297.
„ comes in pago Gollogowe. T. XXVIII (1018) 473.
„ delegator variorum praediorum in Francia orientali. T. XXVIII (837) 32.
„ homo nobilis, donat bona monasterio campidunensi. T. XXVIII (930) 166.
„ testis. T. XXVIII (890) 102.

Gundachar, possidet beneficium in Slanders in pago Finagowe. T. XXIX (1077) 199.

Gundelacus, abbas weissenburgensis. T. XXXI (1187) 428.

Gundeluus, *Gundelous*, decanus. T. XXIX (1205) 520.
„ junior. T. XXIX (1174) 418.
„ senior loc. cit.
„ ministerialis babenbergensis. T. XXIX (1165) 380.

Gundelfingen, *Gundelvingen*, Diemo sive Tiemo. T. XXIX (1171) 402.
(1172) 410.
  „   Gotefridus de — T. XXIX (1172) 410.
  „   Conradus de — canonicus majoris ecclesiae Augustae. T.
XXIX (1187) 452.
  „   Swigerus de — T. XXX (1253) 236.
  „   Ulricus dominus de — T. XXX (1266) 347, 351.
  „   Degenhardus, filius ejus. loc. cit. 351. — conf. etiam *Heilen-
stein. Helenstein* et *Hallenstein.*
Gundersleibe, Liutholdus de — T. XXIX (1172) 443.
Gundlinchofen, *Gundlinchuren*, Conradus de — T. XXIX (1205) 523.
Gunrutinus, test. T. XXX (1232) 193.
Guntherus, *Guntherius*, *Guntharius*, *Cunterius.*
  „   cancellarius. T. XXVIII (1007) 332. (1008) 393, 394, 396,
398, 400, 402, 404, 406. (1009) 409, 411, 412, 414. (1010)
417, 419, 420, 422, 424, 426, 428. (1011) 450, 452, 454,
436. (1012) 438, 440. (1013) 441, 443, 445. (1014) 449, 450,
452, 454. (1015) 456, 458. (1016) 459, 461. (1017) 467,
463. (1018) 467, 469, 472, 474, 476, 479, 481. (1019) 484,
486, 487. (1021) 490. 491, 494, 496, 497, 499, 501, 503, 505,
508. (1022) 509. — T. XXXI (1008) 283. (1010) 285. (1011)
286. (1013) 288. (1017) 290. (1019) 293.
  „   concellarius obtinet praedium in comitatu Osterich dicto.
T. XXIX (1035) 122.
  „   canonicus augustensis. T. XXIX (1156) 329.
  „   episcopus babenbergensis. T. XXIX (1057) 139, 140. (1060)
146. (1062) 158, 161. — T. XXXI (1058) 339. (1060) 343.
  „   episcopus spirensis. T. XXIX (1156) 325. (1157) 342.
  „   monachus in heremo Nordwald. T. XXIX (1029) 25; — dicitur
nobilis et dives. (1040) 62, 63, 65; ejus nova via in pago
Snelnihgowe. (1040) 64 — Fundator ecclesiae in Nordwald.
T. XXX (1009) 343.
  „   praepositus. T. XXIX (1146) 296.
Gunthildis, regina et uxor Heinrici III regis. T. XXIX (1040) 71.
Gunzelinesrute, Eberhardus de — T. XXX (1233) 207.
Gunzelinus, *Gunzellin*, conf. etiam *Guzulinus.*
  „   cancellarius. T. XXVIII (1007) 351.
  „   dapifer regis Ottonis IV. T. XXIX (1208) 543, 550. Truchsess.
· T. XXXI (1242) 478.
  „   testis. T. XXXI (1232) 552.
Gunzinchoven, *Gunzinchorin*, Eckardus de — T. XXXI (1196) 460.
Gunzo, testis. T. XXVIII (890) 102.
  „   iterum testis. loc. cit.
Gurro, fidelis Friederici II imperatoris, quondam possessor comitatus Ilage.
T. XXX (1245) 294.

Gusse, Diepoldus de — T. XXIX (1171) 402.
Gutkihel, judaeus spirensis. T. XXXI (1090) 369.
Guzulinus, conf. etiam *Gunzelinus*.
  „   testis. T. XXX (1252) 200.
Gyrbertus, episcopus veltrensis. T. XXXI (1142) 401.

H.

H., abbas waltsassensis. T. XXXI (1215) 490.
  „ episcopus argentinensis. T. XXX (1251) 170, 174.
  „ episcopus havelbergensis. T. XXX (1220) 99.
  „ episcopus herbipolensis, sive wirceburgensis. T. XXX (1232) 193, 196, 199, 201.
  „ episcopus spirensis, princeps et cancellarius Wilhelmi regis. T. XXX (1255) 323. T. XXXI (1255) 584.
  „ episcopus wormatiensis. T. XXX (1232) 193, 196, 199, 201. T. XXXI (1232) 552.'
  „ filius Gotfridi judicis. T. XXXI (1259) 589.
  „ judex de Egra. T. XXXI (1216) 492.
  „ praepositus S. Stephani in Babenberg. T. XXX (1223) 116.
  „ praepositus werdensis. T. XXX (1224) 129.
Habenberc, conf. *Abenberg*.
Habsburg, *Habesburg*, *Habspurg*.
  „   Rudolphus comes de — T. XXXI (1207) 469.
  „   A. comes de — T. XXX (1231) 170.
Haco, *Hacke*, Godefridus *Haco*. T. XXX (1254) 220.
  „   Herbordus. loc. cit.
  „   Richalmus. loc. cit.
  „   Sibot Hacke. T. XXX (1233) 207.
Hadamar, testis. T. XXVIII (890) 102.
  „   testis. T. XXX (983) 389.
Hadebertus, *Hadebreth*, possessor quondam praedii in Arinbach. T. XXIX (1039) 212.
  „   subdiaconus et notarius. T. XXXI (857) 93.
Hademuoda, *Hademuol*, neptis Erbonis, viri illustris. T. XXIX (1146) 286. (1205) 515.
Hagano, possessor bonorum in loco Abbonis-ecclesia. T. XXXI (833) 74.
  „   testis. T. XXVIII (890) 102.
Hagelarius, Marquardus. T. XXX (1227) 149.
Hagen, *Hagenn*, Conradus de — XXXI (1138) 393.
  „   Eberhardus de — loc. cit.
  „   Sifridus, marscalcus de — T. XXXI (1193) 448.

Hagenawe, conf. etiam *Haginove*.
,,		Reinhardus de — T. XXXI (1230) 541.
Hageneberg, *Hagneberch*, *Hagniberch*, *Haegenberg*, *Maeginberch*, *Raeg-
		miberch*, *Hegeneberch*.
,,		Engelscalchus de — T. XXIX (1206) 523. T. XXX (1219) 90.
,,		Hermannus de — loc. cit.
,,		Hermanus de — T. XXX (1257) 329. (1265) 334, 536. (1264)
		339, 340, 342. (1266) 347, 351, 355, 355, 558. (1267) 361.
		— T. XXXI (1262) 591. (1266) 593.
Haginove, *Haginnu*, Wernhardus de — T. XXXI (1196) 460.
,,		Sifridus de — T. XXXI (1215) 491.
,,		conf. etiam *Hagenawe*.
Haldewang, *Haldewanch*, *Haldewanng*.
,,		Rudolphus de — T. XXIX (1075) 198.
,,		N., testis. T. XXX (1220) 95.
Hallenhausen, Marquardus de — T. XXXI (1225) 521.
Hallenses comites, conf. *Wasserburg*.
Hallenstein, conf. etiam *Helenstein*, *Heilenstein* et *Gundelfingen*.
,,		Degenbardus de — T. XXIX (1171) 402. (1174) 420. (1180)
		440.
Halo, possessor in pago Langovve. T. XXVIII (1003) 313.
Hals, *Halsen*, A. (lbertus) de — T. XXXI (1222) 508, 509, 511.
,,	A. (lramus) de — frater ejus. loc. cit. — T. XXX (1236) 244.
Hare, Lutherus, comes de — T. XXX (1231) 168.
Harnestein, *Harnestein*, legatus imperialis in Italia. T. XXX (1232) 201.
Harlbertus, episcopus brandenburgensis. T. XXIX (1122) 242.
Harlenberg, Marquardus de — T. XXXI (1189) 436.
Harlesburg, Hermannus comes de — T. XXX (1243) 74, 75.
,,		Heinricus comes de — loc. cit. p. 75.
Harthiebus, ministerialis imperatoris Friderici I. T. XXXI (1189) 435.
Hartmannus, camerarius. T. XXIX (1171) 402.
,,		capellarius. T. XXIX (1150) 236.
,,		electus fuldensis. T. XXX (1216) 42, 45.
,,		augustensis episcopus. T. XXX (1264) 358. (1266) 345.
		T. XXXI (1262) 591.
,,		episcopus brixinensis. T. XXIX (1156) 548. (1177) 424.
,,		fidelis regis Ottonis I. T. XXVIII (959) 187.
,,		interveniens pro comite Heinrico. T. XXVIII (996) 264.
,,		mancipium, ex familia de Frankenfurt. T. XXXI (817) 37.
Hartmuth, ministerialis. T. XXIX (1149) 500. (1151) 503.
Hartwid, *Hartwif*, ministerialis wirceburgensis. T. XXIX (1146) 294.
Hartrohus, test. T. XXIX (1172) 405.
Hartung, *Harthune*, ministerialis wirceburgensis. T. XXIX (1146) 294.
Hartricus, *Hartwigus*, *Harteric*, *Hartwig*, conf. etiam *Hertwicus*.
,,		advocatus Heinrici III imper. T. XXIX (1055) 124.

Hartwicus, archiepiscopus bremensis. T. XXXI (1159) 414.
   „   archiepiscopus salzburgensis. T. XXVIII (1003) 313, 314. (1005) 324, 325.
   „   comes in regione Carintana, sub quo curtis Fillac. T. XXVIII (979) 230. (930) 231.
   „   comes, delegator praediorum in Chiemichgovve. T. XXVIII (969) 184.
   „   comes in pago Sundargove. T. XXXI (980) 237.
   „   episcopus. T. XXX (985) 389.
   „   episcopus augustensis. T. XXIX (1171) 402. (1177) 427.
   „   episcopus babenbergensis. T. XXIX (1048) 94.
   „   episcopus britinensis. T. XXIX (1027) 21.
   „   episcopus eichstetensis. T. XXX (1219) 84. (1220) 95, 99.
   „   episcopus magdeburgensis. T. XXIX (1089) 212.
   „   episcopus pataviensis. T. XXVIII (887) 78. — T. XXXI (852) 91. (860) 93.
   „   episcopus ratisponensis. T. XXIX (1125) 249. (1227) 251. (1157) 345. — T. XXXI (1108) 384.
   „   marscalcus. T. XXIX (1180) 440.
   „   obtinet praedia in Nortgowe. T. XXIX (1064) 117.
   „   testis. T. XXIX (1048) 86.
   „   iterum testis. loc. cit.
Hartburg, N., comes de — T. XXX (1231) 170.
Haselnch, Lambertus de — T. XXX (1213) 15.
   „   Fridericus de — ministerialis Friderici II. T. XXX (1213) 17.
Hasenschart, Wolmunt, homo ecclesiae kizzingensis. T. XXIX (1180) 436.
Hatto, archicapellanus. T. XXXI (969) 205.
   „   archiepiscopus, dicitur carissimus compater regis Arnulphi. T. XXVIII (895) 108. (903) 129. (906) 140. (911) 143. (912) 146. — T. XXXI (900) 160. (902) 166.
   „   episcopus. T. XXXI (903) 178.
   „   episcopus quondam frisingensis. T. XXXI (816) 32.
   „   mancipium. T. XXXI (817) 37.
Hausen, Juta de — T. XXXI (1226) 624. — conf. etiam *Husen*.
Huenridus, episcopus leodiensis. T. XXX (1220) 99.
   „   judex brixinensis. T. XXXI (1239) 573.
Hazecha, abbatissa monasterii inferioris Ratisponae. T. XXIX (1089) 209.
Hebenstein, Heinricus de — T. XXXI (1232) 356.
Heberhardus, *Hebarhardus*, conf. etiam *Eberhardus*.
   „   cancellarius. T. XXVIII (874) 58, 59. (875) 61.
   „   notarius. T. XXVIII (862) 53. — T. XXXI (860) 99.
   „   testis. T. XXIX (1172) 405.
Hecemann, testis. T. XXIX (1048) 86.
Hecilinus, conf. etiam *Hezilinus*.
   „   episcopus wirceburgensis. T. XXVIII (1004) 321.

Hecilo, conf. etiam *Herike*.
  „   obtinet praedium in pago Nordgovve. T. XXIX (1040) 71.
  „   comes in pagis Thurergowe et Jagesgowe. T. XXIX (1054) 119.
Hedenricus, obtinet possessionem in comitatu Luitpoldi marchionis. T. XXXI (1103) 384.
Hegeneberg, conf. *Hageneberg*.
Hegishero, vir saecularis. T. XXXI (890) 136. conf. etiam *Kekisheri*.
Hegneberg, conf. *Henneberg*.
Hohenriel, Verungus de — T. XXIX (1192) 466.
Heidfolch, test. T. XXVIII (890) 102.
Heidingsfeld, *Heitingsfell*, Sigebert de — ministerialis. T. XXIX (1180) 437.
Heilenstein, conf. etiam *Helenstein*, *Hallenstein et Gundelfingen*.
  „   Degenhardus de — filius Ulrici de Gundelfingen. T. XXX (1266) 531.
Heilica, *Heilca*, abbatissa monasterii Nidernburg. T. XXXI (1010) 285.
Heilrad, uxor Willihalmi mercatoris. T. XXVIII (985) 237, 258, 240. — T. XXXI (980) 239.
Heilungus, cancellarius. T. XXXI (1105) 581.
Heimger, test. T. XXVIII (890) 102.
Heimo, possessor in Heribrantesdorf. T. XXVIII (874) 57.
Heinricus, abbas S. Albani. T. XXIX (1192) 466. — T. XXX (1205) 399.
  „   abbas augensis. T. XXX (1215) 15. (1218) 71.
  „   abbas augustensis. T. XXX (1213) 13.
  „   abbas monasterii Bilhildhausen. T. XXXI (1157) 410.
  „   abbas campidonensis. T. XXX (1215) 14, 15. (1218) 70. (1224) 173.
  „   abbas fuldensis. T. XXIX (1194) 477.
  „   abbas herisveldensis. T. XXIX (133) 260. (1134) 263. — T. XXX (1216) 42, 45.
  „   abbas tegernsecensis. T. XXX (1251) 192. (1254) 232.
  „   abbas S. Stephani. T. XXIX (1168) 589 593.
  „   archiepiscopus moguntinus et archicancellarius. T. XXIX (1144) 283, 285. (1146) 294, 296. (1147) 298. (1149) 301. (1151) 304, 307. (1152) 309. — T. XXXI (1144) 407.
  „   archiepiscopus coloniensis. T. XXX (1226) 144. (1251) 168, 170, 174.
  „   archiepiscopus treviranis. T. XXX (1205) 400.
  „   Durggravius. T. XXIX (1180) 440.
  „   Durggravius ratisponensis, conf. *Ratisponae* burggravii.
  „   cancellarius. T. XXVIII (1014) 447.
  „   cancellarius. T. XXIX (1168) 389, 594. (1170) 397. (1171) 402.
  „   canonicus augustensis. T. XXIX (1156) 529.
  „   canonicus pataviensis et plebanus in Probstorf. T. XXX (1225) 28.
  „   capellanus. T. XXIX (1147) 298.

Heinricus, cellerarius majoris ecclesiae in Babenberg. T. XXIX (1205) 520.
,,   civis ulmensis, frater Conradi notarii. T. XXX (1241) 232.
,,   civis in Urahe. T. XXIX (1200) 497.
,,   civis in Westheim. T. XXIX (1200) 497.
,,   clericus, possessor bonorum in pago Tunahgovve. T. XXVIII
           (895) 106.
,,   clericus et testis. T. XXIX (1151) 304.
,,   comes in pago Cochengowe. T. XXIX (1042) 75.
,,   comes in pago Duucrehgovve. T. XXVIII (1009) 406.
,,   comes in pago Folcfeld. T. XXVIII (889) 86.
,,   comes in marca orientali (conf. etiam in *Ostarike* — et Heinri-
           cus *comes et marchio*). — T. XXVIII (995) 261. — T. XXXI (995)
           258. — comes in Ostarrichi et filius Luitpoldi marchionis.
           (996) 260.
,,   comes in Mortenova. T. XXVIII (1007) 343.
,,   comes in Mulgowe. T. XXIX (1055) 59.
,,   comes in pago Murrechgawe. T. XXXI (1027) 304.
,,   comes in pago Nortgevvi. T. XXVIII (985) 241. — T. XXXI
           (933) 239, 240.
,,   comes in pago Nortgovvi. T. XXVIII (1000) 283. (1002) 303.
,,   comes in pago Nortgovvi. T. XXVIII (1009) 397, 400. (1009)
           410. — T. XXXI (1009) 232.
,,   comes in pago Nortgovve. T. XXVIII (1011) 430. (1015) 455.
           (1017) 464. (1021) 504. T. XXIX (1025) 1.
,,   comes in pago Nortgovve. T. XXIX (1043) 78. (1055) 112.
           (1054) 114, 116, 117. (1057) 140. (1061) 148. — T. XXXI
           (1041) 320. (1055) 329.
,,   comes in pago Nortgovc, sub qao locus Varte. T. XXIX (1062)
           161.
,,   comes in pago Nortgove, in cujus comitata praedium Urzaba.
           T. XXIX (1069) 179.
,,   comes in pago Nortgove. T. XXIX (1079) 207. (1091) 214.
,,   comes in Ostarrike (conf. supra *in marca orientali*). T. XXVIII
           (1002) 294. — In Oriente. T. XXVIII (1002) 297.
,,   comes in Orientali parte. T. XXIX (1056) 129.
,,   comes in pago Ratinizgove. T. XXXI (1002) 272.
,,   comes prope Ratisbonam et in ipsa urbe. T. XXIX (1052) 103.
           (1057) 138.
,,   comes et filius Wiberti comitis. T. XXIX (1150) 256.
,,   comes et filius Ladewici comitis. T. XXIX (1150) 256.
,,   comes intercedens pro sede eistetensi. T. XXVIII (918) 157.
,,   comes, pro quo intervenit Hartmannus. T. XXVIII (996) 264.
,,   comes obtinet praedia in pago Sualaveldon. T. XXVIII (996) 264.
,,   comes et proprinquus regis Heinrici. T. XXVIII (927) 165.
,,   comes illustris. T. XXVIII (912) 146.

Heinricus, comes et testis. T. XXIX (1116) 237.
    ,,   comes et marchio in pago Osteriche (conf. etiam Heinricus comes in *marca orientali* et in *Osterike*). T. XXVIII (998) 271. (1011) 428; cujus comitatus in orientali regno (1014) 450; in pago Osterriche (1015) 457. T. XXXI (1011) 286.
    ,,   comes palatinus. T. XXXI (1140) 395.
    ,,   dapifer. T. XXX (1234) 220.
    ,,   decanus major Moguntiae. T. XXIX (1199) 466.
    ,,   dux. T. XXXI (1102) 373.
    ,,   dux et episcopus Boemorum. T. XXIX (1194) 479. T. XXXI (1194) 455.
    ,,   filius Bodonis. T. XXIX (1194) 478.
    ,,   filius Ottonis praefecti. T. XXIX (1141) 275.
    ,,   frater Conradi III regis. T. XXIX (1141) 275.
    ,,   frater Hadeloi. T. XXIX (1146) 294.
    ,,   frater Ottonis I regis. T. XXVIII (940) 174.
    ,,   frater Welphonis ducis. T. XXIX (1156) 329.
    ,,   fundator monasterii Madilhartisdorf. T. XXIX (1129) 252. Ex familia regalis loci et monasterii inferioris. loc. cit.
    ,,   episcopus argentinensis. T. XXX (1212) 2. (1214) 23. — T. XXXI (1207) 469.
    ,,   episcopus augustensis. T. XXIX (1059) 142. (1061) 150, 154. (1062) 156, 157.
    ,,   episcopus babenbergensis. T. XXX (1242) 288, 290. (1243) 291. (1246) 299. T. XXXI (1242) 575. (1243) 576, 578. (1244) 579.
    ,,   episcopus basiliensis. T. XXX (1217) 55, 57. (1219) 82. (1220) 95, 99.
    ,,   episcopus brixinensis. T. XXIX (1179) 434. (1189) 457.
    ,,   episcopus curiensis. T. XXIX (1180) 440.
    ,,   episcopus eistetensis. T. XXX (1226) 141, 144. (1234) 216, 217. (1234) 228. — T. XXXI (1225) 522. (1227) 525, 528. (1234) 560.
    ,,   episcopus frisingensis. T. XXIX (1156) 329. T. XXXI (1108) 384.
    ,,   episcopus herbipolensis, conf. würzburgensis.
    ,,   episcopus Morabiae. T. XXIX (1148) 280.
    ,,   episcopus podalbrunensis, sive boutdelbrunnensis. T. XXIX (1103) 219. — T. XXXI (1103) 373.
    ,,   episcopus ratisponensis. T. XXIX (1141) 274. (1154) 312. (1157) 337, 338. — T. XXXI (1142) 400. (1143) 404.
    ,,   episcopus spirensis. T. XXX (1246) 297.
    ,,   episcopus wirceburgensis. T. XXVIII (996) 267, 269. (999) 276. (1000) 281, 282, 285, 287, 289. (1002) 295, 304. (1003) 306, 308, 309, 345. (1007) 336, 338, 359. 341, 343,

345, 346, 348, 350, 356, 358, 359, 362, 364, 366, 367, 369,
371, 373, 375, 377, 379, 381, 383, 385, 387. (1008) 391, 395,
397, 399, 401, 403, 404, 405. (1009) 412, 413. (1010) 429,
452. (1012) 438. (1013) 440, 441. 442. (1014) 453. (1018)
477, 478. (1019) 483. — T. XXXI (996) 261, 262. (1000)
268. (1002) 272. (1008) 282. (1017) 289.

Heinricus, episcopus wirceburgensis. T. XXIX (1161) 362, 363. (1165)
375. (1172) 412. (1192) 468. (1194) 477. — T. XXXI (1193)
448. (1194) 455.

„ episcopus wirceburgensis. T. XXIX (1205) 509, 513. (1206)
530.

„ episcopus wormatiensis. T. XXIX (1193) 471. — T. XXXI
(1193) 451.

„ episcopus wormatiensis. T. XXX (1220) 95, 99. (1222) 108.
(1224) 124. (1226) 144. (1231) 170, 174, 177. — T. XXXI
(1232) 512, 513.

„ episcopus et dux Bohemiae. Conf. *Heinricus dux et episcopus.*

„ judex de Louphen et trapezita. T. XXIX (1144) 284.

„ liber homo. T. XXX (1150) 225.

„ magister coquinae regis. Conf. *Rothenburg.*

„ mancipium. T. XXXI (817) 37.

„ maritus filiae Iluonlini. T. XXX (1255) 207.

„ marscalcus. T. XXIX (1168) 388, 393. (1171) 402. (1172) 410.
T. XXXI (1182) 421. — conf. etiam *Calatin et Pappenheim.*

„ ministerialis. T. XXIX (1149) 301.

„ item ministerialis. T. XXIX (1149) 301. (1151) 304.

„ notarius. T. XXIX (1141) 275. (1146) 288.

„ patriarcha. T. XXIX (1079). 207.

„ praepositus aquensis. T. XXXI (1259) 572, 573.

„ praepositus major ecclesiae babenbergensis. T. XXIX (1187)
452. — T. XXXI (1189) 458.

„ praepositus bertherscadmensis. T. XXIX (1156) 521.

„ praepositus major constanticnsis et imperialis aulae protonotarius.
T. XXX (1220) 93. (1226) 141. — conf. etiam *Heinricus* protonotarius.

„ praepositus S. Mauricii Moguntiae. T. XXXI (1190) 441.

„ praepositus de Onoldsbach. T. XXIX (1168) 388, 393. (1172)
410.

„ praepositus ranshovensis. T. XXX (1222) 115.

„ praepositus major spirensis. T. XXXI (1182) 421.

„ protonotarius imperialis curiae. T. XXIX (1165) 380. (1168)
388.

„ protonotarius aulae imperialis. T. XXX (1224) 124. — T. XXXI
(1223) 415. — Conf. etiam *Heinricus* praepositus.

Heinricus, scultetus wirceburgensis. T. XXIX (1156) 326. (1165) 381.
  (1168) 389, 394. (1172) 407, 410, 412, 413.
„   testis. T. XXIX (1123) 245.
„   testis. T. XXIX (1157) 338.
„   testis. T. XXXI (1094) 374.
„   tribunus. T. XXIX (1180) 437.
„   iterum tribunus. loc. cit.
„   collaudat donationem silvae wirceburgensi ecclesiae factam. T.
  XXXI (1027) 304.
„   item collaudat donationem etc. loc. cit.
„   possessiones perdit in pago Gozfelda judicio Alamannorum,
  Francorum etc. T. XXVIII (903) 130.
„   quondam possessor curtis Fillac in regione Cariutana. T. XXVIII
  (979) 230.
Heitingsfeld, conf. *Heidingsfeld*.
Helbburg, nobilissimis orta natalibus, soror Filimuotae et Aldigartae. T.
  XXXI (817) 40, 41.
Helenstein, Degenhardus de — T. XXIX (1165) 376. — Conf. etiam *Gun-*
  delfingen, *Hallenstein* et *Heilenstein*.
Heilfenstein, Ludowicus comes de. — T. XXIX (1200) 500.
„   Eberhardus comes de — T. XXX (1217) 61, 62. (1218) 75.
  (1224) 128.
„   Ulricus comes de — T. XXX (1218) 75. (1231) 181.
„   Ulricus comes de — T. XXX (1266) 347.
Helfericus, notarius regis. T. XXIX (1209) 552.
Helinchofen, *Helinchoven*, Gotscalchus de — T. XXXI (1196) 460.
Hebisackar, cancellarius. T. XXVIII (814) 10. (815) 12. — T. XXXI
  (817) 42. (819) 45.
Helmbert, *Helmpert*, filius Etichonis. T. XXXI (914) 183, 184.
Hewishoven, Goteboldus de — T. XXIX (1193) 468.
„   Otto, frater ejus. loc. cit.
Hemizo, comes in pago Westergove. T. XXVIII (1019) 466, 467.
Hemma, conjux Ludovici germanici. T. XXVIII (875) 60. T. XXXI (833)
  68. — Fundatrix monasterii Obermünster. T. XXX (886) 384.
„   obtinet praedia in marca Champiae. T. XXIX (1056) 127, 128.
Hengen, Albrecht de — T. XXIX (1140) 272.
Henige, Adelheidis de — T. XXXI (1225) 521.
Henneberg, *Hennenberg*, *Henarnberch*, *Hinnenberc*, *Hynenbergh*, confer
  etiam *Würzburg-Burggravii*.
„   Poppo comes de — T. XXIX (1152) 308. (1170) 397.
„   Bertholdus comes de — frater ejus. T. XXIX (1152) 308.
  (1156) 326. — Burggravius de — (1192) 463. — Praefectus de
  — (1194) 477. T. XXXI (1193) 443.
„   Bertholdus, Burggravius de — T. XXIX (1206) 530. T. XXXI
  (1209) 473.

Henneberg, Poppo, comes de — XXX (1215) 37. — Burggravius de — (1224) 129. (1225) 131. — T. XXXI (1212) 479, 481. (1227) 528.
,,   Heinricus, comes de — T. XXX (1246) 297.
,,   Hermannus, frater ejus. loc. cit.
,,   Bertholdus junior, comes de — T. XXXI (1212) 481.
,,   Bertholdus, nobilis vir et comes de — T. XXXI (1255) 562.
Henno, mancipium. T. XXXI (817) 37.
Herardus, habet jura ad monasterium Orembach. T. XXXI (819) 44 (833) 74.
Herboldus, decanus major wormatiensis. T. XXXI (1190) 441.
Herbordus, magister civium ratisponensium. T. XXIX (1182) 445.
Hergollingen, Otto de — T. XXIX (1195) 468.
Heribern, homo ecclesiae kizzingensis. T. XXIX (1180) 436.
Heribertus, archiepiscopus. T. XXVIII (1000) 285, 287, 289.
,,   cancellarius. T. XXVIII (996) 268. (999) 275, 276. (1000) 282, 284, 286, 288, 289. (1001) 291. (1002) 293. T. XXXI (1000) 269, 271.
,,   logotheta principalis et cancellarius regis Ottonis III. T. XXVIII (999) 277, 278. — T. XXXI (1000) 269, 271.
,,   episcopus eistetensis. T. XXIX (1040) 63.
,,   Heribreht, mancipium, donatur comiti Oudelrich. T. XXVIII (986) 246.
Heringerus, archiepiscopus, intercedit pro sede eistetensi. T. XXVIII (918) 157. — archiepiscopus summusque capellanus. (923) 160, 162. (926) 164. (927) 165.
Heriger, Hereger, episcopus. T. XXXI (915) 185. (916) 186.
Herimar, test. T. XXVIII (890) 102.
Heripan, test. loc. cit.
Herispach, Reingerus de — T. XXXI (1225) 520.
Hermannus, Herimannus.
,,   abbas hersfeldensis. T. XXIX (1165) 390.
,,   abbas monast. S. Michaelis Bambergae. T. XXIX (1146) 295.
,,   abbas waltsassensis. T. XXXI (1218) 496.
,,   cancellarius. T. XXIX (1089) 210.
,,   canonicus augustensis. T. XXIX (1156) 329.
,,   collaudat donationem silvae factam ecclesiae wirceburgensi. T. XXXI (1027) 304.
,,   comes in orientali Francia. T. XXVIII (1000) 281, 282.
,,   comes, sub quo curtis Altechendorf. T. XXVIII (1008) 389.
,,   comes et testis. T. XXIX (1112) 231.
,,   comes palatinus, in cujus praedio monasterium Bilhildhausen. T. XXXI (1157) 410; dicitur nobilissimus princeps ibid. — conf. etiam *Palatinatus*.
,,   castos augustensis. T. XXIX (1143) 279.
,,   dux, intercedens pro monasterio campidanensi. T. XXVIII (939) 169. (943) 179.

Hermannus, dux, fidelis et advocatus Heinrici regis. T. XXIX (1053) 40.
   „   episcopus augustensis. T. XXIX (1116) 236. (1120) 238, 239.
   „   episcopus augustensis. T. XXIX (1156) 328.
   „   episcopus babenbergensis. T. XXIX (1068) 177. (1069) 178, 182. (1075) 187. — T. XXXI (1074) 555.
   „   episcopus babenbergensis. T. XXIX (1111) 228.
   „   episcopus babenbergensis. T. XXIX (1174) 419. (1177) 426, 427.
   „   episcopus constantiensis. T. XXIX (1143) 280. (1157) 338. (1161) 361. (1172) 412, 413.
   „   episcopus herbipolensis, conf. würzburgensis.
   „   episcopus monasteriensis. T. XXIX (1182) 445. (1192) 465. T. XXXI (1182) 421. (1194) 453.
   „   episcopus verdensis. T. XXIX (1158) 348. (1161) 361. T. XXXI (1159) 414.
   „   episcopus würzburgensis. T. XXX (1227) 151. (1228) 156. (1231) 170, 174, 176. (1234) 218, 221, 225. (1235) 236. (1240) 280. (1246) 297. (1247) 300, 303, 304. — T. XXXI (1227) 525, 528.
   „   filius Adelberti marchionis. T. XXIX (1172) 413.
   „   frater Amalungi et cohaeres Brunonis nobilis viri. T. XXVIII (991) 247.
   „   magister Teutonicorum in Jerusalem. T. XXX (1224) 118, 119. (1225) 133. — (1235) 238, 240. T. XXXI (1227) 525. Rector domus Theutonicorum. (1230) 541; item magister (1235) 564. — Conf. etiam *Hermannus praeceptor.*
   „   magister, scriptor et canonicus novi monasterii in Wirceburg. T. XXX (1234) 219.
   „   marchio. T. XXIX (1089) 210.
   „   marchio veronensis, conf. *Verona.*
   „   ministerialis wirceburgensis. T. XXIX (1146) 294.
   „   der Pfaffe, Besitzer eines Hofs bei Kaufbeuern. T. XXX (1240) 278.
   „   praeceptor domus Theutonicorum in Alemannia. T. XXXI (1223) 516, 517.
   „   rufus, canonicus majoris ecclesiae babenbergensis. T. XXIX (1152) 308.
   „   testis. T. XXXI (1094) 374.
   „   testis. T. XXX (1223) 117.
   „   declaratur exlex et perdit praedia sua in Thurgowe et Jagesgowe. T. XXIX (1054) 118.
Hernustus, conf. *Ernustus, Ernestus.*
Heroldus, archicapellanus. T. XXVIII (950) 183.
   „   archiepiscopus salisburgensis. T. XXVIII (940) 171, 174.
   „   camerarius. T. XXIX (1168) 594. (1172) 410.

Heroldus, episcopus würzcburgensis. T. XXIX (1165) 379, 380. (1168) 385, 386, 390, 391. (1171) 397. (1172) 409, 412.

   „ praepositus major wirceburgensis. T. XXIX (1156) 525.

   „ praedia sua judicio legali perdit. T. XXIX (1042) 75.

   „ vicedominus, pater Bodonis, ministerialis würceburgensis. T. XXIX (1156) 324.

Herrenstein, A., comes de — T. XXXI (1236) 564.

Herteshusen, conf. *Herzeshusen*.

Herlingen, *Hertdlingen*, Bobbo de — T. XXIX (1157) 338.

Hertingesberg, *Hertingisperge*, Eberhardus de — T. XXX (1232) 206. (1233) 209. (1234) 226. (1235) 936. — T. XXXI (1234) 553.

Hertnidus, avunculus episcopi babenbergensis. T. XXIX (1174) 418.

Hertwicus, *Hertwic*, *Hertwig*, conf. etiam *Hartwicus*.

   „ archiepiscopus bremensis. T. XXIX (1201) 505.

   „ archipresbyter wirceburgensis. T. XXIX (1146) 294.

   „ episcopus eistetensis. T. XXIX (1199) 488. — T. XXX (1213) 6, 9. — T. XXXI (1212) 478.

   „ magister coquorum. T. XXX (1228) 156.

   „ sacerdos de Iphehoven. T. XXIX (1151) 305, 306.

   „ testis. T. XXIX (1157) 358.

Herzberg, Guichardus, comes de — T. XXX (1217) 59.

Herzeshusen, *Herteshusin*, *Herzhausen*.

   „ Godefridus de — ministerialis regni. T. XXIX (1166) 384. (1192) 461.

Heselere, Fridericus de — T. XXIX (1192) 462, 463.

   „ Adelheidis, uxor ejus. loc. cit.

Hesseburg, Heinricus de — T. XXIX (1168) 388.

Hessi, conf. *Hesso*.

Hessinus, comes in pago Mortenovva. T. XXVIII (1007) 383.

   „ comes in pago Sulichgovve. T. XXVIII (1007) 385.

Hesso, comes in pago Folcfelt. T. XXXI (915) 135. — T. XXVIII (911) 143, 145.

Hetto, abbas monasteril Sintlexzesowa, sive Augia. T. XXXI (813) 27, 28.

Hewiri, Bertholdus de — T. XXIX (1193) 468.

Heyzingen, Rapoto de — T. XXXI (1222) 511.

   „ N., filius ejus. loc. cit.

Hezelinus, *Hezilinus*, *Hezil*.

   „ civis ratisponensis. T. XXIX (1089) 240.

   „ episcopus vicentinus. T. XXIX (1091) 214.

   „ dux, intercedit pro monasterio S. Mariae Pataviae. T. XXVIII (1010) 421.

   „ nobilis homo donat praedia monasterio S. Nicolai. T. XXIX (1111) 228.

Hicila, filia comitis Ottonis in pago Ratensgowe. T. XXVIII (1024) 510.

Hildebertus, Hillibertus, Filtibertus.
    " archicapellanus. T. XXVIII (930) 167. (931) 168. — T. XXXI (927) 188.
    " mancipium. T. XXXI (975) 222.
Hildeboldus, Hildibaldus, Hildibolt.
    " abbas hersreldensis. T. XXIX (1168) 388, 393.
    " cancellarius et episcopus (wormatiensis). T. XXVIII (978) 225. (979) 228, 230. (980) 232. (981) 234. (983) 236, 238, 239, 241, 243. (985) 245. (986) 246. (991) 249. (993) 250, 252, 254, 256, 257, 260. (995) 261, 263, 265, 266. (996) 270. (998) 272, 273. — T. XXXI (983) 240, 242. (988) 246. (989) 249. (992) 251. (993) 253, 254, 255, 257. (996) 260, 264. Conf. etiam *Hildebrandus.*
    " comes in pago Para. T. XXVIII (1097) 377.
    " comes intercedit pro comite Marchwardo. T. XXVIII (940) 176.
    " testis. T. XXIX (1048) 86.
Hildebrandus, Hiltbrandus.
    " (Hildeboldus) cancellarius et episcopus. T. XXXI (985) 244.
    " dicitur Gregorius papa VII. T. XXXI (1080) 365.
Hildegardis, Hiltigardis, Hildigarda.
    " filia regis Ludovici germanici. T. XXXI (857) 92.
    " mater imperatoris Ludovici pii. T. XXXI (839) 89.
    " neptis regis Arnulphi. T. XXXI (895) 146, 147.
    " praefectissa. T. XXXI (1225) 521.
    " uxor Caroli magni. T. XXX (775) 375. — T. XXXI (769) 7.
Hildemar, Hildimar, Hiltimar.
    " mancipium, donatur comiti Oudelrich. T. XXVIII (986) 246.
    " mancipium. T. XXXI (892) 143.
Hildolfus, intercedit pro ecclesia wirceburgensi. T. XXVIII (1001) 290; obtinet villam Sinnam. T. XXVIII (1001) 291.
Hilibertus, mancipium. T. XXXI (817) 37.
Hilkmus, archiepiscopus trevirensis. T. XXIX (1154) 312. (1156) 323. (1161) 361.
Hiltagesburg, Hiltagespurch.
    " Adalbertus, marchio de — T. XXIX (1134) 263.
Hiltenburg, Hilthenburch, Hiltemburch, Hildenberg.
    " Albertus de — T. XXIX (1156) 326. (1168) 388, 393. (1174) 422.
    " Albertus de — T. XXIX (1182) 445. (1206) 530. — T. XXXI (1189) 436.
    " Adalbertus junior de — T. XXXI (1189) 436.
    " Giso de — T. XXXI (1157) 411.
Hiltifried, mancipium. T. XXXI (892) 143.

Hillram, testis. T. XXX (983) 339.
Hillroch, mancipium. T. XXXI (893) 144.
Hinnenberg, conf. *Henneberg*.
Hirminmarus, *Hirminmaris*, *Hirminhardus.*
  „   notarius. T. XXVIII (832) 24. (834) 27. (837) 32. (839)
         34. — cancellarius. T. XXXI (823) 61. (831) 60. (832) 62.
         notarius. (839) 84, 87, 90.
Hirnheim, *Hyrenheim*, *Hurenheim*, conf. etiam *Hürnheim.*
  „   Hermannus de — T. XXXI (1262) 591. (1266) 593.
  „   N., (Hermannus?) de — filius ejus. loc. cit.
  „   Rudolphus de — T. XXXI (1266) 593.
  „   Fridericus de — loc cit.
Hirschberg, *Hirzberc*, Gebehardus comes de — T. XXX (1254) 219. conf.
         etiam *Tollenstein.*
Hirsuti comites, (Rauhgrafen) — Rupertus — T. XXX (1214) 19.
  „   Gerhardus — loc. cit.
  „   N. hirsutus comes. T. XXX (1231) 170.
Hirzbach, *Hierzpach*, Egelbertus de — proscribitur. T. XXXI (1222) 511.
Hirzdorf, Hartmannus de — T. XXXI (1262) 592.
Hirzeshusen, Heinricus de — T. XXIX (1142) 277. T. XXXI (1138) 593.
Histria, conf. *Istria.*
Hittenbach, Engelhardus de — T. XXIX (1140) 272.
  „   Escuin de — loc. cit.
Hitto, abbas monasterii Lunaelacensis, nepos Embrichonis ratisbonensis
         episcopi. T. XXVIII (879) 65. (883) 72, 73. T. XXXI (879) 111.
Hoestele, Heinricus de — T. XXIX (1165) 376 — conf. etiam *Hostelin.*
Hoevell, conf. *Hevell*,
Hohenburg, *Hohenburc*, *Hohenberg*, *Hochenberg.*
  „   Ernest comes de — T. XXIX (1157) 338.
  „   Fridericus, frater ejus. loc. cit.
  „   Fridericus, comes de — T. XXIX (1193) 471. — T. XXXI
         (1193) 451.
  „   Albertus, comes de — T. XXXI (1262) 591.
Hohenburg, *Hohinburch*, *Hohinburg*, *Hohenborch.*
  „   Diepoldus, marchio de — T. XXX (1215) 25.
  „   Diepoldus, sive Theobaldus marchio de — T. XXX (1223)
         116, 117. (1224) 129. (1225) 131. — T. XXXI (1225) 522.
  „   Otto, marchio de; — consanguineus regis Conradi IV. T.
         XXX (1251) 312.
Hohenburg, *Hohenburc*, *Hohinberg*, *Hohenberg.*
  „   Burchardus de — T. XXX (1220) 93. — Ministerialis aulae
         imperialis. (1226) 141.
  „   Dietricus de — T. XXX (1224) 129. (1225) 131.
  „   Theodericus de — T. XXXI (1223) 518.
Hohenegge, *Hochenegge*, R. de — T. XXXI (1262) 591.

Hohenlohe, *Hohenloch*, *Hohenloh*, *Hohinloch*, *Hoenlog*.
„   Heinricus de — T. XXIX (1209) 552.
„   Albertus de — loc. cit.
„   Conradus de — T. XXX (1225) 151. (1230) 166. (1232) 195,
         196, 200. — T. XXXI (1230) 541. (1232) 552.
„   Gotfridus de — T. XXX (1230) 161. (1232) 195, 196, 200.
         (1255) 258. — T. XXXI (1223) 517.
„   Gotfridus de — T. XXX (1240) 280. (1242) 284. — Consi-
         liarius regis. (1245) 292. (1251) 312.
„   Heinricus de — frater domus Theutonicorum in Alemannia.
         T. XXXI (1223) 516.
Hohenstat, L. de — T. XXXI (1232) 552.
Hohenstadt, N. comes de — T. XXX (1231) 170.
Hohenvels, *Hohenfels*, *Hohinvels*.
 „   Conradus de — T. XXIX (1205) 823.
 „   Conradus de — T. XXX (1251) 312. (1265) 343.
 „   Philippus de — T. XXX (1257) 329.
Hohenwart, *Hohenwarth*, *Hohenwerth*.
 „   Heinricus de — proscribitur. T. XXXI (1222) 511.
 „   Conradus, frater ejus. loc. cit.
 „   Conradus de — T. XXXI (1259) 593.
Hoholdus, frater Sigeboldi, testis et collaudator. T. XXIX (1048) 90.
Hohsinden, Theodericus, comes de — T. XXIX (1193) 466.
Hollandia, Florentius comes de — T. XXIX (1177) 427. — T. XXXI
         (1182) 421.
Holsatia, *Holsucia*, A. comes de — T. XXX (1252) 200.
Holzhusen, Sibot de — T. XXIX (1180) 440.
 „   Wolfherus de — loc. cit.
Holzwanc, Hawardus de — T. XXX (1255) 209.
Horburg, *Horburc*, *Horeburc*.
 „   Otto de — T. XXIX (1115) 235.
 „   Walcoun de — T. XXIX (1193) 468.
 „   Arnoldus de — loc. cit.
 „   Heinricus de — filius Heinrici de Eistetin. T. XXIX (1193)
         468. — conf. etiam *Eistetin*.
Horenberc, *Horrnbergk*, Arnoldus de — T. XXXI (1193) 451.
Hortenberg, conf. *Ortenburg*.
Hostetin, Volricus de — T. XXIX (1195) 468. — conf. etiam *Hoestete*.
Horelt, *Hoerelt*, Eberhart de — T. XXIX (1165) 376, 380.
 „   Rudolphus de — T. XXX (1220) 103.
Hruntzolfus, donator praedii ad monasterium S. Kiliani. T. XXVIII (820) 13.
Hruolbertus, conf. Rutbertus, i. e. *Rupertus*.
Hürnheim, *Hurnckeim*, conf. etiam *Hirnheim*.
 „   Albertus de — T. XXX (1227) 149.
 „   N., patruus ejus. loc. cit.

Hürnheim, N. N., filii patrui N. loc. cit.
„ Hermannus, junior de — T. XXX (1263) 334. (1264) 339; nobilis. loc. cit. 342. — (1266) 351, 355. (1267) 360, 362, 364.
„ Hermannus, filius Hermanni de — T. XXX (1264) 342. (1266) 351, 355.
„ Rudolphus de — T. XXX. loc. cit.
„ Friedericus de — T. XXX (1266) 351, 355. (1267) 364. (1268) 370.
„ II., filius Hermanni. T. XXX (1267) 362.
Hugo, abbas morbacensis. T. XXX (1219) 82.
„ archicancellarius. T. XXXI (838) 82. (839) 84, 87, 90.
„ cancellarius. T. XXVIII (834) 27. (837) 32. (839) 34. (840) 35.
„ capellanus imperatoris Ottonis II. T. XXVIII (893) 242.
„ cardinalis episcopus hostiensis et velletrensis ac legatus apostolicus. T. XXXI (1209) 473.
„ comes in pago Glebuntra. T. XXVIII (1007) 379.
„ comes et testis. T. XXIX (1143) 280.
„ episcopus sardensis. T. XXIX (1168) 387, 392.
„ episcopus leodiensis. T. XXX (1220) 95.
„ episcopus wirceburgensis. T. XXVIII (1014) 453.
Humbertus, Humbret, Hunpreht.
„ archiepiscopus bremensis. T. XXIX (1103) 219.
„ cancellarius. T. XXIX (1089) 213. (1091) 215, 217. — T. XXXI (1090) 371. (1094) 374. (1097) 376.
„ decanus et testis. T. XXX (1130) 225.
„ scabinus. T. XXX (983) 389.
Hundulfus, possessor quondam bonorum in comitatu Adolfi et pater Agilulfi presbyteri. T. XXVIII (807) 6.
Hungerus, possessor praedii in pago Germaromarcha. T. XXVIII (1001) 290.
Hunlant, N., comes de — T. XXXI (1157) 411.
Huno, mancipium, donatus comiti Oudelrich. T. XXVIII (986) 246.
Hunolfus, Hunolf.
„ advocatus Reginhalmi presbyteri. T. XXX (983) 388.
„ comes in pago Quinzingovve. T. XXVIII (890) 100.
„ scabinus. T. XXX (983) 389.
Hunpoldus, testis. T. XXVIII (890) 102.
Hunricus, corepiscopus ratisbonensis. T. XXVIII (883) 71.
Hunrogus, Hunrocus, comes et missus in Francia orientali. T. XXVIII (837) 31, 32.
„ presbyter, a Ludovico rege manumissus. T. XXXI (833) 72.
Huonlin, Heinrich. T. XXX (1233) 207 — ejus filia N. loc. cit.
Huolo, comes, dilectus magister Ottonis II. T. XXVIII (967) 190.
Haolzmannus, episcopus spirensis. T. XXXI (1090) 569.
Hurwingen, Oudalricus de — T. XXIX (1123) 245.

Hurmingen, Oudalricus de — T. XXIX (1164) 313.
Hurnloher, Conradus, civis augustensis. T. XXX (1266) 357.
Hurstimar, Bernhardus de — T. XXIX (1208) 543.
Husan, conf. *Hausen*, *Husen*.
   „   Arnoldus de — T. XXIX (1075) 198.
   „   Luitbrandus de — loc. cit.
   „   Theobaldus de — ministerialis augustensis. T. XXIX (1187) 452.
   „   Volricus, filius ejus. loc. cit.
Hynenbergh, conf. *Henneberg*.

I.

J, conf. etiam *Y*.
Jacobus, episcopus pattensis. T. XXX (1224) 119, 122.
   „   testis. T. XXVIII (890) 102.
   „   testis. T. XXXI (1094) 374.
   „   vasallus episcopi frisingensis. T. XXXI (893) 145.
Idiedungestorf, Ebo de — T. XXIX (1140) 272.
Iezo, cujus miles est Engilger. T. XXVIII (388) 81. — Conf. etiam *Izo*.
Ilenburg, *Ilenburc*, Heinricus marchio de — T. XXIX (1103) 219.
Ikia, mancipium. T. XXVIII (940) 173.
Imbrico, conf. *Embrico* et *Embricho*.
Iminolf, ostiarius, traditur ecclesiae pataviensi. T. XXXI (890) 134.
Imma, pedissequa Heinrici IV regis. T. XXXI (1053) 341.
Immerpreis, Eberhardus, test. T. XXIX (1193) 468.
   „   Heinricus. loc. cit.
Immiza, servilis conditionis foemina, declaratur libera per excussum denarium. T. XXXI (1053) 339.
Immo, advocatus Tutonis episcopi ratisbonensis. T. XXVIII (914) 148. — T. XXXI (914) 184.
   „   homo Luitboldi comitis. T. XXXI (905) 175.
   „   testis. T. XXX (983) 389.
Imperatores Romanorum et Reges Franciae et Germaniae.
   „   *Clotharius*, pater Dagoberti I memoratur. T. XXXI (623) 1.
   „   *Dagobertus I* rex. T. XXXI (623) 1; memoratur (1102) 378. (1187) 427, 428.
   „   *Dagobertus II.* rex. T. XXXI (676) 5.
   „   *Pipinus*, Pippinus rex; memoratur. T. XXVIII (823) 17. (889) 94, 98. (923) 161, 162. (993) 256, 259. (1003) 308. T. XXIX (1025) 16. — T. XXXI (783) 19, 20. (799) 23. (819) 46. (833) 75, 78. (891) 139. (967) 202. (993) 254, 256. (1103) 380.
   „   *Carlomannus*, filius Pipini, rex; memoratur. T. XXVIII (823)

Imperatores etc. et *Reges.*

" 16, 17. (837) 31, 32. (889) 93, 94, 98. (923) 161, 162. (993) 259.

" *Carolus magnus*, rex Francorum et Longobardorum, ac patricius Romanorum. T. XXVIII (777) 1, 2. (794) 3, 4 — Imperator (807) 5, 7. (811) 7, 8. Memoratur (814) 9. (815) 11. (821) 15. (823) 16. (831) 19. (837) 31. (844) 39. (846) 41, 42. (889) 93, 94, 95, 96. (898) 119. (903) 131, 132. (939) 169. (976) 216. (995) 256, 257, 259. (996) 267. (1005) 308. (1012) 437. (1018) 477. T. XXIX (1025) 14, 16. (1032) 34. (1049) 98. (1155) 318. (1168) 386, 391. (1171) 399. — T. XXX (773) 375, 377. (802) 380; memoratur (823) 381. (983) 386. (1205) 399. — T. XXXI (769) 7, 10. (782) 11. (786) 14. (788) 17, 19. (799) 22. (804) 24. (812) 26. (815) 27. — Memoratur (817) 40, 42. (819) 44, 46. (822) 48. (824) 52. (832) 61. (833) 75, 78. (839) 83. (865) 100. (896) 149. (971) 207. (972) 212, 213. (983) 241. (993) 252, 256. (1000) 269. (1082) 350. (1105) 380.

" *Ludovicus pius*, imperator. T. XXVIII (814) 9, 10. (815) 11, 12. (820) 13, 14. (821) 16. (823) 15, 16, 18. (831) 19, 20. (835) 23, 24. (834) 26, 27, 28. (837) 31, 33. (839) 34. (840) 35, 36. — Memoratur (846) 41, 42. (862) 53. (889) 93, 95, 96, 98. (898) 119. (903) 132. (918) 153. (925) 159, 161, 162. (939) 169. (967) 190. (976) 216. (996) 267. (1003) 307. (1012) 437. (1018) 477. — T. XXIX (1025) 14. (1032) 34. (1049) 98. (1075) 191. (1155) 318. T. XXX (823) 381. — Memoratur (983) 386, 387, 388. (1205) 399. T. XXXI Caroli filius (799) 22; imperator (816) 32, 34. (817) 36, 40. (819) 43, 46. (822) 48. (824) 52. (828) 54. (831) 60. (832) 61, 63, 65. (833) 74, 75, 78. (838) 81. (839) 83, 85, 89. Memoratur (860) 96. (877) 104. (971) 207. (975) 223. (983) 241. (993) 252. (1000) 269. (1105) 380.

" *Lotharius I.*, Ludovici pii filius, imperator. T. XXXI (822) 48. (828) 54. (833) 73, 75, 77; memoratur (950) 193. (988) 245. (1105) 380.

" *Lotharius II.*, rex, Lotharii I. filius. T. XXXI (865) 100.

" *Carolus*, filius Ludovici pii. T. XXVIII (831) 19.

" *Ludovicus germanicus*, filius Ludovici pii, Bajoariorum rex. T. XXVIII (831) 20. (832) 21, 22. (835) 24, 25. Rex (836) 29, 30. (841) 36. (844) 37, 38, 39, 40. (846) 40, 42. (849) 43. (851) 44. (853) 45, 47, 48. (857) 49. (858) 50. (859) 50, 51. (860) 51. (862) 52, 53. (865) 54. (865) 55. (867) 55. (868) 56. (874) 57, 58, 59. (875) 60, 61; memoratur (889) 93, 95, 96. (903) 132. (918) 153, 155, 156, 157. (923) 160. (972) 193, 194. (993) 265. — T. XXIX memoratur

Imperatores etc. *et Reges.*
(1155) 318. — T. XXXI rex Bajoariorum (828) 54. (829)
55. (830) 58. (833) 66. — Rex (853) 68. — Iterum rex
Bajoariorum (833) 70, 72. — Iterum rex (857) 79. (858)
81. (852) 90. (857) 92, 93. (859) 94. (860) 98. Memoratur (888) 118. (893) 144. (983) 241. (993) 252.

„ *Ludovicus junior,* germanici filius, et Franciae orientalis et
Saxoniae rex. T. XXVIII (880) 66. — T. XXXI (880) 113.

„ *Carlomannus,* Ludovici germanici filius. Conf. Bavaria et
ejus duces et Reges.

„ *Carolus crassus,* imperator. T. XXVIII (882) 67. (883) 67,
usque 73. (884) 74, 75. (885) 76, 77. (887) 77, 78. T.
XXX (886) 384. — T. XXXI rex (878) 105; imperator (883)
115, 116. — Memoratur (896) 148. (950) 193. (983) 241.
(988) 245 (993) 252.

„ *Arnulphus rex.* T. XXVIII (885) 73. (888) 79—83. (889)
84—99. (890) 100—104. (893) 105. (895) 106—111. — Imperator (896) 111 usque 114. (897) 114, 115. (898) 117,
118, 119, 122, 123, 124. (899) 125. — Memoratur (901)
126. (903) 131, 132, 135. (904) 137. (914) 148. (923)
161, 162. (939) 169. (940) 173. (946) 181. (996) 267.
(1042) 437. (1048) 477. — T. XXIX memoratur (1025) 14.
(1032) 34. (1153) 260. (1134) 262. — T. XXX memoratur
(983) 387. — T. XXXI rex (888) 118, 120, 122, 123, 126,
127. (889) 128, 130. (890) 132, 133, 135. (891) 137, 139.
(892) 141, 142. (893) 143, 145. (895) 146. — Imperator
(896) 148. (898) 150, 153, 154. (899) 156, 158. — Memoratur (903) 171. (948) 189. (971) 207. (975) 223. (983)
241. (993) 252.

„ *Ludovicus infans,* rex. T. XXVIII (901) 125, 127. (903)
127 usque 131, 133, 134. (904) 136, 138. (905) 138. (906)
139, 140. (908) 141, 142. (911) 143, 144. — Memoratur
(940) 173. (972) 193, 194. (993) 255. (1002) 292. — T.
XXXI (896) 148. (900) 160. (901) 162, 164, 165. (902)
166. (903) 168, 169, 171. (905) 173, 175. (907) 176. (908)
178. (983) 241. (993) 252, 254.

„ *Conradus I.,* rex. T. XXVIII (911) 144, 145. (912) 146,
147. (914) 147, 149, 150. (916) 151, 152. (918) 153, 154,
155, 156, 157, 158. — Memoratur (923) 161, 162. (996)
267. (1048) 477. — T. XXIX (1052) 34. (1049) 98. T.
XXXI (912) 180. (914) 183. (915) 184. (916) 186. — Memoratur (983) 241. (993) 252.

„ *Heinricus I.,* rex. T. XXVIII (923) 159 usque 163. (926)
163, 164. (927) 164, 165. (930) 166, 167. (931) 169. Memoratur (939) 169. (996) 267. (1048) 477. — T. XXIX

Imperatores etc. et *Reges.*

memoratur (1052) 34. (1049) 98. — T. XXXI (927) 187.
memoratur (983) 241. (993) 252.

„ *Otto I.*, rex. T. XXVIII (939) 169, 170. (940) 171 usque
177. (941) 177, 178. (943) 179. (946) 180, 181. (950) 182,
185. (959) 183 usque 187. (961) 188, 189. (967) 190. Imperator (970) 192. (972) 192 usque 194. (973) 196 usque
200. — Memoratur (976) 216, 221. (996) 267. (1012) 437.
(1018) 477. — T. XXIX memoratur (1025) 14. (1032) 34.
(1040) 70. (1049) 98. (1171) 399. (1193) 470. — T. XXX
memoratur (1218) 66. (983) 387. — T. XXXI rex (948)
189, 190, 192. (950) 193, 195, 196. (951) 198. — Imperator (963) 199. (965) 200. (969) 204. (971) 206. (972) 210,
211. — Memoratur (973) 219. (985) 241. (988) 245. (992)
250. (993) 252. (1105) 380. (1187) 427.

„ *Otto II.*, rex. T. XXVIII (967) 190. Imperator (973) 201
usque 205. (974) 206 usque 211. (976) 212 usque 222. (977)
223, 224. (978) 225. (979) 226 usque 230. (980) 231, 232.
(981) 233, 234. (983) 234, 236 usque 242. Memoratur (996)
267, 270. (1012) 437. (1018) 477. T. XXIX memoratur
(1025) 14. (1032) 34. (1040) 70. (1049) 98. (1193) 470. —
T. XXX memoratur (1218) 66. (983) 386. — T. XXXI rex
(967) 202. (969) 205. (972) 214. Imperator (973) 216, 219.
(974) 220. (975) 222, 223, 225. (976) 227, 228, 230. (977)
232. (980) 235, 237. (983) 239, 241. — Memoratur (988)
245. (992) 250. (993) 252. (1187) 427.

„ *Otto III.*, rex. T. XXVIII (985) 243. (986) 245, 246. (991)
247, 249 (993) 249 usque 260. (995) 260 usque 263. (996)
264. — Imperator (996) 265, 266, 267, 269. (998) 271 usque 273. (999) 274 usque 278. (1000) 281, 283, 284, 286,
288. (1001) 290. (1002) 292. — Memoratur (1003) 307, 308,
314, 315. (1004) 319. (1007) 336, 338, 339, 341, 343, 345,
346, 348, 350, 354, 356, 360, 362, 367, 375, 377, 379, 381.
(1008) 389, 395, 397, 399, 401, 403, 405. (1009) 408, 410,
414. (1010) 416. (1011) 429. (1012) 457. (1013) 442. (1018)
469, 471, 477. (1019) 483. — T. XXIX memoratur (1025)
14, 16. (1032) 34. (1040) 69, 70. (1049) 98. (1193) 470.
T. XXX memoratur (1218) 66. (1205) 399. — T. XXXI rex
(985) 243. (988) 245. (989) 247. (992) 250. (993) 252, 254,
255. (995) 258. — Imperator (996) 259, 261, 264. (999)
266. (1000) 268, 271. — Memoratur (1007) 280. (1018)
292. (1030) 509. (1190) 440.

„ *Heinricus II*, rex. T. XXVIII (1002) 293, 295 usque 299,
302, 304, 305. (1003) 306, 308, 510, 311, 313, 315. (1004)
317, 319. — Rex Francorum et Longobardorum. (1004) 321.

Imperatores etc. et *Reges.*

(1005) 322 usque 324. (1007) 326, 827, 329, 331, 332, 334, 335, 337, 339, 341, 342, 344, 346, 347, 349, 361, 353, 366, 367, 359, 361, 863, 365, 367, 369, 371, 375, 377, 879, 381, 383, 885, 386. (1008) 388, 390, 392, 393, 395, 397, 399, 401, 403, 405. (1009) 407, 408, 409, 410, 412, 413. (1010) 415, 416, 418, 420, 421, 425, 426, 427. (1011) 428, 429, 431, 433, 435. (1012) 437, 439. (1013) 440, 442, 444. — Imperator (1014) 446, 448, 449, 451, 453. (1015) 455, 457. (1016) 458, 460. (1017) 462, 464. (1018) 466, 468, 470, 473, 475, 477, 480. (1019) 482, 483, 485, 486. (1020) 488. (1021) 489, 491, 493, 495, 496, 498, 500, 502, 506, 507. (1022) 508. (1024) 510. — T. XXIX memoratur (1025) 1, 3, 4, 9, 16. (1026) 19. (1032) 35. (1034) 42. (1039) 52. (1040) 62, 70. (1048) 94. (1049) 98. (1103) 218, 219. (1117) 250. (1144) 282. — T. XXX rex (1007) 391. (1009) 393. — T. XXXI rex (1002) 272. (1003) 275, 278. (1007) 280. (1008) 282. (1009) 284. (1010) 285. (1011) 286, 287. (1015) 288. — Imperator (1017) 289. (1018) 291. (1019) 293, 294. (1022) 295. (1023) 296, 297. — Memoratur (1024) 300, 301. (1029) 308. (1088) 839.

„ *Conradus II.*, rex. T. XXIX (1025) 1, 2, 4, 6, 7, 9, 12, 14, 16, 18. (1026) 19. — Imperator (1027) 20, 22. (1029) 23, 24, 27. (1030) 30. (1031) 52. (1032) 34. (1033) 36, 37, 39. (1034) 41, 43, 45. (1035) 47. (1036) 48. (1039) 50. — Memoratur (1040) 58, 61, 63, 66, 70, 73. (1048) 92. (1049) 98. (1051) 106. (1057) 153. (1103) 218. — T. XXXI rex (1024) 299, 301. (1025) 302. — Imperator (1027) 304. (1028) 306. (1029) 308. (1030) 309. (1031) 311. (1033) 313. (1034) 315. (1036) 317. — Memoratur (1076) 358. (1102) 378. (1105) 380. (1125) 520.

„ *Heinricus III*, jam memoratur. T. XXIX (1027) 21, 22. (1029) 26, 28. (1030) 30. (1031) 32; dicitur rex (1032) 35. (1033) 37, 40. (1034) 41, 44, 45. (1035) 47. — dicitur rex Burgundionum. (1039) 50. — Rex (1039) 51, 53. (1040) 56, 58, 60, 62, 65, 66, 68, 69, 71, 73. (1042) 74, 76. (1043) 78, 80. (1045) 81, 83. (1046) 83. — Imperator (1048) 86, 87, 89, 92, 94. (1049) 96, 98. (1050) 101. (1051) 103, 105. (1052) 107, 109. (1053) 112. (1054) 114, 115, 117, 118. (1055) 120, 121, 123, 125. (1056) 127, 129, 131. — Memoratur (1057) 153, 138, 140. (1061) 152. (1062) 155, 158, 160, 163. (1063) 167. (1078) 204. (1103) 218. (1142) 276. — T. XXX (1063) 594. — T. XXXI rex (1028) 306. (1050) 310. (1031) 311. (1033) 313, 314. (1034) 315. (1040) 318. (1041) 319. (1043) 320, 322. — Imperator (1048) 524. (1051)

Imperatores etc. et *Reges.*

326. (1052) 327. (1055) 329, 331, 333, 335. — Memoratur (1057) 356. (1058) 341. (1062) 344. (1064) 349. (1076) 358. (1090) 371. (1097) 376. (1102) 378. (1105) 380. (1112) 395. (1210) 476.

„ *Heinricus IV*, jam memoratur. T. XXIX (1051) 104, 106. — Rex (1055) 122, 124. 125. (1056) 127, 129, 131. (1057) 133, 135, 138, 140. (1059) 142. (1060) 144, 146. (1061) 148, 150, 152, 154. (1062) 156, 158, 160, 162. (1063) 164, 166. (1065) 169. (1067) 170, 172, 174, 175. (1068) 177. (1069) 179, 181. (1073) 183, 185, 187. (1074) 188, 189. (1075) 191. (1077) 199. (1078) 200, 202, 204. (1079) 206, 207. — Imperator (1086) 208. (1089) 209, 212. (1091) 214, 216. (1103) 218. — Memoratur (1112) 230. (1121) 240. (1122) 242. (1143) 281. (1156) 328. (1208) 548. — T. XXX (1226) 135. — T. XXXI rex (1055) 333. (1057) 336. (1058) 337, 339, 341. (1060) 343, 344. (1062) 346. (1064) 348. (1072) 350. (1074) 352, 356. (1075) 358. (1077) 360. (1078) 361. (1079) 362. (1080) 363. — Imperator (1086) 365. (1090) 369. (1094) 372. (1097) 376. (1102) 377. (1105) 380. — Memoratur (1122) 387. (1182) 419. (1210) 476.

„ *Heinricus V* rex, memoratur. T. XXIX (1091) 216. (1103) 219. (1107) 221. (1109) 222. — Imperator (1111) 224, 226. (1112) 250. (1114) 253. (1115) 235. (1116) 236. (1120) 238. (1121) 240. (1122) 242. (1123) 244. (1124) 246, 247. — Memoratur (1125) 248. (1208) 548. — T. XXXI rex (1102) 378. (1107) 383. (1108) 384. Imperator (1112) 385, 387. (1125) 389. — Memoratur (1182) 419, 420.

„ *Lotharius II*, rex. T. XXIX (1125) 248. (1127) 250. (1129) 252, 253. (1130) 255, 258. Imperator (1133) 258, 259. (1134) 262. (1135) 265. (1136) 266, 267. — Memoratur (1140) 269. (1141) 273. (1143) 281. (1146) 292. (1165) 375. (1171) 399, 402. T. XXX memoratur (1220) 92. (1234) 224. — T. XXXI imperator (1137) 391. — Memoratur (1210) 476.

„ *Conradus III*, rex. T. XXIX (1140) 269, 271. (1141) 273. (1142) 276, 277. (1143) 278, 279, 281. (1144) 282, 284. (1146) 286, 289, 291, 292, 295. (1147) 297. (1149) 299. (1151) 302, 305. (1152) 307. — Memoratur (1164) 312. (1157) 344, 345. (1180) 433. (1205) 519. — T. XXX memoratur (1226) 140. (1138) 395. — T. XXXI rex (1138) 392. (1140) 394, 396. (1141) 398. (1142) 399, 402. (1145) 403. (1144) 406. (1149) 408. — Memoratur (1194) 452.

„ *Heinricus*, rex, filius Conradi III, mortuus ante patrem. T. XXIX (1146) 289. (1149) 299. — T. XXXI (1144) 407.

Imperatores etc. et *Reges.*

  „   *Friedericus I.*, rex. T. XXIX (1152) 310. (1154) 311. —
Imperator (1155) 314, 316, 317, 320. (1156) 321, 324, 327,
335. (1157) 336, 339, 340, 344. (1158) 347. (1160) 350,
351, 354. (1161) 356, 359, 362. (1163) 364, 367, 368, 371.
(1165) 373, 374, 378. (1166) 382, 384. (1168) 385. (1169)
395. (1170) 396, 398. (1171) 399, 404. (1172) 405, 406,
408, 411. (1173) 415. (1174) 417, 419, 421. (1177) 424,
428. (1179) 431. (1180) 432, 434, 438, 441. (1181) 442.
(1182) 443, 446, 448. (1183) 449, 450. (1187) 450, 451.
(1189) 453, 455, 456. — Memoratur (1191) 459. (1193) 470,
475. (1195) 485. (1205) 511, 519, 521. (1208) 545, 546,
548, 549. (1209) 551. — T. XXX memoratur (1213) 3. (1216)
52. (1218) 66. (1220) 92. (1224) 121. (1230) 160. (1234)
250. (1237) 262. (1240) 276. (1153) 397. T. XXXI (1156)
409. (1157) 409. (1158) 412. (1159) 413. (1162) 415. (1163)
416. (1177) 418. (1182) 419, 423. (1185) 424. (1187) 427,
430. (1189) 435, 437. — Memoratur (1191) 442. (1193) 450.
(1194) 455. (1205) 466. (1209) 472. (1215) 488. (1232)
549.

  „   *Heinricus VI.*, filius Friderici I, rex; jam memoratur. T.
XXIX (1171) 399. (1173) 416. — Rex (1189) 458. Imperator (1191) 459. (1192) 461, 462, 464. (1193) 467, 469, 473,
474, 475. (1194) 476, 478, 481. (1195) 485. — Memoratur
(1200) 494. (1201) 506. (1205) 511, 519, 521. (1208) 549.
(1209) 551. — T. XXX memoratur (1215) 3, 10. (1216) 52.
(1218) 64, 65, 66. (1222) 110, 112. (1224) 121. (1226) 142.
(1228) 158. (1237) 262. — T. XXXI rex (1190) 439. Imperator (1191) 442. (1193) 443, 445, 450. (1194) 452, 454,
456. (1195) 457, 458. (1196) 459, 462, 465. — Memoratur
(1205) 466. (1214) 485. (1215) 488. (1230) 537.

  „   *Philippus*, frater Heinrici VI. T. XXIX (1193) 468. (1194)
483. — Rex (1199) 487, 488. (1200) 491, 493, 496, 499.
(1201) 501, 503, 504, 506. (1203) 507, 508. (1205) 509,
511, 515, 517, 519, 521, 523, 524. (1206) 529, 531. (1207)
532, 534, 535, 537, 539. (1208) 541. — Memoratur (1208)
542, 543. — T. XXX memoratur (1214) 21. (1218) 64, 68.
(1220) 101, 105. (1222) 111. (1234) 215. (1205) 399. T.
XXXI frater imperatoris (1193) 451. — Rex (1205) 454, 466,
467. (1207) 468. — Memoratur (1215) 488. (1216) 492. (1218)
497. (1234) 560.

  „   *Otto IV.*, rex. T. XXIX (1208) 542, 544, 548. (1209) 551,
553, 555, 558. — T. XXXI rex (1209) 470, 472. — Imperator (1210) 474. (1212) 476, 479, 481.

Imperator etc. et *Reges.*

Friedericus II, rex. T. XXX (1212) 1. (1213) 2, 7, 10, 12, 15, 17. (1214) 18, 21, 22. (1215) 25, 26, 29, 31, 32, 34, 36, 38. (1216) 39, 41, 43, 46, 48, 51, 52. (1217) 54, 56, 58, 60, 61, 62. (1218) 63, 64, 65, 67, 69, 72, 74, 76, 77. (1219) 78, 79, 80, 82, 86, 88, 90. (1220) 91, 94, 96, 100, 102, 104, 105. — Imperator (1220) 106. (1222) 109, 111, 115. (1223) 114, 115. (1224) 118, 121, 123. (1225) 130, 132. (1226) 135, 136, 138, 139, 140, 142. (1227) 146. (1230) 158, 160, 163. (1231) 182, 183. (1232) 184, 186, 191, 194, 197, 199, 201. (1233) 208. (1234) 227, 232, 235. (1235) 237, 238, 239, 242, 244. (1236) 244, 245, 246, 249, 250, 253. (1237) 254, 255, 257, 258, 259, 260, 261, 262, 265, 266. (1238) 268, 271. (1239) 273. (1240) 276, 280. (1241) 283, 285, 287, 289. (1245) 294. (1248) 305. (1250) 307. — Memoratur (1251) 315. (1263) 356. — T. XXXI rex (1214) 483, 484, 485. (1215) 488, 490. (1216) 492. (1217) 495. (1218) 496. (1219) 497. (1220) 498. — Imperator 500, 501. (1221) 506. (1222) 513. (1223) 517. (1225) 523. (1229) 532. (1230) 537, 540, 542. (1232) 549, 550. (1234) 560. (1235) 565, 566. (1237) 566, 567, 568, 570. (1239) 572. (1242) 574, 575. (1243) 576. (1244) 579. (1245) 580, 582.

Heinricus rex, mortuus ante patrem Fridericum II. T. XXX (1220) 97, 105. (1222) 108, 110, 112. (1123) 115, 117. (1224) 123, 125, 126, 127, 129. (1225) 130, 133, 134. (1226) 139, 145. (1227) 145, 147, 148, 150, 151, 153, 155. (1228) 156, 157. (1230) 160, 164, 166. (1231) 167, 169, 171, 173, 176, 178, 180. (1232) 191, 195, 200, 205. (1233) 206, 207, 210, 211. (1234) 212, 213, 216, 218, 221, 223, 228, 230, 232. (1235) 234, 235. — T. XXXI (1222) 508, 510, 512. (1223) 514, 516. (1225) 519. (1227) 524, 525, 527, 529, 530, 531. (1230) 638. (1231) 546, 548. (1232) 554, 555. (1233) 557. (1234) 558, 539. (1235) 562.

Heinricus Raspo, contra Fridericum II., rex electus. T. XXX (1246) 296, 299. (1247) 300, 301, 303, 304.

Wilhelmus rex. T. XXX (1250) 309. (1253) 320. (1255) 321, 323, 324, 325. — T. XXXI (1255) 554, 555.

Conradus IV., rex. T. XXX (1236) 261, 262. (1237) 263, 267. (1239) 269, 270, 272, 273. (1240) 274, 278, 279. (1241) 281. (1242) 285, 287, 283. (1243) 291. (1248) 292. (1246) 295, 298. (1250) 307. (1251) 311, 314, 315, 316, 317, 318, 319. (1253) 320. — Memoratur (1266) 358. — T. XXXI (1243) 578. — Memoratur (1259) 587. (1262) 694. (1266) 893.

Imperatores etc. et *Reges.*
    "   *Richardus rex.* T. XXX (1257) 328. (1264) 331. (1271)
        371. T. XXXI (1257) 586. (1260) 589.
    "   *Conradinus*, Conradus, Hierosolymae et Siciliae rex. T.
        XXX (1256) 328. (1263) 332, 333, 335. (1264) 337, 340,
        341. (1965) 342. (1266) 344, 348, 349, 350, 352, 354, 356.
        (1267) 359, 360, 361, 363. (1268) 365, 368. — T. XXXI
        (1959) 587. (1262) 590. (1266) 592.
Indersdorf, conf. *Undiersdorf.*
Ingelbach, Wernhardus de — T. XXXI (1144) 407.
    "   Wernhardus, filius ejus. loc. cit.
Ingilnheim, Gerlacus de — ministerialis Conradi III regis. T. XXIX
        (1140) 270.
Innocentius, papa II. T. XXXI (1142) 400. T. XXX (1219) 78.
Job, presbyter accipit possessionem in pago Tonagevve. T. XXVIII (878)
      85.
Johannes, abbas Casemarii. T. XXX (1224) 119, 122.
    "   abbas goitwicensis. T. XXIX (1161) 358.
    "   archiepiscopus trevirensis. T. XXIX (1192) 468. (1193) 471.
        (1209) 555, 556, 557.
    "   cancellarius aulae imperialis. T. XXIX (1187) 452. T. XXXI
        (1187) 429. (1189) 438.
    "   cardinalis, ad Ludovicum imperatorem missus. T. XXXI (817)
        38.
    "   episcopus cameracensis. T. XXIX (1208) 547.
    "   episcopus spirensis. T. XXIX (1091) 216. (1103) 219. (1156)
        329. — T. XXXI (1102) 378, 379. (1107) 381.
    "   magister scholarum. T. XXIX (1165) 380.
    "   papa. T. XXXI (971) 207.
    "   pincerna. T. XXX (1234) 220.
    "   praepositus S. Germani. T. XXXI (1182) 421.
    "   praepositus de omnibus Sanctis. T. XXXI (1182) 421.
    "   praesul (patriarcha) aquilejensis. T. XXXI (894) 139.
    "   scholasticus. T. XXIX (1168) 388, 393. (1172) 407, 410, 413.
Joperi, *Joperhi*, liber homo. T. XXVIII (906) 139.
Iringesberg, *Iringisburch.* Otto de — T. XXXI (1119) 386.
Iringus, *Iring*, comes intercedit pro Diotkero. T. XXVIII (897) 115. —
    pro monasterio S. Emerami. (904) 137. — pro ecclesia frisingensi.
    (906) 140. — T. XXXI pro monast. S. Emmerami. (903) 172.
    "   ministerialis. T. XXIX (1149) 300.
    "   item ministerialis et testis. loc. cit. 301.
    "   missus imperatoris Ludovici pii. T. XXX (983) 587, 588, 589.
    "   pincerna, test. T. XXIX (1168) 389, 394.
    "   servus, donatur ecclesiae wirceburgensi. T. XXVIII (1004) 321.
    1

Irmberg, *Irmburch*, foemina et ejus filii Adalbertus et Cagenhardus. T. XXXI (892) 142, 143.

Irmenolteshusen, Poppo de — T. XXIX (1168) 876.

Irminbreht, *Irmpreht*, testis. T. XXX (983) 839.

      „   mancipium. T. XXXI (892) 143.

Irmingardis, abbatissa coenobii S. Mariae in Babenberc. T. XXIX (1182) 443.

Irminhardus, abbas campidonensis. T. XXVIII (930) 166.

Irminswint, venerabilis matrona. T. XXXI (788) 18.

Irmpreht, conf. *Irminbreht*.

Isandeoh, inbeneficiatus imperatoris Ludovici in pago Chelasgave. T. XXVIII (844) 37.

Isangrimus, *Isingrimus*, *Isingrim*.

      „   comes intercedens pro Waldone episcopo frisingensi. T. XXVIII (903) 135.

      „   comes et dapifer Arnulphi imperatoris. T. XXXI (898) 153.

      „   comes illustris et ministerialis imperatoris Arnulphi. T. XXXI (899) 156. (901) 165.

      „   comes, in cujus comitatu Rantesdorf. T. XXXI (906) 168.

      „   comes illustris intercedit pro ecclesia pataviensi. T. XXXI (907) 176.

      „   comes in pago Matahgovve. T. XXVIII (904) 157.

      „   episcopus et abbas S. Emmerami. T. XXVIII (940) 171.

Isanpero, testis. T. XXVIII (890) 102.

Isanpreht, testis. T. XXVIII (890) 102.

Isinrich, abbas biburgensis. T. XXIX (1177) 424, 426.

Isoldsried, *Eisoldisride*, *Isoldisried*, *Ysoldsried*.

      „   Heinricus de — T. XXX (1257) 529. (1263) 336. (1264) 339, 342. (1266) 351, 355, 388. (1267) 559, 561. T. XXXI (1266) 593.

Istria, *Histria*, conf. etiam *Andechs*, *Blassenberg* et *Meran*.

      „   Oudalricus, marchio. T. XXIX (1063) 165. (1067) 171. T. XXXI (1062) 345.

      „   Bertholdus, marchio Histriae et comes de Andehse. T. XXIX (1171) 404. (1180) 439. — (1182) 445.

      „   N. (Heinricus) interfector regis Philippi. T. XXIX (1208) 543.

Itenhusen, Heinricus de — T. XXXI (1223) 515.

Judas, judaeus spirensis. T. XXXI (1090) 369.

Juditha, mater Heinrici ducis. T. XXVIII (989) 184, 186. — venerabilis domina, vidua Heinrici, fratris Ottonis I. (973) 196, 198, 199, 203, 204. — Ducissa, avia Heinrici II. regis, fundatrix monasterii inferioris Ratisponae. T. XXVIII (1002) 300. T. XXXI — conjux Heinrici I ducis et mater Heinrici II (980) 238.

      „   uxor Botonis, sive Bodonis natione norici. T. XXX (1094) 572, 573.

Juditha, et filii ejus tres. T. XXIX (1048) 90.
Junginger, Altrich de — T. XXIX (1075) 198.
Juslingen, Rudolphus de — marschalchus. T. XXX (1205) 400.
,,   Anshelmus, sive Anselmus de — T. XXX (1214) 23. (1215) 30. Marscalcus (1215) 37. (1216) 42, 45. — Marcscalcus imperii (1216) 47, 50, 55. (1217) 55, 62. (1218) 65, 66, 71, 75. (1219) 82, 84, 87, 89. — Marescalcus de — (1220) 95. (1225) 117. (1230) 166.
,,   Anselmus, marscalcus de — T. XXXI (1182) 421. conf. etiam *Anselmus*.
,,   Anselmus, marscalcus de — T. XXXI (1215) 489, 491. (1217) 495.
Izo, conf. etiam *Jezo*.
,,   nobilis homo. T. XXVIII (883) 85.

K.

K, conf. etiam *C*.
Kadalhoh, comes in Ysinachgovre. T. XXVIII (950) 182. — conf. etiam *Chadalhohus*.
Kadeloh, ministerialis. T. XXIX (1180) 437.
Kadelous, frater Heinrici, test. T. XXIX (1146) 394.
Kafriach, *Kaveriae*, Fridericus de — T. XXX (1266) 351, 355. T. XXXI (1266) 593.
Kalewa, conf. *Calw*.
Kalkinden, *Kalindin*, *Kalatin*, conf. *Calatin*.
Kambe, *Khambe*, conf. *Cambe*.
Kaminata, conf. *Kemnaten*, *Kemnat*.
Kammerberg, *Camerberg*, *Chammerberg*, *Chammerberch*.
,,   Ulricus de — T. XXX (1266) 351, 365. — T. XXXI (1266) 593.
Kammerstein, Ramungus de — T. XXX (1242) 288, 290.
Kargehaltz, *Kargehalz*, Barkhart, homo ecclesiae kinzingensis. T. XXIX (1180) 436.
Kastele, conf. *Castel*.
Kaveriae, conf. *Kafriach*.
Kazzenelenbogen, conf. *Catzenelnbogen*.
Kebehartus, conf. etiam *Gebehardus*.
,,   comes intercedens pro Rudolpho episcopo. T. XXVIII (903) 129.
Kefernberg, *Keveraberch*, *Querrebere*.
,,   Guntherus comes de — T. XXIX (1206) 530. T. XXX (1226) 437. T. XXXI (1235) 562.
,,   Heinricus, comes de — T. XXIX (1206) 530.

Kefernberg, N., comes de — T. XXX (1231) 170.
Kekinheri, vir saccularis. T. XXXI (890) 135; nominatur etiam Hegishero
          loc. cit. 136.
Kemnat, Kemnaten, Keminata, Keminatin, Camnata, Cominata, Kempnat.
     „   Volcmar de — T. XXX (1240) 278.
     „   Volcmarus de — T. XXX (1263) 354, 336. (1264) 339. (1266)
            347, 351, 353, 356, 358. (1267) 359, 360, 361. T. XXXI (1262)
            591. (1266) 595.
     „   Marquardus, filius Volcmari. T. XXX (1263) 334, 336. (1264)
            339. (1266) 347, 351, 355. (1267) 359, 360, 361. — T. XXXI
            (1262) 591. (1266) 595.
     „   Menradus de — T. XXXI (1225) 521.
Kempho, Heinrich, homo ecclesiae kizzingensis. T. XXIX (1180) 436.
Kerfenstein, Cherfenstein.
     „   Heinricus de — proscribitur. T. XXXI (1222) 511.
     „   Chalhohus, frater ejus. loc. cit.
Kerhart, conf. etiam *Gerhardus.*
     „   testis. T. XXVIII (890) 102.
     „   iterum testis. loc. cit.
Kerhill, mancipium. T. XXXI (892) 143.
Kerlind, mancipium. T. XXVIII (940) 173.
Keroll, conf. etiam *Geroldus.*
     „   comes, circumducit marcam ad Sconinova in Quinzingavve. T.
            XXVIII (890) 100, 101.
     „   comes in parte Sclavanorum ad Enisum. T. XXVIII (834) 28.
     „   ministerialis apud Salzpurchhof. T. XXVIII (940) 175.
Kerung, conf. etiam *Gerungus.*
     „   comes, intercedit cum duce Dertholdo pro ejus vasallo March-
            wardo. T. XXVIII (940) 176.
     „   vasallus ducis Arnolphi. T. XXVIII (927) 165.
Kezzelberg, Kezelberg.
     „   Fridericus de — T. XXIX (1206) 530. — T. XXX (1235) 239.
Kilurg, A., comes de — T. XXX (1251) 170.
     „   Hartmannus, comes de — T. XXX (1234) 216, 217.
Kieselowe, Rudolphus de — T. XXXI (1210) 475.
Kilianus, Sanctus, orientalium Francorum episcopus. T. XXVIII (976) 215.
Kinsberg, Kinsperch, Kinsberch.
     „   Heinricus de — T. XXX (1223) 117. T. XXXI (1219) 498.
            (1259) 588.
     „   fratres ejus haud nominati. T. XXXI (1219) 498.
Kirchberg, Kirchperch, Chirchberg, Chirberc.
     „   Cuonrat comes de — T. XXIX (1140) 270.
     „   Heinrich, frater ejus et comes de Catzenelnbogen, sive Cazen-
            ellinbogo loc. cit. conf etiam *Catzenelnbogen.*
     „   Otto comes de — T. XXIX (1163) 388, 393. (1171) 402.

Kirchberg, Hartmannus comes de — loc. cit.
 „   Kadelohus comes de — T. XXIX (1200) 500.   T. XXX (1213)
          5. (1219) 79.
 „   Hartmannus comes de — T. XXX (1213) 15.
 „   Otto comes de — T. XXX (1215) 29.
 „   Chalhoch de — T. XXXI (1199) 460.
 „   Heinricus de — Proscribitur.   T. XXXI (1229) 511.
 „   iterum Heinricus de — Proscribitur. loc. cit.
 „   Ruegerus, frater ejus. loc. cit.
 „   Eberhardus, comes de — T. XXXI (1262) 591.
Kirchdorf, *Chirchdorf*, Conradus de — T. XXIX (1205) 523.
Kisaloll, testis.   T. XXX (983) 389.
Koldiz, *Coldiz*, Thiemo de — T. XXIX (1168) 389, 394.
Kominata, conf. *Kemnat*.
Kotascalkus, conf. *Godescalcus*.
Krafto, conf. *Crafto*.
Kranchesperch, conf. *Cranichberg*.
Krense, Fridericus de — scultetus.   T. XXX (1234) 220.
Kropfisberg, Heinricus de — T. XXXI (1210) 475.
Krozac, conf. etiam *Crozoch*.
 „   Gunzelius de — T. XXIX (1205) 516, 517. — T. XXX (1219) 87.
Kuffringen, *Kaufringen*, Tidericus, sive Dietricus de — T. XXX (1247) 60.
Kunigstein, *Kungestein*, Ulricus de — T. XXX (1234) 219.
 „   Werneto, filius ejus. loc. cit.
Kuningesberg, *Chuningesberc*, *Cunegesberg*, *Künigsberg*.
 „   Bertholdus de — T. XXIX (1193) 468. — T. XXXI (1187)
          429.
 „   Heinricus de — T. XXX (1214) 25.
Kunringen, *Chunringen*.
 „   Hademarus de — T. XXIX (1193) 471. —ministerialis Austriae.
          T. XXXI (1189) 438.
 „   Hadmarus de — T. XXIX (1201) 505. — T. XXX (1218) 65,
          66.
Kyrilingus, Gotefridus, canonicus herbipolensis.   T. XXX (1234) 219.

L.

Laber, *Labere*, Wernherus de — T. XXIX (1157) 338. — T. XXX (1215)
        87.
 „   Hademarus de — T. XXX (1257) 329.   (1264) 339, 342, 343.
Landesberg, *Landesberch*, *Landisperc*.
 „   Dietricus comes de — T. XXIX (1201) 505.
 „   Conradus marchio de — T. XXXI (1209) 473.

Landolphus, electus wormatiensis. T. XXX (1234) 231. (1235) 236. —
episcopus (1240) 280. (1242) 284. — T. XXXI (1235) 562.
Landpertus, episcopus frisingensis. T. XXVIII (940) 175.
„ filius Wydonis. T. XXXI (819) 44. — Comes (822) 43. (833)
74.
Langenberg, Langinberg, Langinberc.
„ Waltherus de — T. XXIX (1201) 505. — T. XXX (1216) 52.
T. XXXI (1225) 518.
Lantpero, testis. T. XXVIII (890) 109.
Lantwich, mulier obtinet praedium Asingun in pago Chunzingowe. T. XXIX
(1067) 174.
Lanzo, canonicus augustensis. T. XXIX (1156) 329.
Lapide, Sifridus de — T. XXIX (1192) 466.
„ Wolframus de — loc. cit.
„ Hermannus de — T. XXIX (1200) 495.
„ Heinricus de — T. XXX (1219) 79.
„ Embrico de — T. XXXI (1210) 475.
„ in Austria, Rapoto de — T. XXIX (1193) 471.
Lare, Crafto de — T. XXX (1233) 207.
„ Schade de — loc. cit.
Latinos, Heinricus inter — T. XXX (1233) 209.
Laubenberg, Loubinberch, Heinricus de — T. XXX (1263) 334.
Lausitz, conf. *Luriz.*
Lechsberg, Lechisperch, Rodbertus junior de — T. XXX (1263) 334.
Lechsgemünd, Lechsgemunde, Lexismunde, Lexkimunde.
„ Heinricus comes de — T. XXIX (1155) 314.
„ Luicardis, ejus uxor. loc. cit.
„ Volchradus, eorum filius. loc. cit.
„ Theobaldus, comes de — T. XXIX (1171) 402. (1174) 420.
(1182) 447. (1193) 467, 468.
„ Heinricus, comes de — T. XXIX (1171) 402. — Nobilis
vir et comes. (1207) 536, 537.
„ Bertholdus, comes de — T. XXX (1215) 99. (1228) 158.
„ Heinricus comes de — filius Bertholdi. T. XXX (1228)
158.
„ Agatha, uxor Theobaldi comitis. T. XXIX (1193) 467, 468.
„ Folchradus, comes de — T. XXXI (1142) 401.
„ Otto, praefectus, filius Folchradi. loc. cit.
Leiningen, Gerunc de — Proscribitur. T. XXX (1232) 199.
Leiningen, Liningen, Liningia, Linningen, Leining.
„ Emicho, comes de — T. XXIX (1140) 270. (1157) 542. T.
XXXI (1138) 595.
„ Emicho, comes de — T. XXIX (1193) 471. — T. XXXI (1193)
451. (1209) 473.

Leiningen, Fridericus, comes de — T. XXIX (1208) 550. — T. XXXI
     (1207) 469. (1210) 475. (1215) 489. (1217) 495.
    „   Sifridus comes de — T. XXX (1214) 19.
    „   Emicho comes de — T. XXX (1246) 297.
Lempurc, conf. *Limburg*.
Lengenbach, Hertwich de — T. XXXI (1144) 407.
    „   Otto de — loc. cit.
Lengenfeld, *Lengewelt*, *Lengeveld*. — conf. etiam *Wittelsbach*.
    „   Wernhart de — T. XXIX (1157) 338.
    „   Jordanus de — T. XXX (1227) 146.
Lengisfeld, *Lengisfelth*, Ludowicus de — T. XXIX (1156) 326.
Lenzburch, *Lenzeburch*, *Lenzeburc*, *Lenzenburc*.
    „   Udalricus comes de — T. XXIX (1154) 513. (1156) 523, 326.
        — T. XXXI (1140) 395. (1143) 404.
Leo, cardinalis presbyter tit. S. Crucis in Jerusalem ac legatus apostoli-
    cus. T. XXXI (1209) 473.
  „ papa, memoratur. T. XXVIII (903) 132. — T. XXXI (894) 52. (896)
    149. (971) 207.
Leopoldus, conf. *Luitpoldus* et *Lupoldus*.
Leren, Ulricus de — T. XXX (1220) 95.
Leuchtenberg, *Leukenberg*, *Liukenberch*, *Luckenberch*, *Luggenberg*, *Lu-*
    ckenberg, *Luckinberg*, *Luchimberg*, conf. etiam *Waldeck*.
    „   Diepoldus de — T. XXIX (1195) 486. — Lantgravius de —
        (1199) 487. (1200) 492. (1205) 517. (1207) 540. — T.
        XXX (1205) 400.
    „   Gebehardus, Lantgravius de — T. XXX (1215) 37. (1219)
        89. (1223) 117. — T. XXXI (1214) 487.
    „   Guichardus, Landgravius de — T. XXX (1217) 59.
    „   Diepoldus, Landgravius de — T. XXX (1217) 59. — frater
        Gebehardi. (1219) 89. — Idem dicitur Theobaldus et fra-
        ter Gebehardi. (1223) 117.
    „   N. Lantgravius de — T. XXX (1235) 242. (1237) 266. —
        XXXI (1254) 558.
    „   Fridericus, Lantgravius de — T. XXX (1265) 343.
    „   Gebehardus. T. XXX (1265) 543; — nobilis Lantgravius
        de — T. XXXI (1259) 588.
Leutzmannus, *Leuzmannus*, Albertus. T. XXX (1265) 343. (1266) 351,
    355. (1267) 364. (1269) 367, 370.
Levenstein, conf. *Loewenstein*.
Lewinrode, Rudolphus miles de — X. XXX (1235) 236.
Leximunde, conf. *Lechsgemünd*.
Lichtenberg, *Lichtenberck*, *Lichtenburg*, *Liethenberg*, *Lihtenberch*, *Lich-*
    tenburck.
    „   Heinricus de — T. XXIX (1156) 326. (1165) 376.
    „   Boppo, sive Poppo de — T. XXIX (1168) 388, 393.

Lichtenberg, Godeboldus de — loc. cit.
„   Albertus de — T. XXX (1257) 329; — vir nobilis. T. XXXI
          (1212) 480, 481.
Liebenau, *Liobenowe*, Albertus de — T. XXXI (1262) 591. Conf. etiam
          Lubenowe.
Liebenstein, *Libenstein*.
„   Cuno de — ministerialis regius. T. XXXI (1248) 496.
„   Heinricus de — ministerialis regius. loc. cit. — T. XXXI
          (1234) 553.
„   Ulricus de — cognatus Cunonis. loc. cit.
„   Rudgerus de — cognatus Cunonis. loc. cit.
Liebermann, judaeus augustensis. T. XXX (1266) 357.
Liemarus, archiepiscopus hamaburgensis. T. XXIX (1073) 186, 187.
„   archiepiscopus bremensis. T. XXXI (1080) 363.
Lienz, conf. *Luent*.
Limburg, *Limpurg*, *Limpurch*.
„   Walramus comes de — T. XXIX (1208) 550.
„   Walramus de — T. XXX (1251) 168.
„   Waltherus, pincerna de — T. XXX (1266) 351, 355. — T. XXXI
          (1266) 593.
„   Conradus, pincerna de — T. XXX (1267) 364.
„   Heinricus, dux de — T. XXX (1251) 168, 170. — T. XXXI
          (1251) 548.
Linceburg, *Linceburch*, Humbertus de — T. XXIX (1123) 245.
Lindenfels, Bertholfus, comes de — T. XXIX (1125) 245.
„   Conradus, nepos ejus. loc. cit.
Lindolfus, episcopus basiliensis. T. XXXI (1207) 469.
Lintach, *Lindach*, *Lindahn*, *Lintha*.
„   Richwinus de — advocatus Heinrici V. T. XXIX (1112) 231.
„   Dipracht de — ministerialis. T. XXIX (1151) 304.
„   Ulricus de — T. XXX (1236) 253.
„   *Kunegundis*, uxor ejus. T. XXX (1236) 253.
Liobenowe, conf. *Liebenau*.
Listmar, Liutwinus. T. XXXI (1142) 401.
Liudridus, episcopus. T. XXVIII (846) 41.
Liudulphus, conf. *Liutolphus*.
Liuffo, test. T. XXVIII (890) 102.
Liuhenberch, conf. *Leuchtenberg*.
Liupoldus, conf. *Luitpoldus*.
Liupramus, episcopus. T. XXX (983) 388.
Liutpertus, archicapellanus. T. XXVIII (874) 58, 59. (875) 61.
Liutfridus, *Liutfredus*, comes in pago Nitichevve in Francia. T. XXVIII
          (874) 59.
„   comes, interveniens pro Rudolpho episcopo. T. XXVIII (903)
          129, 130.

Liuthardus, abbas monasterii Weissenburg. T. **XXXI** (1003) 276.
  „   testis. T. XXVIII (890) 102.
Liuthausus, conf. Luithardus.
Liuther, frater Ottonis IV regis, Augustae defunctus. T. **XXIX** (1209)
      553, 554.
Liutkircher, *Liutkirchaer*, Conrad der — Amman zu Duoeron. T. **XXX**
      (1240) 279.
Liutoldus, praepositus cellae episcopalis et canonicus constantiensis. T.
      XXX (1266) 347. — conf. etiam *Luitoldus*.
  „   mancipium, donatur comiti Oudelrich. T. XXVIII (986) 246.
Liutolfus, *Liudulfus*, cancellarius. T. XXVIII (959) 184, 186, 188. (961)
      189. (967) 191.
  „   conf. etiam *Luitolfus* et *Luitoldus*.
Liutprant, test. T. XXVIII (890) 102.
Liutpreht, *Liupreht*, mancipium. T. **XXXI** (892) 143.
  „   iterum mancipium. loc. cit.
Liutswinda, mater regis Arnulphi. T. XXVIII (895) 110.
Liutweardus, archicancellarius. T. XXVIII (883) 68, 70, 71, 73. (884)
      75. (885) 76. (887) 78. — T. XXX (886) 586.
Lobdeburg, *Lobdeburch*.
  „   Otto de — vir ingenuus. T. **XXIX** (1194) 479.
  „   N., uxor ejus. loc. cit.
  „   Hermannus de — T. **XXX** (1246) 297.
Lobenhusen, *Loeenhusen*, *Lobinhusen*, conf. etiam *Lubenhusen*.
  „   Waltherus de — T. XXIX (1168) 388, 393. — T. XXXI (1140)
      397.
  „   Crafto de — T. XXIX (1168) 388, 393.
  „   Waltherus de — T. XXXI (1216) 494.
Lockhusen, Amelbrecht de — T. XXIX (1189) 440.
Loewenstein, *Lewenstein*.
  „   N., comes de — T. XXX (1251) 177.
Loewenstein, *Leventene*, Ulricus de — T. XXX (1223) 117.
Loewen, conf. *Loramia*.
Lokcalre, Dietricus de — T. XXIX (1172) 407.
Lon, *Lone*.
  „   Arnolfus comes de — T. XXIX (1155) 260. (1168) 388, 393.
  „   Gerhardus comes de — T. **XXXI** (1182) 424.
Lonsdorf, Heinricus de — T. XXX (1217) 55, 57.
Lotharingia, Heinricus dux — T. **XXIX** (1103) 219.
  „   Godefridus dux — T. **XXIX** (1140) 270.
  „   Matheus dux. — T. XXIX (1156) 313. (1157) 342.
  „   Fridericus dux — T. XXX (1212) 2.
  „   Theobaldus, dux. T. XXX (1218) 65, 66, 71, 74, 75.
  „   N., dux. T. **XXX** (1251) 170, 175. — T. XXXI (1251) 548.
  „   Mathaeus dux. T. XXX (1231) 168.

Lotharingia, M. dux. T. XXXI (1235) 564.
Loubinberch, conf. *Laubenberg.*
Loubon, Conradus de — T. XXX (1220) 93.
Loutwinus, civis ratisbonensis. T. XXIX (1089) 210.
Loranin, Heinricus dux — T. XXIX (1192) 465.
Loernstein, Cuno de — T. XXX (1223) 117.
   ,,   Heinricus, frater ejus. T. XXX (1223) 117.
Loripoldus, conf. *Luitpoldus.*
Lubbertus, conf. etiam *Lupert.*
   ,,   archicapellanus. T. XXXI (815) 29.
Lubenhusen, conf. etiam Lobinhusen i. e. *Lobenhausen.*
   ,,   Waltherus de — T. XXIX (1146) 296.
   ,,   Engilhardus de — loc. cit.
   ,,   Conradus de — frater praedictorum. loc. cit.
Lubenowe, conf. etiam Liobenowe, i. e. *Liebenau.*
   ,,   Otto comes de — T. XXXI (1196) 462.
Lucemannus, conf. *Luzmannus.*
Luchenberg, conf. *Leuchtenberg.*
Lucho, Friedericus, proscribitur. T. XXXI (1222) 511.
Lucius papa II. T. XXX (1153) 397.
Luckinberg, conf. *Leuchtenberg.*
Luden, *Luten*, *Louden.*
   ,,   Godfridus de — T. XXIX (1147) 298. (1157) 342. T. XXXI (1157) 411.
   ,,   Marquardus de — T. XXIX (1151) 304.
   ,,   Heinricus de — enumeratur cum Marquardo inter liberos. T. XXIX (1151) 304.
   ,,   N. N., fratres hand nominati Gottfridi. T. XXXI (1157) 411.
   ,,   Doto de — T. XXX (1245) 31.
Ludenbach, Engelhart de — T. XXIX (1157) 338.
Ludigis, mancipium. T. XXXI (823) 50.
Ludo, frater Hruntzolli. T. XXVIII (820) 13.
   ,,   testis. T. XXVIII (890) 101.
Ludolfus, filius regis Ottonis I. T. XXXI (950) 196.
   ,,   nobilis. T. XXIX (1156) 268.
   ,,   conf. etiam *Luodolfus.*
Ludovicus, *Ludewicus*, *Ludwicus*, *Loudewicus*, *Lodwicus.*
   ,,   abbas in Aldersbach. T. XXXI (1209) 472.
   ,,   abbas hersfeldensis. T. XXX (1226) 144.
   ,,   civis in Stokheim. T. XXIX (1200) 497.
   ,,   civis in Urvirsheim. T. XXIX (1200) 497.
   ,,   comes, in cujus comitatu villa Villach. T. XXXI (1068) 345.
   ,,   comes; pater Heinrici comitis. T. XXIX (1180) 256.
   ,,   comes regionis, ubi monasterium Sueiga. T. XXIX (1154) 363.

Ludovicus, comes provincialis. T. XXIX (1164) 561. (1172) 415.
„ comes testis. T. XXIX (1143) 280.
„ frater Conradi pincernae. T. XXIX (1172) 405.
„ Lantgrave. T. XXIX (1156) 268.
„ mancipium de Frankenfurt. T. XXXI (817) 37.
„ iterum mancipium. loc. cit.
„ ministerialis wirceburgensis. T. XXIX (1146) 294.
„ notarius. T. XXX (1264) 559. ..
Ludritus, episcopus wirceburgensis. T. XXVIII (889) 95.
Ludenbach, Engilhardus, liber homo de — T. XXIX (1112) 231.
Ludwardus, *Luitwardus*, conf. etiam *Luitbertus*.
„ cancellarius. T. XXXI (878) 107. (880) 114. (883) 115. (885) 117.
Luenz, *Lienz*, Heinricus burggravius de — T. XXXI (1239) 573.
Luggenberge, conf. *Leuchtenberg*.
Luitbertus, archicapellanus. T. XXXI (769) 9. — conf. etiam *Ludwardus*.
Luitgardis, filia regis Ottonis I. T. XXXI (950) 195.
Luithardus, notarius, dicitur etiam Luithausus. T. XXXI (833) 74 — 77, 78.
Luitoldus, conf. etiam *Luitolfus*, *Liutolfus* et *Luitoldus*.
„ cancellarius. T. XXXI (963) 200.
„ cum pacris suis, pertinens ad castrum Kellheim. T. XXIX (1205) 527.
„ mancipium, donatur comiti Oudelrich. T. XXVIII (986) 246.
„ testis. T. XXIX (1048) 86.
Luitolfus, *Luitolphus*, conf. etiam *Luitoldus*, *Liutoldus* et *Liutolfus*.
„ episcopus augustensis. T. XXXI (993) 253.
„ episcopus moguntinus. T. XXXI (817) 38.
„ cancellarius. T. XXXI (965) 201. (969) 205.
Luitpoldus, *Luitpaldus*, *Luitboldus*, *Liutpoldus*, *Liupoldus*, *Liutbaldus*, conf. etiam *Lupoldus*; vid. hujus nominis marchiones et Duces sub *Austria* et *Scheiern*.
„ archicancellarius. T. XXIX (1051) 104, 107. (1052) 108, 111. (1053) 113. (1054) 115, 116, 119. (1055) 121, 122, 124, 126. (1056) 128, 130, 132. (1057) 134, 137, 139, 141. (1059) 123. — T. XXXI (1052) 328. (1055) 331, 334. (1057) 337. (1058) 338, 342.
„ canonicus babenbergensis. T. XXIX (1035) 47.
„ comes in pago Tounahgevvi. T. XXVIII (983) 237. T. XXXI (983) 240.
Luitunc, test. T. XXVIII (890) 102.
Lutenberc, conf. *Leuchtenberg*.
Lullus, archiepiscopus et archicancellarius. T. XXXI (786) 15, 16.
Lüneburg, Ludowicus de — T. XXX (1251) 177.
Ludolfus, conf. etiam *Ludolfus*.

Laudolfus, nobilis, test. T. XXIX (1136) 268.
Luoiza, *Luoza*, mancipium. T. XXXI (1034) 315, 316.
Luore, conf. *Lure*.
Luotolf, ministerialis wirceburgensis. T. XXIX (1146) 294.
Lupert, ministerialis et testis. T. XXX (1130) 226.
   „   conf. etiam *Lubbertus*.
Lupoldus, conf. etiam *Luitpoldus*.
   „   canonicus augustensis. T. XXIX (1156) 329.
   „   comes illustris. T. XXXI (907) 176.
   „   episcopus wormatiensis. T. XXX (1212) 2. (1214) 19. (1215) 32.
   „   notarius. T. XXXI (1227) 525, 528.
   „   praepositus et canonicus majoris ecclesiae babenbergensis. T.
              XXIX (1152) 508.
   „   praepositus in Nuhusen. T. XXXI (1190) 441.
   „   scultetus in Rotenburg. T. XXX (1235) 207.
Luppurg, *Luparch*, Conradus de — T. XXX (1265) 343. (1267) 364.
Luppus; Herdegnus — test. T. XXIX (1200) 498.
   „   Albertus — loc. cit.
   „   Lupoldus — test. T. XXX (1216) 53.
   „   Herdegen, frater ejus. loc. cit.
   „   Albertus — test. T. XXX (1223) 117. — T. XXXI (1225) 521.
   „   Hermannus — T. XXXI (1227) 529.
Lure, *Luore*, Folcgerus de — T. XXIX (1172) 407.
   „   Heinricus marschalcus de — T. XXIX (1206) 550. T. XXX (1225)
              151.
   „   N., marscalchus de — T. XXX (1224) 129.
Lusiz, Dietericus, marchio de — XXIX (1153) 348.
   „   Heinricus, frater ejus. loc. cit.
   „   Dietricus, marchio de — T. XXIX (1177) 427. (1182) 445.
   „   Tato, frater ejus. loc. cit.
Lutenbach, Nicholfus de — T. XXX (1230) 103.
Lutern, Johannes de — T. XXXI (1193) 451.
Luto, conf. *Ludo*.
Lutra, Heinricus, pincerna de — T. XXIX (1192) 463, 466. (1103) 471.
   „   Erbo, camerarius de — T. XXX (1213) 17.
   „   Heinricus, marscalcus de — T. XXXI (1185) 426.
   „   Reinhardus de — T. XXXI (1214) 484. (1215) 489.
Lutterburg, Burkhardus comes de — T. XXXI (1214) 487.
Luzmannus, *Lucemannus*; — Lucemanni praedia monasterii superioris Ra-
              tisbonae infestant. T. XXXI (1237) 570.
   „   Albertus — T. XXXI (1266) 593.

M.

M., episcopus patavicnsis (i. e. Manegoldus) T. XXIX (1207) 535.
Macelinus, clericus ratisponensis. T. XXVIII (1005) 322.
Machelm, test. T. XXVIII (890) 102. conf. etiam *Maghelm*.
Macho, civis ratisponensis. T. XXIX (1089) 210.
Madalwinus, notarius. T. XXVIII (876) 62. (879) 65. — T. XXXI (877)
    102. (878) 110.
Maerheren, Oudalricus, vir nobilis, possessor quondam praedii Crana. T.
    XXIX (1122) 242. T. XXXI (1122) 387.
Magdeburg, Magdeburch, Maigedeburg.
    ,,   Burckardus, praefectus maigedeborgensis. T. XXIX (1161)
    557. (1168) 388, 595.
    .,   Gebehardus, castellanus magdeburgensis. T. XXIX (1205)
    510. — Burggravius l. cit. 515. (1206) 530. (1209) 552.
    ,,   N., burggravius. T. XXIX (1207) 536, 538.
    ,,   Durkhardus, praefectus de — T. XXXI (1214) 487.
Magen, Mageno, comes in pago Helesgovve. T. XXVIII (1002) 298.
Magenheim, Conradus de — T. XXX (1231) 177.
Maghelm, conf. etiam *Machelm.*
    ,,   scabinus. T. XXX (985) 589.
Maglant, Otto de — T. XXXI (1144) 407.
    ,,   Walchoun de — loc. cit.
Magnus, famulus canonicorum babenbergensium. T. XXIX (1048) 92.
    ,,   conf. etiam *Saxonia.*
Malboldesheim, Diemo de — T. XXIX (1075) 198.
Manegoldus, Manigoldus, Mangolt.
    ,,   abbas tegernseensis. T. XXIX (1195) 471.
    ,,   comes in pago Duria. T. XXVIII (1003) 312.
    ,,   fidelis Conradi II imper. (fortasse comes Werdensis). T.
    XXXI (1030) 309.
    ,,   episcopus patariensis. T. XXIX (1207) 535, 539. — T. XXX
    (1213) 5, 9. (1215) 25, 27. — T. XXXI (1209) 473. (1212)
    478.
    ,,   conf. etiam *Sibennich.*
Manegoltingen, Rudgerus de — T. XXXI (1142) 401.
    ,,   Erbo, filius fratris Rudgeri. — T. XXXI loc. cit.
Mansfeld, Mannesvelde, Manniasfelt, Mansvelt.
    ,,   Durchardus, comes de — T. XXIX (1208) 547, 550. — T. XXX
    (1218) 74, 75. (1220) 103. — T. XXXI (1214) 487.
Marchdorf, Hermannus de — T. XXXI (1207) 469.
Margaretha, filia Hertwici de Danne, conf. *Tanne.*
Markolt, test. T. XXX (1130) 225.

Marquardus, *Marcxardus*, *Marchwardus*, *Marackwardus*, *Marchwart*.
  „   abbas fuldensis. T. XXIX (1154) 313. (1156) 523, 525. (1157) 342.
  „   botigularius de Nörcberg. T. XXX (1240) 280. (1242) 288, 290. (1243) 291. (1245) 292.
  „   comes in pago Adalahkewe. T. XXVIII (973) 198, 203.
  „   comes in pago Ufgowe et vasallus ducis Bertholdi. T. XXVIII (940) 176.
  „   comes in pago Viohbach. T. XXXI (916) 186.
  „   filius dominae Judithae. T. XXIX (1044) 90.
  „   frater Sigeboldi, testis et collaudator. T. XXIX loc. cit.
  „   legatarius Botonis, natione Norici. T. XXXI (1094) 372, 374.
  „   cujus servum Beranhart per excussum denarium Heinricus II rex liberum declarat. T. XXXI (1013) 288.
  „   notarius imperii. T. XXXI (1223) 518. — T. XXX (1228) 158.
  „   quondam notarius Ulmae. T. XXX (1241) 282.
  „   praepositus S. Pauli Wormatiae. T. XXXI (1182) 421.
  „   testis. T. XXIX (1112) 232.
  „   vasallus ducis Heinrici, fratris Ottonis I. T. XXXI (951) 198.
Marstellen, Gotfridus comes de — T. XXXI (1223) 515.
  „   Bertholdus comes de — T. XXX (1266) 347. (1267) 364. T. XXXI (1262) 591.
Martinus, abbas Scotorum norimbergensium. T. XXXI (1225) 519.
  „   capellanus ducis Burchardi. T. XXVIII (903) 141.
Marawe, H. de — T. XXXI (1232) 552.
Masbach, conf. *Mosbach*.
Massenhausen, *Masrinhusen*, *Massenhusen*, *Messenhusen*.
  „   Arnoldus de — T. XXX (1264) 339. (1266) 551, 565. (1067) 561. — T. XXXI (1259) 588. (1266) 693.
Massulem, judaeus spirensis. T. XXXI (1090) 369.
Mathaeus, Abt des Schottenklosters zu Regensburg. T. XXXI (1210) 476.
Mathfridus, vir illustris. T. XXXI (822) 48.
Mathildis, abbatissa monasterii superioris Ratisponae. T. XXX (1219) 79.
  „   abbatissa Quitilinburgensis. T. XXIX (1040) 70.
  „   imperatrix et uxor Heinrici V. T. XXIX (1120) 238. (1129) 242. — XXXI (1122) 387.
Matzinriez, Hermannus de — T. XXIX (1205) 523.
Mazo, episcopus virdunensis (dicitur etiam Virdensis et Verdensis). T. XXIX (1103) 219. (1112) 251. (1116) 257. — T. XXXI (1118) 385.
Megdeburg, conf. *Magdeburg*.
Megetingen, Cuno de — T. XXIX (1171) 402.
Meginarius, notarius. T. XXVIII (840) 36.

Megingaudus, Megengaudus, Megmgaudus.
,, · abbas nûwenstadensis. T. XXXI (786) 14.
,, episcopus cistetensis. T. XXVIII (1002) 292.
,, episcopus wirceburgensis et abbas nûwenstatensis. T. XXXI (993) 256.
Megingoz, Megingozus.
,, episcopus ecclesiae eistetensis. T. XXVIII (995) 262.
,, episcopus merseburgensis. T. XXIX (1134) 263.
,, possessor ad Rodega prope fluvium Regino. T. XXVIII (1003) 312.
,, possessor in vicinitate fluvii Drubenaha. T. XXXI (1003) 278.
,, sacerdos, donat praedium monasterio S. Nicolai. T. XXIX (1111) 229.
,, vasallus episcopi Erchanboldi cistetensis. T. XXXI (895) 146, 147.
Meginhardus, Meginhart.
,, comes, circumducit marcam ad Sconinova in Quinzingowe. T. XXVIII (890) 100, 101.
,, episcopus pragensis. T. XXIX (1133) 260.
,, episcopus wirceburgensis. T. XXIX (1025) 14, 15, 16, 17. (1030) 50. (1031) 53. (1032) 54. (1033) 40. T. XXXI (1025) 297. (1027) 305.
,, frater diaconi Bertholdi Ratisponae. T. XXVIII (976) 215.
,, homo nobilis, benefactor monasterii S. Nicolai. T. XXIX (1111) 229.
,, testis et collaudator. T. XXIX (1043) 90.
,, testis. T. XXVIII (890) 102.
Meginher, frater Godeboldi, homo ecclesiae kizzingensis. T. XXIX (1180) 436.
Meginwardus, civis in Urvirsheim. T. XXIX (1200) 497.
,, comes et ministerialis regius, intercedens pro Tutone episcopo ratisbonensi. T. XXVIII (904) 137. — intercedens pro Waldone episcopo frisingensi. (903) 135.
,, comes, interveniens pro capella otingensi. T. XXXI (901) 164.
Megol, testis. T. XXVIII (890) 102.
Meingerus, ministerialis ecclesiae babenbergensis. T. XXIX (1089) 212, 213.
Meinhardus, praepositus de Denkendorf. T. XXX (1214) 23.
Meinhunt de Werde, Rudolphus. — T. XXIX (1193) 468.
Meinwardus, civis in Urahe. — T. XXIX (1200) 497.
,, testis. T. XXIX (1193) 468.
Meissen, conf. *Misnia.*
Memendorf, Ulricus de — officialis regis Conradini. T. XXX (1268) 366, 367, 369.

Memensdorf, Pillungus de — ministerialis et testis. T. XXIX (1154) 313.
  „ Gundeloch, frater ejus. loc. cit.
Mendechingen, Wernherus de — T. XXXI (1223) 515.
Merania, conf. etiam *Andechs*, *Blassenburg*, *Burgundia* et *Istria*.
  „ Bertholdus dux. T. XXIX (1193) 475. (1194) 483. (1200) 492. T. XXXI (1193) 448. (1194) 453.
  „ Otto dux. T. XXIX (1107) 539. — T. XXX (1213) 11. (1215) 37. (1226) 42, 45, 47, 50, 53. (1217) 55. (1219) 87. (1220) 102. T. XXXI (1205) 465. (1212) 480, 481. (1214) 487. (1215) 491.
  „ Otto dux et palatinus comes Burgundiae. T. XXX (1219) 88. (1220) 105.
  „ Otto dux. T. XXX (1225) 131. (1230) 163, 166. (1231) 170, 175. (1232) 195, 196, 200. (1234) 233. — T. XXXI (1225) 522. (1232) 552.
  „ Otto dux. T. XXX (1248) 306.
  „ N., dux. T. XXX (1234) 252. T. XXXI (1230) 541. (1231) 548.
Merheren, conf. *Maerheren*.
Meroll, possessor praedii in pago Viohbach. T. XXXI (916) 186.
Merwaldus, triscamerarius. T. XXX (1232) 201.
Messenhusen, conf. *Massenhausen*.
Metzingen, Eberhardus de — T. XXIX (1075) 198.
Mezzenberg, Cuno de — T. XXXI (1193) 448.
Michael, episcopus ratisbonensis et abbas S. Emmerami. T. XXVIII (950) 182, 185, 186. — T. XXXI (971) 208.
Milo, advocatus campidunensis. T. XXX (985) 339.
  „ episcopus paduanus. T. XXIX (1091) 214.
  „ testis. T. XXVIII (890) 101.
Milotzi, Poppo de — T. XXXI (1219) 498.
Mindelberg, *Mindelberch*, *Mindelberc*.
  „ Swiggerus de — T. XXIX (1200) 500. — (1205) 523.
  „ Swigerus de — T. XXX (1220) 93. (1226) 141.
  „ Swigerus de — T. XXXI (1262) 591.
  „ Swigerus, filius Swigeri. T. XXXI (1262) 591.
Mindelheim, *Mindelhain*.
  „ Swigerus dominus de — T. XXX (1266) 347.
  „ S. filius ejus. loc. cit.
Mindiloxa, Adalgoz de — T. XXIX (1075) 198.
Minzenberg, *Minzenberch*, *Minzeberg*, *Minçenberg*, *Minzemberc*, *Monzenberg*.
  „ Cuno de — T. XXIX (1156) 326. — camerarius de — (1168) 388, 393. (1174) 423.
  „ Cuno de — T. XXIX (1192) 466. (1193) 471. (1199) 489. — T. XXXI (1182) 421. (1190) 441. (1194) 453.
  „ Cuno de — T. XXIX (1205) 517; nobilis de — T. XXX (1205) 400.

Mintzenberg, Volricus, camerarius de — T. XXX (1213) 5. — (1225) 251.
Misnia, *Minine*, *Missen*, *Meissen*, conf. etiam *Witin*.
  „   Conradus, marchio de — T. XXIX (1134) 265. (1156) 268. (1157)
         342.
  „   Otto, marchio de — T. XXIX (1168) 388, 393.
  „   Theodoricus, frater ejus. loc. cit.
  „   Otto, marchio. T. XXIX (1182) 445.
  „   Albertus, marchio. T. XXIX (1192) 466. (1194) 480.
  „   Theodoricus, marchio. T. XXIX (1205) 516. (1206) 530. (1207)
         536, 538. — T. XXXI (1214) 487.
  „   Thoman, Markgraf v. T. XXXI (1212) 478.
Millemdorf, Wezel de — T. XXIX (1140) 272.
  „   Oudalrich de — loc. cit.
Monte, Albertus de — T. XXIX (1165) 380.
  „   Albertus, capellanus de — loc. cit.
  „   Eberhardus de — T. XXX (1234) 214.
  „   Adolphus, comes de — T. XXXI (1138) 395.
Monte ferrato, Bonifacius, marchio de — T. XXXI (1194) 455.
Monte forti, Hugo comes de — T. XXX (1213) 71.
Monzenberg, conf. *Mintenberg*.
Moravia, Heinricus marchio — T. XXIX (1201) 505. T. XXX (1213) 5,
         9. (1220) 103. — T. XXXI (1220) 499.
Morle, Sifridus comes de — T. XXIX (1193) 471.
Morsbach, Otto de — T. XXX (1217) 55, 57.
Mos, Ebo de — ministerialis bogensis. T. XXXI (1222) 509.
Mosbach, *Masbach*, Richardus de — T. XXXI (1212) 480, 481.
  „   Albertus, frater ejus. loc. cit.
Mosburg, *Mosburch*, *Moseburg*.
  „   Conradus, comes de — T. XXIX (1207) 533. — T. XXX (1215)
         5. (1215) 25. (1219) 97, 99.
  „   Conradus, comes de — T. XXX (1266) 351, 365. T. XXXI
         (1266) 593.
  „   iterum Conradus, comes de — loc. cit.
  „   Conradus, comes de — T. XXXI (1259) 588.
Mosen, Otto de — T. XXIX (1157) 338.
Motingen, Heinricus de — T. XXIX (1146) 290.
Moyses, judaeus spirensis. T. XXXI (1090) 369.
Muchele, Heinricus de — T. XXIX (1194) 479.
  „   Fridericus de — loc. cit.
Muleburg, Sigefridus de — clericus. T. XXIX (1172) 407.
Mulhusen, Theodoricus camerarius de — T. XXXI (1232) 555.
Mulin, Eberhardus de — T. XXIX (1075) 199.
Murator, Heinricus; proscribitur. T. XXXI (1222) 511.
Mure, Ulricus de — T. XXXI (1727) 528.
Musse, Albertus de — T. XXIX (1157) 338.

Materna, Albero de — proscribitur. T. XXXI (1222) 511.

N,

*N., sivo personae, quarum solummodo dignitates, sed nec praenomina,
nec nomina gentilitia nominantur.*

„ abbas admontensis. T. XXXI (1209) 470, 471.
„ abbas in Abusen. T. XXX (1231) 183.
„ abbas aldersbacensis. T. XXIX (1183) 449.
„ abbas augensis. T. XXX (1231) 181.
„ abbas S. Cornelii. T. XXX (1231) 170.
„ abbas S. Emerami. T. XXX (1235) 240.
„ abbas S. Galli. T. XXX (1226) 137. (1231) 175, 179. (1232) 193,
     196, 199.
„ abbas de Gengenbach. T. XXX (1231) 170.
„ abbas in Ilalsburnen. T. XXX (1227) 150.
„ abbas birsfeldensis. T. XXIX (1174) 422.
„ abbas promensis. T. XXX (1231) 170, 175.
„ abbas de Salem. T. XXX (1213) 13.
„ abbas monasterii S. Udalrici et Afrae. T. XXXI (1223) 514 — T.
     XXX (1231) 178, 179. (1240) 276.
„ abbas de Walderbach. T. XXXI (1232) 555.
„ abbas de Waltsassen. T. XXX (1213) 76. (1228) 114.
„ abbas de Wixenburch. T. XXX (1213) 45.
„ abbatissa monasterii Kizzingen. T. XXX (1235) 245.
„ abbatissa monasterii inferioris Ratisponae. T. XXX (1213) 75.
„ abbatissa monasterii superioris Ratisponae. T. XXXI (1237) 570.
„ archiepiscopus magdeburgensis. T. XXXI (1231) 548.
„ archiepiscopus moguntinus. T. XXXI (971) 208.
„   „   moguntinus. T. XXX (1224) 129. (1237) 259.
„ archiepiscopus ravennas. T. XXX (1232) 199.
„ archiepiscopus salisburgensis. T. XXXI (1209) 470, 471. (1224) 127.
     (fuit Eberhardus a Truchsen.)
„ archiepiscopus tharatasiensis. T. XXIX (1199) 489.
„ archiepiscopus trevirensis. T. XXX (1224) 129. — T. XXXI (1231)
     543.
„ butiglarius de Nürnberg. T. XXX (1234) 221.
„ cancellarius regis. T. XXX (1234) 179.
„ cardinalis episcopus S. Rufinae et legatus. T. XXXI (1148) 592.
„ episcopus adriensis. T. XXXI (971) 208.
„ episcopus albanensis et legatus apostolicus. T. XXX (1150) 309.
„ episcopus albensis. T. XXXI (971) 207.
„ episcopus albitiginensis. T. XXXI (971) 208.

N., episcopus anconitanus. T. XXXI (971) 207.
„   episcopus aquensis. T. XXXI (971) 208.
„   episcopus aquilejanensis. T. XXXI (971) 208.
„   episcopus arelatensis. loc. cit.
„   episcopus aretiensis. T. XXXI (971) 207.
„   episcopus ariminensis. loc. cit.
„   episcopus artensis. loc. cit. 208.
„   episcopus ascolanus. loc. cit. 207.
„   episcopus succeriensis. T. XXXI (971) 207.
„   episcopus augustensis. loc. cit. 208.
„   „   augustensis. T. XXX (1224) 125. — T. XXXI (1231) 548.
„   episcopus aunensis. T. XXXI (971) 207.
„   episcopus avecensis. loc. cit.
„   episcopus babenbergensis. T. XXX (1227) 147. (1237) 260.
„   episcopus basiliensis. T. XXX (1226) 144.
„   episcopus bellonensis. T. XXXI (971) 208.
„   episcopus beneventanus. T. XXXI (971) 207.
„   episcopus bobiensis. loc. cit. 208.
„   episcopus brixinensis. loc. cit.
„   „   brixinensis. T. XXXI (1232) 552.
„   episcopus bulensis. T. XXXI (971) 208.
„   episcopus cajetanus. T. XXX (971) 207.
„   episcopus capuanus. loc. cit.
„   episcopus cenodensis. loc. cit. 208.
„   episcopus cerviensis. loc. cit.
„   episcopus cisenensis. loc. cit.
„   episcopus cilicensis. loc. cit.
„   episcopus clusensis. loc. cit. 207.
„   episcopus coloniensis. loc. cit. 208.
„   episcopus commaculensis. loc. cit.
„   episcopus concensis. loc. cit. 207.
„   episcopus concordiensis. loc. cit. 208.
„   episcopus constantiensis. T. XXXI (971) 208.
„   episcopus cremonensis. loc. cit.
„   episcopus cumanus. loc. cit.
„   episcopus curiensis. loc. cit.
„   „   curiensis. T. XXX (1226) 157. (1231) 170, 175. — T.
XXXI (1231) 543. (1232) 552.
„   episcopus elatetensis. T. XXX (1237) 267.
„   episcopus fanensis. T. XXXI (971) 207.
„   episcopus faventinus. loc. cit. 208.
„   episcopus faventinus. T. XXXI (1232) 552.
„   episcopus ferrariensis. T. XXXI (971) 208.
„   episcopus fesulanus. loc. cit. 207.
„   episcopus firmensis. loc. cit.

N., episcopus florentinus. loc. cit.
„ episcopus frisingensis. loc. cit. 208.
„ „ frisingensis. T. XXX (1232) 193, 195.
„ episcopus fulingensis. T. XXXI (971) 207.
„ episcopus fundanus. loc. cit.
„ episcopus forumpoliensis. loc. cit. 208.
„ episcopus genovensis. loc. cit.
„ episcopus gradensis. loc. cit.
„ episcopus garcensis. T. XXX (1218) 13.
„ episcopus halberstadensis. T. XXXI (971) 203.
„ episcopus herbipolensis. T. XXIX (1209) 556.
„ „ berbipolensis. T. XXXI (1231) 548. — (1235) 560.
„ episcopus hildenshemensis. T. XXX (1223) 116.
„ episcopus humanus. T. XXXI (971) 207.
„ episcopus immolensis. loc. cit. 208.
„ episcopus juvaviensis. loc. cit.
„ episcopus laudensis. T. XXXI (971) 208.
„ episcopus laudunensis. T. XXX (1231) 170.
„ episcopus lausosanensis. T. XXXI (971) 208.
„ episcopus leodicensis. loc. cit.
„ episcopus lugdunensis. loc. cit.
„ episcopus magdaburgensis. loc. cit.
„ episcopus mallitanus. loc. cit. 207.
„ episcopus mantuanus. loc. cit. 208.
„ episcopus mediolanensis. loc. cit.
„ episcopus merseburgensis. T. XXX (1223) 116.
„ episcopus mettensis. T. XXXI (971) 208.
„ episcopus mindensis. loc. cit.
„ episcopus monasteriensis. T. XXIX (1199) 489.
„ episcopus mutinensis. T. XXXI (971) 207.
„ „ mutinensis. T. XXXI (1232) 552.
„ episcopus narniensis. T. XXXI (971) 207.
„ episcopus neapolitanus. loc. cit.
„ episcopus novariensis. loc. cit. 208.
„ episcopus nuceriensis. loc. cit. 207.
„ episcopus ouenburgensis. T. XXX (1223) 116.
„ episcopus ortensis. T. XXXI (971) 207.
„ episcopus osnabrugensis. loc. cit. 208.
„ episcopus osenburgensis. T. XXXI (1232) 552.
„ episcopus padeburnensis. T. XXX (1223) 116.
„ episcopus papiensis. T. XXXI (971) 203.
„ episcopus parentinus. loc. cit.
„ episcopus parisiensis. loc. cit.
„ episcopus parmensis. loc. cit. 207.
„ episcopus pataviensis. loc. cit. 208.

N., episcopus pensauriensis. loc. cit. 207.
" episcopus pergamensis. loc. cit. 208.
" episcopus perusinus. loc. cit. 207.
" episcopus pictaviensis. loc. cit. 283.
" episcopus pinnensis. loc. cit. 207.
" episcopus pisensis. loc. cit.
" episcopus placentinus. loc. cit. 208.
" episcopus poloniensis. loc. cit.
" episcopus pragensis. loc. cit.
" episcopus prenestinus. loc. cit. 207.
" episcopus ratisponensis. T. XXX (1231) 179.
" episcopus ravennas. T. XXXI (974) 207.
" episcopus reginensis. T. XXXI (1232) 552.
" episcopus remensis. T. XXXI (971) 208.
" episcopus rubilocensis. loc. cit.
" episcopus de S. Rufina. loc. cit. 207.
" episcopus salernitanus. loc. cit.
" episcopus senensis. loc. cit.
" episcopus sepontinus. T. XXIX (1147) 298.
" episcopus sessulanus. T. XXXI (974) 207.
" episcopus sinogallensis. T. XXXI (974) 207.
" episcopus sipontinus. loc. cit.
" episcopus spirensis. T. XXXI (974) 208.
" episcopus spoletanus. loc. cit. 207.
" episcopus sutriensis. loc. cit.
" episcopus tarvisiensis. loc. cit.
" episcopus taurinensis. loc. cit.
" episcopus terratiensis. loc. cit. 207.
" episcopus trajectensis. loc. cit. 208.
" episcopus treverensis. loc. cit.
" episcopus tridentinus. loc. cit.
" episcopus trigestinus. loc. cit.
" episcopus tullensis. loc. cit.
" episcopus turonensis. loc. cit.
" episcopus tusculanus. loc. cit. 207.
" episcopus verdonensis. loc. cit. 208.
" episcopus vercellensis. loc. cit.
" episcopus veronensis. loc. cit.
" episcopus viennensis. loc. cit.
" episcopus vincentinus. loc. cit.
" episcopus vulterrensis. loc. cit. 207.
" episcopus wormatiensis. loc. cit. 208.
"   "   wormatiensis. T. XXXI (1231) 548.
" episcopus wurciburgensis. T. XXXI (974) 208.
" episcopus ymolensis. T. XXXI (1232) 552.

N., episcopus yporejensis. T. XXXI (971) 908.
„ et N. filiae Philippi quondam regis. T. XXIX (1208) 542.
„ frater Gebehardi comitis. T. XXXI (1023) 298.
„ imperatrix et uxor Friderici I imperator. T. XXIX (1187) 450.
„ magister hospitalis S. Johannis hierosolymitani. T. XXXI (1227) 554.
„ marscalcbus ducis Saxoniae. T. XXIX (1207) 536.
„ minister de Kuoedorf. T. XXX (1236) 252, 264.
„ notarius Lodovici, ducis Bavariae. T. XXXI (1257) 536.
„ officiatus de Perngue. T. XXX (1243) 11.
„ patriarcha aquilejensis. T. XXXI (1205) 541.
„ patriarcha hierosolymitanus. T. XXXI (1229) 536.
„ plebanus in Mulehusen. T. XXXI (1227) 528.
„ praepositus Aquensis. T. XXX (1249) 84.
„ praepositus in Berchtesgaden. T. XXX (1242) 284.
„ praepositus coloniensis. T. XXX (1257) 329.
„ praepositus lsinensis. loc. cit.
„ praepositus regalis de Moringen. T. XXX (1224) 196.
„ praepositus de Reitenbach. loc. cit.
„ praepositus de Schonengau. T. XXX (1227) 153, 154.
„ praepositus monasterii Speinshart. T. XXX (1235) 242.
„ priorissa monasterii Griez apud Augustam. T. XXX (1239) 272.
„ sacerdos et praepositus ecclesiae ellingensis. T. XXX (1242) 283, 284.
„ scultetus bopardiensis. T. XXX (1253) 326.
„ scultetus columbariensis. T. XXX (1235) 326.
„ scultetus frankenfordensis. loc. cit.
„ scultetus in Hallia. T. XXX (1234) 221.
„ scultetus hagenowensis. T. XXX (1235) 326.
„ scultetus in Kungesberg. T. XXX (1234) 221.
„ scultetus in Lenkersheim. loc. cit.
„ scultetus oppenheimensis. T. XXX (1255) 326.
„ scultetus in Rotenburg. T. XXX (1234) 221.
„ scultetus in Swinfurthe. T. XXX (1234) 221.
„ Soldanus Babyloniae. T. XXXI (1229) 535.
„ Soldanus Damasci. loc. cit.
„ thesaurarius ecclesiae moguntinae. T. XXX (1257) 329.
Nagellinus, Waltherus, minister de Ulma. T. XXX (1224) 124.
Nallingen, Waltherus de — T. XXX (1216) 30.
Nandker, testis. T. XXX (983) 389.
Nanrei, mancipium de Frankenfurt. T. XXXI (817) 37.
Nantarius, actor dominicus. T. XXXI (822) 43.
Neuburg, Niuwenburc (et Valkenstein) — Siboto comes de — T. XXIX (1130) 440.
Nichastel, Ludewicus de — T. XXIX (1199) 490. (1201) 504.
„ Heinricus de — T. XXIX (1123) 245.
Nicolaus, abbas sigebergensis. T. XXIX (1168) 538, 545.

Nicolaus, archiepiscopum tarentinus. T. XXX (1224) 119, 122.
„   papa I. T. XXVIII (903) 132. — T. XXXI (896) 149. (971) 207.
Niderhovin, Heribort, homo ecclesiae kizzingensis. T. XXIX (1180) 436.
Nidek, *Nideke*, *Nidegge*.
„   Engelhardus de — T. XXX (1231) 177. (1234) 228. T. XXXI
        (1234) 561.
Nidhart, conf. *Nithardus*.
Niesten, Otto de — enumeratur inter liberos. T. XXIX (1152) 309.
Niffen, *Niffin*, *Nifen*, *Nifarii*, *Neiffen*.
„   Bertholdus de — T. XXIX (1200) 500. — T. XXX (1213) 13, 15.
        (1215) 31. — Nobilis de — (1216) 47, 50.
„   Heinricus de — T. XXIX (1208) 547.
„   Heinricus de — filius Bertholdi. T. XXX (1213) 13. (1215) 28,
        32, 37. (1216) 47, 50. (1217) 55, 62. (1218) 71, 75. (1219)
        84, 90. (1220) 95. — T. XXXI (1220) 499.
„   Albertus de — filius Bertholdi. T. XXX (1215) 33. (1216) 47,
        50; et frater Heinrici (1217) 62.
„   Bertholdus de — regalis aulae protonotarius. T. XXX (1216)
        49, 50.
„   Bertholdus de — T. XXX (1219) 90.
„   Heinricus de — T. XXX (1226) 141. (1230) 166. (1234) 213, 216,
        217. (1235) 236. — T. XXXI (1234) 558.
„   Adalbertus de — T. XXXI (1223) 515.
„   H. de — T. XXX (1231) 170. (1235) 212.
„   A. de — T. XXX (1231) 170.
„   Albertus junior de — T. XXX (1267) 364.
Niger, Liutwinus. T. XXXI (1143) 401.
Niritein, Rupertus de — ministerialis regius. T. XXXI (1243) 577.
Nilgerus, episcopus frisingensis. T. XXIX (1039) 54, 55. (1040) 66, 67.
        T. XXXI (1044) 319. (1052) 327.
Nithardus, clericus. T. XXXI (898) 154, 155.
„   episcopus leodicensis. T. XXIX (1040) 63.
„   testis. T. XXVIII (890) 102.
Niumburg, Conradus de — T. XXIX (1168) 388, 393.
Niuwenburc, conf. *Newburg*.
Niwenburg, Albertus de — T. XXX (1226) 140.
Noppo, servus, donatur Herungo vasallo. T. XXVIII (927) 165.
Norbertus, archiepiscopus magdeburgensis. T. XXIX (1153) 260.
Nordolo, testis. T. XXX (983) 389.
Nothaft, *Nothkaft*, *Nothhafthe*.
„   Albertus de — T. XXX (1225) 117.
„   Albertus, filius ejus. loc. cit.
„   Albertus de — T. XXXI (1232) 555.
„   Heinricus, frater Alberti. loc. cit.
„   Albertus — T. XXXI (1259) 588.

Notingus, filius Erlefridi nobilis senatoris. T. XXIX (1075) 192. et epis-
    copus Vercellensis. loc. cit.
Nuenberg, Eberhardus de — T. XXXI (1223) 518.
Nuenburg, Crato de — test. T. XXIX (1165) 580.
   ,,   Conradus, frater ejus. loc. cit.
Nürnberg, *Nuerenberg*, *Nuerenbero*, *Nurnberch*, *Nurinberch*, *Nurmberch*,
    Norinberch, *Nuorenberg*, *Nunrenberc* etc., conf. etiam *Zollern*.
   ,,   Gotefridus de — test. T. XXIX (1123) 243.
   ,,   Gotefridus de — T. XXIX (1145) 289; enumeratur inter libe-
    ros (1151) 504. — Castellanus de — T. XXXI (1140) 397.
   ,,   Lupoldus de — T. XXIX (1156) 526.
   ,,   N. N., filii ejus haud nominati. loc. cit.
   ,,   Conradus, praefectus de — T. XXIX (1165) 376, 380. (1166)
    382. — Burggravius de — (1168) 388, 393, (1170) 397. (1174)
    420. (1180) 440. — T. XXXI (1189) 438.
    Fridericus, Burggravius de — T. XXIX (1180) 439, 440. (1192)
    463. (1194) 480, 483. (1195) 486. (1200) 494. T. XXXI
    (1193) 451. (1196) 460.
   ,,   Conradus, Burggravius de — T. XXIX (1209) 547. T. XXX
    (1215) 37. — Comes et Burggravius. (1219) 84. (1220) 93.
    T. XXXI (1220) 499. (1225) 521, 522. (1227) 525, 628.
   ,,   C. Burggravius de — T. XXX (1227) 149, 164. (1231) 170,
    181. — T. XXXI (1230) 641.
   ,,   Conradus, Burggravius de — T. XXX (1234) 217, 219, 225.
    (1235) 238, 240.
   ,,   Gotfridus, Burggravius de — T. XXXI (1225) 520, 521.
   ,,   Gotfridus, filius ejus. loc. cit.
   ,,   N. Burggravius de — nobilis imperii. T. XXX (1237) 268.
   ,,   Fridericus junior, burggravius de — T. XXX (1247) 302.
    (1251) 318.
   ,,   N. uxor ejus, neptis regis Conradi IV. T. XXX (1251) 318.
   ,,   Fridericus, Burggravius de — T. XXX (1266) 351, 353, 354.
    (1264) 343. (1267) 362. — T. XXXI (1266) 693.
   ,,   Maria, filia ejus et uxor nobilis viri Ludovici junioris comi-
    tis de Oetingen. T. XXX (1267) 362.
   ,,   Hiltigardis, praefectissa (de Nurmberg?) conf. *Hildegardis*
    praefectissa.
   ,,   N. Burggravius de — T. XXXI (1251) 848.
Niwenburg, Burchardus de — T. XXX (1246) 297.
Nyndlingen, Rugerus de — proscribitur. T. XXXI (1392) 611.

O.

O., archiepiscopus ravennas. T. XXXI (1252) 552.
„ marchio brandenburgensis, conf. *Brandenburg*.
Oberbach, Swigerus de — T. XXX (1254) 220.
„ Eberhardus, frater ejus. loc. cit.
Obertus, episcopus leodiensis. T. XXIX (1105) 219.
Obolom, mancipium. T. XXIX (1049) 76.
Oda, conf. *Oula*.
Odalrius, conf. *Oltacurus*.
Odalrich, conf. *Oudalricus* et *Ulricus*.
Odalschalchus, conf. *Oudalscalchus*.
Ode, Albertus de — T. XXXI (1222) 511.
Odilo, advocatus Hiltonis abbatis lunaclacensis. T. XXVIII (985) 72.
Oehsenpach, Wolframus de — proscribitur. T. XXXI (1222) 511.
Oettingen, Oetingen, Ötingen, Ottingen, conf. etiam *Outingen*.
„ Ludewicus, comes de — T. XXIX (1207) 540. — T. XXXI (1209) 473.
„ Ludewicus, comes de — T. XXX (1220) 103.
„ C. comes de — T. XXX (1227) 149.
„ N. comes de — T. XXX (1231) 170. — T. XXXI (1231) 548.
„ Ludowicus senior, comes de — T. XXX (1251) 312. (1267) 362.
„ Ludowicus junior, comes de — T. XXX (1267) 362.
Offenheim, Ludewicus de — T. XXX (1253) 207.
Ogo, test. T. XXVIII (890) 102.
Opi, test. T. XXVIII (890) 102.
Orendilo, comes, in cujus comitatu capella ad Pergen. T. XXVIII (888) 80.
Orlamünde, Orlamunde, Orlagmünde.
„ Hermannus comes de — T. XXIX (1156) 325.
„ Sifridus, comes de — T. XXXI (1189) 436.
„ Sifridus, comes de — T. XXIX (1206) 516.
Ortach, Otto palatinus comes de — T. XXIX (1130) 255. — conf. *Wittelsbach* et *Scheiern*.
Orphanus, Marquardus. — T. XXX (1284) 220.
Orten, Hertnidus de — T. XXIX (1201) 505.
Ortenburg, Ortenberg, Ortenberch, Ortenberc, Ortemburg.
„ Engelbertus, marchio et ejus frater Rapoto. T. XXXI (1140) 397. (1142) 401.
„ Rapoto, comes de — T. XXIX (1195) 471. (1207) 533. — T. XXXI (1196) 460, 462.
„ Rapoto, Pfalzgraf (v. Bayern), wird genannt Pfalzgraf von

Witelingesbach. T. XXXI (1212) 478. — T. XXX (1217) 59.
(1213) 74. — palatinus comes Bavariae. (1230) 163.

Ortenburg, Heinricus, comes de — T. XXIX (1199) 484. (1207) 535.
   Bruder des Rapoto. T. XXXI (1212) 478. — T. XXX (1217)
   59. (1218) 74. (1230) 163. (1232) 193, 196, 198, 200, 206.
   ,,   Heinricus, comes de — T. XXX (1221) 103. (1227) 146.
   (1234) 128. — T. XXXI (1225) 522. (1232) 552.
   ,,   Hermannus, comes de — T. XXXI (1234) 561.

Ortlieb, test. T. XXIX (1157) 338.

Ortolphus, praepositus iticinensis (inticensis) T. XXXI (1189) 438.
   ,,   canonicus constantiensis. T. XXX (1290) 93.

Oralfus, abbas altahensis. T. XXXI (842) 26.

Ostenholtz, Pilgrimus de — T. XXXI (1222) 611.

Osterwick, Hermann de — T. XXX (1233) 207.
   ,,   N. mater ejus. loc. cit.

Otebingen, Regenoldus de — T. XXIX (1154) 318.

Otelohesdorf, Heinricus de — T. XXIX (1154) 313.
   ,,   Meingos, frater ejus. loc. cit.

Otewus, abbas campidonensis. T. XXXI (1062) 346.

Otgerius, episcopus yporionsis. T. XXIX (1091) 214.

Otgozzus, mancipium. T. XXVIII (898) 117.

Othelm, test. T. XXVIII (890) 108.

Otingen, conf. *Oettingen*.

Otacadus, advocatus Heinrici corepiscopi ratisbonensis. T. XXVIII (883)
   71.
   ,,   serviens Heinrici III imper. obtinet praedium in Ratinzgowe.
   T. XXIX (1056) 131.
   ,,   serviens Heinrici IV regis. T. XXIX (1061) 148, 149, 152.
   — Ministerialis (1062) 159; serviens (1067) 175.

Otperkt, mancipium. T. XXVIII (940) 173.

Otto, advocatus ecclesiae babenbergensis. T. XXIX (1127) 261.
   ,,   advocatus ecclesiae ratisponensis. T. XXXI (1189) 438.
   ,,   advocatus ecclesiae, sive monasterii tharissensis. T. XXXI (1094)
   374.
   ,,   comes in pago Folcfelt. T. XXXI (1025) 293.
   ,,   comes in pago Grapfeld. T. XXVIII (978) 225.
   ,,   comes in pago Grapfeld. T. XXVIII (999) 277. (1000) 287. (1002)
   304. (1008) 391.
   ,,   comes in pago Ingerisgave. T. XXXI (1019) 294.
   ,,   comes in pago Kelescove. T. XXVIII (1014) 451.
   ,,   comes in pago Norigowe. T. XXIX (1054) 44. (1040) 71.
   ,,   comes in pago Nordgowe. T. XXIX (1112) 231.
   ,,   comes in pago Hatenzgowe. T. XXVIII (1024) 510.
   ,,   comes in pago Tunckawe. T. XXXI (1056) 517. —; et in pago
   Chelsgowe. (1040) 513.

Otto, comes in pago Wettereiba. T. XXVIII (1015) 459.

,, et Perichtoldus (Bertholdus) fundatores monasterii Usenhofen in pago Ouscowe, conf. *Scheiern*.

,, comes (in orientali Francia). T. XXIX (1031) 82.

,, comes testis. T. XXIX (1099) 211.

,, comes, interveniens pro ecclesia frisingensi. T. XXVIII (906) 140.

,, comes palatinus Bavariae, conf. *Scheiern* et *Wittelsbach*.

,, comes, possessor quondam beneficiotum in Francia orientali. T. XXIX (1040) 73.

,, comes ratisbonensis, conf. *Ratispona*.

,, dux, et ejus memoria in monasterio Tharissa. T. XXXI 1094) 373.

,, episcopus argentinensis. T. XXIX (1091) 216.

,, episcopus babenbergensis. T. XXIX (1089) 210.

,, episcopus babenbergensis. T. XXIX (1103) 219. (1112) 231. (1114) 233. (1121) 240. (1122) 242. (1124) 246. (1125) 249. (1127) 251. (1129) 254. (1130) 256. (1133) 260. (1134) 263. (1136) 268. (1141) 274. — T. XXXI (1112) 385. (1122) 387. (1142) 399.

,, episcopus babenbergensis. T. XXIX (1156) 329, 335.

,, episcopus babenbergensis. T. XXIX (1182) 445. (1185) 449. (1187) 452. (1193) 468, 475. (1194) 479, 483. — T. XXXI (1189) 439. (1194) 453.

,, episcopus frisingensis. T. XXIX (1141) 275. (1151) 306. (1154) 312, 313. (1146) 323. — Patruus imperat. Friderici I. (1158) 347. — Frater regis Conradi III. T. XXXI (1140) 394. (1142) 401. (1143) 403.

,, episcopus frisingensis. T. XXIX (1193) 471. (1194) 479, 483. (1200) 492. (1207) 533. — T. XXX (1210) 5, 9. (1215) 25, 27. (1216) 42, 44, 47, 50. (1218) 73. (1219) 84, 88, 90. T. XXXI (1189) 437. (1193) 448, 451. (1194) 453.

,, episcopus halberstadensis. T. XXIX (1134) 263.

,, episcopus herbipolensis, sive wirzburgensis. T. XXX (1216) 42, 44, 45, 47, 50. (1218) 73, 75. (1222) 108. (1223) 116. (1224) 121. — T. XXXI (1209) 473. (1214) 486. (1220) 499. (1222) 512, 513. (1223) 516.

,, episcopus ratisponensis. T. XXIX (1074) 189. (1089) 209, 210.

,, episcopus spirensis. T. XXIX (1193) 471.

,, episcopus trajectensis. T. XXX (1220) 95, 99.

,, filius Friderici I imperatoris. T. XXIX (1174) 419.

,, filius Friderici advocati ratisponensis. T. XXXI (1149) 400.

,, filius Ottonis praefecti ratisponensis, conf. *Ratispona*.

,, liber homo. T. XXX (1130) 225.

,, marchio. T. XXXI (1034) 315. — Conf. etiam *Misnia*.

,, marchio, possessor praediorum intra montana ob incestum ea perdit. T. XXIX (1055) 123, 124.

Otto, nepos regis Ottonis III. T. XXXI (986) 243. — Dux (988) 246. (993) 254.

„ pincerna. T. XXIX (1174) 418.

„ praepositus, test. T. XXX (1130) 225.

„ praepositus babenbergensis. T. XXIX (1174) 420. (1177) 427.

„ praepositus majoris ecclesiae wirceburgensis. T. XXIX (1146) 294. 296.

„ praepositus capituli wirceburgensis. T. XXIX (1205) 510. (1206) 530.

„ praepositus herbipolensis, sive wirzburgensis. T. XXX (1234) 218, 219, 225.

„ testis. T. XXIX (1033) 40.

„ testis. T. XXIX (1043) 86.

„ testis. T. XXIX (1156) 526.

„ testis. T. XXIX (1172) 405.

Ottocarus, Otachar, Odacrius.

„ comes in pago Chiemichouve. T. XXVIII (959) 184.

„ comes in pago Sundargove. loc. cit. 185.

„ comes in vicinitate Tachensee. T. XXIX (1043) 90.

„ rex Bohemiae, conf. *Bohemia.*

„ testis. T. XXVIII (890) 102.

Oudalfriedus, cancellarius. T. XXVIII (911) 145. (912) 147.

„ episcopus eistetensis. T. XXVIII (913) 157, 158.

Oudalricus, Oudelrich, Oudalrike, Odalrich, conf. etiam *Udalricus* et *Ulricus*, nec non *Vodalricus* et *Volricus.*

„ abbas fuldensis. T. XXIX (1123) 245.

„ abbas monasterii Kaisheim. T. XXIX (1155) 314.

„ cancellarius. T. XXVIII (1024) 511. — T. XXIX (1025) 2, 3, 5, 8, 11, 15, 15, 17, 19. (1027) 21. (1029) 23, 26, 29. (1030) 31. (1031) 33. (1032) 35. — T. XXXI (1024) 300. (1025) 303. (1027) 308. (1028) 307. (1030) 310. (1031) 312.

„ civis ratisponensis. T. XXIX (1089) 210.

„ comes in pago Isinigowe. T. XXXI (1079) 362.

„ comes, circumducit marcam ad Sconinova in Quinzingove. T. XXVIII (890) 100, 101.

„ comes in pago Spebtreino. T. XXVIII (1011) 432.

„ comes obtinet mancipia ab Ottone III rege jure Parservorum. T. XXVIII (986) 246. — frater ejus Heripreht. —

„ comes et senior monast. Utenburen. T. XXXI (890) 135.

„ comes interveniens pro Rudolpho episcopo. T. XXVIII (903) 129.

„ quondam episcopus augustensis. T. XXIX (1061) 150.

„ episcopus augustensis memoratur. T. XXIX (1171) 400.

„ episcopus eistetensis. T. XXIX (1089) 212. (1091) 214, 215. — T. XXXI (1080) 363.

Oudalricus, episcopus eistetensis. T. XXIX (1116) 237. (1120) 259.
  „ episcopus patariensis. T. XXIX (1111) 224, 227.
  „ filius Tiemonis, possessor bonorum in pago orientali. T. XXIX (1048) 89.
  „ homo liber. T. XXXI (1107) 383.
  „ longus, test. T. XXIX (1130) 266.
  „ patriarcha aquilejensis. T. XXIX (1091) 214.
  „ testis. T. XXIX (1048) 86.
  „ vicedominus. T. XXXI (1142) 401.
Oudalscalchus, Odalscalchus.
  „ comes et advocatus ecclesiae frisingensis. T. XXXI (1026) 302; nominatissimus advocatus. (1031) 312.
  „ comes in pago Huoson. T. XXXI (1048) 524.
  „ comes in pago Norigowe. T. XXVIII (1004) 318. T. XXXI (1003) 278.
Outa, Ouda, Ota, Oda.
  „ abbatissa monasterii inferioris Ratisponae. T. XXVIII (1002) 300. (1005) 322. (1081) 507. — T. XXIX (1098) 10.
  „ regina et conjux Arnolphi regis. T. XXVIII (889) 87. — Arnulphi imperatoris. T. XXXI (896) 148. (898) 155. (899) 158. — Genitrix, sive mater Ludovici regis. T. XXVIII (905) 134, 135. — mater regis Ludowici infantis. T. XXXI (903) 174.
  „ matrona nobilis, per Cheunonem (Cunoaem) comitem ejecta e possessionibus. T. XXVIII (1000) 281.
Outingen, (fortasse Oetingen) Ludovicus, comes de — .T. XXIX (1180) 437.
  „ Hawardus de — T. XXX (1219) 87.
Ouwunmannus, pater Pezili, servi regii. T. XXXI (1026) 302.
Ouzzo, comes in pago Zidalaregouwe. T. XXXI (1081) 326.
Ouzenhowe, Conradus de — T. XXXI (1142) 401.
Ozinus, comes, sub quo forestum Heit. T. XXIX (1027) 22.

P.

P., conf. etiam *B.*
P., archiepiscopus panormitanus. T. XXXI (1232) 552.
Pabo, conf. *Babo.*
Pademe, Rudgerus — proscribitur. T. XXXI (1222) 511.
Paizwile, Conradus de — T. XXX (1263) 334.
Palatinatus Rheni, sive *Palatini comites.*
  „ Ezzo, palatinus comes. T. XXIX (1033) 40.
  „ Otto, filius Ezzonis. loc. cit.

Palatinatus, Hermannus, palatinus comes Rheni. T. XXIX (1156) 323. (1157) 341, 342. — In cujus praedio monasterium Dildhild-hausen. T. XXXI (1157) 410.

    ,,   Conradus, palatinus comes Rheni. T. XXIX (1156) 325. (1161) 361. (1168) 388, 393. (1190) 463. (1191) 479, 480. (1193) 486. — patruus imperatoris Heinrici VI. loc. cit. 486. — T. XXXI (1159) 414. (1182) 421. (1193) 453.

    ,,   Heinricus, comes palatinus Rheni. T. XXIX (1208) 543, 547. T. XXX (1205) 400. T. XXXI (1196) 460. (1209) 473,

Pald, testis. T. XXVIII (890) 102.

Paldmunt, conf. etiam *Baldmunt*.

    ,,   presbyter. T. XXXI (948) 192.

Paldrih, conf. etiam *Baldricus*.

    ,,   testis. T. XXVIII (890) 102.

Palmarius, ministerialis bogensis. T. XXXI (1282) 509.

Pappenheim, *Papisheim*, *Babbenheim*, conf. etiam *Calatin*.

    ,,   Heinrich de — T. XXIX (1154) 513. — Marscalcus de — (1156) 324. (1180) 440. (1182) 445, 447. T. XXXI (1182) 421.

    ,,   N. marscalcus de — T. XXX (1231) 170.

    ,,   Heinricus, marscalcus de — T. XXX (1234) 217. — T. XXXI (1209) 471. (1212) 481. — imperialis aulae marscalcus de — (1262) 591.

Pardo, conf. *Harde*.

Paschal, cardinalis ad Ludovicum pium missus. T. XXXI (817) 38.

Pastberg, Fridericus de — T. XXXI (1189) 438.

Patagerus, vasallus regius et possessor ad Enisum in parte Sclavanorum, in villa Granesdorf. T. XXVIII (834) 23.

Pato, possessor praedii in pago Viohbach. T. XXXI (916) 185.

Paulsdorf, *Paugolstorf*, *Pawilstorf*.

    ,,   Conradus de — T. XXX (1266) 543. — T. XXXI (1259) 588.

    ,,   Conradus, filius ejus. T. XXXI (1259) 588.

Pecaph, Ulricus de — T. XXX (1215) 25.

Pendelingen, Udalricus de — T. XXIX (1157) 388.

Perahart, servus regius in aquilonari parte Danubii. T. XXXI (901) 163.

Perahcoz, test. T. XXVIII (890) 101, 102.

Peregrinus, abbas de Wilzeburg. T. XXX (1226) 136. (1230) 161.

    ,,   patriarcha aquilejensis. T. XXXI (1142) 401.

Perethram, test. T. XXX (983) 332.

Peretoldus, *Perahtoldus*, *Perhtoldus*, conf. *Bertholdus*.

Perg, Ratoldus de — T. XXX (1219) 87.

Perichtholdus, conf. etiam *Scheiern*.

    ,,   mancipium. T. XXXI (893) 144.

Peringerus, conf. etiam *Berengerus*.

    ,,   comes in pago Nortgovvi. T. XXVIII (1007) 340, 354, 356, 358, 360.

Perneke, Heinricus de — T. XXX (1263) 334.

Perseus, decanus et testis. T. XXIX (1168) 388, 393. (1170) 397. (1172) 407, 410. (1180) 437.

Petto, test. T. XXVIII (890) 102.

Pettowe, Fridericus de — ministerialis salzburgensis. T. XXIX (1207) 538.

Petrus, scolasticus, test. T. XXIX (1192) 456.

Perihi, filius Ouwamanni et servus regius. T. XXXI (1025) 302.

Pfaffe, Hermann, Besitzer eines Hofes bei Kaufbeuren. T. XXX (1240) 278.

Pfolingen, Heinricus de — ministerialis bogensis. T. XXXI (1222) 509.

Pfusel, Wicnant, homo ecclesiae kizzingensis. T. XXIX (1180) 456.

Phaffeleten, Albero de — proscribitur. T. XXXI (1222) 511.

Philippus, archiepiscopus coloniensis. T. XXIX (1174) 422. — (1177) 427. — T. XXXI (1182) 421. (1185) 426.

   „   cancellarius. T. XXIX (1123) 245. T. XXXI (1125) 390.

   „   frater Heinrici VI imperatoris. T. XXIX (1193) 468. (1194) 483.

Phullendorf, *Pullendorp*, Rudolphus comes de — T. XXIX (1161) 357, 361. (1168) 388, 393. (1174) 420.

Phullin, Rudolphus de — T. XXIX (1075) 198.

Phuzecha, *Phuceken*, Conradus de — T. XXIX (1168) 388, 393.

Piano, Egeno comes de — (Eppan) T. XXXI (1259) 573.

Pibo, cancellarius. T. XXIX (1068) 178.

Pilgrimes, *Piligrimus*, *Piligrim*, *Pilgrim*, *Pelegrimus*.

   „   abbas monasterii S. Burchardi. T. XXIX (1146) 295.

   „   archicapellanus. T. XXVIII (908) 142. (911) 144. (912) 147. (914) 149, 150. (916) 152. (918) 154, 156, 158. — T. XXXI (903) 179. (915) 185.

   „   archiepiscopus coloniensis. T. XXXI (1034) 315.

   „   comes, in cujus comitatu Helphendorph. T. XXVIII (950) 182.

   „   comes in pago Matihgowe. T. XXVIII (1014) 448. — T. XXIX (1039) 50.

   „   comes, possessor curtis Worngowe. T. XXVIII (1009) 403.

   „   episcopus. T. XXXI (916) 186.

   „   episcopus pataviensis et laureacensis. T. XXVIII (971) 193, 194. (974) 208. (976) 216, 219, 221. (977) 223. (985) 244. — T. XXXI (975) 223, 224, 225. (976) 227, 228. — Reintronizatur ceu antistes lauriacensis. (977) 234.

        miles regis Heinrici II, obtinet possessiones in Ostarrike. T. XXVIII (1002) 294.

   „   - patriarcha aquilojensis. T. XXIX (1161) 361.

Pilihilda, vidua Sizzonis comitis. T. XXIX (1048) 90.

Pilstein, Conradus comes de — T. XXXI (1189) 438.

Pilwisa, Conradus de — T. XXIX (1112) 232. — T. XXXI (1112) 386.

Pincerna (Schenk), Eberhardus, canonicus constantiensis. T. XXX (1266) 847.
Piritkilo, test. T. XXVIII (890) 101.
Pirminius, confessor. T. XXXI (865) 100. (1072) 550.
Plaien, Plain, Playen, Plaigen.
„   Conradus comes de — T. XXIX (1207) 536. — T. XXX (1213) 6.
„   Luitoldus comes de — T. XXXI (1144) 407.
„   L. comes de — T. XXXI (1191) 442.
„   H. comes de — loc. cit.
Pleichfeld, Conradus comes de — T. XXIX (1145) 296.
Plesse, Helmoldus de — T. XXIX (1208) 547, 550.
Pleytz, Gotschalcus de — T. XXXI (1214) 487.
Plidkill, mancipium. T. XXXI (893) 144.
Pogin, Pogen, conf. *Bogen.*
Pozizlaus, abbas altahensis. T. XXIX (1194) 312.
Polania, Albertus, filius ducis Poloniae. T. XXIX (1168) 388, 393.
Poudlande, Wernberus de — T. XXXI (1222) 512.
„   conf. etiam *Bonlandia.*
Ponrider, Hermannus, proscribitur. T. XXXI (1222) 541.
Poppo, abbas fuldensis. T. XXVIII (1019) 475.
„   advocatus monasterii S. Kiliani. T. XXIX (1149) 300.
„   archicancellarius. T. XXVIII (940) 177.
„   archiepiscopus trevirensis. T. XXVIII (1022) 509. — T. XXXI (1022) 295.
„   burggravius wirceburgensis, conf. *Würzburg.*
„   cancellarius. T. XXVIII (931) 168. (939) 170. (940) 172, 173, 175.
„   cancellarius. T. XXXI (975) 224, 226.
„   comes in Carniola, vulgo dicta Creinamarcha. T. XXXI (973) 220.
„   comes in pago Craffelda. T. XXVIII (941) 178.
„   comes in Francia orientali. T. XXVIII (923) 162.
„   comes inter montana. T. XXIX (1055) 123.
„   episcopus quondam babenbergensis. T. XXX (1242) 287, 288, 290, 291.
„   episcopus brixinensis. T. XXIX (1040) 58, 60. (1048) 85.
„   episcopus würzburgensis. T. XXVIII (941) 178. (976) 212. (988) 242.
„   liber homo. T. XXX (1130) 225.
„   marchio. T. XXXI (890) 132.
„   ministerialis würzeburgensis. T. XXIX (1146) 294.
„   nepos imperatoris Ottonis II. T. XXVIII (978) 225.
„   praepositus S. Jacobi babenbergensis. T. XXIX (1193) 475.
„   testis. T. XXXI (1094) 374.
„   collaudat donationem sylvae ecclesiae wirceburgensi factam. T. XXXI (1027) 304.
„   occisus. T. XXXI (1222) 509.
Porta, Goezwinus ante Portam. T. XXX (1219) 87.

Porta, Heinricus de — T. XXX (1232) 201.
Polo, conf. *Bodo*.
Prager, Liupoldus, test. T. XXX (1249) 87.
Prece, Petrus de — magister et protonotarius regis Conradini T. XXX
      (1268) 366, 369.
Preising, Preisingen, Prisingen.
   „   Grimoldus de — T. XXX (1263) 334. (1266) 361, 366. T. XXXI
          (1266) 593.
   „   Heinricus do — T. XXX (1263) 554, 556. (1266) 351, 355. —
          Camerarius de (1267) 364. (1268) 867, 370. — T. XXXI (1265)
          593.
   „   Conradus de — T. XXX (1266) 351, 355. — T. XXXI (1266) 593.
Premmberg, Premmenberch, Reinmarus de — T. XXXI (1280) 541.
Pribitlaus, possessor bonorum in marcha Chreine. T. XXXI (989) 248.
Primberg, Conradus de — T. XXXI (1212) 481.
Pris, Conradus, frater Waltheri de Skipht. T. XXIX (1126) 296. conf.
      Schipfe.
Pruhtel, conf. *Bruhtel.*
Prukberg, Brukkenberg, conf. *Bruhberg.*
Prundorf, Rudolphus comes de — T. XXIX (1165) 376.
Prunste, Heinricus de — T. XXXI (1222) 511.
Pubenhusen, Gerwicus de — T. XXXI (1189) 438.
Pucele, conf. *Buseel.*
Pueren, conf. Dueren.
Pullendorf, Pullendorf, conf. *Phullendorf.*
Pullicuhus, Ekhardus. T. XXXI (1223) 518.
Pullus, Ekkebardus, test. XXX (1234) 220.
Pumminchoven, Durinchart de — T. XXIX (1157) 338.
Puoso, vestitor. T. XXXI (914) 184.
Purchardus, conf. *Burchardus.*
Purcheri. T. XXVIII (890) 102.
Purgestus, comes. T. XXXI (902) 156.
Putendorf, Buotendorf, Buoetendorph, Butindorf.
   „   Rudolphus de — T. XXIX (1140) 272.
   „   Erkenbertus de — T. XXX (1234) 290.
   „   Erchenbertus junior de — T. XXX (1235) 236.
Pöttingen, Butingen, Buetingen, Dudingen, Bütingen.
   „   Hartmannus de — T. XXIX (1192) 466. — T. XXXI (1182) 481.
   „   Gerlacus, dominus de — T. XXX (1228) 156. (1234) 168.
        (1232) 193, 196. — T. XXXI (1227) 525, 528.
   „   Eberhardus, nobilis de — T. XXX (1205) 400.
Pötten, Butene, Ekkebertus de — T. XXIX (1154) 313. (1157) 345.

Q.

Querfurth, Quernfurtke, Burchardus marscalcus de — T. XXX (1245) 297.
Quecrebere, conf. *Kefernberg*.
Quiburg, conf. *Kilurg*.

R.

R., abbas faucensis. T. XXX (1227) 153.
R., camerarius. T. XXX (1218) 75.
R., episcopus pataviensis. T. XXX (1236) 246.
R., episcopus wirceburgensis. T. XXIX (1173) 415.
Rabanus, archiepiscopus moguntinus. T. XXXI (859) 85.
Rabensburg, Rabensberch, conf. *Ravensburg*.
Pabenstein, Rabinstaine, Albertus triscamerarius de — T. XXX (1233)
        209.
     ,,   conf. etiam *Ravinstein*.
Rabbolo, conf. *Rapolo*.
Radebato, test. T. XXIX (1083) 40.
Radleicus, cancellarius. T. XXVIII (844) 38, 40. (846) 42. (853) 47, 48.
Rado, cancellarius. T. XXVIII (777) 3. (794) 4.
   ,,   archicancellarius. T. XXXI (798) 18, 20.
   ,,   abbas primus montis Angelorum. T. XXVIII (1018) 473.
Radulfus, comes. T. XXVII (820) 13.
Raechenburberg, Engelbertus de — proscribitur. T. XXXI (1292) 511.
Rafoldus, Ragoldus, Raffolt.
   ,,   ministerialis Heinrici ducis Bavariae et Saxoniae. T. XXIX
        (1165) 373.
   ,,   ministerialis regni. T. XXXI (1149) 408.
   ,,   sacerdos, donat praedia monasterio S. Nicolai. T. XXIX (1111)
        229.
   ,,   serviens regius. T. XXXI (1079) 362.
   ,,   serviens Heinrici III imperatoris. T. XXXI (1054) 326.
   ,,   vestitor. T. XXXI (914) 184.
Ragimundus, episcopus yporiensis. T. XXIX (1168) 387, 388, 393.
Ragoz, Cunradus de —; enumeratur inter liberos. T. XXIX (1151) 304.
Ranaldus, conf. etiam *Regewoldus*.
   ,,   cancellarius. T. XXIX (1156) 323. (9157) 338, 343, 346.
        (1163) 349. — T. XXXI (1157) 411.
   ,,   dux Spoleti. T. XXX (1224) 119, 122.

Raiwing, conf. *Rowinge*.

Ramesberg, *Ramesberc*, Otto de — T. XXIX (1193) 471.

Ramuoldus, *Ramwoldus*, abbas S. Emmerami. T. XXVIII (980) 233. (983)
        237, 239. — T. XXXI (980) 237. (983) 240.

Ramis, Conradus de — T. XXIX (1194) 479.

Rams, Heinricus de — T. XXX (1218) 71.

  „   Bertholdus de — loc. cit.

Rantwig, test. T. XXX (983) 389.

Rapoto, *Radpoto*, *Ratpoto*, *Ratpodus*, *Rabbodo*, *Rapoldus*, *Rabold* etc.

  „   comes inter convallia, ubi Pribzna. T. XXVIII (901) 126.

  „   comes in provincia Avarorum. T. XXVIII (856) 29.

  „   comes, frater Engelberti marchionis, conf. *Ortenburg*.

  „   comes, testis. T. XXXI (1157) 342.

  „   iterum comes, testis. T. XXI (1144) 407.

  „   comes, intercedens pro Sigebotone. T. XXXI (1078) 361.

  „   comes palatinus, interveniens pro ecclesia brixinensi. T. XXIX
        (1091) 216.

  „   comes palatinus, sive Pfalzgraf zu Wittelingesbach, conf. *Orten-
        burg*.

  „   miles dei, testis. T. XXXI (1144) 407.

  „   nepos Rihinzae, sive Richinzae matronae. T. XXIX (1111) 229.

  „   perdens judicio praedium in Uschiricha in comitatu Arnoldi. T.
        XXVIII (1017) 464.

  „   praepositus majoris ecclesiae augustensis et capellanus regis. T.
        XXX (1220) 100, 105. (1222) 111.

  „   unus ex primatibus Ludovici germanici in Pannonia. T. XXVIII
        (959) 50, 51.

Raprehtenwilaer, *Raprehtnwilar*.

      „   N. advocatus de — T. XXX (1218) 37.

      „   Rudolphus, comes de — T. XXX (1234) 216, 217.

Rasche, Bertholdus de — ministerialis et testis. T. XXIX (1154) 513.

Ratenberg, *Ratenwerch*, W. de — T. XXXI (1222) 508.

Ratkfridus, abbas monasterii Weissenburg. T. XXXI (676) 5, 6.

  „   possessor in Smalefeldon. T. XXIX (1035) 40.

Ratisbona, Praefecti de Ratisbona, sive ratisbonenses.

  „   Rupertus, comes Ratisbonae. T. XXIX (1025) 8. (1026) 19.

  „   Otto, praefectus civitatis ratisponnnsis. T. XXIX (1089) 210.

  „   Heinricus, frater Ottonis praefecti ratisp. T. XXIX (1089)
        210.

  „   Otto, comes Raddisponae, test. T. XXIX (1112) 231. — co-
        mes ratisp. (1121) 241. — T. XXXI (1112) 386.

  „   Heinricus, filius Ottonis praefecti. T. XXIX (1141) 275.

  „   Otto, filius Ottonis praefecti. T. XXIX (1141) 275.

  „   Otto, praefectus. T. XXIX (1141) 275. — T. XXXI (1140)
        396.

Ratisbona, Otto comes, frater Heinrici praefecti ratisbonensis. T. XXIX
(1154) 313. (1157) 338.

  „   Heinricus, praefectus urbis ratisponensis. T. XXIX (1154)
313. (1157) 338, 345.

Ratisbona, Baldewinus de — T. XXXI (1142) 401. T. XXIX (1157) 338.

Ratmundus, abbas althahensis. T. XXIX (1040) 63. — Althahae inferioris. (1045) 83.

Ratolfus, *Ratulphus*, comes in pago Sundargowe. T. XXVIII (959) 185.

  „   presbyter et capellanus imper. Ludovici pii. T. XXXI (839) 83.

Ravensburg, *Ravenspurch*, *Ravensburch*, *Ravinsburch*, *Ravinspurch*, *Ravensberch*, *Rabensberg* etc.

  „   Otto de — T. XXXI (1196) 460.

  „   Tiedo de — T. XXIX (1206) 523.

  „   Heinricus, frater ejus, camerarius de — loc. cit. porro
(1207) 536, 538, 540. — T. XXXI (1212) 480.

  „   Dieto de — camerarius imperii. T. XXX (1216) 47, 50.
(1217) 55, 57, 62. (1223) 117. (1225) 131.

  „   Bodo de — T. XXXI (1223) 516, 517.

  „   Rabeno de — T. XXX (1231) 177.

  „   Diether, frater ejus. loc. cit.

  „   Heinricus, camerarius de — T. XXX (1231) 181. (1233)
212. — Imperialis aulae camerarius. (1234) 217, 225. —
Camerarius de — T. XXXI (1235) 552.

  „   Heinricus de — T. XXX (1264) 339. (1266) 347. — Camerarius de — (1266) 351, 353, 355, 358. — T. XXXI (1262)
691. Camerarius de — (1266) 593.

Ravinstein, conf. etiam *Rabenstein*.

  „   Ravelinus de — T. XXX (1243) 578.

Raymundus, magister hospitalis hierosolymitani. T. XXXI (1185) 424.

Rechberg, *Rehberg*, *Rehperc*, *Rehberg*, *Reckperg*.

  „   Otto de — T. XXIX (1174) 420.

  „   Hiltebrandus de — T. XXIX marscalhus (1200) 500. — et ministerialia. (1225) 131. — T. XXXI (1225) 522.

Regenoldus, conf. etiam *Reginoldus* et *Reinaldus*.

  „   archicancellarius Italiae et Coloniensis electus. T. XXIX
(1160) 352, 353, 355. (1161) 358, 361. (1163) 372. (1172)
412.

Regila, mancipium. T. XXXI (1034) 315.

Regilinda, uxor Arnoldi comitis. T. XXIX (1025) 12.

Regilo, *Regil*, camerarius. T. XXIX (1130) 440.

  „   mancipium ex familia de Frankenfurt. T. XXXI (817) 37.

  „   testis. T. XXIX (1193) 468.

Reginarius, episcopus pataviensis. T. XXVIII (836) 29. T. XXX (923)
382. — T. XXXI (879) 56, 57.

Reginbald, mancipium in pago Nitichevre. T. XXVIII (874) 69.

Reginbertus, advocatus pataviensis. T. XXIX (1144) 627.
    "   comes in pago Salzpurchgovve. T. XXVIII (940) 174.
    "   sive Reginpreth, filius Engilgeri, traditur ecclesiae pataviensi. T. XXXI (890) 134.
    "   conf. etiam *Reginpreth* et *Reimbertus*.
Reginbodo, Reginbodo, abbas hirsaugiensis. T. XXX (1084) 231.
    "   comes. T. XXIX (1130) 256. — Conf. *Gieck*.
Reginbolt, scabinus. T. XXX (985) 389.
    "   servus, monasterio campidanensi donatur. T. XXVIII (930) 166.
    "   testis. T. XXX (983) 389.
Regingarius, comes, in cujus comitatu Chaganinga et Vveride. T. XXVIII (896) 111.
Reginhalm, presbyter. T. XXX (983) 383.
Reginhardus, advocatus Richardi abbatis fuldensis. T. XXIX (1051) 32.
    "   comes, inbeneficiatus praedio Otmaringen. T. XXXI (1064) 549.
    "   comes in pago Caningessundra. T. XXVIII (1018) 473.
    "   electus wirceburgensis. T. XXIX (1179) 405, 406, 409, 410. episcopus (1180) 435.
    "   mancipium, donatur comiti Oudelrich. T. XXVIII (986) 246.
    "   iterum mancipium, donatur eidem. loc. cit.
    "   praepositus novi monasterii. T. XXIX (1170) 396. — Procurator imperialis villae Heitingisvelt. loc. cit.
    "   puer, mancipium ad Stochaim pertinens. T. XXVIII (978) 225.
    "   testis. T. XXVIII (890) 102.
    "   testis. T. XXIX (1172) 408.
    "   conf. etiam *Reinardus*.
Reginharius, conf. *Reginarius*.
Reginker, Reginkeri, scabinus. T. XXX (988) 389.
    "   testis. T. XXVIII (890) 102.
    "   testis. T. XXX (983) 389.
Reginhoch, Reginhoh, advocatus monasterii Utenbaren. T. XXXI (890) 135.
    "   mancipium donatur comiti Oudelrich. T. XXVIII (986) 246.
    "   ministerialis wirceburgensis. T. XXIX (1146) 294.
    "   testis. T. XXVIII (890) 102.
    "   testis iterum. loc. cit.
Reginhowe, Burcardus de — T. XXXI (1225) 680.
    "   N. mater ejus. loc. cit.
Reginmunt, testis. T. XXVIII (890) 102.
Regino, presbyter, beneficium habens in Punninchova. T. XXVIII (914) 148.
Reginoldus, filius Heinrici III regis, obtinet bona in parte orientali. T. XXIX (1045) 81. 82.

Reginolf, capellanus Conradi regis. T. XXVIII (916) 151.
„ scabinus. T. XXX (963) 389.
Reginpreht, conf. etiam *Reginbertus*.
„ testis. T. XXVIII (890) 101.
„ filius Engelgeri, traditur ecclesiae pataviensi. T. XXXI (890) 134.
Reginswindis, S. (filia Ernusti), sepulta in castro Loufen, ubi monasterium instituatur. T. XXVIII (1003) 316.
Reichenberg, Conradus de — T. XXXI (1228) 517.
Reimarus, officiatus de Meglindorf. T. XXIX (1200) 498.
„ provisor de Nürnberg. T. XXX (1243) 11.
„ episcopus pataviensis. T. XXIX (1126) 249.
Reimbertus, conf. etiam *Reginbertus* et *Reginpreth*.
„ abbas monasterii Prül. T. XXXI (1036) 517.
„ episcopus pataviensis. T. XXXI (1140) 395.
Reinaldus, conf. etiam *Renoldus* et *Regenoldus*.
„ cancellarius. T. XXIX (1156) 326, 332.
Reinardus, *Reinhardus*, *Reginhardus*, conf. etiam *Reginhardus*.
„ episcopus halberstadensis. T. XXIX (1114) 233.
„ episcopus wirceburgensis. T. XXIX (1172) 405, 406, 409, 410. (1174) 422.
„ niger, test. T. XXIX (1156) 325.
„ praepositus novi monasterii in Wirceburg. T. XXIX (1165) 330. (1168) 388, 395.
„ praepositus (postea episcopus). T. XXIX (1172) 413.
„ Schultheiss zu Lautern. T. XXXI (1217) 495.
„ ex novo monasterio Wirceburgi, test. T. XXIX (1165) 380.
„ praepositus (1168) 388.
Reinboldus, magister et canonicus novi monasterii in Wirceburg. T. XXX (1234) 219.
Reimarus, conf. *Reimarus*.
Renaldus, conf. *Rinaldus* et *Renoldus*, nec non *Regenoldus*.
Renoldus, frater episcopi N., testis. T. XXIX (1152) 309.
Reyz, Albertus de — T. XXXI (1225) 520.
Rheinegg, *Renegge*, *Rineck*, Lodwicus, comes de — T. XXIX (1156) 326.
„ Gerhardus comes de — T. XXIX (1192) 462. T. XXX (1216) 47, 50.
„ Gothardus, comes de Rienegh. T. XXX (1212) 484.
„ Adelheidis, uxor Gerhardi comitis. T. XXIX (1192) 462.
Rheno, Ludwicus comes de — T. XXIX (1157) 342.
Rhineck, *Rienegh*, conf. *Rheinegg*.
Richalmus, ministerialis wirceburgensis. T. XXIX (1146) 294.
Richardus, abbas fuldensis. T. XXIX (1031) 32. — T. XXXI (1023) 298.
„ abbas monasterii Orembach, sive Gemundias. T. XXXI (868) 100.

Richardus, abbas in Sueiga. T. XXIX (1135) 360.
„   altahensis religiosus. T. XXXI (883) 115.
„   ` camerarius, test. T. XXX (1252) 193; 196, 200, 201. — Im-
         perialis aulae camerarius. T. XXXI (1232) 552.
„   testis. T. XXIX (1172) 405.
Richarda, filia Berthulfi recuperat praedium Sconenberg. T. XXIX (1109)
         222.
Richbertus, *Rikbertus*.
„   episcopus ecclesiae prihsinensis. T. XXVIII (967) 190.
„   servus regius in pago Wungardvveiba. T. XXVIII (837) 89.
Richershusen, Bertboldus de — T. XXIX (1130) 440.
Rickerus, ex castro Hunsburg. T. XXXI (817) 57.
„   iterum ex eodem castro. loc. cit.
Richiza, conf. etiam *Rikinza*.
„   regina, uxor Lotharii III. T. XXIX (1130) 255, 256. (1134) 262,
       263.
Richo, monachus altahensis. T. XXXI (883) 115.
Richolfus, abbas S. Emmerami. T. XXVIII (1024) 489, 491, 492, 493, 494.
„   archicapellanus. T. XXXI (817) 42.
„   clericus et testis. T. XXIX (1151) 304.
„   ministerialis wirceburgensis. T. XXIX (1146) 294.
„   ministerialis et test. T. XXIX (1149) 300.
„   nobilis vir. T. XXIX (1050) 102.
„   praepositus majoris ecclesiae. T. XXIX (1168) 388, 393. (1170)
         397.
„   praepositus de domo, test. T. XXIX (1179) 407, 410.
„   testis. T. XXIX (1156) 325.
Richolfesriet, Heinricus de — T. XXX (1218) 71.
„   Bertoldus de — loc. cit.
Rickpero, mancipium. T. XXXI (893) 144.
Richwinus, confer etiam *Riwinus*.
„   ministerialis et testis. T. XXIX (1149) 300.
„   palatino placito et communi judicio damnatus perdit praedia
         in villis Gouvazesbrunnen et Chrabaten. T. XXIX (1055) 126.
         (1056) 129. T. XXXI (1055) 333, 334.
Riede, Rudolphus de — T. XXIX (1130) 440.
Rieperg, Hermannus de — T. XXX (1234) 251.
Rielperg, Conradus de — T. XXXI (1210) 474.
Rietfeld, Eberhardus de — T. XXXI (1225) 520.
Rieth, Richolfus de — T. XXIX (1168) 389, 594.
Riffenberg, *Riffemberc*, Eberhardus de — T. XXIX (1177) 427.
„   Reinaldus, frater ejus. loc. cit.
Rikdruth, mancipium. T. XXXI (892) 143.
Rikelinda, uxor Adalberonis comitis, fundatoris monasterii Ebersberg.
       T. XXIX (1040) 57.

Rihharius, episcopus pataviensis. T. **XXXI** (901) 162.
Rihhilt, uxor servi Roudgrimi. T. **XXXI** (901) 164.
Rihinza, conf. etiam *Richiza*.
   „   matrona donat praedium monasterio S. Nicolai. T. **XXIX** (1111)
              229; ejus nepos Rapoto. loc. cit.
Rhimi, vidua, possidens ad dies vitae curtim Velda. T. **XXXI** (903) 171.
Rhiza, inclusa. T. **XXXI** (1226) 520.
Rilint, domina possedit bona in Halla. T. **XXVIII** (1007) 374.
Rimgerus, abbas monasterii campidunensis. T. **XXVIII** (862) 53.
Rindesmaul, *Rindsmul*, *Rindsmule*, *Rindesmuls*, *Rindesmoul*, *Rindesmaul*.
   „   Albertus de — T. **XXIX** (1200) 498.
   „   Albertus de — T. **XXX** (1215) 37. (1216) 40.
   „   Albertus Rindesmulc de Nürnberg (1223) 117.
   „   N. T. **XXX** (1232) 161.
   „   Albertus. T. **XXX** (1239) 206.
   „   N., Rindesmulo de Grundesberg. T. **XXX** (1254) 219, 220.
   „   Hermannus. loc. cit. 220.
   „   Al. de — T. **XXXI** (1230) 541.
Ringravius, Wolframus, ministerialis moguntinus. T. **XXIX** (1209) 557.
Rinmarus, ex castro Hunaburg. T. **XXXI** (817) 37.
Rinoldus, comes donat possessionem ad monasterium Nüwenstadt, sive
              Rorenlacha. T. **XXXI** (782) 12.
Riphwinus, commutat praedia cum episcopo frisingensi. T. **XXXI** (816) 34.
Risenburg, *Risensburc*, *Rininsburg*, *Risenberch*, haud dubie *Reisensburg*.
   „   Regenboto de — canonicus augustensis. T. **XXIX** (1187) 452.
   „   Bruno de — T. **XXX** (1266) 355. — T. **XXXI** (1266) 593.
   „   Ulricus de — T. **XXXI** (1239) 573.
Riwinus, conf. etiam *Richwinus*.
   „   comes in pago Durihein. T. **XXVIII** (1007) 387.
   „   testis. T. **XXIX** (1172) 405.
   „   junior, testis. loc. cit.
Robold, conf. *Rapoto*.
Rodeger, testis. T. **XXIX** (1157) 338.
Rodenburg, conf. *Rotenburg*.
Rodenach, Arnoldus de — T. **XXXI** (1259) 573.
Rodhart, conf. etiam *Rudhardus* et *Rothardus*.
   „   testis. T. **XXVIII** (890) 102.
Rodhausen, Wicoerik de — T. **XXXI** (1212) 481.
Rodker, testis. T. **XXVIII** loc. cit.
Rodwunt, testis. loc. cit.
Rodolt, testis. loc. cit. p. 101.
Rodwicus, abbas monasterii Gamundiae, sive Horunbach. T. **XXXI** (950)
              193, 194.
Rogolfing, Leo de — proscribitur. T. **XXXI** (1292) 511.
Romarius, praepositus halberstatensis. T. **XXIX** (1180) 440.

Rominge, Anselmus de — T. XXXI (1182) 421.
Rominge, *Ronige*, sive *Raiming*.
   „   Conradus, comes de — T. XXIX (1157) 338.
Rorbach, Wicmannus de — T. XXIX (1193) 467, 469.
   „   Wolframus de — frater Wicmanni. loc. cit.
   „   Winhardus de — T. XXX (1264) 339, 343. (1266) 351, 365. — T. XXXI (1259) 588. (1266) 593.
   „   Heinricus de — T. XXX (1266) 351, 355. T. XXXI (1266) 593.
Rordorf, Gotfridus comes de — T. XXIX (1193) 468.
Rosenheim, *Rosinheim*, Srendelin de — T. XXX (1132) 199.
Rota, Gundelous de — T. XXIX (1174) 418.
Rotache, Ludovicus de — T. XXX (1213) 15.
Rotau, *Rotauwe*, Alramus de — T. XXX (1267) 364.
Rotbertus, conf. *Rutpertus* et *Rupertus*, nec non *Roudbertus*.
   „   villicus. T. XXXI (819) 44.
Rotenekk, *Rotenekke*, *Rotineke*.
   „   Meinhardus, comes de — T. XXX (1263) 334.
   „   Gebhardus comes de — T. XXX (1265) 343. T. XXXI (1259) 588.
Rothardus, capellanus Heinrici II imper. T. XXVIII (1018) 480.
   „   archicancellarius. T. XXIX (1089) 213. (1091) 215, 217. (1103) 220.
   „   conf. etiam *Rodhart* et *Ruthardus*.
Rothe, Conradus de — fit procurator fratrum minorum in Nürnberg. T. XXX (1245) 292, 293.
Rothenburg, *Rothenburc*, *Rotenburch*, *Rodenburg*, *Rottinburg*.
   „   Friedericus, dux de — T. XXIX (1165) 375, 376. (1170) 396.
   — Cognatus imperatoris Heinrici VI. T. XXIX (1195) 485.
   — Consanguineus ejus et Philippi regis (1200) 494. — (1209) 551. — Consanguineus regis Friderici II. T. XXX (1213) 10.
   — Dux quondam de Rothenburg, consanguineus Heinrici VII regis (1225) 115.
Rothenburg, *Rottinburg*.
   „   Albertus comes de — T. XXX (1231) 181.
Rothenburg, *Rothenburch*, *Rotenburch*, *Rodenburg*, *Rodenbure*, *Rotinbure*, *Rotenberg*, *Rotenberch*, *Rothenberg*.
   „   Arnoldus de — T. XXIX (1147) 298; — enumeratur inter ministeriales. (1151) 304, 306. — Ministerialis regis Conradi III. (1146) 293, 294.
   „   Arnoldus de — T. XXIX (1170) 397. (1172) 407.
   „   Arnoldus, ejus filius. loc. cit.
   „   Waltherus, Arnoldi senioris filius. loc. cit.
   „   Arnolt de — homo liber. T. XXIX (1180) 437.
   „   Fridericus de — T. XXXI (1189) 456.

Rothenburg etc., Conradus, dapifer de — T. XXIX (1192) 468. (1194) 478.
    (1195) 486. (1199) 489. (1200) 495. T. XXXI (1189) 436.
    ,,   N. magister coquinae de — T. XXIX (1207) 536, 538.
    ,,   Heinricus, magister coquinae regis. T. XXIX (1209) 582. T.
    XXX (1213) 15, 17. — magister coquinae de — (1215) 33.
    ,,   Sifridus de — test. T. XXIX (1209) 552.
    ,,   Heinricus de — T. XXX (1218) 71. (1224) 124.
    ,,   Heinricus, magister coquinae de — T. XXX (1220) 103.
    (1225) 131. — T. XXXI (1223) 517.
Rothenburg, *Rotenberch* (in Nieder-Bayern).
    ,,   Walcunus de — T. XXXI (1196) 462.
Rotinekke, conf. *Rotenekk*.
Rouceli, test. T. XXIX (1130) 256.
Rowdalbertus, quondam possessor praedii ad Rodega prope fluvium Re-
    gino. T. XXVIII (1003) 312.
Rowdbertus, abbas. T. XXIX (1171) 402.
    ,,   archicapellanus. T. XXXI (972) 210.
    ,,   comes in vel prope Ratisbonam. T. XXVIII (1008) 329; in
    pago Tounehgovva. (1019) 487.
    ,,   comes Ratisbonae. T. XXVIII (1021) 497, 499.
    ,,   Conf. etiam *Rotbertus*, *Rudpertus* et *Rupertus*.
Rowdemi, testis. T. XXIX (1043) 86.
Rowdgrim, servus. T. XXXI (901) 164.
Rowdheri, testis. T. XXIX (1043) 86.
    ,,   vinitor apud Maetingan in pago Westermann, in comitatu
    Luitpoldi. T. XXXI (901) 166.
Rowmhardus, testis. T. XXIX (1193) 468.
Rowthill, mancipium. T. XXXI (892) 143.
Rucherdorf, Albertus de — T. XXX (1234) 220.
Rudensheim, Conradus de foro —, ministerialis moguntinus. T. XXIX
    (1209) 557.
Rudegerus, *Rudigerus*, conf. *Rugerus* et *Ruodegerus*.
    ,,   episcopus pataviensis. T. XXX (1237) 263, 268. T. XXXI
    (1235) 565. (1233) 557. (1239) 572, 573.
    ,,   theloncarius regis. T. XXX (1217) 59. (1219) 87.
Rudicho, clericus in Cheskingen. T. XXVIII (1021) 507.
Rudleicus, archicapellanus. T. XXXI (852) 91. (859) 94.
Rudolphus, *Rudolf*, *Ruodolph*, *Rowdolfus*.
    ,,   abbas faucensis. T. XXX (1235) 240.
    ,,   abbas campidonensis. T. XXXI (983) 241.
    ,,   burggravius de Videberg, conf. *Fridberg*.
    ,,   camerarius. T. XXXI (1195) 426.
    ,,   canonicus augustensis. T. XXIX (1156) 399.
    ,,   comes brigantinus, conf. *Bregenz*.
    ,,   comes in pago Ugasgouve. T. XXVIII (883) 83.

Rudolphus, comes, testis. T. XXIX (1148) 280.
    „   dux. T. XXIX (1073) 188.
    „   episcopus leodiensis. T. XXIX (1168) 387, 392.
    „   episcopus verdensis. T. XXXI (1194) 453.
    „   episcopus wirceburgensis. T. XXVIII (903) 129.
    „   frater hospitalis S. Johannis. T. XXX (1235) 207.
    „   homo nobilis. T. XXVIII (888) 83.
    „   ministerialis et testis. T. XXIX (1149) 301.
    „   notarius. T. XXIX (1130) 440.
    „   protonotarius imperialis aulae. T. XXIX (1182) 445, 447. T. XXXI (1182) 421. (1185) 425.
    „   testis. T. XXXI (1094) 374.
Rugerus, *Ruggerus*, *Ruogger*, conf. etiam *Rudegerus* et *Ruodgerus*.
    „   mancipium ex familia de Frankenfurt. T. XXXI (817) 37.
    „   comes in pago Germaremarca. T. XXXI (1074) 355.
    „   custos, test. T. XXIX (1192) 466.
Rumesperg, *Rumesperch*, *Ruomesperch*, *Roumisperc*, *Rumsperg*.
    „   Lodwicus comes de — T. XXIX (1201) 505.
    „   N. marchio de —; consanguineus regis Friderici II. T. XXX (1213) 14, 15.
    „   Gotfridus marchio de — T. XXIX (1205) 523.
Rumoldeshusen, Wortwin de — ministerialis wirceburgensis. T. XXIX (1146) 294.
Rumoldus, *Rounoll*.
    „   comes, sub quo villa Sundargavvae. T. XXVIII (853) 48.
    „   comes, circumducit marcam ad Sconinova in Quinzingavve. T. XXVIII (890) 100, 101.
Runcoff, comes. T. XXXI (782) 12.
Runlei, Sifridus de — ministerialis moguntinus. T. XXIX (1209) 557.
Ruodegerus, conf. etiam *Rudegerus* et *Ruigerus*.
    „   canonicus pataviensis et praepositus in Cella. T. XXX (1215) 27, 28.
Ruodheri, possessor hubae in Meiorespach in pago Isanahgowe. T. XXXI (903) 168.
Ruogger, conf. *Ruodegerus*, *Rugerus* et *Rudegerus*.
Ruopreit, homo liber. T. XXX (1130) 225.
Ruotkeri, conf. *Rutkeri*.
Rupertus, *Ruopertus*, *Ruotbertus*, *Roudbertus*, *Rodbertus*.
    „   abbas campidonensis. T. XXX (1266) 347. — T. XXXI (1262) 590, 591.
    „   abbas othenbuironensis. T. XXIX (1143) 280.
    „   (non Albertus) archicancellarius. T. XXXI (973) 219.
    „   archicapellanus. T. XXXI (950) 194. (967) 203.
    „   archicapellanus. T. XXVIII (972) 193, 195. (973) 197, 198,

200, 202, 204, 205. (974) 209, 211. — T. XXXI (972) 213, 215.
(973) 217. (974) 221.

Rupertus, civis ratisponensis. T. XXIX (1089) 210.
„ comes in pago Heltinstein. T. XXVIII (930) 166.
„ comes in pago Ungesgowe. T. XXVIII (930) 166.
„ comes Ratisbonae, conf. *Ratisbona*.
„ comes in pago Toonabkova. T. XXVIII (1007) 366. (1008) 394. (1009) 407. (1010) 416. — T. XXXI (1003) 278. (1009) 284.
„ comes in septentrionali parte Danubii. T. XXXI (1025) 302.
„ iterum comes in pago Tuonocgouwe. T. XXIX (1029) 28.
„ comes, sub quo Buochinebach. T. XXVIII (1007) 336.
„ comes et missus. T. XXXI (822) 43.
„ comes terminalis regis Arnulphi. T. XXVIII (889) 90.
„ beneficium possidens in Slanders in pago Finsgowe. T. XXIX (1077) 199.
„ curvus, conf. *Curvus*.
„ episcopus babenbergensis. T. XXIX (1089) 212. (1091) 216. T. XXXI (1094) 374. (1097) 376.
Rupo, advocatus nobilis matronae Ellinrat, concubinae Arnulphi regis. T. XXVIII (914) 148.
„ testis. T. XXVIII (890) 102.
Rupoldus, mancipium ex familia de Frankenfurt. T. XXXI (817) 37.
Russewag, Wernherus do — T. XXIX (1192) 466.
Rusteberg, Theodoricus, vicedominus de — T. XXIX (1209) 557.
Ruthardus, *Ruothardus*, conf. etiam *Rodhart* et *Rothardus*.
„ archicancellarius. T. XXXI (1090) 371. (1094) 374. (1097) 376. (1102) 379. (1105) 531. (1108) 384.
„ mancipium ex familia de Frankenfurt. T. XXXI (917) 37.
Rutharicus albus, ministerialis wirceburgensis. T. XXIX (1146) 294.
Ratingen, Ortolphus de — proscribitur. T. XXIX (1222) 511.
„ Ulricus, frater ejus. loc. cit.
Rutherus, archiepiscopus magdeburgensis. T. XXXI (1122) 387.
Rutkeri, *Ruotkeri*, comes in pago Chogengouwe. T. XXXI (1027) 304.
Ruthint, *Routhint*, femina donat praedium ad capellam in Franconofurt. T. XXVIII (874) 59.
Rutmarsberg, *Ruotmarsberge*, Burcardus de — T. XXX (1233) 207.
Ruozinus, mancipium, T. XXXI (1034) 315.
Ruzdorf, Lienungus de — proscribitur. T. XXXI (1222) 511.
„ Walchunus de — loc. cit.
Rymarus, donat praedium Scotis norimbergensibus. T. XXXI (1225) 520.

S.

S., episcopus ratisponensis et imperialis aulae cancellarius, conf. *Sifridus*.
S., protonotarius regis. T. XXXI (1203) 465.
Sabaudia (Savoyen), Thomas comes de — T. XXXI (1207) 469.
Sacce, Heinricus de — T. XXX (1213) 15.
Saechringen, Engelschalcus de — proscribitur. T. XXXI (1222) 51.
Sahsendorf, *Sahsendorph*, Adilbero de — T. XXIX (1112) 252. — T. XXXI
    (1112) 386.
Salacho, homo nobilis, donat praedia monasterio campidanensi. T. XXVIII
    (930) 166.
Salach, *Salbahe*, Heinricus de — T. XXX (1216) 58.
  "   H. de — T. XXX (1230) 161.
Salech, Hermannus de — T. XXXI (1214) 487.
Salenberg, *Salenberch*, Hermannus de — T. XXXI (1232) 555.
Salomon, *Salomo*.
  "   cancellarius. T. XXVIII (911) 144. (914) 149, 150. (916) 152.
       (918) 154, 156, 158. — T. XXXI (915) 185.
  "   episcopus constantiensis. T. XXVIII (903) 129.
  "   episcopus constanticnsis. T. XXXI (839) 85.
  "   episcopus. T. XXXI (902) 166.
  "   rex Ungariae, conf. *Ungaria*.
  "   testis. T. XXVIII (690) 102.
Salza, Hermannus de —, quondam magister domus theutonicorum in Ellin-
    gen. T. XXX (1242) 283.
Salzberg, *Salzperg*.
  "   Volggerus de — T. XXIX (1206) 530.
  "   Volkerus, dapifer de — T. XXX (1225) 131.
  "   Theodoricus de — T. XXXI (1212) 480.
Salzburg, *Salzpurch*.
  "   Gerhohus de — T. XXX (1230) 163.
  "   N. burggravius de — T. XXIX (1207) 538.
Sannagil, conf. *Spannagil*.
Saarbrücken, sive *Saraponte*, *Sarabrukke*, *Sarebrugga*.
  "   Symon, comes de — T. XXXI (1182) 421.
  "   Heinricus, comes de — T. XXIX (1192) 466.
  "   Fridericus, comes de — T. XXXI (1210) 475.
  "   Symon, comes de — T. XXX (1214) 19.
  "   Heinrich, Graf zu — T. XXXI (1217) 495.
Sarchilo, *Sarhilo*, comes in pago Tuonakewe. T. XXVIII (973) 199, 205.
Saxo, sclavus, cultor prope rivum Scalaba. T. XXXI (888) 126.
Saxonia — Duces.
  "   Magnus dux — T. XXIX (1103) 219.

Saxonia — Duces.
„ Liuthar dux — T. XXXI (1122) 387.
„ Adalbertus dux. T. XXIX (1140) 270. — T. XXXI (1140) 395.
„ Heinricus dux, advocatus monasterii Wezineabrunn. T. XXIX (1155) 320. — Conf. etiam *Bavaria.*
„ Heinricus dux. — T. XXIX (1180) 435.
„ Bernhardus dux. — T. XXIX (1201) 505. (1207) 536. — T. XXX (1205) 400.
„ Albrecht, Herzog zu — T. XXXI (1219) 478.
„ A. dux — T. XXX (1226) 137. (1232) 193, 196, 199. T. XXXI (1232) 552. (1235) 564.
Saxonia — marchiones.
„ Adalbertus, marchio de — T. XXXI (1149) 404. — XXIX (1149) 300.
„ Conradus, marchio de — T. XXIX (1151) 304.
„ Adalbertus, marchio de — T. XXIX (1154) 313. (1156) 323.
Saxonia — comites et palatini comitis.
„ Hermannus, comes de — T. XXIX (1089) 210.
„ N. comes palatinus. T. XXX (1235) 240.
Saxonia — Nobiles.
„ Wipreth de — test. T. XXIX (1156) 329.
„ N. filius ejus. — T. XXIX. loc. cit.
Scartwelt, Sigeboto de — T. XXIX (1149) 300.
Scegevelt, conf. etiam *Scheidevelt* et *Skegevelt.*
„ Conradus de — T. XXIX (1155) 376.
„ Friderich de — loc. cit. 376, 380.
Scharaf, Soldanus. T. XXXI (1229) 535.
Scharpfeneck, Johannes de — T. XXXI (1239) 555.
Scharpfenberg, Scharphemberg, Scharphimberch.
„ Heinricus de — T. XXX (1214) 22. — T. XXXI (1207) 469.
„ Heinricus de — T. XXX (1234) 231.
„ Heinricus, filius Heinrici. loc. cit.
„ Conradus de — T. XXX. loc. cit.
Schauenburg, Schowenburch, Scowenburc, Scowinburch, Scohenburch.
„ Adolphus comes de — T. XXIX (1208) 543. — T. XXXI (1214) 487.
„ Adolphus comes de — T. XXX (1232) 193, 196.
Schauenburg, Heinrich de — T. XXIX (1155) 329.
„ Bertholdus de — T. XXIX (1192) 466.
Scheideveld, Scheiveld, Schefelt, conf. etiam *Scegevelt* et *Skegevelt.*
„ Conradus de — T. XXIX (1168) 388, 393.
Schiern, confer etiam *Bavaria* et *Wittelsbach.*
„ Luitpoldus (II) comes et nepos Ludovici regis. T. XXVIII (901) 126. — Dilectus propinquus ejusdem — (905) 128. — Illustris comes et carus propinquus ejusdem (905) 135. — comes in pago

Nordgove — (903) 128. — interveniens pro ecclesia frisingensi. (906) 140. — T. XXXI. Comes (898) 155. — illustris comes et dilectus propinquus regis Ludouici. (901) 162. — Comes in pago Westermann. (901) 165. — comes (903) 172. — carus Ludouici infantis propinquus et illustris marchio. (905) 175.

Scheiern etc., *Arnulphus*, comes in pago Nordgove, in cujus comitatu monasterium Eichsteti. T. XXXI (908) 178. — Postea Dux Bavariae.

„ *Bertholdus*, comes in pago Venusta. T. XXVIII (931) 168. Postea dux Bavariae.

„ *Arnulphus* (II), palatinus comes, memoratur. T. XXVIII (976) 214.

„ *Bertholdus* (II), filius Arnulphi (II). T. XXVIII (976) 214. — donator praedii in Wischelburg ad monast. Metema. loc. cit.

„ *Otto* et *Bertholdus* comites, fundatores monasterii Usenhofen in pago Ousoowe. T. XXIX (1107) 221. (1124) 247.

Schell, Marquardus, proscribitur. T. XXXI (1222) 511.

Schellenberg, Ludovicus de — T. XXXI (1212) 484.

Schichingera, Gebchart dictus, proscribitur. T. XXX (1232) 199.

Schieko, junior, test. T. XXX (1233) 207.

Schillingswiret, Krafto de — T. XXX (1234) 219.

Schiltberg, *Schillperch*, Bertholdus, marscalcus de — T. XXX (1257) 329. (1264) 339.

Schipfe, *Scipfe*, *Sciphe*, *Schipphe*, *Schipffe*, *Scipfen*, *Sciph*, *Skippen*, *Schipen* etc.

„ Waltherus de — T. XXIX (1126) 295.

„ Conradus, frater ejus. loc. cit.

„ Waltherus de — ministerialis. T. XXIX (1184) 312. (1157) 342.

„ Conradus de — ministerialis. T. XXIX (1179) 407.

„ Waltherus, pincerna de — T. XXIX (1200) 492. (1201) 505. (1208) 513.

„ N. pincerna de — T. XXIX (1207) 535, 538.

„ Waltherus, pincerna de — T. XXIX (1208) 547. T. XXXI (1210) 475.

„ Waltherus, pincerna de — T. XXX (1213) 5. (1215) 33. Pincerna aulae regiae. (1216) 45, 53. (1217) 55, 57.

„ Conradus, frater ejus. T. XXX (1217) 57. T. XXXI (1210) 475.

„ Conradus, pincerna de — T. XXX (1224) 124. — T. XXXI (1223) 518.

„ Ludovicus de — T. XXX (1231) 177. (1232) 206.

„ confer etiam *Pris*, nam Conradus de Pris dicitur frater Waltheri de —

Schlüsselberg, *Slutzelberg*, Eberhardus de — T. XXX (1219) 87. T. XXXI (1227) 528. — Conf. etiam *Sluozberch*.

Schwalnekke, Heinricus, pincerna de — T. XXX (1267) 361.

Schmabnehhe, conf. etiam *Smalnecke*,
Schoenegg, *Schoenecke*, *Schonnehhe*, *Shonegge*.
   „   Heinricus de — T. XXX (1220) 93. (1224) 124.
   „   Ulricus, frater ejus. loc. cit.
   „   Conradus de — T. XXX (1257) 329.
   „   Heinricus de — T. XXX (1267) 359.
Schonstein, *Schonstein*.
   „   Heinricus de — proscribitur. T. XXXI (1222) 511.
Schrotshafen, Conradus de — T. XXX (1219) 87.
Schuteloc, *Scuteloch*, Bertholdus — test. T. XXX (1233) 207. (1234)
     214. (1236) 252, 254.
   „   Conradus. T. XXX (1236) 252, 254.
Schwabach, *Swabehe*, Ramungus de — T. XXX (1218) 17. (1219) 89. —
     T. XXXI (1219) 493.
Schwangau, *Swangau*, *Swengow* — Conradus de — X. XXX (1263) 334.
Schwarzburg, *Swartburch*, *Swartzburg*, *Swarzinburg*.
   „   Guntherus comes de — T. XXIX (1205) 516.
   „   Heinricus comes de — T. XXIX (1205) 516. T. XXXI (1214)
     487.
   „   Heinricus junior, comes de — T. XXXI (1236) 662.
   „   Heinricus comes de — T. XXX (1246) 297.
   „   Guntherus, frater ejus. T. XXX (1246) 297.
Schwarzenburg, *Swarciaburch*.
   „   Conradus de — T. XXX (1263) 334.
   „   Reinboto do — T. XXXI (1259) 588.
Scohenburg, conf. *Schawenburg*.
Scombaringen, Bernhardus de — T. XXIX (1111) 228.
Saminstedin, Gebehardus de — T. XXX (1289) 199.
Seefeld, *Sefell*, *Sevell*, *Sevelde*.
   „   Heinricus de — T. XXX (1263) 334.
   „   Wichardus de — T. XXIX (1193) 471. — T. XXXI ministerialis
     Austriae. (1189) 438.
Segefeld, *Segevell*, Rupertus de — T. XXIX (1151) 806.
Seginhild, mancipium in pago Niticheve. T. XXVIII (874) 69.
Segoinus, notarius. T. XXVIII (884) 75.
Seheim, Hermannus de — T. XXX (1235) 239.
Sekendorf, *Sakendorf*.
   „   Arnoldus de — T. XXX (1264) 343.
   „   N. oxor ejus, nata de Drukberg, titulo feudali burggravio
     nürnbergensi collata. loc. cit.
Selehnebe, *Selehnebe*.
   •   Carolus de — proscribitur. P. XXX (1232) 199.
Selpker, scabinus. T. XXX (983) 689.
Snellingen, Ludolphus de — T. XXXI (1227) 528.
Senesfeld, Burchardus de — T. XXIX (1146) 294.

Seyna, *Seia*, *Seyn.*
„ Theodoricus comes de — T. XXX (1205) 400.
„ Heinricus comes de — T. XXX (1234) 168.
Siebenaich, *Sibenaich*, *Sibenkeich.*
„ Hartmann de — T. XXIX (1154) 513.
„ Manegoldus de — T. XXX (1220) 102.
„ Heinricus de — loc. cit.
Niboto, conf. etiam *Sigeboto.*
„ episcopus augustensis. T. XXX (1231) 170, 175, 179, 180. (1233) 340.
„ episcopus bavelbergensis. T. XXXI (1209) 473. — T. XXX (1216) 42, 45.
Sicco, testis. T. XXVIII (890) 102.
Sicka, mancipium. T. XXXI (1034) 315.
Sifridus, *Sifridus*, conf. etiam *Sigefridus.*
„ abbas monasterii Abaseu. T. XXXI (1227) 527, 528.
„ abbas mulimbrunnensis. T. XXX (1234) 231.
„ archiepiscopus moguntinus et archicancellarius. T. XXIX (1208) 547, 550. (1209) 555, 556, 557. T. XXX (1212) 1, 2. (1213) 5, 9, 13, 15. (1214) 19, 24. (1215) 31. (1216) 42, 45, 48, 50. (1217) 55, 57, 59. (1218) 66, 71, 75. (1219) 85, 87, 89. (1220) 95, 99. (1222) 108. (1225) 116. (1226) 143, 144. (1231) 167, 170, 174. (1232) 193, 196. (1234) 216, 217, 223. (1246) 297, 298. — T. XXXI (1220) 500. (1222) 512, 515. (1231) 543. (1232) 552. (1234) 561.
„ decanus majoris ecclesiae spirensis. T. XXX (1234) 231.
„ episcopus augustensis. T. XXIX (1209) 553. — T. XXX (1213) 13, 15. (1215) 25, 27. (1216) 41, 45, 47, 50. (1217) 55, 57, 69. (1219) 84. (1220) 103. (1224) 124. (1226) 141, 144. T. XXXI (1220) 499.
„ episcopus ratisponensis. T. XXX (1227) 147. (1230) 163. (1231) 170. — et imperialis aulae cancellarius. (1232) 195, 196, 199, 201. (1233) 208. (1234) 212. (1235) 238, 240. (1236) 247, 248. — T. XXXI (1230) 541. (1231) 545. (1232) 549, 552. (1235) 564. — cancellarius Friderici II imp. et proditor ejus (1245) 582.
„ episcopus spirensis. T. XXXI (1138) 392. (1140) 395.
„ filius Sifridi, possessor praedii in Vanifredun. T. XXVIII (1018) 456.
„ ministerialis regis Heinrici VII. T. XXX (1231) 178.
„ plebanus in Niwinburg. T. XXX (1263) 334.
„ possessor praedii in Lutfrideshusen. T. XXVIII. (1018) 467.
„ praepositus de Egera. T. XXXI (1187) 423.
„ protonotarius regalis aulae. T. XXIX (1207) 340. — T. XXXI (1205) 467.

Sigeboldus, *Sigiboldus*.
„ frater Hoboldi, test. et collaudator. T. XXIX (1048) 90.
„ collaudat donationem silvae ecclesiae wircebergensi factam. T. XXXI (1027) 504.
Sigefridus, *Sigifridus*, conf. etiam *Sifridus*.
„ archicancellarius et archiepiscopus moguntinus. T. XXIX (1060) 144, 145, 147. (1061) 149. 151, 153, 155, 157, 158. (1062) 159, 160, 161, 163. (1063) 168. (1065) 170. (1067) 173, 176. (1068) 178. (1069) 180, 182. (1073) 184, 186, 187, 188. (1074) 190. (1075) 197. (1077) 199. (1078) 203. — T. XXXI (1062) 346, 347. (1064) 349. (1074) 355.
„ archiepiscopus moguntinus. T. XXXI (1205) 400.
„ clericus et notarius. T. XXXI (860) 97.
„ clericus et testis. T. XXIX (1151) 304.
„ comes in pago Busterissa. T. XXIX (1048) 85.
„ comes in pago Cusingessundra. T. XXIX (1040) 70.
„ episcopus augustensis. T. XXIX (1078) 202.
„ episcopus spirensis. T. XXIX (1140) 270.
„ forestarius in foresto juxta Sulcipah. T. XXVIII (914) 150.
„ ministerialis. T. XXIX (1180) 437.
„ praepositus. T. XXX (1130) 225.
„ praepositus. T. XXIX (1146) 296.
„ servus monasterio campidonensi dotatus. T. XXVIII (930) 166.
— testis. T. XXVIII (890) 102.
„ iterum testis. loc. cit.
Sigehardus, *Sigihardus*, *Sigihart*, *Sigehart*.
„ abbas monasterii Berg in pago Donahgowe. T. XXVIII (816) 11, 12.
„ abbas monasterii Cazwina. T. XXXI (828) 55.
„ abbas laurissensis. T. XXIX (1192) 468.
„ cancellarius. T. XXIX (1066) 170. (1067) 173, 176.
„ comes in pago Chiemihgovve, avus comitis Eberhardi. T. XXVIII (946) 181. — (959) 184.
„ comes in cujus comitatu Helphendorf. T. XXVIII (950) 182.
„ comes in pago Riezzin. T. XXVIII (1007) 375.
„ comes in pago Rhetia. T. XXVIII (1046) 460.
„ comes in pago Sundargovve. T. XXVIII (959) 185.
„ comes in pago Sundargowe. T. XXXI (980) 237.
„ comes intercedens pro Waldone episcopo frisingensi. T. XXVIII (903) 135. (906) 140.
„ comes interveniens pro clerico Erchenfried. T. XXXI (916) 186.
„ comes, obtinet capellam ad Pergon in comitatu Orendilonis. T. XXVIII (888) 80.

Sigehardus, comes et propinquus Arnulphi imperatoris; obtinet possessiones in comitatu Regingarii. T. XXVIII (896) 111, 112. (897) 115. (898) 116.
  ,,   episcopus spirensis. T. XXIX (1135) 260.
  ,,   filius Dominae Judithae. T. XXIX (1048) 90.
  ,,   filius Sizzonis comitis et Pilibildae. T. XXIX (1048) 90.
  ,,   frater Oudalrici vicedomini. T. XXXI (1142) 401.
  ,,   mancipium, donatur comiti Oudelrich. T. XXVIII (986) 246.
  ,,   iterum mancipium, eidem donatum. loc. cit.
  ,,   testis. T. XXIX (1048) 85.
Sigela, ancilla, Ratisponae nata et incola villae Eringen. T. XXIX (1040) 68.
Sigelo, clericus et testis. T. XXIX (1151) 304.
Sigemarus, comes in pago Sundargowe. T. XXIX (1065) 169.
Sigena, serva Richolfi nobilis viri. T. XXIX (1050) 102.
Sigenburg, *Sigenburc*, Altman de — T. XXIX (1154) 513. (1157) 338.
Sigiboto, *Sigeboto*, *Sigebodo*.
  ,,   canonicus augustensis. T. XXIX (1156) 329.
  ,,   episcopus spirensis. T. XXIX (1040) 66.
  ,,   nobilis et testis. T. XXIX (1136) 268.
  ,,   obtinet possessiones in pago Osterriche. T. XXXI (1078) 561.
  ,,   testis et collaudator. T. XXIX (1048) 90.
  ,,   testis. T. XXIX (1033) 40.
Sigimot, testis. T. XXVIII (890) 102.
  ,,   iterum testis. loc. cit.
Sigini, mancipium. T. XXXI (892) 143.
Sigismundus, invazor bonorum monasterii Orembach. T. XXXI (819) 44.
Sigo, *Siggo*, capellanus regis Ottonis III. T. XXVIII (999) 277, 278.
  ,,   testis. T. XXIX (1033) 40.
  ,,   vicarius comitis Engeldich et advocatus Hildegardis, neptis reginae Arnulphi. T. XXXI (895) 146.
Silvester, papa II. T. XXVIII (999) 277.
Silvestres comites, sive Wildgrafen, conf. etiam *Wildgrafen*.
  ,,   Conradus, silvestris comes. T. XXX (1214) 19.
Simeon, diaconus et cancellarius. T. XXX (823) 585.
Simon, notarius. T. XXVIII (923) 160, 162. (926) 164. (927) 165. (930) 167. — T. XXXI (927) 188.
Sintherus. T. XXXI (817) 87.
Sinzingen, Heinricus comes de — T. XXXI (1080) 363.
Sizo, canonicus augustensis. T. XXIX (1156) 329.
  ,,   comes in pago Campriche. T. XXIX (1050) 101.
  ,,   comes, cujus uxor Pilibilda. T. XXIX (1048) 90.
Skegevell, conf. etiam *Scegevell* et *Scheideveld*.
  ,,   Ruodpertus de — test. T. XXIX (1145) 296.
Slegeltal, Hiltebrandus de — T. XXIX (1194) 484.

Sleginstal, Illitebrandus de — T. XXXI (1193) 451.
Sleifdorf, Heinricus de — T. XXX (1215) 29.
„ Adelheidis, uxor ejus. loc. cit.
Slelene, Otto de — T. XXIX (1194) 479.
„ Otto de — T. XXXI (1212) 430, 431.
Slikleip, mancipium. T. XXXI (823) 50.
Sluezberg, *Sluozberch*, Eberhardus de — T. XXX (1223) 117.
„ conf. etiam *Schlüsselberg*.
Sluzzelberg, conf. *Schlüsselberg*.
Smalnecke, conf. etiam *Schmalnekke*.
„ Heinricus de — T. XXIX (1205) 523. (1207) 536, 528, 540.
Swidevelt, *Swidekvelt*.
„ Conradus de — T. XXX (1235) 209. (1235) 289. (1240) 280.
(1242) 235. — Consiliarius regis (1245) 292. — T. XXXI (1223)
517.
Snello, abbas monasterii Cremiss. T. XXVIII (889) 87. — T. XXXI (888) 118.
„ conf. etiam *Snelpero*.
Snelpero, abbas monasterii Cremiss. T. XXXI (888) 120, 126.
Snebrich, scabinus. T. XXX (983) 389.
Snigelingen, Bertholdus de — T. XXIX (1146) 283.
Sole, S., abbas. T. XXXI (889) 130.
Solzeburg, conf. *Sulzbürg*.
Sommerau, *Sumerowe*, *Summirowwe*.
„ Albero de — test. T. XXIX (1205) 523.
„ Cuno de — T. XXX (1224) 124.
„ Albertus de — loc. cit.
Sonnenberg, *Sunnenberg*.
„ Albertus de — ministerialis moguntinus. T. XXIX (1209) 557.
„ Latwinus de — ministerialis Austriae. T. XXXI (1189) 438.
Sophia, abbatissa ecclesiae Kissingensis. T. XXIX (1151) 306.
„ soror Ottonis III regis et sanctimonialis. T. XXVIII (993) 255, 257.
Sorensheim, Sifridus de — T. XXIX (1172) 406.
Spenheim, Gotefridus, comes de, — T. XXIX (1157) 342.
„ Heinricus, comes de — T. XXIX (1192) 466.
„ Symon, comes de — T. XXXI (1189) 456.
„ N., comes de — T. XXX (1231) 170.
„ S. de — T. XXXI (1232) 562.
„ H. frater ejus. loc. cit.
Spannagel, *Spannagil*.
„ Conradus, test. T. XXIX (1200) 500. (1205) 523. — T. XXX
(1264) 341. — T. XXXI (1262) 592.
Sparweck, *Sparrenkecke*, conf. etiam *Sparrenberg*.
„ Rudegerus de — frater Arnoldi de Sparrenberg. T. XXX (1223)
117.
Sparrenberg, conf. etiam *Sparweck*.

Sparrenberg, Arnoldus de — T. XXX (1293) 117. — T. XXX (817) 40.
     „   Rudegerus, frater ejus.   T. XXXL loc. cit.
Spatto, episcopus et abbas monasterii Nuwenstat.   T. XXXI (817) 40.
Spete, Lupoldus.   T. XXX (1233) 207.
Spilberg, Spilberg, Spileberch, Spiliberc, Spileberg.
     „   Diepertus de — T. XXIX (1146) 289.
     „   Ditpertus de — T. XXIX (1149) 300.
     „   Heinricus de — T. XXIX (1193) 467, 468.
     „   Reinboto de — loc. cit. 468.
     „   Heinricus de — T. XXIX (1207) 536.
     „   Ulricus de — T. XXX (1230) 164.
Spisarius, Spiser.
     „   Heinricus Spisarius de Giselingen.   T. XXX (1232) 206.
     „   N. test.   T. XXX (1233) 207.
Spoleto, R., dux Spoleti.   T. XXX (1226) 137.
Staden, Uto, marchio de — T. XXIX (1103) 219.
Stainberg, Stainberch, Berchtoldus de — ministerialis bogensis.   T. XXXI
          (1212) 509.
Staleck, Stalekke, Hermannus comes de — T. XXXI (1158) 395,
Stano, mancipium.   T. XXIX (1042) 76.
Starchandus, episcopus cystetensis.   T. XXXI (948) 189, 190.
Starchenberg, Starchinberch, Conradus de — T. XXX (1265) 354.
Starcheri, test.   T. XXIX (1033) 40.
Stauffen, conf. *Stoupha.*
Stauffeneck, Stanfenekk.
     „   Friedericus de — T. XXX (1266) 351, 355. (1267) 359.
          T. XXXI (1266) 593.
Steina, Blikerus de — T. XXXI (1193) 451.
     „   Conradus de — praepositus.   T. XXX (1234) 251.
Stein, Steine.
     „   Alwinus de — donat praedium monasterio S. Niculai.   T. XXIX
          (1114) 229.
     „   Heinricus de — T. XXX (1235) 239.
     „   Oudalricus de — T. XXIX (1154) 313. (1157) 358. T. XXXI (1142) 401.
Steinenkirchen, Conradus de — ministerialis ortenburgensis.   T. XXX
          (1232) 198.
Steinhus, Volricus de — canonicus augustensis.   T. XXIX (1187) 452,
Stephanus, abbas monasterii Weissenburg.   T. XXXI (1102) 577.
     „   papa.   T. XXXI (817) 37, 38.
     „   scabinus.   T. XXX (983) 389.
     „   testis.   T. XXIX (1053) 40.
Sterefridus, vir strenuus et bellicosus, filius Aldigartae.   T. XXXI (817)
          41; lit monachus in monasterio Nüwenstat ibid.
Sternberg, Sternberck, Sterenberg.
     „   Heinricus de — vir nobilis.   T. XXXI (1212) 480, 481.

Sternberg, Heinricus de — T. XXX (1225) 131.

   „   Albertus de — T. XXX (1245) 297.

Steveningen, *Stephening*.

   „   Otto landgravius de — T. XXIX (1194) 483. T. XXXI (1194) 453.

Steveningen, Thuringus de — ministerialis salisburgensis. T. XXX (1232) 198.

Stiftinc, monachus ex monasterio S. Emmerami. T. XXVIII (853) 44.

Stira, *Stire*, (Styria) conf. etiam *Austria*.

   „   Otaker marchio de — T. XXIX (1141) 275. (1154) 313.

Stoefelden, Conradus de — T. XXX (1215) 29.

Stoize, Adilbero de — T. XXXI (1212) 386.

Stolberg, *Stolberch*, *Stolberch*, *Stoleberch*.

   „   Waltherus de — T. XXIX (1172) 413.

   „   Conradus de — T. XXIX (1195) 486. (1200) 498. (1206) 550. (1209) 552.

   „   Heinricus de — frater Conradi. T. XXIX (1200) 498. (1209) 552.

   „   Ludewicus, frater ejus. loc. cit. T. XXX (1213) 11. T. XXXI (1212) 480.

   „   Ludovicus, ministerialis haereditarius Friederici II regis. T. XXX (1215) 33.

   „   Conradus, filius ejus. loc. cit.

Stolberg, N. comes de — T. XXXI (1232) 555.

Stolz, Fridericus, civis ratisponensis. T. XXX (1217) 59.

Stolzenberg, Hermannus de — T. XXX (1236) 239.

Stoupha, (Stauffen, Hohenstaufen).

   „   Friedericus, dux de — T. XXIX (1156) 324, 325. — Conf. etiam *Fridericus*.

Stouphe, *Stoufe*, Conradus camerarius de — T. XXIX (1193) 471

Strassberg, *Strazbere*, *Strazenberch*.

   „   Eckardus de — T. XXIX (1194) 479.

   „   Heinricus de — loc. cit.

   „   Reimboto de — T. XXXI (1239) 554.

Strassburg, *Strazburch*, Heinricus de — T. XXXI (1215) 491.

Stromaer, *Stromer*.

   „   Conradus, forestarius regalis in Nürnberg. T. XXX (1226) 548.

   „   Heinricus, frater ejus. loc. cit.

   „   Grammilibus, frater ejus. loc. cit.

Struphe, Doppo comes de — T. XXIX (1206) 530.

Stubich, Rudolphus, ministerialis Austriae. T. XXXI (1189) 439.

Studigil, Heinricus de — T. XXIX (1200) 498.

Stumphe, notarius. T. XXX (1264) 839.

Stuelingen, *Stulingen*.

   „   Ludolphus de — T. XXIX (1146) 292.

   „   Bertholdus de — canonicus wirceburgensis. T. XXIX loc. cit.

Stuolingen, Cuneza mater amborum. loc. cit. 993.
Sturmio, abbas monasterii Fulda. T. XXVIII (777) 1, 2.
Stuselingen, A. de — test. T. XXX (1216) 53.
Stutheim, *Stuteim*.
,,   N. judex comitis Bemolt. T. XXX (1232) 199.
Stutheim, Einwicus de — T. XXIX (1193) 468.
,,   Gelfradus, frater ejus loc. cit.
Styria, conf. *Stira*.
Styrne, Erchenbert de — T. XXXI (1144) 407.
Sualaberg, *Sualaberg*.
,,   Witichinus de — T. XXIX (1133) 260.
Suavis, cancellarius. T. XXVIII (811) 8.
Suevia.
,,   Friedericus dux, interveniens pro ecclesia brixinensi T. XXIX (1091)
      216. (1103) 219. — (1112) 231. — T. XXXI (1112) 385.
,,   Fridericus, dux Suevorum, filius regis Conradi. T. XXIX (1157)
      338, 349, 345. (1158) 348. (1161) 361. — T. XXXI (1159) 414.
,,   Fridericus, filius Friderici I imperatoris. T. XXIX (1172) 409.
      (1174) 419. — Illustris dux Suevorum. (1189) 457. T. XXXI
      (1182) 421.
,,   Conradus, dux Suevorum. T. XXIX (1193) 468, 471. (1194) 480.
      frater imperatoris Heinrici VI. (1195) 486. (1201) 506. — memo-
      ratur. T. XXX (1218) 68.
,,   Fridericus, dux Suevorum, filius Friderici II regis. T. XXX (1218)
      68, 70. — Rector Burgundiae. (1220) 92. Quondam Suevorum
      dux (1219) 80.
Sulichen, Ezzo de — T. XXIX (1075) 198.
Sulzbach, *Sulzpach*, *Sulzpahe*, *Sulcebac*, *Solzbach*.
,,   Berengarius, comes de — T. XXIX (1109) 222. (1112) 231.
          (1114) 233. (1120) 239. (1121) 241. (1122) 242. — T. XXXI
          (1112) 385. (1122) 387.
          Gebehardus, comes de — T. XXIX (1146) 287. (1154) 318.
          (1156) 323. — T. XXXI (1138) 392. (1143) 404.
,,   Berengarius, comes de; — quondam possessor foresti apud
          Berthersgaden. T. XXIX (1156) 522. — (1156) 329.
,,   Gebehardus, comes de — T. XXIX (1174) 417, 419, 420. (1180)
          439. (1189) 454.
,,   Berengarius, comes de — T. XXX (1215) 3, 4. — T. XXIX
          (1194) 482. (1205) 512, 513. (1208) 545.
,,   Gebehardus, comes de — filius ejus. T. XXIX (1194) 482.
          (1205) 512. (1208) 545. — T. XXX (1215) 4.
Sulzberg, Hermannus de — T. XXX (1215) 15. (1218) 74. (1224) 124.
,,   Heinricus, filius ejus. T. XXX (1218) 74.
,,   Ulricus, filius Hermanni. loc. cit.

Saltburg, Solzeburg.
„ Gotfriedus de — T. XXX (1247) 301. — Dominus de — (1255) 323.
Summerowe, conf. *Sommerau.*
Sunchingen, Dietmarus de — T. XXXI (1142) 401.
Sunnenberg, conf. *Sonnenberg.*
Swabahc, conf. *Schwabach.*
Swangau, conf. *Schwangau.*
Swartzburg, conf. *Schwarzburg.*
Sweiber, Marthelo de — proscribitur. T. XXXI (1222) 511.
Sweilzenpach, Engelbertus de — proscribitur. loc. cit.
Swibode, testis. T. XXX (1130) 225.
Swiggerus, miles Heinrici III imper. T. XXIX (1048) 67, 88.
Swinerdorf, Ulricus de — T. XXX (1264) 359.
Swinespiunde, Otto de — T. XXIX (1193) 468.
Swinfurt, Otto de — T. XXIX (1033) 40.
Sygelous, Syglous, imperialis aulae protonotarius. T. XXIX (1192) 464. (1193) 472. (1194) 477, 478, 479, 430, 484.
„ testis. T. XXIX (1156) 825.
Sypheridus, conf. *Sifridus.*

T.

Tablat, Wernherus de — T. XXX (1263) 334.
Tagabreht, testis. T. XXX (983) 389.
Tagenbach, Nithardus de — proscribitur. T. XXXI (1222) 511.
„ Marchardus de — proscribitur. loc. cit.
Tageni, Tagini.
„ fidelis ducis Heinrici Bavariae. T. XXVIII (998) 275.
„ abbas, sive praepositus vesteris capellae Ratisponae. T. XXVIII (1002) 298, 303.
„ capellanus Heinrici ducis Bavariae. T. XXVIII (1000) 283.
Tagino et Tagiminus, magdeburgensis archiepiscopus. T. XXVIII (1004) 313; archiepiscopus parthenopolitanus T. XXXI (1007) 280.
Talmazzingen, Eggebertus de — T. XXXI (1142) 401.
Tanna, Tanne, Than, Danne.
„ Adalheid de — donat praedium monasterio S. Nicolai. T. XXIX (1111) 299.
„ Hermann de — T. XXIX (1140) 272.
„ Hertwicus de — ministerialis emmeramensis. T. XXIX (1157) 357.
„ Margaretha, filia Hertwici de — loc. cit.
„ Eberhardus de — T. XXIX (1205) 523.

Tenna, Bertholdus, frater ejus. loc. cit.

„ Eberhardus, nepos Eberhardi et Bertholdi. loc. cit.

„ Eckebardus de — ministerialis salzburgensis. T. XXIX (1207) 558.

„ Eberhardus, dapifer de — T. XXX (1214) 23. (1217) 62. (1218) 70. (1219) 90. (1220) 93.

„ Fridericus de — T. XXX (1234) 231.

„ Albertus de — T. XXXI (1219) 498. (1225) 520.

„ Juta de — T. XXXI (1225) 521.

Tannberg, *Tannenberg*, *Tannenberch.*

„ Waltherus de — T. XXX (1217) 55, 57.

„ Bertholdus de — T. XXX (1219) 90.

Tannculfus, camerarius Ladovici pii et possessor bonorum prope Ilmarieth. T. XXXI (832) 65.

Tandorf, Ortolphus de — proscribitur. T. XXXI (1229) 511.

„ Heinricus, frater ejus. loc. cit.

Tanhausen, *Tanhusen*, Siboto de — T. XXX (1215) 37.

Tannrode, *Tannenrode*, *Tannenrod.*

„ Bertholdus de — T. XXX (1235) 239.

„ Bertholdus de — frater domus Theutonicorum. T. XXXI (1227) 525; magister de — T. XXXI (1231) 547.

Tarent, *Tarandus.*

„ Hartmannus. T. XXX (1262) 334.

„ Engelmarus. T. XXXI (1239) 573.

Tatichingen, Manegoli de — T. XXIX (1075) 198.

Tatto, abbas monasterii Campidonae. T. XXVIII (831) 19. (833) 23. (834) 26, 27. — T. XXXI (831) 60. (832) 61. (837) 80. (838) 81. (839) 83, 89.

Taufers, *Tuvers.* Hugo de — T. XXIX (1177) 427.

Teifs, *Telphes*, Eberhardus de — T. XXIX (1146) 289.

Tercius, episcopus placentinus. T. XXIX (1168) 387, 392.

Terrimar, test. T. XXVIII (890) 102.

Teti, palatinus comes, sub quo comitatus quidam in pago Hassaga. T. XXIX (1043) 80.

Toutpaldus, abbas monasterii in Altaha. T. XXVIII (821) 15.

Th., canonicus herbipolensis et consiliarius regis Conradi IV. T. XXX (1242) 285.

„ scolasticus majoris ecclesiae wirceburgensis. T. XXX (1223) 116.

Thudrada, amita quondam Ladovici germanici. T. XXXI (857) 92.

Thegenhardus, abbas Otraheimensis. T. XXX (1234) 231.

protonotarius imperialis aulae. T. XXX (1234) 219. 225. (1235) 236. T. XXXI (1235) 562.

„ conf. etiam *Degenhardus.*

Thrino, conf. *Thimo.*

Theobaldus, *Diepoldus*, *Diepaldus*, *Dibaldus*, *Thielpaldus*.
   „   comes et test. T. XXIX (1143) 280.
   „   comes. T. XXXI (1185) 425.
   „   episcopus pataviensis. T. XXIX (1179) 432. (1180) 440. T. XXXI (1189) 438.
   „   dux Lotharingiae, conf. *Lotharingia*.
   „   marchio, conf. *Vohburg*.
Theodomirus, abbas campidonensis. T. XXVIII (814) 9.
Theodericus, *Theodoricus*, *Theotricus*, conf. etiam *Dietricus*.
   „   advocatus, donat praedium monasterio S. Nicolai. T. XXIX (1111) 229.
   „   archiepiscopus coloniensis. T. XXIX (1209) 555, 557.
   „   archiepiscopus trevirensis. T. XXX (1214) 19. (1218) 65, 66, 71, 73, 75. (1220) 95, 99. (1226) 144. (1231) 168, 170, 174.
   „   cancellarius. T. XXIX (1039) 50, 53, 55. (1040) 57, 59, 61, 64, 67, 68, 70. (1045) 82.
   „   comes. T. XXXI (1144) 407.
   „   dux. T. XXXI (1102) 379.
   „   episcopus sedis innominatae. T. XXVIII (972) 193.
   „   episcopus misinensis. T. XXXI (1194) 453.
   „   episcopus monasteriensis. T. XXX (1220) 99.
   „   praepositus superioris (monasterii) Trajecti. T. XXIX (1199) 466.
   „   praepositus de Werda S. Swiberti. T. XXIX (1168) 388, 393.
   „   quondam possessor praediorum in terra Avarorum. T. XXXI (833) 70. et possessor fundi juxta Litaham. T. XXX (823) 382.
Theodewinus, episcopus S. Rufinae et legatus apostolicus. T. XXIX (1141) 274. — T. XXXI (1142) 400.
Theodia, conf. *Thedrada*.
Theophania, *Theophanu*, conjux Ottonis II imper. T. XXVIII (974) 205, 210. (980) 231. (985) 244. — mater Ottonis III (991) 248. (996) 270. (1000) 287. — T. XXXI conjux Ottonis II imperatoris (975) 222. (976) 230. — mater regis Ottonis (985) 243. (989) 247.
Theotmarus, conf. *Deotmarus* et *Dietmarus*, nec non *Thietmarus*.
   „   archicapellanus. T. XXVIII (878) 64. (879) 65. — Archiepiscopus juvaviensis et archicapellanus (901) 126, 127. (903) 128, 130, 133, 135, 136. (904) 138. (906) 140, 141. T. XXXI archicapellanus. (878) 110. (883) 119, 121, 123, 126, 128. (889) 129. (890) 133, 134, 136. (891) 138, 140. (892) 141, 143. (893) 144, 146. (898) 153. (899) 159. (900) 161. (901) 163, 165. (902) 167. (903) 169. (906) 175. (907) 177.

Theolmarus, episcopus. T. XXXI (903) 171.
Theolo, conf. etiam *Dieto*.
  „   cancellarius. T. XXVIII (832) 24.
Theotolt, test. T. XXX (983) 389.
Theotprelt, scabinus. T. XXX (983) 389.
Thelmar, conf. *Theolmarus*, *Deotmarus* et *Dietmarus*.
Theuthgerius, conf. *Deokarius*.
Thiemo, *Thimo*, *Tiemo*, *Timo*, *Theimo*, *Tyemo*.
  „   comes sub quo Helmgerisperk villa. T. XXVIII (1009) 409.
  „   comes in pago orientali. T. XXIX (1048) 89.
  „   comes in pago Salzburcgorvi. T. XXVIII (1007) 374.
  „   comes in pago Sueinihgovvi. T. XXVIII (1006) 325.
  „   comes, sive praeses in vicinitate monasterii Altaha infer. T. XXIX (1049) 96.
  „   comes tradit praedium Ampharbach imperatori. T. XXXI (1056) 551.
  „   episcopus babenbergensis. T. XXIX (1200) 492, 494.
  „   nepos Dietmari et mancipium ecclesiae moguntinae T. XXIX (1114) 253.
  „   praepositus. T. XXIX (1194) 479.
  „   testis. T. XXIX (1130) 256.
Thietbaldus, conf. *Theobaldus*.
Thietburg, abbatissa monasterii Vizenburg. T. XXVIII (991) 248.
Thiethardus, possessor praedii Norbach in pago Trungowe. T. XXXI (892) 141.
Thietmarus, *Dietmarus*, *Tietmarus*, conf. etiam *Deotmarus*, *Dietmarus* et *Theolmarus*.
  „   archiepiscopus salaburgensis. T. XXIX (1027) 22. (1039) 54. (1040) 63.
  „   cancellarius. T. XXIX (1127) 251.
  „   comes in pago Sueve. T. XXVIII (1019) 485.   -
  „   comes in pago Volcfelt. T. XXVIII (1010) 428.
Thietikinus, mancipium. T. XXXI (975) 222.
Thiodo, conf. etiam *Dieto*.
  „   episcopus wirceburgensis. T. XXVIII (918) 153, 155. (923) 159. 161, 162, 163. — T. XXXI (915) 185.
Thirol, conf. *Tyrol*.
Thilenheim, Rubertus de — T. XXIX (1146) 294.
Thoman, Erzbischof von Cöln. T. XXXI (1212) 473.
Thruendingen, conf. *Trukendingen*.
Thüngen, *Thungede*, *Tungede*.
  „   Conradus de — T. XXIX (1149) 300. (1165) 376.
  „   Adelbertus de — T. XXIX (1172) 413.
Thwingen, conf. *Tübingen*.
Thunnersberg, *Thunrsperg*, conf. *Donnersberg*.

Thuringia, *Turingia* — Lantgravii.
  „   Ludovicus, Lantgravius — T. XXIX (1156) 526. (1157) 342.
        T. XXXI (1135) 425.
  „   Hermannus, Lantgravius. T. XXIX (1201) 505. T. XXX
        (1213) 5, 9, 11. — T. XXXI (1194) 453. (1214) 486, 487.
  „   Ludoricus, Lantgravius. T. XXX (1226) 144.
  „   II. Lantgravius. T. XXX (1235) 240. — T. XXXI (1232) 554.
  „   Heinricus, Lantgravius. T. XXX (1240) 280. et comes pala-
        tinus Saxoniae. (1242) 284 ; — item procurator regis et imperii
        per Germaniam — ibid.
  „   Conradus, frater Lantgravii II. T. XXXI (1232) 554.
Thuringia, — Comites.
  „   Hervinus comes de — T. XXIX (1114) 233.
  „   Sizo, comes de — T. XXIX (1149) 300.
  „   Ernest comes de — loc. cit.
Tiso, testis. T. XXVIII (890) 102.
Tufellin, Heinrich, test. T. XXX (1233) 207.
Tobel, Heinricus proscribitur. T. XXXI (1229) 541.
Toelz, *Tollenzarius*, N. test. T. XXX (1232) 201.
Tokkenburg, *Tokenbure*, *Tokenpurgh.*
  „   Gerbardus comes de — T. XXXI (1223) 515.
  „   Cuneza de — T. XXIX (1146) 293.
  „   Diethalmus de — frater ejus. T. XXIX loc. cit.
Tollenstein, *Tolenstein*, conf. etiam *Hirschberg.*
  „   Gebehardus, comes de — T. XXIX (1193) 471. — T. XXX
        (1234) 225.
Tollenzarius, conf. *Toelz.*
Torso, Walbertus scultetus. T. XXX (1234) 220.
  „   Walbertus, testis. T. XXXI (1223) 518.
Totbertus conf. *Roudberius*, *Rotberius*, *Rudperius* et *Ruperius.*
Tetto, abbas ottenburensis. T. XXXI (769) 7, 8; frater Gauciberti epi-
    copi, 10.
  „   advocatus Irminhardi abbatis campidonensis. T. XXVIII (930) 166.
Tosta, abbatissa monasterii inferioris Ratisponae. T. XXX (1216) 46,
    47, 49.
Tragenreute, Engelbertus de — proscribitur. T. XXXI (1222) 511.
reuchburg, *Thruchure*, *Druchburg.*
  „   Bertholdus de — T. XXX (1213) 14. (1218) 71. (1224) 124.
  „   N. filius ejus. T. XXX (1213) 15.
  „   D. de — T. XXXI (1269) 591.
Trecegast, Arnoldus de — enumeratur inter liberos. T. XXIX (1152) 309.
Treviso, mancipium. T. XXIX (1042) 76.
Trimberg, *Trimberch*, *Trimberc*, *Trimberch.*
  „   Heinricus de — T. XXIX (1156) 326. (1165) 376.

Trimberg, Poppo de — frater ejus. T. XXIX (1156) 526. (1165) 376. (1168) 533, 393.
　　　„　　II. de — T. XXXI (1157) 411.
　　　„　　fratres ejus innominati. loc. cit.
　　　„　　Conradus de — vir nobilis. T. XXXI (1212) 430.
Trinthperg, *Trintperch*.
　　　　Albertus de — T. XXX (1246) 297.
Triperg, *Triperch*.
　　　　Gozwinus de — T. XXIX (1206) 530.
Triwesheim, Jacko de — T. XXX (1217) 62.
Trogo, test. T. XXVIII (890) 102.
Trouwensheim, Gertrudis de — T. XXIX (1187) 450.
Trudher, test. T. XXX (988) 389.
Truhcburg, conf. *Trauchburg*.
Truhendingen, *Thruendingen*, *Truentingen*, *Drukendingen*, *Drukindinge*.
　　　„　　Fridericus de — T. XXIX (1149) 300.
　　　　Adalbertus, frater ejus. T. XXIX (1149) 300; enumeratur inter liberos (1151) 304, 306. (1154) 313.
　　　„　　Adalbertus de — consanguineus Friderici ducis de Rothenburg. T. XXIX (1168) 374, 375.
　　　„　　Fridericus de — T. XXIX (1165) 376. (1172) 407. (1174) 420.
　　　„　　Fridericus de — T. XXIX (1180) 440. (1192) 463. (1193) 468.
　　　„　　Albertus de T. XXIX (1180) 440.
　　　„　　Fridericus de — T. XXX (1215) 33. 1220) 103. (1225) 131. (1226) 141. (1227) 149, 154. (1232) 206. (1236) 247. T. XXXI (1227) 525, 528.
　　　„　　Fridericus de — nobilis imperii. T. XXX (1237) 263.
　　　„　　Fridericus comes de — T. XXX (1266) 351, 353, 354. T. XXXI (1266) 593.
Truheim, Bernoldus de — T. XXIX (1174) 420.
Truning, test. T. XXX (983) 389.
Trundorf, Mangoldus de — T. XXXI (1157) 411. — conf. etiam *Tunedorf*.
Tuata, mancipium. T. XXXI (892) 143.
Tübingen, *Tuwingen*, *Thuingen*.
　　　„　　Rudolphus, comes palatinus de — T. XXIX (1198) 471. (1201) 505. — T. XXX (1213) 15. (1218) 65, 66, 71.
　　　„　　N. comes palatinus de — T. XXX (1234) 170.
　　　„　　R. comes palatinus de — T. XXX (1231) 181. T. XXXI (1227) 530. (1262) 591.
　　　„　　Wilhelmus, comes de — T. XXX (1231) 181.
Tufstatt, Conradus de — T. XXXI (1222) 511.
Tullestete, Ulricus de — T. XXXI (1239) 555.
Tunedorf, conf. etiam *Trundorf*.

Tunadorf, Manegoldus de — T. XXIX (1149) 300. (1165) 376, 380. (1168) 383, 393.
  "   N. N. filii ejus innominati. T. XXIX (1165) 376.
Tunneveld, *Tunnderelt*, *Tnnnevelt*.
  "   Hermannus de — T. XXIX (1174) 448.
  "   Albertus de — loc. cit.
  "   Eberhardus de — ministerialis. T. XXIX (1154) 845.
Tunte, Heinricus. T. XXIX (1207) 536, 538.
Turbreche, Ulricus, scultetus, qui dicitur Anguilla. T. XXX (1235) 207. (1236) 252, 254.
  "   conf. etiam *Anguilla*.
Turies, Hartnit de — T. XXIX (1112) 232.
Turndorf, Heinricus de — T. XXX (1235) 242.
Tuscia, Conradus marchio de — T. XXIX (1142) 277.
Tuto, episcopus ratisponensis. T. XXVIII (895) 106. (898) 117, 118. (901) 126. (903) 123, 129, 132, 135. (904) 137. (914) 148, 150. T. XXXI (903) 172. (905) 173. (914) 183, 184.
Tuvers, conf. *Taufers*.
Tyrol, *Thirol*, conf. etiam *Goerz*.
  "   Bertolfus comes de — T. XXIX (1154) 845.
  "   Bertoldus comes de — advocatus ecclesiae tridentinae. T. XXIX (1177) 425, 427.
  "   Albertus comes de — T. XXX (1234) 231. T. XXXI (1239) 572, 573.
  "   Meinhardus comes de — T. XXX (1263) 334. (1267) 363.

U.

U, conf. etiam *V*.
Ubingen, Heinricus de — T. XXIX (1169) 393.
Udalricus, conf. etiam *Ulricus* et *Vodalricus*, nec non *Oudalricus* et *Volricus*.
  "   abbas augensis. T. XXIX (1155) 529.
  "   episcopus augustensis. T. XXXI (965) 199. (979) 211. (1074) 365.
  "   episcopus constantiensis. T. XXIX (1089) 210. T. XXX (1112) 385.
  "   episcopus pataviensis. T. XXXI (1222) 508.
Udalschalcus, *Uoschalh*.
  "   episcopus augustensis. T. XXIX (1187) 451. (1200) 500. (1201) 505.
  "   testis. T. XXXI (1094) 374.

Udo, conf. *Uto.*

Ufildorf, Ber. de — T. XXXI (1193) 448.

Ulla, mancipium. T. XXXI (892) 143.

Ulma, Conradus de — notarius regis Conradi IV. T. XXX (1244) 282.

Ulricus, conf. etiam *Udalricus* et *Vodalricus*, nec non *Oudalricus* et *Votricus*.

   " abbas S. Emmerami. T. XXX (1261) 312.

   " abbas S. Galli. T. XXX (1013) 13, 15. (1018) 71.

   " abbas lintburgensis. T. XXX (1234) 281.

   " cancellarius. T. XXIX (1161) 359, 361.

   " canonicus pataviensis et plebanus in Fischa. T. XXX (1216) 28.

   " dapifer regis Philippi. T. XXIX (1205) 520.

   " episcopus pataviensis. T. XXX (1216) 42, 45, 47, 50. (1217) 54, 55, 56, 57, 59. (1218) 64, 66, 71, 73. (1219) 79. (1219) 90. — Quondam episcopus. (1224) 127.

   " episcopus spirensis. T. XXXI (1182) 420.

   " frater Conradi, camararii de Werde. T. XXXI (1220) 499.

   " notarius. T. XXXI (1227) 525.

   " notarius aulae regiae. T. XXXI (1227) 528.

   " praepositus S. Crucis Augustae. T. XXX (1234) 215.

   " praepositus de Yani. T. XXXI (1196) 460.

   " testis. T. XXIX (1172) 405.

   " testis. T. XXX (1230) 163.

Ulmis, Volricus comes quondam de — T. XXX (1263) 336.

Ulro, frater Ludovici, mancipium. T. XXXI (817) 37.

Undicadorf, Otto de — T. XXIX (1130) 258.

Ungaria, Hungaria.

     Salomon rex Ungarorum. T. XXIX (1074) 189.

Unruch, possessor bubae in Meiorespach in pago Isanahgowe. T. XXXI (903) 168.

Urach, Uraha, Ura.

   " Gerhardus comes de — T. XXIX (1180) 437.

   " Dertholdus comes de — loc. cit.

   " Egeno junior, comes de — T. XXIX (1205) 525. — T. XXX (1219) 84.

   " Egeno comes de — T. XXX (1213) 15. (1217) 62.

   " Adelbertus de — ministerialis et testis T. XXIX (1164) 313.

Urheim, Albertus de — T. XXIX (1195) 479.

Ursin, Robertus de — T. XXIX (1153) 245.

Ursperg, Ursperc, Wernher de — T. XXIX (1156) 329.

Uto, archiepiscopus trevirensis. T. XXIX (1073) 198.

   " comes in pago Horevun. T. XXVIII (1007) 362.

   " episcopus Cicensis. T. XXIX (1168) 387, 392.

   " episcopus hildesheimensis. T. XXIX (1156) 329.

   " episcopus hildesheimensis. T. XXIX (1103) 219. — T. XXXI (1102) 573.

Uto, filius Ottonis. T. XXIX (1033) 40.
Uttendorf, Walchunus, sagittarius de — V. XXXI (1222) 511.
  „   Lienhardus etc. de — loc. cit.
  „   Heinricus etc. de — loc. cit.
  „   item Heinricus etc. de — loc. cit.
  „   Akramus etc. — Proscribuntur omnes, loc. cit.

V.

V., conf. etiam *U* et *W*.
Vahingen, *Vehingen*, *Veihingen*.
  „   Egeno, comes de — T. XXXI (1154) 313.
  „   Godefridus, comes de — T. XXIX (1192) 466.
Valentinus, S. — T. XXX (823) 381.
Valkenberg, Conradus de — T. XXX (1223) 117.
  „   Gotefridus, frater ejus. loc. cit.
Valkenburg, *Valkenburch*, Dietricus de — T. XXX (1257) 329.
Valkenstein, *Valkenstaein*, Philippus de — T. XXX (1257) 329.
Valpurg, conf. *Waltpurg*.
Vastmuot, uxor Heinrici judicis de Louphen. T. XXIX (1144) 284.
Veihingen, conf. *Vahingen*.
Veiningen, Waltherus de — T. XXX (1227) 149.
Veldenz, *Veltenzi*, *Veldenze*, *Feldenze*.
  „   Gerlaus, comes de — T. XXIX (1133) 260.
  „   Gerlacus, comes de — T. XXIX (1192) 466.
Veldesberg, *Veldesberch*.
  „   Cadoldus de — dapifer ducis Austriae et Styriae. T. XXX
           (1216) 65, 66.
Veleburg, Otto comes de — T. XXXI (1189) 438.
Veken, Gebhardus comes de — T. XXX (1263) 334, 336.
  „   Fridericus de — loc. cit.
Vendibach, Heinricus de — T. XXX (1234) 214.
Veringen, Mangoldus comes de — T. XXIX (1168) 388, 393.
  „   Wolfradus, comes de — T. XXXI (1207) 469.
Vernheim, Rudolphus de — T. XXXI (1228) 515.
Verona, Hermannus, marchio de — T. XXIX (1168) 348.
Vertinch, Ulricus, ministerialis frisingensis. T. XXXI (1189) 438.
Vichtenstein, *Viechtenstein*, Hartmannus de — proscribitur. T. XXXI
           (1222) 511.
  „   Diatherus de — loc. cit.
Victor, papa II. T. XXIX (1056) 131. — T. XXXI (1057) 336.
Vienna, S., comes de — T. XXX (1026) 437.

Vilsech, *Vilsehe*, *Villeseke*.
　　„　　Ernestus, comes de — T. XXX (1216) 47, 50. — T. XXXI (1214) 487.
Vinario, Conradus de — T. XXX (1213) 16.
Vinea, Petrus de — protonotarius aulae imperialis et regni Siciliae logotheta. T. XXX (1248) 806.
Vipech, *Vipeche*, Albertus de — T. XXXI (1235) 562.
Virnsberg, *Virnsperg*, Ludewicus de — T. XXX (1235) 236, 238.
Viunfstadi, Gebolfus de — T. XXIX (1193) 468.
　　„　　Marquardus de — loc. cit.
Viculo, quondam lauriacensis eccles. archiepiscopus et primus episcopus pataviensis. T. XXVIII (898) 119.
Vivus, judaeus. T. XXXI (1090) 371.
Vlinsbach, *Vlinspach*, Wolker de — T. XXIX (1112) 231, 232. — T. XXXI (1112) 386.
Vodalricus, conf. etiam *Udalricus* et *Ulricus*, nec non *Oudalricus* et *Volricus*.
　　„　　episcopus constantiensis. T. XXIX (1112) 231.
　　„　　vicedominus S. Emmerami. T. XXIX (1157) 337.
Vodilscalcus, conf. *Udalschalchus*.
Vohburg, *Vohburc*, *Voheburg*, *Vohenburc*.
　　„　　Tietbaldus, sive Theobaldus marchio. T. XXIX (1116) 237. (1121) 241. (1133) 260. (1134) 263. — Theoboldus. T. XXXI (1108) 384.
　　„　　Theobaldus marchio. T. XXIX (1141) 273, 275. (1145) 287. — Fundator cellae waldsassensis. (1147) 297. — Dicitur princeps ibid. — Tiebaldus. T. XXXI (1143) 404.
　　„　　Bertholdus, marchio de — T. XXIX (1157) 358.
　　„　　Bertolfus, sive Bertholdus, marchio de — T. XXIX (1163) 388, 393. (1172) 407, 410. (1182) 447.
　　„　　Diepoldus, marchio de — T. XXX (1215) 28.
　　„　　D., marchio de — T. XXX (1216) 53. — Diepoldus marchio de — T. XXXI (1223) 517.
　　„　　Theobaldus, vir illustrissimus et marchio, fundator monasterii Waldsassen. T. XXXI (1194) 452.
Volchrat, mancipium, donatur comiti Oudelrich. T. XXVIII (986) 246.
　　„　　conf. etiam *Volrat*.
Volcmar, dapifer imperatoris. T. XXIX (1156) 329.
Volcnandus, custos ecclesiae wirceburgensis. T. XXIX (1156) 525.
　　„　　cujus frater Goteboldus. T. XXIX (1172) 405, 412.
Volkoldus, filius Volkoldi — T. XXX (1236) 252, 254.
Volmarus, abbas Corbejensis. T. XXIX (1134) 263.
　　„　　decanus majoris ecclesiae babenbergensis. T. XXIX (1182) 508.
Volrat, conf. etiam *Volchrat*.
　　„　　mancipium. T. XXVIII (986) 246.

Vetral, quatuor mancipia hujus nominis donantur comiti Oudelrich. loc. cit.
Vetricus, conf. *Udalricus*, *Illricus*, *Oudalricus* et *Vedalricus*.
„ abbas schirensis. T. XXIX (1193) 468.
„ notarius. T. XXX (1263) 334, 336.
„ praepositus majoris ecclesiae babenbergensis. T. XXIX (1152)
   308.
„ praepositus de Swenhusen. T. XXIX (1187) 452.
Verporg, Wilhelmus, civis ratisponensis. T. XXX (1217) 59.
Vriburg, *Vriburc*, Egeno comes de — T. XXX (1254) 916, 217. T. XXXI
   (1234) 558.
Vroberg, conf. *Freberg*.
Vrowenberg, conf. *Frauenberg*.
Vualdaricus, episcopus pataviensis. T. XXX (823) 381.
Vuhlbach, Wernberus de — T. XXXI (1196) 460.
Vuitelt, test. T. XXVIII (890) 101.
Vulcherus, *Vulgarius*.
„   episcopus wirceburgensis. T. XXVIII (820) 13. (823) 16. —
      T. XXXI (823) 50, 51.
Vulpis, Embricho, ministerialis moguntinus. T. XXIX (1209) 557.
Vuolcanardus, quondam abbas monasterii Berg in pago Donahgave. T.
   XXVIII (815) 11.
Vuolcharius, cancellarius. T. XXXI (786) 16.

W.

W. conf. etiam *V.*
W. dux. T. XXIX (1208) 543.
Wacho, possessor bonae in Frehindorf in pago Isanahgowe. T. XXXI
   (903) 168.
Wachowe, *Wagove*, *Wagou*, *Wachau*.
„   Marquardus de — T. XXX (1216) 40. (1228) 117. T. XXXI
      (1219) 498.
Wagech, *Wagekke*, *Wagecce*.
„   Heinricus de — T. XXX (1213) 16.
„   Hugo de — T. XXXI (1262) 592.
Wago, testis. — T. XXVIII (890) 102.
Waiso, Marquardus. T. XXXI (1223) 548.
Walach, *Walaho*.
„   comes et abbas monasterii Orembach sive Hornbach. T. XXXI
      (900) 160.
„   comes in pago Spiricowe. T. XXXI (902) 167.
„   filius nobilis viri Druant. T. XXXI (906) 173.

Walbertus, advocatus Pinguiae et ministerialis moguntinus. T. XXIX
          (1209) 557.
Walburgis, possidet praedium ad ecclesiam Radenkirchen pertinens. T.
          XXIX (1209) 557.
Walbeto, *Walpoto*, Adeloldus, testis. T. XXIX (1154) 313.
Walcherus, episcopus cameracensis. T. XXIX (1105) 219.
Walcherus, cancellarius. T. XXXI (1102) 379.
Walcounus, civis in Westheim. T. XXIX (1200) 497.
          „   plebanus in Horburg. T. XXX (1228) 157.
Waldaricus, episcopus pataviensis. T. XXX (823) 381.
          „   conf. etiam *Waltricus*.
Wald, *Walt*, Conrad do — T. XXXI (1196) 460.
Waldau, *Waldou*.
          „   Conradus de — T. XXXI (1259) 588.
          „   Fr. frater ejus. loc. cit.
Waldeck, *Waldeke*, *Waldegge*, *Waldekke*, *Waltekke*, *Waldechin*.
          „   *Landgrafii* de — conf. etiam *Leuchtenberg*.
          „   N. Landgravius de — T. XXX (1235) 242.
          „   *Comites*.
          „   Adolphus comes de — T. XXX (1255) 323; et justitiarius regis
                     Wilhelmi loc. cit. 326.
          „   *ministeriales*.
          „   Gebehardus de — T. XXIX (1152) 309. (1154) 313.
          „   Marquardus de — frater ejus loc. cit.
          „   Rudolphus de — T. XXIX (1180) 440.
          „   Otto de — T. XXXI (1187) 429. (1189) 438.
Waldenberg, *Waldeberg*.
          „   Hermannus comes de — T. XXX (1220) 103.
          „   N. comes de — T. XXX (1232) 196.
Waldni, mancipium. T. XXXI (892) 143.
Waldou, conf. *Waldau*.
Waldo, *Ualdo*, *Walto*.
          „   cancellarius et notarius. T. XXVIII (883) 68, 70, 71, 78. T.
                     XXXI (883) 115.
          „   episcopus et abbas campidunensis. T. XXXI (889) 129.
          „   episcopus frisingensis. T. XXVIII (895) 110. (901) 126. (903)
                     129, 135. (906) 140. — T. XXXI (891) 137, 139. (893) 145.
                     (895) 146. (901) 162. (903) 168, 171, 172.
Wale, Hermannus de — T. XXX (1224) 124.
          „   Bartholomaeus de — T. XXX (1265) 334.
Wallerstein, *Walrstein*, Conradus de — T. XXIX (1123) 245. (1145) 296.
                     (1147) 298.
Walpoto, conf. *Walbeto*.
Walraf, comes. T. XXX (1254) 170.
Walramus, comes palatinus. T. XXXI (1254) 548.

Waltburg, *Waldburg, Walburg, Walpurc, Walpurg, Wallpurch et Walpert.*

　,,　　Fridericus dapifer de — T. XXIX (1199) 489, 490.
　,,　　Heinricus dapifer de — T. XXIX (1205) 513, 517, 523. (1207) 535, 538, 540. T. XXX (1205) 400. T. XXXI (1207) 469.
　,,　　Fridericus de — frater Heinrici. T. XXIX (1207) 536.
　,,　　Eberhardus, dapifer de — T. XXX (1219) 82. (1224) 119, 122, 129. (1228) 156, 158. — ministerialis. (1225) 131. (1226) 141. (1227) 149, 154. (1231) 181. (1232) 206. — T. XXXI (1220) 499. (1223) 515. (1223) 518. (1227) 525. (1231) 547.
　,,　　Conradus dapifer de — T. XXX (1223) 117.
　,,　　C. dapifer de — T. XXX (1231) 170. (1233) 212.
　,,　　Dertholdus, dapifer de — T. XXX (1265) 334.
　,,　　Eberhardus, dapifer de — T. XXX (1266) 351.
Weligerus, abbas Altahensis. T. XXIX (1079) 206.
Waltherus, abbas balsprunnensis. T. XXX (1235) 236.
　,,　　abbas Sunnesheimensis. T. XXX (1234) 231.
　,,　　archidiaconus et canonicus augustensis. T. XXIX (1187) 452.
　,,　　canonicus augustensis. T. XXIX (1156) 329.
　,,　　dapifer, test. T. XXIX (1168) 388, 393, 394. (1171) 402.
　,,　　episcopus augustensis. T. XXIX (1143) 280. (1155) 314. — T. XXXI (1137) 391.
　,,　　episcopus basiliensis. T. XXX (1215) 25.
　,,　　episcopus trejmensis. T. XXXI (1193) 451.
　,,　　ministerialis wirceburgensis. T. XXIX (1116) 294.
　,,　　pincerna imperii. T. XXIX (1207) 540. — T. XXX (1215) 28. pincerna regis (1216) 42; — imperii (1216) 47, 50.
　,,　　protonotarius aulae regalis. T. XXIX (1208) 550.
　,,　　testis. T. XXIX (1193) 468.
　,,　　vir ingenius. T. XXXI (1068) 388.
Wallilo, comes in Carniola. T. XXXI (1002) 274.
　,,　　comes in marcha Chreine. T. XXXI (989) 247.
　,,　　possessor alodiorum inter Rabam et Choumberch. T. XXXI (860) 99.
Waltimuni, *Waltimont,* mancipium ex familia de Frankenfurt. T. XXXI (817) 37.
Waltraman, habet ministerium in pago Vichbach. T. XXXI (916) 186.
Waltricus, conf. etiam *Waldaricus.*
　,,　　episcopus pataviensis. T. XXXI (788) 17, 18.
　,,　　eremita. T. XXXI (817) 36 — et abbas. p. 38.
Waltarn, *Waltsorn.*
　,,　　Fridericus de — T. XXXI (1218) 497.
　,,　　Ulricus de — T. XXXI (1259) 588.
　,,　　Fridericus de — T. XXXI loc. cit.

Waage, Albero de — T. XXX (1217) 62. (1226) 141.

" Bertholdus de — frater ejus. T. XXX (1217) 62.

Waningus, capellanus regis Arnulphi. T. XXXI (891) 137.

" comes. T. XXXI (858) 84.

" sagittarius, proscribitur. T. XXXI (1222) 511.

Warda, Hugo de — T. XXIX (1168) 389, 394.

Warmunt, comes et donator possessionum in pago Chiemiohgovve. T. XXVIII (959) 184.

" comes et donator praediorum in Sundargovve. T. XXVIII (959) 185.

" comes, quondam possessor bonorum ad Oenum. T. XXXI (980) 237.

Warmunt, comes et homo nobilis, donator praedii in Railte in Chimengowe. T. XXVIII (1021) 493.

Warnaharius, advocatus ecclesiae augustensis. T. XXIX (1116) 237.

Warnarius, habet jura ad monasterium Orembach. T. XXXI (819) 44.

" abbas monasterii Orembach, dicitur senior abbatis Richardi. T. XXXI (865) 100.

Warnerus, episcopus monasteriensis. T. XXXI (1138) 392.

Wartberg, *Wartperck*, Ulricus dominus de — T. XXX (1267) 362.

Warthusen, Waltherus dapifer de — T. XXX (1266) 347.

Wartmann, sclavus, cultor propo rivum Scalaha. T. XXXI (888) 126.

Wasserburg, et comites hallenses. — *Wazzerburch*, *Wasselburg*.

" Conradus, comes de — T. XXX (1218) 73.

" C., comes de Wasselburg. T. XXX (1226) 137.

" Conradus, comes de — T. XXX (1226) 138. (1232) 199.

" Engilbertus, comes hallensis. T. XXXI (1143) 404.

Wecil, conf. *Wezel*.

Wedilo, mancipium. T. XXXI (975) 222.

Weilheim, *Wilheim*, *Wilhain*.

" Bernhardus de — T. XXX (1263) 334. (1267) 364.

" Gebhardus de — T. XXX (1263) 334. (1266) 351.

Weinsberg, conf. *Winsberg*.

Weissenburg, *Weizzenburch*.

" C. de — T. XXXI (1230) 541.

Welfo — Die *Welphen*.

" et. ejus comitatus intra montana. T. XXIX (1027) 21.

" Dux. T. XXIX (1154) 313. (1156) 329. Dux Spoleti (1156) 323. (1157) 338, 344. — Avunculus Friderici imp. p. 345. (1189) 455, 458. — Avunculus Heinrici VI imper. (1193) 474.

" Dux. T. XXIX (1201) 506. — T. XXX (1218) 68. (1220) 102. (1227) 145. — Quondam Dux. T. XXX (1261) 346. (1263) 332.

Wellenburg, Heinricus camerarius de — T. XXX (1266) 347.

Wengei, mancipium. T. XXIX (1042) 76.

Wernlo, *Veemlo*. Testis. T. XXVIII (890) 102.

Wemilo, monachus ex monasterio Orembach, sive Hornbach. T. XXXI
    (900) 160.
Wentiburc, mancipium. T. XXXI (892) 145.
Werda, *Comites de* —
  ,,   Sigebertus, comes de — T. XXIX (1193) 471.
  ,,   Sigebertus, comes de — T. XXX (1214) 23. (1218) 65, 66. (1219)
      82. — T. XXXI (1207) 469. (1215) 489.
  ,, Heinricus, filius Siborti. T. XXX (1218) 65, 66.
Werde, *Werda*, Manegoldus de — T. XXXI (1144) 406.
  ,,   Volricus de — T. XXX (1215) 30. (1220) 95, 103. (1228) 158.
      Conradus, frater ejus. T. XXX (1215) 30, 37. (1220) 95, 103.
      (1228) 158.
  ,,   Heinricus.. T. XXX (1215) 30.
Werdin, Ouo de — T. XXIX (1193) 468.
Werfen, *Weroen* — Chuno de — T. XXX (1230) 165. — burggravius de
    — T. XXIX (1204) 505.
Werginrode, conf. *Wernigerode*.
Weringerus, comes in pago Werisgowe. T. XXXI (1094) 372.
Werinharius, comes in pago Nagalgowe. T. XXVIII (1007) 381.
  ,,   comes in pago Sualeveldun. T. XXVIII (1007) 326.
  ,,   conf. etiam *Wernherus*.
Werinolfus, abbas monasterii Otinga. T. XXXI (878) 109.
  ,,   presbyter possessionem accipit in pago Trangavi. T. XXVIII
    (876) 62.
Wernherus, *Wernhere*, *Werinher*, conf. etiam *Werinharius*.
  ,,   archiepiscopus moguntinus. T. XXX (1271) 371.
  ,,   episcopus argentinus. T. XXIX (1067) 175.
  ,,   ministerialis wirceburgensis. T. XXIX (1146) 294.
  ,,   praepositus S. Johannis. T. XXIX (1168) 388, 393. (1172)
    407, 409, 410.
  ,,   testis. T. XXIX (1123) 245.
Wernhardus, conf. *Bernhardus*.
Wernigerode, *Werginrode*.
  ,,   Albertus, comes de — T. XXIX (1205) 510, 516. (1207)
    536, 538.
Wertheim, *Werthheim*.
  ,,   Wolframus, comes de — T. XXIX (1146) 296. (1149) 300.
    (1157) 549.
  ,,   Boppo, comes de — T. XXIX (1168) 388, 393. (1192) 463.
    (1193) 471. (1194) 480, 483. (1195) 486. (1199) 489. (1200)
    494, 495. T. XXXI (1189) 424. (1190) 441. (1196) 460.
  ,,   Boppo, comes de — T. XXX (1234) 219.
Werrin, conf. *Werfen*.
Wesint, Hademarus de — test. T. XXX (1217) 55, 57. — conf. etiam
    Wisint.

Wellenhove, Gotfridus de — T. XXIX (1146) 284.
Wettervelt, Weterewelt, Gotfridus de — T. XXIX (1141) 275.
Welti, Voetti, test. T. XXVIII (890) 102.
Wezel, Wezzelo, Wecil.
„   ministerialis wirceburgensis. T. XXIX (1146) 294.
„   portenarius, test. T. XXIX (1168) 388, 393. (1172) 410.
„   test. T. XXIX (1048) 86.
Wibaldus, abbas corbejensis. T. XXIX (1156) 823. conf. *Wicbald* et *Wicbold*.
Wibertus, comes, pater Heinrici. T. XXIX (1130) 256.
„   conf. etiam *Wicbertus*.
Wicbaldus, conf. etiam *Wibaldus*.
„   comes, vir illustris. T. XXXI (823) 50, 51.
„   mancipium in pago Nitichevva. T. XXVIII (874) 69.
Wicbertus, conf. etiam *Wibertus*.
„   cancellarius. T. XXXI (1062) 345.
„   comes in pago blisensi. T. XXXI (847) 44.
„   possessor agrorum apud Brentam. T. XXXI (969) 206. (992) 250.
Wicbold, conf. *Wibaldus* et *Wicbaldus*.
„   comes; habet teloneum apud Wirciburg. T. XXVIII (918) 155.
Wicmannus, archiepiscopus magdeburgensis. T. XXIX (1156) 823, 826.
Wicmarus, frater Ludovici. T. XXXI (847) 57.
Wicnant, cedit praedium in pago Sualaveldon regi Ottoni III. T. XXVIII (996) 264.
Wiclad, testis. T. XXVIII (890) 101.
Wichburg, Wichpurh, Wicpurg.
„   abbatissa in Obermünster Ratisponae. T. XXVIII (1010) 416, 417. (1021) 497, 499. — T. XXIX (1025) & (1029) 28.
Wicherus, delegator bonorum ad novum monasterium Wirceburgi. T. XXIX (1174) 422.
Wichingus, Vichingus, Vichinch.
„   cancellarius. T. XXVIII (895) 110. (896) 112. (898) 124.
„   episcopus pataviensis. T. XXXI (898) 119.
„   episcopus et archicapellanus. T. XXXI (896) 151. (899) 156, 157.
Wichnandus, Wichman.
„   filius Bertulfi recuperat praedium Sconenberg. T. XXIX (1109) 222.
„   vicedominus. T. XXX (1264) 559, 545.
Wida, Heinricus de — T. XXIX (1194) 479.
„   Heinricus, advocatus de — T. XXXI (1214) 487.
„   N. N., fratres ejus. T. XXXI (1214) 487.
Widelo, Widilo.
„   episcopus mindensis. T. XXXI (1102) 378, 379.

Widelo, episcopus mindensis. T. XXIX (1156) 329.
Widen, Heinricus de — T. XXIX (1174) 418.
Widolt, canonicus augustensis. T. XXIX (1186) 329.
Wigbaldus, cancellarius. T. XXVIII (777) 2.
Wiggerus, comes in pago Germaromarcha. T. XXVIII (1004) 290.
    „   episcopus brandenburgensis. T. XXIX (1157) 342.
Wighardesheim, conf. *Wikkartsheim*.
Wigmannus, archiepiscopus magdeburgensis. T. XXIX (1157) 342. (1177) 437.
    „   mancipium. T. XXXI (817) 57.
Wigmarus, miles ex castro Ilunaburg. T. XXXI (817) 37.
Wignant, testis. T. XXXI (1094) 374.
Wikkartsheim, *Wikertsheim*, *Wighardesheim*, *Wikersheim*.
    „   Conradus de — T. XXIX (1156) 326.
    „   N. N. filii haud nominati ejus, loc. cit.
    „   Conradus de — T. XXIX (1165) 376, 380. (1172) 410. (1180) 437.
    „   Conradus de — T. XXIX (1195) 485. (1209) 551.
    „   Heinricus de — T. XXIX (1195) 486.
    „   Albertus de — loc. cit.
Wilburg, *Wilburch*. Manegoldus de — vir nobilis. T. XXXI (1219) 480.
Wildenrot, Conradus de — T. XXX (1265) 334.
Wildgrafen, *Wildegravii*, conf. etiam *Silvestres comites*.
    „   Conradus. T. XXX (1257) 329; filius N. Wildegravii. loc. cit.
    „   N. Wildegravius, pater Conradi. loc. cit.
    „   Conradus Wildegravius (1257) loc. cit.
    „   Emicho, filius ejus. loc. cit.
Wildmann, Hermannus dictus. T, XXX (1263) 334.
Wildruda, *Wiltidrud*, *Wieldruda*.
    „   conf. *Cella*.
    „   mancipium. T. XXXI (890) 143.
Wildung, *Wildonge*, Herrandus de — T. XXIX (1195) 472.
Wilhein, conf. *Weilheim*.
Wilhalmesdorf, Marquardus de — T. XXIX (1174) 418.
Wilhelmus, *Willehelmus*, *Willihelmus*, *Willihalm*, *Willehalmus*.
    „   abbas monasterii hirsaugiensis. T. XXIX (1075) 192.
    „   archicapellanus. T. XXVIII (967) 191. T. XXXI (965) 201.
    „   comes, possessor praedii inter Agastam et Nardinam flavios in Austria. T. XXVIII (855) 45.
    „   comes circumduxit quondam marcam ad monasterium Cremisa partinentem. T. XXXI (877) 104.
    „   comes in pago Chiemichovve. T. XXVIII (969) 184.
    „   comes (in Francia orientali). T. XXVIII (996) 270.
    „   comes, in pago Salzbarggevre. T. XXVIII (973) 196.
    „   comes, sub quo curtis Salza. T. XXVIII (1008) 399.

Willehmus, comes, in pago Treismafeld. T. XXVIII (868) 56.
" comes, palatinus. T. XXIX (1140) 270.
" episcopus Apullas. T. XXIX (1145) 280.
" episcopus trajectensis. T. XXIX (1073) 187. (1074) 189.
" mercator, a praedecessoribus Ottonis II imp. libertate donatus T. XXVIII (985) 237, 238, 240. — T. XXXI (980) 239.
" praepositus aquensis. T. XXIX (1205) 509.
" Propst zu Agram. T. XXX (1219) 478.
" scabinus. T. XXX (983) 389.
" testis. T. XXVIII (890) 102.
" testis. T. XXX (983) 389.
" testis. T. XXIX (1048) 86.
" iterum test. loc. cit.
Willa, abbatissa monasterii Obermünster Ratisponae. T. XXIX (1059) 108. (1073) 187. (1089) 209. — T. XXXI (1064) 348, 349.
" uxor Erbonis, viri illustris. T. XXIX (1146) 286. — Conf. etiam *Guilla*.
Willegisus, Willigisus,
" cancellarius et notarius. T. XXVIII (972) 193, 195. (973) 197, 198, 200, 202, 204, 205. archiepiscopus moguntinus 206 et archicapellanus (974) 207, 209, 211. (976) 213, 215, 218, 219, 220, 221, 222. (977) 224. (978) 225. (979) 228, 230. (980) 232. (981) 234. (983) 236, 238, 239, 241, 243. (985) 245. (986) 248. (991) 249. (993) 250, 252, 254, 255, 257, 260, 261, 263, 266. (996) 268, 270. (998) 272, 273. (999) 275, 276, 278. (1000) 282, 284, 286, 288, 289. (1001) 291. (1002) 293, 294, 296, 299, 301, 303, 304, 305. (1003) 307, 309, 311, 313, 314, 316, 318. (1004) 320, 321. (1005) 325, 326, 327, 328, 330, 332. (1007) 333, 335, 337, 339, 340, 342, 344, 345, 347, 349, 351, 352, 354, 357, 358, 361, 363, 365, 367, 368, 370, 372, 374, 376, 377, 378, 380, 382, 384, 386, 388. (1008) 389, 391, 393, 394, 396, 398, 400, 402, 404, 406. (1009) 409, 412. (1010) 417, 419, 420, 422, 424, 426, 428. — Cancellarius. T. XXXI (972) 210, 215. (973) 216, 219. (974) 221. (975) 223, 224, 225; — et archicapellanus 224, 226, (976) 227, 228, 229, 231. (977) 234. (983) 240, 242. (986) 243, 244. (988) 246. (989) 249. (992) 251. (993) 253. (995) 254, 255, 257. (996) 260, 264. (1000) 269, 271. (1002) 275. (1005) 277, 279. (1007) 281. (1008) 285. — (1010) 285.
Willehmundus, miles ex castro Hunaburg. T. XXXI (817) 37.
Willemarus, item miles ex eodem castro. loc. cit.
Willibaldus, Willibeldus, Willipald.
" episcopus. T. XXXI (786) 15. (888) 124. (889) 130. (903) 178.

Willibaldus, testis. T. XXVIII (890) 102.
Willibortus, commutans praedia cum ecclesia frisingensi. T. XXXI (1031) 312.
Willingesbach, conf. *Wittelsbach*.
Willinus, mancipium. T. XXXI (1034) 315.
Wilperg, Mangoldus de — T. XXX (1225) 131.
  „   M. comes de — T. XXX (1231) 170.
Willberg, *Wilperch*.
  „   Manegoldus de — T. XXX (1246) 297. — T. XXXI (1235) 513.
  „   Manegoldus, filius ejus. loc. cit.
  „   Marchwardus, frater Manegoldi senioris. T. XXX (1246) 297.
Winarus, frater Ludovici. T. XXXI (817) 37.
Winani, test. T. XXX (1130) 225.
Winceberg, Ulrich v. — Kaemmerer. T. XXXI (1212) 478.
Wineden, *Winede*, Gotfridus de — T. XXIX (1193) 471. (1194) 477, 479, 483. (1195) 486.
Winimunt, test. T. XXVIII (890) 102.
Winipold, test. T. XXVIII loc. cit.
Winitherius, conf. etiam *Wintherus*.
  „   abbas monasterii Orembach, sive Hornbach. T. XXXI (1072) 356.
  „   cancellarius. T. XXIX (1048) 86, 87, 91, 93, 95. (1049) 97, 100. (1050) 102. (1051) 104, 106. (1052) 111. (1053) 113. (1054) 115, 116, 119. (1055) 121, 122, 124, 126. (1056) 128, 130, 132. (1057) 134, 137, 139, 141. — T. XXIX (1052) 323. (1055) 334. (1057) 337.
Winmar, Oulricus de — T. XXIX (1114) 233.
Winpina, Wilhelmus de — T. XXX (1154) 224.
Winperg, *Winparc*, nobilis foemina in pago rettensi complacitat cum Tutone episcopo ratisponensi. T. XXVIII (898) 117, 118. — Ejus filius Zwentipuloh.
Winsperg, *Winesberc*.
  „   Hengilhardus de — T. XXIX (1194) 478.
  „   Engilhardus de — T. XXIX (1200) 495.
  „   C. de — T. XXX (1231) 176, 177.
Winterstetten, *Winterstell*, *Wintirstetin*.
  „   Conradus de — T. XXX (1214) 86. (1219) 97. (1220) 98.
  „   Eberhardus de — T. XXX (1220) 93. (1224) 124; frater Conradi pincernae. (1226) 141. (1227) 149.
  „   Conradus, pincerna de — T. XXX (1224) 124. (1225) 131. (1226) 141. (1227) 149, 154. (1228) 156, 168. (1231) 170, 181. (1232) 193, 196, 206. (1233) 212. (1234) 212. (1236) 247. T. XXXI (1226) 515. (1225) 512. (1227) 525, 531. (1234) 547. (1234) 553.
  „   Eberhardus, pincerna de — T. XXXI (1227) 525.

Winterstetten, Conrad, der Schenk von — T. XXX (1240) 278, 280. (1242) 285.

„ Heinricus, pincerna de — T. XXX (1266) 347, 351, 253, 355.

„ Conradus, pincerna de — T. XXX (1266) 347, 351, 355. T. XXXI (1266) 593.

Wintherus, conf. etiam *Winitherius*.

„ delegator. T. XXIX (1174) 422.

Winzenburg, *Wincenburg*, Hermannus comes de — T. XXIX (1112) 231.

„ Herimannus de — enumeratur inter principes. T. XXIX (1151) 304.

Wippo, abbas monasterii Metten. T. XXXI (880) 113.

„ pincerna Ludovici germanici. T. XXVIII (868) 50.

Wirceburg, conf. Würzberg.

Wirtenberg, conf. *Würtenberg*.

Wirlun, ancilla. T. XXXI (903) 168.

Wischenfeld, *Wischencell*, *Wiskelvell*.

„ Ulricus de — T. XXIX (1174) 418, 420.

Wisenthau, *Wisendowa*, Herdegen de — T. XXIX (1174) 418.

„ Volnandus de — loc. cit.

Winingen, Hartmannus comes de — T. XXXI (1227) 530.

Wisint, conf. etiam *Weniat*.

„ Conradus de — T. XXIX (1205) 523. (1207) 536, 538.

Wisenadorf, Burcherdus de — T. XXX (1234) 214.

Wittelin, der Marschalk. T. XXXI (1212) 478.

Wilgarius, cancellarius. T. XXVIII (869) 61. — Archicapellanus. T. XXXI (860) 99.

Witigo, praepositus de Reithenbach. T. XXXI (1022) 813.

Witilo, episcopus mindensis. T. XXIX (1105) 249.

Witin, Heinricus comes de — T. XXIX (1168) 388; frater Ottonis et Theodorici marchionis de Missen. loc. cit.

„ conf. etiam *Missnia* et *Wilingen*.

Wilingen, Otto marchio de — T. XXIX (1172) 413.

„ Theto, frater ejus. loc. cit.

„ Dietricus, frater ejus. loc. cit.

„ Fridericus, frater ejus. loc. cit.

Witaldehausen, Wolframus de — T. XXXI (1228) 518.

Witradus, abbas fuldensis. T. XXIX (1060) 144.

Wittelsbach, *Widelinespach*, *Witikinesbac*, *Witihelnspach*, *Wiltinges-bahc*, *Witilenespach*. etc., conf. etiam *Bavaria*, *Dachau*, *Scheiern*.

„ *Otto V* de — T. XXIX (1115) 235; palatinus comes (1121) 241. (1122) 242. (1124) 245. palatinus comes de Orloch (1130) 256. — T. XXIX (1141) 275. (1146) 287. (1154) 813. — T. XXXI (1122) 387. (1125) 389. (1145) 405, 404.

Wittelsbach, *Otto VI*, filius Ottonis palat. comitis. T. XXIX (1154) 313
— (1156) 323; — major palatinus de — (1156) 325. —
(1157) 342, 345. (1160) 352. (1161) 357, 361. (1168) 388,
393. (1172) 413. (1179) 432. (1180) 439. — T. XXXI
(1157) 411. (1159) 414. — Postea dux Bavariae.

" *Conradus*, archiepiscopus moguntinus et archicancellarius.
T. XXIX (1165) 366. — Conradus, consanguineus Friderici I imperatoris, fit archiepiscopus salisburgensis. (1177)
429. (1179) 432. (1180) 439. (1181) 447. — Iterum archiepiscopus moguntinus (1187) 452; princeps et consanguineus Friderici I imperat. (1192) 465; totius Germaniae
cancellarius (1192) 466; quondam archiepiscopus moguntinus (1209) 555. — T. XXXI electus moguntinus et archicancellarius (1165) 417; archiepiscopus (1185) 425. (1187)
429. (1189) 438. (1190) 441. (1194) 453. (1196) 450.
(1200) 492.

" *Fridericus*, filius Ottonis (V) comitis palat. Bavariae. T.
XXIX (1154) 313. — frater Ottonis (VI) palat. comitis.
(1157) 345; palatinus de — (1160) 352. (1161) 357; frater
Ottonis et Ottonis (1161) 361; palatinus de Leugenfeld
(1165) 376. palatinus (1168) 388, 393; frater Ottonis palatini. T. XXXI (1159) 414.

" *Otto VII*, sive junior palatinus. T. XXIX (1157) 388; frater Ottonis (VI) palatini. (1161) 361. — minor palatinus
(1179) 432; — minor et frater Ottonis (1180) 439. — palatinus comes de — (1182) 447; frater Ottonis et Friderici.
T. XXXI (1159) 414.

" *Otto VIII*, — palatinus comes de — T. XXIX (1207) 533.
N. palatinus comes, interfector regis Philippi. (1208) 545.

" *Rapoto*, palat. comes de — Non fuit e gente Schiro-Wittelsbacensi, sed ex Ortenburgica — comL Ortenburg.
Wizelinus, civis ratisponensis. T. XXIX (1089) 211.
Wizenberg, *Wizenburch*, — comites.
" Heinricus comes de — T. XXXI (1030) 363.
" Hermannus comes de — T. (1112) 385.
" ministeriales.
" Conradus de — T. XXX (1216) 53. (1233) 207.
" Dietricus de — loc. cit.
Wizenawe, Dodo de — T. XXIX (1192) 466.
Wizinhowe, Bertholdus de — T. XXIX (1193) 468.
Wolager, ostiarius, traditur ecclesiae pataviensi. T. XXXI (890) 134.
Wolbodo, ministerialis wirceburgensis. T. XXIX (1146) 294.
Wolf, Rupertus — T. XXIX (1154) 313. (1157) 338.
Wolfach, Gotefridus de — T. XXX (1227) 148.
Wolferus, frater. T. XXIX (1168) 380.

Wolfherus, frater, nobilis vir et benefactor abbatiae biburgensis. T. XXIX (1177) 425.
Wolfgangus, Wolfhangus, Wolfgang.
  " episcopus ratisponensis. T. XXVIII (979) 227, 230. (981) 233. (985) 237, 239. — T. XXXI (980) 237. (985) 240.
  " testis. T. XXXI (1094) 374.
Wolfgarius, episcopus. T. XXVIII (845) 41.
  " episcopus wirceburgensis, memoratur. T. XXVIII (889) 98. (918) 155. (923) 159.
Wolfgerus, episcopus pataviensis. T. XXIX (1193) 470. (1201) 505. T. XXXI (1194) 453. (1195) 457. (1196) 459, 462.
  " patriarcha aquilejensis. T. XXIX (1207) 540.
Wolfhardus, possessor bonorum in Smalefeldon. T. XXIX (1033) 40.
Wolfhelin, mancipium donatur comiti Oadelrich. T. XXIX (986) 245.
Wolfmar, Heinricus, test. T. XXX (1234) 920.
Wolfoldus, Heinricus, test. loc. cit.
Wolfpero, mancipium. T. XXXI (892) 143.
Wolframus, abbas de Wizinburc. T. XXIX (1208) 550. — T. XXX (1212) 2.
  " canonicus wirceburgensis. T. XXIX (1174) 422.
  " civis in Urvirsheim. T. XXIX (1200) 497.
  " comes. T. XXXI (1094) 374.
  " episcopus frisingensis. T. XXVIII (931) 168.
  " filius Gotfridi judicis. T. XXXI (1269) 588.
  " ministerialis wirceburgensis. T. XXIX (1146) 294.
  " pincerna. T. XXXI (1243) 578.
Wolfratshausen, Wolveradehusen, Heinricus comes de — T. XXIX (1157) 358.
  " conf. etiam *Andechs.*
Wolfsatel, Wolfsatil, N. test. T. XXX (1220) 98.
Wolkenberg, Wolkenberch, Albertus de — T. XXXI (1262) 591.
  " Rudolphus de — ministerialis bogensis. T. XXXI (1222) 509.
Wolnzach, Wolmutia, Pilgrinus de — test. T. XXIX (1187) 358.
Wolprands, Rudegerus de — T. XXX (1232) 206.
Wolveradehusen, conf. *Wolfratshausen.*
Wokerwach, Wokencac, Hermannus comes de — T. XXIX (1165) 376. (1168) 388, 393.
Wokolt, scabinus. T. XXX (983) 889.
Womsedele, conf. *Wunsiedel.*
Wortwinus, decanus. T. XXX (1180) 225.
  " ex novo monasterio witceburgensi. T. XXIX (1165) 550.
  " mancipium. T. XXXI (817) 37.
  " praepositus novi monasterii. T. XXIX (1194) 477.
  " protonotarius. T. XXIX (1172) 407. — imperialis aulae. (1174) 422.
  " testis. T. XXX (1130) 225.

Wurz, Conradus de — T. XXXI (1215) 490.
Wunnebaldus, S. abbas. T. XXXI. (839) 130. (948) 190.
Wunsiedel, *Wonsedele*, Albertus de — T. XXX (1223) 117.
Würtemberg, *Wirtemberg*, *Wirtenberch*, *Wirtenwerch*, *Wirtenebere*,
    Wirtinberg, *Wirtinberc*, *Wirtilberch*.
  „ Ludovicus, comes de — T. XXIX (1146) 294.
  „ Ludovicus, comes de — T. XXIX (1201) 505. — frater
    Hartmanni comitis (1208) 547. — T. XXX (1213) 15, 15.
    (1215) 25. (1216) 47, 50, 53. (1218) 65, 66. (1222) 108.
    T. XXXI (1215) 489. (1222) 512, 513.
  „ Hartmannus, comes de — T. XXIX (1208) 547. (1213) 14,
    15. (1215) 25, 28, 30. (1216) 47, 50. (1218) 65. 66. (1219)
    82. (1227) 149. — T. XXXI (1209) 473. (1227) 530.
  „ Conradus, comes de — T. XXX (1226) 141. — filius comitis
    Hartmanni. (1227) 149.
  „ II. comes de — T. XXX (1233) 219.
  „ Artmannus comes de — T. XXXI (1220) 499.
  „ Ulricus, comes de — T. XXX (1257) 529. T. XXXI (1262)
    591.
Würzburg — *Burggravii*, sive *Praefecti*. — conf. etiam *Henneberg*.
  „ Poppo, praefectus urbis wirceburgensis. T. XXIX (1146)
    296. (1149) 300.
  „ Bertholdus, frater Popponis. loc. cit. et T. XXIX (1157)
    342. T. XXXI (1157) 411.
  „ Poppo, burggravius wirceburgensis. T. XXIX (1157) 342.
    (1168) 388, 393. (1172) 405. (1174) 422.
  „ *Ministeriales*.
  „ Billungus wirceburgensis. T. XXIX (1146) 296.
  „ Heroldus wirceburg. loc. cit.
  „ Bodo de — T. XXIX (1168) 389, 394.
  „ Nidungus de — T. XXIX (1199) 490. — T. XXXI (1189)
    436.
  „ Albertus de — T. XXXI (1227) 528; dapifer. loc. cit.
Wydo, pater Lantberti. T. XXXI (819) 44.
Wyrundus, abbas monasterii Orembach sive Hornbach. T. XXXI (819)
    43, 46. (822) 48. (833) 74, 75, 76, 78.

Y.

Y, conf. etiam *I*.
Yttstade, Ortwinus de — proscribitur. T. XXXI (1222) 511.
Yringus, comes honorabilis et dilectus ministerialis Arnulphi regis. T.
    XXXI (890) 135, 136.
Ysaac, judaeus, cultor apud Brentam. T. XXXI (969) 205. (992) 250.
Ysottriede, conf. etiam *Isottried*.

Z.

Zabelstein, Albertus de; -- cellerarius et canonicus herbipolensis. T. XXX
  (1234) 219.
    Arnoldus de — loc. cit.
Zacharias, papa. T. XXVIII (993) 257. — T. XXXI (788) 90. (891)
    139. (993) 256.
    episcopus sabionensis, sive sebonensis. T. XXVIII (901) 126.
    (903) 155. (906) 140. — T. XXXI (903) 172.
Zaeringen, *Zeringen*, *Ceringia*.
    Conradus, dux de — T. XXIX (1133) 260.
    Bertholdus, dux de — T. XXIX (1157) 338.
    Bertholdus, dux de — T. XXXI (1207) 469.
    N., dux do — T. XXX (1225) 133.
Zebingen, Wichardus, dapifer de — T. XXIX (1204) 505.
    Richardus de — T. XXIX (1193) 472.
Zeitkofen, *Zeitinschoven*, Conradus de — T. XXIX (1205) 525.
Zeizolfus, comes in pago et comitatu Spirchkewe. T. XXXI (975) 222.
    (985) 243.
    comes in pago Wormazvelt. T. XXXI (985) 243. — T. XXVIII
    (1018) 480.
Zeuheim, *Zenheim*, Gerhardus de — T. XXXI (1295) 520.
Zigenhagen, Ludowicus comes de — T. XXX (1220) 103.
    Bertholdus comes de — T. XXX (1246) 297.
    Burchardus de—praepositus Frislariensis. T. XXIX (1246) 297.
Zimmern, Sigiboto de — T. XXIX (1194) 478.
Zolizo, Gotfridus. T. XXIX (1193) 468.
Zollern, *Zoller*, *Zoler*, *Zolre*, *Zolern*, conf. etiam *Nürnberg*.
    Friedericus comes de — T. XXIX (1193) 471. — T. XXXI
    (1207) 469.
    Burchardus, comes de — loc. cit.
    Conradus, comes de — T. XXX (1235) 131. — Qui et burggra-
    vius de Nürnberg. T. XXXI (1210) 474.
    T. comes de — T. XXX (1231) 170.
    Fridericus comes de — T. XXX (1235) 258.
    Fridericus comes de — T. XXXI (1262) 691. (1266) 693. T.
    XXX (1266) 351, 353, 355.
Zullingen, Babo de — T. XXIX (1157) 345.
Zwentipalch, filius Winpurgae, nobilis foeminae. T. XXVIII (898) 113.
Zwerenz, *Zuerenze*, Walpoto de — T. XXX (1234) 230.
Zweybrücken, *Zweynbruken*, *Zwenbruchen*.
    Heinricus comes de — T. XXXI (1190) 440.
    Emicho, comes de — T. XXXI (1193) 451.

II.

·INDEX LOCORUM.

A.

Abballeskoven, curtis pertinens ad monasterium caesariense. T. **XXX** (1216) 29.

Abbatis ecclesia, conf. *Apponis ecclesia*.

Accaron, *Accarona*, in terra sancta. T. **XXX** (1216) 52. — T. **XXXI** (1229) 533, 534, 535. — Domus Theutonicorum ibid. T. **XXX** (1216) 52. T. **XXXI** (1229) 536.

Accabenhusen, ubi praedium ecclesiae haugensis. T. **XXX** (1234) 223.

Accusbach, ad ripam Danubii. X. **XXXI** (830) 59.

Achifed (Achifeld?), villa et basilica in pago Graffeldi. T. **XXVIII** (823) 17. — conf. etiam *Eihhesfeld*.

Achkircha, ubi praedium hospitalis ratisponensis. T. **XXX** (1217) 59. — conf. etiam *Ahackircha*.

Achynebach, in pago Salecgave. T. **XXVIII** (777) 1.

Acsbach, ubi monasterium Berthersgaden obtinet possessionem. T. **XXXI** (1144) 406.

Adalaltinchova, villa in comitatu Geroldi in pago Isiniaegovve. T. **XXVIII** (1011) 435.

Adalringin, locus donatur Emehardo fideli. T. **XXIX** (1054) 118.

Adamunta, praedium regium in comitatu Adalberonis, in pago Ensitala. T. **XXVIII** (1005) 394. — conf. etiam *Admunt*.

Adbrante, conf. *Brante*, *Brenda*.

Adelhalmeshove, possessio ecclesiae babenbergensis. T. **XXIX** (1062) 159.

Adelhardesgadime, possessio monasteri biburgensis. T. **XXIX** (1177) 425.

Adelsburg, *Adelenburg*, castrum. T. **XXX** (1247) 309.

Adelungesdorf, possessio monasterii biburgensis. loc. cit.

Admunt, monasterium. T. **XXXI** (1209) 470. — conf. etiam *Adamunta*.

Adelvesbrunst, locus in banno S. Emmerami. T. **XXVIII** (914) 151.

Aenus, conf. *Oenus*.

Affalterbach, possessio ecclesiae babenbergensis. T. **XXIX** (1062) 159.

Affaltrach, villa et portus, pertinens ad monasterium Chicingen. T. **XXIX** (1040) 73.

Agholdere, fit possessio ecclesiae babenbergensis. T. **XXXI** (1243) 578.

Affintal, ubi forestum, spectat ad sedem eistetensem. T. XXXI (908)
        179.
Affoltresberk, mons in pago Sveinikgowe. T. XXIX (1040) 64.
Affoltrubach, flumen, fluviis Pucio et Rionzo vicinum. T. XXXI (975)
        216.
Afrae, S., monasterium Augustae, conf. *S. Udalrici* et *Afrae monasterium*.
Agasta, fluvius in Austria. T. XXVIII (853) 45, 45.
Akachiricha, *Achachiricha*, conf. etiam *Achkircha*.
    „   ecclesia Ratisponae, in vicinitate portae S. Emmerami. T.
            XXVIII (1021) 497, 499.
    „   ecclesia Ratisponae in comitatu Ruotberti comitis. T. XXIX
            (1025) 8. (1052) 108.
    „   locus in civitate ratisponensi juxta mercatum. T. XXVIII
            (1002) 297.
Ahnbach, prope Ratisponam. T. XXVIII (1007) 364.
Ahefeckingen, pertinent pro parte ad monasterium S. Nicolai. T. XXIX
        (1111) 227.
Akornico, mons in terra Avarorum. T. XXXI (850) 59.
Ahuse, *Ahusen*, *Ahhusa*, monasterium in pago Nordgovva juxta flumen
        Alcmona. T. XXVIII (895) 108; recipitur in protectionem impe-
        rialem. T. XXX (1231) 183; ejus emunitas (1236) 234, 235. —
        T. XXXI (1227) 527.
    „   villa in comitatu Ernusti. T. XXVIII (959) 187.
    „   villa in comitatu Adalbardi in pago Sualaveldon. T. XXVIII (996)
        264.
    „   pertinens ad monasterium Kaisheim. T. XXIX (1155) 515.
Aichkirchen, possessio monasterii biburgensis. T. XXIX (1177) 425.
Aicholz, nemus, monasterio Polling concessum. T. XXX (1250) 307.
Ainsidell, Mühle, Besitzung des Schottenklosters zu Regensburg. T. XXXI
        (1212) 477.
Ailingen, *Ailingin*, praedium ecclesiae augustensis. T. XXIX (1209) 553.
    „   advocatiae ibidem. T. XXX (1220) 104, 105. (1222) 111.
Aitrang, *Aitranc*, curtis monasterii faucensis. T. XXX (1218) 68.
Alamannia, *Alemannia*, *Alimania*, sivo *ducatus Alemanniae*, Schwaben;
        conf. etiam Indicem rerum.
    „   T. XXVIII (831) 19. (943) 179. (1003) 312. — T. XXIX
            (1156) 324. (1171) 400. — T. XXX (933) 388. — T. XXXI
            (813) 27. (839) 83.
    „   *id est Germania*. T. XXX (1232) 183, 190. (1235) 328. —
            T. XXXI (1232) 551. (1245) 589.
Alarun, curtis in marca et comitatu Adalberti marchionis T. XXIX (1033)
        37. (1040) 67.
    „   sive Alarn, villa in Austria. T. XXXI (1189) 432.
Albani, S., monasterium Moguntiae. T. XXX (1205) 399.
Albarin, praedium, obtinetur ab ecclesia pataviensi. T. XXVIII (1007) 523.

Albericheadale, locus in orientali Francia. T. XXVIII (1000) 285.
Albesheim, ubi praedium ecclesiae Bodenkirchen. T. XXX (1214) 19.
Albrichinchofa, villa juxta Roccbinga. T. XXVIII (879) 65.
Albstadt, ubi praedium monasterii Cellae superioris. T. XXIX (1172) 412.
Albsteti, villa in Francia orientali. T. XXVIII (889) 98. (925) 161.
Alburg, *Alburch*, *Alpurch*. villa in comitatu Luitpoldi in pago Tunabgevvi. T. XXVIII (983) 237. — T. XXXI (983) 240.
„ pertinet pro parte ad monasterium S. Nicolai. T, XXIX (1111) 227.
„ praedium hospitalis ratisponensis. T. XXX (1217) 58.
Albrinesberg, *Albrinesbere*, pertinet ad monasterium Wizensha. T. XXIX (1146) 287. (1205) 516.
Albrinestein, castrum et villa traditur ecclesiae babenbergensi. T. XXXI (1112) 385. — castrum et villa in comitatu Ottonis in pago Norigowo. T. XXIX (1112) 231.
Alcmona, *Alcmone*, fluvius. T. XXVIII (895) 108; ubi terminus Wildbanni cisletensis. T. XXXI (1080) 364. — conf. etiam *Alimonia* et *Altmühl*.
Aldenburg, *Aldenburc*. T. XXXI (1215) 491.
Aldenherde, ubi terminus marchae weissenburgensis. T. XXXI (523) 2. (967) 202. (1003) 276.
Aldersbach, monasterium. T. XXIX (1133) 449. (1200) 496. (1203) 509. — T. XXXI (1209) 472. (1237) 566.
Aldinrtat', villa monasterii Spcinsbart. T. XXX (1235) 242.
Aldinum in montanis. T. XXIX (1177) 425.
Aldrici — cella, in ducatu Alemanniae, in pago Albigoi. T. XXXI (939) 83.
Alersbach, possessio monasterii castellensis. T. XXIX (1165) 373.
Allenchoven, ubi monasterium S. Nicolai habet praedium. T. XXIX (1111) 223. — conf. etiam *Alinchora*.
Alifia. T. XXX (1225) 133. (1245) 294. — T. XXXI (1225) 523.
Alimonia, fluvius. T. XXVIII (913) 458. (1002) 292. — T. XXXI (389) 130. — conf. etiam *Alcmona* et *Altmühl*.
Alinchora, *Altinchova*, terminus wildbanni augustensis. T. XXIX (1059) 142.
„ pertinet ad monasterium S. Salvatoris in Chremisa. T. XXX (302) 380.
Alpach, praedium monasterii S. Mariae in Babenberg. T. XXIX (1182) 444.
Alpes Italiae. T. XXVIII (888) 81.
Alta, possessio Scotorum ratisponensium. T. XXX (1213) 8. — T. XXXI (1212) 477.
Altaha, inferior, monasterium S. Mauritio dedicatum. T. XXVIII (821) 15. (841) 36. (849) 45. (851) 44. (857) 49. (860) 52. (863)

54. (868) 55. (905) 138. (905) 139. (972) 195, 198. (1004) 317. (1005) 323. (1009) 407, 409. — T. XXIX (1040) 52, 65. (1045) 83. (1048) 89. (1049) 96. (1079) 206. (1146) 294. — Abbatia regia traditur ecclesiae babenbergensi (1152) 310. — (1154) 311. — iterum confirmatur ecclesiae babenbergensi. (1160) 350. — T. XXX (1237) 254. — T. XXXI (812) 26. (830) 58. (883) 115. (1019) 293. — Conf. etiam *S. Mauritii monasterium.*

Altdruppken, i. e. Altripp ad Rhenum. T. XXXI (1255) 584.

Altechendorf, curtis in comitatu Herimanni. T. XXVIII (1008) 389.

Altendorf, Altendoref, praedium Popponis comitis. T. XXVIII (941) 178.

Altenfurte, cujus ecclesia pertinet ad monasterium Scotorum Norimbergae. T. XXXI (1225) 519.

    „   sive Altenvort capella prope Nürnberg. T. XXXI (1255) 583.

Altenhohenau, Altenhohinau, monasterium. T. XXX (1259) 350.

Alterstelen. T. XXXI (1028) 307.

Altfildi in Chumlisbach, ubi terminus possessionum monasterii nuwenstatensis. T. XXXI (786) 15. (1000) 269.

Altheim, in pago Matahgowe. T. XXXI (903) 170.

    „   possessio monasterii inferioris Ratisponae. T. XXIX (1025) 11.

    „   in comitatu Ernusti, in pago Sualaveldun. T. XXXI (944) 183.

    „   locus pertinens ad monasterium S. Emmerami. T. XXVIII (883) 71.

    „   pro parte conceditur advocato amorbacenci. T. XXXI (996) 262.

    „   pro parte pertinens ad monasterium S. Nicolai. T. XXIX (1111) 223.

Altmühl, Altmuel, fluvius. T. XXXI (832) 63. — conf. etiam *Alcmona* et *Alimonia.*

Altmuna, locus et rivus in orientali Francia. T. XXVIII (1000) 285, 286.

Altpüren, villa pertinens ad monasterium Hirsaugia. T. XXIX (1076) 196.

Altrihesdorf, in comitatu Heinrici in pago Nortgovve. T. XXVIII (1021) 504.

Altripp, conf. *Altdruppken.*

Altstalt. T. XXXI (973) 247. (975) 226. (1017) 291.

Altstedi, Altstede, Altsteti. T. XXVIII (978) 226. (991) 249. (1004) 317. (1005) 393. (1019) 434. (1020) 438. — T. XXIX (1061) 153.

Ambara, fluvius. T. XXXI (1043) 322.

Amberg. T. XXIX (1174) 417. — Dicitur etiam Ammenberg et pertinet ad sedem babenbergensem. (1034) 44.

Amelrugestat, villa et ecclesia traditur ecclesiae babenbergensi. T. XXVIII (1013) 442.

Amerbach, Burghardo capellano a Pippino rege donatum. T. XXVIII (993) 256. — T. XXIX (1144) 283.

    „   abbatia, pertinens ad sedem wirceburgensem. T. XXVIII (999) 276. (1003) 308. — T. XXXI (993) 256.

Amerbach, abbatia, cui imminet castrum Frankenberg. T. XXIX (1168)
    387, 392.
  „   cellula, pertinet ad sedem wircsburgensem. T. XXIX (1025)
    16. — T. XXXI (788) 30.
Amferebach, in pago Folcfelt. T. XXXI (1025) 297.
Amiato, mons, ubi ecclesia S. Salvatoris. T. XXXI (1210) 475.
Ammergewe. T. XXXI (1266) 593.
Amorbach, abbatia. T. XXXI (996) 261. — olim regalis et libera ibid.
    362; restitutio sub conditione reservatur. 264.
Ampharbach, donatur ecclesiae coloniensi. T. XXXI (1055) 331.
Anagnia, in castria. T. XXX (1239) 165. T. XXXI (1230) 542, 545.
Anasus, *Anerus*, flumen, ad cujus ripam civitas noviter constructa. T.
    XXXI (901) 163.
  „   idem fluvius. T. XXVIII (977) 223, 224. — T. XXXI (977) 233.
    conf. etiam *Enisus*.
Anavemte, inter flavios Facio et Rionsum. T. XXXI (973) 216.
Andreae, S. ecclesia Bambergae. T. XXIX (1130) 256.
Anesapurg, *Anesaperch*, *Anesiperch*, praedium in ripa Anasi sive Anesi
    in comitatu Liutbaldi in pago Trungovve. T. XXVIII (977) 223.
  „   in parte orientali, quondam possessio ecclesiae pataviensis.
    T. XXIX (1052) 110. (1063) 167.
  „   praedium regium conceditur ecclesiae patavionsi. T. XXXI
    (977) 233. — situm in ripa Anesi in comitatu Luitpoldi, ibid.
Aurva, villa, ubi terminus foresti bertbersgadensis. T. XXIX (1156) 322.
    in ejus territorio, (1194) 482. (1205) 512. (1208) 545. — T. XXX
    terminus foresti (1213) 8.
Angurancheim, villa in pago Gollahgewi. T. XXXI (823) 50, 51.
Anridel, possessio monasterii Scotorum ratisponensium. T. XXX (1213) 8.
Antisina, *Antisna*, donatur sedi babenbergensi. T. XXVIII (1018) 469.
  „   in comitatu Arnolphi. loc. cit. 471.
Antonii, S. hospitale in dioecesi viennensi. T. XXX (1216) 31.
Anvilre, villa. T. XXX (1219) 80, 81. — declaratur civitas ibid.
Aofingas, villa, pro parte spectans ad ecclesiam frisingensem. T. XXXI
    (816) 34.
Apincheim, villa in comitatu Chadalhohi in pago Rottgovvi. T. XXVIII
    (1011) 455.
Appesis ecclesia in pago blisensi. T. XXXI (819) 44. — Ubi monaste-
    rium Orembach obtinet possessiones. T. XXXI (833) 74.
Apulia, regio. T. XXIX (1145) 280.
Aquileja. T. XXXI (1232) 552.
Aquisgranum, palatium regium et civitas. T. XXVIII (811) 8. (814) 10.
  „   (815) 13. (820) 14. (831) 20. (834) 27. (837) 33. (1000)
    286, 288. (1018) 479, 481. — T. XXXI (1152) 310. —
    T. XXX (1215) 33. (802) 330. — T. XXXI (786) 16.
    (812) 27. (815) 33, 35. (825) 55. (832) 62. (1125) 390.

Aquitania, regio. T. XXXI (799) 29.

Aragisinchova, villa. T. XXVIII (879) 65.

Argentina, civitas. T. XXIX (1056) 128. (1143) 278. (1199) 487. — T. XXXI (902) 167.

Ariannm, civitas. T. XXXI (1243) 577.

Arikinbach, duae villae in comitatu Adalberti in pago Radinsgove, T. XXVIII (1007) 350.

    „   duae villae, possessio ecclesiae babenbergensis. T. XXIX (1062) 159.

Arinbach, in comitatu Craftonis. T. XXIX (1089) 212.

Aripinriut, in septentrionali parte Danubii. T. XXXI (1095) 502.

Arlagrum, in terra Hunnorum. T. XXX (823) 384.

Asbahc, in terra Hunnorum. loc. cit.

Asbach, duo loca donantur Emehardo fideli. T. XXIX (1054) 118. conf. etiam *Aspach*.

Ascahn, ubi vineae spectantes ad monasterium S. Salvatoris in Chremisa. T. XXX (802) 380.

Ascha, rivus, terminus marchae campidunensis. T. XXX (983) 387. -

    „   ubi theloneum. T. XXX (1219) 84.

Aschaffenburg, *Ascaffenburc* ad Moenum, ubi theloneum. T. XXIX (1157) 341.

Aschah, rivus in vicinitate lacus Tachensee. T. XXIX (1048) 90.

Aschaha, ubi vineae monasterii S. Nicolai. T. XXIX (1111) 228.

Aschatala, vallis, ubi terminus Wiltbanni augustensis. T. XXIX (1069) 142.

Ascheim, pertinebat ad abbatiam Amorbach. T. XXXI (996) 268.

Ascherichesbrugge, haud procul a Litaha fluvio. T. XXIX (1074) 190.

Aschowe, dicitur Provincia. T. XXX (1248) 68.

Asche, parochia. T. XXXI (1227) 528.

Asenhus, in Francia orientali. T. XXXI (823) 50.

Asingun, praedium, in comitatu Ekkiberti in pago Chunsingowe. T. XXIX (1067) 174.

Askebach, villa in comitatu Ezzonis in pago Werdereiba. T. XXIX (1043) 87.

Asloha, in Bavaria. T. XXVIII (882) 67.

Aspach, conf. etiam *Asbach*.

    „   prope Bremern. T. XXXI (1215) 489.

    „   prope silvam Hohenbart. T. XXIX (1111) 228.

    „   cella, pertinet ad monasterium Prüfening. T. XXIX (1129) 254.

Assia, locus in pago Tollifelt. T. XXVIII (837) 32.

Asskyringun, pro parte possessio monasterii pollingensis. T. XXVIII (1010) 415.

Atarhova, *Atarnhova*, (dicitur etiam Atterione). T. XXXI (888) 125.

    „   curtis. T. XXXI (888) 117.

    „   conf. etiam *Aterahof*.

Alasfeld, in comitatu Heinrici in pago Norigovvi. T. XXVIII (983) 241.
    T. XXXI (983) 239.
Aterahof, conf. etiam *Alarhora*.
    ,,   in comitatu Gebehardi in pago Ateragowi. T. XXVIII (1007) 372.
Ateriana, conf. *Alarhora*.
Athkitten, conf. *Achkircha*.
Atila, curtis. T. XXXI (888) 117.
Altinwinden, praedium monasterii S. Mariae in Bahenborch. T. XXIX
    (1182) 444.
Augia, monasterium. T. XXVIII (889) 84. — T. XXXI (973) 219. (1187)
    428. (In Alemannia.)
    ,,   sive Sindlezzesowa monasterium in Alemannia. T. XXXI (813)
    27, 28.
Augusta, civitas. T. XXVIII (874) 58. (1021) 498, 499, 501, 503, 505.
    (1022) 509. — T. XXIX (1033) 36. (1040) 59, 61, 64, 65, 67,
    69. (1061) 150. (1073) 184. (1116) 236, 237. (1242) 277.
    (1156) 327, 328. (1158) 349. (1163) 367, 368. (1171) 404.
    (1179) 432. (1182) 448. (1187) 450, 452. (1200) 499. (1205)
    524. (1209) 553, 554. — T. XXX (1215) 26, 28. (1217) 60.
    (1219) 90. (1220) 102, 103, 104. (1226) 141. (1227) 145, 154,
    155. (1231) 178. (1234) 215. (1235) 241, 244. (1236) 243.
    (1239) 272. (1240) 276. (1251) 316. (1264) 338, 340. (1266)
    347, 349, 351, 355, 357, 358. (1267) 360, 361. (1268) 366,
    369. — T. XXXI (839) 131. (1022) 296. (1023) 296. (1029)
    308. (1036) 317. (1040) 318. (1051) 325. (1052) 345, 347.
    (1064) 349. (1214) 433. (1220) 500. (1223) 514, 515. (1227)
    529. (1266) 593.
    ,,   ecclesia ibidem. T. XXIX (1040) 69. (1059) 148. (1061) 154.
    (1062) 156. (1073) 202. (1116) 236. (1133) 258. (1136) 266.
    (1156) 328, 329. (1209) 553, 554. — T. XXX (1215) 31.
    (1220) 100, 101, 105. (1222) 111. (1231) 180. (1266) 345. —
    T. XXXI (963) 199.
    ,,   S. Johannis ecclesia. T. XXIX (1209) 554.
Aumaria, in comitatu vicentino. T. XXXI (969) 205. (992) 250.
Aurelii, S. cella conf. *Hirsaugia*.
Aurillia, in comitatu vicentino. T. XXXI (969) 205. (992) 250.
Aurina, vallis in pago Pusterisac. T. XXIX (1048) 85.
Austria, conf. etiam Austriam in *indice Personarum*, et *marcam* in hoc
    indice.
    ,,   dicitur orientale regnum, in quo comitatus Heinrici marchionis.
    T. XXVIII (1014) 450. — T. XXIX comitatus (1055) 129. du-
    catus (1174) 418. — T. XXX (1231) 182. (1237) 254, 255, 256,
    258, 263. — dicitur plaga orientalis. (823) 332. — T. XXXI
    (828) 55. — marcha orientalis. - T. XXVIII (998) 361. T. XXXI
    (998) 258. — Ostarichi dicitur vulgari vocabulo regio, in qua

marcha orientalis. (996) 250. Osterriche marchia. (1088) 341. Austria (1189) 437. — Conf. etiam *Orientalis plaga Barbarorum et inter Pagos Ostarrike.*

Asigwarirova, probabiliter in pago Gollogove. T. XXVIII (807) 6.

Asimundistat, villa et basilica in pago Morninei. T. XXVIII (823) 16.
,, conf. etiam *Osumtestat.*

Avaria, conf. etiam vocem „Avari" in *indice rerum* et *Marca* in hoc
,, indice.

,, provincia Avarorum. T. XXVIII (832) 21. — Avaria. T. XXXI
(812) 26. (830) 58. (853) 70.

Averhilleberchstal, mons et praedium in comitatu Osterrich dicta. T. XXIX
(1055) 192.

Acezanum in Celano. T. XXX (1242) 289, 290. — Dicitur etiam civitas
in Cessano. T. XXXI (1242) 576.

Aych, Besitzung des Schottenklosters zu Regensburg. T. XXXI (1212) 478.

B.

B. conf. etiam *P.*

Babenberga, dicitur locus et civitas. T. XXVIII (985) 245. (1002) 296.
(1003) 313. (1007) 530, 532, 535, 535, 536, 339, 341, 343,
345, 346, 348, 350, 351, 353, 354, 357, 359, 361, 363, 365,
367, 369, 371, 373, 375, 377, 379, 381, 383, 385, 387.
(1008) 390, 395, 397, 399, 401, 402, 403, 405. (1009) 410,
413. (1010) 424, 425, 427. (1011) 429, 431, 433, 435.
(1013) 444. (1014) 446, 449, 451. (1017) 462. (1018) 471,
473, 475, 480. (1019) 485. (1021) 500. (1021) 502. (1023)
511. — T. XXIX (1025) 11, 13. (1030) 51. (1034) 44.
(1035) 49. (1049) 96. (1069) 181. (1089) 213. (1124) 246,
247. (1127) 252. (1130) 255, 256. (1135) 265. (1152) 309.
(1154) 312, 313. (1157) 341, 346. (1174) 417, 420. (1182)
444. (1201) 502, 506. (1205) 508. — T. XXX (1237) 259.
(1266) 354. — T. XXXI (1005) 279. (1007) 281. (1008)
282. (1023) 296. (1060) 344. (1097) 376. (1234) 559.
(1245) 590. — Conf. etiam *Papinberc.*

,, ecclesia episcopalis ibidem. T. XXVIII (1007) 329, 331,
335, 339, 341, 343, 345, 346, 349, 350, 351, 353, 354,
357, 359, 361, 363, 365, 367, 371, 373, 375, 377, 379, 381,
385, 385. (1008) 390, 392, 395, 399, 401, 403, 405. (1009)
410, 413. (1010) 425, 425, 427. (1011) 429, 430, 432, 433,
434, 435. (1013) 442, 444. (1014) 446, 448, 452. (1015)
455, 457, 459. (1016) 460. (1017) 462. (1018) 466, 469,
471. (1019) 485, 487. (1021) 495, 500, 502, 504. (1022)
509. (1024) 510. T. XXIX (1025) 1, 2, 4, 6. (1034) 42,

44. (1039) 52. (1040) 68. (1048) 99, 94. (1087) 133, 140.
(1060) 146. (1062) 163, 161. (1067) 175. (1068) 177, 178.
(1069) 179, 181. (1103) 218. (1112) 234. (1121) 241.
(1122) 242. (1127) 250. (1144) 282. (1146) 286. (1152)
310. (1154) 311. (1160) 350, 352, 354, 355. (1163) 371.
(1165) 374, 375. (1174) 417, 419. (1182) 443. (1194) 479.
T. XXX (1225) 133. (1237) 260. (1246) 299. — (1007) 391.
T XXXI (1008) 282. (1017) 289. (1018) 292. (1019) 294.
(1022) 295. (1024) 301. (1053) 689. (1074) 352. (1112) 335.
(1122) 387. (1153) 416. (1228) 623. — (1234) 689. (1242)
378. (1243) 576, 577, 578. (1244) 579.

Babenberga, conventus de domo ibid. T. XXIX (1174) 417.

   „ major ecclesia ibid. T. XXIX (1174) 420. (1194) 479.

   „ S. Marine monasterium ibid. T. XXIX (1182) 444 — et ejus possessiones ibid.

Babilonia. T. XXXI (1220) 535, 536.

Bacheracum. T. XXX (1257) 529.

Bachlnif, juxta Eduggesfelt. T. XXX (1228) 156.

Bance, Banr. T. XXIX (1174) 418.

Baredorf, ubi praedium ecclesiae majoris habenbergensis. T. XXIX (1194) 479.

Bergi, abbatia in comitatu Heiariel in pago Nortgovve. T. XXIX (1025) 1.

Bargilli, villa in Hrangavi. T. XXVIII (837) 52.

Barr. T. XXXI (1125) 591.

Barigin, barigense monasterium, Bergen in pago Nortgowi. T. XXVIII (1007) 526, 540.

   „ conf. etiam *Berga.*

Barisperg, Barisperch, castrum. T. XXIX (1205) 527.

Basewoilare. T. XXXI (950) 194.

Basilia, Basilea, Basila, Basel. T. XXX (1255) 522. T. XXXI (1052) 528. (1207) 469. (1227) 532.

Bassan. T. XXIX (1091) 215.

Bancshausen, ubi praedium Scotorum norimbergensium. T. XXXI (1228) 520.

Bavaria, Baioaria, Baunaria. Bajenria etc.

   „ regnum. T. XXVIII (878) 64. (879) 66. — (882) 67. (888) 81. — coloni ex Bavaria missi in terram quondam Avarorum. T. XXVIII (979) 227, 228. — Separator silva Nordwald a Bohemia. T. XXVIII (1010) 421. — Strata ex orientali plaga per Sueinikgawe in Bavariam tendens. T. XXIX (1040) 64. — Ducatus (1133) 359. (1171) 404. (1193) 476. (1208) 542. T. XXX (1230) 95. — T. XXXI (312) 26. — In qua pagus Trangowe (888) 218. Dicitur provincia. (1094) 299. — Ducatus (1142) 402. (1159) 413. — Conf. etiam Indicem *personarum* ac *rerum.*

Bavenberg, conf. *Babenberga.*

Bazhart, nemus, nominatur cum castro Naenburg. T. XXIX (1208) 543.

Basawe, conf.; *Passau*.

Batrichesdorf, curtis, pertinet ad monasterium S. Nicolai. T. XXIX (1114) 227.

Bedebur, ubi terminus marchae weissenburgensis. T. XXXI (625) 3. (967) 203. (1003) 276.

Beheim, suburbium civitatis Niunburg. T. XXVIII (950) 183.

Dekersheim, *Becherheim*, ubi praedium ecclesiae Itodenkirchen. T. XXX (1214) 19.

Belgeri. T. XXIX (1031) 33.

Benacus lacus, sive gardiasensis. T. XXXI (860) 96.

Benninbetti, terminus possessionum monasterii nüwenstatensis. T. XXXI (786) 15.

Benninchoven. T. XXVIII (979) 65.

Bennincanch, haud procul a Spraza fluvio. T. XXXI (877) 104.

Bentreleskeim, villa in pago Wormazvelde. T. XXXI (975) 222.

Berchahe, possessio monasterii bibargensis. T. XXIX (1177) 425.

Bercheim, villa in comitatu Eberhardi in pago Tuonahgevre. T. XXVIII (916) 151.

Berchtenstadt. T. XXIX (1056) 130; et Derhtanstad. (1068) 178.

Berchtesgaden, *Berhtesgaden*, *Berthortcadmen*, *Berihirigadime*, *Berg-kerigademe* etc.

    „   monasterium. T. XXIX (1156) 321. (1189) 454, 459. (1194) 481. (1205) 511. (1208) 545. — T. XXX (1213) 3. (1236) 247. (1242) 234. — T. XXXI (1144) 406. (1194) 454, 456. (1196) 463. (1205) 466.

    „   forestum. T. XXIX (1156) 322. (1194) 481. (1205) 511. T. XXX (1213) 3. — T. XXXI (1191) 442.

Berga, *Berg*, *Perge*, monasterium in pago Donahgaoe sub mundiburdio regio. T. XXVIII (815) 11, 12. — donatur capellae S. Mariae Ratisponae. (875) 60. — donatur abbati Engelmaro ad dies vitae. (885) 76. — dicitur locus in comitatu Adalberti in pago Tuonocgouve, a quibusdam abbatia nominatus. (1019) 485.

Berge, juxta flumen Philisa, pertinens ad monasterium inferius Ratisponae. T. XXVIII (1002) 501. — T. XXIX (1025) 11.

    „   villa in comitatu Bertholdi in pago Nitgowe. T. XXXI (1067) 336. — dicitur etiam Berega. loc. cit.

Bergrletten, *Berghstetten*, *Bercstett*, possessio monasterii Scotorum ratisponensium. T. XXX (1213) 8. T. XXXI (1212) 477.

Berhartshuse, *Berehorthuse*, *Berehardeshusen*, in quo loco documenta imperialia scripta sunt. T. XXIX (1028) 8. — T. XXXI (1034) 316.

Beringes, praedium, in comitatu Cunonis et in pago Brisgowe, obligatur monasterio altahensi. T. XXIX (1079) 206.

Bermace, (Bramata?) T. XXXI (1023) 298.

Bernbach, *Berenbach*, ubi terminus marchae weissenburgensis. T. XXXI (625) 3. (967) 203. (1003) 276.

Berngau, *Berengawe*, *Beregowe*, villa et officium. T. XXX (1247) 302. (1255) 323.

Bernheim, *Berenheim*, villa in Francia orientali. T. XXVIII (889) 98. (925) 161.

   „   villa, se subjicit postestati imperiali. T. XXIX (1172) 406.

   „   villa et castellum, sedi wirceburgensi donatam. T. XXVIII (1000) 281, 282.

   „   villa ecclesiae wirceburgensis, sive herbipolensis. T. XXX (1234) 221. (1247) 300.

Bernawicha, fluvius in Austria. T. XXVIII (883) 46.

Berschiez, *Berewchiez*, curtis ceditur fuldensi abbatiae. T. XXVIII (1018) 476.

Bertenstetten, pertinens ad monasterium Kaisheim. T. XXIX (1155) 315.

Besinga, villa, ubi Sclavi liberi. T. XXXIII (896) 113.

   „   donatur ecclesiae frisingensi. T. XXXI (1003) 278.

Bethlehem, civitas. T. XXXI (1229) 535.

Bettesigilon, in comitatu Craftonis in pago Ratinagowe. T. XXIX (1056) 131. (1061) 152.

Bezzingun, comitatus respicit ad curtem Geraha. T. XXVIII (1013) 440.

Bibbinesbach, flumen in banno S. Emmerami. T. XXVIII (914) 150.

Biberbach, *Biberpah*, *Biberbahe*, *Bibirbach*.

   „   villa, ubi monasterium Hirsaugia obtinet possessiones. T. XXIX (1078) 196.

   „   villa in comitatu Sarhilonis in pago Tuonabkevve. T. XXVIII (973) 199, 205.

   „   villa, pertinens ad monasterium inferius Ratisponae. T. XXVIII (1002) 301.

   „   possessio monasterii inferioris Ratisponae. T. XXIX (1025) 11.

   „   ubi praedium Scotorum norimbergensium. T. XXXI (1225) 520.

   „   pertinet ad monasterium Wezzinesbrunnen. T. XXXI (1227) 529.

Biburg, monasterium. T. XXIX (1177) 424 — 427.

Bielaha, fluvius in Austria, sive Avaria. T. XXXI (812) 26.

Bildehusen, *Bildehausen*, *Bilhildhausen*, monasterium. T. XXXI (1157) 410. — (1212) 479, 481.

Bilingisriut, in comitatu Heinrici, in pago Nortgowe. T. XXXI (1043) 320.

Bilingriez, in comitatu Beringeri, in pago Nordgavve. T. XXVIII (1007) 356.

Binezheim, pertinet pro parte ad monasterium S. Nicolai. T. XXIX (1111) 227.

Binezperg, *Binezbere*, possessio ecclesiae babenbergensis. T. XXIX (1062) 159.

Bircha, pertinet ad monasterium Kaisheim. T. XXIX (1155) 315.

Birkehe, praedium monasterii S. Mariae in Babenberch. T. XXIX (1182) 444.

Birkenfeld, *Birkenoell*, praedium ecclesiae wirceburgensis. T. XXIX (1172) 412.

Bischofesheim, *Biscovesheim*, villa moguntina. T. XXX (1237) 269.
  „   villa, ubi ecclesia Dietbrucgen habet proventus. T. XXX (1214) 23.
Bischaferperg, *Biscoverperc*, *Biscoffesberge*; ibi ecclesia S. Johannis Baptistae. T. XXIX (1140) 269.
  „   villa et capella traditur ecclesiae babenbergensi. T. XXVIII (1013) 442.
Biscopesheim, *Biscopsheim*, *Biscophesheim*, ex quo loco documenta imperialia data sunt. T. XXIX (1147) 298. (1466) 381.
Bilingou, possessio monasterii biburgensis. T. XXIX (1177) 425.
Bilingowe, *Bilengowe*. T. XXIX (1166) 320.
Biuga, in rure, quod dicitur Diuga. T. XXIX (1111) 228.
Biuwingun, villa et ecclesia, pertinet ad monasterium S. Viti. T. XXXI (1062) 327.
Bizwangen, in comitatu Ernusti comitis. T. XXXI (889) 130.
Blaikfeld in Francia orientali. T. XXVIII (889) 98. (923) 162.
  „   conf. etiam *Bleiclfeld.*
Blanda, villula donatur monasterio Hirsaugia. T. XXIX (1075) 196.
Blasindorf, villa in comitatu Hartwigi in pago Karintriche. T. XXVIII (890) 231.
Bleiclfeld, villa, ceditur ecclesiae wirceburgensi. T. XXXI (823) 51.
  „   conf. etiam *Blaikfeld.*
Blimareshuson, in Francia orientali. T. XXIX (1031) 32.
Bochbach, rivus in terra Avarorum. T. XXXI (930) 69.
Bochesruoke, possessio monasterii Scotorum Ratisponae. T. XXX (1213) 8.
Rochineyn, curia pertinet ad hospitale lutrense. T. XXXI (1215) 489.
Rochingen, feudum ecclesiae wirceburgensis. T. XXX (1225) 131.
  „   ubi praedium monasterii S. Nicolai. T. XXIX (1111) 229.
Bochonia, *Bocchonia*, conf. *Buchonia.*
Rochparten, pro parte possessio babenbergensis ecclesiae. T. XXIX (1144) 282.
Boesana, rivulus et mons in regione Chreine. T. XXVIII (974) 310, 311.
   — conf. etiam *Bosana.*
Bodemelosemstamph, ubi terminus marchae weissenburgensis. T. XXXI (623) 3. (967) 203. (1003) 276.
Bodobrium, in pago maginensi. T. XXXI (832) 65.
Bodoma, palatium regium. T. XXVIII (839) 24. — T. XXXI (839) 84, 87. — conf. etiam *Potoma.*
Rohemia, separatur silva Nortwalt a Davaria. T. XXVIII (1010) 421. — T. XXIX (1207) 540.
  „   conf. etiam *indicem personarum.*
Bokisruit, pertinet ad monasterium Wizinabe. T. XXIX (1205) 515.
Bokisruki, conf. *Pochernukke.*
Bolandia vetus, villa. T. XXX (1214) 23.
Bolenze, praedium monasterii S. Mariae in Babenberg. T. XXIX (1182) 444.

Bolfingen, monasterium, conf. *Pollingen*.
Bondorf, possessio Scotorum ratisponensium. T. XXX (1313) 8.
Bonstetten, ubi praedium monasterii S. Udalrici et Afrae. T. XXX (1231) 173.
Bopardia, Bopart, Boparten, urbs. — In castris apud — T. XXX (1250) 310. T. XXXI (1190) 440. (1217) 496. (1227) 526.
Borbetle, praedium monasterii S. Mariae in Babenberg. T. XXIX (1182) 444.
Bortenberg, in orientali Francia. T. XXVIII (1000) 285.
Bosana, Bosanga, in marcha Chreine. T. XXXI (989) 247, 248.
„   alpa in Carniola, sive Creinamarcha. T. XXXI (974) 220.
„   conf. etiam *Bocsana*.
Borisen, castrum in regione Chreine. T. XXVIII (974) 210. — in marcha Chreine — T. XXXI (989) 249.
Borisheim, prius pertinens ad abbatiam Amorbach. T. XXXI (996) 262.
Botenanch, villa, ubi monasterium Hirsaugia obtinet praedia. T. XXIX (1075) 196.
Botenstein, castrum ecclesiae babenbergensis. T. XXIX (1160) 354.
Botrell, T. XXIX (1056) 132.
Bouch, ubi praedium monasterii S. Nicolai. T. XXIX (1111) 229.
Boufingen, ubi praedium monasterii S. Nicolai. T. XXIX loc. cit.
Bouhbahc, villa bavarica ceditur imperio et regi. T. XXIX (1199) 487.
Bouhinrain, terminus marchae campidunensis. T. XXX (983) 387.
Bouminunchirihun, villa et ecclesia, pertinent ad monasterium S. Ull. T. XXXI (1052) 527.
Bozanum, T. XXXI (1239) 573.
Bozan in montanis. T. XXIX (1177) 425.
Brachora, pertinens ad monasterium tharisiense. T. XXXI (1094) 574.
Bramberg, castrum destruatur. T. XXIX (1168) 387, 392.
Branda, Brante, adbrante, Ad Brante, villa et basilica in pago Westregaugio. T. XXVIII (825) 17; eadem villa in pago Westargevve. (889) 94.
Brachenheim, in comitatu Gerungi, in pago Hunigessundera. T. XXXI (950) 196, 197.
Breitenbrunnen, in Francia orientali. T. XXVIII (1000) 285.
„   ubi praedium monasterii S. Nicolai. T. XXIX (1111) 229.
Breittinrul, ubi terminus possessionum monasterii Nüwenstat. T. XXXI (817) 41.
Bremeren, curia, pertinet ad hospitale lutrense. T. XXXI (1215) 489.
Brenta, fluvius. T. XXXI (969) 205. (992) 250.
Brihsine, conf. *Brixia*.
Briubake, locus in comitatu Liutfridi in pago Nitichhevve, in Francia. T. XXVIII (874) 59.
Brixia, Brixina, Brihsine. T. XXVIII (967) 190, 191. — T. XXIX (1179) 431. — T. XXX — in castris apud — (1238) 269. — T. XXXI (1239) 573.

Brixia, ecclesia episcopalis ibidem, et termini ejus. T. XXIX (1097) 91. (1040) 58, 59, 60. (1048) 85. (1057) 153. (1063) 164, 165. (1075) 183, 184. (1077) 199. (1078) 201. (1094) 246. (1177) 425. (1179) 431. — T. XXX (1214) 21. (1217) 61. conf. etiam *Sebenensis ecclesia*.

Brozollesheim, villa in pago Ratenagovre. T. XXVIII (889) 98. (925) 162. — Dicitur Drozoltesheim l. c. 98.

Hrucca, praedium in pago Brucca. T. XXIX (1146) 289; silva ibid. loc. cit.

Bruchselle. T. XXXI (996) 259, 260.

Brugge, possessio monasterii biburgensis. T. XXIX (1177) 425.

Bruggeberg, *Bruggeberc*, possessio ejusd. monasterii loc. cit.

Brunna, villa in comitatu Luitboldi marchionis. T. XXXI (1108) 384.

  „   Brunne, molendinum pertinet ad monasterium Scotorum ratisponensium. T. XXX (1243) 8. — T. XXXI (1212) 477.

  „   Brunnun, villa in comitatu Ottonis in pago Grapfeldun. T. XXVIII (999) 277.

Brunneberg, mons. T. XXIX (1172) 409.

Brunneheim, villa ultra Rhenum. T. XXXI (975) 222.

Brunngeretsfeldun, in orientali Francia. T. XXVIII (1000) 286.

Brunnstal, *Brunnenstat*, ubi terminus banni forestalis ecclesiae wirceburgensis. T. XXXI (1023) 298.

Brunnewic. T. XXX (1253) 320.

Brunnthal, *Brounnental*, prope Monacum. T. XXIX (1183) 450.

Bruomade, *Hrumat*. T. XXVIII (979) 226.

Bruts, provinciola, quam Philippus rex in beneficio habet ab ecclesia ratisponensi. T. XXIX (1205) 548.

Bruveningun, villa in comitatu Heinrici, in pago Nortgovri. T. XXVIII (1000) 283.

  „   conf. etiam *Prufeningen*.

Hubenrode, ubi praedia ecclesiae babenbergensis. T. XXXI (1243) 578.

Hucha, villa ceditur monasterio prüfeningensi. T. XXXI (1140) 396.

Buchenauwen, curia pertinet ad hospitale lutrense. T. XXXI (1245) 489.

Buchonia, *Bocchonia*, silva inter Fuldas et Wiseras fluvios. T. XXVIII (811) 8.

Bucinbura, in pago Sweinabgovve. T. XXVIII (905) 138.

Buczdingeshurst, *Buckingeshurst*, *Buozingeshurst*, ubi terminus marchae weissenburgensis. T. XXXI (623) 3. (967) 202. (1003) 276.

Huelnhove, possessio Scotorum ratisponensium. T. XXX (1243) 8.

Budeleshuson, pertinens ad monasterium inferius Ratisponae. T. XXVIII (1002) 301.

Budenbrunnon, in pago Badengovve. T. XXVIII (1018) 473.

Buhchard, villa in comitatu Bertholdi. T. XXIX (1061) 154.

Bullingen, ubi praedium Scotorum norimbergensium. T. XXXI (1225) 520.

Bundrebe, parochia. T. XXXI (1251) 546. (1269) 587. — conf. etiam *Wundrebe*.

Buoche, possessio monasterii biburgensis. T. XXIX (1177) 425.
   " in comitatu Heinrici in pago Cochengowe. T. XXIX (1042) 75.
   " in pago Westergowe, possessio ab ecclesia frisingensi cessa. T. XXXI (816) 34.
   " curtis pertinens ad monasterium Oünga. T. XXXI (877) 102.

Buochheim, praedium. T. XXIX (1146) 293.

Buochinberg, Buochinberk, mons in pago Sueinikgowe. T. XXIX (1040) 64.

Buochinebach, in comitatu Huodberti. T. XXVIII (1007) 336.

Buochnn, in Carentaniae partibus. T. XXXI (873) 110.

Buodeneskeim, in comitatu Bruningi in pago Wederciba. T. XXVIII (1048) 473.

Buoeron, conf. *Buron*.

Buolinhovin, spectat ad monasterium superius Ratisponae. T. XXX (1219) 79.

Buosenhova, villa in comitatu Huodperti in pago Heltinstein. T. XXVIII (930) 166.

Buoze, cum capella, possessio monasterii Scotorum ratisponensium. T. XXX (1213) 8.

Buozingeshurst, conf. *Buczdingeshurst*.

Burchardi, S. monasterium. T. XXIX (1146) 293, 295.

Burchardsdorf, Burchardesdorf, Burcharstorf, praedium monasterii S. Mariae in Babenberg. T. XXIX (1182) 444.
   " curtis lankheimensis. T. XXXI (1205) 464.

Burchheim, possessio comitum de Lechsgemünd. T. XXIX (1193) 468.

Burecell, pertinens ad monasterium Kaisheim. T. XXIX (1155) 315.

Burgheim, locus in pago Wangardovciba, nec non villa et basilica. T. XXVIII (823) 17. (857) 32. (889) 93.

Burgili, ubi monasterium Sewa, sive cella S. Lantperti. T. XXXI (999) 266. — conf. etiam *Sewa*.

Burgreni, in pago Westergay. T. XXXI (816) 34.

Burgundia, ducatus. T. XXX (1220) 92.
   " palatinatus. T. XXX (1219) 89. (1220) 103.

Buron, villa in comitatu Oudalschalchi, in pago Huoson. T. XXXI (1048) 324.
   " Burron, Burin, Burun, monasterium S. Benedicti. T. XXIX (1046) 83. — abbatia conceditur ecclesiae frisingensi, sita in comitatu Sigemari in pago Sundergove. (1065) 169. — Recipit pristinam libertatem (1078) 204. — Donatur ecclesiae augustensi. (1116) 256. (1126) 243; eidem auffertur (1133) 258. (1136) 266. (1143) 281. (1155) 316. — (1208) 541. — T. XXX (1217) 60. (1230) 160. — T. XXXI (1048) 324. (1055) 335. (1137) 391.
   " Buoeron, Kaufbeuern, Stadt. T. XXX (1240) 973.
   " officium regium. T. XXX (1224) 125.
   " conf. etiam *Pearon*, et *Puirrn*. (. . .)

Bustrissa, vallis. T. XXIX (1094) 216. — Conf. etiam *Pagos* sub voce
      Pusterissa.
Butenhusen, praedium, pertinens ad monasterium S. Oudalrici et Afrae.
      T. XXIX (1142) 277.
Butervell, praedium monasterii S. Mariae in Babenberg. T. XXIX (1182)
      444.
Buthelbrunnen, villa. T. XXIX (1146) 293.
Butileshusa, in comitatu Marchwardi in pago Adalahlovve. T. XXVII
      (973) 198, 203.
Buttingan, villa in comitatu Chadalhobi in pago Rottgovi. T. XXVII
      (1011) 433.
Buttinhusen, possessio monasterii biburgensis. T. XXIX (1177) 426.
Buze, Besitzung des Schottenklosters zu Regensburg. T. XXXI (1212)
      477.

C.

C., conf. etiam *K.*
Cabalaumen, civitas, ubi palatium regium. T. XXXI (839) 90.
Caesarea, castrum in terra sancta. T. XXXI (1229) 536.
Caesaria, monasterium. T. XXX (1215) 29. (1267) 359, 360. — T. XXXI
      (1214) 433.
      „   conf. etiam *Kaisheim.*
Calmince, ubi theloneum. T. XXIX (1174) 417.
Caltenberg, possessio monasterii Scotorum Ratisponae. T. XXX (1213) 8.
Calcenberg, castrum. T. XXXI (1235) 562.
Camba, marchia. T. XXIX (1086) 208. — conf. etiam *Chempia.*
Camerin, ceditur ecclesiae babenbergensi. T. XXXI (1017) 289.
Campidunum, *Campidona*, *Campitona*, *Campodunum*, monasterium. T.
      XXVIII (814) 9; — in pago Ililirgave. (833) 23, 24.
      (834) 26, 27. (862) 53. (889) 84. (926) 163. (930) 166.
      (939) 170. (943) 179. — T. XXX (1213) 14. (1218) 70.
      (1224) 123. — in pago Ilregowe (773) 376, 877. (983)
      387. — T. XXXI (831) 60. (837) 80. (858) 81. (839)
      83, 84, 89. (839) 94. (889) 129. (927) 187. (948) 192.
      (968) 199. (972) 210. (983) 241. (993) 252. (1062) 346.
      (1076) 368. (1262) 690. — marcha possessionum monasterii.
      T. XXX (933) 387.
Candidi, S., villula, pertinens ad monasterium Hirsangia. T. XXIX (1075)
      196.
Capelle, pertinet ad monasterium Wizenabc. T. XXIX (1205) 516.
Capua. T. XXX (1223) 114. (1240) 277. (1242) 286.
Carinthia, sive Carentania. T. XXVIII (1007) 333. T. XXIX (1034) 45.

(1193) 476. (1207) 536. — T. XXXI (878) 109. (878) 110.
(1007) 280. ʼ

Carinthia, conf. etiam *Karintana regio*.

Carniola, regio. T. XXXI (1002) 274. — vulgo dicta Creinamarcha et
comitatus (974) 220.
  „ conf. etiam *Chreine*.

Carphae, in regione Isarae superioris. T. XXVIII (1003) 310.

Casriavi, S. ecclesia, conf. *Ratispona*.

Castel, monasterium. T. XXIX (1165) 378. — T. XXX (1219) 78.

Catharia. T. XXX (1222) 113. (1224) 120, 122.

Catubria, *Catnoria*, comitatus ecclesiae frisingensis. T. XXXI (973) 216.
(1140) 394.

Cavilla, locus in pago Wetereiba. T. XXVIII (839) 33.

Cazenrich, *Cazenoichus*, in cujus vicinitate curia. T. XXIX (1172) 409.

Celanam, regio, in qua civitas Avezanum — conf. *Censenum*.

Cella, monasterium S. Kiliani. T. XXVIII (996) 269, 270.
  „ superior. T. XXIX (1179) 412. (1146) 292, 293.
  „ ubi praepositura. T. XXX (1215) 28.
  „ villa, pertinens ad monasterium Nüwenstat. T. XXXI (789) 12.
(817) 41.

Cellingun, locus in vicinitate Moeni. T. XXVIII (1014) 453.

Cenna, praedium, in comitatu Albuini, in pago Rangowe. T. XXVIII
(1021) 502.

Censanum, sive Celenum regio, in qua civitas Avezanum. T. XXX (1242)
289, 290. T. XXXI (1242) 576.

Chadolsburg, *Chadelspurch*. T. XXX (1267) 362.

Chageninga, locus in comitatu Regingarii. T. XXVIII (896) 111.

Chager, possessio Scotorum ratisponensium. T. XXX (1213) 8.

Chalbesingen, possessio Scotorum ratisponensium. T. XXX (1213) 8. —
T. XXXI (1219) 477.

Chalmüntz, ubi theloneum imperii. T. XXXI (1280) 545.

Chaltenbach, ubi monasterium S. Nicolai habet praedium. T. XXIX (1111)
229.

Chamberg et ecclesia ibidem. T. XXIX (1146) 293.

Champia, marca. T. XXIX (1066) 127. Conf. etiam *Camba*.

Chanstein, possessio Scotorum ratisponensium. T. XXX (1213) 8. T.
XXXI (1212) 477.

Charbach, *Charbuhc*, villa in vicinitate Moeni. T. XXVIII (1014) 453.
  „ rivus, cadit in Moenum. loc. cit.

Charlaburg, *Charlaburc*, villa et monasterium in pago Salagevve. T. XXVIII
(839) 94. —

Chatza, praedium in Carinthia. T. XXXI (1007) 280.

Chatepah, villa in comitatu Geroldi in pago Isiningovva. T. XXVIII
(1011) 435.

23 *

Cheaspach, in comitatu Hunolfi in pago Quinsingovve. T. XXXIII (890) 100.

Cheimes, in comitatu Bertholdi in pago Venusta. T. XXVIII (951) 168.

Chelchberg, *Chelchperc*, ubi monasterium S. Nicolai habet praedium. T. XXIX (1111) 228.

Chellere, villa haud procul a Moeno. T. XXX (1007) 591.

Chemnat, possessio Scotorum ratisponensium. T. XXX (1213) 8.

Cheskingen, *Cheskingan*, ecclesia, monasterio Nidermünster donata. T. XXVIII (1024) 507. T. XXIX (1025) 11.

Chieminchhovo, curtis. T. XXXI (885) 117.

Chiemsee, *Chiemensee*, *Chiemineseo*, monasterium sive abbatia vulgariter dicta Ovva. T. XXVIII (890) 103, 104. (970) 192. T. XXX (1213) 12. (1215) 25.

"   monasterium monialium. T. XXXI (1077) 360.

"   Conf. etiam *Kiemsee*.

Chinderiet, praedium donatur monasterio Steingaden. T. XXX (1219) 90.

Chirchheim (conf. etiam *Kirchaim*), villa et basilica in pago Iphigevve. T. XXVIII (889) 93.

Chirichpach, locus in Ostcrichi. T. XXIX (1052) 110. (1063) 167.

"   in pago Rotahgowi. T. XXXI (788) 18.

"   conf. etiam *Kirchbach*.

Chirichsteti, *Chirihsteti*, in comitatu Oudalrici in pago Spehtreino. T. XXVIII (1011) 432.

Chittenfeld, *Chitanfeld*, locus inter Alimoniam et Scutaram. T. XXVIII (918), 158. (1002) 292.

"   *Chittinveld*, spectat ad sedem eistesensem. T. XXXI (908) 179.

Chiubach, sive Köbach, monasterium in comitatu Hertesbusa. T. XXXI (1011) 287.

Chizzingen, *Chizzinga*, *Chicingin*, ad Moenum. T. XXIX (1060) 144. — conf. etiam *Kizzingen*.

"   villa pertinens ad monasterium Chioingen. T. XXIX (1040) 73.

"   abbatia, sive monasterium. T. XXIX (1060) 146. (1040) 73. — situm in pago Gozfelt. T. XXXI (1024) 304.

Chnezzigovve, villa in comitatu Hessonis in pago Folchfeld. T. XXVIII (911) 143.

Chnezziseo, locus in eodem comitatu et pago, loc. cit.

Chochalon, villa, in comitatu Oudalscalchi, in pago Huoson. T. XXXI (1048) 324.

Cholinaha, fluvius in Alemannia. T. XXXI (1027) 304.

Cholebize, locus in comitatu Esiconia. T. XXIX (1036) 49; sive Cholibes in pago Hardaga in eodem comitatu. (1043) 79.

Cholembra, curtis imperialis. T. XXVIII (883) 68.

Cholenbrunnen, pertinet pro parte ad monasterium S. Nicolai. T. XXIX
  (1111) 227.
Chelmbach, possessio Scotorum ratisponensium. T. XXX (1213) 8.
Cherbe, praedium ceditur a monasterio Madilbardesdorf. T. XXIX (1135)
  265.
Chorzes, in comitatu Berhtoldi in pago Venusta. T. XXVIII (931) 168.
Chousarn, ubi monasterium S. Nicolai habet praedium. T. XXIX (1111)
  228.
Chruna, praedium. T. XXXI (1122) 387. conf. etiam *Cruna*.
Chrebesbach, ubi praedium monasterii S. Nicolai. T. XXIX (1111) 229.
Chreine, regio. T. XXVIII (974) 210. — ubi marca et comitatus Paponis.
  (974) loc. cit. — T. XXIX (1040) 58. — Dicitur Carniola, sive
  Creinamarcha. T. XXXI (974) 220. — Regio et marcha. (989)
  247. — conf. etiam *Carniola.*
  „   mons, ubi terminus brixinensis wildbanni. T. XXIX (1075) 184.
Chrellindorf, villa in parte orientali. T. XXIX (1034) 46.
Chremisa, *Chreminimunistiuri*, abbatia, pertinet ad sedem pataviensem.
  T. XXVIII (976) 217. (993) 250. — T. XXIX (1052) 110. (1063)
  167. — T. XXX (802) 380. (1053) 594. — T. XXXI (888) 118,
  120, 125. (975) 223, 225.
  „   conf. etiam *Cremisa* monasterium.
  „   fluvius. T. XXXI (888) 118, 120.
  „   urbs regia orientalis. T. XXVIII (995) 261. — T. XXXI (995)
  258.
Chrubalen, villa donatur ecclesiae pataviensi. T. XXIX (1055) 126. (1063)
  167. Conf. etiam *Crubelen.*
Chrusene, nemus. T. XXXI (1125) 389. conf. etiam *Crusen.*
Chrutheim, in pagis Folcfeld et Iffigeree, in comitatibus Heinrici et Egi-
  nonis. T. XXVIII (889) 86.
Chuchul, *Chuchulensis*, comitatus. T. XXIX (1191) 459.
Chuelsdorf, possessio monasterii Scotorum ratisponensium. T. XXX
  (1213) 8.
Chumlisbach, ubi terminus possessionum monasterii niwenstatensis. T.
  XXXI (786) 15. (1000) 269.
Chungelhueb, mansus pertinens ad ecclesiam Chremisa. T. XXX (1055)
  394.
Chumihohestetin, in plaga orientali. T. XXX (823) 382.
Chuningesbrunnen, haud procul a Litaha fluvio. T. XXIX (1074) 190.
Chuningespach, rivus, ubi terminus foresti Berthersgadensis. T. XXIX
  (1156) 322. — dicitur etiam Chunigesbach. loc. cit. —
  T. XXX (1213) 8. — Conf. etiam *Cuningespach.*
Chuningishaeba, villa et basilica in pago Baddanagangia. T. XXVIII (823)
  17.
  „   item in pago Dubragewe. loc. cit.
  „   item in pago Graffeldi. loc. cit.

Chuningishofe, sive Chaningeshofe, villa et basilica in pago Badanach-gevve. T. XXVIII (889) 93, 98. (923) 162. — T. XXXI (1017) 290.

  ,,   item in Thubargevve. loc. cit. et p. 161.

  ,,   item in pago Grapfelda. T. XXVIII (889) 94, 98. (923) 162.

  ,,   sive Chaniggeshof, donatur ecclesiae babenbergensi. T. XXVIII (1008) 401, 402.

  ,,   conf. etiam *Cuonengeshoven*.

Chunio, prope fluvium Drentam. T. XXXI (969) 205. (992) 250.

Chunstal, castrum ecclesiae babenbergensis. T. XXIX (1160) 354.

Chuofstein, castrum, communiter possessum ab episcopo ratisponensi et duce Dawariae. T. XXIX (1205) 527.

Chnomberch, mons. T. XXXI (860) 99. — conf. etiam *Comagenus mons*, et *Cumenberg*.

Chuppinchotun, villa in comitatu Geroldi in pago Isininegovva. T. XXVIII (1011) 435.

Churenberg, *Churemberc*, pertinet ad monasterium Wizinabe. T. XXIX (1205) 516.

Cigelmundisheim, ubi praedium ecclesiae Rodenkircha. T. XXX (1214) 19.

Cilleberg, *Cilleberc*, mons, ubi terminus banni forestalis wirceburgensis. T. XXIX (1172) 407.

Cillingen, conf. *Fillingen*.

Cintenbach, fluvius, ubi terminus wildbanni babenbergensis. T. XXIX (1069) 182.

Cirminah, praediolum, idem quod Rotenmannum. T. XXIX (1048) 94, 95.

Cirnizinga, villa prope fluvium Regino. T. XXVIII (1005) 312.

Clusa, locus sub Sabione. T. XXIX (1040) 60. (1057) 153.

Clusae, in montanis. T. XXIX (1177) 435. — conf. etiam *Sabio*.

Cnareberg. T. XXX (1271) 372.

Cnonoldespah, locus in orientali Francia. T. XXVIII (1000) 235.

Cocoleu, locus donatur ecclesiae babenbergensi. T. XXVIII (1014) 446.

Coginbach, *Coginbah*, villa. T. XXVIII (879) 65.

Colbenbach, Besitzung des Schottenklosters zu Regensburg. T. XXXI (1212) 478. ,

Colginstein, curia pertinens ad hospitale lutrense. T. XXXI (1215) 489.

Colomezza, mons apud Winades (Wenden) et prope Erlafam in provincia Avarorum. T. XXVIII (832) 22.

Colonia, civitas. T. XXVIII (1003) 308, 309. (1021) 490, 492, 496. T. XXXI (1029) 309. (1255) 586.

  ,,   ecclesia ibidem. T. XXXI (1035) 331.

Comagenus mons. T. XXIX (1052) 110. (1063) 167. — T. XXX (823) 382. — et Commageni montes. T. XXXI (829) 56.

  ,,   conf. etiam *Chnomberch* mons, et *Cumenberg*.

Conrathsruoth, ubi possessiones obtinet monasterium Waldsassen. T. XXXI
   (1218) 496.
Constantia, civitas. T. XXX (1213) 13, 16. (1216) 51. T. XXXI (972)
   211. (1262) 592.
  ,,   ecclesia ibidem. T. XXVIII (889) 84.
Corbeia. T. XXIX (1060) 145 et (1025) 2, 3. 5, 7.
Corpheim, pertinet ad sedem pataviensem. T. XXXI (903) 170.
Costem, ubi bona ecclesiae porcetensis. T. XXX (1225) 134.
Cotabla, *Chotabla*, rivulus in regione Chreine. T. XXVIII (974) 210,
   211. — vT. XXXI (989) 248.
Colmaristein, in pago Spiraggawe. T. XXXI (900) 160.
Crana, praedium, donatur ecclesiae babenbergensi. T. XXIX (1122) 242.
   conf. etiam *Chrana*.
Crangwinkel, pertinet ad monasterium Kaisheim. T. XXIX (1155) 515.
Craphanrain, in comitatu Cuniberti comitis. T. XXXI (880) 113.
Craphenhof, Besitzung des Schottenklosters zu Regensburg. T. XXXI
   (1212) 477.
Crapitz, curia, ceditur a monasterio Waldsassen. T. XXXI (1218) 496.
Crebezbah, praedium in comitatu Heinrici marchionis. T. XXVIII (1011)
   428. — conf. etiam *Chrebesbach*.
Creina et Creinamarcha, conf. *Carniola* et *Chreina*.
Cremasa, in comitatu Heinrici marchionis in orientali regno. T. XXVIII
   (1014) 450.
Cremisa, (conf. etiam *Chremisa*.) monasterium in pago Trungowe. T.
   XXXI (828) 53. (877) 103, 104. —
Cretrinriul, *Cretsinruil*, pertinet ad monasterium Wizinabe. T. XXIX
   (1205) 515.
Crintilaha, villa in comitatu Heinrici in pago Nortgovve. T. XXVIII
   (1021) 504.
Cropkenrule, praedium monasterii S. Mariae in Dabenberch. T. XXIX
   (1189) 444.
Crozeine cum Rouchowe, una ex provinciis Slaviae. T. XXIX (1136) 268.
Crubelen, donatur ecclesiae pataviensi. T. XXXI (1055) 383. conf. etiam
   Chrubalen.
Crucinaha, *Crucinacha*, villa et ecclesia in pago wormacensi. T. XXVIII
   (889) 93, 98. (923) 161. (993) 259.
   conf. etiam *Truciniacus*.
Crucis, S., monasterium Augustae. T. XXIX (1200) 499, 500. T. XXX
   (1234) 215.
Crumbenaba, fluvius in pago Nordgowe. T. XXIX (1061) 148.
Crumbele, in comitatu Hello, in pago Ingeriagowe. T. XXXI (1022) 295.
Crumbenbach, in comitatu Heinrici in pago Nordgove. T. XXVIII (1011)
   430.
Crummenaba, pertinet ad monasterium Wizinabe. T. XXIX (1205) 515.
Cruockenberg, ubi possessio Scotorum ratisponensium. T. XXX (1213) 8.

Crusen, castrum. T. XXX (1251) 348. — Conf. etiam *Chrusene*.

Cruzzinacka, conf. *Crucinaka*.

Cubida, in pago Istria, in marcha Oudalrici marchionis. T. XXIX (1067) 174.

Culme, feudum in vicinitate loci Olanitz. T. XXXI (1252) 552.

Cumae. T. XXIX (1161) 358.

Cumenberg, mons in provincia Avarorum. T. XXVIII (836) 29. " conf. etiam *Chuomberch* et *Comagenus mons*.

Cumizdorf, prope Isaram. T. XXVIII (1003) 310.

Cunemundesdorf, praedium monasterii S. Mariae in Dabenberch. T. XXIX (1182) 444.

Cuningeshoven, conf. *Chuningishofe*, et *Cuonengeshoven*.

Cuningespach, rivus in territorio berchtesgadensi. T. XXIX (1194) 482. (1205) 512. (1208) 546. conf. etiam *Chuningespach*.

Cumisello, inter fluvios Pucio et Ilionzum. T. XXXI (973) 216.

Cuonengeshoven, ubi praedium ecclesiae haugensis. T. XXX (1234) 223.

Curbansdorf, villa monasterii Speinshart. T. XXX (1235) 242.

Curbenseze, villa ejusd. monasterii, loc. cit.

Cultinranc, pro parte spectat ad monasterium campidanense. T. XXXI (838) 81.

D.

D., conf. etiam *T*.

Dubrawa - Szourska, silvula in regione Chreine. T. XXVIII (974) 210.

Damascus, civitas. T. XXXI (1229) 535, 536.

Damheim, villa ultra Rhenum. T. XXXI (975) 222.

Damiate, civitas. T. XXXI (1229) 557.

Damphesdorf, villa ecclesiae herbipolensis. T. XXX (1234) 221.

Dandestat, villa ultra Rhenum. T. XXXI (975) 222.

Danubius, fluvius. T. XXVIII (832) 21, 22. (853) 45. (887) 78. (914) 150, 151. (972) 193, 195. (1002) 297, 301. (1010) 422. (1021) 506. — T. XXIX (1025) 10, 12, 18. (1051) 104. (1111) 227. (1129) 254. (1174) 420. (1182) 446. (1207) 540. T. XXX (1237) 255. — T. XXXI (812) 26. (830) 59. (877) 104. (880) 113. (896) 148. (901) 163. (1024) 300. (1025) 302.

Darki, curtis ceditur a monasterio Utenburen. T. XXXI (890) 135.

Datelshusen, possessio monasterii tharissensis. T. XXXI (1094) 374.

Datgarnstal, possessio ejusdem monasterii. loc. cit.

Davviresteve, possessio ejusdem monasterii. loc. cit.

Dechidesheim, ubi praedium ecclesiae Rodenkircha. T. XXX (1214) 19.

Deckheim, pertinens ad monasterium tharissense. T. XXXI (1094) 373.

Degernsee, conf. *Tegernsee* monasterium.

Deggenphrum villa, pertinens ad monasterium Hirsaugia. T. XXIX (1078) 196.

Deggisdorf, pertinens ad monasterium inferius Ratisponae. T. XXVIII (1002) 301. — T. XXIX (1026) 11.

Denchilinga, locus in comitatu Paponis in pago Tunahgovve. T. XXVIII (895) 106.

Denkendorf, ubi praepositura. T. XXX (1214) 23.

Diche, inferior, confertur monasterio waldassensi. T. XXXI (1188) 892.

Diedungisdorf, conf. *Idungesdorf*.

Diekerswinden, praedium monasterii S. Mariae in Babenberch. T. XXIX (1182) 444.

Dieprehdesdorf, in comitatu Heinrici in pago Nortgowe. T. XXIX (1079) 207.

Dieteldorf, Ober- und Nieder-, Besitzung des Schottenklosters zu Regensburg. T. XXXI (1212) 477.

Dietfuort, possessio monasterii Scotorum ratisponensium. T. XXX (1213) 8. — T. XXXI (1212) 477.

Dietpirgerius, praedium in comitatu Roudperti in pago Tonnehgovva. T. XXVIII (1019) 487. — T. XXXI (1031) 312.

Dietpruegen, *Dietbruegen* dicitur ecclesia S. sepulchri apud Spiram. T. XXX (1214) 23.

Dietricheshoven, praedium in Alemannia. T. XXIX (1171) 400.

Dierpach, *Die:pahe*, *Ihe:puh*, rivulus, terminus foresti berchtesgadensis. T. XXIX (1156) 322; in territorio berchtesgadensi. (1194) 432. (1205) 512. (1208) 545. T. XXX (1213) 3, 4.

Dihenbach, rivus prope Moenum. T. XXX (1007) 391.

Dingolvinga, *Dingolvingen*, superior, villa in comitatu Geroldi in pago Isininegovve. T. XXVIII (1011) 435.

      ,,   curtis. T. XXXI (885) 117.

Dirinfurth, villa in pago Ostericha in marcha Ernusti. T. XXIX (1067) 175.

Diso, fluvius in comitatu vicentino. T. XXXI (969) 205. (992) 250.

Dixpodorf, in pago ad Pergon. T. XXXI (892) 142.

Dolaha, fluvius, ubi terminus wildbanni eistetensis. T. XXXI (1080) 364.

Donauwoerth, sive Swaebiswerde, castrum et civitas. T. XXXI (1266) 693. — conf. etiam *Werda*.

Dornburg. T. XXXI (992) 251.

Dornheim, villa et basilica in pago Iphigevve. T. XXVIII (889) 93.

      ,,   conf. etiam *Tornheim*.

      ,,   terminus wildbanni ecclesiae wirceburgensis. T. XXXI (1023) 298.

      ,,   ubi praedium Scotorum norimbergensium. T. XXXI (1225) 520.

Dragelen, possessio ecclesiae babenbergensis. T. XXIX (1062) 159.

Dravus, flavius. T. XXXI (816) 52.
Dreisma, fluvius. T. XXXI (828) 55.
Dribur, *Dribure*, *Dribura*, *Driburch*. T. XXVIII (1019) 487. T. XXXI (974) 221. (975) 223. cdnf. etiam *Tribur*.
Drogenhoven, possessio ecclesiae babenbergensis. T. XXIX (1062) 159.
Drogessongeruile, possessio ejusdem ecclesiae. loc. cit.
Drousinendorf, villa in comitatu Willibelmi et in pago Treismafeld. T. XXVIII (868) 55.
Drozellesheim, conf. *Brozellesheim*.
Drubenaha, fluvius, juxta quem Hezinga. T. XXXI (1005) 278.
Druvndestat, villa et capella traditur ecclesiae babenbergensf. T. XXVIII (1013) 442.
Drusufele, terminus civitatis Anwilre. T. XXX (1249) 81.
Duellum. T. XXXI (1000) 271; ex quo loco litterae imperiales. loc. cit.
Dullstadt, ubi terminus banni forestalis ecclesiae wirceburgensis. T. XXXI (1023) 298.
Dunkelspuhl. T. XXX (1235) 284.
Duodenbrunnon, in orientali Francia. T. XXVIII (1014) 453.
Durechelenstein, ubi terminus wildbanni augustensis. T. XXIX (1059) 143.
Durechelnburg, *Durchelenburch*, castrum. T. XXIX (1205) 527.
Durenheim, villicatio et possessio regis Philippi. T. XXIX (1200) 499.
Durgibach, ubi terminus wildbanni augustensis. T. XXIX (1059) 142.
Duringestat, praedium monasterii S. Mariae in Babenberch. T. XXIX (1182) 444.
Duringrasmarasaha, villa in comitatu Chadalhohi in pago Rottgovvi. T. XXVIII (1011) 435.
Durnin, villa in comitatu Oudalacalchi in pago Nordgovre. T. XXVIII (1004) 318.
Durrenbach, rivulus in Carentaniae partibus. T. XXXI (878) 140.
Dyrmestein, advocatia in — T. XXXI (1190) 440.

E.

Ebarhusen, in comitatu Burchardi. T. XXIX (1066) 123.
Ebechendorf, curtis, pertinet ad monasterium S. Nicolai. T. XXIX (1111) 227.
Ebelsberg, *Ebelsperch*. T. XXX (1215) 17.
Eberach, *Ebera*, monasterium. T. XXIX (1149) 300. (1151) 302, 303. (1152) 308. (1194) 477. (1195) 495, 496. (1200) 494. (1205) 519. (1209) 551, 552. — T. XXX (1213) 10, 11. (1223) 115, 116. (1230) 280. — T. XXXI (1235) 563.
— urbs in pago Folcfelt. T. XXXI (1023) 297.

Eberach, terminus wildbanni babenbergensis. T. XXIX (1069) 182.

Eberesburg. T. XXXI (893) 146.

Eberharteshusen, villa, pertinens ad monasterium Nůwenstat. T. XXXI (817) 41.

Eberiswanc, prope silvam Hohenhart. T. XXIX (1111) 228.

Ebermaeringen, possessio comitum de Dillingen. T. XXX (1227) 148.

Ebernsheim, ubi praedium ecclesiae Rodenkircha. T. XXX (1244) 19.

Ebersberg, *Eberesberke*, *Ueberespere*, locus in comitatu Steinheringa fit monasterium. T. XXIX (1040) 57. (1055) 120, 121. — Regalis abbatia. T. XXXI (1193) 445, 446.

Eberstal, prius pertinens ad abbatiam Amorbach. T. XXXI (996) 262.

Eberstorf, in Austria. T. XXXI (1189) 437.

Ebese, castrum. T. XXIX (1174) 420.

Ebilbach, rivus influens in Mocnum. T. XXIX (1172) 407.

Ebilezdorf, T. XXIX (1054) 117.

Eccheleicheshove, possessio ecclesiae babenbergensis. T. XXIX (1069) 159.

Eccelvinga, in comitatu Babonis in pago Tuonahgovvi. T. XXXI (983) 239.

Echineberg, locus in orientali Francia. T. XXVIII (1000) 285.

„ in comitatu Ernusti in pago Sualaveldun. T. XXXI (914) 183.

Echseim, curia pertinet ad hospitale lutrense. T. XXXI (1215) 489.

Edaggesfelt, juxta Bachlait. T. XXX (1228) 155.

Efridingen, locus. T. XXIX (1111) 228.

Egewilre, possessio monasterii biburgensis. T. XXIX (1177) 425.

Egeletzhausen, villa, pertinens ad monasterium Nůwenstadt. T. XXXI (817) 41.

Egewiler, ubi praedium monasterii caesarionsis. T. XXX (1232) 205.

Eggolvesheim, villa, in comitatu Heinrici, in pago Ratinizgouui. T. XXXI (1002) 272, 273. (1017) 289.

Egininhusa, praedium in pago Grabfeld. T. XXVIII (1010) 427.

Eginolfshausen, silva, pertinens pro parte ad monasterium Tharissa. T. XXXI (1094) 573, 374.

Egra, civitas. T. XXIX (1183) 450. (1203) 507, 508. — T. XXX (1215) 37. (1223) 118. (1232) 203, 204, 206. (1239) 273. — T. XXXI (1214) 487. (1215) 491. (1216) 492. (1219) 498. (1232) 555. (1234) 559. (1259) 589.

„ Egire, via procedens ex Egire in Nordgavve. T. XXIX (1061) 145.

„ egrensis provincia. T. XXX (1218) 76.

Eha, fluvius influens in Eiskam. T. XXXI (1023) 297, 298.

Ehmudesheim, T. XXX (1216) 53.

Eichahe, possessio monasterii biburgensis. T. XXIX (1177) 425.

Eiche, possessio Scotorum ratisponensium. T. XXX (1213) 3.

Eichem, pertinens ad monasterium Kaisheim. T. XXIX (1155) 315.

Eichenberg, mons in Alemannia. T. XXXI (1027) 304.

Eichenberg, Eychenberg, ubi terminus marchae weissenburgensis. T. XXXI
 (623) 8. (967) 203. (1003) 276.
Eichesfeld, villa in pago Badanachgicovvi. T. XXVIII (920) 13.
Eichineberg, mons in orientali Francia. T. XXVIII (1000) 295, 296.
Eichneberg, Eichneberch, locus in comitatu Heinrici in pago Nordkawe.
 T. XXIX (1054) 114.
Eichstat, Eihstat, Kichsteti, locus et sedes episcopi. T. XXVIII (895)
 108. — T. XXIX (1053) 112. — T. XXXI (1080) 363.
  ecclesia episcopalis ibidem. T. XXVIII (918) 153. (995) 262.
 — T. XXIX (1053) 112. (1094) 214. (1199) 488, 489. ,T. XXX
 (1215) 10. — T. XXXI (883) 124. (889) 130. (908) 178. (912)
 181. (948) 189, 190. (1055) 329. (1057) 336. (1080) 363.
 (1234) 560.
  coenobium, sive monasterium. T. XXVIII (918) 158. — T. XXXI
 in pago Nordgovvc in comitatu Arnulphi (908) 178, 179. (912)
 181.
Eidraleskusa. T. XXVIII (977) 224.
Eigilaspah, villa in comitatu Geroldi in pago Isininegovva. T. XXVIII
 (1011) 435.
Eikhesfeld, villa et basilica in pago Grapfelda. T. XXVIII (889) 93. —
 Conf. etiam *Achifed*.
Eimigenovva, locus in orientali Francia. T. XXVIII (1000) 235.
Eimilingen, villa et ecclesia, pertinent ad monasterium S. Viti. T. XXXI
 (1052) 327.
Eisca, fluvius, terminus Wildbanni babenbergensis. T. XXIX (1069) 182.
 T. XXXI (1023) 297.
Eitenbach, villa et ecclesia, pertinent pro parte ad monasterium S. Nico-
 lai. T. XXIX (1111) 228.
Eitingen, pertinet ad ecclesiam augustensem. T. XXIX (1156) 329.
Eitrahn, in comitatu Waningi comitis. T. XXXI (939) 81.
Eitterhof, curtis in comitatu Adalberti marchionis. T. XXVIII (1021) 491.
Ekkolvinga, in comitatu Pabonis in pago Tounahgevri. T. XXVIII (983)
 239.
Elesbach, in pago Folcfelt. T. XXXI (1023) 297.
Ellingen, Ellingin, ubi hospitale, quod donatur domui Theutonicorum in
 Accaron. T. XXX (1216) 52, 53. — pertinet ad domum Theu-
 tonicorum. T. XXX (1224) 119; ubi ecclesia ordini theutonico
 per Fridericum II donata. (1242) 283. — Domus Theutonicorum
 in Jerusalem et Ellingen. T. XXX (1242) 283. (1251) 317.
Elsenpah, villa in comitatu Chadalbohi in pago Rottgovvi. T. XXVIII
 (1011) 434.
Elsendorf, ubi praedium monasterii Admont. T. XXXI (1209) 470.
Emmeravvi S. monasterium Ratisponae. T. XXVIII (794) 3, 4. (831) 20.
 (832) 21. (833) 25. (844) 37, 39. (863) 45, 48. (859) 51.
 (874) 57. (878) 68. (879) 66. (885) 71, 72. (890) 100.

(895) 106. (903) 128, 131, 132. (904) 157. (914) 148, 150.
(916) 152. (950) 171. (950) 182. (959) 185, 186. (961) 189.
(981) 233. (983) 237, 238, 239, 240, 241. (1021) 489, 490,
491, 492, 493, 494, 497. — T. XXIX (1157) 387. T. XXX
(1226) 142. (1251) 311. (1153) 397. — T. XXXI (799) 22.
(824) 52. (896) 148. (901) 163. (903) 171. (906) 173. (914)
183. (971) 207. (980) 237. (985) 259. (1142) 399, 400.

Emmerami, porta Ratisponae. T. XXIX (1025) 8. (1052) 108.
Raminchoven in comitatu Fbbonis. T. XXVIII (1043) 444.
Engelbereshoran, ubi terminus wildbanni augustensis. T. XXIX (1059) 142.
Ragellale, Besitzung des Schottenklosters zu Regensburg. T. XXXI (1242) 477.
Failingun, curtis in comitatu Oudalschalchi comitis. T. XXXI (1033) 314.
Kmiriwall, silva. T. XXVIII (1011) 428.
Knirus, fluvius. T. XXVIII (834) 28. — Conf. etiam *Anasus*.
Faminchorun, in comitatu Oudalrici in pago Spobtreino. T. XXVIII (1011) 432.
Vardorf, *Enzistorf*. monasterium. T. XXIX (1124) 246. (1199) 487.
Kalve, castrum ecclesiae habenbergensis. T. XXX (1252) 201.
Emenxis, pertinet pro parte ad monasterium S. Nicolai. T. XXIX (1141) 227.
Enrinstorf, officium in Austria. T. XXXI (1189) 437.
Eporestal, locus et nemus ibidem, pertinent ad monasterium S. Salvatoris in Chremisa. T. XXX (802) 530.
Eppinriuth, praedium, ceditur a monasterio waldsassensi. T. XXXI (1213) 497.
Eppinrwith, pertinet a monasterium Wizinahe. T. XXIX (1205) 515.
Erbendorf. T. XXX (1266) 354.
Erboldesteme, ubi terminus wildbanni augustensis. T. XXIX (1059) 142.
Erdgastegi ad Erlafam in provincia Ararorum. T. XXVIII (832) 21, 22.
Krebnlaa, palus in banno S. Emmerami. T. XXVIII (914) 151.
Erfasfurt, *Erfesfurt*. T. XXXI (975) 224.
Erfelt, prius pertinens ad abbatiam Amorbach. T. XXXI (996) 262.
Ergollingin, in comitatu Altmanni. T. XXVIII (1007) 368.
Krgesingen, possessio monasterii biburgensis. T. XXIX (1177) 425.
Ergollesbah, villa. T. XXVIII (879) 65.
Ergollinga, villa et capella. T. XXVIII (914) 148.
Krichesbach, villa, ubi terminus wildbanni eistetensis. T. XXXI (1080) 354.
Eringa, in comitatu Geroldi in pago Rotgovve. T. XXVIII (1007) 334.
„ Eringun, donatur sedi habenbergensi. T. XXVIII (1009) 414.
„ Eringen locus. T. XXIX (1040) 68.
Eringeringun, locus in comitatu Ottonis in pago Kelescove. T. XXVIII (1014) 451.

Erintrudis, S., monasterium, supra urbem Salaburg. T. XXVIII (1003) 514.

Erisheim. T. XXIX (1206) 529.

Erkenbrechteshusen, proedium monasterii S. Mariae in Babenberch. T. XXIX (1182) 444.

Erkennerdhausen, curia, spectans ad basilicam in Murrhart. T. XXXI (817) 57.

Erlafa, fluvius. T. XXVIII (852) 21. (853) 46.

  ,,   fluvius, major et minor, in terra quondam Avarorum. T. XXVIII (979) 227, 228. —

  ,,   in terra Hunnorum. T. XXX (823) 381.

Erlingon, villa, in comitatu Heinrici, in pago Ratiniagovvi. T. XXXI (1002) 272, 273. (1017) 289.

Erlbach, villa in comitatu Ezzonis in pago Wodereibo. T. XXIX (1048) 87.

  ,,   Erelbach, Erlibach, Erlenbach, ubi terminus marchae weissenburgensis. T. XXXI (623) 3. (967) 203. (1003) 276.

  ,,   Erlibach, rivus in banno S. Emmerami. T. XXVIII (944) 151.

  ,,   Erlibahc, possessio monasterii inferioria Ratisponae. T. XXIX (1025) 11.

Erlinstruol, pertinet ad monasterium Wizenahe, T. XXIX (1205) 516.

Ermustesdorf, praedium obtinetur ab ecclesia pataviensi. T. XXVIII (1007) 328.

Erphenbrunne, terminus possessionum monasterii auwenstatonsis. T. XXXI (786) 15. (1000) 269.

Eschelenhorne, praedium monasterii S. Mariae in Babenberch. T. XXIX (1182) 444.

Eschenbach, in comitatu Heinrici, in pago Nortgowe. T. XXXI (1043) 321.

Eschlikrsheim, ubi praedium ecclesiae haugensis. T. XXX (1234) 293.

Esbilinpach, ceditur ab ecclesia S. Emmerami nobilibus viris Druant et Walach. T. XXXI (905) 173, 174.

Eskinebach, juxta fluvium Mois, in pago Folcfelt. T. XXXI (1023) 297.

Eskinhart, locus. T. XXVIII (883) 74.

Etenstal, villa, ubi terminus wildbanni eistetensis. T. XXXI (1080) 364.

Ettinchoven, villa. T. XXVIII (874) 57.

Ellenowe, ibi pars angiae donatur monasterio Raitenhaslach. T. XXIX (1206) 529. — dicitur augea et praedium praedicti monasterii. T. XXXI (1294) 507. conf. etiam *Vietenowe.*

Eanoschin, ubi terminus wildbanni augustonsis. T. XXIX (1059) 145.

Eusta, ubi monasterium S. Nicolai habet praedium. T. XXIX (1111) 228.

Eychenberg, conf. *Eichenberg.*

Eyvelinge, haud procul a Danabio. T. XXIX (1174) 420.

Ezelingen. T. XXX (1235) 212.

Ezellehen, haud procul a fluvio Ehs. T. XXXI (1023) 298.

Eszmberg, *Ezinberg*, Besitzung des Schottenklosters zu Regensberg. T.
     XXX (1213) 8. — T. XXXI (1212) 477.
Ezinburi, in plaga orientali. T. XXX (303) 330.
Ezzilachircha, in comitatu Adalbêrti in pago Radanzgovve. T. XXVIII
     (1018) 474, 475.

F.

F., conf. etiam *V.*
Fahedorf, villa. T. XXVIII (883) 57, et marca Fahedorphona ibid.
Falchinstein, conf. *Valkenstein.*
Feucense monasterium, conf. *Füssen.*
Felishausa, villa in pago Uliesiggowe. T. XXXI (888) 127.
Fellis, locus inter montana Bavariae alpesque Italiae. T. XXVIII (888) 31.
Fennigapach, in pago Tuonaggowe. T. XXVIII (896) 105.
Ferriden, ubi praedium Scotorum norimbergensium. T. XXXI (1215) 521.
Fidalesdorf, pertinet ad sedem frisingensem. T. XXXI (895) 145.
Fiechlenstein, castrum pataviense, conf. *Viehtenstein.*
Fiehberg, parochia pertinens ad monasterium Murrbart. T. XXXI (917) 37.
Fileries, locus in pago Volcfelt. T. XXVIII (1008) 390; et in comitatu
     Hessonis. (911) 145.
Filisa, fluvius. T. XXXI (399) 159.
Fillac, conf. *Villach.*
Filtehoven, ubi monasterium S. Nicolai habet praedium. T. XXIX (1111)
     223.
Filahonbiunte, villa in Dadanagavi. T. XXVIII (857) 32.
Fingental, possessio monasterii Scotorum ratisponensium. T. XXX (1213) 8.
Fiscaha, fluvius in comitatu Sigifridi marchionis. T. XXIX (1045) 31.
     (1051) 104.
Fiscalina, locus inter fluvios Pucio et Rionzum. T. XXXI (978) 216.
Fischa, parochia. T. XXX (1215) 23.
Fischbach, *Fiscpah*, villa in pago Tullifeld. T. XXVIII (857) 62.
Finil, fluvius. T. XXIX (1065) 165.
Fustritza, flumen, terminus wildbanni brixinensis. T. XXIX (1073) 184.
Fladsagen, in Francia orientali. T. XXIX (1031) 52.
Flinsbach, in comitatu Tiemonis in pago Susinihgovvi. T. XXVIII (1005)
     323.
          rivus. T. XXXI (928) 55.
Floriani S., cella, sedi pataviensi subjecta. T. XXVIII (976) 217. T.
     XXXI (888) 127. (892) 141. (904) 162, 165. (907) 177.
Florze, castrum et silva. T. XXIX (1139) 454. conf. etiam *Vlozz.*
Fogellal, possessio monasterii Scotorum ratisponensium. T. XXX (1213) 8.

Fogia, civitas. T. XXX (1226) 142. (1230) 153, 160. (1254) 229, 232, 233. (1250) 303. — T. XXXI (1230) 537. (1254) 561. (1249) 574.

Fobbenceheim, juxta flumen Heripham. T. XXIX (1031) 32.

Forcheim, Forahheim, Forachheim, Farhheim, Vorcheim etc.
　　T. XXVIII (880) 66. (889) 90. —; curtis regia. (903) 129. — (911) 145. (914) 149, 150. (918) 158. — in comitatu Adalberti in pago Radinzgovve. T. XXVIII (1007) 350, 352. T. XXX (1246) 299. — villa regia. T. XXXI (880) 114. — curtis regia (889) 129 — (914) 184.
　　abbatia, traditur ecclesiae wirceburgensi. T. XXXI (1002) 272, 273; ubi forestum 273; ceditur ecclesiae babenbergensi (1047) 289. — conf. etiam *Vorcheim*.

Forchenbach, rivus in pago Sueinikgowe. T. XXIX (1040) 63.

Forchun, in comitatu Heinrici in pago Nordgovve. T. XXVIII (1010) 439.

Formbach, abbatia. T. XXIX (1136) 267.

Forum Iulii. T. XXX (1234) 193, 194, 197.

Forzheim, in comitatu Arbonis in pago Ougesgovve. T. XXVIII (897) 115.

Fossa, in pago Hassago in orientali parte, ubi aqua (Unstrut?) antea fluxit. T. XXVIII (991) 248.

Fruncia. T. XXVIII (807) 7. (811) 8. (835) 77. (1011) 428.
　　orientalis. T. XXVIII (836) 30. (844) 38, 39. (845) 42. (853) 47, 44. (859) 52. (862) 54. (874) 58, 59. (875) 61. — sive australis. (1000) 289 — orientalis. T. XXIX (1049) 100. — theutonica (i. e. orientalis) (1076) 191. — (1120) 238. — T. XXXI (817) 41.

Frankenberg, Frankenberg, castrum babenbergense. T. XXIX (1160) 354. destructum (1168), 387, 392.

Frankenmarkt, villa babenbergensis. T. XXX (1236) 250. — T. XXXI (1225) 523.

Frankfurt, Franconofurt, Franchonofurt, Franchonafurt, Francovorde, Frankenfort, Franchenfurt etc.
　　super fluvium Moin. T. XXVIII (794) 4. (823) 15, 18; palatium regium (840) 36. (846) 42. (859) 52. (867) 55. (874) 59. — curtis regia (889) 91, 92. — 94, 97, 99. (911) 144. (912) 147. (916) 151. (1007) 339, 340, 342, 344, 345, 347, 349, 351, 352, 355, 357, 358, 361, 363, 365, 367, 369, 370, 372, 374, 376, 379, 380, 382, 384, 386, 388. (1008) 398, 400, 402, 404, 406. (1011) 433, 434, 436. (1012) 438. (1013) 441, 443. (1016) 461. (1019) 467, 474. — ad Moenum ubi theloneum imperiale. T. XXIX (1167) 341, (1193) 474, 476. — T. XXX (823) 383. (1007) 392. (1220) 95, 99. (1224) 129. (1226) 144. (1254) 213: — T. XXXI (799) 23. (817) 37. (832) 66. — fiscus regius. (822) 48; palatium regium (825) 51. (852) 61. (888) 128. (908) 179. (948) 193. (972) 215. (986) 243. (989) 249. (1055) 331. (1140) 396. (1195) 457. — conf. etiam *Frankinfort*.

Frehindorf, in comitatu Gumpoldi in pago Isanagowe. T. **XXXI** (903) 168.
Freinesheim, villa ultra Rhenum. T. **XXXI** (978) 222.
Frichinhusa, in comitatu Conradi, in pago Cozfelda. T. **XXVIII** (903) 130.
— conf. etiam *Frikenhusen*.
Friedberg, *Friediberg* (in der Weterau) civitas. T. **XXX** (1226) 144.
„ *Fridberch* (bei Augsburg), erigitur in civitatem. T. **XXX** (1264) 539, 542.
Fridunbach, ecclesia et villa in pago Golleguoe. T. **XXVIII** (807) 6.
Frieromarca, in comitatu Biligrimi et Sigehardi. T. **XXVIII** (950) 182.
Frigendorf, villa in comitatu Luitboldi in pago Osterriche. T. **XXXI** (1078) 361.
Frikenhusen, advocatia, ubi feudum ecclesiae wirceburgensis. T. **XXX** (1225) 131.
„ ubi curia. T. **XXXI** (1227) 527. conf. etiam *Frichinhusa*.
Frisacum. T. **XXXI** (1242) 575.
Fritheim, *Frieshaym*, Besitzung des Schottenklosters zu Regensburg. T. **XXX** (1215) 8. T. **XXXI** (1212) 473.
Frisingen, *Frisinga*, civitas. T. **XXVIII** (996) 265. — T. **XXIX** (1029) 26. (1033) 37. (1040) 67. (1055) 123. (1069) 182. (1138) 258. T. **XXXI** (816) 32. (1031) 312. (1033) 314. (1062) 345. (1189) 437. (1250) 540; ejus infeudatio est irrita. loc. cit. et 541.
„ ecclesia episcopalis ibidem. T. **XXVIII** (895) 110. (898) 123. dicitur monasterium S. Corbiniani (951) 168. (972) 193, 195. — T. **XXIX** (1029) 26. (1033) 37. (1034) 45. (1059) 64. (1040) 66, 67. (1055) 123, 124. (1057) 156, 157. (1065) 169. (1067) 171. (1074) 189. (1107) 221. (1150) 258. (1158) 347. — T. **XXXI** (816) 32. (830) 59. (891) 137. (895) 145. (973) 216. (974) 220. (989) 247. (995) 258. (1002) 274. (1005) 278. (1024) 299. (1025) 302. (1031) 312. (1033) 313. (1041) 319. (1065) 345. (1140) 394. (1189) 437. (1250) 540.
Fritislar, civitas. T. **XXVIII** (945) 180.
Frosa. T. **XXVIII** (1004) 321. T. **XXXI** (976) 231.
Frouchilinchovun, villa in comitatu Geroldi in pago Isininggovva. T. **XXVIII** (1011) 455.
Frumanaha, villa inter danubium et Maraham. T. **XXIX** (1025) 12.
Fuehtebach, rivus in pago Ufgouve. T. **XXVIII** (940) 176.
Fulda, *Fuldaa*, *Fulta*, monasterium in pago Grabfeld. T. **XXVIII** (777) 1. abbatia (1018) 473, 475. — T. **XXIX** ecclesia (1170) 396. monasterium T. **XXXI** (973) 219. (1197) 428.
„ fluvius. T. **XXVIII** (841) 8.
Funcina, inter Alimoniam et Scuteram. T. **XXVIII** (819) 158. (1002) 292.
Furehenriet, praedium in comitatu Heinrici in pago Norigove. T. **XXIX** (1043) 78.
Furikinebach, in comitatu Heinrici comitis in pago Norigovve. T. **XXVIII** (1011) 430.

Futti, in comitatu Berengeri in pago Nordgovve. T. XXVIII (1007) 884.
Füssen, Füzen, Faucense, monasterium. T. XXX (1213) 68. (1222) 109,
112. (1227) 153. (1235) 240. — (1268) 366, 369. — T. XXXI
(1266) 593.

G.

Gabelungen, praedium confirmatur ecclesiae S. Mariae Augustae. T. XXIX
(1143) 273.
Gadirs, silva pertinens ad monasterium Ensdorf. T. XXIX (1199) 487.
Galemaresgarden, villa in orientali Francia. T. XXVIII (1030) 285, 286.
Gallia. T. XXVIII (835) 77.
Galli S., ecclesia. T. XXVIII (839) 84.
Gamundias, monasterium, alio nomine Orembach et Hornbach dictum. T.
XXXI (819) 46. (853) 75, 79. (965) 100. Confer etiam
Orembach.
Ganstorf, ubi praedium Scotorum norimbergensium. T. XXXI (1225) 521.
Gapilinchovun, villa in comitatu Geroldi in pago Isininegovva. T. XXVIII
(1011) 455.
Garnestal, pertinens ad monasterium Tharissa. T. XXXI (1094) 373.
Garradoluson, in Francia orientali. T. XXIX (1031) 52.
Gasilich, villa in comitatu Hartwigi in pago Harintriche. T. XXVIII (980)
231.
Gazara, civitas. T. XXXI (1229) 535.
Gebehartesdorf, in pago Tunsggovve. T. XXVIII (893) 105.
Gebelchoven, possessio monasterii Scotorum ratisponensium. T. XXX
(1213) 8.
Gebeldewegen, Gebeldewege, ubi terminus marchae weissenburgensis. T.
XXXI (623) 2, 3. (967) 202. (1005) 276.
Gegiminchovun, villa in comitatu Geroldi in pago Isininegovva. T. XXVIII
(1011) 435.
Geigingun, in comitatu Oudalrici in pago Spehthreino. T. XXVIII (1011)
432.
Geilinhusin, civitas. T. XXX (1226) 144. — T. XXXI (1255) 584.
Geizbach, fluvius, ubi terminus wildbanni augustensis. T. XXIX (1059)
143.
Gelich, mons, ubi terminus foresti berthersgadensis. T. XXIX (1156)
322. (1194) 482. (1205) 512. (1208) 546. — T. XXX (1213) 8.
Geltenaha, ubi terminus wildbanni augustensis. T. XXIX (1059) 142.
„   *Geltinahe*, rivus, ubi terminus marchae campidunensis. T.
XXX (985) 387.
Gemeinengunbel, mons, ubi terminus wildbanni augustensis. T. XXIX
(1059) 143.

Gemünde, T. XXIX (1049) 98.
Genacus, lacus, conf. *Benacus.*
Genginbach, *Genginbnk*, abbatia in comitatu Hessini in pago Mortenova.
T. XXVIII (1007) 341.
    „   Gengenbach, abbatia in comitatu Bertholdi in pago Morte-
novva. T. XXIX (1025) 5.
Genstal, in comitatu Ruperti, in pago Tuonigawe. T. XXXI (1009) 984.
Ger, silva, possessio monasterii Heisheim. T. XXX (1228) 157.
Gerala, donatur ecclesiae babenbergensi. T. XXVIII (1008) 395.
    „   curtis, ad quam respicit comitatus in Bezzingun, traditur eccle-
siae wirceburgensi. T. XXVIII (1013) 440.
    „   curtis in pago superiori Riniggawe in comitatu Adelberti comitis.
T. XXVIII (1013) 443.
Gerbrunnen, fit possessio Theutonicorum in Wirceburg. T. XXXI (1223)
517.
Gerichwis, pertinet pro parto ad monasterium S. Nicolai. T. XXIX (1111)
227.
Germaniedorf, ubi praedium ecclesiae bahenbergensis. T. XXXI (1243)
578.
Germanum, S., civitas. T. XXX (1225) 133. (1230) 163.
Geroldesberg, vallis, ubi terminus possessionum monasterii Nöwenstat.
T. XXXI (817) 41.
Geroldeslagen, in comitatu Heinrici in pago Cochengowe. T. XXIX
(1042) 75.
Geroldesheimere — marca, in pago Folcfeld, in comitatu Hessonis. T. XXXI
(915) 135.
Geroldisphad, ubi terminus marchae hornbacensis. T. XXXI (822) 49.
Gerolfingen, *Gerolvingen*, donatur ecclesiae cistetensi. T. XXXI (1055)
329.
Gerstungen. T. XXIX (1065) 170.
Gernweiler, Dorf. T. XXXI (1217) 495.
Gerute, praedium monasterii Heilsbronn. T. XXX (1213) 17.
Gerwartesdorf, pertinet ad monasterium Wizinaha. T. XXIX (1146) 287.
(1205) 516.
Gestuie, in comitatu Hengest. T. XXIX (1042) 76.
Geu, dicitur pars territorii ottenburensis. T. XXX (1220) 92.
Gewatisprunnen, donatur ecclesiae pataviensi. T. XXXI (1055) 333, 334.
Gewelhove, Besitzung des Schottenklosters zu Regensburg. T. XXXI
(1212) 477.
Geyrhausen, Besitzung desselben Klosters. loc. cit.
Gezendorf, praedium monasterii S. Mariae in Babenberch. T. XXIX (1182)
444.
Gibulestadt, villa in pago Badanachgicovvi. T. XXVIII (820) 13.
Giecheburg, *Giecheburc*, castrum novum et vetus ecclesiae babenbergen-
sis. T. XXIX (1160) 554, 555.

Gilistan, villa pertinens ad monasterium Hirsangia. T. XXIX (1075) 196.
Giluheim, marcha, in pago wormacensi. T. XXXI (833) 74.
Gimascheim, in comitatu Zeizolfi in pago Wormazveld. T. XXVIII (1018) 480.
Girhusen, possessio Scotorum ratisponensium. T. XXX (1213) 8.
Giselingen. T. XXX (1232) 206. (1234) 214. (1237) 261.
Gisenhusen, ubi ecclesia augustensis habet praedia. T. XXIX (1156) 328, 329.
Gisinriet, curtis monasterii faucensis. T. XXX (1218) 68.
Glann, flumen in Carinthia. T. XXVIII (983) 236.
 „   rivus in Bavaria. T. XXXI (914) 184.
Glichen, castra. T. XXIX (1209) 556.
Globocum, in comitatu Burchardi in pago Hassegowe. T. XXVIII (1018) 467.
Gluzengisazi, vulgari lingua locus, ubi Gluzo sclavus habitat. T. XXVIII (993) 253.
Gnevultindorf, villa in comitatu Hartwigi in pago Karintriche. T. XXVIII (930) 231.
Gnotsladt, pertinens ad monasterium Tharissa. T. XXXI (1094) 373.
Gnozestadt, ubi praedium ecclesiae haugensis. T. XXX (1234) 223.
Gockesheim, villa ecclesiae herbipolensis. T. XXX (1234) 221. — Quaedam jura regi reservata ibid. 222.
Gochsheim, *Gockesheim*, pertinens ad monasterium Tharissa. T. XXXI (1094) 373.
Godelbrunne, ubi praedium Scotorum norimbergensium. T. XXXI (1226) 521.
Godtinesfeld, in comitatu Heinrici comitis in pago Osteriche. T. XXVIII (1015) 457.
Goldare-werde. T. XXIX (1111) 228.
Goldareberg, *Goldarapere*, villa in comitatu Chadalbohi in pago Rottgovvi. T. XXVIII (1011) 433, 434.
Goldarun, villa in comitatu Geroldi in pago Isiningovvra. T. XXVIII (1011) 435.
 „   in comitatu Hunolfi, in pago Quinzingovve. T. XXVIII (890) 100.
 „   *Goldaron*, in comitatu Marchwardi in pago Viohbach. T. XXXI (916) 186.
Goldenbach, *Goldenpah*, ubi salina. T. XXIX (1194) 482. (1206) 512. (1208) 545. — T. XXX (1213) 3.
Gollahofe, villa et ecclesia in pago Gollachgovve. T. XXVIII (889) 93, 98. (923) 161. — conf. etiam *Gullahaoba*.
Golzenberge, possessio monasterii biburgensis. T. XXIX (1177) 425.
Goslaria, civitas. T. XXIX (1050) 101. (1052) 115. (1053) 113. — T. XXXI (1051) 312. (1074) 355. — palatium regium (1076) 353.
Gotehardi, S., mons et monasterium. T. XXIX (1146) 291.

Gotelendorf, ubi praedium Scotorum norimbergensium. T. XXXI (1225) 520.

Gotengraben, ubi terminus wildbanni augustensis. T. XXIX (1059) 142.

Goumkeim, villa in pago Gozfeldon. T. XXVIII (889) 98. (923) 162.

Gowrazesbrunnen, villa donatur ecclesiae pataviensi. T. XXIX (1055) 126. (1063) 167.

Gowrolleshoven, allodium pertinens ad monasterium S. Udalrici et Afrae. T. XXIX (1143) 273.

Gozharlesrein, possessio ecclesiae babenbergensis. T. XXIX (1062) 159.

Gozteke, rivulus in marcha Cbreine. T. XXXI (989) 248.

Gozwinesberg, praedium monasterii S. Mariae in Babenberch. T. XXIX (1132) 444.

Gozrinestein, castrum ecclesiae babenbergensis. T. XXIX (1160) 354.

Gozzesbuchel, possessio ecclesiae babenbergensis. T. XXIX (1062) 159.

Gozzisheim, prius pertinens ad abbatiam Amorbach. T. XXXI (996) 269.

Grabannstal, in pago Chiemichove. T. XXVIII (959) 184.

Graecia. T. XXIX (1173) 415.

Graevenberg, Besitzung des Schottenklosters zu Regensburg. T. XXX (1213) 8. T. XXXI (1212) 477.

Granesdorf, villa regia prope fluvium Enisum in parte Sclavanorum, in comitatu Herolti. T. XXVIII (854) 28.

Grasamaresaho, in comitatu Hunolfi in pago Quinzingorve. T. XXVIII (890) 100.

    ,,   marcha pertinet ad sedem pataviensem. T. XXXI (990) 134.

Graszulzun, prope fluvium Eham. T. XXXI (1023) 298.

Gravenberg, conf. *Graevenberg*.

Gravitinchovin, villa in comitatu Geroldi in pago Isiningovva. T. XXVIII (1011) 435.

Gredingen, in comitatu Heinrici in pago Nordgore. T. XXIX (1091) 214, 215. — Officium. T. XXX (1213) 11.

Grekkenbach, villula, donatur monasterio Hirsaugia. T. XXIX (1075) 196.

Gretzingen, *Gretzingun*, villa pertinens ad monasterium praedictum. loc. cit.

Griestett, *Gristet*, locus cum capella, possessio monasterii Scotorum ratisponensium. T. XXX (1213) 8. — T. XXXI (1212) 477.

Griez, monasterium apud Augustam. T. XXX (1239) 272.

Griezbach, *Griezpah*, villa in comitatu Geroldi in pago Isiningovva. T. XXVIII (1011) 435.

    ,,   possessio monasterii biburgensis. T. XXIX (1177) 425.

    ,,   villa, ubi terminus wildbanni eistetensis. T. XXXI (1030) 364.

Griezkirchen, ubi monasterium S. Nicolai habet praedium. T. XXIX (1111) 228.

Gristilbach, villa monasterii Waldsassen. T. XXXI (1259) 587.

Grivena, Grioen, castrum ecclesiae babenbergensis. T. XXIX (1160) 384.
— T. XXXI (1242) 575.

Groseakusa, villa et ecclesia in comitatu Rudolphi in pago Ogasgovve. T. XXVIII (838) 83.

Grossetum. T. XXXI (1244) 579.

Grünenbrunnen, ubi terminus marchae weissenburgensis. T. XXXI (623) 8. (967) 203. (1003) 276.

Grunheim, in pago Spiraggowe. T. XXXI (900) 160.

Gruonvelt, in orientali Francia. T. XXVIII (1014) 453.

        ,,   praedium monasterii S. Mariae in Babenberg. T. XXIX (1182) 444.

Gruona, Gruoene, novalia in — prope montem Thilchelberg. T. XXXI (1234) 558.

        ,,   *Gruone,* villa regia. T. XXVIII (1012) 440.

Gruonnha, ubi terminus wildbanni wirceburgensis. T. XXIX (1060) 144.

Gubdun, in montanis. T. XXIX (1177) 425.

Gudage, Gudago, curtis in comitatu vicentino. T. XXXI (969) 205. (992) 250. (992) 250, 251.

Gwilun, pertinens ad monasterium Kaisheim. T. XXIX (1155) 315.

Gwineden, pertinens ad monasterium praedictum. loc. cit.

Gullakaoba, villa et ecclesia in pago Guligaugiensi. T. XXVIII (823) 17. conf. etiam *Gollakofe.*

Gumerskrim, curia, pertinet ad hospitale lutrense. T. XXXI (1215) 489.

Gumprektesxilera, pertinens pro parte ad monasterium Hirsaugia. T. XXIX (1075) 196, 197.

Gunchorun, possessio monasterii inferioris Ratisponae. T. XXIX (1028) 14.

Gundberti, S., coenobium. T. XXVIII (911) 145.

Gundilenslec, spectat pro parte ad monasterium campidunense. T. XXXI (838) 31.

Gundissa, in comitatu Gerlaci in pago Logenahi. T. XXVIII (1019) 473.

Gundoldesheim, praedium monasterii S. Mariae in Babenberg. T. XXIX (1182) 444.

Gundoltingen, in comitatu Cheldionis in pago Nordgowe. T. XXXI (895) 146.

Gundoltshausen, Gundolshus, Besitzung des Schottenklosters zu Regensburg. T. XXX (1213) 8. — T. XXXI (1212) 477.

Gundolvingen, Gundolfing, possessio Scotorum ratisponensium. T. XXX (1213) 8. T. XXXI (1212) 477.

Gundulf, villa, ubi palatium regium. T. XXXI (865) 101.

Gunthereshusun, villa in pago Chelasgave. T. XXVIII (844) 37.

Gunzenlech, Gunzenle, in castris apud — T. XXX (1236) 249.

Gunzinchovun, villa in comitatu Geroldi in Isininegova. T. XXVIII (1011) 433.

Guolfsprunnen, pertinens ad monasterium Kaisheim. T. XXIX (1155) 315.

Guolbach, rivus, slavice dictus Tobropotoch, terminus brixinensis wildbanni. T. XXIX (1073) 184.

Gurlana, in pago Matachgowe. T. XXXI (903) 170.

Gussebach, praedium monasterii S. Mariae in Babenberg. T. XXIX (1182) 444.

Gutislat. T. XXVIII (1019) 486.

Gullingen, locus et ecclesia, pertinent ad sedem moguntinam. T. XXIX (1209) 555.

Gwitena, ecclesia. T. XXIX (1140) 272. conf. etiam *Witenaha.*

Gylnheim — marcha, in pago wormacensi. T. XXXI (819) 44.

H.

Habbingen, prope silvam Hohenhart. T. XXIX (1111) 228.

Habechesberg, *Habechesperch*, praedium; conceditur Ottoni comiti palatino. T. XXXI (1125) 389.

Habechesekke, ubi terminus wildbanni augustensis. T. XXIX (1059) 142.

Haberhesbach, ubi monasterium S. Nicolai habet praedium. T. XXIX (1111) 228.

Habuhback, *Habuhpah*, villa in comitatu Chadalhohi in pago Rottgovvi. T. XXVIII (1011) 433.

Hachingun, sub comite Friderico in pago Sundargovve. T. XXVIII (1003) 810.

" villa et ecclesia pertinent ad monasterium S. Viti. T. XXXI (1052) 527.

Hadarit, mons et lacus in pago Sucinikgawe. T. XXIX (1040) 64.

Haderichesbrucca, *Haderichesprucga*, villa in comitatu Heinrici in pago Nordgove. T. XXVIII (1011) 430. — T. XXIX (1057) 140.

Hadolfesheim, villa, ubi praedia monasterii eberacensis. T. XXIX (1194) 477.

Hage, comitatus. T. XXX (1245) 294.

Hagenan, *Haginovva*, terminus wildbanni wirceburgensis. T. XXVIII (1000) 285.

" villa in orientali Francia, in cujus marcha, dicta Hagenenovona-marcha, ecclesia wirceburgensis habet praedia. X. XXVIII (883) 67.

" *Hagenowe*, *Hagenogia*, *Hagenoe*, civitas. T. XXIX (1208) 541. T. XXX (1212) 2. (1216) 40. (1219) 82. (1220) 104. (1224) 129. (1237) 267. (1239) 270. (1235) 239. (1255) 322. T. XXXI (1187) 429. (1215) 490.

Hagenbuch, *Hagenbuoch*, *Hagenpuch*, possessio Scotorum ratisponensium. T. XXX (1213) 5. T. XXXI (1212) 477.

Hagewe, ecclesia filialis. T. XXX (1214) 18, 19.

" praedium monasterii S. Mariae in Babenberch. T. XXIX (1182) 444.

Hagene, monasterium. T. XXXI (1193) 450.

Hegenhausen, duae villae, ubi praedia Scotorum norimbergensium. T. XXXI (1225) 521.

Halisburnin, conf. *Hailsbronn* et *Helicbrunno*.

Haimhausen, Besitzung des Schottenklosters zu Regensburg. T. XXXI (1212) 477.

Hailsbronn, *Halesbrunnen*, *Halisbrunn*, *Halsprunnen*, monasterium. T. XXIX (1146) 289. — T. XXX (1227) 150. (1234) 213. (1235) 235, 236. (1138) 395. — T. XXXI (1216) 493. (1255) 585. — Conf. etiam *Heilsbronn*.

Haimbach, praedium hospitalis S. Johannis hierosolymitani. T. XXXI (1207) 468.

Halle, *Hallo*, *Hallum*, in Alemannia, ubi salinae. T. XXX (1234) 221. T. XXXI (837) 80. (859) 94. (889) 128, 129.

   ,, in pago Salzburggevve. T. XXVIII (975) 196. — in comitatu Thiemonis in pago Salzburcgovvi. T. XXVIII (1007) 373, 374. — T. XXIX (1170) 393. — fons et aqua. (1194) 482, 482. (1205) 513. (1208) 546. — possessio capituli salisburgensis. T. XXX (1230) 162.

   ,, porta, qua silva berchtesgadensis clauditur versus Halle. T. XXIX (1194) 483. (1205) 513. (1208) 546. T. XXX (1213) 4.

   ,, ubi fons. T. XXX (1213) 4. — T. XXXI (1194) 454, 455, 456.

   ,, ubi monasterium S. Nicolai habet sarteginem. T. XXIX (1111) 223.

   ,, Bavariae, possessio monasterii biburgensis. T. XXIX (1177) 425.

Hals, castrum. T. XXXI (1229) 508, 509, 511.

Halstadt, *Halatesstadt*, villa in pago Ratensgowe. T. XXVIII (889) 98. (923) 162. — praedium in comitatu Adalberti in pago Ratensgovve. (1007) 331. (1013) 442.

Halthus, possessio Scotorum ratisponensium. T. XXX (1213) 8.

Hammelburg, *Hamalumburcc*, *Hamulunburck*, *Hamolinburg*, in pago Salecgave. T. XXVIII (777) 1. — villa et basilica in pago Salngevve. (823) 17. (889) 94, 98. (923) 162.

Hammerbach, terminus wildbanni babenbergensis. T. XXIX (1069) 182.

Hamuntespah, villa, in comitatu Chadalhohi in pago Rotgovvi. T. XXVIII (1011) 433.

Hanensirin, castrum. T. XXIX (1209) 556.

Hammenbach. T. XXIX (1189) 454. — T. XXX (1266) 354.

Haprehteshusen, superior et inferior. T. XXIX (1149) 299.

Harde, possessio Scotorum ratisponensium. T. XXX (1213) 8. T. XXXI (1212) 477.

Harischesheim, praedium ecclesiae haugensis. T. XXX (1234) 223.

Haristal, palatium publicum. T. XXVIII (777) 2.

Haristal, in pago Salecgavo. T. XXVIII (777) 1.

Harlent, *Haraluuin*, in comitatu Cheldionis in pago Nordgowe. T. XXXI (895) 146.

Barlant, possessio monasterii biburgensis. T. XXIX (1177) 428.
Harmdeseihe, in pago Folcfelt. T. XXXI (1025) 297.
Berrariol, conf. *Hasarieda.*
Harlbach, Harbahc, rivus in orientali Francia. T. XXVIII (1014) 453.
Hartheim, Hardheim, beneficium pertinens ad abbatem lunaelacensem. T. XXVIII (879) 65.
  „ ubi praedium monasterii S. Nicolai. T. XXIX (1111) 229.
  „ prius pertinens ad abbatiam Amorbach. T. XXXI (996) 262.
Hartkircha, Hurdkiricha, Hartchirihha, villa pertinens ad monasterium inferius Ratisponae. T. XXVIII (1002) 301. T. XXIX (1025) 11.
  „ in comitatu Luitpoldi comitis. T. XXXI (898) 155.
Hasariol, abbatia pertinens ad sedem eistetensem. T. XXVIII (995) 262, sive Hasarieht, Hasarieda, Haserida — monasterium. T. XXXI (832) 63, 65; abbatia (888) 124. (943) 139.
Haseberg, Haseberc, forestum in Franconia. T. XXIX (1172) 407.
Haselahe, possessio ecclesiae babenbergensis. T. XXIX (1062) 159.
Haselbach, Hasalbach, Hasalpah, in comitatu Oudalrici in pago Spehtreino. T. XXVIII (1011) 432.
  „ in Francia orientali. T. XXIX (1031) 32.
  „ abbatia donatur sedi babenbergensi. T. XXVIII (1007) 345. T. XXIX (1025) 6.
  „ curtis, ceditur ab ecclesia frisingensi. T. XXXI (1031) 312.
  „ *Hasselbach*, in comitatu Walahonis in pago Spiricowe. T. XXXI (902) 167.
Haselbrunnen, ubi praedium Cellae superioris. T. XXIX (1172) 412.
Harilowe, haud procul de Litaha fluvio. T. XXIX (1074) 190.
Haltenhausen, Haltenhnson, ubi terminus wildbanni wirceburgensis. T. XXIX (1060) 144.
Hauga, sive ecclesia S. Jobannis. T. XXXI (1009) 272, 273. — conf. etiam *Houge.*
Haurunbach, conf. *Orembach* monasterium.
Hayd, Besitzung des Schottenklosters zu Regensburg. T. XXXI (1242) 478. — conf. atiam *Heide.*
Bebeim, conf. *Beheim.*
Hebersperc, conf. *Ebersberg.*
Hecilesdorf, in comitatu Adalberti in Pago Radinzgovve. T. XXVIII (1007) 350.
Hesla, villa in comitatu Geroldi in pago Isinincgovva. T. XXVIII (1011) 435.
  „ *Hesle*, ubi praedium monasterii S. Nicolai. T. XXIX (1111) 229.
Heribach, pertinet pro parte ad monasterium S. Nicolai. T. XXIX (1111) 227.
Hegina, praedium in comitatu Heinrici in pago Norigove. T. XXIX (1043) 78.

Heide, possessio Scotorum ratisponensium. T. XXX (1214) 8. — Conf. etiam *Hayd.*

Heidenevell, pertinens pro parte ad monasterium Chizzingen. T. XXIX (1040) 73.

Heidingroeld, *Heilingewelt*, *Heilingiwelt*, *Hailingeweld*, *Hailingenweld*, ubi terminus wildbanni wirceburgensis. T. XXIX (1060) 144.

   ,,   villa et beneficium abbatis fuldensis. T. XXIX (1170) 396.

   ,,   pagus, sive ricus. T. XXIX (1130) 455. (1192) 464.

   ,,   ubi curia monasterii waldsassensis. T. XXIX (1205) 521.

Heiligenstal. T. XXVIII (974) 212.

Heilsbronn, *Heilicbrunnnn*, *Heilecbrunnen*, *Huhilsburnin*, monasterium. T. XXVIII (841) 36. — T. XXX (1213) 17. (1225) 131. conf. etiam *Huilsbronn*, et *Helicbrunno.*

Heimberg, castrum conceditur titulo feodi castrensis. T. XXX (1247) 302.

Heimingen, ubi monasterium S. Nicolai habet praedium. T. XXIX (1111) 223.

Heimunburg, *Heimenburg*, urbs et ecclesia in parte orientali. T. XXIX (1051) 104, 105, 106, 107.

Heingereiden, praefectura et wildbannum. T. XXXI (1232) 556.

Heinucinesbach, locus in pago Vangardvveiba. T. XXVIII (857) 52.

Heit, forestam, quod aqua Merina perfluit. T. XXIX (1027) 22.

Helbollzheim, ubi praedium Scotorum norimbergensium. T. XXXI (1225) 520.

Helchenriet, praedium monasterii utenburensis. T. XXX (1236) 249.

Helhenwelt, pertinet ad monasterium Wizensba. T. XXIX (1146) 287. (1205) 516.

Helicbrunno, *Helibrunno*, *Heilncbrunno* (Heilbron), villa et basilica in pago Nechargevve. T. XXVIII (323) 17. (389) 93, 98. (923) 162.

Helidiberga, locus in pago Wetereiba. T. XXVIII (359) 33.

Hello, comitatus in pago Ingeriagowe. T. XXXI (1022) 295.

Helmbühel, possessio Scotorum ratisponensium. T. XXX (1213) 8. T. XXXI (1212) 477.

Helmgerisberg, *Helmgerisperk*, villa in comitatu Thiemonis. T. XXVIII (1009) 409.

   ,,   villa spectans ad monasterium Altahae inferioris. T. XXIX (1049) 96.

Helmrichenwinkel, in comitatu Ernusti comitis. T. XXXI (889) 131.

Helmgisesbach, rivus et terminus wildbanni babenbergensis. T. XXIX (1069) 182.

Helphendorf, *Helpfindorf*, donatur monasterio S. Emmerami. T. XXVIII (940) 171.

Helphendorf, villa cum corte regia in Frieromarca in comitatu Pilgrimi et Sigehardi. T. XXVIII (950) 182.

Heliendorf, curtis. T. XXXI (895) 117.

Hemmerode, monasterium. T. XXXI (1255) 584.

Hemmenhusa, ubi terminus wildbanni augustensis. T. XXIX (1059) 148.

Hengest, comitatus, in quo Gestnic. T. XXIX (1042) 76.

Hengilunheim, villa et ecclesia in pago Uuarmacensi T. XXVIII (823) 16. — Conf. etiam *Ingulunheim*, sive *Ingelheim*.

Heppinkeim, *Hepphinkeim*, prius pertinens ad abbatiam Amorbach. T. XXXI (996) 262.

Herbindorf, pertinet ad monasterium Wizinahe. T. XXIX (1205). 518.

Herbipolis, *Erbipolis*, conf. etiam *Würzburg*.

   „   T. XXIX (1205) 510, 514. (1205) 521. — T. XXX (1215) 35. (1216) 43, 45, 48, 50. (1219) 73. (1226) 114. (1231) 220, 226. — T. XXXI (1137) 411. (1209) 472, 473. (1212) 430, 491, 492. (1227) 525.

Herbrechtingen, claustrum. T. XXX (1227) 118.

Herdingen, possessio monasterii tharissensis. T. XXXI (1091) 374.

Herelheim, *Herelenheim*, villa et advocatia, beneficium ecclesiae würceburgensis. T. XXIX (1151) 303.

   „   ubi terminus banni forestalis ecclesiae würceburgensis. T. XXXI (1025) 298.

Herestheim. T. XXIX (1042) 75.

Heribrantesdorf. T. XXVIII (874) 57.

Heribrehtesdorf, in comitatu Heinrici in pago Nortgovve. T. XXVIII (1021) 504.

Heribrunnen, ubi terminus territorii monasterii Cremisa. T. XXXI (828) 63.

Herigoldesbach, in comitatu Adalberti in pago Radinzgove. — T. XXVIII (1007) 350.

   „   possessio ecclesiae babenbergensis. T. XXIX (1062) 489.

Herigoldeshusa, *Herigolleshusa*, in comitatu Chuniberti. T. XXVIII (899) 125.

Herigottesdal, in Francia orientali. T. XXIX (1031) 32.

Herilescella, cellula in pago Augustgoi. T. XXXI (839) 84.

Herihindeheim, *Herihindaim*, villa et basilica in pago Folcfeld. T. XXVIII (823) 17. (889) 93.

Herilungevelde, in partibus Agastae et Nardinae fluviorum. T. XXVIII (853) 46.

Herilungoburg, in provincia Avarorum, ubi antiquitus castrum. T. XXVIII (852) 21.

Herinchovun, villa in comitatu Geroldi in pago Isininegowa. T. XXVIII (1011) 435.

Heripha, fluvius in Francia orientali. T. XXIX (1031) 32.

Herizahovvn, possessio Scotorum ratisponensium. T. XXX (1213) 8.

Herlschoven, *Herlschoffen*, Besitzung der Schotten zu Regensburg. T. T. XXXI (1212) 477.
Hermoldstetin, curia, donata monasterio in Steingaden. T. XXX (1264) 340.
Heroldsbach, rivus. T. XXXI (1027) 304.
Heroldeskinthard, villa, pertinens ad monasterium inferius Ratisponae. T. XXVIII (1002) 301. — T. XXIX (1025) 11.
Heroltperg, ubi possessio Scotorum norimbergensium. T. XXXI (1225) 520.
Herolfercelden. T. XXIX (1062) 160.
Herpescort. T. XXIX (1109) 223.
Hersfeld, abbatia. T. XXVIII (1018) 466, 473.
Herspruk, advocatia obligata Ludovico duci Bavariae per Conradinum. T. XXX (1266) 354.
Herleskusa, comitatus, in quo monasterium Chiubach. T. XXXI (1011) 287.
Herleskusin, villa in Bavaria. T XXIX (1192) 461.
Herzeshusen, villa sit possessio monasterii in Undislorph. T. XXIX (1166) 334.
Herzogenburg, *Herzogenburch*, in comitatu Heinrici marchionis in orientali regno. T. XXVIII (1014) 450.
Heskilebach, villa. T. XXVIII (879) 65.
Hesselspach, curia pertinens ad hospitale lutrense. T. XXXI (1215) 489.
Hetinheim, prius pertinens ad abatiam Amorbach. T. XXXI (996) 262.
Hewndal, ubi praedium Scotorum norimbergensium. T. XXXI (1225) 521.
Heydelpach, ubi praedium eorundem. T. XXXI (1225) 520.
Heydenheim, in comitatu Ernusti comitis in pago Sulaveld. T. XXII (918) 190.
Heynperg, Besitzung des Schottenklosters zu Regensburg. T. XXII (1212) 477.
Hezelbach, ubi praedium Scotorum norimbergensium. T. XXXI (1225) 520.
Hezilesdorf, possessio ecclesiae babenbergensis. T. XXIX (1062) 159.
Hezinga, donatur ecclesiae frisingensi. T. XXXI (1003) 278.
Hierosolyman, conf. *Jerusalem*.
Hilara, fluvius. T. XXX (983) 387.
Hilboldesdorf, pertinens ad monasterium Tharissa. T. XXXI (1094) 378.
Hildeboldesdorf, *Hilteboldesdorf*, villa et castrum, pertinent ad monasterium Wizensha. T. XXIX (1146) 287. (1205) 515.
Hildegesberg, castrum. T. XXIX (1174) 418, 420.
Hingelenheim, conf. *Ingelheim*, sive Ingilenheim.
Hinlesbrunne, praedium S. Mariae in Babenberg. T. XXIX (1182) 444.
Hinticha, conf. *Inticha*.
Hirsaugia, cella, sive monasterium, situm in Francia theutonica, in comitatu Ingirisheim in pago Wiriogowa. T. XXIX (1075) 191 — 197. — (1171) 409.

Hirsaugia, villa. T. XXIX (1075) 196.

Hirzberg, *Hirzperg*, mons in orientali Francia. T. XXVIII (1000) 286.

Hirzbol, ubi terminus banni ferarum episcop. augustensis. T. XXIX (1069) 142.

Hirzfeld, *Hirnzfeld*, campus in comitatu Ernusti comitis. T. XXXI (889) 131.

Hirzfurt, possessio monasterii tharissensis. T. XXXI (1094) 374.

   ,,   *Hirzfurtin*, ubi terminus wildbanni wirceburgensis. T. XXIX (1060) 144.

Hirzheide, locus dati diplomatis imperialis. T. XXIX (1079) 207.

   ,,   praedium monasterii S. Mariae in Babenberch. T. XXIX (1182) 444.

Histria, conf. *Istria*.

Hlauppa, villa et basilica in pago Neccrauginsi. T. XXVIII (823) 16. — conf. etiam *Louffa*, sive *Luffa* et *Laufen*.

Hobbake, pertinens ad monasterium Nüwenstat. T. XXXI (847) 41.

Hochbure, mons in Alemannia. T. XXXI (1027) 304.

Hochdorf, possessio Scotorum ratisponensium. T. XXX (1213) 3. T. XXXI (1212) 479.

Hocheim, praedium ecclesiae wirceburgensis. T. XXIX (1172) 412.

   ,,   locus dati diplomatis imperialis. T. XXX (1246) 297.

Hochusen, possessio monasterii S. Kiliani. T. XXIX (1149) 299.

Hoenburg, praedium hospitalis ratisponensis. T. XXX (1217) 53.

Hoenhenburg, pertinens ad eccles. wirceburgensem. T. XXXI (788) 19. conf. *Hohenburg*.

Hoenstal, ubi praedium ecclesiae Haugensis. T. XXX (1234) 223.

Hofakirchun, in cujus vicinitate possessiones monasterii Altahae inferioris. T. XXVIII (1005) 323.

Hohenberg, prope Isaram. T. XXVIII (1005) 310.

Hohenburg, locus Burkardo capellano a Pippino rege donatus. T. XXXIII (993) 256.

   ,,   pertinens ad sedem wirceburgensem. T. XXVIII (1003) 308. — T. XXIX (1025) 16. — T. XXXI (993) 256. — conf. etiam *Hoenhenburg*.

Hohenburg, *Hohenburc*, pertinens ad monasterium Nüwenstat. T. XXXI (786) 15.

Hohenhart, *Hohinhart*, silva, ubi monast. S. Nicolai habet decimas novales. T. XXIX (1111) 223. — forestum. T. XXXI (899) 157. — in Matahgowe. (903) 170.

Hohenloch, praedium in Francia orientali. T. XXIX (1146) 293.

Hohenowe, conf. *Hunowe*. (i. e. Hohenau.)

Hohenstein, castrum. T. XXX (1266) 354.

Hohenwarte, ubi monasterium S. Nicolai habet praedium. T. XXIX (1111) 223.

Hohenweiden, juxta inferiorem Rounveldt. T. XXXI (1094) 375.

Holgozzincharun, villa in comitatu Geroldi in pago Isininegovva. T. XXVIII (1011) 456.

Hohinfurth, curtis monasterii lauensis. T. XXX (1218) 68.

Hohingou, in comitatu Ottonis, in pago Ingerisgovva. T. XXXI (1019) 294.

Hohngapleichun, prope Dreisma. T. XXXI (928) 55.

Hohnwslal, pertinet ad sedem pataviensem. T. XXXI (903) 170.

Holenburg in Austria. T. XXXI (1189) 437.

Holevell, in comitatu Adalberti comitis in pago Ratinzgowe. T. XXXI (1017) 290.

Holinstein, fortasse mons (nam dicitur lapis) prope Liupana. T. XXVIII (1019) 482.

Holmsfal, possessio monasterii Bildhildhusen. T. XXXI (1157) 440.

Holzen, ecclesia. T. XXX (1215) 29.

Holzgeruinga, in comitatu Hugonis in pago Glebontra. T. XXVIII (1007) 379.

Holzheim, in comitatu Utonis in pago Horevun. T. XXVIII (1007) 362.

   ,,   villa in comitatu Chadalhohi in pago Rottgovvi. T. XXVIII (1011) 433.

   ,,   pertinet ad monasterium S. Nicolai. T. XXIX (1111) 227.

   ,,   ubi praedium Scotorum norimbergensium. T. XXXI (1225) 520.

Holzkirichn, locus dati diplomatis regii. T. XXVIII (906) 141.

Holzkitten, *Holtzkitten*, ubi praedium hospitalis ratisponensis. T. XXX (1217) 53.

Holzwiler, villa, fit possessio ecclesiae herbipolensis. T. XXX (1231) 177.

Homolinburg, conf. *Hammelburg*.

Honowe vetus, monasterium (Hohenowe-Hohenau) salzburgensis dioecesis. T. XXX (1235) 237.

Hopferstal, ubi praedium ecclesiae haugensis. T. XXX (1234) 223.

Horburg, parochia. T. XXX (1228) 157.

   ,,   *Horbure*, locus dati diplomatis imperialis. T. XXX (1239) 273.

Horehnien, ubi terminus banni forestalis ecclesiae würceburgensis. T. XXXI (1025) 298.

Horginbark, in comitatu Hunolfi in pago Quinzingovve. T. XXVIII (890) 100.

Hormunzi, praedium in comitatu Pertolfi in pago Moenivelt. T. XXVIII (1021) 509.

Hornbach, in provincia Aschowe. T. XXX (1218) 68.

   ,,   *Horumbach*, monasterium, conf. *Gamundias* et *Orenbach*.

Horranc, *Hoerrvunc*, ceditur a monasterio campidunensi. T. XXXI (838) 81.

Horeun, in septentrionali parte danubii. T. XXXI (1025) 302.

Horoe, praedium monasterii S. Mariae in Dabenberg. T. XXIX (1182) 444.

   ,,   praedium ceditur a monasterio waldsassensi. T. XXXI (1218) 497.

Hosmarstorff, ubi praedium Scotorum norimbergensium. T. XXXI (1226) 521.

Hostede, locus dati diplomatis imperialis. T. XXIX (1040) 74.

„   *Hostele*, castrum ecclesiae babenbergensis. T. XXIX (1160) 384. — (1182) 443.

Hostheim, praedium ecclesiae wirceburgensis. T. XXIX (1172) 412.

Hostermunligon, conf. *Ostermunligon*, sive *Ostermunlingen*.

Houge, ubi ecclesia S. Johannis. T. XXX (1234) 222, 223, 224. conf. etiam *Houga*.

„   ubi praedium ecclesiae Rodenkircha. T. XXX (1214) 19.

Houlingen, praedium hospitalis ratisponensis. T. XXX (1217) 53.

Housen, praedium in Alemania. T. XXIX (1171) 400.

„   praedium ceditur a monasterio Oulinburensi. T. XXXI (972) 213, 214.

„   conf. etiam *Husen*.

Houtaren, ubi monasterium S. Nicolai habet praedium. T. XXIX (1111) 229.

Houwolze. T. XXX (1240) 279.

Hovcheim, possessio monasterii S. Kiliani. T. XXIX (1149) 299.

Hovestel, praedium monasterii S. Mariae in Dabenberg. T. XXIX (1182) 444.

Hruodeshof, curtile et silva in pago Folchfelda, in comitatu Ebbonis. T. XXXI (890) 132.

Hruoduldishorn, in pago Heltenstein. T. XXXI (839) 83.

Huchilheim, donatur Emehardo fideli. T. XXIX (1054) 119.

Huchinchoren, ubi monasterium S. Nicolai habet praedium. T. XXIX (1111) 229.

Huel, ubi praedium Scotorum norimbergensium. T. XXXI (1225) 521.

Huerwin, possessio comitum de Dillingen. T. XXX (1227) 148.

Husenbuhil, ubi praedium Scotorum norimbergensium. T. XXXI (1226) 529.

Hushusen, pertinens ad monasterium S. Nicolai. T. XXIX (1111) 228.

„   villa pertinens ad ecclesiam pataviensem. T. XXIX (1052) 110. (1063) 167.

Hugeshus, in comitatu Arbonis in pago Ougesgavve. T. XXVIII (897) 118.

Huggenberg, prope Laaram. T. XXVIII (1003) 310.

Hugiprehtiuchuvun, villa in comitatu Geroldi in pago Isinincgovva. T. XXVIII (1011) 435.

Huminfurt, terminus marchae campidunensis. T. XXX (933) 387.

Hunberg, possessio Scotorum ratisponensium. T. XXX (1215) 9.

Humbrechteszunte, locus in banno S. Emmerami. T. XXVIII (914) 151.

Huneburg, castrum in nemore prope rivum Murra. T. XXXI (817) 36. — destruitur 37.

Hunisperch, praedium, pertinens ad ecclesiam pataviensem. T. XXIX (1052) 110. (1063) 167.

Huntbrunnescrote, in vicinitate villae Halle. T. XXIX (1170) 398.

Hunthahen, possessio monasterii Scotorum ratisponensium. T. XXX (1213) 8.

Hunthaym, Besitzung des Schottenklosters zu Regensburg. T. XXXI (1212) 477.

Huntisheim, ubi vineae monasterii S. Nicolai. T. XXIX (1111) 228.

Hurevrelbach, possessio ecclesiae babenbergensis. T. XXIX (1062) 159.

Hurnowa, villa in comitatu Liutfridi, in pago Niticherre, in Francia. T. XXVIII (874) 69.

Hurweling, ubi praedia monasterii S. Udalrici. T. XXIX (1187) 450.

Husen, Husa, villa in comitatu Ruodberti in pago Ougiskevre. T. XXVIII (930) 166.

,,   in comitatu Adalberti in pago Radinzgove. T. XXVIII (1007) 350.

,,   possessio ecclesiae babenbergensis. T. XXIX (1060) 159.

,,   ubi praedium ecclesiae majoris babenbergensis. T. XXIX (1194) 479.

,,   possessio monasterii biburgensis. T. XXIX (1177) 425.

,,   ubi praedium monasterii eberacensis. T. XXIX (1194) 477.

,,   pertinet ad monasterium Wizinahe. T. XXIX (1205) 516.

,,   praedium pertinens ad familiam de Wintersteten. T. XXX (1234) 213.

Husiprehtinchoven, villa in comitatu Geroldi in pago Isininegovva. T. XXVIII (1011) 435.

Huspach, in comitatu Hunolfi in pago Quinzingovve. T. XXVIII (890) 100.

Hustetau, villa, pertinens ad monasterium Hirsaugia. T. XXIX (1075) 195.

Hüttendorf, Besitzung der Schotten zu Regensburg. T. XXXI (1212) 478.

Huttenheim, Hutenheim, villa ecclesiae herbipolensis. T. XXX (1234) 221.

Huttenhof, possessio Scotorum ratisponensium. T. XXX (1213) 8. T. XXXI (1212) 477.

Hibysch, territorium a Conradino rege cum villa Moringen Ludovico Bavariae duci cessum. T. XXX (1267) 363.

Hymenstat, praedium ecclesiae würceburgensis. T. XXIX (1172) 412.

Hypohti, S. monasterium, sedi pataviensi subjectum. T. XXVIII (976) 217.

,,   forum. T. XXX (1215) 27.

,,   conf. etiam *Ypohti S.* monast. et forum.

I.

Jacobi, S. monasterium conf. *Ratispona*.

Jaschenhausen, Jackenhusen, possessio Scotorum ratisponensium. T. XXX (1213) 8. — T. XXXI (1212) 477.

Jazzaha, in Veldaromarca. T. XXXI (899) 159.

Ibersheim, curia pertinens ad hospitale lutrense. T. XXXI (1215) 489.

Ibfuhof, pertinet ad monasterium Chizzingen. T. XXIX (1040) 73.

Ibisa, *Ipisa*, *Ibese*, fluvius in terra quondam Avarorum. T. XXVIII (979) 228. — in marca orientali — (995) 261. in parte orientali — T. XXIX (1034) 46; — in marcha orientali. T. XXXI (995) 258. (1068) 342.

Ibitaheim, villa imperio subjecta. T. XXIX (1200) 497.

Ibaburg, *Ibepurg*, *Ibisiburch*, pro parte proprietas monasterii S. Nicolai. T. XXIX (1111) 227.

   „   ubi possessio Scotorum ratisponensium. T. XXX (1213) 8.

Idenaburnen, ubi praedium ecclesiae Rodenkircha. T. XXX (1214) 19.

Idungesdorf, pertinet ad monasterium Wizenaha. T. XXIX (1146) 287. (1205) 515.

Jeraheim, ubi monasterium S. Nicolai habet praedium. T. XXIX (1111) 228.

Jerusalem, civitas sancta. T. XXXI (1229) 534, 535, 536, 537.

   „   hospitale S. Mariae Theutonicorum ibid. T. XXIX (1212) 558. T. XXX (1224) 119, 121. — T. XXXI (1185) 424. (1207) 468.

Igibistrunth, donatur Emchardo fideli. T. XXIX (1054) 118.

Ikilenheim, villa in Francia orientali. T. XXVIII (889) 93. (923) 161.

Ilara, fluvius. T. XXIX (1059) 142.

Ilmenowe, praedium monasterii S. Mariae in Babenberch. T. XXIX (1182) 444.

Ilzisa, *Ildie*, fluvius. T. XXVIII (1010) 421, 422. — T. XXIX (1207) 540.

Imileb, locus dati diplomatis imperialis. T. XXIX (1033) 38.

Immeslat, villa in pago Walzsazi. T. XXVIII (840) 35.

Imisrul, pertinens ad monasterium Wizenahe. T. XXIX (1205) 516.

Imiziuesdorf, ubi praedium monasterii S. Nicolai. T. XXIX (1111) 229.

Inchingen, in vicinitate villae Rebdorf. T. XXXI (1055) 350.

Incingan, curtis regia, ubi capella Otinga obtinet nonas. T. XXXI (836) 117.

Incinmos, ceditur sedi frisingensi. T. XXXI (993) 145.

Indenrratick, advocatia monasterii superioris Ratisponae. T. XXXI (1237) 570.

Indersdorf, conf. *Undistorf*.

Inebiunt, possessio monasterii biburgensis. T. XXIX (1177) 425.

Ingelheim, *Ingelenheim*, *Ingelnheim*, *Ingelinheim*, *Inghilinheim*, *Ingulus-heim*, conf. etiam *Hengilonheim*.

   „   palatium regium. T. XXVIII (807) 7. — T. XXXI (831) 61.

   „   locus dati diplomatis imperialis. T. XXVIII (1009) 411. (1017) 463, 465. — T. XXIX (1043) 78, 79, 81. (1048) 92. — T. XXXI (819) 45, 46. (965) 201. (1000) 269.

   „   villa et ecclesia in pago wormacensi. T. XXVIII (889) 93, 98. (923) 161. (993) 259. (996) 269. 270.

   „   in comitatu Emichonis in pago Nachgowe. T. XXXI (1074) 386.

Ingeringen, donatur ecclesiae chambergensi. T. XXIX (1146) 293.

Ingirisheim, comitatus in pago Wiringowa. T. XXIX (1075) 191.

Ingeldeshoehe, *Ingoldeshaha*, ubi terminus marchae weissenburgensis. T. XXXI (623) 3. (967) 203. (1003) 276.

Ingolstadt, villa. T. XXVIII (841) 36.

Inticha, *Intica*, *Hinticha*, cellula ab Hattone frisingensi episcopo constructa. T. XXXI (816) 32.

  „ ubi ecclesia S. Candidi. T. XXXI (969) 205. (992) 261.

Incendensdal, *Incensdal*, ubi terminus marchae weissenburgensis. T. XXXI (623) 3. (967) 202. (1003) 276.

Johanstein, castrum pataviense. T. XXXI (1222) 512.

Joppen, urbs et castrum. T. XXXI (1229) 634, 635, 636.

Iphenhoven, *Iphahofe*, *Ipphehoven*, villa et basilica in pago Iphigewe. T. XXVIII (889) 93, 98. (923) 162. — Conf. etiam *Iphove*.

  „ decima ibid. parocho contra Hertwicum de Erlach adjudicata. T. XXIX (1151) 305, 306.

Ippiknobu, villa et basilica in pago Guligauginai. T. XXVIII (823) 17.

Irlocha, in comitatu Hello, in pago Ingeriagowe. T. XXXI (1022) 295.

Isara, *Ysara*, fluvius. T. XXVIII (1002) 301. (1003) 310. — T. XXIX (1025) 11. (1177) 426. — T. XXXI (1043) 322.

Irinmarwaztir, terminus marchae campidunensis. T. XXX (933) 387.

Iming, in comitatu Ottonis, in pago Tunchawe. T. XXXI (1036) 347.

Ispera, fluvius in pago Osterriche. T. XXVIII (998) 271.

Istria, *Histria*, marchia. T. XXXI (1062) 345.

Italia. T. XXVIII (307) 7. (811) 8. (878) 64. (879) 66. (885) 77. (883) 81. — T. XXIX (1157) 341. (1173) 415. (1205) 518. — T. XXXI (898) 160.

Itensheim, *Itinesheim*, locus inter Alimoniam et Scutaram. T. XXVIII (913) 158. (1002) 292.

  „ spectat ad sedem cistctensem. T. XXXI (903) 179.

Itilsdorf, praediolum in Carinthia. T. XXIX (1207) 536.

Judaheimma, in pago Isanahgowe. T. XXXI (899) 159.

Junkerhusen, praedium monasterii Bildbildhusen. T. XXXI (1157) 410.

Insingon — cella, villa pertinens ad monasterium Nûwenstat. T. XXXI (817) 41.

Juvenesdal, conf. *Incenesdal*, sive *Incendensdal*.

Juvava, urbs. T. XXVIII (959) 184. — conf. etiam *Salzburg*.

Izhzelinga, in comitatu Adalberonis. T. XXXI (951) 198.

K.

K., conf. etiam *C.*

Kaerrin, possessio Scotorum ratisponensium. T. XXX (1213) 9.

Kaishaim, *Keisheim*, monasterium, fundatum a comitibus de Lechsgemünde.

T. XXIX (1155) 314. (1193) 457, 458. T. XXX (1217) 62,
63. (1228) 157. (1232) 205.
Kaisheim, conf. etiam *Caesaria*.
   „   villa. T. XXIX (1155) 315.
Kallenberg, Besitzung der Schotten zu Regensburg. T. XXXI (1212) 477.
Kaltinbach, rivus in territorio salzburgensi. T. XXIX (1048) 91.
Kanale, ubi terminus wildbanni augustensis. T. XXIX (1069) 142.
Kanstein, praedium hospitalis ratisponensis. T. XXX (1217) 58.
Kapfesdorf, praedium Teutonicorum norimbergensium. T. XXX (1233)
     207.
Karbach, praedium ecclesiae wircehurgensis. T. XXIX (1172) 412.
Karershusen, restituitur monasterio Uurin. T. XXIX (1046) 83. T. XXXI
     (1055) 335.
Karintana regio. T. XXVIII (979) 230. — conf. etiam *Carinthia*.
Karlshoven, ibi praedium donatur ordini Theutonicorum. T. XXIX (1212)
     558.
Karloburgum, villa et monasterium in pago Salaegaugia. T. XXVIII (823)
     17. — Conf. etiam *Charlaburg*.
Kauldorf, Besitzung des Schottenklosters zu Regensburg. T. XXXI (1212)
     477.
Kebenaha, fluvius in vicinitate lacus Tachensee. T. XXIX (1048) 90.
Kefenbach, ubi praedium Scotorum norimbergensium. T. XXXI (1225)
     520.
Keisheim, monasterium conf. *Kaisheim*.
Kellheim, castrum. T. XXIX (1205) 527.
Kelminze, villa venditur monasterio halsprunensi. T. XXX (1235) 236.
Kemnat, *Keminata*, *Kemenathen*, *Kemnaten*, *Kempnat*.
   „   in comitatu Heinrici in pago Nordgouwe. T. XXVIII (1003) 400.
   „   Burg bei Kaufbeuern. T. XXX (1240) 273.
   „   pertinet ad monasterium Wizinaho. T. XXIX (1205) 515.
   „   Besitzung des Schottenklosters zu Regensburg. T. XXXI (1212)
     477.
   „   praedium Scotorum norimbergensium. T. XXXI (1225) 521.
Kennengheim, possessio monasterii S. Kiliani. T. XXIX (1149) 299.
Kerny, Besitzung des Schottenklosters zu Regensburg. T. XXXI (1212)
     477.
Kesgingen, possessio monasterii biburgensis. T. XXIX (1177) 425.
Ketingin, monasterium, conf. *Chizzingen* et *Kitzingen*.
Khelbirisbah, rivus in pago Sueinikgowe. T. XXIX (1040) 64.
Kienhen, possessio capituli salisburgensis. T. XXX (1230) 162.
Kiemsee, *Kiemisse*, *Kiemisee*, conf. etiam *Chiemsee*.
   „   abbatia pertinens ad ecclesiam salisburgensem. T. XXIX (1201)
     505.
   „   monasterium sanctimonialium in comitatu Babonis in pago Riemi-
     gouwe. T. XXIX (1062) 163.

Kihinni, S., monasterium, conf. *Würzburg.*

Kindhausen, Kindenkns, possessio Scotorum ratisponensium. T. XXX (1213) 50. — T. XXXI (1212) 477.

Kirchbach, Kirichbach, ecclesia et villa in provincia Avarorum. T. XXVIII (836) 29. — conf. etiam *Chirichpach.*

Kirchdorf, Kirchtorf, Kirctorf, praedium in Alemannia. T. XXIX (1171) 400.

Kirchendal, ubi terminus marchae weissenburgensis. T. XXXI (623) 3. (967) 203. (1003) 276.

Kircheim, Kirichrim, ad fluvium Neccar, in comitatu Adalberti, in pago Zubernogowi. T. XXVIII (1003) 315.

„   in comitatu Hessini in pago Suhchgovve. T. XXVIII (1007) 385, 386.

„   villa et ecclesia donatur ecclesiae S. sepulchri apud Spiram. T. XXX (1213) 23.

„   allodium imperatoris Heinrici VI. T. XXXI (1193) 450.

„   villa et basilica in pago Guligauginsi. T. XXVIII (823) 17.

„   ubi praedium Scotorum norimbergensium. T. XXXI (1225) 521.

„   conf. etiam *Chirichhrim.*

Kisheginbach, locus in marca foresti regii ad sedem paturiensem pertinens. T. XXVIII (887) 73.

Kisthrim, pertinens ad monasterium tharissense. T. XXXI (1094) 373.

Kizzingen, Kitzingen, conf. etiam *Chizzingen.*

„   abbatia in pago Gozfeld. T. XXVIII (1007) 538. T. XXIX (1161) 306 — monasterium quondam regium (1165) 379, 380. (1180) 435, 436. — T. XXX (1235) 243. (1007) 391.

Kneutingen, villa et ecclesia, possessio monasterii Scotorum ratisponensium. T. XXX (1213) 8.

Koger, Besitzung des Schottenklosters zu Regensburg. T. XXXI (1212) 477.

Krannch, ubi praedium Scotorum norimbergensium. T. XXXI (1125) 521.

Krapfenhof, possessio Scotorum ratisponensium. T. XXX (1215) 8.

Krappenstein, ubi praedium hospitalis ratisponensis. T. XXX (1217) 58.

Kreuzelsheim, prius pertinens ad abbatiam Amorbach. T. XXXI (996) 262.

Krigenbaum, ubi praedium Scotorum norimbergensium. T. XXXI (1225) 521.

Kruchenberg, Besitzung des Schottenklosters zu Regensburg. T. XXXI (1212) 478.

Kungesberg, in Francia orientali. T. XXX (1254) 221.

Kumilisbach, conf. *Chumhisbach.*

Kustiche, prius pertinens ad abbatiam Amorbach. T. XXXI (996) 262.

Knoedorf. T. XXX (1236) 252, 254.

Kuonegeshofen, villa et feudum ecclesiae wirceburgensis. T. XXX (1225) 131.

Kurimbach, in Francia orientali. T. XXIX (1031) 32.

Kyrcheim, conf. *Chirichheim* et *Kircheim*.
Kyrichparh, conf. *Chirichpuch* et *Kirchbach*.
Kyrrebach, ceditur ecclesiae babenhergensi.   T. XXXI (1017) 289.

L.

Laber, molendina, possessio Scotorum ratisponensium.   T. XXX (1213) 8.
     T. XXXI (1212) 477.
Lachaberg, *Lachpergk*, terminus possessionum monasterii nûwenstatensis.
     T. XXXI (786) 15.   (1000) 269.
Inculunense monasterium, conf. *Lunnelucum*.
Lacus summus, praedium in Italia.   T. XXXI (898) 150, 151.
Lanchrim, orientalis, ubi terminus banni forestalis ecclesiae wirceburgensis.
     T. XXXI (1023) 298.
Lanckheim, *Langheim*, *Langeim*, monasterium.   T. XXIX (1162) 308.   T.
     XXXI (1177) 413.   (1205) 464.
Landshut, *Landeshuole*, castrum.   T. XXIX (1205) 527.
Langenberg, *Langinberc*, mons, quem Teutonici sic nominant, situs in
     Francia orientali.   T. XXVIII (1000) 285.
     „   villa, pertinens ad monasterium Chicingen.   T. XXIX (1040) 73.
Langene.   T. XXIX (1061) 155.
Langenrein, ubi terminus possessionum monasterii nûwenstatensis.   T. XXXI
     (786) 15.   (1000) 269.
Langile.   T. XXVIII (995) 263.
Lantharlesdorf, praedium in comitatu Friderici, donatur monasterio Ebers-
          berg.   T. XXIX (1055) 120.
Lantolcinga, villa in pago Bliesiggowe.   T. XXXI (888) 127.
Lantperli, S., monasterium sive ecclesia.   T. XXVIII (983) 235.
Lantwrindenhusen, in comitatu Gerlaci in pago Logenahi.   T. XXVIII (1018)
          473.
Lanzenberg, *Lanzinperc*, villa in comitatu Chadalhohi in pago Rottgorvi.
     T. XXVIII (1011) 434.
lapides - inter, locus ubi Liupana villa ecclesiae tegernseensi donata.   T.
     XXVIII (1019) 482.
Lara, fluviolus in Francia orientali.   T. XXXI (786) 15.   (1000) 269.
Lasan, praedium, ceditur a monasterio wultsassensi.   T. XXXI (1213) 497.
Lauda.   T. XXX (1257) 266.
     „   nova.   T. XXXI (1159) 414.
Laufen, praedium, spectans ad basilicam in Murrhart.   T. XXXI (817) 57.
     Conf. etiam *Luffa* et *Illauppa*.
Laurencum - laureacensis ecclesia.   T. XXVIII (898) 119.   (972) 195, 194.
     (974) 208, 209.   (976) 221.   (977) 323. —   T. XXIX (1052)
     110.   (1063) 167. —   Conf. etiam *Pataviensis ecclesia*.

Laurreacum, civitas. T. XXIX (1111) 228. Conf. *Lorache.*
Lautern- T. XXXI (1217) 495. (1227) 526.
Laventenburg, Laventenburch, in parte orientali. T. XXIX (1056) 129.
Lecceberg, via prope Lutram caesaream. T. XXXI (1215) 489.
Lechendorf, ubi praedium Scotorum norimbergensium. T. XXXI (1225) 521.
Leian, inter montana in comitatu Popponis. T. XXIX (1055) 123.
Leibestal, villa, ubi terminus Wildbanni eistetensis. T. XXXI (1080) 364.
Leichitinga, villa in pago Donahgevvc. T. XXVIII (868) 56.
   „   ubi praedium hospitalis ratisponensis. T. XXX (1217) 58.
Leimbach, Leimbak, locus in comitatu Ernusti in pago Ibsigevve. T. XXVIII (912) 146.
Leipflinsa, aqua in pago Sucinikgowa. T. XXIX (1040) 63, 64.
Lengelock nemus, pertinens ad monasterium tharissensc. T. XXXI (1094) 373.
Lengenberg, Lenginberch, castrum comitum de Lechsgemünd in Carinthia T. XXIX (1207) 536.
Lengenfeld, Lengewell, ubi terminus wiltbanni augustensis. T. XXIX (1059) 142.
   „   castrum in Nordgaw. T. XXIX (1207) 527.
   „   locus dati diplomatis regii. T. XXX (1264) 343.
Lenkersheim, Lenggirsheim, civitas. T. XXIX (1200) 491, 492. T. XXX (1234) 221.
Lennes, in Montania. T. XXIX (1177) 425.
Lentinchofa, Lentinchovan, beneficium ecclesiae ratisponensis. T. XXVIII (879) 65. — T. XXXI (892) 143.
Leodium. T. XXIX (1103) 220.
Leonem S., ad — locus dati diplomatis imperialis. T. XXXI (963) 200.
Lesane, provincia secunda Slaviae. T. XXIX (1136) 268.
Leschake, silva in marchia Creina. T. XXIX (1040) 58.
Lesle, praedium monasterii S. Mariae in Babenberg. T. XXIX (1182) 444.
Leumburg, Leumpurg, ubi possessio Scotorum norimbergensium. T. XXXI (1225) 520.
Libmiza, fluvius in Carniola. T. XXXI (1002) 274.
Liburna, Lurna, curis in Sclaviniae partibus. T. XXXI (891) 137, 139.
Licus, fluvius. T. XXIX (1059) 142, 143. — T. XXX (1264) 339.
Lideren, in comitatu Heinrici in pago Northowe. T. XXIX (1054) 117.
Liechtenfels, castrum ecclesiae babenbergensis. T. XXIX (1160) 354, 355.
Liedenstedi, villa in comitatu Burkardi in pago Hassago. T. XXVIII (991) 243.
Lienberg, possessio Scotorum ratisponensium. T. XXX (1213) 8.
Lihtowa, in comitatu Heinrici in pago Norigowe. T. XXVIII (1009) 410.
Lilletfeld, ubi terminus banni forestalis ecclesiae wirceburgensis. T. XXXI (1023) 298.
Lindbach, terminus wiltbanni babenbergensis. T. XXIX (1069) 132.

Lindaugia, monasterium in lacu Withsee. T. XXXI (839) 85.
Lindelbach, possessio ecclesiae babenbergensis. T. XXIX (1062) 159.
Linden, possessio monasterii biburgensis. T. XXIX (1177) 425.
Lindenlohe, praedium monasterii S. Mariae in Babenberg. T. XXIX (1182) 444.
    „   Lindenloch, curia in vicinitate silvae Steigerwalt. T. XXIX (1151) 303.
Lindenawa, vicus, ubi fons salis. T. XXIX (1152) 308.
Linta, *Linte*, praedium in comitatu Adalberonis et in provincia Carinthia. T. XXVIII (1007) 333.
    „   in marchia Oudalrici marchionis. T. XXIX (1063) 164.
    „   praediolum in Carinthia. T. XXIX (1207) 536.
Lintihari, possessio monasterii inferioris Ratisponae. T. XXVIII (1002) 301. T. XXIX (1025) 11.
    „   villa in comitatu Sarbilonis in pago Tuonahkewe. T. XXVIII (973) 199, 205.
Lintkirchen, possessio monasterii biburgensis. T. XXIX (1177) 425.
Lintun, ubi terminus wildbanni augustensis. T. XXIX (1069) 142.
Lirundorf, possessio monasterii inferioris ratisponensis. T. XXVIII (1002) 301. T. XXIX (1025) 11.
Lilaha, *Lilacha*, fluvius in comitatu Sigefridi marchionis. T. XXIX (1045) 31.
    „   in pago Osterriche. T. XXIX (1051) 104. (1074) 190. — . In provincia Avarorum. T. XXX (823) 331. T. XXXI (833) 70, — juxta fontem Sconibrunno. T. XXX (823) 382.
Lilahaberge, in parte orientali. T. XXIX (1074) 190.
Litrano, in comitatu Vicentino. T. XXXI (969) 205. (992) 250.
Lilun, curia. T. XXIX (1193) 468.
    „   pertinens ad monasterium Kaisheim. T. XXIX (1155) 315.
Limbasa, fluvius in superiori Bavaria. T. XXVIII (1003) 310.
Liuben, ubi vineae monasterii S. Nicolai. T. XXIX (1111) 228.
Liubihinbach, in pago Trungowe, possessio monasterii S. Salvatoris in Chremisa. T. XXX (902) 330.
Liubmannismaole, molendinum apud Nurnberg. T. XXX (1234) 247.
Liobrodici locus, donatur ecclesiae babenbergensi. T. XXVIII (1014) 446.
Liuchingan, curtis. T. XXXI (885) 117.
Liudzimannespah, fluvius influens in Ihisam. T. XXIX (1034) 46.
Liumendingen, ubi vineae monasterii S. Nicolai. T. XXIX (1111) 228.
Liobenstal, pertinet ad monasterium Wizenaha. T. XXIX (1146) 287.
Liupana, donatur ecclesiae Tegernsee. T. XXVIII (1019) 482.
Liupna, iu Oriente juxta danubium in comitatu Heinrici. T. XXVIII (1002) 297.
Liutheresharun, villa cum silva in Francia orientali. T. XXVIII (1000) 235.
Liuzzinpach, in Veldaromarca. T. XXXI (899) 159.
Lizendorf, praedium monasterii S. Mariae in Babenberg. T. XXIX (1182) 444.

Laberingen, possessio monasterii bibargensis. T. XXIX (1177) 428.

Lochin, praedium monasterii S. Mariae in Babenberg. T. XXIX (1132) 444.

Lokerith, praedium monasterii Bildhildhusen. T. XXXI (1157) 410.

Lomca, in Carniola. T. XXXI (974) 221. conf. etiam *Lunca*.

Lomerstal, villa et ecclesia in comitatu (pago) Ratenzgovvi. T. XXVIII (1008) 390.

Loracho, villa regia ad Anesum. T. XXVIII (977) 224, — fiscus regius. T. XXXI (977) 233. Conf. *Laureacum*.

Larsa. T. XXXI (1072) 351.

Loubendorf, ubi praedium ecclesiae babenbergensis. T. XXXI (1243) 578.

Louphen, conf. *Luffa*.

Lonra, fluvius in marcha Chreine. T. XXXI (989) 248.

Lova, aqua sive rivus in comitatu Luitpoldi comitis et marchionis. T. XXXI (905) 176.

Lua, major (i. e. Lova-Luhe) rivus in pago Norigowe. T. XXXI (1043) 320.

  „ minor, rivus ibidem, loc. citato.

Lubihchinespach, in pago Matahgowe. T. XXXI (905) 170.

Lubnic, mons in Carniola sive Creinamarcha. T. XXXI (974) 220.

Lubuschange, rivulus in Norigowe. T. XXXI (1043) 320.

Luca. T. XXIX (1209) 557.

Lucinhusen, possessio monasterii biburgensis. T. XXIX (1177) 428.

Lūdenhusen, possessio monasterii Bildhildhusen. T. XXXI (1157) 410.

Luffa, *Louffa*, conf. etiam *Hluuppa* et *Laufen*.

  „ villa et basilica in pago Nechargevve. T. XXVIII (889) 93, 98. (925) 162.

  „ castrum, ubi per Heinricum wirceburgensem episcopum in honorem Reginsvindis monasterium est instituendum. T. XXVIII (1003) 316.

  „ Louphen, in territorio salzburgensi. T. XXIX (1144) 284.

Lugelinge, pertinet ad monasterium Wizinahe. T. XXIX (1205) 516.

Luithardesdorf, ceditur a monasterio Madilhardesdorf. T. XXIX (1136) 265.

Lumnelacum, monasterium et abbatia. T. XXVIII (879) 68. (883) 72.

Lunca, in pago Istria, in marcha Oudalrici marchionis. T. XXIX (1067) 171 — conf. etiam *Lonca*.

Lungove, *Lungouve*, *Longou*, dicitur provincia. T. XXIX (1174) 418, 420.

Luog, ubi praedium hospitalis ratisponensis. T. XXX (1217) 58.

Luolsaw, praedium, ceditur a monasterio waltsassensi. T. XXXI (1218) 497.

Lurna, conf. *Liburna*.

Lurno, comitatus in Montanis. T. XXXI (973) 216.

Lurungen, praedium ecclesiae wirceburgensis. T. XXIX (1172) 412.

Lusenbach, praedium ejusdem ecclesiae. T. XXIX (1172) 412.

Lutenbach, *Ludenbuch*, ubi terminus marchae weissenburgensis. T. XXXI (623) 3. (967) 203. (1005) 276.

Lutere, vadum, ubi terminus marchae weissenburgensis. T. XXXI (623)
    3 etc. loc. citato.
Lutfrideshusen, in comitatu Hemizonis in pago Westergowe. T. XXVIII
    (1018) 467.
Luthara, curtis in pago Nacbgowe in comitatu Emichonis. T. XXXI (985)
    243.
Lutiraha, rivus et terminus marchae campidunensis. T. XXX (983) 387.
    „   rivus influens in Murram. T. XXXI (1027) 304.
Lutra, castrum regium. T. XXXI (1215) 489.
    „   burgum, ubi hospitale S. Mariae. T. XXXI (1215) 488.
    „   sive Lutrea, locus dati diplomatis regii. T. XXX (1214) 19. T.
        XXXI (1193) 451. (1214) 484.
Lutzelenhart villa, pertinens' ad monasterium Hirsaugia. T. XXIX (1075)
    196.
Luxovium, abbatia (Luxeuil in der Franche - Comté). T. XXVIII (890) 103.
Lazihadorf, villa. T. XXVIII (883) 71.
Lazrilunchirchen, in comitatu Oudalrici in pago Sphetreino. T. XXVIII
    (1011) 432.
Lyradorf, possessio Scotorum ratisponensium. T. XXX (1313) 8. — dici-
    tur etiam Lyundorf. T. XXXI (1212) 477.

M.

Machindorf, in comitatu Heinrici in pago Nordgorvi. T. XXVIII (1008)
    397.
Madalrichestrevoa, villa et basilica in pago Westregaugio. T. XXVIII
    (823) 17.
Madalrichstal, villa et basilica in pago Westargerve. T. XXVIII (889)
    94. — T. XXIX (1031) 32.
Madilhartisdorf, sive *Mallerstorf*, monasterium. T. XXIX (1129) 252.
    (1135) 265.
Maerdingen, *Mardingen*, praedium in pago Ougesgawe in Suevia. T.
    XXIX (1111) 224. — T. XXX (1213) 66.
Maetingas, villa in pago Westermann et in comitatu Luitpoldi. T. XXXI
    (901) 165.
Magadaburg. T. XXVIII (995) 261. T. XXXI (995) 259.
Maguntia, conf. *Moguntia*.
Mahandorf, in comitatu Heinrici in pago Nortgovve. T. XXXI (1008) 282,
    283.
Makelbac, fluvius in Francia orientali. T. XXIX (1031) 39.
Mahlewell, possessio monasterii Scotorum ratisponensium. T. XXX (1213) 8.
Majae, conf. *Meies*.

Mallukkinga, villa et portus in litore australi Oeni, in comitatu Isangrimi, in pago Matahgovve. T. XXVIII (904) 157.

Malska, villa et ecclesia, spectat haec ad monasterium Hirsaugia. T. XXIX (1075) 197.

Mammingun, villa in comitatu Geroldi in pago Isiningovve. T. XXVIII (1011) 455.

Managoldingon, in comitatu Ruotberti, in pago Duonnegovve. T. XXXIII (1009) 407. — sive Manegoltingen. T. XXXI (1140) 396.

Mandechingon, villa in pago Chelasgave. T. XXVIII (844) 87.

Mandewerde, juxta danubium, in comitatu Ernusti marchionis et in marchia Osterriche. T. XXXI (1058) 341.

Manenseo, *Maminseo*, monasterium. T. XXXI (833) 68. 69. (879) 111.

Manneowra, terminus wildbanni babenbergensis. T. XXIX (1069) 182.

Manilo, possessio Scotorum ratisponensium. T. XXX (1213) 8. — T. XXXI (1212) 477.

Mantalahi, villa in comitatu Oudalscalhi in pago Nortgovve. T. XXVIII (1004) 313.

Man:pach, possessio Scotorum ratisponensium. T. XXX (1213) 8. — T. XXXI (1212) 477.

Marachleo, in comitatu Hunolfi in pago Quinzingovve. T. XXVIII (890) 100.

Marackpach, in comitatu Hunolfi. loc. cit.

Maraha, fluvius. T. XXIX (1025) 12. — in pago Osterriche. (1051) 104. — transitus ejus (Urfahr) (1067) 173.

Marea, Luitbaldi comitis. T. XXVIII (985) 244. — Conf. etiam *Austria*.
,,   Theoterii in provincia Avarorum. T. XXVIII (836) 29. Conf. etiam *Avaria*.
,,   orientalis, conf. *Austria*.
,,   in foresto regio ad S. Stephanum Pataviae pertinens. T. XXVIII (887) 73.

Marchilingan, pertinens pro parte ad monasterium Hirsaugia. T. XXIX (1075) 196.

Marcholfesheim, locus donatur Emehardo fideli. T. XXIX (1054) 118.

Marestel, possessio Scotorum ratisponensium. T. XXX (1213) 8.

Mahrhuppa, fluvius, cadit in Oenum. T. XXVIII (904) 157.

Marias, S., ecclesia Augustae. T. XXIX (1143) 278.
,,   S. monasterium Dahenbergae. T. XXIX (1132) 443 — 445.
,,   S. fons, ubi terminus possessionum monasterii Nuewenstat. T. XXXI (817) 41.

Markstelen, Besitzung der Schotten zu Regensburg. T. XXXI (1212) 477.

Marlingon, ecclesia et villa in comitatu Engildei. T. XXVIII (884) 74.

Marpurghusen, ubi terminus banni forestalis ecclesiae wirceburgensis. T. XXXI (1023) 298.

Marspach, castrum pataviense. T. XXXI (1222) 512.

Massenbach, terminus wildbanni babenbergensis. T. XXIX (1069) 182.

Matakhoven, *Matachove*, *Matakhove*, villa regia. T. XXVIII (862) 54. —
  T. XXXI (877) 103. (885) 117. (891) 138, 140. (898) 153.
Matrichesdorf, possessio monasterii liburgensis. T. XXIX (1177) 425.
Mathsee, *Matahse*, *Mathasen*, *Matiseo*, abbatia pertinens ad sedem pata-
  viensem. T. XXVIII (993) 250. — T. XXIX (1052) 110. —
  (1063) 167. (1111) 227, 228. — T. XXXI (877) 102. (898) 151.
  „ Mathaseo, Matheseo, lacus. T. XXX (898) 151.
Matughof, in comitatu Gebhardi in pago Matuggovve. T. XXVIII (1007)
  370.
Mauritii, S., monasterium in loco Altaha. T. XXXI (812) 26. Conf.
  etiam *Altaha*.
  „ S. ecclesia Augustae. T. XXIX (1187) 452.
Mazelinesriut, in comitatu Heinrici, in pago Nordgowe. T. XXXI (1043)
  320.
Mazingen, villa, ubi terminus wildbanni eistetensis. T. XXXI (1090) 364.
Mechenloh, *Mechenloch*, *Mechinloh*, spectat ad sedem eistetensem. T.
  XXXI (908) 179.
  „ ubi praedium Scotorum norimbergensium. T. XXXI (1225)
  520.
  „ inter Alimoniam et Scutaram. T. XXVIII (918) 168. (1002)
  292.
Medilmesheim, villa in pago Dliesiggowe. T. XXXI (938) 127.
Mediolanum. T. XXIX (1161) 361.
Meggedemuh, in pago Cochengowe. T. XXIX (1042) 75.
Meginhart, locus in Alemannia. T. XXXI (1027) 304.
Meghindorf. T. XXIX (1200) 498.
Mejarespah, villa in comitatu Chadalhobi in pago Rottgovvi. T. XXVIII
  (1011) 455.
  „ conf. etiam *Mejarespach*.
Meies i. e. *Mujae*, in comitatu Bertholdi in pago Venusta. T. XXVIII
  (931) 168.
Meingers, possessio ecclesiae babenbergensis. T. XXXI (1243) 578.
Meiningeromarcha, in comitatu Ottonis in pago Grapfelt. T. XXVIII
  (1008) 391.
Meininga, in comitatu Ottonis etc. loc. cit.
Mejarespach, in comitatu Gumpoldi in pago Isanahgawe. T. XXXI (903)
  168.
  „ conf. etiam *Mejarespah*.
Meirsperg, ubi praedium Scotorum norimbergensium. T. XXXI (1225)
  520.
Melgach, ubi praedium Scotorum norimbergensium. T. XXXI (1225) 521.
Melfia. T. XXX (1227) 147.
Memensdorf, praedium monasterii S. Mariae in Babenberg. T. XXIX
  (1182) 444.
Memmingen, in dioecesi augustensi. T. XXX (1215) 51.

         28 *

Menechinvillare, terminus civitatis Anwilre. T. XXX (1219) 81.

Mennembach, praedium monasterii S. Mariae in Babenberg. T. XXIX (1182) 444.

Mennenheim, praedium monasterii S. Mariae in Dahenberg. loc. cit.

Merdindorf, in comitatu Adalberti in pago Radinzgove. T. XXVIII (1007) 350.

Merdingen, villa in Suevia, ceditur ab episcopo pataviensi. T. XXIX (1157) 344, 345. — (1193) 470.

Merga, conf. *Murga*.

Merindorf, possessio ecclesiae babenbergensis. T. XXIX (1060) 159.

Meringen, cujus ecclesia spectat ad monasterium Altenhohenau. T. XXX (1259) 330.

Merrechenhovena, conf. *Morchenherenum*.

Merseburg, *Merseburc*, *Mersiburch*, civitas. T. XXVIII (973) 197, 198, 200. (1005) 325. (1008) 394, 395. — (1013) 445. (1014) 452. (1015) 456. T. XXIX (1032) 36. (1033) 86. (1069) 180. (1134) 264. (1136) 267. — T. XXX (1009) 395. — T. XXXI (1019) 293.

Mersevell. T. XXVIII (1015) 459.

Meserechs, provincia tertia Sclaviae. T. XXIX (1136) 268.

Metama, rivus in pago Sueinikgawa. T. XXIX (1040) 63, 64.

Metama, *Metamun*, *Metemon*, *Metemun*, *Methemen*, *Metense* monasterium sive Metten. T. XXVIII (837) 30. (851) 44. (859) 50. (867) 55. (868) 56. (980) 66. (882) 67. (889) 88. (893) 105. (976) 214. — T. XXIX (1051) 103. — T. XXX (1237) 257. — T. XXXI (880) 113.

Metchis, pertinet ad monasterium Wizinahe. T. XXIX (1205) 515.

Metemenhaa, in comitatu Pilgrimi in pago Matgovve. T. XXIX (1039) 50.

Metheback, rivus, terminus wildbanni babenbergensis. T. XXIX (1069) 182.

Metensis ecclesia i. e. Metz, possidens monasterium Chimenesco. T. XXVIII (890) 105.

Mettilingun, villa pertinens ad monasterium Hirsaugia. T. XXIX (1075) 196.

Michaelis S., monasterium Babenbergae. T. XXVIII (1013) 473, 475, 480. T. XXIX (1146) 295.

Michelvell, monasterium. T. XXX (1233) 207.

Miesenburg, castellum in parte orientali ad ecclesiam frisingensem spectans. T. XXIX (1074) 190.

Mindilunursprinc, ubi terminus marchae campidunensis. T. XXX (983) 387.

Mirkendorf, praedium monasterii S. Mariae in Babenberg. T. XXIX (1182) 444.

Mitteldorf, pertinet ad monasterium Wizenaha. T. XXIX (1146) 287.

Mochinica, in plaga orientali. T. XXX (823) 382.

Modzilaln, in pago Ostricha in marcha Ernusti. T. XXIX (1067) 173.
Moenus, *Moina*, *Moin*, *Moyna*, *Mogus*, *Mogenus*, *Mugnus*, fluvius.
    T. XXVIII (794) 4. (820) 13. (846) 41. (889) 95. (1008) 390.
    (1014) 453. — T. XXIX (1050) 144. (1172) 407. — T. XXX
    (1224) 121. (1007) 591. — T. XXXI (786) 14, 15. (799) 28.
    (817) 40. (817) 41. (1000) 268, 269. (1023) 297. 298.
Mogenriuf, in comitatu Heinrici, in pago Nortgawe. T. XXXI (1043) 320.
Moguntia, *Mogoncia*, *Mogontia*, *Maguntia*, civitas. T. XXVIII (940)
    175. (1007) 337. (1010) 426, 428. (1041) 431. (1018) 469,
    470. — T. XXIX (1039) 53. (1054) 115, 116. (1059) 143.
    (1062) 161. (1067) 176. (1153) 261. (1157) 341. (1199) 490.
    T. XXX (1212) 2. (1226) 144. (1205) 399, 400. — T. XXXI
    (769) 9. (813) 29. (833) 74, 77, 79. (927) 188. (1008) 283.
    (1018) 293. (1019) 298. (1024) 300. (1074) 357. (1102) 377.
    (1138) 393. (1182) 421. (1196) 460, 462. (1237) 570.
   „   ecclesia episcopalis ibidem. T. XXVIII (974) 206. — T. XXIX
    (1192) 466. (1209) 555, 556. — T. XXX (1212) 1. (1225)
    134. (1226) 144. (1237) 259, 262.
Monacum, civitas. T. XXX (1251) 319. (1259) 330. — Conf. etiam
    München.
Monasterium, civitas (Münster). T. XXIX (1112) 252. T. XXXI (1126)
    386.
   „   abbatia in Bavaria, conf. *Sueiga*.
   „   superius et inferius, conf. *Ratispona*.
Mons angelorum, abbatia Babenbergae. T. XXVIII (1018) 473.
  „ carentanus in Carinthia. T. XXVIII (985) 235.
Montana Bavariae. T. XXVIII (883) 91.
Montes silvosi apud Bedebur, ubi terminus marchae weissenburgensis.
    T. XXXI (623) 3. (967) 203.
Monticolo, prope Luccam. T. XXVIII (970) 192.
Moppen, villa, dicitur nunc Sconaugia. T. XXIX (1192) 462.
Morubia, et ejus episcopus. T. XXIX (1143) 280.
Morchenherenum, *Merrechenhorena*, ubi terminus marchae weissenburgensis.
    T. XXXI (623) 2. (967) 202. (1003) 276.
Morcinhoren, possessio monasterii biburgensis. T. XXIX (1177) 425.
Morinesheim, locus inter Alimoniam et Scutaram. T. XXVIII (918) 158.
    (1002) 292.
Moringen, *Moeringen*, praedium in comitatu Arnoldi in pago Owesgowe.
    T. XXIX (1073) 203.
   „   curtis conceditur Ludowico Bavariae duci. T. XXIX (1208)
    542.
   „   ubi praepositus regis. T. XXX (1224) 125, 126.
   „   villa obligatur Ludowico Bavariae duci a Conradino. T. XXX
    (1267) 363. — T. XXXI (1266) 595.
Merlutra, pertinens ad hospitale lutrense. T. XXXI (1215) 489.

Morsbrunn, villa. T. XXX (1219) 80.
Morsheim, ubi praedium ecclesiae Rodenkircha. T. XXX (1214) 19.
    „   ubi ecclesia Dietbruogen habet proventus. T. XXX (1214) 23.
Mortenowa, ubi feudum ecclesiae babenbergensis. T. XXX (1225) 133.
Mosaburg, *Mosapurg*, *Mosaburch*, *Mosaburc*, locus dati diplomatis regii.
        T. XXVIII (889) 85. — Dicitur Urbs (889) 86. civitas regia.
        (890) 101.
    „   monasterium sive abbatiola. T. XXVIII (896) 110. — Sedi
        frisingensi confirmatur. T. XXVIII (940) 173. — T. XXXI
        (1043) 322.
Mosaheim, capella, pertinens ad veterem capellam Ratisponae. T. XXVIII
        (885) 76.
Mose, allodium, monasterio Cella donatum. T. XXIX (1146) 292.
Mosente, pertinet ad monasterium Wizenaha. T. XXIX (1146) 287. (1205)
        516.
Mour'ingan, villa, pertinet ad monasterium Hirsaugia. T. XXIX (1075)
        196.
Mourinseze, pertinens ad monasterium Wizinahe. T. XXIX (1205) 516.
Mozmul, in cujus vicinitate nemus Aichholz. T. XXX (1250) 307.
Muchil, pertinet ad ecclesiam babenbergensem. T. XXX (1246) 299.
Muchingen, villa, pertinet ad monasterium Hirsaugia. T. XXIX (1075)
        196.
Mukenroll, villa monasterii Speinshart. T. XXX (1236) 242.
Mülbach, ubi salina. T. XXX (1246) 61; pertinet ad monasterium Raiten-
        haslach. T. XXXI (1221) 507.
Mulenhusen, *Mulchusen*, locus dati diplomatis regii. T. XXXI (985) 244.
        (1227) 528.
Mulinhusen, villa et ecclesia in comitatu (pago) Ratensgovvi T. XXVIII
        (1008) 390.
    „   prope fluvium Werinam. T. XXVIII (1014) 453.
Munaga, inter fluvios Pucio et Ilionzum. T. XXXI (973) 216.
Mundrichinga, in comitatu Ruotberti in pago Duonacgowe. T. XXVIII
        (1009) 407.
Munichen, *München*, villa. T. XXIX (1158) 347, 348. (1180) 439. civitas.
        T. XXX (1251) 318. conf. Monacum.
Munichrwit, possessio Scotorum ratisponensium. T. XXX (1213) 8. — T.
        XXXI (1212) 477.
Muninga, curtis in comitatu Isangrimi, in pago Matahgowe. T. XXVIII
        (904) 137.
    „   curtis regia. T. XXXI (835) 117.
Münster, villa, pertinens ad monasterium Näwenstadt. T. XXXI (817) 41.
Muoswe, curia in provincia Aschowe. T. XXX (1218) 68.
Muotrichinga, pertinet ad sedem frisingensem. T. XXXI (893) 145.
Mura, possessio monasterii biburgensis. T. XXIX (1177) 425.
    „   in pago ad Pergon. T. XXXI (899) 142.

Murga, *Merga*, fluvius ultra Rhenum. T. XXXI (676) 5.
Murra, fluvius in Alemannia. T. XXXI (1027) 304.
,, rivus, prope quem castrum Hunneburg. T. XXXI (817) 36.
Murrhart, *Murrahart*, *Murrehart*, locus Burkardo capellano a Pippino
  rege quondam donatus. T. XXVIII (993) 256. — Possessio
  ecclesiae wirceburgensis loc. cit. Abbatia (999) 276. (1003)
  308; — cellulla pertinens ad sedem wirceburgensem. T. XXIX
  (1026) 16. — T. XXXI (788) 20; — monasterium, dicitur a
  Ludovico pio fundatum. T. XXXI (817) 36 — 38. (993) 256.
  1027) 304.
,, parochia, spectans ad monasterium Murrhart. T. XXXI (817) 37.
Marzilasaha, villa in comitatu Geroldi in pago Isininggovva. T. XXVIII
  (1011) 436.
Musone, aqua in comitatu vicentino. T. XXXI (969) 205. (992) 250.
Mustrica, rivulus in terra Avarorum. T. XXXI (830) 58.
Mutah, villa ultra Rhenum. T. XXXI (975) 22.
Mutarin, ubi monasterium S. Nicolai habet praedium. T. XXIX (1111)
  228.

N.

Naba, fluvius in Nortgowe. T. XXXI (1043) 321.
Nabance, in montanis. T. XXIX (1177) 425.
Nabawinida, villa conceditur monasterio Altaha. T. XXVIII (863) 54.
Naburg, *Nabepurg*, *Nabburg*, locus dati diplomatis regii. T. XXVIII
  (930) 167.
,, marca in pago Nordgove. T. XXIX (1040) 71. (1061) 148.
Nagalta, in comitatu Werinherii in pago Nagaltgowe. T. XXVIII (1007)
  331.
,, Nagaltha, fluvius in pago Wiringowa. T. XXIX (1075) 191.
Nagalthart, villa, pertinens ad monasterium Hirsaugia. T. XXIX (1075)
  196.
Nahtstall, villa in comitatu Ouzzonis in pago Zidalaregowe. T. XXXI
  (1051) 326.
,, villa, etiam Scoenberch dicta, in pago Cidalaregowe. T. XXXI
  (1149) 408.
Nanticiagin, spectat ad monasterium superius Ratisponae. T. XXX (1249) 79.
Nantirinchocun, villa in comitatu Geroldi in pago Isiningcgovva. T. XXVIII
  (1011) 435.
Nardina, fluvius (in Austria). T. XXVIII (853) 45.
Nardinum, in terra Hunnorum. T. XXX (823) 531.
Narislagne, villa et basilica in pago Warmacensi. T. XXVIII (823) 16.

Naristagne, conf. etiam *Neristein*.

Narnensis comitatus in ducatu Spoletano. T. XXVIII (1018) 468, 471. T. XXXI (1018) 292.

Navisse, in Montanis. T. XXIX (1177) 425.

Navwa, curtis in Allemannia, in comitatu Manegoldi in pago Duria. T. XXVIII (1003) 312.

Nazareth, civitas. T. XXXI (1229) 536.

Neapolis, civitas Palestinae. T. XXXI (1229) 535.

Neccar, fluvius in Allemannis. T. XXVIII (1003) 315.

Nemes, inter fluvios Pucio et Rionzum. T. XXXI (973) 216.

Nemetensis civitas, i. e. Spira. T. XXXI (950) 196.

,, episcopatus sive ecclesia. T. XXIX (1075) 191. — T. XXII (623) 3.

,, conf. etiam *Spira*.

Nemsdorf, ubi praedium Scotorum norimbergensium. T. XXXI (1225) 520.

Nenditin - Uraha, in comitatu Berahtoldi in pago Folcfeld. T. XXVIII (975) 201.

Nenthereshusun, in orientali Francia. T. XXVIII (1000) 286.

Nentherwilre, Nenterwilre, pertinet ad hospitale lutrense. T. XXXI (1215) 489.

Nenzingen, advocatia monasterii superioris Ratisponae. T. XXXI (1237) 570.

Nerdesdorf, pertinet ad monasterium Wizenaha. T. XXIX (1145) 237. (1205) 516.

Neristein, villa et ecclesia in pago Wormacensi. T. XXVIII (889) 93, 98. (923) 161. (972) 193, 195. (993) 259.

,, conf. etiam *Naristagne*.

Neunchirchen, villa. T. XXXI (1141) 398.

Neunhausen, castrum pataviense. T. XXXI (1222) 512.

Newsaz, ubi praedium Scotorum norimbergensium. T. XXXI (1225) 521.

Newstat, Neuenstat, Niwenstat, monasterium, pertinet ad sedem wirceburgensem. T. XXXI (993) 256. (1000) 268 — in silva Speshart ibid. et 269. —

,, dicitur etiam ecclesia Rorenlabensis. T. XXXI (993) 256. — conf. *Niwenstat* et *Nuwenstat* et *Rorenlacha*.

Nezzilapach, juxta rivum Chremisa. T. XXXI (889) 120.

Nicolai S. monasterium Pataviae conf. *Patavia*.

Niedermünster, conf. *Ratispona* — monasterium inferius.

Niedernburg, monasterium Pataviae, conf. *Patavia*.

Niderndorf, pertinet ad monasterium Wizinahe. T. XXIX (1205) 515.

Nidernstrowen, praedium monasterii Wech'eriswinkelern. T. XXIX (1180) 433.

Nithenewa, in comitatu Radberti in pago Tounahhova. T. XXVIII (1007) 366.

Niuchinga, in comitatu Eberhardi in pago Uesinga. T. XXVIII (950) 187.
Niuhinga, in comitatu Abrami comitis, in pago Sundergevve. T. XXVIII (950) 171.
Niwenstat, Niwewustat, Niwrenstat, locus Burckardo Capellano a Pippino rege quondam donatus. T. XXVIII (993) 256,
    ,,   abbatia pertinens ad sedem wirceburgensem. T. XXVIII (999) 276. (1003) 308. — Conf. etiam *Newstat* et *Niwenstat*.
Niwenhofen, curtis stabularia, pertinet ad monasterium S. Nicolai. T. XXIX (1111) 227.
Niwenburg, locus dati diplomatis regii. T. XXVIII (950) 183. T. XXIX (1042) 77. (1055) 125. (1057) 134, 137.
    ,,   propo Retsitz inferiorem in comitatu Heinrici in pago Nort-gowe. T. XXVIII (1017) 463.
    ,,   abbatia donatur sedi babenbergensi. T. XXVIII (1007) 341.
Niwzellici, donatur ecclesiae babenbergensi. T. XXVIII (1014) 446.
Niwenhova, curtis in Bavariae partibus, in pago Trungowe. T. XXXI (888) 118.
    ,,   in Ostarrichi in marca et comitatu Heinrici. T. XXXI (996) 260.
Niwenburch, in marcha Histriae. T. XXXI (1062) 345.
Niwenwilar, curia donatur monasterio caesariensi. T. XXX (1267) 360.
Nochilinga, in comitatu Heinrici marchionis in pago Osterriche. T. XXVIII (998) 271.
Nordegga, castrum ecclesiae babenbergensis. T. XXIX (1160) 354.
Nordelinga, Nordilinga, Nordelingen, Nurdelinge, Noerdlingen, in pago Retiensi. T. XXVIII (898) 117. — Civitas et possessio ecclesiae ratisponensis, ceditur imperio. T. XXX (1215) 36, 37; civitas (1249) 84. (1228) 156. (1235) 234. (1237) 268. (1239) 271. (1240) 275.
Nordgavenses et eorum marca. T. XXXI (889) 131.
Nordhalben, Nordhalden, castrum ecclesiae babenbergensis. T. XXIX (1160) 354.
Nordheim, beneficium Popponis comitis. T. XXVIII (941) 178.
    ,,   pertinet advocatia ad sedem moguntinam. T. XXIX (1209) 555.
Nordheimono - marca in comitatu Popponis in pago Craffelda. T. XXVIII (941) 178.
Nordhuson, Nordhusa, Northusa, locus dati diplomatis regii. T. XXVIII (995) 284. — T. XXX (1223) 116.
Nordwald, Nortewalt, silva in parte aquilonari danubii. T. XXVIII (853) 48.
    ,,   silva in comitatu Adalberonis. T. XXVIII (1040) 421, 422.
    ,,   heremus sive silva. T. XXIX (1029) 23. (1040) 62, 63, 65. T. XXX (1009) 393.
Norica, regio. T. XXXI (1142) 402.
Nornestat, in pago Hunigessundera. T. XXXI (950) 197.
Nova ecclesia. T. XXVIII (889) 88.

Noviomagum, *Nocimagus*, locus dati diplomatis regii. T. XXIX (1069)
51; — ubi palatium regium. T. XXXI (917) 42. (938)
82. (1024) 301.
Neuendorf, haud procul de fluvio Litaha. T. XXIX (1074) 190.
Nozhard, in comitatu Hessonis, in pago Folchfeld. T. XXVIII (911) 143.
Nuemburg, *Naemburch*, (Neuburg ad Oenam) comitatus. T. XXX (1248)
506.
    ,,   castrum. T. XXIX (1208) 543.
Nuenstal, conf. *Newstat* et *Niuvenstat*.
Nunnenpuhel, possessio ecclesiae babenbergensis. T. XXIX (1062) 159.
Nordelinga, conf. *Nordelinga*.
Nurnberg, *Nurinberch*, *Nurenberc*, *Nuorenberc*, *Nuorinberr*, *Nuorenberch*,
Nuremberge, *Nurrnberg* etc. civitas. T. XXIX (1050) 102.
(1061) 151. — Mercatus ibid. (1062) 151. — (1077) 200.
(1079) 205. (1142) 277. (1144) 285. (1146) 286, 289. (1155)
532. 535. (1165) 532. (1180) 442. (1182) 445. (1183) 449.
(1194) 450, 484. (1200) 491, 492, 495, 496, 499. (1201) 506.
(1205) 517, 520. (1206) 531. (1212) 558, 559. — T. XXX
(1213) 11, 18. (1215) 40. (1216) 53. (1217) 55, 57. (1218)
74. 75, 77. (1219) 79. — Carissima civitas (1219) 83, 84. 85.
87, 89. (1220) 94. (1224) 125, 126, 128. (1225) 133. (1251)
179. (1232) 206. (1233) 207, 209. (1234) 214, 216, 217.
(1234) 221. (1235) 235, 236. (1236) 251, 252, 254. (1239)
271. (1240) 280. (1243) 291. (1245) 292, 293. — In castris
apud Nurenberg. (1247) 301. 302. (1251) 317. (1188) 398. —
T. XXXI (1080) 364. (1108) 384. (1140) 397. (1144) 407.
(1165) 417. (1194) 455. (1203) 466. (1205) 467. (1209) 470.
(1212) 478. (1215) 491. (1225) 519, 522. (1230) 539. (1235)
564, 565. (1243) 578. (1245) 585.
    ,,   castrum. T. XXX (1216) 40. T. XXXI (1187) 430, 433. —
et civitas. T. XXX (1266) 354.
    ,,   S. Jacobi ecclesia in civitate Nürnberg. T. XXIX (1212) 558;
sive Scotorum aut Hybernensium. T. XXXI (1225) 519, 520.
    ,,   Leprosorum domos apud Nürnberg. T. XXX (1234) 217.
    ,,   S. Mauritii ecclesia in Nürnberg. T. XXX (1236) 251.
    ,,   Minorum fratrum monasterium in Nürnberg. T. XXX (1245)
292.
    ,,   Theutonicorum domus in Nurnberg. T. XXX (1216) 39. (1253)
207. (1234) 247. (1236) 251, 253. —
Nuspilinga, villa et capella in comitatu Adalberti in pago Scerra. T.
XXVIII (889) 84.
Nurenruit, pertinet ad monasterium Wizinahe. T. XXIX (1205) 516.
Niwenhusen, praedium monasterii S. Mariae in Babenberg. T. XXIX
(1132) 444.

Niwenslat, sive Rorenlacha, ecclesia a Carolo magno constructa. T. XXX (782) 11, 12, 13. (785) 14. (817) 40.

„ *Nuwenslat*, spectans ad ecclesiam wirceburgensem. T. XXXI (783) 19.

„ appertinens sedi wirceburgensi. T. XXIX (1025) 16.

„ *Nuwestal*, ad Moenum, ubi thelonium. T. XXIX (1157) 341.

„ conf. etiam *Neuslat*, *Niwenslat*, et *Rorenlacha*.

Nutpach, in comitatu Hessini, in pago Mortenowa. T. XXVIII (1007) 383, 384.

„ inter Rabam et Chuomberch. T. XXXI (860) 99.

O.

Oberembrugge prope Isaram. T. XXIX (1177) 426.

Obergundokingen, *Obergundelfing*, possessio Scotorum ratisponensium. T. XXX (1213) 8. — T. XXXI (1212) 477.

Oberhof, *Obrehof*, possessio monasterii Scotorum Ratisponae. T. XXX (1213) 8. — T. XXXI (1212) 477.

Oberkofen, nominatur una cum Oberhof, et etiam possessio Scotorum ratisponensium. T. XXXI (1212) 477.

Obermünster, conf. *Ratispona* — monasterium superius.

Obernhofen, haud procul ab Isara. T. XXIX (1177) 426.

Obernschönfeld, monasterium. T. XXX (1264) 341.

Obrizindorf, villa in comitatu Aribonis. T. XXVIII (889) 87.

Odinbarch, in regione australi. T. XXXI (860) 99.

Odinga, villa in pago Duhragaoe. T. XXVIII (807) 6

Oenus, fluvius. T. XXVIII (904) 137. (959) 185. — T. XXIX (1111) 226, et portus ejus 227. — T. XXX (1263) 336. — T. XXXI (930) 237. (1142) 402. (1205) 467.

„ vallis Oeni et comitatus ibidem. T. XXIX (1040) 6. (1057) 133. — T. XXX (1263) 336.

Offinheim, prius pertinens ad abbatiam Amorbach. T. XXXI (996) 262.

Olmene, ubi praedium ecclesiae Rodenkircha. T. XXX (1214) 19.

Olmitz, cui vicinum est feudum Culme. T. XXXI (1232) 552.

Omuntestat, villa et basilica in pago Moinahgouue. T. XXVIII (889) 93, 98. (923) 161.

„ conf. etiam *Autmundistat*.

Onoltespach, *Onoltespah*, *Onokesbac*, villa in quadam silva in pago Hrangavi. T. XXVIII (837) 32. — T. XXX (1227) 150.

Oppenheim, ubi praedium ecclesiae Rodenkircha. T. XXX (1214) 18.

„ oppidum. T. XXX (1226) 143. (1233) 211. (1255) 327. T. XXXI (1227) 626.

Oprechthoven, ubi praedium hospitalis ratisponensis. T. XXX (1217) 58.

Orberz, villa. T. XXX (1214) 23.

Orchenrude, advocatia monasterii superioris Ratisponae. T. XXXI (1237) 570.

Orembach, sive Hornbach, etiam Gamundias dicitur; monasterium. T. XXVIII (814) 10. — T. XXXI (819) 43. (822) 49. (833) 75, 78. (865) 100. (900) 160. (950) 193. (972) 211. — Castellam, in quo ecclesia et monasterium ejusdem nominis. (980) 235. (988) 245. — Abbatia in Vosago. — T. XXXI (1072) 350. (1108) 380, 381. — conf. etiam *Gamundias*.

Orientalis plaga Barbarorum. T. XXVIII (925) 244.
„ conf. etiam *Austria*.

Orngou, possessio ecclesiae ratisponensis ceditur ab ea imperio. T. XXX (1215) 36, 37.

Orta, in comitatu Oudalscalchi in pago Huoson. T. XXXI (1048) 324.

Osencurt, ubi praedium ecclesiae haugensis. T. XXX (1234) 223.

Ostarunaha, in pago Matahgowe. T. XXXI (903) 170.

Osterhoven, *Ostrenhova*, *Ostrehora*, palatium regium. T. XXVIII (836) 30. — T. XXXI (833) 71; — curtis (885) 117. (898) 153.

Ostermuntingen, *Ostermontingon*, *Ostermundingun*, *Hostermontinga*, *Hostermontingon*, villa regia. T. XXVIII (865) 54. T. XXXI (860) 99. — (885) 117.
„ curtis in comitatu Aribonis comitis palatini, in pago Salzgowe. T. XXXI (1041) 319.

Osterndorf, *Osterendorf*, villa, ubi terminus wildbanni cistetensis. T. XXXI (1080) 364.

Ostheim, *Ostoheim*, in comitatu Ottonis in pago Wettereiba. T. XXVIII (1016) 459.
„ prope Strorram fluvium in Francia. T. XXIX (1031) 82.

Ostheim, *Ostehein*, ecclesia, confirmatur monasterio caesariensi. T. XXX (1215) 29.

Osthof, villa in pago Wormazvelde. T. XXXI (975) 222.

Osrveil, curia spectans ad basilicam in Murrhart. T. XXXI (817) 57.

Otales mons, inter terminum Linta et flumen Steinpach in Marcha Oudalrici marchionis. T. XXIX (1063) 164.

Otilinga, villa. T. XXVIII (906) 139. T. XXXI (883) 115.

Otinga, villa et ecclesia. T. XXVIII (898) 122. (903) 135. — capella pertinens ad sedem pataviensem. (993) 260. T. XXIX (1052) 140. (1063) 167. — Capella, pertinens ad monasterium Otinga. T. XXXI (877) 102; dicitur basilica (878) 109. — (883) 116. — Ubi capella imperatoris Arnulphi. (899) 158. (901) 164 — (907) 176, 177.
„ curtis regia. T. XXXI (892) 142. (901) 165. (903) 169, 170, 172. — Curtis (883) 117.
„ monasterium noviter constructum a rege Carlomanno. T. XXXI (877) 102. (878) 109; — pertinens ad sedem pataviensem. (898) 150, 151.

Otinga, ubi palatium regium. T. XXXI (837) 80.

Otloeshusen, ubi praedium ecclesiae majoris babenbergensis. T. XXIX
(1194) 479.

Otmanica villa in comitatu Hartwigi in pago Karintriche. T. XXVIII (980)
231.

Otmaringen, praedium in comitatu Brunonis in pago Cunzingewe. T.
XXXI (1064) 348.

„ spectat ad monasterium superius Ratisponae. T. XXX (1219)
79. T. XXXI (1237) 570.

Otringen, villicatio et possessio regis Philippi. T. XXIX (1200) 499.

Ottenbrunnen, villa, donatur monasterio hirsaugiensi. T. XXIX (1075)
196.

Ottenburen, *Ottenbura*, *Ottenburnen*, *Outinburen*, monasterium. T. XXIX
(1075) 196. (1171) 399. — T. XXX (1220) 92. (1236) 249.
T. XXXI (769) 7, 10. (890) 135. (972) 211.

„ villa. T. XXX (1220) 92.

Otterbach, fluvius, ubi terminus marchae weissenburgensis. T. XXXI
(967) 203. (1003) 276.

Otterburg, St. Marienkloster zu — T. XXXI (1217) 495. — (1227) 526.
(1260) 539.

Otterichsrill, sive Otterichscheitt, ubi terminus marchae weissenburgensis.
T. XXXI (623) 3. (967) 203. (1003) 276.

Ottunassaz, villa in comitatu Luitboldi in pago Nordeguvi. T. XXVIII
(903) 128.

Oufhoven, villa, donatur eidem. loc. cit.

Oumundingen, *Oumintingen*, oppidum. T. XXIX (1171) 400. — T. XXXI
ceditur a monasterio outinburensi. (972) 212, 214.

Ousen, comitatus in pago Ouscowe. T. XXIX (1107) 221.

Outcinessetre, in comitatu Heinrici marchionis in orientali regno. T.
XXVIII (1014) 450.

Outtenburense monasterium, conf. *Ottenburen.*

Ouwenokirchen, pertinet pro parte ad monasterium S. Nicolai. T. XXIX
(1111) 227.

Ouzinesberg, *Ouzinesperch* mons, ubi terminus foresti berthersgadensis.
T. XXIX (1156) 322. (1194) 482. (1205) 512. (1208) 546.

Ova, conf. etiam *Chiemsee* et *Kiemsee.*

Ove, praedium monasterii S. Mariae in Babenberg. T. XXIX (1182) 444.

Oveninga, villa in comitatu Magenis in pago Relesgovve. T. XXVIII
(1002) 298.

Ozpe, in pago Istria, in marcha Oudalrici marchionis. T. XXIX (1067)
171.

Ozzimbach, possessio monasterii hiburgensis. T. XXIX (1177) 425.

P.

P., conf. etiam *B.*
Padua, civitas. T. XXX (1239) 573.
Paffinruit, pertinet ad monasterium Wizinahe. T. XXIX (1205) 516.
Pagenza, fluvius in pago Nortgowe. T. XXVIII (1021) 504.
Pagus, Pagi Germaniae.

    Adalahkewe, pagus. T. XXVIII (973) 198, 203.

    Albegowe, Albigoi, pagus. T. XXX (773) 375. (983) 337. — T. XXXI (839) 83.

    Albinesbara, pagus. T. XXXI (882) 62.

    Ateragowi, pagus. T. XXVIII (1007) 372.

    Auciacensis pagus. T. XXXI (676) 5.

    Augustgowe, Augustgoi, Augusthewoi, Augestgowe, Angisgawe. T. XXVIII (831) 19. — T. XXX (773) 375. (983) 337. — T. XXXI (832) 62. (859) 84. (890) 135. — conf. etiam *Ogasgowwe* et *Owesgowe.*

    Badanagavi, Badanachgewe, Badenaegevvi pagus orientalium Francorum, Badanahgevvi, Badanachgicovvi, Baddenagaugia, Badengowe, Badeingowe. T. XXVIII (820) 12. (825) 17. (837) 32. (889) 93. (903) 130. (923) 161. (1018) 473. T. XXX (1234) 223. T. XXXI (1017) 290.

    Balta, Palta, pagus et vallis. T. XXIX (1048) 94.

    Banzgorre, pagus. T. XXVIII (1018) 473.

    Bara, Para, pagus. T. XXVIII (1007) 377. — Conf. etiam *Bertoldisbara.*

    Basila, pagus. T. XXVIII (823) 17. — Si hic pagus confertur cum diplomate de anno 889 p. 93, lectionem depravatam ibi adesse videtur. Pro verbis in diplomate de anno 823 pag. 17: *In pago Basila*, — qui quidem Chronico gotwicensi plane incognitus, conjecturare licet: *In pago* (nempe Thubargewe) *Basilica* constructa etc.

    Bertoldisbara, pagus. T. XXXI (831) 60. — conf. etiam *Bara* pagus.

    Bliesensis pagus, sive Blissiggowe, Bliesgowe. T. XXXI (849) 44. (888) 127.

    Brisgowe, pagus. T. XXIX (1079) 206.

    Campriche, pagus. T. XXIX (1050) 101.

    Carintriche, pagus, conf. *Karintriche.*

    Chelsgovoe, Chelasgave, Kelescove, Kelesgovce, pagus. T. XXVIII (844) 37. (1002) 298. (1007) 360. (1014) 451. — T. XXXI (1040) 318.

Pagus, Pagi, Germaniae.

    Chiemihgorce, Chiemichowe, Chimengorce, Kiemigowe, pagus. T. XXVIII (946) 181. (969) 184. (1021) 493. — T. XXIX (1062) 163.

    Chochengowe, Chohungewi, Chohhangowe, Chogengowe, pagus orientalium Francorum. T. XXVIII (889) 98. (923) 161. T. XXIX (1042) 75. — T. XXXI (1027) 304.

    Chusingessundra, Cunningessundra, Kunigessundra, pagus. T. XXVIII (1018). 473. — T. XXIX (1040) 70. — T. XXXI (950) 196.

    Cidaleregowe, conf. *Zidalaregowe.*

    Conraltia, pagus. T. XXVIII (901) 126.

    Cozfelda, pagus, conf. *Gozfelda.*

    Crapfelda, pagus, conf. *Grabfelda.*

    Creikewe, pagus, dicitur comitatus. T. XXXI (972) 210.

    Creina, pagus. T. XXVIII (1004) 319.

    Curiennis pagus. T. XXIX (1040) 60. (1057) 135.

    Dunubiacus pagus, Donahgaoc, Donahgerve, Duonergowe, Duonichgovvi, Duonachgawe; Tonagewe, Tennahgowe, Thuonahgevve, Thuonehgowe, Thuonechgowe, Tounahkova etc. T. XXVIII (815) 11. (868) 56. (878) 63. (880) 66. (889) 90. (890) 102. (893) 105. (896) 106. (897) 114. (916) 151. (973) 199, 205. (983) 237, 239. (1007) 366. (1008) 394. (1009) 407. (1010) 416. (1019) 483, 487. (1021) 494. — T. XXIX (1026) 19. (1029) 28. (1061) 103. (1067) 138. (1129) 254. — XXXI (888) 122. (983) 239, 240. (1005) 279. (1009) 284. (1036) 317.

    Dubrogowe, conf. *Thubargowe.*

    Dulhifeld, conf. *Tullifeld* pagus.

    Duria, pagus in Alemannia, Duribin. T. XXVIII (898) 116. (1003) 312. (1007) 387.

    Ennilaln, pagus. T. XXVIII (1005) 524.

    Filisahart, pagus. T. XXXI (1034) 315.

    Folckfeld, Folchfeld, Fulfeldou, Folgfelda, Folafeld; Volefeld, Volchfeld, Volerelde, Vroikfell. T. XXVIII (823) 17. (889) 86, 93, 98. (903) 130. (911) 143, 145. (973) 201. (1007) 329. 348. (1008) 390. (1010) 425. (1018) 473. — T. XXIX dicitur etiam comitatus (1068) 178. — T. XXXI (890) 132. (915) 135. (1093) 297.

    Germaromarcha, Germaromarcha, pagus. T. XXVIII (1001) 290. T. XXXI (1074) 365.

    Gildinstein, pagus. T. XXXI (852) 62.

    Girhnwira, pagus. T. XXVIII (1007) 379.

    Gollackgowe, Gollahgexi, Gollogowe, Guligengensis, pagus. T.

Pagus, Pagi, Germaniae.
            XXVIII (807) 5. (823) 17. (889) 93, 98. — T. XXXI
            (823) 50.
Gozfeld, Gozfelda, Gozfelden, pagus orientalium Francorum. T.
            XXVIII (889) 98. (903) 130. (923) 161. (1007) 338.
            T. XXXI (823) 50. (1024) 301.
Grabfeld, Graffeldi, Grapfelda, Chraphfelt, Crapfelda, pagus
            orientalium Francorum. T. XXVIII (777) 1. (823) 17.
            (837) 31. (889) 93, 98. (903) 130. (908) 141. (923)
            161. (944) 178. (978) 225. (999) 277. (1000) 287.
            (1002) 304. (1008) 391. (1010) 427. — T. XXIX di-
            citur etiam comitatus (1068) 178.
Grumwile, pagus. T. XXXI (823) 55.
Hardaga, Hardegowe, pagus. T. XXIX (1043) 79. (1062) 156.
Hassegowe, Hasagewi, Hassago, Hassagowe, Hassega. T. XXVIII
            (889) 98. — Pagus orientalium Francorum (923) 161.
            (991) 248. (1010) 424. (1018) 467. — T. XXIX (1043)
            80.
Hegowe, pagus. T. XXVIII (1007) 346.
Heitingesfeld pagus, in quo civitas Wirceburg. T. XXIX (1180)
            437.
Heringa, pagus. T. XXVIII (950) 166.
Hilargovia, Hilergae, Hilargowewnis pagus. T. XXVIII (833)
            93. T. XXXI (769) 10. (832) 61. (972) 213.
Horcoum, pagus. T. XXVIII (1007) 362.
Hrangave, Hramgangiensis pagus, conf. *Rangau.*
Hossi, Huosi, Huoson, pagus. T. XXVIII (844) 37. (1010) 415.
            T. XXXI (1048) 324. Conf. etiam *Oascowe.*
Jagasgewe, Jagasgowe, pagus orientalium Francorum, Jagesgowe.
            T. XXVIII (889) 98. (923) 161. — T. XXIX (1054)
            118.
Iffigewe, Ibfigewe, Ipfgervi, Iphigewe, Iphigowe, Yphigewe, pa-
            gus. T. XXXIII (889) 86, 93, 98. (903) 130. (912)
            146. (923) 161. — T. XXXI (1023) 297; dicitur etiam
            comitatus.
Ilargewe, Ilregmwe, Hilargewe. T. XXIX (1171) 400. — T. XXX
            (773) 378. (983) 387.
Ilagawe, Ylagawe, pagus. T. XXX (1217) 56.
Ingerisgowe, pagus. T. XXXI (1019) 294. (1022) 295.
*Irinachgowe, Isanahgowe, Irinincgowa, Hirinigowe, Yrinachgo-
            we,* pagus. T. XXVIII (950) 189. (1011) 435. (1018)
            469. — T. XXXI (899) 159. (903) 168. (1079) 362.
Istria pagus. T. XXIX (1067) 174.
Karintriche, pagus. T. XXVIII (980) 231.
Kelsgewe, conf. *Chelsgewe.*

Pagus, *Pagi*, *Germaniae*.

Kellinstein, pagus. T. XXVIII (930) 166. —. T. XXXI (839) 83.

Kiewigowe, conf. *Chiemihgowe*.

Kunigessundera, conf. *Chunigessundra.*

Linlgowe, pagus. T. XXXI (832) 62.

Lobilungewe, pagus dicitur comitatus. T. XXXI (972) 210.

Logenahi, pagus. T. XXVIII (1018) 473.

Lungau, *Lungun*, *Langowe*, *Langowe*, pagus. T. XXVIII (1008) 513; dicitur provincia. T. XXIX (1174) 418, 420.

Maginensis pagus. T. XXXI (832) 65. — Conf. etiam *Moemivell.*

Malahgowe, pagus, *Matihgowe*, *Matuggowe*, *Matgowe*. T. XXVIII (904) 137. (1007) 370. (1014) 448. — T. XXIX (1039) 50. — T. XXXI (903) 170.

Moemivell, pagus. T. XXVIII (1022) 509. Conf. etiam *Maginensis pagus.*

Moinahgowe pagus, *Moinechgowe*. T. XXVIII (889) 93. (1002) 295.

Morminsis pagus, fortasse lectio depravata pro Moinahgowe. T. XXVIII (823) 16.

Mortensva, *Mortenowa*, pagus. T. XXVIII (1007) 343, 383. — T. XXIX (1025) 3, 4.

Mulachgowe, *Mulahgowe*, *Mulahgevvi*, *Mulgowe*, *Moligaugius*, pagus. T. XXVIII (823) 17. (889) 93, 98. — Pagus orientalium Francorum. (923) 161. (1000) 235. — T. XXIX (1033) 39.

Murrechgowe, pagus. T. XXXI (1027) 304.

Nachgowe, *Nachkowe*, pagus. T. XXIX (1048) 92. — T. XXXI (1074) 556.

Nagalgowe, pagus. T. XXVIII (1007) 381.

Nechargevos, *Nechargevvi*, *Nechargowe*, *Necarthewe*, *Neccraugauginnis* pagus. T. XXVIII (823) 16, 17. (889) 93, 98; dicitur pagus orientalium Francorum (923) 161. — T. XXXI (972) 210 dicitur comitatus.

Nibilgowe, pagus. T. XXXI (832) 62.

Nitgowe, pagus, *Niltiahewe*. T. XXVIII (874) 59. — T. XXXI (1057) 356.

Nordgowe, *Nordgawe*, *Nordgowwe*, *Nortgevvi*, *Nortgouve*, *Nortgawva*, *Nortgevvi*, *Nordegwvi*, *Norgowe*. T. XXVIII (889) 89. (895) 108. (903) 128. (961) 189. (981) 233. (983) 241. (1000) 283. (1002) 308. (1004) 518. (1007) 340, 354, 356, 360. (1008) 397, 400. (1009) 410. (1010) 430. (1015) 455. (1017) 463. (1021) 504. — T. XXIX (1025) 1. (1034) 44. (1040) 71. (1043) 78. (1053) 112. (1054) 114, 116, 117.

(1057) 140. (1061) 143. (1062) 151. (1069) 179.
(1079) 207. (1091) 214. (1112) 231. (1127) 250. —
T. XXXI (895) 146. (908) 178. (912) 181. (976)
231. (983) 239. (1003) 278. (1008) 282. (1028) 306.
(1041) 321. (1055) 329.

Pagus, Pagi, Germaniae.

Ogasgowe, Ougesgowe, Ougisgewe, Ougiskewe, Owesgowe, pagus. T. XXVIII (388) 83. (897) 115. (930) 166. —
T. XXIX (1078) 203. — Pagus Sueviae. (1111) 224.
Conf. etiam *Angastgowe.*

Ostarrihe, Ostericke, Osterriche, pagus. T. XXVIII (998) 271.
(1002) 294. (1045) 457. — Dicitur orientale regnum
(1014) 460. — orientalis provincia (1021) 506. — T.
XXIX (1025) 13; orientalis pars (1034) 45, orientalis
pagus (1048) 89. (1051) 104, 106; dicitur comitatus
(1056) 122; iterum pagus (1067) 173. — T. XXX
(1078) 351. — Conf. etiam *Austria.*

Onscowe, pagus. T. XXIX (1107) 221. — Conf. etiam *Hosti.*
Palta, pagus conf. *Balta.*
Para, pagus conf. *Bara.*
Passir, pagus. T. XXIX (1078) 204.
Pergow, pagus. T. XXXI (892) 142.
Pusterissa, Busterissa, pagus. T. XXIX (1048) 85; dicitur etiam
vallis et comitatus (1091) 216. — T. XXXI (973)
216. — conf. etiam *Pustrissa comitatus.*

*Quinzingowe, Quinzingewe, Chunzengowe, Chunzingowe, Cunzin-
gowe.* T. XXVIII (890) 100. — T. XXIX (1067)
174. (1154) 312. — T. XXXI (863) 79. (1064) 348.

Radanzgowe, Ratenzgowe, Ratenzgowi, Ratinzgowe, Radunzigowe
pagus. T. XXVIII (923) 162. (1007) 331, 350, 352;
dicitur etiam comitatus (1008) 390. (1018) 473.
(1024) 510. — T. XXIX (1035) 47. (1056) 131.
(1061) 152. (1062) 168. (1067) 175. — comitatus
(1068) 178. (1130) 255. — T. XXXI (1002) 278.
(1017) 290. — comitatus (1023) 297.

*Rangowe, Rangewe, Rangewi, Rangowi, Hrangwoi, Hrangwi-
gincsis* pagus. T. XXVIII (823) 17. (837) 32. (889)
93, 98. — Pagus orientalium Francorum (923) 161.
(1001) 285; comitatus (1000) 289. (1021) 501, 502.
T. XXIX (1160) 851; comitatus 352.

Retiensis pagus, *Rhecia, Riezze, Riezzia.* T. XXVIII (898) 117.
(1007) 375. (1016) 460. — T. XXXI (1030) 310.

Ririggowe superior, pagus. T. XXVIII (1013) 443.

Rotahgowe, Rotahgowi, Rotangow, Rotgowe, Rottgowi, pagus

T. XXVIII (1007) 334. (1011) 424. — T. XXXI (788) 18.

Pagus, *Pagi*, *Germaniae*.

Rudmareiperch, pagus. T. XXXI (1080) 363.

Salagewe, *Salegewe*, *Saleegewe*, *Salegowri*, *Salogowe*, *Salaegaugia*, pagus. T. XXVIII (777) 1. (823) 17. (889) 94, 93; pagus orientalium Francorum (923) 161. (983) 242. — T. XXIX (1068) 178.

Salzburggewe, *Salzburggewe*, *Salzburcgewi*, *Salzpurchgowe*, *Salzgowe*, *Snlzgowi*, pagus. T. XXVIII (940) 174. (973) 196. (1007) 374. — T. XXXI (1041) 319.

Salzgewe, *Salzgowi*, pagus, ubi castellum Saltce. T. XXVIII (1000) 237.

Sanahgewe, conf. *Isinachgowe*.

Scerra, pagus. T. XXVIII (889) 84.

Solczgewe, *Soltgowe*, pagus. T. XXXI (976) 231. (1028) 306. (1030) 363.

Spehtreinus pagus. T. XXVIII (1011) 432.

Spirensis pagus, *Spiraggowe*, *Spiricowe*, *Spiricklewe*. T. XXXI (676) 5. (900) 160. (902) 167; comitatus (975) 222.

Swalafeld, *Swalafeldon*, *Swvalaveldon*, *Swaleveldun*, *Swanifeldon*, *Swanfelden*, pagus. T. XXVIII (867) 55. (996) 264. (1007) 326. — T. XXXI (914) 183. (948) 190. (976) 231. (1028) 306.

Swava, *Swece*, *Swava*, pagus. T. XXVIII (1010) 424. (1019) 488.

Sulichgewe, pagus. T. XXVIII (1007) 385.

Sundergewe, *Sundergewe*, *Sundergove*, pagus. T. XXVIII (940) 171. (959) 185. (1003) 310. — T. XXIX (1068) 169. — T. XXXI (980) 237.

Sweinahgewe, *Sweinigewe*, *Sweinihgewi*, *Sweinihgowa*, pagus. T. XXVIII (905) 138. (1005) 323. (1010) 420. — T. XXIX (1040) 63, 65.

Treimnafeld, pagus. T. XXVIII (868) 56.

Trungavi, pagus, *Trungowe*. T. XXVIII (876) 62. (977) 223. — T. XXX (802) 380. — T. XXXI (828) 55. — in Bawariae partibus. (888) 118, 120. (892) 141.

Tubargowe, *Thubargowe*, *Thubaragewe*, *Thuvergowe*, *Dubragove*, *Dubragnuginsis* pagus. T. XXVIII (807) 6. (823) 17. (889) 93, 98. (923) 161. (1008) 406. — Pagus orientalium Francorum 161. — T. XXIX (1064) 118.

Tulliveld, pagus, *Tolkifell*, *Dulkifeld*. T. XXVIII (837) 32. (889) 98; pagus orientalium Francorum. (923) 161.

Tunahgewe, conf. *Danubiacus pagus*.

Ufgowe, pagus. T. XXVIII (940) 176.

Pagus, *Pagi*, *Germaniae*.
  Venusta, pagus, *Viusgowe*, *Finsgowe*. T. XXVIII (931) 168. T. XXIX (1077) 199.
  Vichbach, pagus. T. XXXI (916) 186.
  Waltsazzia, pagus, *Waltschin*, *Walzazzi*. T. XXVIII (840) 86. (889) 98; pagus orientalium Francorum. (923) 161. (1000) 289. — T. XXXI (1017) 290.
  Weringowe, *Weringewi*, *Wueringowe*, pagus. T. XXVIII (889) 98. (1018) 473. — T. XXXI (1094) 372.
  Westergowe, *Westergowe*, *Westargewe*, *Westregangias*, pagus. T. XXVIII (823) 17. (889) 94. (1018) 467. T. XXXI (816) 34.
  Westermann, pagus. T. XXXI (901) 165.
  Wetereiba, pagus, *Wedereiba*, *Wedereibus*. T. XXVIII (839) 33. (1016) 459. (1018) 473. — T. XXIX (1048) 87.
  Winegarditweiba, pagus, *Wintgartereiba*, *Vungardweiba*. T. XXVIII (823) 17. (837) 32. (889) 93, 98; pagus orientalium Francorum (923) 161.
  Wiriagowe, pagus in provincia dicta Francia theutonica. T. XXIX (1076) 191.
  Wormacensis pagus, *Warmaciensis*, *Wormeweld*, *Wormazvelde*, *Wormazvelt*. T. XXVIII (823) 16. (889) 93. (1018) 480. — T. XXXI (819) 44. (833) 74. — comitatus (975) 222. (930) 235. (985) 243.
  Yphigewe, conf. *Iffigewe*.
  Yrinachgowe, conf. *Irinachgowe*.
  Zabernagewi, pagus. T. XXVIII (1003) 316.
  Zidalaregowe, *Zidalaregowe*, pagus. T. XXXI (1081) 526. (1149) 408.
Pab, in comitatu Oudalrici in pago Spebtreino. T. XXVIII (1011) 432.
Pakheim, villa in comitatu Geroldi in pago Isininegovva. T. XXVIII (1011) 435.
Pakhusan, villa in comitatu Geroldi in pago praedicto. loc. cit.
Pakmannun, villa in comitatu Chadalbohi in pago Rottgovvi. T. XXVIII (1011) 434.
Paldacharesperc, villa in comitatu Geroldi in pago Isinincgovva. T. XXVIII (1011) 435.
Paldolfesheim, donatur ecclesiae babenbergensi. T. XXVIII (1008) 404.
Palide, conf. *Polide*.
Pannonia. T. XXVIII (889) 50. (863) 54.
Papia, civitas. T. XXIX (1160) 353, 355. (1163) 372. (1168) 385. T. XXXI (960) 97. (961) 198. (969) 205. (1162) 415. (1185) 426. (1245) 583.
Papinberg, civitas donatur duci Bojoariorum. T. XXVIII (975) 201.
  „   conf. etiam *Babenberga*.

Pappenheim, Papenheim, in comitatu Ernusti, in pago Sualaveldun. T.
  XXXI (914) 183.
Parenstein, ubi terminus wildbanni augustensis. T. XXIX (1069) 142.
Parkstein, castrum. T. XXX (1251) 319. (1256) 353.
Parma, civitas. T. XXX (1226) 138. — In castris ibidem (1249) 306.
Patavia, Pazowe, Bazowe, urbs sive civitas. T. XXVIII (898) 120, 124.
  (976) 219, 221. (977) 223. (1010) 418, 420, 421. — T. XXIX
  (1051) 103. (1052) 111. (1078) 201. (1111) 225, 228, 230.
  (1161) 357. (1174) 418. — T. XXX (1217) 54. (1218) 65, 66.
  (1219) 84. (1267) 257, 258. — T. XXXI (788) 17, 18. (888)
  123. (907) 177. (976) 227, 229. (977) 232. (1010) 286. (1055)
  333. (1078) 361.
  „   suburbium ibidem. T. XXIX (1111) 226; conf. etiam infra S.
      Mariae et S. Nicolai ecclesiam et monasterium.
  „   pataviensis ecclesia sive episcopatus. T. XXVIII (836) 29. —
      erecta illa sub Odilone duce — (898) 119, 120, 124. (976) 216.
      217, 218, 221. (986) 244. (993) 250; soli regi vel imperatori
      subjecta declaratur (993) 251. (999) 274. — T. XXIX (1035)
      18. (1049) 97. (1052) 110. (1055) 126. (1063) 166. (1067)
      172, 173. (1157) 344. (1193) 470, 471. (1207) 539. — T. XXX
      (1215) 27. (1217) 54, 56, 57. (1218) 64, 66, 73. (1224) 127.
      (1237) 255, 263. — T. XXXI (788) 17. (828) 65. (829) 66.
      (833) 70. (862) 91. (890) 134. (893) 144. (903) 169, 170.
      (907) 176, 177. (975) 223, 225. (977) 233, 234. (1055) 335.
      (1222) 509, 510, 512. (1233) 557. (1235) 566. (1267) 586. —
      conf. etiam Laureacum — Laurescensis ecclesia. —
  „   dicitur etiam monasterium S. Stephani. T. XXVIII (887) 78. —
      T. XXX (823) 381.
  „   S. Mariae monasterium sive abbatia ibidem, i. e. Niedernburg.
      T. XXVIII (976) 219. (1010) 418, 420, 421. — T. XXIX (1161)
      357, 360. (1193) 470. — T. XXX (1217) 54. (1218) 64, 66.
      T. XXXI (888) 123. (976) 227; donatur sedi pataviensi 229.
      (1010) 286.
  „   S. Mariae Magdalenae ecclesia in suburbio Pataviae. T. XXIX
      (1111) 227.
  „   S. Nicolai monasterium in suburbio Pataviae. T. XXIX (1074)
      188. (1111) 226. — T. XXX (1237) 257, 258.
Paterna, civitas. T. XXVIII (1002) 293.
Pazcinhova, ceditur a monasterio campidunensi. T. XXXI (828) 81.
Peiererworhahe, possessio ecclesiae babenbergensis. T. XXIX (1062) 159.
Pelagus, sive *Pelagum*, in terra Huanorum. T. XXX (823) 381.
Penckin, possessio monasterii inferioris Ratisponae. T. XXIX (1025) 11.
Penecentiarius, ubi praedium monasterii S. Nicolai. T. XXIX (1111) 229.
Pere, villa in comitatu Luitpoldi in pago Tunahgevvi. T. XXVIII (983)
  237. — T. XXXI (933) 940.

Perc, juxta rivum Glana, dicitur etiam Sintipach. T. XXXI (914) 184.

Perchein, ubi monasterium S. Nicolai habet praedium. T. XLIX (1111) 228.

Perchusa, villa. T. XXVIII (883) 71.

Perenrenrda, villa in orientali Francia. T. XXVIII (1000) 285.

Perenvvigerdocan, villa ibidem — loc. cit. 285.

Perga, villa juxta Ufbusa. T. XXVIII (879) 66.

Perge, monasterium. T. XXXI (1028) 506.

Pergos, capella in comitatu Orendilonis. T. XXVIII (833) 30.

Peringas, curtis, ubi proventus regii donantur capellae Otingae. T. XXXI (885) 117.

Peringos, donatur monasterio S. Nicolai. T. XXIX (1111) 228.

Perngue, ubi officiatus. T. XXX (1213) 11.

Pernial, pertinet ad monasterium Wizenaha. T. XXIX (1146) 287.

Persembcage, *Pertinbingen*, pro parte proprietas monasterii S. Nicolai. T. XXIX (1111) 227.

    „   ubi possessio Scotorum ratisponensium. T. XXX (1213) 8.

Perrinich. T. XXIX (1045) 82, 83.

Petenrigele, possessio ecclesiae babenbergensis. T. XXIX (1062) 159.

Petra rubra, in Carentaniae partibus. T. XXXI (878) 110.

Petri S., mons et castrum in valle Oeni. T. XXX (1263) 336.

Pettinbach, possessio monasterii S. Salvatoris in Chremisa. T. XXX (802) 330.

Pettingen, *Petingen*, ecclesia haud longe a lacu Tachensee. T. XXIX (1048) 90.

    „   possessio capituli salisburgensis. T. XXX (1230) 162.

Peuren, ubi dedit Rex Conradinus diploma. T. XXX (1264) 340. — conf. etiam *Buren*.

Pfaeter, *Pfaeder*, ubi possessio Scotorum ratisponensium. T. XXX (1213) 8. — T. XXXI (1212) 477.

Pfaffenhocen, praedium monasterii S. Udalrici et Afrae. T. XXIX (1171) 404.

Pferingun, in comitatu Berengeri in pago Chelsgowe. T. XXVIII (1007) 360.

Phaffenstein, ubi praedium hospitalis ratisponensis. T. XXX (1217) 68.

Phal, i. e. vallum, (Teufelsmauer). T. XXXI (889) 131.

Phaldorf, in comitatu Cheldionis in pago Nortgowe. T. XXXI (895) 146.

Phanes in Montanis. T. XXIX (1177) 428.

Phetin, ecclesia, pertinens ad monasterium Wessobrun. T. XXX (1245) 298.

Phezniza, in parte orientali. T. XXIX (1034) 45.

Philisa, fluvius. T. XXVIII (1002) 301. — T. XXIX (1095) 11.

Phisterheim, *Phisterhim*, in comitatu Oudalrici in pago Spehtreino. T. XXVIII (1011) 432.

    „   in comitatu Geroldi in pago Isininggowe. T. XXVIII (1011) 435.

Pholede. T. XXIX (1043) 93, 95.

Phuncisa, locus in comitatu Engildionis in pago Nordgouwe. T. XXVIII (889) 89.

Piberbach, villa, ubi terminus wildbanni cistetensis. T. XXXI (1030) 364.

Pirpefinchova. T. XXVIII (879) 65.

Pietekrin, villa monasterii Waltsassen. T. XXXI (1259) 587.

Pilifritinchovan, villa in comitatu Geroldi in pago Isiniacgovva. T. XXVIII (1011) 436.

Pilingriez, locus in comitatu Heinrici in pago Northowa. T. XXIX (1055) 112.

Pillungesriut, in comitatu Ottonis in pago Nordgove. T. XXIX (1040) 71.

Pinzche. T. XXXI (1158) 412.

Pinezzeangu, in comitatu Ernusti in pago Saalaveldun. T. XXXI (914) 181.

Pinguin, civitas. T. XXX (1226) 144.

Piperahn, duo rivi in pago Sueinikgowe. T. XXIX (1040) 64.

Pirch, praedium, ceditur a monasterio waltsassensi. T. XXXI (1218) 497.

Pirchech, curia donatur monasterio caesariensi. T. XXX (1267) 559.

Pircheim, *Pirikeim*, villa in comitatu Geroldi in pago Isiuincgowe. T. XXVIII (1011) 455.

Pirichwaneh, ceditur monasterio S. Emmerami. T. XXXI (905) 173.

Pirikinga, villa et capella. T. XXVIII (883) 69.

Pirra, fluvius in pago Pusterissa. T. XXIX (1048) 85.

Piscaria. T. XXX (1226) 135.

Piscatoras, locus in comitatu Tarvisiano. T. XXXI (969) 205. (992) 250.

Pistricha, fluvius in marchia Adelberti marchionis. T. XXVIII (1020) 488.

Pitingau. T. XXXI (1265) 593.

Plathnga, villa in pago Donahgovve. T. XXVIII (868) 55.

Plech. T. XXX (1266) 354.

Pletiropah, in marca foresti regalis ad sedem patuviensem pertinens. T. XXVIII (887) 78.

Plezza, ceditur a monasterio campidunensi. T. XXXI (888) 81.

Plezzes, inter fluvios Pucio et Riunzum. T. XXXI (975) 216.

Peckesrukke, *Pockesrukke*, *Pokesruocke*, mons, ubi terminus foresti bertheragadensis. T. XXIX (1156) 322; dicitur etiam mons in territorio praedicto. (1194) 482. (1205) 512. (1208) 545. — T. XXX (1213) 4.

Pochparten, praedium, cujus possessor Paldricus comes. T. XXVIII (1021) 495.

Podetbrunne. T. XXIX (1062) 156.

Pokchirikka, ubi huba una donatur capellae otlngensi. T. XXXI (901) 164.

Poigsteli, villa in comitatu Wiggeri in pago Germaromarcha. T. XXVIII (1001) 290.

Polide, *Pahde.* T. XXVIII (936) 246. (993) 260. (1003) 315. (1014) 454.

Pollenheim, ubi praedium monasterii S. Nicolai. T. XXIX (1111) 279.

Pollinga, *Pollingen*, *Bollingen*, monasterium in comitatu Adalberonis in pago Housi. T. XXVIII (1010) 415. — T. XXIX (1169) 395. T. XXX (1250) 307. —

    „   in pago Matahgowe. T. XXXI (903) 170.

Polonia. T. XXIX (1205) 509.

Pondorf, Besitzung des Schottenklosters zu Regensburg. T. XXXI (1212) 477.

Pontigerna, locus in pago Tullifelt. T. XXVIII (837) 32.

Poppenharun, villa in comitatu Ottonis in pago Grapfeldun. T. XXVIII (999) 277.

Porcetensis ecclesia. T. XXX (1225) 134.

Portus Naonis. T. XXX (1032) 200, 201, 202.

Posrugk, Besitzung des Schottenklosters zu Regensburg. T. XXXI (1212) 477.

Potama, villa (ubi datum diploma regium. T. XXVIII (857) 49. conf. etiam *Bodoma*.

Polzemoangh, in comitatu Ottonis, in pago Chelsgowe sive Kellheim. T. XXXI (1040) 318.

Poucekoven, ubi praedium hospitalis ratisponensis. T. XXX (1217) 58.

Poumgarten, vicus in parte orientali. T. XXIX (1056) 129. (1063) 167.   „   Poungartun in pago Ostricha, in marcha Ernusti. T. XXIX (1067) 173.

Poumgartental, vallis in parte orientali. T. XXIX (1056) 129.

Pragani, inter fluvios Pucio et Rionzam. T. XXXI (973) 216.

Praitake, rivus, ubi terminus wildbanni augustensis. T. XXIX (1059) 142.

Prama, in pago Matahgowe. T. XXXI (903) 170.

Prant, in comitatu Cuniberti comitis. T. XXXI (880) 113.

Priemberg, *Priemperch*, locus in comitatu Bertholdi comitis in pago Nortgowe. T. XXVIII (961) 189.

Prifling conf. *Prüfeninga*.

Prüsinensis sedes, conf. *Brixia*.

Primel, in marcha Chreine. T. XXVIII (974) 210. T. XXXI (989) 248.

Prissen, villa monasterii Speinshart. T. XXX (1235) 242.

Prisnia, locus dati diplomatis regii. T. XXIX (1055) 122.

Probesterriut, pertinet pro parte ad monasterium S. Nicolai. T. XXIX (1111) 227.

Probstorf, parochia. T. XXX (1215) 28.

Prouli, ubi monasterium S. Nicolai habet praedium. T. XXIX (1111) 228.

Prozzolteskeim, in comitatu Conradi in pago Gozfelda. T. XXVIII (903) 130.

Prüfeninga, *Prufininga*, *Pruovenigin*, *Bruviningense* monasterium. T. XXIX (1199) 253; — dicitur cellula 254. (1155) 535. — (1181) 442. — T. XXXI (1140) 396. (1142) 394.

Prül, *Pruel*, monasterium. T. XXXI (1009) 284. (1036) 317.

Prüm, *Prumense* monasterium. T. XXXI (973) 219. (1187) 428.
Prumsa, pertinens ad monasterium campidunense. T. XXVIII (930) 166.
Pruolo, villa capellae Rantesdorf vicina. T. XXXI (899) 156.
Puatinveld, locus inter Alimoniam et Scutaram. T. XXVIII (918) 158.
Pucio, fluvius cadens in Rionzum. T. XXXI (973) 216.
Pudia, flavius in pago Pusterissa. T. XXIX (1048) 85.
Puhila, in comitatu Oudalscalchi in pago Huoson. T. XXXI (1048) 324.
Puhilinga, *Puchilinga* in comitatu Pabonis in pago Tounahgevri. T.
    XXVIII (933) 239. — T. XXXI (983) 239.
Puirra, pertinens ad monasterium campidunense. T. XXXI (948) 192. —
    conf. etiam *Buron* et *Peuron*.
Pulnhofen, *Pülnhofen*, *Pulhoven*, Desitzung der Schotten su Regensburg.
    T. XXXI (1212) 477. (1237) 570.
Pulteskeim, pertinet ad monasterium Wizenaha. T. XXIX (1146) 287.
    (1205) 516.
Punnabak, villa in comitatu Geroldi in pago Isinincgowe. T. XXVIII
    (1011) 435.
Punnaha, in comitatu Oudalrici in pago Spchtreino. T. XXVIII (1011)
    432.
Punninchova, villa traditur nobili foeminae Elinrat. T. XXVII (914) 148.
Puopinga, in comitatu Paponis in pago Tunahgovve. T. XXVII (898) 106.
Puozinesheim. T. XXVIII (1005) 323.
Purchardingen, ubi praedium monasterii S. Nicolai. T. XXIX (1111) 229.
Puron, conf. *Buron*.
Pussenesheim, spectat ad sedem eistetensem. T. XXXI (908) 179.
Pustrissa, comitatus. T. XXXI (973) 216. — Conf. etiam *inter pagos*
    Pustrissam pagum.
Puteleshuson, in vicinitate Isarae, et possessio monasterii inferioris Ratis-
    ponae. T. XXIX (1025) 11.
Puttinveld, spectat ad sedem eistetensem. T. XXXI (908) 179.
Pyrian, in marcha Histriae. T. XXXI (1062) 345.

Q.

Quedlinburg, *Quitilingaburg*, *Quitilingoburg*, *Quitilingiburc*, *Qwietelinge-*
    burg etc. T. XXVIII (918) 160. (923) 162, 163. (931)
    169. (1000) 281, 283, 284.
Quideresbach, *Quidersbach*, *Quideredesbach*, villa ultra Rhenum. T. XXXI
    (975) 222; in comitatu Ottonis, Karentinorum ducis, in pago
    Wormazveld. T. XXXI (980) 235.
Quirini S., monasterium, conf. *Tegernsee.*
Qirnaha, villa, ceditur ecclesiae wirceburgensi. T. XXXI (828) 51.

R.

Raba, *Rapa*, fluvius in Oriente. T. XXVIII (885) 79. T. XXXI (829) 57. (860) 99.

Rabensburg, vinetum, possessio Theutonicorum in Würceburg. T. XXXI (1298) 547.

Racozoloch, villa in comitatu Hartwigi in pago Rarintriche. T. XXVIII (980) 231.

Radantia, fluvius. T. XXVIII (846) 41. (889) 96. conf. etiam *Ratenza.*

Radolfesdorf, in comitatu Gebchardi in pago Banzgovvc. T. XXVIII (1018) 473, 475.

Ramesbach, possessio ecclesiae bambergensis. T. XXIX (1062) 159.

Ramesberg. Rammesperc, Ramesperch, inter Alimoniam et Scutaram. T. XXVIII (918) 158. (1002) 292.

    ,,   spectat ad sedem eistetensem. T. XXXI (908) 179.

Ramesgarten, in orientali Francia. T. XXVIII (1000) 235.

Rampogen, pertinet ad monasterium Wizenaha. T. XXIX (1146) 287. (1205) 516.

Ramsteria, ecclesia. T. XXXI (1214) 484.

Ranfeltshusen, possessio monasterii Bildbildhusen. T. XXXI (1157) 410.

Rangovvi, comitatus, conf. *Pagos.*

Ranshrim, pertinens ad monasterium Raisheim. T. XXIX (1156) 315.

Ranshoven, *Rameshoven*, ecclesia, a Heinrico III imperatore fundata. T. XXIX (1142) 276. T. XXX (1222) 113.

Rantesdorf, curtis regia. T. XXVIII (878) 64. (888) 81; — capella ab Arnulpho imperatore constructa. (893) 122. — curtis regia. T. XXXI (877) 105. (878) 110. (885) 117; ubi etiam mnta ibidem. (898) 151. (899) 156. —

    ,,   in comitatu Isangrimi comitis. T. XXXI (903) 168.

Raperthusen, possessio monasterii Bildbildhusen. T. XXXI (1257) 410.

Rapperensva. T. XXXI (1003) 278.

Reprehlisdorf, possessio monasterii biburgensis. T. XXIX (1177) 425.

Ratenza, fluvius. T. XXVIII (1002) 590. — T. XXXI (1009) 273.

Ratensgovvi comitatus, conf. *Pagos.*

Ratispona, *Ratisbona*, *Radasbona*, *Radaspona*, *Regina civitas*, *Reginerburg*, *Regenesburg*, *Reganesburg*, *Regenespurhc* etc., civitas. — T. XXVIII (794) 3. (851) 20. (852) 21, 22. (853) 25. (837) 30. (844) 38, 39. (849) 43. (851) 44. (953) 47, 48. (858) 50. (860) 52. (868) 56. (874) 58. (875) 60, 61. (876) 62. (883) 69, 70, 72, 73. (884) 74, 75. (885) 76. (887) 79. (888) 81, 83. (890) 102, 103. (893) 105. (895) 111. (896) 112, 114. (898) 117, 118, 122, 123, 124. (899) 125. (901) 127. (903)

131, 136. (903) 131. (904) 138. (905) 138. (906) 139. — Ubi palatium regium (916) 152. (vid etiam supra pag. 122 et 125)— (940) 171. (961) 189. (967) 190. (973) 198, 199, 203, 205. (974) 208. (976) 214, 215, 218, 220, 222. (979) 229. (983) 237, 239. (996) 265. (998) 273. (1002) 296, 297, 298, 299, 301, 302, 303, 304, 306. (1003) 311, 314. (1007) 327. — sita est urbs in comitatu Huodperti in pago Tuonocgoawe. (1008) 394 — (1009) 407, 409. (1010) 416, 417, 419, 421, 422. (1014) 449. (1015) 458. (1021) 489, 491, 493, 497, 499, 507. T. XXIX (1025) 7, 10. (1026) 19. (1027) 23. (1029), 28, 29. (1034) 43, 44, 46. (1040) 58, 72. (1048) 88, 89, 91. (1052) 107, 109. (1057) 138. (1061) 149. (1062) 164, 168. (1067) 172, 174. (1073) 185, 187. (1074) 190. (1078) 203. (1086) 208. (1089) 210. (1107) 220. (1112) 231. (1121) 241. (1125) 249. (1130) 258. (1141) 275. (1143) 281. (1146) 286. (1154) 312. (1156) 335. (1166) 382, 304. (1174) 420. (1180) 440, 442. (1182) 446, 448. (1192) 461. (1207) 534, 537. — T. XXX (1213) 5, 7, 9. (1215) 36, 37. (1216) 46, 49. (1217) 58, 59. (1218) 75. (1219) 79, 84. (1227) 146. (1230) 164. (1232) 202, 203, 204. (1233) 210. (1235) 237. (1236) 244. 247. (1237) 269. (1239) 273. (1245) 295. (1261) 311, 312, 313, 314, 316. (1253) 320. (836) 384. (983) 388, 390. (1153) 397. — T. XXXI (799) 22. (824) 52; ubi palatium regium (829) 57. — (830) 59. (833) 67, 68, 69, 73. (852) 92. — palatium regium (869) 95. — (885) 116. (888) 119, 121, 123. (890) 133, 134. (893) 144. (896) 148. (898) 155. (899) 157. (901) 163, 166; (905) 174, 176. (976) 228, 229. (977) 234. (980) 237. (983) 239. — In comitatu Dabonis comitia. (1000) 271. (1002) 275. (1009) 284. (1010) 286. (1011) 286, 287. (1013) 288. (1024) 299, 300. (1043) 323. (1048) 325; — ubi vineae in montibus (1055) 329. (1064) 348. (1077) 360. (1079) 562. (1086) 365. (1141) 398. (1142) 401, 402. (1143) 404. (1156) 409. (1182) 423. (1189) 436. (1212) 476. (1230) 539, 542. (1233) 557. (1237) 570, 571. (1245) 582. — conf. etiam *Regensuto.*

Ratispona, *pons lapideus ibidem.* T. XXIX (1182) 446. T. XXXI (1210) 477.

,, *suburbium,* ubi Scieratat (Stadt am Hof). T. XXVIII (981) 233.

,, *Ratisponensis ecclesia,* sive episcopatus. T. XXVIII (832) 21. T. XXIX (1127) 251. (1129) 254. (1141) 273. (1205) 517, 522, 524. 525. T. XXX (1215) 36, 37. (1216) 46, 47. (1219) 86, 87. (1227) 147. (1253) 320. — T. XXXI (833) 58. (903) 171, 172. (905) 173. (914) 183. (1245) 582.

,, *capella regia* Ratisponae. — T. XXVIII (875) 60. (883) 69. (884) 74. (885) 76. (967) 190; in matrem ecclesiae a rege

Heinrico II erecta (1002) 298. — 302; — regia capella (1004) 318. (1008) 394. — T. XXIX dicitur abbatia et praepositura (1057) 138.

Ratispona, S. *Cassiani ecclesia* ibidem. T. XXVIII (974) 208.

„ S. *Johannis ecclesia* et Hospitale ibidem. T. XXX (1247) 58.

„ *monasterium superius*, sive Obermünster, Oberenmuneater, Obrenmunstare, Oberunmanestri; — ab Heinrico rege raedificatum. T. XXVIII (1040) 416. (1021) 497, 499. T. XXIX (1025) 7. (1029) 28. (1052) 107. (1073) 187. — T. XXX (1215) 36, 37. (1216) 46, 49. (1219) 79. (1236) 244. (886) 384. — T. XXXI (833) 68. (1000) 271. (1064) 348, 349. (1237) 570.

„ *monasterium inferius*, sive Niedermünster, Niedernmunster. T. XXVIII (973) 198, 199, 203, 205. (1002) 300; (1005) 322. (1021) 507. — T. XXIX (1073) 185. — T. XXX (1216) 46, 49. (1218) 75. (1227) 145, 146. — T. XXXI (898) 155.

„ *Scotorum monasterium* ad S. Jacobum ibid. T. XXX (1213) 7, 8. — T. XXXI (1212) 476, 477.

„ *Scotorum monasterium* ad Wihin-Sancti Petri (Weih- St. Peter) ibid. T. XXX (1213) 7. — T. XXXI (1212) 476, 477. — conf. etiam *Wihemsanctipetri* ecclesia.

„ S. *Stephani ecclesia* ibidem, ubi sedes episcopalis. T. XXXI (824) 52.

„ *monasterium praedicatorum*, sive fratrum minorum. T. XXX (1232) 189. (1233) 210.

„ *monasterium S. Emmerami*, conf. *Litt. E.*

Ratmaresriut in comitatu Heinrici, in pago Nortgowe. T. XXIX (1064) 117.

Ratolfesperc, Ratolvesperc, ubi terminus wiltbanni wirceburgensis. T. XXIX (1060) 144.

Ratoltesdorf, villa. T. XXVIII (889) 88.

Ravenna, civitas. T. XXX (1226) 137. (1231) 182, 185. (1232) 185, 188, 190. T. XXXI (1232) 549. (1245) 632.

„ archiepiscopatus. T. XXIX (1177) 427.

Razari, in pago Istria, in marcha Oudalrici marchionis. T. XXIX (1067) 171.

Rebdorf, villa et monasterium. T. XXXI (1055) 330. (1189) 413, 414.

Rechholz ad Spirbach ultra Rhenum. T. XXXI (1239) 574.

Regen, Regino, Regin, Regene, fluvius. T. XXVIII (1003) 312. — T. XXIX (1174) 420.

„ albus, fluvius in pago Sueinikgowe. T. XXIX (1040) 64.

„ niger, ibidem. loc. cit.

Regenbach, in comitatu Helarici in pago Mulgowe. T. XXIX (1033) 89.

Regenbrugge, pons. XXIX (1207) 540.

Regemprehtesriet, ubi terminus wildbanni augustensis. T. XXIX (1059) 142.

Regenesto, ubi palatium regium. T. XXX (985) 388. — Conf. etiam *Ra-*
    tispona.
Reginheresdorf, villa in comitatu Burghardi in pago Hassago. T. XXVIII
    (991) 248.
Reichenbach, monasterium. T. XXXI (1182) 423.
Reichersberg, monasterium in comitatu Ekkeberti comitis. T. XXXI (1142)
    402. (1162) 415. (1196) 458. (1205) 467. (1230) 537.
    (1237) 567, 568.
Reicholtzwant, ubi praedium Scotorum norimbergensium. T. XXXI (1225)
    521.
Reinhusen, abbatia. T. XXIX (1209) 555.
    „   ubi praedium hospitalis ratisponensis. T. XXX (1217) 89.
Reitenbuch, *Reitenbuock*, praediolum hospitalis ratisponensis. T. XXX
    (1217) 58.
    „   monasterium. T. XXX (1224) 195, 196. — T. XXXI (1222)
    513.
Reitenhaslach, *Reitenhaselach*, *Reitenhasela*, monasterium. T. XXIX (1165)
    373. (1206) 529. (1207) 535. — T. XXX (1216) 51. (1237)
    256. — T. XXXI (1149) 408. (1221) 506.
Reoda, in comitatu Waningi. T. XXXI (838) 81.
Reode, in terra Hunnorum. T. XXX (823) 581.
    „   conf. etiam *Riut*, *Ruitte* et *Rute.*
Reodfeld, *Reotfeld*, in pago Rangevve. T. XXVIII (889) 98. (923) 161.
Rescio, in comitatu vicentino. T. XXXI (969) 205. (992) 250.
Restiberg, locus in marca foresti regalis ad sedem pataviensem spectans.
    T. XXVIII (887) 78.
Retneza, fluvius. T. XXIX (1069) 132.
Retziz inferior in comitatu Heinrici in pago Nortgowe. T. XXVIII (1017)
    463.
Richelingen, curtis monasterii faucensis. T. XXX (1218) 68.
Richenbach, forestum, villa et marcha ultra Rhenum. T. XXXI (975) 222.
Richeresdorf, donatur monasterio S. Nicolai. T. XXIX (1111) 228.
Richerisdorf, villa in comitatu Geroldi in pago Isininggovva. T. XXVIII
    (1011) 435.
Richersdorf, pertinens ad monasterium tharissense. T. XXXI (1094) 374.
Riede, ubi praedium ecclesiae Rodenkircha. T. XXX (1214) 19.
Riethback, donatur Emehardo fideli. T. XXIX (1064) 118.
Rinckinaha, *Rimickinaha*, rivulus et ecclesia in Nortwald, constructa a
    Gunthero. T. XXIX (1040) 65, 66.
Rindback, *Rindpack*, ibi jus decimae novalium ceditur a monasterio S.
    Emerami nobilibus viris Drusnt et Walach. T. XXXI (905)
    174.
Rindelberg, ubi possessio Scotorum ratisponensium. T. XXXI (1219) 427.
Rinderceli minor, ubi terminus wildbanni wirceburgensis. T. XXIX (1060)
    144.

Rienzus, fluvius, excipiens fluvium Pucio. T. XXXI (973) 816.
Riotfeld, conf. *Reodfeld*.
Ripa, villa prope lacum gardianensem. T. XXXI (860) 96. — conf. etiam
    Riva.
Riscah, villa in comitatu Chadalhohi in pago Rougowe. T. XXVIII (1011)
    433.
Rischano, ubi terminus wildbanni augustensis. T. XXIX (1059) 142.
Rischo, in valle et comitatu Pustrissa. T. XXIX (1091) 216.
Risenberg, *Risinperch*, in vicinitate fluminum Litabae et Fiscabae. T.
    XXIX (1045) 81.
Rispach, in comitatu Hunolfi in pago Quinzingswe. T. XXVIII (890) 100.
Rislihbach, in comitatu Heinrici in pago Nortgowe. T. XXVIII (1011) 430.
Rint, juxta Oenum fluvium in comitatibus Ratolfi, Chadalhoi etc. in pago
    Sundargowe. T. XXVIII (959) 185. — T. XXXI (980) 237.
  ,,   curtis pertinens ad sedem pataviensem. T. XXVIII (993) 250.
  ,,   in septemtrionali parte Danubii. T. XXXI (1025) 302.
  ,,   possessio monasterii Scotorum Ratisponae. T. XXX (1213) 8.
  ,,   conf. etiam *Reoda*, *Ruitte* et *Rute*.
Rintmagie, rivus in territorio berchtesgadensi. T. XXIX (1194) 483.
    (1205) 513. (1208) 546. — T. XXX (1213) 4.
Riva, in montanis. T. XXIX (1177) 425.
Rive, in territorio berchtesgadensi. T. XXIX (1194) 482. (1205) 512.
    (1208) 515.
  ,,   salina inter Rive et Tobal. T. XXX (1213) 3.
Rocchinga, conf. *Rokinga*.
Roda, in comitatu Gerlaci in pago Logenahi. T. XXVIII (1018) 473.
Rodega prope fluvium Regino. T. XXVIII (1003) 312.
Rodeheim, curtis per Heinricum II imperatorem concambio adquisita. T.
    XXVIII (1018) 466.
  ,,   in comitatu Gamperti in pago Gollogowe. T. XXVIII (1018)
    473.
Rodenkircha, villa et ecclesia. T. XXX (1214) 18.
Rodericheshusen, ubi praedium ecclesiae haugensis. T. XXX (1234) 225.
Rodewilesol, rivus in Nortgowe. T. XXXI (1043) 320.
Rodhausen, villa et possessio monasterii Bildhausen. T. XXXI (1212) 481.
Rodratinchova, villa. T. XXVIII (879) 65.
Rokinga, *Rokkinga*, *Rocchinga*, *Roggingun*, villa juxta Albrichinchofa.
    T. XXVIII (879) 65.
  ,,   Rokkinga, in comitatu Sarhilonis in pago Tuonshkevve. T.
    XXVIII (973) 199, 205.
  ,,   Roggingun, villa, pertinens ad monasterium inferius Ratisponae.
    T. XXVIII (1002) 301. — T. XXIX (1025) 11.
Rokkenstadt, ubi terminus wildbanni wirceburgensis. T. XXIX (1060) 144.
Rougerisdorf, pertinet pro parte ad monasterium S. Nicolai. T. XXIX
    (1111) 227.

Roma, civitas. T. XXVIII (981) 234. (996) 266. (998) 272, 273. (999) 275, 277, 278. (1001) 291. — T. XXX (773) 376, 378. — T. XXXI (999) 267.

Ror, *Rohr*, monasterium. T. XXXI (1158) 412.

Rora, *Rore*, ubi diplomata regis sunt data. T. XXVIII (926) 164. (959) 134, 136, 188.

Rorbach, villa in pago Trungowe. T. XXXI (892) 141.

Rorendorff, ubi praedium Scotorum norimbergensium. T. XXXI (1225) 520.

Rorenlacha, sive Nûwenstat aut Neustadt, ecclesia a Carolo magno constructa. T. XXXI (732) 11, 12. (736) 14. (998) 256. — Conf. etiam *Newstat* et *Niswenstat* et *Nuwenstat*.

Rorenstat, ubi praedium Scotorum norimbergensium. T. XXXI (1225) 520, 521.

Rorisse, pertinet ad monasterium Kizzingen. T. XXIX (1040) 73.

Rosbach, mons. T. XXXI (1232) 556.

Rosla, in comitatu Wilhelmi in orientali Francia. T. XXVIII (996) 269, 270.

Roslegowac, villa in pago Dliesiggowe. T. XXXI (388) 127.

Rostorf, in Austria. T. XXVIII (853) 45.

„   cujus decima ceditur ab ecclesia moguntina. T. XXIX (1209) 556.

Rorulus, mons juxta Sutrium. T. XXXI (1220) 500.

Rota, fluvius in comitatu Hanolfi, in pago Quinzingowe. T. XXVIII (890) 100.

„   villa in pago Isanahgowe. T. XXXI (899) 159.

Rotagasceit, in comitatu Hanolfi in pago Quinzingowe. T. XXVIII (890) 100.

Rotagin, ecclesia et regalis capella ab Arnulpho imper. constructa. T. XXVIII (996) 113.

Rotaha, rivulus in Franconia. T. XXIX (1172) 407.

„   Rotabe, ubi terminus marchae campidanensis. T. XXX (985) 387.

„   villa prius pertinens ad abbatiam Amorbach. T. XXXI (996) 262.

Rotala, *Rotila*, fluvius in silva Nortwald. T. XXVIII (1010) 421, 422.

„   valle, ubi vineae. T. XXX (902) 380.

Rotembach, praedium monasterii S. Mariae in Babenberg. T. XXIX (1182) 444.

„   villa in comitatu Heinrici in pago Nortgowe. T. XXIX (1054) 116.

Rotenbach, pertinet ad monasterium Wizenaha. T. XXIX (1146) 287. (1205) 516.

„   ubi possessio Scotorum norimbergensium. T. XXXI (1225) 521.

„   Rotunbach, villa ultra Rhenum. T. XXXI (975) 272.

„   rivus cadens in Trunam. T. XXIX (1048) 90.

„   conf. etiam *Routinpake*.

Rotenberg, *Rotemwerch*, castrum pataviense. T. XXXI (1282) 811.

Rotenburg, *Rotenburch*, *Rotenbure*, civitas. T. XXIX (1165) 375. (1209)

552. — T. XXX (1253) 297. (1254) 291. (1255) 234. (1242) 235.

Rotemannum, praediolum in pago et valle Palta, sclavonice Cirminah dictum. T. XXIX (1048) 94.

„ Rotenmannium, ubi comitatus Radenzgowe et Iphigewi se dividunt. T. XXXI (1023) 297.

Roth, *Rot*, monasterium. T. XXIX (1207) 534. — T. XXX (1226) 138; (1263) 354. — T. XXXI (1086) 365.

Rotiniruna, fluvius. T. XXIX (1048) 91.

Rotu, in comitatu Arnulphi, in pago Doria. T. XXVIII (898) 116.

Rotvazzer, fluvius, ubi terminus wildbanni augustensis. T. XXIX (1069) 142.

Rotwile, villa. T. XXIX (1040) 70. — T. XXX (886) 385.

Rouchowe, conf. *Crozwine*.

Roudeshof, in pago Folcfeldon. T. XXVIII (899) 98. (923) 161.

Roudolcisstetin, villa, ubi monasterium Haisheim habet possessiones. T. XXIX (1192) 467.

Rougginsfluoch, terminus marchae campidunensis. T. XXX (985) 387.

Roumfeld, villa et basilica in pago Salagewe. T. XXVIII (889) 94, 98. (923) 162.

Rounveldi, villa, in comitatu Weringeri in pago Weringowe. T. XXXI (1094) 372, 373.

Routinpahc, spectat ad monasterium Wizenahe. T. XXIX (1205) 516. — Conf. etiam *Rotenbach*.

Routprehtishoven, ubi monasterium S. Nicolai habet praedium. T. XXII (1111) 228.

Rudensheim, forum. T. XXIX (1209) 557.

Ruderen, possessio monasterii in Wilceburg. T. XXX (1230) 161.

Rudersheim, ubi ecclesia Disibrucgen habet proventus. T. XXX (1214) 25.

Rudesheim, T. XXIX (1115) 235.

Rudeshoven, ubi Fridericus, filius Conradi tertii regis, beneficium obtinet. T. XXIX (1151) 303.

Rudigershuobe, fit possessio monasterii Wizenburch. T. XXX (1242) 286.

Rudingen, *Rudehingen*, possessio Scotorum ratisponensium. T. XXX (1213) 8. — T. XXXI (1212) 473.

Rudricha, aut fluvius aut villa in parte orientali. T. XXIX (1034) 46.

Ruhelendorf, praedium monasterii S. Mariae in Dabenberch. T. XXII (1182) 444.

Ruhinberg, *Ruhinperch*, mons in vicinitate lacus Tachensee. T. XXII (1048) 90.

Ruille, curtis in comitatu Babonis in pago Chimongau. T. XXVIII (1091) 493.

„ Ruiti curtis, traditur ad monasterium Otinga. T. XXXI (898) 151. curtis, pertinens ad ecclesiam pataviensem. T. XXIX (1062) 110. (1065) 167.

Rwille, Ruit, Rwit, Besitzung der Schotten zu Regensburg. T. XXXI (1212) 477.
„ iterum possessio Scotorum ratisponensium. loc. cit.
„ conf. etiam *Reoda*, *Riul*, et *Rute*.
Runbach, in comitatu Heinrici in pago Nordgowe. T. XXVIII (1008) 400.
Rangalle, campus, ubi curia Gallorum. T. XXXI (878) 106.
Rostenbach, rivus, terminus wildbanni babenbergensis. T. XXIX (1069) 182.
Rueth, praedium, ceditur a monasterio waldsassensi. T. XXXI (1218) 497.
Ruotin, ubi praedium monastqrii S. Udalrici et Afrae. T. XXX (1231) 178.
Ruotpoldespuoch, prope flumen Alimoniam. T. XXVIII (1002) 292.
Rusnic, mons sclavanice dictus — in terra quondam Avarorum. T. XXVIII (979) 228.
Rusta, *Ruste*, ubi praedium monasterii S. Nicolai. T. XXIX (1111) 228, 229.
Rute, ubi praedium monasterii S. Nicolai. T. XXIX (1111) 229.
„ conf. etiam *Reoda*, *Riul* et *Rwille*.
Rysmilingas. T. XXXI (865) 100.

S.

Sabinicha, fluvius in pago Osterriche. T. XXVIII (998) 271.
„ Sabinichi, fluvius in comitatu Adalberti marchionis. T. XXIX (1049) 97.
Sabio, intra montana. T. XXIX (1040) 60. (1067) 135. (1177) 425. — apud Clusam sive Claussam. T. XXX (1237) 265. T. XXXI (1239) 572. — Conf. etiam *Clusa* et *Clusae*.
Sabniza, locus in Carniola sive Creinsmarcha. T. XXXI (974) 221.
„ rivulus in regione Chreine. T. XXVIII (974) 210, 211; — parvus rivulus. T. XXXI (974) 220 — (989) 247.
Sabus, fluvius in Carniola. T. XXXI (1002) 174.
Sachsenriet, ubi terminus wildbanni augustensis. T. XXIX (1069) 149.
„ curtis monasterii faucensis. T. XXX (1218) 68.
Sahsonagane, insula in Danubio in provincia orientali. T. XXVIII (1021) 506.
Sala, fluvius. T. XXVIII (777) 1.
„ Sale fluvius in pago Salzburggowe. T. XXVIII (940) 175; ubi terminus foresti berchtesgadensis. T. XXIX (1156) 322; (1170) 398. (1194) 482. (1206) 512. (1208) 545; in territorio berchtesgadensi. T. XXX (1213) 3, 4.
„ Sala, rivus in pagus Sueinikgowe. T. XXIX (1040) 64.
Salahe, villa, ubi terminus wildbanni eistetensis. T. XXXI (1080) 364.

Salahinfeld, in comitatu Ernusti comitis. T. XXXI (889) 131.
Salahi, curtis in comitatu Raotberti in pago Donaugowe. T. XXVIII
        (1010) 416. — T. XXIX (1029) 28.
Salaveldon. T. XXVIII (979) 234.
Salem, monasterium. T. XXX (1241) 281, 282.
Salian, ubi recipit capella otingensis provenius. T. XXXI (885) 117.
Salla, villa cum foresto pertinens ad monasterium inferius Ratisponae.
        T. XXVIII (1002) 304. — T. XXIX (1025) 11.
Salmberg, Salmbere, pertinet ad monasterium Wisenaha. T. XXIX (1146)
        287. (1205) 515.
Salvatoris S., monasterium Chremisse. T. XXX (902) 330.
Salzenberg, conf. *Salmberg*.
Salza, Salz, Salce, Sallce, in Francia orientali. T. XXVIII (889) 98.
        (925) 162. (927) 165 — civitas (940) 172, 173. (941) 178; castellum
        et curtis donatur ecclesiae wirceburgensi. (1000) 287.
    „   villa in comitatu Ottonis in pago Graiphelt donatur ecclesiae würce-
        burgensi. T. XXVIII (1002) 304.
    „   curtis in comitatu Wilhelmi. T. XXVIII (1008) 392.
Salzaha, fluvius in pago Salzburggowe. T. XXVIII (940) 175; ubi ter-
        minus foresti berchtesgadensis. T. XXIX (1156) 322. — (1191)
        459. (1194) 482. (1205) 511. — T. XXX (1213) 3.
Salzburg, Salzbure, Salzeburg, Juvavum, urbs. T. XXVIII (1003) 344.
        T. XXIX (1062) 163. (1170) 398. — T. XXXI (1149) 408.
    „   salzburgensis sive juvaviensis ecclesia. T. XXVIII (890) 103,
        104. (970) 192. — T. XXIX (1048) 90. (1052) 163. (1177)
        428, 429. (1207) 537, 538. — T. XXX (1213) 12. (1215) 25.
        (1230) 162. (1235) 237. — T. XXXI (829) 56.
    „   monasterium ibidem sive ecclesia cathedralis. T. XXVIII (940)
        174.
    „   S. Petri monasterium ibidem. T. XXIX (1144) 284.
Salzburghof, Salzpurchhof, Salzburchove, curtis regia in comitatu Regin-
        herti in pago Salzburggowe. T. XXVIII (940) 174. — T.
        XXXI (885) 117.
Samentesbach, Samentesbec, rivus in banno S. Emmerami. T. XXVIII
        (914) 150.
Samatesbach, villa in comitatu Engildeonis in pago Tonagewe. T. XXVIII
        (878) 63.
Sancte - Petre in pago Istria, in marcha Oudalrici marchionis. T. XXIX
        (1067) 171.
Sandekenhusun, villa in pago Chelngeve. T. XXVIII (844) 37.
Sassenberg, montes in Alemannia. T. XXXI (1027) 304.
Satalarun, in comitatu Oudalrici in pago Spehtreis. T. XXVIII (1011)
        432.
Saxina, in terra Hannorum. T. XXX (915) 384.
Saxonia. T. XXIX (1163) 385, 390. (1190) 438. — T. XXXI (804) 24.

Saxe, ubi possessio Scotorum ratisponensium. T. XXX (1213) 8.
Scagatsberge, pertinet ad monasterium Wizenahe. T. XXIX (1205) 516.
Scalental, villa in comitatu Tietmari in pago Sueve. T. XXVIII (1019) 485.
Scalaha, locus in comitatu Aribonis in Austria. T. XXVIII (889) 87.
    „   rivus. T. XXXI (888) 126.
Scalcheim, ubi praedium monasterii S. Nicolai. T. XXIX (1111) 229.
Scambah, in comitatu Beringeri in pago Nordgovve. T. XXVIII (1007) 368. — in pago Nortgowe. T. XXIX (1197) 950. — conf. etiam *Schambach*.
Scammaho, villa et basilica. T. XXVIII (1097) 304.
Scammirole, fluvius in Alemannia. T. XXXI (1097) 304.
Scaralowa, donatur ecclesiae frisingensi. T. XXXI (1003) 278.
Scardinga, pertinet ad sedem pataviensem. T. XXXI (903) 170.
Scerdistein, villa in pago Cuningessundra. T. XXIX (1040) 70.
Scerstedde, praedium in comitatu Geronis in pagis Swava et Hassega. T. XXVIII (1010) 424.
Schafhusa. T. XXX (1246) 296.
Schambach, possessio monasterii biburgensis. T. XXIX (1177) 425. conf. etiam *Scambah*.
Schardis, ecclesia. T. XXX (1218) 77.
Scharwiz, *Schaerwz*, nemus. T. XXX (1263) 336.
Scharpfeneck, castrum. T. XXXI (1252) 556.
Schaur, Besitzung des Schottenklosters zu Regensburg. T. XXXI (1212) 478.
Scheffeuze, prius pertinens ad abbatiam Amorbach. T. XXXI (996) 262.
Scheftersheim, praedium Diethalmi de Tokenbarc. T. XXIX (1146) 293.
Scheftilarum, *Schoeftlarn*, monasterium. T. XXIX (1183) 450.
Scheikbach, in comitatu Adalberti comitis in pago Salagawe. T. XXVIII (983) 242.
Schellenberg, *Schellenberg*, villa, fit possessio ecclesiae herbipolensis. T. XXX (1231) 177.
Scherdingen, *Schardinga*. T. XXX (1237) 265. (1248) 306.
Scherstedi, curtis in comitatu Tietmari in pago Suevo. T. XXVIII (1019) 485.
Scherstistein, in comitatu Reginardi in pago Cuningessundra. T. XXVIII (1018) 473.
Schevenes, in montania. T. XXIX (1177) 425.
Schidingen, in comitatu palatini comitis Teti in pago Hassega. T. XXIX (1043) 80. — pertinens ad ecclesiam babenbergensem. T. XXX (1245) 299.
Schillingsfürst, conf. *Xillingesfirst*.
Schillern, possessio Scotorum ratisponensium. T. XXX (1213) 8. — T. XXXI (1212) 477.
Schirelinga, villa pertinens ad monasterium inferius Ratisponae. T. XXVIII (1002) 301. — T. XXIX (1095) 11.

Schlütern, *Slühtern*, cellula, pertinet ad ecclesiam wirceburgensem. T.
    XXXI (788) 20. (993) 266. conf. etiam *Slnehlerin.*
Schnaithart, Besitzung des Schottenklosters zu Regensburg. T. XXXI
    (1212) 477, 478. conf. etiam *Sneithart.*
Schongau, *Schongawe*, *Schonengou*, *Scougou.* T. XXX (1224) 125. (1227)
    153, 154. (1267) 363.
Schonolvesdal, ubi terminus possessionum monasterii nůwenstatensis. T.
    XXXI (786) 15. (1000) 269.
Schonstain, castrum pataviense. T. XXXI (1222) 511.
Schorrin, ubi praedium monasterii burensis. T. XXX (1217) 60.
Schorbardis, pertinet ad monasterium Wizinahe. T. XXIX (1205) 516.
Schreinpahc, conf. *Skarrinpach.*
Schrabach, praedium monasterii eberacensis. T. XXX (1223) 118. (1240)
    280. — conf. etiam *Snnba.*
Schrabech, *Srabek*, castrum. T. XXX (1268) 366. 369.
Sobyr, possessio Scotorum ratisponensium. T. XXX (1213) 8.
Scierstal, praedium in suburbano Reginae civitatis in pago Nordgowe.
    conf. *Ratispona.*
Sciffa, ecclesia et villa in pago Dubragave. T. XXVIII (807) 6.
    „   fluvius ibidem. loc. cit.
Scillaris prope silvam Hohenhart. T. XXIX (1111) 228.
Sciphgate, vicus et pars civitatis Egrae. T. XXXI (1234) 558.
Sclavanorum provincia. T. XXVIII (834) 28.
Sclavia, ejus quatuor provinciae. T. XXIX (1136) 268.
Sclavinia. T. XXXI (878) 109. (891) 137, 139.
Sconaugia, villa, quondam Moppen dicta; ibi erigitur monasterium. T.
    XXIX (1192) 462, 463.
Sconeberg, *Sconeberc*, *Sconenberg*, *Scounberch*, possessio monasterii Reiten-
    haslach. T. XXIX (1165) 378.
    „   praedium quondam Derthulfi recuperatur ab ejus baeredibus.
            T. XXIX (1109) 222.
    „   Scounberch, villa, prius Nahtstal dicta, in pago Cidalaregowe.
            T. XXXI (1149) 408.
Sconenbuhel, ubi vineae monasterii S. Nicolai. T. XXIX (1111) 228.
Sconenerelahe, possessio ecclesiae babenbergensis. T. XXIX (1062) 159.
Sconinbrunno, fons in terra Avarorum. T. XXXI (833) 70. — prope Li-
            tsham. T. XXVIII (823) 382.
Sconinova, in comitatu Hunolfi, in pago Quinzingowe. T. XXVIII (890)
    100.
Sconowe, conf. *Sconaugia.*
Sconunge, *Sconungen*, praedium monasterii S. Mariae in Babenberg. T.
    XXIX (1182) 444. (1194) 479.
Scouvelt, praedium monasterii waldsassensis. T. XXXI (1218) 497.
Scralenhoven, curtis. T. XXX (1215) 29.
Scutara, fluvius. T. XXVIII (913) 158. (1002) 292.

Scutera, abbatia in comitatu Bertholdi in pago Mortenovva. T. XXIX
(1025) 4.
Se, locus dati diplomatis regii. T. XXVIII (1007) 598.
Sebach, ubi monasterium S. Nicolai habet praedium. T. XXIX (1111) 228.
„ ubi terminus marchae weissenburgensis. T. XXXI (623) 3. (967)
203. (1003) 976.
Sebonensis ecclesia. T. XXVIII (901) 126. — Conf. etiam *Brixia*.
Sedimbrunnia, terminus marchae campidunensis. T. XXX (983) 387.
Sedorf, in comitatu Hiltiboldi in pago Para. T. XXVIII (1007) 377, 378.
Seilenhoven, ubi praedium hospitalis ratisponensis. T. XXX (1217) 88.
Sekaka, prius pertinens ad abbatiam Amorbach. T. XXXI (996) 262.
Seligenstadt, *Selegonostat*, abbatia in pago Moinechgovve. T. XXVIII
(1002) 295.
„ civitas moguntina. T. XXX (1237) 262.
Semftlingen, curtis stabularia, pertinens ad monasterium S. Nicolai. T.
XXIX (1111) 227.
Sendekeld, pertinet ad monasterium tharissense. T. XXXI (1094) 373.
Sentelpach, *Sentilapah*, possessio ecclesiae babenbergensis. T. XXIX
(1062) 159.
„ villa in comitatu Luitboldi in pago Nordegavi. T. XXVIII
(903) 128.
Serula, inter fluvios Pucio et Rionzum. T. XXXI (973) 216.
Seshopten, restituitur pro parte monasterio Burin. T. XXIX (1046) 85.
Serva, *Serre*, *Seon*, monasterium. T. XXIX (1025) 19; — abbatia per-
tinens ad ecclesiam salisburgensem. T. XXIX (1204) 505; monasterium, sive Cella S. Lantberti in loco Durgili. T. XXXI (999)
266.
Seeraha, in comitatu Adalberti in pago Radinzgove. T. XXVIII (1007)
350.
„ possessio ecclesiae babenbergensis. T. XXIX (1062) 159.
Sevvers, *Severs*, in montanis. T. XXIX (1177) 425.
Sexta, inter fluvios Pucio et Rionzum. T. XXXI (973) 216.
Sezzin, *Sezzi*, *Seczzin*, locus cum foresto. T. XXVIII (918) 158.
„ ubi forestum pro parte donatur ecclesiae eistetensi. T. XXXI
(889) 130. — (908) 179.
Skoltingen, possessio Scotorum ratisponensium. T. XXX (1013) 8.
Sibbach, ubi vineae monasterii S. Nicolai. T. XXIX (1111) 228.
Sibeldingen, terminus civitatis Anwilre. T. XXX (1019) 81.
Sibenaich, ubi possessiones monasterii Steingaden. T. XXX (1290) 102.
Sibenlinden, *Sibinlinden*, pertinet ad monasterium Wizinahe. T. XXIX
(1205) 516.
Sibidatum sive forum Julii. T. XXX (1232) 191, 193, 194.
Sicbach, in pago Trangowe, possessio monasterii S. Salvatoris in Chre-
misa. T. XXX (802) 380.
Sicilia. T. XXIX (1173) 415.

Sidenhusen, praedium monasterii S. Mariae in Babenberg. T. XXIX (1183) 444.

Siden, civitas et castrum. T. XXXI (1299) 536.

Siffinchoven, in comitatu Rutberti in pago Donaugowe. T. XXVIII (1009) 407.

Sigeharteschiriha, in comitatu Adalberti marchionis in pago Osterich. T. XXIX (1051) 106.

Sigelohesteia, praedium monasterii S. Mariae in Babenberg. T. XXIX (1182) 444.

Sigemarerweret, in comitatu Heinrici marchionis in orientali regno. T. XXVIII (1014) 450.

Sigemdenberge, mons. T. XXIX (1174) 413.

Sigewrneeshulz, villa et terminus wildbanni eistetensis. T. XXXI (1080) 363, 364.

Siggelingen, possessio monasterii biburgensis. T. XXIX (1177) 425.

Sikershusen, feudum ecclesiae wirceburgensis. T. XXX (1226) 131.

Sikhewa, mons in Carentaniae partibus. T. XXXI (878) 110.

Silewize, vicus in comitatu Adalberti in pago Radenzgovve. T. XXIX (1035) 47.

Silus, fluvius, in comitatu vicentino. T. XXXI (969) 205. (992) 250.

Silva nigra in pago Wiringowa. T. XXIX (1075) 191.

Simplicha, Simplicho, in comitatu Chuniberti in pago Donaugowe. T. XXVIII (890) 102. (906) 139.

Sinckalta, fluvius, ubi terminus wildbanni augustensis. T. XXIX (1069) 142.

Sinderingen, Sinderingun, in comitatu Heinrici in pago Cochengowe. T. XXIX (1042) 75. — adquiritur ab ecclesia herbipolensi. T. XXX (1231) 177.

Sindolfesheim, villa, conceditur advocato amorbacensi. T. XXXI (996) 262.

Sinkinrint, in comitatu Heinrici in pago Nordgowe. T. XXVIII (1017) 463.

Sinna, villa in orientali Francia. T. XXVIII (1001) 291.

Sintherishusun, villa, postea Tareiaa dicitur. T. XXVIII (1010) 425.

Sintheristein, lapis, ubi terminus wildbanni wirceburgensis. T. XXIX (1172) 407.

Sintibach, conf. *Perc.*

Sintlezzaiowa, sive Augia, insula et monasterium in Alemania. T. XXXI (813) 27, 28.

Sinzingen, Sinzingun, villa pertinens ad monasterium inferius Ratisponae. T. XXVIII (1009) 301. — T. XXIX (1025) 11.

    "   Sinzing. molendinum, possessio monasterii Scotorum ratisponensium. T. XXX (1243) 8. — T. XXXI (1242) 477, 478.

Sippenwalde, Silthierolda. T. XXVIII (940) 177. (946) 181.

Sirwicha, in Austria. T. XXVIII (853) 46.

Sitne, provincia quarta Sclaviae. T. XXIX (1136) 268.

Sinselingun, villa et ecclesia traditur ecclesiae babenbergensi. T. XXVIII (1013) 442.

Siorenesbach, rivus in Alemannia. T. XXXI (1027) 404.

Skafhuton, in Francia orientali. T. XXIX (1031) 89.

Skerrinbach, *Skarelupach*, *Skarenbach*, *Skreinbako*. T. XXIX (1186) 322; est terminus foresti bertheragadensis.

  ,,   superior, iterum terminus foresti bertheragadensis et in territorio hujus monasterii. T. XXIX (1194) 482. (1208) 512. (1208) 545. T. XXX (1218) 8.

Skeltdorf, donatur ecclesiae eistetensi. T. XXXI (1088) 529.

Skiren, monasterium, quondam a comitibus Bertholdo et Ottone fundatum. T. XXIX (1124) 247.

Skirilinga, in comitatu Barhilonis in pago Duonagowe. T. XXVIII (973) 199, 205.

Slamaringen, in marcha Champiae. T. XXIX (1056) 187.

Slanders, praedium in comitatu Gerungi in pago Finsgowe. T. XXIX (1077) 199.

Slierbach, in comitatu Adalberti in pago Radintgowe. T. XXVIII (1007) 350.

  ,,   possessio ecclesiae babenbergensis. T. XXIX (1069) 159.

Slirstat, prius pertinens ad abbatiam Amorbach. T. XXXI (996) 268.

Slapece, villa in comitatu Adalberti in pago Ratenzgowe. T. XXVIII (1024) 510.

Sluohterin, *Sluohderin*, locus Burghardo capellano a Pippino rege donatus memoratur. T. XXVIII (993) 256.

  ,,   abbatia, pertinens ad sedem würceburgensem. T. XXVIII (999) 276. (1003) 308; cellula. T. XXIX (1095) 16.

  ,,   conf. etiam *Schlütern*.

Smalagasceit, in comitatu Hunolfi in pago Quinzingowe. T. XXVIII (890) 100.

Smalafeldon, in orientali Francia. T. XXIX (1085) 40.

Smalenwisen, villa, ubi terminus wildbanni eistetensis. T. XXXI (1080) 364.

Smidaha, ubi monasterium Chremisa habet possessiones. T. XXXI (877) 104.

Smidilinchoven, villa in comitatu Geroldi in pago Isiningowe. T. XXVIII (1011) 435.

Smidingen, ubi praedium monasterii S. Nicolai. T. XXIX (1114) 229.

Sneideseo, in comitatu Hadalhoi in pago Ysinachgawe. T. XXVIII (950) 132.

Sneilaha, in comitatu Heinrici in pago Norigowe. T. XXVIII (1011) 450.

Sneilhart, possessio Scotorum ratisponensium. T. XXX (1246) 8.

  ,,   occidentale, iterum possessio eorum loc. cit.

  ,,   conf. etiam *Schnailhart*.

Snephenruote, *Snephenrint*, praedium monasterii S. Mariae in Babenberg. T. XXIX (1182) 444.
  „   pertinet ad monasterium Wizinahe. T. XXIX (1205) 515.
Snibickenberg, ubi praedium ecclesiae Rodenkircha. T. XXX (1214) 19.
Songra, villa et basilica in pago Dabragan. T. XXVIII (823) 17. conf. etiam *Savigra*.
Solenze, fluvius, ubi terminus wildbanni eistetensis. T. XXXI (1080) 364.
Solzines, *Sulzines*, villa in pago Huosi. T. XXVIII (844) 37.
Sowa, fluvius, terminus brixinensis wildbanni. T. XXIX (1073) 184.
Spechbach, ecclesia. T. XXXI (1214) 484.
Spechteshart, sive *Spethart*, silva, in qua monasterium Nûwenstat. T. XXXI (786) 14, 15. (817) 40. (1000) 268, 269.
Seginshart, sive Speinshart silva. T. XXIX (1165) 365; — ubi monasterium ordinis S. Augustini. loc. cit. — T. XXX (1235) 242.
Spetinga, terminus wildbanni augustensis. T. XXIX (1059) 142, 143.
Spega, ecclesia S. Martini. T. XXXI (1190) 439, 440.
Spiegilberg, locus dati diplomatis regii. T. XXX (1230) 166.
Spiekersdorf, pertinet ad monasterium Wizenabe. T. XXIX (1205) 515.
Spieseheim, pertinens ad monasterium Tharissae. T. XXXI (1094) 373.
  „   conf. etiam *Spizesheim*.
Spira, civitas. T. XXIX (1123) 245. (1136) 266. (1189) 453. (1193) 472. (1208) 548, 550. — T. XXX (1214) 24. (1219) 84. (1226) 144. (1231) 169. (1233) 211. (1234) 230, 231. (1236) 245. (1255) 323, 324. — T. XXXI (1090) 369, 371. (1102) 379. (1105) 381. (1182) 419. (1193) 443. (1232) 556. (1235) 562. (1242) 574.
  „   spirensis, sive nemetensis ecclesia. T. XXXI (623) 3. (1105) 380. (1210) 474. (1255) 584.
  „   S. Sepulcri ecclesia apud Spiram, conf. *Dietpruoges*.
  „   conf. etiam *Nemetensis civitas et ecclesia*.
Spirbach, rivus prope Spiram. T. XXXI (1239) 574.
Spizesheim, a monasterio Eberach traditur Friderico, filio Conradi III regis. T. XXIX (1151) 303.
  „   conf. etiam *Spiesesheim*.
Spoletanus ducatus. T. XXVIII (1018) 468, 471. — T. XXXI (1018) 292.
Spraza, fluvius. T. XXXI (829) 57. (877) 104.
  „   minor, fluvius. T. XXXI. loc. cit.
Stadela, prope fluvium Swarza. T. XXXI (1025) 298.
Staffelstein, in comitatu Adalberti, in pago Ratensgowe. T. XXIX (1150) 255.
Steinberg, *Stainberch*, mons inter terminum Linta et flumen Steinbach, sive Steinbach in marchia Oudalrici marchionis. T. XXIX (1063) 164.
Staine, pagus in comitatu Cuniberti prope Danubium. T. XXXI (880) 115.
Stainheim, praedium in Alemannis. T. XXIX (1171) 400.
Stalbowme, ubi fuit curia principum. T. XXIX (1154) 312.

Stambeim, villa pertinens ad monasterium Hirsaugia. T. XXIX (1075) 196.
Staphelstein, et mercatus ibidem. T. XXIX (1165) 374, 375.
Staraafurt, ad Rotam fluvium in Saxonia. T. XXXI (804) 24.
Steckilze, mons prope llance. T. XXIX (1174) 418.
Stegon. T. XXIX (1027) 21.
Steigerwalt, *Stegerwald*, silva. T. XXIX (1151) 302.
Steigrisbach, in Alemannia. T. XXXI (1027) 304.
Stein, abbatia in pago llegowe, donatur sedi babenbergensi. T. XXVIII (1007) 346.
Steina, in pago Istria, in marcha Oudalrici marchionis. T. XXIX (1067) 171.
  „ advocatia confertur Friderico burggravio de Nürnberg. T. XXX (1264) 343.
Steinaha, in Francia orientali. T. XXVIII (978) 225.
  „ locus in comitatu Ernusti in pago llfgewe. T. XXVIII (912) 146.
  „ pertinens partim ad monasterium Kizzingen. T. XXIX (1040) 73.
Steinbach, *Steinpah*, fluvius in Danubium cadens. T. XXVIII (887) 78.
  „ Steinbahc, ubi terminus wildbanni wirceburgensis. T. XXIX (1065) 165.
  „ flumen in marchia Oudalrici marchionis. T. XXIX (1063) 165.
  „ fluvius, ubi terminus possessionum monasterii odwenstatensis. T. XXXI (786) 15. (1000) 269.
Steinegg, *Steineeg*, castrum ecclesiae wirceburgensi donatum. T. XXIX (1201) 501.
Steinenkirche, curtis dominicalis adquiritur a monasterio Madilhardesdorf. T. XXIX (1155) 265.
Steinesdorf, possessio monasterii biburgensis. T. XXIX (1177) 425.
Steinewinde, ubi possessio hospitalis lutrensis. T. XXXI (1215) 489.
Steinfeld, villa, monasterio Nüwenstat donata. T. XXXI (783) 12.
Steingaden, *Staingaden*, *Steingademe*, monasterium. T. XXIX (1189) 455, 458. (1193) 474. (1201) 506. T. XXX (1218) 77. (1219) 90. (1220) 102, 104. (1224) 125, 126. (1227) 145. (1251) 316. (1264) 340. (1265) 332.
Steinkeringen, *Seinheringa*, comitatus, in quo monasterium Ebersberg. T. XXIX (1040) 57. — T. XXXI (1193) 446.
Steininachircha, locus in terra quondam Avarorum juxta Erlafam. T. XXVIII (979) 227.
Steininanberga, possessio monasterii inferioris ratisponensis. T. XXIX (1025) 11.
Steiminbukil, mons in banno S. Emmerami. T. XXVIII (914) 151.
Steinrunaki, in septemtrionali parte danubii. T. XXXI (1025) 302.
Seinsfeld, prius pertinens ad abbatiam Amorbach. T. XXXI (996) 262.
Seinveld, pars ejus pertinet ad monasterium S. Nicolai. T. XXIX (1111) 227.

Sephani S. monasterium, ab Egilberto episcopo frisingensi constructum. T. XXVIII (1021) 506.

Stephe, fendum ecclesiae wirceburgensis. T. XXX (1225) 131.

Sterikirobracge, villa in pago Gozfelt. T. XXXI (823) 60.

Stetenhoce, possessio Scotorum ratisponensium. T. XXX (1213) 8. — T. XXXI (1212) 477.

Stetevell, praedium monasterii S. Mariae in Dabenborch. T. XXIX (1182) 444.

Setin, in pago Weterciba. T. XXVIII (839) 33.

„ prius pertinens ad abbatiam Amorbach. T. XXXI (996) 262.

Stetiwanc, cellula in ducatu Alamanniae et in pago Augustkcouvi. T. XXVIII (831) 19.

Stettun, in septemtrionali parte danubii. T. XXXI (1025) 302.

Steveningen, castrum. T. XXIX (1205) 527.

Steyffiline, *Stoiffiline*, ubi terminus possessionum monasterii nůwenstatensis. T. XXXI (786) 15. (1000) 269.

Stockake, possessio ecclesiae babenbergensis. T. XXIX (1062) 159.

Stochamburg, castrum et basilica in pago Moligaugio. T. XXVIII (823) 17. — conf. etiam *Socheimaroberg*.

Stockeim, villa in comitatu Ottonis in pago Grabfeld. T. XXVIII (978) 225.

„ prope Strovvam fluvium in Francia orientali. T. XXIX (1031) 32.

Stocheimaroburg, castrum et basilica in pago Mulachgowe. T. XXVIII (889) 93.

Stocha, locus dati diplomatis regii. T. XXIX (1129) 252.

Stoka, *Stokau*, possessio Scotorum ratisponensium. T. XXX (1213) 8. T. XXXI (1212) 477.

Stoiffiline, conf. *Steyffiline*.

Stokheim, villa imperio subjecta. T. XXIX (1200) 497.

Stoliberg, castrum; ad hoc pertinet pars silvae Steigerwald. T. XXIX (1151) 303.

Stoufe, castrum. T. XXIX (1205) 527.

Stoutpharrich, in pago Ostricha, in marcha Ernusti. T. XXIX (1067) 173.

Strachlin, fluvius in pago Osterriche. T. XXIX (1051) 104.

Strasista, praedium in Carniola et comitatu Waltilonis. T. XXXI (1009) 274.

Strazburg. T. XXVIII (1009) 413, 415.

Strazloch, curia. T. XXIX (1183) 450.

Strazvell, villa ultra Rhenum. T. XXXI (975) 222.

Stresonbrod, vadum fluvii Zourae in regione Chreine. T. XXVIII (974) 210. — in marcha Chreine. T. XXXI (989) 249.

Strewe, praedium in pago Grapfelt. T. XXVIII (1010) 427.

Strowa, fluvius in Francia orientali. T. XXIX (1051) 32.

Strubinga, *Strupinga*, in pago Tuonechgowe in comitatu Dabonis. T. XXVIII (897) 114. (906) 139. — T. XXIX ubi ecclesia augustensis habet possessiones. (1156) 328, 329.

Studahe, possessio monasterii biburgensis. T. XXIX (1177) 425.
Stulen, praedium monasterii S. Mariae in Dabenberch. T. XXIX (1189) 444.
Stuphaim, ubi praedium Scotorum norimbergensium. T. XXXI (1225) 520.
Styria, ducatus. T. XXX (1237) 254, 256, 363.
Suaba, *Suabach*, parochia pertinet ad monasterium Eberach. T. XXIX (1195) 485. (1200) 494. (1209) 551, 552. — locus fit possessio monasterii praedicti. T. XXX (1213) 10, 11. conf. etiam *Swabach*.
Suabaha, *Suaba*, fluvius in pago Nortgovve. T. XXVIII (1021) 504; — terminus wildbanni babenbergensis. T. XXIX (1069) 182. — T. XXXI (1002) 273.
Suabinnehusen. T. XXVIII (883) 67.
Suakren, ubi terminus foresti berchtesgadensis. T. XXIX (1156) 322.
Suanebach, villa pro parte ecclesiae augustensi donata. T. XXIX (1069) 156.
Suankarelanta, in comitatu Cheldionis, in pago Nortgowe. T. XXXI (898) 146.
Suarza, curia, ad quam pertinet silva Steigerwald. T. XXIX (1151) 302.
Suarzaha, abbatia, redditur sedi wirceburgensi. T. XXVIII (993) 255; pertinet ad praedictam sedem (999) 276; abbatia et monasterium ad ostium Suarzabae. (1003) 307; dicitur cellula. T. XXIX (1025) 16.
    ,,   fluvius in orientali Francia. T. XXVIII (1003) 307.
    ,,   fluvius in pago orientali. T. XXIX (1043) 89.
    ,,   fluvius in pago Sueinikgowe. T. XXIX (1040) 64.
    ,,   fluvius, ubi terminus wildbanni eistetensis. T. XXXI (1080) 564. — conf. etiam *Swarzaha*.
Suarzenberg, *Suarcenberch*, ubi terminus wildbanni augustensis. T. XXIX (1059) 142.
Suarzenfeld, *Suarzinvelt*, in comitatu Ileinrici in pago Nordgowa. T. XXVIII (1015) 455.
Suebeheim, pertinens ad monasterium tharissense. T. XXXI (1094) 373.
Sueiga, abbatia (Münchsmünster) in ducatu Bavariae. T. XXIX (1133) 259. (1134) 262. (1141) 273.
Sueria, ducatus. T. XXIX (1111) 224. T. XXX (1255) 328.
Swindilibach, rivus in banno S. Emmerami. T. XXVIII (914) 151.
Suinfurt. T. XXXI (1094) 374.
Sulceh, curia pertinet ad hospitale lutrense. T. XXXI (1215) 489.
Sulzbach, *Sulzibach*, *Sulcipah*, forestam juxta Sulcipah ad monasterium S. Emmerami spectans. T. XXVIII (914) 150.
    ,,   in pago Trungowe, possessio monasterii S. Salvatoris in Chremisa. T. XXX (802) 330.
    ,,   proprietas Hittonis abbatis in Maninseo. T. XXXI (879) 411.
    ,,   parochia spectans ad monasterium Murrhart. T. XXXI (817) 37.

Sulzberg, Sulzperg, Sulceberch, mons in orientali Francia, X. XXVIII (1000) 285.
  ,,   mons, ubi terminus wildbanni augustensis. T. XXIX (1059) 142.
Sulzfeld, Sulzevelt, Sulzivelt, vallis haud procul a Moeno. T. XXX (1007) 391.
  ,,   in comitatu Ilessonis in pago Folcfelt. T. XXXI (915) 135.
Sulzheim, curia, possassio monasterii ebracensis. T. XXIX (1149) 500.
  ,,   villa juxta fluvium Werino. T. XXXI (323) 50.
Sulzheimare-marcha in comitatu Ebonis in pago Folchfeld. T. XXXI (890) 132.
Sulzthal, Sulztal, pertinens pro parte ad monasterium tharissense. T. XXXI (1094) 374.
Sumarberg, Sumarperch, mons in pago Grunzwiti. T. XXXI (829) 55.
Numenharf, villa, pertinens ad monasterium Hirsaugia. T. XXIX (1075) 196.
Sumeringen, villa in comitatu Wiggeri in pago Germaromarcha. T. XXVIII (1001) 290.
Summus lacus, praedium in Italia. T. XXXI (893) 150.
Sunchingen, ubi praedium hospitalis ratisponensis. T. XXX (1217) 58.
Suncina, conf. *Funcina*.
Sundargavva, villa et capella in comitatu Rumoldi. T. XXVIII (853) 48.
Sundarunhofe, villa et basilica in pago Dadanachgevve. T. XXVIII (889) 93, 98. (923) 161. — Conf. etiam *Sunindrinhaoba*.
  ,,   Sundershof, in comitatu Heinrici in pago Duverehgowe. T. XXVIII (1008) 406.
Sundergut, possessio capituli salisburgensis. T. XXX (1230) 162.
Sundernheim, praedium. T. XXX (1215) 29.
Sundheim, ceditur a monasterio Campidona. T. XXXI (838) 81.
Sunemanningen, ubi praedium monasterii S. Nicolai. T. XXIX (1111) 229.
Sunichilendorf, in comitatu Heinrici in pago Cochengowe. T. XXIX (1049) 75.
Sunindrinhaoba, villa et basilica in pago Daddenaugaugio. T. XXVIII (823) 17. Conf. etiam *Sundarunhofe*.
Sunneladorf, prius pertinens ad abbatiam Amorbach. T. XXXI (996) 262.
Sunnenbach, ubi praedium monasterii S. Nicolai. T. XXIX (1111) 227, 229.
Suntheim, in comitatu Riwini in pago Darihin. T. XXVIII (1007) 387.
  ,,   Suntheime, locus dati diplomatis regii. T. XXVIII (1002) 294.
Swabach, conf. *Schwabach* et *Suaba*.
Swnbdorf, possessio ecclesiae pataviensis. T. XXX (1015) 27.
Swabeck, conf. *Schwubeck*.
Swnebiswerde, conf. *Donauwoerth*.
Swuhoen, in territorio berchtesgadensi. T. XXIX (1194) 482. (1205) 512. (1208) 546. — T. XXX terminus foresti (1213) 3.

Swawie, oppidum. T. XXX (1267) 362.
Swarza, fluvius. T. XXXI (1025) 298.
Swarzabrucca. T. XXXI (1025) 303.
Swarzaha, amnis. T. XXX (1007) 391.
  ,,   monasterium. T. XXXI (857) 92.
  ,,   conf. etiam *Swarzaha*.
Swarzenbahc, fluvius in pago Pusterissa. T. XXIX (1049) 85.
Swechart, in comitatu Ernusti marchionis et in marchia Osterriche. T. XXXI (1058) 341.
Sweigra, villa et basilica in pago Thubergevve. T. XXVIII (889) 93. — conf. etiam *Songra*.
Sweinaha, villa. T. XXXI (883) 116.
Swindilenbach, curtis. T. XXXI (885) 117.
Swinfurthe. T. XXX (1234) 221, 222.
Swinnaha, mons in pago Nortgowe. T. XXXI (1043) 320.
Sydelbach, ubi praedium Scotorum norimbergensium. T. XXXI (1225) 521.
Symonkowe, ubi praedium Scotorum norimbergensium. loc. cit. 529.
Syndeveld, pertinens ad monasterium tharissense. T. XXXI (1094) 373.
Szowrska-Dabrawaa, silvula in regione Chreine. T. XXVIII (974) 210.

T.

Taberesheim, ubi mata. T. XXX (886) 117.
Tachinsee, lacus. T. XXIX (1048) 90.
Taegernheim, Besitzung des Schottenklosters zu Regensburg. T. XXXI (1212) 477.
Tagaprehtasdorf, villa in comitatu Geroldi in pago Isininggovva. T. XXVIII (1011) 435.
Tnjove, fluvius in comitatu Sigefridi marchionis. T. XXIX (1045) 83.
Talanweck, via, ubi torminus marchae hornbacensis. T. XXXI (822) 48, 49.
Talehova, ubi terminus wildbanni augustensis. T. XXIX (1059) 142.
Tambach, villa, ubi monasterium Hirsaugia obtinet praedia. T. XXIX (1075) 196.
Tan, dicitur quaedam pars territorii ottenburensis. T. XXX (1220) 92.
Tantobil, pertinet pro parte ad monasterium S. Nicolai. T. XXIX (1111) 227.
Tarissa, *Tareissa*, *Tarassa*, olim Sintherishusan dicta. T. XXVIII (1010) 425.
  ,,   T. XXVIII (903) 131. Conf. etiam *Tharissa*.
Tarvisianus comitatus. T. XXXI (969) 205. (992) 250.
Tegeringen, villa, ubi terminus wildbanni eistetensis. T. XXXI (1030)

Tegernheim, possessio monasterii Scotorum ratisponensium. T. XXX (1213) 8.

„   *Tegirnheim*, spectat ad monasterium superius Ratisponae. T. XXX (1219) 79.

Tegernsee, *Tegrinsee*, *Degernsee*, monasterium. T. XXVIII (979) 226. (1002) 297. (1009) 408. (1011) 428. (1019) 482. (1020) 488. T. XXIX (1025) 9. (1163) 367, 868. (1193) 473. — T. XXX (1230) 168. (1231) 182. (1234) 232, 233.

Teggingen, *Tecgingun*, in comitatu Sigchardi in pago Riezzin. T. XXVIII (1007) 375, 376. — Abbatia in comitatu Sigebardi in Ilbetis. (1016) 460.

Teienfeld, ubi praedium ecclesiae majoris babenbergensis. T. XXIX (1194) 479.

Teitinga, ceditur ab ecclesia ratisponensi. T. XXXI (914) 184.

Tekkindorferebret, salina in loco, qui super Tckkindorferebret dicitur. T. XXIX (1144) 284.

Teleheim, *Telehaim*, pertinet ad monasterium tharissense. T. XXXI (1094) 373.

Texindorf, in comitatu Heinrici in pago Nortgowe. T. XXVIII (1017) 463.

Tentenstorph, advocatia monasterii superioris Ratisponae. T. XXXI (1237) 570.

Teorinhova, villa in pago Nordeguvi, in comitatu Luitpoldi. T. XXVIII (903) 128.

Terwa, praedium in comitatu narnensi in ducatu Spoletano. T. XXVIII (1018) 468, 469, 470, 471. — T. XXXI (1018) 292.

Tessenhuel, possessio monasterii Scotorum ratisponensium. T. XXX (1213) 8.

Tetenheim, in comitatu Ernusti, in pago Sualaveldun. T. XXXI (914) 183.

Tettelbach, pertinens ad monasterium Kizzingen. T. XXIX (1040) 73.

Tettinwich, in comitatu Oudalscalchi. T. XXIX (1055) 36.

Tharissa, castellum et monasterium. T. XXXI (1094) 372. (1097) 376.

„   conf. etiam Tarissa.

Thecgingen, pertinet ad monasterium Wizinahe. T. XXIX (1205) 516.

Thetilabah, in Francia orientali. T. XXVIII (889) 98. (923) 162.

Theutonia. T. XXVIII (903) 133. — sive Germania. T. XXX (1251) 531.

Thiffensalle, villa, sit possessio ecclesiae herbipolensis. T. XXX (1231) 177.

Thilchelberg, mons prope Gruoenc. T. XXXI (1234) 558.

Thisarespach, villa. T. XXXI (833) 67.

Thuoron, *Thuerm*, ubi terminus possessionum monasterii nûwenstatensis. T. XXXI (786) 15. (1000) 269.

Thuringia. T. XXVIII (1011) 428.

Thûuperbach, in pago Salevgave. T. XXVIII (777) 1.

Tiburniense confinium. T. XXXI (816) 32.

Tiechelinga, villa prope fluvium Regino. T. XXVIII (1003) 312.
Tiereubach, possessio monasterii biburgensis. T. XXIX (1177) 425.
Tietelndorf, superius et inferius, possessio monasterii Scotorum ratispo-
nensium. T. XXX (1213) 8.
Tiginga, villa, donatur episcopo sabionensi. T. XXVIII (1002) 305.
Tinguhtinga, ecclesia et fiscus regalis. T. XXVIII (835) 25.
Tiefbah, locus in comitatu Ernusti in pago Ibsigevve. T. XXVIII (912)
146.
Tisentis, *Tissentis*, abbatia in pago curiensi. T. XXIX (1040) 60; — do-
natur ecclesiae brixinensi, sive sabionensi. T. XXIX (1057)
133.
Tisfelth, ceditur monasterio S. Emerami. T. XXXI (905) 173.
Titherischeshofen, vicus, ceditur a monasterio outinburensi. T. XXXI
(972) 213, 214.
Tinfstal, *Tinfstnda*, villa in comitatu Chadalbohi in pago Rottgovvi. T.
XXVIII (1011) 433.
  „   amnis in pago Isanahgowe. T. XXXI (903) 168.
Tobropotoch, rivus, terminus brixinensis wildbanni, theutonice dictus
Guotpach, sive Guotbach. T. XXIX (1073) 184.
Toffal, *Tofal*, conf. *Tural*.
Toffingen, *Toffinga*, villa et ecclesia, spectat posterior ad monasterium
Hirsaugia. T. XXIX (1075) 197.
Tolkingen, possessio monasterii biburgensis. T. XXIX (1177) 425.
Tollunstein, in comitatu Werinharii in pago Sualeveldun. T. XXVIII (1007)
326.
Tornhaim, villa et basilica in pago Guligaoginsi. T. XXVIII (823) 17. —
Conf. *Dornheim*.
Torona, terra in Palestina. T. XXXI (1229) 536.
Teunheim, ubi monasterium S. Nicolai habet praedium. T. XXIX (1111)
223.
Tocal, *Toffal*, ubi salinae. T. XXIX (1191) 460. (1194) 482. (1205) 512.
(1208) 545. — T. XXX (1213) 3. T. XXXI (1191) 442.
Toverike, in marcha Champine. T. XXIX (1056) 127.
Traa, fluvius in Carentaniae et Sclaviniae partibus. T. XXXI (878) 110.
Conf. etiam *Trahaous*.
Tragesindorf, in comitatu Heinrici in pago Nortgowe. T. XXXI (1043)
320.
Trahaous, fluvius. T. XXXI (891) 139. — conf. etiam *Traa*.
Traubenhofen, Besitzung des Schottenklosters zu Regensburg. T. XXXI
(1242) 477.
Traubling, Besitzung ebendesselben loc. cit. conf. etiam *Trobelingen* et
Trubtingen.
Trebina, curtis in Carentaniae partibus. T. XXXI (878) 109.
Trebinsee, *Trebinse*, ultra danubium. T. XXX (823) 382. — T. XXXI
(1058) 338, 340.

Treisma. T. XXVIII (976) 217. — T. XXX (823) 341, 342.

Tremelhusen, possessio Scotorum ratisponensium. T. XXX (1213) 8. — T. XXXI (1242) 477.

Trepechendorf, praedium monasterii S. Mariae in Dabenberg. T. XXIX (1182) 444.

Treubergk, conf. *Truotberg.*

Trevina, praedium, ceditur ab ecclesia pataviensi. T. XXVIII (1007) 328.

Trevirae, civitas. T. XXXI (1216) 493.

Trewina, rivus in comitatu Heinrici in pago Nordgove. T. XXIX (1061) 118.

Triburia, *Triburias*, *Triburae*, *Triburin*, *Tribur.* T. XXVIII (874) 59. (895) 107. (897) 115. (908) 142. (980) 252. (1000) 290. T. XXIX (1025) 15, 17, 19. (1057) 139, 141. — T. XXXI (895) 147. (900) 161. (980) 239. (1057) 537.

Tridentum, in montanis. T. XXVIII (1004) 520. — T. XXIX (1177) 425.
   "   tridentinus episcopatus, sive ecclesia, et termini ejus. T. XXIX (1027) 21. (1040) 60. (1057) 135. (1177) 425.

Triebindorf, praedium monasterii Waldsassen. T. XXXI (1218) 497.

Trieffenzell, in comitatu Gerungi, in pago Waltschin. T. XXXI (1017) 290.

Trifinriule, praedium. T. XXIX (1189) 454.

Tristnicha, fluvius in marchia Adalberti marchionis. T. XXVIII (1020) 488.

Trivele, castrum prope Anwilre. T. XXX (1219) 91.

Trobaha, *Truobaha*, in comitatu Adalberti in pago Radinzgowe. T. XXVIII (1007) 350; possessio ecclesiae babenbergensis. T. XXIX (1062) 159. — conf. etiam *Truoba.*

Trobelingen, ubi praedium hospitalis ratisponensis. T. XXX (1217) 53. — conf. etiam *Traubling* et *Trublingen.*

Trosendorf, praedium monasterii S. Meriae in Dabenberg. T. XXIX (1182) 444.

Trotmannia, *Trotmenni.* T. XXVIII (974) 207. (993) 261. conf. etiam *Trutemanne.*

Trublingen, possessio monasterii Scotorum ratisponensium. T. XXX (1213) 8.

Truoiniacus, villa et ecclesia in pago Wormacensi. T. XXVIII (823) 16. (889) 93, 98. (923) 161. (993) 259.
   "   conf. etiam *Crucinaha.*

Truebenhoven, possessio Scotorum ratisponensium. T. XXX (1213) 8.

Truna, fluvius in pago Chiemichovve. T. XXVIII (959) 184.
   "   fluvius in vicinitate lacus Tachensee. T. XXIX (1043) 90.

Trunchensberg, *Trunchensperch*, *Trunkenesperc*, praedium, pertinet ad monasterium Ottenbeuern. T. XXIX (1171) 400. Vicus ceditur ab eodem monasterio. T. XXXI (972) 212, 214

Truoba, rivus, terminus wiltbanni babenbergensis. T. XXIX (1069) 182.

Truolberg, *Truolberc*, *Treubergk*, ubi terminus possessionum monasterii nûwenslatensis. T. XXXI (786) 15. (1000) 269.

Trutculo, in pago Istria, in marcha Oudalrici marchionis. T. XXIX (1067) 171.

Truthbac, possessio monasterii Eberach. T. XXIX (1149) 300.

Trutemanne. T. XXXI (1030) 310. — conf. etiam *Trotmannia*.

Tubera, fluvius. T. XXIX (1060) 144.

Tuchendorf, pertinens ad monasterium Tharissa. T. XXXI (1094) 375.

Tuchilingun, villa in comitatu Geroldi in pago Isinincgovva. T. XXVIII (1011) 435.

Tullide, *Tullida*, locus dati diplomatis regii. T. XXVIII (993) 256, 258. — T. XXIX (1036) 49. — T. XXXI (993) 257.

Tullina, *Tulluna*, *Tulna*, fiscus regius in regione Pannoniae. T. XXVIII (859) 50, 51. — Civitas in comitatu Heinrici marchionis in orientali regno. T. XXVIII (1014) 450. — In plaga orientali. T. XXX (825) 382.

Tuminichi, fluvius in comitatu Adalberti marchionis. T. XXIX (1049) 97.

Tumulus, locus in provincia Avarorum prope Kirichbach. T. XXVIII (836) 29.

Tunbach, villa monasterii Speinshart. T. XXX (1235) 242.

Tuntunispach, in comitatu Oudalrici in pago Spehtreina. T. XXVIII (1011) 432.

Tunzilingia, praedium, ceditur monasterio S. Emmerami. T. XXXI (1142) 400.

Tuomthorf, villa. T. XXXI (885) 115.

Tuoningowe, locus in Alemannia. T. XXVIII (943) 179.

Tuosibrunno, in comitatu Adalberti in pago Radinzgowe. T. XXVIII (1007) 350. — T. XXIX. Possessio ecclesiae babenbergensis (1062) 159.

Tuparadorf, villa in comitatu Geroldi in pago Isinincgovva. T. XXVIII (1011) 435.

Turegum, civitas. T. XXXI (1055) 335.

Tuskindorf, pertinet ad monasterium Wizinabe. G. XXIX (1205) 516.

Tursenruth, ubi piscina monasterii waldassensis. T. XXXI (1249) 498.

Tutelesbach, possessio ecclesiae babenbergensis. T. XXIX (1062) 159.

Tutemoiden, pertinet ad monasterium Wizenaha. T. XXIX (1146) 287. (1205) 516.

Tuzzingen, monasterio Durin restituitur. T. XXIX (1046) 83; praedium ejusdem monasterii. T. XXXI (1055) 335.

Tuzinhusa, locus in Alemannia. T. XXVIII (943) 179.

Twerchloe, dic, in comitatu Cuniberti. T. XXXI (880) 113.

Typerstorff, ubi praedium Scotorum norimbergensium. T. XXXI (1225) 520.

U.

Uberlingen, locus dati diplomatis regii. T. XXX (1241) 282. (1183) 897.

Ubermuolshoven, ubi praedium monasterii caesariensis. T. XXX (1232) 205.

Ubingen, pro parte possessio monasterii Pollingen. T. XXVIII (1010) 418.

Udalrici S. et Afrae S., monasterium Augustae. T. XXIX (1033) 36. (1142) 277. (1143) 278. (1171) 404. (1182) 448. (1187) 450. — T. XXX (1231) 178, 179. (1240) 276. (1266) 349. T. XXXI (1023) 296. (1029) 303. (1225) 514.

Udinkart, silva in vicinitate fluvii Regino. T. XXVIII (1003) 312.

Udolvesdal, ubi terminus marchae weissenburgensis. T. XXXI (1003) 276.

Ufangiscella, villa in comitatu Geroldi in pago Isiningovva. T. XXVIII (1011) 435.

Ufchiricha, in comitatu Arnoldi, donatur ecclesiae babenbergensi. T. XXVIII (1017) 464. — T. XXIX locus in comitatu Friderici (1055) 123.

Ufkusa, villa juxta Perga. T. XXVIII (879) 65; —
„   curtis regia et capella in pago Tuonaggovve. T. XXVIII (889) 90, 91; — spectat ad sedem pataviensem. T. XXXI (977) 933.

Ufhusen, ubi molendinum monasterii S. Nicolai. T. XXIX (1111) 227.

Ugeroelt, praedium monasterii S. Mariae in Babenberg. T. XXIX (1182) 444.

Ulma, civitas. T. XXIX (1048) 86. (1055) 126. (1143) 280. (1157) 888. (1200) 501. — T. XXX (1214) 22. (1215) 30. (1218) 68, 71. (1220) 106. (1222) 113. (1224) 124, 129. (1231) 181. (1219 et 1235) 240. (1241) 282. — T. XXXI. Villa regalis (813) 27, 28. — curtis regia (890) 136. — (1027) 305.

Uloensheim, ubi praedium ecclesiae Rodenkircha. T. XXX (1214) 19.

Umbildesdorf, possessio monasterii biburgensis. T. XXIX (1177) 425.

Umgerheim, ubi praedium Scotorum norimbergensium. T. XXXI (1226) 521.

Umsuugesvurt, fluvius, ubi terminus wildbanni augustensis. T. XXIX (1059) 142.

Undistorf, Undiesdorf, Undistorph, Indersdorf, praedium Regularibus S. Augustini donatum. T. XXIX (1130) 258. (1166) 384. (1199) 451.

Umingen, T. XXVIII (1024) 808.

Unolciuchova, villa traditur nobili foeminae Ellinrat. T. XXVIII (914) 148.

Unrodses, mons in pago Qalnzingowe. T. XXXI (833) 72.

Unstrut, Unstruot, fluvius. T. XXVIII (991) 248. — T. XXIX (1121) 241.

Unvitinesdorf, in comitatu Heinrici in Ostarrike. T. XXVIII (1002) 294.

Uracha, *Uraha*, *Ura*, fluvius in orientali Francia. T. XXVIII (1000) 285;
    in pago Volcfeld. T. XXVIII (1008) 390; — cadens in Retne-
    zam. T. XXIX (1069) 182. (1182) 444.
  „   *Urach*, ubi praedium Teutonicorum norimbergensium. T. XXX
    (1233) 207.
Uraha, praedium in pago Rangowe. T. XXVIII (1021) 501. — Villa et
    forestum. T. XXXI (1002) 273.
  „   praedium monasterii,S. Mariae in Babenberg. T. XXIX (1182) 444.
  „   *Ura*, ubi praedium Scotorum norimbergensium. T. XXXI (1225)
    521.
Urahc, villa imperio subjecta. T. XXIX (1200) 497.
Uraw, pertinens ad monasterium Tharissa. T. XXXI (1094) 374.
Urbach, villa babenbergensis. T. XXX (1245) 291. (1266) 354.
Urbruoh, locus in orientali Francia. T. XXVIII (1000) 285.
Urching, villa donatur monasterio Niedernburg. T. XXXI (1010) 285.
Urebach, ubi jus macelli competit monasterio Orembach. T. XXXI (972)
    215.
Urgeldorf, *Wrgelderp*, ubi praedium monasterii S. Nicolai. T. XXIX
    (1111) 229.
Urheim, villa ecclesiae herbipolensis. T. XXX (1234) 221.
Urlebach, possessio monasterii biburgensis. T. XXIX (1177) 425.
Urleisberg, mons. T. XXXI (1232) 556.
Ursberg, monasterium. T. XXIX (1143) 279. — T. XXX (1226) 139, 140.
Ursen, praediolum in Carinthia. T. XXIX (1207) 536.
Ursingen, possessio monasterii biburgensis. T. XXIX (1177) 425.
Urula, fluvius in comitatu Adalberti marchionis. T. XXIX (1084) 45.
Urcirsheim, villa imperio subjecta. T. XXIX (1200) 497.
Urzaha, in comitatu Heinrici in pago Nortgovve. T. XXIX (1069) 179.
Urenhofen, monasterium. T. XXIX (1107) 221. (1124) 247.
Uldolvesdale, terminus marchae weissenburgensis. T. XXXI (967) 208.
Uternheim, molendinum pertinet ad hospitale latrense. T. XXXI (1215)
    489.
Utilinga, in comitatu Dabonis in pago Tunahgovve. T. XXVIII (895)
    106.
Utilingun, in comitatu Heinrici in pago Nortgowe. T. XXVIII (1011) 430.
Utingen. T. XXXI (1055) 330.
Utinhofen, *Uetinhovin*, curia mon. Obernschönveh. T. XXX (1264) 341.
Utinum, in regione fori Julii. T. XXX (1232) 197, 198.
Uttingen, parochia. T. XXIX (1146) 295.
Uzhovara, villa in comitatu Chadalhohi in pago Rotigowi. T. XXVIII
    (1011) 434.
Uzzenhuson, in Francia orientali. T. XXIX (1051) 52.

V.

V, conf. etiam *F*.

Valchonaberc, villa in comitatu Geroldi in pago Isiniacgovva. T. XXVIII
 (1011) 435.

Valkenstain, *Valchinstein*, mons in vicinitate Tachensee. T. XXIX (1048)
 90.

Vallatus, fluvius in comitatu Tarvisiano. T. XXXI (969) 205. (992) 250.

Vallis S. Marine monasterium. T. XXX (1239) 269.

Valville, in montania. T. XXIX (1239) 269.

Varmenecke, ubi terminus foresti berchtesgadensis. T. XXIX (1156) 592.
 (1194) 482. (1205) 545. (1208) 545. T. XXX (1213) 3.

Vazendorf, possessio Scotorum norimbergensium. T. XXXI (1225) 520.

Vechelsdorf, *Vechelsderph*, prope silvam Hohenhart. T. XXIX (1111) 228.

Velda, in comitatu Heinrici in pago Nordgouwe. T. XXVIII (1008) 400.
 „ curtis, a vidua Rihni 'ad dies vitae possessa, traditur in casum mortis ejus ecclesiae S. Emmerami. T. XXXI (903) 171.
 „ curtis pertinens ad dies vitae imper. Arnulphi, Oulae uxori ejus
  etc. T. XXXI (899) 158.

Veldan, curtis. T. XXXI (885) 117.

Veldaromarcha, ubi Filisa fluvius. T. XXXI (899) 159.

Veldes, praedium in comitatu Watilonis in pago Creins. T. XXVIII (1004)
 319.
 „ curtis in marchia Crcina. T. XXIX (1040) 58.

Veldun, villa in orientali Francia. T. XXVIII (1000) 236.

Velenheim. T. XXXI (1043) 321.

Velihede, villa in comitatu Wiggeri in pago Germaromarcha. T. XXVIII
 (1001) 290.

Venafrum. T. XXX (1222) 110. — T. XXXI (1222) 515.

Veringen, *Veringa*, *Verigen*, curtis conceditur sedi frisingensi. T. XXVIII
 (903) 155. (940) 173. — Forum T. XXIX (1158) 347, 343.
 (1180) 439.

Vern, mons. T. XXX (1263) 536.

Verona, civitas. T. XXVIII (983) 236, 238, 240, 241, 243. — T. XXIX
 (1091) 217. — T. XXX (1267) 363, 364. (1268) 367, 369, 370.
 — T. XXXI (967) 204. (983) 240, 242. (1245) 681.
 „ ecclesia veronensis. T. XXXI (860) 96.

Verlowe, in parte orientali. T. XXIX (1074) 190.

Veterona, castrum ecclesiae babenbergensis. T. XXIX (1160) 354.

Via Chreinariorum, in regione Chreine. T. XXVIII (974) 210.

Vincentinus comitatus. T. XXXI (969) 205. (992) 250.

Vichtenstein, *Vihtensteine*, *Fichtenstain*, castrum ecclesiae pataviensi censum. T. XXX (1213) 73. — T. XXXI (1222) 512.

Vicinpourch, abbatia juxta fluvium Unstrout. T. XXIX (1121) 241. — conf. etiam *Vizenburg*.

Viennensis ecclesia. T. XXX (1215) 27, 31. Conf. etiam *Wienna*.

Vielenowe (Ettenowe) augea. T. XXX (1216) 51. — Conf. *Ettenowe*.

Vihlinbacki, ubi praedium pataviense. T. XXXI (1196) 459.

Villach, *Villae*, curtis et castellum Hartwici, in regione carintana. T. XXVIII (979) 230.

  „   pons in Carentaniae et Sclaviniae partibus. T. XXXI (878) 110.

  „   villa in comitatu Frantis . . . . (?) T. XXXI (1060) 543, 344.

  „   possessio ecclesiae babenborgensis. T. XXXI (1225) 523. (1242) 575.

Vilsekke, T. XXX (1266) 354.

Vilzmos, palus, ubi terminus foresti berchtesgadensis. T. XXIX (1156) 322; — in territorio berchtesgadensi (1194) 482. (1205) 513. (1208) 545. — T. XXX (1213) 3.

Vinsteruntia, ubi terminus wildbanni augustensis. T. XXIX (1059) 142.

Virnsberg, *Virnesperc*, castrum. T. XXX (1235) 238.

Virste, praedium monasterii S. Mariae in Babenberg. T. XXIX (1182) 444.

Vischbach, ubi molendinum. T. XXX (1234) 217.

Viskaha, in comitatu Ernusti marchionis. T. XXXI (1068) 344.

Viskunkel, mons, ubi terminus foresti berchtesgadensis. T. XXIX (1156) 322; — in territorio berchtesgadensi. T. XXIX (1194) 482. (1205) 512. (1208) 546. — T. XXX (1213) 4.

Vistriza, fluvius in marchia Creina. T. XXIX (1040) 58.

Viti S. monasterium. T. XXXI (1003) 279. (1052) 327, 328.

Vivarius, fons prope monasterium S. Emmerami. T. XXVIII (794) 3.

Vizenburg, civitas. T. XXVIII (991) 247.

  „   monasterium loc. cit. 243. — conf. etiam *Vicinpourch*.

Vlozz, castrum. T. XXX (1251) 319. (1266) 363. conf. etiam *Flozze*.

Voctenwiler, ubi praedium monasterii S. Udalrici et Afrae. T. XXX (1231) 173.

Vogeltal, Besitzung des Schottenklosters zu Regensburg. T. XXXI (1212) 477.

Volana, civitas in archiepiscopatu ravennati. T. XXIX (1177) 427.

  „   cella S. Jacobi ibidem. loc. cit.

Volburg, ubi nemus. T. XXIX (1194) 477.

Volckimisdorf, villa in comitatu Geroldi in pago Isininggorva. T. XXVIII (1011) 435.

Volparstetten, *Vulperstetin*, capella pertinens ad monasterium caesariense. T. XXX (1215) 29. (1232) 205.

Vorchheim, villa cum ecclesia, quae pertinet ad sedem würceburgensem. T. XXVIII (976) 212. — Silva ibidem. T. XXIX (1061) 152. In comitatu Craftonis in pago Ratensgowe. T. XXIX (1062) 158. — Conf. etiam *Forchheim*.

Vorsterrieth, praedium monasterii Pollingen. T. XXIX (1169) 395.
Vosagus, mons et heremus. T. XXXI (1072) 350.
Vozinsperc, mons, ubi terminus foresti berchtesgadensis. T. XXX (1218) 4.
Vrankinfort. T. XXIX (1208) 543. Conf. etiam *Frankfurt*.
Vuford, *Vufordi*, curtis per Heinricum secundum imper. concambio adquisita. T. XXVIII (1018) 466. — In pago Volcvelde (1018) 478.
Vurcebur, conf. *Würtzburg* et *Herbipolis*.
Vurdorf, pertinet ad monasterium Tharissa. T. XXXI (1094) 374.
Vurkenbuhele, possessio ecclesiae babenbergensis. T. XXIX (1062) 159.
Vurta, in comitatu Heinrici in pago Nortgowe. T. XXIX (1062) 161.

W.

Wachawa, conf. *Wachowa*.
Wachenbach, ubi terminus possessionum monasterii nûwenstatensis. T. XXXI (786) 15. (1000) 269.
Wachenheim, villa ultra Rhenum. T. XXXI (975) 222.
Wachenrode, in pago Volcfeld. T. XXXI (1023) 297. — conf. etiam *Wahanrod*.
Wachenris, pars ejus pertinet ad monasterium S. Nicolai, T. XXIX (1111) 227.
Wachowa, *Wachoura*, *Wachwen*, in ripa danubii in comitatu Burchardi marchionis. T. XXVIII (972) 193, 195. — Ubi vineae monasterli S. Nicolai. T. XXIX (1111) 228. — In terra Hunnorum. T. XXX (823) 381, 382. — In terra Avarorum. T. XXXI (830) 53.
Wachrain. T. XXXI (877) 104.
Wachsteine, ubi praedium monasterii Caesarise. T. XXX (1232) 205.
Wahanrod, villa et ecclesia in comitatu (pago) Ratenzgowi. T. XXVIII (1008) 390. — Conf. etiam *Wachenrode*.
Walahanaspah in comitatu Ebbonis. T. XXVIII (1013) 444.
Walahdorf, in comitatu Ottonis in pago Grapfeld. T. XXVIII (1008) 391.
Walahesheim, villa in pago Uliesiggowe. T. XXXI (888) 127.
Walahofeld, locus in pago Trungavi, in comitatu Arbonis. T. XXVIII (876) 62.
Walahrahmenwinida, in comitatu Burchardi in pago Grapfelda. T. XXVIII (908) 141.
Walahunesdorf, pertinet ad abbatiam S. Mariae Pataviae. T. XXVIII (976) 219.
Walarhusen. T. XXIX (1187) 453.
Walbrunnen, ubi praedium monasterii Cellae superioris. T. XXIX (1172) 412.

Walchenesbach, Walchenesbahc, possessio monasterii inferioris Ratisponae. T. XXIX (1025) 11.

Walcum, inter fluvios Pucio et Rionsum. T. XXXI (973) 215.

Wald, Walda, Walde, in marca foresti regii ad sedem pataviensem pertinens. T. XXVIII (887) 78.

„ ubi monasterium S. Nicolai habet praedium. T. XXIX (1111) 228.

„ villa in pago Isinigowe. T. XXXI (1079) 362.

Waldisbechi, inter fluvios Wiseran et Fuldas. T. XXVIII (811) 8.

Waldrichesbach, in comitatu Adalberti in pago Radinzgowe. T. XXVIII (1007) 350.

Wale, praedium in Alemannia. T. XXIX (1171) 400.

„ praedium ceditur a monasterio outinburensi. T. XXXI (972) 213, 214.

Walechi. T. XXXI (950) 197.

Walchenesbah, fluvius. T. XXVIII (1002) 301.

Walchern, villa, ubi monasterium Hirsaugia obtinet praedia. T. XXIX (1075) 196.

Walchinga, villa in comitatu Heinrici in pago Nordgowe. T. XXVIII (1002) 303.

Walenriden, curia et possessio monasterii Eberach. T. XXIX (1194) 477.

Walgiringen, ubi praedium monasterii S. Nicolai. T. XXIX (1111) 229.

Walingford. T. XXX (1261) 331.

Walkibehusen, curtis per Heinricum II. imper. concambio adquisita. T. XXVIII (1018) 466.

„ in comitatu Gumperti in pago Gollogowe. T. XXVIII (1018) 473.

Walo, in pago Augisgavre. T. XXXI (890) 135.

Walichiricha, in comitatu Heinrici in pago Nordgowe. T. XXIX (1063) 112.

Wallendorf, possessio monasterii Raitenhaslach. T. XXIX (1165) 373.

„ in comitatu Ottonis marchionis in pago Filisahart. T. XXXI (1033) 315.

„ ubi possessio monasterii Reitenhaslach. T. XXXI (1149) 408.

Waltgeresbrunnen, in comitatu Heinrici in pago Nordgowe. T. XXVIII (1021) 504.

Waltmannshoven, Waltmannisowa. T. XXVIII (807) 6; — villa, venditur ab ecclesia babenbergensi imp. Friderico I. T. XXIX (1163) 371.

Waltrichesstal, possessio ecclesiae babenbergensis. T. XXIX (1069) 189.

Waltsassen, cella beatae Mariae. T. XXIX (1147) 297; monasterium (1203) 507, 508. (1205) 521. — T. XXX (1218) 76. (1223) 114, 117. (1228) 155. (1230) 166. — T. XXXI (1138) 399. — Situm in praedio regio. (1214) 486. (1215) 490. (1216) 492. (1218) 496. (1219) 497. (1227) 524. (1194) 452. (1231) 547. (1232) 554. (1259) 587.

Walltsatin comitatus, conf. *Pagos.*

Walwes, villa, ubi terminus foresti berchtesgadensis. T. XXIX (1156) 322. — (1194) 482. (1205) 512. (1208) 545; in territorio berchtesgadensi. T. XXX (1213) 3.

Wanaloha, in comitatu Gerungi, in pago Kunigessundera. T. XXXI (950) 196, 197.

Waneback, in comitatu Bruningi in pago Wedereiba. T. XXVIII (1018) 473.

Waraha, curtis ceditur fuldensi abbatiae. T. XXVIII (1018) 475.

Warnhespach, conf. *Warspach.*

Waria. T. XXVIII (1004) 318.

Warmansdorf, possessio Scotorum ratisponensium. T. XXX (1213) 5. — T. XXXI (1242) 477.

Warmacia, conf. *Wormatia.*

Warspach, *Warahespach*, ubi terminus marchae weissenburgensis. T. XXXI (623) 3. (967) 203. (1003) 276.

Wasago, curtis in pago Wormazvelde in comitatu Zeizolfi. T. XXXI (935) 243.

Wassenberg, castrum ecclesiae babenbergensis. T. XXIX (1160) 554.

Walstein, fortasse mons prope Liupana. T. XXVIII (1019) 482.

Wattenveldeu, in banno S. Emmerami. T. XXVIII (914) 150.

Wechterswinkel, *Wechterinwinkelern*, *Wechterwincle*, *Wetherswinkel*, monasterium. T. XXIX (1180) 433 — praepositura. T. XXX (1215) 38; — monasterium. T. XXXI (1189) 455.

Wegengheim, possessio monasterii S. Kiliani. T. XXIX (1149) 299.

Weiblingen, *Weibelingen*, curtis imperialis. T. XXVIII (885) 77. T. XXXI (885) 117.

Weilheim, conf. *Wilheim.*

Weilindorf, in comitatu Heinrici, in pago Nortgowa. T. XXVIII (1015) 455.

Weissenbrunn, ubi praedium Scotorum norimbergensium. T. XXXI (1225) 520.

Weissenburg, ecclesia St. Petri et Pauli, a rege Dagoberto constructa. T. XXXI (623) 2, 4; in pago spirensi. (676) 5, 6. (902) 166. (950) 195. (965) 200, 201. (967) 202. (973) 214. (993) 254. (1003) 276. (1102) 377, 378. (1187) 427. — Conf. etiam *Wizinburg.*
„   marcha weissenburgensis. T. XXXI (623) 2.

Wekebach, prius pertinens ad abbatiam Amorbach. T. XXXI (996) 262.

Wekiza, praedium in comitatu Adelberonis et in provincia Carinthaniae. T. XXVIII (1007) 333.

Welsendorf, praedium monasterii S. Mariae in Babenberch. T. XXIX (1182) 444.

Weltenburg, monasterium. T. XXXI (1040) 318.

Wemidinga, T. XXVIII (898) 113.

Wenghem, praedium monasterii Bilhildhusen. T. XXXI (1157) 410.
Weolendishaim, villa et basilica in pago Guligauginsi. T. XXVIII (893) 17.
Werda, *Werde*, *Weride*, e quo loco plura Imperatorum et Regum in-
    strumenta emanarunt. T. XXIX (1054) 119. (1129) 253, 254.
    (1171) 402. (1174) 420. (1181) 442. (1187) 457. (1193) 469.
    (1207) 537. T. XXX (1217) 62. (1219) 84. (1227) 149. (1233)
    210. (1235) 234. (1236) 250. — T. XXXI In comitatu Friederici
    in pago Rieze. (1030) 510. — Conf. etiam *Donauwoerth.*
   „ *Werede*, villa, ubi terminus wildbanni cistetensis. T. XXXI
    (1080) 364.
   „ *Weride*, in comitatu Regingarii. T. XXVIII (896) 111.
   „ *Werid*, villa et ecclesia in Sclaviniae pertibus. T. XXXI (891)
    137.
   „ *Weritha*, cortis per Heinricum II. imper. concambio adquisita.
    T. XXVIII (1018) 466.
   „ in pago Wucringowe. T. XXVIII (1018) 473.
Werdheim, in possessione sedis wirceburgensis. T. XXVIII (1009) 412.
Werlaha, *Werala*, civitas. T. XXVIII (939) 170. (1005) 323.
Werna, *Werina*, *Werine*, fluvius prope villam Mulinhuson. T. XXVIII
    (1015) 453.
   „ influens in Moenum. T. XXIX (1060) 144. — T. XXXI (893) 50.
Wernek, castrum donatur hospitali Theutonicorum in Würzburg. T.
    XXXI (1223) 517.
Wernsingen, *Wernsing*, *Werwising*, possessio Scotorum ratisponensium.
    T. XXX (1213) 8. — T. XXXI (1212) 477, 473.
Wertach, *Werlaha*, *Werlohe.* T. XXIX (1069) 142. — T. XXXI (983)
    387.
Wessobrun, conf. *Wezzinsbrunn.*
Westen, Besitzung des Schottenklosters zu Regensburg. T. XXXI (1212)
    478.
Westenholz, possessio Scotorum ratisponensium. T. XXX (1213) 8. —
    XXXI (1212) 477.
Westheim, villa in comitatu Ernesti. T. XXVIII (959) 187.
   „ villa in comitatu Adelhardi et in pago Sualaveldon. T. XXVIII
    (996) 264.
   „ villa imperio subjecta. T. XXIX (1200) 497.
   „ villa ultra Rhenum. T. XXXI (975) 222.
Weterunga, possessio monasterii S. Kiliani. T. XXIX (1149) 299.
Wezelsheim, ubi praedium monasterii caesariensis. T. XXX (1232) 905.
Wezzinsbrunn, *Wezinesbrun*, *Wezzinesbrunnin*, *Wezilsprunne*, *Wetze-*
    brunn, monasterium. T. XXVIII (885) 76. — T. XXIX
    (1155) 320. — T. XXX (1220) 106. (1227) 155. — (1245)
    293. — T. XXXI (1220) 500. (1227) 529.
Wiaer, praedium hospitalis ratisponensis. T. XXX (1217) 58.
Widach, ubi monasterium S. Nicolai habet praedium. T. XXIX (1111) 228.

274 Index

Widekeshova, possessio ecclesiae babenbergensis. T. XXIX (1062) 159.

Widenstul, ubi terminus possessionum monasterii Nůwenstat. T. XXXI (817) 41.

Widergeltingen, villa, ubi praedium monasterii Steingaden. T. XXX (1227) 145.

Widerostein, ubi terminus wildbanni augustensis. T. XXIX (1059) 143.

Wideslebe, villa ecclesiae augustensi per Agnetem imperatricem donata. T. XXIX (1062) 156.

Widenewanch, villa, ubi terminus wildbanni eistetensis. T. XXXI (1080) 364.

Widri, villa in comitatu Burghardi in pago Hamago. T. XXVIII (991) 243.

Wielantesheim, villa et basilica in pago Iphigevve. T. XXVIII (889) 93, 98. (923) 161, 162.

Wienhusen, praedium in Alemannia. T. XXIX (1171) 400.

Wienna, civitas. T. XXX (1257) 254, 257, 258. T. XXXI (1189) 438. (1237) 566, 568. conf. etiam *Viennensis ecclesia*.

Wigenheim, villa in pago Gollabgewi. T. XXXI (823) 51.

Wigenhusen, villa ceditur a monasterio ottenburensi. T. XXXI (972) 213, 214.

Wiggembach, possessio monasterii biburgensis. T. XXIX (1177) 425.

Wigolvesdal, *Wigoloeresdal* super fluviolum Lara, ubi terminus possessionum monasterii nůwenstatensis. T. XXXI (786) 15. (1000) 269.

Wihensanctipetri ecclesia Ratisponae, pertinens ad monasterium inferius obtinetur a Scotis. T. XXIX (1089) 209. Conf. etiam sub *Ratispona-Scotorum* monasterium.

Wihenstephane, *Weihenstephan*, monasterium. T. XXXI (1005) 279.

Wihst, possessio monasterii biburgensis. T. XXIX (1177) 425.

Wilandesbrunnen, ubi terminus possessionum monasterii Nůwenstat. T. XXXI (817) 41.

Wile, ubi praedia monasterio Hirsaugiae donantur. T. XXIX (1075) 196.

Wilenbach, *Wilenbac*, praedium in comitatu Ottonis de Horabarc. T. XXIX (1115) 285.

„ prius pertinens ad abbatiam Amorbach. T. XXXI (996) 262.

Wilere, locus in orientali Francia. T. XXVIII (1000) 286.

Wilhart, forestum. T. XXXI (899) 156,

Wilheim, in castris apud. — T. XXX (1257) 264.

Wiltinia, *Wilten*, monasterium. T. XXX (1263) 334, 336.

Wiltre, ubi praedium ecclesiae Rodenkirche. T. XXX (1214) 19.

Wilrebach, ecclesia filialis. T. XXXI (1214) 484.

Wilolsanger. T. XXVIII (844) 8.

Wiltzburg, *Wiltreburg*, monasterium S. Petri et Pauli. T. XXX (1226) 156. (1230) 161.

Wimbilibach, duae villae in comitatu Adalberti in pago Radinzgove. T. XXVIII (1007) 350.

  „   possessio ecclesiae babenbergensis. T. XXIX (1062) 159.

Wimersheim, Wuimeresheim, in comitatu Ernusti in pago Saalaveldun. T. XXXI (914) 183.

Wimpina, civitas. T. XXX (1218) 65, 67. (1224) 124. (1227) 152.

Winchilinga, villa. T. XXXI (883) 115.

Wincera, Wincira, in cujus vicinitate possessiones monasterii Altahae inferioris. T. XXVIII (1006) 323.

  „   castrum ecclesiae babenbergensis. T. XXIX (1160) 354.

Windaha, in castris apud — T. XXX (1237) 262.

Windeberg, Windeberc, ubi possessio monasterii S. Nicolai. T. XXIX (1111) 227.

  „   castrum traditur ecclesiae patuviensi. T. XXIX (1207) 539.

Windesheim. T. XXX (1234) 221.

Winedisheim, villa et basilica in pago Nrangaugiusi. T. XXVIII (823) 17. in eodem pago Nangevve. (839) 93.

Wingarten. T. XXX (1220) 93.

Wingersheim, terminus banni forestalis ecclesiae würceburgensis. T. XXXI (1028) 398.

Winidorf, villa in comitatu Adalberti in pago Sweinigowe. T. XXVIII (1010) 420.

Winidowa, in regione Isarae superioris. T. XXVIII (1003) 810.

Winiheringun, in comitatu Chadalhohi in pago Hisiniggowe. T. XXVIII (1018) 468, 469.

Winkiwvels, terminus civitatis Anwilre. T. XXX (1219) 81.

Winpezzingen, possessio monasterii biburgensis. T. XXIX (1177) 428.

Winsperc, superius et inferius pertinet ad monasterium Wizinahe. T. XXIX (1205) 516.

Wintenesaha, ubi terminus wildbanni augustensis. T. XXIX (1089) 442.

Winzer, Winzere, advocatia. T. XXIX (1174) 418, 420; possessio Scotorum ratisponensium. T. XXX (1215) 8.

Wisantesdorf, villa in comitatu Geroldi in pago Lininogowa. T. XXVIII (1011) 436.

Wischelburg, a Bertholdo, Arnulphi filio, monasterio Meten donatum memoratur. T. XXVIII (976) 214.

Wisentecca, possessio ecclesiae babenbergensis. T. XXIX (1062) 159.

Wiseraa, flavius. T. XXVIU (811) 8.

Wiribad, curtis regia et silva adjacens. T. XXIX (1123) 244.

Wirigartaweck, ubi terminus marchae hornbacensis. T. XXXI (892) 49.

Wirilaffa, rivus haud procul a monasterio Marrebart. T. XXXI (1027) 304.

Wirinsdorf, pertinet ad monasterium Wizenaha. T. XXIX (1146) 287. (1205) 516.

Witehuson, ubi terminus wildbanni wirceburgensis. T. XXIX (1060) 144. — Conf. etiam *Witoldeshausen*.

Withsee, *Withse*, lacus, in quo Lindaugia monasterium. T. XXXI (839) 85.

Witoldeshausen, *Witolleshuson*, pertinens ad monasterium Tharisse. T. XXXI (1094) 373.

    ,,   ubi terminus wildbanni wirceburgensis. T. XXIX (1060) 144. Conf. etiam *Witehuson*.

Wittolfeshova, in comitatu Adalberti in pago Radinzgowe. T. XXVIII (1007) 350.

Wizenregen, in comitatu Sizonis in pago Campriche. T. XXIX (1050) 101.

Wizinburg, *Wizinbure*, *Wizemburg*, villa in pago Sulafeld. T. XXVIII (867) 55. — T. XXX (1230) 161. — Curtis et forestum in comitatu Ernusti. T. XXXI (889) 130.

    ,,   monasterium. T. XXX (1212) 2. (1242) 285. — Conf. etiam *Weissenburg*.

Wizilinesteti, in regione Chreine. T. XXVIII (974) 210. — T. XXXI (989) 248.

Wizinahe, *Wizinahc*, *Wizenaha*, monasterium. T. XXIX (1205) 515; in dioecesi babenbergensi monasterium et villa. (1146) 286, 287. — Conf. etiam *Gwizewa*.

Wizpach, *Wizpah*, rivus in territorio berchtesgadensi. T. XXIX (1194) 433. (1205) 513. (1908) 546. — T. XXX (1218) 4.

Wizzaha, rivus. T. XXXI (1027) 304.

Wizzendal, vallis in pago Pusterissa. T. XXIX (1048) 85.

Wizzentruna, fluvius. T. XXIX (1048) 90, 91.

Wolawe, villa monasterii Speinshart. T. XXX (1285) 242.

Wolgiseshusen, ubi praedium ecclesiae haugensis. T. XXX (1234) 223.

Welfhanesdorf, villa in pago Tunahgowe. T. XXXI (888) 122.

Wolfheringen, castrum. T. XXIX (1205) 527.

Wolfolliswendi apud Sedinbrunnin, ubi terminus marchae campidunensis. T. XXX (983) 387.

Wolfprehtesmule, ubi terminus wildbanni eistotensis. T. XXXI (1080) 364.

Wolframesdorf, in comitatu Heinrici in pago Nordgowe. T. XXIX (1054) 117.

Wollenbach, rivus in pago Sucinikgowa. T. XXIX (1040) 63.

Wolmueteshusen, villa, sit possessio ecclesiae herbipolensis. T. XXX (1231) 177.

Wokeradenhusen, ad Liabussa fluvium. T. XXVIII (1003) 510.

Wokesbach, pertinet ad monasterium Wizenaha. T. XXIX (1146) 287. (1205) 516.

Wokenoang, in terra Hunnorum. T. XXX (823) 381.

Wokingun, comitatus in pago Cochengowe. T. XXIX (1042) 75.

Welcinlohe, silva pertinens ad monasterium Ensdorf. T. XXIX (1190)
    487.

Weringa, pertinens ad monasterium Campidona. T. XXX (948) 192.

Wormatia, *Wormacia*, *Wurmatia*, civitas. T. XXVIII (832) 24. (895)
    109. (973) 202, 204, 205. (1018) 476. — T. XXIX (1060)
    147. (1075) 197. (1114) 234. (1140) 270. (1157) 343. (1192)
    466. (1195) 486. (1208) 547. — T. XXX (1215) 32. (1219)
    84. (1222) 108. (1225) 134. (1226) 144. (1227) 146. (1231)
    163, 170, 172, 175. (1232) 191. (1250) 307, (1255) 322, 325.
    — T. XXXI (817) 38, 39. (857) 93. (872) 105, 107. (973)
    219. (993) 253. (1190) 441. (1215) 489. (1222) 508, 512,
    513. (1231) 543. (1260) 590.

    „   wormatiensis ecclesia. T. XXXI (985) 243. (1190) 439.

Werngowe, curtis, quondam beneficium Piligrimi comitis, donatur mona-
    sterio Tegernsee. T. XXVIII (1009) 408. — T. XXIX (1025) 9.

Wostgevildes, ubi terminus banni forestalis ecclesiae würceburgensis. T.
    XXXI (1023) 298.

Woulinbak, donatur sedi babenbergensi. T. XXVIII (1018) 469. — T.
    XXXI (1018) 292.

Weurmerischa, praedium in comitatu Heimrici in pago Nordgowe. T.
    XXIX (1043) 78.

Wueles, curtis. T. XXXI (986) 117.

Wulfmgin, peius pertinens ad abbatiam Amorbach. T. XXXI (996) 262.

Wundrebe, villa, ubi jus patronatus spectat ad monasterium Waldsassen.
    T. XXXI (1227) 524.

    „   conf. etiam *Hundrebe*.

Wanifredun, in comitatu Hemizonis in pago Westergowe. T. XXVIII
    (1018) 466.

Wurtala, *Wrzaha*, conf. *Urzaha*,

Würzburg, *Wirciburc*, *Wirziburg*, *Werziburg* etc., castrum et capella.
    T. XXVIII (820) 13. (823) 16. (889) 93. (918) 154, 155,
    156. (923) 159. (941) 178. (983) 242; urbs. (1003) 307, 308,
    315. (1008) 389, 391. (1009) 412. (1013) 443. (1014) 453.
    — T. XXIX (1033) 40. (1049) 100. (1060) 144. (1073) 186,
    188. (1120) 238, 240. (1122) 243. (1136) 269. (1142) 276.
    (1146) 294, 296. (1149) 301. (1151) 304, 307. (1156) 325,
    326. (1157) 339, 341. (1163) 366. (1165) 376. (1168) 389,
    394. (1170) 397. (1172) 406, 408, 411, 412, 413. (1180) 434,
    437. (1192) 462. (1193) 473, 476. (1194) 478. (1200) 498.
    (1201) 503. (1205) 519. (1206) 530. — T. XXX (1215) 34.
    (1224) 121. (1234) 213, 219. — T. XXXI (783) 20. (915)
    185. (1002) 272. (1094) 374. (1097) 377, 378. (1193) 448.
    (1194) 454. (1195) 458. (1223) 517. 513.

    „   würceburgensis ecclesia. T. XXVIII (807) 5, 6. (820) 13.
    (823) 15. (857) 32. (903) 130. (918) 153, 154. (923) 162.

165. (941) 178. (985) 242. (993) 255, 257, 259. (996) 267.
(999) 276. (1000) 281, 283, 285, 287, 289. (1001) 290, 291.
(1002) 304. (1003) 307, 308, 315. (1004) 321. (1008) 389,
390, 391. (1009) 412. (1012) 437, 439. (1013) 440, 442.
(1014) 453. (1018) 477. — T. XXIX (1025) 14, 16. (1030)
30. (1031) 32. (1032) 34. (1033) 39. (1042) 75. (1049) 99.
(1060) 144. (1161) 362, 363. (1165) 375. (1168) 385, 386,
391, 392. (1172) 409, 412. (1174) 422. (1180) 441. (1192)
452. (1194) 477. — T. XXX (1215) 33. (1216) 42. (1224)
129. (1225) 130, 131. (1231) 176. (1246) 297. (1247) 300,
303. T. XXXI (788) 19, 20. (823) 50. (857) 92. (915) 184,
185. (993) 255. (996) 261, 264. (1002) 272. (1017) 289.
(1023) 297. (1027) 305. (1297) 527. (1235) 552.
Würzburg, S. Kiliani monasterium. T. XXVIII (837) 31. (840) 55. —
XXIX (1149) 299. — T. XXXI (823) 50. (857) 92.
  „   monasterium novum. T. XXIX (1174) 422.
  „   Praedicatorum monasterium. T. XXX (1232) 196.
  „   S. Salvatoris monasterium, vel basilica. T. XXXI (788) 20.
  „   Scotorum monasterium. T. XXX (1224) 121.
  „   Theutonicorum domus, sive hospitale. T. XXXI (1228) 516.
  „   S. Johannis Baptistae hospitale Hierosolymitanum. T. XXX
      (1215) 34.
  „   curia solemnis ibid. T. XXIX (1156) 325.
  „   wirceburgensis ducatus. T. XXIX (1168) 386, 391.
  „   conf. etiam *Herbipolis.*

X.

Xillingisfirst, in orientali Francia. T. XXVIII (1000) 285.

Y.

Ybestat, villa, ubi monasterium Wechterswinkel obtinet praedium. T.
    XXXI (1189) 438.
Yphofe, ubi terminus banni forestalis ecclesiae wirceburgensis. T. XXXI
    (1025) 298. — conf. etiam *Iphenhoven.*
Ypoliti S. forum. T. XXX (1218) 27.
  „   S. monasterium. T. XXXI (1058) 341, 342.
  „   conf. etiam *Hypoliti S.* for. et monast.
Yrminziburg; in comitatu Bernhardi in pago Hardegewe. T. XXIX (1969)
    156.

Ysingen, praedium ecclesiae wäreeburgensis. T. XXIX (1179) 412.
Ysни, monasterium. T. XXXI (1196) 450.
Ysolfestat, praedium monasterii S. Mariae in Babenberg. T. XXIX (1182)
          444.

Z.

Zarnheim, ubi praedium ecclesiae Rodenkirchs. T. XXX (1914) 19.
Zava, flavius in marcha Chreino. T. XXXI (989) 248.
Zazendorf, donatur Emehardo fideli. T. XXIX (1054) 112.
Zeizmanningen, monasterio Burin restituitur. T. XXIX (1046) 83. T.
          XXXI (1055) 335.
Zeizzinner, in terra Hunnorum. T. XXX (823) 381, 382.
Zelanh, in Carniola, sive Creinamarcha. T. XXXI (974) 220.
Zenonis S., monasterium in Bavaria. T. XXIX (1170) 398.
   „   monasterium et ecclesia Veronae. T. XXX (1268) 370. T. XXXI
          (860) 96.
Zeydloren, in comitatu Cuniberti. T. XXXI (880) 113.
Zibehaim, fons, ubi terminus marchae campidunensis. T. XXX (983) 387.
Zichorbheim, villa in comitatu Geroldi in pago Isioincgova. T. XXVIII
          (1011) 435.
Zidici, villa in comitatu Burghardi in pago Hassago. T. XXVIII (991)
          248.
Zigiriuti, in comitatu Oudalrici in pago Spehtreino. T. XXVIII (1011)
          432.
Zigustikinlant, in comitatu Heinrici in pago Nordgowe. T. XXVIII (1017)
          463.
Zikullisteti, in comitatu Heinrici in pago Nordgowe. loc. cit.
Zikitun, villa in comitatu Chadalhobi in pago Rottgowi. T. XXVIII (1011)
          433.
Zimekellindimcege, terminus marchae campidunensis. T. XXX (983) 387.
Zirtevva, villa in comitatu Burghardi in pago Hassago. T. XXVIII (991)
          248.
Zodenruote, praedium monasterii S. Mariae in Babenberg. T. XXIX (1182)
          444.
Zoustes, ubi monasterium S. Nicolai habet praedium. T. XXIX (1111) 228.
Zoura, flavius in regione Chreine. T. XXVIII (974) 210, 211. — T. XXXI
          (974) 210. (989) 248. (1002) 274.
   „   *Zoure*, mons in regione sive marcha Chreine. T. XXVIII (974)
          210. T. XXXI (989) 248.
Zouriza, flavius in Carniola. T. XXXI (974) 220.
Zourska-Dobravva, silvula in marcha Chreine. T. XXXI (989) 248.
Zabelrod, possessio monasterii S. Kiliani. T. XXIX (1149) 299.

Zacha, fluvius in terra quondam Avarorum. T. XXVIII (979) 228.

Zuchaha, fluvius in parte orientali. T. XXIX (1034) 46.

Zuchibuh, villa in comitatu Burghardi in pago Hassago. T. XXVIII (991) 248.

Zudamarerfelt, juxta flumen Ipira in comitatu Heinrici in marca orientali. T. XXVIII (995) 261. — T. XXXI (995) 258.

Zugasterriuth, possessio ecclesiae babenbergensis. T. XXIX (1052) 159.

Zuirila, castellum construendum in terra quondam Avarorum ad confluentes Erlafas, majorem et minorem. T. XXVIII (979) 228.

Zulingesheim, in castris apud. T. XXX (1247) 303, 304.

Zuzcalinga, in comitatu Arbonis in pago Ougesgovve. T. XXVIII (897) 115.

Zuzeleiba, ubi terminus wildbanni wirceburgensis. T. XXIX (1060) 144.

Zwivelingen, villa utraque fit possessio ecclesiae herbipolensis. T. XXX (1231) 177.

III.
INDEX RERUM.

A.

Abbas, abbatis electio libera in monasterio Bruviningen. T. XXIX (1156) 335.

" " in monast. Burin. T. XXIX (1156) 266.

" " in monast. Campidona. T. XXVIII (362) 53. (931) 170. — T. XXXI (839) 89. (927) 187. (963) 199. (983) 242. (993) 253.

" " in monast. Ebersberg. T. XXIX (1040) 57. — T. XXXI (1193) 443.

" " in monast. S. Emmerami. T. XXVIII (903) 132.

" " in monast. Formbach. T. XXIX (1136) 267.

" " in monast. Hirsaugia. T. XXIX (1075) 193.

" " in monast. Madilhartesdorf. T. XXIX (1129) 262.

" " in monast. Metmen. T. XXVIII (861) 44.

" " in monast. Niederaltach. T. XXVIII (849) 45. (865) 65.

" " in monast. Ottenbeuren. T. XXIX (1170) 400. — T. XXXI (769) 8.

" " in monast. Tegernsee. T. XXVIII (979) 225. — T. XXIX (1157) 339.

" " in monasterio Usenhoven. T. XXIX (1107) 291.

" " in monast. Weissenburg. T. XXXI (623) 3. (978) 212. (993) 254, 255. (1187) 428.

" " in monast. Wisenaha. T. XXIX (1146) 287. (1205) 516.

Abbatia, abbatiae liberales sive liberae. T. XXXI (999) 266.

" regales. T. XXXI (1193) 445 — 447.

Abbatissa, abbatissae electio libera in monast. Chinbach. T. XXXI (1011) 287.

" " in monast. Lindaugia. T. XXXI (839) 87.

" " in monast. Obermünster Ratisponae. T. XXX (886) 384, 385.

" " in monast. Niedermünster Ratisponae. T. XXVIII (1002) 301.

" " in Vizenburg ex certa et denominata stirpe. T. XXVIII (991) 248.

36 *

Absa hoba. Conf. *Hoba.*

Absarius. T. XXXI (878) 107.

Accola, praedium cum açolabis, accolabus i. e. accolis. T. XXVIII (777) 1. (837) 31.

Actionarius, actionarii. T. XXXI (967) 202.
    „   „   regii. T. XXXI (1003) 275.

Actor, dominicus. T. XXXI (822) 48, 49. (859) 94.
  „ sequatur forum rei. T. XXX (1231) 172, 173. (1232) 192, 196.
  „ actores regii in Halla. T. XXXI (889) 128.

Advena, advenae, libere testari possunt de rebus suis. T. XXXI (1220) 504. — Si intestati decedunt ibid.

Advocatia Augustae civitatis. T. XXX (1264) 339. (1266) 344 — 346. (1268) 366, 369.
  „   praedii Helchenriet. T. XXX (1256) 249.
  „   monasterii Hornbach. T. XXXI (1105) 381.
  „   monast. Scotorum norimbergensium. T. XXXI (1225) 521.
  „   monast. weissenburgensis. T. XXXI (1102) 378.

Advocatus, advocati augustensis jura. T. XXIX (1156) 329, 331.
  „ cisterciensis ordinis monasteria ab omni jugo advocati sunt libera. T. XXXI (1212) 479.
  „ advocati ensdorfensis jus. T. XXIX (1124) 246.
  „ bangensis jura. T. XXX (1234) 224.
  „ civium norimbergensium semper est rex. T. XXX (1219) 85.
  „ advocati placitum extra urbem spirensem cives non cogantur adire. Conf. *Placitum.*
  „ advocati tegernseensis jura. T. XXIX (1163) 368.
  „ advocatos plures nulla ecclesia in uno praedio habeat. T. XXX (1234) 228.
  „ advocati bannum. Conf. *Bannum.*
  „ advocati electio libera in monast. Aldersbach. T. XXIX (1203) 508. T. XXXI (1209) 473.
  „   „ in monast. Berthesgaden. T. XXIX (1156) 322. (1194) 489.
        in monast. Diburg. T. XXIX (1177) 426.
  „   „ in monast. Borin. T. XXIX (1136) 266. (1155) 315.
  „   „ in monast. Campidona. T. XXX (773) 378. (1218) 70. (1224) 123.
  „   „ in monast. Castl. T. XXX (1219) 78.
  „   „ in monast. Chiubach. T. XXXI (1011) 287.
  „   „ in monast. Ebersberg. T. XXXI (1193) 447.
  „   „ in monast. Hirsaugia. T. XXIX (1075) 194.
  „   „ in monast. Murrhart. T. XXXI (817) 38.
  „   „ in monast. Obermünster. T. XXX (836) 384, 385.
  „   „ in monast. ottenburensi. T. XXIX (1171) 400. T. XXXI (769) 8.
  „   „ in monast. Perge. T. XXXI (1028) 307.

Advocatus, advocati electo libera in monast. Sintlezzesowa. T. **XXXI**
(813) 28.
„ „ in monast. Usenhoven. T. XXIX (1107) 291.
„ „ in monast. Wezinesbrun. T. XXIX (1155) 320.
„ „ in monast. Wizenabe. T. XXIX (1146) 287.
Advocatitius, advocatitii homines. T. XXXI (1187) 428. — In civitatibus
regia. Conf. *Homines*.
Aerarium palatii regii. T. XXXI (1090) 369, 370. Conf. etiam Fiscus.
Agricultura, agriculturae instrumenta nullus capere aut violenter aufferre
audeat. T. XXXI (1220) 504, 505.
Alamannia, *Alamanniae ducatus*. Conf. *Ducatus*.
Alamannus, *Alamanni*. T. XXVIII (905) 130.
„ *Alamannorum* judicium. T. XXVIII (903) 430. T. XXXI (895) 147.
„ „ Lex. T. XXVIII (1003) 312.
„ „ viri potentes. T. XXXI (972) 211.
Alode, *aloda*, *alodium*. T. XXXI (839) 85. (860) 99.
„ alodiorum placita. T. XXIX (1160) 351.
Alsatienses. T. XXVIII (996) 265.
Angaria, *angariae*. T. XXX (1234) 218, 219. (1266) 346. T. XXXI
(1090) 370, 371. (1097) 376.
„ „ non imponantur ecclesiis. T. XXXI (1220) 502.
„ „ ab angariis et omnibus exactionibus persona religio-
nem hospitalis hierosolymitani amplectens declaratur
libera. T. XXXI (1185) 425.
Angariare personam. T. XXXI (1185) 425.
Angli, Anglorum gens, ex qua monachi nûwenstadenses. T. XXXI (786)
14.
Apes, apium pascua, dicta Cidalvveida, conf. *Zidahoeida*, *Zidelarii*.
Appellatio ante latam sententiam interdicitur. T. XXXI (1193) 443.
Aqua calida — ad eam judaeus causam suam probaturus non cogatur.
Conf. *Judaeus*.
„ *frigida* — ad eam judaeus etc. Conf. *Judaeus*.
Aratura, araturam persolvere. T. XXVIII (1021) 495.
Argentum, *argenti* fodinae et venae; concedantur ecclesiae babenbergensi.
T. XXXI (1244) 579.
„ „ monast. Ebersberg. T. XXXI (1193) 446.
„ „ in territorio brixinensi. T. XXX (1214) 21. (1217) 61.
„ „ concedantur ecclesiae brixinensi. T. XXIX (1189) 457.
(1206) 531.
„ „ item monast. Waltsassen. T. XXX (1230) 166.
„ „ venditio et emptio per Judaeos ratisponenses. T.
XXXI (1230) 539.
Arnaldista, *Arnaldistae*, sive Arnoldistae haeretici. T. XXX (1232) 184.
— T. XXXI (1220) 503.

Artificium, artificii confraternitas in civitatibus episcoporum abrogantur. T. XXXI (1232) 551.

Arria, utensilia ad bellum. T. XXXI (304) 24.

Aurearius, aurearii apud Niachinga in pago Hesinga. T. XXVIII (950) 182.

    „   „   apud Niachinga in pago Sundergevve. T. XXVIII (940) 174.

    „   „   in pago Ufgowa. T. XXVIII (940) 176.

Aureus, aurei ad altare S. Petri persolvendi. T. XXXI (799) 22. (824) 53.

    „ aureus, dictus Byzanthius, ex parte monast. Hirsaugiae quotannis Romam mittatur. T. XXIX (1075) 195.

    „ aureorum census monast. S. Emmerami. T. XXVIII (903) 132.

    „ Conf. etiam *Census*.

Aurifex, *Aurifices* sedis pataviensis colligunt aurum ex arena fluminum. T. XXVIII (898) 121.

Aurum, auri fodinae et venae concedantur monast. Ebersberg. T. XXXI (1192) 446.

    „   „ item monast. Waltsassen. T. XXX (1230) 166.

    „ auri venditio et emptio per Judaeos ratisponenses. T. XXXI (1230) 539.

    „ apud Salzburchhof. T. XXVIII (940) 175.

Avari, *Avarorum provincia*. T. XXVIII (832) 21. (836) 29. — T. XXX (823) 381. — T. XXXI (833) 70.

    „   „   „ quondam terra juxta Erlafam. T. XXVIII (979) 227.

    „   „   „ terra ex parte per Carolum magnum capta. T. XXXI (830) 68.

B.

Balmundi, *Balmunt*, commissum aliquod in homines aut·res. T. XXX (773) 378. — T. XXXI (769) 9.

Balneum, balnea trans Rhenum in pago Anciacensi. T. XXXI (676) 5, 6.

Damnare testes et scabinos. T. XXX (983) 388.

Bannitum militare in civitatibus regiis deponitur. T. XXX (1231) 171, 173. (1232) 192, 195.

Bannpfenning, *Bannphenninc* et eorum solutio. T. XXIX (1208) 549.

    „ a solutione eorum cives spirenses sunt exempti. T. XXXI (1182) 420.

Bannum, advocatorum in monast. Hirsaugia. T. XXIX (1075) 194.

    „ advocatus ebersbergensis ab imperatore vel rege suscipiat. T. XXXI (1193) 447.

    „ banni dominicalis jus. Conf. *Jus*.

Bannum, facere. T. XXXI (1090) 370.
  ,, imperiale et regium. T. XXXI (999) 267. (1220) 502.
  ,, et pax de interfectis hominibus fisco regio persolvi debet. T. XXXI (988) 246.
  ,, persolvere, sive componere. T. XXXI (839) 86. (1030) 310.
  ,, requirere propter furta et homicidia. T. XXXI (980) 238.
  ,, silvestre episcopi frisingensis in Chreine. T. XXXI (989) 248.
  ,, super feras in silvis conceditur a regibus. T. XXVIII (914) 150. (950) 182. (974) 211. (1000) 285, 289. (1002) 292. (1003) 310. (1014) 453. T. XXIX (1031) 33. (1048) 90. (1049) 97. (1059) 143. (1060) 144. T. XXXI (1060) 144.
  ,, Conf. etiam *Venatio* et *Wildbannum*.
Bannvin, vinum dictum Bannwin. T. XXIX (1208) 549.
  ,, venditio hujus vini interdicitur Spirae. T. XXXI (1182) 420.
Barbari, devastant episcopatum pataviensem. Conf. *Devastatio*.
  ,, barbarorum orientalis plaga. T. XXVIII (985) 244.
Bargildi, liberi homines dicti Bargildi et Bargildon. T. XXIX (1032) 84, 85. (1049) 99, 100. (1168) 387, 392.
  ,, Conf. etiam *Parochi*.
Baro, barones terrae, sive nobiliores. T. XXIX (1205) 525. T. XXX (1216) 45, 49. (1226) 141. (1234) 218. (1239) 273. (1240) 275. T. XXXI (1229) 532. (1232) 554.
Barscalchus, Barscalchi, conf. *Parscalchus*.
Basilica, in Achifeld in pago Graffeldi. T. XXVIII (823) 17. — Conf. *Eikkesfeld in indice locorum*.
  ,, in Autmundistat in pago Morminsi. T. XXVIII (823) 15. Conf. *Ousutestat in indice locorum*.
  ,, in Branda in pago Wistregaugio. T. XXVIII (823) 17.
  ,, in Burchaim in pago Winegardisweiba. T. XXVIII (823) 17. (889) 93.
  ,, in Chuningashaoba in pago Dubragaugiasi. T. XXVIII (823) 17. Conf. *Cunningiskofe in indice locorum*.
  ,, in Chuningishaoba in pago Daddenagaugia. T. XXVIII (823) 17
  ,, in Chuningishaoba in pago Graffeldi. T. XXVIII (823) 17.
  ,, in Helibrunna in pago Neccravgaugiasi. T. XXVIII (823) 17. Conf. *Helicbrunna in indice locorum*.
  ,, in Herilindaim in pago Folafeld. T. XXVIII (825) 17. — Conf. *Herilindeheim in indice locorum*.
  ,, in Illauppa in pago Neccraugaugiasi. T. XXVIII (823) 15. — Conf. *Louffa in indice locorum*.
  ,, in Homolinburg in pago Salaegaugia. T. XXVIII (823) 17. — Conf. *Hamulunburch in indice locorum*.
  ,, in Kyrchaim in pago Guligaugiasi. T. XXVIII (823) 17. — Conf. *Chirichheim in indice locorum*.

Basilica, in Ippibaoba in pago Guligauginsi. T. **XXVIII** (823) 17. — Conf.
Iphahofe in indice locorum.

" in Madalrichistrevvs in pago Westregaugio. T. **XXVIII** (823)
17. — Conf. *Madalrichestai in indice locorum.*

" in Murrhart. T. **XXXI** (817) 37.   .

" in Nariatagne in pago Warmacensi. T. **XXVIII** (823) 16. Conf.
Neristein in indice locorum.

" in Otinga. T. **XXXI** (878) 109. (901) 164.

" in Scammaho in Bavaria. T. **XXVIII** (883) 71.

" in Stochamburg in pago Moligaugio. T. **XXVIII** (823) 17. Conf.
Stocheimaroburg in indice locorum.

" in Sunindrinhaoba in pago Baddenagaugia. T. **XXVIII** (823) 17.
— Conf. *Sundarunhofe in indice locorum.*

" in Tornheim in pago Guligauginsi. T. **XXVIII** (823) 17. Conf.
Dornheim in indice locorum.

" in Vrcolendishcim in pago Guligauginsi. T. **XXVIII** (823) 17.
Conf. *Ucielanteskeim in indice locorum.*

" in Vrinedisheim in pago Hramgauginsi. T. **XXVIII** (823) 17. —
Conf. *Winidesheim in indice locorum.*

" in Würzburg. — In castro T. **XXVIII** (823) 16. (923) 159, 161.
— Sti Salvatoris. T. **XXXI** (788) 20.

" basilicae innominatae in pago Grapfeld. T. **XXVIII** (837) 31.

" basilicae in dotibus monast. ebersbergensia. T. **XXXI** (1193) 446.

" " in terra Slavorum inter Moenum et Redantiam. T. **XXVIII**
(889) 96.

Bavaria, *Bajoaria*, *Bajoaria* etc. — ejus ducatus confirmatur Ludovico
duci et universis ejus haeredibus. T. **XXIX** (1208) 542.

" ejus communitas monetae cum episcopatu ratisponensi. Conf.
Moneta.

Bavari, *Bavarii*, *Bavoarii* etc. T. **XXVIII** (903) 130. (996) 265. — Bavari liberi intra Agastam et Nardinam fluvios. T. **XXVIII** (853)
45.

" Bavarorum ducatus. T. **XXIX** (1208) 542. T. **XXXI** (812) 26.
(1140) 396. — ejus jura in civitate ratisponensi, conf. *Jus.* —
ejus jus in electione episcopi. Conf. *Episcopatus* ratisponensis.

" Bavarorum regnum tempore stirpis carolingicae. T. **XXVIII** (832)
21. (833) 24. — Tempore stirpis saxonicae. T. **XXVIII** (975)
219. (977) 223.

" Bavarorum regnum et ejus desolatio. T. **XXXI** (977) 254.

" Bavarorum judicium. T. **XXVIII** (903) 130. T. **XXXI** (895) 147.

" Bavarica lex, cui pertinentia et servientia curtis Uraha in Ran-
gowo sunt subjecta. T. **XXVIII** (1024) 504. Conf. etiam *Lex.*

" Bavaricus mos. Conf. *Mos.*

" Bavariensis regio. T. **XXVIII** (240) 173. Conf. etiam *Herscepte.*

Beneficium, in beneficia possessiones ecclesiae campidunensis sunt dispersae. T. XXXI (1076) 358.
    „   beneficia monast. S. Emmerami non in potestatem foeminarum transeunt. T. XXIX (1157) 337.
    „   beneficia innominati Lantgravii in montanis. T. XXIX (1205) 527.
    „   beneficiarius mos. Conf. *Mos.*
Bicengius, ubi ferae forestales coercentur. T. XXVIII (1014) 553.
    „   et Bivenc, conf. *Proprium.*
Bohemi, Bohemorum insultus in praedia waltsassensia. T. XXXI (1014) 486.
Bonum, bona ecclesiae brixinensis non alienentur sine consensu capituli et imperii. T. XXX (1240) 275.
    „   bona haereticorum confiscentur. T. XXX (1232) 184.
    „   bona infeodata non recipiantur in pignus. T. XXX (1231) 172, 173. (1232) 192, 196.
    „   bona infeodata sive feudalia imperii in Austria possidentur a monasterio Tegernsee. T. XXX (1231) 182.
    „   bona infeodata, sive feudalia. Conf. etiam *Feudum.*
    „   praedialia fundare, sive facere. T. XXXI (1232) 556.
Brunia, brunias cum scutariis ducere. T. XXXI (878) 106.
Bruniarius, bruniarii apud Niuchbinga in pago Hesinga. T. XXVIII (950) 132.
Bunuarius, bunuarii. T. XXVIII (859) 53. — T. XXXI (878) 107.
Burcfride, Burgfriede, conf. *Pax urbana.*
Burgundiones. T. XXIX (1059) 50.
Buringus, buringi, impendunt dominis suis in expeditione romana decem solidos et duodecim funes de canapo. T. XXXI (878) 107.
Burwerch. T. XXXI (1139) 437.
Butheil, Buteil, Buthel; jus, quod vulgo dicitur Butheil est nefanda et nequissima consuetudo Spirae. T. XXIX (1208) 549. T. XXX (1219) 81.
    „   ab eo inhabitatores civitatis spirensis sunt exempti. T. XXXI (1182) 419.
Butigularius, Butigelarius, Butegelarius, Butellarius, Putiglarius etc, in specie in Nürnberg. T. XXX (1227) 150. (1233) 207. (1234) 214, 221. (1235) 235, 242. (1236) 255. (1240) 280. (1242) 288. (1243) 291. (1245) 292. — T. XXXI (1216) 494. (1237) 570. (1243) 578.
Byzanthius, conf. *Aureus.*

C.

Cabalarius. T. XXXI (804) 24, 25.

Cadmia, Cathmia, Catmia, Kadmia. — Venae ejus sunt juris imperii.
        T. XXXI (1191) 442.
    „   intra terminos forestales coenobii berchtesgadensis.   T. XXIX
        (1191) 459. — T. XXXI (1194) 455. (1196) 463.
    „   in territorio ecclesiae ratisponensis.   T. XXX (1219) 86.
Calceus, calcei; praestatio religiosorum.   T. XXXI (1225) 515.
Calumnia, columniae sacramentum.   Conf. *Sacramentum.*
Camera regalis, conf. *Judaeus* et *Servus.*
Campus, vulgo Rungalle dictus.   T. XXXI (878) 106.
Canis, canes porrigantur Imperatori ab unoquoque abbate ottenburensi.
        T. XXIX (1171) 400.
Canonicus, canonici ecclesiae virceburgensis sunt liberi a receptione hos-
            pitum in mansionibus suis, exceptis solummodo principibus.
        T. XXIX (1172) 410.
    „   Conf. etiam *Episcopatus.*
Capella regalis in Rotagin.   T. XXVIII (896) 118.
    „   regia erigatur in loco, ubi fuit hospitium monasterii S. Emme-
            rami.   T. XXX (1251) 513.
Caphant i. e. gravamen irrogare.   T. XXIX (1207) 532.
Carintini, Carentini; eorum ducatus.   Conf. *Ducatus.*
Carra, sive plaustrum.   T. XXXI (835) 78. (837) 80. (839) 129. (1145)
        448.
Castellum, castella innominata ecclesiae babenbergensis.   T. XXIX (1054)
            42. (1059) 52. (1103) 219. — T. XXXI (1068) 540.
    „   ecclesiae frisingensis.   T. XXIX (1059) 55. (1074) 190.
    „   ecclesiae sabionensis.   T. XXVIII (1004) 319.
    „   ecclesiae virceburgensis.   T. XXVIII (999) 276.
Castrum, castra ecclesiae babenbergensis eximantur ab omni jure feudali.
        T. XXIX (1160) 554.
    „   a rege non aedificentur in territorio principum ecclesiastico-
            rum.   T. XXX (1220) 98.
    „   a rege non aedificentur in territorio principum laicorum.   T.
            XXX (1251) 171, 173. (1252) 191, 195.
    „   non aedificetur in territorio waltassensi.   T. XXX (1223) 117.
Cathari haeretici.   T. XXX (1232) 184. — T. XXXI (1220) 503.
Caupona, dicta Thaeverna.   T. XXX (1266) 345.
Causa, lite contestata in civitate spirensi, non extra civitatem causa de-
            terminetur.   T. XXXI (1132) 421.
Cellarius, Crilarii, conf. *Zidelarius.*
Celebratio divinorum Ratisponae durante lite inter papam et imperatorem
            Fridericum II.   T. XXX (1246) 295, 296.
Censualis, censuales.   T. XXXI (782) 12. (1230) 545.
Census, ad altare S. Petri Romae.   T. XXIX (1075) 195. — T. XXXI
        (896) 149.   Conf. etiam *Aureus.*
    „   annualis persolvitur ad publicam.   T. XXXI (832) 62.

Census, capitalis. T. XXVIII (905) 133.
  „ frumenti, vini, pecuniae. T. XXX (1231) 171, 173. (1232) 192, 195.
  „ bubae, sive de buba. T. XXXI (732) 12.
  „ navium Pataviae. T. XXIX (1111) 228.
  „ censum pataviensis civitatis possessores de areis suis porrigere debent. T. XXXI (976) 227.
  „ rusticorum. T. XXX (1234) 221.
Centa, centae ecclesiae wirceburgensis. T. XXX (1234) 221.
  „ „ liberae et infeodatae. T. XXX (1231) 171. (1232) 192, 195.
  „ „ locus non mutetur sine consensu domini terrae. T. XXX (1231) 171, 173. (1232) 192, 195.
  „ „ nullus synodalis ad centas vocetur. T. XXX (1231) 171.
Centgravius, centgravii. T. XXIX (1168) 537, 392.
  „ centgravii recipiant centas a domino terrae. T. XXX (1231) 171, 173. (1232) 192, 195.
Centnarius, centenarius. T. XXXI (967) 202. (1003) 275.
Centurio, centuriones; jus nominandi, sive eligendi eos. T. XXIX (1160) 351.
Cerevisia. T. XXIX (1111) 227. (1156) 381, 382.
  „ ejus fabricatio unicuique civi ratisponensi conceditur. T. XXXI (1230) 545.
Chreinarii in regione Chrcine. T. XXVIII (974) 210.
Christianus et Judaeus, si litigent, uterque secundum legem suam justitiam faciat. T. XXXI (1090) 370.
Cidelarius, conf. *Zidelarius*.
Cingulum militare. T. XXXI (1187) 433.
Circumcisus, circumcisi. T. XXX (1232) 184.
Cirotheca, *Cireteca*. T. XXX (1219) 84.
  „ conf. etiam *Gwantones*.
Cispitaticum, species exactienis a negotiatoribus. T. XXXI (833) 78.
Civilitas, civilitatis consortium. T. XXX (1219) 81.
Civis, cives babenbergensis ecclesiae non evocentur a judicibus imperii ad fora sua. T. XXX (1237) 260.
  „ cives babenbergenses ad aliena judicia non evocentur. T. XXII (1234) 559.
  „ cives bona sua ad ordinem S. Johannis transferre possunt. T. XXXI (1227) 531.
  „ cives cathedralium civitatum exactioni advocatorum non sunt subjecti. T. XXX (1234) 227.
  „ civem duello impetere. Conf. *Duellum*.
  „ cives hominesque conditionis liberae. Conf. *Homines*.
  „ cives ratisponenses recipiuntur in gratiam regis Heinrici VII. T. XXX (1232) 202.

Civis, cives ratisponenses non impignorentur. Conf. *Impigneratio.*
„ cives ratisponenses obtinent privilegia. T. XXXI (1230) 542, 543.
„ civium rectores, sive magistri sine archiepiscoporum vel episcoporum beneplacitis electi, sunt illegales. T. XXXI (1232) 551. — Legales autem Ratisponae. T. XXXI (1245) 582, 583.
Civitas, *civitates*; Alamanniae civitatum consilia communia prohibentur. T. XXXI (1232) 551.
„ civitates oppidaque nec communiones et constitutiones, nec colligationes, confoederationes aut conjurationes facere possunt. T. XXX (1231) 167.
„ civitatis ratisponensis consilia communia. T. XXXI (1245) 582. et statuta T. XXX (1251) 314.
„ civitates cathedrales. T. XXX (1234) 227.
„ civitatum consuetudines contra libertatem ecclesiasticam sunt irritæ. T. XXXI (1220) 502.
„ civitates episcopales. T. XXXI (1232) 551.
„ civitates oppidaque principum ecclesiasticorum. T. XXX (1220) 98.
„ civitates oppidaque injurias sibi illatas coram rege prosequantur. T. XXX (1255) 326.
„ civitates suas unusquisque princeps munire potest. T. XXXI (1231) 548.
„ civitates a rege non aedificentur in territorio principum ecclesiasticorum. T. XXX (1220) 98. — Nec in territorio laicorum. T. XXX (1231) 171, 173. (1232) 191, 195.
„ civitas regiae. T. XXX (1231) 171, 173. (1232) 192, 195, 196. (1234) 221.
„ civitates ad Rhenum et earum confoederationes. Conf. *Confoederatio.*
„ civitates oppidaque innominata ecclesiae maguntinensis. T. XXIX (1209) 356.
„ conf. etiam *Urbs.*
„ commutatio loci Friedberg in civitatem. Conf. *Commutatio.*
Clericus, clerici babenbergenses non evocentur a judicibus imperii ad fora eorum. T. XXX (1237) 261.
„ clerici et saeculares statuta civium ratisponensium quoad munitiones observare debent. T. XXX (1251) 314.
Clypeus hostilis, sive Herscilt; ab eo, sive ab expeditione exercitali liberatur monasterium Outinburen. T. XXXI (972) 212.
„ conf. etiam *Herscilt*, et *Expeditio.*
Collecta, collectae et earum exactio. T. XXIX (1205) 519, 525.
„ collectae non imponantur ecclesiis. T. XXXI (1220) 502.
„ „ in civitate ratisponensi. T. XXIX (1205) 525. (1207) 539. T. XXXI (1230) 545.
„ Conf. etiam *Precaria* et *Stiura.*

Colonus, coloni missi ex Bavaria in terram Avarorum. T. XXVIII (979) 227, 228. — Coloni ibid. (985) 244.
Combustio civitatis Nordelingen. T. XXX (1238) 268. (1239) 271.
  „   ecclesiae frisingensis. T. XXVIII (903) 135. (906) 140.
  „   ecclesiae wirceburgensis. T. XXVIII (918) 155. (923) 159.
Comes, comites super Sclavos in Francia orientali et quidem ad Moenum et Radantiam constituti. T. XXVIII (846) 41.
  „   Conf. etiam *Voces sequentes*.
Cometia, cometiae ecclesiae pataviensis. T. XXXI (1232) 557.
Comitatus, sive potestas comitis judiciaria in Bezzingun. T. XXVIII (1013) 440.
  „   ecclesiae babenbergensis. T. XXXI (1058) 540.
Communitas monetae, thelonei et quorundam judiciorum inter ecclesiam ratisponensem et ducatum Davariae. T. XXIX (1205) 524.
      Conf. etiam *Moneta, Theloneum*.
Commutatio marchiae Austriae in ducatum. T. XXXI (1156) 409.
  „   loci Friedberg in civitatem. T. XXX (1264) 339.
Compater Arnulphi regis dicitur archiepiscopus Hatto. T. XXVIII (895) 108.
Complacitatio more populari. T. XXVIII (898) 117.
Concilium pisanum. T. XXXI (1142) 400.
  „   ratisponense. T. XXIX (1156) 323.
Conditio libera. Conf. *Homines*.
Conductus principum, quem de manu regis tenent. T. XXX (1231) 172, 173. (1232) 192, 195.
  „   securus. T. XXIX (1205) 525. T. XXX (1227) 151.
      Conf. etiam *Ducatus*.
Confinia Francorum et Suevorum in Alemannia. T. XXXI (1027) 304.
Confoederatio, confoederationes civitatum et oppidorum sunt illegales. T. XXX (1231) 167.
  „   confoederationes civitatum ad Rhenum abolentur. T. XXX (1226) 144.
Consacramentalis, sive expurgatio duodecima manu, tertia manu, sola manu. T. XXXI (1230) 543.
Consilium, consilia communia civitatum Alamanniae prohibentur. T. XXXI (1232) 551.
  „   consilia communia civitati ratisponensi concedantur. T. XXXI (1245) 582.
  „   Conf. etiam *Civitas*.
Constitutio, sive lex super expeditione romana. T. XXXI (878) 105.
Constitutio generalis contra haereticos. T. XXX (1232) 184, 185, 186. — T. XXXI (1220) 503, 504.
  „   generalis contra incendiarios. T. XXX (1187) 430.
  „   super libertate ecclesiastica, contra statuta et consuetudines civitatum, contra exactiones et judicia libertati ecclesiasticae adversantia. T. XXXI (1220) 501, 502.

Consuetudo, consuetudines et statuta civitatum contra libertatem ecclesiasticam sunt irrita. Conf. *Constitutio*.

   „   consuetudini, decedentibus episcopis et abbatibus res mobiles eorum fisco incorporandi renunciatur. T. XXX (1215) 41, 43, 44. (1220) 97.

   „   Conf. etiam *Mobilia.*

Contrada, sive regio. T. XXXI (1229) 535.

Corium bovinum enumeratur inter redditus ex tribus silvis. T. XXXI (1094) 373.

   „   hyrcinum. T. XXXI (1094) 373.

   „   corio et crinibus est puniendus, qui frangit pacem urbanam. T. XXIX (1156) 329.

Creditor, creditores romani et senenses gravant ecclesiam pataviensem. T. XXX (1237) 263.

Crinis, crinibus et corio puniendus. Conf. *Corium*.

Culcitra, culcitrae et pulvinaria advocato haugensi in placito praeparantur. T. XXX (1234) 224.

Cumada, utensile ad bellum. T. XXXI (804) 24.

Curia celebrata Dabenberg. T. XXIX (1157) 345. (1160) 551. (1172) 412.

   „   „   apud S. Germanum. T. XXX (1225) 133.

   „   „   in Nürnberg. T. XXXI (1187) 430.

   „   „   in Ravenna. T. XXX (1252) 199.

   „   „   Viennae. T. XXX (1237) 254.

   „   Gallorum, hoc est campus, vulgo Hungalle dictus. T. XXXI (878) 106.

   „   generalis Moguntiae. T. XXXI (1237) 570.

   „   „   Ratisponae. T. XXXI (1156) 409.

   „   „   Sibidali. T. XXX (1232) 199.

   „   „   Ulmae celebranda. T. XXIX (1157) 337.

   „   „   in Wirceburg. T. XXIX (1168) 335. (1180) 435.

   „   „   Wormatiae. T. XXX (1232) 191, 195.

   „   principum Anagniae. T. XXXI (1230) 541.

   „   „   Egrae. T. XXXI (1215) 490.

   „   „   Herbipoli. T. XXXI (1209) 472.

   „   „   Norimbergae. T. XXXI (1187) 455.

   „   „   Wormatiae. T. XXXI (817) 33.

   „   publica; praeter illam res in civitatibus principum ecclesiasticorum nil juris habet. T. XXX (1290) 98.

   „   „   Babenbergae. T. XXX (1242) 288.

   „   regia; si abbas vel monachi ei intererunt, stipendia recipiant. T. XXXI (1225) 519.

   „   „   Moguntiae. T. XXXI (1109) 377, 378.

   „   „   Spirae. T. XXXI (1109) 379.

   „   „   curiae regiae familiares. Conf. *Familiares.*

Curia solemnis Davariae ducis in civitate ratisponensi. T. XXXI (1230) 544.

„ „ Constantiae. T. XXX (1213) 16.

„ „ Herbipoli. T. XXX (1216) 46, 49. Conf. etiam *Wirceburg.*

„ „ Moguntiae. T. XXXI (1196) 459.

„ „ Nürnberg. T. XXIX (1132) 445. — T. XXX (1217) 57. (1224) 127.

„ „ Portu Naonis. T. XXX (1232) 201.

„ „ Ratisponae. T. XXIX (1154) 312. (1180) 440.

„ „ Ravennae. T. XXXI (1245) 882.

„ „ Salfeldae. T. XXIX (1194) 479.

„ „ Stalbourne. T. XXIX (1154) 312.

„ „ Wirceburg. T. XXX (1226) 144. Conf. etiam *Herbipolis.*

„ „ Wormatiae. T. XXX (1231) 167, 175. — T. XXXI (878) 106.

Curtis, dominicata. T. XXVIII (841) 36.

„ , dominium in curti, quod dicitur Sale. T. XXXI (1205) 464.

D.

Dacia et exactio collectarum. T. XXIX (1205) 519, 525.

Damnosus, damnosi et damnati ac proscripti non recipiantur in civitatibus regis. T. XXX (1231) 172, 173. (1232) 192, 195.

Dapiferatus ecclesiae herbipolensis. T. XXX (1215) 53.

Deaurata vestis. T. XXXI (817) 41.

Decima, decimae novales. T. XXIX (1129) 253.

„ „ ex pice. T. XXXI (865) 100.

„ „ subterraneae i. e. ex metallifodinis. T. XXXI (1244) 579.

Defensio fidei per potestates, consules et rectores. T. XXX (1232) 184.

„ regia monast. Altahae Inferioris. T. XXVIII (857) 49.

Denarius excussus, conf. *Massmissio.*

„ denarii nürnbergenses. T. XXI (1243) 291.

„ „ patavienses. T. XXX (1257) 265.

Depraedaetio episcopatus pataviensis per incursum hostilem. T. XXXI (977) 232, 233.

Desolatio monast. Tegernsee. T. XXVIII (979) 226.

„ regni Bavvariorum. Conf. *Bavari.*

Destructio domuum ob caedem patratam et proscripti receptionem. Conf. *Domus* et *Proscriptus.*

Devastatio barbarica episcopatus lauriacensis. T. XXVIII (898) 119.

„ episcopatus pataviensis per barbaros. T. XXXIII (895) 244.

„ „ pataviensis per Hunnos. Conf. *Hunni.*

Devastatio episcopatus pataviensis per paganos. T. XXXI (901) 162. (907) 176.

,, ,, pataviensis per Sclavos. Conf. *Sclavi*.

Diffiduciare aliquem per certos muntios. T. XXXI (1187) 433.

Dignitas judiciaria. Conf. *Judiciaria dignitas*.

Diploma aureis literis depictum. T. XXIX (1208) 548.

Diversorium, conf. *Hospitium*.

Dolaturia, utensilia ad bellum. T. XXXI (804) 24.

Domesticus, domestici vel filii ecclesiarum. T. XXXI (878) 106.

Domicolta, cum domicoltis et aedificiis. T. XXXI (860) 97.

Dominicalia, ad ea hofmarchiae pertinent. Conf. *Hofmarchia*.

,, ecclesiae frisingensis per Austriam. T. XXXI (1189) 437.

Dominium in curti, quod dicitur Sale, conf. *Sale*.

Dominus temporalis; negligente eo, terram suam purgare ab haereticis, ipsa conceditur Catholicis occupanda. T. XXXI (1220) 503.

,, temporalis terram suam ab haereticis purgare debet. T. XXX (1232) 184.
conf. etiam *Haeretici*.

,, terrae; domini terrae et nobiles a civitatibus offensi, cives non in captivitatem trahant. T. XXX (1255) 326.

,, ,, domini terrae et nobiles judiciis suis juste utantur. T. XXX (1255) 326.

,, ,, principalis. T. XXXI (1220) 303.
conf. etiam *Terra*.

Domus; domuum destructio ob caedem patratam et proscripti receptionem. T. XXXI (1230) 543.

Donationes et oppignorationes Conradini regis avunculo suo Ludovico Bavariae duci et Heinrico duci factae. T. XXX (1263) 333, 355. (1266) 350 — 352, 354. (1267) 363. (1268) 366, 369.

Dos reginae Agneti tradita. T. XXIX (1043) 80.

Dotharium. T. XXX (1266) 346.

Ducatus Alamanniae. T. XXXI (839) 83.

,, Bavarorum, Navariorum etc. T. XXIX (1208) 542. — T. XXX (812) 26. (1140) 395.

,, Driwini ducis. T. XXVIII (860) 52.

,, Carintinorum et Veronensium. T. XXVIII (890) 231. (933) 235.

,, Franconiae, sive episcopatus wirceburgensis. T. XXIX (1168) 386. 387, 391. (1296) 530. — T. XXX (1234) 221.

,, Sueviae. T. XXXI (1227) 530.

,, Conf. etiam *Ministerium* et *Moneta*.

,, sive conductus. T. XXIX (1205) 527.

,, ,, ,, curruum in territorio leuchtenbergensi. T. XXX (1257) 266.

,, Conf. etiam *Conductus*.

Duellum et expurgatio. T. XXXI (1230) 543.

„   duello impetere aliquem. T. XXXI (1215) 491. — Civem. T. XXX (1219) 83.

E.

Ecclesia, ecclesiarum constructio in terra Slavorum inter Mosnum et Radantiam. T. XXVIII (846) 41. (889) 95.

Ecclesiastica libertas et constitutio super ea. Conf. *Constitutio.*

„   persona nec in criminali, nec in civili quaestione judicio saeculari subjaceat. T. XXX (1235) 234. — T. XXXI (1220) 502.

Ecclesiastici principes, conf. *Principes.*

Elock, conf. *Exlex.*

Emptio et venditio argenti et auri, conf. *Argentum* et *Aurum.*

Episcopatus babenbergensis fundatio et dotatio. T. XXVIII (1007) 329, 331, 335, 337, 339, 341, 342, 344, 346, 347, 349, 351, 353, 355, 357, 359, 361, 363, 365, 367, 369, 371, 373, 377, 379, 381, 383, 385, 386. (1008) 392, 393, 395, 397, 399, 401, 403, 405. (1009) 410, 413. (1010) 423, 425, 427, 429 etc.

„   chimensis fundatio. T. XXX·(1213) 13. (1215) 95.

„   frisingensis canonici dicuntur fratres spirituales Heinrici III. imp. T. XXIX (1055) 123.

„   frisingensis; novus episcopus eligitur per plebem et familiam ecclesiae. T. XXVIII (906) 140.

„   pataviensis depraedatio et devastatio, conf. *Depraedatio* et *Devastatio.*

„   ratisponensis communitas monetae, thelonei etc., conf. *Moneta, Theloneum.*

„   ratiponensis jura in civitate ratisponensi communiter cum duce Bavariae. Conf. *Jura.*

„   ratisponensis; novus episcopus eligitur participante Bavariae duce. T. XXIX (1205) 527.

· „   „   sedes ex monasterio S. Emmerami in ecclesiam S. Stephani translata. T. XXXI (824) 59.

„   wirceburgensis; canonici sunt liberi a receptione hospitum, exceptis solummodo principibus. T. XXIX (1172) 410.

„   wirceburgensis ducatus in Franconia. Conf. *Ducatus.*

„   „   judiciaria dignitas. Conf. *Judiciari dignitas.*

„   „   novus episcopus eligitur libere. T. XXVIII (941) 177.

„   cujuscunque metallifodinae, ministeriales, vasalli. Confer *Metallifodinae, ministeriales, Vasalli.*

Episcopus loci recipit pro tempore bona peregrinorum, si intestati deces-
    serint. Conf. *Peregrini.*
  ,,   pataviensis dicitur ministerialis regis. T. XXXI (890) 133.
  ,,   si decesserit, ejus res mobiles fisco non incorporentur. Conf.
    Mobilia.
  ,,   Conf. etiam *Episcopatus.*
Exactio et dacia collectarum. Conf. *Collecta.*
  ,,   curialis. T. XXXI (769) 8.
  ,,   iniqua, dicta Ungelt. Conf. *Ungelt.*
  ,,   de pharetra et arcu. T. XXIX (1144) 283.
  ,,   theodisca lingua dicta muta. Conf. *Muta.*
Excommunicatus a domino suo nulla feuda accipiat. Conf. *Feudum.*
  ,,   haereticus. Conf. *Haereticus.*
  ,,   post sex septimanas proscribatur. T. XXX (1240) 275.
  ,,   post annum propter laesam ecclesiae libertatem banno im-
    periali subjaceat. T. XXXI (1220) 502.
  ,,   regi designatus ab eo vitetur. T. XXX (1220) 98.
Exercitaliter ire. T. XXXI (804) 24.
Exlex, qui vulgariter dicitur Elosh. T. XXIX (1054) 118.
Expeditio crucis. T. XXX (1218) 73.
  ,,   exercitalis. T. XXVIII (834) 27. — Ab ea monasterium outin-
    burense liberatur. T. XXXI (972) 212.
  ,,   militaris; ei interest abbas Fulradus. T. XXXI (804) 24.
  ,,   militaris. Conf. etiam *Reisa.*
  ,,   regalis. T. XXXI (972) 212.
  ,,   romana. T. XXXI (878) 105.
  ,,   ,,   Conf. etiam *Constitutio.*
  ,,   ,,   Conf. etiam *Buringus.*
  ,,   westphalica Heinrici V. imp. T. XXIX (1125) 244.
Expurgatio per Consacramentales. Conf. *Consacramentales.*
  ,,   et duellum. Conf. *Duellum.*

F.

Facultas testandi. Conf. *Testamentum.*
Familia frisingensis ecclesiae eligit cum plebe episcopum. Conf. *Epi-
    scopatus.*
  ,,   imperialis et ecclesiae babenbergensis semper fuit una. T. XXXI
    (1163) 416.
  ,,   Conf. etiam *Milites* et *Ministeriales.*
Familiares curiae regiae. T. XXXI (1231) 548.
Ferramenta equorum enumerantur inter praestationes. T. XXXI (1094)
    873.

Ferrum — ferri fodinae conceduntur monasterio Rot. T. XXIX (1207) 534.
  „   ignitum. T. XXXI (1090) 570.
  „   ferri venae confirmantur monasterio Ebersberg. T. XXXI (1193) 445.

Feudum, *feodum* — feudorum alienationes et concessiones capituli et imperii non accedente consensu in ecclesia brixinensi sunt irritae. T. XXX (1240) 275.
  „   camerale ecclesiae pataviensis. T. XXX (1222) 108.
  „   ecclesiae non alienetur sine consensu Ministerialium. Conf. *Ministeriales.*
  „   excommunicatus a domino suo non accipiat. T. XXX (1237) 267. (1240) 275.
  „   feudale jus, conf. *Jus feudale* et *Lehenrecht.*
  „   feuda non sunt religiosorum dona, sicut pellicia et praestationes similes. T. XXXI (1223) 515.
  „   rectum, sub eo enumeratur etiam Jus patronatus. Conf. *Jus patronatus.*
  „   vexilli, dictum Vanlehen, conf. *Vanlehen.*

Fides, fidei defensio per potestates, consules et rectores. T. XXX (1239) 184.
  „   fidejussiones et cautiones per cives wormatienses a Ludovico Bavariae duce exactae declarantur irritae. T. XXX (1250) 507, 508.

Filii, vel domestici ecclesiarum. Conf. *Domestici.*
  „   haereticorum haereditatem patris non obtineant. T. XXXI (1220) 503.
  „   sacerdotum, disconorum et rusticorum cingulum militare non assumant. T. XXXI (1187) 433.

Fines, conf. *Termini.*

Fiscalini homines. T. XXVIII (1002) 296.

Fiscus imperialis. T. XXIX (1205) 518. T. XXX (1220) 97.
  „   regius, ad quem spectant etiam villae. T. XXXI (977) 233. (Conf. etiam Opus regis.) — Ejus ministri. T. XXXI (865) 100.
  „   „   jus fisci regalis. Conf. *Jus.*
  „   „   fiscalia loca, conf. *Loca.*
  „   „   Conf. etiam *Pax* et *Bannum* et *Aerarium.*

Foedus imperatoris cum quibusdam principibus contra ducem Austriae. T. XXX (1236) 245, 246.

Foemina; foeminarum successio in burggraviatum norimbergensem et in ejus dependentia. T. XXX (1267) 362.

Fons salis, conf. *Salina.*

Forense jus, conf. *Jus forense.*
  „   signum, conf. *Signum forense.*

Forensis justitia, conf. *Justitia.*

Forestum; foresti jus, conf. *Jus foresti.*

Forestum, regale. Conf. *Marca.*
Forum annuale Frisingae. T. XXXI (1140) 395.
   „ hebdomedale in villa Frankenmarkt. T. XXX (1256) 250.
   „ invitus nemo cogatur accedere. T. XXX (1231) 171, 173. (1232) 191, 195.
   „ jurisdictio fori annualis et septimanalis. Conf. *Jurisdictio.*
   „ fori jus, conf. *Jus fori.*
   „ novum in episcopatu frisingensi interdicitur. T. XXXI (1140) 395.
   „   „ non potest impedire forum antiquum. T. XXX (1231) 171, 173. (1232) 191, 195.
   „ in Neunchirchen. T. XXXI (1141) 598.
   „ rerum venalium Ratisponae. T. XXIX (1205) 595.
   „ apud Windesheim adhuc impeditum. T. XXX (1234) 291.
Fosorii, utensilia ad bellum. T. XXXI (804) 24.
Fossatum vetus apud Walthmanhoven. T. XXIX (1163) 371.
Franci. T. XXVIII (811) 3. (903) 130. (996) 265. — T. XXIX (1025) 14.
   — Francorum judicium. T. XXVIII (903) 130. T. XXXI (895) 147.
   „ orientales. T. XXVIII (889) 93. (923) 161. (976) 213. (993) 259. (1012) 439.
Freda. T. XXVIII (815) 12. T. XXXI (623) 3. (769) 10. (786) 16. (819) 45, 47. (833) 75, 76. (939) 86. (912) 281. (948) 191. (960) 194. (967) 203. (988) 245, 246.
Furtiva translatio. Conf. *Translatio furtiva.*

G.

Gallorum curia. Conf. *Curia Gallorum.*
Gaphant esse alicujus hominis. T. XXX (1219) 33.
Genezeum; Enzenwis cum genezeo et molendino. T. XXIX (1111) 227.
Gistella piscium, qui vocantur hosones. T. XXIX (1029) 26. (1067) 136.
Gladius; gladii jus. Conf. *Jus gladii.*
   „ materialis, sive temporalis. T. XXX (1220) 98. (1240) 275. (1264) 345. — T. XXXI (782) 11.
   „ spiritualis. T. XXX (1220) 98. (1240) 275. (1264) 345. T. XXXI (782) 11.
Grangia. T. XXX (1205) 400.
Gravato — tradere more solito per Gravatonem, T. XXIX (1166) 375.
Gruontiure, conf. *Jus naufragii.*
Guerra, Gwerra. T. XXX (1220) 95. (1251) 315, 315. (1255) 525.
   „ Conf. etiam *Werra.*
Gwantones, quae cirothecae dicuntur. T. XXIX (1144) 283.

II.

Haeretici — bona haereticorum confiscentur. T. XXX (1232) 184.
„   Constitutio imperialis contra eos. Conf. *Constitutio.*
„   dominus temporalis terram suam ab haereticis expurgare debet.
            Conf. *Dominus temporalis.*
„   excommunicatus testamentum condere non potest. T. XXX (1232)
            185.
„   recidivi subeant sententiam mortis. T. XXX (1232) 187.
„   haereticorum fautores, receptores et defensores, nec non poe-
            nae, quibus sunt subjecti. T. XXXI (1220) 504. Conf. etiam
            Juramentum.
„   haereticorum filii haereditatem patris non obtineant. T. XXX
            (1220) 505. T. XXXI (1220) 503.
„   haereticus judex, conf. *Judex.*
„   in territoriis principum Germaniae per ordinem Praedicatorum
            in Wirceburg designati, praedictis fratribus exhibeantur. T.
            XXX (1232) 188. — Item Praedicatorum ordini Ratisponae. (1232)
            189.
„   haereticorum sectae. T. XXX (1232) 184.
Hengistfuotrum, Hengistfuotra. T. XXVIII (903) 135. T. XXIX (1029)
            26. (1039) 55.
Herberga, herbergae, herburgae. T. XXX (1266) 346. (1205) 400.
Herdrecht, sive jus laris. T. XXXI (1187) 428.
Heremus; in Nortwalt. T. XXX (1007) 393.
„   Vosagi. T. XXXI (1072) 350.
Heribannum, heribannus, heribanni. T. XXVIII (823) 17. — Pagensium
            (839) 94. — T. XXXI (833) 75, 76.
„   persolvere. T. XXXI (950) 194. (983) 245, 245.
Herseeple bawarica, i. e. ditio. T. XXIX (1191) 461.
Herscilt, pertinens ad regalia non possidetur ab abbatia kizzingensi. T.
            XXIX (1151) 306.
„   conf. etiam *Clypeus hostilis* et *Expeditio.*
Herstiure, ab ea liberantur ministeriales ottenburenses. T. XXIX (1171)
            402.
Hoba, huba apsa. T. XXVIII (896) 113. (898) 117.
„   „   servilis. T. XXXI (890) 136.
„   „   vestita. T. XXXI (839) 83.
Hobunnia, hobunna, huba. T. XXXI (823) 50, 51.
Hofmarchia, hofmarchiae ad dominicalia pertinent. T. XXXI (1222) 512.
Homines advocatitii in civitatibus regis. T. XXX (1231) 172, 173. (1232)
            192, 196. — T. XXXI (1187) 428.
„   et cives liberae conditionis in Lengirnheim se subjiciunt imperio.
            T. XXIX (1200) 491.

Homines, item in Ibitsheim. loc. cit. 497.
   „   „   in Urahe. loc. cit.
   „   „   in Urvirsheim. loc. cit.·
   „   „   in Stokheim. loc. cit.
   „   „   in Westheim. loc. cit.
   „   nobiles. T. XXVIII (851) 44. (883) 83.
   „   proprii principum, nobilium et ecclesiarum non recipiantur in
        civitatibus regis. T. XXX (1231) 171, 173. (1232) 192, 195.
Hospites in villa Besinga. T. XXVIII (896) 113.
Hospitium, sive diversorium apud monast. S. Emerami. T. XXX (1251)
        311. — Diruatur loc. cit. 312.
Hovesacha. T. XXIX (1111) 227 — 229.
Hunni; Hunni devastant episcopatum pataviensem. T. XXX (823) 581.
   „   Hunnorum regnum subjugatum. T. XXX (823) 581.
   „   Hunnorum terra. loc. cit.
Huobitrecht, Houbethrecht, jus quoddam Spirae. T. XXIX (1208) 549.
   „   an consuetudini dictae Butheil subintelligatur nec ne? T.
        XXXI (1139) 420.
Hutones pisces. T. XXIX (1029) 26. (1057) 136.
Hybernenses Norimbergae. T. XXXI (1226) 519, 520.

I.

Idolatria adhuc destruenda in provinciis Sclaviae. T. XXIX (1136) 268.
Immunitates concessae ecclesiae pataviensi quoad possessiones in marca
        Luitpoldi. T. XXVIII (935) 244.
Impignoratio civium ratisponensium aboletur. T. XXIX (1207) 532. T.
        XXX (1239) 273. — Exceptio ibid.
Incendiarii; constitutio generalis contra eos. T. XXXI (1187) 430.
Infeudatio civitatis frisingensis declaratur irrita. T. XXXI (1250) 540, 541.
Inplacitare personam. T. XXXI (1185) 425.
Inquilini. T. XXX (1266) 345.
Inquisitio contra haereticos conceditur Praedicatorum ordini in Wirceburg.
        T. XXX (1232) 187, 188. — Item Praedicatorum ordini Ratispo-
        nae. loc. cit. 189.
Inquisitores quaerant haereticos in civitatibus locisque imperii. loc. cit.
Instrumenta agriculturae nullus capiat aut auferat. Conf. *Agricultura.*
Insultus Bohemorum in praedia waltsassensia. Conf. *Bohemorum.*
Intestabiles sunt receptores et fautores haereticorum. T. XXXI (1220) 503,
        504.
Investitura — regalium. T. XXX (1215) 25. (1240) 274. (1242) 287, 288.
        (1250) 309.
   „   investituram per sceptrum abbas ebersbergensis a rege vel im-
        peratore accipiat. T. XXXI (1195) 448.

Itineratio curialis —; ab ea monast. ontinburense liberatur. T. XXXI (979) 212.

Judaeus, *Judaei*. Judaeus causam suam probaturus non cogatur ad aquam calidam aut frigidam. T. XXXI (1090) 370.

„ et christianus, si litigent, uterque secundum legem suam justitiam faciat. T. XXXI (1090) 370.

„ emptio et venditio auri per Judaeos. Conf. *Aurum*.

„ Judaeorum lex. T. XXXI (1090) 370.

„ Judaei non baptisentur inviti. T. XXXI (1090) 370.

„ „ pacis generalis commodo gaudeant. T. XXX (1255) 325.

„ „ augustenses. T. XXX (1266) 345, 357.

„ „ „ servitia regi exhibenda per quinque annos redimunt. T. XXX (1266) 357, 358.

„ „ herbipolenses (conf. etiam wirceburgenses), ad regem spectantes, episcopo ad dies vitae obligantur. T. XXX (1247) 303, 304.

„ „ maguntinenses. T. XXIX (1209) 555.

„ „ ratisponenses et eorum privilegia. T. XXXI (1230) 539.

„ „ „ Proventus ex eis conceduntur episcopo ratisponensi ad dies vitae. T. XXX (1233) 203.

„ „ „ sunt servi camerae regalis. T. XXX (1251) 514.

„ „ „ conf. etiam *auri emptionem* et venditionem sub *Aurum*.

„ „ spirenses; haereditates eorum proteguntur contra aggressores. T. XXXI (1090) 369.

„ „ „ jurent secundum legem suam. T. XXXI (1090) 370.

„ „ „ litigantes inter se a suis paribus non ab aliis convincantur. loc. cit. 371.

„ „ „ sunt servi camerae regalis. T. XXX (1255) 324.

„ judaei spirenses. Conf. etiam *Negotium*.

„ „ wirceburgenses. T. XXX (1234) 219. Conf. etiam *herbipolenses*.

Judex; judicis haeretici sententia non obtinet firmitatem. T. XXX (1232) 135.

„ imperii. T. XXX (1237) 260.

„ provincialis. T. XXXI (1194) 456.

„ secularis aut praeco judicium non exerceat in curia vel atrio Scotorum norimbergensium. T. XXXI (1225) 521.

„ recurrens ad eum. T. XXX (1255) 326.

Judiciaria dignitas in tota Francia orientali episcopatui wirceburgensi restituitur. T. XXIX (1120) 238.

„ potestas. T. XXXI (623) 5. (919) 181. (980) 238. (1090) 370. (1194) 453. (1214) 486.

„ super ministeriales. T. XXXI (1143) 403, 404.

Judicium aquae calidae. T. XXXI (1090) 870.
  ,,   aquae frigidae. T. XXIX (1156) 331. T. XXXI (1090) 870.
  ,,   judicia in civitate ratisponensi. T. XXIX (1205) 525. (1207) 532, 533.
  ,,   judicio communi proscriptus et damnatus. T. XXXI (1065) 329, 333.
  ,,   communitas judiciorum quorundam inter sedem ratisponensem et ducatum Bawariae. T. XXIX (1205) 524.
  ,,   conceditur sedi eistetensi. T. XXXI (912) 181.
  ,,   ducis Bawariae limitatum super ministeriales ratisponenses. T. XXXI (1230) 544.
  ,,   conceditur heilsbronnensi abbati. T. XXX (1138) 395.
  ,,   ,,   ,,   plebano ac pastori in Chremisa, exceptis tribus articulis. T. XXX (1053) 394.
  ,,   curiae regalis. T. XXXI (1205) 464.
  ,,   ,,   ,,   Francorum, Alamannorum, Bajoariorum. T. XXVIII (903) 130. T. XXXI (895) 147.
  ,,   generale terrae, sive Lantgerichte, conf. *Lantgericht.*
  ,,   nobilium et dominorum terrae. T. XXX (1255) 326.
  ,,   populi. T. XXVIII (946) 181. — T. XXXI (951) 198.
  ,,   primatum regni. T. XXXI (976) 231.
  ,,   principum. T. XXIX (1091) 215. (1157) 341, 345.
  ,,   regis Norimbergae. T. XXXI (1209) 470.
  ,,   saeculare; ei non subjacet persona ecclesiastica propter quaestionem criminalem aut civilem. T. XXX (1255) 234. T. XXXI (1220) 502.
  ,,   scabinorum. T. XXVIII (961) 189. T. XXX (933) 338. T. XXXI (786) 15.
Juniores et ministeriales. T. XXXI (837) 79. (859) 94.
Juramentum a potestatibus, consulibus et rectoribus praestandum, quod de terris suis haereticos exterminabunt. T. XXXI (1220) 503.
Jurisdictio civitatum regis non extendatur extra ambitum earum. T. XXX (1231) 172, 173. (1232) 192, 196.
  ,,   in cometiis ecclesiae pataviensis competit episcopo. T. XXXI (1233) 567.
  ,,   in comitatu Ilage super proprietatibus, haereditatibus, possessionibus etc. T. XXX (1245) 294.
  ,,   fori annualis et septimanalis. T. XXX (1218) 63.
  ,,   plenaria in ducatu wirceburgensi ad ecclesiam wirceburgensem pertinens. T. XXIX (1168) 386, 387, 391.
Jus banni dominicalis. T. XXIX (1179) 431.
  ,,   capitale. T. XXX (1219) 81.
  ,,   commutandi possessiones ecclesiae conceditur sedi pataviensi. T. XXXI (859) 91.

Jus feodale, sive feudale.   T. XXXI (1187) 482.   Conf. etiam *Lehenrecht*
et *Castrum*.

„   „   jure, sive titulo feudali confertur uxor Arnoldi de Sekendorf
Burggravio norimbergensi.   T. XXX (1264) 343.

„   fisci regalis.   T. XXXI (786) 15.

„   forense in villa Staphelstein.   T. XXIX (1130) 256.

„   fori.   T. XXIX (1179) 431.

„   foresti monasterii berchtesgadensis.   T. XXXI (1196) 453.

„   gladii vel securis conceditur episcopo pataviensi. T. XXXI (1235) 565.

„   imperii; ejus sunt metalli fodinae.   Conf. *metalli* etc.

„   judici civilis conceditur ecclesiae brixinensi.   T. XXIX (1179) 431.

„   laris, sive Herdrecht.   T. XXXI (1187) 428.

„   macelli.   T. XXXI (969) 205.   (972) 218.

„   militare abnegatur servo.   T. XXXI (1137) 432.

„   ministerialium.   Conf. *Ministeriales*.

„   monetae.   T. XXVIII (913) 157.   (974) 207.   (999) 274.   T. XXIX
(1179) 431.   Conf. etiam *Moneta* et *Percussura*.

„   naufragii, quod Gruontiure dicitur, abolitur.   T. XXIX (1207) 533. T.
XXXI (1220) 504.

„   patronatus super ecclesias confertur sub titulo feudi recti.   T. XXXI
(1214) 484.

„   pedagii conceditur ecclesiae brixinensi.   T. XXIX (1179) 431.

„   pontem faciendi ac reficiendi murum.   T. XXIX (1069) 179, 180.

„   provinciale.   T. XXXI (1194) 456.

„   regale fodiendi metalla conceditur monasterio Biburg. T. XXIX (1177)
426.

„   „   reservatum in villa Gochesheim.   T. XXX (1234) 222.

„   regium; ejus sunt quidam presbyteri.   T. XXXI (1002) 273.

„   thelonei et pedagii conceditur ecclesiae brixinensi.   T. XXIX (1179)
431. — Conf. etiam *theloneum*.

„   jura episcopi et ducis Bawariae in civitate ratisponensi.   T. XXIX
(1205) 525.

„   jura et libertates respectu pontis lapidei Ratisponae. T. XXIX (1182)
446.

„   jura monasterii Nûwenstat circa homines suos.   T. XXXI (789) 12.

„   jura Salinariorum.   T. XXIX (1207) 535. — Conf. etiam *Salinae*.

Justitia, civitatis augustensis.   T. XXIX (1156) 389.

„   forensis.   T. XXIX (1168) 375.

Justitiarius regis Wilhelmi (1255) 396.

K.

Karinthini, conf. *Carintini*, *Carentini*.

Kathari haeretici, conf. *Cathari*.
Kalmia, conf. *Cadmia*.
Kunegestüre Pataviae. T. XXIX (1193) 470.

L.

Laici habent jura proprietatis ad monasteria. T. XXXI (819) 44. (833) 48.
Lantgeridle, sivo generale judicium terrae. T. XXX (1215) 27. — T.
    XXXI (1189) 437.
Laris jus, conf. *Jus laris*.
Lehenrecht; cives norimbergenses non compelluntur ad jus, dictum Lehen-
    recht. T. XXX (1219) 83. — conf. etiam *Jus feudale*.
Leonistae, haeretici. T. XXX (1289) 484. — T. XXXI (1290) 503.
Levinia, sivo levva, i. e. *leuca*. T. XXXI (676) 6.
Lex, bavarica. T. XXVIII (1021) 504. T. XXXI (1094) 579.
   „   Judaeorum. T. XXXI (1090) 370.
   „   salica. T. XXVIII (926) 163, 164. T. XXXI (898) 153.
   „   et libertas eadem impertitur monasterio weissenburgensi, quibus ec-
    clesiae perfruuntur fuldensis, augiensis et prumensis. T. XXXI
    (1137) 428.
   „   leges civiles ad instar legum civilium civitatis spirensis concedun-
    tur villae Anwilre. T. XXX (1219) 81. Conf. etiam *Constitutio*.
Liberi ministerialium sequuntur conditionem matris. Conf. *Ministeriales*.
Libertas antiqua monasterio monalium in Chiemsee restituitur. T. XXXI
    (1077) 560.
   „   ecclesiae tegernseensis a servitute advocati. T. XXX (1054) 232.
   „   ecclesiastica, conf. *Constitutio generalis*.
   „   ; libertates respectu pontis lapidei Ratisponae. Conf. *Jura*.
   „   regia conceditur monasterio Chiubach. T. XXXI (1011) 287.
   „   et restitutio ejus monasteriis. Conf. *Restitutio*.
Libra argenti. T. XXVIII (874) 89.
   „   auri. T. XXVIII (903) 133.
   „   augustensis. T. XXX (1264) 389.
   „   babenbergensis. T. XXXI (1243) 578.
   „   nürnbergensis. T. XXXI (1243) 578.
   „   veronensis. T. XXXI (1239) 572.
Lidi monasterii Weissenburg non cogantur ad muniendum civitates et ca-
    stella. T. XXXI (965) 201.
Lingua; saxonica. T. XXVIII (811) 8.
   „   sclavonica. T. XXIX (1048) 94.
   „   theodisca. T. XXXI (857) 66. (859) 94. (889) 129.
Litterae aureae, conf. *Diploma*.
Litterati et presbyteri. T. XXX (883) 289.

Loca fiscalia. T. XXXI (1182) 420.
Lotharingi. T. XXVIII (996) 265.
Latti, mensura agrorum, sive vinearum. T. XXXI (819) 44.

M.

Macellarius, macellarii. T. XXIX (1207) 549. — T. XXXI (1182) 420.
Macellum, jus macelli. Conf. *Jus*.
Magnates imperii. T. XXX (1232) 191, 194, 201, 204. (1250) 309, 310.
   „   magnatum conventus Ratisponae. T. XXX (983) 338.
Majestas; majestatis reus. T. XXXI (1055) 329, 333.
   „   majestatis laesae reatus. T. XXIX (1209) 556.
Mallum publicum. T. XXVIII (943) 179. T. XXXI (980) 238.
Mancipia. T. XXXI (833) 72.
Mancosi, species monetae. T. XXXI (1090) 571.
Mensarius, mansarii et rustici. T. XXX (1227) 153.
Mansionarii. T. XXXI (782) 12, 13. — Sunt in monasterio Ebersberg sine respectu advocati disponendi (1195) 447.
Mansiones. T. XXVIII (315) 12.
Mansus dominicatus. T. XXVIII (889) 83.
   „   regias, sive regalis. T. XXXI (1094) 375. — (1108) 384.
Manumissio per excussum denarium. T. XXIX (1050) 102. T. XXXI (833) 72. (1013) 283. (1068) 338. (1107) 383.
   „   per excussum denarium secundam legem salicam. T. XXXI (898) 153.
   „   per imperatores et reges. T. XXVIII (926) 163.
Manumissi. T. XXXI (1058) 338.
   „   presbyteri. T. XXXI (833) 72.
Meppalia mensarum. T. XXXI (847) 44.
Marca S. Emmerami in Quinsingowe. T. XXVIII (890) 100.
   „   S. Emmerami ad fluvios Agastam et Nardinam in Austria. T. XXVIII (853) 46.
   „   eistetensis monasterii. T. XXVIII (913) 163.
   „   in foresto regali ad S. Stephanum pataviensem pertinens. T. XXVIII (887) 78.
   „   Theoterii in provincia Avarorum. T. XXVIII (536) 99.
   „   marca ad pondus Coloniae. T. XXXI (1239) 579.
Marchia Austriae commutatur in ducatum. T. XXXI (1156) 409.
   „   sive maroha Nordgavensium. T. XXXI (889) 131.
Marchtfuoter, *Marchetfuoter*, fodrum quod dicitur etc. T. XXX (1215) 27.
Markrecht. T. XXXI (1189) 437.
Matrimonia ministerialium. Conf. *Ministeriales*.
Mensura vini bozana. T. XXXI (1259) 575.
   „   terrae, sive agri, a rusticis Wolfscefel dicta. T. XXIX (1069) 179.

Mercatus. Conf. *negotiatores et negotium.*
  „ Augustae. T. XXXI (1030) 310.
  „ babenbergensis dioecesis. T. XXXI (1068) 340.
  „ in Cholebize. T. XXIX (1036) 49.
  „ in Disinforth in pago Ostericha. T. XXIX (1067) 173.
  „ apud Eystedt. T. XXVIII (918) 157. — mercatur publicae ne-
       gotiationis conceditur loco Eichsteti. T. XXXI (998) 178, 179.
  „ Frisingae. T. XXVIII (996) 266.
  „ ex loco Furtb, sive Vurte translatus in locum Nuorenberg ite-
       rum transfertur. T. XXIX (1062) 161.
  „ in villa Haderichesbruces. T. XXIX (1067) 140.
  „ in Helmgerisberk. T. XXVIII (1009) 409. T. XXIX (1049)
       96.
  „ annualo monasterii Methemen. T. XXIX (1051) 103.
  „ in pago Nachgowe. T. XXXI (985) 245, 244.
  „ in Niunchirchen, pertinens ad monasterium Formbach. T.
       XXIX (1136) 257.
  „ Pataviae et in regione ejus. T. XXVIII (898) 120. (999) 274.
  „ in Pilingries. T. XXIX (1053) 112.
  „ Ratisponae. T. XXVIII (1002) 297.
  „ et mercatores ratisponenses, wirceburgenses et babenbergen-
       ses; eorum privilegia concedustur mercatoribus in Vurte. T.
       XXIX (1062) 161.
  „ Ratisponae. T. XXXI (1050) 310.
  „ in Staffelstein. T. XXIX (1150) 255, 256. (1165) 374, 375.
  „ Tharissensi monasterio conceditur. T. XXXI (1097) 376.
  „ in Villach. T. XXXI (1060) 343.
  „ in Waltchircha in pago Nordgowe. T. XXIX (1053) 112.
  „ in Weride, Werda. T. XXXI (1030) 309, 310. — mercatus
       annualis ibidem per tres dies continuos. T. XXXI (1030) 310.
  „ in Werthheim. T. XXVIII (1009) 412.
  „ in Wirciburg. T. XXVIII (918) 155. (923) 159. — merc. quo-
       tidianus ibid. T. XXIX (1030) 30. et annualis. loc. cit.
  „ in pago Wormasvelde. T. XXXI (985) 243, 244.
Merces suas deponere in civitate Friedberg cives augustenses non cogan-
       tur. T. XXX (1264) 359.
Metalli fodinae, sive venae sunt juris imperii. T. XXXI (1191) 442.
  „   „   in Bawaria. T. XXX (1219) 88.
  „   „   in berchtesgadensi territorio. T. XXX (1243) 8.
  „   „   conceduntur monasterio Biburg. T. XXIX (1177) 426.
  „   „   in brixinensi territorio. T. XXX (1217) 61.
  „   „   in ratisponensi episcopatu. T. XXX (1219) 86.
  „   „   conf. etiam metalla singularia, exemp. grat. *Aurum, Ar-
            gentum, Ferrum* etc.

Milites, sive militares. T. XXXI (817) 57. (878) 105, 106. — Conf. etiam *ministeriales.*

" propter diversa beneficia diversos habent dominos. T. XXXI (878) 106.

" cum dominis suis pacta et conventiones collaudant. T. XXXI (1023) 298.

" familia eorum pertinens ad monasterium Ottenburen. T. XXXI (769) 9.

" Heinrici ad curtem Fillac in regione Karintana. T. XXVIII (979) 230.

" wirceburgenses; ipsis conceduntur bona monasterii Amorbach in beneficium. T. XXXI (996) 262.

Militia, militiae jus denegatur servo. T. XXXI (1187) 433.

Ministeriales et juniores. T. XXXI (837) 79. (859) 94.

" T. XXXI (817) 37.

" alio sunt nomine militares. T. XXXI (769) 9.

" bona sua ad ordinem S. Johannis transferre possunt. T XXXI (1227) 531.

" bona sua possunt donare monasterio waltsassensi. T. XXXI (1194) 453.

" consensus eorum requiritur quoad alienationem feudorum ecclesiae. T. XXXI (1222) 512.

" donantur cum praediis. T. XXXI (1064) 348.

" judicio regis assident. T. XXXI (1223) 514.

" jus augense ministerialium. T. XXXI (769) 9.

" jus fuldense eorum. T. XXXI (779) 9.

" liberi ministerialium sequantur conditionem matris. T. XXIX (1156) 325. — Exceptio ibid.

" ; matrimonia inter ministeriales Bavariae ducatus ac ducis et inter ministeriales ecclesiae ratisponensis. T. XXIX (1205) 522.

" matrimonia inter ministeriales ecclesiae babenbergensis et marchionis Bertholdi de Andechs. T. XXIX (1193) 475.

" matrimonia inter ministeriales babenbergensis ecclesiae et herbipolensis. T. XXX (1220) 103.

" matrimonia ministerialium ebersbergensium extra monasterii collegium defenduntur. T. XXXI (1193) 447.

" matrimonia inter ministeriales imperii et ecclesiae eistetensis. T. XXIX (1199) 439.

" matrimonia inter ministeriales imperii et archiepiscopatus moguntini. T. XXIX (1192) 465.

" matrimonia inter ministeriales salisburgenses et ortenburgenses. T. XXX (1232) 198.

" duorum dominorum inter se connubentes dividantur. T. XXXI (1196) 452.

Ministeriales; ordo eorum. T. XXX (1153) 397. — Promotio personae ex familia in ordinem ministerialium. T. XXX (1153) 397.

" potestas judiciaria super ministeriales. T. XXXI (1143) 403, 404.

" proles ministerialium dividitur. T. XXXI (1245) 577.

" aldenburgenses. T. XXXI (1215) 491.

" augustensis ecclesiae majoris. T. XXXI (1223) 515.

" austriaci. T. XXXI (1189) 433.

" babenbergenses. T. XXXI (1245) 536. — Non evocentur a judicibus imperii ad fora sua. T. XXX (1237) 260.

" Bawariae ducatus. T. XXXI (1142) 402. — Distinguntur ministeriales ducatus et Ludovici ducis. T. XXIX (1205) 522.

" Bavariae ducatus et ecclesiae pataviensis et pactum super eos. T. XXXI (1195) 437.

" comitum de Bogen. T. XXXI (1196) 462. (1222) 509.

" ebersbergensis monasterii. T. XXXI (1193) 447.

" egrenses. T. XXXI (1215) 491. (1216) 492.

" frisingensis ecclesiae. T. XXXI (1143) 403, 404. (1189) 438. (1230) 540. — Fruantur libertate ministerialium regni. T. XXXI (1140) 395.

" imperii; T. XXX (1220) 106. (1226) 141. (1228) 153. (1231) 177, 178. — T. XXXI (1210) 474.

" imperatoris Heinrici VI. T. XXXI (1193) 450.

" imperatoris dicitur illustris comes Isangrimus. T. XXXI (899) 156.

" norimbergenses. T. XXXI (1215) 491.

" ottenburensis monasterii. T. XXXI (769) 9. — A servitio, dicto Herstiure, liberantur. T. XXIX (1171) 402.

" patavienses. T. XXXI (1196) 462. (1222) 508, 512.

" ratisponenses et judicium limitatum ducis Bawariae super eos. T. XXXI (1230) 544.

" ministerialis regius dicitur episcopus pataviensis. T. XXXI (890) 133. — Nec non comites Uabo et Meginwardus. T. XXVIII (904) 157. — Comes Ekkardus item ministerialis. T. XXIX (1180) 437.

" regii et haereditarii regis. T. XXX (1215) 83. — T. XXXI (1218) 496.

" regis Heinrici (VII). T. XXXI (1227) 530.

" regni et regni theutonici. T. XXXI (1140) 595. (1142) 402. (1149) 408.

" salisburgenses. T. XXXI (1221) 507.

" weissenburgensis ecclesiae. T. XXXI (623) 4. — Praedia sua ecclesiae majori non nisi per manum abbatis conferre possunt. loc. cit. (1187) 428.

Ministerium loco ducatus. T. XXVIII (1001) 290.

Ministri faci, sive reipublicae. T. XXXI (866) 100.
   „   imperiales. T. XXX (1205) 399.
   „   regales in civitatibus Dunkelspühl, Rotenburg, Nordelingen, et Werde. T. XXX (1235) 234.
Missi; T. XXXI (833) 74. —
   „   discurrentes. T. XXXI (967) 202.
   „   regii. T. XXVIII (837) 81. T. XXXI (1003) 275.
   „   Conf. etiam *Monachi*.
Mobilia ecclesiae cedunt post obitum episcopi fisco imperiali. T. XXIX (1205) 518. — Exceptio hujus consuetudinis in favorem episcopi Conradi ratisponensis. T. XXIX loc. cit.
   „   ; consuetudini, ea fisco incorporandi, renuntiatur. T. XXX (1216) 41, 43, 44. (1220) 97.
Meiniwimidi, Muimwinedne ad fluvium Moinum. T. XXVIII (846) 41. (889) 95.
Monachi per missos suos commercium faciant. T. XXXI (833) 78.
   „   nüwenstatenaes ex gente Anglorum. T. XXXI (786) 14.
Monasteria ordinis cysterciensis ab omni jugo advocatorum sunt libera. T. XXXI (1242) 479.
Moneta et monetarius. T. XXIX (1156) 330.
   „   communitas monetae, thelonei et quorumdam judiciorum inter sedem ratisponensem et Bawariae ducatum. T. XXIX (1205) 524.
   „   monetae novae in territoriis principum ecclesiasticorum non statuantur. T. XXX (1220) 97.
   „   monetae novae in terra principum a rege non cudantur. T. XXX (1231) 172, 173. (1232) 192, 196.
   „   Alemanniae civitatum. T. XXXI (1232) 551.
   „   augustensis. T. XXIX (1061) 148. — T. XXX (1234) 213.
   „   babenbergensis. T. XXXI (1058) 340. (1097) 376. (1243) 578. — et canonicorum babenbergensium T. XXIX (1062) 161.
   „   ad pondus coloniense. T. XXX (1237) 263.
   „   conceditur episcopo eistetensi. T. XXXI (908) 178, 179.
   „   frisiacensis. T. XXIX (1207) 537. — T. XXXI (1242) 575.
   „   frisingensis. T. XXXI (1140) 395. Conf. etiam *ratisponensis moneta*.
   „   in Griven. T. XXXI (1242) 575.
   „   nemetensis sive spirensis. T. XXXI (623) 3. conf. etiam moneta *spirensis*.
   „   in Neunchirchen. T. XXXI (1141) 398.
   „   nürnbergensis. T. XXX (1219) 84. (1220) 94. (1235) 236. (1236) 251, 253. — T. XXXI (1243) 578.
   „   ratisponensis; jus conceditur episcopo frisingensi cudendi monetae ratisponensis valoris in loco Frisinga. T. XXVIII (996) 265. — T. XXIX (1061) 148. (1205) 525. — T. XXX (1220) 94. (1251) 319. — T. XXXI (1230) 544.

Moneta spirensis. T. XXIX. (1208) 549. Conf. etiam *Moneta nemetensis.*
  „   spirensis solummodo communi civium consilio permutetur. T.
      XXXI (1132) 420.
  „   apud Swinfurth. T. XXX (1234) 291. — Rex Heinricus VII ei
      renunciat. loc. cit. 222.
  „   tharissensi monasterio conceditur. T. XXXI (1097) 576.
  „   in Veringen. T. XXIX (1158) 847.
  „   in Villach. T. XXXI (1060) 345. (1242) 575.
  „   in Weride, sive Worda. T. XXXI (1030) 510.
  „   weissenburgensis monasterii. T. XXXI (623) 5.
  „   wormatiensis. T. XXXI (1190) 440.
Morticinia, dicta Val. T. XXX (1183) 397.
Mos bavaricus; testes trahuntur more bavarico per aurem. T. XXIX
     (1112) 231. — T. XXXI (1112) 386.
  „   beneficiarius. T. XXIX (1153) 260. — More beneficiario possessiones
     abbatiae Sueiga quondam ducibus aliisque principibus concessae. T.
     XXIX loc. cit. et (1134) 262.
  „   est regibus et imperatoribus, dare possessiones cum omnibus appen-
     ditiis. T. XXXI (1112) 386.
Mulcta, sed potius muta, idem est quod theloneum. T. XXVIII (898) 173.
Mundiburdium. T. XXXI (1225) 519.
Munitiones non erigantur in prejudicium ecclesiae herbipolensis. T. XXX
     (1246) 297.
  „   erigendi facultas contra paganorum incursus conceditur eccle-
     siae eistetensi. T. XXXI (908) 178. —
  „   Conf. etiam *Urbes.*
Muntmann. T. XXX (1219) 85. T. XXXI (1230) 545.
Muta, sive theloneum. T. XXVIII (940) 175. T. XXXI (1287) 566.
  „   est vocabulum theodiscum. T. XXXI (837) 80. (859) 94. (889) 129.
  „   mutae innominatae in Austria. T. XXX (1237) 285.
  „   ad Rantesdorf. T. XXXI (885) 117.
  „   in pagis Solzgawe, Suanifelden (Snalafeld) et Norehawe. T. XXXI
     (976) 231.
  „   in Tabercsheim. T. XXXI (885) 117.
  „   Conf. etiam *Vectigal* et *Theloneum*, nec non *Zoll.*
Mutarii. T. XXXI (1237) 567.
  „   per Austriam. T. XXX (1287) 285.

N.

Natio commissa ministeriali Herolt apud Salzpurchhof. T. XXVIII (940) 175.
Naufragium, conf. *Jus naufragii.*
  „   ; si civis ratisponensis naufragium passus fuerit. T. XXXI
     (1230) 544.

Naufragium. Conf. etiam *Navigia.*
Naulum. T. XXXI (1058) 340.
„   Babenbergae. T. XXIX (1034) 42. (1103) 219.
„   Wirceburgi. T. XXIX (1030) 30.
Naves; a conductis vel propriis navibus res propria vehentibus Spirae nil
    exigatur. T. XXXI (1182) 420.
Navigia piratica. T. XXXI (1220) 504.
„   rupta et ad terram jecta. T. XXXI (1220) 504. — Conf. etiam *Nau-*
    fragium.
Negotiatores ambergenses. T. XXXI (1163) 416.
„   bambergenses. T. XXXI (1163) 416.
„   nürnbergenses. T. XXXI (1163) 416.
„   ottenburenses. T. XXXI (769) 8. — Liberi sunt a theloneis.
        loc. cit.
„   patavienses. T. XXVIII (887) 78. (898) 121. — Liberi sunt
        a theloneo. loc. cit.
„   wirceburgenses et ad Moenum. T. XXIX (1157) 341.
Negotium, conf. etiam *mercatus.*
„   cum carris, navibus et saumis. T. XXXI (853) 78.
„   ; negotiandi causa monachi missos mittunt. Conf. *Monachi.*
„   ; negotiandi facultas omni sabbato in loco Weride. T. XXXI
        (1030) 510.
„   et mercimonium liberum Judaeorum spirensium. T. XXXI
        (1090) 569.
Nobiles a civitatibus offensi cives non in captivitatem trahant, nec eorum
    pignora capiant. T. XXX (1255) 326.
„   imperii. T. XXX (1237) 265. — T. XXXI (1210) 474.
„   ; judicia eorum. Conf. *Judicium.*
„   regni. T. XXXI (1223) 514.
Nobiliores personae inbeneficiatae a monasterio Campidona. T. XXVIII
    (834) 27.
Nonae ex curtibus. T. XXXI (385) 116, 117. — (985) 243.
Nordelbingae, conf. *Saxones.*
Nordgavenses et eorum marcha. T. XXXI (889) 131.
Norici. T. XXXI (1094) 372.
Novalia. T. XXIX (1147) 297. — T. XXX (933) 387.
„   Colonorum. T. XXXI (1194) 453.
Nundinae babenbergenses. T. XXXI (1245) 580.
„   in Franchenfurt. T. XXX (1227) 152.
„   in villa Frankenmarkt. T. XXXI (1225) 523.
„   Herbipoli. T. XXX (1227) 151.
„   in Nordelingen. T. XXX (1219) 84.
„   Ratisponae. T. XXIX (1207) 553. — T. XXXI (1250) 544.
„   apud Villaeum. T. XXXI (1225) 523.
„   in Werde. T. XXX (1219) 84. — (1297) 152.

O.

Obsequium regale; ab eo, i. e. ab expeditione rogali, clypeo hostili, iti-
neratione curiali et ab omni regni negotio liberatur monaste-
rium outinburense. T. XXXI (972) 212.
Obrides, conf. *Pignora.*
Officia quatuor principalia ecclesiae patariensis. T. XXX (1250) 509.
Officiales in monasterio Ebersberg sine respectu advocati sunt ordinandi.
T. XXXI (1193) 447.
„   episcopi ratisponensis, i. e. Marscalcus, dapifer, pincerna et
camerarius. T. XXIX (1205) 523.—Successio in dignitates prae-
dictas. loc. cit.
Officiali regii. T. XXX (1205) 399.
Officiatus; officiatum saecularem episcopus in civitatibus et oppidis suis ha-
beat. T. XXX (1254) 228.
„   regius in territorio waltsassensi. T. XXXI (1216) 492.
Officionarii principum. T. XXXI (878) 107. — Conf. etiam *Officiales.*
Onus regiae servitutis. Conf. *servitus regia.*
Onustarii pertinentes ad salinam Hal in Salzburggevre. T. XXVIII (972)
196.
Operatio ad pontes. Conf. *Pontes.*
Oppidum. Conf. *Civitas* et *Urbs.*
Oppignorationes et donationes Conradi regis. Conf. *Donationes.*
Opus regis, sive fiscus regius. T. XXXI (865) 100. (901) 164.
Conf. etiam *Fiscus regius.*
Ordinatio pacis in provincia. Conf. *Pax.*
Organg, freier für Schafe. T. XXXI (1227) 526.
Orientalis plaga barbarorum. Conf. *Barbari.*
Ostarstuopha, idem quod stiora. T. XXVIII (925) 161. — (993) 269.

P.

Pagani; eorum incursus in dioecesem eistetensem. T. XXVIII (918) 157.
T. XXXI (908) 178.
„   contra incursus eorum ecclesia eistetensis obtinet facultatem eri-
gendi munitiones. T. XXXI (908) 179.
„   devastant dioecesem pataviensem; conf. *Depraedatio* et *Devastatio.*
Palae ferreae, utensilia ad bellum. T. XXXI (804) 24.
Palatium vetus et destructum Ratisponae. T. XXXI (1024) 500.
Palteni, persolutio in paltenis. T. XXVIII (923) 161.
Panifices. T. XXIX (1208) 549. — T. XXXI (1182) 430.
Parafredi. T. XXXI (1090) 371.

Parata. T. XXVIII (815) 12. (974) 207. (976) 217. (985) 235. (993) 259. — T. XXXI (839) 86. (912) 181. (948) 191. (967) 203.
Parochi dicti Dargildon in episcopatu wirceburgensi. T. XXVIII (996) 268. (1018) 473. — Conf. etiam *Bargildi.*
Parschalchi, Parscalchi, Parscalki etc. T. XXIX (1029) 96. (1039) 65.
   ,,   regii. T. XXXI (853) 67.
   ,,   in pago Chlemichovve. T. XXVIII (959) 184.
   ,,   in pago Ilesinga apud Niuchinga. T. XXVIII (950) 132.
   ,,   in pago Sundargevvo apud Niuchinga. T. XXVIII (940) 171. (959) 186. — T. XXXI (980) 237.
Parserri, i. e. Parschalchi. T. XXVIII (986) 246.
Pascualis terra. T. XXXI (1043) 322.
Passagium, sive theloneum in ponte civitatis Werda abrogatur. T. XXXI (1220) 499.
Patareni haeretici. T. XXX (1252) 134. — T. XXXI (1220) 503.
Patellae; conf. *Pfansteli.*
Pax generalis ad deponenda inconsueta et injusta thelonea super Rhenum. T. XXX (1255) 321.
   ,,   ,,   ; commodo ejus etiam Judaei gaudeant. T. XXX (1255) 326.
   ,,   jurata et ejus laesio. T. XXXI (1230) 543.
   ,,   provincialis et ejus ordinatio. T. XXIX (1205) 526.
   ,,   publica; loc. cit.
   ,,   urbana; T. XXIX (1156) 329. — Quae Burcfride dicitur. T. XXX (1266) 346.
   ,,   et bannum de interfectis hominibus fisco regio persolvi debet. T. XXXI (988) 246.
Pedagium; pedagii jus, conf. *Jus.*
   ,,   ; pedagia regis debita. T. XXX (1264) 339. — Pedagia et eorum exactio. T. XXXI (1237) 567.
   ,,   ; pedagia in pontium, navium sive portarum transitu. T. XXXI (1185) 425.
Pellicea, praestatio religiosorum. T. XXXI (1223) 514.
Pensio frumentaria regi tuitionis causa persoluta et postea remissa. T. XXX (1247) 500.
Perangariae. T. XXX (1234) 248. — Non imponantur ecclesiis. T. XXXI (1220) 502.
Percussura proprii numismatis conceditur canonicis habenbergensibus quoad locum Vurte. T. XXIX (1062) 161. — Conf. etiam *Moneta* et *Jus monetae.*
Peregrini et advenae, si intestati decedant. T. XXXI (1220) 504. libere testari possunt ibid.
Pfansteli, sive patellarum loca. T. XXVIII (1007) 874.
Phalburgare; cives dicti Phalburgare deponantur. T. XXX (1231) 171, 173. (1232) 199, 195.

Pignora; pignoris loco cives augustenses nec pro rege nec pro episcopo detineantur. T. XXX (1264) 338.

,, pignoris ratione res civium ratisponensium non detineatur. T. XXX (1239) 273. — Exceptio ibid.

,, et obsides ecclesiae wirceburgensis in Polonia. T. XXIX (1205) 509.

,, ecclesiae ad mutuandam pecuniam. T. XXIX (1173) 416.

Piper; T. XXX (1219) 84.

Piscatio; piscationum usus reservatur ecclesiae kissingensi. T. XXX (1007) 391.

Pix, decima ex pice. T. XXXI (865) 100.

Placitum; placita advocatorum ecclesiarum. T. XXVIII (1016) 461. Conf. etiam *Advocati.*

,, nullum advocati teneatur intra Campodunum sine voluntate abbatis. T. XXX (773) 372. — Placitum Campoduni L cit. (983) 337.

,, advocati haugensis. T. XXX (1234) 224.

,, publicum advocati majoris et Burggravii Ratisponae. T. XXXI (1250) 544.

,, advocati extra muros Spirae. T. XXIX (1208) 549. — Cives non cogantur hoc placitum adire. T. XXXI (1182) 420.

,, advocati weissenburgensis. T. XXXI (1108) 579.

,, allodiorum. T. XXIX (1160) 351.

,, generale Caroli magni in Saxonia. T. XXXI (804) 24.

,, palatinum. T. XXIX (1055) 120, 126. — T. XXXI (1055) 329, 333.

,, regale apud Regenunto. T. XXX (983) 589.

,, Conf. etiam *Alode.*

Platea publica. T. XXXI (1023) 298.

Pomaria; qui exciderit ea, proscriptus sit. T. XXXI (1187) 433.

Pondus; marca ad pondus Coloniae. Conf. *Marca.*

Pons, pontes; jus pontem faciendi. Conf. *Jus.*

,, ,, operatio ad pontes. T. XXVIII (834) 27.

,, ,, et stratae publicae inter Augustam et Lycum. T. XXX (1264) 339.

,, ,, in Ebelsperg. T. XXX (1215) 27.

,, lapideus Ratisponae. T. XXIX (1182) 446. — T. XXX (1213) 9.

,, ad Veringen. T. XXIX (1130) 459.

,, ad Werdam. T. XXXI (1220) 499.

Pontaticum, species exactionis a negotiatoribus. T. XXXI (853) 78. (837) 80. (859) 94. (889) 129.

Populus Albigaugensis, conf. in *indice geographico,* sive *locorum pagum Albegowe.*

,, Augustgaugensis. Conf. loc. cit. *pagum Augesgowe.*

,, Hilargaugensis, conf. loc. cit. *pagum Illergowe.*

Populus, *populi* judicium. Conf. *Judicium.*
  ,,   conf. etiam *Possessiones.*
Porci; exhibentur a monasterio Niedermünster quotannis ad servitium re-
    gis Heinrici IV. T. XXIX (1073) 186; etiam a monasterio Ober-
    münster. loc. cit. (1073) 187.
Porta, qua clauditur silva berchtesgadensis versus Halle. T. XXX (1243) 4.
Portaticum. T. XXVIII (904) 137; — est species exactionis a negotiatori-
    bus. T. XXXI (833) 73. (837) 80. (859) 94. (889) 129.
Possessiones; comitum de Lechsgemünde in Carinthia. T. XXIX (1207) 586.
  ,,   ecclesiae campidunensis per populum invasae. T. XXX (988)
        388.
  ,,   ecclesiae pataviensis per marchiones alienatae. T. XXX (823)
        382.
Potestas judiciaria. Conf. *Judiciaria potestas.*
Praeco aut judox saecularis judicium non exerceat in curia vel atrio Soo-
    torum norimbergensium. T. XXXI (1225) 521.
Praedicatores; eorum ordini in Wirceburg et Ratisponae confertur inqui-
    sitio in haereticos Germaniae. T. XXX (1232) 187, 188,
    189.
Praescriptio; brevissima quoad possessionem curtis aut domus Spirae. T.
    XXXI (1182) 420, 421.
Praestaria. T. XXVIII (831) 20.
Praestatio; praestationi equorum ad profectionem regis aut episcopi ju-
    daei spirenses non sunt obligati. T. XXXI (1090) 370.
  ,,   inter praestationes enumerantur ferramenta equorum. T. XXXI
    (1094) 375.
Precariae, sive collectae. T. XXX (1231) 180. (1205) 400.
  ,,   ; civibus nordlingensibus ob combustam civitatem ab imperatore
    ad triennium remittuntur. T. XXX (1238) 268. (1239) 271.
  ,,   ; precaria facere. T. XXXI (1206) 464.
  ,,   ; conf. etiam *Collectae* et *Steura.*
Presbyteri quidam adhuc servitutis jugo subjecti ac deinde manumissi. T.
    T. XXXI (833) 72.
  ,,   ; presbyter, quamquam adhuc servitutis jugo subjectus, tamen
    ipse mancipia possidet. T. XXXI (833) 72.
  ,,   regii juris donantur ecclesiis. T. XXXI (1002) 273.
Principatus nullus potest commutari vel aliquo modo alienari ab imperio.
    T. XXX, (1216) 46, 47, 49.
Principes regni. T. XXXI (839) 35. (878) 105. (903) 168. (1142) 400.
    (1216) 493. (1225) 514.
  ,,   regni; eorum consilium commune. T. XXXI (972) 212. (1214)
    486.
  ,,   ,,   eorum curia Norimbergae. T. XXXI (1187) 433. — Conf.
    etiam *Curia principum*, ubi aliae enumerantur.
  ,,   singuli habeant officionarios speciales. Conf. Officionarii.

Principes seculares et spirituales. T. XXXI (878) 106, 107. Conf. etiam
    Castrum.
    ,,   ecclesiastici. T. XXX (1220) 97. (1225) 135. (1226) 143. (1227)
        147, 151. (1230) 162. (1231) 169, 171, 176, 180. (1234) 212.
        (1237) 259, 260, 263, 265, 267. (1239) 274. (1242) 284, 288,
        290, 291. (1246) 297, 299. (1247) 300, 303, 304. (1250) 309.
        — T. XXXI (1102) 377, 378. (1122) 387. (1225) 523. (1231)
        559. (1235) 565. (1243) 576, 578. (1255) 584.
Primates Francorum, Bawarorum et Alemannorum. T. XXX (983) 388,
    389.
    ,,   monasterii S. Emmerami. T. XXVIII (879) 65.
    ,,   rogni. T. XXXI (623) 1. (975) 231.
Privilegium aureis literis in fronte majoris templi spirensis depictum. T.
    XXXI (1182) 419.
Proceres. T. XXXI (833) 72.
Procurator regis et imperii per Germaniam. T. XXX (1242) 284.
Proilam; Papiae in proilo. T. XXXI (969) 205.
Proprisum, in lingua saxonica dictum Bivanc. T. XXVIII (811) 8.
Proscriptio incendiariorum. Conf. *Incendiarii.*
    ,,   ob devastationem vinearum. Conf. *Vineae.*
    ,,   ob werram. Conf. *Werra.*
Proscriptus; proscripti post sex septimanas excommunicentur. T. XXX
    (1240) 275.
    ,,   judicio communi. Conf. *Judicium.*
    ,,   ob devastationem pomariorum. Confi *Pomaria.*
    ,,   ob proscripti receptionem domus destruatur. T. XXXI (1230)
        543.
    ,,   proscripti et damnati non recipiantur in civitatibus regis. T.
        XXX (1231) 172, 173. (1232) 192, 195.
Provinciales majores et minores. T. XXXI (1023) 298.
Pulveraticum, species exactionis a negotiatoribus. T. XXXI (833) 73. (337)
    80. (859) 94. (889) 129.
Pulvinaria et culcitrae advocato haugensi in placito praeparantur. T. XXX
    (1234) 224.
Puttigularius. Conf. *Buttigularius.*

Q.

Quaestio criminalis et civilis; propter eam ecclesiastici non subjaceant ju-
    dicio saeculari. Conf. *Ecclesiastica persona* et *Judicium.*

R.

Rasta. T. XXXI (676) 5, 6.
Ratenzwinidi, Radanzwinidae ad fluvium Redantiam. T. XXVIII (846) 41. (339) 95.
Reatus laesae majestatis. Conf. *Majestas.*
Recursus ad judicem. T. XXX (1255) 326.
Redditus ecclesiarum non alienentur per infeudationes. T. XXXI (1222) 512.
Regalia; ad ea pertinet Herscilt. Conf. *Herscilt.*
  ,,   ; abbatiae liberae ad regalia pertinent. T. XXXI (1062) 346.
  ,,   ; per episcopos sine assensu regis infeudari non possunt. T. XXX (1234) 227.
Regnum Bauvariorum, sive Dajoariorum etc. Conf. *Bavaria* et *Bavari.*
Reisa, sive expeditio militaris. T. XXXI (1187) 432. (1216) 493, 494. Conf. etiam *expeditio militaris.*
Reliquiae (res mobiles) principis ecclesiastici post mortem ejus fisco non incorporentur. Conf. *Mobilia.*
Remisio servitiorum. T. XXXI (782) 12.
Respublica; ejus ministri, sive ministri fisci regii. T. XXXI (865) 100.
Restitutio libertatis pristinae monasterio campidunensi. T. XXXI (1062) 346.
  ,,   libertatis pristinae monasterio Orembach, sive Hornbach. T. XXXI (1064) 351.
  ,,   Conf. etiam *libertas.*
Reus majestatis. Conf. *Majestas.*
  ,,   ; si fugit ad Scotos norimbergenses habeat pacem. T. XXXI (1225) 521.
Rixae cum sanguinis effusione et sine effusione. T. XXX (1227) 153.
Rotaticum, species exactionis a negotiatoribus. T. XXXI (833) 78. (837) 80. (859) 94. (889) 129.
Runcati; traditio cum alpibus, runcatis. T. XXVIII (1003) 314.
Runci, praedio adjacentes. T. XXXI (1041) 321.
Rungalle. Conf. *Curia Gallorum.*
Rustici et mansarii. T. XXX (1287) 153.
  ,,   ; rusticorum filii cingulum militare non assumant. T. XXXI (1187) 432.

S.

Sacerdotes et eorum filii. Conf. *Filii.*
Sacramentum calumniae. T. XXXI (1187) 432.

Sagena iu loco Mathsee. T. XXIX (1111) 227. — Ad Widach. loc. cit.
    p. 228.
Sale, dominium in curti. T. XXXI (1205) 454.
Salemannus, Salmannus. T. XXIX (1194) 479. (1195) 485. (1199) 487.
    (1209) 551. — T. XXX (1213) 17. (1235) 236. (1235) 251,
    253. T. XXXI (1212) 481. (1223) 517.
Salica terra in Dousenhova in pago Keltinstein. T. XXVIII (930) 167.
   „   „   iu Marlingon. T. XXVIII (884) 74.
Sal, venae salis et metalli. T. XXIX (1155) 322.
  „ ; ejus venditio Ratisponae. T. XXIX (1205) 525.
Salina, salinae sunt juris imperii. T. XXXI (1191) 442.
  „   „   infra terminos forestales berchtesgadensis coenobii. T.
    XXIX (1191) 459. T. XXIX (1191) 442.
  „   „   in territorio berchtesgadensi. T. XXX (1213) 8.
  „   „   berchtesgadenses. T. XXXI (1194) 455. (1196) 453.
  „   „   in territorio brixinensi. T. XXX (1217) 61.
  „   „   concedantur monasterio Ebersberg. T. XXXI (1193) 446.
  „   innominata, ex qua episcopus frisingensis sal evehat. T. XXVIII
    (898) 123.
  „   in Goldenbach. T. XXIX (1194) 482. (1205) 512. T. XXX
    (1213) 8.
  „   innominata, pertinens ad locum Grabanstat in Chiemichose. T.
    XXVIII (959) 184.
  „   ad Hallo in Alemannia. T. XXXI (837) 80. — (859) 94. (889)
    128, 129.
  „   Hal in pago Salzburggevre. T. XXVIII (973) 196.
  „   item in Halle. T. XXIX (1194) 482. (1205) 513. — T. XXX
    (1213) 4.
  „   ad Lindenowa. T. XXIX (1152) 308.
  „   in Mulbach. T. XXIX (1207) 535. — T. XXX (1216) 51. — Per-
    tinet ad monasterium Raitenhaslach. T. XXXI (1221) 507.
  „   in episcopatu ratisponensi. T. XXX (1219) 86.
  „   apud Salzpurchhof. T. XXVIII (940) 175.
  „   in Toval. T. XXIX (1191) 459. T. XXXI (1191) 442.
  „   inter Toval, sive Toffal et Rive. T. XXIX (1194) 482. (1205)
    512. (1208) 545. T. XXX (1213) 3.
Salinarii; salinariorum jura. T. XXIX (1207) 535.
Salutaticum species exactionis a negotiatoribus. T. XXXI (833) 78. (837)
    80. (859) 94. (889) 129.
Sanguis et ejus effusio. Conf. *Rixae.*
Saraceni etiam templum hierosolymitanam orandi gratia adeunt. T. XXXI
    (1229) 535.
Sartago ad Hal. T. XXIX (1111) 223.
Sauma, negotium facere cum saumis. T. XXXI (835) 78.
Saxones. T. XXVIII (903) 139. (996) 265.

Saxones in Francia orientali. T. XXIX (1032) 35. (1049) 99.
,, ibidem, quos Nordelbingas vocant. T. XXIX (1049) 99.
,, in episcopatu wirceburgensi, dicti Northelbingae. T. XXVIII (996) 268. (1018) 473.
,, Saxonum, Francorum, Bajoariorum et Alemannorum judicium. Conf. *Judicium.*
,, Saxones pagenses Amalungi. T. XXVIII (811) 7, 8.
Scabini et eorum judicium. T. XXVIII (964) 189. T. XXX (983) 388. T. XXXI (786) 15.
Scarewerch. T. XXVIII (1031) 507.
Sclavi, Sclavani. Sclavi liberi et servi inter Agastam et Nardinam fluvios. T. XXVIII (853) 45.
,, liberi ad Desinga. T. XXVIII (896) 113.
,, in Carniola, sive Creinamarcha. T. XXXI (974) 220.
,, ad Enisum. T. XXVIII (834) 28.
,, Sclaviena oppida in pago Folchfeld. T. XXVIII (911) 145.
,, in Francia orientali. T. XXVIII (889) 96, 98. (993) 259. (996) 268. (1012) 438. (1018) 478. — T. XXIX (1025) 14, 15. (1032) 34, 35. (1049) 99.
,, et Sclavi liberi in pago Grunzwiti. T. XXXI (828) 55.
,, cultores juxta aquam Lovam. T. XXXI (905) 175.
,, inter Moinam et Radantiam. T. XXVIII (746) 41. (918) 154. (928) 161. — Noviter ad christianitatem conversi (889) 95, 98.
,, cultores juxta rivum Scalaha. T. XXXI (888) 126.
,, Sclavorum invasio in episcopatum pataviensem. T. XXVIII (977) 223.
,, Conf. etiam *Servi.*
Sclavonica lingua, conf. *Lingua.*
Scoti norimbergenses. T. XXXI (1225) 519, 520.
,, sive Scottigenae tempore Ottonis episcopi ratisponensis patria exulant et Ratisponam veniunt. T. XXIX (1086) 209; obtinent ibid. ecclesiam Wihensantipetri. loc. cit.
Scozpfenninge, solutio nummorum, dictorum Scozpfenninge. T. XXIX (1208) 549.
,, Spirae, a solutione eorum cives sunt exempti. T. XXXI (1182) 420.
Scultetus, sculteti regales. T. XXX (1231) 172. (1232) 192, 195.
Securis vel gladii jus. Conf. *Jus gladii.*
Sericae, vestes. T. XXXI (817) 41.
Serviens, servientes regii. T. XXXI (1051) 326. (1079) 362.
,, ,, ecclesiae weissenburgensis. T. XXXI (1102) 378.
Servilis conditio, si de ea impetitur civis ratisponensis. T. XXXI (1250) 543.
,, servilia opera. T. XXXI (1185) 425.

Servitium proprietatis hóminum, quos vulgus appellat liberos. T. XXXI
        (1206) 530.
    „   publicum; exemptio monasterii Hassricht. T. XXXI (852) 64.
Servitus, injusta; ea familia S. Mariae Patavriae non innodetur. T. XXXI
        (976) 227.
    „   regia; ab ea absolvitur monasterium Amorbach). T. XXXI (996)
        262.
    „   regia; necnon monasterii Outinburon. T. XXXI (978) 242.
Servus, omni jure militio privetur. T. XXXI (1187) 438.
    „   servi camerae regalis. T. XXX (1251) 314.
    „   „   regli. T. XXXI (1025) 302. (1054) 315. — Inter quos
            etiam presbyter campidonensis. T. XXVIII (926) 163, 164.
    „   „   regii donationes facere possunt ad monast. Altahae inferi-
            oris. T. XXVIII (857) 49.
    „   „   regii possident etiam mancipia. T. XXXI (1034) 315.
    „   „   vel Sclavi in pago Crunzwiti. T. XXI (328) 55.
    „   „   conf. etiam *Sclavi*.
Signum forense in villa Tutensteten. T. XXX (1234) 221, 222.
Sindmanni pertinentes ad curtem Veringa. T. XXVIII (903) 138.
    „   possessiones ecclesiae frisingensis cum Sindmannis in quocum-
            que pago. T. XXIX (1029) 26. (1039) 55.
Soumarius, somerius equus. T. XXXI (878) 107. (1193) 446. (1229) 534.
Speromistae sunt haeretici. T. XXXI (1220) 505. (1232) 184.
Spirituales. Conf. *Clerici*.
Statutum, statuta. Conf. *Civitas* et *Consuetudo*.
Stiora, *Stiura*. T. XXVIII (923) 161. (993) 259. — T. XXX (1239)
        271. (1245) 293. (1266) 346.
    „   quae Osterstuopba dicitur. T. XXVIII (923) 161. (993) 259.
Strata, *stratae*, antiquae non declinentur. T. XXX (1231) 171, 173.
            (1232) 195.
    „   „   legitimae. T. XXXI (1000) 271.
    „   „   publicae et pontes inter Augustam et Lycum. T. XXX
            (1264) 339.
    „   ex orientali plaga per Sueinikgowo in Bavariam tendens. T.
        XXIX (1040) 54.
    „   apud castrum Schwabek. T. XXX (1268) 366, 369.
    „   per silvam Steigerwalt. T. XXIX (1151) 303.
    „   apud Swinfurth declinans contra jus. T. XXX (1234) 221.
    „   Conf. etiam *Via*.
Subadvocatus, *Subadvocati* non constituantur in monasterio Worinsbrun.
        T. XXIX (1155) 320.
Suevi. T. XXVIII (996) 265.
Synagoge Judaeorum. T. XXXI (1090) 371.
Synodales non vocentur ad census. T. XXX (1231) 171, 173. (1232)
        192, 195. —

Synodales, personae vocatae ad civitates regis et ad census. T. XXX
    (1234) 221.
Synodus wirceburgensis memoratur. T. XXIX (1151) 306.

T.

Tarratri, utensilia ad bellum. T. XXXI (804) 24.
Termini dioecesium pataviensis et salisburgensis ultra Commagenos montes.
    T. XXXI (829) 57.
    „   pacis civitatis ratisponensis (Burgfriede). T. XXXI (1230) 543.
    „   ungarici. T. XXIX (1056) 129. — Fines. (1051) 104.
Terra, terram suam domini temporales ab haereticis purgare debent.
    T. XXX (1232) 184.
    „   terrae domini et nobiles a civitatibus offensi, cives non in capti-
    vitatem trahant, neo eorum pignora capiant. T. XXX (1255) 326.
    „   terrae patrimoniales Ludovici ducis Bavariae distinguuntur a terris
    feudalibus ejus. T. XXX (1219) 88.
    „   terrae principalis dominus. T. XXXI (1220) 505.
    „   Conf. etiam *Dominus terrae*.
Testamentum haereticus excommunicatus condere non potest. T. XXX
    (1252) 185.
    „   facultas faciendi testamentum omnibus Spirae incolis est
    libera. T. XXXI (1192) 419.
Testes, more bavarico per aurem tracti. T. XXIX (1112) 231. T. XXXI
    (1112) 386.
    „   cum septem testibus aliquem convincere. T. XXXI (1187) 432.
Teutici i. e. *Theutonici*. T. XXVIII (1000) 295.
Thatverne, sive caupona. T. XXX (1266) 546.
Theatrum, ludi Ratisponae prohibetur. T. XXIX (1207) 533.
Theloneum, capere in foris. T. XXXI (1185) 425.
    „   a theloneis negotiatores loci Ottenbeurn ubicumque sunt liberi
    T. XXXI (769) 3.
    „   thelonea nova in territoriis principum ecclesiasticorum non
    statuuntur. T. XXX (1220) 97.
    „   Argentinae. T. XXIX (1208) 550. T. XXXI (1192) 421.
    „   in Aschm. T. XXX (1219) 84.
    „   Augustae. T. XXIX (1156) 330.
    „   in Boppardia. T. XXXI (1190) 440. (1227) 546.
    „   in Calmince sive Chalmüntz. T. XXIX (1174) 417. T. XXXI
    (1230) 545.
    „   in Eihsteti. T. XXXI (908) 173.
    „   Frisingae. T. XXVIII (996) 266.
    „   ad Hallo in Alemannia. T. XXXI (847) 80. (859) 94. (899) 129.

Theloneum, in Lautern. T. XXXI (1227) 526.

" in Lengireheim, imperio reservatum. T. XXIX (1200) 492.

" in comitatibus (potius pagis), Lobitengevve, Creihkewe, Necarigevre. T. XXXI (972) 210. — Exemptio pro hominibus monasterii campidunensis loc. cit.

" thelonea omnia in flurio Mogo abrogantur quibusdam stationibus exceptis. T. XXIX (1157) 341.

" in Mogo monasterio tharrissensi donatum. T. XXXI (1097) 376.

" In Oppenheim. T. XXX (1233) 211.

" Pataviae. T. XXVIII (976) 221.

" Pataviae bohemiense. T. XXVIII (1010) 418.

" regium Pataviae pro parte monasterio S. Mariae donatum. T. XXVIII (1010) 418.

" nullum possessores civitatis patariensis per omnes aquas in regno solvant. T. XXXI (976) 227.

" a thelonco negotiatores patavienses sunt liberi. T. XXVIII (887) 78.

" conceditur ad munitionem et robur civitatis Ratisponae. T. XXX (1230) 165.

" thelonei, monetae et quorundam judiciorum communitas inter episcopatum ratisponensem et ducatum Bawariae. T. XXIX (1205) 524.

" thelonea inconsueta et injusta ad Rhenum. T. XXX (1255) 321.

" apud Rivam. T. XXIX (1177) 425.

" in Schardinga. T. XXX (1237) 263.

" Spirae. T. XXIX (1208) 549.

" non exigatur a judaeis spironsibus. T. XXXI (1090) 369, 370.

" a thelonco Spirae cives sunt exempti. T. XXXI (1182) 420.

" in Staphelstein. T. XXIX (1165) 576.

" apud Tridentum. T. XXIX (1177) 435.

" apud Veringen et Munichen. T. XXIX (1185) 547, 348.

" in Villach. T. XXXI (1060) 345.

" ab eo monasterium Waltsassen semper sit liberum et absolutum. T. XXXI (1214) 486.

" in loco Vreride. T. XXXI (1030) 310.

" sive passagium in ponte civitatis Werdae abrogatur. T. XXXI (1220) 499.

" in Wormatia. T. XXX (1219) 84.

" in pagis Wormazvelde et Nachgowe. T. XXXI (985) 243, 244. Conf. etiam *Muta* et *Vectigal*, necnon *Zell.*

Thuringienses. T. XXVIII (903) 130.

Translatio furtiva ecclesiae ellingensis ad monasterium Derphtesgeden. T. XXX (1249) 284.

Trapezita. T. XXIX (1144) 284.
Treuga, treugae. T. XXXI (1187) 433. (1222) 509. (1229) 836.
Tributum, tributa. T. XXXI (623) 3. (786) 16. (819) 46, 47. (831)
    60. (833) 75, 76. (839) 86. (950) 194. (967) 203. (988)
    245, 246.
  „   a Slavis in Franconia porrigendum. T. XXVIII (889) 96, 98.
  „   regi porrigendum. T. XXX (1217) 62.
Tunvogt, sive advocatus major ecclesiae ratisponensis. T. XXXI (1230)
    544.

U.

Ungari et eorum termini sive fines. T. XXIX (1051) 104. (1056) 129.
Ungelt, dicuntur exactiones iniquae. T. XXX (1264) 338.
Unrevelicke, ob neglectam pecuniae solutionem aliquem trahere violenter
    in judicium. T. XXX (1231) 169.
Urbs, urbis construendae licentia episcopo cistetensi concessa. T. XXVIII
    (918) 158.
  „   urbem construendi facultas contra paganorum incursus eidem im-
    pertitur. T. XXXI (908) 178.
  „   Conf. etiam *Civitas* et *Munitiones.*

V.

Vack, dicitur pars cujusdam piscatus in Sconowe. T. XXIX (1191) 463.
Val, morticinia dicta Val. T. XXX (1153) 397.
Vanlehen, sive feudum vexilli. T. XXX (1217) 54.
Vasa tornata porriguntur monasterio S. Nicolai. T. XXIX (1111) 227.
Vasallus. T. XXXI (893) 145. (895) 147. (903) 170. (914) 185. (950)
    196. (951) 198.
  „   vasalli patavienses. T. XXX (1224) 127, 128.
  „   si cives ratisponenses sibi vasallos faciunt. T. XXXI (1230) 545.
  „   regius. T. XXXI (839) 86, 87.
Vasella, i. e. naves. T. XXXI (1229) 534, 535.
Vectigal, vectigalia vini et victualium. T. XXXI (1237) 566.
  „   vini et victualium per Austriam. T. XXX (1257) 255. — Non sal-
    vitur in Austria ab ecclesia pataviensi. ibid.
  „   Conf. etiam *Muta* et *Theloneum*, neo non *Zoll.*
Venae auri, argenti, ferri, salis. Conf. *Aurum, Argentum, Ferrum, Sal*
    et *Sutinae*, nec non *Metallum* in genere.
Venatio, venatus cervorum, aprorum, ursorum, capreolorum in silva ad
    Berenhelm et Liutherenhusun. T. XXVIII (1000) 235.

Venatio capreolorum, cervorum etc. episcopi wirceburgensis in quatuor
    comitalibus. T. XXXI (1023) 297. — (1027) 304.
    „   capreolorum, cervorum, aprorum episcopi brixinensis in pago Pu-
        sterissa. T. XXIX (1049) 86.
    „   caprearum etc. inter Trunam et Tschinsee. T. XXIX (1048) 90.
    „   in marca circumscripta conceditur monast. Woissenburg. T. XXXI
        (967) 205. (1003) 276.
    „   Conf. etiam *Wildbannum* et *Bannum*.
Veronenses; eorum et Carintinorum ducatus. T. XXVIII (980) 231. (983)
    235.
Vestes; sericae et deauratae. T. XXXI (817) 41.
Vestitores. T. XXXI (914) 184.
Vestitura. T. XXX (993) 389.
Via, Chreinariorum in marcha Chreine. T. XXXI (989) 248.
    „   nova per Guntherum monachum in pago Surinikgowe praeparata. T.
        XXIX (1040) 64.
    „   publica. T. XXXI (1024) 300.
    „   Conf. etiam *Strata*.
Vicecomes. T. XXIX (1168) 394.
Victualia de rebus hostium Ratisponam deducta. T. XXX (1251) 315.
    „   conf. etiam *Vectigal*.
Villici ab abbate ehersbergensi sine respectu advocati sunt disponendi.
    T. XXXI (1193) 447.
Vinea, *vineae*, qui eas exciderit, proscriptioni subjacet. T. XXXI (1187)
    433.
    „   „   in pago Adalahkewe. T. XXVIII (973) 198, 203.
    „   „   in Alsrun. T. XXIX (1033) 37. (1040) 67.
    „   „   in Aschaha. T. XXIX (1111) 228. T. XXX (802) 380.
    „   „   in Avarorum provincia. T. XXVIII (856) 29.
    „   „   in Averbilteburchstas in comitatu Osteriche. T. XXIX
        (1055) 122.
    „   „   in Bachlait. T. XXIX (1228) 156.
    „   „   in Berega in pago Niigowe. T. XXXI (1057) 336.
    „   „   in Bochparten. T. XXIX (1144) 282.
    „   „   in Brachova. T. XXXI (1094) 374.
    „   „   ad montem Brunneberg. T. XXIX (1172) 409.
    „   „   apud villam Huhebard. T. XXIX (1061) 154.
    „   „   pertinentes ad monasterium Burun in pago Sundergove.
        T. XXIX (1055) 169.
    „   „   in Carniola. T. XXXI (974) 221.
    „   „   in Cruochenberg. T. XXX (1213) 8.
    „   „   in pago Duonagowe. T. XXIX (1057) 138. Conf. etiam
        Vineae in pago Tuonahgevvi.
    „   „   ad Echinepere in pago Sualaveldun. T. XXXI (914) 184.
    „   „   in Erkembrehteshusen. T. XXIX (1133) 444.

Vinea, vineae in Fellis inter montana Bavariae, alpesque Italiae. T. XXVIII (888) 81.

  „   „   in Folchfeld pago. T. XXVIII (911) 145.

  „   „   in Gumprehteswilare in Alemannia. T. XXIX (1075) 197.

  „   „   in Hartheim. T. XXIX (1111) 229.

  „   „   in Heilingisvelt. T. XXIX (1170) 897.

  „   „   pertinentes ad monasterium Hirsaugia. T. XXIX (1075) 195.

  „   „   ad Iluntisheim. T. XXIX (1111) 228.

  „   „   in pago Ibsigevve, Issigevve. T. XXVIII (912) 145.

  „   „   apud Ibsparc. T. XXX (1213) 8.

  „   „   apud Inchingen. T. XXXI (1055) 330.

  „   „   in pago Ingerisgovve. T. XXXI (1019) 294. (1022) 295.

  „   „   ad Imizinesdorf. T. XXIX (1111) 229.

  „   „   apud Isning in pago Tunckawe. T. XXXI (1036) 317.

  „   „   in pago Karintriche. T. XXVIII (980) 232.

  „   „   in Kneutingen. T. XXX (1213) 8.

  „   „   apud Kruchenberg. T. XXXI (1212) 478.

  „   „   inter Litaham et Vertowe. T. XXIX (1074) 190.

  „   „   ad Liuben. T. XXIX (1111) 228.

  „   „   ad Liumendingen. T. XXIX (1111) 228.

  „   „   apud Maetingen, in pago Westerman in comitatu Luitpoldi. T. XXXI (901) 165, 166.

  „   „   in pago Moenivelt. T. XXVIII (1022) 509.

  „   „   in pago Moinechgovve. T. XXVIII (1002) 295.

  „   „   inter Montana. T. XXIX (1055) 124.

  „   „   pertinentes ad monasterium Mosaburch. T. XXVIII (895) 110.

  „   „   ad Mutarin. T. XXIX (1111) 228.

  „   „   apud Oppenheim. T. XXX (1214) 18.

  „   „   in pago Ostericha. T. XXIX (1067) 173.

  „   „   apud Persenbeuge. T. XXX (1213) 8.

  „   „   apud Phaffenstein. T. XXX (1247) 58.

  „   „   monasterii Raitenhaslach. T. XXXI (1221) 507.

  „   „   in pago Ratenegovve. T. XXVIII (1007) 331.

  „   „   ad pedem pontis Ratisponae. T. XXX (1213) 8. — Apud pontem ibidem. T. XXXI (1212) 477.

  „   „   apud Ratisponam. T. XXXI (1140) 395.

  „   „   in monte et ripa danubii prope Ratisponam. T. XXXI (896) 143.

  „   „   in montibus apud Ratisponam. T. XXXI (1055) 329.

  „   „   apud villam Rebdorf. T. XXXI (1055) 330.

  „   „   in Rotala. T. XXX (802) 380.

  „   „   in Scerdistein et in pago Kunigessundra. T. XXIX (1040) 70.

  „   „   ad Sconenbuhel. T. XXIX (1111) 228.

  „   „   ad Sebach. T. XXIX (1111) 228.

Vinea, vineae, sebonensis ecclesiae. T. XXVIII (901) 126.
" " ad Sendelveld. T. XXXI (1094) 373.
" " ad Sibbach. T. XXIX (1111) 228.
" " apud Sinzing. T. XXXI (1242) 477.
" " in Sulzthal. T. XXXI (1094) 374.
" " in Tullina, in Pannoniae regione. T. XXVIII (859) 51.
" " in pago Tuoualigervi. T. XXVIII (985) 237, 239. — Conf.
etiam vineae in pago Duonagowe.
" " in Urau. T. XXXI (1094) 374.
" " pertinentes ad praedium Urzaha in pago Nordgowe. T.
XXIX (1069) 180.
" " in Vrikkenhusen. T. XXIX (1174) 417.
" " apud Wachova in comitatu Burchardi marchionis. T.
XXVIII (972) 193. — ad Wachouwa. T. XXIX (1111) 228.
" " ad Waleheim in Alemannia. T. XXIX (1075) 196, 197.
" " in Wedereiba pago. T. XXVIII (1015) 459.
" " apud Wisent. T. XXX (1217) 58.
" " in pago Zabernogowe. T. XXVIII (1003) 315.
Vogelmulle, advocati statutum et ordinarium servitium. T. XXX (1231)
179.
Vogtmann alicujus esse. T. XXXI (1230) 545.
Vurevele, i. e. contumacia, sive violentia. T. XXX (1231) 169, 170.

W.

Warandia, warandiam praestare. T. XXXI (1209) 473.
Werchprel, i. e. novus asser. T. XXIX (1170) 398.
Wergella. T. XXX (1156) 529.
Werra; werram facientes proscriptioni sunt subjecti. T. XXXI (1187)
430.
" propria et werra pro amico, i. e. bellum gerere in propria causa
et pro amico. T. XXXI (1187) 430.
" Conf. etiam *Guerra.*
Wildbannum, Willpannum, ecclesiae augustensi concessum. T. XXIX
(1059) 142.
" babenbergensi ecclesiae. T. XXIX (1069) 182.
" brixinensi ecclesiae. T. XXIX (1073) 184.
" eistetensi ecclesiae. T. XXXI (1090) 363.
" frisingensi ecclesiae. T. XXIX (1074) 190.
" Johanni de Scharpfeneck. T. XXXI (1252) 556.
" wirceburgensi ecclesiae. T. XXIX (1060) 144. — (1179)
406, 407.
" Conf. etiam *Bannum* et *Venatio.*

Winades in provincia Avarorum. T. XXVIII (832) 22.
Wilewendin pertinentes ad salinam Hal in Salzburggevve. T. XXVIII
      (973) 196.
Wolfscefel, i. e. mensura agri, dicta. T. XXIX (1069) 179.

Z.

Zidaloeida, *Zidelweida*, in loco Gesinic. T. XXIX (1042) 76.
   „   ad locum Gluzengisazi pertinens. T. XXVIII (993) 253.
   „   in marcha orientali. T. XXXI (995) 253. (996) 260. (1002)
          273, 274. (1007) 280. (1025) 302.
   „   ad Zudamaresfelt in marca orientali. T. XXVIII (995) 261.
Zidelarius, *Zidelarii*, in pago Chiemichovve. T. XXVIII (959) 184.
   „   in pago Folcveld. T. XXVIII (975) 201.
   „   apud Niuhinga in pago Hesinga. T. XXVIII (950) 182.
   „   apud Niuhinga in pago Sundergevve. T. XXVIII (940) 171.
          Porro in hoc pago (959) 186. T. XXXI (980) 237.
Zoll, sivo theloneum. T. XXX (1219) 81.
   „ Conf. *Theloneum*, porro *Muta* et *Vectigal*.
Zollenarius, *Zollenarii* regii. T. XXVIII (916) 152.
Zollfreiheit für Otterburg. T. XXXI (1260) 589.
Zollstaette zu Boppart. T. XXXI (1260) 589.
   „   zu Lautern. ibid.

MONUMENTORUM BOICORUM

COLLECTIO NOVA.

Edidit

ACADEMIA SCIENTIARUM BOICA.

VOLUMEN V. PARS II.

AUGUSTAE VINDELICORUM,
Typis WILHELMI REICHEL.
MDCCCXXXIX.

MONUMENTA
BOICA.

VOLUMEN TRIGESIMUM SECUNDUM.

EDIDIT

ACADEMIA SCIENTIARUM BOICA.

(Pars II.)

MONACHII,
SUMTIBUS ACADEMICIS.
MDCCCXXXIX.

I.

INDEX PERSONARUM.

A.

Aarkart. T. XXVIII (788) 9. — Conf. etiam *Arkart.*

Aaron, memoratur. T. XXXI (1424) 190.

Abensberg, Ulrich v. — T. XXIX (1296) 587. —

    ,,   Johannes, Herr zu — hers. bayer. Rath. T. XXXI (1434) 248.

Absleten, Rudigerus de — T. XXIX (1172) 927.

Abstperg, Ulrich v. — T. XXIX (1281) 538.

Acehn, abbas in Klein-Mariazell. T. XXVIII (1155) 231. — T. XXIX
     (1155) 30.

Ache, Dietmarus de — T. XXIX (1214) 272.

Achart, filius Hrodperhti. T. XXVIII (725) 46.

Achdorfer, Georg, Hauptmann. T. XXVIII (1452) 453.

Achille, S. de — cancellarius curiae romanae. T. XXX (1383) 365.

Achispach, Manegolt de — T. XXIX (1121) 59.

Achleiten, *Achleyten*, *Ahhiten*, Otto de — T. XXIX (1274) 507, 508.

    ,,   Eberhart de — T. XXX (1385) 151.

Achselhardus, Conradus, plebanus ecclesiae S. Pauli Pataviae. T. XXX
     (1308) 39.

Ackerlin, conf. *Eckerlin*.

Adala. T. XXIX (1149) 259.

Adalbero, testis. T. XXVIII (1038) 86.

    ,,   canonicus pataviensis. T. XXVIII (1160) 116.

    ,,   ministerialis Leopoldi, merchionis Austriae. T. XXVIII (1137)
     103.

    ,,   presbyter. T. XXIX (1065) 52.

        conf. etiam *Adalpero*.

Adalbertus, beneficium habet in Horiginbach. T. XXIX (1065) 52.

    ,,   canonicus et custos ecclesiae patav. T. XXIX (1147) 43.
     (1161) 58. (1162) 24. — T. XXVIII (1156) 253. (1160) 116,
     239. (1163) 118, 119. (1164) 240, 244. (1172) 251. (1173)
     252.

    ,,   comes. T. XXIX (1130) 62. (1151) 58.

    ,,   parochianus (parochus) S. Hippolyti. T. XXVIII (1159) 114.

Adalbertus, praepositus ad S. Nicolaum ac capellanus episc. patav. T. XXVIII (1137) 103. (1155) 232. (1156) 233. T. XXIX (1140) 253.

„ conf. etiam *Adelbertus* et *Albertus* et *Eckehard*, nec non *Adalperht* et *Albrecht*.

Adalcoz, *Adallcoz*, presbyter. T. XXVIII (788) 31, 53.

Adalfried, et uxor ejus. T. XXVIII (812) 15.

„ iterum. T. XXVIII (903) 203. (983) 207.

Adalger, test. T. XXVIII (775) 21. (777) 199. (818) 32.

Adalgersbach, Dietricus de — T. XXIX (1161) 58.

Adalgoz, *Adelgoz*, decanus pataviensis. T. XXVIII (1121) 92. T. XXIX (1138) 29.

„ donator. T. XXIX (1130) 264.

„ diaconus ac canonicus paviensis. T. XXVIII (1147) 228.

„ testis. T. XXVIII (821) 99.

Adalhalm, donator. T. XXIX (1065) 52.

„ testis. T. XXVIII (788) 48.

„ conf. etiam *Adelhalm*.

Adalhart, donator. T. XXVIII (1035) 82.

„ donator. T. XXVIII (774) 21.

„ testis. T. XXVIII (788) 28. (800) 50. 62.

„ ministerialis Diepoldi, marchionis de Vohburg. T. XXIX (1146) 58.

„ conf. etiam *Adelhart*.

Adalheit, comitissa et maritus ejus Heinricus cum filiis Gebehardo et Dietrico. T. XXIX (1136) 60.

„ cum filia ejus Wirada. T. XXIX (1097) 36.

„ et Adelram. T. XXIX (1165) 257.

„ donatrix. T. XXIX (1290) 252.

„ magistra monasterii Portae-Coeli. T. XXIX (1270) 501.

„ conf. etiam Wolftrigil et *Adelheit*.

Adalhelm, testis. T. XXVIII (906) 204.

Adalhoch, presbyter et filius Hiltinandi. T. XXVIII (788) 16.

„ testis. T. XXVIII (788) 26.

Adalo, mancipium. T. XXIX (1065) 52.

„ ministerialis patav. T. XXIX (1149) 259.

„ conf. etiam Adelo.

Adalot, ministerialis. T. XXVIII (1035) 82.

Adalpreht, *Adalperht*, abbas tegernseensis. T. XXVIII (775) 22.

„ canonicus paviensis. T. XXIX (1164) 324.

„ praepositus. T. XXVIII (1038) 86. (1035) 82.

„ servus patav. T. XXVIII (802) 66.

„ testis. T. XXVIII (788) 44. (800) 22.

„ conf. *Adalbertus*, *Adelbertus*, *Albertus* et *Albrecht*.

Adalpero; Adelpero. T. XXVIII (1035) 83 — et (1165) 29, 256.
„   conf. etiam *Adalbero*.
Adalram, frater Liutoldi, testis. T. XXIX (1143) 23.
„   nobilis. T. XXIX (1165) 256.
„   presbyter. T. XXIX (1078) 65.
„   servus patav. T. XXIX (1153) 261.
„   testis. T. XXVIII (1035) 77. (1046) 212.
„   conf. etiam *Adalheit* et *Adelram*.
Adalrich, testis. T. XXVIII (903) 203.
Adela, mancipium. T. XXIX (1165) 287.
Adelbertus, conf. *Austria*.
Adelgerespach, conf. *Algersbach*.
Adelgot, capellanus. T. XXVIII (1147) 109.
Adelhalm, coquus et testis. T. XXIX (1165) 255.
„   testis. T. XXIX (1220) 250.
„   conf. etiam *Adalhalm*.
Adelhart, miles ex Suevia. T. XXIX sine anno 263.
„   presbyter cardinalis tit. S. Mariae in Cosmydin. T. XXIX (1186)
         38.
Adelhartsperge, Bened. de — T. XXIX (1186) 35.
Adelheit, T. XXIX sine anno 263.
„   decanissa S. Crucis Pataviae. T. XXIX (1310) 302.
„   conf. etiam *Adalheit*.
Adelo. T. XXIX sine anno 219.
„   conf. etiam *Adalo*.
Adelram, abbas domus S. Salvatoris. T. XXIX (1121) 58.
„   conf. etiam *Adalram*.
Adelunc, donator. T. XXVIII (725) 54.
Advocati patavienses. — Hunperht. T. XXVIII (817) 48.
„   Alphis ibid. (820) 87.
„   Diopert ibid. (868) 69.
„   Adalgar ibid. (874) 93.
„   Engilbarn ibid. (899) 27.
„   Rantolf, sive Ratolf ibid. (899) 33. (903) 201.
„   Alpericus ibid. (903) 201.
„   Altman ibid. (947) 73.
„   Chazili, sive Chazilin, miles. ibid. (1012 et 1013) 79—81. (1015)
         92. (1035) 83. (1038) 85, 86. — Idem memoratur filius Rikartae.
         (1038) 83.
„   Azili, sive Azilin. ibid. (1130) 76, 78, 90. (1038) 85.
„   Liutbert, Luitpert ibid. (1013) 80, 90. (1067) 84. (1038) 86.
„   Roudolf, ibid. (1035) 81, 82 — filius Engilscalchi (1035) 81.
„   Regenbert ibid. (1067) 214.
„   Oudalricus de Wilheringin, socer Oudalschalchi. T. XXVIII (1109)
         218. (1121) 91. (1122) 100. (1135) 102. (1143) 106. — T. XXIX

(1116) 54. (1130) 258, 259. (1131) 57, 58. (1130) 61, 262. (1140)
          257. (1147) 54, 264. (1149) 260. (1150) 262. (1165) 266.
Advocati, Adelram. T. XXIX (1157) 103.
   „   Reginbert. T. XXIX (1180) 253.
   „   Ortlieb de Winkel. T. XXVIII (1222) 293.
   „   Otto de Lengebach. T. XXVIII (1223) 301.
   „   Alram. T. XXIX (1254) 229.
   „   Ulricus de Lonstorf. ibid. 228, 229.
   „   Witigo. T. XXVIII (1280) 171, 466.
Advocati monasterii S. Floriani — Rudolph. T. XXIX (1122) 16.
   „   Adalram. T. XXIX (1143) 23.
Advocati monasterii in Gottwich. — Udalricus comes. T. XXIX (1082) 68.
   „   Herimann. T. XXIX (1121) 57.
   „   Adalbert, filius Liupoldi Austriaci, conf. *Austria.*
   „   Fridericus. T. XXIX (1173) 62.
Advocati maticenses — Chadalhoh, Chadalhoc. T. XXVIII (1035) 82. (1053)
          83, 84, 86.
Advocati monasterii S. Nicolai — Heinricus de Vornbach. T. XXVIII
          (1067) 216.
Advocati ratisbonensis. — Heinricus Tuemadvocat. T. XXIX (1147) 40.
   „   Liutkarda advocata (uxor cujusdam advocati) ratisb. T. XXIX
          (1186) 36.
Advocati monasterii S. Hyppoliti, sive Hippoliti. — Adalbertus. T. XXVIII
          (1150) 228.
Aechler, Erhart, Bürger zu Passau. T. XXXI (1445) 360, 361, 362.
   „   Margareth, dessen Hausfrau. loc. cit.
Aeiglinge, conf. *Aiglingen.*
Aenwicus, canonicus et custos ecclesiae pataviensis. T. XXVIII (1242)
          346.
   „   conf. etiam *Aimricus*, *Einwicus* et *Emricus.*
Aerbo, archidiaconus eistetensis ac canonicus ratisb. T. XXIX (1259) 145.
   „   feudatarius in officio Amsteten. T. XXVIII sine anno 131.
   „   miles, test. T. XXIX (1088) 46.
   „   conf. etiam *Arbo* et *Aribo.*
Aertzperge, Dietricus de — T. XXVIII (1280) 472.
Aesopus, fabulator. T. XXIX (1254) 81.
Aespinus, judex de Efferding. T. XXIX (1291) 576.
Aeitner, Wolfhart, Deisitzer der Landschranne zu Strasheim. T. XXXI
          (1427) 209.
Aetzenberg, Heinricus de — T. XXX (1301) 20.
   „   Marquardus de — loc. cit.
Aezelsberg, *Aezelsperger* — Wernhart v. — T. XXX (1300) 2. (1303) 16.
   „   Conrad, dessen Bruder ibid. 2.
Affenanc, Malnhardus de — T. XXIX (1204) 269.
Affentaler, conf. *Apfentaler.*

Affele, Otprcht de — T. XXVIII (1143) 107.
Affra S.   T. XXVIII (1259) 486.
Agapiti S., ecclesia in Mutarun.   T. XXVIII (935) 88.
Agapitus et Felicissimus, cardinales.   T. XXVIII (1432) 445.
Agelingen, conf. *Aigelingen*.
Agnes, imperatrix.   T. XXVIII (1067) 213.
   „   filia Theodorae duc. Austriae.   Conf. *Austria*.
Ahalmen, Udalr. de — T. XXIX (1120) 289.
   „   conf. *Ahmen*.
Ahalmsdorf, Dietmarus de — T. XXVIII (1220) 297.
Aheim, *Ahaim*, *Aheimer*, *Ahaimer*, *Ahaymer*, Rüdiger de — ministerialis
   paraviensis.   T. XXVIII (1167) 249.   T. XXIX (1138) 29.
   „   Marquardus.   T. XXVIII (1167) 249.   (1179) 122. — T. XXIX sine
   anno 307.
   „   Rudigerus, canonicus pataviensis.   T. XXIX (1183) 27.
   „   Manegoldus, camerarius pataviensis.   T. XXVIII (1194) 264. (1197)
   129.   (1203) 268.   (1204) 271. (1209) 131, 134. (1210) 138. (1211)
   139. — T. XXIX (1204) 270.   (1200) 329.
   „   Heinrich.   T. XXVIII (1209) 134, 283. (1210) 135, 138. (1211)
   139. — T. XXIX (1215) 268, 333. (1216) 334. — T. XXVIII (1216)
   141, 293.   (1220) 297. — T. XXIX (1254) 284. (1255) 240. (1257)
   113. (1260) 148.
   „   Manigold.   T. XXIX (1259) 226.
   „   Richker.   T. XXVIII (1262) 386. — T. XXIX (1262) 449.
   „   Heinrich, Burggraf zu Ried.   T. XXIX (1294) 583.
   „   Georg v. — T. XXX (1357) 232, 234. (1358) 236, 237. (1367)
   276. (1369) 282. — Pfleger zu Burghausen (1369) 285, 286. (1376)
   324.
   „   Wilhelm v. — dessen Sohn.   T. XXX (1367) 276.
   „   zu dem Neunhaus, Georg v. — T. XXX (1381) 357, 359. — T.
   XXXI (1402) 22. — Oberster Kammermeister von Passau.   (1402)
   26. — Marschall (1407) 72.
   „   Caspar Rath des Herzogs Heinrich v. Bayern-Landshut.   T. XXXI
   (1435) 260, 262, 263. (1438) 339. — Pfleger zu Obernberg. (1442)
   350.
   „   zu Wildenau, Erasmus v. — Rath des Herzogs Heinrich v. Bayern-
   Landshut.   T. XXXI (1435) 260, 262, 263.   (1447) 375.
   „   zu Raetzenhofen, Vivianta v. — Oberster Kammermeister des Stifts
   zu Passau.   T. XXXI (1435) 263.
   „   Georg v. — Propst vor der Innbrücke zu Passau.   T. XXXI (1437)
   314, 318.   (1439) 347.
   „   zu Hagenau, Georg v. — XXXI (1453) 426, 427.
   „   Anna, dessen Hausfrau und Tochter des Wilhelm von Layming.
   loc. cit.
   „   Georg, Kammermeister.   T. XXVIII (1455) 455.

Aheim etc., Wilhelmus de — praepositus pataviensis. T. XXXI (1477)
   531. (1481) 596. (1486) 614. (1490) 653. (1493) 665, 666. (1494)
   673.
   „   Wolfgang v. — Erbkämmerer und Marschall zu Passau. T. XXXI
       (1480) 570.
   „   Wolfhart v. (vielleicht aus), Beisitzer der Landschranne zu Stras-
       heim. T. XXXI (1427) 209.
Ahenstorf, Ewerhard de — canonicus pataviensis. T. XXIX (1224) 284.
Aholming, *Aholmingen*, *Oukalmingen*, Sigibot de — ministerialis patav.
       T. XXVIII (1121) 91.
   „   Engelschalch ibid. (1138) 104.
   „   Walchun. T. XXIX (1140) 263.
   „   Rapoto. T. XXVIII (1179) 122.
   „   Adalbert ibid. (1144) 106.
Ahtala, Heinricus de — ministerialis pataviensis. T. XXVIII (1121) 91.
Ahusen, *Ahusen*, *Hahusen*, Hadamar de — T. XXVIII (1180) 98. (1187)
       269. — T. XXIX (1147) 43.
   „   Babo de — T. XXVIII (1159) 235, 237.
Aichberg, *Aichberger*, *Aichperch*, *Aichperger*, H. de — T. XXIX (1260)
       248.
   „   Ulrich v. — T. XXX (1300) 2. (1303) 16.
   „   Conrad v. — ibid. (1300) 2.
   „   Ulrich der jüngere, T. XXX (1300) 2.
   „   Ulrich. T. XXX (1366) 265.
   „   Heinrich der — Vickar zu Roripp. T. XXX (1370) 294. (1378)
       332.
   „   Otachker, dessen Bruder ibid. (1370) 294.
   „   zu Matzse, N. der — T. XXX (1391) 410.
   „   im Moos, Georg v. — T. XXXI (1402) 21. (1407) 71. (1412)
       107. Passau'scher Marschall (1413) 115, 117.
   „   zu Saeldenau, Georg v. — T. XXVIII (1429) 451. (1434) 442.
       (1455) 455. — Passau'scher Marschall. T. XXXI (1413) 122. —
       Schwager des Domprobsten Otto von Layming. (1414) 123. —
       Ritter (1435) 260, 262. — Marschall und Ritter (1435) 263, 266,
       270, 273, 282, 287. — (1437) 311, 313. (1439) 347. (1442)
       348. (1447) 392. (1448) 393, 394. (1449) 410. (1456) 446,
       447, 451.
   „   Wilhelm v. — Ritter. T. XXXI (1457) 519.
   „   zum Moos und zu Saeldenau, Wilhelm v. — Ritter. T. XXXI
       (1487) 619, 620.
   „   Hans, dessen Bruder loc. cit.
Aichdorfer, Georg. T. XXXI (1460) 480.
Aichech, *Aricheck*, Conradus de — T. XXIX sine anno 252.
Aichechechirchen, Alrune, Heinricus, Adelheit et Irmgart de — T. XXIX
       (1220) 251.

Aicher, Wolfgang, Passau'scher Richter zu Ebelsberg. T. XXXI (1478) 649.

Aidenbach, conf. *Aitenpach*.

Aigen, Reinbertus de — T. XXIX (1257) 110.
,,   Ereneis dictus de — T. XXIX (1260) 248.

Aigest, *Acigest*, Dietmanus de — T. XXIX (1168) 437.

Aigängen, *Arighinge*, *Ageliugen*, *Kighingen*, Amelbert, alias Agilbert, et
    Hermannus, ministeriales patavienses. T. XXIX (1204) 270. —
    Amelbert. T. XXVIII (1209) 134. (1210) 135, 138. (1224)
    332.
,,   Heinrich. T. XXIX (1254) 223. (1255) 93. (1256) 240, 241.
,,   (1258) 244. (1260) 148. (1261) 176. (1260) 438. — Uxor ejus
    Diemudis (1261) 176. (1268) 432.
,,   Amelbert, fratruelis Heinrici. T. XXIX (1261) 176. — Iterum
    cum Heinrico (1261) 432. (1264) 458.
,,   Amelbrecht et uxor ejus Gisela. T. XXIX (1281) 535.
,,   conf. etiam *Egilinge*.

Aigla, ministerialis patav. T. XXVIII (1157) 111.

Aimprukk, Conradus de — T. XXIX (1302) 209.

Aimricus, test. T. XXIX (1220) 252.
,,   conf. etiam *Einricus*, *Enricus*, et *Aenricus*, nec non *Amricus*.

Ainzinspach, conf. *Amzinspach*.

Aistersheim, *Aystershaim*, *Aisterzheimer*, Dietmar v. — Ritter. T. XXVIII
    (1300) 515. T. XXIX (1303) 500. (1299) 594.
,,   Diet von — T. XXIX (1285) 555. T. XXX (1307) 34.
,,   Wolfgerus, canonicus pataviensis. T. XXIX (1340) 304.
,,   Wernhart v. — Ritter. T. XXX (1374) 316.
,,   Heinrich der — ibid. (1397) 470.

Aitenpach, Rudegerus de — T. XXIX (1220) 250.

Aitterpach, Otto de — T. XXIX (1274) 509.

Al. der Vizthum von Straubing. T. XXIX (1296) 537.

Alarich, test. T. XXVIII (774) 68.

Alben, *Albem*, Sebastian von der — Passau'scher Marschall. T. XXXI
    (1473) 524.
,,   Udalricus de — canonicus pataviensis. T. XXXI (1436) 614.
,,   zu Tröbenbach, Ritter Sebastian von der — T. XXXI (1497) 701.

Alber, Heinricus. T. XXIX sine anno 229.
,,   Leupoldus — extra portam (Pataviae) ibid. sine anno 229, 230.
,,   der Dechant. T. XXIX (1295) 583.
,,   conf. etiam *Albero*.

Alberich, *Albericus*, scriptor. T. XXVIII (1259) 486.
,,   testis. T. XXIX (1130) 262.
,,   T. XXIX (1165) 257.

Alberndorf, Chalboch et Rudeger de — T. XXVIII (1280) 477.

Albero, et Eckehard. T. XXIX (1130) 262.

Albero, calcifex, pater Pilgrimi. T. XXIX sine anno 231, 232.
   „   canonicus patav. T. XXVIII (1163) 119. (1167) 249. (1172) 251. (1194) 263. (1202) 266. (1212) 290.
   „   canonicus patav. T. XXIX (1252) 330.
   „   institor. T. XXX (1307) 36.
   „   senior, monachus neunburgensis. T. XXX (1323) 103, 104, 105.
   „   notarius. T. XXIX (1254) 82.
   „   plebanus in Trüftern. T. XXVIII (1194) 263. — T. XXIX (1200) 329.
   „   plebanus in Mosebach. T. XXIX (1223) 340.
   „   sartor. T. XXIX (1259) 141.
   „   testis. T. XXIX (1149) 260. (1165) 255.
   „   T. XXIX sine anno 263.
   „   T. XXVIII (1217) 296. — (1261) 246.
   „   Vizthum an der Rot. T. XXIX (1288) 565.
   „   in angulo. T. XXVIII (1280) 467. — sine anno 173. — Item T. XXIX (1231) 74.
   „   conf. etiam *Alber*.

Albertus, abbas in Aldersbach. T. XXIX (1254) 81.
   „   abbas in Ellwangen. T. XXVIII (1239) 339.
   „   canonicus et archidiaconus patav. T. XXVIII (1227) 324, 325. (1230) 334. — T. XXIX (1252) 380.
   „   de S. Castulo, canonicus ratisb. T. XXVIII (1241) 344.
   „   canonicus S. Nicolai. T. XXIX (1293) 579.
   „   capellanus eccles. patav. T. XXVIII (1264) 391.
   „   clericus in Vienna. T. XXIX (1229) 350.
   „   coquus. T. XXVIII (1194) 583.
   „   decanus patav. T. XXVIII (1253) 366. (1256) 379, 381. (1259) 486. — T. XXIX (1255) 88. (1256) 240, 241. (1262) 444.
   „   Dechant von Trüftern. T. XXIX (1294) 583.
   „   das Chint, minist. pataviensis. T. XXVIII (1194) 264. Conf. etiam *Puer*.
   „   episcopus ratisbonensis, frater Bertholdi episcopi patav. T. XXVIII (1250) 194. (1251) 375. — T. XXIX (1258) 117. (1260) 165. (1262) 187. (1264) 375.
   „   episcopus ratisbonensis. T. XXXI (1419) 162.
   „   episcopus salonensis. T. XXXI (1481) 580, 581 — Weihbischof zu Passau. (1487) 619.
   „   frater ex cella S. Mariae. T. XXIX (1267) 469.
   „   judex. T. XXIX (1237) 287, 353. — Judex ordinarius cap. patav. (1252) 379.
   „   notarius. T. XXVIII (1264) 391. — T. XXIX (1291) 576. (1293) 580. (1294) 581.
   „   praepositus S. Georgi in Austria. T. XXVIII (1210) 136, 288.
   „   praepositus pataviensis. T. XXX (1331) 138, 139, 141. (1341) 167. (1342) 172. (1343) 178. (1344) 180.

Albertus, presbyter Cardinalis et cancellarius. T. XXVIII (1179) 125. T. XXIX (1186) 53. (1179) 328.

„ pistor Pataviae. T. XXVIII (1280) 173, 467, 474.

„ plebanus de Truostat. T. XXVIII (1204) 271.

„ scriba episcopi pataviensis. T. XXIX (1290) 573.

„ Schreiber des Bischofs von Passau, T. XXX (1359) 247.

„ Gegenschreiber zu Schaerding. T. XXX (1397) 459.

„ conf. etiam *Adalbertus*, *Adelbertus* et *Albrecht*.

Albewinus, canonicus et subdiaconus patav. T. XXVIII (1147) 228. T. XXIX (1140) 265.

„ sacerdos ad S. Egidium Pataviae. T. XXVIII (1173) 252.

Albinus, alias Alwinus et Albono, praepositus moosburgensis et canonicus patav. T. XXVIII (1147) 43. (1160) 239, 242. (1163) 119. (1164) 240, 244 — T. XXIX (1162) 24. (1164) 324.

„ presbyter Cardinalis tit. S. crucis in Jerusalem. T. XXIX (1186) 53.

„ sive Alcuinus. T. XXVIII (1259) 485.

Albono, conf. *Albinus*.

Albrand cum patre Gernico. T. XXIX (1154) 260.

„ et Eimricus, fratres et ministeriales patav. T. XXVIII (1194) 264.

Albrecht, *Albret*, test. T. XXIX (1226) 251.

„ conf. *Austria*.

Albrechtsheim, *Albrechtsheimer*, Otto de — T. XXIX (1259) 222, 226.

„ Grillo de — T. XXIX (1260) 429.

„ Happolt, Passau'scher Pfleger zu Wesen. T. XXXI (1404) 29. (1405) 54.

„ Caspar, Pangratz und Michael die — T. XXXI (1447) 390, 391.

Albrich, vasallus Guntheri comitis. T. XXVIII (899) 33.

Albwin, presbyter. T. XXVIII (788) 61.

„ test. T. XXIX (1165) 256.

„ conf. etiam *Albinus* et *Albewinus*.

Albus, Iliwinus, test. T. XXVIII (1188) 128.

„ Rudolphus, conf. etiam *Rudolphus*.

Albwinus, test. T. XXVIII. (1135) 102.

„ conf. *Albewinus*, *Albinus* et *Albwin*.

Alcinstorf, Marquardus et Wernhardus de — T. XXIX (1260) 248.

Alcuinus, conf. *Albinus*.

Alexander, episcopus et cardin. T. XXVIII (1179) 125. — T. XXIX (1179) 327.

„ papa II. T. XXVIII (1067) 213. T. XXIX (1071) 9.

„ papa III. T. XXVIII (1179) 122, 125. T. XXIX (1179) 325.

„ papa IV. T. XXVIII (1226) 398. — T. XXIX (1255 — 1258) 7 — 8. (1266) 159. (1260) 155, 156, 158, 162. (1261) 168. (1258) 416, 426. (1262) 445.

12   Index

Alexander, papa VI. T. XXXI 1493) 663. (1494) 689, 690. (1496) 699, 700.
,,   Jatrosophista et ejus opera. T. XXVIII (1259) 487.
,,   ejus libri physicales ibid. 486.
Algersbach, *Adelgerespuch*, Gebhardus de — vir nobilis. T. XXIX (1136) 62.
,,   Dietricus, filius ejus. loc. cit.
,,   Benedicta de — soror comitis Dietrici. T. XXVIII (1157) 109 et 110.
,,   Dietricus, filius Benedictae. loc. cit. 110. T. XXIX (1158) 437.
Alhard, test. T. XXIX (1256) 104.
Alharting, *Alhartinger*, Heinricus et Rudegerus de — T. XXIX (1254) 228, 229.
,,   Rudegerus, castellanus in Ebilsperch. T. XXIX (1256) 205, 242.
,,   Ulricus de Perge, frater ejus. loc. cit.
,,   sive Albartingarii ibid. (1172) 227.
,,   Wernhart, Stadtrichter zu Passau. T. XXX (1381) 356.
Alheidis de (ex) Osternperge, mancipium H. de Graevendorf. T. XXIX (1158) 274.
,,   de Patavia. T. XXVIII (1224) 302.
,,   de S. Petro, filia Branwardi. T. XXIX s. anno 273.
,,   ancilla Ulrici de Calheim. T. XXIX (s. anno) 272.
,,   conf. *Ava*.
Alherus, canonicus S. Nicolai palav. T. XXVIII (1212) 290.
Alindorf, Conrad v. — Burggraf zu Zeusneck. T. XXX (1330) 135, 136.
Abit, diaconus. T. XXVIII (788) 53.
Alnchoven, Marquart v. — T. XXX (1500) 4. (1505) 28.
,,   Gottschalk v. — T. XXVIII (1194) 262, 263.
Allenhoven, Sophia de — T. XXVIII (1280) 456.
Allenvelt, Perchtold de — T. XXVIII (1220) 298.
Allo, test. T. XXVIII (983) 207.
Almarus, canonicus pataviensis. T. XXIX (1074) 13. (1088) 46.
Almewelde, Bertholdus. T. XXIX (1209) 281.
Alowich, test. T. XXVIII (788) 51.
Alpericus, conf. *Alprich*.
Alpfalsberger, die — zu Passau. T. XXVIII (1425) 450.
Altramus, advoc. conf. *Advocati*.
,,   canonicus S. Hippoliti. T. XXX (1323) 105.
,,   Richter zu S. Poelten. T. XXX (1321) 92.
,,   sagittarius. T. XXIX (1204) 269.
Alz, Pitrolphus de — T. XXIX (1267) 467.
,,   conf. etiam *Alze*.

Altenberg, *Altenburch*, *Altenburger*, Conradus de — T. XXVIII (1251)
    372.
  ,,   N. die — T. XXVIII (1280) 475.
  ,,   N. die — in Aering. T. XXVIII (1280) 475. — in Ode. l. cit.
  ,,   Mathaeus der — T. XXX (1389) 587, 388.
Altenkofen, *Altinhofen*, Wernhardus de — T. XXVIII (1280) 168, 465.
  ,,   Hartnid. T. XXVIII (1280) 479. — T. XXIX (1254) 403;
    uxor ejus N. loc. cit. 406, 407.
Altenperge, Bertholdus de — T. XXIX (1248) 73.
Altenvelden, Nather v. — T. XXX (1354) 215; Burggraf zu Tannberg
    (1354) 216, 217, 218.
Altha, Conradus de — vir nobilis. T. XXIX (1217) 335.
Altmann, test. T. XXVIII (770) 6.
  ,,   test. ibid. (820) 39. — Iterum (899) 27. (903) 203. — Iterum
    (933) 207, 208.
  ,,   episcopus tridentinus et canonicus patav. T. XXVIII (1147) 228.
  ,,   de Mutarn. T. XXVIII (1280) 474.
  ,,   et Heitfolcus, fratres. T. XXVIII (1157) 110.
  ,,   mancipium Walchouni. T. XXIX (1102) 56.
  ,,   possessor curiae in silva juxta Otspach. T. XXVIII (1280) 456.
  ,,   villicus de Frigindorph. T. XXIX (1140) 264.
Alto, presbyter. T. XXVIII (788) 31. (789) 50.
  ,,   diaconus. ibid. (788) 31.
Altorfsheim, Friedericus de — T. XXIX sine anno 219.
Altrah, filius Heilonis, donator. T. XXVIII (806) 29.
Altrat, sive Alirate. T. XXVIII (785 et 806) 23, 29.
Altwick, Gerhardus, Sighardus et Heinricus de — T. XXX (1304) 20.
Alwin, test. T. XXIX (1136) 60.
  ,,   conf. *Alwinus*.
Alze, Hartwicus cum fil. ejus Steveno, Alheid, Mechtild, et Wilburg. T.
    XXVIII (1280) 430.
  ,,   conf. etiam *Alt*.
Alzinge, Heinricus et Conradus de — T. XXIX (1257) 245.
Amalbert, notarius regius. T. XXVIII (887) 73.
Amalpret, test. T. XXIX (1149) 259.
Amalricus, episcopus lavantinus. T. XXVIII (1364) 434.
  ,,   N. T. XXIX (1263) 455.
Ambsteller, Conrad, Gerichtsbeisitzer. T. XXXI (1427) 209.
Amelbert, vir nobilis. T. XXVIII (1159) 235, 237.
Amelstorffer, Hans, Richter zu Passau. T. XXXI (1437) 314.
Amezinesbach, *Amezynespach*, Conradus de — T. XXVIII (1155) 230. —
    T. XXIX (1150) 323.
  ,,   Chrafto, frater ejus. T. XXVIII (1179) 122. T. XXIX
    (1180) 278.
  ,,   conf. etiam *Amizinspach*.

Ammenthorpe, *Hammenthorpe*, Hemma et Lutgard de — T. XXIX s. anno 273.

Amo, *Amu*, test. T. XXVIII (785 et 788) 23, 61, 65. (906) 204.
,, servus Oudalrici diaconi ibid. (1038) 86.

Amuzi, test. T. XXVIII (903) 203.

Anagnia, Sifridus de — capell. Nicolai papae III. T. XXIX (1277) 527.

Ancenberg, *Ancinberge*, Reginhar de — T. XXIX (1136) 62.
,, Otto ibid. (1259) 227.
,, conf. etiam *Anciberg*.

Andechs, comites de — S. Hedwigis, matertera Wladislai, episc. patav. T. XXVIII (1265) 194.
,, Ekkebert, episc. bamberg. ibid. (1227) 271.
,, conf. etiam *Diessen*.

Anderlein, der Schwarze. T. XXXI (1401) 8.

Andreas, Abt von Aldersbach. T. XXX (1398) 472, 475.
,, camerarius regis Bohemiae. T. XXIX (1262) 439, 442.
,, colonus zu S. Margarethen in Oesterreich. T. XXX (1352) 204.
,, Hintersasse zu Gumpendorf. T. XXXI (1412) 108.
,, Catharine, des Vorigen Hausfrau. loc. cit.
,, Meister, oberster Schreiber des Bischofs von Passau. T. XXIX (1340) 504. — T. XXX (1329) 155. (1341) 163.
,, Pfarrer bei St. Bartholomaeus zu Herrn-Alz. T. XXX (1376) 326.
,, test. T. XXIX (1214) 271.
,, de Tarento, nobilis civis romanus. T. XXIX (1259) 145.
,, Weihbischof zu Passau. T. XXXI (1428) 210.

Andrich, test. T. XXIX (1130) 262.

Angelomius, diaconus et commentator. T. XXVIII (1259) 484.

Anger, Heinrich v. — Burghüter. T. XXX (1397) 458.

Angerizze, Eberhardus de — T. XXIX (1204) 269.

Angilperht, test. T. XXVIII (788) 13, 63. (817) 64.

Angrer, Martin. T. XXXI (1435) 288.

Anhalt, Johannes, comes de — T. XXX (1366) 269.

Anhanger zu Koeppach, Joachim. T. XXXI (1402) 18. (1407) 72.

Anio, possessor bonorum ad Wolfeswanch. T. XXVIII (903) 202.

Anzinspach, *Ainzinspach*, *Amzinspach*, Crafto de — T. XXIX (1194) 262, 263. (1203) 263.
,, Conf. etiam *Amezinespach*.

Anhersperge, Heinricus de — T. XXIX (1249) 366.

Annedorf, Heinrich de — T. XXVIII (1122) 101.

Annheim, Albero de — T. XXIX (1200) 279.

Anno, *Annus*, chorepiscopus patav. T. XXVIII (834) 95.

Anplanger, Georg der — Spiesträger. T. XXX (1394) 434.

Antchowe, *Antschowe*, Rudgerus de — T. XXVIII (1223) 301, 483.   T.
        XXIX (1191) 227.
Anselmus S. commentator Bibl.   T. XXVIII (1259) 435.
Anshalm, test.   T. XXIX (1095) 64.
    „   capellanus episc. patav. ibid. (1211) 70.
Anshusen, Heinricus de — praepositus in Matsec.   T. XXIX (1183) 26.
Antelinus, archiepisc.   conf. etiam *Patavia episcopi*.
Antesana, Gerhoch de — T. XXIX (1140) 253.
Antesenberg, Ulricus de — T. XXIX s. anno 222. — (1254) 247.
Anthelm et frater ejus Liutolf presb.   T. XXVIII (774) 53.
Anti-Claudianus.   T. XXVIII (1259) 435.
Anton, Propst bei S. Stephan zu Wien.   T. XXX (1391) 418. (1393) 425.
        (1396) 451, 452. — T. XXXI (1401) 3.
Antrich, test.   T. XXIX (1150) 262.
    „   test.   T. XXVIII (754) 15.
    „   ministerialis palav. ibid. (1121) 89, 91.
Anulo, test.   T. XXVIII (813) 18.
Anweld, Gilg der — T. XXX (1381) 355, 356.
    „   N. dessen Hausfrau. loc. cit. 356.
Anzicus, califex.   T. XXIX s. anno 231, 232. — Conf. *Aimoicus*.
Anzenchirchen, *Anczenkirchen*, Wernb. de — T. XXVIII (1224) 306. (1226)
        316. (1227) 274, 323. (1232) 337, 449. (1241) 242. (1242)
        346, 348. (1244) 352. (1250) 571.
    „   Pero, pincerna de — T. XXIX (1288) 296. (1290) 573.
    „   Pero, magister curiae Pataviae.   T. XXIX (1286) 569. (1289)
        572. (1295) 586.
    „   Werner, der Schenk v. — T. XXIX (1296) 588.
Antiberch, Hademarus de — T. XXIX (1161) 58.
    „   conf. etiam *Ancenberg*.
Anzo, test.   T. XXIX (1130) 262.
Aodalpald, test.   T. XXVIII (770) 52.
Aodoli, test.   T. XXVIII (600) 12.
Aotilo, conf. *Outilo*.
Aolperht, judex.   T. XXVIII (802) 66 — 67.
Aotto, test.   T. XXVIII (770 et 802) 52, 67.
Apfentaler, *Apffentaler*, Ulrich.   T. XXX (1399) 491. T. XXXI (1407) 71.
    „   Leupold.   T. XXXI (1400) 2.
Apfoltersberger, Praentel der — passau'scher Lehenmann.   T. XXX (1372)
        301.
Aquila, S. de — capellanus curiae romanae.   T. XXX (1396) 454. (1398)
        435.
Aran, der Jude, zu Crems.   T. XXX (1394) 432. (1398) 471, 472.
Arberg, *Arberch*, Chunradus dapifer de — T. XXVIII (1280) 481.
Arbo, comes in Traungau.   T. XXVIII (903) 202.
    „   possessor feudi in Paierperge.   T. XXVIII (1280) 473.

Arbo, testis. ibid. (906) 204.
„ conf. *Aerbo* et *Aribo*.
Ardicio, diaconus Cardinalis tit. S. Theodori. T. XXVIII (1179) 126. T. XXIX (1179) 327.
Arduinus, presbyter Cardinalis tit. S. Crucis in Jerusalem. T. XXVIII (1179) 124. — T. XXIX (1179) 527.
Areninger, Paul — herzogl. bayer. Kammermeister. T. XXXI (1434) 248.
Arfrid, test. T. XXVIII (821) 18, 63.
Arhart, test. T. XXVIII (788) 13, 61. — conf. etiam *Aarhart*.
Aribo, marchio. T. XXVIII (906) 204.
„ test. T. XXVIII (1037) 79, 84, 90. (1045) 212.
„ test. T. XXIX (1243) 23.
„ vir nobilis. ibid. (1102) 56.
„ conf. etiam *Aerbo* et *Arbo*.
Aristoteles. T. XXVIII (1259) 485, 486.
Armachor B., historicus et discipulus D. Marci Evangelistae. T. XXVIII (1432) 414.
Arn, *Arno*, episcopus salisburgensis. T. XXVIII (785) 23. et missus dominicus (802) 9, 66. — T. XXIX (805) 445.
„ archipresbyter patav. T. XXVIII (777) 198.
Arnhalmus, miles. T. XXIX (1088) 46.
Arnoldus, archiep. moguntinus et archicancellarius. T. XXVIII (1156) 356.
„ canonicus patav. T. XXVIII (1149) 263. (1202) 266. (1204) 270.
„ civis patav. ibid. (1167) 249.
„ Hintersasso in Oesterreich. T. XXX (1317) 73.
„ custos patav. T. XXIX (1200) 329.
„ decanus S. Floriani. ibid. (1088) 46.
„ de Linze, test. T. XXVIII (1145) 108.
„ de Welz. T. XXVIII (1230) 474.
„ donator. T. XXVIII (725) 54.
„ iterum. ibid. (1013) 78.
„ Knecht des Leutold v. Creuzpach. T. XXX (1302) 7.
„ ministerialis patav. T. XXVIII (1194) 264.
„ notarius curiae regis Bohemiae. T. XXIX (1262) 441.
„ plebanus ecclesiae S. Andreae. T. XXX (1323) 105.
„ possessor feudi prope Linz. T. XXIX (1254) 228.
„ possessor curiae in Eppilberg (Ebilsperch). T. XXVIII s. anno 477, 470.
„ praepositus substitutus S. Floriani. T. XXIX (1258) 128, 129.
„ protonotarius regis Ottocari. T. XXIX (1259) 139.
„ testis. T. XXVIII (1038) 85. (1045) 212.
„ testis. T. XXIX (1204) 270.
„ vir nobilis. ibid. (1149) 61, 259, 263.
„ conf. *Perta*.

Arnoltinger. T. XXIX s. anno 231, 232.
Arnstein, Otto de — T. XXIX (1257) 110.
Arnulphi, et eorum civitates in Italia. T. XXXI (1477) 629.
Arpeo, testis. T. XXVIII (818) 18.
Arter, Haidl der — colonus. T. XXX (1391) 415.
Arturius. T. XXVIII (1259) 487; frater ord. minorum. T. XXIX (1270) 502.
Ascha, *Ascaha*, *Aschahe*, *Aschaha*, Bernhard de — T. XXVIII (1109) 213.
  „ Dietmar et Reginolt. T. XXIX (1120) 259.
  „ Roudeger et Bertha, ejus uxor. ibid. (1149) 260.
  „ Wernh. canonic. patav. T. XXVIII (1202) 266.
  „ Tiemo, Altman, Heilica, minist. pat. T. XXVIII (1497) 129.
Aschacker, N. der — T. XXX (1391) 411.
Aschberg, *Aschperger*, Andre im — T. XXXI (1472) 516.
  „ Dreid, dessen Hausfrau und Tochter Peters des Münich. l. cit.
  „ N. der, Bürger zu Passau. T. XXVIII (1425) 450.
Aschrich, test. T. XXVIII (906) 204.
Ascwin, test. T. XXIX (1138) 60, 62.
Asenheim, Hilprand de — T. XXIX (1257) 113, 247.
Asenpaum, Alramus et Ditmarus. T. XXIX (1260) 248.
Asin, frater Altonis presb. T. XXVIII (788) 31.
Asinus et Asinus probus (d. i. Frumesel) Wimarus. T. XXVIII (1262) 336. — T. XXIX (1262) 449. (1279) 530, 531. — conf. *Frumesel.*
Aspach, Marquardus de — T. XXIX (1209) 281.
Asparn, Udalricus de — T. XXVIII (1143) 106. (1160) 242. — Und dessen Tochter Bertha. T. XXIX sine anno 314.
  „ Rudigerus, minist. T. XXVIII (1157) 111.
  „ Reinhertus de — T. XXIX (1209) 281. (1229) 347.
Atersee, *Atersro*, Engilschalchus de — T. XXIX (1140) 253.
  „ Dithboldus, frater ejus. T. XXVIII (1155) 230.
Ato, conf. *Atto.*
Attila, titulus libri in versibus. T. XXVIII (1259) 487.
Atto, *Ato*, abbas schledorfensis et postea episc. frisingensis. T. XXVIII (777) 199.
  „ testis, ibid. (818) 13.
  „ presbyter et notarius episcopi patav. ibid. (774) 5.
Atzempruck, Ortolf v. — Erzbischof zu Apparnia. T. XXX (1359) 239; conf. etiam *Azenbruke.*
Ava, uxor Hezonis. T. XXIX (1140) 258. (1165) 266.
  „ mulier propria Wergandi de Rumtingen, ac filia patrui sui, cum Heinrico filio et filiabus Christiana et Alhaide. T. XXVIII (1209) 133.
Ave, *Aue*, Leupold v. — T. XXX (1323) 128, 129. — Conf. etiam *Owa.*
Auf der Hub, Gerhardus, Heinricus, Conradus fratres. T. XXIX (1299) 593; conf. etiam *Hube.*

Aufenstein, Fridericus de — marescallus et capitaneus Carinthiae. T. XXXI (1360) 167.

Aufhausen, *Aufhusen*, Alb. de — T. XXIX s. anno 222. Conf. etiam *Oufhusen.*
  „   Routprecht de — minist. patav. — T. XXVIII (1121) 91. — T. XXIX (1121) 253.

Aufheim, *Oufheim*, Imbert de — T. XXIX (1280) 251.

Aufhofen, *Oufhofen*, Otto de — T. XXIX (1259) 226.
  „   Heinricus. T. XXVIII (1280) 159, 465.

Aufhum, Otto. T. XXVIII (1280) 181, 473.

Auflanger, Henslein der — Schütze. T. XXX (1394) 454.

Augustinus S. T. XXVIII (1259) 484, 486.

Aunsberg, Otto de — canonicus neoburgensis. T. XXIX (1257) 416.

Anotilo, test. T. XXVIII (624) 85.

Aureus *lavis* (Goldstein) Heinricus, civis patav. T. XXVIII (1233) 357, 449.

Austria, Oesterreich, marchiones et duces.
  „   Burchardus, marchio memoratur. T. XXVIII (983) 87.
  „   Leopoldus I., marchio orientalis. T. XXVIII (983) 86. (985) 202. T. XXIX (983 — 994) 54.
  „   Heinricus I. rebellis, marchio. T. XXIX (994—1018) 54.
  „   Ernestus marchio. T. XXIX (1056—1075) 54.
  „   Adalbertus I., marchio. T. XXIX (1018 — 1056) 54.
  „   Leopoldus III., marchio et advocatus monast. S. Nicolai in partibus Austriae. T. XXVIII (1067) 216. T. XXIX (1075 — 1096) 54, 66.
  „   Leupolt der Marchgrave. T. XXIX sine anno 311, 313. — Dessen Tochter loc. cit.
  „   Leopoldus IV., marchio. T. XXVIII (1135) 93. — T. XXIX (1121) 57, 59.
  „   Agnes, uxor ejus cum filiis Heinrico et Leopoldo. T. XXIX s. anno 63, 64; memoratur (1136) 60, 62. — T. XXVIII (1135) 93.
  „   Adalbertus, filius Leopoldi IV marchionis. T. XXVIII (1135) 93. (1137) 102. (1150) 223. — T. XXIX (1121) 57, 59. (1144) 64.
  „   Leopoldus V. Austriae marchio et Bavariae dux. T. XXVIII (1137) 102. — memor. (1156) 355. — T. XXIX (1121) 63, 64. (1122) 57. (1140) 253. (1145) 57.
  „   Heinricus II. Jasomirgott, marchio, deinde dux. T. XXVIII (1135) 252. (1157) 110. — memoratur (1261) 434. — T. XXIX (1121) 63, 64. — false dicitur dux Austriae (1147) 40, 41. — sine anno 54. (1161) 58. — Theodora, uxor ejus T. XXVIII (1156) 355. — T. XXIX (1149) 215. — Conf. etiam *Hararia.*
  „   Ernest, frater Leopoldi V. T. XXVIII (1137) 103.
  „   Heinricus, filius Theodorae ducissae. T. XXIX (1158) 437.
  „   Heinrich, Herzog von Medlinch (Medling). T. XXVIII (1203) 263. s. anno 481. T. XXIX (1186) 85. sine anno 311, 314, 317.

Austria, Oesterreich, marchiones et duces.
  „ Leopoldus VI., dux et filius ejus Fridericus. T. XXVIII (1186)
     253, 254; memoratur (1230) 472. — T. XXIX (1177 — 1194) 54.
     1199) 47; memoratur (1290) 49. — filius Theodorae ducissae
     Aust. T. XXIX (1168) 437.
  „ Fridericus I., filius Leopoldi VI. T. XXVIII (1186) 253, 254.
     T. XXIX (1194 — 1198) 54.
  „ Leopoldus VII, dux. T. XXVIII (1203) 267. (1208) 274. (1209)
     278. (1216) 140. (1223) 300. (1224) 305. — memoratur (1253)
     365, 376. (1230) 480. (1231) 416. T. XXIX (1220) 49. (1200)
     329. (1217) 336. (1222) 336. (1274) 515.
     Theodora, ejus vidua. T. XXVIII (1242) 348. T. XXIX (1168)
     437.
  „ Heinricus, filius Leopoldi VII. T. XXVIII (1227) 271, 273.
  „ Heinricus mit dem Graim, dux. T. XXIX s. anno 309, 315.
  „ Agnes, filia Theodorae, duc. T. XXIX (1168) 437.
  „ Leopoldus et ejus filia, uxor Otochari marchionis Moraviae. T.
     XXIX (1262) 443.
  „ Leupolt, der Herzog v. Oesterreich. T. XXIX s. anno 312, 314,
     315 — 317.
  „ Fridericus II., bellicosus, dux. T. XXVIII (1240) 340. (1241)
     154, 342. (1244) 351. (1245) 354. memoratur (1252) 270. (1231)
     416. — T. XXIX (1232) 227. memoratur (1261) 31. (1248) 76.
     (1241) 288. (1243) 359. (1246) 361. (1267) 469. (1274) 516.
     (1299) 593.
  „ Margaretha, ducissa, soror Friederici II. et vidua regis Heinrici
     VII. T. XXVIII (1252) 570. — T. XXIX (1252) 210. (1263) 193.
  „ Gertrudis, ducissa, filia Friederici II. T. XXIX (1250) 208.
  „ O (sine dubio Otochar) illustris dux Austriae. T. XXIX (1257)
     249.
  „ Hermaunus, dux Austriae et marchio de Baden. T. XXIX (1248
     — 1250) 54, 208. (1267) 469.
  „ Rudolphus II., filius Rudolphi regis, dux. T. XXIX (1277) 524.
  „ Albertus I., filius Rudolphi regis. T. XXIX (1277) 524. (1283)
     549, 551. (1286) 557. (1289) 570. (1291) 576. (1292) 578.
     uxor ejus Elisabetha. T. XXIX (1292) 578.
  „ Rudolphus III., dux. T. XXX (1300) 5. (1305) 25.
  „ Fridericus I. pulcher, dux. T. XXX (1306) 31, 32. — (1311) 53,
     54, 59 — 60. et Romanorum rex (1315) 66. (1324) 113, 114.
     (1327) 124. (1329) 130. (1338) 165.
  „ Luitpoldus, sive Leopoldus I., dux. T. XXX (1315) 66. (1324)
     113, 114. (1325) 115.
  „ N. der Herzog v. Osterreich. T. XXX (1317) 73, 74.
  „ Heinrich, dux. T. XXX (1324) 110 — 114.

3 *

Austria, Oesterreich, marchiones et duces.

,,　　Albertus II., dux. T. XXVIII (1346) 433. T. XXX (1323) 97, 98.
(1324) 110 — 113. (1323) 150. (1336) 152. (1338) 165. (1341)
167 — 169. (1346) 187. (1352) 205, 206. (1354) 209, 211.

,,　　Otto, dux. T. XXX (1323) 97, 98. (1324) 110 — 114. (1327)
124. (1323) 150. (1336) 152. (1338) 165.

,,　　N. N. die Herzoge v. Oesterreich. T. XXX (1334) 146, 147.

,,　　Rudolphus IV, dux. T. XXVIII (1364) 434. T. XXX (1359) 238,
240, 244. (1362) 251, 252. (2366) 271. — memoratur T. XXXI
(1419) 164, 166, 168. (1456) 453.

,,　　Fridericus III., dux. T. XXX (1362) 251.

,,　　Leopoldus III., dux. T. XXVIII (1368) 515; memoratur (1443)
431. — T. XXX (1362) 251. (1366) 269. (1367) 279. (1372) 302.
(1377) 350. (1378) 331.

,,　　Albertus III., dux. T. XXVIII (1368) 515. (1383) 440. — T. XXX
(1362) 251. (1366) 269. (1367) 279. (1372) 302. (1375) 313.
(1377) 330. (1381) 350, 351. (1383) 365 — 367. (1388) 378.
(1389) 386, 387, 392, 394. (1391) 407, 409, 413, 417, 418.
(1393) 421, 422. (1394) 441, 443. (1395) 445, 446. (1396) 451,
452.

,,　　Albertus IV, dux. T. XXX (1397) 462, 465. (1398) 477. T.
XXXI (1401) 3, 15. — memoratur pater Alberti junioris (1412)
111. (1413) 120, 121.

,,　　Wilhelmus, dux. T. XXX (1397) 462, 465. (1398) 481, 482,
483. — T. XXXI (1401) 13 — 15.

,,　　Fridericus IV. memoratur. T. XXXI (1456) 452.

,,　　Leopoldus IV., dux. T. XXXI (1409) 81; memoratur (1456) 452.

,,　　Ernestus dux, frater Leopoldi IV. T. XXXI (1409) 81. (1415)
136, 137, 141.

,,　　Beatrix, Herzogin v. Oesterreich und Burggräfin von Nürnberg.
T. XXXI (1412) 111.

,,　　Albertus V., dux Austriae et marchio Moraviae. T. XXVIII (1420)
448. (1432) 453. — T. XXXI (1407) 74. (1409) 82. (1412) 110,
111. (1413) 118, 119, 120. (1423) 179. (1425) 202, 205. (1429)
209, 214, 215. (1433) 232. — Pater regis Ladislai (1456) 454.

,,　　Sigismund, dux, Vetter des Herzogs Albrecht. T. XXXI (1459)
466, 470, 471. (1487) 625.

,,　　Albrecht VI., Herzog. T. XXVIII (1443) 529, 531. — T. XXXI
(1459) 466: Bruder des Kaisers Friedrich III. loc. cit. 466 — 470.

,,　　Conf. etiam *Imperatores.*

Auwe, Wolfger v. — T. XXIX (1293) 580 et uxor ejus Gertrudis. loc. cit.

Auwenchirchen, Jutta de — T. XXIX (1172) 268.

Auzendorf, Ulricus senior de — T. XXIX (1147) 215.

Avinion, *Avian*, Albrecht v. — Kirchherr zu Deggendorf. T. XXX (1373)
303, 304.

Avinion, Albrecht v. — dessen Vater loc. cit.
Awinger, pueri dicti — T. XXX (1326) 123.
Aychler, Stephanus — canonicus patav. T. XXXI (1481) 580.
Azela, mancip. comitis de Bogen. T. XXIX (1141) 64.
Azelin, test. T. XXIX (1146) 59.
Azempruke, Ortolf de — T. XXVIII (1222) 299, 300. Conf. etiam *Atzen-
    pruck.*
Azila, mancipium. T. XXIX (1130) 262.
Azili, test. T. XXVIII (788) 49. (983) 207, 208.
  „   de Studahc; conf. *Studake.*
Azilin, beneficium tenens ad Muttarin. T. XXIX (1065) 52.
Azille, test. T. XXIX (1108) 64.
Azo, test. T. XXVIII (906) 204. T. XXIX s. anno 264.

B.

B., conf. etiam *P.*
Babarus, Bayer, Wernherus miles dictus. — T. XXX (1302) 10.
Habenberg, Ulricus de — T. XXIX (1254) 247.
Babo, conf. *Pabo.*
Bachfingin, Dietmarus et Tiemo de — T. XXIX (1121) 57.
Baden, Albertus, marchio de — T. XXVIII (1156) 356.
  „   Carl Markgraf v. — T. XXXI (1460) 433.
  „   conf. etiam *Austria.*
Baien, Marchwart de — test. T. XXIX (1173) 63.
Baierbrunne, Conradus de — T. XXVIII (1220) 298.
Balco, H. de — magister et decanus cremensis. T. XXIX (1292) 543.
Haldassar, quondam Johannes papa XXIII. T. XXXI (1419) 169.
Baldemar, vir nobilis. T. XXVIII (1157) 111. (1159) 235, 237. T. XXIX
    (1154) 260.
Balduwin, *Baldwin*, *Paldwin*, canonicus et scolasticus patav. T. XXVIII
    (1067) 217. — T. XXIX (1071) 43.
  „   praepositus in Ardacher. T. XXIX (1138 — 1143) 29.
  „   testis. T. XXIX (1136) 60. (1147) 215.
Balsaz, Rudbert de — T. XXIX (1121) 61. — Conf. etiam *Palsenza.*
Baltherus, conf. *Waltherus.*
Barbadico, dux Venetiarum, conf. *Venetia.*
Bartholomaeus, custos wisgradensis. T. XXIX (1262) 439, 442.
  „   decanus claustroneoburgensis. T. XXX (1391) 412.
Baseneville, Fr. Guido de — visitator in partibus citramarinis. T. XXIX
    (1291) 197.
Baumgarten, *Paumgarten*, *Pumgarten*, *Bomgarten*, Dietricus de — mini-
    ster. patav. T. XXVIII (1135) 102. (1138) 104. (1167) 249.
    (1180) 99. (1137) 259. — T. XXIX (1088) 46. (1147) 43.

Baumgarten etc., Heinricus frater Dietrici. T. XXVIII (1180) 93. (1187) 259. (1194) 262. (1207) 274. (1209) 134. (1224) 332. (1226) 149, 316. (1227) 323. (1244) 307. — T. XXIX (1249) 222, 229. (1212) 283.

   ,,   Agnes, uxor Heinrici. T. XXIX (1286) 558, 559.

   ,,   Heinricus, canonicus patavicnsis. T. XXVIII (1209) 279. (1212) 290.

   ,,   Bertholdus, canonicus patavicnsis. T. XXVIII (1207) 273, 274. (1224) 334. (1226) 149. (1228) 528, 330. (1232) 337, 449. T. XXIX (1230) 352.

   ,,   Ueinricus, vir nobilis de — T. XXIX (1297) 544.

   ,,   Al. de — T. XXIX (1278) 528. (1286) 559.

Baumgartner Eberhard, Bürger zu Tuln. T. XXIX (1293) 581.

Bavaria, *Bajoaria* etc. — Theodo I., dux. T. XXVIII (508) 446.

   ,,   Hugibertus, Hucpertus, Ruppcrht. T. XXVIII (725) 55. (774) 1.

   ,,   Utilo, Odilo. T. XXVIII (738) 54. (774) 1.

   ,,   Tassilo II. T. XXVIII (748) 8, 54. (754) 14. (774) 21. (775) 20. (777) 196. (788) 56, 60.

   ,,   Tassilones et Utilones nuncapantur reges Patavorum (595 — 609) 445.

   ,,   Theodo, Deoto, filius Thassilonis II. T. XXVIII (777) 197.

   ,,   Heinricus III, dux. T. XXVIII (983) 86. (985) 208.

   ,,   Heinricus Jasomirgott, dux Bavariae et Austriae marchio. T. XXVIII (1147) 226. (1150) 228. — Dux Austriae, (1156) 355; memoratur (1245) 364. — T. XXIX (1149) 215. (1154) 260; memoratur (1226) 73. — Conf. etiam *Austria*.

   ,,   Heinricus Leo, dux Saxoniae. T. XXVIII (1156) 355.

   ,,   Ludovicus I., dux, genannt der Kellheimer. T. XXVIII (1220) 297. (1222) 443. (1224) 330. (1226) 318. (1227) 272. (1228) 327, 329. — T. XXIX (1230) 351.

   ,,   Otto illustris, dux. T. XXVIII (1228) 327, 329. (1244) 304. T. XXIX (1240) 6. (1244) 290. (1230) 354. (1247) 364. (1250) 372. (1268) 483.

   ,,   Heinrich, Herzog v. Niederbayern, Bruder Ludwigs des Strengen. T. XXVIII (1262) 384. (1276) 401. — T. XXIX (1255) 90. (1257) 109. (1262) 186. (1277) 294. (1265) 410. (1262) 448, 449. (1265) 463, 464. (1268) 437. (1277) 524. (1278) 528. (1281) 539, 541. (1288) 563 — 567. (1290) 574. (1296) 587. — T. XXX (1262) 183. (1344) 180, 181. (1277) 183.

   ,,   Otto, Herzog v. Niederbayern, Sohn Heinrichs. T. XXVIII (1297) 421. — T. XXIX (1290) 574. (1296) 587. — T. XXX (1300) 4. (1304) 22; König von Ungarn (1310) 43. (1333) 144, 145. (1344) 181, 183. T. XXXI (1435) 268.

   ,,   Agnes, dessen Gemahlin. T. XXX (1344) 184.

   ,,   Heinrich, Herzog v. Niederbayern, Sohn Otto's. T. XXVIII (1323)

Bavaria etc.

   429. — T. XXX (1317) 71. (1318) 84. (1823) 98, 101, 107. (1335) 143. (1327) 125, 126. 127. — T. XXXI (1435) 293.

" Stephan, Herzog v. Niederbayern, Sohn Heinrichs des ältern. — XXIX (1295) 586. (1296) 587. (1297) 591, 592. — T. XXX (1306) 29. (1310) 48. (1333) 144, 145.

" Heinrich, Herzog von Niederbayern, Sohn Stephans. T. XXVIII (1323) 429. — T. XXX (1313) 63. (1317) 71. (1320) 90, 91. (1323) 98, 107. (1327) 125, 126, 127. (1333) 143. (1336) 155. (1337) 160. — T. XXXI (1435) 293.

" Otto, Herzog v. Niederbayern, Sohn Stephans. T. XXVIII (1323) 429. T. XXX (1313) 63. (1317) 71. (1320) 90, 91. (1323) 98, 107. (1327) 125, 126, 127. — T. XXXI (1435) 293.

" Ludwig der Strenge, Herzog v. Oberbayern. T. XXVIII (1262) 394. (1276) 401. (1277) 406. — T. XXIX (1257) 109. (1259) 145. (1262) 449. (1265) 463, 464. (1277) 521.

" Ludwig der Bayer, conf. *imperatores.*

" Stephan, Sohn Ludwigs des Bayer's. T. XXX (1374) 313.

" Johannes, Herzog v. Bayern-München, Sohn Stephans. T. XXX (1374) 313. (1377) 527.

" Ernst, Herzog v. Bayern-München. T. XXX (1399) 488. T. XXXI (1404) 51. (1429) 217, 219. (1434) 252. (1435) 272. (1438) 331.

" Wilhelm III., Herzog v. Bayern-München. T. XXXI (1429) 217, 219. (1434) 245, 252. (1435) 272.

" Albrecht III., Herzog v. Bayern-München. T. XXXI (1434) 252, 254. (1454) 430.

" Albrecht IV., Herzog v. Bayern-München. T. XXXI (1481) 576, 577. (1487) 625.

" Fridrich, Herzog von Bayern-Landshut, Sohn Stephans. T. XXX (1374) 313. (1376) 321, 322, 323. (1377) 327. (1390) 405, 406, 407. (1391) 419. (1393) 422, 425, 431.

" Magdalene, dessen Gemahlin. T. XXXI (1402) 23.

" Heinrich, Herzog von Bayern-Landshut, Sohn Friedrichs. T. XXVIII (1424) 441. T. XXX (1393) 422. — T. XXXI (1401) 6, 7. (1402) 23. (1404) 52, 53, 44, 51. (1406) 62, 63, 64. (1407) 74. (1408) 76, 77, 79. (1411) 101. (1421) 175. (1429) 217. (1435) 236. (1435) 259, 260, 261, 272, 292. (1436) 503. (1437) 310. (1438) 334, 335, 336. (1450) 417, 418.

" Ludwig der Reiche, Herzog von Bayern-Landshut. T. XXXI (1453) 461, 462. (1461) 435. (1475) 526. (1487) 621.

" Georg der Reiche, Herzog von Bayern-Landshut. T. XXXI (1479) 567. (1481) 576, 577, 586, 587. (1487) 620, 621 — 635. (1489) 636, 637, 640, 641, 642. (1491) 658. (1493) 664, 665, 666.

" Stephan, Herzog von Bayern-Ingolstadt, Sohn Stephans. T. XXX (1374) 313. (1377) 327. (1399) 488. — T. XXXI (1401) 6. (1404) 51.

24   Index

Davaria etc.
„ Ludwig der Bärtige, Herzog von Bayern-Ingolstadt. T. XXX (1399) 488. T. XXXI (1429) 217. (1433) 232, 233, 236, 238, 239. (1434) 242, 253, 254, 255. (1435) 257, 258, 260, 261, 264, 266, 267, 263, 270, 273 — 276, 278, 282, 287, 292, 296, 300. (1437) 315.
„ Ludwig der jüngere, Herzog von Bayern-Ingolstadt. T. XXXI (1434) 242, 254.
„ Albrecht, Herzog von Straubing-Holland, Sohn Ludwigs des Bayern. T. XXX (1381) 348 — 350. — T. XXXI (1402) 21, 22, 24. (1404) 51. (1410) 93 — 96, 99. 100, 101, 103, 105, 106.
„ Wilhelm, Herzog von Straubing-Holland. T. XXXI (1404) 51.
„ Johannes, Pfalzgraf bei Rhein und Herzog v. Bayern-Neumarkt. T. XXXI (1437) 316. (1439) 346.
„ Johannes und Siegmund zu München. T. XXXI (2460) 483.
„ Ruprecht Pfalzgraf und Herzog, Bischof v. Regensburg. T. XXXI (1495) 694, 695. (1497) 702, 703.
„ conf. etiam *Palatinatus* et *Wittelsbach.*
Davarus, conf. *Herbordus.*
Bazo, mancipium. T. XXIX (1140) 258.
Beda venerabilis. T. XXVIII (1254) 484 — 487.
Behaim, N. die Behaymin. T. XXX (1354) 217.
Behaimkirchen, *Beheimchirchen*, Waltherus de — T. XXVIII (1157) 110.
„ N. N. filii ejus. loc. cit.
Beilstein, conf. *Peilstein.*
Belet, *Beleth*, canonicus ratisponensis. T. XXVIII (1150) 420.
„ Joh. T. XXVIII (1254) 485.
Belforte, Johannes, civis venetianus. T. XXXI (1490) 652,
Benedicta, ex Niederhartheim. T. XXVIII (1280) 456.
„ donatrix. T. XXIX (1165) 256.
„ nobilis mulier ibid. (1220) 252.
„ conf. etiam *Peria.*
Benedictus S. abbas. T. XXVIII (1254) 485.
Benentendis, *Benintenda*, magist. T. XXIX (1256 et 1260) 160, 161.
Benrich, *Bernisch*, *Benessius*, *Benesch*, camerarius. T. XXVIII (1255) 377.
„ Decretorum doctor. T. XXIX (1282) 548.
Benignus, canonicus ascensis. T. XXIX (1229) 351.
Beru, Hausfrau des Juden Smoyel zu Tulln. T. XXXI (1410) 87.
Berchheim, conf. *Perchheim.*
Berchhoven, Fridericus de — T. XXIX (1154) 260.
Berchtolstorf, *Perchtoldsdorf*, *Pertholdsdorf*, *Perchtoldestorf*, *Bertholdes-dorf*, Otto de — camerarius Austriae. T. XXVIII (1224) 306. (1277) 413. (1280) 415.
„ Wicherdus de — vicedominus patav. T. XXIX (1260) 215. (1261) 150. (1262) 132. (1264) 431.

Berchloldorf etc., Otto de — camerarius. T. XXIX (1270) 495. (1278)
531. (1281) 535, 537.
,, Bernhardus de — vicedominus pataviensis. T. XXIX (1260)
429.
,, Oilfemia de — nata de Potendorf. T. XXIX (1269) 482.
Berendorf, *Perendorf*, Helphrich de — T. XXIX (1154) 260.
,, Bertoldus ibid. (s. anno) 219. — conf. etiam *Perndorf.*
Berg, *Berge*, *Berga*, *Perge*, *Pergen*, Rudolphus de — T. XXIX (1078)
65. (1121) 57, 59. (1122) 57.
,, Fridericus de — test. T. XXVIII (1186) 256. (1194) 262, 263. —
T. XXIX (1120) 259.
,, Adalram de — T. XXVIII (1147) 108.
,, Sigifrit de — T. XXIX (1154) 260.
,, Udalricus de — T. XXVIII (1157) 111.
,, Adalhertus de — T. XXVIII (1159) 237. — T. XXIX (1161) 53.
(1158) 437; dicitur nobilis loc. cit. 437.
,, Martin ab dem — T. XXX (1303) 16.
,, N. der Voyt von — T. XXIX (s. anno) 315.
Berg, *Bergen* etc., comites de — Udalricus T. XXVIII (1172) 251. (1179) 122.
,, Otto II, episcopus Fris. ibid. (1202) 266.
,, Heinricus, ibid. (1209) 279.
,, conf. etiam *patacienses episcopos*, Heinricum, Theobaldum et Mane-
goldum.
Berneck, *Hernekke*, *Pernekke*, Ulricus de — T. XXVIII (1147) 108. (1157)
111, (1160) 241. (1216) 141. — T. XXIX (1147) 215. (1158) 437.
,, Siboto et Gotfridus de — T. XXVIII (1188) 260.
,, Ekbertus de — et Hadewig, ejus uxor, cum liberis eorum, Euphe-
mia, Udalrico et Ekbert, ibid. 127. (1186) 256.
,, Rupertus de — T. XXVIII (1188) 123.
,, conf. etiam *Pernecke.*
Bernhardus S. abbas. T. XXVIII (1259) 437. — T. XXIX (1264) 81.
,, archiepiscopus salispurgensis. T. XXXI (1479) 562.
,, episcopus libanensis. T. XXXI. (1496) 699, 700.
,, filius Judithae. T. XXVIII (1013) 75.
,, Oberster Kellner des Klosters Neuburg. T. XXX (1329) 135.
,, plebanus de Sicendorf. T. XXIX (1229) 350.
,, praepositus S. Nicolai Pataviae. T. XXVIII (1212) 290. (1216) 141. —
T. XXIX (1212) 283.
,, scholasticus pragensis et magister. T. XXIX (1229) 350.
,, vicarius chori pataviensis. T. XXX (1326) 124.
,, conf. etiam *Pernhardus*, et *Wernhardus.*
Bernold, *Bernolt*, et Walchun, gener ejus. T. XXVIII (1157) 111. conf.
etiam *Pernolt.*
Bertha, *Pertha*, amica Pertoldi de Otgeresheim et Ebo, filiolus ejus T. XXIX
(1165) 265, 257.
,, decana T. XXIX (1306) 301.

Bertha, mancipium Dietrici comitis de Formbach. T. XXIX (1130) 59.
  „   uxor Adaloti minist. T. XXVIII (1055) 82.
  „   uxor Leonis. T. XXIX (1261) 177.
  „   conf. etiam *Pertha.*
Bertharius, notarius. T. XXVIII (802) 67.
Bertholdus, Berchtold, Bertold, Pertolt, abbas in Cremsmünster. T. XXIX. (1274) 506.
  „   abbas in Michelbeurn. T. XXIX (1224) 212.
  „   abbas in Tegernsee. T. XXVIII (1210) 136, 288.
  „   civis pataviensis. T. XXVIII (1425) 450.
  „   decanus neuburgensis T. XXX. (1523) 103, 104.
  „   episcopus bambergensis. T. XXVIII (1277) 406, 407, 412. T. XXIX. (1270) 499. (1277) 521, 622.
  „   episcopus frisingensis. T. XXX (1591) 413. — T. XXXI (1401) 14. (1419) 162.
  „   laicus. T. XXIX (1229) 347.
  „   Landschreiber zu Schärding. T. XXX (1597) 459.
  „   plebanus de Iluprechtshofen. T. XXIX (1255) 125.
  „   sacerdos. T. XXIX (1253) 424.
  „   sacerdos de Wichartslage. T. XXVIII (1138) 260.
  „   ratisponensis, scriptor homil. T. XXIX (1254) 81.
  „   et frater ejus Ulricus — T. XXIX (1088) 65.
  „   et uxor ejus Sprinza, mancipium Hezilonis de Puttine. T. XXIX (1102) 56.
  „   colonus in Reting, et uxor ejus Elisabeth. T. XXX (1304) 20.
  „   comes filius Udalrici et pater Ticmonis. T. XXVIII (1015) 76.
  „   Comthur des deutschen Ordens zu Wien. T. XXX (1507) 37.
  „   magister sagittariorum de Vienna. T. XXX (1502) 10.
  „   magister protonotarius et canonicus patav. T. XXX (1511) 54. T. XXXI (1448) 401.
  „   marchio. T. XXVIII (1179) 122. — T. XXIX (1172) 266.
  „   praepositus neuburgensis. T. XXX (1507) 35.
  „   protonotarius Rudolphi, ducis Austriae. T. XXX (1300) 5. — Conf. etiam *Pertholdus.*
Betenbach, conf. etiam *Petenbach.*
Biber, Biberlinus, Otto, canonicus pataviensis. T. XXVIII (1204) 271. (1210) 135. (1211) 139. (1216) 293.
  „   Rudegerus miles de — T. XXIX (1209) 280; uxor ejus Benedicta loc. cit.
Bibero, Otto, T. XXIX (1216) 334 Conf. etiam *Piber.*
Biburg, Biburch, Heinricus de — T. XXVIII (1194) 263.
Bladeck, Conrad, Meister, Anwalt des Bischofs v. Passau. T. XXXI (1435) 264, 265, 279, 283, 284, 285, 287, 294, 302. (1437) 312.
  „   conf. etiam *Pladegk.*
Blanchelberg conf. *Planchenberg.*
Blanchenbach conf. *Planchenbach.*

Bleine conf. *Pleyen.*
Bless, During de — T. XXIX (1194) 43.
Blomenstorf, Meingot de — T. XXIX (s. anno) 230.
Blumenegh, Melcbio v. — T. XXXI (1459) 457.
Bobo, diaconus Cardinalis S. Angeli. T. XXIX (1186) 38.
Bochesrukke conf. *Pockeruke.*
Boemus, *Boehm*, Fridericus. T. XXIX (1154) 260.
    „   Conradus. T. XXVIII (1228) 328, 330. — T. XXIX (1230) 352.
Boethius, *Boetius*, servus Christi. T. XXVIII (1259) 485, 486.
Bogen, comites de — Adalprecht. T. XXVIII (1121) 91.
    „   Fridericus advocatus ratisponensis. T. XXIX (1141) 64.
    „   Albertus. T. XXVIII (1130) 93. (1187) 258.
    „   Leopold. T. XXIX (1216) 271.
    „   Albert. T. XXVIII (1222) 448. (1224) 306. (1227) 273. (1228) 327, 329. (1262) 385. — T. XXIX (1230) 351.
    „   N. comes de — T. XXIX (1227) 343.
Bohemia, Reges. — Wadizlaus, Wladislaus dux — T. XXVIII (1156) 355. Ottocharus, Otocarus, Otacheras etc. Rex. T. XXVIII (1253) 366, 369, 574. (1261) 381. (1266) 392, 395. (1276) 401. (1277) 407, 409, 411. — T. XXIX (1252) 54, 210. (1254) 184, 210. (1255) 95. (1257) 109. (1259) 158. (1260) 148, 164. (1261) 174, 175. (1259) 427. (1262) 439, 440. (1265) 461, 465. (1266) 454. (1267) 469, 476. (1268) 484. (1269) 490. (1272) 502, 503. (1274) 514, 515. (1276) 517, 518, 519. (1283) 551.
    „   Margaretha regina. T. XXIX (1265) 193.
    „   Wenceslaw, Rex. T. XXVIII (1253) 374, 378.
    „   Ottocharus, filius regis Bohemiae et marchio Moraviae. T. XXIX (1262) 443.
    „   Rudolphus, quondam Bohemiae et Poloniae rex. T. XXX (1315) 66.
    „   N. der König von — T. XXX (1336) 155.
    „   Jersicus, Jorsicus rex (Georg v. Podiebrad). T. XXXI (1467) 507, 508. — memoratur ibid. (1486) 614.
    „   N. der König von — T. XXXI. (1491) 659.
Bolnndia, Phil. de — T. XXVIII (1277) 412.
Bobrinus, canonicus patav. T. XXIX (1164) 324.
Bombel, Johann der — Bürger von Cölln. T. XXX (1398) 470.
Bonifacius, archiepiscopus moguntinus. T. XXVIII (731) 446.
    „   magister Pataviae. T. XXIX (1265) 461.
    „   papa VIII. T. XXVIII (1297) 422; — memoratur T. XXXI (1413) 461. (1431) 582, 591.
    „   papa IX. T. XXX (1396) 452. (1397) 463. (1398) 484. (1399) 492.
    „   testia. T. XXVIII (788) 61.
Bonus, Gerhardus dictus — et uxor ejus Diemudis. T. XXX (1307) 36.
Borin, test. T. XXIX (1097) 56.
Bornheim conf. *Vornheim.*
Borno, Franco de — praeceptor Aquitaniae. T. XXIX (1291) 197.

Bosch, Georg, Hintersasse zu Gumpendorf. T. **XXXI** (1412) 109.
Bosco conf. *Znaym*.
Bosrukke conf. *Pochsruke*.
Bossis, M. de — fungitur in cancellaria papali. T. **XXXI** (1420) 171.
Botrinna, Gredlinna dicta — T. **XXIX** (s. anno) 329.
Bollembrunnen, Hermannus de — T. **XXIX** (1249) 366.
Bouber, Engilbret de — T. **XXIX** (1154) 260.
Bozestorf, Siboto et frater ejus Heinricus de — T. **XXVIII** (1188) 128.
Brandenburg, Otto marchio et archicamerarius imperii. T. **XXX** (1366) 269.
      "   Albrecht Markgraf v. — Burggraf von Nürnberg. T. **XXVIII**
              (1443) 530.
      "   conf. etiam *Nürnberg*.
Bramward conf. *Alkeidis*.
Brega, *Brieg*, Heinricus dux — T. **XXX** (1366) 269.
Bregeon, N. — ex cancellaria papali. T. **XXXI** (1459) 472.
Breilinwisen, Amelbrecht de — T. **XXIX** (1121) 57. (1130) 59.
Bruedern, Ulrich bei den — Bürger zu Wien. T. **XXX** (1309) 42, 43.
Brune, *Prunne*, N. T. **XXVIII** (1109) 218. — Conf. etiam *Prunn*.
    "   Udalricus de — T. **XXIX** (1172) 267.
    "   Reinhalm de — ibid. (s. anno) 218.
Bruno, *Pruno*, canonicus ratispon. T. **XXVIII** (1150) 419.
    "   capellanus episcopi patav. ibid. (1188) 260.
    "   episcopus olomucensis. T. **XXIX** (1258) 117. (1261) 174. (1262) 439.
            (1262) 442.
    "   episcopus segniensis. T. **XXVIII** (1259) 486.
    "   miles Diepoldi marchionis de Vohburg. T. **XXIX** (1146) 54.
    "   sororius praepositi O. et testis. T. **XXIX** (1204) 269.
    "   test. T. **XXIX** (1086) 55.
Buccabellis, Johannes de — ex cancellaria papali. T. **XXXI** (1467) 508.
Buchheim, familia de — cognata nobilibus de Lonstorf. T. **XXVIII** (saec.
          13.) 194.
    "   conf. etiam *Puchheim*.
Budislav, Schafner v. Passau. T. **XXIX** (1293) 530.
Buige, *Buigen*, *Pingen*, *Boige*, comites. — Gebehardus et Ernestus. T. **XXIX** (1121) 57.
    "   Hermannus et filius ejus Gebehardus. T. **XXIX** (1144) 61, 62.
    "   Hadewich, vidua Hermanni. ibid. 61.
    "   Hilteburch, vidua comitis Gebehardi de — T. **XXVIII** (1144) 223. —
          et filius ejus Hermannus loc. cit. et 224.
Buochelberg, Thiemo de — T. **XXIX** (1200) 329.
Buohel, *Bühel*, Conradus de — T. **XXIX** (1200) 329.
Buolo, test. T. **XXVIII** (906) 204.
Burchardus, *Burchart*, *Burckardus*, — conf. etiam *Purckardus* — canonicus
          ratisbonensis. T. **XXVIII** (1150) 420.
    "   cellerarius medlicensis. T. **XXIX** (1260) 154, 162.
    "   civis patav. T. **XXVIII** (1232) 337, 449.

Burchardus, Dechant zu Passau. T. **XXXI** (1451) 422. (1452) 424. (1443) 428. 1454) 431, 432, 454.
  „ frater ordinis Cysterciensis. T. **XXIX** (1267) 467.
  „ filius Christinae. T. **XXIX** (1150) 262.
  „ ministerialis patav. T. **XXIX** (1158) 261.
  „ rufus testis. T. **XXIX** (1190) 251, 252.
  „ scriptor. T. **XXVIII** (1259) 485.
  „ testis. T. **XXIX** (1121) 59.
  „ test. T. **XXVIII** (1045) 212.
  „ test. ibid. (1158) 115.
  „ test. ibid. (1173) 252.
  „ test. T. **XXIX** (1153) 261. (1165) 256.
Burgaerewisen, Lauthfridus de — T. **XXVIII** (1144) 224.
Burgau, *Burgowe*, *Purigaw* — marchiones. — Burchardus, marchio de — et canon. patav. T. **XXIX** (1262) 445.
  „ N. marchio de — T. **XXVIII** (1276) 401.
Burgau, ministeriales. — Ulrich von — Hofmeister des Herzogs Albrecht von Oesterreich. T. **XXX** (1341) 167.
Burghausen, comites de — et de Schala. — Sighardus et Heinricus. T. **XXIX** (1094 et 1104) 63. — Heinricus ibid. 61.
  „ Ita, mater Heinrici. T. **XXIX** (1104) 63.
  „ Sighardus et Gebehardus, fratres. T. **XXIX** (1121) 64.
  „ Gebehardus ibid. (1104) 61.
  „ Heinricus et Sighardus. T. **XXVIII** (1157) 111. (1160) 241. (1186) 256. (1203) 268. (1209) 278. — T. **XXIX** (1147) 215. (1173) 62.
  „ Gebhardus. T. **XXVIII** (1157) 111. — T. **XXIX** (1147) 43.
Burghausen, *Purchousin*, nobiles de — Conradus, canon. patav. T. **XXVIII** 1194) 263. (1201) 130. (1209) 181. T. **XXIX** (1190) 251. (1204) 270, 271.

C.

C conf. etiam H.
C. plebanus in Hürwen. T. **XXIX** (1262) 447.
Cadau, *Cadow*, zu Zasenitz, Przybik von — T. **XXXI** (1479) 567.
Caelking, conf. *Zäkking*.
Caerarius, Reimbert. T. **XXIX** (1263) 194.
Caganhart, test. T. **XXVIII** (788) 48; conf. etiam *Kagenhart*.
Cakingarius, Hartlieb, test. T. **XXVIII** (1227) 324. — conf. etiam *Zeckking*, i. e. *Zekking*.
Calheim, Ulricus de — T. **XXIX** (s. anno) 272. (1290) 573. (1291) 576. — conf. etiam *Chalheim*.
Calhohus conf. *Chalhohus*.

Camanolf, test. T. XXVIII (774) 18.

Camerarius, Heinricus — miles. T. XXVIII (1280) 475.

Cumeras conf. *Kammeras*.

Camerer, Conrad. T. XXIX (1286) 553.

    "   Heinzl und Friedl, Hintersassen. T. XXXI (1471) 514.

Campo, Wernherus de — T. XXIX (1260) 248.

Cannode, Otagrius de — T. XXIX (1158) 60.

Cnothari, test. T. XXVIII (770) 52.

Caozn, abbas. T. XXVIII (777) 199.

Caozperht, donator. T. XXVIII (725) 54.

    "   test. T. XXVIII (817) 64.

Cupella, *Cuppellen*, *Capella*, *Cappel*, *Chappel*, *Cappela*, *Chappeln*, *Ka-
pelle*, *Kapellen* etc. — Ulricus de — T. XXVIII (1280) 456. —
T. XXIX (1250) 79. (1255) 238. (1256) 105, 206. (1257) 110, 113.
(1258) 116. (1259) 134, 137, 145, 226. (1260) 152, 167. (1264) 245.
(1258) 425. (1265) 452. (1281) 537. (1283) 551. (1294) 581.

    "   Ulricus et Chunradus fratres de — T. XXIX (1285) 551.

    "   N. dominus de — T. XXIX (1254) 238.

    "   Conradus de — T. XXIX (1296) 687.

    "   Pilgrimus, canonicus patav. T. XXIX (1278) 523. (1285) 552. —
T. XXX (1302) 9. (1305) 24.

    "   Conradus von — T. XXX (1311) 53; praepositus castri S. Georii
patav. ibid. 54, 58.

    "   Jans von — T. XXX (1324) 108. — Item (1359) 248.

    "   Hans von — T. XXX (1345) 185.

    "   Eberhart von — ibid. (1359) 239, 248.

    "   Ulrich von — T. XXX (1354) 211, 212. (1356) 219, 220.

    "   Eberhard von — T. XXXI (1405) 53. — Vater der Wilburg
v. Dachsberg (1415) 134.

    "   conf. etiam *Kappeln*.

Capellarius, Wolferus et N. filius ejus. T. XXVIII (1194) 264.

    "   in Urfar ibid. (1280) 457.

Capphes, Waltherus de — T. XXVIII (s. anno) 175. (1280) 469.

Caputius, Petrus, diaconus Cardinalis S. Georgii ad velum aureum. T. XXIX
(1256) 159. (1258) 129, 161. (1260) 155, 158, 161.

Carinthia, Engelbertus dux. T. XXVIII (1138) 104. (1147) 223.

    "   Heinricus, dux. T. XXVIII (1156) 356.

    "   conf. etiam *Ortenburg*.

Carolus, comes et Christina uxor ejus. T. XXVIII (1046) 212.

Carpentarius Ekkabart, ministerialis patav. T. XXVIII (1121) 39.

Casanova, N. — ex cancellaria papali. T. XXXI (1496) 700.

Caspar, N. cancellarius imperatoris Sigismundi. T. XXXI (1433) 245. —
conf. etiam *Schäkk*.

Cassiodorus, scriptor. T. XXVIII (1259) 434, 436.

Caslin, Ulschalchus de — T. XXVIII (1157) 110.

Castor, Otto, canon. patav. T. XXVIII (1212) 290. — T. XXIX (1212) 933.

Catharina, Priorin des Frauenklosters zu Tulln. T. XXXI (1410) 39.
Cebinge, conf. *Zebing.*
Celking, conf. *Zelking.*
Cell, Heinricus — test. T. XXVIII (1209) 133.
Celle, *Cella*, Yoellio de — T. XXVIII (1280) 469.
   ,,   Albertus, canonicus maticensis. ibid. (1263) 387. — T. XXIX
      (1263) 453.
   ,,   Wernh. T. XXIX (1260) 243.
   ,,   Wilhelmus. ibid. (s. anno) 220, 230.
Celler, *Celker*, *Cellarius*, Albertus capellanus in Niedernburg. T. XXIX
      (1253) 124; plebanus in Engelbardszell (1259) 159.
   ,,   Hugo. T. XXVIII (1280) 474.
   ,,   Heinrich, der — aus der Riedau. T. XXX (1366) 262.
   ,,   Christan der — ibid. (1307) 34.
Cenninge, Otto de — T. XXIX (1270) 499, 500.
Ch. — colonus in Stochstal. T. XXX (1318) 80.
Chadalhart, ministerialis Diepoldi marchionis de Voltburg. T. XXIX.
      (1146) 65.
Chadalho, *Chadelhohus*, *Chadalhoc*, comes. T. XXVIII (903) 203.
   ,,   abbas gottwicensis. T. XXIX (1138) 62.
   ,,   praepositus patavicensis ac Reginberti episcopi vicarius. T. XXVIII
      (1147) 103, 227. — T. XXIX (1140) 253, 257. (1143) 265.
      (1146) 59.
   ,,   conf. etiam *Chalhohus* et *Chalhohus.*
Chadalus, comes et missus dominicus. T. XXVIII (788) 49.
Chadelhohus, ministerialis patav. T. XXVIII (1194) 264.
Chadelhoh, test. T. XXVIII (1143) 107. — conf. etiam *Chadalhoh.*
Chader, Gotfridus. T. XXVIII (1280) 475.
Chadilhollperge, Gebhardus, de — T. XXIX (1147) 43.
Chadoldus, *Ghadoldus*, test. T. XXVIII (1137) 103.
   ,,   testis ibid. (1188) 260.
   ,,   Orphanus (die Waisen — böhmisches Geschlecht) conf. *Or-*
      phanus.
Chnemler, Conrad. T. XXX (1335) 161.
Chaemritz, *Chaemnytz*, Tobisch von — T. XXX (1347) 191.
Chaemrer, Ulrich der — T. XXX (1319) 87.
Chaerphe, Heinricus, test. T. XXVIII (1263) 366; — civis patav. T. XXIX
      (1263) 445.
Chaestil, Wolfram. T. XXVIII (1280) 474. — Conf. etiam *Chastil.*
Chaetzlinstorf, conf. *Katzelsdorf.*
Chagere, Diepoldus de — T. XXVIII (1137) 103.
Chahili, centurio. T. XXIX (1130) 263.
Chaine, Marquardus. T. XXIX (1262) 181.
Chaiser, Merit, colonus. T. XXX (1391) 415.
   ,,   Lorenz, colonus loc. cit.
Chalking conf. *Zaekking.*

Chalberch, Conradus de — T. XXIX (1221) 284.
Chalheim, Gertrudis de — uxor Leutoldi de Chreuzpach. T. XXIX (1299)
    594. — T. XXX (1202) 6.
    „   Ulrich v. — T. XXIX (1299) 595.
Chalhohus, *Calhohus*, *Calochus*, canonicus et archidiaconus patav. T. XXVIII
    (1201) 150. (1209) 133. (1210) 138. (1212) 290. (1216) 293. (1220)
    297. (1222) 300. (1223) 144, 301, 333. (1232) 557, 499. — T. XXIX
    (1209) 281. (1227) 285. (1229) 345.
    „   canonicus ratisponensis. T. XXVIII (1209) 285.
    „   de Ekkehartesdorf, civ. pataviensis. ibid.
    „   conf. etiam *Chadalho* et *Chalohus*.
    „   miles. T. XXIX (1220) 269.
Chalinge, Wernhardus de — T. XXIX (1283) 552.
Chalinger, Gerhard der — T. XXX (1373) 309.
    „   Liendlein der — T. XXX (1391) 410.
Chalohus, marscalcus, T. XXVIII (1242) 346, 347.
    „   test. T. XXIX (1221) 284. (1215) 332. (1222) 537.
    „   conf. *Chadalho* et *Chalhohus*.
Challenbach, Altmann de — T. XXIX (1214) 272.
    „   Herrandus de — in Strazheim. T. XXVIII (1280) 456.
Chambarius, *Chamberius*, Conradus. T. XXIX (1259) 424. (1265) 461, 462.
Chambe, Alram sive Adelram. T. XXVIII (1155) 230. (1157) 111, 112. (1159)
    235, 237. (1197) 129. — T. XXIX (1147) 43. (1164) 259.
    „   Adalbertus et Walchun, fratres Alrami. T. XXVIII (1172) 254.
    (1180) 98. (1186) 256. (1187) 259. (1204) 271. (1226) 317.
    „   Burchardus, canon. patav. T. XXVIII (1182) 127. (1183) 128. —
    T. XXIX (1183) 36. (1190) 251.
    „   Albertus. T. XXVIII (1194) 263. — T. XXIX (1190) 252.
    „   conf. etiam *Kambe*.
Chambecka, Heinricus de — T. XXIX (1150) 322.
Chammer conf. *Kammer*.
Chammerau conf. *Kammerau*.
Chapfenberg, *Chapfenberch*, *Chaphenperge*, Otto et Wülfing de — T. XXIX
    (1158) 60. (1192) 43.
Chappel conf. *Capella*.
Chapphes conf. *Capphes*.
Charelspach, Conradus de — T. XXIX (1254) 236.
Charesleten, O. de — conf. *Tobel*.
Charlsperg, Weichard de — T. XXVIII (1186) 256.
    „   Wulfing de — T. XXIX (1260) 243.
Chastil, Hartlieb der — zu Osterhofen. T. XXX (1388) 382.
    „   conf. etiam *Chaestil*.
Chastnarii, in Chasten. T. XXVIII (1280) 476.
Chatzellnpogen, *Chazenelbogen*, Eberhardus et Gebhardus, comites de —
    T. XXVIII (1276 et 1277) 404, 407, 412. — T. XXIX (1277) 521.
Chatzenzagel, *Chazzenzagel*, Conradus de — T. XXVIII (1280) 475, 489.

Chawtt, Andre — T. XXXI (1401) 9, 10.
Chazes, Dietrich de — T. XXVIII (1121) 91.
,,   Timo et Werigand de — loc. cit.
Chazili, test. T. XXIX (1130) 264. (1165) 267.
Chazilie, test. T. XXIX (1103) 64. (1130) 262. (1149) 260.
Chazilin et uxor ejus Heiza mancipium Hezilonis de Puttine T. XXIX
        (1102) 66.
Chazo, test. T. XXIX (1102) 56.
Chazze, Eberhardus de — T. XXVIII (1227) 326.
Chebsner, Conrad, passau'scher Hintersasse. T. XXXI (1404) 50.
Checkelrinne, Pabo T. XXIX (1209) 281.
Chechinge, Conradus de — T. XXIX (1252) 292.
Checho, judex provincialis Bohemiae. T. XXIX (1262) 440, 442.
Cheiawe, *Cheyowe*, Ulfingus de — T. XXIX (1270) 496. (1286) 561; conf.
        etiam *Chioew*.
Chelbergras, *Chelberas*, Albero de — T. XXIX (1165) 256, 264.
Chelztelnich, Heinr. T. XXVIII (1280) 474.
Cheltz, Reicher. T. XXX (1305) 16.
Chendig, *Chending*, die von — T. XXIX. (s. anno) 310, 316.
Cherer, *Cherrer*, Wernh. T. XXIX (1256) 239.
,,   Ortwin ibid. 251, 232.
Cherphensteine, Heinricus de — T. XXVIII (1209) 133.
Cherso, Heinricus et Conradus. T. XXIX (1265) 90, 91.
Chersperger, *Cherspergarius*. N. T. XXIX (1261) 433.
,,   Heinrich der — T. XXX (1381) 357, 358.
,,   Stephan, dessen Druder loc. cit. 358.
Chessel, Ulrich der — Zollner zu Aitenbach. T. XXX (1388) 382.
Chestingen, Heinricus de — mercator in Obernperge. T. XXIX (1204) 270.
Chetcelo, test. T. XXIX (s. anno) 272.
Chetinge, Otto de — XXVIII (1230) 455.
Chettner, Jacob der — Rathsherr zu Wion. T. XXX (1369) 286.
Cheteringe, Chunradus de — canonicus ratsponensis. T. XXVIII (1241) 845.
Chezilurewalt, Peringer de — test. T. XXIX (1120) 268, 264.
Chezlah, Chunradus et Leupoldus de — T. XXVIII (1280) 469.
Chienmarkt, Andreas an dem — zu Wien. T. XXX (1321) 95.
Chindeheim, During de — T. XXVIII (1150) 266.
Chinneheim, Frider. de — T. XXIX (1130) 264.
Chioew, Hartungus de — canonicus patav. — T. XXX (1311) 61; conf. etiam
        Cheiawe.
Chiogew, Chunradus de — T. XXVIII (1144) 224.
Chirchdorf, Heinricus et Ulricus de — T. XXIX (1204) 270.
Chirchendorf, Gunthorus de — T. XXIX (1220) 269.
Chirichpach, Adalram de — T. XXIX (1140) 258.
Chirichpeck, *Chirchpek*, Conrad — Bürger zu Passau. T. XXX (1394) 435,
        436, 437. (1395) 444. (1396) 449.
,,   Margarethe, dessen Hausfrau. T. XXX (1394) 336, 337.

Chirichpeck, *Chirchpek*, conf. etiam *Kirchbeck*.
Chirichperch, *Chirchperch*, comites de — Chalboch. T. XXVIII (1220) 298.
  (1224) 532.
    Gotfridus, canonicus pataviensis T. XXIX (1261) 431. (1273) 523;
     — quondam praepositus patav. T. XXX (1318) 81, 82.
Chirichperger de *Chirchperg*, nobiles T. XXVIII (saec. 15) 497; — confer
  etiam *Kirchberger*.
Chlafpach, *Chlafpeck*, Otto de — T. XXVIII (1224) 306. — T. XXX
  (1300) 2.
    Jrmfried. T. XXX (1300) 2. — Fratres de — T. XXIX (1254)
    236. (1255) 237.
Chlain, Fridrich der — T. XXX (1337) 162.
Chlamma, *Clamma*, *Chlamme*, Perhtold de — ministerialis pat. T. XXVIII
  (1167) 111.
   ,, Otto, ibid. (1186) 256.
   ,, Walchunus. T. XXIX (1158) 457.
Chlamme, comites de — Otto, comes de — T. XXVIII (1172) 174.
   ,, N. der Graf v. — T. XXIX (s. anno) 313.
Chlauh, Wielant. T. XXVIII (1160) 243.
Chlebarius, N. T. XXIX (1270) 503.
Chlemm, Heinricus. T. XXVIII (s. anno) 231.
Chlenau conf. *Clrnau* et *Klenau*.
Chlerogil, Berthold T. XXVIII (1209) 131.
Chlenzze, Rudolf de — T. XXIX (1263) 196.
Chleystencoler, Cuntz, Richter zu Haidenburg. T. XXX (1389) 380.
Chlingenberg, *Chlingenberch*, Purchardus de — capitaneus Anasi T. XXIX
  (1274) 516.
   ,, Heinricus, magister, praepositus xantensis. ibid. (1289) 570.
Chlingenprunne, Conradus de — T. XXIX (1250) 79.
Chloesenar conf. *Closen*.
Chnoll, Nicolaus der — T. XXX (1391) 414.
Chnollo, Wernh. T. XXVIII (1228) 328, 350. — T. XXIX (1230) 552.
Chnuell, laici dicti — T. XXX (1309) 40.
Chunellin. T. XXIX (s. anno) 219. — conf. *Chonnelin*.
Chobatsburch, Adalbertus de — T. XXIX (1161) 53.
Chol, Gerung der — Ritter. T. XXX (1337) 162; conf. etiam *Cholo*.
Cholbach, Hertwin de — T. XXIX (s. anno) 275.
Cholbe, Ulrich der — T. XXX (1352) 145.
Cholberg, Ortolfus et Heinricus de — T. XXIX (1254) 236.
   ,, Heinricus ibid. (1255) 238. —
   ,, Siboto ibid. (1260) 243.
   ,, Rapoto ibid. (1244) 290.
Cholhaimarius, Heinricus, canonicus patav. T. XXX (1305) 24.
Cholo, dominus, Vater des Gerung. T. XXX (1329) 135.
   ,, miles Ottocari, marchionis Styriae. T. XXIX (1088) 46.
   ,, officialis claustroneoburgensis. T. XXX (1307) 36.

Cholomannus, praepositus claustroncoburgensis. T. XXX (1391) 419.
  „   socius i. e. Hülfspriester zu Wachrain. T. XXX (1311) 61.
Chonbresse, Wernherus et Jutha de — T. XXIX (s. anno) 273.
Chornerinne, die — Bürgerin zu Wien. T. XXX (1302) 13.
Chornspach, Baldewin de — T. XXVIII (1210) 137, 289.
  „   Herrand de — ibid. (1256) 381.
Chorpheim, *Corpheim*, Werner v. T. XXX (1318) 84.
  „   Andres, dessen Sohn loc. cit.
Choulinp, *Cheleup*, Cholo de — T. XXIX (1200) 330.
  „   N. Richter zu Wien. T. XXIX (1282) 545.
  „   Vreul de — miles Ibid. (1292) 578.
Chounelin, *Chounilin*, *Chuonlin*, *Chunlin*, donator T. XXIX (1130) 262.
  „   canonicus et archipresbyter patav. T. XXVIII (1147) 228. (1160)
            116, 239. (1163) 119. (1164) 240, 244. (1167) 249. (1173) 252. —
            T. XXIX (1138) 29. (1140) 255. (1147) 43. (1164) 324.
  „   test. T. XXIX (1220) 252.
Chounilo, test. T. XXIX (1190) 252.
Chouniza, libera mulier, et Geroll maritus ejus. T. XXIX (1149) 269.
Chouno, test. T. XXIX (1094) 63. — conf. etiam *Chuono*.
  „   canonicus patav. ibid. (1140) 257.
Chraentzingen, *Chrenzingen*, *Chrenzinge*, Hertwicus et Rupertus de — mi-
            nisteriales patav. T. XXIX (1071) 13.
  „   Hertwicus, ibid. (1088) 46.
  „   Arnoldus, ibid. (1147) 43.
Chraft zu Marsbach, Stephan — Vater des Caspar und Hans. T. XXXI.
            (1443) 351.
  „   Caspar, ibid. (1443) 351, 352 — 355.
  „   Hans loc. cit.
Chraft, Friedrich, Oesterreichischer Amtmann. T. XXX (1397) 457.
  „   de Saavia, minist. patav. T. XXIX (1120) 258.
  „   N. possessor feudi patav. T. XXVIII (1280) 473.
  „   test. T. XXIX (1102) 56.
  „   conf. etiam *Craft*.
Chrafto, T. XXIX (s. anno) 218.
Chraiburg, *Chraiburch*, N. marchio de — T. XXIX (1130) 262, 264, 266.
  „   conf. etiam *Ortenburg*.
Chrniburg, ministeriales — Waltherus de — T. XXVIII (1224) 332.
Chraier, *Chraeiar*, *Chraiar*, Ulricus. T. XXVIII (1228) 328, 330. T. XXIX
            (1243) 76. (1254) 229. (1230) 352.
  „   conf. etiam *Chreiarius* et *Chrey*, nec non *Craierinna*.
Chramer, Albrecht, Bürger zu Passau. T. XXX (1318) 81.
  „   Nicolaus, Bürger zu S. Poelten. ibid. (1321) 92.
Chranichberg, *Chranperch*, Hermannus de — T. XXVIII (1224) 306.
  „   Hermannus memoratur T. XXXI (1419) 167.
  „   Heinrich v. — T. XXX (1347) 191. (1349) 199.
  „   Ulrich v. — T. XXX (1360) 250.

Chrannest, Dietrich der — T. XXX (1321) 94 — 96. (1334) 149.
    „   Margaretha, dessen Hausfrau ibid. (1321) 94 — 96.
    „   Jacob, der — Bürger zu Wien and des Dietrich Druder, ibid. (1321) 94 — 96. (1334) 148.
    „   Bertha, dessen Hausfrau loc. cit.
    „   Heinrich der — Richter zu Wien. ibid. (1321) 98.
Chrapfaer, Heinricus, civis patav. T. XXIX (1325) 809.
Chras, Ernest et Rüger. T. XXIX (1260) 248.
Chrasenarius, Pilgrim et Tuta, mater ejus. T. XXIX (1212) 282.
Chratmar, iterum Pilgrim et Tuta. T. XXVIII (1212) 290.
Chrazan, *Chrazan*, et ejus progenies, ministeriales patav. T. XXVIII (1013) 81.
Chrriarius de Steuderndorf. T. XXVIII (s. anno) 182. — conf. etiam *Chrrier* et *Chrey*, nec non *Craierima*.
Chreich, *Chreiger*, Otto de — T. XXIX (1248) 76.
    „   Hertnidus, dapifer Carinthiae. T. XXXI (1360 — memoratur sub 1419) 167.
Chrella. T. XXVIII (s. anno) 229.
Chreml, Stephl, colonus. T. XXX (1391) 415.
Chremsarius, N. T. XXIX (1269) 494.
Chremstorf, *Chremisdorf*, Rudigerus et Udalricus de — T. XXIX|(1209) 69.
    „   Chunradus, minister. patav. T. XXVIII (1242) 346, 348.
    „   Wolfelinus. T. XXIX (s. anno) 227, 229.
Chremsweg, Ortlieb an dem — T. XXX (1309) 46.
    „   Christan und Rudolph, dessen Druder loc. cit.
Chresling, *Chreskinch*, Otto — possessor feudi in Taenne. T. XXVIII (1280) 456.
    „   Fridericus — ibid. 475.
    „   Christoph. T. XXXI (1458) 455.
Chreuzbach, *Creuzpach*, *Chreuzpech*, *Chreuzbach*, Leutodus de — T. XXIX (1299) 594. — T. XXX (1302) 6, 7.
    „   Gertrudis, uxor ejus, nata de Chalheim loc. cit.
    „   Diemut, eorum filia loc. cit. 594.
    „   Engeldich der — T. XXX (1309) 42, 43.
    „   Fridericus de — canonicus patav. T. XXX (1323) 105, 107.
    „   Fridericus de — magister venatorum Austriae. T. XXXI (1360 — memoratur sub anno 1419) 167.
Chrey, N. *Chreyr* de — (saec. 15) T. XXVIII 496, 497.
    „   Conrad v. — und N. dessen Druder. T. XXX (1366) 262 — 264.
    „   conf. etiam *Chraier* et *Chreiarius*, et *Kray*.
Chriede, Otto de — T. XXIX (1250) 79.
Chrietzinger, Ulrich der — T. XXX (1397) 459.
Chrispelstetter, *Chrispenstetter*. Hartneid der — T. XXX (1336) 154. (1358) 236, 237.
    „   Johannes — T. XXX (1376) 320.
    „   N. dessen Hausfrau loc. cit.

Chrispehletter, Chrispentletter, Gebhart, des Johannes Vetter loc. cit.
Christanus, Christianus, abbas monasterii Cellae angelorum T. **XXX** (1313) 65.
„   capellanus et notarius episcopi patav. T. **XXVIII** (1209) 134. (1210) 135, 283. (1211) 139. (1213) 291. — T. **XXIX** (1209) 69. (1211) 70. (1212) 72. (1209) 281.
„   civis pataviensis. T. **XXVIII** (1253) 366. (1254) 922. (1255) 381. (1280) 453. — memorator (1298) 424. T. **XXIX** (1254) 85, 245, 247. (1255) 239. (1256) 241. (1257) 243. (1258) 99, 244. (1259) 142. (1260) 151, 166. (1263) 445. (1262) 445. (1268) 488.
„   Eidam des Erasmus von Merswang. T. **XXX** (1306) 31.
„   filius Engelschalci. T. **XXVIII** (1232) 336, 449.
„   Pfarrer zu unserer Frau. T. **XXXI** (1415) 139.
„   Richter zu Trebensee. T. **XXX** (1304) 22.
„   test. T. **XXIX** (1097) 56.
„   test. T. **XXIX** (1263) 454. (1268) 483.
Christiana, libera mulier. T. **XXIX** (1112) 261.
„   filia Avae. T. **XXVIII** (1209) 133.
Christina, Aebtissin von S. Nicola. T. **XXX** (1335) 150.
„   cum filiis ejus. T. **XXIX** (1150) 262.
Chritzendorf, Heinrich v. — T. **XXX** (1317) 72 — 74.
„   Rudolph, dessen Bruder. ibid.
„   Weigant. v. — loc. cit.
Chrüdl, collator ecclesiae Schrattenperkch. T. **XXVIII** (saec. 15.) 492.
Chrueg, Hans, Hinteraassc zu Gumpendorf. T. **XXXI** (1412) 109.
Chruge, Etich, Manegolt et Eberhardus de — T. **XXIX** (1175) 63.
Chrumnau, Witigo de — T. **XXVIII** (1253) 377.
Chucchinger, Ulrich. T. **XXX** (1303) 16.
Chuckendorf, Chuckendorffer de Prukke — Liupoldus. T. **XXVIII** (1280) 457.
Chuchenmeister, Conrad der — T. **XXX** (1309) 45.
Chuchenpach, Golo et Heinrlcus. T. **XXIX** (1209) 281.
Chuckler, Chuchlaer v. Fridburg, Hartneid. T. **XXX** (1391) 409.
Chuerrigsprunne, Chunnisbrunne, nobiles de — T. **XXVIII** (1280) 482. — T. **XXIX** (s. anno) 216.
Chufarn, Chufarin, Chuffaren, Chuofarn, Ehkirich de — T. **XXIX** (1102) 57.
„   Hademar. ibid. (1136) 52. (1147) 215 — et filius ejus Otto (1175) 62.
„   . Hademar. T. **XXVIII** (1155) 232. (1186) 255.
„   Bernhard. T. **XXX** (1307) 37.
Chuleibarii. T. **XXVIII** (1280) 475.
Chumbrechting, Chumbretting, Wernh. et H. de — T. **XXIX** (1254) 237. (1255) 238.
„   Ulrich v. — T. **XXX** (1303) 16.
Chunchokingen, Sibot de — T. **XXIX** (1165) 255.

Chundorffer, Volcmar. T. XXX (1390) 401.
Chunegundis S. regina, memoratur. T. XXVIII (s. anno) 507.
    „   censualis patav. T. XXIX (1220) 250.
    „   in Emlinge. T. XXVIII (1280) 456.
    „   mancipium Com. de Bogen. T. XXIX (1141) 64.
Chunenberge, Wernh. de — T. XXVIII (1220) 297.
Chunigsowe, Heinzo de — T. XXIX (s. anno) 220.
Chumiperht, test. T. XXVIII (788) 25.
Chumpold, ministerialis patav. T. XXVIII (1172) 251.
Chumprekt, judex. T. XXVIII (777) 193.
Chuno, Chuonlo, magister monetae viennensis. T. XXIX (1260) 214, 233.
    (1265) 462. — monetarius Viennae. T. XXX (1302) 43; conf. etiam
    Chuono et *Conradus.*
Chunrad conf. *Conrad.*
Chunring, Chunringen, Kuenring, Adalbertus de — ministerialis patav.
    T. XXVIII (1157) 111. (1160) 241. — T. XXIX (1161) 53.
    „   Hadamar de — T. XXVIII (1203) 268. (1216) 141. (1224) 506. —
    XXIX (1130) 273. (1217) 536.
    „   Heinricus. T. XXVIII (1222) 300. (1223) 501. (1224) 506. (1227)
    274.
    „   Albero, pincerna. T. XXVIII (1252) 377. — T. XXIX (1260)
    152.
    „   Albertus de — T. XXVIII (1280) 482.
    „   Leutoldus et Heinricus, fratres de — T. XXVIII (1280) 415, 475,
    490, 492. — T. XXIX (1283) 551.
    „   Leutoldus de — T. XXVIII (1297) 422. — T. XXIX (1292) 578.
    (1293) 579.
    „   Albero de — T. XXX (1311) 60.
Chunter, Chuntaer, Wolfhart der — Bürger zu S. Poelten. T. XXX (1321)
    92.
Chuntilo, test. T. XXVIII (788) 25, 31, 39. (795) 16. (840) 38.
Chuntz de S. Vito. T. XXIX (1260) 248.
Chunzingen, Rupertus de — XXIX (1204) 269.
Chunzmann, de Amsteten. T. XXVIII (s. anno) 182.
    „   de Paierberge, ibid. (1280) 473.
Chuocho, civis patav. T. XXVIII (1224) 302.
Chuonlo conf. *Chuno* et *Conradus.*
Chuono, test. T. XXIX (1136) 60. conf. etiam *Chuno* et *Conradus.*
Churmperch, Magenes de — T. XXVIII (1121) 91.
Churiner, Weichart. T. XXX (1323) 128.
    „   Symon, Pfarrer zu Hackendorf. ibid.
    „   N. — Bürgerin zu Passau. T. XXX (1395) 368.
Chürly, presbyter cardinalis tit. S. Caeciliae. T. XXIX (1179) 327.
Churnperch, Churenberch, Magenes de — ministerialis patav. T. XXVIII
    (1121) 91.
    „   Ernest. T. XXIX (1249) 204.

Chustem, Sigh. de — civis patav. T. XXVIII (1909) 283.
Chyenberch, domini de — T. XXIX (1172) 227.
Cicero, orator. T. XXVIII (1259) 485 — 486.
Cikko, Alramus. T. XXIX (1270) 497.
Cilly, Cylia, comites de — Ulricus comes de — T. XXXI (1360 — memora-
    tur 1449) 167.
  ,,   Hermannus comes de — ibid.
  ,,   conf. etiam *Ortenburg*.
Cimberleutten, Albero de — T. XXVIII (1280) 469.
Cinthy, presbyter Cardinalis tit. S. Caeciliae. T. XXVIII (1179) 124.
Cirberch, Cyrberch, Warm. de — T. XXVIII (1179) 122.
  ,,   Wilhelmus. T. XXIX (1257) 228, 232.
  ,,   Troestlinus loc. cit. (1264) 245.
  ,,   Conf. etiam *Zierberg*.
Cirtennaren, Rugerus de — T. XXIX (1260) 248.
Cistesdorf, Riwinus de — T. XXVIII (1188) 128.
Cito, donator. T. XXVIII (788) 65 — conf. etiam *Tito*.
Cioengen, Wiehardus de — T. XXVIII (1188) 128.
Clara, Schafnerin des Frauenklosters zu Tulln. T. XXX (1354) 312, 313.
Clara — dicta, Heinricus dictus — T. XXIX (s. anno) 229.
Claupreht, donator. T. XXVIII (788) 27.
Clebarius, Albertus et Heinricus, fratres — T. XXIX (1241) 70.
Clemens, abbas Scotorum viennensium. T. XXVIII 1364) 434. T. XXX (1357)
    223, 225.
  ,,   papa I. T. XXVIII memoratur (1264) 485.
  ,,   papa III. T. XXVIII (1188) 128.
  ,,   papa IV. T. XXVIII (1265) 194. (1166) 393. (1272) 396, 397. —
    T. XXIX (1265) 459. (1267) 475.
  ,,   papa V. T. XXX (1310) 50. (1312) 61; — quondam papa (1317)
    69.
  ,,   papa VI. T. XXX (1348) 193.
Clement, colonus. T. XXX (1391) 414.
Clenau, Chlenower, Ulrich v. — T. XXX (1308) 16.
  ,,   Meinhard, dessen Bruder loc. cit.
  ,,   Ruger und Walchun — loc. cit.; — conf. etiam *Klenau*.
Clericus, Otto, dictus — T. XXIX (1264) 246.
Closen, Chlosner, Chloesenar, Chlosnerarius, Closenerius, Chlosnaerius et
    Inclusus. — Otto. T. XXVIII (1232) 337, 349. — T. XXIX (1210)
    274.
  ,,   Heinrich. T. XXIX (1258) 121, 124.
  ,,   Albert. T. XXIX (s. anno) 218. (1290) 573. (1294) 582, 583.
  ,,   Bernhard. T. XXIX (1270) 500.
  ,,   Al. T. XXIX (1278) 528.
  ,,   N. T. XXIX (1281) 541.
  ,,   zu dem Stubenberg, Stephan. T. XXX (1374) 311 — 313.
  ,,   Dorothea, dessen Hausfrau, verwittwete v. Pachberg loc. cit. 311.

Closen, Chlosner, Chloesenar, Chlosnerarius, Closnerius, Chlosnerrius et
 Inclusus. — Eberhart, des Stephans Vetter loc. cit. 313.
 „   Alban und Stephan. T. XXVIII (1429) 451.
 „   zu Arnsdorf, Alban — bayer. Hofmeister. T. XXXI (1438) 334.
 „   Alram, passauischer Hofmeister, Georg und Stephan. T. XXVIII
     (1455) 455.
Coelestinus papa III. T. XXVIII (1194) 849. (1203) 275. T. XXIX (1261)
     177.
Cogo. T. XXVIII (786) 59.
Colditz, Coldicz, Thimo de — T. XXX (1366) 269.
Colonia, Dietricus de — Guardianus Minorit. T. XXIX (1269) 494.
Columba, S. confessor. T. XXVIII (1259) 485.
Commeatus, notarius regius. T. XXVIII (952) 71.
Conradus, Chunradus, Chounradus, Counrad, abbas in Lilienfeld. T. XXIX
     (1291) 575.
 „   abbas in Seitenstetten. T. XXIX (1186) 84.
 „   archiepiscopus salisburgensis et episcopus sabinensis T. XXVIII
     (1179) 125. — T. XXIX (1179) 326, 327.
 „   archiepiscopus salisburgensis T. XXIX (1292) 577. (1299) 593. —
     T. XXX (1300) 5. (1303) 18. (1310) 45.
 „   balistarius in Werdarn. T. XXVIII (1280) 185, 476.
 „   balneator. T. XXIX (s. anno) 232.
 „   burgensis pataviensis in S. Hypolitho. T. XXIX (1259) 136.
 „   burggravius in Salzburg. T. XXVIII (1224) 352.
 „   canonicus ratisbonensis. T. XXVIII (1150) 419, 420.
 „   canonicus pataviensis. T. XXVIII (1173) 252 — et plebanus in
     Sirnich. T. XXIX (1162) 24. (1183) 27.
 „   canonicus pataviensis et major plebanus. T. XXVIII (1209) 133,
     134, 283. (1210) 135, 138. (1212) 290. (1216) 293. (1224) 302. (1227)
     273, 325. (1232) 334, 357, 449. (1256) 154. (1241) 343. (1242) 546.
     (1250) 371. — T. XXIX (1210) 274. (1212) 72. (1227) 285. (1237)
     287. (1215) 352, 533: — dicitur Tumplebanus (1216) 334, 344.
     (1229) 351. (1237) 353.
 „   de S. Valentino, canonicus et archidiaconus patav. T. XXVIII
     (1226) 149; tumplebanus (1227) 324, 326. (1232) 337, 449. (1241)
     343. — Conf. etiam *Valentino S.*
 „   canonicus et custos patav. T. XXVIII (1226) 149, 333. (1227) 273,
     323, 324.
 „   censualis pataviensis, dictus in campo. T. XXVIII (1280) 192, 460.
 „   censualis pataviensis, dictus bi dem Gatern in Gumpotinge. T.
     XXVIII (1280) 456.
 „   et Rudolphus, censuales patavienses, dicti apud ripam in officio
     Amstetten. T. XXVIII (1280) 181, 473.
 „   censualis patav. in Rotenpuchel. T. XXVIII (1280) 472.
 „   censualis patav. in Steyn. T. XXVIII (1280) 474.

Conradus, Chunradus, Chounradus, Counrad, und Gerhard, censuales pata-
    vienses, dicli an dem Walde. T. XXVIII (1280) 469.
  „   civis patav. et gener Duringi sartoris. T. XXVIII (1232) 337, 449.
  „   civis patav. dictus de Marchgazzen. T. XXVIII (1232) 337, 449. —
    .T. XXIX (s. anno) 270. — conf. etiam *Marchgazzen.*
  „   et Otto de foro, cives viennenses. T. XXIX (1258) 115, 116.
  „   civis ypolitensis, dictus uz der Grube. T. XXIX (1254) 235.
  „   clericus ad Anasum. T. XXVIII (1280) 180, 471.
  „   comes, dictus der Rouhe. T. XXIX (s. anno) 313.
  „   custos. T. XXIX (1229) 345.
  „   custos Carinthiae. T. XXIX (1267) 467.
  „   decanus S. Nicolai. T. XXVIII (1212) 290. — T. XXIX (1212) 285.
    (1227) 285.
  „   decanus pataviensis. T. XXVIII (1224) 302. (1226) 449, 316. (1227)
    272, 322, 324 — 326, 333. (1232) 337, 449. (1236) 154. (1242) 346,
    371. — T. XXIX (1231) 74. (1248) 78. (1237) 237. (1223) 340. (1229)
    345. (1337) 353. (1242) 357, 358.
  „   decanus ratisponensis et canonicus patav. T. XXVIII (1236) 154.
    (1241) 343.
  „   diaconus de Pumgarten. T. XXVIII (1280) 474.
  „   episcopus frisingensis. T. XXVIII (1241) 343. (1244) 304. (1245)
    356. (1253) 374, 377. — T. XXIX (1254) 66. (1277) 521.
  „   item episcopus frisingensis. T. XXVIII (1277) 406. T. XXIX (1260)
    165. (1262) 187.
  „   episcopus lubicensis. T. XXX (1381) 353, 354.
  „   episcopus ratisponensis. T. XXVIII (1210) 135.) (1223) 301. (1224)
    332. — (1243) 350. (1265) 392. T. XXIX (1227) 285. (1222) 337.
  „   filius Pilgrimi. T. XXIX (1095) 64.
  „   frater imperatoris Friderici I. T. XXVIII (1137) 103.
  „   frater Eberhardi piscatoris. ibid. (1133) 128.
  „   gener Hermanni militis, dicti Poenbalm. T. XXX (1311) 61.
  „   gener Rinheri notarii. T. XXIX (1267) 469.
  „   hospitalarius medlicensis. T. XXIX (1260) 154.
  „   Hülfspriester zu Wachrain. T. XXX (1317) 73.
  „   der Hubmeister in Oesterreich. T. XXX (1304) 22. — Zu Wienn
    (1390) 43.
  „   des Vorigen Sohn loc. cit. 43.
  „   institor Pataviae. T. XXVIII (1280) 173, 467.
  „   judex pataviensis. ibid. (1216) 293. (1224) 303. — T. XXIX (1231)
    74.
  „   judex in S. Ypolito T. XXIX (1255) 92. (1257) 110. (1216) 334.
  „   Landschreiber. T. XXIX (1281) 545.
  „   magister et scriba Austriae. T. XXVIII (1277) 413. — T. XXIX
    (1283) 549; et uxor ejus ita loc. cit.
  „   magister de S. Floriano. T. XXIX (1254) 32.

Conradus, *Chunradus*, *Chounradus*, *Counrad*, mancipium, sive homo ecclesiae patav. in Eholving. T. XXVIII (1280) 463.
„ marchio. T. XXIX (1146) 59. (1147) 40, 43.
„ marscalcus, test. T. XXVIII (1237) 339.
„ ministerialis Leopoldi, marchionis Austriae. T. XXVIII (1137) 103.
„ ministerialis pataviensis. T. XXIX (1120) 259.
„ mutarius patav. T. XXX (1313) 65. — conf. etiam *Mautner*.
„ notarius. T. XXVIII (1216) 294.
„ notarius. T. XXIX (1252) 292. (1247) 362. (1281) 543.
„ officialis patav. T. XXIX (1260) 151.
„ olearius. T. XXIX (1204) 270.
„ pabulator. T. XXIX (s. anno) 232.
„ plebanus et archidiaconus patav. T. XXIX (1242) 357.
„ plebanus in Cidelarn. T. XXVIII (1194) 263.
„ plebanus Egidii S. Pataviae. T. XXX (1304) 20. (1311) 60, 61.
„ plebanus in Holabrun. T. XXX (1351) 203.
„ plebanus in Hurwen sive Hüren. T. XXIX (1257) 112. (1260) 162. (1261) 153.
„ plebanus Martini S. T. XXIX (1257) 416.
„ plebanus in Michelstetten. T. XXX (1323) 105.
„ plebanus in Mistelbach. T. XXX (1303) 19.
„ plebanus in Rustbach. T. XXIX (1229) 350.
„ plebanus in Wachau. T. XXIX (1261) 179.
„ plebanus in Zell. T. XXIX (1256) 106.
„ templebanus patav. T. XXX (1308) 39.
„ praepositus ecclesiae S. Guidonis spirensis et legatus. T. XXIX (1250) 370.
„ praepositus in Heimburg. T. XXIX (1270) 502.
„ praepositus S. Nicolai patav. T. XXVIII (1212) 290. — T. XXIX (1212) 282.
„ praepositus S. Nicolai. T. XXIX (1295) 579.
„ presbyter. T. XXIX (1267) 467.
„ Richter passau'scher zu Trebensee. T. XXX (1302) 7.
„ scriba et capellanus episcopi patav. T. XXIX (1212) 72.
„ scriba regis Bohemiae apud Anasum. T. XXIX (1269) 493.
„ der Scriber. T. XXIX (1295) 555.
„ der Schneider v. Stokstall. T. XXX (1317) 77.
„ der Schwager des N. Waser zu Passau. T. XXX (1289) 247.
„ test. T. XXVIII (1015) 76.
„ et Heinrich, passau'sche Zehentleute, genannt in dem Holse. T. XXVIII (1280) 455.
„ passau'scher Zehentpflichtiger, genannt auf der Oede. T. XXVIII (1280) 456.
Conradsdorf, *Chunratsdorf*, Heinricus de — T. XXIX (1249) 367.
Coppold, servus episc. patav. T. XXVIII (1280) 469.

Corbaymer, Haertel und Marchart. T. XXVIII (s. anno) 159.
Coverlel, *Goverlel*, Ulricus, canonicus et archidiaconus pat. T. XXVIII
    (1226) 149. (1227) 273, 323, 326. — T. XXIX (1227) 285, 344.
   „   N. Covertellus. T. XXIX (1252) 379.
Counille, test. T. XXIX (1220) 252.
Craft, *Chraft*, Gilg, Bürger zu Passau. T. XXX (1386) 375.
   „   Fridrich, Richter und Mautner zu Passau. T. XXX (1386) 372
      — 375.
   „   N. dessen Hausfrau loc. cit.
   „   Fridrich, der Richter zu Crems. T. XXX (1394) 442.
Craierinna, vidua *Chraerii*. T. XXIX (1252) 228. — conf. etiam *Chraier*.
Craman, missus dominicus. T. XXVIII (788) 49.
Craselaw, Jan von — T. XXXI (1479) 567.
Cremilz, Conradus de — T. XXIX (1260) 154.
Cresehenne, Ulscalcus. T. XXIX (1215) 268.
Creutzer, Sigismundus, canonicus ecclesiae augustensis. T. XXXI (1493)
    663.
Crintlorf, Wigand de — T. XXVIII (1290) 474.
Croemel, Wernhart. T. XXIX (s. anno) 218.
Cruce, Pilgrimus et Heinricus de — T. XXIX (1125) 21.
Crumperch, Alker de — T. XXIX (1248) 73.
Cumperht, T. XXVIII (806) 58.
Cundalperht, *Kundalperht*. T. XXVIII (725) 55. (774) 10. (806) 57. (817)
    48, 64. (820) 39. — conf. etiam *Hrodhelm*.
Cundhari, donator. T. XXVIII (600) 12.
Cundpert. T. XXVIII (725) 54.
Cundpiris, T. XXVIII (800) 67.
Cunegunde S. de — Heinricus. T. XXIX (1328) 303.
Cuper, N. ex cancellaria sedis apostolicae. T. XXXI (1433) 232. (1436)
    305.
Cusperge, Tiemo de — T. XXIX (1200) 279; — et uxor ejus Sophia loc.
    cit.
Cycerius, Heinricus, scolaris. T. XXIX (1299) 595.
Czeller, Niclas, passau'scher Pfleger auf dem Niedernhaus. T. XXXI (1404)
    29, 30. — Stadtrichter zu Passau (1405) 54.
   „   Hans, Grundbesitzer im Gericht Trebensee. T. XXXI (1438) 329.
Czener, Pangratz. T. XXXI (1436) 306.

D.

Dachsberg, *Dahsperch*, *Dachsperiger*, *Daxperger*, Wernhardus de —
    T. XXIX (1254) 234. (1256) 240. (1257) 410. (1262) 483. (1270)
    496. (1272) 505.

Dachsberg, Daksperch, Dacksperiger, Dazperger, N. collator ecclesiarum Steinbach, Chranperch, Pilchdorf, S. Egidii, Volkenstorf etc. T. XXVIII (saec. 15) 490, 491, 493, 497.
„	Eberhard v. — Oheim des Eberhard v. Wallsee. T. XXX (1359) 248.
„	Ulrich v. — T. XXX (1590) 402. (1591) 410.
„	Georg. T. XXX (1590) 402. — Gemahlin, Wilburge, geborne v. Cappellen. T. XXXI (1415) 134, 135.
„	Aesmel. T. XXX (1591) 410.
Damberger conf. *Tannberger, Tannberg.*
Dankenbeck, Stephan, Bürger v. Passau. T. XXXI (1435) 271, 272, 274.
Daniel, magister Ord. Praedicatorum. T. XXIX (1254) 81, 82; lector Praedicat. Viennae. ib. (1259) 425.
„	plebanus de Polan. T. XXIX (1229) 550.
Dannering, Engelschalk v. — T. XXX (1366) 261.
„	Hans und Agnes, dessen Kinder loc. cit.
David, test. T. XXVIII (774) 53.
„	et frater ejus Hrantolf. T. XXVIII (789) 50.
Dechsenpekch, Hans der — Ritter. XXXI (1452) 483.
Dechser, Georg, Ritter. T. XXXI (1452) 426. (1456) 446.
Decius, imperator Rom. T. XXVIII 251, 445.
Degenberg, Degenberger, Hertwig vom — T. XXX (1356) 222.
„	Eberwinus de — canonicus pataviensis. T. XXX (1383) 368.
„	Albrecht v. — ibid. (1399) 385, 386.
„	zu Alten-Nusberg, Stephan. T. XXX (1399) 490, 491.
„	N. dessen Hausfrau loc. cit.
„	Hans, Hofmeister in Nieder-Bayern. T. XXX (1399) 491. — T. XXVIII (1432) 453, 522.
„	Hans der — T. XXXI (1402) 28.
„	Hans Gewolf vom — Vicedom zu Amberg. T. XXXI (1411) 94.
„	Hans der jüngere v. — Ritter. T. XXXI (1454) 432, 433.
„	conf. etiam *Tegenhart.*
Deitrih et *Deiotrich* conf. *Deotrihc* et *Dietricus.*
Demenius, cantor. T. XXVIII (450) 5.
Dens, Walch. T. XXIX (1257) 110.
Deomol, uxor Ortuni. T. XXVIII (774) 68.
Deotker, abbas et missus dominicus. T. XXVIII (900) 10.
Deotrihc, Diotrihc, Dieotrihc, Deitrih etc. miles episcopi patav. T. XXVIII (985) 88. (1013) 80, 81. (1036) 82. (1038) 83, 86.
„	filius Gotideonis. T. XXVIII (899) 33.
„	nobilis cum uxore Itiliada et filia Gerhilda. T. XXVIII (947) 73.
„	test. T. XXVIII (874) 70.
„	conf. etiam *Dietricus.*
Deotwind, don. T. XXVIII (725) 54.
Deublul Otto v. — T. XXIX (1286) 562.

Diabolus, Arnold. T. XXIX (1216) 271.
Dieho, magister. T. XXIX (1242) 357. — conf. etiam *Dieto*.
Diemudis conf. *Reinmarus*.
Dienstmann, Wilhelm. T. XXIX (1302) 208.
Diepoldus, episcopus. T. XXIX (s. anno) 306.
Diernsteine, Gottschalcus de — T. XXIX (1158) 60.
Diessen, Ulricus comes de — episc. pat. conf. *Palatia et Andechs.*
Dietbaldus, filius Ratpoti comitis. T. XXVIII (1035) 77.
Diethard. T. XXIX (1130) 262. (s. anno) 232.
Diether, archiepiscopus moguntinus. T. XXXI (1460) 482.
    „   officialis patav. T. XXVIII (1257) 339.
    „   test. T. XXIX (1165) 256.
Diethoch et Gottfridus, minist. patav. T. XXVIII (1188) 260.
Dietlaibus, *Deitlaibus*, in Gleuzze. — T. XXVIII (1280) 182, 473.
Dietlinda, Ekkorich et Mathildis, mancipia W. de Wazenchirchen. T. XXIX
    (1158) 261.
Dietkinus, civis de Efferding. T. XXIX (1262) 181.
Dietmarus, abbas monasterii Altahao infer. T. XXIX (1200) 29.
    „   abbas ejusd. monast. ibid. (1240) 6.
    ;,   archiepiscopus salisburgensis. T. XXVIII (876) 447.
    „   auf dem Berge, Hintersassc. T. XXVIII (1280) 456.
    „   canonicus patav. T. XXVIII (1160) 116. (1163) 119. (1167) 249.
        (1172) 251. (1182) 127.
    „   canonicus et major plebanus patav. T. XXVIII (1244) 308. quon-
        dam templebanus. T. XXIX (1267) 457.
    „   civis patav., dictus super danubium. T. XXIX (s. anno) 273.
    „   carnifex patav. T. XXIX (1220) 250.
    „   cognatus Ruperti decani patav. T. XXIX (1164) 253.
    „   colonus in Austria. T. XXX (1317) 73.
    „   frater Ordinis Praedicatorum. T. XXIX (1258) 424.
    „   ministerialis patav. T. XXIX (1120) 258. — conf. etiam *Gougrava*.
    „   monetarius. T. XXIX (1220) 252.
    „   plebanus. T. XXIX (1247) 564.
    „   praepositus S. Floriani et germanus Reginberti episc. patav. T.
        XXVIII (1145) 107. — T. XXIX (1116) 53. (1125) 20. (1143) 22.
    „   praepositus S. Floriani. T. XXIX (1248) 76. (1250) 79.
    „   praepositus patav. T. XXIX (1071) 13. (1088) 45.
    „   praepositus in S. Poelten. T. XXX (1357) 225. — conf. etiam
        Rorer.
        praepositus in Suben. T. XXVIII (1197) 129. (1204) 271.
    „   in Puorgetore. T. XXIX (1220) 269.
    „   vir nobilis. T. XXIX (1144) 61. (1165) 256.
Dietpoldus, test. T. XXIX (1086) 55.
    „   marchio. T. XXIX (1065) 52.
Dietricus, *Diotrih* etc. — sartor et civis pataviensis. T. XXVIII (1197) 129.
    (1209) 283. (1210) 138. — T. XXIX (1204) 269. (1214) 250.

Dietricus, Diotrih, etc, — iterum. T. XXVIII (1280) 467, 475.
" civis viennensis. T. XXIX (1211) 69.
" comes. T. XXVIII (1109) 218. — T. XXIX (1140) 253,
" decanus Agathae S. et canon. patav. T. XXVIII (1226) 149. (1223) 528, 330. — T. XXIX (1230) 352,
" decanus medlicensis. T. XXIX (1269) 494.
" episcopus gurzensis. T. XXVIII (1277) 406, 407. — T. XXIX (1277) 521, 522.
" Hülfspriester zu Wachrain. T. XXX (1317) 78. (1319) 87.
" magister et canonicus patav. T. XXX (1302) 10.
" stipulator Viennae. T. XXX (1302) 13.
" testis. T. XXVIII (903) 203. (906) 204.
" vir nobilis. T. XXIX (s. anno) 263. — T. XXVIII (947) 73.
" Conf. etiam *Theodericus.*
Dietwin, Dietwin, ex Monselkirchen. T. XXIX (1172) 267.
" Rudegerus et Ulricus, ex Neut, censuales patav. T. XXVIII (1280) 469.
Diezi, test. T. XXVIII (983) 207.
Diezihe. T. XXIX (1130) 262.
Diezo, Dyezo, canonicus et scholasticus patav. T. XXVIII (1227) 324, 325. (1242) 346. (1253) 366. (1256) 379, 381. — T. XXIX (1254) 84. (1256) 240. (1258) 120. (1259) 132, 133. (1260) 143. (1253) 293. (1247) 364. (1262) 444.
" conf. etiam *Dieho.*
Digwi, Hermannus, decanus pataviensis. T. XXX (1380) 343. (1383) 365.
Dillingen, Hartmann comes de — T. XXVIII (1244) 304.
Dimarus, miles. T. XXIX (s. anno) 213.
" test. T. XXIX (1088) 55.
Diocletianus, imperator, memor. T. XXVIII (1432) 444.
Dionysius areopagita. ibid. (1259) 485.
Dioprekt, filius Ratolfi jun. T. XXVIII (903) 203.
Dobel, Osanna, Wittwe des Ulrich v. — T. XXIX (1299) 592.
Doblin, Jenzo de — T. XXIX (1262) 440, 442.
Dobra, Dietrich der Schenk von — T. XXX (1356) 919. (1357) 226.
Domichenstein, Adalbertus et Udalricus de — XXIX (1158) 60.
Donatus major et parvus. T. XXVIII (1259) 485, 486.
Dorffe, Fridrich hinter dem T. XXX (1317) 74.
" Roeschel, dessen Sohn loc. cit.
Dorfmaister, Wolfhart, Beisitzer der Landschranne zu Strasheim. T. XXXI (1427) 209.
Dorn. T. XXIX (s. anno) 230, 231.
Dornberch, Dornberg, comites de — Eberhardus. T. XXVIII (1224) 532.
" Gebehardus. T. XXIX (1215) 335.
" Ulricus, decanus ratisponensis. T. XXIX (1279) 532.
" Chunradus de — T. XXVIII (1186) 256.
" Dietmarus, canon. fris. T. XXVIII (1194) 263.

Dosse, collator ecclesiae Hawtzental. T. XXIX (saec. 15) 489.
Draecksling, *Draeckssling*, Heinricus de — T. XXVIII (1280) 484. T. XXIX
    (s. anno) 217.
Draeksel, Ditel. T. XXX (1303) 16.
Draekselheim, *Drekselheim*, *Drechselhaimer*, Conradus T. XXIX (1264) 246.
    (1281) 537. — Achatz. T. XXXI (1460) 477. — Otto. T. XXVIII
    (1262) 383. — T. XXIX (1254) 246. T. XXX (1300) 2.
Dresslinger, Eisenreich der — Durgbüter. T. XXX (1397) 458.
Dreslabilz, zu Chalticz, Zaroslav de — T. XXXI (1479) 566.
Drezridler, collator ecclesiae Puch. T. XXVIII (saec. 15) 497.
Drikeuptel, Conradus. T. XXIX (1254) 85.
Duchnitz, Meindl von — T. XXXI (1477) 544.
Durandi, Petrus, capellanus papae Johannis XXII et canonicus ebredanen-
    sis. T. XXX (1317) 68, 69.
Durin (de Salta) test. T. XXIX (1204) 270.
Durinc, vicarius. T. XXVIII (906) 204.
Durinch, test. T. XXVIII (983) 207.
    „   test. T. XXIX (1097) 56.
    „   ibid. (1149) 260.
Duringo, monetarius. T. XXVIII (1153) 113. — T. XXIX (1158) 261.
    „   conf. etiam *Helmbert.*
Duringus, capellanus abbatis in Moelk. T. XXIX (1260) 162.
    „   civis patav. T. XXVIII (1280) 467.
    „   pellifex. T. XXIX (s. anno) 227, 229.
    „   praepositus medlicensis. T. XXIX (1260) 154.
    „   sartor, civis patav. T. XXVIII (1232) 337, 449.
    „   conf. etiam *Turingus* et *Gundachar.*
Durnch, ministerialis patav. T. XXVIII (1157) 112.
Durrenholze, Albertus de — T. XXIX (1299) 593.
Durrenprotes, civis patav. T. XXVIII (1280) 173, 468.
Durst, Ortolf. T. XXVIII (1188) 260.
    „   Conrad. T. XXX (1315) 67 — und Ulrich, dessen Bruder loc. cit.
    „   Conrad, Bürger zu Stein. ibid. (1334) 146.

E.

E. praepositus pragensis. T. XXIX (1229) 346.
Ebeker, mancipium Frider. com. de Bogen. T. XXIX (1141) 64.
Ebelsberg, *Ebelsperch*, *Evelsberh*, Rud. de — T. XXIX (s. anno) 221, 299.
    „   Wernher ibid. (s. anno) 273.
    „   Gundakar. T. XXIX (1216) 334.
Eber, mancipium. T. XXIX (1138) 62.
    „   ex Mutarn, censualis. T. XXVIII (1280) 474.

Ebergerus, *Ebirgerus*, mancipium Megingozi. T. XXIX (1146) 59.
   ,,   plebanus de Vienna. T. XXVIII (1147) 108. (1155) 232. — T. XXIX (1158) 437.
   ,,   et M. Chunrad de S. Floriano. T. XXIX (1254) 82.
Ebergozesberg, *Ebergozsperge*, Richkerus de — T. XXVIII (1209) 133.
   ,,   Alb. T. XXIX (1254) 236. (1255) 237.
Ebergotingen, Conrad v. — T. XXIX (1286) 562.
Eberhardus, archiepiscopus salisburgensis. T. XXVIII (1156) 355.
   ,,   archiepiscopus salisburgensis. T. XXVIII (1208) 277. (1213) 140. (1224) 305, 306. (1227) 271. (1244) (304. — T. XXIX (1262) 187. (1213) 331. (1243) 360. (1261) 435.
   ,,   archiepiscopus salisburgensis. T. XXXI (1407) 75. (1411) 101. 102, 104. (1419) 162. (1420) 170. (1428) 210, 214.
   ,,   canonicus S. Nicolai. T. XXVIII (1212) 290.
   ,,   canonicus pataviensis. T. XXIX (1165) 256.
   ,,   canonicus patav. T. XXVIII (1212) 290. (1227) 323. — T. XXIX (1212) 285. (1242) 357.
   ,,   canonicus et major plebanus ratisponensis. T. XXVIII (1241) 344, 345.
   ,,   canonicus ratispon. et magister. T. XXIX (1295) 585.
   ,,   cellerarius et canonicus patav. T. XXVIII (1280) 460.
   ,,   decanus. T. XXIX (1088) 45.
   ,,   decimator patav. in Stein. T. XXVIII (1280) 474. 476 — Gerbirgis uxor et Nicolaus filius ejus. (1284) 417. — T. XXIX (1256) 102.
   ,,   episcopus bambergensis. T. XXVIII (1156) 355. (1166) 120.
   ,,   Fridericus, et Wezil, ex familia ecclesiae patav. T. XXIX (1088. 46.
   ,,   feudalis patav. T. XXVIII (1280) 467, 475.
   ,,   filius Rumolti. T. XXIX (s. anno) 61.
   ,,   et Gertrudis, mancipia. T. XXIX (1147) 215.
   ,,   nobilis homo, et Leugarda uxor ejus. T. XXIX (1166) 255.
   ,,   plebanus iu Loachse. T. XXIX (1229) 350.
   ,,   plebanus in Vienna. T. XXIX (1258) 425.
   ,,   praepositus baumburgensis. T. XXIX (1242) 75.
   ,,   praepositus pataviensis. T. XXVIII (1209) 285. (1210) 133. T. XXI: (1216) 334.
   ,,   praepositus werdensis et canonicus patav. T. XXVIII (1255) 377.
   ,,   praepositus S. Hippolyti. T. XXIX (1299) 546.
   ,,   testis, et mater ejus Elisa. T. XXIX (1150) 262.
   ,,   et Gotfridus, villici in Uttenchoven. T. XXIX (s. anno) 220.
Ebero, clericus. T. XXIX (1267) 474.
Ebersbech, *Eberspeck*, Johannes, senior et canonicus patav. T. XXXI (1481) 580, 597. (1483) 610, 611.
Ebersdorf, *Eberstorf*, Reimbertus et Chalholus, fratres de — T. XXIX (1285) 561. (1286) 561.

Ebersdorf, Eberstorf, Chalhoch v. — T. XXX (1302) 12. (1304) 22. — Käm-
    merer von Oesterreich. (1306) 30, 31, 32.
      ,,   Rudolph v. — T. XXX (1304) 22.
      ,,   Agnes, Hausfrau des Chalhoch. T. XXX (1306) 31.
      ,,   Preid, sive Brigitta, deren Tochter, vermaehlte von Prambach.
      T. XXX (1306) 31, 32, 33.
      ,,   Rudolph und Heinprecht, Soehne des Chalhoch. T. XXX (1306)
      31, 33.
      ,,   Hans, oberster Kämmerer in Oesterreich. T. XIX (1398) 482. —
      T. XXXI (1415) 137. (1438) 529.
      ,,   Petrus de — camerarius Austriac. T. XXXI (1560 — memora-
      tur 1419) 167.
      ,,   Sigmund v. — Oberster Kaemmerer in Oesterreich. T. XXXI
      (1443) 363, 366.
      ,,   Veit v. — T. XXXI (1467) 509.
Ebersperg et *Sempt,* comites de — Werigand. T. XXIX (1095) 64.
Eberstein, Albertus comes de — canonicus patav. T. XXVIII (1226) —
    1227) 149, 273, 325, 335. — T. XXIX (1252) 379.
Eberwein, Eberwin, Ebirwin, colonus. T. XXX (1310) 47.
      ,,   item, dictus in campo. T. XXIX (1253) 221.
      ,,   mancipium comitis hallensis. T. XXVIII (1158) 113.
      ,,   possessor curtilis et horti. T. XXVIII (1280) 467.
      ,,   test. T. XXIX (1146) 69.
      ,,   Conf. etiam *Wernhardus.*
Ebinge, Leo de — T. XXIX (1260) 248.
Ebo, ministerialis patav. T. XXVIII (1157) 103.
      ,,   test. T. XXIX (1165) 257.
      ,,   conf. etiam *Bertha* et *Eppo.*
Ebran v. Wildenberg. N. T. XXXI (1456) 443.
Eccahart Carpentarius conf. *Carpentarius.*
Eccardus, praepositus S. Hippolyti. T. XXIX (1290) 574.
Ecco, test. T. XXVIII (903) 203.
Eccho, test. ibid. (935) 203.
      ,,   test. ibid. (903)) 203.
Eckelarius de Chunholsteten. T. XXVIII (1280) 476.
Echendorf, Echindorf, Warm. de — T. XXVIII (1160) 242.
      ,,   Otto de — T. XXIX (1204) 269.
Eckerlin, frater Heinricus, commissarius apostolicus T. XXX (1380) 338 —
    340.
Eciki, parscalcus. T. XXVIII (1013) 73.
Eckehardus, Ekkehard, et filii ejus Adalbert, Pilgrim et Immo, burgenses
    patav. eccles. T. XXIX (1140) 254.
      ,,   canonicus patav. T. XXVIII (1147) 229. (1160) 116. (1172) 251.
      ,,   conf. etiam *Albero* et *Ekkherd.*
Eckerich, Eckeric, Ekkirihc etc. — test. T. XXVIII (1013) 74. (1045) 212.
    (1109) 213.

Eckerich, Eckeric, Ekkirike, test. T. XXIX (1130) 262. (1150) 262.
„   test. ibid. (1165) 255. — conf. etiam *Ekkericus, Ekkirch* et *Diet-
         linda.*
Edelspach, Richer de — T. XXIX (1274) 507, 508.
Ederamsdorf, Gnanil de — ibid. (1180) 263.
Edersdorf, Edresdorf, Eberwein v. — T. XXX (1300) 4.
„   Martin, ibid. (1371) 298, 299.
Ediram, test. T. XXVIII (983) 207.
Efferl, der Jude zu Crems. T. XXX (1398) 471, 472.
Egelolf conf. *Egilolf* et *Eglolfus.*
Egenberger, N. der Ritter. T. XXX (1336) 163.
Egenburg, Egenburch, Wysinto von — T. XXX (1317) 74.
Egendorf, Heinricus de — T. XXIX (1274) 509.
Egeno, Egino, canonicus patav. T. XXVIII (1067) 217. — T. XXIX (1071)
         13.
„   test. T. XXVIII (624) 35.
Egidio S., Ulricus de — presbyter patav. T. XXX (1389) 393, 394.
Egidius, presbyter Cardinalis tit. S. Martini in montibus. T. XXX (1366)
         270, 272.
„   archidiaconus tyrnensis. T. XXIX (1229) 350.
„   S. T. XXIX (1183) 25.
Egil, test. T. XXVIII (985) 209 — conf. etiam *Eigel, Eigil,* et *Eigile.*
Egilinge, Amelbert de — T. XXVIII (1159) 510.
„   Angelbertus de — T. XXIX (1227) 344.
„   conf. etiam *Aighingen.*
Egilolf, Egelolf, test. T. XXIX (1086) 55.
Egilward, filius Drunonis militis. T. XXIX (1146) 54.
Egino conf. *Egeno.*
Egker, Ekk, Ekker, Ekher, Albero — Oheim des Albero v. Rustorf. T. XXX
         (1318) 85.
„   Peter v. — Vicedom zu Straubing. T. XXX (1336) 156. (1356)
         222.
„   Wilhelm, der — T. XXX (1389) 385.
„   zu Neunck, Ulrich der — T. XXX (1396) 449, 450.
„   zu Pilheim, Hans — T. XXXI (1447) 374, 375.
„   Heinrich, dessen Bruder loc. cit.
„   zu Obernberg, Sigmund. ibid. (1487) 631, 632, 633.
„   Hans, dessen Bruder loc. cit.
„   Oswald, dessen Bruder loc. cit.
Eglofstein, Veit v. — T. XXVIII (1455) 455.
„   Hans v. — Domherr zu Bamberg. T. XXX (1396) 448.
„   Conrad v. — herz. bayer. Rath. T. XXX (1434) 248.
Eglolfus, canonicus ratisponensis. T. XXVIII (1150) 420.
Egno, servus Oulrici advocati, test. T. XXIX (1150) 262.
Eiche, Pilgrim de — T. XXIX (1210) 274.
Eichenpach, Otto et Wernhardus de — T. XXVIII (1173) 252.

Eigel, test. T. XXVIII (903) 203. (983) 87, 207, 208. (985) 88.
  „ conf. etiam *Kgil*, *Eägil*, et *Eigilo*.
Eigelingen conf. *Aiglingen* et *Egilinge*.
Eigen, Hugo de — T. XXIX (1204) 269.
Eigil, presbyter de Riurippa. T. XXIX (s. anno) 263.
  „ vasallus Guntheni comitis. T. XXVIII (899) 33.
  „ conf. *Egil*.
Eigilo, test. T. XXVIII (906) 204.
Einhart, et filius ejus Richolf. ibid. (1038) 81.
Einhartsdorf, Siboto de — T. XXVIII (1194) 264.
Einheri, donator, et uxor ejus Jrmswind, nec non presbyter Gaganhard,
    frater ejus. T. XXVIII (866) 33 — 34.
Eimvichus, *Eimricus*, gener Gerhohi. T. XXIX (s. anno) 218.
  „ decanus ratispon. T. XXVIII (1150) 419.
  „ custos. T. XXIX (1242) 353.
  „ notarius. T. XXIX (1215) 333.
  „ conf. etiam *Aemvicus*, *Aimvicus*, item *Albrandus* et *Herrand*.
Einwige, *Eimvik*, T. XXIX (1254) 234.
Eisenpeutel, Weigant der — T. XXX (1309) 41, 43.
Eisenreich conf. *Isenrich*.
Eissenpuch, *Eisenpuoch*, *Fyssenpucher*, *Issenpuch*, N. marscalcus de — T.
    XXIX (1262) 185, 219. (s. anno) 217.
  „ Heinricus. T. XXIX (1237) 344.
  „ N. ibid. (1262) 448, 449.
Eismer, Gundakarus dictus. T. XXIX (1270) 500.
Eitzingen, *Fytzinger*, *Eyzinger*, *Eycringer*, Georg, der — Ritter. T. XXX
    (1370) 292. (1391) 410.
  „ Hans, ibid. (1391) 410.
  „ v. Eitzingen, Ulrich. T. XXVIII (1443) 530. T. XXXI (1449) 411;
    — obrister Hauptmann in Oesterreich (1452) 424, 425.
  „ Stephan, T. XXXI (1467) 507.
  „ von Eitzing, Sigmund. T. XXXI (1467) 509.
Eize et filius ejus Friderich. T. XXIX (1147) 215.
Eka, *Ekke*, Eppo de — T. XXVIII (1135) 102. Wernhardus. T. XXX
    (1307) 36.
Ekbertus civis in Crems. T. XXIX (1258) 125. conf. etiam *Ekkebert*.
  „ comes. T. XXVIII (1159) 510. T. XXIX (1249) 227. (1155) 255,
    256.
Ekcharting, *Ekhartinger*, Liupoldus de — XXIX (1284) 554.
  „ Conrad, Burggraf zu Hals. T. XXX (1357) 235.
Ekkartsraeul, Otto v. — T. XXX (1303) 15.
Ekkartshowe, Irnfried v. — ibid. (1302) 12.
Ekkartzau, *Egkartsau*, *Ekkarzau*, Leopold v. — oesterreichischer Rath.
    T. XXXI (1413) 118 — Oheim der Wilburg v. Daobsberg. (1415)
    134, 136.
  „ Georg v. — T. XXXI (1467) 509.

Ekkartzau, Egkartzau, Ekkarzau, Irmfrit v. — T. XXIX (1286) 554.
   „　　N. collator ecclesiarum Sanberkh et Stuppenreich. T. XXVIII
      (saec. 15) 489, 491.
Ekkebert, episcopus bambergensis. T. XXVIII (1224) 305, 506, 551, 552.
      (1227) 271. — memoratur (1280) 471.
   „　　conf. etiam *Ekbertus.*
Ekkehar, possessor in Puchach. T. XXVIII (1280) 471.
Ekkehardus et Pilgrimus, mutarii. T. XXIX (1220) 251.
   „　　Propst zu S. Poelten. ibid. (1295) 583.
   „　　socer Ulrici dicti Schaerding. T. XXX (1308) 38.
   „　　in Fossa. T. XXVIII (1280) 466.
   „　　conf. etiam *Eckehardus* et *Werngart.*
Ekkehartesdorf couf. *Chalhohus.*
Ekker, huborius ad Anasam. T. XXVIII (s. anno) 180.
   „　　et Heinricus, decimatores apud Harde. ibid. (1280) 180, 471.
Ekkericus in Phapphengazzen. T. XXIX (1231) 74.
   „　　*Ekkirch* et filius ejus Hadamar. T. XXIX (1121) 61.
   „　　conf. etiam *Eckerich.*
Ekkolf, test. T. XXIX (1130) 262. (1165) 255. — conf. etiam *Marquard.*
Ekkreichstorf, Conrad v. — T. XXX (1349) 197.
   „　　Heinrich, dessen Sohn. loc. cit.
Elenberg, Ellenberge, Fridericus. T. XXIX (1149) 259.
Elisa, matrona, cum filiis Gunthero et Walchuno, ministerialibus patav. T.
      XXVIII (1121) 91; conf. etiam *Eberhardus* test.
Elisabetha, abbatissa in Traunkirchen. T. XXIX (1262) 190.
   „　　comitissa palatina. ibid. (1086) 55.
Ellenbrechtskirchen, Ellimbrehtschirchen, Pabo vir nobilis de — T. XXIX
      (1247) 363. (s. anno) 273. — T. XXXIII (1194) 264.
Ellenhard, diaconus et notarius. T. XXVIII (600) 40.
Ellinger. T. XXVIII (906) 204.
Ellinnalm, test. ibid. (1035) 82.
Ellinperht, Elliperht. test. ibid. (983) 207, 208.
Ello, test. T. XXVIII (983) 207.
Elrichinger, Meingoz. T. XXX (1391) 410.
Elsarn, Reginbert de — T. XXVIII (1173) 120. (1180) 97. (1187) 258. —
      T. XXIX (1140) 253. (1158) 265.
Emelingen, Emilingen, Gerhalm de — T. XXVIII (1179) 122.
   „　　Arnold T. XXIX (1190) 251, 252.
Emiho, test. T. XXVIII (818) 13.
Emilo, test. ibid. (906) 204.
Enceman, test. T. XXIX (1165) 255.
   „　　test. ibid. (1220) 252.
Engel, Lebzelter zu Passau. T. XXVIII (1454) 442.
Engelbert, Engilbert, Engelpreht, canonicus et archipresbyter patav. T.
      XXVIII (1067) 217. — T. XXIX (1074) 13.

Engelbert, *Engilbert*, *Engelprehl*, censualis patav. ex claustro S. Mariae (Niedernburg) T. XXIX (s. anno) 273.
,,   censualis patav. ex loco Pach. T. XXVIII (1280) 474.
,,   civis patav. T. XXVIII (1167) 249.
,,   comes, maritus matronae Werdni. T. XXVIII (788 — 834) 25, 48, 50.
,,   decanus wisgradensis. T. XXIX (1071) 13.
,,   ministerialis comit. hallensium. T. XXVIII (1158) 113.
,,   ministerialis patav. T. XXIX (1158) 261.
,,   possessor quondam castri Struben. T. XXVIII (1194) 262.
,,   praepositus monasterii S. Floriani. T. XXIX (1183) 26.
,,   praepositus et archipresbyter monast. S. Ypoliti. T. XXIX (1088) 46.
,,   test. et sartor. T. XXIX (1204) 269.
,,   test. ex Wihenflorian. T. XXIX (1216) 271.
Engelbottsdorf, *Engelpottsdorf*, Steven de — T. XXIX (1125) 21.
,,   Leupold, ibid. (1248) 79.
,,   Dietmar, ibid. (1257) 242. (1260) 243.
Engelfried, Bürger v. Passau. T. XXX (1325) 117.
Engelhart, Meister, Chorherr v. Passau. T. XXVIII (1300) 515.
Engelmar, Bischof v. Chiemsee. T. XXXI (1419) 162.
Engelsarmprunn, Ulricus de T. XXIX (1283) 552.
,,   Ulricus, miles de — T. XXX (1302) 10.
,,   Ruogerus de — loc. cit.
Engelpert, possessor feudi in inferiori Holnstein. T. XXVIII (1280) 473.
Engelprehtschirchen, Richilt, Heinricus, Megenhart et Perhta de — T. XXIX (1220) 250. — Heinrich 223.
Engelscakelde, *Engelschalichswelde*, dom. N. de — T. XXIX (s. anno) 216.
,,   Dietmarus de — T. XXIX (1270) 496.
,,   Ulricus de — ibid. (1281) 545.
Engelschalc Engilscalc, *Engilschalh*, *Engilscalh*, filius Rudolphi praepos. T. XXIX (1165) 257.
,,   et Ruodegerus, marschalci patav. T. XXVIII (1194) 264.
,,   canonicus et oblaiarius patav. T. XXVIII (1211) 139. T. XXIX (1214) 271. (1220) 269.
,,   canonicus et magister patav. T. XXIX (1281) 535. (1295) 586.
,,   civis patav. T. XXVIII (1224) 302 — et Christian filius ejus. (1232) 336, 449.
,,   civis linzensis. T. XXVIII (1280) 179, 471.
,,   doctor decret. T. XXIX (1282) 547.
,,   judex. T. XXIX (s. anno) 231.
,,   magister. T. XXIX (1283) 296. (1273) 528. (1281) 541. (1285) 555. (1289) 571. (1296) 587.
,,   ministerialis pat. T. XXIX (1120) 259. (1121) 61. — conf. etiam *Pomlingen*.

Engelschalc, Engilscalc, Engilschalk, Engilscalh, mutarius. T. XXIX (1254)
    81. (1255) 238. (1256) 239, 241. (1257) 243.
  ,,   notarius et cellerarius patav. T. XXIX (1283) 552.
  ,,   pater Roudolphi praepos. T. XXIX (1165) 257.
  ,,   praepositus S. S. Georgii et Andreae. T. XXIX (1258) 127.
  ,,   sacerdos. T. XXIX (1283) 552.
  ,,   testis. T. XXVIII (874) 93. (903) 203. (906) 204.
Engicha et filii ejus Truize et Engilrath, mancipia. T. XXIX (1140) 258.
  ,,   ibid. (1220) 249.
Engildeo, Engildieo, Engildich etc. diaconus et capellanus regius. T. XXVIII
    (847) 24.
  ,,   nobilis cum uxore Gundrada. ibid. (1037) 84. (985) 88. (1013) 75.
  ,,   testis. T. XXVIII (782) 41. (866) 34.
  ,,   testis. ibid. (983) 207.
  ,,   testis. T. XXIX (1112) 261. (1130) 262.
Engildia, mancipium Leopoldi march. Styriae. T. XXIX (1122) 57.
Engilfried, test. T. XXIX (1165) 255.
Engilger, dispensator. T. XXIX (1209) 231.
  ,,   presbyter. T. XXVIII (815) 41.
  ,,   test. T. XXIX (1119) 63.
Engilhilda, mancipium. T. XXIX (1120) 258.
Engilmann, mancipium. T. XXIX (1065) 52.
Engilmar, test. T. XXVIII (899) 33. (903) 203.
  ,,   test. ibid. (1013) 75.
  ,,   conf. etiam *Engelmar.*
Engilpald, missus dominicus. T. XXVIII (818) 18.
  ,,   test. ibid. (600) 63.
  ,,   test. ibid. (903) 203.
Engilpern, test.. T. XXVIII (903) 203.
Engilpold, test. T. XXVIII (847) 24.
Engilram, liber homo. T. XXIX (1165) 257.
  ,,   test. ibid. (1082) 58.
Engilrath, mancipium. T. XXIX (1140) 258.
Engiza, ancilla. T. XXVIII (1038) 84.
Ense, Meingoz de — T. XXIX (1125) 21.
Entzmenna. T. XXVIII (1280) 474.
Enwicus, praepos. T. XXVIII (1147) 103.
  ,,   conf. etiam *Aemricus, Ainricus* et *Einricus.*
Enzenkirchen, Ekkerich de — T. XXIX (s. anno) 256.
Enzimann conf. *Encemann.*
Enzin, test. T. XXIX (1220) 251.
Enzo, ibid. (1165) 257.
Eoder, Heinrich. T. XXX (1303) 16.
Eokinge, Theodoricus in — et uxor ejus Linkardia. T. XXIX (1304) 270.
Eppo, Epo, archipresbyter. T. XXIX (1121) 58.
  ,,   frater Roudigeri judicis. ibid. (1154) 260,

Eppo, Epo, maritus Rrodwarae. T. XXVIII (800) 10.
,,   ministerialis patav. T. XXIX (1120) 259.
,,   parvus, test. ibid. (1149) 259.
,,   conf. etiam *Ebo.*
Equus, Ulricus. T. XXIX (s. anno) 230, 231. Conf. etiam *Gaul.*
Erber, Paul, Stadtrichter zu Passau. T. XXXI (1448) 401.
Erchankilt. T. XXVIII (805) 53.
Erchanmar. T. XXVIII (624) 35.
Erchanperkt, Herckanperkt, diaconus. T. XXVIII (805) 58.
,,   test. T. XXVIII (738) 53. (739) 48. (818) 18. (820) 37. (821) 29.
Erchenbold, clericus in Vienna. T. XXIX (1229) 350.
,,   mancipium Engelberti com. de Halle. T. XXVIII (1158) 113. T.
          XXIX (1158) 261.
Erchenbreht, Erchinpreht, Erchimpreht. T. XXVIII (1109) 218. T. XXIX
          (1095) 64. (1140 — 1149) 254. 259.
Erchenfrid, abbas medlicensis. T. XXVIII (1160) 242.
Erchenger. T. XXIX (1165) 256.
Erchingerus, miles. T. XXVIII (1252) 369.
Erenbert, mancipium. T. XXIX (1165) 256.
Ererich, test. T. XXVIII (903) 203.
Ergoltsbach, Ergoltspech, Berchtold — Vicedom in Niederbayern. T. XXX
          (1317) 71.
Erhardus, canonicus et cellerarius patav. T. XXX (1380) 345.
,,   Kellner der Domherrn v. Passau. ibid. (1359) 247.
Eridbreht, test. T. XXVIII (1157) 110.
Erkanradana, uxor Odalscalci. T. XXVIII (796) 59.
Erl, Hausbesitzer zu Passau. ibid. (1425) 450.
Erlach, Erlahe, Ekkehard de — T. XXIX (1158) 60.
,,   Wolfker, ministerialis patav. T. XXVIII (1194) 264.
Erlinda, mancipium. T. XXIX (1097) 56.
Erlolfus, civis viennensis. T. XXVIII (1217) 296.
,,   test. T. XXIX (1211) 70.
Erwin, possessor praediorum in Waidendorf. T. XXVIII (1280) 477.
,,   test. ibid. (1157) 110.
Ermbertus, Erambert, Ermpreht, Ermperkt, advocatus patav. T. XXVIII
          (1013) 74, 76, 92.
,,   et frater ejus Liutfrid ibid. (874) 93.
,,   test. T. XXVIII (903) 203. (933) 207. — T. XXIX (1180) 268.
Ernestingen, Ernstinger, Heinricus et Marquardus de — minist. patav. T.
          XXVIII (1157) 111.
,,   Conrad, Halaischer Diener. T. XXX (1302) 7.
,,   Matze, dessen Hausfrau. loc. cit.
Ernestus, Ernust, Ernesto, Ernist, Ernus, test. T. XXIX (1220) 251, 259.
,,   T. XXVIII (818) 19.
,,   test. ibid. (933) 207, 208.
,,   possessor praedii in Niedernhartheim. T. XXVIII (1280) 456.

Ernestus, *Ernust*, *Ernesto*, *Ernist*, *Ernus*, episcopus gurcensis. T. XXXI
   (1419) 162.
Ernstein, N. Bürger zu Kloster-Neuburg. T. XXX (1357) 159.
Erprust, N. passauischer Hinterlasse. T. XXXI (1404) 50.
Esuins, disconus. T. XXVIII (788) 51.
Eschelriede, Conradus de — T. XXIX (1285) 452.
Eschentonaw, Perichtoldus de — T. XXIX (1200) 279.
Eschriede, Alheidis de — T. XXVIII (1280) 480.
Esilberch, Heinricus de — T. XXIX (1209) 281.
Eslarn, Nicolaus v. — Bürgermeister v. Wien. T. XXX (1515) 62.
  ,,   Gerbirg, dessen Hausfrau, Tochter des Ritters Greif loc. cit. 63.
  ,,   Otto, des Nicolaus Bruder. loc. cit.
  ,.   Nicolaus v. — T. XXX (1521) 95.
Esinbach, Udalricus et Fridericus de — T. XXVIII (1159) 540.
Essenbuch conf. *Ezzenbuch.*
Eticho, *Etihe*, *Eteche*, test. T. XXVIII (1058) 85.
  ,,   test. ibid. (1188) 260.
  ,,   test. ibid. (1251) 575.
  ,,   possessor praedii in Fossa. T. XXIX (1258) 253.
Etpurc, *Elpurga* cum filio Intone. T. XXVIII (748) 8. (788) 13.
Eucherius S. Pannoniorum episcopus. T. XXVIII (1452) 446.
Euclides. T. XXVIII (1259) 486.
Eugenius, papa VI. T. XXXI (1435) 229, 254. (1436) 304.
Eugenelise, Cunrad de — T. XXIX (1204) 269.
Eusebius Pamphili. T. XXVIII (1259) 485.
Evelsberch, Wernherus de — T. XXIX (s. anno) 273. — conf. *Ebelsberg.*
Eoerdingen, *Erridingen*, *Ererdingarius*, *Ererdinger*, *Erridingen*, Hirmgard
   et Mathildis de — T. XXIX (s. anno) 272.
  ,,   Rudegerus, civis patav. T. XXVIII (1252) 175, 337, 449, 467. —
      T. XXIX (1248) 78. (1237) 297, 555. (1250) 369.
  ,,   Burchart de — canonicus patav. T. XXIX (1248) 78.
  ,,   Leo, Ortolf et Sigloch de — T. XXIX (1210) 274.
  ,,   Chalhoch ibid. (1254) 237.
Ezelkinger, collator ecclesiae parochialis Ebental. T. XXVIII (saec. 15)
   490.
Eyb zu Sumerstorf, Martin v. — T. XXXI (1454) 248, 249.
Eybanstal, Otto v. — T. XXX (1352) 142, 145.
  ,,   Gertraud, dessen Hausfrau loc. cit.
  ,,   Hans, Bruder des Otto loc. cit.
Rysdorf, Seifried S. — T. XXX (1307) 37.
Eylinger, Andre. T. XXXI (1400) 1.
Eytzinger v. *Eytzing* conf. *Fitzingen.*
Ezzenbach, *Essenbach*, Hapoto de — ministerialis pat. T. XXVIII (1253) 366.
   (1256) 531. (1280) 469. (s. anno) 175. T. XXIX (1248) 78. (1254)
   84, 231. (1255) 90, 93. (1247) 364. (1262) 444.

Ezzenbach, Ezzenbach, Jeuta cum filio Ortolfo. T. XXIX (1259) 132.
   „   Ortolf. T. XXIX (1258) 124, 225. (1259) 131.

F.

F. frater, procurator Wilhelmi canon. Leodiensis. T. XXIX (1260) 161.
F. archiepiscopus salisburgensis. T. XXIX (1274) 509.
Falkenberg conf. *Valchenberg.*
Falkenstein conf. *Valchenstein.*
Farnbach — comites de — Conf. *Vornbach.*
Fater (icus) abbas cremifanensis. T. XXVIII (777) 197.
Fato, clericus. T. XXVIII (899) 26.
   „   donator. ibid. (725) 54.
Felicissimus conf. *Agapitus.*
Feuchter N., der — T. XXXI (1406) 68.
Feuringer, N., der — T. XXX (1391) 410.
Fidelis C., ex cancellaria sedis apostolicae. T. XXXI (1454) 439.
Fidler, Ul der — Hintersasse. T. XXX (1391) 415.
Filzer, Heinrich. T. XXIX (1259) 135.
Fiuhlenbach conf. *Veuthenpach.*
Flace, Sigh. de — T. XXIX (1158) 60.
Flaedwize, Rud. de — T. XXIX (1173) 62.
Fleischakcher, Georg, Bürger zu Waldkirchen. T. XXXI (1472) 517
Fleschaim, Wenzeslaus v. — T. XXXI (1439) 347.
Fleschezze conf. *Reul.*
Floit, Floyt, Haug der — Ritter. T. XXX (1337) 162.
   „   Dyettel, collator ecclesiae Stocrein. T. XXVIII (saec. 15) 489,
       490, 493.
   „   N. N. — Grundbesitzer im Gericht Trebensee. T. XXXI (1438)
       328.
Floritus, praepositus. T. XXVIII (450) 5.
Flozze, Gotfridus pincerna de — T. XXVIII (1242) 346, 548. (1250) 371.
   „   conf. etiam *Vleze.*
Flügelsberg, Ludwicus pincerna de — T. XXIX (1255) 411.
Folchrat, test. T. XXVIII (801) 50.
Folchroat, donator ibid. (738. 54.
Folcrih, test. T. XXVIII (600) 40.
Forestarius, Heinricus judex in Mautern. T. XXIX (1253) 118.
   „   Fridericus T. XXVIII (1280) 471.
   „   Heinzel ibid. (1280) 474.
Foresto, Ulricus de — T. XXVIII (1280) 464.
Fortunatus S., discipulus B. Marci evangelistae. T. XXVIII (1439) 444.

58   Index

Forum, Foro, Otto de — civis viennensis. T. XXIX (1253) 435.
Fousin, Waltherus de — T. XXIX (1165) 256.
Fr. abbas in Gleunch. T. XXIX (1261) 432.
Fraeneis, Albrecht. T. XXIX (s. anno) 219.
Franchenroute, Altmar de — T. XXVIII (1144) 224.
Francho, France, Otto — judex in Everding. T. XXIX (1256) 242. (1262)
     182.
   ,,   test. ibid. (1112) 261.
   ,,   test. ibid. (s. anno) 264.
Francia, Ludovicus VII, rex. T. XXIX (1147) 215.
Franciscus, canonicus olomucensis. T. XXX (1393) 431.
Franco, Otto, civis in Efferding. T. XXIX (1254) 85.
Frank, Hans der eisncin (eiserne) — Mautner zu Schwechent. T. XXXI
     (1415) 141.
Frauenberg, Frauberg, Vrowinbergh, Fraunberger, Frauenberger — Sifri-
     dus de — T. XXVIII (1244) 304.
   ,,   Otto ibid. (1262) 336. — T. XXIX (1255) 411. (1262) 449.
   ,,   Ornolt, Arnold der — Pfleger zu Griesbach. T. XXX (1392) 420.
     — T. XXXI (1404) 35.
   ,,   Wilhelm v. — Domherr zu Passau und oberster Kellner in Bayern.
     T. XXXI (1414) 128. (1424) 191, 192.
   ,,   zum Haag, Georg, Pfleger zu Schaerding. T. XXVIII (1429) 451.
     (1455) 455; — genannt der aeltere — vom Haag zu Ratzmanstorf.
     T. XXXI (1437) 314. — Salzburgischer Hauptmann und Vater des
     Ritters Georg. (1448) 395, 396.
   ,,   zum Haag, Georg v. — Ritter. T. XXXI (1447) 392, 393. (1448)
     394, 395 — 399. 403, 404. (1449) 406, 410 — 413; — vormaliger
     Besitzer v. Ratzmanstorf (1454) 431. (1455) 439.
   ,,   zu Haidenburg, Lienhart. T. XXXI (1438) 332, 333.
   ,,   zu Haidenburg, Wilhelm, dessen Bruder. T. XXXI (1438) 332, 353.
     (1447) 576.
   ,,   Christan, des Vorigen Bruder. T. XXXI (1438) 332, 333.
   ,,   zu Haidenburg, Hans v. — T. XXXI (1447) 387.
   ,,   Barbara, dessen Wittwe. loc. cit.
   ,,   zu Haidenburg, Georg v. — T. XXXI (1494) 675, 683, 684, 685.
   ,,   zum Hubenstein, Viviane v. — T. XXXI (1449) 410. — und Pfle-
     ger zum Vichtenstein. 1453) 428.
   ,,   von Frauenberg, Christan. T. XXVIII (1455) 455.
   ,,   ,,   Hans. T. XXXI (1413) 116.
   ,,   zu Prunn, Hans v. — Bischofs Leonhard von Passau Oheim. T.
     XXVIII (1443) 550. (1455) 455. — Ritter und Landrichter in der
     Grafschaft Hirschberg. T. XXXI (1435) 273, 282, 287, 291, 296,
     300. (1437) 314. (1447) 350. (1449) 410. Hauptmann zu Regens-
     burg. (1450) 416. (1453) 426, 427.
   ,,   zu Valkenfels, Hans v. — T. XXXI (1450) 414.
   ,,   Kunegunde, dessen Wittwe. loc. cit.

Frauendorffer, Frawendorfer, Hans v. — T. XXX (1394) 441. — Richter zu
    Mautarn (1397) 457.
  ,,   N. T. XXVIII (saec. 15) 493.
Frauenhofen, Vrawenhofer, Vraewenhofen, Cholo de — T. XXIX (1257)
    249.
  ,,   Seifried v. — T. XXX (1310) 48.
  ,,   N. der — T. XXX (1325) 117.
  ,,   Caspar v. — T. XXXI (1412) 112.
Freienberg, Ulricus de — T. XXX (1304) 20.
Freisinger, Vreisinger, Peter der — T. XXX (1329) 135. — Conf. etiam
    Vreisinger.
Frenkelinesbach, Oudalscalcus de — T. XXIX (1154) 260.
Fress, Frezz, Martin, Bürger zu Passau. T. XXX (1381) 358.
  ,,   Stephanus, presbyter — T. XXX (1399) 394. — Pfarrer bei S.
    Egyd zu Passau. (1398) 472.
Freudenberger, Joh. — ex cancellaria synodi basiliensis. T. XXXI (1439)
    342.
Freundsberg, Friundesperch, Vreuntzperch, Chuoradus. T. XXVIII (1220)
    298.
  ,,   Johannes, canonicus patav. T. XXVIII (1367) 436, 439. — T. XXX
    (1359) 247.
Frewnt, Heinrich der — T. XXIX (1303) 300. (1299) 593.
  ,,   Hans — colonus. T. XXX (1391) 414.
Freyberg, Conrad v. — T. XXXI (1434) 246.
Freyberger, Friberger, N. officiatus quondam Tumadvocati pataviensis. T.
    XXIX (1264) 245.
  ,,   Christoph. T. XXVIII (1455) 455.
Fricho, test. T. XXVIII (903) 203.
Fridel am Dürrenberg, passauischer Hintersasse. T. XXXI (1404) 50.
Fridericus, archidiaconus patav. T. XXVIII (1182) 127.
  ,,   archiepiscopus salisburgensis. T. XXVIII (1276) 405. (1277) 406,
    407. — T. XXIX (1274) 509, 510, 513. (1277) 521, 522.
  ,,   archiepiscopus salisburgensis. T. XXVIII (1323) 429. (1331) 432.
    — T. XXX (1325) 93.
  ,,   burgensis patav. filius Wazimanni. T. XXIX (1220) 250.
  ,,   canonicus olomucensis. T. XXIX (1282) 548.
  ,,   canonicus patav. T. XXIX (1071) 13.
  ,,   canonicus patav. T. XXVIII (1147) 228. (1160) 116, 239. (1163)
    119. (1164) 240, 244. (1167) 249. — T. XXIX (1147) 43. (1164)
    324.
  ,,   canonicus patav. T. XXIX (1252) 380.
  ,,   canonicus ratispon. T. XXVIII (1150) 420.
  ,,   castaldus episcopi pataviensis et filii ejus Eberwin et Heinricus.
    T. XXVIII (1173) 252.
  ,,   colonus zu Oberstochstal. T. XXX (1328) 130.
  ,,   clericus T. XXIX (1204) 270.

Fridericus, clericus et notarius. T. XXVIII (1227) 324. (1228) 348, 350.
,,   comes. T. XXIX (s. anno) 513.
,,   censualis in Mutarn et filius ejus Jungerich. T. XXVIII (1280) 474.
,,   censualis in Niedernharthcim. ibid. 476.
,,   civis pataviensis, filius Germandi. T. XXVIII (1209) 283.
,,   decanus pataviensis. T. XXVIII (1172) 250. (1173) 252. (1179) 122. (1182) 127. — T. XXIX (1183) 26. (1179) 525.
,,   diaconus. T. XXIX (1204) 270; sacerdos (1211) 70.
,,   ex familia episcopi patav. T. XXIX (1140) 255. (1147) 215. (1150) 262.
,,   filius regis Chunradi. T. XXVIII (1156) 356.
,,   filius regis Castellae. T. XXVIII (1245) 356. (1255) 574, 376. (1277) 410.
,,   filius Ottonis. T. XXIX (1256) 104.
,,   gener Heinrici Hutsmund. T. XXIX (1254) 84.
,,   Heinricus et Dietricus latini. T. XXIX (1260) 248.
,,   magister. T. XXIX (1270) 502.
,,   magister et notarius. T. XXIX (1230) 352.
,,   magister und Pfarrer zu Chulcub. T. XXX (1311) 58.
,,   nobilis vir. T. XXIX (1122) 16.
,,   pabulator. ibid. (s. anno) 319.
,,   plebanus in Gumpendorf. ibid. (1294) 581.
,,   plebanus in Hollabrun. T. XXIX (1282) 546, 548.
,,   plebanus in Widervalde. T. XXIX (1239) 550.
,,   praepositus eccles. S. Sixti et canon. patav. T. XXIX (1183) 26.
,,   praepositus in Waldhausen. T. XXVIII (1256) 379.
,,   presbyter. T. XXIX (1292) 577.
,,   rex Siciliae. T. XXIX (1248) 273. — conf. *imperatores et reges.*
,,   scholasticus wisgradensis. T. XXIX (1262) 439, 442.
,,   Schreiber, oberster des Herz. Heinrich v. Bayern. T. XXX (1523) 101.
,,   subcellerarius. T. XXX (1326) 123, 124.
,,   conf. etiam *Eize.*
Friduperkt don. T. XXVIII (800) 22.'
Fridurnt, centenarius. ibid. (802) 67.
Friesach, Merboto de — T. XXIX (1209) 281.
Frisinga, Fridericus de — minist. patav. T. XXVIII (1209) 154.
Fritilo, nobilis vir cum uxore Liubiata. T. XXVIII (1015) 90.
,,   test. ibid. (774) 19.
Froeschel, Wiguleus, canonicus pataviensis. T. XXXI (1481) 581. — Conf. etiam *Vroschela.*
Fronrawte, Arbo de — T. XXIX (1200) 279.
Fronstetin, Luther de — ibid. (1200) 279.
Frontenhausen, Chunradus episc. ratisp. et filius Heinrici comitis de — T. XXVIII (1226) 150.

Frowin, mancipium. T. XXVIII (1143) 106.
Frumesel, Fruemesel, Swirdo, test. T. XXIX (1248) 77.
   ,,   Weinmar. Wimarus. T. XXIX (1259) 226. (1262) 449. (1278) 529, 530. (1281) 539.
   ,,   Gertrudis, uxor Winmari. T. XXIX (1278) 529.
   ,,   Sifridus, filius Gertrudis et Winmari. T. XXIX (1278) 529.
   ,,   Seifried, der — T. XXX (1324) 95. (1366) 266.
   ,,   conf. etiam *Asinus.*
Frumold, Froumolt, Frumolt. T. XXVIII (774) 18, 22.
   ,,   T. XXIX (1150) 262.
   ,,   T. XXVIII (774) 55.
Fuelbegkh zu Okensheim, Hans. T. XXXI (1497) 707.
Fuerbeck, Hans, Mautner zu Passau. T. XXXI (1491) 654.
Fuerholz, Dietricus et Rudegerus de — T. XXIX (1125) 21.
Fuesberger, Peter, Richter zu der Lynden. T. XXXI (1454) 433.
Fuhse, Fucse, Udalricus. T. XXIX (1136) 62. (1175) 63. conf. etiam *Vulpis.*
Fuhszagil, Heinricus. T. XXIX (1155) 253.
Furstenek, Ulricus comes de — T. XXVIII (1300) 515. — T. XXIX (1303) 300. (1292) 573. (1296) 589. — Bruder des Christian v. Urlingesberch. T. XXIX (1297) 590. — comes de — T. XXX (1300) 4; — der do unser Graf gewesen ist (passauscher) daz *Fuerstenekke* ibid. (1300) 3; iterum comes (1303) 17.
   ,,   Christan, Christian; des Ulrichs Bruder. T. XXIX (1303) 300. (1297) 590. — T. XXX (1306) 31.
   ,,   conf. etiam *Erlensperg.*
Furstenekker, N. der, Hausbesitzer zu Passau. T. XXVIII (1425) 450.
Furt, Furte, Ekkehard de — ministerialis patav. T. XXVIII (1209) 283. (1210) 138. T. XXIX (1258) 226. (1200) 279.
   ,,   Heinricus T. XXVIII (1209) 283. (1210) 138. (1224) 303. T. XXIX (1200) 279.
   ,,   Eberhardus de — T. XXVIII (1224) 303.
   ,,   Al. de — T. XXVIII (1244) 352.
   ,,   Alichker, filius Ekkardi de — T. XXIX (1258) 225.
   ,,   Ulricus de — T. XXIX (1257) 107. (1259) 131. (1260) 151. (1261) 149. (1257) 414.
   ,,   Conradus de — T. XXIX (1269) 493. — Conf. etiam *Varthe.*
Furter, Conrad, civis patav. T. XXVIII (1425) 450.
Fustriche, Waltherus de — T. XXVIII (1122) 101.
Fuz, Fuss, Otto. T. XXVIII (1220) 298.
Fuzelo, Alram. T. XXIX (1259) 156.
Fuzinger. T. XXIX (s. anno) 231.
Fuzre conf. *Fuhse.*

G.

G. magister et archidiaconus ratisp. T. XXIX (1254) 409.
G. notarius apostolicus. T. XXIX (1258) 421.
G. prior in Zwactel. ibid. (1229) 345.
Gaempeck, Hans, Gerichtsbeisitzer. T. XXXI (1450) 421.
Gaezenstorf, Wülfing v. — T. XXX (1302) 6.
Gaganhard, presbyter et frater Einheri T. XXVIII (866) 34.
    „   test. ibid. (800) 67.
Gaichingen, Dietricus de — T. XXVIII (1201) 150.
Gailspeck, Gailspeckh, Georg, Besitzer der Burg Gleuss. T. XXXI (1459)
    473, 474. (1465) 496, 497. Conf. etiam *Geilspach.*
Gailsperger, Gaylsperger, Pfleger zum b. Geist und Bürger zu Passau. T.
    XXVIII (1425) 450. (1443) 530. T. XXXI (1443) 358.
Gaiza, Gayzha, Rud. de — T. XXVIII (1159) 113. — T. XXIX (1158) 261.
Galchwis, Albin de — T. XXVIII (1158) 104.
Galea, Albert. T. XXIX (s. anno) 231, 232.
    „   Herbord ibid. 232,
Galhaimer, Ulrich der — T. XXX (1397) 458.
Galletus D. — ex cancellaria papali. T. XXXI (1477) 530.
Galsberger, Peter, Pfleger des H. Geistspitals zu Passau; conf. *Gailsperger.*
Gamanolf, test. T. XXVIII (1035) 82.
Gamred, Ottokar der — passau'scher Lehenmann. T, XXX (1372) 301.
Gaozaich conf. *Caoza.*
Garhaimer, Peter, passau'scher Dienstmann. T. XXXI (1443) 356.
Garlenz, Petrus de — magister et praepositus eccles. frankenfordensis. T.
    XXX (1317) 69.
Garneskrage, Conr. T. XXIX (1220) 250.
Gast, N. ibid. (s. anno) 231.
Gasthinus, Gaesthinus. T. XXIX (s. anno) 218.
Gauchsheimer, Gauscheimer. ibid. (s. anno) 227, 229.
Gaudentius, capellanus regis Bohemiae. T. XXIX (1262) 439, 442.
Gaukramer, Geuchramer, Gewkramer, Michel, Bürgermeister und Münzmei-
    ster zu Wien. T. XXX (1395) 424. (1394) 442. — (1398) 477,
    478.
Gaul, N. der — T. XXIX (1254) 234; — conf. etiam *Equus.*
Gaulo N. — T. XXIX (s. anno) 231.
    „   Rüger, test. T. XXVIII (1262) 533.
Gaumann, Guenmann, Hapoto et Albaidis. T. XXIX (1254) 246.
Gaurenhaim, Heinricus de — T. XXIX (1214) 272.
Gawatscher, Heinricus — miles. ibid. (1260) 166, 429.
Gayzha conf. *Gaiza.*
Gazo, carnifex. T. XXVIII (1280) 464.

Gebehardus, Gebhardus, archiepiscopus moguntinus. T. XXIX (1255) 117.
    ,,   archipresbyter patav. T. XXVIII (1155) 232.
    ,,   canonicus ratispon. T. XXVIII (1150) 420.
    ,,   censualis ex Ellinge. T. XXIX (1254) 246.
    ,,   cocus. T. XXVIII (1280) 173, 463.
    ,,   comes. T. XXIX (1120) 259. (1161) 58.
    ,.   cultellarius. ibid. (1216) 271.
    ,,   pincerna. T. XXIX (1180) 263.
    ,,   plebanus in Petzenkirchen. T. XXX (1318) 82 — 84.
    ,,   plebanus in Wagrein. T. XXX (1364) 259.
    ,,   test. T. XXIX (1082) 58. — (1150) 262. — (1149) 259.
Gebelchoven, Wernh. de — canonicus ratisp. T. XXVIII (1241) 344.
Gebelstorffer, Ulrich, Bürger zu Passau. T. XXX (1381) 358.
Gebolfus, plebanus do Niunchirchen. T. XXVIII (1244) 308. — T. XXIX
     (1249) 367.
    ,,   praepositus Abbatiae. (Land der Abtei) T. XXIX (1237) 287, 353.
    ,,   subdiaconus. T. XXIX (1229) 346.
    .,   test. T. XXIX (1122) 57. (1248) 77.
Gedraut conf. *Gertrudis*.
Gebeltz, Ekhart. T. XXX (1354) 218.
Geher, possessor curtilis. T. XXVIII (1067) 214.
Geiceinstelen, Ottocar de — T. XXIX (1260) 248.
Geiern, Sigmund Schenk von — herzogl. bayer. Rath. T. XXXI (1434) 248.
Geigerberlein, Hintersasse zu Mülheim. T. XXXI (1410) 86.
Geilspach, Geilispach, Gebolt — T. XXIX (1440) 255.
    ,,   Wilhelmus, miles. T. XXVIII (1241) 189.
Geisela et *Gerwirgis*, possident praedia in Niederhartheim. T. XXVIII (1280)
     456.
    ,,   conf. etiam *Gisala*.
Geiselberg, Geyselperig, Geyselperger, Geiselberger, Christan v. — T. XXX
     (1366) 265.
    ,,   Hans der — zum Rennarigel. T. XXX (1390) 398 — 401. T. XXXI
     (1406) 66.
    ,,   Agnes, dessen Hausfrau loc. cit. 398, 399, 400.
    ,,   Hans, Pfleger auf S. Georgenberg bei Passau. T. XXX (1394) 437.
     — T. XXXI (1401) 9, 10. (1404) 29. (1406) 54, 59. (1409) 85. (1410)
     91. (1411) 98. (1413) 116.
Geiseler, viennensis. T. XXVIII (1280) 479.
Geissenreute, Dietr. et Heinr. de — T. XXIX (s. anno) 275.
Geizake, Arnolt de — T. XXIX (1165) 257.
Gekkendorffer, Friedrich der — T. XXX (1317) 78.
Gelo, test. T. XXVIII (983) 203.
Gelphardus, canonicus et capellanus episcopi ratispon. T. XXVIII (1241) 344.
Gelspach, Rich. de — T. XXIX (1204) 269.
Gelting, Ulrich v. — T. XXX (1307) 34.
Gelversan, Heinricus. T. XXIX (1216) 271.

Gemmuni, T. XXIX (1065) 52.

Gensbeck, Conradus — notarius. T. XXX (1380) 342.

Georg, Weihbischof v. Passau und oesterreichischer Kanzler T. XXX (1375) 313, 319.

Geppo, mansionarius. T. XXIX (1130) 264.

Gerbertus, (Sylvester papa II.). T. XXVIII (1254) 487.

Gerbirga, Gerbirgis an der Straze. T. XXIX (s. anno) 213.

    " mancipium. T. XXIX (1139) 62.

Gerbirn el liberi ejus Counrad et Leukart. T. XXIX (1190) 251.

Gerbordus, monachus ncuburgensis. T. XXX (1323) 106.

Gerbolo, canonicus S. Nicolai. T. XXVIII (1212) 290.

    " canonicus et archipresbyter pat. T. XXIX (1147) 48.

    " decanus T. XXVIII (1147) 108.

Gerbrehtsheim, Heinricus de — T. XXVIII (1263) 387. — T. XXIX (1263) 453.

Gerbreht, mancipium. T. XXIX (1140) 268.

Gerhalmus. T. XXIX (s. anno) 251.

Gerhardus, Gerhart, canonicus patav. T. XXVIII (1165) 119 (1167) 249. (1172) 251.

    " canonicus patav. et plebanus viennensis, nec non archidiaconus massoniensis. T. XXIX (1257) 112. (1260) 155. (1263) 192, 196. (1252) 380. (1258) 422, 423. (1259) 428. (1261) 438. (1263) 450. (1265) 459, 460, 461. (1266) 465. (1267) 466, 467, 463, 481. (1268) 434. 486. (1269) 489 — 491, 495. (1270) 501.

    " donator. T. XXVIII (812) 23.

    " iterum. T. XXIX (1150) 252.

    " judex et Albertus, frator ejus. T. XXVIII (1209) 134.

    " ministerialis patav. T. XXIX (1065) 52.

    " ministerialis patav. T. XXVIII (1216) 293.

    " nobilis vir. T. XXVIII (1121) 90.

    " testis. T. XXVIII (903) 205.

    " de S. Petro, testis. T. XXIX (1220) 250.

    " testis, dictus an dem Aigen. T. XXVIII (1280) 192, 460.

    " testis, dictus an dem Walde — ibid. (1280) 469.

    " testis. T. XXIX (1316) 354.

Gerhilda, filia Diotrichi nobilis et Hilindae. T. XXVIII (947) 73.

Gerhoh, Gerhoch, abbas gottwicensis. T. XXIX (1145) 59.

    " archidiaconus Austriae. T. XXVIII (1244) 308.

    " canonicus patav. T. XXVIII (1242) 346. T. XXIX (1231) 74. (1249) 77. (1250) 79. (1242) 358.

    " filius Hittonis, test. T. XXVIII (1035) 81.

    " test. T. XXVIII (788) 25.

    " test. ibid. (985) 207.

    " test. T. XXVIII (1045) 212. (1045) ibid.

    " test. T. XXIX (1250) 370.

    " testis, dictus in Monte conf. *Monte.* … T. …

Gerhok, Gerhoch, conf. etiam *Eimvichus.*
Gerlacus, archiepiscopus moguntinus et imperii archicancellarius T. XXX
 (1366) 269.
Gerloch, test. T. XXIX (1136) 60.
Gerlos, Wulfing de — T. XXIX (1286) 559.
 ,, N. die Frau von — T. XXX (1306) 30.
Germund conf. *Fridericus.*
Geroldus, Gerolt, canonicus S. Nicolai patav. T. XXVIII (1212) 290.
 ,, Incisor, civ. patav. T. XXVIII (1280) 172, 467.
 ,, comes T. XXVIII (1013) 77, 79.
 ,, episcopus frisingensis. T. XXVIII (1220) 298. (1224) 332.
 ,, magister et oeconomus Wiennae. T. XXIX (1239) 345.
 ,, miles. T. XXIX (1121) 59.
 ,, monetarius. ibid. (1142) 264.
 ,, possessor praedii in villa Alberndorf. T. XXVIII (1280) 477.
 ,, possessor praedii in villa Engelwartesheim. T. XXIX (1142) 266.
 ,, test. T. XXVIII (854) 26.
 ,, test. ibid. (906) 204.
 ,, test. ibid. (983) 207.
 ,, testis ibid. (1013) 78, 92.
 ,, conf. etiam *Chouniza* et *Walchun.*
Gerossirit, castellanus pragensis. T. XXIX (1262) 439, 440, 442.
Gerpreht, test. T. XXVIII (906) 204.
Gerratstorf, Gerrhartsdorf, Seliger de — T. XXVIII (1280) 473. T. XXIX
 ,, (1259) 134.
Gerricus conf. *Albrand.*
Gerstberger, Ulrich. T. XXX (1303) 16.
Gertrudis, Gerderudis, Gertrud, Gerderut, cum filiis ejus Counrad et Reginhard. T. XXIX (1150) 262.
 ,, censualis. T. XXIX (s. anno) 231.
 ,, censualis de Wihenflorian conf. *Perta.*
 ,, mancipium. T. XXIX (1140) 358. (1147) 245.
 ,, nobilis mulier. T. XXIX (1220) 251.
 ,, possidet praedium in Niedernhartheim. T. XXVIII (1280) 456.
 ,, priorissa S. Mariae-Magdalenae Viennae. T. XXIX (1267) 430.
 ,, priorissa ibid. T. XXX (1338) 164.
Gerungus, Gerunch, Gerung, abbas quondam in Garsten. T. XXIX (1261)
 433.
 ,, canonicus ratispon. T. XXVIII (1150) 419.
 ,, civis patav. ibid. (1167) 249.
 ,, decanus quondam in Chrems et medicus; memoratur T. XXXI
  (1419) 166.
 ,, plebanus in Winchel. T. XXX (1318) 78.
 ,, praepositus in Osterbofen. T. XXIX (1214) 177.
 ,, praepositus in Schlegel. T. XXVIII (1221) 142.

Gerungus, Gerunch, Gerung, Sohn des Cholo. T. XXX (1329) 135; —
officialis neuburgensis (1307) 36.
„   test. T. XXIX (1156) 60.
Gerwaer, Gerwer, Albert. T. XXIX (1259) 141.
„   Ortolf ibid. 135.
„   Gerwarius N. T. XXVIII (1280) 172, 173, 183, 467.
Gerwirgis conf. *Grisela*.
Geuchramer conf. *Gaukramer*.
Gewicz, Franciscus de — Kanzler des Koeniges Sigismund T. XXXI (1429)
219.
Geyer, Michl, Hintersasse in Aschberg. T. XXXI (1472) 518.
Geza, mancipium. T. XXIX (1140) 258.
Gezendorf, Wernhard v. — T. XXX (1303) 16.
Gezo, ministerialis patav. T. XXVIII (1035) 82.
„   test. T. XXVIII (933) 297, 208.
Ghadoldus conf. *Chadoldus*.
Giebinger, Jacob, Probst vor der Inbrüke zu Passau, T. XXXI (1442) 350. —
Passau'scher Rathsonwalt (1448) 401.
Giesenpack, Gunther de — T. XXVIII (1220) 298.
Giglinger. T. XXIX (s. anno) 231.
Gimilchoven, Chunradus de — T. XXVIII (1224) 332.
Ginori de Florentia, Johannes, notarius. T. XXXI (1477) 548.
Girsen, Eberhardus de — T. XXIX (1260) 248.
Gis, Maister, Chorherr zu Passau, T. XXX (1390) 405, 407.
Gisala, Gisila, Gisela, filia Iudithae matronae cum fratre Bernhardo cens.
T. XXVIII (1013) 75.
„   mancipium. T. XXIX (1120) 253.
„   mancipium. ibid. (1138) 257.
„   mulier libera et coeleba. T. XXIX (s. anno) 264.
„   soror Geroldi et Perhtoldi. T. XXVIII (1143) 104 — 105.
„   uxor Wicharti. T. XXVIII (1013) 80.
„   etiam Hilligardis dicta. T. XXIX (1130) 262.
„   conf. etiam *Geisela*.
Gisalhart, invasor praediorum. T. XXVIII (917) 13.
Giselbertus, glossator. T. XXVIII (1259) 484.
Gisiloll, test. T. XXIX (1220) 251.
Glacselinus. T. XXIX (s. anno) 231, 232.
Glaneka, Glaneke, Waltherus de — ministerialis patav. T. XXVIII (1155)
231. (1159) 235, 237.
„   Liudwic, test. T. XXIX (1158) 60.
Glarpericher, Friedrich, Bürger zu Stain. T. XXXI (1401) 13.
Glatz, N. possessor praedii. T. XXIX (s. anno) 231.
Glet, Wichandus de — miles. T. XXVIII (1277) 413.
Gleuzze, Gluzze, Glneze, Glnizze, comites de — Gero et Ekkehert. T. XXIX
(1186) 36.

Gleuzze, Gluzze, Glueze, Glüszze, ministeriales de — Wolflinus — T. XXVIII
    (1228) 328, 530, 473. — T. XXIX (1230) 552. (1259) 154, 223.
  „ Conradus. T. XXIX (1260) 223. (1270) 499.
  „ Otto. T. XXVIII (1280) 181, 182, 473.
  „ Rudolphus de — T. XXIX (1263) 454. (1264) 467. — Vicedominus
    (1266) 465. — (1369) 493, 494. (1270) 496. (1270) 498.
  „ Dietrich v. — T. XXX (1330) 135.
  „ conf. etiam *Dietlaibus*.

Glizenrelde, Gerhardus de — T. XXIX (1158) 60.

Gnaemhertel Gnemhartel, Gnaemherlein, Otto Caplan bei unserer Frauen auf
    der Stetten zu Wien. T. XXX (1321) 94, 95, 96. — (1345) 177.
    Johannes — T. XXX (1386) 376.

Gnaeutinger, Gnaeutinger, N. der — T. XXX (1379) 337.

Gnanrititbis. T. XXIX (1165) 257.

Gnanendorf, Irnfridus de — T. XXIX (1430) 278.

Gnanichini, mancipium. T. XXIX (1140) 258.

Gnanna et *Hemma*, liberae mulieres. T. XXIX (1180) 263.

Gnanno, testis et uxor ejus Gerderuth cum filiis eorum Heilica et Chuniza,
    mancip. ibid. (1140) 258.

Gneishart, Otto. T. XXX (1369) 293, 284.

Gnetz. Gnotz zum Dobers, Heinrich T. XXXI (1479) 567. — Pfleger zum
    Falkenstein, des Przibik Bruder. (1497) 703.
  „ Przibigk, dessen Bruder T. XXXI (1479) 567. (1493) 694, 695, 696.
    (1497) 702, 703.
  „ Wintirn, dessen Bruder. T. XXXI (1479) 567.
  „ Hinnprecht, des Heinrichs Bruder loc. cit.
  „ Peter, Hinko und Mannworth desgleichen loc. cit.

Gneuso, Gneusso, Gnesse, N. testis. T. XXVIII (1217) 296.
  „ Heinricus. T. XXIX (1270) 497. (1259) 154. Possidet ecclesiam in
    S. Caecilia. T. XXVIII (1280) 475.
  „ Heinricus et Albertus. T. XXIX (1257) 110; filii Gneusonis (1270)
    497.
  „ Marquard. T. XXIX (1290) 573.
  „ Philipp der — T. XXIX (1290) ibid.
  „ Albero cum filiis suis Alberto et Alberono. T. XXIX (1209) 231.

Gobathsburg, Adalbero de — ministerialis patav. T. XXVIII (1157) 111.
  „ Otto de — T. XXIX (1430) 278.

Gobels, Trautman vom — Burggraf zu Dornbach. T. XXX (1376) 325, 526.

Goerz, Gorz, Gors, Goritia. — Engelbertus comes de — T. XXIX (1158)
    457.
  „ Albertus comes de — palatinus comes Carinthiae. T. XXXI (1360 —
    memor. 1419) 167.
  „ Meinhardus comes de — ibid. loc. cit.
  „ Heinricus comes loc. cit.

Goerz, N. der — Grundbesitzer zu Schwabdorf. T. XXXI (1468) 463. —
    Conf. etiam *Gorz*.

Goessel, Michael, Gerichtsbeisitzer. T. XXXI (1450) 421.
Goezrich, *Gozrich*, Rugerus de — T. XXX (1311) 61. (1317) 78.
Gogo, cler. T. XXVIII (788) 60.
Gokkendorffer, *Gogkendorfer*, Friedrich — T. XXX (1311) 61. — zu Stoch-
    stall. (1318) 79, 80. (1319) 87.
  „   Margaretha, uxor ejus. T. XXX (1319) 87.
  „   Alban, passauischer Hofmeister. T. XXXI (1496) 701.
Gold, *Goldo*, *Golt*, N. civis patav. T. XXX (1313) 65.
  „   Fridrich der — T. XXX (1335) 151.
  „   Christan, Dürger zu Passau ibid. (1350) 202.
  „   Andreas der — ibid. (1359) 247.
Goldarn, *Goldorn*, Chalhoch. T. XXX (1303) 16.
Goldeck, Conrad et Cunegund de — T. XXIX (1262) 180.
  „   Wetzel v. ibid. (1293) 580.
Golderwerde, Helena de — T. XXIX (s. anno) 272.
Goldgeben, *Goltgeben*, Ekprecht v. — T. XXX (1304) 22.
  „   Wernhart und Heinrich loc. cit.
Goldstein, *Goltstein*, Heinricus. T. XXIX (1231) 74.
  „   N. die Goltstaininne — ibid. (1249) 227.
  „   N. der — Bürger zu Wien. T. XXX (1398) 478.
Golinus, monachus neuburgensis. T. XXX (1325) 106.
Golnitz, Heinricus de — canonicus patav. T. XXVIII (1300) 815. — T. XXIX
    (1250) 363. (1299) 593.
Goltscalh, test. T. XXVIII (905) 203.
Gonwicz, die von — T. XXIX (s. anno) 310.
Gors, Herebenhertus de — T. XXVIII (1160) 241, 242.
  „   conf. etiam *Goerz*.
Gorzmagn. T. XXIX (1204) 270.
Gossisheim, Udalricus de — T. XXIX (1138) 62.
Gossoll, Wolfgang. T. XXXI (1436) 306.
Goswin, *Gozwin*, frater Wernheri, minist. patav. T. XXVIII (1121) 90.
  „   abbas vornbacensis. T. XXIX (1204) 270.
  „   canonicus patav. T. XXVIII (1160) 116. (1163) 119. (1164) 240.
    (1167) 249. (1172) 250. (1182) 127.
  „   juxta Grasimse. T. XXIX (s. anno) 219, 250.
Gotahelm, test. T. XXVIII (774) 5.
  „   test. ibid. (868) 69.
Gotaperht, test. T. XXVIII (820) 37. (821) 29.
Gotapoll, test. ibid. (1046) 212.
Gotapreht, test. T. XXVIII (903) 203.
Gotebold. T. XXIX (1065) 52.
Gotergossing, Berthold. T. XXX (1303) 16.
Gotescalh, *Gotiscalh*, *Gotschalc*, *Gotschalich*, canonicus patav. T. XXVIII
    (1147) 228.
  „   donator. T. XXVIII (725) 54.
  „   Hans der — Hintersasse. T. XXX (1391) 414.

Goteicah *Gotiscalh, Gotschalc, Gotschalich,* plebanus in Holabrunn. T. XXVIII
(1253) 376. — T. XXIX (1260) 158, 161.
„   testis. T. XXIX (1096) 66.
„   testis. ibid. (1252) 379.
Gotfrid, *Gotefridus, Gottfriedus,* camerarius de Wienna. T. XXVIII
(1217) 296. (1241) 155. — T. XXIX (1232) 227. (1217)
336.
„   canonicus patav. T. XXIX (1254) 81, 84. (1256) 104, 241. (1257)
110. (1253) 120. (1242) 357. (1258) 424.
„   canonicus et orchidiac. patav. T. XXVIII (1242) 346. (1256) 379. —
T. XXIX (1222) 337. (1255) 411.
„   canonicus patav. T. XXIX (1229) 345.
„   senior, canon. pat. T. XXIX (1247) 364.
„   canonicus ratisp. T. XXVIII (1150) 419, 420.
„   censualis in Itienslage. T. XXVIII (s. anno) 182.
„   decanus in Chrems. T. XXIX (1303) 300. — T. XXX (1302) 7,
12. (1303) 17. (1311) 58.
„   decanus in Hardek. T. XXX (1302) 10.
„   magister ratisponensis. T. XXIX (1252) 379. (1253) 293.
„   ministerialis patav. T. XXVIII (1188) 260. (1194) 264. (1209) 133.
„   monachus S. Hippolyti. T. XXVIII (1159) 115.
„   plebanus in Pottenstein. T. XXIX (1291) 575, 576.
„   plebanus in Purchusen. ibid. (1252) 379.
„   plebanus in Wachowe. T. XXIX (1257) 111. (1258) 123.
„   praepositus patav. T. XXVIII (1300) 515. — T. XXIX (1283) 550,
551. (1289) 569, 570, 571. (1290) 573. (1299) 593. T. XXX (1300)
4. (1302) 7. (1305) 23, 26. (1307) 34, 35. (1308) 38. (1313) 64.
(1311) 54.
„   praepositus soliensis et protonotarius Rudolphi regis T. XXVIII
(1277) 413.
„   protonotarius patav. T. XXIX (1291) 576.
„   sacerdos. T. XXIX (1258) 424.
„   testis. T. XXIX (1136) 60.
„   test. ex Cremsmünster. T. XXIX (s. anno) 264.
„   villicus in Hofkirchen. T. XXVIII (1280) 456 — 457.
„   villicus in Uttenchoven conf. *Eberhard.*
„   N. T. XXIX (1266) 455.
Gotideo, pater Deotrici. T. XXVIII (899) 33.
Gotine mulier. T. XXIX (1112) 261.
Goltewelde, Heinricus de — miles. T. XXIX (1269) 494.
Gotti, test. T. XXVIII (983) 207.
Gollolfus, frater Cysterc. T. XXIX (1265) 462. (1267) 467.
Gouerlel conf. *Couerlel.*
Gougrava, Dietmar — ministerialis patav. T. XXVIII (1121) 91.
Gounbold, Goumpold, conf. *Pornheim.*
Gozid, test. T. XXVIII (983) 207.

Gozinesdorf, Goswin de — T. XXIX (1436) 62.
    „   Gotzensdorffer, Hans und Andreas, Brüder — T. XXXI (1409) 85.
Gozhn, Eberhardus, canonicus neuburgensis. T. XXIX (1257) 416.
Gozmich conf. *Goezwich.*
Gozpalo, test. T. XXVIII (600) 40.
Gozwin conf. *Goswin.*
Gozzo, Gozo, aurifex. T. XXIX (1257) 287, 353.
    „   de Chrems. T. XXVIII (saec. 15) 497.
    „   judex in Chrems. T. XXIX (1256) 102, 104. (1260) 152, 233. (1266) 465.
    „   test. T. XXIX (1130) 262.
    „   test. T. XXVIII (1158) 113. (1175) 252.
Graben, Truonto de — T. XXIX (1130) 323.
Grabner, Grubner, Heinricus. T. XXIX (1299) 693.
    „   N. die — T. XXXI (1459) 473.
    „   N. collator parochiae ad S. Michaelem in decanatu Staetz T. XXVIII (saec. 15) 489.
Graece, Otto et Otaker de — T. XXIX (1192) 49.
Graemlinger, Ulrich der — T. XXIX (1299) 693.
Graeselinus, Otto. ibid. (1261) 435.
Gradhans, der Schütze. T. XXX (1394) 134.
Grafenwerder, Georg. T. XXXI (1446) 371.
Gralesdorph, Poppo de — T. XXIX (1163) 256.
Graman, test. T. XXVIII (906) 204.
Graner, Hans, Rathsbote der Stadt Regensburg. T. XXXI (1454) 245.
Grans, Granns Granso, Ludovicus de — T. XXIX (1295) 586. (1296) 587. (1299) 593. — T. XXX (1304) 22, 23. (1306) 29.
    „   Wernhardus. T. XXX (1304) 22, 23. (1320) 91. (1323) 101, 107. (1327) 125, 126.
    „   Wernherus. T. XXX (1304) 22, 23.
    „   zu Uttendorf, Wernhart, Pfleger zu Obernberg. T. XXX (1399) 487, 488, 489, 490.
    „   Mathaeus, Ritter und bayer. Hofmeister. T. XXXI (1458) 559.
    „   Mathaeus und Otto. T. XXVIII (1429) 451.
Grantperg, Grantperch, Gruntperge, Albertus Grantperger de Grantperg, ministerialis comitis de Vichtenstein T. XXVIII (1223) 144. (1224) 306. (1226) 146, 149. (1227) 523.
Grasinse, Grusinse, Grasensee, Gozwin de — T. XXIX (s. anno) 219, 230.
    „   Ulricus ibid. (s. anno) 219.
Grassgulle, possessor curiae. T. XXVIII (1280) 475.
Gratianus, diaconus Cardinalis tit. S. Cosmae et Damiani T. XXVIII (1179) 125. — T. XXIX (1186) 38. (1179) 327.
Grauelchoren, Grarrelchoren, Ulscalcus de — T. XXVIII (1280) 462. T. XXIX (s. anno) 220.
Grauendorf, Grarrendorf, Heinricus de — ministerialis vichtensteinensis. T. XXVIII (1153) 113. — T. XXIX (1158) 261.

Grawendorf, Graevendorf, Heinricus. T. XXVIII (1223) 144. (1224) 306. (1226) 149. (1227) 323, 326. — T. XXIX (1210) 274.

Grauschorn, Heinricus de — T. XXIX (1254) 247.

Grauwaren, Meginward de — T. XXIX (1136) 61; filius ejus Pernhard ibid. 62.

Grazperch, Chalhoch de — filius Marschalci, ministerialis patav. T. XXVIII (1209) 131.

Greezl, colonus. T. XXX (1391) 414.

Gredleyn, die Jungfrau. T. XXX (1325) 118.

Gredlima de Steudersdorf. T. XXVIII (1280) 475.

Gregorius, canonicus S. Nicolai. T. XXVIII (1212) 290.

    „   Erzbischof v. Salzburg. T. XXX (1398) 474, 475.

    „   magister et notarius. T. XXIX (1295) 586.

    „   magnus T. XXVIII (1259) 483, 485 — 487.

    „   vicarius zu Mayntz, herz. bayer. Rath. T. XXXI (1434) 248.

    „   papa II. T. XXVIII (715 — 731) 446.

    „   papa VII T. XXVIII (1067 — 1073) 243.

    „   papa IX. T. XXVIII (1239 — 1240) 6. (1229) 151.

Greif, Greiff conf. *Grif.*

Greiner, Conrad. T. XXIX (1231) 74.

Griezpach, Grizpach, Albero sive Adalbero de — T. XXIX (1112) 261. (1121) 57. 59. (1125) 20.

    „   Walchun, Waltchun. T. XXVIII (1121) 89. (1137) 103. (1138) 104. T. XXIX (1125) 21.

    „   Richza de — T. XXIX (1165) 255.

    „   Wernher. T. XXVIII (1186) 256. — T. XXIX (1172) 268.

    „   Walchun. T. XXVIII (1194) 263.

    „   Wernher. T. XXVIII (1197) 129.

    „   Richilt, Adelheid et Heinricus. T. XXIX (1220) 250.

    „   Fridericus ibid. 251.

    „   Werner der Junge, der Schenk von — T. XXIX (1290) 573.

    „   Fridericus de — T. XXVIII (1280) 462.

Griezperge, Heinricus de — T. XXVIII (1231) 335.

Griezze, Helmwicus, sive Helenwic de — T. XXVIII (1222) 300. T. XXIX (1200) 330.

Grif, Grifo, Gripho, Greif, Greiff. — Grif de Obernberg. — XXIX (1254) 234 — 236, 246, 247.

    „   et Nuzzel, decimatores in Inderspach. T. XXIX (sine anno) 218, 230.

    „   extra portam, civis patav. T. XXIX (sine anno) 227, 229 — 232.

    „   der Mauthner conf. *Mautner.*

    „   test. T. XXVIII (1109) 218. — T. XXIX (1109) 64.

    „   N. der Greif. T. XXIX (1293) 530.

    „   der Ritter, von Wien. T. XXX (1302) 12, 13, 14 — miles civitatis viennensis. (1303) 18, 19. — Oheim des Jans v. Laubenberg. (1309) 41 — 43..(1313) 63.

Grif, Grifo, Gripko, Greif, Greiff, des Vorigen Sohn. T. XXX (1309) 43.
    (1321) 94.
    „   Ollemia, dessen Hausfrau. ibid. 94.
    „   Jans der — Bürger zu Wien. T. XXX (1334) 149. (1357) 224.
    „   Jans der — dessen Sohn. T. XXX (1357) 223 — 225.
    „   Thoman der — ibid. 224.
Grifenstein, Griffenstein, Greifenstein, Sifridus de — T. XXIX (1212) 72.
    „   Truento et Conradus de — T. XXIX (1254) 234.
    „   Ortolphus de — canonicus neoburgensis. T. XXIX (1257) 416.
    „   Conradus, ejus vidua et liberi. T. XXIX (1267) 469.
    „   Fridrich v. — T. XXX (1307) 37.
Grifus, L. ex cancellaria sanctae sedis. T. XXXI (1477) 530. (1479) 564. (1481)
    536.
Grillenberg, Grillenberg, Grillenperger, Sifridus de — T. XXIX (1270)
    497.
    „   de Iloven. T. XXVIII (1280) 475.
    „   Andre von — Chorherr und passauischer Official zu Wien. T. XXXI
    (1412) 109. (1415) 132, 133, 140.
Grillo. T. XXIX (s. anno) 227.
Grim, test. T. XXIX (1149) 259. (1165) 256, 257.
Grimarsteten, Richmar de — T. XXIX (s. anno) 271.
    „   Johannes de — ibid. (1209) 281.
Grimenstein, Sigh. de — T. XXIX (1248) 76. (1264) 245.
Grossel, Thomas presbyter pataviensis. T. XXXI (1412) 114.
Grosten, Nordewinus de — T. XXIX (1260) 154.
Groube, Grube, Otto de — T. XXIX (1154) 260.
    „   Aribo ibid. (1190) 252.
    „   Engelbert. T. XXVIII (1280) 469.
    „   Sighart v. — T. XXX (1307) 34.
Growe, Heinricus et Alheidis de — T. XXIX (s. anno) 273.
Grub, Peter, passauischer Hintersasse. T. XXXI (1404) 50.
Gruber, Rudel der — T. XXX (1309) 45.
    „   Ulrich, Bürger v. Passau. T. XXX (1344) 184.
    „   Sighart. ibid. (1354) 218.
    „   Zacherl der — Bürger v. Passau. ibid. (1372) 300, 301.
    „   Andreas der — passauischer Marschall. T. XXX (1375) 307, 308.
    (1376) 323.
    „   N. dessen Hausfrau. ibid. (1375) 307, 308,
    „   Engelhard der — T. XXXI (1424) 171. — Ritter (1427) 207, 208.
    „   Fridrich. T. XXXI (1439) 646.
    „   Ottilia, dessen Hausfrau. loc. cit.
Grünaug, N. kaiserlicher Diener. T. XXXI (1494) 692, 693.
Grünbach, Durkardus, nobilis de Weiern dictus. T. XXIX (1255) 89, 90.
    Conf. etiam *Weiarn*.
Grünberger, Hans, Amtman zu Passau. T. XXXI (1445) 368.
Grünburg, Grünparch, Heinricus de — canopicus patav. T. XXIX (1183) 27.

Grünembach, Grunenpach, Conrad der — T. XXX (1389) 385.
Grundrada, uxor Engildeonis de — T. XXVIII (1037) 84.
Gruner, Andreas — Bürger v. Passau. T. XXX (1398) 471.
Grunstain, Albero de — pincerna ducis Austriae. T. XXVIII (1227) 274.
Gudrabo, test. T. XXIX (1108) 64. (1136) 60.
Guemhartel conf. *Gnaemhertel.*
Guffner, W. — civis de Crems. T. XXIX (1255) 93, 94.
Gugelmair, Michael. T. XXXI (1438) 337.
Gugelweil, civis patav. T. XXVIII (1425) 450.
Guido, sabinensis episcopus. T. XXIX (1264) 455; tit. S. Laurentii presbyter
          Cardinalis. (1267) 471, 476, 479. (1268) 485, 486. (1269) 489, 490,
          493.
Gumici, nobilis. T. XXVIII (1013) 92.
Gumpenberg, Gumpenberger, Heinrich v. — Erbmarschall in Bayern. T.
          XXXI (1435) 265, 266, 270, 279, 282, 287, 291, 296, 300.
Gumpold conf. *Gundpoll.*
Gumppo, Gumpo, test. T. XXVIII (985) 207, 208.
     „   et uxor ejus Liuza. T. XXIX (1149) 259.
     „   T. XXIX (1165) 257.
Gumprecht, Leupolt, Kammerer der Stadt Regensburg. T. XXXI (1434) 249,
          250.
Guncinesdorf, Heinricus de — ministerialis Leopoldi marchionis Austriae.
          T. XXVIII (1137) 105.
Gundachar, Gundaker, Goundachar, Gundacher, Gundackcher.
     „   abbas in Seitenstetten. T. XXVIII (1116) 219. -
     „   constructor fori haud procul ab Huntezzen. T. XXVIII (1280) 460.
     „   Domdechant zu Passau. T. XXX (1359) 247.
     „   et Düring, fratres Hertoidi canonici patav. T. XXIX (1204) 269.
     „   magister monetae patav. T. XXVIII (1298) 426, 427.
     „   testis T. XXVIII (788) 61.
     „   test. T. XXIX (1149) 259.
     „   et filius ejus Gerolt. T. XXIX (s. anno) 61.
     „   Urban der — T. XXX (1359) 247.
Gundalperth, test. T. XXVIII (906) 204.
Gundheri, presb. T. XXVIII (874) 69.
Gundolf, don. T. XXVIII (788) 30.
Gundolfingen, Georg v. — herz. bayerischer Rath. T. XXXI (1434) 248.
Gundoll, test. T. XXIX (1102) 57.
Gundpald, test. T. XXVIII (775) 21.
Gundpert, test. ibid. (899) 27.
Gundpoll, Gumpold, Gounpoll, archipresbyter. T. XXIX (1121) 58.
     „   frater Diethmari. ibid. (1140) 254. (1149) 259.
     „   praepositus patariensis. T. XXIX (1116) 33. (1140) 253, 254.
     „   testis. T. XXVIII (906) 204.
     „   et Meginhart, fratres et testes. T. XXIX (1094) 63. (1104) ibid.
     „   testis. T. XXIX (1104) 61.

Gundramsdorf, Friderich. T. XXVIII (1188) 260.
Gundral, test. T. XXVIII (788) 25.
Gunhart, test. T. XXIX (1165) 257.
Gunhichoven, Ekkehard de — ministerialis patav. T. XXVII (1194) 264.
Gunthalm, test. T. XXVIII (1035) 81.
Gunthart, test. ibid. (788) 39.
Guntheri, comes T. XXVIII (899) 32.
Guntherus, Guntharius, calcifex. T. XXIX (s. anno) 229.
	„		capellanus. T. XXVIII (1147) 109.
	„		eremita in Nordwald. T. XXVIII (1019) 210. (1046) 99.
	„		et frater ejus Walchun, filii Elisae matronae et ministeriales patav.
			ibid. (1121) 91.
	„		de oppido et filii ejus. T. XXIX (1260) 243.
Guntprehl, censualis patav. T. XXVIII (1013) 76.
Guntram in dem Lug. T. XXVIII (1280) 473.
Guntzchocer do *Gunzchofen, Gunzchorarius, Gunzchoverarius*, N. — T. XXVIII
			(1290) 462. T. XXIX (s. anno) 220.
	„		Heinricus. T. XXX (1388) 382.
Guntzchoum, Ekkehard de — T. XXIX (s. anno) 307.
Guonberch, Reinperht de — T. XXIX (1147) 215.
Guolla, test. ibid. (s. anno) 263.
Gurten, Rapoto de — T. XXIX (s. anno) 231, 232.
Gurtina, Eigil de — nobilis vir et tamen ex familia ecclesiae patav. T. XXIX
			(1130) 264.
Gusen, Wolfelin, Rudiger, Ulrich, Eberhard, Ditmar, Ernest et Goufried
			de — T. XXIX (1260) 243.
	„		Wolfelin ibid. (s. anno) 224.
Gutenberch, Leutold. T. XXVIII (1186) 256.
Gutenbrun, Ulricus de — T. XXIX (1259) 135.
Guthows, Wildung, liber homo. T. XXIX (1220) 251.
	„		Albero, Erninfried, Walcoun et Heinrich, filii ejus. loc. cit.
Guttinger, Ekklein der — T. XXX (1331) 368.
Guzze, Arnolt de — T. XXIX (1130) 262.
Gwale, magister et notarius. T. XXIX (1258) 416 — 421.

H.

H. abbas monast. S. Crucis. T. XXIX (1265) 459, 462.
	„ abbas in Zwetel. T. XXIX (1229) 345.
	„ episcopus tridentinus. T. XXIX (1277) 521.
	„ decanus anoymensis. T. XXIX (1265) 459, 462.
	„ praepositus majoris ecclesiae ratisponensis. T. XXIX (1258) 424.

H. praepositus ecclesiae. S. Ypoliti. ibid. (1269) 447. (1265) 459, 462. (1268)
    485.
Haag, nobiles de — conf. *Frauenberg* et *Hag*.
Habeden, Conrad, Kirschner zu Wien. T. XXX (1381) 360.
Haberrelder, judex in Velden. T. XXIX (1260) 245.
Habestil, Marquard. ibid. (1220) 252.
Habispach, Habenspach, Habspach, Heinricus pincerna de — T. XXIX (1250)
    209. (1247) 362.
  „   Ulricus de — ibid. (1250) 209 — frater Heinrici, 362.
  „   Dosko de — T. XXVIII (1253) 377.
Habspurg, Habspurch, comites de — Albert, Hartman et Rudolph, filii Ru-
    dolphi regis. T. XXVIII (1277) 409, 412.
  „   Rudolph. ibid. (1245) 356.
  „   Albrecht. T. XXIX (1291) 537, 538, 541. (1292) 544.
Hackenbach, Hachenpech, N. T. XXX (1353) 237.
Hackenbuch, Hackenbuc, Conradus de — T. XXIX (1218) 269, 271.
Hacka, Hacca, test. T. XXVIII (983) 207.
Hackenberg, Hakkenberg, Hakenwerch, Otto et Otto de — T XXIX (1286)
    560.
  „   Heinrich de — T. XXIX (1286) 561.
  „   Heinrich v. — Hofmeister des Herzogs Rudolph von Oesterreich.
    T. XXX (1359) 239. — T. XXXI (1360 — memoratur 1419) 167.
Hackenbuch, Conradus de — viceadvocatus. T. XXIX (s. anno) 271.
Hadagis, test, T. XXVIII (903) 203.
Hadamar, Hadamarus, canonicus neuburgensis. T. XXIX (1257) 415.
  „   diaconus. T. XXIX (1267) 467.
  „   judex in Iltsa. T. XXIX (1257) 243.
  „   ministerialis Mathildis comitissae. ibid. (1097 56.
  „   et Marcward filius ejus, minist. austriaci. T. XXVIII (1137) 103.
  „   nobilis vir. T. XXVIII (1013) 79.
  „   conf. etiam *Ekkericus*.
Hadelouch, mancipium. T. XXIX (1149) 258, 262.
Hademarsahe, Hademarsah, Hadmarsah, Hadmarsa, Hadmarsawe — Sifri-
    dus de — T. XXVIII (1224) 306; et II. filius ejus. T. XXIX (1256)
    97.
  „   Gebhard T. XXIX (1254) 234.
  „   Sidlinus de — T. XXX (1302) 15.
Haderer, Hadrer, Hader, Walchun — T. XXX (1333) 143 — 145. (1342)
    176. (1353) 236, 237. (1360) 250.
  „   Clara, uxor ejus et neptis Heinrici archiepiscopi. T. XXX (1342)
    176.
  „   Zacharias — T. XXX (1376) 321 — 324. (1389) 383 — 387, 395,
    396. (1390) 397, 403, 404. (1391) 411. — der Ritter. (1393) 428. —
    T. XXXI (1401) 11, 13.
  „   Jobst, dessen Sohn. T. XXX (1389) 385 — 387, 395, 396. (1390)
    397, 403, 404. (1391) 411. — T. XXXI (1401) 11, 13.

Haderer, Hadrer, Hader, Lienhart, des Zacharias Sohn, ibid — loc. cit.
,,   Zachareis, der — T. XXXI (1437) 312 — 314.
,,   N. N. die — T. XXXI (1437) 311.
,,   N. collator ecclesiae in Payspron. T. XXVIII (saec. 15) 492.
Hadericus, junior. T. XXIX (s. anno) 61.
,,   marchio. T. XXIX (1065) 53.
,,   pater Heinrici monachi gottwicensis, ibid. (s. anno) 61.
,,   testis. T. XXIX (1136) 60.
Hadewich, mancipium, T. XXIX (1145) 254, 262.
Hadmarsberg. N. comes de — T. XXVIII (1280) 481. — T. XXIX (1260)
         167.
Haduperht, test. T. XXVIII (918) 18.
Haeber, Hans — aus Rosenberg. T. XXXI (1472) 517.
Haering, N. der — T. XXXI (1402) 23.
Haeuzinge conf. *Hauzing.*
Hag, Haga, Hage, Hagarius. — Gerhard de — T. XXVIII (1121) 89; dici-
         tur longus — ibid.
,,   Ulricus de — T. XXIX (s. anno) 307.
,,   Hartnid de — T. XXVIII (1143) 107.
,,   Hartmud de — T. XXVIII (1155) 232. — T. XXIX (1147) 43.
,,   Heinricus. T. XXVIII (1133) 260.
,,   Conrad. T. XXIX (1150) 323.
,,   Wolfker. T. XXIX (1196) 53.
,,   Wernhard. T. XXVIII (1209) 134.
,,   Chuuradus de — in Prantstelen. T. XXVIII (1280) 457.
,,   Aspin, Aspein, v. — T. XXVIII (1300) 515. — T. XXX (1303) 17.
Hagen, Cuno de — T. XXVIII (1223) 144.
Hageno, canonicus ratispon. ibid. (1150) 419.
Hagenau (conf. etiam Peilstein), *Hagenowe,* Hertwicus de — T. XXIX (1088)
         46. (1116) 34.
,,   Reinbertus de T. — XXIX (1116) 34.
,,   Helena, uxor ejus et Richardis corum filia. T. XXVIII (1140) 219,
         220.
,,   Wernhardus, Reinbertus et Hertwicus, filii Reinberti T. XXIX
         (1116) 34.
,,   Wernhardus. T. XXVIII (1122) 101. T. XXIX (1116) 34.
,,   Hartwicus. T. XXVIII (1179) 123. — T. XXIX (1140) 253. (1147)
         43. (1154) 260. (1153) 262. (1220) 250.
,,   Hiltigarda, uxor ejus. T. XXVIII (1149) 220. T. XXIX (1154) 260.
,,   Reginbertus, frater Hartwici et episcopus pataviensis. T. XXVIII
         (1179) 123. — Conf. etiam *Patavia* — episcopi.
,,   Ditmarus, frater ejus. T. XXVIII (1145) 107. — T. XXIX (1143)
         22.
,,   Brouno de — T. XXIX (1153) 263.
,,   Roubreth de — T. XXIX (1154) 260.
,,   Erchenbert de — T. XXVIII (1172) 251.

Hagenau etc. Wernhard de — T. XXVIII (1186) 256. (1205) 271.
„ Ludovicus. ibid. (1223) 144. (1280) 458, 480. — Vir nobilis de —
T. XXIX (1227) 544.
„ N. de — T. XXVIII (s. anno) 189. — T. XXIX (s. anno) 216, 221.
„ N. Hagenowerius. T XXIX (1262) 195, 443.
Hagenolfus, possessor praedii propo Wolfeswanch. T. XXVIII (905) 202.
Hahusen conf. *Ahusen*.
Haibach, Wolfker et Rudegerus de — T. XXIX (1220) 250.
Haichenbach, Haigenbach, Heichenpach, Otto et Chunradus. T. XXVIII (1209)
133. (1216) 141.
„ Otto, ministerialis patav. T. XXVIII (1240) 157, 158, 288. (1244)
159. — T. XXIX (1209) 69. (1212) 72. (1215) 268.
„ Rudlinus. T. XXIX (1258) 116, 120. (1259) 157.
„ Heinricus. T. XXVIII (1280) 466.
„ Marquardus. T. XXIX (s. anno) 275.
„ Chunrad. T. XXVIII (1226) 149. — T. XXIX (1249) 367.
„ Rüdiger. T. XXIX (1249) 367. (1268) 483, 484. (1269) 493.
„ Rüger v. — T. XXX (1505) 14, 15. (1529) 133.
„ N. dessen Hausfrau loc. cit. 14, 15.
„ Chadolt, des Rügers Sohn. loc. cit. (1305) 14, 15, 17.
„ N. N. Toechter des Rüger und vermaehlt an die v. Topel und Stain.
T. XXX (1305) 17.
„ Ulrich v. — T. XXX (1329) 135; des Rügers Bruder — loc. cit.
„ Chatharina v. — Dechantin zum h. Creutz zu Passau. T. XXX
(1397) 460.
„ conf. etiam *Hayenbach*.
Haidanrih, test. T. XXVIII (903) 205. — conf. etiam *Heidenric*.
Haidendorf, Heidendorf, Heindendorf; Pertolt de — T. XXVIII (1122)
101.
„ Heinricus, canonicus patav. T. XXVIII (1253) 366. (1262) 383. (1264)
389. — T. XXIX (1258) 120. (1256) 241. (1260) 148. (1261) 150, 81.
(1263) 196. (s. anno) 274. (1258) 293. (1261) 431, 432. (1262) 444.
— Custos pataviensis. (1262) 445. (1264) 457, 458.
„ Bertholdus, miles et ministerialis patav. T. XXVIII (1262) 383.
(1264) 391. (1277) 413. (1280) 463. — T. XXIX (1264) 84, 236.
(1255) 67. (1256) 98, 101, 240. (1257) 107, 110, 112, 113. (1258)
99, 104, 116, 120, 121, 124, 127, 225, 244, (1259) 131, 134, 157,
141, 145. (1260) 148, 154. (1261) 150, 151, 173. (1263) 196.
„ Heinricus, ministerialis pat. T. XXVIII (1194) 264. T. XXIX (1190)
254.
„ Bertholdus. T. XXIX (1257) 414. (1258) 425, 426. (1260) 428, 429.
(1261) 431, 432. (1263) 454. (1264) 457, 458. (1266) 465. (1268)
483, 484. (1269) 493. (1270) 496, 497, 500. (1272) 505. (1289) 569.
„ N. de — T. XXIX (1270) 502.
„ N. der Haidendorfer, Dechant v. Passau. T. XXIX (1281) 541.
„ Wolf de — T. XXIX (1278) 528.

78   Index

Haidendorf, Heidendorf, Heindendorf; Conradus de — T. XXIX (1284) 554.

Haimberge, Ebo de — T. XXIX (1264) 246.

Haimburg, Haimburch, L. de — canonicus patav. T. XXIX (1256) 240.

Haimo N. T. XXIX (s. anno) 234. — Pater Ottonis. (1282) 545.

   „   Otto der — T. XXX (1343) 176.

   „   Gertraud, des Letztern Hausfrau. T. XXX (1343) 176, 177.

   „   conf. etiam *Haymer* et *Heimo.*

Haimpach, Otto de — T. XXVIII (1280) 456.

Haindorf Ekebret de — T. XXIX (1190) 251.

   „   H. canonicus pataviensis et plebanus in Malgerstorf. T. XXVIII (1280) 463.

Hainzinge, Harinzinge, Dietwinus et Hermannus de — T. XXVIII (s. anno) 173. — Conf. etiam *Heizinge.*

Haipeck, Haipekch, N. T. XXX (1391) 411.

Haistolfus et frater ejus Heinricus. T. XXIX (1256) 104.

Haitfolchus, test. ibid. (1256) 104.

Haito presbyter. T. XXVIII (847) 64.

Haitzinger, Stephan. T. XXXI (1445) 363.

Hakindorf, Haekindorf, H. de — T. XXIX (1256) 240.

Hahho, test. T. XXVIII (985) 208. (985) 89.

Halaoli, Halaon, dux Tartarorum. T. XXIX (1291) 199.

Haller, Andreas der — T. XXX (1369) 287. — Bürger zu Passau. (1374) 311.

   „   Dorothea, dessen Hausfrau. loc. cit.

Hallgrafen, comites hallenses sive de Halle. — Engelbertus et Gebhard. T. XXVIII (1155) 232. (1158) 234.

   „   Engelbertus comes et gloriosus princeps. T. XXVIII (1158) 113. (1155) 232.

   „   Hadewich, uxor Engelberti loc. cit. et (1158) 113. — T. XXIX (1149) 259.

   „   Gebhardus et Theodoricus, filii Engelberti. T. XXVIII (1157) 111, 112. (1158) 113. (1165) 252.

   „   conf. etiam *Wasserburg.*

Hallowe, Eberhardus de — T. XXIX (1259) 226.

Halmrigis, Haelmrigis. ibid. (s. anno) 229.

Hals, Halsa, Halse; Roubertus de — T. XXIX (1112) 261.

   „   Daldmar. T. XXVIII (1121) 89, 91.

   „   Ditherus. T. XXVIII (1121) 89. (1145) 105. — T. XXIX (1140) 253. (1142) 266. (1147) 45. (1154) 260.

   „   Alram. T. XXVIII (1220) 298. (1226) 317. (1227) 274, 523. (1228) 328, 330. (1232) 537, 443, 449. (1244) 552. T. XXIX (1258) 222, 226, 234. (1255) 90.

   „   Albertus et Alramus, fratrueles Walchuni de Rotenberg. T. XXVIII (1224) 330, 554. — (1226) 149. (1262) 386. — T. XXIX (1231) 74.

(1248) 7. — (1262) 449. — Liber de Hals. (1274) 515. (1278) 530.
— Alramus et Albertus (1227) 285. (1230) 852.

,,   Alber de — T. XXIX (1281) 538.
,,   Richkerus, frater Alberti. T. XXIX (1284) 554.
,,   Leukart de — nobilis domina conf. *Kembe.*
,,   Albertus comes de — T. XXIX (1295) 584. (1296) 587. T. XXX
(1302) 7. 8. (1310) 49. (1318) 82. (1320) 91. (1327) 126.
,,   Alram, Graf v. — des Vorigen Bruder. T. XXX (1310) 49. (1318)
82. (1320) 91. (1323) 101. (1327) 125, 126, 127.
,,   N. der Graf v. — XXX (1354) 209. (1361) 250.
,,   Leupold, Graf. v. — T. XXX (1369) 281, 283. (1371) 300.
,,   N. dessen Gemahlin. loc. cit. 281.
,,   N. der von — (1369) 289.
,,   conf. etiam *Leuchtenberg.*
Halwiler, Halwilr, During v, — oesterreichischer Marschall T. XXXI (1459)
467.
Hameßburg, Theodoricus de — canonicus patav. T. XXXI (1424) 191, 192.
Hammenthorpe conf. *Ammenthorpe.*
Hanechoven, Goteschalch de — T. XXVIII (1457) 112.
Hangenoer, Stephan — Bürgermeister zu Augsburg. T. XXVIII (1143) 530.
Hannsperg, Fridericus de — T. XXIX (1121) 69.
Hans, aus Kammau. T. XXXI (1472) 517.
Hantschuster, Chunradus. — T. XXIX (1288) 295.;
,,   Stephan, Bürger zu Passau. T. XXX (1518) 81.
,,   N. — Grundbesitzer zu Passau. T. XXVIII (1425) 450.
Harbrunner, Arnold — de Lins. T. XXVIII (1264) 245.
Hard, Petrus de — et uxor ejus Chunegundis. T. XXIX (1291) 576.
,,   Bertholdus de — ibid. (1299) 593.
Hardeck, N. N. comites de — T. XXIX (1221 — 1232) 227.
,,   Chunrad. T. XXVIII (1242) 548. — T. XXIX (1243) 560.
,,   Otto. T. XXIX (1257) 109. (1258) 118. (1260) 167. (1263) 194. —
T. XXVIII (1280) 432.
,,   Bernhard, Burggraf zu Magdeburg. T. XXVIII (1367) 436.
,,   Johannes, Burggraf von Maidburg und Graf v. — 'Landmarschall
in Oesterreich.' T. XXXI (1406) 65.
Harder, N. T. XXIX (s. anno) 232.
,,   Ulrich, Bürger zu Passau. T. XXXI (1445) 367.
,,   N. dessen Hausfrau. loc. cit.
Hardip, test. T. XXIX (1220) 249.
Harer, Heinrich der — T. XXX (1535) 151. (1359) 245, 246.
,,   Bertha, dessen Mutter ibid. 246.
,,   conf. etiam *Horer.*
Harnperger, Harenberger, Haremperger, Martin der — T. XXX (1389) 385.
,,   Jacob, loc. cit.
,,   Erasmus, T. XXX (1381) 358.
Harscher, Bernhard der — Burggraf zu Partenstein. T. XXX (1358) 162, 163.

Harrasser, Dernhard — T. XXXI (1465) 504.
Hartheim, Harthaim, Hartheimer, Harthamer, Heinricus de — ministerialis
        patav. T. XXVIII (1244) 308. (1262) 383. T. XXIX (1248) 76. (1254)
        228, 236. (1255) 88, 67, 238. (1256) 98, 240, 241, 331. (1257) 107.
        (1258) 116, 120, 124, 225, 234, 244. (1259) 139, 245, 141. (1260)
        148, 151, 153. (1261) 150, 178. (1262) 185. (1265) 411 (1261) 431,
        432. (1262) 445, 449.
    "   Conradus de — T. XXVIII (1256) 381. (1280) 415. — T. XXIX
        (1254) 228. (1255) 87, 238. (1256) 240, 206. (1257) 107, 113. (1258)
        123. (1262) 182. (1263) 454. (1268) 485, 484. (1269) 492. (1272) 504,
        505. (1774) 516. (1282) 544. (1285) 551.
    "   Christina, uxor Conradi. T. XXIX (1285) 555.
    "   Gertrudis, uxor Heinrici, nata de Falkenstein. T. XXIX (1260)
        429.
    "   Heinricus et Chunradus fratres. T. XXIX (1257) 414.
    "   Heinricus, Chunradus et Ulricus de — T. XXIX (1263) 455.
    "   Ulricus de — castellanus in Ebelsberg. T. XXIX (1254) 228, 237.
        (1256) 206, 242. (1260) 248. (1261) 178. (1262) 182. (1263) 454.
    "   Wolflinus de — T. XXIX (1257) 242. (1258) 244.
    "   N. der — T. XXIX (1281) 541.
    "   Perchtoldus de — T. XXIX (1263) 455. (1272) 505. (1291) 576.
    "   Wernhardus de — T. XXX (1305) 28.
    "   Adelheid, uxor ejus, nata de Tannberg loc. cit.
    "   Berthold v. — T. XXX (1303) 17. (1306) 31. (1311) 58.
Hartkirchen, Udalricus de — magister. T. XXIX (1254) 81.
Hartlieb, praepositus et testis. T. XXVIII (1228) 328, 330. — T. XXIX (1250)
        852.
    "   testis. T. XXIX (1078) 65. (1121) 61. (1156) 60.
    "   testis, ibid. (1220) 249.
Hartmann, canonicus pataviensis et scriba. T. XXVIII (1209) 279.
    "   Chorherr und Oberkaemmerer zu Kloster-Neuburg. T. XXX (1357)
        161. 162.
    "   episcopus brixinensis. T. XXVIII (1156) 355.
    "   filius Rudolphi regis. T. XXIX (1277) 524.
    "   nobilis vir. T. XXIX (1156) 61.
    "   pellifex patav. T. XXVIII (1280) 467.
    "   praepositus S. Floriani. T. XXIX (1071) 10. (1074) 14. (1088) 46.
    "   praepositus inticensis ac canonicus patav. T. XXVIII (1209) 134.
        (1210) 138. — T. XXIX (1209) 69.
    "   praepositus pataviensis. T. XXVIII (1135) 94.
    "   tabernarius. T. XXIX (s. anno) 232.
    "   in monte, testis. T. XXVIII (1157) 110.
    "   et Hartmann, testes loc. cit.
    "   vicedominus, praepositus et canonicus pataviensis. T. XXIX (1219)
        72.
Hartmot, test. T. XXVIII (801) 44. 45.

Hartawi, Hartwad, Hartwaad etc. — canonicus patav. T. XXIX (1138) 99. (1140) 253, 255; — archipresbyter T. XXVIII (1147) 228.
,, civis pataviensis. T. XXIX (1253) 445. (1262) 445.
,, pincerna. T. XXIX (1088) 46.
,, pincerna et ministerialis pataviensis. T. XXVIII (1147) 108, 228. (1155) 231. (1157) 111. (1159) 235, 237. — T. XXIX (1165) 255. (1150) 323.
,, subdiaconus. T. XXIX (1267) 467.
Hartmid, Hertmid, capellanus patav. T. XXIX (1239) 28.
,, dapifer. T. XXVIII (1256) 381.
,, miles. T. XXIX (1089) 46.
,, plebanus de Niunchirchen. T. XXIX (1214) 271, 273.
,, plebanus de Iluprehteshoven. T. XXVIII (1210) 156, 288.
,, possessor praedii in Draetna. T. XXVIII (1290) 456.
,, praepositus aquilegiensis ac canonicus patav. T. XXVIII (1209) 133, 283. (1210) 135, 139. (1211) 139. (1212) 290. (1216) 293. (1220) 269, 297. (1222) 299, 300. — T. XXIX (1204) 269. (1212) 72. (1212) 283. (1221) 284. (1216) 334. (1222) 337.
Hartpernus, custos fratrum minorum in Austria. T. XXIX (1258) 423. (1261) 438; minister (1267) 467; minister ordinis S. Francisci. (1267) 482. (1299) 494. (1270) 502.
Hartung, Hartunch, officialis in Liutolstal. T. XXIX (s. anno) 220.
,, testis. T. XXIX (1147) 215. (1220) 251.
Hartwicus, Haertwicus, Hertwicus, canonicus pataviensis et magister, nec non scholasticus. T. XXVIII (1256) 380. (1164) 389, 391. — T. XXIX (1254) 81, 82. (1256) 240, 242. (1258) 120, 127. (1259) 133. (1260) 148, 151. (1261) 31, 149, 431, 432. (1268) 293. (1230) 352. — (1261) 432. (1262) 445. (1264) 457, 458. (1278) 528.
,, clericus. T. XXVIII (1228) 528, 530.
,, cognatus Goundachari. T. XXIX (1149) 259.
,, comes. T. XXVIII (1013) 90.
,, diaconus et canonicus pataviensis, filius Engelberti ducis Carinthiae. T. XXVIII (1147) 228.
,, episcopus ratisponensis. T. XXVIII (1156) 355.
,, filius Reinprehti. T. XXVIII (1139) 104.
,, mancipium. T. XXVIII (1157) 112.
,, nobilis vir. T. XXIX (s. anno) 263.
,, praepositus S. Georgii. T. XXVIII (1155) 232. (1156) 233. (1160) 242.
,, testis. T. XXVIII (1045) 212. (1046) ibid.
,, testis. T. XXIX (1086) 55. (1121) 59, 61.
Hase, Rüdiger. T. XXIX (1173) 63.
Haselpach, Pernolt de — T. XXVIII (1143) 107.
Haselperch, Haselberg, Arnoldus de — T. XXIX (1209) 281.
Haslau, Haslox, Haselowe, Hoslowe, Otto de — T. XXIX (1259) 133, 137. (1247) 363.

Haslau, Haslow, Haselowe, Hoslowe, Otto et Wülfing, juvenes de — T. XXIX (1259) 226.

    „   Wülfing de — T. XXIX (1286) 562.

    „   Otto de — T. XXIX (1270) 495. (1278) 531. (1281) 535. (1286) 559, 560, 561. (1293) 580.

    „   Otto juvenis de — T. XXIX (1291) 555.

    „   Otto et Chadold, filii Ottonis. T. XXIX (1286) 559, 560, 561.

    „   Heinrich v. — T. XXIX (1286) 561; — des Otto Bruder. T. XXX (1302) 11, 12.

    „   Chadold v. — T. XXIX (1293) 580; — des Otto Bruder loc. cit. 11, 12.

    „   Heinrich, des Chadolds Sohn. T. XXX (1302) 11, 12.

    „   Otto v. — T. XXX (1302) 7, 10, 11, 12.

    „   Gertraud, dessen Hausfrau. loc. cit. 11.

    „   Sebatilanus de — canonicus patav. T. XXX (1305) 24.

    „   N. collator plurium ecclesiarum. T. XXVIII (saec. 15) 491.

Haslauer, Hans, Fleischhaker zu Passau. T. XXXI (1445) 363.

Hasler, Oswald, Burgvogt zu Partenstein. T. XXXI (1489) 658.

Hassin, Heinricus, Landgravius. T. XXVIII (1276) 401.

Hasspach, Otto de — T. XXIX (1125) 21.

Hatto, diaconus patav. T. XXVIII (748) 9.

Haukenberger, Heinricus. T. XXX (1366) 269.

Haunbach, Hauenpech, Friedrich — T. XXX (1309) 45.

Haunolstorf, Wilhelmus de — T. XXVIII (1280) 462.

Haunstetter, Harnsteter, Otto der — T. XXX (1389) 387.

Haus, Heinrich v. — T. XXIX (1286) 553.

Hausekk, Hauseck, Hansekke, dom. de — T. XXIX (1204) 227.

    „   Fridericus de — T. XXIX (1259) 134. (1260) 154. (1270) 496, 498.

Hauser, Andreas der — T. XXX (1357) 225.

    „   Kraft der — ibid.

Hausner, Otto der — T. XXX (1320) 90.

    „   Jeut, dessen Hausfrau, geborne v. Poppenberg loc. cit.

    „   Conrad, Pfleger zu Hals. T. XXX (1373) 310.

    „   Hans, passauischer Anwald. T. XXXI (1435) 271, 296.

    „   zu Heichstorf, Conrad — passauischer Rath. T. XXXI (1435) 266, 270, 278, 282, 287, 289.

    „   Conrad, Domherr zu Passau. T. XXXI (1455) 428.

    „   Georg — T. XXVIII (1455) 455.

Hauspach, Hauspech, Ulricus monachus neuburgensis. T. XXX (1323) 103, 104, 105.

    „   Ulrich v. — T. XXX (1352) 204, 205.

Hautzenberg, Hautzenperge, Ulricus de — T. XXIX (1254) 236. (1258) 114.

    „   Irnfried. T. XXIX (1255) 238.

    „   N. der Hauczenperger. T. XXX (1369) 288.

Hautzenberg, *etc.* Albrecht — T. XXX (1374) 311, 312.
   „   N. dessen Hausfrau loc. cit. 311.
   „   Andreas — des Albrechts Vetter loc. cit. 312.
   „   von Piberekk, Ulrich der — T. XXX (1394) 437.
   „   Ilsung — T. XXXI (1431) 172.
   „   zu Christleinstorf, Georg — T. XXXI (1437) 323.
   „   Rüger vom — passauischer Bürger. T. XXXI (1435) 271, 272.
   „   Sigmund — T. XXXI (1436) 306.
   „   Hans — Richter zu Waldkirchen. T. XXXI (1472) 517.
Hauzendorf, Richter de — T. XXVIII (1280) 477.
Hauzing, *Haeuzinge*, Ulricus de — T. XXVIII (1280) 480.
Hawenfeld, Heinricus de — T. XXIX (1267) 466.
Hawnolt, Hans. T. XXXI (1436) 506, 307.
Haeuner conf. *Hauuner*.
Haybeck, *Haybegk* zu Wisentfelden, Hans — T. XXVIII (1443) 530.
Hayder, Philipp — Hintersasse zu Gumpendorf. T. XXXI (1412) 109.
Hayenbach, Chadolt v. — T. XXIX (1303) 300. — Conf. etiam *Haichenbach*.
Haymez, *Haimo*, Otto — T. XXX (1335) 150.
   „   Gertraud dessen Hausfrau loc. cit. — Conf. etiam *Haimo*.
Hazacha, *Hazicha*, mancipium. T. XXIX (1150) 262.
Heberwin, carpentarius. T. XXIX (s. anno) 275; et II. filius ejus ibid. 252.
   „   mancipium comitis de Halle. T. XXIX (1158) 261.
Hechl, Hermannus, Notar in der Kanzlei des Koenigs Albrecht. T. XXXI (1438) 352.
Hecil, *Hezil*, test. T. XXIX (s. anno) 63. (1032) 58. (1088) 55. (1097) 56. (1102) 56. (1106) 58. (1120) 259. }
Hefte, Fridericus de — T. XXIX (1220) 231.
   „   L. de — ibid. (1278) 529. — Conf. etiam *Stille*.
Heida, Hertoldus de — T. XXIX (1104) 61.
Heidendorf conf. *Haidendorf*.
Heidenrie, *Heidinrich*, vir nobilis. T. XXIX (1097) 56. (1088) 65. conf. etiam *Haidanrih*.
Heilica, *Heilca*, ministerialis palat. T. XXVIII (1138) 103.
   „   filia Gnannonis et Gertrudis. T. XXIX (1140) 258.
   „   et filius ejus Udalricus. T. XXIX (s. anno) 263.
Heilwig, *Heilwig*, domina. T. XXIX (s. anno) 239.
   „   celleraria. T. XXIX (1306) 301.
Heimo, mancipium comitis de Buigen. T. XXIX (1144) 61.
   „   testis. T. XXVIII (818) 18.
   „   conf. etiam *Haimo*.
Heindendorf conf. *Haidendorf*.
Heinkein, N. — Bürger zu Wien. T. XXX (1393) 424.
Heinricus, abbas in Chremsmünster. T. XXVIII (1235) 337.
   „   abbas de S. Cruce. T. XXIX (1158) 437. (1270) 502.
   „   abbas monast. Goettweich. T. XXIX (1289) 571. (1290) 574.
   „   abbas monast. Maensee sive Mondsee. T. XXIX (1215) 332.

Heinricus, abbas monast. Prül. T. XXIX (1211) 177.
  „   abbas monast. Tegernsec. T. XXVIII (1224) 332.
  „   archiepiscopus salisburgensis. T. XXX (1342) 176.
  „   balneator patav. T. XXIX (s. anno) 231.
  „   camerarius medlicensis. T. XXIX (1260) 154.
  „   camerarius sive Kaemmerer des Bischofs Bernhard v. Passau. T.
         XXX (1311) 58. (1313) 63, 65.
  „   canonicus neuburgensis. T. XXIX (1257) 416.
  „   canonicus monast. S. Nicolai. T. XXVIII (1212) 290.
  „   canonicus pataviensis. T. XXIX (1074) 13. (1088) 46.
  „   canonicus et scholasticus patav. T. XXVIII (1155) 231. (1156) 233,
         234. (1160) 116. (1163) 119, 239. (1164) 240, 244. (1167) 249. (1172)
         250. — T. XXIX (1147) 43. (1182) 127. (1162) 24. (1183) 26.
  „   canonicus et diaconus patav. T. XXVIII (1147) 228.
  „   canonicus et magister patav. T. XXVIII (1160) 116. (1172) 251.
         (1194) 263. — T. XXIX (1164) 324.
  „   canonicus et cellerarius patav. T. XXVIII (1194) 263. (1209) 134,
         283. — T. XXIX (1214) 229, 250, 271. (1200) 329.
  „   canonicus et archidiaconus patav. T. XXVIII (1210) 138.
  „   canonicus et custos pataviensis, frater Ulrici. T. XXVIII (1211)
         139. (1212) 290. — T. XXIX (1212) 283.
  „   canonicus pataviensis et plebanus in Detenbach. T. XXIX (1214)
         250.
  „   canonicus et notarius. T. XXVIII (1216) 141. (1226) 149.
  „   canonicus, magister et scriba Austriae. T. XXVIII (1217) 296. (1220)
         269, 297. (1223) 301. — T. XXIX (1222) 338.
  „   canonicus pataviensis. T. XXVIII (1236) 154. — T. XXIX (1215)
         333, (1242) 357. (1252) 380.
  „   canonicus et custos pataviensis. T. XXVIII (1256) 380. (1264) 391. —
         T. XXIX (1259) 133.
  „   canonicus pataviensis. T. XXIX (s. anno) 271.
  „   canonicus pataviensis. T. XXIX (1281) 535.
  „   canonicus ratisponensis. T. XXVIII (1150) 419.
  „   capellanus aldersbacensis. T. XXVIII (1228) 330. — T. XXIX
         (1230) 352.
  „   capellanus. T. XXVIII (1147) 109.
  „   capellanus Hartnidi praepositi aquilejensis. T. XXIX (1204) 269.
  „   civis pataviensis. T. XXVIII (1224) 302.
  „   civis pataviensis et calcifex. T. XXVIII (1280) 173, 467.
  „   colonus in Austria. T. XXX (1317) 73.
  „   comes apud Tulnam et frater ejus Otto. T. XXIX (1136) 60. (1104)
         61. (s. anno) 263.
  „   coquus. T. XXIX (s. anno) 231.
  „   coquus Rudigeri, plebani in Wachrain. T. XXX (1326) 123.
  „   collator feudi. T. XXIX (s. anno) 218.
  „   decanus monast. S. Floriani. T. XXIX (1257) 111.

Heinricus, decanus pataviensis. T. XXVIII (1194) 263. (1205) 270. (1209) 133, 283, 285. (1210) 135, 138. (1212) 290. — T. XXIX (1212) 275. (1214) 250, 271. (1212) 283. (1215) 532.

„ decanus pataviensis. T. XXXI (1424) 191, 192.

„ diaconus et test. T. XXIX (1204) 270.

„ episcopus albanensis. T. XXIX (1186) 38.

„ episcopus babenbergensis. T. XXVIII (1245) 356. (1253) 374, 377.

„ episcopus chiemacensis. T. XXIX (1254) 66. (1260) 165. (1262) 187.

„ episcopus in Pruscia. T. XXVIII (1251) 373.

„ episcopus ratisponensis. T. XXVIII (1149) 220. (1150) 419. T. XXIX (1136) 62. (1154) 260.

„ episcopus ratispouensia. T. XXIX (1295) 584.

„ episcopus seccoviensis. T. XXVIII (1241) 343. — T. XXIX (1243) 360.

„ episcopus tridentinus. T. XXVIII (1277) 406. — T. XXIX (1277) 521.

„ episcopus trogensis. T. XXIX (1147) 215.

„ episcopus witsaciensis in Litovia. T. XXIX (1258) 117.

„ filius Conradi III regis. T. XXIX (1147) 215.

„ filius Avae, mulieris propriae Werigandi de Ramtingen. T. XXVIII (1209) 133.

„ filius Renheri, civis viennensis, T. XXIX (1260) 223.

„ frater Herbordi, civis pataviensis. T. XXVIII (1210) 138.

„ frater Pabonis, test. T. XXVIII (1173) 252.

„ gener Rudegeri. T. XXIX (s. anno) 229.

„ der Hansgraf zu Wien. T. XXIX (1293) 580.

„ judex et frater ejus Babo', ministerialis patav. T. XXVIII (1194) 264. (1197) 129.

„ judex pataviensis. T. XXIX (1259) 141. (1260) 151. (1900) 279. (1291) 576.

„ judex de Rossazze. T. XXIX (1258) 118.

„ latinus. T. XXIX (1260) 248.

„ lector. T. XXIX (1267) 467.

„ Meister — Zimmermann des Herzogs Ludwig des Baertigen. T. XXXI (1435) 283.

„ ministerialis pataviensis et pincerna. T. XXVIII (1121) 91. (1135) 102. — T. XXIX (1120) 258.

„ molendinator in Ritenslage. T. XXVIII (1280) 182, 474.

„ monachus gottwicensis ex milite et pater ejus Udericus T. XXIX (s. anno) 61.

„ mutarius, civis pataviensis. T. XXVIII (1209) 283.

„ notarius Leutoldi de Chunring. T. XXIX (1293) 580.

„ notarius. T. XXIX (1295) 586.

„ officialis. S. Hippolyti. T. XXIX (1259) 136.

„ officialis pataviensis. T. XXIX (s. anno) 231, 232.

Heinricus, panifer. T. XXIX (s. anno) 229.
    „   parochianus S. Pauli. T. XXIX (s. anno) 307.
    „   physicus in Chrems. T. XXIX (1258) 124.
    „   plebanus in Chrems. T. XXVIII (1222) 300.
    „   plebanus in Gozpoltaboven. T. XXIX (1209) 69; decanus (1214) 250.
    „   plebanus et decanus in Obern-Leizz. T. XXX (1349) 198.
    „   plebanus ecclesiae pataviensis. T. XXVIII (1160) 242.
    „   plebanus de S. Paulo Patariae. T. XXVIII (1163) 117, 119.
    „   plebanus in Petenbach. T. XXVIII (1194) 263.
    „   plebanus in Prukke. T. XXIX (1247) 562.
    „   plebanus in Hapotenchirchen. T. XXIX (1229) 350.
    „   plebanus de Vicis. T. XXIX (1232) 548.
    „   plebanus viennensis. T. XXIX (1226) 73.
    „   plebanus in Wachau et scriba Anasi. T. XXIX (1256) 104. (1257) 110. (1258) 128.
    „   plebanus in Wilheim sive Willeheim. T. XXVIII (1210) 136, 288.
    „   plebanus in Zwentendorf. T. XXVIII (1210) 136, 288.
    „   praepositus baumburgensis. T. XXVIII (1262) 382.
    „   praepositus S. Floriani. T. XXVIII (1156) 253. (1160) 238. (1164) 243. — T. XXIX (1162) 25.
    „   praepositus frisingensis. T. XXIX (1285) 554.
    „   praepositus in Gars. T. XXIX (1239) 570.
    „   praepositus maticensis et canonicus pataviensis. T. XXVIII (1226) 149.
    „   praepositus pataviensis. T. XXVIII (1263) 119. (1182) 127.
    „   praepositus pataviensis. T. XXVIII (1224) 333. (1226) 149. (1227) 325, 273. (1232) 537, 449. — T. XXIX (1231) 74. (1227) 285. (1229) 345.
    „   praepositus in Slage sive Schlegel. T. XXVIII (1251) 372. — T. XXIX (1251) 375.
    „   praepositus in Schlegel. T. XXX (1385) 370.
    „   praepositus in Suben. T. XXVIII (1251) 372, 373. — T. XXIX (1254) 66. (1251) 375.
    „   praepositus ypolitensis. T. XXIX (1258) 127. (1259) 135. (1263) 193. (1258) 422. (1260) 439.
    „   praepositus ypolitensis. T. XXX (1325) 101, 102, 104, 107.
    „   presbyter. T. XXIX (1204) 270.
    „   prior monast. S. Mariae. T. XXX (1311) 56.
    „   prior provincialis Praedicatorum per Teutoniam. T. XXIX (1264) 197.
    „   protonotarius, magister et canonicus pataviensis. T. XXX (1323) 97, 98.
    „   possessor beneficii in Aspach. T. XXVIII (1109) 218.

Heinricus, possessor feudi bi dem Gatern in Emlinge. T. XXVIII (1280) 456.
  „   possessor feudi an der Leiten. T. XXVIII (1280) 455.
  „   possessor feudi an dem Iletenperge. ibid. 460.
  „   possessor feudi in Riute. T. XXVIII (s. anno) 176.
  „   sagittarius. T. XXIX (1255) 237.
  „   sartor. T. XXIX (1204) 269.
  „   sartor. T. XXVIII (1224) 303. (s. anno) 173. — T. XXIX (s. anno) 231.
  „   et Herbord, sartores patav. — T. XXVIII (1280) 467.
  „   der Schreiber. T. XXX (1330) 157.
  „   scolaris. T. XXIX (1267) 476.
  „   servus praepositi ypolitensis. T. XXIX (1264) 245.
  „   soniarius. T. XXIX (1220) 252.
  „   subdiaconus et magister. T. XXVIII (1147) 228.
  „   sufflator. T. XXVIII (s. anno) 173.*467.
  „   de S. Petro, testis. T. XXIX (1214) 271. (1220) 250.
  „   de novo foro, testis. T. XXIX (s. anno) 272.
Heipo, test. T. XXVIII (789) 48.
Heitfolcus. T. XXVIII (1157) 110. — Conf. etiam *Altmann* et *Heitvolch*.
Heito. T. XXVIII (725) 55.
Heitvolch, test. T. XXIX (1121) 61. — Conf. supra *Heitfolcus*.
Heiza, famula Engizae. T. XXVIII (1058) 84.
  „   uxor Chazilini. T. XXIX (1102) 55.
Heizenfurte, Heinricus de — T. XXVIII (1220) 297.
Heizinge, Dietwinus et Hermannus de — T. XXVIII (1280) 467; conf. etiam
         Hainzinge.
Heizo, possessor fundi. T. XXIX (1065) 53.
Heldolf, test. T. XXIX (1205) 251, 252.
Helembreht, test. T. XXIX (1220) 249.
Helena, soror Udalschalci, fundatoris monasterii Seittenstetten et Lanzo,
         maritus ejus. T. XXVIII (1116 et 1140) 219.
  „   nobilis matrona, et liberi ejus Hertwic et Richardis. T. XXIX
  „   (1186) 55.
  „   soror Hertnidi, canonici pataviensis, et Hugo maritus ejus. T. XXIX
         (1204) 269.
Helfant, Jans der — T. XXX (1338) 164.
  „   Friedrich, dessen Bruder. loc. cit.
Helfenstein, *Helffenstein*, Ludovicus comes de — T. XXVIII (1245) 356.
  „   Ulrich, Graf v. — herz. bayerischer Rath. T. XXXI (1434) 248.
Helfer, Leupold der — T. XXX (1309) 46.
Helfrih, donator cum conjuge Wanpurch. T. XXVIII (818) 31. — conf. etiam
         Helpfrid.
Helica, ancilla Gerharti. T. XXIX (1150) 262.
  „   conf. etiam *Heilica*.

Helingersberg, Altmann de — T. XXIX (1200) 279. conf. etiam *Helgersberg.*

Hellarius, de Landawe. T. XXVIII (1230) 463.

Hellgruber, N. Vertreter des Ulrich Türlinger vor Gericht. T. XXXI (1437) 311, 313.

Helkinheim, Udalricus et Roudmar de — T. XXIX (1140) 255.

Hellow, censualis pataviensis. T. XXVIII (1280) 469.

Helm, Herbord. T. XXIX (s. anno) 232.

Helmbech, Schreiber des Bischofs v. Passau. T. XXIX (1299) 595.

Helmker, test. T. XXVIII (802) 67.

Helmperht, sive Helmbert, test. T. XXVIII (818) 18.

    „   testis T. XXIX (1121) 53.

    „   et filii ejus Doringo, Engelbert, Willehalm et Madelwin. T. XXVIII (1153) 113. — T. XXIX (1153) 261.

Helmrih, test. T. XXVIII (600) 63.

Helmwicus, abbas Gottwicensis. T. XXIX (1253) 127. (1263) 196;

    „   et filius ejus Werinher; ibid (1154) 260.

Helmwin, test. T. XXVIII (906) 204.

Helngersberg, Helngersperch, Helingersperge, Helmgersperge, Altmann de— T. XXVIII (1209) 134.

    „   Purchard, civis patav. ibid. 283.

    „   Conrad. T. XXIX (1254) 85; civis patav. (1262) 444, 445.

    „   Fridericus, civis patav. T. XXIX (1259) 141. (1262) 445.

    „   Jeuta. ibid. (1262) 183.

Helmwicus, monachus neuburgensis. T. XXX (1323) 106.

Helech, donator. T. XXIX (1153) 261.

Helpfrid. T. XXVIII (834) 26. — Conf. etiam *Helfrih.*

Helpricus, mathematicus. ibid. (1259) 486.

Hemma, mancipium. T. XXIX (1165) 257.

    „   et filius ejus Conrad, ibid. (s. anno) 263.

    „   conf. *Gnamma.*

Hemysch, Rudlein der — Rosstauscher und Bürger zu Wien. T. XXX (1369) 284.

Hengestlage, Fridericus de — T. XXVIII (1231) 335.

Henno, test. ibid. (906) 204.

Henzo, test. T. XXVIII (933) 207.

Herand, ex Wihenflorian; conf. *Perta* et *Herrand.*

Herb, Heinrich, Dienstmann des Herzogs Ludwig des Baertigen. T. XXXI (1435) 264, 292, 295, 297, 301.

Herberdus, Herbord, Herbort, abbas cellac S. Mariae. T. XXX (1311) 55.

    „   bavarus. T. XXIX (s. anno) 229.

    „   canonicus ratisponensis. T. XXVIII (1150) 420.

    „   cellerarius monast. S. Mariae. T. XXX (1311) 56.

    „   Sifridus, Dietricus et Wikpoto, censuales patavienses in Aertsperge. T. XXVIII (1280) 472.

    „   censualis patav. in Pach. T. XXVIII (1280) 474.

Herbordus, etc. censualis pataviensis in Reut. T. XXVIII (1230) 457.
    "   civis pataviensis et sartor. T. XXVIII (1167) 249. (1209) 283. (1210)
        187, 159. (s. anno) 173, 467. — T. XXIX (s. anno) 232.
    "   filius domicellae. T. XXIX (1259) 141.
    "   mancipium. T. XXVIII (1153) 115. — T. XXIX (1153) 261.
        possessor praedii feudalis an der Strazze. T. XXIX (s. anno) 218.
    "   et Heinricus, test. T. XXIX (1254) 85.
    "   Conf. etiam *Wernhardus.*
Herchanperht conf. *Erchanperht.*
Hercula, religiosa virgo. T. XXVIII (1116) 220.
Herde, Walchunus du — ministerialis patav. T. XXVIII (1203) 268.
Herdegen, Walchanus de — T. XXIX (s. anno) 268.
    "   Conradus, Bürger zu Passau. T. XXXI (1455) 442.
Herdingen, Walchanus de — T. XXVIII (1194) 264. — T. XXIX (s. anno)
    270.
Hereprekt, test. T. XXIX (1420) 259.
Herich, test. T. XXVIII (905) 205.
Heridie, test. T. XXVIII (983) 207.
Herindorf, Ulricus de — T. XXVIII (1159) 510.
Hering, collator ecclesiae parochialis Poesenberg. T. XXVIII (saec. 15)
    490.
    "   Ulrich, Mitbesitzer der Burg Ratzmanstorf. T. XXXI (1443) 394,
    595.
    "   dessen unbenannte Kinder ibid. 395, 398, 399.
Herinudesberg, Albero de — T. XXIX (1221) 284.
Herimwich, test. T. XXIX (1088) 55.
Heriperht, test. T. XXVIII (818) 13.
Heriri, test. T. XXVIII (788) 51.
Herleinsberger, Herleinsperger, Haerleinsperger etc. — Danchart der —
    Ritter. T. XXX (1378) 533, 534.
    "   N. der — T. XXX (1391) 411.
    "   Andreas — T. XXX (1393) 426, 427. (1394) 441. (1396) 454. (1397)
    466. — Pfleger zu Neuburg. (1399) 489, 490. — Ritter und Pfle-
    ger. T. XXXI (1401) 11. (1404) 29. (1405) 54.
    "   Eklein der — T. XXXI (1405) 54.
    "   Andreas der — T. XXXI (1411) 98. — Verweser der Hauptmann-
    schaft ob der Ens. (1415) 122. — Vicedom zu Passau. (1421) 176,
    177. (1424) 183, 184. — Ritter (1424) 187, 188; — des Dankwarts
    Vetter (1430) 225.
    "   Dankwart — T. XXXI (1430) 223. — Schwager des Chraft. (1443)
    355.
    "   Leonhart, Bruder des Dankwart. T. XXXI (1430) 224, 225.
    "   Ulrich, desgleichen loc. cit.
    "   N. die Herleinsbergerin, fundatrix capellae b. M. Virg. in hospi-
    tali Everdingae. T. XXVIII (saec. 15) 499.
Herkiep, test. T. XXVIII (1300) 515.

Hermannus, Hermann, abbas in Altah. T. XXIX (1254 — 1265) 5, 6, 23, 66, 196.

„   canonicus et subdiaconus pataviensis. T. XXVIII 1147) 223.
„   canonicus patav. T. XXVIII (1194) 263. (1202) 266. 1212) 290.
„   canonicus ratisponensis. T. XXVIII (1150) 419.
„   capellanus. T. XXIX (1211) 70.
„   civis pataviensis et pellifex. T. XXVIII (1280) 173, 467.
„   colonus in Austria. T. XXX (1317) 73.
„   Domdechant zu Passau. T. XXX (1373) 308. (1386) 373. (1389) 890, 392, 394.
„   episcopus bambergensis. T. XXVIII (1067) 215.
„   episcopus frisingensis. T. XXXI (1419) 162.
„   episcopus augustanus. T. XXIX (1120) 253. (1133) 253.'
„   frater Reginberti episcopi pataviensis et plebanus in Wagram. T. XXVIII (1157) 226.
„   ministerialis vohburgensis. T. XXIX (1146) 55.
„   Schreiber des Richters von Passau. T. XXX (1350) 302.
„   scriptor. T. XXVIII (1259) 486.
„   subcamerarius regis Bohemiae. T. XXIX (1262) 440, 442.
„   testis. T. XXVIII (786) 59. (788) 61.
„   testis. T. XXVIII (947) 74.
„   testis; ibid. (1035) 77.
„   testis. T. XXIX (1097) 55. (1121) 61. (1147) 215.
„   testis, et frater ejus Reginhart. ibid. (1103) 57.
„   testis. T. XXIX (1149) 259. — T. XXVIII (1157) 110.
„   Weinzürl des Propsten N. — T. XXX (1332) 145.
Heroll, canonicus patav. T. XXVIII (1300) 515.
„   Meister. T. XXX (1397) 469.
Herosta, donator. T. XXVIII (725) 55.
Herrand, conf. etiam *Herand*.
„   capellanus in Viehtenstein. T. XXVIII (1226) 149.
„   frater Einwici. T. XXIX (1254) 235.
„   liber homo. T. XXIX (1140) 255.
„   testis — ex Mitichin; ibid. (1220) 254.
Herrant, Wilprant der — T. XXX (1381) 353.
„   Peter der — T. XXX (1388) 382.
„   Lienhart — Grundbesitzer zu Schwabdorf. T. XXXI (1458) 465, 464.
Herrantstein, comites de — N. — T. XXIX (s. anno) 216.
„   Sophia et Herrant, filius ejus; ibid. (s. anno) 63.
Herschlag, Schors v. — T. XXX (1357) 230.
Hertfrid, ministerialis comitis Eckeberti. T. XXIX (1165) 256.
Hertinch, test. T. XXIX (1119) 63.
Hertlinus, colonus in Wachrain. T. XXX (1326) 123.
Hertnid conf. *Hartnid*.
Hertwic conf. *Hartwicus*.

Heroal, test. T. XXVIII (903) 203.
Herweiginna. T. XXIX (s. anno) 227, 229.
Herwick, test. T. XXIX (1165) 255.
Herricus. T. XXVIII (1230) 474. —
Herwort, Hauscomthur des deutschen Ordens zu Wien. T. XXX (1328) 130, 131, 132.
Herzerridus, abbas in Moell. T. XXIX (1153) 437.
Hesel, Albero. T. XXIX (s. anno) 229.
Hesmer, Chunradus. T. XXIX (1265) 461.
Hetelo, sagittarius. T. XXIX (1257) 243.
Heuberger, Andreas — zu Weilungrau. T. XXXI (1406) 65.
   ,, Hans, dessen Sohn; loc. cit.
Heunburg, Hermburch, Hounburch, comites de — Ulricus. T. XXVIII (1277) 407. — T. XXIX (1277) 521.
   ,, Al — comes de — canonicus patav. T. XXIX (1252) 379.
Heunpuch, N. — civis patav. T. XXVIII (1224) 302.
Heuraus, Heuraust, Heurawr, Heinrich. — T. XXX (1389) 385.
   ,, Conrad — T. XXXI (1449) 394 — 398, 400.
   ,, Heinrich, Pfleger zu Grempelstein. T. XXXI (1473) 518, 519; — vormaliger Pfleger zu Grempelstein (1495) 693.
   ,, Conrad, dessen Bruder loc. cit. 518, 519.
Heuslarii, Wernhardus et Conradus. T. XXIX (1270) 496.
Heuslin, Wernhard de — T. XXIX (1172) 227.
Heutinger, Albertus dictus — T. XXIX (1258) 125.
Heuzinger, Henzingarius, Albertus — T. XXIX (1256) 104. (1257) 110.
Heyder, N. — civis pataviensis. T. XXVIII (1425) 450.
Heyndel, Jobst — Bürger zu Landshut. — T. XXXI (1494) 688.
Hezelo, Hezil conf. *Hecil* et *Wernhardus.*
Hezenberg, Bernhardus et Conradus de — T. XXIX (1172) 267.
Hezenek, Wilhelm. T. XXX (1303) 16.
Hezman conf. *Stein.*
Heto conf. *Aca.*
Hiernfridus, canonicus pataviensis et decanus cremsensis. T. XXIX (1252) 292.
Hieronymus S. T. XXVIII (1259) 454 — 457. — T. XXIX (1254) 82.
Hildipertus, monachus et notarius. T. XXVIII (754) 15. (788) 51, 61, 65.
Hilkardis, vidua Leonis, officialis in Pezenkirchen. T. XXIX (1264) 177; — conf. infra *Hilligard.*
Hilkering, Wolfgang v. — Verweser des Gerichts im Donauthal. T. XXXI (1427) 207.
Hilpersdorffer, Johannes — canonicus olomucensis. T. XXX (1389) 394.
Hilprecht, conf. *Ortenburg.*
Hilligard conf. *Hilkardis* et *Gisala.*
Hilliger, test. T. XXVIII (812) 28.
Hiltinand et filius ejus Adalhoh. T. XXVIII (788) 16.
Hiltperus, test. T. XXIX (1256) 104.

Hillport, test. T. XXIX (1220) 250.
Hilliprand, possessor areae in Mutarn. T. XXVIII (1280) 474.
    „   ministerialis pataviensis. T. XXIX (1149) 259.
Himeler, Ortolf — T. XXIX (s. anno) 229.
Himperg, Himberg, Hintperch, Marquardus de — et uxor ejus Richardis. T. XXVIII (1209) 130. — (1216) 141. (1217) 296. — T. XXIX (1217) 336.
    „   Irnfridus, Ulricus et Conradus, fratres — T. XXVIII (1237) 338, 339.
    „   Dietherus — T. XXVIII (1237) 339. — T. XXIX (1250) 209.
    „   Coloh, Calhohus. T. XXVIII (1280) 479.
    „   Einbertus, frater Calhohi. T. XXVIII (1280) 415.
    „   Hintpergarii, N. N., invasores praediorum. T. XXVIII (s. anno) 477.
    „   Chunradus de — possessor feudi in Wittawe. T. XXVIII (s. anno) 479.
    „   Goczbach, Goetschalich de — T. XXIX (s. anno) 315.
    „   Marquardus, filius Marquardi. T. XXIX (1286) 561.
Hintlermagr, rector capellae omnium Sanctorum Pataviae. T. XXXI (1477) 536.
Hirschbach. Hirzpach, Bertholdus et Poppo de — T. XXVIII (1204) 130.
    „   Alheidis ibid. (1280) 460.
Hirschberg, Hirzberg, comites de — Gerhardus.. T. XXVII (1224) 306.
    „   ministeriales — Hermannus de — T. XXVIII (1160) 242.
Hirz, test. T. XXIX (1086) 55.
Hirzarn, Hermannus de — T. XXIX (1227) 341.
Hirzo, frater ordinis Theutonicorum. T. XXIX (1161) 438.
Hishad, test. T. XXVIII (840) 38.
Hitto, diaconus. T. XXVIII (739) 50.
    „   et filius ejus Gerboh. ibid. (1035) 81.
    „   testis. T. XXVIII (770) 52.
    „   testis; ibid. (899) 35.
Bistel, Godschalch. T. XXIX (s. anno) 218.
Hitila, nobilis matrona et Hermannus, maritus ejus; ibid. (1172) 267.
    „   mancipium. T. XXIX (1140) 258.
    „   mulier libera ex Wihenmaertin; ibid. (1220) 251.
Hiziki, don. T. XXVIII (1013) 80.
Hizo et Sigimar, test. T. XXVIII (1145) 108.
Hleodo, comes. T. XXVIII (777) 198.
Hludowich conf. *Ludovicus*.
Hobel, Marquardus. T. XXIX (s. anno) 230.
Hockenrayner, Bricz der — T. XXXI (1460) 481.
    „   N. dessen Stiefsohn loc. cit.
Hockhut, Conrad — Bürger zu Passau. T. XXXI (1401) 10.
Hoeckelheimer, N. der — T. XXX (1505) 17.
Hoetzlein, Hennlein — civis patav. T. XXVIII (1425) 450.

Haepfler, Ulrich der — T. XXX (1332) 143.
Hoerienbach, Heinricus de — T. XXIX (1200) 329.
Hoermund, mutarius patav. — T. XXVIII (saec. 15) 487.
Hoevirl, test. T. XXIX (s. anno) 213.
Hof, Ulrich von dem — T. XXX (1313) 63.
Hofe, Otaker de — T. XXIX (1255) 67. — Conf. etiam *Horaerii*.
Hofekirce, *Hofkirchen*, Christina et Mathildis de — T. XXIX (s. anno) 273.
Hofmann, Heinricus. T. XXIX (1255) 87.
  „   Hans — Bürger zu Passau. T. XXXI (1455) 442.
  „   Hans — Passauischer Rentmeister. T. XXXI (1494) 673.
Hofrawler, Jacob der — T. XXX (1388) 380, 381.
Hokenberg, *Hohenberch*, Albertus comes de — T. XXVIII (1276) 401.
Hohenberg, *Hohenberger*, ministeriales de — Dietricus de — T. XXVIII
          (s. anno) 431. — T. XXIX (1172) 227.
  „   Conradus de — canonicus herbipolensis. T. XXX (1389) 391.
  „   Hans und Stephan v. — Gebrüder — T. XXXI (1404) 49, 50.
  „   Stephan v. — T. XXXI (1438) 329.
  „   Fridrich, Herr von — T. XXXI (1456) 446, 448, 451.
  „   N. N. die — possessores praedii in S. Cecilia. — T.   XXVIII
          (s. anno) 475.
Hohenburg, Diepoldus, marchio de — T. XXVIII (1224) 332. — T. XXIX
          (s. anno) 222.
Hohenburg, ministeriales de — Oudalricus de — T. XXVIII (1121) 91. (1140)
          270. (1121) 91. — Dicitur vir nobilis T. XXIX (1086) 55 — uxor
          ejus Ottilia ibid.
Hoheneck, *Hoheneke*, *Hohinekke*, Adalbertus comes de — T. XXVIII (1157)
          111.
  „   Gebhardus comes de — frater ejus. T. XXIX (1173) 62.
Hohenekker, Leo der — Hasiner zu Griesbach im Rotthal. T. XXXI (1433)
          227.
Hohenfeld, *Hohenveld*, *Hohenfelder*, Erasmus. — T. XXXI (1459) 467.
  „   Georgius — canonicus pataviensis. ibid. (1477) 541.
  „   Christoph v. — T. XXXI (1490) 660.
Hohenloh, *Hohenlohe*, *Hohenlocke*, *Hoculoch*, Gerlacus nobilis de — T. **XXX**
          (1366) 269.
  „   Gotzo, frater ejus. loc. cit.
  „   Craft v. — T. XXX (1390) 401, 403, 405.
  „   Georg, Bischof v. Passau — conf. *Pataria*-episcopi.
  „   Ulrich, dessen Bruder. T. XXX (1390) 403.
  „   Albrecht, der Edel v. — T. XXXI (1401) 17; Bruder des Bischofs.
          Georg, loc. cit. — (1423) 179.
  „   Craft. der edle Herr von — T. XXXI (1435) 298, 299.
Hohenstein, Albero de — T. XXIX (1293) 879.
Hohenstouffe — Conradus de — T. XXIX (1212) 72.
  „   Leutoldus de — T. XXVIII (1232) 300.

94   Index

Hohenvels, Conradus de — ministerialis patav. T. XXVIII (1227) 274. (1238)
    328, 330.
    „   Heinricus, ministerialis ratisponensis. T. XXVIII (1241) 345. — T.
    XXIX (1250) 353.
    „   Conradus et Heinricus, fratres de — T. XXIX (1297) 590.
    „   Heinricus junior, frater Conradi et Conradi. — T. XXIX (1297)
    591.
Hoholt, test. T. XXIX (1097) 56.
Hoholtinge, Heinricus de — T. XXIX (1259) 226. (1273) 529.
Hohsteten, *Hosteln*, Wernher de — T. XXIX (1211) 70.
Holperht, test. T. XXVIII (903) 203.
Holthem, Hermannus de — T. XXIX (s. anno) 273.
Holtz, Conradus et Fridericus de — T. XXVIII (1280) 475.
    „   Conradus et Heinricus in dem — Passauische Zehentleute. T.
    XXVIII (1280) 455.
    „   Hans aus dem — T. XXX (1399) 483.
Holzhaim, *Holzheim*, *Holzheimer*, Otto et Rögerus de , — T. XXIX (1255)
    91 —; fratres (1264) 443.
    „   Otto. T. XXIX (1259) 141. (1264) 245. — T. XXVIII (1262) 385.
    „   Ulricus, civis pataviensis. T. XXVIII (1425) 450.
    „   Ch. der — T. XXX (1351) 140.
    „   N. der — T. XXX (1369) 286.
    „   Ulrich — Bürgermeister zu Passau. T. XXX (1398) 471.
    „   Peter — Bürger zu Passau. T. XXXI (1401) 8.
    „   Hans der — T. XXXI (1408) 77.
    „   Philipp — Mautner zu Passau. T. XXXI (1413) 115, 117.
    „   Hans, Stadtrichter zu Passau. T. XXXI (1442) 350.
Holzhausen, *Holzhusen*, Porno, Rüdigerus et Ulricus de — ministeriales pa-
    taviensis. T. XXIX (1088) 46.
    „   Imizo, Manegold, Marquard et Porno — T. XXIX (1112) 251.
    „   Porno, Porn — T. XXVIII (1121) 91. — T. XXIX (1153) 253.
    (1140) 253; — filii ejus Rüdiger et Porn. T. XXVIII (1145) 107.
    „   Porn. T. XXVIII (1145) 107.
    „   Rüdiger, frater ejus. T. XXVIII (1155) 231. — (1157) 111; frater
    Pornonis iterum. (1159) 235, 237. — (1172) 251.
Homichpalc, test. T. XXIX (1149) 259.
Honorius, papa III. T. XXVIII (1217 et 1221) 142. — T. XXIX (1218) 27.
    (1222) 339. — T. XXXI (1418) 156, 159. (1477) 540.
    „   scriptor ecclesiasticus. T. XXVIII (1254) 485.
Hoppho, possessor praedii in Hofkirchen. T. XXVIII (1280) 456.
Horatius, poeta. T. XXVIII (1254) 485.
Horbach, Wernhardus de — T. XXVIII (s. anno) 161, 189. — T. XXIX
    (1147) 44.
    „   Eppo de — T. XXIX (1149) 259.
Horer, Heinrich der — Bürger zu Passau. T. XXX (1357) 161; conf. etiam
    Harer.

Hornberger, Hornperger, Mertt der — T. XXX (1395) 444.

    „   Caspar — notarius. T. XXXI (1424) 196.

Horsendorf, Wülfing de — T. XXIX (1259) 226. (1247) 363.

    „   Gottfried von — T. XXIX (1296) 562.

Hortlrun, mulier de Chrougarn. T. XXIX (1165) 255.

Hoschel, Hoeschel, Heinrich — Mautner zu Passau. T. XXXI (1448) 401.
    (1442) 350.

Hoslowe conf. *Haslau*.

Hosmund, Jans der — Mautner zu Passau. T. XXX (1353) 203.

Housch, test. T. XXIX (1165) 256.

Houzenberg conf. *Huntzenberg* et *Huzinberg*.

Hornerii, die Hover. T. XXIX (s. anno) 213, 222. — conf. etiam *Hofe*.

Hove, Hoven, Heinricus de — T. XXIX (s. anno) 219.

    „   T. ibid. (s. anno) 220.

    „   Chunradus. T. XXIX (1209) 231.

    „   Heinricus. T. XXIX (1262) 447.

    „   Otachar, filius ejus, loc. cit.

Hoveman, Pernolt, test. T. XXIX (1163) 255.

    „   hubarius ecclesiae patav. ibid. (1216) 271.

Hovingen, Ulricus de — T. XXIX (1243) 73.

Hoya, Jacobus de — quondam scriba Austriae. T. XXIX (1294) 581.

Hozeman, test. T. XXVIII (943) 203.

Hramcolus, donator. T. XXVIII (805) 68.

Hrantolf, frater Davidis. T. XXVIII (789) 50. — Conf. etiam *Rantolf*.

Hrodgaor, presbyter et testis. T. XXVIII (788) 61.

Hrodhardus, Hrodhari, Rodhari, testis. T. XXVIII (770) 52. (786) 59. (788)
    61.

    „   abbas (in Isen); ibid. (777) 199.

Hrodhelm, frater Cundalperhti. T. XXVIII (774) 10, 11.

Hrodin et Wantila, sorores, ibid. (788) 19.

Hrodpald, donator. T. XXVIII (725) 54.

Hrodperht, donator. ibid. (725) 54. 45. — filius ejus Achart ibid. 46.

    „   presbyter. T. XXVIII (770) 6.

    „   conf. etiam *Rodperht*.

Hrodwaic, Hrodwic, presbyter et test. T. XXVIII (788) 57. (815) 64.

Hrodwar, libera uxor Epponis, servi pataviensis. T. XXVIII (900) 10.

Hrukholf, test. T. XXVIII (788) 57.

Hubaldus, episcopus hostiensis. T. XXIX (1179) 327. — conf. etiam *Hvo-
baldus*.

Hubarius, Huber — N. T. XXIX (1260) 248.

Hube, Huba, Luipoldus de — T. XXIX (1250) 79.

    „   Conradus ibid. (1260) 249.

    „   N. N. fratres de — ibid. (1254) 247.

    „   Gertrud, Albero, Rudeger, Grillo, Heinricus et Albertus de — T.
XXVIII (1280) 480.

    „   Heinricus et Ortolfus de Huba superiori. T. XXIX (1299) 595.

Huber, Heinricus. T. XXVIII (1280) 475.
 „   Ludwig. T. XXX (1394) 441, 442, 443. (1397) 456.
 „   Lutz, gewesener Besitzer von Ilckenberg. T. XXXI (1402) 24.
Hubmair, der — von der Hub im Gericht Schaerding. T. XXXI (1435) 279.
Hubmeister, Reinbot — T. XXX (1317) 74.
Huc, test. T. XXIX (1120) 258. (1150) 262.
Huck, et frater ejus Wolfher, test. T. XXIX (s. anno) 63.
 „   et Heinricus, test. loc. cit.
 „   conf. etiam *Hugo*.
Huebner, Johann, Ausrichter und Verweser des Officialats zu Passau. T. XXX (1393) 425.
 „   Johannes, canonicus patariensis. T. XXX (1389) 390.
Hufschmid, Wernhart — Bürger zu Atensheim. T. XXXI (1427) 209.
Huenenburg, Huenenburch, Hanenburg, Albertus de — canonicus pataviensis. T. XXVIII (1225) 144. — T. XXIX (1221) 284.
Huerner — der Schütze. T. XXX (1394) 434.
Huelle, Alhardus de — canonicus ratisponensis. T. XXVIII (1241) 544. — Conf. etiam *Hull* et *Hulla*.
Hugenburg, Hugenberge, Ditmarus de — T. XXVIII (1225) 144 (1244) 304 — T. XXIX (1254) 235. (1255) 237, 92, 93.
 „   Sifridus, Seifrid de — T. XXIX (1260) 244. (1290) 573.
Gugenberger, Hugenperiger, Siegfried — T. XXX (1303) 16.
 „   Seifried der — T. XXX (1370) 292.
 „   Lienhart — Bürger zu Efferding. T. XXXI (1463) 490.
Huginne, Ulricus — monachus neuburgensis. T. XXX (1323) 103, 104.
Hugling, Arnold et Herbort de — T. XXX (1309) 45.
Hugo, Hug, conf. etiam *Huc* et *Huck*.
 „   canonicus patariensis. T. XXIX (1071) 13. (1083) 46.
 „   canonicus ratisponensis. T. XXVIII (1150) 420.
 „   capellanus. T. XXVIII (1147) 109.
 „   cellerarius. T. XXIX (1256) 104.
 „   ministerialis patav. T. XXVIII (1172) 251.
 „   monachus in Sylansteten. T. XXIX (1264) 455.
 „   praepositus S. Andreae. T. XXX (1323) 101, 102, 104. 107.
 „   presbyter cardinalis tit. S. Clementis. T. XXVIII (1179) 124. T. XXIX (1179) 327.
 „   scriptor ascelicus. T. XXVIII (1259) 485, 486, 487. — T. XXIX (1254) 81, 82.
 „   conf. etiam *Helena*.
Huher, N. — de Harlant. T. XXVIII (1280) 475.
Humbel, Bernhardus. T. XXIX (1204) 250, 270.
Humperht, test. T. XXVIII (906) 204.
Humphert, test. T. XXIX (1149) 259.
Hungaria, Regea. — Conf. etiam *Ugaria*.
 „   Bela rex. T. XXIX (1260) 163. (1261) 174, 175. (1267) 469.

Hungaria, Mathias rex. T. XXXI (1477) 545, 546.
Hunker, test. T. XXVIII (770) 52.
Hunold, mancipium; ibid. (1148) 106.
  „   test. ibid. (1035) 81.
Hunipoald, test. T. XXVIII (774) 5.
Huntewich, Wernhardus de — T. XXIX (1220) 251.
Hunthoch, Fridrich — Burghüter. T. XXX (1397) 458.
Huntsheim, *Huntisheim*, *Hunzheim*, Hermann de — T. XXIX (1130) 61, 62.
  „   Herrant, filius ejus. T. XXIX (1161) 63.
  „   Eisenrich, loc. cit. (1172) 227.
  „   Meinhardus — T. XXVIII (1280) 474.
  „   Richer. T. XXIX (s. anno) 275.
Huobaldus, cardinalis et episcopus hostiensis. T. XXVIII (1179) 125. (1209) 279. — conf. etiam *Hubaldus*.
Huonisperg, *Huonisperch*, Alhaidis de — T. XXVIII (1280) 472.
Huoter, N. T. XXIX (s. anno) 231.
Hupperht dux — conf. *Bavaria*.
Hurbenpack, Heinricus de T. XXIX (1200) 279.
Hureimlinsperge, Gerhohus de. — T. XXIX (1255) 93.
Hurter, N. T. XXIX (1281) 541.
Huselin, Timo de — T. XXIX (1173) 63.
Husendorf, Liupoldus et Heinricus de — T. XXVIII (1280) 456.
Husilo, consanguineus Cundalperthi. T. XXVIII (774) 10.
Husracke, Gottfridus et Otto, nobiles de — T. XXIX (1112) 261.
  „   Heinricus. T. XXIX (1140) 254.
Hutesloch, Gotescalcus de — T. XXIX (1154) 260.
Hutinger, *Huetinger* — zu Ammerfeld — Wilhelm, Rath des Herzogs Ludwig des jüngern von Ingolstadt. T. XXXI (1435) 263, 266, 270, 278, 282, 287, 291, 296, 300.
Hutsmund, *Huetsmund*, *Huschmunt*, *Hutzmund*, Heinricus — judex pataviensis. T. XXVIII (1255) 366. (1256) 531. T. XXIX (1254) 84. (1255) 89. (1256) 99, 239, 241. (1258) 99, 114, 241. (1260) 162. (1262) 181, 182. (1263) 193. (1260) 429. (1262) 444. (1264) 453.
  „   Reiza uxor ejus. T. XXIX (1262) 181, 182.
  „   Heinricus, filius ejus. T. XXIX (1254) 84.
  „   Rüdigerus, item filius. T. XXIX (1262) 182.
  „   Heinricus, dictus — T. XXIX (1262) 445.
  „   Fridericus, gener Heinrici. T. XXIX (1254) 84.
  „   Ulricus, filius Christiani et gener Heinrici. T. XXIX (1260) 162.
  „   Heinricus et Fridericus. T. XXIX (1283) 295.
  „   Rüdigerus. T. XXVIII (1280) 173, 467. — T. XXIX (1285) 535.
Hutsloch conf. *Pilhtorf*.
Hutl, *Hütl*, Rugerus de — ministerialis pataviensis. T. XXVIII (1300) 515.
Hutla, *Hutle* conf. etiam *Huelle* et *Hutl*.
  „   Adelhardus de — ministerialis pataviensis T. XXVIII (1194) 264.
  „   Wichardus — T. XXIX (1207) 344.

Hulla etc. Rugerus de — T. XXIX (1291) 575.

Hullilo, dux; conf. *Bavaria*.

Hullo, test. conf. *Hillo*.

Huzinberg, Huzinperge, Houtzenperg, Ulricus de — T. XXIX (1254) 236.
    " fratres de — T. XXVIII (1280) 465.

Huzo. T. XXIX (1112) 261.

I.

I. episcopus pragensis. T. XXIX (1229) 346.
    " decanus cremsensis. T. XXIX (1266) 465.

Iacinthus, diaconus cardinalis tit. S. Marcelli. T. XXIX (1186) 33.

Iacobus, Amtmann im Heydlalag. T. XXIX (1472) 517.
    " Burggraf von Pirchenstein. T. XXX (1311) 60.
    " canonicus pataviensis. T. XXVIII (1147) 228. (1163) 119. (1164) 240, 244; — et archidiaconus (1175) 252. — T. XXIX (1147) 43.
    " canonicus neuburgensis. T. XXX (1307) 36.
    " diaconus Cardinalis tit. S. Mariae in Cosmidin. T. XXVIII (1179) 125. — T. XXIX (1179) 327.
    " Küster der Frauen-Capelle auf der Stetten zu Wien. T. XXX (1381) 360.
    " monachus neuburgensis. T. XXX (1323) 103 — 108.
    " praepositus pragensis. T. XXIX (1262) 439, 449.
    " testis. T. XXVIII (600) 40.
    " testis. T. XXVIII (1013) 79. (1035) 82.

Iaegenreuter, Hans. T. XXXI (1483) 610.

Iaenabitz conf. *Innowitz.*

Iaendlein, der Jude. T. XXX (1397) 466.

Iagerii, N. N. T. XXIX (a. anno) 223.

Ianowitz zum Risenberg. — Smyl von — T. XXXI (1477) 544.
    " Ratzko von — T. XXXI (1415) 130.

Ians, Propst des Klosters Schlegel. T. XXX (1356) 202.
    " conf. etiam *Johannes.*

Ianstorf, Iahinstorf, Iohanstorf, Albertus de — ministerialis pataviensis. T. XXVIII (1201) 130. (1209) 131. — T. XXIX (1190) 252.
    " Eberhardus de — canonicus pataviensis. T. XXVIII (1216) 293. (1222) 299, 300. (1223) 143. (1226) 149, 316. (1227) 273, 323, 326, 333. — T. XXIX (1227) 341. (1229) 345.
    " Otto de — ministerialis patav. T. XXVIII (1220) 293. (1223) 143, 144. (1224) 306, 332. (1226) 149, 316. (1227) 274, 323, 525, 326. — T. XXIX (1221) 284. (1227) 344.

Ianstorf etc. Albertus de — T. XXIX (1247) 365.
   ,,   Otto de — T. XXIX (1247) 363. (1262) 447. (1273) 528.
   ,,   N. N. fratres de — T. XXVIII (s. anno) 462, 463. — T. XXIX
       (s. anno) 219.
   ,,   Einhardus de — T. XXIX (1222) 337.
Iarerius, Burggravius pragensis. T. XXIX (1261) 174.
Iaurensis, P. — capellanus sive notarius Caroli IV. T. XXX (1366) 267.
Ibenperch, Meingot de — T. XXIX (1183) 97. — conf. etiam *Ienberch.*
Ibs, Oertlein v. — T. XXX (1369) 288.
   ,,   Herrmann v. — T. XXX (1397) 466.
   ,,   conf. etiam *Ipsa.*
Icubardus, possessor feudi. T. XXVIII (s. anno) 189. — conf. etiam *Ieubardus.*
Idina, Meginhardus de — T. XXIX (1164) 960.
Idungsberg, Iduegsperig, Leupold v. — T. XXX (1303) 17.
Idungspiuge, conf. *Marquardus* plebanus.
Iemberius, praepositus pataviensis. T. XXIX (1121) 68.
Ienberch, Meingot de — T. XXVIII (1223) 501. — Conf. etiam *Ibenperch.*
Ierricus, rex — conf. *Bohemia.*
Ieffenbuch, Chuno et Albertus de — T. XXVIII (1227) 323.
Ieubardus, possessor feudi. T. XXVIII (1280) 473. — Conf. etiam *Icubardus.*
Ieuspitz und Kunstatt, Georg von — T. XXXI (1470) 512, 513.
Ieuta, uxor Sibotonis de Owe et Rudolphus frater ejus. T. XXIX (1059) 145.
Igel, Nicolaus und Peter — Bürger v. Passau. T. XXX (1350) 201.
   ,,   Nicolaus der — passauischer Lehenmann und Bürger. T. XXX
       (1372) 501.
   ,,   conf. etiam *Ygel.*
Igelbach, Altmann de — ministerialis patav. T. XXVIII (1121) 91.
Ihho, test. T. XXVIII (854) 26.
Ilchagan, test. ibid. (817) 43.
Ilig, N. — aus Stahersberg. T. XXXI (1472) 517.
Ilpunc, donator, cum uxore Imma. T. XXVIII (788) 39.
   ,,   test. ibid. (840) 39.
Ilsmstorf, Hoinricus et Reinhardus de — T. XXVIII (1128) 91.
Imberius, canonicus et capellanus patav. T. XXVIII (1067) 217. T. XXIX
       (1071) 13.
   ,,   canonicus patav. T. XXVIII (1163) 119.
   ,,   decanus pataviensis. T. XXVIII (1067) 217. — T. XXIX (1071) 13.
   ,,   donator et filius ejus Selpherus. T. XXIX (1220) 249.
   ,,   presbyter Cardinalis. T. XXX (1346) 188, 189.
Imcensdorf, Imitzinstorf, conf. *Ymzenstorf.*
Imiza, mater Lanthere, Engilrath et Oudalscalchi. T. XXIX (1140) 259.
Imizi, Imizie, test. T. XIXX (1155) 258, 262.
Imma, Ymmn, mancipium. T. XXIX (1165) 257.
   ,,   sanctimonialis. T. XXVIII (774) 4.

Imma etc. uxor Ppanci. T. XXVIII (789) 39.
Immon conf. *Otto.*
Imperatores et reges Germaniae.
    „   *Carolus magnus.* T. XXVIII (788) 9, 31, 39, 57. (795) 16. (800) 61.
— Imperator (800) 9. (802) 66. (806) 30, 63 ; — memoratur (813)
13. (1264) 486. — T. XXXI memoratur (1435) 293.
    „   *Ludovicus pius.* T. XXVIII (815) 42. (818) 13. (820) 37. (821)
29, 62.
    „   *Ludovicus germanicus.* T. XXVIII (847) 24. (852) 70.
    „   *Carolus crassus.* T. XXVIII (887) 71. .
    „   *Arnulphus.* T. XXVIII (898) 446 — Memoratur (903) 202. T. XXXI
memorator (1434) 246.
    „   *Heinricus II., sanctus.* T. XXVIII (1019) 211, 507. — T. XXXI
memoratur (1419) 164. 165, 166.
    „   *Heinricus III.* T. XXVIII (1046) 100.
    „   *Heinricus IV.* T. XXVIII (1067) 213. — T. XXIX (1071) 13, 16.
Anticaesar:
    „   *Hermannus Luxenburgensis.* T. XXIX (1088) 55.
    „   *Heinricus V.* T. XXIX (1112) 261. (1124) 58; — memoratur
(1250) 369.
    „   *Conradus III.* T. XXVIII (1144) 224. (1147) 226. — T. XXIX (1140)
253. (1143) 25. (1147) 40, 43, 215. (1149) 215.
    „   *Fridericus I.* T. XXVIII (1159) 935, 510. (1160) 116. (1166) 120.
(1188) 123; memoratur (1245) 354. — T. XXIX (1158) 60, 261;
memoratur (1190) 271. (s. anno) 310, 317.
    „   *Heinricus VI.* T. XXVIII memoratur (1230) 472. — T. XXIX (1252)
210.
    „   *Philippus.* T. XXIX (1200) 6.
    „   *Otto IV.* T. XXVIII (1209) 153, 134. (1210) 157, 158. (1211) 159.
T. XXIX (1209) 69. (1212) 72. — memoratur (1218) 273.
    „   *Fridericus II.* T. XXVIII (1216) 141. (1245) 354; memoratur (1276)
400. — T. XXIX (1274) 513. — T. XXXI (1418) 156. (1477) 540.
    „   *Rudolphus I.* T. XXVIII (1276) 400, 401, 405. (1277) 406, 407. 409.
(1279) 413, 414. (1280) 415. (1281) 416. T. XXIX (1274) 509, 510,
512, 513. (1276) 517, 520. (1277) 520, 522, 524. (1279) 534. (1280)
534. (1281) 535, 537. (1283) 549. (1292) 578. — T. XXXI (1456)
452.
    „   *Adolphus Nassovius.* T. XXVIII (1297) 421. — T. XXIX (1297)
591.
    „   *Albertus I.* T. XXVIII (1298 (423, 425. — Memoratur (1368) 519. —
T. XXX (1315) 66.
    „   *Heinricus VII.* T. XXX (1310) 46.
    „   *Ludovicus Bavarus.* T. XXVIII (1344) 431. — Memoratur (1348)
433. — T. XXX (1323) 100. (1324) 119. (1343) 177. (1344) 180, 181,
182, 183, 184. (1347) 189, 190. — Memoratur (1374) 314. — T. XXXI
(1435) 268.

Imperatores etc. Fridericus pulcher conf. *Austria*.
" *Carolus IV.* T. XXVIII (1348) 453. (1367) 436, 437, 439. T. XXX (1366) 265, 267. — T. XXXI memoratur (1418) 158. (1477) 540.
" *Wenceslaus.* T. XXX (1384) 352, 553, 354. (1393) 425, 430.
" *Rupertus.* T. XXXI (1401) 16. (1406) 65, 66.
" *Sigismundus.* T. XXVIII (1420) 448. (1430) 452. (1432) 522. (1434) 442. — T. XXXI (1417) 145, 147. (1419) 162, 164. (1421) 174. (1425) 197, 199. (1429) 217, 219. (1434) 241, 243, 245, 249, 251, 252. (1436) 268. (1437) 316.
" *Albertus II.* T. XXXI (1438) 330, 331. (1439) 340, 345.
" *Fridericus III.* T. XXVIII (1443) 529. — T. XXXI (1443) 367. (1447) 377, 378. (1454) 437. (1455) 440. (1459) 466, 470. (1460) 482, 483, 484. (1466) 492, 493, 601. (1467) 506, 507, 508. (1471) 513. (1473) 526. (1478) 551, 552. (1479) 554, 564. (1480) 571, 672. (1481) 586, 592. (1487) 624, 626, 628. (1489) 636, 639. (1490) 647, 648, 649. — Memoratur (1493) 669.
" *Maximilianus I.* T. XXXI (1491) 659. (1495) 669, 670, 671. (1494) 675, 676, 677 usque 682; 601, 692, 693.
Impletor, Pilgrim. T. XXIX (1281) 543. (1299) 593.
" N. N. filii Pilgrimi loc. cit.
Impred, test. T. XXIX (1165) 253.
Inbrucker Inprukker, Gottschalk der — Burggraf zu Stahremberg. T. XXX (1395) 445, 446.
" Wolfhart, oesterreichischer Anwalt bei dem Rathe zu Wien. T. XXXI (1442) 110.
Inclusus conf. *Closen*, Closner.
Ingelsteller, Lucas, Bürger v. Regensburg. T. XXVIII (1443) 530. — T. XXXI Rathsbote daselbst. (1434) 245.
Ingheramius, A. — ex cancellaria papali. T. XXXI (1482) 606.
Inne, Inn, confer etiam *Ynne*.
" Wernbardus de — T. XXIX (1250) 369. (1262) 445.
" Adelheidis, uxor ejus loc. cit. 369.
" Wernbardus de — T. XXX (1306) 31. (1329) 133.
" Heinrich v. — T. XXX (1351) 140.
Innige, Wölfingus de — T. XXVIII (1280) 475.
Innocentius, papa II. T. XXIX (1140) 253.
" papa III. T. XXVIII (1200) 265. (1204) 269. (1208) 274. (1209) 279, 287. (1214) 291. (1216) 141. — T. XXIX (1212) 72; memoratur (1261) 177.
" papa IV. T. XXIX (1243 — 1252) 7 — 8. — (1249) 366. (1254) 409.
" papa VI. T. XXVIII memoratur (1364) 454. — T. XXX (1366) 271.
" papa VIII. T. XXXI (1486) 614. (1488) 635. (1489) 645. (1490) 649, 650.
Institor, Conradus — civis pataviensis. T. XXIX (1253) 386. (1283) 552.

Insula, Bertholdus in — civis pataviensis. T. XXIX (1253) 445.
Into, donator. T. XXVIII (754) 15.
   „   filius Etpargae. T. XXVIII (788) 13.
   „   testis, ibid. (785) 23. (788) 9. (795) 15.
Iefridus, magister. T. XXVIII (1254) 81.
Johannes, abbas gottwicensis. T. XXVIII (1160) 242. — T. XXIX (1153) 437.
   „   abbas Scotorum Viennae. T. XXIX (1269) 493.
   „   archiepiscopus pragensis et legatus apostolicus. T. XXX (1366) 269.
   „   archiepiscopus quondam strigoniensis. T. XXXI (1491) 173.
   „   archiepiscopus strigoniensis. T. XXXI (1477) 533; — et coadjutor ecclesiae viennensis loc. cit.
   „   archiepiscopus trevirensis. T. XXXI (1460) 483.
   „   canonicus pataviensis. T. XXVIII (1253) 366. (1256) 381. T. XXIX (1256) 240. (1253) 120. (1247) 364. (1262) 444.
   „   canonicus neoburgensis. T. XXIX (1257) 416.
   „   canonicus ratisponensis. T. XXVIII (1241) 344.
   „   capellanus capellae S. Mariae auf der Stetten Viennae. T. XXX (1376) 325. — Conf. infra *Johannes* oberster Caplan.
   „   Cardinalis presbyter S.S. Johannis et Pauli. T. XXVIII (1179) 124. T. XXIX (1179) 327.
   „   cardinalis presbyter tit. S. Anastasiae. T. XXVIII (1179) 124. — T. XXIX (1179) 327.
   „   cardinalis presbyter tit. S. Marci. T. XXVIII (1179) 124. T. XXIX (1186) 33. (1179) 327.
   „   cardinalis diaconus S. Angeli. T. XXXI (1447) 378.
   „   civis pataviensis. T. XXVIII (1425) 450.
   „   custos dominorum et dominarum Pataviae. T. XXX (1323) 104.
   „   Dompropst zu Passau. T. XXX (1373) 308.
   „   episcopus brixinensis et cancellarius Austriae. T. XXX (1366) 269.
   „   episcopus chiemseensis. T. XXVIII (1276) 401. (1277) 406, 407, 412. — T. XXIX (1277) 521. 522.
   „   episcopus gurcensis. T. XXVIII (1364) 454. — T. XXXI (1360 — memoratur 1419) 167; — cancellarius Rudolphi ducis Austriae loc. cit. 168.
   „   episcopus olomucensis, regalis capellae Bohemiae comes et imperii cancellarius. T. XXX (1366) 269.
   „   episcopus pragensis. T. XXIX (1258) 117. (1261) 174. (1262) 439, 442.
   „   episcopus wormatiensis. T. XXX (1366) 269.
   „   episcopus zagrabiensis et cancellarius Sigismundi regis. T. XXXI (1423) 201.
   „   S. evangelista et ejus opera. T. XXVIII (1259) 484. 486.
   „   frater ordinis praedicatorum in Chrems. T. XXIX (1261) 452.

Johannes, frater ordinis minorum. T. XXIX (1258) 424.
,, Knecht des Leutold von Chreuzbach. T. XXX (1300) 7.
,, magister. T. XXIX (1258) 293.
,, magister et familiaris Bernhardi, episcopi pataviensis. T. XXX (1311) 55.
,, magister und Pfarrer von Wulfleinstorf. T. XXX (1311) 58.
,, magister et canonicus pataviensis. T. XXX (1313) 65.
,, Meister, oberster Schreiber des Herzogs Albrecht von Oesterreich. T. XXX (1341) 167.
,, monachus ex monasterio Cellae Angelorum. T. XXX (1313) 65.
,, Münzschreiber. T. XXIX (1293) 530.
,, oberster caplan der Frauen-Capelle auf der Stetten zu Wien. T. XXX (1369) 283. — Conf. supra *Johannes capellanus.*
,, papa XXII. T. XXVIII (1331) 452. — T. XXX (1317) 68. (1326) 114.
,, papa XXIII. T. XXXI (1412) 114. — antea Baldassar dictus. (1419) 469.
,, praepositus monasterii S. Nicolai extra muros civitatis pataviensis. T. XXXI (1455) 498.
,, prior quondam cremsensis. T. XXIX (1264) 197.
,, prior maurhacensis. T. XXXI (1452) 425.
,, scholasticus olomucensis. T. XXIX (1282) 545.
,, senior et canonicus pataviensis conf. *Ebersbach.*
,, testis. T. XXVIII (820) 39.
Johanne sancto, Dietricus et filius ejus Conradus de — T. XXIX (1209) 281.
Johannis ecclesia conf. familiam *Johannskirchen.*
Johannsdorf conf. *Janstorf.*
Johannskirchen, sive ecclesia S. Johannis, Gotfridus de — canonicus pataviensis. T. XXVIII (1209) 266. (1204) 270. (1209) 283. (1210) 138; — archidiaconus (1222) 300. (1226) 149. (1236) 154. — T. XXIX (1209) 69; archipresbyter (1212) 72.
Johannstein, Johenstein, Alkberus de — T. XXIX (1269) 493.
,, Eberwein v. — T. XXIX (1290) 573.
,, Christan von — T. XXX (1353) 207, 208.
Jopan, sive Supan, Physso vocatus, in decania Slavorum in Austria. T. XXVIII (777) 198.
Jordanus, plebanus de Rctr. T. XXIX (1282) 543.
Jorgner, Wilhelmus, civis monacensis. T. XXX (1380) 342.
Josephus, canonicus ratisponensis. T. XXVIII (1150) 419.
,, scriptor, ibid. (1259) 487.
Jouchenberge, Wernh. de — T. XXVIII (1231) 335.
Jovinianus monachus. T. XXVIII (1259) 485.
Ipha, Ippha, conf. etiam *Iba.*
,, Bertholdus de — ministerialis Otocari marchionis T. XXIX (1190) 258.
,, Fridericus, Aerbo et Wolfher, test. ibid. (1125) 91.

Ipha etc. Udalricus de — T. XXVIII (1145) 107.
Ipurke, donator. T. XXVIII (813) 19.
Irherin, Irherinna, Irherim. — N. censualis quondam pataviensis. T. XXIX
        (s. anno) 231.
    „   N. colonus in Stochstal. T. XXX (1318) 80.
Irichaer, Iricker, Heinricus, test. T. XXIX (1254) 85. (1258) 293.
Irmfrit, Irnfrid, Irminfried, canonicus et decanus in Chrems. T. XXVIII
        (1253) 366. — T. XXIX (1255) 88. (1256) 104, 240. (1257) 112.
        (1258) 120, 125, 127. (1259) 134, 142. (1261) 179. (1263) 195, 196.
        (1252) 380.
    „   censualis in Marquardsdorf. T. XXVIII (1280) 478.
    „   monetarius. T. XXVIII (1209) 134.
    „   testis. T. XXVIII (1038) 85.
    „   testis. T. XXIX (1097) 56. (1406) 58.
    „   testis. T. XXVIII (788) 25.
Irmingarda, mancipium. T. XXIX (1136) 60. (1220) 252.
Irminperht, donator. T. XXVIII (725) 54, 55.
    „   testis. T. XXVIII (600) 40.
    „   testis T. XXVIII (834) 26.
Irminswind, Irmswind, Yrminswind, filio Willihelmi. T. XXVIII (774) 4.
    „   uxor Einheri, ibid. (866) 33, 34.
Irrekal, test. T. XXIX (1220) 252.
Irsheim, Perhta et Adelheid de — T. XXIX (1172) 268.
Isamisdorf, Wirinto de — T. XXIX (1190). 254.
Isandeo, test. T. XXVIII (782) 41.
Isanger, testis; ibid. (788) 25.
Isanker, testis ibid. (813) 18.
Isanpero, filius Racconis. T. XXVIII (1035) 81.
Isenperlus, capellanus. T. XXIX (1088) 46. — Conf. etiam *Irinberlus.*
Isenrich, Isinrich, Eisenreich, censualis pataviensis in Eppilberg. T. XXVIII
        (1280) 470.
    „   testis. T. XXIX (1097) 56. (1102) 57.
    „   testis. ibid. (1144) 61. (1158) 261. (1163) 256.
Ishekkingen, Gerhalm de — T. XXVIII (1194) 261.
Isidorus S. episcopus hispalensis. T. XXVIII (1259) 485. — T. XXIX (1254)
        81, 82. (1256) 242.
Isinberlus, praepositus S. Floriani. T. XXIX (1121) 58. — Conf. etiam *Isen-
        perlus.*
Isinhart, test. T. XXIX (1158) 261.
Isker, testis. T. XXVIII (813) 32. (820) 37; nepos Waltrihi (821) 29, 63.
    „   testis. T. XXIX (1121) 57.
Isnaer, Isenaerre, Ismar, Ysennere, Ysenar, Waltherus. civis patav. T. XXVIII
        (1209) 293. (1224) 303. (1232) 337. 443, 449. — T. XXIX (s. anno)
        270.
    „   Ulricus, civis pataviensis. T. XXVIII (1210) 137.

Issowe, Chunradus de — ministerialis pataviensis. T. XXVIII (1209) 279. T.
    XXIX (1212) 72.
Issendorf, Isseinsdorf, Ysseinsdorf, Heinricus de. T. XXVIII (1280) 476. —
    (s. anno) 485. — T. XXIX (1212) 72.
Issenpuch conf. *Eissenpuch*.
Itto, donator. T. XXVIII (725) 54.
Istria, Engelbertus, marchio de — T. XXVIII (1156) 356. — T. XXIX (1133)
    253. (1150) 253.
   „   conf. etiam *Ortenburg*.
Ita, censualis pataviensis in Mutarn. T. XXVIII (1280) 474.
   „   sanctimonialis. T. XXIX (1130) 262.
Jud, Judaeus, Conradus civis pataviensis. T. XXVIII (1298) 423, 426.
   „   Heinricus — civis pataviensis. T. XXX (1309) 40; — der Jud.
    (1335) 151.
Judenowe, Wolfher de — T. XXIX (1263) 192.
Judeskirchen, Arnolt et Engilscalch de — T. XXIX (1165) 256.
Juditha, Judita et filia ejus Hadelouch, mancip. T. XXIX (1140) 253.
   „   nobilis matrona cum filio Bernhardo et filia Gisila, censuales. T.
    XXVIII (1013) 75.
   „   uxor Regenberti. T. XXVIII (1157) 110.
   „   conf. etiam *Perta*.
Jugurtha, test. T. XXVIII (1157) 110.
Julbach, Julbech, Jugulbach, Werinhard de — T. XXVIII (1159) 510. —
    T. XXIX (1104) 61, 63. (1154) 250. (1158) 437.
   „   Heinricus, filius ejus. T. XXVIII (1173) 252. — T. XXIX (1158)
    437.
   „   Adelheid de — T. XXX (1307) 33, 34.
   „   Leukgard, deren Tochter, und Leutold und Hartneid der Adelheid
    Söhne loc. cit.
Jungerich, censualis in Mutarn. T. XXVIII (1280) 474.
Jungwirth, N. — Bürger zu Passau. T. XXXI (1436) 306.
Juvenalis, scriptor. T. XXVIII (1254) 485.
Jula, uxor Chunradi. T. XXVIII (1209) 134.
Iro, episcopus carnutensis et scriptor. T. XXVIII (1254) 486, 487.
Ivenisperg, Ainwicus et Carolus de — T. XXIX (1173) 63.
Ivinberge, Cunradus de — T. XXIX (1204) 269.
Izo, testis. T. XXVIII (983) 207, 208.
   „   testis. ibid. (1015) 92.
   „   testis. T. XXIX (1220) 252.
Izzingen, Rapoto de — civis pataviensis. T. XXVIII (1209) 283.

K.

K. conf. etiam *C.*
Kadau, Wolfgang v. — T. XXXI (1467) 509.
Kaefringer, N. der — T. XXXI (1402) 23.
Kaganhart, test. T. XXVIII (818) 13; conf. etiam *Caganhart.*
  „   scriptor, ibid. (800) 46.
Kalde, Petrus — praepositus northosensis. T. XXXI (1434) 245.
Kalenberger, N. der — T. XXX (1365) 260.
Kalmberg, Durich ab dem — pater Conradi. T. XXIX (1281) 545.
Kammolf, test. T. XXVIII (s. anno) 81.
Kambe, Albertus dominus de — T. XXIX (1200) 279.
  „   Leukart, uxor ejus, nobilis domina de Hals loc. cit.
  „   Alramus et Albertus, eorum filii loc. cit.
  „   conf. etiam *Chambe.*
Kammer, Chamer, Kamer, Fr. de — T. XXIX (1254) 246.
  „   Mathias v. — herz. bayer. Hofmeister. T. XXXI (1434) 249.
  „   Georg v. — in Diensten des Herzogs Ludwig des Baertigen v. In-
          golstadt. T. XXXI (1435). 267, 268, 269, 271, 272, 273 usque 276,
          279, 280, 281, 284.
  „   Lienhart v. — T. XXXI (1459) 347.
  „   Wolfgang v. — T. XXXI (1450) 420.
Kammerau, Komerau, Komeraurr, Chamerow, Chamerauer etc. Conrad v. —
          Vicedom bei der Rot und Donau. T. XXX (1323) 107.
  „   v. Haitstein, Peter — T. XXX (1369) 291. (1373) 335, 336.
  „   zu dem Haitstein, Heinrich — T. XXX (1379) 336, 337.
  „   Ulrich, Fridrich und Peter, dessen Brüder loc. cit.
  „   zu Pering, Conrad — T. XXXI (1415) 132.
  „   Ulrich. T. XXXI (1435). 264, 266, 268, 269, 273, 279. (1442) 348,
          349.
Kammerer, Kamrer, Georg — Pfleger zu Pron. T. XXXI (1470) 513.
Kappeln, Eberbart v. — T. XXXI (1401) 14. — Conf. etiam *Capella.*
Kappler v. Sulawitz zu Winterberg, Nicolasch — T. XXXI (1459) 467, 468.
          Peter, dessen Bruder loc. cit.
Karänger, Bernhard — Mautner zu Stein. T. XXXI (1481) 598.
Karlomann et frater ejus Penzo, min. patav. T. XXIX (1121) 57.
  „   testis ibid. (1136) 60.
Karolus, chronista. T. XXVIII (1254) 437.
Katzelsdorf, Chaetzlinsdorf, Hermannus nobilis de — T. XXIX (1185) 20.
Kchay, Conradus — civis patav. T. XXIX (1253) 385.
Keczing, Jacob v. — Beisitzer der Landschranne zu Strasheim. T. XXXI.
          (1427) 209.
Keilo, pater Altrahi donatoris. T. XXVIII (806) 89.

Kepahilt, uxor Cotafridi donatoris. ibid. (738) 54.
Kerfrid, Kerfirid, frater Cundalperhti. T. XXVIII (774) 10.
Kergl, Wolfhart — Beisitzer der Landschranne zu Strasheim. T. XXXI (1427) 209.
Kerhart, donator. T. XXVIII (725) 55.
Kerolt, donator. T. XXVIII (799) 55. — Missus dominicus (818) 19.
    „   test. T. XXVIII (903) 203.
    „   test. ibid. (983) 207.
    „   test. ibid. (1046) 212.
Kerpreht, Salubo et Wenilo, servi Thassilonis ducis. T. XXVIII (777) 193.
Kersberger, Marchart — passauischer Dienstmann. T. XXXI (1445) 365.
Kerwalh, test. T. XXVIII (738) 19, 20.
Kellner, civis patav. T. XXVIII (1425) 450.
Khirpach, Adelram de — T. XXIX (1140) 253.
Kilianus S. T. XXVIII (1254) 435.
    „   Pfarrer bei S. Egyd zu Passau. T. XXX (1394) 432.
Kirchbeck, Chirichbeckh, Georg — T. XXXI (1424) 185, 188. Conf. etiam *Chirichpeck*.
Kirchberg conf. *Chirichperch*.
Kirchberger, Hans der — Landrichter ob der Ens. T. XXX (1570) 293. — Conf. etiam *Chirichperger*.
    „   Chirichperch, Udalricus de — notarius. T. XXVIII (1241) 343.
Kirchmaier, Michael — aus Schoenhering. T. XXXI (1427) 209.
Kisalhart, Kislehart, Kyslehart, missus dominicus et judex. T. XXVIII (800) 10. (802) 55.
    „   testis. ibid. (783) 48.
Klebsattel, Lewe der — Pfleger zu Hals. T. XXXI (1437) 523.
Klenau, Iban von — T. XXXI (1494) 633, 685, 686. — Conf. etiam *Clenau*.
Klewlter, Johannes — parochus in Altheim. T. XXXI (1477) 536.
Koenigsbrunner, Koenigsbrunn, N. — possessor feudi pataviensis. T. XXIX (1250) 166, 429.
Koenigswart, Chuniswart, magister Albertus de — T. XXIX (1289) 570.
Kolberger, Wolfgang, Kanzler des Herzogs Georg von Landshut. T. XXXI (1491) 688.
Kolhaimer v. Brunpach, Heinricus, canonicus pataviensis. T. XXVIII (1300) 515.
Kollenpeck, Eglolf der — T. XXXI (1406) 65.
Komatka v. Oloschnitz, Jan v. — T. XXXI (1453) 490.
Korperht, test. T. XXVIII (906) 204.
Koza, donator. T. XXVIII (609) 63.
Kozheri, donator. T. XXVIII (725) 55.
    „   obtinet beneficium. ibid. (818) 55, 56.
Kraft, Chraft, Fridericus — civis pataviensis. T. XXVIII (1425) 450.
    „   Fridrich — Richter und Mautner zu Passau. — T. XXX (1371) 297. — Bürgermeister und Mautner (1373) 308.
    „   Nicolaus der — passauischer Lehenmann. T. XXX (1372) 301.

Kraft etc. Stephan. T. XXXI (1431) 326.
     „   Caspar, Pfleger zu Marnbach. T. XXXI (1448) 401.
Kraus, Hans — T. XXXI (1488) 610.
Kray, Hans — Pfleger zu Ried — T. XXXI (1493) 667, 668, 669. (1496) 700, 701.
     „   N. — dessen Hausfrau. loc. cit. — Conf. etiam *Chrey*.
Kreiburg, Krailurg, Waltherus de — T. XXVIII (1227) 274.
Krenzingen, Herw. et Rupertus de — fratres et ministeriales patav. T. XXVIII (1067) 217.
Küohler, Hans — Pfleger zu Obernberg. T. XXVIII (1429) 451.
Küzpühel, Heinrich v. — Dechant zu Passau. T. XXXI (1428) 214.
Kumosl, Johannes — clericus dioecesis pataviensis. T. XXXI (1430) 571, 572.
Kundalperht conf. *Cundalperht*.
Kunigsteiner, Andreas — ab imperatore ad praebendam pataviensem nominatus. T. XXXI (1430) 572.
Kunring, conf. *Chunring*.
Kunstall, conf. *Jeuspitz*.
Kuntilo, test. T. XXVIII (783) 8. — Conf. etiam *Chuntilo*.
Kyslehart conf. *Kisslhart*.

L.

Lader, Wernberus de — T. XXVIII (1224) 332.
     „   Wernberus nobilis de — T. XXIX (1255) 411.
     „   Caspar, Herr zu — herzogl. bayer. Rath. T. XXXI (1434) 248.
Laborans, diaconus Cardinalis tit. S. Mariae in porticu. T. XXVIII (1179) 125.
       — T. XXIX (1179) 327.
     „   presbyter cardinalis tit. S. Mariae trans Tiberim. T. XXIX (1186) 53.
Lack, Jacobus de — presbyter aquilejensis. T. XXXI (1412) 113.
Ladendorf, Herman und Dietrich. — T. XXIX (1293) 581.
Lader, de Mutern. T. XXVIII (1280) 474.
Lagino, donator. T. XXVIII (1143) 95.
Lahsendorf, Al. de — T. XXIX (1281) 535.
Laichling, Leichlingen, Reginbertus de — T. XXIX (1158) 60.
     „   Durinch et Dabo, fratres de — T. XXVIII (1157) 110.
Leimbach, Leimbach, Leimpach. Hermannus de — T. XXIX (1254) 256.
     „   Ebero de — T. XXVIII (1230) 169, 465.
Laiming, Layming, Layminger, Laymung, Leyming — Ortolf et.Gerung, fratres de — T. XXVIII (1297) 323, 326.

Laiming etc. Ortolf de — T. XXVIII (1244) 808.
" Seitz, Erasmus und Haans von — T. XXVIII (1429) 451.
" Leonardus conf. *Patavia-episcopi.*
" Otto, Vicedom zu Passau. T. XXX (1389) 383, 390. (1394) 438.
" Otto, Dompropst zu Passau. T. XXX (1398). — Schwager des Heinrich v. Puchberg. T. XXXI (1410) 84, 86. — Schwager des Georg Aichberger (1414) 126, 128.
" Ortolf der — T. XXXI (1438) 294.
" Wilhelm v. — Ritter. T. XXXI (1437) 314. (1439) 347.
" zu Roteneck, Hans v. — T. XXXI (1442) 350. (1448) 401.
" zu Vorchtenegk, Hans v. — T. XXXI (1447) 393.
" Wilhelm v. — T. XXXI (1453) 426.
" Anna, dessen Tochter, vereblichte von Ahaim loc. cit.
" Else, dessen Tochter, Klosterfrau zu Chiemsee. T. XXXI loc. cit.
" zu Amerang, Georg v. — T. XXXI (1462) 486.
" zu Tegernbach, Hans v. — T. XXXI (1453) 426, 427. (1462) 486, 487. (1494) 672, 673, 674.
" Georg, dessen Bruder loc. cit.
" Sigmund, dessen Bruder loc. cit.
" Else, deren Schwester, verehlichte von Nustorffer loc. cit.
" Sebastian v. — Domherr zu Passau. — T. XXXI (1480) 569. (1481) 581.
" zu Vorchtenegk, Sigmund v. — T. XXXI (1494) 673.
Laimpukh, Herrant de — T. XXIX (1180) 263.
Laitter, Paul von der — Herr zu Bern (Verona). — T. XXXI (1438) 256, 259.
Lambach et Wels, comites de — Machelm. T. XXVIII (770) 6, 52.
" Arnulph. — T. XXIX (1088) 45.
Lambertus, episcopus spirensis. T. XXX (1366) 269.
" judex. T. XXIX (1234) 85.
Lamp, Ulricus, clericus patariensis. T. XXX (1366) 272.
Lampollinger, N. der — T. XXX (1391) 410.
Lan, Bertholdus de — T. XXIX (1299) 593.
Lanchsriten, Heinrich — Richter zu Linz. T. XXX (1370) 296.
Landau, Landawe, Hartlieb der Marschall v. — T. XXX (1300) 4.
Landenberg, Landemberg, N. marschalcus de — T. XXVIII (1298) 425, 428.
" Hermannus de — marschalcus provincialis Austriae. T. XXXI (1560 — memoratur 1419) 167.
Landeskere, Landese, Lautsere, Landsere — Gottschalcus de — T. XXIX (1158) 60.
" Erkenger de — ibid. (1192) 48. (1233) 551. — T. XXVIII (1280) 475, 482.
Langendorf zu Osletz, Lypolt v. — T. XXXI (1479) 567.
Lankenreuter, Nabuchodonosor — T. XXXI (1456) 306, 307.
Lantfridus, canonicus ratisponensis. T. XXVIII (1160) 420.

Lanthere, mancipium. T. XXIX (1140) 253.
Lantker et uxor ejus Wetta, mancipia. T. XXIX (1140) 253.
Lautperht, donator. T. XXVIII (732) 41.
Lanipold, donator cum fratre Sigibaldo. T. XXVIII (788) 52.
Laniral, censualis. T. XXVIII (1015) 92.
Lantrechinger, Martin — Defehder des Hochstifts Passau. T. XXXI (1400) 1.
Lantsdorf, Otto de — T. XXIX (1104) 61.
Lantendorf, Otto de — T. XXIX (1158) 437.
    „   Lanzo in — filius Adalhalmi et frater Adelheidis. T. XXIX (1103) 64.
Lanzendorfer, Christoph, Beisitzer der Landschranne zu Strasheim. T. XXXI (1427) 209.
Lanzo, archipresbyter et capellanus. T. XXVIII (1137) 103.
    „   conf. etiam *Helena*.
Lanzoede, *Lantzaede*, Heinricus. T. XXIX (1284) 555.
Lapidaris, scriptor. T. XXIX (1284) 81.
Lapide, Hermannus de — T. XXVIII (1188) 128.
    „   Ortwin, civis patav. — ibid. (1209) 283.
    „   Heinricus, test. T. XXVIII (1228) 328, 330. — T. XXIX (1230) 352.
    „   Wilhelmus, civis patav. — T. XXVIII (1280) 175, 467.
    „   Ludovicus super Lapidem; — mutarius pataviensis. T. XXX (1343) 179.
    „   Georgius de — T. XXXI (1467) 507. — Conf. etiam *Stein*.
Latinus, censualis pataviensis in Wels. T. XXVIII (1280) 474.
Lauben, Wernhard unter den — T. XXX (1337) 162.
Laubenberg, *Laubenberch*, *Laubenberger* — Jans der — T. XXX (1309) 41, 42, 43.
    „   Heinrich v. — dessen Vater loc. cit.
    „   Elsbeth, des Letztern Hausfrau loc. cit.
Lauffenbach, *Lauphenpach*, *Lauffenpacher*, Marquardus dictus — T. XXIX (1254) 247. (1256) 92.
    „   Heinricus. T. XXVIII (1280) 176, 470.
Laurentius, abbas in Gouwich. T. XXXI (1473) 520.
    „   archidiaconus papalis. T. XXVIII (1432) 445.
    „   canonicus pataviensis. T. XXVIII (1172) 251.
    „   notarius papalis. T. XXXI (1482) 606.
Lauterbach, Ebran v. — T. XXX (1323) 107.
Lauterbrunner, *Louterbrunner*, Ortolf der — T. XXX (1366) 265.
    „   Heinrich der — T. XXX (1300) 2.
    „   Heinrich und Oertel, des Vorigen Soehne. T. XXX (1300) 2.
Laventaler, Johannes — passauischer Domherr, kaiserlicher Secretaer und Pfarrer zu Aizbach. T. XXXI (1490) 650. (1493) 669, 670.
Leb, N. der — Hirschner zu Wien. T. XXX (1309) 42.
Ledii donator. T. XXVIII (733) 44.
Legendorf, P. de — ex cancellaria sanctae sedis. T. XXXI (1449) 414.

Lehner, Ulrich. — T. XXXI (1445) 363.
Leichlingen conf. *Laichling*.
Leimbach conf. *Laimbach*.
Leiningen, Leoniге — Fridericus comes de — T. XXVIII (1276) 401. (1277) 407. — T. XXIX (1277) 521.
Leintze, testis. T. XXVIII (1046) 212.
Leitgeb, Leb der — aldersbachischer Amtmann su Weinzierl bei Crems. T. XXX (1394) 432. (1398) 472.
Leitner, Ortolt — Richter zu Efferding. T. XXX (1374) 315, 316.
  „   Stephan und Georg, dessen Soehne. T. XXX (1374) loc. cit.
Leitspart, Otto dictus — plebanus in Hobenwart. T. XXX (1317) 75, 76.
Leillen, Lillen, Engelbert et Chalboch de — T. XXVIII (1280) 469.
Lenberger, Leo. — T. XXXI (1401) 9, 10.
Lengbach, Lengpach, Lengenbach, Lengenpach. — Heinricus de — T. XXIX (1133) 62.
  „   Bertholdus de — T. XXVIII (1157) 110.
  „   Wirsing de — T. XXIX (1172) 227.
  „   Otto de — advocatus pataviensis. T. XXVIII (1136) 256. (1223) 301. — T. XXIX (1180) 273.
  „   Otto de — T. XXIX (1247) 363.
  „   Fridericus, dapifer. T. XXVIII (1280) 415. — T. XXIX (1270) 496. (1283) 551. (1289) 568. (1292) 578.
  „   Heinricus junior, dapifer de — T. XXIX (1270) 498.
  „   Heinricus, patruus Heinrici junioris. T. XXIX (1270) loc. cit.
  „   Christan, der Truchsess v. — T. XXX (1320) 89.
  „   Elspet, dessen Hausfrau. loc. cit.
Lengenowe, Lenginowe, Legenowa, Lenginow — Waltherus de — T. XXIX (1120) 258, 259.
  „   Bruno et Udalricus, fratres Waltheri. T. XXVIII (1122) 101. (1135) 102.
  „   Reginolt et frater ejus Proun. T. XXIX (1165) 256.
Lengfelder zu Welchenberg. N. N. die — T. XXXI (1402) 24.
  „   Oswahl. T. XXXI (1401) 9, 10. — Conf. etiam *Lengvelde*.
Lenginheim, Pabo de — T. XXIX (1133) 253.
Lengvelde, conf. etiam supra *Lengfelder*.
  „   Otto et Dietricus de — T. XXVIII (1280) 474.
Leo, canonicus ac postea episcopus ratisponensis. T. XXVIII (1277) 406, 407. — T. XXIX (1259) 145. (1274) 509, 510. (1277) 521, 522.
  „   canonicus pataviensis. T. XXIX (1259) 133. (1260) 151.
  „   censualis pataviensis in Mutarn. T. XXVIII (1280) 474.
  „   decanus ratisponensis et magister. T. XXIX (1261) 452.
  „   frater ordinis Minorum. T. XXIX (1265) 462. — Guardianus. (1267) 457.
  „   presbyter Cardinalis. T. XXVIII (1209) 279.
  „   officialis in Pezenkirchen et Bertha, uxor filii ejus Leonis. T. XXIX (1261) 177.

Leonardus, Leonhardus, plebanus in Harkirchen. T. XXX (1383) 361.
   „ praepositus de Reichersperge. T. XXVIII (1204) 271.
Leonberg, Lewenberch, comites de — Pernger — T. XXVIII (1278) 328, 330. — T. XXIX (1230) 352.
   „ Wernhardus senior. — T. XXIX (1295) 535.
   „ Wernhardus — T. XXIX (1278) 528. (1295) 534, 535, 586.
   „ Heinricus — T. XXIX (1295) 584. 585. 586.
   „ Wernhard — T. XXX (1305) 28. (1318) 82.
   „ Heinrich — T. XXX (1310) 49. (1329) 132.
Leonis, Johannes — cancellarius sedis apostolicae. T. XXXI (1421) 174.
Leopoldus, Leupoldus, calcifex. T. XXIX (s. anno) 229.
   „ campanarius. T. XXIX (1165) 156.
   „ censualis pataviensis in Prukke. T. XXVIII (1280) 457.
   „ clericus. T. XXIX (s. anno) 264.
   „ faber. T. XXIX (s. anno) 229.
   „ frater ordinis Minorum. T. XXIX (1269) 494. (1270) 502.
   „ magister Viennae. T. XXIX (1267) 479.
   „ notarius. T. XXIX (1220) 50.
   „ plebanus quondam ecclesiae viennensis. T. XXIX (1250) 371. (1267) 477.
   „ ex Pleintinge, possessor curiae in Hofkirchen. T. XXIX (s. anno) 219.
   „ praepositus in Ardacker. T. XXVIII (1252) 370. — T. XXIX (1241) 289.
   „ praepositus de Pernekke. T. XXIX (1270) 502.
   „ prior gottwicensis. T. XXIX (1121) 59.
   „ prior praedicatorum Viennae. T. XXIX (1267) 467, 482.
   „ protonotarius Friderici bellicosi, ducis Austriae, ac plebanus viennensis. T. XXVIII (1240) 340. (1241) 343.
   „ rector ecclesiae parochialis ad. S. Stephanum Viennae. T. XXVIII (1364) 435.
   „ soniarius. T. XXIX (1165) 251, 252, 255.
   „ testis. T. XXIX (1158) 261.
   „ testis, ex alta strata Viennae. T. XXIX (1260) 214.
Lerbinger, N. T. XXIX (s. anno) 218.
   „ Babo der — T. XXX (1389) 337.
   „ Albrecht der — T. XXXI (1415) 141.
Lerbüchler, Ditmar der — T. XXX (1300) 2.
Lerchenfeld, Lerchenvelde, Heinricus de — canonicus ratisponensis. T. XXVIII (1241) 344.
Lette. Heinricus. T. XXIX (s. anno) 228.
Lettoner, Chunts ibid. (1260) 248.
Leubel, Lewbel, Toman, Hintersasse. T. XXX (1391) 415.
   „ N. der — Hintersasse zu S. Margareth in Oesterreich T. XXX (1352) 201.
   „ N. der — passauischer Hintersasse. T. XXXI (1404) 50.

Leuben, Haitfolk de — T. XXIX (1252) 227.
Leubenbach, Lewenbach, N. N. die — T. XXIX (s. anno) 810, 816.
Leubenowe conf. *Liebenau.*
Leubolfing, Leubolfingen, Ulr. de — T. XXIX (1278) 528. (1288) 565.
   „   Altmann v. — der aeltere T. XXIX (1294) 583.
   „   Altman v. — der jüngere. T. XXIX loc. cit.
Leubs, Chunradus de — T. XXVIII (1280) 477.
Leuchardis, Liutkart. T. XXIX (s. anno) 232. — Conf. etiam *Leuckart.*
   „   mancipium. T. XXIX (1140) 258.
Lewegoz, test. T. XXIX (1220) 251.
Leuchtenberg, Leuttenperg, Lewtemberg, Lewthemberg, Lautenberg, Latten-
    berg, Laukinberge etc.
   „   Heriman, Lantgraf v. — T. XXVIII (1224) 332.
   „   Ulricus Lantgravius de — T. XXX (1366) 269.
   „   Johannes der — aeltere, — Landgraf v. — T. XXX (1378) 335.
   „   Johannes und Sygost, dessen Soehne loc. cit.
   „   Johannes der aeltere, Landgraf v. — Graf zu Hals und Pfleger in
    Nieder-Bayern. T. XXX (1381) 348, 349, 357, 359. (1383) 367. (1390)
    397. (1393) 427. (1396) 449, 450. (1397) 458. — T. XXXI (1401)
    8. (1402) 19, 21, 22. — Heimlicher (Rath) des Herzogs Johannes
    v. Straubing-Holland. (1404) 53.
   „   Johannes, Landgraf v. Graf zu Hals. T. XXVIII (1429) 451. (1430)
    452. (1432) 453, 522. T. XXXI (1409) 82, 83, 84. (1415) 141. (1436)
    505. (1437) 308, 320, 321, 322, 323. (1445) 366. (1448) 401, 403,
    404, 411.
   „   N. die Landgraefin v. — T. XXXI (1410) 89.
   „   Kunegunde, Landgraefin v. — geborne v. Schaumberg. T. XXXI
    (1411) 104.
   „   Ludwig, Landgraf v. — T. XXVIII (1455) 455. — T. XXXI (1460)
    479, 481. — Graf zu Hals. (1471) 514. (1484) 612, 613.
   „   Fridrich, Landgraf v. — dessen Bruder. T. XXVIII (1455) 455.
    T. XXXI (1460) 479, 481.
Leuchtenburg zu Vettau, Hinko v. — T. XXXI (1465) 500.
   „   N. dessen Hausfrau loc. cit.
Leuckart, Lewgarda, conf. *Leuchardis, Gerbirn* et *Eberhard.*
Leuprand, archidiaconus Carinthiae. T. XXVIII (1241) 343.
Leuprechting, Leoprechting, Conradus. — T. XXX (1304) 20.
Leutfaring, Hans v. — der aeltere. — T. XXXI (1413) 123.
   „   Hans v. — der jüngere loc. cit. 122, 123. (1431) 226, 227.
   „   zu Pidermonstorf, Georg v. — T. XXXI (1460) 478, 479, 480, 481.
Leuthard, Louthard, test. T. XXIX (1190) 251, 252. — Conf. etiam *Liuthard.*
Leutl, Lewtl, Bartholomaeus — Hintersasse. T. XXX (1391) 415.
Leutold, Liutoldus, — in Augia, censualis patav. T. XXVIII (1280) 456.
   „   comes. T. XXIX (s. anno) 220.
   „   comes. T. XXVIII (1157) 103.
   „   comes. ibid. (1280) 481.

Leutold etc. comes et filius ejus Liupold. T. XXVIII (1160) 241. — T. XXIX
    (1161) 58.

„   pincerna. T. XXVIII (1223) 328, 330. — T. XXIX (1230) 352.

„   plebanus de Everding. T. XXIX (1209) 69.

„   et frater ejus Adalram. T. XXIX (1143) 23.

„   conf. etiam *Liutold.*

Leutwein, N. testis. T. XXX (1309) 45.

„   Leutwinus. T. XXIX (1263) 455.

Leutzenriede, Herbordus de — T. XXIX (s. anno) 220.

Leutzenrieder, N. der — T. XXX (1369) 288.

„   Ulrich der — T. XXX (1378) 333.

„   Gebhart. T. XXXI (1400) 1, 2.

„   Georg. T. XXXI (1402) 23.

Leutzmann, censualia pataviensis in Stein. T. XXIX (s. anno) 248. — Conf.
    etiam *Liutzman.*

Leuwlinge, Altman de — T. XXIX (1269) 226.

Lewarn, Albertus et Hartwicus, fratres de — T. XXIX (1196) 63.

Lewenberch, Pernger de — T. XXVIII (1224) 306.

„   Hawel, Halvel. ibid. (1255) 377.

Leytgeb conf. *Leitgeb.*

Leyppen von der — Conf. *Walduee.*

Lichtenegker, Liechtenegker zu Gerhalbing. — Andreas T. XXXI (1455) 449.
    (1460) 479.

„   N. collator plurium ecclesiarum. T. XXVIII (saec. 15) 496 — 498.

Lichtenstein, Lichtenstainer, Liehtenstein, Diethericus de — T. XXIX (1200)
    330.

„   Heinricus de — T. XXIX (1250) 209. (1259) 133, 137.

„   Otto de — T. XXIX (1283) 351.

„   Hans v. — T. XXX (1376) 325.

„   zu Nicolsburg, Hans v. — Hofmeister des Herzogs Albrecht von
    Oesterreich. T. XXX (1385) 265, 366. (1391) 413, 447, 418. (1393)
    424, 425. — T. XXXI (1409) 81.

„   Georgius de — canonicus pataviensis. T. XXX (1389) 390.

„   Haertel v. — des Hans Druder. T. XXX (1385) 365, 366. — Hert-
    neid — (1391) 413, 417 — Hauptmann zu Graetz (1391) 418.

„   Georg v. — des Hans Druder. T. XXX (1385) 365, 366. (1391)
    413, 417. Hammermeister des Herzogs Albrecht v. Oesterreich. —
    (1391) 418.

„   Mathes v. — des Hans Vetter und oesterreichischer Hammermei-
    ster. T. XXX (1393) 425.

„   Heinrich v. — Hofmeister des Herzogs Leopold v. Oesterreich. T.
    XXXI (1409) 82.

„   Rudolphus de — T. XXXI (1360 — memoratur 1419) 167.

„   Otto camerarius de — T. XXXI (1360 — memoratur (1419) loc.
    cit.

„   Heinrich v. — T. XXXI (1470) 510.

Lichtenstein etc. Georg, dessen Bruder loc. cit.
   „   Christoph, dessen Bruder loc. cit. — Landmarschall in Oesterreich. (1494) 690.
   „   N. collator plurium ecclesiarum. T. XXVIII (saec. 15) 490, 492, 493.
Liebenberg, Ulricus de — T. XXVIII (1188) 128, 260.
   „   Wilhelmus de — pincerna. T. XXXI (1360 — memoratur 1419) 167.
Liebenstein, Libenstein, Wicherus et Ditmarus de — T. XXVIII (1241) 342.
   „   Herbordus. T. XXIX (1254) 237.
   „   Hadamar. T. XXIX (1258) 121, 128.
   „   Agnes de — ibid. 122.
   „   Pabo de — T. XXVIII (1280) 163, 464.
Liebentrit, Symon der — Hintersasse zu S. Margareth in Oesterreich. T. XXX (1352) 204.
Lignitz, Rupertus dux lignicensis. T. XXX (1366) 269.
Lihtenwinckel, Rüdiger v. — T. XXX (1307) 34.
Lilienveld, Lylienvelt, Bonifacius de — magister ordinis cysterciensis. T. XXIX (1267) 482.
Lilius, Johannes — ex cancellaria sanctae sedis. T. XXXI (1489) 646.
Linpuer, nobilis matrona. T. XXIX (1230) 251.
Linz, Lince, Arnolt de — T. XXIX (1150) 323.
   „   Meginhart loc. cit.
Lithenberch, Otachar de — T. XXVIII (1220) 297.
Liubel, filia Rudolphi civis in Ascha. T. XXIX (1210) 274.
Liubista, uxor Fritilonis. T. XXVIII (1013) 90.
   „   Hintersassiu. T. XXIX (s. anno) 218.
Liubmannesrewthe, Volcmar et filia ejus Haileca de — T. XXIX (1220) 260.
Liubmannus, pater Ulrici. T. XXIX (1250) 214. (1258) 424.
Liudward, archicancellarius Caroli crass. T. XXVIII (887) 73.
Liupfrid, frater domus Theutonicorum. T. XXIX (1267) 467.
Liupoldus conf. etiam *Leopoldus.*
   „   archicancellarius et archiepiscopus, memoratur. T. XXXI (1419) 165.
Liuprameskirchen, Albertus de — T. XXIX (1186) 56.
Liuprandus, Luiprandus, archidiaconus Carinthiae. T. XXIX (1245) 360.
   „   Tumplobanus pataviensis. T. XXIX (1241) 289.
Liuprreht, test. T. XXIX (1165) 257.
Liutfrid et *Erempert,* fratres. T. XXVIII (874) 93.
Liutkart, test. T. XXVIII (1173) 252. — Conf. etiam *Leuthard.*
Liutkart conf. *Leuchardis.*
Liutold, Liutol, test. T. XXVIII (818) 18. — Conf. etiam *Leutold.*
Liutolf, presbyter et frater Antbelmi donatoris. T. XXVIII (774) 53.
Liutperht, test. T. XXVIII (834) 26 (874) 93.
Liutwin et *Herimann,* testes et fratres, ministeriales Diepoldi marchionis de Vohburg. — T. XXIX (1146) 55. (s. anno) 58.

Liutwind, don. T. XXVIII (788) 47.
Liutzman, Liuzmann, Leitzman, test. T. XXVIII (983) 907, 908.
,,			Albertus, test. T. XXIX (1250) 79.
,,			conf. etiam *Leutzmann*.
Liuta conf. *Gumppo*.
Liutram, uxor Ratoldi donatoris cum filia Rizalun et genero Werenhero. T.
			XXVIII (1035) 81.
Lize, Otto de — T. XXVIII (1160) 242.
Lo, Heinricus de — T. XXIX (1258) 424.
Lobenstein, Lobenstain, Ulricus de — T. XXIX (1250) 79. (1256) 240. (1259)
			134, 137, 247.
,,			Heinricus. T. XXIX (1254) 236.
,,			Ulricus de — T. XXVIII (1280) 466. — T. XXIX (1263) 452. (1269)
			492.
,,			N. N. die Edlen v. — T. XXIX (1286) 560.
,,			Heinrich v. — T. XXIX (1286) 562.
,,			Jans v. — des Chalhochs v. Valkenstein Schwager. T. XXX (1357)
			235.
Lobenstetten, Sighardus et Ulricus de — T. XXIX (1260) 167.
Loborans conf. *Laborans*.
Lochlearius de Okesdorf. — T. XXVIII (1280) 475.
Lochler, Sifried — T. XXIX (1284) 554.
,,			Lochlerus, N. — de Zaekking. T. XXVIII (1280) 475.
Loohmer, Michael, officialis seu commissarius ecclesiae pataviensis excom-
			municatur. T. XXXI (1480) 574, 575. (1481) 587.
Loeffelholtz, Johannes, nominatur ab imperatore ad praebendam pataviensem.
			T. XXXI (1480) 572.
Loeflein, Heinrich — Rathsherr zu Lintz. T. XXX (1370) 296.
Lokheim, Lockheim, Lockeme, Wernh. de — ministerialis pataviensis. T.
			XXVIII (1124) 94. — T. XXIX (1165) 256.
,,			Hermannus et Ulricus de — T. XXIX (1216) 271.
Longus, Gerhardus conf. *Haga*.
,,			Ulricus, censualis. T. XXVIII (1280) 475.
Lonholz, Conradus — test. T. XXIX (1250) 209.
Lonsperg, Pertoldus de — dictus Avus. T. XXVIII (1280) 463. T. XXIX
			(s. anno) 220.
Lonstorf, Heinricus de — ministerialis patav. T. XXVIII (1203) 268. (1204)
			271. (1209) 131. (1210) 135, 138. (1216) 141. (1223) 301. — T.
			XXIX (1209) 69. (1212) 72.
,,			Ulricus, filius Heinrici. T. XXVIII (1223) 301. (1227) 323. — T.
			XXIX (1254) 228, 229. (1255) 258. (1256) 105, 206, 240, 241.
			(1257) 107, 113. (1258) 120, 121, 225, 244. (1259) 124, 131. (1260)
			148, 150, 151. — Memoratur (1262) 132. — (1240) 355.
,,			Rudegerus, canonicus pataviensis. T. XXVIII (1232) 337, 449. —
			T. XXIX (s. anno) 274.
,,			Gerhohus et Otto de — T. XXIX (1249) 367.

Lonstorf, Ulricus et Siboto. T. XXIX (1257) 414. (1260) 429.

„   Siboto de — T. XXVIII (1264) 391. — T. XXIX (1248) 76. (1250) 79. (1254) 84, 228, 229. (1255) 67, 93, 238. (1256) 98, 206, 240, 241. (1257) 107, 110. (1258) 116, 120, 121, 125, 127, 225, 244. (1259) 144, 145. — (1260) 152, 234. (1261) 178, 179. (1262) 182. (1263) 192. (1264) 246, 247. — (1255) 411. (1258) 425. (1260) 428. (1261) 431. (1262) 447, 448. (1263) 452, 453, 454. (1264) 457, 458. (1265) 455. (1268) 483, 484. (1272) 505. (1274) 516.

„   Elisabetha, filia Sibotonis et uxor Alberti de Zaelking. T. XXIX (1260) 152.

„   Otto, canonicus et deinde episcopus pataviensis. T. XXVIII (1242) 346. (1244) 157, 308. (1253) 366, 371. — T. XXIX (1248) 77, 78. (1250) 79. (1252) 292. (1247) 364. (1250) 370. (1254) 409. (1262) 444. — Conf. etiam *Patavia* episcopi.

„   Arnoldus. T. XXIX (1250) 79. (1256) 206.

„   Heinricus — ministerialis pataviensis. T. XXVIII (1300) 515. — T. XXIX (1263) 454, 455. (1269) 498. (1270) 499, 500.

„   O. de — T. XXIX (1281) 543.

Lorentz, Meister. T. XXX (1323) 101.

Lorenstein, Lorinstaine, Duringo de — T. XXIX (1190) 252.

„   N. N. die Edlen v. — XXIX (1236) 560.

„   Witigo de — T. XXIX (1299) 593.

„   Haertlein von dem — Burggraf zu Obernberg. T. XXX (1327) 125, 126, 127.

„   Gundakar v. — T. XXX (1326) 157, 158.

„   Berthold v. — T. XXX (1552) 206.

„   Rudolph v. — T. XXX (1369) 250.

„   N. der — T. XXX (1383) 367.

„   Hertneid v. — T. XXXI (1459) 467.

Loterbeck, Hans — in Diensten Herzogs Ludwig von Ingolstadt. T. XXXI (1455) 264, 266, 275.

Loterl, Heinricus. T. XXVIII (1280) 474.

Lotmann. T. XXIX (s. anno) 219.

Louphartinge, Eberhardus de — T. XXIX (1172) 263.

Loupmann, Louipman, test. T. XXIX (1162) 256, 260.

Leuthard conf. *Leuthard.*

Louthpert, test. T. XXIX (1149) 260.

Loutolt, test. ibid. (1158) 261.

Lucanus, scriptor. T. XXVIII (1254) 486, 487.

Lucas S. evangelista. ibid. 484.

Lucher, Heinrich der — T. XXIX (1299) 594.

Lucius papa III. T. XXIX (1182) 328.

Ludegerus, Ludigerus, praepositus S. Georgii ac capellanus episcopi pataviensis. T. XXVIII (1137) 103. (1147) 108.

Ludemarcvelt, Bertholdus de — T. XXVIII (1157) 110.

Ludolfus, maritus Adelheidis. T. XXIX (1165) 957.

Ludovicus, Ludwig, Hludowich, Ludiwic, — frater domus Theutonicorum. T. XXIX (1261) 174.
  „ der Hofschreiber. T. XXX (1302) 12. (1306) 31.
  „ Pfarrer v. S. Jacob. T. XXXI (1416) 133.
  „ Schreiber des Bischofs von Passau. T. XXIX (1299) 595.
  „ testis. T. XXVIII (788) 25. (805) 43.
Ludweiginne, N. die — T. XXX (1317) 78.
  „ Ulrich, deren Sohn. loc. cit.
Lüffenberg, Richerus de — T. XXIX (1172) 227.
Luiprandus conf. *Liuprandus.*
Luithard, test. T. XXVIII (1197) 129. — Conf. etiam *Leuthard.*
Luitharte, ancilla Richkeri. T. XXIX (1150) 262.
Luitold conf. *Leutold.*
Luitpold conf. *Leopoldus.*
Luize, donatrix. T. XXIX (1150) 262.
Luizo, mancipium. ibid. 262.
  „ donator. ibid. (1165) 257.
Lukchenberger, Georg — Bürger zu Passau. T. XXXI (1483) 610.
Lukner, der — von Schaerding. T. XXIX (1294) 535.
Lupfen, Eberhard und Johannes Grafen v. — und Landgrafen zu Stühlingen. T. XXVIII (1434) 442.
Lupulus, Tiemo. T. XXIX (1196) 63.
Lupus, Pertholdus — test. T. XXIX loc. cit.
  „ Albero — de Nabeche, test. T. XXVIII (1224) 332.
  „ Wolfgangus. T. XXIX (1258) 422.
  „ procurator pataviensis in curia romana. T. XXIX (1260) 161. (1258) 417, 413.
  „ sacerdos. T. XXIX (1229) 351.
Lutz, N. — civis pataviensis. T. XXVIII (1425) 450.
Luxenburg, Sophia, uxor Hermanni anti-regis et Otto, filius ejus. T. XXIX (1088) 55.
Luzemann, mancipium. — T. XXVIII (1143) 106.

M.

M. decanus pataviensis. T. XXX (2318) 78. — Conf. etiam *Weldeck.*
  „ praepositus pataviensis. T. XXIX (1258) 424. (1261) 432.
Machelm, ministerialis Rudolphi donatoria. T. XXVIII (1043) 79.
  „ testis. T. XXIX (1258) 424. (1261) 432.

Machloni, Machlenthe, Erchipreht de — T. XXIX (1120) 289. (1125) 21.
   „   Walchun. T. XXIX (s. anno) 214.-
   „   Otto, nobilis et illustris vir de — T. XXIX (s. anno) 214. (1158) 62. (1147) 39,41 .
   „   Albrant de — T. XXIX (1 186) 63.
Macrobius, scriptor. T. XXVIII (1259) 485, 486.
Mactolf, test. ibid. (770) 52.
Madalger, Madalker, donator. T. XXVII (788) 17, 63. (820) 39.
Madalgoz, donator cum filio Madalhardo. T. XXVIII (795) 16. (818) 13, 18.
Madalhart, test. T. XXVIII (788) 64.
Madalwinus, chorepiscopus patavicnsis. T. XXVIII (903) 201.
   „   et Willchalmus, fratres et testes. T. XXVIII (1153) 113. (1173) 252. (1209) 134. — T. XXIX (1149) 251, 260. (1153) 261.
Maeginge, Hcinricus de — canonicus patav. T. XXVIII (1253) 366.
Maehtfridus, princeps Apuliae. T. XXIX (1291) 202.
Maemminge conf. *Memminge*.
Maemlinger, Fridrich — T. XXX (1399) 488.
Maenler, Conradus — T. XXIX (s. anno) 234.
Maeserlein, Jacob der — zu Wien. T. XXX (1334) 149. (1338) 150.
Maessenhausen, Arnold v. — T. XXX (1349) 196.
Maessingen, Poto de — T. XXVIII (1167) 249.
Maetzinger, Hans — T. XXXI (1445) 863.
Maeusterlinch, Heinrich der — T. XXX (1331) 140.
Magdeburg, Maidenburg, Maidburg, Durggravii de — T. XXVIII (saec. 15) 497, 498.
   „   Burkardus senior et junior et Johannes. T. XXX (1366) 269.
Magilo, Megilo, comes. T. XXVIII (777) 199.
Maienberg, Maienperch, Hcinricus de — T. XXIX (1257) 110.
   „   Otto de — ibid. (1259) 134.
Maikelm, test. T. XXVIII (903) 203.
Mairanus, test. ibid. 5, 450.
Mairingarii, juxta Eberhartsdorf et Putzleinstorf. T. XXVIII (1280) 466.
Maissauer, Meissau conf. *Meissoc*.
Malawicz, Jan v. — T. XXXI (1459) 469.
Malgersdorf, Meginhardus de — T. XXIX (s. anno) 307.
Mallenperge, Car. de — T. XXIX (1260) 243.
Maltinhofen, Wernherus de — T. XXIX (1200) 279.
Manegoldus, Managolt, abbas in Chremsmünster. T. XXVIII (1202) 266.
   „   mancipium. T. XXIX (1140) 258.
   „   ministerialis. T. XXVIII (1121) 90.
   „   vir nobilis. T. XXIX (1146) 55.
Mansdorf, Pertoldus de — T. XXIX (1255) 67.
Manswerde, Gebhardus de — T. XXVIII (1147) 103.
   „   Chunradus de — minist. patav. ibid. (1209) 131.
   „   conf. etiam *Monswerd*.
Marceleti, Guilbelmus, decanus ecclesiae eduensis. T. XXX (1365) 274.

Marcellus S. T. XXVIII (1254) 485.
Marcenriut, Marcinrute, Walchun de — T. XXVIII (1138) 104. T. XXIX
    (1143) 23.
Marchard, Marchward, Marcart conf. *Marquardus.*
Marcharn, Heinricus de — T. XXIX (1210) 274.
Marchburg, Marchpurg — comites de — Pernhart. — T. XXIX (s. anno)
    310, 316.
    „ ministeriales — N. N. die v. — loc. cit.
Marchgassen, Marckgazzen, Conradus de — T. XXIX (1237) 287, 353. (1258)
    292. — Conf. etiam *Conradus civis.*
    „ Ulricus de — T. XXIX (1258) 293. (1264) 245.
Marcinperge, Conradus de — T. XXIX (1214) 271.
Marcus S. evangelista. T. XXIX (1254) 484. (1432) 444.
Margaretha, Aebtissin des Klosters zum H. Creuz zu Ibs. T. XXX (1309)
    43.
    „ Mutterschwester des Heinrich Harer. T. XXX (1359) 245.
Marichpekch, Peter der — T. XXXI (1406) 65.
Marquardus, Marchard etc. — abbas in Zwetl. T. XXVIII (1209) 279.
    „ canonicus baumburgensis. T. XXVIII (1269) 383.
    „ canonicus ratisponensis. T. XXVIII (1241) 344.
    „ cantor medlicensis. T. XXIX (1260) 154.
    „ censualis pataviensis in Windperge. T. XXVIII (1280) 473.
    „ censualis in Ebelsberg. T. XXIX (s. anno) 229.
    „ coquus. T. XXIX (1214) 250.
    „ homo nobilis quondam. T. XXIX (1172) 263.
    „ magister de Tulns. T. XXIX (1229) 346.
    „ mancipium Megingozi. T. XXIX (1145) 52.
    „ ministerialis pataviensis ibid. (1290) 249.
    „ panifex in antiquo foro. T. XXIX (s. anno) 232.
    „ plebanus de Gors. T. XXIX (1229) 346, 350.
    „ plebanus de Idungespiuge. T. XXIX (1241) 289.
    „ plebanus et magister de Spithe. T. XXIX (1229) 550.
    „ praepositus in Niunburg. T. XXVIII (1155) 233. (1160) 242. — T.
    XXIX (1158) 437.
    „ praepositus S. Ypoliti. T. XXIX (1229) 351.
    „ prior medlicensis. T. XXIX (1260) 154.
    „ testis. T. XXVIII (983) 203. (935) 39, 209.
    „ testis. ibid. (1013) 77, 80. (1035) 82, 83. (1033) 86.
    „ et Ekkolf, fratres et testes. T. XXIX (1140) 258.
    „ juvenis hospes testis. T. XXIX (1210) 274.
    „ comes et frater ejus Rudker, testes. T. XXVIII (983) 87.
Marquardstorf, Fridericus de — T. XXVIII (1280) 475.
Marsbach, Marspach, Marspekch — N. N. Marsbacenses. T. XXVIII (1275)
    399.
    „ Ortolf v. — T. XXX (1310) 43. (1321) 94.
    „ Haug v. — T. XXX (1329) 133.

Marsbach etc. Fridrich v. — loc. cit.
   „   Jans v. — T. XXX (1339) 166, 167.
   „   Lienhart v. — loc. cit. (1349) 196. (1350) 200. — Des Conrad v.
        Tannberg Oheim (1354) 218. (1356) 222. (1357) 226, 232, 234. (1358)
        236, 237. (1366) 264.
Marschalk, Johannes — in Reychenaw. — T. XXVIII (saeo. 15) 505.
Martialis, poeta. ibid. (1254) 493.
Martin St. Ulricus de S. Martino — monachus neuburgensis T. XXX (1323)
        103 — 105.
   „   Peter von — T. XXX (1337) 162.
   „   Constantin von — loc. cit.
Martinus, canonicus et custos cracoviensis. T. XXX (1323) 102; canonicus
        cracoviensis. (1323) 104. 107.
   „   feudatarius patav. T. XXVIII (1280) 473.
   „   magister et monachus neuburgensis; conf. supra *Martin St.*
   „   papa IV. T. XXIX (1283) 551.
   „   papa V. T. XXXI (1418) 153. (1420) 169. (1421) 173. (1424) 180,
        193, 194. (1425) 201. (1429) 215.
        Pfarrer zu Stein. T. XXVIII (1367) 436, 439.
   „   Schreiber zu Alkofen. T. XXXI (1427) 207.
Martitz, Durian von — Burggraf zu Prachatitz. T. XXXI (1477) 544.
Maschenberger, N. der — T. XXX (1390) 403.
Matenheim. Irmkardis de — et liberi ejus Pertolt, Perta, Fridrich, Sibot,
        Gertrud, Lenhart, et Heinricus, censuales patavienses. T. XXIX
        (1220) 249.
Mathaeus S. evangelista. T. XXVIII (1254) 494.
   „   cardinalis presbyter tit. S. Marcelli. T. XXVIII (1179) 124. — T.
        XXIX (1179) 327.
   „   cardinalis diaconus tit. S. Mariae. T. XXVIII (1179) 125. T. XXIX
        loc. cit.
        prior Scotorum Viennae. T. XXIX (1258) 423.
Mathildis, donatur a Wolfperto de Wacenkirchen ecclesiae pataviensis. T.
        XXIX (1153) 261.
   „   ministerialis S. Stephani pataviensis. T. XXIX (s. anno) 274.
   „   uxor Ozi. T. XXIX (1149) 260.
   „   conf. etiam *Pertha*.
Mathsee, *Matsee*, *Matse*, Diepoldus de — miles. T. XXIX (s. anno) 220.
   „   Geroldus de — ministerialis pataviensis. T. XXIX (1088) 46.
   „   Sigehoto de — T. XXVIII (1157) 141.
   „   Walchun de — ibid. (1172) 254.
   „   Marquardus de — T. XXVIII (1237) 339. — T. XXIX (1237) 287,
        355.
   „   Amanus de — T. XXVIII (1237) 339. — T. XXIX (1215) 268.
   „   Heinricus de — T. XXIX (1266) 242.
Mutzenrathe, Walahun de — T. XXIX (1140) 255.
Mauerbach, *Mawerbech*, Engeldich der — T. XXX (1317) 74.

Maurus, abbas Scotorum Viennae. T. XXX (1323) 102, 104, 107.

Maularn, Siboto et Ekbertus de — T. XXIX (1266) 465.

Mauthausen, Mauthauser, Dietricus de — T. XXIX (1272) 505.
     „   Engelschalk de — T. XXVIII (1280) 471.

Mautner, Mautter, Mutarius, Conradus, quondam plebanus S. Egydii Pata-
      viae. T. XXX (1513) 79. . .
      „   zu Katzenberg, Wilhelm der — Ritter und passauischer Marschall.
      T. XXX (1396) 448 — 450. (1399) 489. — T. XXXI (1401) 10. (1402)
      13, 22, 26. (1404) 29. (1405) 54, 59. (1406) 61.
      „   Stephan, dessen Bruder, — T. XXXI (1401) 10.
      „   Greif. — T. XXXI (1435) 291, 296, 500. — Pfleger zu Rüdomberg.
      (1442) 380. (1448) 401. (1453) 428. — T. XXVIII (1455) 455.
      „   Oswald. — T. XXXI (1438) 339.
      „   Lienhard — Domherr zu Passau. T. XXXI (1480) 569, 570.

Mautram, Conradus. T. XXIX (s. anno) 252.

Mawer, Perhtoldus de — T. XXVIII (1155) 232.

Mawrperger, collator plurium ecclesiarum. T. XXVIII (sec. 15) 491, 492.

Maximus, abbas et scriptor. T. XXVIII (1254) 435.

Mayr, Dr. Georg — Domherr zu Passau. T. XXXI (1480) 569.
      „   Lehrer der Arznei, Domherr und Pfarrer zu S. Paul zu Passau.
      T. XXXI (1464) 490 — 492.
      „   Stephan der — T. XXX (1317) 76 — 78.
      „   Ulrich der — zu S. Florian. T. XXX (1366) 261, 262.
      „   Ulrich der — von Gotting. ibid. (1370) 293.
      „   N. der Mair von Taufkirchen ibid. (1373) 310.

Mayrhofer, Wenzel der — T. XXX (1330) 157.
      „   Johannes, presbyter pataviensis. T. XXX (1366) 271, 272, 273.

Mazelinus, nobilis vir. T. XXIX (1140) 258.

Mazil, Mazile, Mazilo, testis. T. XXIX (1180) 263.
      „   test. T. XXVIII (985) 89. (983) 207, 208.
      „   test. T. XXIX (1149) 260.

Meernpahe conf. *Mernpack*.

Megilingen, Chuno comes de — T. XXVIII (1213) 140. — T. XXIX (1213)
      531.

Megilo, Mekilo, censualis Azilini. T. XXVIII (1038) 85.
      „   test. ibid. (754) 15. (770) 6.
      „   conf. etiam *Magilo*.

Meginfrit, test. T. XXIX (1165) 255.

Megingoz, test. T. XXVIII (1035) 33.
      „   test. T. XXIX (1106) 58.
      „   et Sigifrid, fratres. T. XXIX (1156) 59.

Meginhalm, Megenhalm, canonicus pataviensis. T. XXIX (1190) 251.

Meginhart, Meginhard, beneficium tenens in Hooperga. T. XXIX (1068) 53.
      „   camerarius. T. XXIX (1196) 63.
      „   comes. T. XXVIII (947) 74. (933) 87, 207. (986) 88. — T. XXIX
      (s. anno) 264.

Meginhart etc. donator. T. XXVIII (774) 17.
  „   faber et testis. T. XXIX (1220) 252.
  „   frater Gunpoldi et testis. T. XXIX (1094 — 1104) 63.
  „   mancipium Luipoldi comitis de Playen. ibid. (1196) 63.
  „   miles Conradi de Vohburg. ibid. (1146) 54.
  „   nobilis vir et miles Heinrici comitis ad Tulnam. T. XXIX (1136) 60.
  „   pistor et testis. ibid. (1165) 255.
  „   testis. T. XXVIII (834) 26.
  „   testis. T. XXVIII (947) 74.
  „   testis ibid. (1013) 80. (1038) 86.
Meginhelm, test. T. XXVIII (788) 64.
Meginolt, test. ibid. (1038) 93.
Meginrath, test. ibid. (900) 46.
Meginwarth, test. T. XXIX (1109) 64.
Meileinstorf, Meirestorf, Walther von — Burggraf zu Hertlenstein. T. XXX (1350) 137.
Meinardus conf. *Meinhardus*.
Meingotus, Meingoz, canonicus S. Nicolai. T. XXVIII (1212) 290.
  „   capellanus. T. XXIX (1088) 46.
  „   decanus pataviensis. T. XXX (1319) 88. (1320) 89.
  „   praepositus et archipresbyter pataviensis. T. XXVIII (1194) 263. (1197) 129. — T. XXIX (1204) 270.
  „   praepositus, sive Tumpraepositus. T. XXIX (1258) 293, 425. (1260) 429. (1261) 430. (1262) 445, 449. (1263) 454. (1264) 458. (1265) 465. (1266) 465.
  „   praepositus. T. XXX (1318) 78, 81, 82, 83, 84. (1319) 88. (1320) 89.
  „   praepositus in Matsea. T. XXVIII (1202) 266.
  „   praepositus monasteriensis. ibid. (1205) 268.
  „   scriba. ibid. (1254) 486.
  „   archidiaconus. T. XXIX (1242) 357.
Meinhalm, canonicus et tumplebanus patav. T. XXIX (1183) 27.
  „   subdiaconus. T. XXVIII (1194) 263.
  „   testis. T. XXVIII (1173) 952.
Meinhardus, canonicus pataviensis. T. XXVIII (1194 263.
  „   censualis in Arlndorf. T. XXIX (s. anno) 219.
  „   comes. T. XXVIII (985) 209.
  „   et Sifridus, declmatores quondam in Gwerra. T. XXVIII (1280) 473.
  „   dux nominatur Austriae. T. XXIX (s. anno) 84.
  „   possessor praedii in Vreldorf. T. XXVIII (1280) 479.
  „   testis. T. XXIX (1143) 23.
  „   testis. ex Linze. T. XXVIII (1145) 108.
  „   et Albero, fratres et testes. ibid. (1157) 110.
  „   vicarius de Chorbheim. T. XXVIII (1210) 456.

16 *

Meinhartingen, Waltherus et Carolus de — T. XXIX (1204) 270. (1260) 421.
Meinralm, civis pataviensis. T. XXVIII (1209) 283.
Meirestorf conf. *Meileinstorf.*
Meissov, Meissowe, Meyssowe, Mrissowe, Meichsawe, Meyssow, Mrissow.
   "   Otto de — T. XXIX (1250) 209. (1257) 110, 249. (1259) 137, 138.
        (1260) 152. (1264) 245, 246, 247.
   "   Stephanus de — T. XXIX (1286) 559. (1291) 576. — Marschall in
        Oesterreich. T. XXX (1302) 12. — T. XXXI (1360) 167.
   "   Wernhardus v. — T. XXX (1347) 192, 193.
   "   Otto v. — T. XXX (1357) 232.
   "   Heidenricus de — pincerna Austriae. T. XXX (1378) 551. T. XXXI
        (1360 — memoratur 1419) 167.
   "   Hans — T. XXXI (1450) 420.
   "   N. dessen Hausfrau loc. cit.
   "   Die Meissauer von — T. XXVIII (saec. 15) 490, 491, 493, 496 —
        498.
   "   conf. etiam *Michsowe.*
Mekilo conf. *Megilo.*
Memminge, Ulricus de — canon. patav. T. XXIX (1247) 362. (1250) 370.
        conf. etiam *Udalricus.*
Menchofer, Leutold der — T. XXXI (1401) 9, 10.
Menge, Pilgrim de — T. XXVIII (1143) 95.
Menolt, ab dem Berge. T. XXVIII (1280) 473.
Menpuch, Ortolphus de — T. XXIX (1264) 457.
Merbot, Bürger zu Passau. T. XXX (1350) 137. conf. etiam *Merito.*
Mercator, Ulricus civis pataviensis. T. XXIX (1253) 336.
Meremos, Engelram de — T. XXVIII (1122) 101.
Meriboto, Merbot, canonicus ratisponensis. — T. XXVIII (1150) 419.
   "   capellanus pataviensis. T. XXIX (1209) 69.
   "   filius Rumolti. T. XXIX (s. anno) 64.
   "   testis. T. XXIX (1086) 55. (1121) 64. (1130) 262.
Mernpach, Meerupake, Mernspach, Rikardis — T. XXIX (s. anno) 272.
   "   Willhard de — T. XXIX (s. anno) 231.
   "   Heinricus de — ibid. (1270) 495.
Mersteinmingen. Bruno et filius ejus Chuunrad de — ministeriales pataviea-
        ses. T. XXVIII (1121) 89, 90.
Mersvong, Mersurauch, Mersvraucher, Mersuamk, Heinricus de — ministeria-
        lis pataviensis. T. XXVIII (1224) 306, 532. (1227) 326. (1242) 315,
        348. (1244) 504, 552. (1254) 372, 373. (1855) 376, 377. (1280) 478.
        T. XXIX (1257) 110. (1258) 99, 115, 116, 119 — 121, 232, 933.
        (1259) 136, 137. (1260) 146, 147. (1262) 182. (1263) 192. (1264)
        245. (1227) 344. (1247) 363. (1254) 375. (1257) 414. (1258) 424,
        425.
   "   Heinricus, frater ordinis Theutonicorum. T. XXIX (1253) 192,
        193. (1261) 432. (1262) 445.
   "   Johannes, filius Heinrici, ministerialis pataviensis. T. XXVIII (1251)

372, 373, (1253) 377. — T. XXIX (1258) 115, 116. (1259) 137.
(1260) 145, 147, 214, 233, 247. (1262) 130. (1251) 375. (1257) 414.
(1266) 465. (1269) 494. (1270) 500. (1281) 535, 543. (1282) 545.

Merswang etc. Gerbertus de — T. XXIX (1259) 137.

„ Wilbirgis, uxor Johannis de — et filia Ottonis de Truna, T. XXIX
(1260) 147.

„ Diemudis, soror Johannis. ibid. 145. (1262) 130.

„ Johannes, miles. T. XXVIII (1277) 413. (1280) 415. — T. XXIX
(1270) 496, 502. — T. XXX (1302) 6.

„ Erasmus de — T. XXX (1306) 31. (1307) 37. (1309) 43.

Mertein conf. *Martinus.*

Messenpeck, Messenpekch, Ulrich — Burghüter. T. XXX (1397) 458.

„ N. der — Pfleger zu Koenigstein. T. XXXI (1455) 271, 272 — 275,
502.

„ Bernbart, Wernhart ibid. 277 — 283.

„ zu Swent, Wernbart der — Pfleger zu Neunfels. T. XXXI (1424)
132 — 134.

„ zu Ort, Hans. T. XXXI (1442) 550.

Melelska, Heinrich v. — T. XXXI (1459) 469.

Metloefel N. — possessor fundi in antiquo foro. T. XXIX (s. anno) 232.

Mettelbach, Johannes, clericus herbipolensis. T. XXXI (1481) 588, 589, 590.

Mezze, Wernhart. T. XXIX (1204) 270.

Mezzenbach, Wer. de — T. XXIX (1281) 543.

Michael, custos et frater ordinis Minorum. T. XXIX (1269) 494.

„ praepositus boleslaviensis. — T. XXXI (1425) 201.

„ Michl, aus Reut, Hintersasse. T. XXXI (1472) 517.

Michelbach, Ulricus de — T. XXIX (1214) 271.

Michsowe, Stephanus de — marscalcus Austriae. — T. XXVIII (1280). 415.
— conf. etiam *Meissor.*

Mikowisz, Peter v. — Burggraf zu Meidstein. T. XXXI (1465) 490.

Milenzch, abbas et prior de — T. XXIX (1229) 551.

Milozlaus, capellanus episcopi pragensis. T. XXIX loc. cit.

Miwila, testis. T. XXVIII (983) 87, 207, 209. (985) 89, 209.

Minnepach, Germund, Rüdiger et frater ejus Adalbert de — T. XXVIII
(1157) 111.

„ Balduin et Gundakarus de — T. XXIX (1270) 497.

Mispoll, testis. T. XXVIII (1038) 85.

Mistelbach, Mystelbach, Mistilbah, Mistelbeck.

„ Engilpret de — T. XXIX (1165) 256.

„ Heinricus de — T. XXIX (1222) 337. (1158) 437.

„ Ekkardus de — T. XXIX (1284) 555.

„ Eberhart der — passuischer Dienstmann. T. XXXI (1438) 288,
290.

Milich, Milichen, Arbo et Doudmar de — T. XXIX (1172) 267.

„ Heinrich v. — T. XXXI (1400) L

Milicus, presbyter ac canonicus pataviensis. T. XXVIII (1147) 228.

Millarius N. — de Llaz. T. XXIX (1254) 223.
Millerberge, Dietricus de — T. XXIX (1215) 269.
Millerchirchen, Heinricus de — T. XXIX (1249) 227.
,, Wernherus de — T. XXIX (1227) 341.
Millernah, Chunegundis de — T. XXVIII (1280) 460.
Moesel, Conrad der — Hintersasse. T. XXX (1317) 73.
Moekbart, Hartwicus — T. XXIX (1173) 63.
Moncella, P. de — ex cancellaria curiae romanae. T. XXX (1383) 365.
· *Monswerd*, Werigand v. — T. XXXI (1415) 137.
,, conf. etiam *Monswerde*.
Monte, Heinricus de — T. XXVIII (1231) 335. (1241) 342.
,, Wernhardus de — T. XXIX (1253) 232.
,, Ulricus ibid. 239.
,, Richerus de — T. XXVIII (1252) 369.
,, Hertnidus de — T. XXIX (1259) 226.
,, Dietricus de — miles. T. XXVIII (s. anno) 369; — et fratres ejus Hermannus et Richerus. (1252) 369.
,, Mar. de — T. XXIX (1281) 543.
,, S. de — ex cancellaria curiae romanae. T. XXXI (1450) 417.
Monte, Pertholdus in — et filii ejus Marquardus, Ernestus et Goroch. T. XXIX (1147) 215.
,, Gerhohus in — feudatarius pataviensis. T. XXVIII (1280) 455.
Monteralvano, Bernhardus de — rector ecclesiae b. Mariae Virginis de Verdanis, Tholosanae dioecesis. T. XXX (1517) 68.
Montfort, Haug Graf v. — T. XXXI (1415) 137.
Moravia conf. *Bohemia* — reges.
Morlau, Sifridus comes de — T. XXVIII (1186) 256. — Conf. etiam *Veilstein*.
Morlo, Heinricus, homo ecclesiae pataviensis. T. XXVIII (1280) 480.
Morsbach, Mortspach, Moerspach, Heinricus de — ministerialis pataviensis. T. XXVIII (1194) 264. (1209) 283, 134, 133. (1241) 342. — T. XXIX (1255) 87. (1248) 364.
,, Otto. T. XXVIII (1210) 157, 288. (1217) 296. (1220) 297. (1222) 300. (1223) 301. (1224) 306. (1226) 149. (1227) 323. (1230) 334. (1232) 357, 449. — T. XXIX (1231) 74. (1232) 217. (1233) 94, 95, 238.
,, Ortolf de — T. XXVIII (1241) 342. (1280) 456, 457, 484. T. XXIX (1254) 84. (1255) 87, 232, 234. (1256) 240. (1258) 244, 120, 116. (1259) 131. (1260) 151. (1248) 365.
,, Margaretha, filia ejus. T. XXIX (1261) 467.
,, Jcuta, filia Ortolfi. T. XXIX (1270) 498.
,, Wernhardus de — canonicus pataviensis. T. XXVIII (1251) 372, 373. (1262) 383. (1264) 389. — T. XXIX (1255) 88. (1256) 240. (1257) 412. (1254) 120, 127. (1259) 133. (1260) 148. (1261) 31, 150. (1263) 196. (1247) 364. (1251) 373. (1261) 451. (1264) 457, 459. (1266) 465. (1278) 528.
,, Leutoldus de — T. XXVIII (1256) 391.

„   Ortolfus de — T. XXIX (1261) 431, 432. (1262) 445. (1268) 488.
         (1269) 492.
„   Ortolfus junior. T. XXIX (1270) 499. (1288) 564, 566, 567. (1294)
         583.
„   O, de — T. XXIX (1268) 494.
„   Oertelin v. — T. XXIX (1291) 540. (1296) 598.
„   Otto, filius Ortolfi. T. XXIX (1268) 487, 488. (1269) 492. (1281)
         540. (1288) 564, 565, 567. (1294) 583.
„   Albero, Chorherr. T. XXX (1300) 2.
„   Ortolf, Otto und Hans. T. XXIX (1303) 300.
„   Albrecht, canonicus pataviensis. T. XXVIII (1300) 515. T. XXX
         (1502) 10. (1505) 24. (518) 31.
„   Hugo de — T. XXX (1302) 10.
„   Ortolf v. — T. XXX (1366) 265.
Mos, **Moos**, Ebo de — T. XXVIII (1227) 323. — T. XXIX (1258) 120.
„   Conradus de — T. XXVIII (1280) 469.
„   Eberhardus de — T. XXIX (s. anno) 222, 272.
„   Ebo v. — T. XXIX (1285) 555.
Mosarius, feudatarius pataviensis. T. XXVIII (1280) 463.
Mosbach, **Mosebach**, **Mospeck** — Erchenpreht sive Eghinbert de — T. XXVIII
         (1109) 213. (1138) 104. (1155) 230. (1159) 237, 510. — T. XXIX
         (1116) 34. (1140) 253.
„   Wernhart de — T. XXIX (1142) 266. — T. XXVIII (1143) 105.
„   Hartwicus, frater Erchenberti. T. XXVIII (1155) 230. T. XXIX
         (1155) 260.
„   N. N. — T. XXVIII (1280) 480.
„   Lienhart. T. XXXI (1400) 1.
Mosbrunn, Heinricus de — T. XXVIII (1280) 187, 478.
„   Fridericus, filius ejus loc. cit. — Conf. etiam **Mosprunne**.
Mosburg, **Moseburch**, Conradus comes de — T. XXVIII (1220) 298.
Moschirchen, Herrand de — T. XXVIII (1252) 369.
Mosen, Arnolt de — T. XXIX (1154) 260.
Mospeck conf. **Mosbach**.
Mosprunne, Fridericus de — sagittarius. T. XXIX (1264) 245. — conf. etiam
         Mosbrunn.
„   Chunegundis de — filia Ernesti. T. XXVIII (1280) 478.
„   Ernestus de — ibid. 187, 188.
„   Herbord, filius Caroli. ibid. 478.
„   Strubenarius de — T. XXVIII (1280) 478, 187. — Conf. etiam
         Strouben.
Motz, Thomas — aus Basel, passauischer Münzmeister. T. XXXI (1458)
         523.
Mour, Fridericus, Hademarus et Sifridus de — T. XXIX (1147) 215.
Mouse, Ulricus de — T. XXIX (1214) 272.
Mouseleschirchen, **ouseläschirchen**, Rapoto et Albericus de — T. XXIX
         (1120) 259.

Mouseleschirchen, etc. Arnoldus de — T. XXIX (1140) 253.
„   Dietricus, Laipoldus et Chunradus de — ibid. (1220) 250.
Moutshemaer de Zwisel — N. — T. XXIX (1264) 245.
Moutter, Marchart der — T. XXIX (1281) 537.
Mozzingen, *Mozingen*, Wernhart de — T. XXVIII (1143) 105. T. XXIX
„   (1140) 263. (1142) 266.
            Altmann. T. XXIX (1150) 258.
Müßbach, *Muelpach*, Gotfridus de — T. XXX (1304) 20. — Conf. etiam
            Mulpach.
Mülfelder, *Müllfelder*, Niclas und Georg, Gebräder — T. XXXI (1406) 67,
            68.
„   Bernhard, Verweser zu Achstain. T. XXXI (1456) 446.
Mülwanger, *Mülbanger*, Eberhard, passauischer Pfleger zu Ebelsberg. T.
            XXXI (1304) 29.
„   Veit. — T. XXXI (1459) 467.
Mündlein, civis pataviensis. T. XXVIII (1425) 450.
Münich, Peter der — T. XXXI (1472) 516.
„   Droid, dessen Tochter, verehlichte Aschberg loc. cit.
„   Catharina und Elsbeth, des Peters Toechter loc. cit.
Märlein, Meinhard. T. XXVIII (1280) 474.
Mugendorf, Cholhohus de — T. XXIX (1225) 340.
Muk, *Muok*, Bernhard — aus Neut. T. XXIX (1345) 308.
Mulheim, Walchun de — T. XXVIII (1122) 101.
„   Mazalin ibid. (1135) 102.
„   Chunradus ibid. (1250) 574.
„   Heinricus. T. XXIX (1254) 247.
Mulpach conf. etiam *Mülbach.*
„   Marquardus et Eberwinus de — T. XXVIII (1280) 469.
„   Ernestus de — T. XXIX (1293) 552.
Muncheim, *Municheim*, Otto de — T. XXVIII (1228) 328, 330. — T. XXIX
            (1230) 352. — Conf. etiam *Munichen.*
Mundaff, Pilgrim der — T. XXX (1334) 148.
Mundolcinger, N. — decimator in Chirchpach. — T. XXIX (s. anno) 218.
Mundraching, Poppo de — canonicus pataviensis. T. XXIX (1262) 444. Conf.
            etiam *Puppo.*
Munichen, Otto de — T. XXIX (1206) 281. — Conf. etiam *Muncheim.*
Munster, *Munstur*, Ulricus de — T. XXVIII (1209) 134.
Munzinge, Gebolf de — T. XXVIII (1264) 372, 373. — T. XXIX (1251) 375.
Mur, *Murr*, Paertel der — T. XXX (1359) 247.
Muranus, N. — T. XXIX (1291) 576.
Murheimer, *Mürheimer*, Conrad der — T. XXX (1391) 410.
„   Christoph — T. XXXI (1437) 314.
Murrach, *Muraher* zu Guteneck, Albrecht. T. XXXI (1437) 313.
Murcesleten, Hademor de — T. XXVIII (1194) 263.
Murring, *Murringe*, *Murringen*, *Murringarius*, Meinhard de — T. XXVIII
            (1209) 134. T. XXIX (s. anno) 249.

Murring etc. Ortolf de — T. XXIX (s. anno) 268.
,,   Wernhard de — T. XXIX (1243) 366. (1270) 497, 499, 500. (1281) 537.
,,   Meinhard. T. XXIX (1270) 497, 500.
,,   in Merinbach, N. — T. XXVIII (1280) 458.
,,   in Wissensinge N. — ibid. (1280) 463.
,,   Ortolf v. — Chorherr und Vicedom von Passau. — T. XXX (1306) 31. (1311) 60. (1313) 64.
Museleschirchen conf. *Mosseleschirchen.*

N.

N.   abbas in Aldersbach. T. XXIX (1280) 352.
,,   abbas Altahae inferioris. T. XXXI (1449) 413.
,,   abbas in Altenburg. T. XXIX (1229) 350. (1263) 451.
,,   abbas Campililiorum. T. XXX (1311) 55.
,,   abbas in Cremsmünster. T. XXIX (1229) 550. (1286) 560.
,,   abbas in Engelzell. T. XXX (1300) 1. (1306) 31.
,,   abbas in Gaersten. T. XXIX (1254) 409.
,,   abbas S. Galli. T. XXX (1230) 165.
,,   abbas in Gleunch. T. XXIX (1229) 350.
,,   abbas in Gottwich. T. XXIX (1229) 350. — T. XXX (1311) 55. — T. XXXI (1446) 371. (1431) 587, 595. (1494) 693.
,,   abbas in Zerus. T. XXIX (1229) 347. (1270) 501.
,,   abbas in Lambach. T. XXIX (1229) 350.
,,   abbas in Lilienfeld. T. XXIX (1291) 574.
,,   abbas in Medlico. T. XXIX (1229) 350. — XXXI (1431) 587.
,,   abbas monasterii S. Mariae. T. XXIX (1229) 550.
,,   abbas et prior de Mileurch. T. XXIX (1229) 351.
,,   abbas in Paumgartenberg. T. XXIX (1261) 432.
,,   abbas S. Petri Salzburgae. T. XXXI (1494) 689.
,,   abbas in Ranshofen. T. XXIX (1286) 560.
,,   abbas Scotorum Ratisponae. T. XXXI (1425) 201.
,,   abbas Scotorum Viennae. T. XXXI (1418) 165.
,,   abbas in Silanstetten. T. XXIX (1229) 350.
,,   archiepiscopus salisburgensis. T. XXXI (1424) 185. (1448) 395. (1489) 643.
,,   decanus in Anaso. T. XXIX (1229) 350.
,,   decanus in Crems. T. XXIX (1229) 350. (1286) 560.
,,   decanus in Herzogenburg. T. XXIX (1229) 350.
,,   decanus ecclesiae ratisponensis. T. XXXI (1418) 155.
,,   decanus ecclesiae salzburgensis. T. XXXI (1418) 155.

N.   episcopus augustensis. T. XXXI (1480) 571.
„   episcopus chiemseensis. T. XXXI (1425) 201. (1489) 643. (1496) 699.
„   episcopus eichstetonsis. T. XXXI (1487) 625.
„   episcopus gurcensis. T. XXIX (s. anno) 310, 316.
„   episcopus novae civitatis. T. XXXI (1494) 689.
„   episcopus pensauriensis. T. XXXI (1493) 669.
„   parochus ad S. Egydium Pataviae. T. XXXI (1455) 283, 284 — 286.
„   plebanus de Weichflorian. T. XXIX (1253) 397.
„   praepositus S. Andreae. T. XXIX (1229) 350.
„   praepositus ecclesiae S. Florentii haselacensis, argentinensis dioecesis. T. XXXI (1496) 699.
„   praepositus S. Floriani. T. XXXI (1481) 687.
„   praepositus in Garz. T. XXIX (1289) 570.
„   praepositus S. Nicolai. T. XXXI (1433) 234.
„   praepositus in Numberg. T. XXIX (1229) 347, 350.
„   praepositus pataviensis. T. XXXI (1455) 441, 449.
„   praepositus in Schlegel. T. XXX (1341) 171. (1354) 210.
„   praepositus viennensis. T. XXXI (1480) 571.
„   praepositus in Weichflorian. T. XXIX (1254) 409.

Nabeger, Ulricus, test. T. XXIX (1112) 261.
Naccho, filius Ilpunci et Immae. T. XXVIII (788) 39.
Nachim, Judo zu Passau. T. XXX (1336) 154, 155.
Naelinbare, Naliube, Wolfgerus de — T. XXIX (1161) 53.
„   Heinricus. T. XXIX (1223) 340.
Naerzelinus, civis pataviensis. T. XXIX (1253) 385.
Nallingen, Alheidis de — filia Rudolphi ministerialis pataviensis. T. XXVIII (1239) 339.
Nanthokus, capellanus ecclesiae pataviensis. ibid. (1264) 391.
Nanzo, abbas gottwicensis. T. XXIX (1121) 59, 61.
„   test. ibid. (s. anno) 257.
Natscharat, Witigo de — T. XXIX (1272) 504.
Neiffen, Nyffe, Albertus de — T. XXVIII (1245) 355.
„   Heinricus de — T. XXIX (1256) 205.
Neitberg, Gotscholcus de — T. XXXI (1360 — memoratur (1419, 167.
Nellinge, N. relicta Heinrici de Prukke. T. XXIX (1255) 92.
Nendingus, cognatus Adelrami. T. XXIX (1165) 257.
Neopilo, Fridericus, test. T. XXIX (1257) 110.
Nepri, capellanus episcopi pragensis. T. XXIX (1229) 351.
Nerius, notarius Alyronis de Ricardia. T. XXIX (1285) 556.
Neubechus, Hermannus. T. XXIX (1299) 593.
Neuburg, Otto de — conf. *Otto,* et *Neunburg.*
Neuchomen, N. test. T. XXIX (1256) 104.
Neumann, Johannes, de Gorlicz, artium magister. T. XXXI (1477) 843.

Neuburg, Newburg, Hermannus comes, dictus de Windberg, advocatus
formbacensis. T. XXVIII (1122) 100. — Conf. etiam *Pütten.*
 „ ministeriales de — Wisento de — T. XXIX (1254) 234.
 „ Dietricus loc. cit.
 „ Gerung v. — der Speismeister. T. XXX (1317) 74.
 „ conf. etiam *Speismagister.*
Neundorf, Ortolfus miles de — T. XXIX (s. anno) 221.
 „ Conrad v. — Bürger zu S. Poelten. T. XXX (1321) 92.
 „ Conf. etiam *Niwendorf.*
Neunhofen, Niunhofen, Einwicus de — T. XXVIII (1188) 260.
 „ Ortwin de — T. XXIX (1200) 279.
 „ Marquardus, Gertrudis et Ulricus de — T. XXIX (1259) 135.
 „ conf. etiam *Niwenhofen.*
Neydeck, Neydecker, Neudecker, Heinrich v. — T. XXX (1398) 132.
 „ Eustach. T. XXXI (1470) 513.
 „ N. collator quarumdam ecclesiarum. T. XXVIII (saec. 15) 497, 498.
 — Conf. etiam *Niedecke.*
Nicetus S. T. XXVIII (1254) 485.
Nicodemus de Jerusalem. T. XXIX (1254) 82.
Nicolaus S. memoratur. T. XXIX (1254) 31. (1212) 282.
 „ abbas in Aldersbach. T. XXVIII (1228) 330. — T. XXX (1380) 346,
347. (1394) 432, 433.
 „ bei dem Judenthor, Bürger zu Wien. T. XXX (1398) 478.
 „ canonicus S. Ypoliti. T. XXX (1323) 105.
 „ capellanus regis Bohemiae. T. XXIX (1261) 438. (1262) 439, 442.
 „ episcopus ratisponensis. T. XXVIII (1323) 429. (1331) 432. T. XXX
(1323) 99.
 „ passauischer Hintersasse. T. XXXI (1404) 50.
 „ genannt der Lange, Hintersasse. T. XXX (1391) 414.
 „ Meister. T. XXX (1397) 469.
 „ monachus neuburgensis. T. XXX (1323) 103, 104, 105.
 „ papa III. T. XXIX (1277) 527. (1279) 532. (1289) 570. T. XXXI
(1479) 565.
 „ papa V. T. XXXI (1447) 377. (1449) 413. (1454) 436, 438.
 „ Pfarrer zu Potenstein. T. XXX (1369) 283.
 „ praepositus neuburgensis. T. XXIX (1257) 415. (1270) 500.
 „ sacerdos. T. XXIX (1258) 424.
 „ der Truchsess, Ritter und Hubmeister in Oesterreich. T. XXXI
(1452) 425.
Nidecke, Otacher de — T. XXIX (1165) 265.
 „ conf. etiam *Neydeck.*
Niderheim, Meinhardus de — T. XXIX (s. anno) 272.
Nidhart, civis pataviensis. T. XXIX (s. anno) 274.
 „ notarius episcopi. T. XXVIII (774) 68.
Nidhuber, N. Beisitzer an der Landschranne zu Strasheim. T. XXXI (1427)
209.

Nidher, notarius. T. XXVIII (774) 11.
Niger, Rudolphus conf. *Rudolphus*.
Nimmertewr, N. der — Bürger zu Passau. T. XXX (1373) 803.
Niunstat, Chunradus de — T. XXVIII (1210) 137, 289.
Niwendorf conf. etiam *Neundorf*.
„   Chunradus de — T. XXVIII (1188) 260.
„   Ulricus de — canonicus neuburgensis. T. XXIX (1257) 416.
Niwenhofen conf. etiam *Neunhofen*.
„   Chunradus de — T. XXIX (s. anno) 271.
Nixo, test. T. XXIX (1136) 60.
Nodernberg, Nodernperg, Ortolf de — T. XXVIII (1280) 175, 469.
Noedernpach, D. de — T. XXIX (1255) 93.
„   conf. etiam *Nordernpach*.
Noederpake, Perhta de — T. XXIX (s. anno) 272.
Nopla, Fridericus — testis. T. XXIX (1259) 156.
Nopping, Hertneid v. — T. XXIX (1286) 558.
Nopplinus, frater Conradi ciris ypolitensis. T. XXIX (1254) 235.
„   possessor praedii in Geroltsdorf. T. XXVIII (1280) 475.
Nordernbach, Engelbertus de — T. XXVIII (1202) 266.
„   Ulricus miles T. XXVIII (1211) 139.
„   Ortolfus, ministerialis comitis de Vihtenstein. T. XXVIII (1223)
             144. (1226) 146, 149. (1227) 323, 326.
„   conf. etiam *Noedernpack et Noederpake*.
Normannus, Heinricus, canonicus pataviensis et plebanus in Nordernpach.
             T. XXVIII (1211) 139. (1212) 290. — T. XXIX (1212) 283. (1216)
             354.
Nospack, Wernhart de — T. XXIX (1140) 255.
„   conf. etiam *Notspach*.
Nothaft, zu Wernberg — Heinrich. T. XXVIII (1429) 451. (1432) 453, 522.
             T. XXXI (1402) 24. — Vicedom in Niederbayern. (1411) 93. 99,
             101 — 105. (1415) 132. — Ritter (1429) 224 — Bayer. Rath (1434)
             248. (1435) 258. — Vicedom der Herrschaft von Holland (1435)
             280. 298, 299. — (1437) 317, 318.
„   zu Wernberg — Heinrich, bayer. Rath. T. XXXI (1450) 418, 419.
„   Seifrid, passauischer Dompropst. T. XXXI (1473) 520.
„   Georg. T. XXXI (1494) 683, 684, 685.
Notspach, Conradus de — T. XXIX (s. anno) 231. 232.
„   Conf. etiam *Nospack*.
Notzmann, Heinrich, Bürger zu S. Poelten. T. XXX (1321) 92.
Novum-forum, Chrasto in — T. XXIX (1258) 293.
„   Ulricus, filius ejus loc, cit.
Noxeto, P. de — ex cancellaria romana. T. XXXI (1450) 417. (1454) 438.
Nudungus. T. XXIX (1260) 249.
Nürnberg, Burggravii de — Fridericus. — T. XXVIII (1262) 386. (1276) 401.
             (1277) 407, 412. (1280) 415. — T. XXIX (1262) 186. (1269) 449.
             (1277) 521. (1280) 560, 561.

Nürnberg, N. der Purchgrave. T. XXIX (s. anno) 314. — T. XXX (1302) 10, 11, 12.

„ Beatrix, Burggraefin von — und Herzogin von Oesterreich. T. XXXI (1412) 11.

„ N. N. Burggravii de — T. XXVIII (1443) 580. — T. XXIX (1269) 185.

Nwopelinge, Eberhardus de — T. XXVII (1201) 130.

Nusberg, Nussperch, Nusberger, Albertus de — T. XXVIII (1245) 391.

„ Hans. T. XXX (1396) 449, 450.

„ Eberwein. T. XXX (1397) 464, 465.

„ N. dessen Hausfrau loc. cit.

„ Meindlein der. — T. XXXI (1402) 25.

„ zu Furt, Wilhelm. T. XXXI (1455) 288. — T. XXVIII (1455) 455.

„ zu Neuen-Nusberg, Caspar — T. XXXI (1442) 348, 349, 350.

„ Hans — Richter und Pfleger. T. XXXI (1454) 433.

„ zu Furt, Erasmus. T. XXXI (1491) 661.

Nusdorffer, Nustorfer, Heinrich der — Kellner des passauischen Capitels. T. XXX (1368) 280.

„ Wilhelm der — passauischer Pfleger zu Obernberg. T. XXXI (1421) 176.

„ zu Prüning, Leonhard. T. XXXI (1451) 422, 423.

„ Ulrich, erwaehlter Bischof v. Passau. T. XXXI (1452) 424. (1453) 426, 428. (1454) 431, 432 — 434, 436, 437; fuit praepositus frisingensis. 437.

„ zu Wildshut, Marx. — T. XXXI (1451) 422, 423.

„ Marx, Balthasar und Lienhart. T. XXVIII (1455) 455.

„ Balthasar und dessen Hausfrau Else. T. XXXI (1453) 426.

„ Haimeran v. — T. XXXI (1491) 660, 661.

„ N. dessen Hausfrau, geborne von Puchberg loc. cit.

„ Wilhelm v. — T. XXXI (1464) 683, 684, 685.

Nusel, Nuzzel, decimator in Inderspach. T. XXIX (s. anno) 218, 230.

Nysse conf. *Neissen*.

O.

O. diaconus cardinalis S. Adriani. T. XXIX (1253) 416, 420.

Oberhaimer zu Valkenstein, Cholmann der — T. XXXI (1443) 355.

„ zu Pernau, Ritter Hans. T. XXXI (1491) 655, 656.

Oberndorf, Eppo de — T. XXVIII (1143) 106.

„ Perthold, canonicus ratisponensis. T. XXVIII (1241) 344.

„ Irmfried ibid. (s. anno) 169.

Obertis C. de — ex cancellaria sanctae sedis. T. XXXI (1479) 564. — Conf. etiam *Ubertis*.
Obzelaer, *Obzeler* N. — T. XXIX (s. anno) 230.
Occhsdorf, Chadolt de — T. XXIX (1121) 64.
Ocra, magister Johannes de — nuntius apostolicus. T. XXIX (1260) 155, 158, 162. (1262) 139.
Octavianus, canonicus pataviensis. T. XXVIII (1172) 251. T. XXIX (1147) 43.
Octavus, diaconus cardinalis. T. XXIX (1196) 38.
Odacar, plebanus de Wacenkirchen. T. XXIX (s. anno) 273.
Odaern, Heinricus de — T. XXVIII (1280) 469.
Odalfried, test. T. XXVIII (806) 58.
Odalhart, test. T. XXVIII (301) 50.
Odalrih, test. ibid. (834) 25. — Conf. etiam *Udalricus*.
Odalscalc, donator. T. XXVIII (796) 56; uxor ejus Erkanradana ibid. 59. — Conf. etiam *Oudalschalcus*.
    „   presbyter. T. XXVIII (820) 38; et frater ejus Ruodolt. ibid. 37.
Odo, scriptor. T. XXVIII (1254) 487.
Odoacer, rex Rugorum. T. XXVIII (699) 444.
Oede, Pertholt de — T. XXVIII (1228) 328, 350.
    „   Al. de — ibid. (1244) 352. — T. XXIX (1230) 352.
    „   sive Oud. Gundachar de — T. XXIX (1243) 77. (1250) 79.
    „   Conradus et Heinricus. ibid. (1260) 248.
    „   Gebehardus de — T. XXIX (1172) 267.
    „   N. N. domini de — T. XXIX (1284) 553.
    „   Conradus de — T. XXX (1300) 2.
    „   Heinrich und Ulrich ibid.
    „   Heinrich von — T. XXX (1366) 265.
Oedenwiesen, *Oedenwieser*, Heinricus de — T. XXIX (1254) 247.
    „   Conrad v. T. XXIX (1289) 569.
    „   Heinrich der — Burghüter. T. XXX (1397) 458.
    „   Dietrich der — T. XXXI (1424) 195.
Oeder in Dietensheim. T. XXVIII (1280) 456.
    „   Ulrich der — zu Efferdingen. T. XXX (1324) 109. (1370) 296.
    „   Diemut, dessen Hausfrau. loc. cit.
    „   Chunegunde und Margarethe, deren Toechter. T. XXX (1324) 109.
    „   Chunegunde, verehlichte Schauzlich. T. XXX (1370) 296. (1374) 315.
Oederne, Rudegerus de — T. XXVIII (1280) 469.
Oeringen, Albertus de — T. XXVIII (1280) 463. — T. XXIX (s. anno) 219.
Oernolt, Niclas, preysingischer Amtmann zu Ostersheim. T. XXXI (1427) 207, 208.
Oerterynne, Jeut die — T. XXX (1325) 113.
Oertlein de Ibs, civis pataviensis. T. XXVIII (1425) 450.
Oeriner, Hans, seasbaft zu Perkhaim. T. XXXI (1427) 209.

Oettensteiner, Albero, Hofrichter in Oesterreich. T. XXX (1398) 482.
Oettich, Oetich, Albero und Ulrich von — T. XXX (1317) 73.
Oettingen, Ottingen, Ludewicus comes de — T. XXX (1303) 19.
    „   I. comes de — magister curiae regis Sigismundi. T. XXXI (1419) 169.
    „   conf. etiam *Patavia*-episcopi.
Oftheringe, Arnoldus de — T. XXVIII (1280) 456.
Ohsenbach, Ulricus de — T. XXIX (1186) 35.
Ohthartchirchen, Conradus de — T. XXIX (s. anno) 272.
Okchenpeunt, Albertus de — T. XXIX (1284) 554.
Okoz, test. T. XXIX (1147) 215.
Olblynns, magister et plebanus de Nelcub. T. XXIX (1282) 548.
Oleator, Conradus, civis viennensis. T. XXIX (1258) 424.
Onhart, donator. T. XXVIII (818) 19.
Ono, servus censualis. ibid. (1013) 76.
Osta, donator. T. XXVIII (806) 58.
Oportunus, abbas lunaelacensis. T. XXVIII (777) 199.
    „   test. ibid. (600) 40.
Oppeln, Bolko dux opuliensis. T. XXX (1366) 269.
    „   Wladislaus, dux — ibid.
Orendil, frater Rudolfi. T. XXVIII (1013) 79.
Origenes ibid. (1254) 486.
Orosius, scriptor. T. XXVIII (1254) 487.
Orphanus, Chadalhoh. T. XXVIII (1257) 110. — T. XXIX (1259) 137. (1260) 166.
    „   Sifridus. T. XXIX (1259) 137. (1260) 152. (s. anno) 227. — T. XXVIII (1280) 482.
    „   Chadoldus. T. XXIX (1260) 429.
Ort, Orte, Ortt, Hertnidus de — T. XXVIII (1203) 268. (1241) 155. — T. XXIX (1191) 227, (1192) 48. (1200) 330.
    „   Wernhardus et Ulricus, fratres et ministerialis pataviensis. T. XXVIII (1194) 264.
    „   Arnoldus de — T. XXIX (1260) 248.
    „   Hertwicus de — T. XXIX (1258) 424.
    „   Ulricus et Arnoldus de — T. XXX (1300) 2.
Ortenburg, Orttenburg, Ortenberch, Ortenberkch, Orttemberig etc. Rapoto. T. XXVIII (1159) 237. (1167) 249. (1180) 98. (1187) 258. — T. XXIX (1180) 255, 263.
    „   Heinricus. T. XXVIII (1180) 98. (1187) 258. (1201) 130. (1224) 306, 332. (1226) 315, 316. (1227) 271, 273. (1242) 345, 547. — T. XXIX (1215) 333. (1227) 343.
    „   Rapoto, palatinus Bavariae, frater Heinrici. T. XXVIII (1224) 332. (1226) 315 — 317. (1227) 271, 318, 322. (1241) 341. (1244) 304; memoratur (1280) 481, 484. (s. anno) 188. — T. XXIX (1215) 332. (1222) 339. (1227) 341, 343. (1264) 458.

Ortenburg etc. Otto et Hermann. T. XXVIII (1241) 545. — Otto memoratur. T. XXIX (1257) 249. (1243) 860.
  „ Rapoto. T. XXIX (1285) 562. (1295) 586.
  „ Heinricus. T. XXVIII (1250) 370. (1251) 371, 372. — T. XXIX (1257) 103, 221. (1242) 358. (1251) 374.
  „ Heinricus senior et junior. T. XXVIII (1262) 585. (1280) 484.
  „ Diepoldus comes de — T. XXIX (1284) 554.
  „ Heinrich, Graf von — T. XXX (1318) 81, 82.
  „ Leukard, dessen Schwester, vermaehlte Graefin von Wartstein; loc. cit.
  „ Heinrich, Graf v. — T. XXX (1368) 230. (1369) 290, 291. (1378) 335, 536. (1538) 379.
  „ Agnes, dessen Gemahlin. T. XXX (1368) 280. (1369) 290, 291. (1378) 335, 356.
  „ Johannes, deren Sohn. T. XXX (1369) 291.
  „ Alram, Georg und Ezel, Heinrichs Soehne. T. XXX (1378) 335, 336. (1388) 379.
  „ Georg, Graf v. — T. XXX (1392) 420.
  „ N. dessen Hausfrau loc. cit.
  „ zu Neuortenburg, Georg Graf. — T. XXXI (1404) 32, 34.
  „ Etzel. T. XXXI (1412) 112. (1417) 144.
  „ Ulricus, comes de — canonicus pataviensis. T. XXXI (1424) 191, 192. — Dompropst zu Passau. (1445) 360, 362. (1447) 383 — 387.
  „ Heinrich, Graf zu — T. XXXI (1443) 358. — Vetter des Dompropsten Ulrich. (1447) 387.
  „ Etzel und Heinrich. T. XXVIII (1429) 451. — Ezel (1434) 442. (1454) 430.
  „ Alram, Graf zu — Pfleger zu S. Georgenberg. T. XXVIII (1455) 455. — T. XXXI (1443) 359. (1447) 387. (1459) 472.
  „ Georgius comes de — T. XXXI (1459) 472.
  „ N. domina comitissa de — T. XXIX (s. anno) 270.
  „ Ulrich, Graf zu Ortenburg, Cilly und in dem Seger; Ban zu Dalmatien, Croatien und in den wendischen Landen. (1455) 454.
Ortenburg, ministeriales de — Hilprecht de — T. XXIX (sine anno) 272.
Ortimualf, test. T. XXVIII (906) 204.
Ortliebus, calcifex, civis pataviensis. T. XXIX (s. anno) 228, 229, 231, 282.
  „ praepositus in Ranshoven. T. XXIX (1254) 66.
Ortolfus, abbas medlicensis. T. XXIX (1258) 127. (1260) 154, 161. (1261) 439.
  „ archiepiscopus salisburgensis. T. XXXI (1360 — memoratur 1419) 167.
  „ calcifex — T. XXIX (s. anno) 231.
  „ camerarius. T. XXIX (1158) 437.
  „ cellerarius de Ebelsberg. T. XXIX (1260) 227, 229, 247.
  „ commendator domus Theutonicorum Viennae. T. XXIX (1267) 467, 473, 482. (1269) 491.

Ortolfus, cultellarius. T. **XXIX** (s. anno) 229.
　　„　　feudatarius in Gumpotingen. T. **XXVIII** (1280) 466.
　　„　　monachus neuburgensis. T. **XXX** (1323) 103, 104, 106.
　　„　　praepositus in Ardaker, et archipresbyter pataviensis. T. **XXVIII**
　　　　(1194) 263. (1202) 266. (1203) 268. (1210) 138. — T. **XXIX** (1204).
　　　　270, 271. (1200) 329.
　　„　　Schreiber des Richters von Passau. T. **XXX** (1360) 202.
　　„　　testis. T. **XXVIII** (1188) 260.
　　„　　de S. Ypolito, testis. T. **XXIX** (1260) 154.
　　„　　in domo richersbergensi Pataviae. T. **XXVIII** (1280) 467.
Ortuni, donator, cum uxore Deomut. T. **XXVIII** (774) 67.
Ortuic, donator. T. **XXVIII** (600) 12.
Ortwin, frater ordinis cysterciensis. T. **XXIX** (1267) 467.
　　„　　testis. T. **XXIX** (1097) 56.
　　„　　testis ibid. (1220) 252.
Osninare, Gotfridus, test. T. **XXIX** (1212) 275.
Osterenkaa, Richker de — T. **XXIX** (1154) 260.
Osterhofen, *Osterhoven*, Meginwart, Heinricus et Engilinch de — T. **XXIX**
　　(1165) 256.
Ostermann, Fridrich der — T. **XXX** (1311) 58.
　　„　　Fridrich. T. **XXVIII** (1194) 262, 263.
Osternberg, *Osternperge*, *Ousterenperge*, *Osternbergarius*, Tiemo de — T.
　　　　XXIX (1172) 267.
　　„　　N. civis pataviensis. T. **XXVIII** (1280) 172, 173, 467.
　　„　　conf. etiam *Alheidis*.
Ostrawitz, Hermannus de — pincerna Carinthiae. T. **XXXI** (1360 — memo-
　　ratur 1419) 167.
Otackar, *Ottaker*, *Ottochar*, *Otakchar*.
　　„　　canonicus pataviensis. T. **XXVIII** (1067) 247. — T. **XXIX** (1071)
　　　　13.
　　„　　canonicus patav. T. **XXVIII** (1212) 290. T. **XXIX** (1212) 273, 275.
　　　　(1214) 250. (1220) 269.
　　„　　coquus. T. **XXVIII** (1194) 264.
　　„　　comes. T. **XXVIII** (906) 204.
　　„　　feudatarius pataviensis in Nidekke. T. **XXIX** (1165) 255 — 257.
　　„　　praepositus pataviensis. T. **XXIX** (1130) 262.
　　„　　testis. T. **XXVIII** (899) 33. (903) 203.
　　„　　testis. T. **XXIX** (1130) 262.
Olgereskeim, Pertold de — ministerialis comitis Ekkeberti. T. **XXIX** (1165)
　　255.
Othelm, testis. T. **XXVIII** (834) 26.
Other, testis. T. **XXVIII** (788) 26. (813) 18.
Otlant, testis. ibid. (906) 204.
Otmaring, Ortolf v. — passauischer Lehenmann und Bürger. T. **XXX** (1372)
　　301.
Otperht, testis. T. **XXVIII** (906) 204.

Ottaker conf. *Olachar.*
Ottau, Hinko von — Pfleger zu Ilintperg. T. XXXI (1415) 141.
Ottenberger, Fridrich, Burghüter. T. XXX (1397) 458.
    „   zu Inzenberg, Ernreich — ibid. 459.
    „   Anton, Gerichtsbeisitzer. T. XXXI (1450) 421.
Ottenstein, Ottensteiner, Ottinstaine, Otto de — T. XXVIII (1280) 483.
    „   Albertus de — magister coquinae. T. XXXI (1360 — memoratur 1419) 167.
    „   Albrecht v. — T. XXXI (1418) 153.
Ottinger, Heinrich, — Bürger zu Stain. T. XXXI (1401) 13.
Ottlein der — Schütze. T. XXX (1394) 434.
Otto, abbas in Vormbach. T. XXIX (1269) 494.
    „   archidiaconus et notarius pataviensis. T. XXVIII (1155) 232. (1160) 242. (1164) 240. (1173) 262. — T. XXIX (1164) 324.
    „   canonicus et capellanus pataviensis. T. XXVIII (1147) 109. (1160) 239. (1165) 119. (1164) 240, 244.
    „   canonicus et diaconus pataviensis. T. XXVIII (1147) 228. T. XXIX (1147) 43.
    „   canonicus pataviensis. T. XXIX (1209) 281.
    „   canonicus et cantor pataviensis. T. XXVIII (1256) 380, 381. (1262) 383, 386. (1264) 389, 391. — T. XXIX (1254) 81, 84. (1255) 93. (1256) 240. (1258) 120. (1259) 131, 141. (1260) 148, 151. (1261) 31, 150. (1262) 185. (1261) 431, 432. (1262) 445, 449. (1263) 454. (1264) 457, 458.
    „   canonicus et vicedominus pataviensis. T. XXIX (1256) 91.
    „   canonicus et scholasticus patav. — T. XXIX (1258) 161.
    „   canonicus et magister patav. T. XXIX (1299) 595.
    „   cantor Pataviae. T. XXIX (1272) 505.
    „   Caplan der Frauencapelle auf der Stetten zu Wien. T. XXX (1334) 148, 149. (1335) 150.
    „   Carnifex Pataviae. T. XXVIII (1280) 467, 172.
    „   clericus pataviensis. T. XXIX (1265) 461.
    „   commendator ordinis S. Johannis Jerosolymitani. T. XXIX (1265) 459.
    „   decanus do Niunburg. T. XXVIII (1280) 480.
    „   decanus pataviensis. T. XXVIII (1220) 297. (1222) 299, 300. (1225) 301. — T. XXIX (1210) 274. (1222) 337. (1278) 528, 529.
    „   decanus pataviensis. T. XXIX (1340) 304. — T. XXX (1342 172. (1343) 178. (1344) 180.
    „   Eidam des Urfar zu Passau. T. XXX (1359) 247.
    „   episcopus chiemaeensis. T. XXXI (1360 — memoratur 1419) 167.
    „   episcopus frisingensis. T. XXVIII (1156) 555. — T. XXIX (1188 — 1148) 29.
    „   episcopus frisingensis. T. XXVIII (1202) 266. (1210) 136, 288. (1216) 141.

Otto, episcopus lavantinus et praepositus salisburgensis. T. **XXIX** (1260) 165. (1262) 187.
,, filius Haistolfi. T. **XXIX** (1256) 104.
,, filius Humolti. T. **XXIX** (s. anno) 61.
,, filius Haimonis. T. **XXIX** (1282) 545.
,, frater Immonis. T. **XXIX** (1231) 74.
,, frater ordinis Praedicatorum. T. **XXIX** (1270) 502.
,, in dem Hellgrunt, passauischer Hintersasse. T. **XXXI** (1404) 80.
,, der Hofschreiber. T. **XXIX** (1294) 883. (1305) 300. — T. **XXX** (1302) 12. (1303) 17, 18. (1306) 31.
,, judex de Straubing. T. **XXIX** (1255) 91 ; — et filius ejus Otto ibid. 93, 94.
,, judex Viennae. T. **XXIX** (1265) 462.
,, judex. T. **XXIX** (1288) 296.
,, Landgravius. T. **XXVIII** (1173) 252.
,, magister infirmorum neoburgensis. T. **XXIX** (1257) 416,
,, magister und Chorherr zu Passau. T. **XXX** (1302) 12. (1303) 18.
,, miles Heinrici comitis. T. **XXIX** (1088) 46, 55, 65. (1104) 61.
,, ministerialis Leopoldi ducis et advocatus glunicensis. T. **XXIX** (1192) 48.
,, nobilis vir. T. **XXIX** (1095) 64.
,, notarius curiae pataviensis. T. **XXIX** (1295) 586. — T. **XXX** (1313) 64.
,, pabulator. T. **XXIX** (s. anno) 251.
,, panifex. T. **XXIX** (1259) 141.
,, pater Friderici. T. **XXIX** (1256) 104.
,, plebanus de Chopfing. T. **XXIX** (1299) 594.
,, plebanus de Linz. T. **XXIX** (1248) 76.
,, plebanus de Medlich, et notarius Gertrudis ducissae Austriae. T. **XXIX** (1250) 209.
,, plebanus Pataviae. T. **XXVIII** (1194) 263.
,, plebanus S. Egydii Pataviae. T. **XXX** (1317) 75, 76, 77, 78. (1318) 79, 80. (1326) 124.
,, plebanus in Rietental. T. **XXX** (1330) 137.
,, plebanus in Toufchirchen. T. **XXVIII** (1210) 136, 288.
,, plebanus in Zwentendorf. T. **XXX** (1311) 58.
,, praepositus S. Floriani. T. **XXVIII** 1209) 279. — T. **XXIX** (1204) 269.
,, praepositus et ministerialis pataviensis. T. **XXVIII** (1121) 91. (1147) 228. (1155) 231. — T. **XXIX** (1140) 253.
,, praepositus pataviensis. T. **XXVIII** (1156) 233. (1164) 240. — T. **XXIX** (1165) 265. (1164) 324.
,, praepositus pataviensis. T. **XXVIII** (1223) 144. (1224) 302.
,, praepositus pataviensis. T. **XXX** (1341) 167. (1345) 186.
,, praepositus pataviensis. T. **XXXI** (1404) 55.

18 *

Otto,   praepositus salisburgensis. T. XXVIII (1244) 504. — T. XXIX
         (1254) 66.
  „   prior Viennae. T. XXIX (1267) 481.
  „   sacerdos. T. XXIX (1283) 552.
  „   scriba. T. XXIX (1215) 333.
  „   scriba, oder der Schreiber. T. XXIX (1297) 590. (1299) 595. T. XXX
         (1302) 7. (1311) 60. (1313) 63.
  „   subdiaconus. T. XXIX (1267) 457.
  „   testis. T. XXVIII (1055) 82.
  „   testis. T. XXVIII (1109) 218. (1157) 103.
  „   super lapidem, testis. T. XXIX (s. anno) 229.
  „   super vallem, test. T. XXIX (s. anno) 232.
  „   de Burchhusen, test. ibid. (s. anno) 222.
  „   N. testis. T. XXX (1309) 45.
  „   der Tuemvogt von Regensburg. T. XXX (s. anno) 313, 314, 315,
         317.
Ottobonus, cardinalis ecclesiae. T. XXIX (1253) 419.
Ottokar conf. *Otachar.*
Ottylia, uxor Ulrici, nobilis viri. T. XXVIII (1110) 270.
Oud, Oude conf. *Oede.*
Oudalgar, test. T. XXVIII (983) 207.
Oudalmann, test. T. XXVIII (1013) 81.
  „   testis. T. XXIX (1130) 262.
Oudalo, vir nobilis. ibid. (s. anno) 265.
Oudalolf, donator. T. XXVIII (800) 46.
Oudalrich conf. *Udalricus.*
Oudalschalch, Oudalscalch, Udilschalch, Udischalcus, Ulscalch.
  „   de Carinthia. T. XXVIII (1138) 104.
  „   gener Oudalrici advocati pataviensis. T. XXVIII (1121) 91.
  „   et Herimann, fratres. T. XXIX (1150) 258.
  „   mancipium conf. *Isrira.*
  „   monetarius. T. XXIX (1149) 260.
  „   testis. T. XXIX (1165) 256.
  „   vir nobilis, ac frater uterinus Udalrici episcopi pataviensis. T. XXVIII
         (1109) 218. (1116) 219.
Oudelhoch, testis. T. XXIX (1158) 261.
Ouetinge, Hawardus de — T. XXVIII (1224) 532.
Oufhusen, Rooppreht de — ministerialis pataviensis. ibid. (1121) 91. — Conf.
         etiam *Aufhausen.*
Oukalmingen conf. *Aholming.*
Oubrich, Oulric conf. *Udalricus.*
Ounstein, Hertnidus de — T. XXIX (1192) 48.
Outachar conf. *Otachar.*
Outilo, advocatus Rihkartae. T. XXVIII (1039) 83.
Outher, testis. T. XXIX (1149) 259.
Ouze, testis. ibid. (1220) 252.

Owzeckint, Ozeckint. T. XXIX (1165) 257.
Owzenakce, Touta et Rüdegerus de — T. XXIX (1220) 281.
Owzi, Owzie, mancipium. T. XXIX (1130) 262.
   „   mancipium. ibid. (1140) 258.
   „   testis. T. XXVIII (1013) 75, 80. — conf. etiam *Ozi.*
Ovidius, poeta. T. XXVIII (1254) 487.
Owa, Owe, Leutoldus de — T. XXVIII (1220) 298.
   „   Siboto et Rudolph de — fratres. T. XXIX (1259) 145. (1260) 232.
       — Conf. etiam *Jeuta.*
   „   Conradus et Ditmarus de — T. XXIX (1260) 242.
   „   conf. etiam *Ave.*
Owatsteten, Rudlinus de — T. XXIX (1259) 134.
Owenbach, Alheidis, filia Kaicel de — T. XXIX (s. anno) 273.
Ozi, nobilis vir et uxor ejus Mathilt. T. XXIX (1149) 260.
   „   testis. T. XXVIII (983) 207.
   „   conf. etiam *Owzi.*
Ozie, test. T. XXIX (1073) 65.

P.

P. conf. etiam *B.*
P. diaconus cardinalis ad velum aureum. T. XXIX (1256) 100.
Pabo, canonicus pataviensis. T. XXVIII (1147) 228. — T. XXIX (1140) 253.
   „   comes. T. XXVIII (983) 87, 207. (985) 88, 209.
   „   custos neuburgensis. T. XXIX (1257) 416.
   „   diaconus neuburgensis. T. XXIX ibid.
   „   et Heinricus, fratres. T. XXVIII (1173) 252.
   „   ministerialis pataviensis, frater Heinrici judicis. T. XXVIII (1194)
       264.
   „   praepositus S. Andreae. T. XXIX (1263) 193.
   „   praepositus neuburgensis. T. XXIX (1279) 531, 532. (1282) 545,
       546. (1290) 574.
   „   sartor. T. XXIX (1204) 269.
   „   testis. T. XXVIII (903) 203.
   „   testis. ibid. (1013) 77.
   „   testis. T. XXIX (1088) 65. (1130) 259.
   „   testis. T. XXVIII (1157) 110.
Pach, Pacha, Pache, Conradus de — T. XXIX (s. anno) 290.
   „   Rapoto de — T. XXIX (1133) 253.

Pach etc. Rudmarus et Heinricus de — T. XXVIII (1280) 474.
Pachelingen, Gotschalcus de — T. XXVIII (1194) 261.
Pachenstein, Albertus de — canonicus wirceburgensis et frisingensis. T. XXX
        (1380) 342.
Pachhauser, Paul. T. XXXI (1435) 288.
Padauer, Ulrich — Bürger zu Waldkirchen. T. XXXI (1472) 517.
Paden, Gerungus de — T. XXVIII (1203) 268.
Padner, Albero der — T. XXX (1309) 43.
Paerlelsberger, Hans — T. XXX (1391) 358.
Paesching, Paesching, Fridericus de — T. XXIX (1251) 74. 1250) 552.
    „   Fridrich v. — T. XXIX (1281) 557. — T. XXX (1500) 2.
Paier, Pair, Otto dictus — T. XXIX (1270) 493.
    „   Seidl, der — colonus. T. XXX (1391) 415.
Paierperg, Paierperge, Weidman de — T. XXVIII (1280) 473.
Paim, Otto de — T. XXIX (1259) 226.
Palatinatus, palatini comites, Pfalzgrafen bei Rhein.
    „   Hermannus. T. XXVIII (1156) 356.
    „   Fridrich der Siegreiche. T. XXXI (1460) 482, 483.
    „   conf. etiam *Bavaria* et *Rupertus* episcopus.
Paldemar, Paltmar conf. *Daldemar.*
Paldwin conf. *Baldwin.*
Palladius, episcopus et scriptor. T. XXIX (1254) 82.
Palsenza, Palsentze, Huoch sive Huch — T. XXVIII (1109) 218.
    „   Rudpert. T. XXIX (1120) 259.
    „   conf. etiam *Balsaz.*
Paltramus, civis viennensis. T. XXIX (1265) 462.
    „   judex viennensis. ibid. (1269) 494. (1293) 580.
Pamprun, Stephan — Grundbesitzer bei Trebensee. T. XXXI (1410) 88. 89.
Panse, Panse, N. — T. XXVIII (1280) 465. — (s. anno) 168.
    „   Reicher. T. XXX (1303) 15.
Panckofen, Pankchofen, Ulricus de — canonicus pataviensis. T. XXX (1383)
        364.
Pancratio sancto, Marquardus de — T. XXIX (1260) 213, 214. 233.
Pandecampus, magister. T. XXVIII (1194) 263.
Pandolphus, presbyter Cardinalis. T. XXIX (1186) 39.
Papias, grammaticus. T. XXVIII (1254) 487.
Pappenheim, Fridrich v. — T. XXX (1360) 248, 249.
    „   Catharina, dessen Hausfrau. loc. cit.
    „   Haupt zu — Marschalk. T. XXXI (1434) 248.
    „   Conrad, Marschalk zu — ibid.
    „   Heinrich v. — Reichserbmarschall. T. XXXI (1460) 483.
Parae, Parawe, Wolfker de — T. XXVIII (1255) 378.
Parsberger, Hans. T. XXVIII (1455) 455.
Parl, N. — T. XXIX (1220) 251.
Partzer, N. der — T. XXXI (1445) 363 — 366.
    „   Georg, dessen Bruder ibid.

Partzer, Christoph, dessen Bruder ibid.
Paschalis, papa I. T. XXVIII (822) 447.
Paschingen conf. *Peschinge.*
Passagio, Leupoldus de — T. XXIX (s. anno) 231.
Patavia, test. T. XXVIII (834) 26.
   ,,   test. ibid. (868) 69.
   ,,   test. ibid. (899) 33.
Patavia, — episcopi laureacenses et patavienses.
   ,,   Gerhardus S. archiepiscopus laureacensis. T. XXVIII (280) 446.
   ,,   Eutherius, Eutharius archiep. laur. ibid. (268) 446.
   ,,   Quirinus S. ibid. (memoratur 1432) 444, 445.
   ,,   Maximilianus S. ibid. (284) 446.
   ,,   Theodorus I. archiep. laur. T. XXVIII (504) 446 et 195.
   ,,   Erchanfrid, Erchenfrid, episcopus patav. T. XXVIII (598) 446. (600 — 624) 35, 40, 63.
   ,,   Vilo, Philo, romanus, archiep. laur. T. XXVIII (615) 446.
   ,,   Otgarius, Otkarius, Ottocar. T. XXVIII (624) 35, 445.
   ,,   Bruno, archiep. laur. et patav. ibid. (660) 446.
   ,,   Theodorus II. archiep. laur. et patav. T. XXVIII (699) 446.
   ,,   Wilo, Wivilo, Wulilo, Vivolo, Vivilo, archiep. laur. et patav. T. XXVIII (722) 446; pallio donatus (731) 446. — T. XXIX (738) 54. (745) 54 — (1071) 9. — Confer. etiam *Vivulo.*
   ,,   Sidonius, Sedonius, archiep. laur. et patav. — T. XXVIII (745) 446. (754) 14.
   ,,   Antelinus, archiep. laur. T. XXVIII (756) 446.
   ,,   Anthelm, Anshelmus, episcop. patav. T. XXIX (memoratur 765) 54.
   ,,   Wisericus, Wisurihus, Wisurihhus, Wiscarius, Wiskaricus, archiep. laur. et patav. — T. XXVIII (765) 446. (774) 20. (788) 56. — T. XXIX (774) 54.
   ,,   Waldericus, Waldricus, Waldrihhus, Waltrihus, Waltherus, archiep. laur. et patav. T. XXVIII (774) 4, 11, 17, 53, 68. (775) 446. (777) 199. (788) 13, 17, 24, 44, 49, 57, 60, 65. (789) 50. (796) 59. (799) 36. (800) 10, 62, 67. (801) 45, 49. (802) 66. (803) 68. (818) 19. — T. XXIX (804) 54.
   ,,   Urolfus, Yrolfus, archiepisc. laur. et patav. T. XXVIII (805) 43, 68, 446. (806) 50. (818) 19. — T. XXIX (807) 54.
   ,,   Hatto, episc. patav. T. XXVIII (806) 53. (807) 447. (815) 42. (818) 19. — T. XXIX (817) 54.
   ,,   Baturicus, episc. patav. T. XXVIII (818) 447.
   ,,   Reginharius, Raginharius, Reinharius, Reicharius. T. XXVIII (817) 43. (818) 18, 52, 65, 447. (820) 57. (822) 29, 62. (822) 447. (834) 25. (838) 447.
   ,,   Hartwicus, Haertwicus, archiepiscopus laureacensis et patav. T. XXVIII (840) 53, 447. (847) 24. (852) 70. (837) 72. T. XXIX (866) 11, 14, 54.

Patavia, Hermenricus, Ermenricus, Ermanricus, episc. patav. T. XXVIII
(866) 34, 447. (868) 69. — T. XXIX (874) 54.

„ Wichingus, Wichine, Alamannus, archiepisc. patav. T. XXVIII
(876) 446, 447. — T. XXIX (s. anno) 54.

„ Engelmarus, archiepisc. patav. — T. XXVIII (874) 93. (878) 447.
(887) 72. — T. XXIX (897) 54.

„ Richarius, Reinharius, Rinnharius, episc. et postea archiepiscopus
patav. — T. XXVIII (898) 447. (899) 27, 33. T. XXIX (903) 9, 54.

„ Burchardus, Purchard, episc. patav. T. XXVIII (903) 204. (904) 447.
(906) 204. — T. XXIX (915) 54.

„ Gumboldus, Cumpoldus, episc. patav. — T. XXVIII (915) 447. T.
XXIX (931) 54.

„ Gerhardus, archiepisc. patav. T. XXVIII (931) 447. — T. XXIX
(946) 54.

„ Adalbertus, Adelbert, archiepisc. patav. T. XXVIII (945) 447. (985)
209. — T. XXIX (970) 9, 11, 14, 54.

„ Pilgrimus, Pergrinus, archiepisc. patav. T. XXVIII (971) 447. (983)
87, 206, 207. (985) 88. — T. XXIX (991) 54. (1088) 45.

„ Christianus, episc. patav. T. XXVIII (991) 447. (1013) 79. T. XXIX
(1012) 54.

„ Berenger, Derangerus, Beringerus, Pernger, Perngar. T. XXVIII
(1013) 76, 447. (1016) 74 — 75, 77 — 79, 90, 92. (1019) 210. (1035)
76, 81 — 82. (1057) 84. (1059) 86. (1046) 99. — T. XXIX (1045)
54.

„ Egilbert, Eigilbert, Engelbertus. T. XXVIII (1045) 211. (1046)
99, 212. (1066) 447. — T. XXIX (1045) 53. (1065) 9, 54. (1122)
17.

„ Altmann. T. XXVIII (1065) 447. (1067) 213. — T. XXIX (1065) 52
— 54, 65. (1071) 9. (1074) 14. (1088) 44. (1091) 57, 66. (1122) 17.

„ Udalricus, frater uterinus Udalschalci, fundatoris monasterii Seitenstetten. T. XXVIII (1092) 447. (1109) 218, 219. T. XXIX (1112)
261. (1116) 52. (1120) 258. (1121) 54, 57 — 59. (1122) 17. (1186)
35, 36.

„ Reginmarus, Regemar, Reimar. T. XXVIII (1121) 89 — 91. (1122)
100. (1124) 447. (1179) 123. — T. XXIX (1121) 57, 63. (1122) 16,
17. (1125) 20, 22. (1138) 54, 62. (1122) 321. (1179) 325.

„ Reinbertus, Reginbertus, Regenbert, Rimbert — de Hagenau,
filius Helenae et Reginberti. — T. XXVIII (1138) 103. (1142) 219.
(1143) 95, 104, 105, 221. (1144) 223. (1145) 107. (1147) 108, 226.
(1179) 125. — T. XXIX (1138) 28. (1140) 253, 254. (1142) 266.
(1143) 22. (1147) 39, 215. (1148) 54. (1185) 23. (1186) 35. (1179)
325. (1253) 393.

„ Conradus I., frater Heinrici Jasomirgott, Bavariae ducis. T. XXVIII
(1140) 447. (1149) 220. (1150) 228. (1155) 229, 231. (1156) 233 —
234, 355. (1157) 109. (1158) 112, 234, 260. (1159) 114, 234 — 235.
(1160) 113, 238, 240. (1163) 117, 219. (1164) 239, 243. (1173) 252.

Patavia, (1179) 123, 124. — T. XXIX (1154) 260. (1155) 30. (1162) 23. (1164)
54. (1183) 25. (1186) 36. (s. anno) 306. (1150) 322. (1164) 323.
(1179) 326. (1253) 389: (1261) 435. (1158) 437.

„ Rupertus. T. XXVIII (1159) 447. (1165) 447. (1166) 120. T. XXIX
(1165)54.

„ Albo, electus patav. T. XXVIII (1160) 447. (1165) ibid. (1167) 248.
— T. XXIX (1168) 54.

„ Heinricus, comes de Bergen. T. XXVIII (1164) 447. (1165) ibid.
(1172) 249. — T. XXIX (1171) 54.

„ Theobaldus, Deobald, Diepold, Dithbold, Dipold. — T. XXVII
(1165) 447. (1172) 174. (1173) 120, 251. (1179) 121, 123.
(1180) 96. (1182) 125. (1187) 257. (1188) 127, 259. (1209) 131.
— T. XXIX (1172) 266. (1183) 25. (1186) 35. (1190) 54, 252. (1253)
397.

„ Wolfker, Wolfgerus de Ellenbrechtskirchen. T. XXVIII (1185) 447.
(1194) 261, 349. (1200) 265. (1201) 130. (1202) 266. (1205) 267. (1204)
269. (1236) 153. — T. XXIX (1191) 227. (1200) 6. (1204) 6, 54,
270. (1200) 328.

„ Poppo. T. XXVIII (1200 — 1204) 447, 269. — T. XXIX (1205) 54.

„ Manegoldus, comes de Bergen. T. XXVIII (1201 — 1205) 447. (1202)
266. (1208) 274. (1209) 130, 131, 133, 282, 285. (1210) 134, 136, 137,
287, 288. (1211) 139. (1212) 290. (1213) 291. (1214) 292. (1222) 448.
(1228) 327. (1280) 476. — T. XXIX (1205) 54. (1209) 68. (1211)
69. (1212) 71, 177. (1215) 268. (1249) 204. (1209) 280. (1215) 332.

„ Ulricus. T. XXVIII (1213 — 1215) 447. (1216) 292, 294. (1217) 295.
(1220) 296, 297. (1222) 449. (1226) 145, 320. (1228) 327. (1232) 448.
(1280) 462. — T. XXIX (1215) 54, 227. (1218) 275. (1220) 6. (1221)
246. (1216) 333. (1217) 535. (1222) 356.

„ Gebhardus, comes de Plcien et Hardekk. T. XXVIII (1222) 175,
298, 447. (1223) 143, 300. (1224) 302, 305, 307, 331, 332. (1225) 145,
149, 150, 226, 303, 315. (1227) 271, 317, 323, 324, 333. (1228) 327,
329. (1229) 151. (1231) 334. (1232) 336, 448, 449. (1244) 303, 304.
(1280) 469, 472, 434, 493. — T. XXIX (1121) 54, 227, 283. (1224)
211. (1225) 6, 29. (1226) 73. 1227) 234. (1231) 73. (1232) 217 —
memoratur iterum (1243) 75. (1245) 212. (1251) 80. (1255) 92. (1258)
129. (1259) 139. (1261) 176. (1262) 183. — (1222) 336, 338. (1223)
340. (1227) 341. (1229) 346. (1230) 351.

„ Rudegerus, Rugerus — de Radeck. T. XXVIII (1225 — 1232) 447.
(1235) 337. (1236) 153. (1237) 338. (1240) 340. (1241) 154, 341, 343.
(1242) 345, 348. (1243) 350. (1244) 303, 306, 351, 352. — (1250)
194, 370. (1259) 486. (1265) 391. (1280) 462, 463, 481, 483. — T.
XXIX (1232) 54, 227. (1235) 74. (1238) 6, 7, 27, 29. (1242) 75. (1245)
212. (1248) 76 — 78. (1249) 204 — 205, 222, 223. (1250) 79. (1255)
89, 90, 97. (1256) 160, 240. (1257) 108, 113. (1258) 114. (1260) 161,
166, 313, 233. (1261) 31. (1263) 194. (1236) 286. (1237) 287. (1238)
288. (1244) 290, 291. (1237) 353. 1239) 354. (1240) 355. (1242) 356,

Passavia, 358. (1243) 359. (1244) 360. (1247) 362, 363. (1248) 364. (1249) 366, 367. (1250) 369, 373. — Exepiscopus (1252) 375. (1254) 403, 406, 407, 408, 410. (1281) 535.

    „   Conradus ex stirpe regia Poloniae. T. XXVIII (1250) 448. T. XXIX (1253) 398.

    „   Pertholdus, Bertholdus (comes de Pittengau et Sigmaringen) — T. XXVIII (1250) 194. (1251) 372, 373, 448. (1253) 565, 374. (1277) 410. (1290) 474. — T. XXIX (1249) 54. (1251) 80, 83. (1254) 220, 222, 234. (1255) 89, 237. (1256) 240 — 242. (1257) 108. (1258) 114, 122. (1260) 166, 167. (1262) 183. (1251) 375. (1252) 375. (1254) 403, 407, 408. (1262) 441, 445. (1267) 469, 481. (1274) 515.

    „   Otto — de Lonstorf. T. XXVIII (1254) 194, 448. (1256) 379, 510. (1259) 486. (1262) 383, 384. (1263) 387. (1264) 388, 390. (1280) 466, 476. (1284) 418. — T. XXIX (1254) 5 — 7, 54, 66, 81, 82, 84, 203, 220, 228, 232, 234, 235. (1255) 67, 87 — 91, 93 — 97. (1256) 97, 99 — 102, 104 — 106, 160, 205, 207, 224, 225, 240, 242. (1257) 107 — 110, 112 — 114, 242, 243, 248. (1258) 99, 114 — 118, 120 — 122, 124, 125, 127, 129, 213, 226, 244. (1259) 130, 132, 134 — 136, 138, 139, 141 — 145, 226. (1260) 146, 150, 152 — 155, 158, 161 — 163, 166, 167, 213, 223, 233, 234, 245, 247. (1261) 50, 149, 174 — 179. (1262) 180 — 184, 187, 190. (1263) 191 — 195. (1264) 196, 197, 245. (1258) 292. (1253) 382, 396. (1265) 411. (1256) 412. (1257) 413, 418. (1258) 416, 418, 419, 420, 421, 425, 425, 426. (1260) 428, 429. (1261) 430, 432. (1262) 443, 446, 447. (1265) 450, 451, 452. (1264) 455, 456, 457, 458. (1265) 461. (1267) 481. (1268) 484, 486. (1269) 490, 493, 494.

    „   Wladislaus ex stirpe ducum Silesiae. T. XXVIII (1265) 194.

    „   Petrus. T. XXVIII (1265) 194. (1266) 448. (1267) 395. (1272) 396, 397. (1276) 400, 405. (1277) 406, 407, 409. (1279) 413, 414. (1280) 414. (1280) 415, 466. — T. XXIX (1265) 54. (1273) 226. (1253) 398. (1266) 464. (1267) 467, 471, 575, 476, 481. (1268) 483. (1269) 492, 494. (1270) 495. (1270) 498, 499, 500. (1272) 503. (1274) 509, 510, 515. (1276) 520. (1277) 521, 522. (1278) 528, 529, 530. (1280) 534; quondam episcopus (1289) 568. (1295) 585.

    „   Wichardus, Weicard v. Polheim. T. XXVIII (1280) 448. — T. XXIX (1280 — 1282) 54. (1281) 535, 536, 538, 539, 540 — 542. (1282) 544. (1283) 548. (1284) 574.

    „   Gotfridus. T. XXVIII (1283) 448. (1284) 417. — T. XXIX (1282 — 1285) 54. (1283) 548. (1284) 553, 554. (1288) 554.

    „   Wernhard, Wernher et Bernhard — de Prambach. — T. XXVIII (1285) 399, 448. (1288) 420. (1297) 421. (1298) 422, 426. (1300) 511. (1432) 524, 526. (1443) 532. — T. XXIX (1285 — 1314) 54. (1288) 295. (1296) 297. (1302) 298. (1303) 300. (1306) 301. (1310) 302. (1285) 556. (1286) 557, 558, 560, 562. (1288) 563 — 567. (1289) 569 — 571. (1290) 572, 574. (1291) 575, 576. (1292) 577, 579. (1294) 582. (1295) 584, 586. (1296) 587, 589. (1297) 590, 591. (1299) 594. — T. XXX

Patavia, (1300) 3. (1300 — 1302) 5. (1302) 6, 11, 13. (1303) 14, 17, 19. (1304) 22. (1305) 25. (1306) 29 — 32. (1308) 38. (1309) 40. (1310) 46. (1311) 53, 55, 57, 58 — 60. (1312) 61. (1313) 72, 64, 65.

,, Albertus, e stirpe ducum Saxoniae. T. XXVIII (1322) 448. (1323) 429, 430. (1331) 432. — T. XXIX (1325) 302. (1328) 305. — T. XXX (1320) 90. 91. (1321) 92. (1323) 97, 99. 101, 102, 107. (1324) 108 — 114. (1325) 114. (1327) 125 — 127. (1329) 131. (1350) 135, 136. (1336) 152, 153, 155 — 158. (1337) 159. (1358) 163, 164. (1341) 167, 168, 169, 170, 171. (1342) 172. (1346) 221.

,, Gotfridus de Weisseneck. T. XXVIII (1300) 448. — T. XXIX (1345) 305. — T. XXX (1345) 195. (1346) 188, 189. (1347) 191, 192. (1348) 193, 195. (1349) 196, 198, 199. (1350) 200. (1352) 204, 205, 206. (1353) 207. (1354) 209, 210 — 212, 214, 216, 217. (1356) 219 — 222. (1357) 224, 226 — 228, 230 — 234. (1258) 235, 236. (1359) 238 — 240, 242, 243, 247, 248. (1360) 249. (1361) 250. (1362) 251, 252. (1363) 253; — memoratur (1390(397. (1397) 469. — T. XXXI (1360) — memoratur 1419) 167. (1457) 312. (1470) 510, 511.

,, Albertus de Winkel. T. XXVIII (1363) 448. (1367) 437 — 439. (1368) 515. — T. XXX (1365) 260. (1366) 262, 263, 266, 267, 271. (1367) 276 — 279. (1369) 281, 282, 286, 287, 289, 290. (1370) 292. (1371) 297 — 299. (1372) 300, 302. (1373) 304, 305, 307. ((1374) 311, 312. (1375) 317. (1376) 320, 321, 323. (1377) 327, 328. (1378) 331 — 333. (1379) 337. (1380) 338, 341. — Memoratur (1381) 356. (1383) 362, 364. (1389) 392. (1390) 397. (1397) 467. — T. XXXI (1402) 19. (1437) 311, 312.

,, Johannes v. Schaerfenberg sive Scheftenberg. — T. XXVIII (1383) 440, 448. — T. XXX (1381) 347 — 352, 354, 356 — 358. (1383) 365, 367. (1385) 370. (1386) 376, 377. — Memoratur (1389) 389, 392. (1390) 398. (1397) 467.

,, Georgius de Hohenlohe. T. XXVIII (1395) 441. (1420) 448. T. XXX (1389) 389, 394 — 396. (1390) 397, 398, 401 — 408. (1391) 408, 411, 412, 413. (1393) 425, 426 — 430. (1394) 433 — 438, 440 — 443. (1395) 444, 445. (1396) 448, 449, 451, 453 — 456. (1397) 456 — 461, 465 — 467. (1398) 470, 473, 474, 476, 479 — 482, 484, 486. (1399) 490 — 493. — T. XXXI (1400) 1, 2. (1401) 3, 5, 8 — 10, 14, 15, 16, 17. (1402) 17 — 25, 26 — 28. (1404) 29, 31, 34, 35, 66, 48, 49. (1405) 53, 55 — 59. (1406) 61, 62, 66, 67. (1407) 69, 71 — 74. (1408) 76, 77. — Kanzler v. Oesterreich (1409) 81, 83. (1410) 89, 91. (1411) 93, 94, 95, 97, 99, 101, 104, 105. (1412) 107, 110 — 112. (1413) 115, 116, 118, 119, 120 — 122. (1414) 124. (1415) 130, 134. (1416) 142. (1417) 144. (1418) 153. (1419) 162. (1420) 169, 170. (1421) 171. — (1421) 173, 174, 176, 178. Memoratur (1423) 179. (1424) 181, 195. (1426) 205. (1430) 223. (1437) 312, 314. (1468) 496, 499.

,, Herrmann, electus. T. XXX (1388) 378.

,, . Rupertus e stirpe ducum Montium, electus padeburnensis et pata-

Patavia,   viensis. T. **XXX** (1389) 391, 395. (1390) 405, 406. (1391) 411. (1393) 429.

„   Leonhardus de Layming. T. **XXVIII** (1424) 441. (1426) 521. (1429) 451. (1430) 452. (1432) 452, 453, 522. (1434) 442. (1443) 529. — T. **XXXI** (1424) 181, 185, 188, 189, 194. (1425) 197, 198 — 201, 203. (1426) 205. (1428) 2 0, 214. (1429) 215, 219 — 221. (1430) 223. (1431) 226. (1433) 233, 234, 236. (1434) 240, 241, 243, 244, 246, 248, 251 — 254. (1435) 257 — 263, 266, 271, 278, 282, 287, 292, 296, 298, 300. (1436) 303, 304, 306. (1437) 310, 311, 315 — 318, 321. (1438) 323, 326, 330, 331, 333. (1439) 340, 343, 345, 346. (1442) 348, 349. (1443) 356, 357. (1445) 363, 364. (1446) 369. (1447) 374, 387, 390, 392. (1448) 394, 405. (1449) 406, 407, 410, 411, 413. (1450) 414, 417, 418; memoratur (1452) 424. (1453) 427. (1454) 431, 434, 436, 457, 438. (1455) 439. (1459) 467. (1462) 486. (1495) 696.

„   Ulricus de Nusdorf. — T. **XXVIII** (1455) 455. — T. **XXXI** (1451) 422, 423. (1452) 424. (1453) 426 — 428. (1454) 431 — 434, 436; fuit praepositus frisingensis 437 — 438. (1455) 439. — Kanzler des Hoeings v. Ungarn und Boehmen. (1455) 440. (1456) 443, 445 — 449, 451, 452, 454. (1457) 455 — 461. — Wird bayerischer Rath (1458) 461, 464. (1459) 466 — 468, 470, 471. (1460) 477, 482. (1461) 485. (1462) 486, 487. (1463) 489. (1464) 490, 491. — Roemischer Kanzler. (1465) 393 — 496, 498, 499 — 501, 503, 504. (1467) 506, 507, 509. (1470) 510. (1471) 513. (1472) 516. (1473) 518, 520, 525. (1477) 531 — 536. (1477) 542. (1478) 549, 550; memoratur (1479) 554, 557. (1481) 580, 581, 583. (1489) 646. (1490) 650. (1491) 660.

„   Georgius Haesler, presbyter Cardinalis contra Fridericum a sede apostolica nominatus. T. **XXXI** (1479) 557 — 565. (1480) 573 — 575. (1481) 577, 578, 580, 581, 583, 584, 586, 588, 592 — 595, 597 — 599. (1482) 603. — Memoratur 606. (1486) 616, 617.

„   Fridericus Mauerkircher. T. **XXXI** (1479) 555, 556 — 562. (1480) 573 — 576. (1481) 577 — 581, 583, 586 — 588, 602. Confirmatur (1482) 605 — Memoratur (1491) 654.

„   Fridericus e comitibus ab Oettingen. T. **XXXI** (1486) 614. (1487) 620, 626 — 630, 635. (1488) 635. (1489) 638, 640, 644 — 646. (1490) 647, 648. (1493) 665.

„   Christophorus. T. **XXXI** (1490) 649, 650, 652. (1491) 654, 655 — 660. (1492) 661. (1493) 663, 664, 666 — 668. (1494) 672, 673, 676 — 680. — Kaiserlicher Rath (1494) 681 — 686, 689 — 693. (1495) 695 — 697. (1496) 699, 700. (1497) 701 — 704. (1499) 708.

„   Wiguleus de Froeschl. T. **XXIX** (1508) 378.

Pauken, Ratzko Warleich von der — T. **XXXI** (1479) 567.

Paulinus, episcopus et scriptor. T. **XXVIII** (1254) 485.

Paulsdorffer zu der Kürn, Hans — Rath des Herzogs Ludwig des jüngern von Bayern Ingolstadt. — T. **XXXI** (1435) 263, 266, 270, 278, 287, 296, 300.

„   Paulus, Chorherr und Kellner zu Passau. T. **XXX** (1376) 519.

Paulus, Dompropst zu Passau. T. XXXI (1431) 226. (1433) 227.
,,   episcopus frisingensis. T. XXX (1366) 269. — T. XXXI 1360 — memoratur 1419) 167.
,,   episcopus praenestinus. T. XXIX (1186) 38.
,,   frater ordinis Minorum, episcopus tripolitanus et nuntius apostolicus. T. XXIX (1291) 534.
,,   papa II. T. XXXI (1467) 507; — memoratur (1486) 614. (1489) 643.
Paumgarten conf. *Baumgarten.*
Paumgartenperg, Paumgartenperger, N. — collator parochiae in WAydendorf. T. XXVIII (saec. 15) 492, 494.
Paumlingen conf. *Pomlingen.*
Pauscho. T. XXIX (s. anno) 229.
Pawlin, Jorgin — Hintersasse. T. XXX (1391) 414.
Pazrich, test. T. XXVIII (906) 204.
Pechar, Berthold, test. T. XXVIII (1280) 192, 460.
Pecka, Ulricus de — ibid. (1216) 14.
Pekaimstorf, Ulricus de — T. XXIX (1248) 76.
Pehela, mancipium. T. XXIX (1165) 256.
Peilenstein, Heinricus de — T. XXIX (s. anno) 272.
Peilstein, Bilesteine, Beilstein, comites de — Fridericus. T. XXIX (1088) 46.
,,   Chunradus. T. XXVIII (1149) 220 — T. XXIX (1121) 64. (1138) 62. (1147) 41, 43, 215; — et Jueta ibid. 215.
,,   Chunradus. T. XXVIII (1157) 11L (1160) 241. (1173) 252. (1186) 256. (1188) 423. — T. XXIX (1154) 260. (1186) 35.
,,   Sigefridus. T. XXVIII (1160) 241.
,,   Fridericus. T. XXVIII (1210 137, 288.
,,   Conradus. T. XXVIII (1280) 474.
Pelchinger, Vincenz. T. XXXI (1491) 661. — Stadtrichter zu Passau. (1492) 661, 662. (1497) 704.
Pelhaimer, Pelheimer, Heinricus, plebanus ecclesiae S. Jodoci in Landshut. T. XXX (1380) 342.
,,   Georg. T. XXXI (1495) 695. (1497) 703.
Pellendorf, Pellendorfer, Georg von — T. XXXI (1448) 405. (1488) 463 — 455.
,,   Elsbeth, dessen Hausfrau loc. cit. 463 — 466.
Penchousen, Rudeger de — T. XXVIII (1280) 463.
Pennafort, Raymundus de — T. XXIX (1254) 81.
Penno, mancipium. T. XXIX (1065) 52.
,,   testis. ibid. (1120) 253. (1165) 257.
Pentaerius possessor praedii ad Schachen pertinens. T. XXVIII (1280) 480.
Penzing, Hermannus, Ulricus et Waltherus de — T. XXIX (1267) 467.
Penzinger, Hans — Bürger zu Passau. T. XXXI (1483) 610.
Penzo, test. T. XXIX (1097) 56.
,,   test. ibid. (1149) 259. (1153) 261, 263.
Per, Fridericus. T. XXIX (1263) 586.

Peraga, Rudegerus de — T. XXVIII (1109) 23.
Perchart, Perchart, test. T. XXIX (1097) 55. (1103) 64. — Conf. etiam *Pernhart* et *Bernhardus*.
Peraman. T. XXVIII (985) 207.
Perchaim, Perchheim, Rudegerus de — T. XXVIII (1143) 107.
     „   Megenhardus. T. XXIX (1149) 259.
     „   Heinricus de — ibid. (1260) 243.
     „   Ulricus — T. XXVIII (1280) 456.
     „   Gebno. — T. XXIX (s. anno) 272.
Perchtesheimer, Perihtersheimer N. T. XXIX (1254) 247.
Perchtoldsdorf conf. *Berchtolstorf*.
Perckhaimer, Perkhaymer, Erhart der — T. XXX (1389) 387.
     „   Wolfgang, Beisitzer der Landschranne zu Strasheim. T. XXX (1427) 209.
     „   Georg der — T. XXXI (1459) 467.
Perendorf conf. *Berendorf* et *Perndorf*.
Perg, Perig, Sighart ab dem — T. XXX (1339) 166, 167.
     „   Rüger, dessen Druder loc. cit. (1357) 230. (1361) 250.
Perge, Pergen conf. *Berg*.
Perger, Ott. T. XXXI (1400) 1.
     „   Jobst, Beisitzer der Landschranne zu Strasheim. T. XXXI (1417) 209.
     „   Wolfgang, Gerichtsbeisitzer. T. XXXI (1450) 421.
Pergowe, Conradus de — T. XXIX (1259) 134.
Perhardus, ministerialis pataviensis. T. XXVIII (1157) 111.
Perkhari, presbyter cum nepotibus suis Werdhari et Walto. T. XXVIII (738) 56.
Perhta conf. *Perta* et *Bertha*.
Perhtolt conf. *Perthold*.
Peringer, Sifridus, civis patav. T. XXVIII (1298) 423.
     „   testis. T. XXIX (1104) 63.
     „   conf. etiam *Pernger*.
Perlebin, N. Bürgerin zu Wien. T. XXX (1309) 42.
Perleinsreut, Hainricus de — T. XXIX (1254) 236.
Perlengrate, Gerburg de — ibid. (s. anno) 273.
Perluph, pistor. T. XXIX (1165) 255.
Permann, test. T. XXIX (1146) 69.
     „   Hans, Hintersasse zu Gompendorf. T. XXXI (1412) 108.
Permitzlinus de Welsa. T. XXIX (1254) 83.
Pern conf. *Pero*.
Pernbech, Pernpeckh, Pernpeck, Valentinus — decanus pataviensis. T. XXXI (1477) 531. (1481) 530, 531, 597. (1483) 610, 611.
     „   Georg. T. XXXI (1495) 698.
     „   Georg, dessen Sohn loc. cit.
Perndorf, Chunradus de — T. XXVIII (1220) 297. (1244) 352.
     „   Reinoldus v. — T. XXX (1306) 29.

Perndorf, conf. etiam *Berendorf*.
Pernecke, *Perneck*, *Pernhec*, N. comes de — T. XXIX (s. anno) 917.
   „   Ulrich, Sohn des Ekkeprechts. T. XXIX (s. anno) 314.
   „   Johannes de — canonicus pataviensis. T. XXX (1383) 363.
   „   conf. etiam *Berneck.*
Perager conf. etiam *Peringer*, — comes in Ylsken. T. XXVIII (1220) 293.
   „   feudatarius patav. T. XXVIII (1280) 473.
   „   decanus in Ardakker. T. XXVIII (1209) 131.
   „   plebanus in Drozendorf. T. XXVIII (1228) 828, 380. T. XXIX (1230) 352.
   „   test. T. XXIX (1220) 280.
Pernhardus, *Pernhart* conf etiam *Bernhardus.*
   „   de Patavia. T. XXVIII (1280) 474.
   „   possessor curtis. T. XXVIII (1280) 467.
   „   soniarius. T. XXIX (1190) 261.
   „   mancipium. T. XXIX (1097) 56.
   „   mancipium Pilgrimi ibid. (1124) 61.
   „   ibid. (1165) 257.
Pernherus juxta Zimbern. T. XXIX (s. anno) 913.
Pernick, Ulricus de — T. XXIX (1147) 43.
Pernold, *Pernolt* conf. etiam *Bernold*.
   „   clericus Viennae. T. XXIX (1229) 350.
   „   de S. Ypolito, test. T. XXVIII (1144) 224. (1155) 232.
   „   test. T. XXIX (1104) 61. (1130) 262.
   „   test. T. XXVIII (1173) 252.
Pernreck, Hartmod de — T. XXIX (1125) 21.
Pernstein, Pillunch de — T. XXIX (1192) 48.
   „   Albertus de — T. XXVIII (1224) 302. (1227) 325. — T. XXIX (1258) 244. (1260) 234. (1227) 285.
   „   Richker. T. XXVIII (1251). — T. XXIX (1258) 244. (1260) 234. (1251) 375.
Pernum, test. T. XXVIII (923) 203.
Pero, *Pern*, ex familia ecclesiae patav. T. XXIX (1149) 958, 959, 961.
   „   Propst v. S. Georgenberg. T. XXIX (1296) 588.
   „   testis. T. XXVIII (812) 15, 28.
   „   test. ibid. (1035) 82. (1046) 212.
   „   test. ibid. (1109) 213.
   „   test. T. XXIX (1220) 251.
   „   thelonearius pataviensis. T. XXIX (1125) 258, 959, 264.
Perri, test. T. XXVIII (795) 16.
Persius, poeta. T. XXVIII (1254) 485.
Persmicke, *Perzimicke*, Hartmud de — T. XXIX (1116) 34. (1140) 253.
Perta, *Perkta*, *Pertha* conf. etiam *Bertha*.
   „   cum liberis ejus Benedicta, Juditha, Mathild, Sigebot, Pertolt et Arnolt. T. XXIX (1133) 253.

Perta etc. Gertrud' et Herrand ex Wihenflorian, censuales patavienses. T. XXIX (1220) 250.

„ mancipium. T. XXIX (1140) 258.

„ matrona nobilis. T. XXIX (1172) 263.

Pertholdus, Pertolt, l'erhtold conf. etiam *Bertholdus.*

„ campanarius monast. patav. T. XXIX (1166) 256, 257.

„ canonicus ratisponensis. T. XXVIII (1150) 419, 420.

„ censualis in Owe. T. XXVIII (1280) 430.

„ faber. T. XXIX (s. anno) 229.

„ feudatarius pataviensis. T. XXVIII (1280) 473.

„ filius Perthae. T. XXIX (1153) 263.

„ frater Geroldi. T. XXVIII (1143) 104, 105.

„ in Insula. T. XXVIII (1253) 366.

„ in monte sancto. ibid. (1280) 477.

„ mancipium. T. XXIX (1140) 258.

„ ministerialis patav. — T. XXVIII (1437) 103. (1191) 91.

„ praepositus S. Ypoliti ac capellanus episcopi patav. T. XXVIII (1137) 103.

„ presbyter ac capellanus episcopi patav. T. XXVIII (1194) 263, 264.

„ subdiaconus. T. XXIX (1267) 467.

„ testis. T. XXVIII (933) 87. (985) 209.

„ testis. T. XXIX (1158) 261.

„ textor in Mutarn. T. XXVIII (1280) 474.

Pertzhaimer, Albero der — Ritter. T. XXX (1356) 219.

Perwort, Otto de — T. XXIX (1270) 498.

Peschinge, Paeschinge, Paschingen, Fridericus de — ministerialis pataviensis. T. XXVIII (1227) 324. (1228) 328, 330. (1239) 837, 449.

Petenbach, Pettempach, Heinricus de — canonicus et archidiaconus pataviensis. T. XXVIII (1216) 293. — T. XXIX (1212) 72. (1216) 334.

Petersheimer, Ulrich der — T. XXX (1300) 2.

„ Gilg der — passauischer Pfleger zum Rennarigel. T. XXXI (1421) 176.

Peto, diaconus et notarius. T. XXVIII (748) 9.

Petrissa donatrix. T. XXIX (1195) 214.

Petronella - Sancta, Albertus de — T. XXIX (1270) 496.

„ Heinricus — magister et canonicus patav. T. XXIX (1270) 498, 502.

Petrus, cantor parisiensis. T. XXVIII (1254) 486.

„ capuanus. T. XXVIII (1254) 485.

„ cardinalis presbyter tit. S. Susannae. T. XXVIII (1179) 124.

„ cardinalis presbyter tit. S. Siclarin. T. XXIX (1186) 38.

„ cardinalis diaconus tit. S. Nicolai in carcere. T. XXIX (1186) 38.

„ cardinalis presbyter tit. S. Sabinae. T. XXIX (1179) 327.

„ Cardinal-Bischof v. Augsburg. T. XXXI (1460) 482.

„ civis in Klosterneuburg. T. XXX (1337) 159.

„ commestor. T. XXVIII (1254) 486.

Petrus, episcopus albanensis et legatus apostolicus. T. XXIX (1280) 372.
,, episcopus lavantinus. T. XXVIII (1364) 434 — T. XXXI (1360 — memoratur 1419) 167.
,, episcopus vulteranensis et nuntius apostolicus. T. XXX (1363) 254.
,, Kaemmerer des Bischofs Bernhard von Passau. T. XXX (1313) 63. legatus apostolicus, magister Ordinis Misericordiae. T. XXVIII (1256) 380. — T. XXIX (1256) 241.
,, presbyter. T. XXIX (1267) 467.
,, prior de Ameliano, dioeces. Ruthenensis. T. XXX (1366) 274.
,, abbas in Engelzell. T. XXX (1396) 447.
,, abbas in Fürstenzell. T. XXX (1319) 87.
Pettau, Petovia, Pettovia, Hertnidus de — T. XXXI (1360 — memoratur 1419) 167.
,, Fridericus de — marscalchus. ibid. 167.
Petz, Wilhelm, Schwager des Johannes Schrenk. T. XXXI (1494) 687.
Peuerbach, Cunradus de — T. XXIX (1264) 458. Conf. etiam *Piurbach*.
,, Chunegundis, uxor ejus loc. cit.
Peuntner zu Eberswang, Ulrich — Burghüter zu Schaerding. T. XXXI (1424) 185.
Peutelspach, Conradus de — T. XXIX (s. anno) 272.
Pregel, Lienhart sive Leonhard, Mautner zu Neuburg am Inn. T. XXXI (1414) 129.
,, Mautner zu Passau; ibid. (1431) 226.
Peza, mancipium. T. XXIX (1130) 262.
Peteleub, test. T. XXIX (1220) 251.
Pezih, test. ibid. (1130) 263.
Petihaus, inbeneficiatus ad Steina. T. XXIX (1065) 52.
Pezimannus, praepositus S. Michaelis. ibid. (1121) 58.
Pezo, test. T. XXVIII (983) 207.
,, test. T. XXIX (1130) 262.
Pezzechoven, Petzenhofen, Gelpherad et filius Conradus de — T. XXIX (1290) 392.
Pfalz-Pfalzgrafen conf. *Palatinatus.*
Pfannberg, Pfanberch, Phanberg, comites de — Heinricus. T. XXVIII (1277) 407. — T. XXIX (1277) 621.
,, Ulricus — Marschall in Oesterreich und Hauptmann in Kaernthen. T. XXX (1352) 204. 205.
,, N. — T. XXX (1354) 216.
,, Johannes. T. XXXI (1360 — memoratur 1419) 167.
Pfautschuster, Jacob der — Bürger zu Crems. T. XXX (1330) 137.
Pfarrkirchen, Pharrechirchen, Trouta de — tradit se ipsam censualem. T. XXIX (s. anno) 271.
,, Albero de — vicedominus circa etiam. T. XXX (1309) 40.
,, Albero, filius ejus loc. cit.
Pföling, Pholing, Pheling, Heinricus de — T. XXVIII (1227) 274. (1263) 386. — T. XXIX (1262) 185. (1247) 364. (1255) 411. (1262) 449. (1292) 578

Pfoling etc. N. Pholingarios. T. XXIX (s. anno) 219.
Ph. abbas Scotorum Viennae. T. XXIX (1260) 161. (1261) 432.
Phaffendorf, Albero de — T. XXIX (1204) 269.
Phaffstetten, Phafsteten, Heinricus de — T. XXIX (1149) 260.
  „   Adelbertus — ministerialis patavinsis. T. XXVIII (1157) 111. T. XXIX (1160) 323.
  „   Albertus. T. XXIX (1180) 278.
Pharao, rex. T. XXXI (1418) 155.
Phaphinger, Pfaffinger, Heinricus, capellanus. T. XXVIII (1258) 124.
Philippus, abbas Scotorum vionnensium. T. XXIX (1258) 422, 423. (1261) 438. (1263) 450...
  „   Caesar Romanorum cum filio Philippo memoratur. T. XXVIII (1432) 444 — 446.
  „   electus salisburgensis. T. XXIX (1254) 66. (1262) 187. (1254) 408.
  „   frater cysterciensis. T. XXIX (1266) 462. (1267) 467.
  „   monachus neoborgensis et rector ecclesiae S. Martini. T. XXX (1323) 106.
  „   Pfarrer zu Schwabdorf. T. XXXI (1458) 464.
Phlueg, Dietrich in dem — Bürger zu Passau. T. XXX (1360) 209.
  „   Katharina, dessen Hausfrau loc. cit.
Phnurro, Fridericus. T. XXVIII (1280) 430.
  „   Otto ibid. 458.
Pholsowe, Ribimann et Hizziwib de — cum filiis Liutfrit, Dieszemann, Luzeman, Enzwib et Enzi. T. XXIX (1180) 263.
Pholsu, Huch de — T. XXIX (1150) 262.
Phrosdorf, N. dom. de — ibid. (1254) 81.
Physso conf. *Japan*.
Piber, Pibero, Pibro. — Arnoldus — canonicus patov. T. XXVIII (1191) 263. (1202) 266. (1253) 378. — T. XXIX (1250) 79.
  „   Sigehardus. T. XXVIII (1217) 296. (1251) 372. (1256) 391. T. XXIX (1256) 105, 206. (1257) 107. (1257) 414.
  „   R. — T. XXIX (1291) 543. — Rüger. (1285) 555.
  „   Heinricus. T. XXVIII (1241) 542. — T. XXIX (1250) 79.
  „   Ortolf. T. XXX (1354) 218. — Conf. etiam *Bibero*.
Piberpach, Irnfried de — T. XXIX (1200) 279. — Conf. etiam *Piererbach*.
Pibanph, Fridericus de — T. XXVIII (1188) 260.
Piccolomimibus, P. de — ex cancellaria papali. T. XXXI (1490) 680.
Pienzenau, Pienzenauer, Hans — herz. bayer. Rath. T. XXXI (1434) 248.
  „   Ott und Georg. T. XXVIII (1456) 455.
  „   Fridrich. T. XXXI (1453) 426, 427.
  „   Wolfgang, dessen Bruder loc. cit.
Pila, Rokke et filius ejus Albero de — T. XXIX (1147) 215.
  „   Heitfolc de — ibid. (s. anno) 273.
Pilach, Werobart von der. — T. XXX (1311) 58.
Pilgrimus, Pilgrim, abbas glunicensis. T. XXIX (1220) 49.

Pilgrimus etc. calcifex, filius Alberonis. T. XXIX (s. anno) 231, 232.
  „   canonicus pataviensis. T. XXVIII (1147) 228. (1160) 116. (1163) 119. (1164) 240. (1167) 249. (1172) 250. — T. XXIX (1164) 324.
  „   comes in Atergouve. T. XXVIII (1035) 81.
  „   donator et filius ejus Chunrad. T. XXIX (1095) 64.
  „   donator ibid. (1121) 61. (1144) 61.
  „   Erzbischof v. Salzburg. T. XXX (1381) 347, 349.
  „   feudatarius pataviensis. T. XXVIII (1280) 455.
  „   filius Ekkehardi. T. XXIX (1140) 254.
  „   filius Paltrami. T. XXIX (1293) 580.
  „   Hülfspriester zu Wachrain. T. XXX (1317) 78. (1319) 87.
  „   miles pataviensis. T. XXVIII (1045) 211. (1046) 212.
  „   ministerialis marchionis de Vohburg, pater Liutwini. T. XXIX (1146) 55.
  „   ministerialis comitis Hallensis. T. XXVIII (1158) 113.
  „   ministerialis pataviensis. T. XXIX (1153) 261.
  „   plebanus de Albcahtesberge. T. XXVIII (1194) 263.
  „   provisor pauperum in S. Egidio Pataviae. T. XXVIII (1224 — 1230) 354.
  „   patriarcha aquilejensis. T. XXVIII (1156) 355.
  „   sagittarius. T. XXIX (1256) 289.
  „   der Schenk. T. XXIX (1303) 300. (1286) 559. (1290) 573. (1291) 576. (1295) 584. (1297) 590. (1299) 595. — T. XXX (1302) 7.
  „   subdiaconus. T. XXIX (1229) 346.
  „   testis. T. XXVIII (1015) 90. (1035) 82. (1037) 84.
  „   testis. T. XXIX (1086) 55. (1102) 56.
Pilhtorf, Pilichdorf, Pilchtorf, Pytichdorf, Pilhiltorf, Pikiltorf. — Conf. etiam *Watenstein.*
  „   Sifridus ministerialis pataviensis. T. XXVIII (1209) 131.
  „   Ulricus, dapifer Austriae. T. XXVIII (1277) 415. T. XXIX (1269) 134. (1270) 495, 497. (1293) 580.
  „   Conradus et Jacobus, dicti de Watenstein, filii Ulrici de — loc. cit. 580.
  „   Marquardus. T. XXIX (1260) 214.
  „   Conradus, frater Ulrici. T. XXIX (1270) 495. (1281) 535. (1291) 576. (1292) 573.
  „   Hutstoch de — T. XXVIII (1280) 477, 479.
  „   N. Pilhstorferius. T. XXIX (1269) 494.
  „   N. N. fratres de — T. XXIX (1278) 531.
  „   Dietrich, Marschall in Oesterreich. T. XXX (1304) 24.
  „   Ulrich und Otto, dessen Brüder. loc. cit.
Pillung, Pillunch, filius Oulrici, servi Engelberti marchionis. T. XXIX (1150) 258.
  „   testis. T. XXIX (1097) 56.
Pinguis, Pingwis, Pigwis. Ulricus — dictus Praeter, civis patav. T. XXIX (1288) 296.

Pinguis etc. Sifridus, judex civitatis pataviensis. T. **XXX** (1319) 89.

    „ Conf. etiam *Vuist.*

Pinpkingen, N. T. **XXIX** (1209) 280.

Pinter, Mertel — sesshaft zu Alkhofen. T. **XXXI** (1427) 207.

    „ Paul — hinter der Prisilig zu Passau. T. **XXVIII** (1425) 450.

Pinzheim, *Pinzhaim*, Heinricus et filii ejus Pilgrim, Röger, et Sighard, in Eholving. T. **XXVIII** (1280) 463.

Pipenab, Fridericus — test. T. **XXVIII** (1188) 128.

Pippi, test. ibid. (788) 19.

Pirbaum, *Pirboum*, Heilwig de — T. **XXIX** (1186) 35.

    „ Rudolphus de — T. **XXIX** (1283) 552.

    „ Ratoldus de — T. **XXX** (1302) 10.

    „ Albinus de — loc. cit.

    „ Ruemhart von — T. **XXX** (1319) 37. (1328) 132.

    „ Ruprecht et Elbein de — loc. cit.

    „ Gerung — Arzt des Herzogs Rudolph v. Oesterreich. T. **XXX** (1359) 244.

    „ Sigbart, dessen Bruder loc. cit.

Pirchach, *Pirchech*, Christianus de — T. **XXX** (1304) 20.

    „ Heinricus de — ibid.

Pirchartsdorffer, Gotschalk — Hintersasse zu Gumpendorf. T. **XXXI** (1412) 109.

Pircke, *Pirchne* — Ulricus de — T. **XXVIII** (1280) 180, 471.

    „ Marquardus — ibid. 469.

Pirchenwang, *Pirchenwanc*, Heinricus de — T. **XXIX** (1172) 267.

Pirckinger, Berthold der edle — Richter im Donauthal. T. **XXXI** (1427) 207.

Piria, mancipium. T. **XXIX** (1140) 253.

Pirndorf, Reinaldus de — T. **XXX** (1302) 7.

Piscator, Eberhard et frater ejus Conrad. T. **XXVIII** (1188) 128.

Piscia, Balthasar de — subdiaconus apostolicus, nuntius et orator. T. **XXXI** (1477) 544.

Pislatter N. de Mutarn. T. **XXVIII** (1280) 474.

Pistor, Nicolaus, presbyter misnensis. T. **XXXI** (1412) 114.

Pistorio, Johannes de — decanus trajectensis. T. **XXX** (1348) 193, 194.

Pitolfus N. — T. **XXIX** (1270) 502.

Pitrolfus, Kanzler des Gegenkoenigs Fridrich des Schoenen von Oesterreich. T. **XXX** (1329) 134.

    „ officialis patavionsis. T. **XXX** (1348) 193.

Piugen conf. *Burige.*

Pivraere, Conradus. T. **XXVIII** (1224) 303.

Piurbach conf. etiam *Peuerbach.*

    „ Wernherus de — T. **XXIX** (1130) 266.

    „ Adelpurc, Heinricus et Gerbirg ibid. (1220) 250.

Pius, papa II. T. **XXXI** (1459) 472; memoratur (1467) 507. (1486) 614.

Piwerbach, Poewerbach, Conradus de — T. XXVIII (1242) 346. (1243) 350. (1250) 371.
„		Conf. etiam *Piberpack.*
Pirb, testis. T. XXIX (1430) 262.
Pladegk, Pladegke, Conrad — Meister, Secretaer des Dischofs Leonhard v. Passau. T. XXXI (1434) 246.
„		Conf. etiam *Bladeck.*
Plaenich, Heinricus de — T. XXIX (1270) 496.
Plaewinike, Heinricus de — T. XXIX (1160) 242.
Plaigin, Sigeb. de — T. XXIX (1140) 253.
Plancche, censualis in Lospuchel. T. XXVIII (1280) 472.
Planchel, Plaenchel, Albertus — civis patav. T. XXVIII (1280) 172, 467.
Planchenberg, Planchenberch, Engelbertus nobilis de — T. XXVIII (1173) 252. (1179) 122. (1186) 256.
„		Conradus, Witigo et Pillungus de — T. XXIX (1209) 281.
Planchenpach, Planchenbach, Otto de — T. XXIX (1159) 220.
„		Rasoldus ibid. 226. (1154) 260.
Planck, Hans. T. XXXI (1445) 363.
„		Cassian, Schwager des Joh. Schrenk. T. XXXI (1494) 688.
Planckenstein, Pangratz von — kaiserl. Rath. T. XXXI (1460) 432.
Pleienstein, Albertus de — canonicus ratisponensis. T. XXVIII (1241) 345.
Plein, Pleine, Pleigen, Pleyen, Playen, Plaegin — comites de — Liutold, Luitold. T. XXVIII (1149) 220. (1157) 111. (1160) 241. — T. XXIX (1121) 64. (1154) 260. (1158) 437.
„		Liupold, Leupold. T. XXVIII (1173) 252. — T. XXIX (1196) 65.
„		Heinricus. T. XXVIII (1186) 256.
„		Gebhardus, canonicus pataviensis ac plebanus in Werde. T. XXVIII (1210) 136, 288.
„		Chunradus, patruelis ejus loc. cit.
„		Liutoldus, frator Gebehardi. T. XXVIII (1210) 136. (1211) 139. (1223) 143. T. XXIX (1216) 271. — Pater ejus Leutoldus. T. XXVIII (1226) 149, 150. T. XXIX (1226) 73.
„		Chunradus. T. XXVIII (1222) 300. (1223) 301. (1224) 305. (1226) 315, 316.
„		Liutold puer. T. XXVIII (1293) 301. — T. XXIX (1254) 203.
„		Ita. T. XXIX (1224) 211.
„		Otto. T. XXVIII (1280) 483.
Pleinting, Liupoldus de — et uxor ejus Cunegunde. T. XXIX (1257) 108.
„		Liupoldus, eorum filius loc. cit.
Pädkis, etiam dictus Radkis, benefactor ecclea. patav. T. XXVIII (817) 48.
Pädolfus, notarius. T. XXVIII (600) 40.
Pämlingare, Pämlingare, Marquardus. T. XXIX (1220) 251.
Pämlingarren, Leutwein in der — T. XXX (1329) 135. (1337) 162.
Ploch, Ulrich et Seybot. T. XXVIII (s. anno) 189.
„		Cünzlein der — T. XXX (1381) 358.
Plum, Fridrich der — T. XXX (1329) 132.

158   Index

Plum, Dietrich der — Ibid.
Plumdorffer, Hans — Kastner zu Schwabdorf. T. XXXI (1471) 645, 644.
Pob, Wolfhard der — Stadtrichter zu Wien. T. XXX (1381) 369.
Pocckel, Heinrich — Kaemmerer des Bischofs von Passau. T. XXX (1305) 29.
Pockenpach, Hartwicus, Wernb. et Chuno de — T. XXVIII (1280) 480.
Pochsaurer, Hans. T. XXVIII (1455) 455.
Pochsruke, Pokkisrüke, Pockisruocke, Pogsruke, Pogesruke, Pocchesrukke, Pokkesrukke etc.

     „   Eberhardus de — T. XXIX (1430) 69.
     „   Hezil, Hehelo de — T. XXVIII (1209) 133. — T. XXIX (1209) 281.
     „   Heinricus et Dyetmarus, filii ejus loc. cit.
     „   Heinricus. T. XXVIII (1209) 131. (1210) 137, 288. (1224) 303. — T. XXIX (1244) 290.
     „   Wernherus et Irnfridus fratres. T. XXVIII (1231) 356.
     „   Irnfridus et II. de — T. XXVIII (1280) 170, 465.
     „   Siboto. T. XXIX (1255) 232, 238. (1264) 245.
     „   Ulricus de — T. XXIX (1290) 573.

Pockh, Peter — zu Schwabdorf. T. XXXI (1458) 464.
Podalunc, clericus. T. XXVIII (806) 57.
Podmann, Hans v. — T. XXXI (1494) 673, 683, 684, 685.
Podwin, Chunrad et Ulrich, cives hypolitenses. T. XXIX (1291) 576.
Poebnitz, Boelnitz, Heinricus de — T. XXX (1305) 24.
Poellen S., Hermann v. — T. XXIX (1293) 580.
Poeudel, Henslein der — Spiestraeger. T. XXX (1394) 434.
Poemperge, Cunradus de — T. XXIX (1214) 271.
Poenhaim, Ponhaim — Hermannus. T. XXX (1302) 10. (1311) 61. (1317) 78.
     „   Reicher der — T. XXX (1317) 78.
     „   Hermann und Leutold. T. XXX (1319) 87.
Poerzelinus, N. T. XXIX (s. anno) 229.
Poerz, conf. *Portz*.
Poewerbach conf. *Pirerbach*.
Pogkelmann, Conradus — vicarius chori pataviensis. T. XXX (1389) 394.
Polan, Otto et Heinricus de — T. XXIX (1147) 215.
     „   Danihel. T. XXIX (1229) 347.
     „   Heinricus de — T. XXIX (1458) 457.
Polckenheimer, Polkenhaym, Benedictus — artium magister. T. XXXI (1477) 548.
Policarpus S. — ex cancellaria papali. T. XXXI (1477) 540.
Poll, Conrad — Bürgermeister zu Wien. T. XXIX (1293) 580.
Polle, Ulrich der — T. XXX (1509) 42, 45.
Polleine, N. — Bürgerin zu Wien. T. XXX (1509) 42.
Pollhaim, Polheim, Pollenheim, Pollenheimer — Adalbero et filius ejus Oudalrich de — ministerialis patav. T. XXVIII (1121) 91.
     „   Adalbero. T. XXIX (1220) 49. (1259) 134, 226. — (1246) 361.

Pallheim etc. Chunegunde de — T. XXIX (1210) 275.
,,   N. N. die Edlen von — T. XXIX (1286) 560.
,,   G. de — canonicus pataviensis. T. XXIX (1278) 528.
,,   Ortolf de — T. XXIX (1289) 569.
,,   Albrecht v. — T. XXIX (1293) 580.
,,   Weikart v. — T. XXX (1302) 6.
,,   Chunegunde v. — dessen Hausfrau, Tochter des Johannes von
       Merswang. T. XXX (1302) 6.
,,   Reinprecht v. — T. XXX (1321) 93.
,,   Wernher — ibid. (1321) 94.
,,   Pilgrim von — des Conrad von Tannberg Oheim. T. XXX (1354)
       217, 218.
,,   Georg. T. XXX (1373) 306.
,,   Hans, Chorherr zu Passau. T. XXXI (1411) 403.
,,   Sigmund v. — T. XXXI (1413) 123. (1421) 176.
,,   Wolfgang von — Pfleger zu Ebelsberg. T. XXXI (1429) 220.
,,   zu Wartenburg, Wilpold v. — T. XXXI (1435) 288.
,,   zu Ried, Gottfried v. — T. XXXI (1435) ibid.
,,   Paul v. — praepositus pataviensis. T. XXVIII saec. 15) 496. — T.
       XXXI Domherr zu Passau. (1426) 204. (1428) 214. — Dompropst.
       (1438) 534. (1442) 349.
,,   Weikart von — T. XXXI (1445) 364. 365.
,,   Reinprecht v. — T. XXXI (1454) 434. 435.
,,   Bernhardus de — nominatur ab imperatore ad praebendam pata-
       viensem. T. XXXI (1480) 672.
,,   in Paumgartinge, N. — T. XXVIII (1280) 456.
Pollinger, N. T. XXIX (s. anno) 231.
Pollo, Conradus — de Vesclowe. T. XXIX (1281) 535.
Polonia, Reges. — Rudolphus, quondam Poloniae et Bohemiae rex. T. XXX
       (1315) 66.
,,   Kazimirus rex. T. XXXI (1477) 545, 546, 547.
,,   Wladislaus, ejus primogenitus. loc. cit.
Poltner N. T. XXIX (s. anno) 230 — 232.
Pollinger, *Poeltinger*, N. de Wachrain. T. XXVIII (1280) 478. — T. XXIX
       (1264) 245.
,,   Fridrich — v. Greiffenstein. T. XXX (1307) 86, 87.
Pomlingen, *Poumelingen*, *Pumlingen*, *Pomelingen* etc.
,,   Engelschalk et Walchun de — ministeriales patavienses. T. XXVIII
       (1121) 91. (1147) 228.
,,   Walchun. T. XXIX (s. anno) 264. — (1120) 259.
,,   Ulricus de — ministerialis pataviensis. T. XXVIII (1194) 264.
,,   Gerhart de — T. XXIX (1120) 259.
Pone, Ulscalcus, civis pataviensis. T. XXVIII (1209) 288.
Ponhalm conf. *Poenhalm*.
Ponhand, Leutold der — T. XXX (1328) 132.
,,   Ulrich ibid.

Ponside, Hermannus ministerialis comitis de Vichtenstein. T. XXVIII (1325)
149.

　　 ,, 　N. feudatarius patav. in Geizhoven. ibid. (1280) 175, 469.
Pontecorvo, Pontecurvo, Petrus de — nuntius apostolicus. T. XXIX (1258)
416, 419, 420, 421.
Popili, Populi, donator. T. XXVIII (803) 63 ; — et aliud, Caeror ejus.
ibid. 55; — porro Popili ibid. 46. (805) 43.
Poppenberg, Popenperg, Popenberge, Poppenbergarius.
　　 ,, 　Ch. de — T. XXIX (1255) 67.
　　 ,, 　Conrad v. — T. XXX (1320) 90.
　　 ,, 　Agnes, dessen Hausfrau. ibid. 90, 91.
　　 ,, 　Ulrich, Conrad, Fridrich, Wernhart, deren Soehne. ibid.
　　 ,, 　Jeut, Conrads Tochter, verehlichte Hausner. T. XXX ibid. 90.
　　 ,, 　Otto, vormaliger Besitzer des Hofes Stalekk zu Rotoltzheim. T.
　　　　　 XXXI (1433) 227.
　　 ,, 　N. miles. T. XXIX (s. anno) 219, 230.
Poppo, abbas altahensis. T. XXIX (1288) 562.
　　 ,, 　archipresbyter de Rousebach. T. XXIX (1200) 350.
　　 ,, 　canonicus pataviensis. T. XXVIII (1172) 251. — T. XXIX (1259)
292, 380.
　　 ,, 　de Mundrachingen, canonicus pataviensis. T. XXVIII (1253) 366,
377. (1262) 383, 386. (1264) 389, 391. — T. XXIX (1254) 84. —
Vicedominus pataviensis. (1256) 93, 240, 241, 380, 381. (1257) 110.
(1258) 99, 120, 124, 125, 127. (1259) 131, 133, 136. (1260) 148, 151.
152. (1255) 411. (1258) 422. (1260) 429. (1261) 431, 432. (1262) 445.
449. (1264) 457, 458. (1265) 463.
　　 ,, 　testis. T. XXVIII (1046) 212.
　　 ,, 　testis. T. XXIX (1130) 60, 65.
Porce conf. *Portz.*
Porco, Otto — T. XXIX (s. anno) 232.
Porhockel ibid. (s. anno) 219.
Porn, de Holzhusen, ministerialis pataviensis. T. XXVIII (1121) 91.
　　 ,, 　judex. T. XXVIII (1135) 102. (1138) 104.
　　 ,, 　test. T. XXIX (1254) 256.
Pornheim, Porrenhaim, Porrinheim, Porenheim, Porrenhamm, Bornheim.
　　 ,, 　Arnoldus de — ministerialis pataviensis. T. XXVIII (1121) 91. —
T. XXIX (1165) 256.
　　 ,, 　Siboto, Sigeboto de — fratruelis Gounboldi et ministerialis pata-
viensis. T. XXIX (1116) 34. (1120) 268. (1130) 266. (1133) 255.
(1143) 29. (1150) 269. (1165) 256. — T. XXVIII (1157) 111. (1159)
235, 237.
　　 ,, 　Ditmarus. T. XXIX (1154) 260.
　　 ,, 　Ulricus, frater Sibotonis. T. XXVIII (1157) 111. (1159) 235, 237.
　　 ,, 　Reinboto de — canonicus patav. T. XXIX (1135) 27.
Porno, et Rüdigerus, filius ejus. T. XXIX (1143) 23.
　　 ,, 　et Rüdigerus, fratres. T. XXVIII (1157) 111.

Porphyrius, scriptor. T. XXVIII (1254) 486.
Porsenprunne, Dietmarus de — ministerialis pataviensis. T. XXVIII (1210) 135.
Port, Hermannus et Ernestus de — T. XXIX (1283) 552.
Porta, Goswinus apud portam — canonicus ratisponensis. T. XXVIII (1241) 344.
Portenarius. N. T. XXIX (1255) 237.
Portugruario, A. de — cancellarius curiae romanae. T. XXX (1396) 454.
Portz, Poertz, Porce, Werigant v. — T. XXX (1319) 87. (1528) 132.
   „   Albero et Heinrich ibid.
Portzheim, Albero v. — T. XXX (1357) 232. (1359) 236, 237.
Poscach, Hartfried et Guother de — T. XXIX (1158) 60.
Posch, Liutoldus de — T. XXIX (s. anno) 229.
Positor conf. *Setzer.*
Poso, donator. T. XXVIII (725) 54 — Conf. etiam *Posso.*
Posch, Posche, Adelold, Aldelold de — T. XXVIII (1280) 180, 471.
Possemünster, Possmünster, Possenmunster, Posmunstere, l'ossemonmstoure, Postmünster.
   „   Ebo de — T. XXVIII (1138) 104. (1194) 264. (1201) 180.
   „   Ekolf de — loc. cit. et (1187) 112. — T. XXIX (sine anno) 218, 219.
   „   Albertus de — canonicus et archidiaconus. T. XXVIII (1223) 144. (1226) 149. (1227) 273, 323. (1228) 328, 330. (1232) 337, 449. — T. XXIX (1231) 74. (1227) 285. (1230) 352.
   „   Otto de — miles, minist. patav. T. XXVIII (1224) 332, 334. (1226) 149. (1227) 274, 323, 325, 326. (1241) 342. (1242) 346. (1244) 303, 352. (1250) 371. — T. XXIX (s. anno) 218, 219, 230. (1221) 284. (1227) 285. (1237) 287. (1227) 341. (1237) 353. (1247) 364.
   „   Heinricus, Irmgard et Joutta. T. XXIX (s. anno) 271.
   „   Alheid, Jutha, Heinrich, Engelkin, Rothenger et Themodis ibid. (s. anno) 273.
   „   N. der. T. XXIX (1294) 582.
   „   Conf. etiam *Wart.*
Posso, testis. T. XXIX (1190) 263.
Postkendorffer N. — Bürger zu Regensburg. — T. XXXI (1436) 299.
Potenbrunner, collator capellae Molt. T. XXVIII (sacc. 15) 496.
Poto, test. T. XXVIII (906) 204.
Pottendorf, Potendorf, Potendorfer, Rudegerus de — T. XXVIII (1216) 141. (1217) 296. — T. XXIX (1264) 245. (1217) 336. (1222) 357.
   „   Conradus et Siboto, fratres de — T. XXIX (1268) 432.
   „   Conrad v. — T. XXX (1302) 7.
   „   Sighart v. — ibid. (1304) 22.
   „   Albrecht v. — T. XXXI — (1438) 325, 329.
   „   Conrad v. — Bruder des Vorigen und Vater des Christoph. T. XXXI (1438) 325.
   „   Albrecht v. — ibid. (1462) 487, 488.

Pollendorf etc. Christoph v. — Albrechts Vetter und Sohn des Conrad. T. XXXI (1438) 325, 326, 329.

   „   Georg v. — Schenk, Landmarschall und Feldhauptmann in Oesterreich. T. XXXI (1457) 509, 510. (1471) 513.

   „   N. collator ecclesiae in Chunring et Walthausen, T. XXVIII (saec. 15) 492, 497.

Polter, Marcus, — morinensis et publicus notarius, necnon scriba Cardinalis Egydii. T. XXX (1366) 275.

Pouchisperch, Tiemo de — ministerialis patav. — T. XXVIII (1191) 91. — T. XXIX (1121) 259.

Poudebra, Wilhelmus de — T. XXIX (1262) 440, 442.

Poumgarten conf. *Baumgarten*.

Pouss N. T. XXIX (s. anno) 238.

Poze, test. ibid. (1130) 65.

Pozim, donator. T. XXVIII (813) 12.

Pozzekoven, Guelphraed et filius ejus Conrad de — T. XXVIII (1240) 135.

Praer, Hans — Bürger zu Straubing. T. XXXI (1402) 24.

Prahpech, *Prahpekch*, Georgius — clericus pataviensis. T. XXX (1388) 364.

Praiteneck, *Prailenekk*, *Praillenekkner*. — Fridrich v. — T. XXX (1349) 196. (2550) 200. (1354) 218. (1356) 219, 220. N. — ibid. (1354) 210.

Praitenveld, Heinricus de — T. XXIX (1260) 214.

Prampach, Heinricus de — T. XXIX (1209) 69.

   „   Wernhard, ministerialis patav. T. XXVIII (1242) 345, 348. (1250) 371. — T. XXIX (1255) 92, 93. (1256) 241. (1250) 370. (1264) 453.

   „   Wernherus — canonicus patav. T. XXVIII (1264) 391.

   „   Reichgerus de — T. XXIX (1263) 455.

   „   Bernhardus de — plebanus viennensis. T. XXIX (1278) 531. (1292) 545.

   „   Rudolphus de — T. XXX (1304) 22. (1306) 31.

   „   Preide, dessen Hausfrau, geborne von Eberstorf. T. XXX (1306) 31.

Pransperge, Sigh. de — T. XXVIII (1159) 510.

Prant, Hainrich. — T. XXXI (1402) 22. (1437) 303.

   „   N. der — ehemaliger Mitbesitzer der Burg Ratzmanstorf. T. XXXI (1443) 394 — 396. (1449) 411. (1450) 415.

Prante, Rügerus de — T. XXIX (1256) 98. (1258) 99.

Pranter, Rügerus dictus. T. XXIX (1281) 542.

Prantmaier, Henslin — Beisitzer der Gerichtsschranne zu Strasheim. T. XXXI (1427) 209.

Praundl, *Praundi*, Dietel — Hintersasse. T. XXX (1391) 414.

Praunsperger, Jans der — T. XXX (1381) 360. — Conf. etiam *Prounsperch*.

Prece, *Precer* conf. etiam *Pretze*.

   „   Heinricus de — T. XXIX (1200) 279.

Prece etc. Heinricus. T. XXIX (1288) 562 — et uxor ejus Elisabetha loc.
    cit.
Pregl, Andreas — Hintersasse. — T. XXX (1391) 415.
Prehtlinus, Prehtlo — Helmwicus — scriba de Chrems. T. XXIX (1260)
    214. (1256) 104.
Preis, Heinricus — test. T. XXVIII (1186) 256.
Preisekke, Ortolfus de — ministerialis putav. T. XXXVIII (1244) 508.
    „   Christoph, Ulrich et Heinrich ibid. 301. — T. XXIX (1250) 370.
    „   Ulricus. T. XXIX (1255) 93, 282. (1259) 137. (1261) 431. (1262)
        443. (1264) 458.
    „   Conf. etiam *Prishecke.*
Preller, Georg — Bürger zu Waldkirchen. T. XXXI (1472) 517.
Preminge, Wernhard de — civis putav. T. XXVIII (1256) 381.
Preminger, Premynger, Rudolph der — T. XXX (1331) 139, 140.
    „   Diemut, dessen Hausfrau. T. XXX loc. cit.
Prencingen, Engelscalcus de — T. XXIX (1130) 266.
Prencinger, Prencingare, Premtinger, Ulricus, balneator patav. T. XXVIII
    (1197) 129. (1209) 283. (1210) 133. (s. anno) 175, 467. — T. XXIX
    (1172) 267. (1204) 269. (1220) 252.
Prenwaerius, test. T. XXIX (1259) 441.
Prenner, Dietrich — Rathsherr zu Wien. T. XXX (1394) 444.
Prellinus, ministerialis. T. XXIX (1263) 461.
Pretze conf. etiam *Prece.*
    „   N. de — T. XXVIII (s. anno) 169, 465.
Preuer N. — passauischer Hintersasse. T. XXXI (1404) 50.
Preukaver, Marquardus — de Alhardsberg. T. XXIX (1256) 105, 412.
Preuning, N. — T. XXIX (s. anno) 339.
Preysing, Preising, Prisingen, Alhardus de — T. XXVIII (1244) 304.
    „   Grimold. test. T. XXVIII (1262) 386. — T. XXIX (1262) 449. (1281)
        538.
    „   Johannes — canonicus patav. — T. XXVIII (1300) 515. — T. XXIX
        (1299) 593.
    „   Conrad v. — T. XXIX (1296) 537. — T. XXX (1305) 23.
    „   Heinrich, dessen Vetter. ibid. 28. (1310) 48.
    „   Erhardus de — canonicus patariensis. T. XXX (1326) 124.
    „   Johannes de — canonicus patav. T. XXX (1305) 24.
    „   N. v. — Besitzer von Ostersheim. T. XXXI (1427) 207, 208.
    „   Erasmus v. — Pfleger zu Chling. T. XXXI (1426) 204.
    „   zu Kopfsberg, Erasmus von — Ritter und bayer. Kammermeister.
        T. XXXI (1455) 259. (1458) 539.
    „   zu Kopfsberg, Georg v. — T. XXXI (1483) 610 — 612.
    „   Wolfgang v. — des Vorigen Vater ibid. 611.
Priest, Michael de — canonicus pragensis, wratislaviensis et patariensis. T.
    XXXI (1417) 147. (1419) 169.
Priscianus major et minor. T. XXVIII (1254) 435, 436.
Prishecke, Prishechen, conf. etiam *Preisekke.*

Priskeche etc. Ortolfus et Heinricus de — T. XXIX (1248) 76, 78.
Prisingen conf. *Preysing.*
Prismoborius, scholasticus pragensis. T. XXIX (1262) 439, 442.
Priuschincken conf. *Pruschinck.*
Priwe, N. T. XXIX (s. anno) 231.
Probe in Oed — N. T. XXVIII (1285) 399.
Probistorf Albertus de — ministerialis patav. T. XXVIII (1209) 131.
Probstel, Probstelin, Probestlin, Probstlin, Procustel — Ulricus — civis patav. T. XXVIII (1209) 293. (1210) 157. (s. anno) 173, 467. — T. XXIX (s. anno) 219.
Probst, Heinrich der — T. XXX (1331) 140.
    „   Berthold der — passauischer Lehenmann und Bürger. T. XXX (1372) 301.
    „   Ulrich — Kaemmerer zu Regensburg. T. XXXI (1411) 105, 106.
Prosper, scriptor. T. XXVIII (1254) 485.
Trounsperch conf. etiam *Praunsperger.*
    „   Rapoto et Ulrich de — T. XXVIII (1280) 132, 473.
Prudentius, poeta. T. XXVIII (1254) 485.
Pruese, Marquardus de — T. XXIX (1125) 21.
Prukberg, Prukperch Diethalmus v. — T. XXX (1313) 82.
Prukke, Wullingus de — T. XXIX (1254) 256.
    „   Heinricus de — T. XXIX (1255) 92. (1259) 141.
    „   Ulricus ibid. (s. anno) 272.
    „   Gerwicus. T. XXIX (1247) 362.
Prukner, Pruknar, Prugkener, Heinricus. T. XXIX (s. anno) 250.
    „   Baldewinus. ibid. (s. anno) 218.
    „   Haymo, civis pataviensis. T. XXIX (1325) 302.
    „   Seifried der — Bürger zu Passau. T. XXX (1329) 133, 134. (1335) 151. (1337) 161. (1359) 246.
    „   Fridrich, dessen Bruder ibid.
    „   Katharina. ibid. 154.
    „   Bertha, Schwester des Seifrid. T. XXX (1335) 151. — Bürgerin zu Passau. (1357) 161.
    „   Tutta, Schwester des Seifried. ibid. (1335) 151. (1357) 161.
    „   Margaretha, desgleichen ibid.
    „   Hans, Hintersasse zu Mülheim. T. XXXI (1410) 86. (1458) 465.
    „   Georg. T. XXXI (1465) 497, 499, 505.
Pruun, Prunne, Heinricus de — T. XXVIII (1225) 301.
    „   Fridericus de — ministerialis patav. T. XXIX (1247) 362.
    „   Heinricus de — pincerna. T. XXXI (1360 — memoratur 1419) 467.
    „   Johannes de — magister curiae. ibid.
    „   Conf. etiam *Brunn.*
Prunne, Leupolt bei dem — T. XXX (1332) 143.
Prunner, Prunner, Heinrich, Bürger zu S. Poelten. T. XXX (1321) 92.
    „   Sigbard, ibid.

Prunner etc. Oertlein der — Sohn des Hademar von Waldeck. T. XXX (1325) 116, 117.

Prunmihil, donator. T. XXVIII (783) 48.

Prunno, officialis in Viechtenstein. T. XXVIII (1244) 308.
   „   Conf. etiam *Brune*.

Prunzo, Dietmarus. T. XXVIII (1280) 183, 471.

Prunstarius, Heinricus. T. XXIX (1254) 936.

Pruschinch, Prueschinche, Pruschingchen, Prinschinchen, Prueschinke, Pruschenk.
   „   Rügerus. T. XXIX (1249) 78. (1250) 79. (1254) 234, 237, 238. (1259) 137. (1257) 414.
   „   Leutold, civis pataviensis. T. XXIX (1254 — 1255) 228, 237, 238. (1258) 116, 121, 124, 225, 226, 244. (1260) 162.
   „   zu Piberpach, Rüger der — T. XXIX (1290) 573.
   „   Christina, Priorin zu Tuln. T. XXX (1354) 212, 213.
   „   Sigmund — kaiserl. Hofmarschall und Kaemmerer. T. XXXI (1482) 603, 604. (1486) 616. — zu Stettemberg; oberster Schenk in Oesterreich, Truchsess in Steyer. (1491) 654, 655.
   „   Heinrich — Freiherr zu Stetenberg, Bruder des Vorigen. T. XXXI (1482) 603, 604. (1486) 616, 617, 618.

Puch, Otto de — T. XXVIII (1280) 459.

Pucker, Puecher, Conradus — civis pataviensis. T. XXIX (1288) 296.

Puchach, Otto et Ortolph de — T. XXVIII (1280) 489, 490, 497.

Puchaim, Pucheim, conf. etiam *Puchheim*, Pilgrim von — oesterreichischer Rath. T. XXXI (1415) 148. — Oheim der Wilburg von Dachsberg. (1415) 156.
   „   Hans, des Vorigen Bruder loc. cit. 135.
   „   Albertus de — dapifer Austriae. T. XXX (1366) 269. T. XXXI (1360 — memoratur 1419) 167.
   „   N. der von — T. XXXI (1438) 328.
   „   Wilhelmus de — T. XXXI (1467) 507.
   „   Heinricus de — ibid. 609.
   „   Georg v. — T. XXXI (1494) 693, 694.
   „   N. collator quarumdam ecclesiarum. T. XXVIII (saec. 15) 489, 490, 497.

Puchberg, Puchperg, Puechberg, Puochberch, Puchperger, Puechberger etc.
   „   Ulricus de — T. XXIX (1260) 214.
   „   N. de — T. XXIX (1281) 543.
   „   Ulricus de — canonicus patav. T. XXIX (1291) 576; — et vicedominus (1299) 594, 595. — T. XXX (1302) 7. (1303) 18. (1304) 21.
   „   Hartlieb v. — Vicedom zu Straubing. T. XXX (1300) 3, 4.
   „   Hartlieb, der jüngere, des Vorigen Sohn ibid. (1310) 49. (1320) 94.
   „   Chunegunde, dessen Hausfrau, geborne v. Urlingsberg. ibid.
   „   zu Wazzerberch, Ulricus. T. XXX (1302) 10.
   „   Conrad, des Vicedoms Ulrich Bruder. T. XXX (1304) 22.

Puchberg etc. Ulrich, Dietrich, Wülfing und Albrecht von. — T. XXX (1304) 22.
„ Conrad v. — T. XXX (1354) 214.
„ N. der — T. XXX (1354) 218.
„ Albrecht — zu Winzer. T. XXX (1356) 221, 222. (1369) 289, 291. — Zubenannt der alte. (1381) 357, 359.
„ Rahel, dessen Hausfrau. ibid. 221.
„ zu Wildenstein, Fridrich v. — T. XXX (1369) 287, 288, 289. (1374) 311.
„ Seitz, dessen Bruder ibid. 289.
„ Anna, Wittwe desselben. T. XXXI (1415) 155.
„ Dorothea, des Fridrichs Hausfrau, verwittwete Haller. T. XXX (1374) 311.
„ Johannes de — canonicus pataviensis. T. XXX (1383) 363. (1389) 390.
„ Hertnidus de — canonicus pataviensis. T. XXX (1383) 363.
„ Hartlieb de — canonicus pataviensis. T. XXX (1389) 390.
„ zu Winzer, Leopold — T. XXX (1396) 449, 450.
„ zu Wildenstein, Heinrich v. — T. XXX (1398) 474. — T. XXXI (1401) 8 — (1402) 22, 24, 26. — Pfleger auf S. Georgenberg. (1404) 29. (1410) 84, 85. (1413) 115, 117.
„ Erhard — dessen Bruder. T. XXXI (1410) 85.
„ Hans — T. XXXI (1402) 21. — zu Schellenstein. T. XXXI (1406) 67.
„ zu Winzer, Balthasar v. — T. XXXI (1402) 22.
„ zu Engelburg, Wilhelm. T. XXXI (1406) 66, 67. (1409) 85.
„ Wilhelm, der jüngere, dessen Sohn loc. cit. et 84.
„ Heinrich v. — T. XXXI (1409) 85. — Passauischer Marschall (1410) 90, 91. (1421) 172.
„ Seitz v. — T. XXXI (1415) 135. (1437) 314. (1448) 401.
„ Georg v. — T. XXXI (1429) 217, 218.
„ Erasmus v. — loc. cit. et (1437) 316, 317, 318.
„ Burkart v. — T. XXVIII. (1455) 455. T. XXXI (1437) 314. (1447) 392.
„ Lazarus, dessen Bruder. ibid. 392.
„ Veit, desgleichen ibid.
„ Sigmund, desgleichen ibid.
„ zum Wildenstein, Andreas v. — T. XXXI (1477) 545.
„ Georg v. — T. XXXI (1491) 660.
„ N. dessen Schwester, vermaehlte v. Nusdorf. T. XXXI (1491) 660, 661.
Packenberg, Packenperge, Packelberck — Tiemo de — ministerialis pataviensis. T. XXVIII (1194) 264. (1197) 129. (1202) 266. (s. anno) 168, 464. — T. XXIX (1200) 279.
„ Eberhard v. — T. XXVIII (1178) 252.
Puchheim conf. etiam *Puchaim.*

Puchheim, Albero et Heinricus de — T. XXIX (1253) 122.
Puchler, Christian. — T. XXX (1390) 401.
Puchling, H. de — T. XXIX (1256) 240.
Puchinger, Hans. — T. XXXI (1454) 432, 433, 434.
  „   Barbara, dessen Hausfrau, geborne Ramung T. XXXI loc. cit.
Puecher, Albrecht — Bürger zu Passau. T. XXXI (1436) 306.
Puedenstorffer, *Pudmstorffer*, Achatz — T. XXX (1395) 444.
Pueffel, Conrad der — T. XXX (1389) 385.
Puehler, Hartungus — secretarius Ulrici episcopi pataviensis. T. XXXI (1477) 536.
Puehinger, Lienhart. T. XXXI (1484) 613.
Puemberg, *Puemperig*, Otto v. — T. XXX (1503) 17.
Puenitzinger, Andreas passauischer Anwald. T. XXXI (1437) 318.
Puer, Albertus — de Rotenberch. T. XXVIII (1194) 263. (1202) 266.
  „   Albertus — de Patavia. ibid. (1197) 129.
  „   Albertus — daz Chint — minist. patav. T. XXVIII (1194) 264. — Puer — T. XXIX (1200) 529.
  „   Walchun et Heinricus — canonici pataviensas. T. XXVIII (1194) 263.
  „   Conradus. — T. XXIX (s. anno) 51.
Puetten conf. *Puttine*.
Puhel, *Pukele*, Conradus de — T. XXIX (1204) 270. (1200) 279.
  „   Marquardus, Adela, Mathilt, Hademar, Wernberus et Siboto de — ibid. (1220) 250.
Pulgarn, N. de — collator ecclesiae in Steyrech. T. XXVIII (saec. 15) 504.
Pumann, test. T. XXIX (1220) 250.
Pumlingen conf. *Pomlingen*.
Pune, Rapoto de — T. XXVIII (1159) 510.
Punz, Heinricus. — T. XXIX (s. anno) 229.
Puochperch conf. *Puchberg*.
Puolan conf. *Polan*.
Puopo, test. T. XXVIII (903) 205.
Puougar, Dietricus — ibid. (1188) 260.
Puozo in Wolfeswanch. T. XXVIII (903) 202.
Purchardus, marchio. T. XXVIII (985) 209.
  „   Conf. etiam *Burckardus*.
Purchartsdorf, Albero de — T. XXIX (1153) 437.
Purckhusen, *Purchusin* conf. *Burghausen*.
Purchstal, *Purestall*, *Purckstaller*, Otto, Hartwicus et Heinricus, fratres de — T. XXIX (1121) 57, 64.
  „   Stephanus — parochus in Aigen. T. XXXI (1477) 586.
Purchner, civis pataviensis. T. XXVIII (1425) 450.
Purigau conf. *Burgau*.
Purigmann, *Purgmax*, test. T. XXIX (1102) 57.
Purrwpech, Diemuth, Mathilt et Dithmar de — T. XXIX (1220) 250.
Pusenger, Heinricus, test. T. XXVIII (1133) 260.

Pusenperg, Conradus de — T. **XXIX** (1158) 60.
Putendorf, Rudegerus de — T. **XXVIII** (1223) 301. (1224) 305.
Putline, Puline, Pütten, comites de — Ekkebertus, comes etiam in Vorm-
        bach et Neuburg — T. **XXVIII** (1158) 60. T. **XXIX** (s. anno) 310,
        317.
    „   nobiles de — Hecil T. **XXIX** (1102) 55.
    „   N. N. T. **XXVIII** (1241) 341.
    „   Otto ibid. (1290) 475.
    „   Conf. etiam *Vornbach.*
Putzer, N. — civis pataviensis. T. **XXVIII** (1425) 450.
Puzelin, Wernherus et Heinricus — test. T. **XXIX** (1250) 209.
Pylichdorf conf. *Pilhtorf.*
Pynflozzer, Pynfliozzer, Nicolaus. — T. **XXX** (1391) 410.

Q.

Quartinus, notarius. T. **XXVIII** (450) 5.
Quuiniprekt, test. ibid. (905) 203.

R.

R. abbas in Sittensten. T. **XXIX** (1261) 432.
  „ diaconus cardinalis S. Angeli. T. **XXIX** (1258) 417.
  „ vicedominus et decanus cremsensis conf. *Rinaldus.*
Raan, test. T. **XXVIII** (796) 60.
Raah, test. ibid. 55.
Rabanus Maurus. T. **XXVIII** (1254) 485. — Conf. etiam *Rafan.*
Rabenstein, Rabinstein, Rabensteiner, Wichardus de — T. **XXVIII** (1290)
    432.
  „ in Jagring, N. — ibid. 475.
  „ Wenzeslaus, Freyherr zum — T. **XXXI** (1477) 542.
Racco, testis, cum filio Isamperono. T. **XXVIII** (1013) 76, 80. (1035) 81.
Rachze, Conradus de — T. **XXIX** (1161) 53.
Racingerius N. — de Patavia. T. **XXIX** (1258) 258. — Conf. etiam *Razzis-*
    gerius.
Radaw, Radawe, Rudegerus de — dictus *Zolre,* miles. T. **XXIX** (1267) 464.

Radau etc. Gisela uxor ejus loc. cit. et filii eorum Rudegerus, Wernhardus et Rudegerus ibid. 466.

Radell, Radekke, Radegk, Heinricus de — ministerialis pataviensis. T. XXVIII (1256) 581. (1262) 383. (1300) 515. — T. XXIX (1254) 84. (1256) 240, 241. (1257) 107, 110, 112. (1258) 116, 120, 124, 225, 244. (1259) 131, 134, 137. (1260) 233. (1288) 296. (1296) 297. (1257) 414. (1260) 429. (1262) 445, 448. (1263) 453, 454. (1264) 457, 458. (1268) 483, 484, 488. (1269) 493. (1270) 504, 505. (1278) 529. (1281) 536. (1282) 545. (1283) 551. (1285) 595. (1288) 565. (1289) 572. (1291) 576. (1295) 586. (1296) 587. (1297) 590.

  „   Ulricus de — T. XXVIII (1263) 387. — T. XXIX (1258) 127. (1263) 454.

  „   Gerhoch et filia ejus Adelheid. T. XXIX (1259) 130.

  „   H. de — T. XXIX (1281) 535.

  „   N. N. fratres de — T. XXIX (1260) 247.

  „   Mathildis de — T. XXIX (1264) 457.

  „   N. der Radekker. T. XXIX (1281) 541.

  „   Gerhohus de — canonicus pataviensis. T. XXX (1326) 123.

  „   Conrad — T. XXX (1355) 208.

Radendorf, Lutwinus de — T. XXIX (1130) 65.

Radhmundus, abbas altahensis. T. XXVIII (1046) 99.

Radler, Radlar, Raedlaer, Fridrich der — T. XXX (1302) 12. (1303) 17.

Radulphus, diaconus cardinalis tit. S. Georgii ad velum aureum. T. XXIX (1186) 38.

Raedeprunner, Stephan der — T. XXX (1328) 132.

Rarmansmülr, Heinrich von — T. XXX (1389) 387.

Raempeltzhaimer, Peter der — Burghüter. T. XXX (1397) 458, 469.

Raeneis, Reneis, Ortolf. T. XXVIII (1280) 467. (s. anno) 175.

Raels, Nikel der — Spiestraeger. T. XXX (1394) 434.

Raetelchorer conf. *Ratelkover.*

Raetenpuch, Warmund de — T. XXIX (1259) 226.

Raetenperger, N. N. T. XXIX (s. anno) 231.

Raetingarius, Otto — T. XXIX (1253) 385.

  „   N. possessor duorum curtiliam. T. XXVIII (1280) 467.

  „   conf. etiam *Racingerius.*

Rafan, Bischof zu Speyer und kaiserlicher Kanzler. T. XXXI (1401) 17.

  „   conf. etiam *Habanus.*

Raffelstetten, Heinricus et Wernherus de — T. XXIX (s. anno) 275.

Raffolt, Raffoldus, possessor praediorum in Grillenberg et Dwerbenaw. T. XXVIII (1280) 465.

  „   testis. T. XXVIII (903) 203.

  „   test. ibid. (1013) 79, 90. (1037) 84.

  „   test. ibid. (1046) 212.

  „   test. T. XXIX (1092) 58. (1102) 56.

Ragizn, Conradus — T. XXIX (1147) 43.

Rahwinus, Raehwin, test. T. XXIX (1097) 56.

Rahewinus etc. test. T. XXVIII (1173) 259.
Raimbolo, canonicus pataviensis. T. XXVIII (1132) 127.
Rainer, Carl. T. XXX (1581) 353.
Rainerius, diaconus cardinalis ad velum aureum. T. XXVIII (1179) 125. — T. XXIX (1179) 327.
  „   diaconus cardinalis S. Adriani. T. XXVIII et XXIX ibid.
Rainharius, in Eberhartsdorf. T. XXVIII (1280) 466.
Rakkekin. T. XXIX (s. anno) 218.
Rammelstriner, Lienhart der — T. XXXI (1455) 274, 275 — 277, 283.
Rammenstein, *Ramenstein*, Ortolphus et Chunradus, fratres de — T. XXVIII (1209) 279.
  „   Conradus. T. XXIX (1212) 72.
  „   N. N. domini de — T. XXIX (s. anno) 216.
Ramperstorffer, Albrecht — Bürger zu Wien. T. XXX (1369) 285.
Ramsperg, *Ramsperch*, Otto de — T. XXVIII (1194) 263. T. XXIX (1191) 227.
  „   Anna, Dechantin des Klosters Niedernburg zu Passau. T. XXVIII (1426) 821.
  „   Carlein und Hilprant. T. XXX (1371) 500.
Ramstorff, Heinricus de — T. XXIX (1258) 226.
  „   Eb. de — T. XXIX (1278) 528.
Ramungus, *Ramung*, feudatarius pataviensis ad Anasum. T. XXVIII (sine anno) 180.
  „   in Wagrain. ibid. (1280) 471.
Ramung, *Ramunge*, *Ramuonge*, Heinricus de — canonicus pataviensis. T. XXVIII (1262) 383. (1264) 589. — T. XXIX (1253) 120. (1989) 133. (1260) 148. (1261) 31, 150. (1258) 293. (1261) 431. (1262) 445. (1264) 456, 458.
  „   Achatz, Eidam des Heinrich Zehner. T. XXXI (1426) 906. (1454) 432, 433.
  „   Hans, des Vorigen Sohn loc. cit. et 434.
  „   Barbara, Tochter des Achatz und Hausfrau des Hans Puebinger loc. cit.
  „   Martha, desgleichen, Klosterfrau zu Berchtesgaden. loc. cit.
Ranaka, *Raennake*, *Raenna*, Tiemo de — ministerialis pataviensis. T. XXVIII (1120) 94.
  „   Pernolt de — ibid. (1191) 91.
  „   Wolfrat de — ibid.
  „   Fenegolt de — ministerialis patav. — ibid.
  „   Fridericus de — T. XXVIII (1197) 129. (1210) 133.
  „   Wernberus ibid. (1155) 102.
  „   Pertha de — T. XXIX (s. anno) 275.
Ranarigel, *Ramarigel*, Pilgrim v. — T. XXIX (1281) 539.
Randekk, *Randekke*, Heinricus de — T. XXVIII (1224) 552. — T. XXIX (1200) 279.
  „   Ullingus de — T. XXIX (1270) 499.

Randolf, comes. T. XXVIII (788) 12, 16; missus dominicus (800) 10.
    „   test. ibid. (906) 204.
Rantwicus, canonicus pataviensis. T. XXVIII (1147) 223.
Rantwinus, de ecclesia Aspach ibid. (1109) 218.
Ranynger, Martin — des von Waldsee Schreiber. T. XXXI (1421) 176.
Rapoto, canonicus pataviensis. T. XXIX (1253) 380.
    „   capellanus episcopi pataviensis. T. XXVIII (1188) 260.
    „   clericus Viennae. T. XXIX (1229) 350.
    „   comes et uxor ejus Mathild. T. XXVIII (1045) 211 — Pater Diet-
        baldi (1013) 77.
    „   Hülfspriester zu Wachrain. T. XXX (1311) 61. (1319) 87.
    „   testis. T. XXVIII (1045) 212.
    „   test. T. XXIX (1086) 55. (1102) 55.
    „   test. ibid. (1140) 62. (1165) 257.
    „   test. T. XXVIII (1033) 83.
Rapotstal, Tyemo de — T. XXX (1302) 10. (1319) 86.
    „   Geysel, dessen Hausfrau. ibid.
    „   Conrad von — ibid. 87.
Rasch, Heinricus de — canonicus ratisponensis. T. XXVIII (1241) 345.
Raschenln, Fridericus de — T. XXIX (1259) 134.
Rasor, Gotfridus. — T. XXIX (1367) 467.
Rasp, *Raschp*. Ulrich. T. XXX (1390) 401.
    „   Carl — Burghüter zu Schaerding. T. XXXI (1424) 135.
Ratelenperg, *Ratikinberg*. *Raetelperg*, Meingot et Heimbertus de — T. XXIX
        (1257) 110. (1150) 323. — Conf. etiam *Routikinberge*.
    „   conf. etiam *Vornbach*.
Ratelhover, *Raetelchover*, Thoman. T. XXX (1388) 532.
    „   Christoph. T. XXXI (1438) 537 — 539.
    „   Stephan und Ludwig. ibid. 537.
Ratgebe, Otto der — Richter zu Passau. T. XXIX (1290) 578.
Rathmir, Burggravius de Phrinberhc. T. XXIX (1262) 440, 442.
Ratingen, Johannes de — T. XXXI (1426) 202.
Ratispona, Burggravil de — Fridericus praefectus. T. XXVIII (1155) 232.
        (1159) 235, 237. (1160) 241.
    „   ministerialis de — Heinricus. T. XXIX (1263) 455.
Ratkis conf. *Phidkis*.
Rato, test. T. XXVIII (788) 46. (803) 55.
Ratold, test. T. XXIX (1097) 56; — conf. etiam *Ratoll*.
Ratolfus, *Ratolf*, pater Dioprehti. T. XXVIII (903) 202.
    „   donator et testis. ibid. (788) 7, 28, 44. (805) 7. (806) 30. (812) 15,
        25, 28. (820) 37.
    „   testis (754) 15.
    „   testis (1013) 75, 78.
Ratoll, nobilis donator cum uxore Liugga, filia Rizalae et genero Wernhero.
        T. XXVIII (1035) 81.
    „   conf. etiam *Ratold*.

Ralpach, Cunegunde von — Aebtissin des Klosters S. Clara zu Wien. T. XXX
          (1369) 283, 235.
Ratperht, test. T. XXVIII (788) 50.
Ratwin, censualis. ibid. (1013) 76.
Raubarius, Heinricus. T. XXVIII (1230) 466. — Conf. etiam *Raupp*.
     „   Wernhardus. T. XXIX (1268) 433, 434.
Rauheneck conf. *Rouhenecke*.
Rauna, Hartnidus de — T. XXVIII (1147) 108. — T. XXIX (1147) 42.
Raupp, *Rawpp*, Zacherlein von — T. XXX (1391) 412.
     „   conf. etiam *Raubarius*.
Rauschenpach, Ulricus de — T. XXX (1373) 308, 309.
     „   Margarethe, dessen Hausfrau. ibid.
Raza, mancipium. T. XXIX (1130) 262.
Razi, test. T. XXVIII (985) 207.
Razilingun, Eppo de — T. XXIX (1120) 258.
Razin, benefactor. T. XXIX (1065) 52.
Razimistorf, Conradus de — T. XXIX (1190) 251.
Razo, test. T. XXVIII (1038) 83. (1013) 76.
     „   test. T. XXIX (1108) 64. (1140) 258.
Reale, C. de — ex cancellaria sedis romanae. T. XXXI (1429) 216.
Rebgau, *Rebegou*, Adalbertus comes de — T. XXVIII (1144) 224.
Rech, test. T. XXVIII (874) 93.
Rechperg, *Rehcperch*, Otto de — T. XXIX (1158) 437.
Rechwinus, colonus in Siochstal. T. XXX (1318) 80.
Rechheo, test. T. XXVIII (789) 50.
Reclinus. T. XXIX (s. anno) 230.
Redebrunner, Stephan, Wülfing und Christan der — T. XXX (1319) 87.
Regen, Johannes de — canonicus patariensis. T. XXX (1389) 390.
Regenbertus et levir ejus Udalschalk, viri nobiles. T. XXVIII (1109) 213, 214.
          — Conf. etiam *Reginbertus* et *Reginperht*.
     „   test. T. XXIX (1165) 257.
Regenbolo conf. *Reginbolo*.
Regil, nobilis donator. T. XXVIII (1038) 85.
Reginbertus, test. T. XXIX (1121) 58. (1149) 260.
     „   conf. etiam *Regenbertus* et *Wernhart*.
Reginbolo, *Regenbolo*, canonicus patariensis. T. XXVIII (1172) 251; ac ple-
          banus in Chazelinesdorf. ibid. (1179) 121.
     „   serviens comitis Gebehardi. T. XXIX (1120) 259.
     „   testis ibid. (1108) 64.
     „   Reginger, test. T. XXVIII (983) 207, 208.
     „   test. ibid. (1038) 81.
     „   test. T. XXIX (1121) 57. (1136) 60. (1144) 61.
Reginhart, filius Gertrudis. T. XXIX (1130) 262. (1165) 256.
     „   frater Hermanni. ibid. (1108) 57. (1122) 57.
     „   presbyter. T. XXVIII (800) 62.
     „   testis. ibid. (818) 18.

Reginhart, testis ibid. (983) 208. (1013) 79.
Reginhelm, test. T. XXVIII (818) 18.
Reginheri, test. ibid. (817) 48.
Reginlo, mancipium. T. XXIX (1140) 258.
Reginolf, presbyter. T. XXVIII (624) 35.
    „   test. ibid. (775) 21. (777) 199.
Reginolt, test. T. XXVII (624) 35.
    „   test. ibid. (903) 203.
    „   test. ibid. (1013) 79, 80.
    „   presbyter. T. XXIX (1165) 286.
    „   praepositus. T. XXVIII (1169) 540.
Reginperht test. T. XXVIII (817) 49. (818) 18.
    „   conf. etiam *Regenbertus* et *Reginbertus* et *Reginpreht*.
Reginpolt, test. T. XXIX (1140) 62. (1165) 286.
Reginpreht, test. T. XXIX (1102) 56.
    „   miles. ibid. (1149) 259.
    „   conf. etiam *Reginperht*.
Reginwart, test. T. XXVIII (1013) 78.
    „   test. T. XXIX (1140) 233. (s. anno) 263.
Rehpochlag, *Repochinge*, Poppo de — T. XXVIII (1244) 308. (1280) 468. —
    T. XXIX (1255) 92.
Rehwins, Heinricus de — T. XXIX (s. anno) 220.
Reichenbach, Andre — T. XXXI (1400) 1.
Reichenstein, *Reichenstain*, Ulricus de — T. XXIX (1172) 227.
    „   Jans von — des Chalhoch v. Valkenstein Oheim. T. XXX (1357)
    226, 227, 234.
    „   conf. etiam *Rockenstein*.
Reichgerus. T. XXIX (1260) 248.
Reicholf, Oswald — Bürgermeister zu Wien. T. XXXI (1452) 425.
Reicker, Tywolt — T. XXXI (1438) 337.
Reihenstein conf. *Reichenstein*.
Reihza. T. XXVIII (1280) 455.
Reimpertus, prior et capellanus episcopi pataviensis. T. XXVIII (1194) 263.
Reinoch, Stephan von — Hausbesitzer zu Passau. — T. XXVIII (1426) 450.
Reinbertus, nobilis vir. T. XXIX (1186) 35.
    „   et Wolfgang, fratres. ibid. (1220) 250.
Reinbolo, dominus, qui possidet Mahtern. T. XXVIII (1280) 475. — T. XXIX
    (1257) 110.
Reindel, Petrus — praepositus in Vilshofen. T. XXXI (1424) 196.
Reinel, Ulrich passauischer Hintersasse. ibid. (1404) 50.
Reinfrid. T. XXVIII (1194) 261.
Reinhalmus. T. XXIX (s. anno) 219.
    „   Reinhelmus, ex Arldorf. ibid. (s. anno) 230.
Reinherus, capellanus. T. XXVIII (1147) 109.
    „   miles. T. XXIX (1088) 45.
Reinmarus, ministerialis comitis de Schala. T. XXIX (1147) 215.

Reinmarus, Diemudis, uxor ejus. loc. cit.
Reinold, T. XXIX (1254) 31. — Conf. etiam *Rinoldus* et *Reynaldus*.
„ test. T. XXVIII (906) 204.
Reinprecht, test. et filius ejus Haertwich. T. XXVIII (1158) 104.
Reintaler N. — de Puchach. T. XXVIII (1250) 180, 471.
Reismer, N. colonus. T. XXX (1391) 415.
Reisperger, Ulricus — canonicus pataviensis. T. XXXI (1424) 191, 192.
Reilker, test. T. XXIX (1130) 262.
Reillrina N. T. XXIX (s. anno) 227.
Rekenchorp, Conradus de — T. XXIX (s. anno) 273.
Rembertus, censualis in Maurn. T. XXVIII (1280) 474.
Remigius, Grammaticus. T. XXVIII (1254) 435.
Reneis conf. *Raeweis*.
Renherus, civis viennensis, pater Heinrici. T. XXIX (1250) 225.
Rennahe conf. *Raennahe*.
Renner, Ulrich der — T. XXX (1307) 37.
Resch, Heinricus privignus Alberonis de Pfarrkirchen. T. XXX (1309) 40.
„ Niclas, Hintersasse zu Gumpendorf. T. XXXI (1412) 109.
Rettenhofen, Petrus — plebanus in Weichmerting. T. XXXI (1424) 196.
Retze, Heinrich v. — T. XXX (1329) 135.
Retzer, Dietrich der — T. XXX (1337) 162.
Reudmich, Wernherus de — T. XXVIII (1280) 472.
Reut, Meinhart v. — T. XXX (1311) 63.
„ Wichardus de — T. XXIX (1249) 227.
„ Herbordus ibid. (1255 et 1256) 242.
„ Engeldich von dem Reute — T. XXIX (1254) 234.
„ Heinricus, Porno et Conradus, fratres — ibid. (1258) 225.
„ Dietwinus, Rudegerus et Ulricus. T. XXVIII (1280) 469.
„ Meinhardus de — dictus Fleschesse — miles. T. XXIX (1292) 578.
„ Wernhardus in dem — T. XXIX (1299) 593.
„ N. — Reutarius. T. XXIX (1264) 246.
„ conf. etiam *Riutte*.
Renttorner, *Reittorner*, Caspar. T. XXXI (1448) 594 — 398, 400. (1454) 430, 431.
„ Paul, dessen Bruder loc. cit. 431.
Revel, N. der — Bürger zu Passau. T. XXX (1375) 303.
Reveler, N. der — T. XXIX (s. anno) 231.
Rex, Johannes, clericus et notarius, etiam Regis dictus. T. XXXI (1477) 848.
„ Albertus. T. XXVIII (1194) 261.
„ Hartlieb, test. ibid. (1201) 130.
„ Wilhalm, ibid. (1280) 463.
„ Chunrad. T. XXIX (1227) 344.
„ in monte, feudatarius pataviensis. T. XXVIII (1280) 456.
„ in Malgersdorf. ibid. 463.
Reynaldus, diaconus cardinalis tit. S. Viti in Macello. T. XXXI (1404) 131.

Reynaldus, conf. etiam *Reinold* et *Rinaldus.*
Ricardis, Alyron de — canonicus S. Marci de Venetis T. XXIX (1285)
556.
Richardis, uxor Marquardi de Himberg conf. *Himberg.*
Richar, Richer, Richerus, Richeri, comes. T. XXVIII (801) 45, 45, 49. (802)
66.
   "   ex familia S. Stephani Pataviae. T. XXIX (1220) 249.
   "   plebanus in Allensvelt. T. XXIX (1255) 342.
   "   protonotarius ac canonicus pataviensis. T. XXVIII (1188) 128, 260.
   "   testis. T. XXIX (1143) 23.
   "   venator. T. XXX (1302) 15.
   "   vicarius ecclesiae in Wartberg juxta flavium Chrems. T. XXVIII
(1250) 157.
   "   conf. etiam *Rikeri* et *Rikeri.*
Richart, test. T. XXIX (1086) 55.
   "   test. ibid. (1149) 259.
Richerinna, Rikkerina et filius ejus Heinricus. T. XXIX (s. anno) 231, 232.
Richersdorf, Heinricus de — T. XXIX (1196) 68.
Richersheim, Heinricus de — T. XXVIII (1242) 347.
Richilt, mancipium, filia Hesonis et Avae. T. XXIX (1140) 258.
Richinza, mancipium. ibid. (1130) 262.
Richkart, mancipium ibid.
Richker, serviens Engelberti comitis de Halla. T. XXIX (1150) 264.
Richolf, filius Einharti. T. XXVIII (1055) 84.
Richelfsperger de Esleistorf — N. T. XXVIII (1280) 475.
Richpold. T. XXIX (1165) 257.
   "   nobilis donator ibid. (1140) 258.
Richter, N. — Hintersasse. T. XXX (1394) 445.
Richwin, test. T. XXIX (1149) 260.
Rickerus, abbas S. Petri salisburgensis. T. XXIX (1284) 66.
Riddental conf. *Rietental.*
Ride, Reginger et Wernhardus fratres de — T. XXVIII (1157) 111.
   "   conf. etiam *Riede.*
Ridler, Simon — Beisitzer der Landschranne zu Strasheim. T. XXXI (1427)
209.
Riede, conf. etiam *Ride.*
   "   Otto de — canonicus pataviensis. T. XXVIII (1150) 116. (1153) 118,
119.
   "   Otto de — ministerialis pataviensis. ibid. (1194) 264.
   "   Marquardus de — magister. T. XXIX (1229) 347, 350.
Riedekke, Riedeke, Gotschalcus de — T. XXVIII (1157) 111. (1159) 237.
Riedmarcha, Gotfridus et Pabo de — fratres. T. XXIX (1121) 57.
Riedmarcher, Andreas der — T. XXXI (1415) 136, 140, 141.
Rierwins, Udalricus de — T. XXVIII (1188) 260.
Riepolth, filius Ramolti. T. XXIX (s. anno) 61.
Riesenburg, Risenburg, Borso de — T. XXX (1366) 269.

Rietenberg, Rietenberch, Chunradus de — ministerialis pataviensis. T. XXVIII (1144) 224. (1194) 264.

Rietental, Peter v. — T. XXX (1317) 78. (1319) 87.

„ Riettentaler — Michel der — T. XXX (1364) 259.

Riethofer zu Lautern, Hans — Anwald des Herzogs Ludwig v. Bayern-Ingolstadt. T. XXXI (1435) 234, 295, 297. — Gerichtsschreiber zu Aichach, 283. 292.

Rigelberg, Rigelberch, Ulricus et Chunradus de — fratres et ministeriales pataviensės. T. XXVIII (1194) 264.

Rihari conf. etiam *Richar.*

„ test. T. XXVIII (788) 8.

Riheri, test. T. XXVIII (903) 205.

Rihgart, famula Bertholdi comitis. ibid. (1013) 76.

Rihgarto, test. ibid. (966) 34.

Rihgwowe, test. T. XXVIII (903) 203.

Rihhart, test. ibid. (834) 26.

Rihhelm, test. ibid. (774) 5.

Rihheri, test. T. XXVIII (774) 5.

Rihhart, nobilis foemina. ibid. (1039) 85 ; et mater Chazilini. ibid. 85.

Rihker et Wernhart, fratres. T. XXIX (1153) 255.

Rihpald, donator. T. XXVIII (803) 46, 55.

Rihperht, donator ibid. (789) 47.

Rihi, Hoinricus — test. T. XXIX (1204) 270.

Rilinda, uxor Diotrichi et mater Gerbildae. T. XXVIII (947) 73.

Rimbertus apud gradum, test. T. XXIX (1256) 104.

„ plebanus de Asparn. T. XXIX (1229) 550.

Rimolt, test. T. XXVIII (799) 49.

Rinaldus, vicedominus et decanus chremensis sive chremsensis. T. XXIX (1281) 535, 536, 541, 543. (1282) 545. (1289) 568, 669.

„ conf. etiam *Reynaldus* et *Rcinold.*

Ringberg, Ringberch, domini de — T. XXVIII (1280) 483.

Rinherus, notarius. T. XXIX (1267) 469.

Ritzendorf, Ulricus, miles de — T. XXIX (1291) 575.

„ Eisenreich v. — T. XXX (1538) 164.

Riutte Reut, Meingotus de — T. XXVIII (1297) 326.

„ conf. etiam *Riutte.*

Riwinus abbas. T. XXVIII (1188). 128.

Rizalun, uxor Wernheri. filia Ratoldi et Liuzun. T. XXVIII (1035) 81.

Rochenstein conf. etiam *Reichenstein.*

„ Jans v. — T. XXX (1349) 196. (1350) 200.

Rocokingen conf. *Rokkolfingen.*

Roedeger, test. T. XXIX (1136) 60.

Rodhart, Roedhart conf. *Hrodhardus.*

Rodheri, donator. T. XXVIII (788) 11.

Rodinc conf. *Roodunc.*

Rodland, capellanus regius. T. XXVIII (799) 56.

Rodland, abbas ibid. (785) 23.
Rodperht, filius Zeinonis donator. T. XXVIII (806) 43.
    „   conf. *Hrodperht.*
Rodwaic conf. *Hrodwaic.*
Rodwar conf. *Hrodwar.*
Roerre conf. *Ror.*
Rogate, Waltherus de — frater Ord. Minorum. T. XXIX (1260) 163.
Rogendorf, Caspar v. — T. XXXI (1494) 690.
Rokkolfingen, Rokkolfinger, Rocolvingia, Perta de — T. XXIX (1172) 263.
    „   Ortolfus — capellanus. T. XXIX (1328) 303.
Rolandus, diaconus cardinalis S. Mariae in porticu. T. XXIX (1186) 38.
Romanus, Johannes — magister et canonicus pragensis. T. XXIX (1282) 648.
Romtingen conf. *Rumtingen.*
Ronaldus, cancellarius imperialis. T. XXIX (1156) 356.
Roodbertus, advocatus Roottandi abbatis. T. XXVIII (785) 23.
Roodunc, Rodine, serviens Tagadeonia. T. XXVIII (785) 23.
Ror, Roere, Rderre, Rorer, Otto de — ministerialis patav. T. XXVIII (1227) 274. — T. XXIX (1220) 49. (1289) 569. (1290) 572, 574.
    „   Heinricus, frater Ottonis, ministerialis patav. T. XXVIII (1227) 274. (1262) 386. — T. XXIX (1268) 129. (1262) 449.
    „   Jans v. — T. XXIX (1289) 569. (1290) 573.
    „   Ditmar v. — Propst zu S. Poelten. T. XXX (1357) 225.
    „   Ottokar, dessen Bruder ibid.
    „   Dietmar v. — T. XXX (1360) 250.
    „   Caspar — Richter zu Schaerding. T. XXXI (1424) 185.
    „   Sigmund. T. XXVIII (1429) 451.
Rorbach, Gerhoch de — T. XXVIII (1145) 107.
    „   Heinricus de — T. XXVIII (1262) 336. — T. XXIX (1262) 185, 449.
    „   Leo v. — T. XXX (1303) 17.
Rorenbach, Ludowicus de — T. XXVIII (1230) 465.
Rosenauer in der Rosenau — N. — Hintersasse. T. XXXI (1448) 353.
Rosenberg conf. etiam *Valchenstein.*
    „   Witigo de —; nobilis Bohemus. T. XXVIII (1231) 334.
    „   Woko, Woccho, ejus filius et marscalcus Bohemiae. T. XXIX (1256) 106, 206. (1257) 107, 109. (1258) 115.
    „   Witigo ibid. 220. (1259) 136. (1264) 246. (1257) 413.
    „   Budwog et Zawisch. T. XXIX (1272) 506.
    „   Peter v. — Oberstkaemmerer v. Boehmen. T. XXX (1341) 170, 171. (1347) 190, 191. (1357) 230, 231. (1358) 235.
    „   Jost, Ulrich und Jans, dessen Brüder loc. cit. (1357) 230, 231. (1358) 235.
    „   Heinrich v. — T. XXXI (1407) 73.
    „   Ulrich v. — ibid. (1457) 310.
    „   Jan v. — Sohn des Ulrich. T. XXXI (1463) 489, 490.

Rosenberg, conf. etiam *Wilego* et *Wolke*.

Rosenkemerius, N. — T. XXIX (1255) 92.

Roser, Udalricus — nominatur ab imperatore ad praebendam pataviensem. T. XXXI (1480) 572.

Rospart, Heinricus. T. XXIX (s. anno) 274.

Rossespach, Rudpertus de — T. XXVIII (1144) 224.

Rosslauscher, Rostuscher, N. — T. XXIX (s. anno) 250.

Rot, Rota, Hote, Hotte, Chunradus de — T. XXVIII (1180) 93. (1187) 259. (1194) 262, 263. — T. XXIX (s. anno) 282.

,,　　　Eberhardus de — T. XXVIII (1138) 104.

,,　　　Fridrich — T. XXX (1370) 291.

,,　　　Fridrich, Peter, Seifried, Christen, dessen Soehne ibid. 291, 292, 295.

,,　　　Jobst — Anwalt des Herzogs Ludwig des Baertigen von Bayern-Ingolstadt. T. XXXI (1435) 279.

,,　　　Johannes, Doctor et protonotarius imperialis. T. XXXI (1465) 495.

Rotau, Rotow, Rotowe, Rotawe, Rottau, Rottauer.

,,　　　Wernhardus de — ministerialis pataviensis. T. XXVIII (1194) 264. (1209) 134. (1226) 316. (1227) 323. — T. XXIX (1227) 341.

,,　　　Richgerus, frater ejus. T. XXVIII (1194) 264. (1234) 332. T. XXIX (s. anno) 247. (1227) 344.

,,　　　Alram de — ministerialis pataviensis. T. XXVIII (1255) 366. T. XXIX (1254) 235. (1257) 244, 247. (1262) 441.

,,　　　Alram v. — T. XXX (1310) 48. (1366) 265.

,,　　　Fridrich der — T. XXX (1369) 281, 282.

,,　　　Johannes de — canonicus pataviensis. T. XXX (1383) 364. (1389) 390.

,,　　　N. der — T. XXX (1388) 330, 331, 332. (1397) 466.

,,　　　Clara v. — Kellnerin des Klosters zum h. Hreuz zu Passau. T. XXX (1397) 460.

,,　　　Pilgrim v. — T. XXX (1396) 449, 450. (1398) 470. — Passauischer Rath. T. XXXI (1402) 26, 28. (1413) 115. — zu Madau. ibid. 117. Pfleger zu Vichtenstein (1424) 188.

,,　　　Georg v. — canonicus pataviensis. T. XXXI (1424) 195.

,,　　　zu Madau, Carl v. — T. XXVIII (1429) 454. — T. XXXI (1435) 288.

,,　　　zu Madau, Wilhelm v. — T. XXXI (1471) 514. (1495) 669.

,,　　　Afra, dessen Hausfrau. ibid. 514.

Rotele, Chunradus de — T. XXVIII (1179) 122.

Rotenberg, Rotenberch, Walchen, liber de — T. XXVIII (1209) 134. (1222) 449. (1224) 330. (1228) 327. — T. XXIX (1200) 279, 329.

,,　　　Walchun de — T. XXIX (1244) 360.

Roteneck, Rotenekke, Meinhardus comes de — T. XXVIII (1224) 332.

,,　　　Albero comes de — canonicus pataviensis. T. XXVIII (1262) 385.

(1264) 389, 391. — T. XXIX (1261) 431, 432. (1262) 446. (1264) 457, 458.
Rotenpühel, Heinricus de — T. XXVIII (1280) 181, 472.
  „   Sighardus de — ibid. 472.
Rotenrels, Luitoldus de — T. XXIX (1210) 274.
  „   Heinricus de — T. XXIX (1209) 281.
  „   Leutoldus et Wernhardus de — filii ejus loc. cit.
Rothlache, Ermengard et Heinricus de — T. XXIX (s. anno) 273.
Rotholf et Heinricus, civis pataviensis ibid. (s. anno) 272.
Roting, Rotingin, Heinricus de — T. XXVIII (1159) 510. — T. XXIX (1153) 60.
Rotinstein, Rottinstein, Meinhardus de — T. XXVIII (1280) 472.
Roudbert, Roubert, canonicus patav. T. XXVIII (1160) 116. (1163) 118, 119. — T. XXIX (1140) 253, 255. (1164) 252. (1164) 324.
  „   conf. etiam *Rupertus.*
Roudeger, Roudiger, judex pataviensis. T. XXIX (1154) 260.
  „   mancipium, ibid. (1153) 262.
  „   pincerna. T. XXIX (1209) 281.
  „   plebanus de Chuliub. T. XXIX (1229) 346.
  „   testis. ibid. (1180) 263. — Conf. etiam *Rudeger et Rügerus.*
Roudelip, test. T. XXIX (1220) 250.
Roudiger conf. *Rudeger.*
Roudmar, canonicus pataviensis. T. XXIX (1120) 259.
  „   ministerialis patav. ibid. 259.
  „   testis ibid. (1165) 256.
  „   conf. *Ruodmar.*
Roudolf, Roudolph, donator, cum fratre Orendil. T. XXVIII (1013) 78, 79, 90.
  „   frater Arnoldi. T. XXIX (1190) 252.
  „   pater Roudolfi et Orendilis fratrum. T. XXVIII (1013) 78.
  „   praepositus praedialis sive praedii et pater Engelschalci T. XXIX (1165) 257.
  „   conf. etiam *Rudolf.*
Roudwinus donator. T. XXIX (1065) 52.
Rouhenecke, Hartung de — T. XXIX (1150) 325.
Roultingen, Ortolf de — T. XXIX (1172) 267.
Roumoll, donator ibid. (1149) 259. Conf. etiam *Rurippe.*
Rouspach conf. *Ruspach.*
Route, Berthold de — T. XXVIII (1157) 110.
Routet, Poppo de — T. XXIX (1164) 260.
Routütnberge, Eberhardus de — T. XXIX (1165) 257.
  „   conf. etiam *Ratelenperg.*
Routin, Ortolph de — T. XXIX (1140) 255.
Rouzmares, Dietricus. T. XXVIII (1144) 224.
Ruchendorffer N. — der Richter. T. XXIX (1282) 645.
Rucker, Hans. — T. XXXI (1438) 557.

Ruchkelose, decimator in Grube T. XXVIII (1280) 130, 471.
Rudbertus conf. *Roudbert* et *Rupertus*.
Rudeger, Rudger, Ruodger conf. etiam *Roudeger* et *Rügerus*.
    „   camerarius, ministerialis pataviensis. T. XXVIII (1143) 105. (1147)
        108, 228. — T. XXIX (1140) 255. (1142) 266. (1147) 43.
    „   canonicus pataviensis. T. XXVIII (1182) 127. (1224 — 1230) 334.
        (1226) 149. (1236) 154. — T. XXIX (1183) 27. (1190) 251. (1204)
        269. (1242) 358.
    „   civis pataviensis. T. XXVIII (1167) 249.
    „   faber. T. XXVIII (1280) 469.
    „   filius Dietrici sartoris, civis pataviensis. T. XXVIII (1240) 138.
    „   frater Vorlingi. T. XXVIII (1158) 113. Conf. etiam *Urling*.
    „   judex pataviensis. T. XXVIII (1155) 234. (1157) 111. (1158) 113.
        (1159) 237, 308. — T. XXIX (1153) 251, 162.
    „   magister et canonicus pataviensis. T. XXIX (1215) 333.
    „   ministerialis comitis ballensis. T. XXVIII (1158) 113.
    „   et Wernhard, fratres et ministeriales patavienses. T. XXVIII (1194)
        264.
    „   pellifex et civis pataviensis. T. XXIX (1220) 250, 251.
    „   plebanus de Chouliube. T. XXIX (1229) 360.
    „   plebanus in Wachrain. T. XXX (1302) 9.
    „   socer Heinrici. T. XXIX (s. anno) 229.
    „   testis. T. XXIX (1136) 60.
    „   conf. etiam *Roudeger* et *Ruegerus*.
Rudelinus conf. *Rudlinus*.
Rudingus. T. XXVIII (1280) 480.
Rudleichinge, Walchun de — T. XXIX (1210) 274.
Rudleicus, archicapellanus regis. T. XXVIII (852) 71.
Rudlinus, Rudelinus, cellerarius Rügeri canonici pataviensis. T. XXX (1326)
    123.
    „   cultor. T. XXX (1326) 123.
    „   panifex. T. XXIX (s. anno) 229.
    „   sagittarius in Chatzperch. T. XXIX (1256) 239.
    „   textor in Rotenpuchel. T. XXVIII (1280) 472, 131.
Rudlo, apud portam, pater Conradi. T. XXIX (1259) 136.
    „   circa Thulnam. T. XXVIII (1280) 479.
Rudmundt, Georg — Landrichter zu Griesbach. T. XXXI (1450) 420.
Rudnicha, Hartwicus de — T. XXIX (1102) 56.
    „   Oudalricus. T. XXIX (1180) 278.
Rudolfing, Sighart. T. XXX (1303) 16.
Rudolphus, Rudolfus, apud ripam in officio Amstetten. T. XXVIII (1280)
    181, 473.
    „   canonicus pataviensis. T. XXVIII (1216) 293. (1220) 297. — T.
    XXIX (1216) 334.
    „   civis in Ascha et Linbel, filia ejus. T. XXIX (1210) 274.
    „   episcopus verdensis. T. XXX (1366) 269.

Rudolphus etc. filius Gebhardi. T. XXIX (s. anno) 230.
,, frater Walchuni. T. XXVIII (1109) 218. — T. XXIX (1102) 56. (1104) 63. (1120) 259.
,, in Chirchbach. T. XXIX (s. anno) 230.
,, der Marschalk. T. XXIX (1295) 534.
,, possessor alodiorum apud Pirichs in Austria. T. XXVIII (840) 58. — T. XXIX (1065) 63.
,, praepositus. T. XXVIII (1224) 303.
,, testis. T. XXIX (1088) 85.
,, testis ibid. (1120) 261.
,, albus, testis. T. XXVIII (1157) 110. — Conf. etiam *Albus*.
,, niger test. ibid. 110.
Rudwinus, *Rudwein*, monachus neuburgensis. T. XXX (1323) 103, 104. — Propst daselbst. (1337) 161, 162.
Rued, N. der — T. XXXI (1402) 23.
Ruegerus, *Rugerus* conf. etiam *Rudeger* et *Roudeger*.
,, canonicus pataviensis et plebanus in Wachrain. T. XXX (1311) 60, 61. (1317) 76, 78. (1318) 39, 80. (1319) 87. (1326) 120.
Ruepfel, Heinricus, clericus pataviensis. T. XXX (1383) 364. (1389) 394.
Rueshaimerin, N. die — T. XXXI (1443) 352.
Rufus, Conradus — civis in Chrems. T. XXIX (1260) 152.
,, Albero. T. XXIX (1223) 340.
Rugerus conf. *Ruegerus*.
Rukkelose conf. *Ruckkelose*.
Rukkendorffer, *Rukkendorffer*, Ulrich der — Ritter. T. XXXI (1439) 347.
Rukaut, *Rueland*, Ulrich — passauischer Anwald. T. XXXI (1435) 271, 296, 297. (1437) 312, 313. (1439) 347.
Rullinge, Ortolf et Ulricus, fratres de — T. XXVIII (1227) 326.
Ruman, donator. T. XXVIII (812) 28.
Rumolt, testis. T. XXVIII (789) 50.
,, test. ibid. (866) 54.
,, test. T. XXIX (1097) 56.
,, et filii ejus Meriboto, Otto, Eberhart et Riepolth, test. (s. anno) 61.
Rumtingen, *Romtingen*, *Ruomtinge* *Runding* etc.
,, Rehwin, Eberhard et Nuodung de — T. XXVIII (1209) 134.
,, Werigand de — ministerialis patav. T. XXVIII (1209) 133. (1224) 306, 332. (1226) 149, 316. (1227) 274, 328. — Vir nobilis. T. XXIX (1227) 344.
,, Ortolphus et Ulricus, ministeriales comitis de Vichtenstein. T. XXVIII (1226) 149.
,, Wigand. T. XXIX (s. anno) 272.
Runding, *Runding* conf. *Rumtingen*.
Ruodacker et filius ejus Holperht. T. XXVIII (903) 205.
Ruodmarus, abbas gottwicensis. T. XXIX (1173) 62.
Ruedolt, frater Odalscalbi. T. XXVIII (820) 37.

Ruotkoh, test. ibid. (905) 204.
Rupertus, episcopus ratisponensis. T. XXXI (1495) 694, 695.
„   episcopus wormatienses. T. XXVIII (598 et 615) 446.
„   canonicus et major plebanus pataviensis. T. XXVIII (1147) 227 —
             228. (1156) 233. (1160) 239. — T. XXIX (1162) 24.
„   canonicus pataviensis. T. XXVIII (1222) 300. (1223) 301.
„   clericus. T. XXIX (1204) 270.
„   decanus pataviensis. T. XXVIII (1147) 227. (1156) 233. (1160) 238
             — 239, 242. (1164) 240, 244. — T. XXIX (1147) 43. (1162) 24.
„   in prato. T. XXIX (s. anno) 223.
„   mancipium Walchuni. — T. XXIX (1097) 56.
„   nobilis homo. T. XXIX (1165) 255, 256.
„   praepositus de Minster. T. XXIX (1158) 437.
„   scholasticus ratisponensis. T. XXIX (1261) 177.
„   scriptor, dictus Tuitiensis. T. XXVIII (1254) 486.
„   serviens Ozi. T. XXIX (1149) 260.
„   testis. T. XXVIII (874) 70.
„   conf. etiam *Rowdbert*.
Rupo, test. T. XXVIII (983) 87, 207, 208. (985) 89, 209.
Rurippa, *Rurippe*, Ramolt de — T. XXIX (1143) 256, 262.
„   Richart, Diemud, Adelheid et Wernhard. T. XXIX (1220) 250.
„   Siboto ibid. (s. anno) 273.
Rusbach, *Ruspach*, *Rouspach*, Hartcha de — T. XXIX (1165) 256.
„   domini de — T. XXIX (1284) 553.
„   Wernher de — ibid. (1259) 134.
„   Bernhard de — et uxor ejus Gertrudis. T. XXIX (1296) 589.
„   Otto de — magister. T. XXX (1302) 15.
„   Chadolt de — ibid. (1325) 118.
Rusdorf, *Rustorf*, *Ruestorf* — Walchun de — T. XXIX (1255) 67.
„   Heinricus. T. XXIX (1258) 225.
„   Ulricus ibid. (1285) 552.
„   Wernherus. ibid. (s. anno) 219.
„   Albero v. T. XXX (1318) 34, 35.
„   Ulrich, dessen Vetter ibid. 85.
„   Stephan der Ruestorffer, Beisitzer der Landschranne zu Strasheim.
             T. XXXI (1427) 209.
Ruta, *Rute*, Udalricus de — T. XXIX (1149) 259.
„   Ortwin et Hertlou de — ibid. (1221) 284.
Ruthemus, vicarius S. Stephani. T. XXIX (1261) 439.
Rygel, Hermann von dem — Bürger zu Coeln. T. XXX (1398) 470.

S.

S. scholasticus majoris ecclesiae ratisponensis. T. XXIX (1258) 424.
S. plebanus in Pewerbach. T. XXIX (1258) 244.
Saccus, Leupoldus. T. XXIX (1264) 246.
Sachsenheim, Elisabeth et Heinricus de — T. XXIX (s. anno) 272.
Saeldenau, *Saeldenawe*, Sweiker v. — Vicedom bei der Rot. T. XXX (1336)
     156.
   ,,   conf. etiam *Tuschel.*
Sagittarius, Leutoldus. T. XXIX (1291) 576.
   ,,   magister Wernhardus ibid. (1264) 236.
Sahsengang, *Sahsengansch*, Leupoldus de — T. XXIX (1260) 214. (1291) 535.
     (1293) 580.
   ,,   Leupoldus, filius Leupoldi. T. XXIX (1293) 580.
Sailar, *Snilare*, N. T. XXIX (1220) 252.
Sala, Jc. de — ex cancellaria romana. T. XXXI (1454) 438.
Salacher, *Salaher*, Aelblein. T. XXX (1381) 358.
Salacho, N. T. XXVIII (906) 204.
Salaman, *Salman*, test. T. XXVIII (899) 33. (s. anno) 175. (906) 204. (933)
     207. (1188) 260.
   ,,   possessor domus Patavlae. T. XXVIII (s. anno) 175.
   ,,   de Vennonpach. T. XXIX (1165) 256.
   ,,   Gerhart, Pfarrer auf der Stetten zu Wien. T. XXX (1393) 424.
Salchinger, Niclas, Burghüter. T. XXX (1397) 458.
   ,,   zu Traisdorf, Kilian. — T. XXXI (1494) 690, 691.
   ,,   Hans, dessen Bruder loc. cit.
Salharn, Einwic de — T. XXIX (1255) 94.
Salmansbiten, Gerunch de — T. XXIX (1125) 21.
Salpker. T. XXIX (1220) 251.
Salahho conf. *Kerprecht.*
   ,,   comes. T. XXVIII (777) 198, 199.
   ,,   T. XXVIII (788) 49.
Salvelden, Ortolf de — ministerialis pataviensis. T. XXVIII (1194) 264.
   ,,   Fridericus. T. XXIX (1196) 63.
   ,,   Rudeger. T. XXVIII (1224) 382.
Salzburga, *Salzburch*, Gerhohus de — T. XXVIII (1237) 359. (1244) 304. —
     T. XXIX (1248) 76.
Salzweger, Ulricus — civis pataviensis. T. XXVIII (1209) 283.
Samisteten, Lutoldus de — T. XXIX (1221) 284.
Samson, Pfarrer bei S. Egyd zu Passau. T. XXIX (1299) 594.
Sangplosen, Ulricus et Ulricus. — T. XXX (1302) 10.
Samperge, *Saemperg*, Wilhelmus de — T. XXIX (1258) 225.
Sapientia, filia sororis Irminswindae. T. XXVIII (774) 4.

Sarchlingen, Sarchlingen, Meginhardus de — T. XXIX (1121) 57.
Sartor, Albertus — civis pataviensis. T. XXIX (1269) 445.
    „   Ulricus ibid.
    „   Ch. — colonus in Stochstal. T. XXX (1318) 80.
    „   Otto — colonus in Wachowa. — T. XXX (1318) 83.
Sattelbogen, Satelbogen, Satelpoger, Conrad — T. XXX (1369) 289.
    „   Erhart. T. XXXI (1411) 104, 105.
    „   Wiguleus — Pfleger zu Winzer. T. XXXI (1421) 178. (1424) 191.
    „   Georg. T. XXXI (1439) 345, 346, 347.
Saverstetten, Saverstetin, Saverstathin, Savirstetten.
    „   Albertus de — T. XXIX (1172) 266, 267.
    „   Bernhardus de — T. XXIX ibid; — ministerialis pataviensis. T. XXVIII (1179) 122. (1194) 264.
    „   Leutold sive Liutold. T. XXVIII (1179) 122. (1180) 98. (1187) 259. (1194) 264. (1209) 151, 133, 134, 283. (1210) 137, 138, 288. (1211) 139. (1216) 293. (1217) 296. (1222) 300. (1223) 301. (1224) 302, 306. (1226) 149, 316. (1227) 274, 323, 326, 334. (1232) 448. (1241) 342. (1244) 307.
    „   Hugo. T. XXVIII (1241) 342. (1242) 346. (1244) 507. (1280) 453, 469. (s. anno) 175. — T. XXIX (1254) 222, 234. (1255) 93. (1256) 240. (1257) 112, 113. (1259) 134. (1261) 176. (s. anno) 130. (1260) 429. (1270) 496.
    „   Gundachar, canonicus pataviensis. T. XXVIII (1264) 390. T. XXIX (1257) 112, 113. (1258) 99. (1260) 151. (1261) 431. (1262) 445. (1264) 457, 458.
Saurier, Paulus — ordinis fratrum Praedicatorum professor. T. XXXI (1431) 581.
Saxo, Heinricus — diaconus. T. XXIX (1241) 239.
Saxonia, Albertus dux — gener Rudolphi regis. T. XXVIII (1277) 412. — T. XXIX (1285) 554.
    „   Rudolphus, dux et imperii archimarescallus. T. XXX (1366) 268, 269.
    „   Elisabeth, Herzogin zu Sachsen und Frau zu Weinsberg. T. XXXI (1436) 298, 299.
Saxtorf, Heinricus de — T. XXIX (1254) 247.
Sazze, Hermannus. T. XXIX (1147) 215.
    „   Otto ibid.
Sbeinhern, Leupoldus de — T. XXIX (1147) 215.
Scefwurere, Schefwurcher, Liupoldus. T. XXIX (1204) 270.
    „   Eberhardus. T. XXIX (1204) ibid. — Conf. etiam *Schefwurcher*.
Scauntendorf conf. *Udalricus* canonicus.
Schachin, Erimpert de — T. XXVIII (1133) 104.
Schackner, Lienhart — Burghüter. T. XXX (1397) 453.
    „   Peter — Grundbesitzer zu Schwabdorf. T. XXXI (1458) 464.
    „   Christoph — passauischer Dechant. T. XXXI (1486) 616.
Schaerding, Ulricus dictus — T. XXX (1308) 33.

Schaerding, Margaretha, uxor ejus. ibid. — Conf. etiam *Scharding* et *Scher-*
    ding.
Schaewrenberg, Schaewrenberch, Conradus — T. XXX (1311) 57.
  „   Nicolaus, Fridrich et Conrad ibid.
Schaffervekke, Ulricus. T. XXIX (1270) 499.
  „   Otto. ibid.
Schala conf. *Burghausen.*
Schalcheim, Schalchmim, Schalrkrim, Schalcken.
  „   Durngo de — T. XXIX (1130) 266.
  „   Pilgrim, nobilis de — T. XXIX (1183) 25.
  „   Fridericus, canonicus maticensis. T. XXVIII (1263) 387. T. XXIX
      (1263) 453.
Schallenberger, Schallnberger, Caspar der — T. XXXI (1429) 220.
  „   Balthasar, dessen Bruder loc. cit.
Schallarn, Kaezzel sive Chaezil, ministerialis pataviensis. T. XXVIII (1067)
      217. — T. XXIX (1071) 13.
  „   Ottaker. loc. cit.
  „   Walchun — ministerialis pataviensis. T. XXIX (1147) 43. (1204)
      270.
Schambach, Rudeger de — T. XXVIII (1194) 261.
Scharding, conf. etiam *Schaerrding* et *Scherding.*
  „   Werigand. T. XXIX (1284) 556. (1289) 563.
  „   Mathildis, uxor ejus. ibid. 563.
  „   Ulricus. T. XXIX (1284) 555.
  „   Heinricus. ibid.
Scharenstein, Heinricus de — T. XXIX (1204) 269.
Scharffenberger, Hans — Hintersasse. T. XXXI (1412) 108, 109.
Scharrer, Heinricus. — T. XXIX (1267) 473.
Schawer, Schawer, N. civis pataviensis. T. XXIX (1253) 385.
  „   Leonhardus canonicus pataviensis. T. XXX (1389) 390. Offical zu
  „   Wien. T. XXXI (1406) 63.
Schaumberg, Schaumburg, Schowenberch, Schowenburch, Schoumberg, Schoun-
    berch, Scounberch, Scowenberch.
  „   Wernhardus, nobilis de — T. XXVIII (1186) 256. (1209) 131.
      (1224) 306. (1241) 343. (1244) 307. — T. XXIX (1192) 43. (1250)
      79. (1256) 205, 206, 227. (1267) 107.
  „   Heinricus, nobilis de — T. XXIX (1243) 360.
  „   Wernhardus junior, frater Heinrici junioris. T. XXVIII (1256) 380,
      381. — T. XXIX (1256) 105, 205, 206, 220, 239, 241. (1253) 115.
      (1262) 132. (1267) 107, 109.
  „   Wernhardus, nobilis de — T. XXIX (1281) 537. (1283) 561. —
      Bernhard (1282) 544.
  „   Wer. — T. XXIX (1256) 241.
  „   Wernherus et Wernherus. T. XXIX (1258) 115. — T. XXVIII
      (1280) 415.

Schaumberg etc. Heinricus. T. XXVIII (1294) 306, 332. (1241) 543. (1244) 507.
— T. XXIX (1269) 492.

  „   Heilwigis, uxor Heinrici. T. XXVIII (1256) 380. — T. XXIX (s.
anno) 220.

  „   Heinricus junior. T. XXVIII (1256) 380. — T. XXIX (1249) 204,
227. (1250) 79. (1256) 105, 241. (1257) 107. (1268) 115. (1269)
492.

  „   Hartnid — dapifer. T. XXIX (1256) 108. (1257) 107, 414. (1269)
493.

  „   Heinricus senior. T. XXIX (1298) 586. (1299) 592.

  „   Heinricus et Wernhardus. T. XXIX (1257) 414.

  „   H. et W. junior. T. XXIX (1257) 413, 414. (1272) 506. (1284)
553.

  „   Hobold. T. XXVIII (1294) 332.

  „   Leutold — canonicus pataviensis. T. XXVIII (1300) 515. T. XXX
(1305) 24.

  „   N. N. nobiles de — T. XXVIII (1280) 470, 480. — T. XXIX (s.
anno) 86.

  „   Heinrich der aeltere v. — T. XXX (1307) 33. (1310) 49.

  „   Heinrich, Graf v. — T. XXX (1324) 110. (1326) 119. — (1336)
153. (1349) 197.

  „   Leutold, Graf v. — dessen Bruder. T. XXX (1336) 153. (1352)
206.

  „   Conrad, Graf v. — ibid. (1349) 198.

  „   Wernhart, Graf v. — T. XXX (1356) 219, 219, 220. (1359) 242.

  „   Fridrich dessen Bruder — ibid. 219, 220.

  „   Ulrich, desgleichen ibid. et (1357) 231. (1359) 242. (1363) 252,
253, 257, 258. (1367) 277, 278.

  „   Heinrich. T. XXX (1356) 219, 220. — Ulrichs Bruder (1357)
231. (1359) 242. (1363) 252, 253, 257, 258. (1367) 277, 279.

  „   Heinrich, Sohn des Heinrichs. T. XXX (1363) 252, 253, 257.
(1376) 319. (1381) 356. (1383) 367. — T. XXVIII (1383) 440.

  „   Kunegunde v. — vermaehlte Landgraefin v. Leuchtenberg. T. XXXI
(1411) 104.

  „   Johannes, Graf v. — T. XXXI (1414) 124.

  „   N. N. die Herrn und Grafen v. — T. XXXI (1427) 207, 208.

  „   Sigmund, Graf v. — T. XXXI (1459) 467.

  „   Johannes, Graf zu — oberster Marschall in Steyer. T. XXVIII
(1443) 499, 530. T. XXXI (1459) 475.

  „   Bernhard, Graf zu — Sohn des Vorgenannten. T. XXXI (1459)
475, 476.

  „   Sigmund, Graf v. — T. XXXI (1480) 569 (1490) 653. (1491) 656,
657.

  „   Heinrich, Graf v. — memoratur, T. XXXI (1490) 653.

Schawpp, Heinrich. T. XXIX (1254) 236.

Schawzleich, Dietrich der — Bürger zu Lintz. T. XXX (1370) 295, 296.

Schautleich, Cunegunde, dessen Hausfrau loc. cit. 295. — Conf etiam *Order*.
Schawig, Schawing Conradus de — T. XXIX (1259) 136. — Otto de — (1172) 227.
Schawl, Conrad der — Burggraf zu Wolfsegg. T. XXX (1394) 454, 455.
  „   Benedict, dessen Vetter loc. cit. 455.
Schechn, Dietricus de — ministerialis pataviensis. T. XXVIII (1121) 91.
Scheckel N. — Hintersasse. T. XXX (1310) 47.
Schefpack, Ebo de — T. XXIX (s. anno) 219.
Schefpeck. Schefpecche, N. — civis de Landow. T. XXIX (s. anno) 218.
Schefwurcher, Conradus. T. XXIX (s. anno) 231, 232. — Conf. etiam *Scrf-wurere*.
Scheirer, Ulrich der — T. XXIX (1299) 594.
Schenck, Pilgrim der — Ritter. T. XXVIII (1300) 515. T. XXX (1302) 12. (1303) 17, 18.
  „   Rüger der — T. XXX (1311) 58.
  „   Ulrich, der Schenk von Seborn. T. XXX (1353) 207.
  „   Katharina, dessen Hausfrau loc. cit.
Schepach, Heinrich — T. XXXI (1415) 141.
Scherandus, Wilhelmus. T. XXIX (1269) 494.
Scherding, Meister Hans v. — Chorherr zu Passau und Vicar in Oesterreich. T. XXX (1369) 285.
  „   conf. etiam *Scharding* et *Schaerding*.
Scherendorf, Alramus de — T. XXIX (1214) 272.
Scherer, Ulricus — diaconus. T. XXIX (1299) 593.
  „   Niclas — Beisitzer der Landschranne zu Stratheim. T. XXXI (1427) 209.
Scherffenberg, Scherffnberch, Johannes v. — Dompropst zu Passau. T. XXX (1376) 319. (1390) 343.
  „   Rudolph v. — T. XXX (1396) 454, 455.
Schernegker, Degenhart — Hauptmann zu Dirnstein. T. XXXI (1481) 595.
Scherolfingen, Herbot de — T. XXVIII (1143) 106.
Scherza, N. — civis pataviensis. T. XXVIII (1224) 302.
Schespach, Otto de — T. XXVIII (1194) 261.
Schetzel, Heinricus — clericus pataviensis. T. XXXI (1412) 113, 114.
Schembetinus N. — civis pataviensis. T. XXIX (1263) 335, 336.
Schiccho de Husendorf. N. T. XXVIII (1280) 456.
Schich, Schikch, Heinrich der — T. XXX (1389) 395.
Schillinger, Schillinger, Heinrich — T. XXX (1303) 16.
Schillarn, Ortolf von — T. XXIX (1250) 209.
  „   Conradus de — ibid. (s. anno) 272.
  „   Al. — de — ibid. (1281) 543.
Schillperg, Schillperch, Perhtold de — T. XXVIII (1220) 298.
Schinwaz, Rupertus — civis pataviensis. ibid. (1209) 283.
Schioer, Schifer, Schyfer, Rüdiger der — T. XXX (1307) 54.
  „   Dietrich der — ibid. (1317) 74. (1329) 135. — Ritter (1337) 162.
  „   Conrad der — ibid. 162.

Schiør etc. Benedict. — T. XXXI (1459) 467.
Schledorf conf. *Slekdorf*.
Schlierbach, Wernherus de — T. XXIX (1286) 558.
Schliki, Schlieck, Sliegk, Caspar — miles et cancellarius Sigismundi impe-
    ratoris. T. XXXI (1434) 252, 256.
  „ conf. etiam *Caspar.*
Schlüsselberg, *Slutzelberch* — Ulricus de — T. XXIX (1274) 507, 508.
Schmalz, Smalz, Heinrich der — T. XXX (1375) 303.
Schmid, Niclas — genannt der Teufel, Hintersasse. T. XXX (1391) 414.
  „ Schmitt, Michael — Bürger zu Pladling. — T. XXXI (1455) 441
    — 443.
  „ conf. etiam *Smid.*
Schnabel, Snabel — Fridericus — vicarius chori pataviensis. T. XXX (1389)
    394. — Pfarrer zu Wels und Domvicar zu Passau. (1395) 447.
  „ conf. etiam *Snabel.*
Schneider, Sneider, Sneyder, Martin — passauischer Lehenmann und Bür-
    ger — T. XXX (1372) 301.
  „ Martin — Zechmeister der S. Paulspfarre zu Passau. T. XXX
    (1373) 303.
  „ Woelfel, passauischer Hintersasse. T. XXXI (1404) 50.
  „ Hans, Gerichtsbeisitzer. T. XXXI (1450) 491.
  „ Michael. T. XXXI (1472) 517.
  „ Paul, Grundbesitzer zu Schwabdorf. T. XXXI (1458) 463.
  „ conf. etiam *Sneider.*
Schmitzer, Smitzer, Conrad — Burghüter — T. XXX (1397) 458.
Schober, Schobrius, Ulricus — canonicus pataviensis. T. XXVIII (1204) 271.
    (1209) 133. (1227) 326. — T. XXIX (1204) 270.
Schoenanger, Wilhelmus de — T. XXVIII (1250) 464. — T. XXIX (1244)
    290.
  „ Poppo et Richerus, filii ejus. loc. cit.
Schoenau, A. — ex cancellaria sedis apostolicae. T. XXXI (1438) 235.
Schoenberg, *Schoenburch, Sconenberch,* Rapoto de — T. XXVIII (1172)
    174. (1203) 268. — Socer Hugonis de Sarerstetten. T. XXIX (1257)
    412. (1261) 176. (s. anno) 216.
  „ N. N. fratres de — T. XXVIII (1280) 481.
  „ Chunradus, marscalcus de — T. XXIX (1209) 284.
  „ Diemudis de. — uxor Heinrich de Placnich. — T. XXX (1270)
    496.
  „ Albertus de — gener Ortliebi de Winkel. T. XXX (1302) 10.
  „ conf. etiam *Sconiburg.*
Schoenburger, Marthan — Gerichtsbeisitzer. T. XXXI (1450) 491.
Schoenkering, Sconekeringen, Engilbertus de — T. XXVIII (1280) 460. T.
    XXIX (1154) 260.
  „ Perta de — T. XXVIII (1280) 460.
Schoenstein, Scoensteine, Siboto de — T. XXVIII (1225) 144.
Schoenstetter, Schoenstetten, Gebhardus de — T. XXVIII (1227) 326.

Schoensteller etc. Peter — Pfleger zom Rennarigl. T. XXVIII (1429) 451.
    Passauischer Pfleger zu Försteneck. T. XXXI (1454) 246. (1437)
    319. — zu Warenpach (1438) 334, 337 — 339. (1439) 342, 347.
    „   zu Warmpsob, Hans — des Vorigen Sohn. T. XXXI (1439) 342, 344.
    „   Erasmus und Hector, desgleichen. ibid.
    „   in der Zell — Peter — T. XXXI (1442) 350.
Schoetinger, Conrad. — T. XXX (1391) 410.
    „   Wernhart — T. XXXI (1400) 1.
    „   Sigmund — T. XXXI (1436) 306, 307.
Schone, N. — de Mutarn. T. XXVIII (1280) 474.
Schonliten, Schonleiten, Sconleiten, Hermannus et Rudegerus de — T. XXVIII
    (1210) 137, 283.
    „   Hermannus. T. XXIX (1264) 245.
    „   Ulricus — canonieus pataviensis. T. XXVIII (1227) 273, 323, 326, 334.
Schonpühel, Schonnebuhil, Schonenpuhel, Mangold de — ministerialis pata-
    viensis. T. XXVIII (1203) 268. (1209) 131.
    „   Otto de — T. XXIX (1260) 154.
Schopf, Hans — passauischer Bürger. T. XXXI (1435) 271.
Schopper, N. civis pataviensis. T. XXVIII (1425) 450.
Scholer, Wernzlein — Bürger zu Passau. T. XXXI (1401) 8.
Schotrin, N. — de Patavia. T. XXVIII (1425) 450.
Schoublinus. T. XXIX (1258) 255.
Schowenburg conf. *Schaumberg*.
Schowenstein. Walpurg de — T. XXVIII (1280) 460.
Schowinge, Scowinge, Wigand de — T. XXIX (1196) 63.
    „   Rudolphus. T. XXVIII (1228) 329, 330. — T. XXIX (1230) 362.
    „   Conrad. T. XXIX (1257) 110.
    „   N. Schowinger de — T. XXVIII (1280) 475.
Schraekl, N. T. XXIX (s. anno) 230, 231.
Schrankler, Hans — Kastner zu Ebelsberg. T. XXXI (1478) 550.
Schrantz, Schrunz, Stephan der — Mautner zu Passau. — T. XXXI (1405):
    54, 59. (1410) 92.
Schrawaz, Shorawaz, Rudbertus — civis patav. — T. XXVIII (1210) 153. —
    T. XXIX (s. anno) 273.
Schreialgatten, Engelbertus de — civis pataviensis. T. XXVIII (1209)
    283.
Schreiber, Schreibnerin — Adelheid die — T. XXX (1354) 247.
Schrenk auf Dippoldiswalde — Johannes — Doct. der Rechte. — T. XXXI
    (1494) 637, 633.
Schrimprotel, Albertus — civis patav. — T. XXVIII (1209) 283.
Schrotinger, Hans — weiland Pfleger zu Haltenstein. T. XXXI (1499) 703.
Schurbach, Schurebach, Albero — T. XXVIII (1210) 137, 288.
Schurf, Conrad — T. XXX (1303) 15, 16.

Schurf, Seibot. ibid. 16.
Schuster, Schuchster, Andreas — passauischer Hintersasse. T. XXXI (1401) 50.
    ,,   Lienhart — Gerichtsbeisitzer. ibid. (1450) 421.
    ,,   Mert — Bürger zu Waldkirchen. T. XXXI (1479) 517.
Schwab conf. *Suevus*.
Schwabdorf, Swabdorf, Georg, Marschall v. — T. XXXI (1448) 405. — Conf. etiam *Swabdorf*.
Schwarzburg, Swartzburg, Heinricus, comes de — T. XXX (1366) 269.
Schwartenaw conf. *Schwartzenawe*.
Schwartzenstein. Swartzenstainer, Andreas. T. XXXI (1401) 9, 10. (1410) 91.
    — Pfleger zu Fürsteneck (1413) 115, 117. (1417) 144.
    ,,   zu Engelburg, Andreas. T. XXXI (1449) 401.
    ,,   zu Engelburg, Ritter, Andreas. T. XXXI (1494) 673, 678.
Schweidnitz, Bolko dux Swidnicensis. T. XXX (1366) 269.
Scilarn, Heinricus de — T. XXVIII (1227) 274.
Seillarn conf. *Schillarn*.
Scillesdorph, Scylthdorf, Megengot sive Meingot de — T. XXVIII (1158) 113. — T. XXIX (1159) 261.
Scobrius conf. *Schober*.
Scobro, test. T. XXIX (s. anno) 272.
Scoenstaine conf. *Schoenstein*.
Sconcheringen conf. *Schoenhering*.
Scomiburg conf. etiam *Schoenberg*.
    ,,   Heinricus de — T. XXIX (1121) 59.
Scowinge conf. *Schowinge*.
Scrorare, Rudigerus. T. XXVIII (1163) 119.
Scrovenhousen, Udalricus de — T. XXVIII (1220) 293.
Scylthdorf conf. *Scillesdorph*.
Sebeck, Sebekch, Gotfrid der — T. XXX (1387) 225.
Sebrukke, Conradus de — T. XXVIII (1244) 308.
Sedulius, scriptor. T. XXVIII (1254) 435.
Seemann, Heinricus — canonicus et archidiaconus ratisponensis. T. XXVIII (1241) 344.
    ,,   Stephan der — T. XXXI (1406) 66.
Segi, Lorenz — Jadenrichter zu Tulln. T. XXXI (1410) 89.
Seiboltsdorfer, Seiberstorffer.
    ,,   Thoman — T. XXXI (1401) 9, 10.
    ,,   Hans — Ritter. T. XXVIII (1456) 455. — zu Seibelstorf. T. XXII (1456) 444.
    ,,   Thoman — oberster Kellner des Capitels zu Passau. T. XXXI (1450) 420, 421.
    ,,   Thoman — Mautner zu Passau. T. XXXI (1455) 442.
Seiboth, der Truchsess. T. XXIX (1286) 558.
Sekkaw, Seccovia, Warnhardus de — canonicus pataviensis. T. XXX (1305) 24.

Selinda, mancipium. T. XXIX (1220) 252.
Selpkerus, test. T. XXIX (1140) 258.
  „   conf. *Imbertus*.
Seneca, scriptor. T. XXVIII (1254) 487. — T. XXIX (1244) 81, 82.
  „   Conradus, ex choro pataviensi. T. XXVIII (1226) 149.
Senft, Senffl, Thoman — Bürger zu Landshut. T. XXXI (1494) 688.
Senftinberg, Senftinberch, Roudegerus de — T. XXIX (1200) 330.
Senge, Sengen, Conradus de — civis patav. T. XXVIII (1209) 134, 233.
Senging, Hans v. — Domdechant zu Passau. T. XXX (1398) 474.
Septem-castris, Hermannus de — T. XXIX (1269) 494.
Selzer, Selzzer, Selzarius, Conradus — civis de Helingersperge. T. XXVIII
        (1255) 366. (1280) 467, 173. — T. XXIX (1254) 85. (1265) 88.
        (1266) 97.
  „   Conradus. T. XXIX (1262) 444, 445.
  „   Otto — magister et canonicus pataviensis. T. XXVIII (1800)
        515.
  „   Ulrich der — T. XXX (1335) 151.
  „   Wernhart — Richter zu Passau. T. XXX (1350) 201. (1359) 245,
        247.
Seule, Herbort auf der — Bürger zu Wien. T. XXX (1391) 95.
Seusenegk, Bernhard v. — T. XXXI (1459) 474.
Seucer, Conradus — de Strazheim. T. XXVIII (1254) 485.
Seveld, Wichardus de — T. XXVIII (1203) 268. — T. XXIX (1180) 278.
  „   Albertus, frater domus theutonicae. T. XXIX (1267) 467.
  „   Conrad der Sevelder — civis in Chrems. T. XXIX (1260) 152,
        235.
  „   Heinricus, Otto et Conrad. — T. XXIX (1282) 545.
Sevelden, Sevelde — Albertus de — frater Ord. minorit. T. XXIX (1265)
        462. (1269) 494.
Severinus B. monachus. T. XXVIII (1432) 444.
  „   canonicus pataviensis. T. XXIX (1252) 380.
Severus, episcopus. T. XXVIII (1254) 485.
Seydlinus N. — T. XXX (1326) 124.
Seyfried, Dompropst von Passau. — T. XXXI (1454) 431, 432, 434.
Shalcheim conf. *Schalcheim*.
Sheffouwe, Alram de — T. XXIX (1130) 266.
Shorawaz conf. *Schrawaz*.
Sibentrit, Heinricus. — T. XXIX (1254) 83.
Sibolo, Sigiboto, Sigeboto, canonicus pataviensis. T. XXVIII (1224) 302.
        (1227) 324, 334. — T. XXIX (1252) 380.
  „   canonicus et scholasticus ratisponensis. T. XXVIII (1241) 344.
  „   carnifex. T. XXIX (s. anno) 234.
  „   censualis pataviensis. T. XXVIII (1280) 459.
  „   civis pataviensis et uxor ejus Diemudis. T. XXIX (1325) 502.
  „   dapifer et ministerialis patav. T. XXVIII (1147) 108, 228. (1157)
        111, 112.

Sibole etc. episcopus quondam augustensis. T. XXIX (1254) 65.
,,   filius Pertae. T. XXIX (1133) 253.
,,   frater ordinis Praedicatorum. T. XXIX (1261) 488.
,,   in Almesvelde, censualis. T. XXVIII (1280) 471.
,,   liber. T. XXIX (1172) 267.
,,   miles de S. Udalrico. T. XXVIII (1232) 449. — T. XXIX (1214) 271.
,,   mutarius in Obernberg. T. XXIX (1255) 238. (1256) 241. (1257) 243.
,,   nepos Gumpoldi. T. XXIX (1140) 254.
,,   plebanus de Grimarsteten. T. XXIX (1229) 350.
,,   praepositus S. Floriani. T. XXIX (1257) 110. (1258) 127.
Sicinberg, Sicinberch, Sighart, nobilis de — T. XXIX (1125) 21.
Sifridus, Sigifridus, Syfridus conf. etiam *Seyfried.*
,,   abbas aldersbacensis. T. XXVIII (1167) 243.
,,   archidiaconus patariensis. T. XXIX (1211) 70.
,,   censualis in Aertzperge. T. XXVIII (1280) 472.
,,   censualis in Eholving. ibid. (1280) 468.
,,   censualis in Mutarn ibid. 474.
,,   cultor novalis. T. XXIX (1065. 53.
,,   episcopus ratisponensis et imperialis cancellarius. T. XXVIII (1241) 343. (1243) 330.
,,   frater Megingozi conf. *Megingoz.*
,,   frater Walbruni. T. XXVIII (1157) 110.
,,   ministerialis comitis de Pütten. T. XXIX (1153) 60.
,,   pistor, civis in Chrems. T. XXIX (1256) 104.
,,   plebanus in Heristinge. T. XXIX (1257) 112.
,,   plebanus in Haimburg. T. XXIX (1229) 350.
,,   plebanus in Waclaa. T. XXIX (1229) 346, 350.
,,   possessor praedii in Gwerra. T. XXVIII (1280) 473.
,,   scriba regis Bohemiae. T. XXIX (1270) 495.
,,   test. T. XXIX (1119) 65.
,,   test. T. XXVIII (1121) 91.
Sigboldus, abbas in Medlico. T. XXIX (1116) 33.
Sigboto conf. *Sigiboto, i. e. Siboto.*
Sigehartingen, Conradus de — T. XXIX (1140) 255.
Sigenheim, Sygenheim, Pero de — T. XXVIII (1179) 122.
,,   Fridericus et Wernhard. ibid. (1209) 134.
,,   Wernhard. ibid. (1224) 306.
,,   Fridericus. T. XXVIII (1207) 323. — T. XXIX (1259) 226. (1255) 67.
,,   Ottachar, frater Friderici — ministerialis patariensis. T. XXVIII (1242) 346, 343. — T. XXIX (1255) 67.
,,   Heinricus et Fridericus. T. XXIX (1227) 344.
,,   Hugo. T. XXIX (1255) 67.
,,   Heinricus. T. XXIX (1295) 586. (1296) 588.

Sigenheim etc. Sigenhaimer — Reiker der — T. XXXI (1402) 26, 27.
   „   N. der — Chorherr zu Passau. T. XXXI (1411) 103.
   „   zum Turnstein — Thoman — T. XXXI (1491) 658.
Sigershofen, Hans — Pfleger und Richter zu Schaerding. T. XXX (1397) 459.
Sighard, Sigehardus, Sigehart, Sigihart.
   „   archipresbyter ac praepositus S. Hippolyti. T. XXVIII (1194) 265. (1209) 279.
   „   canonicus pataviensis. T. XXVIII (1147) 228. (1160) 116, 239. (1163) 117 — 119. (1164) 240, 244. (1167) 249; archidiaconus pataviensis (1204) 270. — T. XXIX (1138 — 1148) 29. (1140) 255. (1148) 43. (1162) 24. (1164) 324.
   „   censualis in Matarn. T. XXVIII (1280) 474.
   „   in monte, censualis in Amstetten ibid. 472, 481.
   „   et Wernhardus, fratres. T. XXVIII (1157) 110.
   „   comes. T. XXIX (s. anno) 313.
   „   liber homo. T. XXIX (1165) 256.
   „   pater Ottonis, praep. patav. T. XXIX (1165) 255.
   „   pistor. T. XXIX (1165) 255.
   „   plebanus viennensis. T. XXIX (1211) 70.
   „   praepositus zu Vilshofen. T. XXXI (1401) 8.
Sigibalt, presbyter, frater Lantpoldi. T. XXVIII (788) 55.
Sigibertus. T. XXVIII (1013) 74.
Sigihelm, test. ibid. (806) 50.
Sigimar, test. T. XXVIII (906) 204.
   „   test. T. XXIX (1120) 289. — Conf. etiam *Hizo.*
Sigiperht. T. XXVIII (725) 54.
   ,   Sigiprcht, test. T. XXIX (1120) 64, 289.
Sigiparch, censualis Hizilini. T. XXVIII (1013) 80.
Sigiricus, presbyter ibid. (600) 40.
Sigiza, monialis. T. XXVIII (1013) 75.
Sigmaringen conf. *Patavia*, Bertholdus episcopus.
Sigmund, Erzbischof v. Salzburg. T. XXXI (1460) 483.
   „   mancipium Friderici comitis de Dogen. T. XXIX (1141) 64.
Sigulu, uxor Conradi ibid. (1211) 70.
Siklenberch, Ulricus de — T. XXVIII (1210) 137, 288.
Silesia, Heinricus pius, dux et pater Wladislai episcopi pataviensis. T. XXVIII (1241) 194.
Silvester, canonicus et plebanus in Rakespurg, dioec. salsburgensis. T. XXXI (1425) 197, 198.
   „   decanus et canonum professor. T. XXVIII (1432) 453.
Simichheim, Rudegerus de — T. XXIX (1209) 69.
Simmanus, Ulricus et Hůgorus, fratres ibid. (1255) 92.
Simonis, Hans — Propst v. S. Andre zu Freysing. T. XXXI (1456) 446, 447.
Singer, Paul — Stadtrichter zu Passau. T. XXXI (1455) 441, 442.

Sinmaningen, Rudolphus de — T. XXIX (1217) 335.

Simprekt, Sindperl, episcopus ratisponensis ac missus dominicus, T. XXVIII (777) 199. (788) 49.

Sinzendorf, Sintzendorffer, Zynitzendorf, Wolfhart der — Pfleger zu Wurstein am Inn. T. XXX (1397) 459.

    ,,   Georg v. — T. XXXI (1481) 595.

Sinzengen, Wernhardus et Conradus, fratres de — T. XXIX (1204) 269.

Sinzo. T. XXVIII (983) 207.

Sirwicha, Sirwich, Eppo de — T. XXIX (1120) 258.

    ,,   Wer. de — T. XXIX (1278) 528.

Sixto, Rupertus de S. — T. XXIX (1116) 33.

Sixtus, papa II., memoratur. T. XXVIII (1432) 445.

    ,,   papa IV. T. XXXI (1477) 527, 531, 537. (1478) 551. (1479) 554, 455, 556, 563, 564. — (1480) 573. (1481) 576, 579, 583, 586, 587. (1482) 605, 506.

Simon, der Stadtrichter zu Kloster-Neuburg. T. XXX (1328) 129.

Sizeinsdorf, Syzeinsdorf, Hapoto de — T. XXVIII (1144) 224.

Slael, Wichardus de — T. XXIX (1270) 497.

Slaevelinus, N. civis pataviensis. T. XXIX (1253) 385.

Slagast, test. T. XXVIII (820) 37.

Slagestein, Albinus de — T. XXIX (1190) 263.

Slawn, Herwort — Bürger zu S. Poelten. T. XXX (1321) 92.

Siegel, Siegl — Ulrich der — Hintersasse. T. XXX (1391) 415.

Slehdorf, Schlehdorf, Walchun de — ministerialis pataviensis. T. XXVIII (1143) 105. — T. XXIX (1143) 266.

    ,,   Chunradus et Heinricus, fratres de — minist. patav. T. XXVIII (1194) 264.

    ,,   Chunradus. T. XXVIII (1209) 283. — (1216) 141. — T. XXIX (1215) 263.

    ,,   Heinricus — T. XXIX (1216) 268.

    ,,   Rihkerus de — minist. patav. T. XXVIII (1226) 149.

    ,,   Ekkehard der — T. XXIX (1290) 574. (1291) 576.

    ,,   Hademar und Ekkehard. T. XXIX (1254) 84. (1259) 145. (1290) 572.

    ,,   Ekkehard — minist. patav. T. XXIX (1257) 110. (1258) 225. (1259) 131. (1285) 655.

    ,,   N. der Slehdorfer. T. XXIX (1289) 569.

Siekel, Fridrich der — T. XXXI (1400) 1.

Siekin, N. — die — passauische Hintersassin. T. XXXI (1404) 50.

Sletlein, der Jude — Vater des Juden Smoyel zu Tulln. T. XXXI (1410) 87.

Sleunz, Sleuntz, Slunze, Pabo de — T. XXVIII (1155) 232. — T. XXIX (1161) 63.

    ,,   Otto de — T. XXIX (s. anno) 224, 315.

    ,,   Chrafto, canonicus patav. T. XXVIII (1283) 144. — T. XXIX (1291) 284.

Slipkingen, Rapoto de — T. XXVIII (1124) 91.
  „   Slipbinger — Hans der — T. XXX (1389) 387.
Slowitzky von Wranioho, Jan — T. XXXI (1477) 544.
Sluder, Georg — T. XXXI (1496) 695. (1497) 703.
Slutler, *Sluzzeler*, Christan der — Ritter. T. XXX (1329) 135. (1337) 163.
  „   N. — Lehenmann des v. Chranichberg. ibid. (1347) 192.
Smaz, Lienhard. T. XXXI (1446) 306.
Smelz, *Schmelz*, Ulrich. T. XXIX (1296) 297. — Jenta loc. cit.
Smida, *Smid*, *Smidale*, Dietricus de — T. XXIX (1140) 953. (1147) 43.
        (1150) 323.
  „   Hartmud. T. XXIX (1264) 245.
  „   Venzl — Bürger zu Waldkirchen. T. XXXI (1472) 517.
  „   conf. etiam *Schmid*.
Smierlein, Albero. T. XXVIII (1280) 475.
Smolz, Heinrich. T. XXX (1335) 151.
Smont, Gebhard. T. XXVIII (1280) 480.
Smoyel, Jude zu Tulln, des Sletleins Sohn. T. XXXI (1410) 87.
Smuchenphenning, Conrad der — T. XXX (1337) 162.
Smuelheim, Tiemo. T. XXIX (1150) 262.
Smgeher, *Schmicher*, Stephan — Hofmeister. T. XXVIII (1455) 455.
Snabel, Heinrich. T. XXIX (1259) 141. — Conf. etiam *Schnabel*.
Snecce, Engelschalk. ibid. (1130) 365.
Sneider N. de Oede — T. XXVIII (1280) 475.
  „   conf. etiam *Schneider*.
Snekk, N. — de Tegernsee. T. XXIX (1239) 227.
Snelhard, *Snelhart*, diaconus et notarius. T. XXVIII (775) 21. (777) 199.
Snellin. T. XXVIII (785) 23.
Snello, test. T. XXVIII (788) 26, 31, 39.
  „   test. ibid. (868) 69.
  „   test. T. XXIX (1086) 55. (1095) 64. (1108) ibid.
Snelrih, presbyter. T. XXVIII (782) 42.
Snitzer, Conrad — Bürger zu Schaerding. T. XXX (1330) 137.
  „   Snitzingerii N. N. T. XXIX (s. anno) 223.
Socco, test. T. XXVIII (800) 22.
Sofredus, diaconus Cardinalis tit. S. Marine in via lata. T. XXIX (1186)
        39.
Sokinger, Ulrich, Richter zu Passau. T. XXX (1331) 139.
  „   Ulrich — Bürger daselbst. ibid. (1335) 151.
  „   Peter der — ibid. (1331) 140.
  „   conf. etiam *Stokkinger*.
Sonnenberg conf. *Sunnberg*.
Sophia, Hermanni regis relicta, mater Ottonis. T. XXIX (1083) 55.
Sopo, plebanus de Niuwenchirchen. ibid. (1158) 60.
Soracia, Johannes de — canonicus olomucensis. T. XXXI (1477) 548.
Spael, *Sprl* — Hans — T. XXXI (1401) 9, 10. — Bischoefflich passauischer
        Rath. ibid. (1402) 26, 27.

Spane, N. miles. T. XXIX (1255) 67.
Sparr, Georg — Hintersasse zu Gumpendorf. T. XXXI (1412) 189.
Sparuna, actor sive judex Slavorum. T. XXVIII (777) 198.
Spaurer, Leo — dicitur electus ecclesiae viennensis. T. XXXI (1477) 533.
Spazmawet, Dietricus. — T. XXIX (1274) 516.
Speiser, Spiser, Spisare, Werenmut — ministerialis patav. T. XXVIII (1194) 264.
,,   Alram. T. XXIX (1254) 228.
,,   Al. et H. fratres. ibid. (1255) 238.
,,   Alber. ibid. (s. anno) 231.
,,   N. der — T. XXX (1397) 455.
Speismagister, Speismeister, Wernherus dictus. T. XXIX (1265) 461, 462.
,,   Gerung der — T. XXX (1317) 74. — Conf. etiam *Neunburg*.
Spiegel, Otto — Burghüter — T. XXX (1397) 453.
Spilberg, Spilberch, Ditmar de — T. XXVIII (1155) 232. (1157) 111.
,,   Meinhardus, Meginhard — ministerialis patav. T. XXVIII (1157) 111, 112. (1159) 235, 237. (1160) 242. (1163) 119.
,,   Heinricus, filius ejus — ibid. (1157) 111, 112. (1172) 251.
Spilberger, Leonhart, passauischer Raths-Anwald. T. XXXI (1448) 401.
,,   Georg — Probst vor der Innbrüke zu Passau. T. XXXI (1464) 492.
Spincenbach, Otto de — T. XXIX (1260) 154.
Spirichtacher, N. — der — T. XXXI (1402) 23.
Sponheim, Spanheim, C. comes de — T. XXVIII (1276) 401.
Sporer, Sporaer — Gebhart der — T. XXX (1318) 85.
Sprinza, uxor Bertholdi, mancipium Hezilonis de Puttine. T. XXIX (1102) 55.
Sprinzenstain, Sprinzenstainerius, N. — de Hauzendorf. T. XXVIII (1230) 477.
Sprucenstein, Sib. de — in Redemarchia (Riedmarcha) T. XXX (1260) 243.
Sprunch, Frider. T. XXIX (1231) 74.
,,   Rüger. ibid. (1259) 141.
Stachler, Conrad, — oesterreichischer Küchenmeister. T. XXX (1395) 445.
,,   Johanna, dessen Hausfrau — ibid. 445, 446.
Stachner, Conrad. T. XXIX (1257) 107, 414.
Stadekh, Stadeke, Rud. de — T. XXIX (1199) 48.
,,   Leutoldus de — T. XXXI (1360 — memoratur 1419) 167 — Capitaneus Carniolae ibid.
,,   conf. etiam *Stedekken.*
Stadel, Ortolf — de Haimburg. T. XXVIII (1230) 480.
,,   Richer, de — ibid. 455.
Stadler, Stadelaer, N. — censualis patav. T. XXVIII (1280) 469.
,,   Heinrich der — T. XXX (1359) 241.
,,   Ulrich, Pfarrer bei S. Egyd zu Passau. T. XXX (1363) 257, 258.
,,   Peter der — T. XXX (1331) 358.

Staeudel, Heinrich der — T. XXX (1335) 151.
    ,,   Pernold, dessen Druder — T. XXX ibid.
Stahrenberg, Starchenberg, Starhemberg, Starkrenberg, Starchenberger.
    ,,   N. der — T. XXX (1393) 367.
    ,,   Gundakar — T. XXX (1399) 487.
    ,,   Caspar. T. XXXI (1401) 5. (1404) 29. 30; Burgmann zu Vichten-stein 31, 32. — Schwager des von Hohenberg 50. (1407) 71, 72. (1411) 97. (1418) 153.
    ,,   Georg. T. XXXI (1401) 5.
    ,,   Gundakar, Druder des Caspars. T. XXXI (1404) 29, 30. (1407) 71, 72. (1411) 97. (1418) 153.
    ,,   Georg, des Caspars Sohn. T. XXXI (1418) 153.
    ,,   Ulrich, desgleichen ibid.
    ,,   Hans, desgleichen ibid.
    ,,   Räger, Rudiger, Druderssohn des Caspars. T. XXXI (1418) 153. — Landmarschall in Oesterreich. T. XXVIII (1443) 504, 505, 580. — T. XXXI (1445) 363, 366. (1456) 446, 447.
    ,,   N. der von — T. XXXI (1443) 353, 354.
    ,,   Ulrich v. — T. XXXI (1459) 467.
    ,,   Hans v. — ibid.
    ,,   Balthasar de — canonicus pataviensis. T. XXXI (1477) 531.
    ,,   Gotthard v. — T. XXXI (1480) 569, 570. (1486) 616.
    ,,   Ulrich, dessen Bruder ibid.
Stain, Staine, Staina, Steine, Alwinus de — T. XXIX (1104) 63.
    ,,   Adalbertus et Gebhardus. T. XXVIII (1160) 241.
    ,,   Walchun et filius ejus Rapoto. T. XXVIII (1173) 120. (1180) 97. (1187) 253.
    ,,   Walchun iterum. T. XXVIII (1180) 96. — T. XXIX (1180) 278.
    ,,   Albuin de — T. XXIX (1180) 265.
    ,,   Chuno, Hermann et Heinrich. T. XXVIII (1188) 260.
    ,,   Albrant. T. XXIX (1204) 270.
    ,,   Dietricus de — apud Muor. T. XXIX (1204) 269.
    ,,   Hezmann. T. XXIX (1220) 251.
    ,,   Rapoto de — T. XXIX (1200) 330.
    ,,   Ulrich von dem — Eidam des Räger v. Haichenbach. T. XXX (1303) 17.
    ,,   Ludwig auf dem — T. XXX (1350) 200. (1354) 213. (1356) 222.
    ,,   Georg vom — oesterreichischer Kanzler. T. XXXI (1459) 467.
    ,,   conf. etiam *Lapide.*
Stainbrecher, Staynprecher v. Alzz. Ulrich der — T. XXX (1376) 525.
    ,,   Gertraud — dessen Hausfrau ibid.
Staindorfer, Schweiker — T. XXX (1388) 582.
Steinhauf, Hans — T. XXXI (1492) 661.
Stainkirchen, Stainkirke, Canegund de — T. XXIX (s. anno) 273.
    ,,   conf. etiam *Steinkirchen.*
Stal, Rupert. T. XXVIII (1179) 122. — T. XXIX (1209) 281.

Stal, N. — T. XXIX (1254) 246.
„ Fridrich der — Richter zu Efferding. T. XXX (1357) 225, 230,
234. (1358) 236, 237. — (1378) 332.
„ Stephan, dessen Sohn. ibid. 332.
Stanheim, Adalbert de — T. XXIX (1101) 61.
„ Luitpold, frater ejus. T. XXVIII (1147) 103. — T. XXIX (1147)
43.
„ Conradus de — canonicus patav. T. XXVIII (1194) 263. — T. XXIX
(1204) 270.
Staphilarin, Eppo de — T. XXIX (1138) 62.
Starckeril, test. T. XXVIII (1109) 218.
Starcolf cler. T. XXVIII (600) 40.
„ test. ibid. (770) 52. (793) 63. (801) 43, 45.
Starfril, Starkfril. T. XXIX (1136) 60.
Staringer, Erhardus — canon. patav. T. XXXI (1431) 531.
Statius, poeta. T. XXVIII (1254) 435.
Standach, Staudnech, Ulricus de — T. XXIX (1263) 455.
„ conf. etiam *Studahe.*
Stauff, Stauffer, Dietrich der — T. XXXI (1412) 107.
„ Hans — Ritter. ibid. (1435) 260, 262. — Ritter und Pfleger auf
S. Georgenberg. T. XXXI (1435) 263, 266, 270. (1437) 314. (1439)
347.
„ Dietrich — zu Ernfels, passauischer Vicedom. T. XXVIII (1455)
453. — T. XXXI (1456) 444.
„ Wilhelm — loc. cit. 455.
Stedekken, Stedekker, Bertholdus. T. XXX (1366) 269.
„ conf. etiam *Stadekk.*
Stefninge conf. *Stephaning.*
Steg, Michel am — Bürger zu Durchhausen. T. XXXI (1405) 59.
Stegbach, Imizo — ministerialis patav. T. XXIX (1071) 13.
„ Marquardus et Manegolt. T. XXIX (1120) 259.
Stein conf. *Stain* et *Lapide.*
Steinaberg, Steineinberge, Gotfridus de — T. XXIX (1215) 271.
„ Gottfried. T. XXX (1503) 16.
Steinach, Jans v. — T. XXX (1369) 289.
Steinbach, Stainpach, Cunradus de — T. XXIX (1215) 271.
„ Gundach de — T. XXVIII (1250) 174, 472, 474. — T. XXIX (1291)
227.
„ Dietrich v. — T. XXX (1307) 34.
„ Wolfgang und Heinrich, dessen Soehne ibid.
„ conf. etiam *Steinpech.*
Steiner, Albert der — und Conrad. T. XXX (1300) 2.
„ Simon — Grundbesitzer zu Schwabdorf. T. XXXI (1453) 463.
Steinheimer, Sifridus, notarius imperialis. T. XXVIII (1367) 457 — 459.
Steinkirchen conf. etiam *Stainkirchen.*

Steinkirchen, *Steinchirchen*, *Steineinchirchen*, *Steinenchirchen*, Alheidis et
     Ulricus de — T. XXIX (1172) 268.
     „   Cunradus. T. XXVIII (1224) 306. — T. XXIX (1253) 99. (1215)
     333. (1227) 344.
     „   Heinricus. T. XXVIII (1280) 175, 469.
Steinpeck conf. etiam *Steinbach*.
     „   Ekhart der — passauischer Marschall. T. XXX (1353) 208. (1354)
     215, 216, 217. (1359) 243.
     „   Ulrich der — T. XXX (1354) 218.
Steinpühel, N. T. XXIX (s. anno) 219.
Steinranter, Stephanus — clericus patav. — T. XXXI (1418) 152.
Stemphlinus, *Stemphelinus*, N. — feudatarius pataviensis. T. XXVIII (1280)
     180, 471.
Stephaning, *Stephling*, *Stefninge*, N. Lantgravia de — T. XXVIII (1280)
     481. — Die Lantgrafinne. T. XXIX (s. anno) 314.
Stephanus, protomartyr et patronus ecclesiae pataviensis. T. XXVIII (748 —
     899) 6, 7, 8, 9, 16, 17, 19, 20, 22, 26, 31, 32, 38, 39, 41, 42, 49,
     52, 53, 59, 61, 64, 67. (1122) 100. (1203) 267. — T. XXIX (1122)
     321. (1265) 459. — T. XXXI (1404) 43. (1417) 149. (1462) 487.
     „   Abt zu Melk. T. XXXI (1452) 425.
     „   archidiaconus horsovensis et magister. T. XXIX (1229) 350.
     „   frater ordinis Theutonicorum. T. XXIX (1291) 200.
     „   Hintersasse in dem Velbrech. T. XXXI (1404) 50.
     „   Pfarrer bei S. Egid zu Passau. T. XXX (1398) 473.
     „   Propst zu Kloster-Neuburg. T. XXX (1323) 103, 104, 105. (1328)
     128. (1329) 133, 134.
     „   Propst zu S. Dorothea zu Wien. T. XXXI (1462) 488.
     „   in der Hostrenk. T. XXXI (1436) 274.
     „   testis. T. XXVIII (1457) 110.
     „   villicus in Stochstal. T. XXX (1311) 60, 61. (1318) 80.
Sternberg, *Sternberch*, Stezlowe, Stelobe de — T. XXVIII (1253) 377.
Steting, *Stetinge*, *Stetinger*, Cunradus de — T. XXIX (1172) 268.
     „   Ulricus de — T. XXIX (1209) 69.
     „   Heinricus. T. XXVIII (1280) 175, 469.
     „   Dietrich — passauischer Lebenmann. T. XXX (1372) 301.
     „   Georg. T. XXXI (1400) 1, 2.
Stettner, N. Beisitzer der Landschranne. T. XXXI (1427) 209.
Steuss, Jacob — der Jude. T. XXX (1375) 318.
     „   Hendel und Jonas — die Juden ibid.
Steutz, *Steunz*, Ulricus de — T. XXVIII (1203) 248, 268.
     „   *Steuze*, Pilgrim de — T. XXIX (1232) 227.
     „   conf. etiam *Stouze*.
Stibor, Burggravius de Glatz. T. XXIX (1262) 440, 442.
Stille et *Hefle*, Udilscalchus comes de — T. XXVIII (1109) 218. (1116) 219,
     220. — T. XXIX (1116) 52.
     „   Helisea, mater ejus. T. XXVIII loc. cit. 220.

Stille etc. Udilscalcbus comes de — T. XXIX (1186) 58.

» Conradus, nepos Friderici de Hefte et Wernhart, pater ejus, ibid. (1220) 251.

„ Ottokar et Heberbardus, fratres. T. XXVIII (1280) 459.

„ conf. etiam *Hefte*.

Sticen, Wichardus de — T. XXVIII (1160) 242.

Stocker, Hermannus — civis patav. T. XXIX (1237) 287, 355.

Stochstall, Stockstall, Sighardus de — et filius ejus Sighard — canonicus patav. — T. XXVIII (1160) 115, 116. (1163) 118.

„ Ludowicus — miles, de superiori Stochstall. T. XXIX (1283) 552.

„ Huwein et Wolchart de — T. XXX (1317) 78.

„ Ulrich v. — T. XXX (1328) 152.

Stockach, Stokach, Rudlinus de — T. XXIX (1264) 245.

„ Conradus de — T. XXIX (1299) 593.

Stockheimer, Georg — Mautner zu Passau. T. XXXI (1437) 514. (1447) 576.

„ Hans — Oheim des Johannes Schrenk. T. XXXI (1494) 687.

Stockkarn, Stokcharn, Stokharner, Heinrich v. — T. XXX (1396) 445, 446.

„ N. der — Grundbesitzer im Gericht Trebensee. T. XXXI (1438) 328.

„ N. collator ecclesiae Stokkarn. T. XXVIII (saec. 15) 493, 496, 497.

Stokkinger, Sokinger, Ulrich — Bürger zu Passau. T. XXVIII (1298) 423, 426. — T. XXIX (1303) 300.

„ Ulrich — Richter zu Passau. T. XXIX (1340) 304.

„ conf. etiam *Sokinger*.

Storchenberg, Storchenberch, Gund. — de — T. XXVIII (1280) 456. T. XXIX (1259) 134.

„ G. de — T. XXIX (1272) 505.

„ Johannes de — T. XXX (1302) 10.

„ Wichardus, Weichart v. — canonicus patav. T. XXX (1305) 24. (1311) 60. (1318) 81.

„ Gundaker v. — T. XXX (1339) 166.

Storhofer, Michel — aus Staheraberg. T. XXXI (1472) 517.

Stouze, Oudalricus de — T. XXIX (1180) 273.

„ conf. etiam *Steutz*.

Strachen, Chunradus de — T. XXVIII (1256) 331.

Strachener, Ulrich. T. XXX (1307) 54.

Strahe, Ulricus de — T. XXIX (1214) 272.

Strahner, conf. etiam *Strohner*.

„ Jacob der — Ritter. T. XXX (1356) 219. (1357) 235.

Strasskircher, Strazchiricher — Conrad der — T. XXX (1389) 387.

Strazheim, Arnold et Heinrich de — T. XXVIII (1280) 456.

„ conf. etiam *Stratze*.

Strazpurg, Perhtold de — T. XXVIII (1194) 263.

Stratze, Arnoldus de — T. XXIX (1210) 274.
„ Heinricus de — T. XXVIII (1280) 180, 474.
„ conf. etiam *Strazheim.*
Streitwesen, *Streitresaer*, Albero — Oheim des Conrad von Tannberg. T. XXX (1354) 216, 219.
„ Streitwicin, N. N. fratres de — T. XXIX (1254) 237.
„ Streitwiser, N. collator ecclesiae Maerbach. T. XXVIII (saec. 15) 498.
Streitwitz, N. — sagittarius. T. XXIX (1257) 245.
„ Irnfried. T. XXX (1303) 15.
„ Georg. T. XXXI (1445) 563.
Streuno, *Streun*, *Struno*, Ulricus — marscalcus. T. XXVIII (1223) 301. (1224) 306. — T. XXIX (1180) 278.
„ Albrecht, Ulrich und Bernhard. T. XXIX (1291) 575.
„ von Schwarzenau, Nicolaus der — T. XXX (1337) 159.
„ Heinrich — dessen Bruder ibid.
„ Ulrich der — T. XXX (1359) 239.
„ Margarethe — dessen Hausfrau ibid.
„ Pilgrim der — Hofmarschall des Herzogs Rudolph v. Oesterreich. T. XXX (1359) 238, 240. — T. XXXI (1360 — memoratur 1419) 167.
Strinne, O. — T. XXIX (1254) 236.
Strobel, Hans — Pfleger im Niederhaus zu Passau. T. XXX (1394) 438. T. XXXI (1402) 19.
Strochen, Conradus. T. XXIX (1269) 493.
Strakner, Jacob der — Ritter. T. XXX (1374) 516. — Conf. etiam *Strakner.*
Strouben, *Struben*, Engilbertus de — ministerialis pataviensis. T. XXVIII (1121) 89. (1163) 118. (1159) 235, 237.
„ Mangold de — minist. patav. T. XXVIII (1121) 89.
„ Otto frater Engilberti, minist. patav. T. XXVIII (1121) 91. (1159) 235, 237. (1167) 249. (1172) 251. — T. XXIX (1140) 253.
„ N. Strubenarius — conf. etiam *Mospramme.*
Strudel, N. — de Wels. T. XXVIII (1280) 474.
Struma, *Stuma* — Marquardus. T. XXIX (1254) 83. (1262) 182, 231, 232.
Strutolf, donator. T. XXVIII (821) 29.
Stubenberg, Fridericus de — dapifer Styriae. T. XXXI (1360 — memoratur 1419) 167.
„ Otto de — ibid.
„ Ulricus de — ibid.
„ Leutold de — T. XXXI (1443) 557.
Stubmer, *Stubner*, Paul — civis patav. T. XXVIII (1425) 450.
„ Gregorius. T. XXXI (1445) 563.
Stuchs, *Stuchso*, Ulricus. T. XXIX (1270) 496.
„ collator ecclesiarum Gnendorf et Hakkenberg. T. XXVIII (saec. 15) 490.
Studahe, Azili de — minist. patav. T. XXVIII (1121) 91.

Studahe, conf. etiam *Studach*.
Stuechler, Conradus. — T. XXX (1307) 36.
Stuehlingen conf. *Lupfen*.
Stukelden, Ulricus de — T. XXIX (1237) 287, 358.
Stupchich, decimator. T. XXIX (1260) 248.
Sturme, N. — de Nabinge. T. XXVIII (1280) 464.
Styrel, Leonhardus — civis pataviensis. T. XXVIII (1185) 260.
Styria, Steiermark, Marchiones et Duces.

  „   Otachar III., marchio Styriae. T. XXIX (1088) 45, 65.
  „   Otachar IV. T. XXIX (1102) 56. (1120) 258.
  „   Luipold, filius ejus. ibid.
  „   Otachar V., marchio. T. XXVIII (1149) 220. (1155) 233. — T. XXIX (1154) 260. (1161) 57. — Memoratur (1252) 292.
  „   Otacher, der Marchgrav. — T. XXIX (s. anno) 309, 310, 311, 316, 317.
  „   Ottocar, Styriae dux. T. XXVIII (1186) 255. — T. XXIX (1199) 47. (1254) 404, 405.

Styria, ministeriales de — et nobiles de —
  „   Duringus de — T. XXVIII (1188) 260.
  „   Gundachar, nobilis vir. T. XXIX (1212) 71.
  „   Ulricus de — T. XXIX (1258) 293., canonicus pataviensis. (1261) 452. (1264) 457, 458. (1278) 528. (1290) 573. — T. XXXI (1305) 24. Conf. etiam *Udalricus*.

Suefen, Bertholdus de — T. XXIX (s. anno) 273.
Suenching, *Suniching*, Habart v. — T. XXX (1305) 23.
Suevus, Heinricus — T. XXIX (1190) 251.
  „   Marquardus. T. XXIX (1196) 63.
  „   Conradus. T. XXIX (1211) 70.
  „   Swevus N. — T. XXIX (s. anno) 219.
Sulzbach, *Sulzpach*, Beringarius comes de — T. XXIX (1120) 259.
  „   Gebhardus, comes de — T. XXIX (s. anno) 314, 315.
Sulzberger, Conrad — Bürger zu Passau. T. XXXI (2436) 306.
Sulze, Werinh. de — T. XXIX (1136) 62.
Summer, Conradus — T. XXIX (s. anno) 274.
  „   N. civis patav. T. XXVIII (1425) 450.
Summerau, Chunradus de — T. XXVIII (1280) 418. — T. XXIX (1281) 537. (1284) 553.
  „   N. Summerowarius in officio Strasswalchen. T. XXVIII (1280) 458.
Sunberg, *Sunneberg*, *Suemienberch*, *Sunnberch*.
  „   Hademar de — T. XXIX (1259) 244, 245.
  „   Catharina de — T. XXIX (1259) ibid.
  „   Leutwin. T. XXIX (s. anno) 317. (1281) 543.
  „   Stephan v. — Pfarrer zu Nieder-Hollabrun. T. XXX (1317) 72, 73, 74; — auch Domherr zu Passau. (1341) 167 — 169.
  „   Hadamar der — von Raschenlach. T. XXX (1317) 74.
  „   Albrecht v. — T. XXX (1357) 226.

Sunberg etc. Albero v. — T. XXX (1357) 232, 234.
,, Viviantz der — T. XXX (1398) 482.
,, N. der — collator parochiae in Hollabrunn sive Holenbrunn. T. XXVIII (saec. 15) 489.
Sundermaeringen, Sundermaringe, Otto de — T. XXVIII (1223) 144. (1227) 326.
Sunnelburch, Conradus de — T. XXVIII (1145) 107.
Suntheim, Rudigerus de — ministerialis pataviensis. T. XXVIII (1209) 131. (1210) 137, 238. — T. XXIX (1212) 72.
Supan conf. *Jupan.*
Sutil, N. — zu Koenigstein. T. XXXI (1435) 274.
Swabdorf, Swabedorf, Rapoto de — T. XXIX (1151) 58.
,, Irnfridus. T. XXIX (1247) 363.
,, Eberhardus. T. XXIX (1270) 446. — Conf. etiam *Schwabdorf.*
Swaemler, Ulrich der — T. XXX (1332) 143.
Swaimingen, Gerung v. — Chorherr zu Passau. T. XXX (1390) 405, 407.
Swantzo in Sliecheinstorf. T. XXVIII (1280) 474.
,, Swanze, Godefridus de — T. XXIX (1173) 63.
Swanwarter, Fridrich der T. XXX (1300) 2.
Swartzenowe, Schwarzenau, Pilgrim de — T. XXIX (1259) 154. (1270) 496.
,, Ulricus. T. XXIX (1286) 559.
,, Albero ibid.
Swarza, Swarzah, Swarzach, Schwarzach.
,, Rudegerus. T. XXIX (1150) 65.
,, Heinricus. T. XXIX (1130) 65. (1161) 58.
,, Dietricus. T. XXIX (1158) 60.
Sweibrer, Hartprecht. T. XXXI (1458) 337, 338.
Swelch, Heinricus. T. XXIX (1263) 192.
,, Sweloho — de Patavia. T. XXVIII (1280) 173, 467.
Swent, Swenter, Gebbardus de — T. XXIX (1256) 240. (1257) 115, 231, 252.
,, Wernhard — Hintersasse zu Hausleiten. T. XXXI (1458) 328.
,, Lienhart der — T. XXX (1373) 307, 309.
,, Katharina, dessen Hausfrau. T. XXX ibid.
Swicker, Swiker, Swilger. — T. XXIX (1130) 262. (1156) 60.
,, decanus in Lastorf. T. XXIX (1260) 154.
Swingare, Ditmarus. — T. XXIX (1212) 275.
Swinwart, Wernhardus. — T. XXVIII (1280) 187, 188, 478.
Swithardus, canonicus patav. T. XXVIII (1147) 228. (1160) 116.
Sworzenawe conf. *Swartzenowe.*
Sybenhoz, Martinus — monachus neuburgensis. T. XXX (1323) 103 — 105.
Sygenheim conf. *Sigenheim.*
Symachus papa. — memoratur. T. XXVIII (504) 195. (1432) 446.
Symon, Pfarrer zu Haekendorf. T. XXX (1328) 128.
,, conf. etiam *Churiner.*

Syrendorf, Syrndorf, Bernhardus de — monachus neuburgensis. T. XXX
(1323) 106.
    ,,   Jans v. — T. XXX (1329) 155.

T.

Tabrichendorf, Tabechendorf, Rachwinus de — ministerialis patav. — T.
XXVIII (1194) 264.
Taechsel, Peter, Gerichtsbeisitzer. T. XXXI (1450) 421.
Taeringarius, Otto. T. XXIX (1299) 340.
Taekinpek, Repoto. T. XXIX (s. anno) 219.
Taemin, Tenen, Temin, Purchart. T. XXVIII (1145) 108.
    ,,   Sifrit ibid. — Conf. *Taenne* et *Tenen*.
Taemispeche, N. T. XXIX (1266) 239.
Taenne, Ulricus de — T. XXVIII (1280) 456. — Conf. *Taemin*.
Tagadeo, nobilis — cum fratre Weladeo. T. XXVIII (785) 23.
Tagbrektshusen, Tagebrektshausen, Tagbrektsharin, Tabertshusen.
    ,,   Liutgos de — ministerialis patav. T. XXVIII (1067) 217. T. XXIX
(1071) 13.
    ,,   Dietmar. T. XXIX (1140) 253.
    ,,   Ulrich. T. XXIX (1147) 43.
    ,,   Engelscalc. T. XXVIII (1179) 192.
Tagini, Tagino. — T. XXIX (1136) 60.
    ,,   test. T. XXVIII (1143) 106.
    ,,   Tageno, canonicus patav. T. XXIX (1183) 97. Disconus (1190)
251.
Takila, Heinricus de — ministerialis patav. T. XXVIII (1191) 91.
Takaperht. T. XXVIII (800) 22.
Tal, Heimfrit de — T. XXIX (1147) 215.
    ,,   Einwich de — ibid.
    ,,   Tale, Alb. de — T. XXIX (s. anno) 272.
Taleheim, Talheim, Arnoldus de — ministerialis pataviensis. T. XXIX (1140)
255.
    ,,   Ulricus. T. XXVIII (1249) 345. (1250) 571. — T. XXIX (1254)
247.
    ,,   Leutoldus. T. XXIX (1259) 226. (1281) 536. (1290) 578.
    ,,   Gotfridus v. T. XXX (1349) 196.
    ,,   Caspar und Stephan — T. XXXI (1445) 363 — 366.
Talinp, judex sive actor Slavorum. T. XXVIII (777) 193.
Tambruck, Heinrich de — T. XXIX (1260) 184.

Tanpach, Tanbach, Tannpach, Gotschalcus de~ T. XXVIII (1280) 462, 463. — T. XXIX (s. anno) 220, 221.
  „ Ulricus, frater domus Theutonicorum. T. XXIX (1267) 467.
  „ Tanpeche, Wernhard der — T. XXX (1366) 265.
Tannberg, Tannenberch, Tanninperch, Tennenperc, Tanneberch.
  „ Gebhardus de — T. XXVIII (1143) 105. — T. XXIX (1142) 266.
  „ Siboto, Sigibotho — de — T. XXVIII (1143) 105, 107. — T. XXIX (1142) 266. (1184) 260.
  „ Walther, ministerialis pataviensis. T. XXVIII (1179) 122. (1209) 133. (1220) 297. — T. XXIX (1158) 60. (1190) 252.
  „ Waltherus, frater Pilgrimi — minist. patav. T. XXVIII (1224) 302. (1226) 149. (1227) 274, 323. (1232) 448. (1241) 342. (1253) 366. — T. XXIX (1254) 84. (1255) 93. (1257) 107. (1258) 244. (1260) 151. (1222) 339. (s. anno) 307. (1227) 544. (1257) 414. (1260) 429. (1261) 431, 432. (1262) 444.
  „ Waltherus junior. T. XXVIII (1224) 352. (1227) 326. (1231) 335. (1232) 337, 349. (1262) 383. (1237) 389. (1242) 345, 348. (1250) 371. — T. XXIX (1231) 74. (1248) 76, 77. (1254) 228. (1256) 104. (1258) 233. (1258) 225. (1259) 131, 141, 245. (1261) 178. (1264) 245, 246. (1240) 365. (1280) 370.
  „ Pilgrim, frater Waltheri. T. XXVIII (1224) 302. (1226) 149. (1227) 274, 323. (1232) 448. (1241) 342. (1253) 366. — T. XXIX (1254) 84. (1255) 93. (1257) 107. (1258) 244. (1260) 151. (1222) 339. (1227) 544. (1257) 414. (1260) 429. (1261) 431.
  „ Pilgrim. T. XXVIII (1223) 301. — T. XXIX (1172) 227. (1215) 268. (1240) 355. (1249) 366, 367.
  „ Margaretha, filia Pilgrimi. T. XXIX (1249) 367.
  „ Pilgrim junior — minist. patav. T. XXVIII (1236) 154. (1256) 381. — T. XXIX (1254) 234, 232. (1256) 206, 240. (1258) 116, 120, 121, 225. (1260) 151. (1262) 180. (1247) 364. (1260) 428. (1262) 444. (1269) 492, 494. (1270) 496. (1272) 505, 506. (1274) 515.
  „ Pilgrim, marscalcus de — T. XXIX (1262) 445.
  „ Conradus de — T. XXIX (1291) 539. (1286) 555.
  „ Otto de — T. XXIX (1268) 489.
  „ Ulricus de — T. XXIX (1256) 240. (1253) 225. (1268) 489.
  „ Helena, filia Ulrici. T. XXIX (1259) 180. (1269) 483.
  „ Ortneid de — T. XXIX (1290) 573.
  „ Siboto, Seypot de — canonicus patav. T. XXVIII (1264) 389. (1300) 515. — T. XXIX (1256) 243. (1263) 454. (1264) 457, 483. (1274) 516. (1278) 528. (1281) 543. (1290) 573. (1294) 581. — T. XXX (1305) 23, 24.
  „ Gertraud v. — T. XXX (1305) 25.
  „ Conrad v. — ibid. 25, 28. (1329) 133. (1336) 157, 158.
  „ Adelheid v. — vermaehlte v. Hartheim ibid. 28.
  „ Ortneid v. — T. XXX (1310) 48. (1321) 94. (1329) 133.
  „ Ulrich v. — T. XXX (1339) 166.

Tannberg etc. Anna, dessen Hausfrau — geborne v. Storchenberg.
„   Conrad v. — T. XXX (1339) 166, 167. (1347) 190, 191. (1349) 196.
          (1350) 200. (1354) 214 — 216.
„   Gundakar v. — T. XXX (1354) 216.
„   Pilgrim — des Conrads Vetter — T. XXX (1354) 215, 216, 218.
          (1356) 223.
„   Jans, Hanns. T. XXX (1358) 236, 237.
„   Gundakar v. — T. XXX (1390) 401. (1396) 449, 450. (1397) 466.
          (1399) 486, 487.
„   zu Münster, Hans v. — T. XXX (1397) 458, 459.
„   zu Aurolzmünster, Hans v. — T. XXX (1399) 489, 490.
„   Conrad v. — T. XXX (1397) 469.
„   zu Pirchenstein, Gundakar v. — T. XXXI (1402) 17.
„   zu Aurolzmünster, Hans v. — Passauischer Rath. T. XXXI (1435)
          291, 296, 300. (1442) 350.
„   N. collator ecclesiae in Aurolzmünster. T. XXVIII (s. anno) 505.
Tannberger, Andreas — Bürger zu Passau. T. XXXI (1436) 509.
Tanner, Hans — aus Ebelsberg. T. XXXI (1478) 550.
Tannpach conf. *Tampach.*
Tannprukker N. — de Sprazarn. T. XXVIII (1280) 475.
Taozi conf. *Tozi.*
Taufers, *Toweers*, Ulricus de — T. XXVIII (1277) 413. (1280) 415. T. XXIX
          (1281) 557; — nobilis de — (1285) 551.
Taufkirchen, *Taufchirchen*, Walther v. — T. XXX (1305) 28. (1310) 46.
Techinger, Manigolt. T. XXIX (1290) 573.
„   Heinrich. ibid.
Teck, Fridrich Herzog v. — T. XXVIII (1367) 439.
Teckendorf, Sifridus de — civis pataviensis. T. XXVIII (1256) 381. T. XXIX
          (1262) 445.
Tegelhofer, Georg — Landrichter zu Ried. — T. XXX (1391) 409.
Tegenhart zu Weissenstein, Hartwig — Pfleger auf S. Georgenberg bei
          Passau. T. XXX (1371) 297, 298, 299.
„   von dem Tegenberg, Hartwig. T. XXX (1373) 304 — 306.
„   conf. etiam *Degenberg.*
Tegernwag, Wolfh. de — T. XXVIII (1167) 110.
Tegernbach, Siboto de — T. XXIX (1215) 268.
„   Otto de — ministerialis patav. T. XXVIII (1231) 335, 480. (1250)
          471. — T. XXIX (1215) 268. (1221) 284. (1237) 237, 353.
„   Wülfing de — T. XXIX (1256) 98. (1257) 110.
„   Rehwin de — T. XXIX (s. anno) 219.
„   N. N. domini de — T. XXIX (1254) 228.
Teilei, Wetzlo de — T. XXVIII (1188) 260.
Teimo conf. *Tiemo.*
Teispach, *Teisbach*, *Tisbach*, Zacharias de — T. XXVIII (1251) 373. — T.
          XXIX (1251) 375.
„   Ratoldus. ibid. (1255) 94.

Teispach etc. Conradus de — canonicus pataviensis et praepositus frisingen-
      sis. T. XXVIII (1194) 263.
Teitrich conf. *Deotrike.*
Tekkingere, Heinricus. T. XXIX (1209) 281.
Telezer N. — de Mutarn. T. XXVIII (1280) 474.
Tenk, N. — der — T. XXX (1391) 415.
      „   Conrad und Lorenz — Bürger zu Pladling. T. XXXI (1435) 441.
Tenen, *Tenin*, Leonhardus et Anselmus de — T. XXVIII (1280) 462, 463. —
      T. XXIX (s. anno) 223.
      „   conf. *Tnenin* et *Taenne.*
Tento, test. T. XXVIII (906) 204.
Terentius, poeta. ibid. (1254) 485.
Ternberg, *Ternberch*, Gund. et Elis. de — T. XXIX (1259) 226.
      „   Eberhardus et Rud. de — T. XXIX (1192) 48.
Terrinius de Laureto. T. XXIX (1260) 162.
Teschinger, die — T. XXVIII (1280) 464.
Telichoven, Rudolphus de — magister et canonicus constantiensis. T. XXIX
      (1289) 570.
Tetilheim, Siboto de — T. XXVIII (1226) 316. — T. XXIX (1227) 341.
Telingen, Rudegerus de — T. XXVIII (1194) 261.
Tettenheimer N. — civ. patav. ibid. (1425) 450.
Teuffenbach, *Teuffenbek*, *Teuffenpech*, Berthold. — T. XXX (1300) 2.
      „   Heinrich — Burghüter — T. XXX (1397) 459.
Teukk, N. der — Hintersasse. T. XXX (1391) 415.
Tevit, test. T. XXVIII (905) 203.
Teysenberger, N. — der — Bürger zu Obernberg. T. XXXI (1438) 334 —
      539.
Teysing, Chuen v. — T. XXIX (1286) 558.
      „   Teysinger, Hans — T. XXXI (1436) 306.
Th., episcopus Squillacensis. T. XXIX (1262) 446.
      „   presbyter domus Theutonicorum. T. XXIX (1268) 489. (1269)
      491.
Thaneweichel, Eberhardus. T. XXIX (1211) 70.
Thaurer, Leutoldus, miles, dictus — T. XXIX (1294) 581.
Theodericus conf. etiam *Dietricus.*
      „   abbas lucensis. T. XXIX (1232) 545.
      „   abbas in Schloegel. T. XXVIII (1209) 132.
      „   canonicus patav. T. XXVIII (1160) 116.
      „   comes. T. XXVIII (1137) 103.
      „   frater ordinis Praedicatorum. T. XXIX (1255) 160. (1260) 158, 161.
      (1261) 438.
      „   ministerialis pataviensis. T. XXVIII (1137) 103.
      „   plebanus de Polan. T. XXIX (1257) 112. (1261) 438. (1267) 467,
      475, 479, 482.
      „   presbyter cardinalis tit. Vestinae. T. XXVIII (1179) 124. T. XXIX
      (1179) 327.

Theodericus, rex Ostrogothorum, memoratur. T. XXVIII (1432) 444, 445.
Theotmarus, archiepiscopus salisburgensis. T. XXVIII (906) 204.
Thoman, an der Prysilig, Hausbesitzer zu Passau. T. XXVIII (1426) 450.
    „   passauischer Hintersasse. T. XXXI (1404) 50.
Thurner, Caspar — T. XXVIII (1455) 455.
Thym, Wenceslaus — decanus patav. T. XXXI (1404) 35.
Tiefenbach, *Tiufenpach*, Eberwinus de — T. XXIX (1216) 271.
Tiemdorfer, N. — der — T. XXX (1303) 15.
Tiemo, *Temo*, *Thymo*, *Thyem*.
    „   canonicus pataviensis. T. XXIX (1190) 251. (1209) 280. (1212) 282.
         (1214) 271. (1216) 334. — T. XXVIII (1194) 263. (1212) 289. (1217)
         142.
    „   civis patav. T. XXVIII (1209) 133, 134, 233.
    „   comes. T. XXVIII (983) 87. — Hertholdi com. filius ibid. (1013
         et 1035) 76, 79.
    „   plebanus in Lichsau. T. XXX (1323) 104, 105, 107.
    „   mancipium Pilgrimi. T. XXIX (1191) 61.
    „   salzburgensis. T. XXIX (1216) 268. (1220) 250.
    „   testis. T. XXVIII (1013) 79.
    „   test. T. XXIX (1102) 57.
    „   test. ibid. (1135) 60. (1149) 250.
    „   test. ibid. (1165) 255.
    „   test. T. XXVIII (1173) 252.
    „   de Patavia. T. XXIX (1249) 227.
Tierpolt, test. T. XXVIII (1013) 80, 92.
Tierstein, Wernerus comes de — canon. patav. T. XXVIII (1226) 149. —
         T. XXIX (1252) 379.
Tilberg, *Tilberch*, Dietrich v. — T. XXX (1361) 250.
Tillenpach, Gerungus de — T. XXIX (s. anno) 279.
Tirenstein, Pernhardus de — T. XXVIII (1280) 473.
    „   Conradus de — T. XXIX (s. anno) 916.
Tirna, Rudolph v. — Ritter. T. XXX (1289) 385.
    „   Achatius de — canonicus pataviensis. T. XXXI (1424) 191, 192.
         Conf. etiam *Tyrna*.
Tirvesem, Waltherus de — T. XXVIII (1144) 224.
Tisteten, Richardis, Heilica, Rupert et Heinrich de — T. XXIX (1220)
         250.
Tito, test. T. XXVIII (788) 64, 65.
Tiufenbach conf. *Tiefenbach*.
Tiuvel, Gerh. — T. XXIX (1215) 268.
Tobel, *Topel*, Ortolf de — alias de Charestcten. T. XXIX (1256) 97, 98.
    „   Ulricus. T. XXVIII (1280) 475.
    „   Weichart v. — Eidam des Rüger v. Raichenbach. — T. XXX
         (1303) 17.
    „   Ortolf v. — Chorherr zu Passau. — T. XXX (1389) 247.
    „   Otto v. — T. XXXI (1456) 448.

Tobole, Isinrich et Heinrich de — T. XXIX (1190) 252.
   „   Heinrich et gener ejus Fridericus. T. XXIX (1209) 281.
Tobelheim, Tobelhaim, Wernherus de — T. XXIX (1130) 266.
   „   Pilgrim de — T. XXIX (1216) 271.
Tobias, canonicus pragensis. T. XXIX (1229) 350. — Capellanus regis Bo-
      hemiae. (1262) 439, 441.
Toberake, Albero de — T. XXIX (1200) 330.
Tobler, Conrad — Mautner zu Passau. T. XXXI (1473) 519. conf. etiam
      Toppler.
Tocenpack, Tocenpach, Gottfridus de — T. XXIX (1257) 110. (1264) 245.
Toeldl, Lienhart — T. XXXI (1448) 394, 397, 400. (1460) 478, 479.
Toemelinge, Pilgrim de — T. XXVIII (1251) 373. — T. XXIX (1251) 375.
Toengast, N. der — T. XXXI (1406) 61.
Tolnze, Toelz, Heinricus de — T. XXVIII (1224) 332.
Toppler, N. — der — T. XXX (1311) 53. — Conf. etiam *Tobler*.
Torn, N. beneficium tenet in Possenmünster. T. XXVIII (1280) 462.
Torr, Torrer, Torer, Berthold v. T. XXX (1337) 162.
   „   Eberhart. T. XXXI (1453) 426.
   „   Erasmus — dessen Bruder ibid.
Torrenberger, Tornberger, Bertha. T. XXX (1363) 16.
Torringen, Torringe, Turringer, Tocrring.
   „   Heinricus de — T. XXVIII (1224) 306, 339. (1226) 316. (1227)
      274. — T. XXIX (s. anno) 234. (1227) 341.
   „   Caspar der — T. XXXI (1406) 61.
   „   Oswald der — Hauptmann zu Salzburg. T. XXXI (1411) 94, 101,
      102, 104.
   „   Oswald — Ritter und bayer. Marschall. T. XXVIII (1456) 455. —
      T. XXXI (1438) 339.
   „   zu Tüssling, Wilhelm. T. XXXI (1451) 422, 423.
Toschelo, Berthold. T. XXIX (1257) 110.
Totenowe, Wernherus — minist. patav. T. XXVIII (1194) 264.
Totzenpach, Gottfridus et Gottfridus, Ulricus et Ulricus de — T. XXX (1311)
      53.
Tozi, Tozzi, Taozi, Tauzzi. T. XXVIII (774) 68. (788) 12. (796) 56. (800) 45,
      67. (801) 50.
Trabenshousen, Heinricus de — T. XXIX (1209) 69.
Tragmansried, Woelfelinus de — T. XXIX (1268) 485.
Traisem, Meinhardus de — T. XXIX (1264) 245. — Conf. etiam *Traisma*.
Traiskirchen, Ortolfus de — commendator ordinis Theutonicorum. T. XXIX
      (1263) 193.
   „   Herrandus de — T. XXIX (1158) 437.
Traisma, Treisma, Treisim, Tresem. — Waltherus de — T. XXVIII (1147)
      108. — T. XXIX (1122) 57. (1125) 21. (1147) 43.
   „   Ernust de — T. XXVIII (1121) 91.
Traun, Traune, Truna, Trauner, Treuner.

Traun etc. Bernhart de — T. XXVIII (1157) 112. — T. XXIX (1138) 69. (1146) 54.
„ Ekkerich et Reginbret. T. XXIX (1149) 259.
„ Chadolt. T. XXIX (1150) 253.
„ Ernest. ibid. (1196) 63. (1209) 68.
„ Dietrich. T. XXIX (1204) 269.
„ Heinrich. ibid. (1220) 49.
„ Otto de — miles, pater Wilbirgis de Merswanch. T. XXVIII (1262) 386. — T. XXIX (1255) 229, 206. (1257) 112. (1258) 115, 116, 120, 121, 244. (1259) 134, 141, 145, 226. (1260) 147, 148, 152. (1262) 183. (1258) 425. (1260) 428, 429. (1261) 431, 432. (1262) 447, 448, 449. (1268) 452, 454.
„ Hertnid. T. XXVIII (1280) 415, 471. — T. XXIX (1255) 234, 206. (1259) 145. (1269) 492. (1270) 498.
„ Bernhard — T. XXVIII (1280) 471. — T. XXIX (1258) 124. (1259) 145. (1260) 148, 151. (1263) 454. (1270) 497.
„ Ulricus. T. XXIX (1270) 498.
„ Heinricus. T. XXIX (1296) 589; et Elsbeth, uxor ejus loc. cit.
„ N. N. die Herrn v. — T. XXIX (1284) 553. (s. anno) 310, 316.
„ Hans, Jans v. — T. XXX (1350) 200. (1354) 214. — Des Chalhochs von Valkenstein Schwager (1357) 235.
„ Dorothea, dessen Hausfrau ibid. (1354) 214.
„ Hans v. — T. XXX (1378) 231. (1398) 473.
„ Johannes von — canonicus pataviensis. T. XXX (1389) 390.
„ N. der — T. XXX (1354) 210.
„ Mendel der — T. XXX (1394) 434.
„ Conrad v. — Domherr zu Passau. T. XXXI (1426) 204.
„ Hartmann v. — T. XXXI (1459) 457.
Trebanwinchel, Tribanewinchle, Tribanwinchel, Udalricus de — minist. patav. T. XXVIII (1157) 111. — T. XXIX (1150) 323. (1158) 457.
„ Ludwicus de — T. XXVIII (1203) 268.
Tremonwicz, Johannes de — cancellarius curiae romanae. T. XXX (1397) 464. (1399) 494.
Trenbach, Trenbeck, Trenbekch, Conradus. T. XXX (1389) 385.
„ Ortolph. T. XXXI (1438) 338.
Treveyah, Heinricus de — canonicus brixinensis. T. XXIX (1289) 548.
Triftern conf. *Truftern.*
Tristrich, Gotfridus de — T. XXIX (1173) 63.
Tritenleis N. — civis patav. T. XXIX (1253) 336.
Troestlinus, Trostlinus, Troestelo, Meinhardus — T. XXIX (1248) 76, 78. (1250) 79. (1255) 105, 206. (1257) 107.
„ Chunigundis, ejus uxor, nata de Zierberg, ibid. 76.
„ *Trostela,* Meinhardus. T. XXIX (1257) 414.
Trostman, vinitor. T. XXIX (1195) 20.
Troyan, Burggraf zu Rosenberg. T. XXX (1357) 230.

Truchsen, Truchmer, Gotfridus et Ulricus, fratres. T. XXVIII (1280) 415. —
    T. XXIX (1273) 226. (1280) 534.
   ,,   Ulrich von — T. XXIX (1286) 569.
   ,,   N. N. die — T. XXIX (s. anno) 310, 316.
Truchtlachingen, Truchtlingen, Wilhelm. T. XXXI (1443) 395, 399, 400.
Trufteru, Truftiren, Waldmann de — T. XXIX (s. anno) 263.
Trugburtel, N. — ibid. (1232) 227.
Truize conf. *Engicha.*
Trunfi, test. T. XXIX (1180) 66.
Trutenperge, Ernestus et Richerus de — T. XXIX (1260) 248.
Tuba, P. — ex cancellaria sanctae sedis. T. XXXI (1481) 586. (1486) 616.
Tudecke, Wulfingus de — T. XXIX (1192) 47.
Tuendorffer, Simon der — Judenrichter und Rathsherr zu Crems. T. XXX
    (1398) 473.
Twerel, Hans — Gerichtsbeisitzer. T. XXXI (1450) 421.
Tuerholz, Johannes — clericus olomucensis. T. XXX (1380) 342.
Tuerlinger, Erasmus — Eidam des Christian v. Watzmanstorf. T. XXX (1371)
    297 — 299.
   ,,   Wolfhart der — T. XXX (1395) 444.
   ,,   Ulrich — Erbe der Hadorer. T. XXXI (1437) 311 — 313.
Tullingen, Tulbinge, Hadelboch de — ministerialis patav. T. XXVIII (1157)
    111. — T. XXIX (1168) 437.
   ,,   Albero et Frund, fratres ejus. loc. cit. 437.
   ,,   Chalhoch. T. XXVIII (1253) 377. — T. XXIX (1257) 248, 249.
Tulna, Tuln, Ulricus de — T. XXIX (1204) 269.
   ,,   Johannes de — monachus neuburgensis. T. XXX (1325) 103.
Tulso, Baldwin. T. XXIX (1254) 85. (1255) 93.
Tumaier, Tumair, Leupold der alte — T. XXX (1365) 260.
   ,,   Peter, dessen Sohn. T. XXX (1365) 260. (1391) 410.
   ,,   Hans, des Leupolds Vetter ibid. 260. (1399) 488.
   ,,   Leupold — passauischer Lehenmann und Propst vor der Innbrücke.
    T. XXX (1372) 301. (1373) 310.
   ,,   Georg. T. XXX (1391) 410.
   ,,   Erhart der — Ritter. T. XXX (1399) 487 — Sohn des Hans (1399)
    488.
   ,,   Gundakar zu Mülheim — T. XXXI (1410) 86, 87.
   ,,   Hans zu Mülheim — des Vorigen Bruder ibid. 87.
Tumberger zum Klebstein, Pankratz — T. XXXI (1494) 636, 687.
   ,,   N. — dessen Hausfrau ibid.
Tumollesheim, Reginger, Beringer und Wernhard v. — T. XXVIII (1129)
    101.
   ,,   Heinrich. T. XXIX (1254) 247.
Tumpler T. — canonicus pataviensis. T. XXIX (1256) 240.
Tunau, Tunawe, Ernst bei der — T. XXX (1337) 162.
Tungast zum Chlebstein — Peter — T. XXXI (1400) 1. (1401) 9. — Diener

des Landgrafen von Leuchtenberg. (1409) 83, 84. (1410) 89, 90. (1415) 135.

Tunkrim, Marquardus et Rudigerus de — T. XXIX (1210) 274.

Tuongozinger, Tungozinger, Ulricus — civis pataviensis. — T. XXVIII (1209) 283. — T. XXIX (1263) 192.

Tunzili, test. T. XXVIII (906) 204.

Tuola. T. XXIX (1214) 250. — Conf. etiam *Tula*.

Turingus, N. — civis patav. T. XXVIII (s. anno) 173.

Turri, Ulricus in — T. XXIX (1254) 236. (1255) 237. (1259) 136.

    „   Siboto in — T. XXIX (1254) 237.

Turso, Turse, Hugo. — T. XXIX (1259) 226. (1286) 561.

    „   Hermannus — monachus neuburgensis. T. XXX (1323) 106.

    „   von Tirnstein, N. der — ibid. (1352) 206.

    „   von Ranhoneck, Johannes — T. XXXI (1360 — memoratur 1419) 167.

    „   Wilhelmus Tuors — canonicus patav. ibid. (1424) 191, 192.

Turstelperge, Herbord de — in Tanne. T. XXVIII (1280) 456.

Tuschel von Saeldenau — Schweiker — T. XXX (1333) 144, 145, 146.

    „   Kunegunde, dessen Hausfrau ibid. 144.

    „   Schweiker, deren Sohn. T. XXX (1333) 145. (1358) 236, 237.

    „   Ulrich, desgl. ibid. 145.

    „   Otto der — Chorherr und Kellner zu Passau. T. XXX (1349) 197.

    „   Heinrich der — T. XXX (1366) 264. (1369) 282. (1373) 306.

    „   N. — civis pataviensis. T. XXVIII (1425) 450.

    „   Conf. etiam *Saeldenau*.

Tula, Tüt — Mutterschwester des Heinrichs Harer. T. XXX (1359) 246.

    „   conf. etiam *Tuola*.

Tutlinge, Chunradus de — T. XXVIII (1255) 67.

Tutto, test. ibid. (1136) 60.

Tyminge, Conradus de — T. XXIX (1259) 134.

    „   O. — ibid. (1260) 225.

Tymo conf. *Tiemo*.

Tyrna, Tyernach, Weichard de — T. XXVIII (1253) 377. — T. XXIX (1257) 109.

    „   N. collator ecclesiarum Syerndorff et Aigen. T. XXVIII (saec. 15) 490, 497.

    „   conf. etiam *Tirna*.

Tyrnstein conf. *Tirenstein*.

Tyrol, Meinhardus comes de — T. XXVIII (1277) 407. — T. XXIX (1277) 521. (1199) 578 — et filia ejus Elisabetha loc. cit.

U.

U. praepositus monasterii S. Nicolai. T. XXIX (1229) 351.
Ubelacker, N. T. XXIX (s. anno) 231. — Conf. *Uberacker*.
Ubeleisen, N. der — T. XXX (1391) 412.
Ubelmann, N. — des Mosbrunne. T. XXVIII (1280) 187, 478.
Uberacker, Petruś — decanus in Mautorn. T. XXXI (1481) 581.
Uberaekchl, Ruprecht, Domherr zu Passau und Kirchberr zu S. Egyd. T.
    XXXI (1459) 475, 476.
Ubertis, G. de — ex cancellaria papali. T. XXXI (1479) 563. conf. etiam
    Obertis.
Udalrico S. Heinricus de — T. XXVIII (1197) 129. — T. XXIX (1209) 231.
     „   Siboto de — frater ejus. ibid. (1231) 335. (1232) 336. T. XXIX loc.
        cit.
Udalricus, Ulricus, Oudalrich, Oudalric etc.
    „ abbas in Altenburg. T. XXIX (1261) 432.
    „ abbas S. Emmerami. T. XXIX (1268) 424.
    „ abbas in Fürstenzell. T. XXX (1380) 343.
    „ abbas cellae S. Mariae. T. XXIX (1261) 34.
    „ archiepiscopus salisburgensis, et legatus. T. XXIX (1260) 165, 166.
        (1262) 187.
    „ campanarius patav. T. XXIX (1165) 256.
    „ canonicus aquilejensis et pataviensis. T. XXVIII (1088) 45.
    „ (de Sceuntendorf) canon. patav. T. XXVIII ibid.
    „ canonicus pataviensis et magister. T. XXVIII (1121) 92. T. XXIX
        (1116) 33.
    „ canonicus et scholasticus patav. T. XXVIII (1147) 227. (1160) 116. —
        T. XXIX (1140) 253, 255.
    „ canonicus ac scriba pataviensis, germanus episcopi Wolfgeri. T.
        XXVIII (1201) 130. (1202) 266. (1203) 268. (1204) 270. — T. XXIX
        (1204) 270. (1200) 329.
    „ canonicus et cellerarius patav. T. XXVIII (1209) 279. — T. XXIX
        (1212) 275.
    „ canonicus et custos pataviensis. T. XXVIII (1209) 134, 283. (1210)
        135, 136, 139, 283. (1211) 139. (1212) 290.
    „ (de Maemminge-Memminge) canonicus et archidiaconus pataviensis.
        T. XXVIII (1230) 333. (1237) 339. (1242) 346. (1244) 304, 308,
        476.
    „ (de Styria) canonicus pataviensis. T. XXVIII (1256) 380. (1262)
        383. (1264) 389, 391. (1300) 515.
    „ canonicus patav. — T. XXIX (1252) 380.
    „ canonicus olomucensis. T. XXIX (1282) 548.
    „ canonicus ratisponensis et magister. T. XXIX (1281) 543.

Udalricus etc. canonicus ratisponensis. T. XXVIII (1160) 420.
   „   canonicus ratisponensis ac praepositus S. Johannis. T. XXVIII (1241) 344.
   „   capellanus. T. XXVIII (1088) 46.
   „   capellanus. T. XXIX (1285) 555. (1291) 576. (1294) 581. (1299) 595.
   „   capellanus Bernhardi episcopi pataviensis. T. XXX (1302) 7, 12. (1306) 31. (1313) 63, 65.
   „   capellanus in Wachrain. T. XXX (1317) 78.
   „   carnifex. T. XXIX (s. anno) 229.
   „   cellerarius neuburgensis. ibid. (1257) 416.
   „   censualis in Eholving. T. XXVIII (1280) 468.
   „   censualis super vallem. T. XXIX (s. anno) 230.
   „   clericus de Portz. T. XXIX (1283) 552.
   „   custos quondam pataviensis. T. XXIX (1216) 333.
   „   custos pataviensis. T. XXX (1389) 294.
   „   comes. T. XXVIII (1013) 74, 75, 79, 90. (1035) 82. — Pater Berth-oldi com. ibid. (1013) 76.
   „   comes. T. XXIX (1260) 243.
   „   decanus neuburgensis. T. XXIX (1257) 415.
   „   diaconus pataviensis. T. XXVIII (947) 74.
   „   dispensator. T. XXIX (s. anno) 230.
   „   episcopus augustensis. T. XXVIII (1254) 486.
   „   episcopus chiemseensis. T. XXVIII (1323) 429. (1331) 432. T. XXX (1393) 99.
   „   episcopus seccoviensis. T. XXVIII (1253) 374, 377.
   „   episcopus seccoviensis. T. XXXI (1360 — memoratur 1419) 167.
   „   episcopus seccoviensis. T. XXXI (1419) 162.
   „   faber. T. XXIX (s. anno) 232.
   „   ferrator Pataviae. T. XXVIII (1280) 467, 475.
   „   feudatarius datz dom Aichac. ibid. (1280) 455.
   „   filius Engelberti. T. XXIX (1259) 141.
   „   filius Liubmanni. T. XXIX (1260) 214.
   „   frater Sigebotonis, ministerialis pataviensis. T. XXVIII (1157) 110 — 112.
   „   frater Bertholdi. T. XXVIII (1088) 65.
   „   institor. T. XXIX (s. anno) 231.
   „   joculator. T. XXIX (1220) 269.
   „   judex, filius Christani, civis patav. T. XXIX (1368) 488.
   „   Kaemmerer v. Hüttendorf. T. XXIX (1350) 209.
   „   Kaemmerer des Bischofs Rüger v. Passau. T. XXX (1311) 61. (1317) 73. (1325) 123.
   „   magister. T. XXIX (1247) 364.
   „   magister hospitum in Niwenburg. T. XXIX (1257) 416.
   „   miles Ottocari, marchionis Styriae. T. XXVIII (1088) 45.
   „   ministerialis Leopoldi, marchionis Austriae. T. XXVIII (1137) 103.

Udalricus etc. molendinator in Stetten. T. XXIX (1299) 593.

" Münzmeister zu Wien. T. XXX (1307) 37.

" nauta T. XXIX (s. anno) 231.

" nepos Udalrici de Gossisheim. T. XXIX (1138) 62.

" notarius. T. XXIX (1284) 556.

" — occonomus et capellanus. T. XXVIII (1194) 263.

" panifex. T. XXIX (1259) 141.

" plebanus in Hartperge. T. XXIX (1279) 532, 533.

" plebanus S. Andreae et canonicus patav. T. XXIX (1209) 69. (1229) 350.

" plebanus de Gnanndorf. T. XXVIII (1209) 131.

" plebanus de Draeschirchen. T. XXIX (1211) 70.

" plebanus in Cremse. T. XXVIII (1222) 300.

" plebanus S. Egidii. T. XXIX (1253) 582. (1258) 292. (1253) 397.

" plebanus in Manswerd. T. XXX (1311) 53.

" plebanus in Nesselbach, Verweser der Brüderschafts-Capelle im Dome zu Passau. T. XXX (1385) 368.

" plebanus in Wagrain. T. XXX (1328) 130, 131. (1330) 137; oberster Kellner des Capitels von Passau (1332) 142.

" plebanus in Wizlinsdorf. T. XXIX (1229) 350.

" praeco. T. XXVIII (1280) 456.

" praepositus S. Nicolai. T. XXIX (1106) 33. (1121) 58.

" praepositus S. Nicolai. T. XXVIII (1226) 316, 333. — T. XXIX (1222) 337.

" praepositus in Ardacker. T. XXVIII (1155) 232. (1160) 242. T. XXIX (1183) 26.

" praepositus S. Hippolyti. T. XXVIII (1155) 232. (1156) 233. (1159) 114 (1160) 242.

" praepositus S. Hippolyti. T. XXX (1365 et 1383) 363.

" praepositus medlicensis. T. XXIX (1279) 532.

" praepositus pataviensis. T. XXVIII (1067) 217. — T. XXIX (1065) 53.

" praepositus pataviensis. T. XXVIII (1164) 244.

" praepositus pataviensis. T. XXXI (1451) 422. (1452) 424. (1453) 426, 428.

" prior monasterii Schlegl. T. XXX (1385) 370.

" procurator. T. XXX (1366) 275.

" protonotarius regis Bohemiae. T. XXIX (1265) 451.

" protonotarius et magister. T. XXIX (1269) 490.

" sacerdos de Badin. T. XXVIII (1209) 131.

" sacerdos pataviensis. T. XXVIII (1143) 222.

" servus Engelberti marchionis et Pillung filius ejus. T. XXIX (1150) 253.

" soniarius. T. XXIX (1205) 251, 252.

" subdiaconus. T. XXIX (1229) 346.

" subprior Praedicatorum Viennae. T. XXIX (1267) 467.

Udalricus etc. test. T. XXVIII (947) 74.
,,   test. T. XXVIII (1038) 86.
,,   test. T. XXIX (1065) 52.
,,   test. T. XXVIII (1089) 55. (1097) 55. (1102) 56.
,,   test. T. XXIX (1215) 263.
,,   vir nobilis. T. XXIX (1165) 255.
,,   Conf. etiam *Wodalrik.*
Udischalcus conf. *Oudalschalck.*
Ufheim conf. *Aufheim.*
Ugel, Paul der — T. XXXI (1415) 130.
Ugolinis, Johannes de — cancellarius sedis apostolicae. T. XXXI (1429)
         216.
Ulricus conf. *Udalricus.*
Unfridin, Elsbeth, Bürgerin zu Passau. T. XXX (1372) 300, 301.
Ungarn, Koenige von — conf. etiam *Hungaria.*
,,   N. — der Koenig v. — T. XXX (1378) 331.
,,   Ladislaus, Koenig v. U— und Boehmen, Herz. v. Oesterr. T. XXXI
         (1452) 424, 425. (1453) 428. (1454) 437. (1455) 440, 441. (1456)
         451 — 453. (1457) 455, 458, 459, 460, 461. — Memoratur (1459)
         466, 470.
,,   Mathias, Koenig v. — T. XXXI (1481) 596, 597, 601, 602. (1494)
         692.
Ungell, N. — incola patav. T. XXVIII (1425) 450.
Ungersbach, N. — thesaurarius generalis regni. T. XXXI (1491) 659.
Unterholzer, Hans — Grundbesitzer zu Hollerbach. T. XXXI (1415) 142.
Untlingen, Untlinger, Walchun de — T. XXIX (1154) 260.
,,   Mathilde de — ibid. (1220) 261.
,,   Hans. T. XXXI (1400) 1.
Urak, Engelschalcus et Reingerus de — T. XXVIII (1143) 106.
Urbanus, papa III. T. XXIX (1186) 34, 38.
,,   papa IV. T. XXIX (1262) 446. — Memoratur T. XXXI (2433)
         229.
,,   papa V. T. XXVIII (1364) 434. — T. XXX (1363) 254 — 255, 257.
         (1366) 270.
,,   papa VI. T. XXX (1380) 339, 340. (1385) 361, 362. (1389) 394. —
         Memoratur (1399) 495.
,,   judex pataviensis. T. XXX (1346) 186.
Urbetsch, Conrad. T. XXX (1357) 224, 225.
,,   Elsbeth — geb. Greiff. ibid. 224.
Urfar, Andreas de — presbyter pataviensis. T. XXX (1346) 186.
,,   N. der — ibid. (1359) 247.
,,   Bertholdus de — T. XXIX (1299) 593.
Urla, Urle, Bernhardus de — T. XXIX (1156) 62.
,,   Egino. T. XXVIII (1145) 107.
,,   Adalram, Alram — frater ejus. T. XXVIII (1147) 108. — T. XXIX
         (1186) 35.

Urlensberg, Urlengsperge, Urlingsperg, Urleinsberg, Urlengsperger.
  „   Siboto de — T. XXIX (1255) 238. (1268) 438.
  „   Ortwin de — ibid. (1258) 226.
  „   Ulrich, gewesener Burggraf v. Fürstenekk. T. XXX (1300) 3, 4.
  „   Christian — Bruder des Grafen Ulrich v. Fürstenekk. T. XXIX (1297) 590.
  „   Chunegunde v. — vermæhlt mit Ulrich v. Puchperg. T. XXX (1300) 3.
  „   Seibot v. — T. XXX (1306) 51.
  „   Heinrich und Seydel die — Brüder. T. XXX (1358) 236, 237.
  „   Dietrich v. — T. XXX (1361) 250.
  „   Oertlein — T. XXX (1376) 321.
  „   zum Neuhauss — Christan der — T. XXX (1389) 388.
  „   N. dessen Hausfrau — ibid.
  „   Christan, Christel der — T. XXX (1395) 444 — T. XXXI (1402) 19.
  „   Conf. etiam *Furstenek.*
Urling, Urlinge, Urlinc — Vorlingus et frater ejus Rudegerus. T. XXVIII (1173) 252. — T. XXIX (1220) 251.
  „   Conf. etiam *Rudeger.*
Urolf, abbas niederaltacensis et missus dominicus. T. XXVIII (788) 49.
Ursus, episcopus theanensis et nuntius apost. in Germania. T. XXXI (1481) 579, 583.
Urvalle, Ulricus et Heinricus de — T. XXVIII (1280) 456.   –
Urvar conf. *Urfar.*
Usel, H. — T. XXVIII (1280) 464.
  „   Laeutwin der — T. XXX (1361) 250.
  „   N. N. die — T. XXXI (1402) 24.
Usolvingen, Siboto de — T. XXVIII (1223) 144.
Urwart, test. T. XXVIII (903) 203.
Utenckofen, Eberhardus et Gotfridus de — minist. patav. — T. XXVIII (1280) 462. — T. XXIX (a. anno) 220.
Utich, test. T. XXVIII (933) 207.
  „   *Utih*, test. ibid. (775) 21.
  „   *Utiho*, test. ibid. (985) 88.
Utih, comes. T. XXVIII (777) 199.
Uttendorf, Alramus de — T. XXVIII (1222) 449. (1228) 327. — T. XXIX (1200) 279.
  „   Bernhardus, fratruelis Walchuni de Chambe. T. XXVIII (1224) 330. (1226) 317.
Uttersteten, Ortolphus de — Commendator domus Theutonicorum Viennae. T. XXIX (1253) 422.
Utlinge, Otto de — canonicus ratisponensis. T. XXVIII (1241) 345.
Utto, Uto, praepositus major ecclesiae frisingensis. T. XXVIII (1244) 304.
  „   test. ibid. (796) 60.
  „   test. ibid. (903) 203.

Uvonendorf, Heinricus de — T. XXIX (1196) 65.
Uvorte, Heinricus et Ekkehardus de — T. XXVIII (1209) 134.
Uzant, test. T. XXVIII (788) 17.
Uzenheim, Reginher de — T. XXIX (1120) 259.
Uzhaim, Adelheid de — T. XXIX (s. anno) 264.
l'zing, Conrad von — T. XXX (1313) 63.
l'zo, civis patav. — T. XXVIII (1232) 337, 449.

V.

V. conf. etiam *W.*
Vaist, *Vaizt*, Sifridus — civis patav. T. XXVIII (1298) 426.
  ,,   Sifridus — judex patav. T. XXX (1307) 35. (1313) 31.
  ,,   Ulrich der — ibid. (1335) 151.
Valchenberg, *Falkenberg*, *Valkenberg*. Rapoto de — T. XXIX (1260) 152,
    162, 213, 233. (1261) 149.
  ,,   Hadamar de — T. XXIX (1259) 134.
  ,,   Conrad de — ibid. (s. anno) 314.
Valchenstein, *Valchinsteine*, *Valchensteine*, *Falkenstein*.
  ,,   Chadelhoh de — minist. patav. T. XXVIII (1173) 252. (1179) 192.
    (1180) 98. (1187) 259. (1209) 131. (1236) 153, 154. — T. XXIX (1190)
    252. (1243) 365.
  ,,   Chalhohus, Chalhoh, fundator monasterii Slage sive Schlegel. T.
    XXVIII (1209) 132. — canonicus pataviensis (1203) 268. (1204) 270;
    et archidiaconus (1209) 285. (1227) 273.
  ,,   Chalhohus et Heinricus fratres — T. XXIX (1257) 414. (1260) 429.
    (1261) 431. (1262) 445. (1268) 482, 484.
  ,,   Wernher, ministerialis patav. T. XXVIII (1204) 271.
  ,,   Zawisch de — T. XXIX (1272) 503. — Castellanus in Valchenstein
    (1274) 516.
  ,,   Dudwigius de — pater Zavisii. T. XXIX (1272) 504.
  ,,   Ulricus de — marscalcus. T. XXVIII (1216) 141. — T. XXIX (1220)
    49.
  ,,   Chunradus, filius Chalhohi — minist. patav. T. XXVIII (1222) 500.
    (1226) 149, 170, 516. (1236) 153, 154. (1241) 542. (1242) 548. (1250)
    371. — T. XXIX (1256) 241. (1240) 355.
  ,,   Leupoldus de — T. XXVIII (1253) 378.
  ,,   Heinricus de — minist. patav. T. XXVIII (1255) 232. (1257) 112.
    (1258) 124. (1260) 148, 247.
  ,,   Chalboch, frater ejus. T. XXVIII (1257) 107. (1258) 114, 116, 120,

225, 244. (1259) 130, 131, 134. (1260) 151. — T. **XXIX** (1289) 571. (1303) 300.

Valchenstein etc. Ulrich und seine Brüder Rudolph und Chalhoch. T. XXIX (1289) 568.

„ Fridrich. T. XXIX (1289) 568.

„ Pilgrim de — T. XXIX (1270) 499, 500. (1281) 559. (1283) 548.

„ Conradus. T. XXVIII (1280) 465, 482. — T. XXIX (1289) 568.

„ Gertrudis de — uxor Heinrici de Hartheim. T. XXIX (1260) 153, 429.

„ Chalboch, Choloch de — T. XXX (1300) 2. (1303) 17. (1310) 43. (1321) 94.

„ Conrad v. — dessen Vetter. T. XXX (1300) 2. (1310) 48. (1311) 60. (1311) 60.

„ Magenhus v. — T. XXX (1303) 17. (1306) 31.

„ Albero v. — T. XXX (1328) 128, 129.

„ Gertraud v. — dessen Hausfrau. ibid. (1328) 129.

„ Heinrich v. — T. XXX (1329) 133. (1336) 157, 159. (1339) 166, 167.

„ Chalhoch v. — T. XXX (1347) 190, 191. (1349) 195. (1350) 200 (1357) 227, 228, 229. (1357) 226, 227, 233 — 235.

„ Ulrich v. — dessen Bruder. T. XXX (1349) 195. (1350) 200. (1354) 218. (1357) 227 — 229, 233. (1359) 243.

„ Hang v. — dessen Bruder. T. XXX ibid.

„ Catharina v. — des Chalbochs Hausfrau. T. XXX (1357) 233 — 235.

„ Peter der — T. XXXI (1402) 91. — Zu Valkenfels. (1411) 96.

„ N. der — collator plurium ecclesiarum. T. XXVIII (assoc. 15) 492.

Valchenstorf, Heinricus de — T. XXIX (1256) 240.

„ Chalhoch de — frater ejus. — T. XXVIII (1256) 381.

Valentin conf. *Pernbeck.*

„ Valentino S., Chunradus de — canonicus patav. T. XXVIII (1297) 523. — Conf. etiam *Conradus.*

Vallcoletti, N. de — ex cancellaria sanctae sedis. T. XXXI (1494) 690.

Valle, P. de — ex cancellaria sanctao sedis. T. XXXI (1480) 576. (1531) 692.

Valwa, N. — plebonus. T. XXIX (1229) 550.

Vatzo, Baltramus — civis viennensis. T. XXIX (1258) 424. (1267) 475. (1270) 502. (1293) 530.

Veder, Zeuta. T. XXIX (s. anno) 218.

Vekelarebruk, Herrand, Heinrich, Elisabeth, Jutta et Tuta de — censuales patavienses. T. XXIX (1172) 268.

Velbach, Egilolfus de — minist. patav. T. XXVIII (1067) 217. T. XXIX (1071) 13.

Velber, Jans — der Schwabe, Bürger zu Passau. T. XXX (1385) 369.

Velder, N. — de Hertenstetten. T. XXVIII (1280) 479.

Veldinger, Hans der — T. XXX (1397) 458.

Velilsbach, Vellspach, Cunrad v. — der Schreiber. — T. XXIX (1281) 557.
Veldsberg, Veldsperch, Velsperch, Veltsperch, Veldesberc, Velsberg.
  „   Chadold de — dapifer. T. XXVIII (1223) 301, 473, 481. — T. XXIX
        (1255) 67, 224, 229, 230. (1217) 336.
  „   Wichardus de — T. XXIX (1217) 336.
  „   N. — judex provincialis. T. XXIX (1265) 462.
  „   Albero, dapifer de — T. XXIX (1259) 134. (1270) 495.
  „   Gisela de — uxor Ortliebi de Winkel. T. XXIX (1283) 552.
  „   Jans v. — T. XXX (1381) 360.
Vels, Veltz, Albero de — T. XXX (1319) 87. (1328) 132.
Velven, Marquardus de — T. XXVIII (1217) 296.
  „   Hugo. T. XXIX (s. anno) 220.
Vendipach, Otpolt de — T. XXIX (1180) 263.
Venediger, Niclas — wohnhaft zu Salzburg. T. XXXI (1483) 606 — 610.
  „   Thoman, dessen Bruder, wohnhaft zu Breslau. ibid.
Venetia, Augustinus Barbadico, dux Venetiarum. T. XXXI (1490) 652.
Venter, Rachwin. T. XXVIII (1280) 180, 471.
Verber, Niclas — Hintersasse zu Gumpendorf. T. XXXI (1412) 109.
Veter, Vetter, Fridericus — T. XXX (1307) 36.
  „   Heinrich der — T. XXX (1330) 136, 137.
  „   Katharina, dessen Hausfrau loc. cit. 136.
  „   Heinrich der — zu Osterhofen. T. XXX (1388) 382.
Veuhsenerius, Veuhanerii, N. N. T. XXIX (1257) 249. (1259) 134.
Veulkenbach, Fiuhlenbach, Viuhtenbach, Veuhtenpach, Veyhtenpach.
  „   Eberhardus de — canonicus patav. T. XXVIII (1227) 324. (1232)
        337, 449. (1236) 154. (1237) 287, 353.
  „   Eberhardus de — minist. patav. T. XXVIII (1253) 124. T. XXIX
        (1257) 112, 232. (1259) 137. (1261) 431.
  „   Diemudis, Albertus et Ekhard. T. XXIX (1253) 226.
Veytzlmaier, Hans — Beisitzer der Landschranne. T. XXXI (1427) 209.
Victor S. T. XXVIII (1254) 485.
Viechtenstein, Vichtenstein, Vichtenstein. Dietricus comes de — T. XXVIII
        (1180) 98. — Conf. etiam *Vornbach* et *Wasserburg.*
  „   Albero de — ministerialis. T. XXVIII (1223) 144, 464.
Vietdarn, Ditricus de — T. XXVIII (1155) 232.
Viezo, Heinricus et Heinricus. T. XXIX (1291) 576.
Vigellator, Conradus — civis patav. T. XXIX (1253) 386.
Vigilius S. — T. XXVIII (1254) 436.
Vihofen, Vichofen, Albero de — ministerialis patav. T. XXIX (1190) 261.
  „   H. de — miles. T. XXIX (1256) 104. (1257) 112.
  „   Ulricus de — miles. T. XXVIII (1277) 443. (1280) 475. — T. XXIX
        (1257) 249. (1259) 137. (1263) 192, 194. (1264) 245. (1270) 496, 497,
        600. (1281) 545.
Villiperht conf. *Williperht.*
Vinchenstein, Ekkirch de — T. XXIX (1065) 52.

Virulo, *i. e. Virilo*, archiepiscopus laurescensis. T. XXXI (1435) 293. — Conf. *Patavia-episcopi.*
Virgilius, poeta. T. XXVIII (1254) 485, 487.
Virgilius S. — episcopus salisburgensis. T. XXVIII (722) 445. (775) 31. (777) 499.
Virtil, Otto — T. XXIX (s. anno) 219.
Vischamünde, Wolfkerus de — T. XXIX (1270) 496.
Vischer, Hans. T. XXXI (1459) 468.
Vischgratel, Hans. ibid. (1400) 1.
Vischlinus, Wolfker — civis viennensis. T. XXIX (1267) 473.
Vischmarkt, Engelschalk an dem — passauischer Lehenmann und Bürger — T. XXX (1372) 301. (1385) 369.
Vischpach, Ainwicus. T. XXIX (1209) 133, 231.
   ,,   Conradus, filius ejus. ibid.
   ,,   Liutkardis. T. XXIX (s. anno) 271.
   ,,   Vischpech, Bernhard der — T. XXX (1303) 15.
Visenharter, Hermannus — civis patav. T. XXIX (1237) 287, 353.
Vislar, Heinricus — canonicus patav. T. XXX (1326) 121 — 123.
Vilo sancto, Sighardus de — T. XXIX (1209) 281.
   ,,   Rapoto de — et uxor ejus Margaretha. T. XXIX (1281) 535, 543. (1290) 574.
Vitulus, *Vituli*, Albero — T. XXIX (s. anno) 218.
   ,,   N. N. — de Udelpach. T. XXVIII (1280) 475.
Vitus, decanus pragensis. T. XXIX (1262) 439, 442.
Viuhtenbach conf. *Veuthenbach.*
Viviauz, Rudlo — test. T. XXIX (1260) 233.
   ,,   Rüger der — T. XXX (1307) 37.
Vlachenekk, Oudalschalcus de — T. XXIX (1293) 579, 580.
Vleze, *Vloeze*, Heinricus — miles. T. XXVIII (1252) 369.
   ,,   Rudgerus. T. XXIX (s. anno) 218.
Vhesaere, *Väsaer*, Heinricus — T. XXVIII (1202) 266. — T. XXIX (1204) 269.
   ,,   Vlisarius, Albertus — minist. patav. T. XXVIII (1228) 328, 330. (1232) 337, 449. — T. XXIX (1230) 352.
Vocchinge, O. de — T. XXIX (1254) 247.
Voelso conf. *Celle.*
Vogel, Wernhart der — T. XXX (1300) 3.
Vogler, Ulrich der — T. XXXI (1414) 129.
Vogt, Rüger der — T. XXX (1315) 67.
   .,   Gerbirge — dessen Hausfrau. ibid.
Vohburg, *Vochburch*, Diepoldus, marchio de — T. XXIX (1145) 54, 55.
   ,,   Adelheid, uxor ejus loc. cit.
   ,,   Conrad, frater Diepoldi ibid. 54.
   ,,   Diepoldus, filius Diepoldi marchionis ibid. 54. (1150) 262, — T. XXVIII (1156) 356.
   ,,   N. der Marchgrave v. — T. XXIX (s. anno) 313.

Volberg etc. N. marchio. T. XXVIII (1277) 412.
Voitsbrunn, Voytesprunn, Meinhardus de — T. XXX (1311) 61. (1317) 79.
Voitshover, Hertling und Siboto. T. XXIX (s. anno) 230, 231.
Volcrat, test. T. XXIX (1149) 259.
Volbertus, magister — T. XXIX (1258) 124.
    „   junior; ibid. (s. anno) 228, 229.
Volchart, test. T. XXVIII (905) 203.
Volchenmarkt, Volkenmarckt, Otto v. — Landcomthur des deutschen Ordens
    in Steyer und Oesterreich. T. XXX (1328) 130, 131, 132.
    „   Gottschalk v. — T. XXX (1366) 265.
Volchenstorf, Volckinstorf, Volkerstorf, Volkenstorf.
    „   Otto de — T. XXVIII (s. anno) 471. — T. XXIX (1192) 48. (1250)
    228.
    „   Ortolf de — T. XXIX (1248) 76. (1254) 229. (1255) 238. (1256)
    241, 246, 247. (1258) 99.
    „   Elisabetha, uxor ejus; ibid. (1250) 150. (1281) 542.
    „   Dietricus de — T. XXIX (1258) 99, 228.
    „   zu Chnnisperg, N. der — T. XXIX (1294) 582.
    „   N. der — T. XXX (1320) 89. (1354) 210.
    „   Albero v. — T. XXX ibid. 89.
    „   Heinricus de — canonicus pataviensis. T. XXX (1385) 363, (1389)
    390.
    „   N. der — T. XXX (1383) 567.
    „   Hadamar v. — Marschalk. T. XXVIII (1455) 455.
Volcholdus, Volcholt, serviens Gerh. plebani viennensis. T. XXIX (1267)
    473.
    „   test. T. XXIX (1095) 64.
Volcmant, test. ibid. (1190) 252.
Vorchtlieb, Prior des Klosters Schlegel. T. XXX (1366) 272.
Vorholcin, Iludegerus de — T. XXVIII (1185) 109.
Vorholzer, Vorholezer, Heinrich. T. XXX (1389) 385.
Vorlingus, frater Rudigeri. T. XXVIII (1153) 113.
Vornbach, Vornbach, Varnbach, Heinricus comes de — advocatus monast.
    S. Nicolai. T. XXVIII (1067) 216.
    „   Ekkibert, Ekkepreht, donator et test. T. XXIX (1082) 58.
    „   Mathildis uxor et Eberhardus filius ejus. T. XXIX (1106) 58.
    „   Ekkibert. T. XXVIII (1121) 39.
    „   Dietricus, comes de Vornbach et Vichtenstein et frater ejus Geb-
    hard. T. XXIX (1094) 63. — Dietricus. T. XXVIII (1121) 89. —
    T. XXIX (1116) 34. (1121) 57, 58, 59. (1130) 59.
    „   Dietricus, Diether, Theodoricus. T. XXVIII (1173) 252. (1180)
    98. (1187) 259. — T. XXIX (1190) 252.
    „   Heinricus et Purchardus. T. XXVIII (1173) 252.
    „   Conf. etiam *Vichtenstein.*
Vorraul, Otto. T. XXIX (s. anno) 250.
Vorst, Ulricus de — ibid. (1260) 232.

Vorst, Vorste, Swikkerus de — T. XXVIII (1280) 465, 464.
Vorster, Peter der — Eidam des Christian v. Watzmanstorf. T. XXX (1371) 297.
Vorsthofer, Vorschower, Sigismundus — canonicus et cancellarius Ulrici episcopi pataviensis. T. XXXI (1465) 498. (1481) 530.
Vote, Ulricus, comes de — T. XXVIII (1220) 298.
Vowlespach, Manegolt de — T. XXVIII (1121) 91.
Voxing, Ulricus de — T. XXVIII (1254) 228.
    ,,   Conradus de — T. XXIX (1294) 531.
    ,,   Laurentius de — plebanus in Saehsen. ibid.
Vreisinger, Peter der — T. XXX (1337) 162. — Conf. etiam *Freisinger.*
Vreitschlarn, Otto, filius Graeci de — T. XXIX (1270) 497.
Vreuntsperch conf. *Freundsberg.*
Vregn, Lautwin der — T. XXX (1317) 74.
Vriehheim, Vreikaim, Chunradus — decanus matricensis. T. XXVIII (1263) 337. — T. XXIX (1263) 453.
    ,,   Ulricus. T. XXIX (1283) 552.
Vrobreht, test. T. XXIX (1097) 56.
Vredna, Walchun, miles de — T. XXIX (1264) 245.
Vrenhofen conf. *Frauenhofen.*
Vroschelo, Chunradus — miles, de Hintperch. T. XXVIII (1237) 389. — Conf. etiam *Froeschel.*
Vrowenhofen conf. *Frauenhofen.*
Vrowinberg conf. *Frauenberg.*
Vullaer, Pilgrim der — T. XXIX (1281) 537.
Vulpis, N. — T. XXIX (s. anno) 231. — Conf. etiam *Fuhse.*
Vurtte, Vuorte, Heinricus et Ekkehardus de — T. XXVIII (1209) 154.
    ,,   Chunradus de — T. XXVIII (1256) 381. — Conf. etiam *Furt.*
Vurcar, Ulricus — civis patav. T. XXIX (1328) 303.
Vuschel, N. — T. XXIX (s. anno) 231.

W.

W. conf. etiam *V.*
  ,, archiepiscopus salisburgensis. T. XXIX (1268) 486, 489.
  ,, praepositus pataviensis. T. XXIX (1279) 505.
Waceman conf. *Waziman.*
Wacemsdorf conf. *Wazmanstorf.*
Wackau, Wakavo, Wackauer, Wisinto v. — T. XXX (1309) 44, 45.
    ,,   Elsbeth, dessen Hausfrau. loc. cit.

Wackau etc. Ortwin v. — T. XXX (1309) 45.
„   Ulrich der — ibid.
Wachramarius, Conradus — de Linz. T. XXIX (1263) 194.
Waeginge, Heinricus de — canonicus patav. T. XXVIII (1242) 346; archi-
        diaconus. T. XXIX (1254) 84. (1247) 364. (1262) 444.
Waehe, Heinricus — civis patav. T. XXVIII (1209) 285.
Waelkinger, Meinhart der — T. XXX (1359) 240.
„   Elsbeth, dessen Hausfrau. ibid.
Waendlarius N. — civis patav. T. XXIX (1253) 386.
Wager, Udalricus, commissarius generalis episcopi Wigulei et officialsm
        curiae. T. XXIX (1508) 378.
Wagrein, Fridericus de — T. XXVIII (1280) 471.
Wahenkirchen, *Wahenchirchen*, Benedicta de — T. XXIX (s. anno) 272.
Walchendorf, Heinricus de — ministerialis patav. T. XXVIII (1300) 515.
Walchun, *Walchoun*, canonicus patav. T. XXVIII (1209) 131. (1212) 290.
„   censualis in Eholving. T. XXVIII (1280) 463.
„   centurio. T. XXIX (1165) 256, 257.
„   frater Rudolphi. T. XXIX (1102) 56. (1112) 261.
„   gener Bernoldi, ministerialis pataviensis. T. XXVIII (1157) 111.
„   magister monast. S. Floriani. T. XXIX (1254) 81, 273.
„   ministerialis et miles. T. XXVIII (1013) 80. (1053) 83. 85.
„   ministerialis. T. XXIX (1088) 46.
„   sartor, civis pataviensis. T. XXVIII (1280) 172, 467.
„   servus Gerolti. T. XXIX (1130) 262.
„   testis. T. XXIX (1153) 261.
„   testis. T. XXIX (1143) 23.
„   testis. T. XXIX (1190) 253. (1204) 269.
„   testis. ibid. (1220) 250, 252. (1231) 74.
„   Conf. etiam *Walichuno*.
Walchunskirchen conf. *Walkenskirchen*.
Wald, *Walda*, *Walde*, Marquard et Manegold de — fratres. T. XXIX (1190)
        268.
„   Sighardus et Dietricus de — T. XXIX (1120) 258.
„   Liupoldus. T. XXVIII (1160) 242.
„   Otto de — ministerialis patav. — T. XXVIII (1203) 268. (1209)
        131, 279. (1223) 301. — T. XXIX (1172) 227. (1212) 72.
„   Cunrad filius Ottonis. T. XXVIII (1194) 264. (1223) 301.
„   Gebhardus de — minist. patav. T. XXVIII (1209) 131.
„   Fridericus. T. XXVIII (1280) 456, 457, 471.
„   Otto, junior. T. XXIX (1258) 110. (1264) 245. (1293) 580.
„   Heinricus. T. XXIX (s. anno) 231.
„   Wüllingus v. — T. XXIX (1293) 580.
„   Ortlieb v. — T. XXX (1305) 23.
„   Otto v. — Hofmeister des Bischofs Albrecht v. Passau. T. XXX
        (1341) 168. — Conf. etiam *Walt*.

Waldekl, *Waldegg*, *Waldecka*, *Waldecke* — Adelram de — T. XXIX (1188) 62.

,, Alker de — ministerialis patav. — T. XXVIII (1172) 251, 252. (1179) 122. — T. XXIX (1220) 251.

,, Heinricus de — judex et frater Alkeri et Ortolfi. — T. XXVIII (1209) 154, 283. (1224) 306. (1227) 323, 325, 325. (1230) 334. (1239) 449. (1236) 154. (1241) 342. (1242) 346. — T. XXIX (1220) 251. (1259) 139. (1248) 365.

,, Ysenricus. T. XXVIII (1220) 298.

,, Ortolfus de — ministerialis patav. T. XXVIII (1223) 301. (1227) 323, 326. (1230) 334. (1236) 154. (1241) 342. (1242) 346, 348. (1244) 352. (1251) 371. — T. XXIX (1254) 236, 247. (1259) 139. (1227) 344. (1240) 355. (1243) 365.

,, Meingotus, canonicus pataviensis et avunculus Ortolfi de Morsbach. T. XXVIII (1223) 144. (1227) 273. (1336) 154. (1242) 346; praepositus (1250) 371. (1251) 372, 373. (1253) 377. (1256) 379. (1262) 383, 386. (1264) 389, 391. T. XXIX (1230) 334. (1255) 88. (1256) 98, 104 — 106, 240. (1257) 112. (1258) 120, 127. (1259) 131 — 133, 139, 141, 143. (1260) 148, 151, 223. (1261) 31, 150. (1262) 185. (1263) 196. (1237) 287, 353. (1247) 362. (1251) 574.

,, Otto. T. XXVIII (1280) 469, 175. T. XXIX (1259) 139.

,, N. N. fratres de — T. XXIX (1272) 506.

,, Meingott de — canonicus pataviensis et postea praepositus. T. XXVIII (1300) 515. — T. XXIX (1278) 528. (1285) 555. — T. XXX (1300) 2, 4. (1302) 9.

,, Ortolf v. — T. XXX (1300) 1. (1325) 117, 118. (1354) 218. (1366) 264.

,, Hadamar v. — T. XXX (1300) 1. (1310) 47, 48. — Des Erchangers v. Wesen Oheim. (1321) 93. (1325) 115 — 117. (1329) 133. (1336) 157, 158. — Bruder des Ortolf und des jüngern Meingoz (1366) 264.

,, Elsbeth, dessen Hausfrau. T. XXX (1325) 115 — 117. (1336) 157.

,, Meingott, Meingoz, der jüngere, Chorherr zu Passau. T. XXX (1300) 1. (1302) 9. (1303) 17. (1305) 24. (1311) 61. — Domdechant. (1319) 81 — 84.

,, Meingoz, Chorherr zu Passau. T. XXX (1366) 264.

,, Chuno v. — Schwiegervater des Erchanger v. Wesen. T. XXX (1310) 47.

,, Georg v. — Vicedom in Nieder-Bayern. T. XXX (1386) 377.

,, zu Eynberk, Ortolf v. T. XXX (1386) 377.

Walderii, *Waldher*, fratres et possessores curiae in Zekking. T. XXIX (s. anno) 221.

Waldkirchen, Burkardus de — T. XXIX (1306) 301.

,, Urbanus, filius ejus ibid. — Conf. etiam *Waltkirchen*.

Waldner, Conrad. T. XXXI (1400) 1.

Waldo, test. T. XXIX (1119) 63.

Waldpertus, notarius. T. XXVIII (800) 10.

Waldpurg, Waltpurch, Hezilo de — T. XXVIII (1280) 471, 183. T. XXIX (s. anno) 223.

Waldsee, Wallsee, Walse, Walsearius, Wallsee, Waltzze.

,, Eberhardus de — T. XXVIII (1293) 425, 428.

,, Gebhardus de — clericus. T. XXVIII (1300) 515. T. XXIX (1291) 576. — Chorherr zu Passau. T. XXX (1300) 4. (1305) 24. (1311) 54. (1313) 63 — Vicedom des Bischofs. (1313) 64.

,, Fridrich v. T. XXX (1330) 137.

,, N. von — zu Ens. T. XXX (1346) 183.

,, Eberhart v. — Hauptmann ob der Ens. T. XXX (1352) 205, 206; und Pfleger auf St. Georgenberg bei Passau. (1352) 247. (1363) 252, 253. — Auch genannt Eberhard v. Wallsee von Linz. (1364) 209, 210 — T. XXXI (1360 — memoratur 1419) 167.

,, Reinprecht v. — dessen Vetter. T. XXX (1352) 205, 206.

,, Ulrich v. — desgleichen. T. XXX (1352) 206.

,, zu Drossendorf, Heinrich. T. XXX (1359) 244.

,, Fridrich v. — ibid. — Hauptmann zu Drossendorf. T. XXX (1364) 259.

,, Eberhardus de — Capitaneus Styriae. T. XXXI (1360 — memoratur 1419) 167.

,, Fridericus de — do Graetz, pincerna. T. XXXI (1360 — memoratur 1419) 167.

,, N. N. die v. — T. XXX (1373) 306.

,, Rudolph v. — T. XXX (1375) 317. (1381) 358. (1397) 466.

,, Rudolph v. — Landmarschall in Oesterreich. T. XXX (1394) 441. — Des Herzogs Wilhelm in Oesterreich Hofmeister. (1398) 481. 482.

,, Heinrich v. — T. XXX (1394) 438 — 440. (1398) 479.

,, Ulrich v. — T. XXX (1398) 478 — 483.

,, Georg v. — T. XXX (1398) 432.

,, Rudolph v. — T. XXXI (1401) 14. — Bruder des Reinprecht und Fridrich — (1407) 73.

,, Fridrich v. — T. XXXI (1401) 14. (1407) 73.

,, Agnes v. — geborne von der Leyppen, Rudolphs Wittwe T. XXXI (1407) 73, 74.

,, Reinprecht v. — T. XXXI (1401) 14. — Hauptmann ob der Ens. T. XXXI (1407) 71 — 73. (1408) 73. (1411) 93', 94. Oesterreichischer Hofmeister. (1413) 113.

,, N. N. die v. — T. XXXI (1418) 153. (1421) 176. (1433) 232. (1434) 240.

,, Reinprecht v. — T. XXXI (1459) 467. — Hauptmann ob der Ens. (1470) 511. — Marschall in Oesterreich und oberster Truchsess in Steyer. (1480) 569.

,, Wolfgang v. — Oesterreichischer Hofmeister und Hauptmann ob

der Ens. T. XXXI (1459) 467. — Oberster Marschall in Oesterreich, und oberster Trugsess in Steyer. (1459) 473, 474. (1465)
496 — 499, 503, 504.

Waldsee etc. Heinrich von — des Wolfgangs Vetter. T. XXXI (1465) 496 —
499.

„ N. collator plurium ecclesiarum. T. XXVIII (saec. 15) 490, 495,
496, 499, 505.

Walschingen, Walchsing, Hartmann de — T. XXVIII (1280) 463.

Walich N. der — T. XXX (1354) 210.

Walkenskirchen, Otto de — T. XXIX (1263) 192. (1264) 458.

Walker, clericus. T. XXIX (1204) 270.

Waller, Waller, Wallarius, Heinricus. T. XXVIII (1224) 332.

„ Albero. T. XXVIII (1280) 463. — T. XXIX (1255) 94, 95. (1247)
364.

„ Gertrudis — uxor ejus. T. XXIX (1257) 108.

„ Albertus. T. XXIX (s. anno) 222.

„ Al. — T. XXIX (1278) 527.

Wallerstorfer, Andre — Grundbesitzer zu Schwabdorf. T. XXXI. (1463)
464.

Wall, Weigand de — T. XXVIII (1280) 475. — Conf. *Wald.*

Wallchuno et frater ejus Guntherus, filii Elisae, ministerialis pataviensis.
T. XXVIII (1121) 91.

„ Conf. etiam *Walchun.*

Walikendorf, Dietherus de — T. XXIX (1190) 259. — Conf. *Waltindorf.*

Walthere, praeco. T. XXIX (s. anno) 264.

„ test. ibid. (1102) 56.

Waltheringe, Pilgrim de — T. XXVIII (1251) 372.

Waltherus, Walther, canonicus pataviensis. T. XXVIII (1147) 228.

„ canonicus pataviensis. T. XXVIII (1227) 323. — T. XXIX (1252)
380.

„ dapifer pataviensis et frater Pilgrimi. T. XXVIII (1224 — 1230)
534.

„ incisor. T. XXIX (s. anno) 229.

„ legatarius. T. XXIX (1220) 249.

„ magister. T. XXIX (1299) 345.

„ ministerialis pataviensis. T. XXVIII (1157) 111. — T. XXIX (1158)
261.

„ ministerialis comitis hallensis. T. XXVIII (1158) 113.

„ et Werigant, nobiles. T. XXIX (1160) 260, 262.

„ plebanus neuburgensis. T. XXX (1323) 103 — 105.

„ plebanus in Oetzinstorf. T. XXX (1311) 61.

„ plebanus in Piwerbach. T. XXVIII (1211) 139.

„ testis. T. XXIX (1130) 262.

„ test. ibid. (1165) 255, 257. (1190) 252.

Walthi, test. T. XXIX (1150) 257, 262.

Waltilo, comes. T. XXVIII (903) 203.

Waltilo, test. ibid. (847) 24.

Waltindorf, Raffolt de — T. XXIX (1180) 263. — Conf. etiam *Walthes-dorf*.

Waltkirchen, Walchirch, Waltchirchen, Conradus de — T. XXIX (1172) 263.

    ,,   Pilgrim. T. XXIX (1215) 268.

    ,,   Wernhard. ibid. (1254) 222. — Conf. etiam *Waldkirchen*.

Waltmann, donator. T. XXIX (1130) 262.

    ,,   test. T. XXVIII (1045) 212.

Walto, nepos Perhbarii presb. T. XXVIII (788) 57.

    ,,   etiam Waltrih dictus cum nepote Isker. T. XXVIII (821) 63.

    ,,   test. T. XXVIII (903) 203. (906) 204.

    ,,   test. T. XXVIII (933) 208.

    ,,   Conf. etiam *Willibret*.

Waltrich, test. T. XXIX (1130) 262.

Waltstein, Gebhard v. — T. XXX (1352) 204, 205.

Wangen, Berchtold v. — Oesterreichischer Hubmeister. T. XXXI (1413) 119.

Wanigeere, Siboto, test. T. XXVIII (1224) 303.

Waning, Wanineh, judex et missus dominicus. T. XXVIII (788) 49.

Waninstorf, Wernherus de — T. XXVIII (1157) 112.

Wann, Paulus — Meister und Domherr. T. XXXI (1473) 525, 526. (1477) 531. (1481) 581, 589, 591.

Wantila, soror Hrodinae. T. XXVIII (1157) 19.

Warmunt, nobilis et test. T. XXIX (1130) 258, 259.

Wart, Wartt, Warte, Warth, Wartter, Wortter.

    ,,   Ekkolf de — ministerialis pataviensis. T. XXVIII (1147) 228. (1194) 264. (1224) 332, 352, 452. — T. XXIX (s. anno) 220, 307.

    ,,   N. frater ejus de Possmünster. T. XXIX (s. anno) 307.

    ,,   Wirnt de — ministerialis patav. T. XXVIII (1157) 112.

    ,,   Ekkolf v. — T. XXX (1300) 4.

    ,,   N. von der — T. XXX (1310) 49.

    ,,   zu Stainach, Hans der — T. XXX (1378) 335, 336.

    ,,   Marx v. — Vicedom in Nieder-Bayern. T. XXX (1399) 491. — Conf. etiam *Possemünster*.

Wartemberg, Denossius de — T. XXX (1366) 269.

    ,,   Conf. etiam *Warttenburg*.

Wartstein, Wartstain, comites de — Eberhardus — canonicus pataviensis. T. XXVIII (1300) 515. — T. XXX (1305) 24. (1311) 54. — Weilant Chorherr zu Passau. (1318) 81, 82.

    ,,   Hartmann, Graf v. — T. XXX (1313) 81, 82.

    ,,   Leukard, dessen Gemahlin, geb. Graefin v. Ortenburg. T. XXX (1318) 81.

    ,,   Heinrich, Graf v. — Domherr zu Regensburg. T. XXX ibid.

Wartienburg, Wartenbarch, Otto — T. XXVIII (1256) 581. — T. XXIX (1256) 206. (1263) 454.

Wartlenfelser, N. collator parochiae in Anger. T. XXVIII (saec. 15) 492.
Werather, Heinrich — Domherr zu Passau. T. XXXI (1448) 401.
Wasegen, Engilschalchus de — T. XXIX (1154) 260.
Wasen, Engelschalchus de — T. XXVIII (1172) 251.
Wasenberg conf. *Wessenberg*.
Waser, N. der — T. XXX (1359) 247. — Passauischer Lehenmann (1379)
    301.
Warigris, ministerialis pataviensis. T. XXVIII (1035) 82.
   „   theloneariua. T. XXIX (1112) 261.
   „   teatis. T. XXVIII (983) 207. (985) 88.
   „   teat. T. XXIX (1160) 256, 260.
Wasserburg, *Wazzerburck*, comites de — Conradus et uxor ejus Chune-
    gund. T. XXVIIII (1223) 144. (1224) 305, 306, 332. (1226) 145. (1227)
    322, 325.
   „   Dietricus, pater ejus. T. XXVIII memoratur (1244) 303. (1253) 366.
    — T. XXIX (1249) 222. (1250) 209. (1255) 91, 94. (1257) 113. (1260)
    213. (1261) 176.
   „   Conradus comes de — T. XXIX (1247) 362. (1262) 444.
   „   N. comes de — T. XXVIII (s. anno) 176. (1280) 469.
   „   Conf. etiam *Viechtenstein*.
Wasserburg, ministeriales de — Volkmarus de — canonicus augustensis.
    T. XXVIII (1261) 373. — T. XXIX (1251) 375.
Walenstein, Conradus et Jacobus de — Soehne des Ulrich v. Pilichdorf.
    T. XXIX (1293) 580. Conf. etiam *Pilhlorf*.
Wáto, notarius. T. XXVIII (770) 6, 52.
Wazenkirchen, Wolfpert de — T. XXIX (1158) 261.
Wazenstorfer conf. *Wazmanstorf*.
Wazilin, presbyter in Koenigstetten. T. XXIX 1065) 52.
   „   T. XXIX (1165) 257.
Wazimann, *Wacemann*, *Walzeman*, burgensis pataviensis et Fridoricus,
    filius ejus. T. XXIX (1220) 280.
   „   canonicus patav. T. XXIX (1138) 29.
   „   civis patav. T. XXVIII (1167) 249.
   „   donator. T. XXVIII (725) 54.
   „   teatis. T. XXIX (1280) 249, 251.
Wazmanstorf, *Walzmansdorf*, *Walzenstorf*, *Wazinstorf*, *Walzeinstorf*,
    Wacemsdorf, *Waczmanstorffer* etc.
   „   Meinhalm de — T. XXVIII (1197) 129. — T. XXIX (1254) 232,
    235. (1255) 93. (1256) 239. (1260) 248. (1200) 279. (1244) 290. (1261)
    431.
   „   Meinhalm, Minhalben, Ritter. T. XXVIII (1300) 515. — T. XXIX
    (1270) 497, 499, 500. (1290) 573. (1295) 533, 584. T. XXX (1306)
    31.
   „   Eberhard v. — T. XXVIII (1280) 169, 465.
   „   Wilhelm v. — T. XXX (1356) 154, 155.
   „   Clara, dessen Hausfrau. ibid. 154.

Warmansforf etc. Christan der — T. XXX (1354) 209. — Zu Leuprechting.
T. XXX (1371) 296 — 299.
    „   Wilhelm, Bruder des Christans oder Christian. T. XXX (1371)
298, 299.
    „   Conrad v. — desgleichen ibid.
    „   Christian v. — T. XXX (1389) 388, 389. — Zu Leuprechting. T.
XXXI (1402) 13 — 20. (1804) 29.
    „   Tristram der — T. XXXI (1416) 142.
    „   Degenhart der — zu Leuprechting. T. XXXI (1448) 401.
    „   Christoph der — zu Leuprechting. ibid. (1483) 608, 609.
    „   Georg der — T. XXVIII (1455) 455.
Weber, Hans — Hintersasse. T. XXX (1391) 414.
    „   Asam — Gerichtsbeisitzer. T. XXXI (1450) 421.
Wecil conf. *Wezil.*
Weg, Werner an dem — T. XXX (1303) 16.
    „   Conrad. ibid.
Wegaern, Laeutwein zu — T. XXX (1303) 17.
Wegerliten, Reginhard de — ministerialis pataviensis. T. XXIX (1140)
255.
Weghoubt, Conradus. T. XXIX (s. anno) 218.
Wehinger, *Wehniger*, N. — collator plurium ecclesiarum. T. XXVIII
(saec. 16) 490, 492.
Weiarn, *Weir*, *Weiern*, *Wiar*, Durchardus de T. XXVIII (1253) 366. —
T. XXIX (1250) 79. (1254) 221, 222. (1255) 89, 90. (1259) 142, 234.
(1262) 444.
    „   Conf. etiam *Grünbach.*
Weichart, Minoritenbruder zu Wien. T. XXX (1521) 91.
Weichflorian Otto de — T. XXIX (1299) 593.
Weichs, *Weichser*, N. der — T. XXX (1310) 49.
Weichselbach, Cur. nobilis de — T. XXIX (1258) 125.
Weidach, *Widach*, Otakker de — ministerialis pataviensis. — T. XXVIII
(1067) 217. — T. XXIX (1071) 13.
    „   Otakker de — T. XXIX (1147) 43.
    „   Heinrich. T. XXVIII (1280) 455.
    „   Eberhart v. — T. XXX (1500) 2.
Weidenholzer, Ulrich der — T. XXX (1359) 242, 245.
Weidental, Heinrious de — T. XXIX (1284) 554.
Weidmann, N. feudatarius patav. T. XXVIII (s. anno) 182.
Weierberg, Rudeger v. — clericus. T. XXIX (1290) 573.
Weigant, Pfarrer bei S. Egyd zu Passau. T. XXX (1430) 136.
    „   Propst zu S. Florian. T. XXX (1359) 241.
Weihardeslage, Rud. Arnold, Ortolf et Enwig de — T. XXVIII (1188)
128.
Weilpach, Dernhart de — T. XXIX (s. anno) 232. — Otto et Norbert. T.
XXVIII (1280) 430.
Weinger, Seibot der — Bürger zu Passau. T. XXX (1385) 369.

Weinger, Weingerynn die — Hausbesitzerin zu Passau. T. XXVIII (1425) 450.

Weinsberg, Winesberg, Winsperg, Winsberch, Heinricus et Wernerus de — T. XXIX (1227) 285.

„ Wernherus de — T. XXIX (1259) 130.
„ Heinrich v. — T. XXX (1303) 16.
„ Ortel v. — ibid.
„ Catharina, deren Mutter ibid.
„ Wilhelm v. T. XXX (1303) 17. (1306) 31.
„ Conrad, der edle Herr von — des roemischen Reichs Erbkaemmerer. T. XXXI (1435) 298, 299.
„ Conf. etiam *Saxonia* et *Winnsberg*.

Weinstock, Albrecht — Bürger zu Wien. T. XXX (1381) 360.

Weiss, N. der — Bürger zu Passau. T. XXX (1385) 368.
„ Conf. etiam *Weizz* et *Weisso*.

Weissbacher, Weispacker, Niclas der — T. XXX (1397) 466.

Weissenberg, Weisenperch, Albertus de — monachus neuburgensis. T. XXX (1323) 106. — Conf. etiam *Weizzenberg*.

Weissenegg, Weizzenegg, Weisseneck, Gottfried v. — Chorherr zu Passau. T. XXX (1336) 157, 158.
„ Johannes de — senior capituli pataviensis. T. XXX (1389) 390.
„ Otto de — canonicus pataviensis. T. XXX (1389) 390.

Weisso, Weiso, Weise, Sifridus — canonicus pataviensis. T. XXVIII (1188) 128. (1222) 300.
„ Ulricus — ministerialis pataviensis. ibid. (1194) 264.

Weiltra, Ulricus de — T. XXIX. (s. anno) 216.

Weizz, Weiss, conf. *Weiss* et *Weisso*.
„ Simon, Hintersasse. T. XXX. (1391) 415.
„ Conrad, der — ibid. (1328) 130.

Weizzauer, Weitzauer, Heinrich der — T. XXX. (1333) 144, 145.

Weizzenbach, Ekkehardus de — T. XXIX. (1268) 483.

Weizzenberg, Dietricus de — T. XXIX (1291) 576. (1293) 580. Conf. etiam *Weissenberg*.

Weladeo, frater Tagadeonis, donator. T. XXVIII. (785) 23.

Welamoot, don. T. XXVIII. (725) 54.
„ *Welamuot*, test. ibid. (834) 26.

Welaperht, test. T. XXVIII (818) 18.

Welfo, dux de Spoleto. T. XXVIII. (1156) 356.

Welichenberg, Welchenberg, Dietricus de — T. XXIX (1180) 263.

Welisching, Heinrich v. — T. XXX (1347) 191.

Welse, Welsh, Liutgardis de — tradit se cum omnibus liberis et nepotibus ad S. Stephanum pataviensem. T. XXIX (s. anno) 272.
„ Pertha et Mathildo de — T. XXIX (1172) 268.
„ Conf. etiam *Lambach*.

Weltz, Rupertus de — T. XXXI (1419) 164, 165. — Canonicus pataviensis et plebanus in Chrems ibid.

Weltzer, Hans. T. XXXI. (1465) 497, 499, 505.
Wenceslaus, praepositus pataviensis. T. XXXI (1415) 132, 135. (1424) 191, 192.
       ,,   protonotarius apostolicus et decanus pataviensis. T. XXXI (1412)
           113.
Wendelstein, Hieronymus, Stadtrichter zu Passau. T. XXXI (1438) 325. —
           T. XXVIII Bürgermeister zu Passau (1443) 454, 533.
       ,,   Hieronymus — Bürger zu Passau. T. XXXI (1455) 442.
Wendla, magister monast. Portae-coeli. T. XXIX (1270) 501.
Wenge, *Weng*, Pilgrimus de — nobilis. T. XXVIII (1145) 95. (1143)
           106.
       ,,   Ottocarus. T. XXIX (1142) 321.
       ,,   Berthold et Bruno, fratres. T. XXIX (1290) 573.
       ,,   Chunrad et Heinrich, fratres. T. XXVIII (1143) 106.
       ,,   Eberhart v. — T. XXX (1358) 236, 237.
Wenger, *Wengarius*, N. — civis pataviensis. T. XXVIII (1262) 585.
       ,,   Peter — passauischer Lehenmann. T. XXX (1372) 301.
       ,,   Georg — Gerichtsbeisitzer. T. XXXI (1450) 421.
       ,,   Paul — T. XXVIII (1455) 455.
       ,,   zu Remelsberg, Eberhart — Eidam des Pancratz Tumberger zum
           Klebstein. T. XXXI (1494) 687.
Wemilo, test. T. XXVIII (600) 40.
       ,,   conf. etiam *Kerpreht*.
Weninger, N. — Hintersasse zu Wiczling. T. XXXI (1471) 514.
Wentelger, test. T. XXIX (1130) 262.
Wer. — plebanus viennensis. T. XXIX (1281) 543.
Werberg, Frider. de — T. XXVIII (1225) 144.
Werd, Ortolphus de — T. XXIX (1196) 63.
       ,,   Hadamar v. — T. XXX (1304) 21. — Conf. etiam *Werde*.
Werdarn, *Werdaren*, Dietricus de — T. XXVIII (1179) 122.
       ,,   Hartmud — T. XXIX (1223) 340.
       ,,   Gundakar Werdarius de Drozz. T. XXX (1302) 10.
Werde, Marchwart de — ministerialis patav. T. XXVIII (1121) 91.
       ,,   Engelmar, Tiemo et Reinboto. T. XXVIII (1240) 157, 238.
       ,,   Hadamar et Chadold. T. XXIX (1259) 134.
       ,,   Chadold, scholasticus cremsensis. T. XXIX (1252) 299.
       ,,   Leutwinus de — T. XXIX (1286) 559.
       ,,   Hademarus de — ibid. — Conf. etiam *Werd*.
Werdenberg, Hugo comes de — T. XXIX (1277) 521.
Werdenses, N. N. T. XXVIII (1280) 458.
Werdhari, presbyter et nepos Perhharii. T. XXVIII (788) 57.
Werdni, uxor comitis Engilpert. T. XXVIII (788) 24. (805) 7.
Werenhard conf. *Wernhardus*, *Bernhardus* et *Pernhardus*.
Werigand, *Wergand*, canonicus S. Nicolai. T. XXVIII. (1212) 290.
       ,,   judex pataviensis et frater Wernhardi. T. XXVIII (1173) 262.
           (1179) 122.
       ,,   servus Wilhelmi sagittarii. T. XXVIII (1230) 474.

Werigand, Wergand, testis. T. XXIX (1140) 60, 255, 256, 262.
   ,,   testis. T. XXVIII (1224) 306.
   ,,   vir nobilis. T. XXVIII. (1109) 213. — T. XXIX (1088) 65, 264. (1096) 66.
   ,,   conf. etiam *Waltherus.*
Werinker conf. *Wernker* et *Wernhar.*
Wernut, test. T. XXIX (1126) 59.
Wernberg, Wernberch, Albertus de — T. XXVIII (1227) 326.
Werngart et *Ekkehard,* fratres. T. XXVIII (1173) 262.
Werngeradus, accipit donationem. T. XXX (1326) 123.
Wernhar, don. T. XXIX (1165) 256.
   ,,   *Werenhar,* maritus Rizalunae, gener Ratoldi. T. XXVIII. (1035) 81.
   ,,   Conf. etiam *Wernker.*
Wernhardus, Werinhart, Wernhart, conf. etiam *Bernhardus* et *Pernhardus.*
   ,,   calcifex. T. XXIX (s. anno) 329.
   ,,   canonicus pataviensis. T. XXVIII (1172) 251. — T. XXIX (1242) 358. (1266) 465.
   ,,   canonicus et plebanus in Tulna. T. XXIX (1258) 424.
   ,,   censualis juxta ripam in Gumpotinge. T. XXVIII (1280) 456.
   ,,   comes. T. XXVIII (1280) 467. — (s. anno) 173.
   ,,   episcopus seocoviensis. T. XXVIII (1277) 406, 407, 412. — T. XXIX (1277) 521, 522.
   ,,   feudatarius pataviensis. T. XXVIII (1280) 455.
   ,,   filius Reginberti. T. XXIX (1121) 57.
   ,,   filius Hezilonis. T. XXVIII (1145) 108.
   ,,   frater Rihkeri. T. XXIX (1153) 253.
   ,,   institor. T. XXIX (s. anno) 251.
   ,,   in der Neustift. T. XXXI (1445) 360—362.
   ,,   Margarethe, dessen Hausfrau ibid.
   ,,   ministerialis pataviensis. T. XXIX (1120) 258, 259.
   ,,   ministerialis marchionis Engelberti. T. XXIX (1130) 264.
   ,,   monachus cellae Angelorum. T. XXX (1313) 65.
   ,,   notarius abbatis medlicensis. T. XXIX (1260) 162.
   ,,   plebanus S. Stephani Viennae. T. XXIX (1279) 532.
   ,,   possessor praedii an der Leiten. T. XXIX (1258) 220.
   ,,   praepositus. T. XXIX (1157) 257, 262.
   ,,   praepositus berchtesgadensis. T. XXVIII. (1194) 263.
   ,,   praepositus in Obernberg. T. XXIX (1296) 587.
   ,,   sagittarius. T. XXIX (1254) 236.
   ,,   testis et fratres ejus Herbord et Eberwin. T. XXIX (1320) 261.
Wernherus, Werinker, Werinhere, Werner, abbas monasterii S. Crucis. T. XXVIII (1209) 279.
   ,,   archiepiscopus et archicancellarius mogantinus. T. XXVIII (1276) 401. — T. XXIX (1261) 168.
   ,,   canonicus ratisponensis. T. XXVIII (1150) 420.

Wernherus etc. canonicus et scriba pataviensis. T. XXVIII (1189) 128, 260 —
et archidiaconus (1194) 263. — T. XXIX (1185) 26, 27.
  „ canonicus pragensis. T. XXIX (1282) 546, 547.
  „ colonus in Stochstal. T. XXX (1318) 80.
  „ et frater ejus Gozwinus, minist. patav. T. XXVIII (1191) 90.
  „ pincerna. T. XXIX (s. anno) 818.
  „ plebanus ecclesiae S. Stephani. T. XXIX (1282) 548. (1285) 552.
  „ plebanus in Grieshach. T. XXIX (1290) 573.
  „ presbyter et test. T. XXIX (1220) 269.
  „ test. T. XXIX (1104) 63.
  „ test. T. XXIX (1102) 56.
  „ test. T. XXVIII (983) 87, 207, 208. (985) 89, 209.
  „ Conf. etiam *Wernhar* et *Helmricus*.
Wesen, Wesin, Manegoldus de — ministerialis pataviensis. T. XXVIII (1158)
104. (1159) 237. — T. XXIX (1116) 34.
  „ Porno, filius ejus. T. XXIX (1140) 253. (1148) 29.
  „ Marquardus de — ministerialis pataviensis. T. XXVIII (1147) 228.
— T. XXIX (1140) 253. (1147) 43.
  „ Richer, Richker, frater Manegoldi et pincerna pataviensis. T.
XXVIII. (1172) 251. (1173) 252. (1179) 122. (1180) 98. (1187) 259.
T. XXIX (1148) 29. (1190) 252.
  „ Richerus, Wernhardus et Fridericus, filii Richkeri. T. XXIX
(s. anno) 307.
  „ Richer, Richker. T. XXVIII (1194) 264. (1197) 129. (1202) 266.
(1203) 268. (1204) 271. — T. XXIX (1200) 529. (1204) 270.
  „ Wernhardus, frater Richeri senioris. T. XXVIII (1172) 251 (1173)
252. (1179) 122. (1180) 98. (1187) 259. — T. XXIX (1190) 252.
  „ Hadamar de — ministerialis pataviensis. T. XXVIII (1209) 133,
134, 283. (1210) 138. (1212) 72. (1216) 141, 293. (1222) 300.
(1223) 144, 301. (1224) 302, 306, 308, 332. (1226) 149, 316.
(1227) 323, 325. (1230) 334. (1232) 337, 448, 449. (1237) 339. (1241)
342. (1242) 346, 348. (1244) 352. — T. XXIX (1248) 78. (1227)
235. (1216) 334. (1222) 339. (1227) 341. (1240) 355. (1247) 362.
  „ Hadamar de — minist. patav. T. XXVIII (1250) 371. (s. anno)
482. — T. XXIX (1250) 370. (1289) 569. (1292) 578. (1295) 583.
(1300) 4.
  „ N. N. die Edlen v. — T. XXIX (1286) 560.
  „ Erchanger v. — T. XXIX (1284) 553. (1295) 583. (1299) 593.
(1300) 1.
  „ Agnes, der Vorgenannten, naemlich Hadamars und Erchangers
verstorbene Schwester, vermaehlte von Waldeck ibid. (1300) 1.
  „ Erchanger v. — T. XXX (1310) 47, 48. (1311) 58. (1321) 93.
(1325) 115.
  „ Agnes, dessen Hausfrau, geborne v. Waldeck ibid. (1310) 47, 48.
*Wesenberg, Wesinperch, Wessenberch, Wehslberch, Waessenberch, Wesin-
perc.*

Wesenberg etc. Heinricus, vasallus pataviensis. T. XXVIII (1186) 540. (1186) 256. (1220) 296.
  „   Cholo. T. XXVIII (1217) 295.
  „   Fridericus — minister. patav. T. XXVIII (1195) 264.
  „   Heinricus, nobilis de — T. XXVIII (1241) 341. (1280) 463. (s. anno) 169, 170, 190. — T. XXIX (1256) 224.
  „   Manegold de — ministerialis pataviensis. T. XXIX (1254) 84. (1259) 143. (s. anno) 227. (1249) 365.
  „   N. filia ejus. T. XXIX (1249) 366.
  „   Heilca et Rapoto de — T. XXIX (s. anno) 272.
  „   Manegoldus de — T. XXIX (1296) 589.
  „   Elisabeth, nobilis matrona de — T. XXVIII (1204) 270. (s. anno) 472.
  „   Berthold v. T. XXIX (1284) 553. (1285) 555. (1291) 576. (1294) 583. (1296) 589.
  „   Gertraud v. — filia Manegoldi. T. XXIX (1284) 555. (1296) 589.
  „   Elisabeth, Gertraud et Jutha, filiae Gertrudis, natae de Wesenberg. T. XXIX (1296) 589.
  „   N. der Wesenberger. T. XXX (1321) 93.
Westerburger, *Westerwurger*, *Westerburgarius*, Ulricus — civis pataviensis. T. XXVIII (1232) 337, 449. — T. XXIX (1210) 374. (1237) 287, 353.
  „   Fridericus — civis patav. T. XXVIII (1298) 425, 426.
  „   Conradus — civis patav. T. XXX (1307) 36.
  „   Catharina, uxor ejus loc. cit.
  „   Petrus — civis patav. T. XXX (1307) 36.
  „   Elisabeth, ejus uxor ibid.
  „   Baldwinus — civis patav. T. XXX (1307) 86.
  „   Diemudis, soror praedictorum ibid.
  „   Johannes — loc. cit.
  „   Heinricus — civis patav. T. XXIX (1325) 302.
  „   Ortolf — passauischer Lehenmann und Stadtrichter. T. XXX (1372) 301.
  „   Ortlieb — T. XXX (1399) 438. — T. XXVIII (1425) 450.
  „   Hans — T. XXXI (1436) 306.
Westerinberge, Arnoldus de — T. XXIX (1130) 262.
Westerkircher, Jobst — Gerichtsbeisitzer. T. XXXI (1450) 424.
  „   Georg, Pfleger zum Haltenstein. T. XXXI (1499) 708, 709.
  „   Magdalena, Hausfrau desselben ibid.
  „   Thoman, deren Sohn ibid.
Welo, test. T. XXVIII (903) 205.
Wella conf. *Lantker.*
Welteren, Peter v. — Burggraf zu Crumpnen. T. XXXI (1463) 490.
Wetzelsdorf, Conradus et Ernst de — T. XXVIII (1133) 260.
Wetzlo, *Wezelo*, abbas gottwicensis. T. XXVIII (1209) 279. (1282) 560.
  „   N. dominus in Sippach. T. XXIX (1274) 507.

Wetzlo etc. conf. etiam *Wezel.*

Weum, Conradus. T. XXIX (s. anno) 218.
„ Liupreht. ibid. (s. anno) 218.
„ an der Wise ibid.

Weytra, Georgius de — plebanus in Nerden et notarius. T. XXXI (1404) 49.

Wezalun, vidua. T. XXVIII (1013) 78.

Wezel, ex Mutarn. ibid. (1280) 474.
„ Wezil, ministerialis patav. T. XXIX (1140) 253, 258.
„ test. T. XXVIII (1038) 84.
„ test. T. XXVIII (1143) 107. — T. XXIX (1140) 262.
„ conf. etiam *Wetzlo* et *Wiezil.*

Wezela, filia Hadelaunb, mancipium. T. XXIX (1158) 262.

Wezzer. T. XXVIII (1280) 474.

Wiar conf. *Weiarn.*

Wibizin, benefactor. T. XXIX (1065) 52.

Wic. (Wichardus) praepositus pataviensis. T. XXIX (1278) 528, 529.

Wichalnus. T. XXIX (1165) 256.

Wichardus, Wichart, balistarius. T. XXVIII (1280) 480. carnifex. T. XXIX (s. anno) 231.
„ censualis in Mutarn. T. XXVIII (1280) 474.
„ mancipium. T. XXIX (1220) 254.
„ nobilis cum uxore Gisala. T. XXVIII (1013) 79.
„ notarius ac capellanus episcopi pataviensis. T. XXVIII (1013) 79.
„ panifex. T. XXIX (s. anno) 230, 231.
„ praepositus in Ilanshofen. T. XXVIII (1203) 271.

Wicharlslage, Wichart et Rudeger de — T. XXVIII (1188) 260.

Wichbertus, Wicbertus, miles comitis Meginhart. T. XXIX (s. anno) 264.

Wichmann, Wicmann, nobilis Saxo. T. XXVIII (1143) 104. — T. XXIX (1142) 266. (1150) 261.
„ archiepiscopus magdeburgensis. T. XXIX (1186) 35.
„ civis pataviensis. T. XXIX (1303) 300. — Conf. etiam *Wigmann.*

Wichnant, test. T. XXVIII (774) 22.

Wickpoto, Wicpolo, Wikpoto, censualis in Aertzperge. T. XXVIII (1280) 472.
„ sartor et civis in Crems. T. XXIX (1256) 104.
„ test. T. XXIX (1140) 256, 258, 260.

Widach conf. *Weidach.*

Widen, Richollus de — T. XXIX (1136) 62.

Widirvell, Ortlieb de — T. XXIX (1161) 58.

Widorffer, collator ecclesiae Widorf. T. XXVIII (saec. 15) 499.

Wielant, Wieland. T. XXIX (1110) 57, 63.

Wienna, Dietricus de — T. XXIX (1217) 336.
„ Rudegerus de — canonicus neuburgensis. T. XXIX (1257) 416.
„ Waltherus de — canonicus neuburgensis ibid.

Wieschengen, Perubart de — ministerialis patav. T. XXVIII (1191) 91.

Wiezil, ministerialis Udalrici episcopi patav. T. XXIX (1191) 57.

Wietil conf. etiam *Wezel.*
Wigmann, test. T. XXIX (1220) 251. — Conf. etiam *Wichmann.*
Wikinmartin, i. e. *Weihmartin*, *Weihsanctmartin*, Ellemann de — T. XXIX
    (1220) 251.
  ,,   Gnanewip, nata de — T. XXIX (1220) ibid.
  ,,   Higila ibid.
Wiker, test. T. XXIX (1108) 64.
Wilbertus, capellanus in Niedernburg. T. XXIX (1258) 124.
Wilbirgis, neptis Ottonis de Lonstorf et filia Ottonis de Truna conf. *Traun.*
Wildenberg conf. *Ebran.*
Wildonia, *Wildoni*, Herrand de — T. XXVIII (1203) 268. — T. XXIX
    (1192) 48. (1220) 49.
Wildungmauer, *Wildungmower*, Leupoldus de — T. XXIX (1259) 227.
  ,,   Gottfried de — T. XXIX (1286) 561.
Wilhard. T. XXIX (s. anno) 231.
Wilhelmus, *Wilhhelm*, *Willehalm*, *Willihalm*, abbas Scotorum Viennae. T.
    XXIX (1290) 574. (1292) 573. — T. XXX (1303) 18.
  ,,   archiepiscopus rhemensis et cardinalis. T. XXVIII. (1179) 125. T.
    XXIX (1179) 327.
  ,,   canonicus pataviensis. T. XXVIII (1163) 119. (1172) 251; et archi-
    diaconus de Tekkendorf. (1182) 127. — T. XXIX (1183) 27.
  ,,   canonicus et cantor patav. T. XXVIII (1226) 149. (1227) 273,
    324, 333.
  ,,   censualis. T. XXVIII (1038) 85.
  ,,   censualis. T. XXVIII (1013) 76.
  ,,   comes. T. XXVIII (820) 37.
  ,,   decanus in Ibss. T. XXX (1502) 10.
  ,,   donator, cum filia Zrminswinda. T. XXVIII (774) 1, 2.
  ,,   magister et scriba Ottocari ducis Austriae. T. XXVIII (1253) 377.
  ,,   magister et canonicus S. Dionysii Leodii. T. XXIX (1256) 100, 159,
    160. (1260) 161.
  ,,   magister pataviensis. T. XXVIII (1280) 173, 467.
  ,,   ministerialis pataviensis. T. XXVIII (1158) 261.
  ,,   plebanus in Ibss. T. XXIX (1282) 548.
  ,,   possessor praedii in Persnicha. T. XXVIII (933) 87. (935) 209.
  ,,   praepositus pataviensis conf. *Ahrim.*
  ,,   presbyter. T. XXVIII (748) 8.
  ,,   presbyter et test. T. XXIX (1220) 269. (1261) 438.
  ,,   presbyter domus Theutonicorum Viennae. T. XXIX (1266) 459.
    (1267) 467.
  ,,   sagittarius in Mutarn. T. XXVIII (1280) 474.
  ,,   testis. T. XXVIII (1038) 83.
  ,,   testis. T. XXIX (1086) 55. (1097) 56. (1119) 63. (1150) 262.
Wilhollz, N. civis patav. T. XXVIII (1426) 450.
Willsperh, diaconus. T. XXVIII (777) 199.
Willehalmingen, Gezeman de — T. XXIX (1172) 267.

Willeheringin, *Wilkeriage*, *Willering*, Cholo et Udalricus de — T. XXIX
  (1120) 259.
Willeimreut, Heinricus et Weroh. de — T. XXIX (1254) 236.
Willenge, Hartwicus et Dodo de — T. XXIX (s. anno) 273.
Willibert, *Williperht*, *Willipret*, decanus pataviensis. T. XXIX (1121) 58,
  253.
  " mancipium. T. XXIX (1220) 250, 252.
  " et Walto, possessores alodiorum. T. XXIX (1065) 53.
  " servus pataviensis. T. XXVIII (802) 66.
  " testis. T. XXVIII (782) 41.
  " testis. T. XXVIII (903) 203.
  " test. T. XXIX (1148) 255, 260, 262.
Willichini, tes. T. XXIX (1148) 262, 256.
Willingen, Eberwin de — T. XXIX (1150) 253.
Willipald, test. T. XXVIII (817) 49.
Willipold, nobilis et donator. T. XXVIII (874) 93.
Williport, test. T. XXVIII (903) 203.
Willipret conf. *Willibert*.
Willhausen, Heinricus de — T. XXXI (1360 — memoratur 1419) 167.
Willperge, Gotschalcus de — T. XXVIII (1145) 107.
Willwercker, *Willwaericher*, Conrad — Bürgermeister zu Wien. T. XXX
  (1343) 176, 177.
Winchel conf. *Winkel*.
Windberg conf. *Neunburg — comites*.
  " Eppo, nobilis de — T. XXIX (1130) 59.
  " Pilgrim. T. XXVIII (1290) 464.
  " conf. *Neuburg*.
Winden, Conradus, filius Dietrici de — T. XXVIII (1284) 555.
Windenbach. Eberhardus et Heinricus de — ministeriales patavienses. T.
  XXVIII (1194) 264.
Windesbach, Hermannus de — canonicus ratisponensis et plebanus in
  Cebinge. T. XXIX (1258) 126.
Winkulm, test. T. XXIX (1220) 251.
Winhartsheim, Heinricus de — T. XXIX (1254) 256. (1255) 237.
Winkheim, Johannes, notarius regis Ruperti. T. XXXI (1401) 17. (1405) 58.
Winkel, *Winckel*, *Winchele*. Ortlieb de — T. XXIX (1130) 278.
  " Poppo de — T. XXIX (1150) 323.
  " Wolfher de — T. XXIX (1196) 63.
  " Waltherus de — T. XXIX (1244) 272.
  " Ortlieb de — advoc. pat. conf. *Advocati palacienses*.
  " Ortlieb et Hadamar. T. XXIX (1283) 551, 552.
  " Hadamar, frater Ortliebi senioris. T. XXX (1302) 10.
  " Elisabeth et Gisela de — T. XXIX (1283) 552.
  " Ortlieb de — T. XXX (1302) 8; filius Ortliebi. (1302) 9. (1317) 76,
  77, 78. (1318) 79. (1319) 87. (1328) 152.
  " Geysla, uxor ejus. T. XXX (1302) 9, 10.

Winkel etc. Hadamar, frater Ortliebi. T. **XXX** (1302) 9. (1317) 76, 77, 78. (1318) 79. (1319) 87.
    „ Albero, frater Ortliebi. T. **XXX** (1302) 9.
    „ Wichard, Weichart v. — Ortliebs Bruder. T. **XXX** (1302) 9. (1328) 132.
Winkler, *Winckluer*, Hans — Amtmann zu Waldkirchen. T. **XXXI** (1472) 517.
    „ N. collator ecclesiae in Winkchel. T. **XXVIII** (saec. 15) 492.
Winnberge, *Winperge*, Fridericus de — T. **XXIX** (1256) 239.
    „ Marquardus de — T. **XXVIII** (s. anno) 181.
Winnsberg, *Winsperch*, *Winigesperge*, Wernherus de — T. **XXVIII** (1197) 189.
    „ Heinricus et Wernherus de — fratres et ministeriales patavienses. T. **XXVIII** (1209) 283. (1220) 297. (1230) 334. T. **XXIX** (1209) 281.
    „ Heinricus de — T. **XXVIII** (1231) 335.
    „ Wernherus de — T. **XXIX** (1255) 252.
    „ conf. etiam *Weinsberg* et *Wintsperg*.
Winnsberger, Conradus. T. **XXIX** (1259) 136.
Winterlau, Heinricus de — magister et plebanus in Rotenmann. T. **XXX** (1328) 102.
Winther, N. T. **XXX** (1332) 143.
    „ Conradus, gener Hermanni de Poenhalm. T. **XXX** (1311) 61.
Wintherius, cancellarius Heinrici II imperatoris memoratur. T. **XXXI** (1419) 165.
Wintherus, nobilis donator. T. **XXVIII** (1121) 91.
    „ plebanus in Mauer. T. **XXIX** (1147) 215.
Wintsperg, Wilhelmus de — T. **XXIX** (1299) 594. — Conf. etiam *Winnsberg*.
Winzer, Chalhoch de — T. **XXVIII** (1224) 332.
    „ Hartlieb de — T. **XXVIII** (1262) 386. — T. **XXIX** (1262) 449.
Wipoto conf. *Wickpoto*.
Wirada, filia Adalheidis mancipii. T. **XXIX** (1097) 66.
Wirinch, test. T. **XXIX** (1088) 55.
Wirmlaka, *Wirmilaka*, Conradus de — T. **XXIX** (1128) 21. (1138) 62.
Wirnt, test. T. **XXIX** (1140) 65.
Wirnto, abbas formbacensis. T. **XXVIII** (1122) 100.
Wirrinch, Rudegerus de — ministerialis pataviensis. T. **XXVIII** (1194) 264.
Wirt, Wolfgang — von Karpham, Gerichtsbeisitzer. T. **XXXI** (1450) 421.
    „ Lienhart, Wirth zu Leuprechting. T. **XXXI** (1483) 610.
Wis, an der — Matthaeus. T. **XXX** (1388) 382.
Wischenvizel, Bertoldus de — T. **XXVIII** (1280) 169, 465.
Wisendt, Niclas — Grundbesitzer zu Schwabdorf. T. **XXXI** (1453) 468.
Wisento, decanus viennensis. T. **XXIX** (1260) 158. (1264) 245.
Wisinco, decanus viennensis. T. **XXIX** (1258) 422, 424.
Wisint, test. T. **XXIX** (1165) 256.
Wismansberg, Jans v. — T. **XXX** (1385) 368.
Wispach, Ulrich und Offney. T. **XXIX** (1236) 558.

Wispeck, Ulrich und Heinrich ibid.
Wispeck, *Wiespekk*, *Wispeich*, Sigmund — Salvogt zwischen der Traun
      und Alm. T. XXXI (1408) 76.
    „   Sigmund — Burgsasse zu Neuburg. T. XXXI (1414) 129.
Wisso. T. XXIX (s. anno) 216.
Wistra, Gerungus de — T. XXIX (1220) 49.
Wisundus, praepositus pataviensis. T. XXVIII (1013) 75, 77, 92.
    „   censualis. T. XXVIII (1013) 80.
Witego, bohemus. T. XXVIII (1194) 263.
    „   vir nobilis. T. XXVIII (1232) 449.
    „   Conf. *Rosenberg*.
Witel, Schreiber des passauischen obersten Schreibers Andreas. T. XXX
      (1329) 135.
Witen, *Wite*, Heinricus de — magister, canonicus et archidiaconus pata-
     , viensis. T. XXVIII (1216) 293. — T. XXIX (1218) 273. (1209) 281.
Witerun, Eberhardus de — T. XXIX (1140) 255.
Witigeisdorf, Sigfriedus et Hugo de — T. XXIX (1136) 62.
Witigo, scriba Styriae. T. XXVIII (1253) 577.
    „   praepositus. T. XXIX (1267) 481.
    „   praepositus de Wolvramskirchen. T. XXIX (1282) 548.
Wilimar, presbyter et testis. T. XXIX (1073) 65.
Wittelsbach, Otto comes palatinus de — T. XXVIII (1156) 356.
    „   Fridericus, pal. comes, frater ejus ibid.
    „   conf. etiam *Bavaria*.
Wizichint, test. T. XXIX (1149) 259.
Wizile, test. ibid. (1130) 262.
    „   Wizili, Wizzili, test. T. XXVIII (983) 207.
    „   test. T. XXVIII (1013) 74.
    „   Wizilin, test. T. XXIX (1102) 56.
Wizmansdorf, *Wizmannesdorf*, Heinricus de — ministerialis patav. T.
      XXVIII (1209) 279.
    „   Gertrudis de — T. XXIX (1220) 250.
Wodalrih, test. T. XXVIII (813) 32.
Wokkinger, *Wokokinger*, Heinrich — T. XXX (1399) 438.
Wokka, Marschalcus bohemus. T. XXIX (1261) 174.
    „   conf. etiam *Rosenberg*.
Wolafrid, test. T. XXVIII (899) 33.
Wolchmar, test. T. XXIX (1220) 249.
Wolfenreul, Georg v. — Hauptmann zu Crems. T. XXXI (1446) 369.
Wolfer, mancipium Eberhardi de Routilinberge. T. XXIX (1165) 257.
Wolfgang, *Wolfgangh*, abbas in Goetweich. T. XXXI (1456) 445, 446, 448.
    „   clericus pataviensis. T. XXIX (1260) 162.
    „   decanus in Hintperch. T. XXVIII (1237) 339.
    „   testis. T. XXIX (1144) 61. (1165) 256, 257.
    „   tertis. T. XXIX (1260) 214.
    „   Conf. etiam *Reinbertus*.

Wolfger, Wolfgerus, decanus pataviensis. T. XXVIII (1300) 515. T. XXX (1300) 4. (1302) 7. (1305) 23, 26. (1311) 54. (1326) 123. (1331) 138, 139, 141.
,,   praepositus pataviensis. T. XXX (1307) 34, 35. (1308) 38.
,,   testis. T. XXVIII (985) 208.
,,   Conf. etiam *Wolfker*.
Wolfgreim an der Straße. T. XXIX (s. anno) 218.
Wolfhardus, Bischof von Lavant. T. XXXI (1419) 162.
,,   Chorherr bei S. Stephan zu Wien. T. XXX (1381) 360.
,,   cognatus Madalwini chorepiscopi patav. T. XXVIII (903) 203.
,,   colonus in Obermochstal. T. XXX (1317) 73. (1328) 130.
Wolfheim, test. T. XXVIII (983) 207.
Wolfherus, carpentarius et testis. T. XXIX (1244) 271.
,,   pellifex, pater Toutae. T. XXIX (1220) 250.
Wolfker, decanus pataviensis. T. XXIX (1288) 296. (1296) 297. (1303) 800, (1283) 551. (1285) 585. (1288) 565. (1289) 569, 571. (1290) 573. (1293) 579. (1295) 586. (1299) 594.
,,   patriarcha aquilejensis. T. XXVIII (1208) 275, 278.
,,   praepositus in Münster et canonicus pataviensis. T. XXIX (1183) 26.
,,   test. T. XXVIII (906) 204.
,,   test. ibid. (985) 207.
,,   testis. T. XXIX (1097) 56. (1112) 59. (1121) 61.
Wolfkerstorf, Wolfgerstorf, Ulricus et Dietricus, fratres de — T. XXIX (1209) 330.
,,   Ulricus de — T. XXVIII (1293) 801. — T. XXIX (1269) 134.
,,   Wernhardus de — T. XXIX (1269) 134. (1260) 914. (1270) 495, 496.
,,   Hermann de — T. XXIX (1269) 134. (1263) 194. (1270) 495, 496.
,,   Heinricus de — ministerialis patav. T. XXVIII (1300) 515.
,,   H. de — T. XXIX (1281) 535.
Wolfkez, test. T. XXIX (1112) 261.
Wolflinus, gener Horbordi de Reut. T. XXIX (1255 et 1256) 242.
Wolfo, test. T. XXIX (1149) 259.
Wolfold, mancipium. T. XXVIII (1157) 110.
Wolfpeizingen, Wolfpeizgen, Wolfpmizzinge, Otto de — T. XXVIII (1167) 111.
,,   Heinricus de — T. XXVIII (1167) 111. (1209) 279. (s. anno) 475.
Wolfpert, Wolfprehl, de Mutarn. T. XXVIII (1280) 474.
,,   abbas in Niederaltach. ibid. (777) 199.
Wolfram, ecclesiasticus. T. XXIX (1220) 269.
Wolfratshausen, Wolfertshausen, Heinricus comes de — T. XXVIII (1149) 220. T. XXIX (1136) 260.
Wolfricus, censualis in Urvar. T. XXVIII (1280) 474.
Wolfsberg, Sifridus de — T. XXIX (1257) 110.
Wolfstain, Wolfstein, Alb. de — T. XXVIII (1280) 456, 457.

Wolfstain etc. zu Solzburg, Salzbörg, Wilhelm v. — Ritter. T. XXXI (1434) 24 8, 249. (1437) 316. 317, 318, 319, 320.
„　　Lorenz v. — T. XXXI (1438) 339.
„　　Fridrich v. — ibid.
Wolfirigil, test. T. XXVIII (1038) 85.
„　　test. T. XXIX (1121) 57.
„　　vir nobilis et uxor ejus Adelheit. T. XXIX (1140) 62.
Wolfwisen, Udalricus de — T. XXIX (1121) 64.
Woller, *Wollaer*, Otto et Ulricus — cives ratisponenses. T. XXIX (1260) 143.
Wolvolt, test. T. XXVIII (903) 203.
Woppinger, Georg — Gerichtsbeisitzer. T. XXXI (1450) 421.
Worter conf. *Warl.*
Wrinz, Otto de — frater ordinis Praedicatorum. T. XXIX (1267) 482. (1269) 494.
Wrko, Walchun, test. T. XXIX (1256) 104.
Waerffel, Niclas der — Ritter. T. XXX (1389) 385.
„　　Hans und Ulrich — Brüder. T. XXXI (1412) 108. (1415) 133.
Wuerttemberg, *Würtemberg*, Hugo comes de — T. XXVIII (1276) 401 (1277) 407.
„　　Eberhart der aeltere, Graf v. — T. XXXI (1487) 625.
Wulfingus, coquus. T. XXIX (s. anno) 230—232.
Wulfteinsdorf, *Wulfelstorfer*, Otto et Rapoto, fratres de — ministeriales Austriae. T. XXIX (1270) 495.
„　　Conradus v. — T. XXIX (1293) 530.
„　　Otto — Bürgermeister zu Wien. T. XXX (1321) 95.
Wullheim, Adelheid de — T. XXIX (1172) 266.
Walzendorf, *Wultzendarff*, Leupold v. — Ritter und Unter-Marschall in Oesterreich. T. XXXI (1467) 510.
Wurmz, Otto de — T. XXIX (1249) 227.
Wyenna, Conradus de — monachus neuburgensis. T. XXX (1323) 103—105.

Y.

Y conf. etiam *I.*
Y. archidiaconus pragensis. T. XXIX (1229) 346.
Ybanstal, Heinricus de — T. XXVIII (1280) 477.
Ygel, N. — civis pataviensis. T. XXVIII (1425) 450. — Conf. etiam *Igel.*
Ygelhauser, Jacob — civis patav. T. XXVIII (1425) 450.
Yhas, cultor areae in Hall. T. XXIX (s. anno) 234.
Ylzheim, Otto de — T. XXIX (s. anno) 272.
Ymberich, *Ymbricus*, sagittarius in Chatzperch sive Katzenberg. T. XXIX (1254) 237. (1256) 239.

Ymlung, possessor agrorum in Wachrain. T. XXX (1326) 120.
Ymma conf. *Imma.*
Ymmo, burgensis pataviensis, T. XXIX (1140) 254.
Ymzendorf, *Imzenstorf, Imzineisdorf, Imitzinstorf etc.*
„ Meinhardus de — T. XXVIII (s. anno) 474, 482. — T. XXIX (1245) 227.
„ Waltherus. T. XXIX (1136) 62.
Ynne, Wernhardus de — T. XXIX (1255) 93. (1259) 131, 136. (1260) 151. (1264) 458. (1263) 484. (1269) 493. (1274) 508.
„ Heinricus de — T. XXVIII (1250) 456.
„ Engelschalchus de — T. XXIX (1270) 497. (1272) 505. (1274) 507, 508.
„ Heinricus, der Kellner v. Passau. T. XXIX (1282) 545. — Procurator capituli. T. XXIX (1282) 547.
„ Heinricus de — provisor mutae in Obernberg. T. XXIX (1274) 506—508. (1279) 531.
„ Heinricus de — canonicus patav. T. XXIX (1285) 552. (1286) 559. (1289) 571. (1290) 573. (1291) 575. — Vicedom (1289) 569 — in Oesterreich. (1289) 571. (1292) 578. — Canonicus pataviensis et vicedominus (1293) 579. (1294) 581.
„ Conf. etiam *Inne.*
Ypolytus, capellanus regis Bohemiae. T. XXIX (1229) 351.
„ . Ypolito S. — Arnoldus et Ernestus de — ministeriales pataviensis. T. XXVIII (1309) 279.
„ Heinricus de — T. XXIX (1212) 72.
Yricher, *Yrichaer,* Stephanus. T. XXX (1326) 123.
Yrminswind conf. *Irminswind.*
Ysac, test. T. XXVIII (906) 204.
Yswaere, *Yswar* conf. *Iswar.*
Ysseinsdorf conf. *Issendorf.*
Yoalbruwus et frater ejus Sifrid, test. T. XXVIII (1157) 110.

Z.

Zacro, Zaklo, test. T. XXVIII (983) 207, 208.
Zachalinus, Conradus. T. XXIX (1249) 367. (1250) 370.
Zacherlein, Conrad der — Bürger zu Passau. T. XXXI (1403) 77.
Zachhelm, Conradus, test. T. XXVIII (1220) 297. (1234) 335. (1241) 342.
Zackreis, Conrad der — T. XXXI (1411) 93, 101, 102, 105, 106.
Zaschking, Hans — Bürger zu Passau. T. XXXI (1455) 443.
Zachking conf. Zakking.

Znendlein, N. Hofmeister des Bischofs Albrecht von Passau. T. XXX (1323) 104. (1327) 125, 126, 127.

Zagelaw, Dietrich zu — T. XXX (1303) 17.

Zainarius, Conradus. T. XXIX (1254) 33.

Zaller, Ludwig. T. XXXI (1481) 595.

Zanl, Walchun, test. T. XXIX (1260) 214.

Zapf, Albrecht der — T. XXIX (1286) 553.

Zebingen, *Zebinge*, *Crbinge*, Wichardus de — T. XXVIII (1203) 268. — T. XXIX (1253) 217, 243. (1200) 330.

  "   Heinricus, Rapoto et Otto. T. XXIX (1161) 58.

  "   Heinricus ibid. (1253) 243.

  "   Margaretha ibid. (1253) 126.

Zehentner, Erasmus — Schafner der Klosterfrauen zu Tulln. T. XXXI (1410) 84.

Zeidlarn, *Zidlarn*, Babo comes de — T. XXIX (s. anno) 263.

Zeilacker, Hans. T. XXXI (1474) 513, 514.

Zeino et filius ejus Rodperht. T. XXVIII (805) 43.

Zeiselmauer, *Zeizenmure*, Otto de — T. XXVIII (1179) 192. — T. XXIX (s. anno) 307.

Zeizo, test. T. XXIX (1088) 55.

  "   test. et filius ejus Otachar. T. XXIX (1149) 260.

Zeizperger, Heinricus — test. T. XXVIII (1237) 359.

Zekking, *Zekkinge*, *Znekking*, *Caekking*, Conradus de — T. XXVIII (1250) 475. — T. XXIX (1257) 110, 249. (1259) 134, 137. (1260) 152. (1259) 423.

  "   Sifridus de — T. XXVIII (1250) 475.

  "   Adelheidis de — nata de Pottendorf. T. XXIX (1268) 482.

  "   Conf. etiam *Cakingarius*.

Zelking, *Zelkingen*, *Celking*, *Celkingen*, Heinricus et Sigboto de — T. XXIX (1141) 64.

  "   Albertus de — T. XXVIII (1253) 377. — T. XXIX (1259) 134. (1260) 152, 247. (1261) 179. (1264) 457.

  "   Ludwig v. — T. XXIX (1259) 134. (1264) 404, 405.

  "   Werner v. — T. XXIX (1259) 134.

  "   N. N. collatores ecclesiae Gerungs. T. XXVIII (saec. 15) 498.

  "   Otto v. — T. XXX (1302) 12. (1309) 41, 43.

  "   Heinrich v. — T. XXX (1354) 211.

  "   zu Schocnegg, Otto v. — T. XXX (1393) 421, 422.

Zeller, *Zellaer*, Reikart der — T. XXX (1397) 458.

  "   Rappolt der — Burgmann zu Wirnstein am Inn. T. XXX (1397) 459.

  "   Niclas — Stadtrichter zu Passau. T. XXXI (1410) 92.

  "   Niclas — Pfleger zu Neuburg. T. XXXI (1414) 179. — (1424) 188.

Zenger, zum Lichtenwald, Erhart — T. XXXI (1430) 416.

  "   Erhardus — canonicus pataviensis. T. XXXI (1481) 584.

Zenner, Heinrich — Pfleger zum Gremplstein. T. XXXI (1426) 208.

Zenner, Ulrich, dessen Bruder ibid. 206.
Zeys, Wolbraun der — Bürger zu S. Poelten. T. XXX (1391) 92.
   ,,   Conrad — dessen Bruder ibid.
Zidlaren conf. *Zeidlarn*.
Zierberg, Chunigunde de — T. XXIX (1248) 76, 78. (1250) 79.
   ,,   conf. etiam *Cirberch*.
Zindo, Alb. — capellanus in Niedernburg. T. XXIX (1258) 124.
Zinkh, Ulrich — oesterreichischer Amtmann. T. XXX (1394) 441, 442.
Zipfter, *Zipflaer*, Walther der — T. XXX (1335) 151.
Zmiel conf. *Znaim*.
Znaim, *Znaym*, Bosko sive Boschko de — T. XXVIII (1253) 377.
   ,,   Zmiel — frater ejus loc. cit.
   ,,   Benisch, Ilenesius, Burggravius de — T. XXIX (1262) 440, 442.
Zobel, *Zobellinus*, Heinricus — clericus et magister. T. XXVIII (1228) 328.
       — T. XXIX (1229) 337. (1230) 352.
   ,,   Heinricus — canonicus patav. — T. XXVIII (1224) 302. (1228)
       330. (1242) 545.
Zollingen, Bobo de — T. XXVIII (1155) 230. (1157) 112. (1180) 98. (1187)
       259. — T. XXIX (1088) 46. (1147) 43.
Zolner, Albrecht — zu Osterbofen. T. XXI (1388) 382.
Zolre conf. *Radau*.
Zoll, *Trotl*, Wernhart. T. XXXI (1414) 128.
Zoezlein, der Jude. T. XXX (1306) 29.
Zuller, *Züller*, Meindlein der — Bürger zu Passau. T. XXX (1385) 368.
Zwetl, *Zwetil*, Perenger de — T. XXIX (1158) 437.
Zweyscho, mutarius dominarum in Niedernburg. T. XXIX (1328) 305.
Zimmermann, Jacob. T. XXXI (1400) 1.
Zyntzendorf conf. *Sintzendorf*.

II.

INDEX LOCORUM.

ГОГОЛЬ.

A.

Abbatia monasterium dominarum Pataviae, die Abtei oder das Stift Niedern-
    burg. Conf. *Patavia*-Niedernburg.
  „   Landstrich, einen Theil des Ilzgaues und des Nordwalds umfassend
    und der Abtei Niedernburg angehoerend, das Land der Abtei.
    T. XXVIII (1280) 464. (1156) 510. — T. XXIX (1258) 119. (s. anno)
    216. (1266) 294. (1269) 492. (1270) 498, 500. — T. XXX (1353) 207.
    (1373) 305. (1374) 311. (1389) 383. (1390) 403, 404. (1394) 436, 437.
    (1397) 460, 461. — T. XXXI (1424) 187. (1437) 321. (1460) 479.
    (1471) 515. (1472) 516, 517. (1493) 667.
Abstelen, *Abstetten*, *Abstelin*, *Abbatesteten*, villa et ecclesia. T. XXVIII
    (935) 209. (1230) 431, 432. — T. XXIX (1260) 167. (s. anno) 217.
    T. XXIX (1278) 531. —
  „   im Amte Zeiselmauer. T. XXX (1394) 459.
  „   parochia in decanatu Tuln. T. XXVIII (saec. 15) 489.
  „   parochia in decanatu S. Poelten. ibid. 495.
Abstorf, *Abbestorf*, *Aptsdorf*. T. XXIX (1264) 197. (s. anno) 216, 217.
  „   Nieder-Absdorf im Gericht Trebensee. T. XXXI (1453) 326, 527, 328.
  „   parochia in decanatu Wagrain. T. XXVIII (saec. 15) 493.
  „   parochia in decanatu Staetz. T. XXVIII (saec. 15) 492.
Ablach, Gegend. worin Neuhaus. T. XXXI (1402) 19, 21.
Abtsperge. T. XXIX (s. anno) 216.
Accon, civitas terrae sanctae. T. XXIX (1291) 200, 201.
Acelgnesslage, villa. T. XXIX (1160) 322.
Ach, die — bei Vichtenstein. T. XXXI (1455) 279. — Conf. etiam *Aha*.
Achispach. T. XXIX (1066) 53.
Achstain, *Achgstain*, Burg in Oesterreich. T. XXXI (1456) 446.
Adelberg, *Adelsberge*, *Adelnperg*. T. XXVIII (s. anno) 175, 176. (1280)
    468, 469.
Adelgersbach, *Algersbach*, cum monte et pomerio. T. XXVIII (1157) 109.
Adelgersheim. T. XXVIII (s. anno) 192. (1280) 459.
Adelhartsberg, *Adelhartsperge*, ecclesia filialis parochiae Aspach. T. XXIX
    (1116) 55. (1186) 35.

Adelmansberg, Adelmansperch. T. XXIX (s. anno) 223. (1253) 395.
Adeloltinge. T. XXIX (1258) 232.
Adelungeraeut, Adelungaeriute, villa. T. XXVIII (1280) 465. (s. anno) 170.
    (1280) 484 — T. XXIX (1252) 217.
Admont, Admunde, monasterium. T. XXVIII (1186) 255.
Aeicha. T. XXVIII (s. anno) 172.
Aeichenlohe. T. XXVIII (s. anno) 153.
Aerlnspach, Ort und Capelle daselbst. T. XXXI (1354) 216, 217.
Aertzperge. T. XXVIII (1280) 472.
Aezhnsperg. T. XXIX (s. anno) 216.
Aezachenperg, Aeschenperg. T. XXIX (1253) 387, 396. — T. XXX (1300) 2.
Aevinge, Aeving. Hafing, infra Anasum in Austria. T. XXVIII (1263) 387. —
    T. XXIX (1263) 463. (1295) 583.
  ,,   in officio S. Poelten. T. XXVIII (s. anno) 183, 184, 185.
  ,,   T. XXVIII (1280) 475. — Conf. *Pulchendorf.*
Agasta, Agesta, Aggist, Agest, fluvius ad terminos Bohemiae. T. XXVIII
    (s. anno) 188. (983) 907. — T. XXIX (1125) 21, 22.
  ,,   Conf. etiam *Agst, Veldagst* et *Waldagst.*
Agatha S. parochia in Austria. T. XXIX (s. anno) 221, 229. (1264) 246, 248.
  ,,   bei Hanslaiten in Oesterreich. T. XXX (1304) 21.
  ,,   parochia in decanatu Leyz. T. XXVIII (saec. 15) 489.
  ,,   parochia in decanatu Staetz ibid. 489.
Agnania, civitas Italiae. T. XXIX (1255 et 1256) 8. — T. XXVIII (1209) 282.
Agst, fluvius versus terminos Bohemiae. T. XXVIII (1280) 472. — T. XXIX
    (s. anno) 216. — An dem bochmischen Gemorche. (s. anno) 312.
  ,,   conf. etiam *Agasta, Veldagst* et *Waldagst.*
Aha, Ach, aqua sive rivus. T. XXVIII (s. anno) 191. (1280) 459. — T. XXIX
    (1253) 225.
  ,,   conf. etiam *Ach* et *Curon-Aha.*
Aha, Ahe, huba. T. XXVIII (1067) 315. (1280) 458.
  ,,   superius. T. XXVIII (s. anno) 192. (1280) 460.
Ahalmingen, Ochalminge, Ahalming, villa inferioris Bavariae. T. XXVIII
    (1280) 461, 465. — T. XXIX (s. anno) 219, 221, 222, 223. (1179)
    325. (1250) 369. (1258) 120. — Conf. *Aholming* et *Auhalminge.*
  ,,   parochia in decanatu inter amnes. T. XXVIII (saec. 15) 502.
Ahau, villa in Abbatia. T. XXVIII (s. anno) 168. (1280) 464.
Aheim, villa in Austria, ad monasterium Seitenstetten pertinens. T. XXIX
    (1186) 35.
Ahliten, Achleiten in Austria. T. XXVIII. (s. anno) 176, 177. (1280) 468. —
    Conf. etiam *Abith.*
Aholming, parochia haud procul a Natternberg. T. XXVIII (1470) 123. (1262)
    335.
  ,,   hofmarchia. T XXVIII (s. anno) 161, 163, 164.
  ,,   conf. etiam *Ahalmingen* et *Auhalminge.*
Ahornberg. T. XXVIII (1280) 467. (1285) 399.
  ,,   Besitzung der Chraft. T. XXXI (1443) 382, 353.

Aicha, Aiche. T. XXIX (1220) 252. (1247) 363.
    „   superius. T. XXVIII (s. anno) 192. (1280) 460.
    „   praedium. T. XXVIII (1179) 125. — T. XXIX (1179) 326.
Aichach, Gericht in Oberbayern. T. XXXI (1436) 288.
Aichachkirchen, Aichechkirchen, parochia in archidiaconatu pataviensi. T.
        XXVIII (saec. 15) 488. 501. — T. XXIX (1120) 251.
Aichae, Aichaeh, Aichek. T. XXIX (1258) 233. (1264) 245. (1281) 536.
    „   datz dem — T. XXVIII (1280) 456.
Aiche, silva prope Mernbach. T. XXVIII (s. anno) 191. (1280) 459.
Aicheich, praedium vor dem — T. XXIX (1253) 389.
Aichekirchen, Aichehechirchen conf. *Aichachkirchen.*
Aichenlohe. T. XXVIII (1280) 457.
Aichelk, parochia in archidiaconatu inter amnes. T. XXVIII (saec. 15) 502.
Aichperg. T. XXX (1373) 309.
Aigen. T. XXIX (1253) 393.
    „   in dem Aigen. T. XXVIII (1280) 458. — T. XXXI (1477) 536.
    „   zu dem — in Oesterreich. T. XXX (1390) 402.
    „   auf dem — praedium. T. XXX (1397) 456.
    „   an dem — praedium. T. XXX (1300) 3, 4.
    „   Besitzung der Tangast. T. XXXI (1409) 27.
    „   Gut, zu Hakenberg bei Passau gehoerig. T. XXX (1369) 285.
    „   bei Trehensee in Oesterreich. T. XXXI (1410) 33.
    „   dessen Zohnten zur Barg Ratzmanstorf gehoeren. T. XXXI (1448)
        403. (1449) 409.
    „   parochia in decanatu Stain in Austria. T. XXVIII (saec. 15) 497.
    „   parochia in decanatu Staetz in Austria. T. XXVIII (saec. 15) 489.
    „   Aygen, im Gericht Ried. T. XXIX (1253) 398.
    „   conf. etiam *Aygen.*
Ainkusen. T. XXVIII (1280) 457.
Aittempach, parochia in archidiaconatu inter amnes. T. XXVIII (saec. 15) 501.
    „   conf. etiam *Aytenpuch* et *Fätenbach.*
Alachl, Alawd, ecclesia in Austria. T. XXIX (1255) 95. 96.
    „   conf. etiam *Alekl.*
Alapia, civitas terrae sanctae. T. XXIX (1261) 169. (1291) 198.
Alasteig, parochia decanatus Stein. T. XXVIII (saec. 15) 496.
Alberaech, Alberech, datz dem Urfar daselbst. T. XXX (1306) 30, 31. —
        Passagium ibid. (1306) 32.
Alberndorf. T. XXVIII (1280) 477. — T. XXIX (1257) 112.
    „   pertinens ad parochiam Stokkerau. N. XXIX (1270) 496, 497. —
        T. XXXI (1438) 326.
Albern, Urfar daselbst. T. XXX (1306) 30, 31.
Albina, fluvius in Austria. T. XXVIII (777) 198, 199.
Albrechtinge. T. XXVIII (1280) 480.
Albrechtsgerente mons haud procul a Vienna sive Wien. T. XXIX (1267) 473.
Albrechtsheim. T. XXVIII (s. anno) 192. (1280) 459.
Albrechtsperg, Albrehtsperge, Albrechtperg, villa et parochia. T. XXVIII
                                                                    32 *

(s. anno) 192. (1194) 263. (1297) 422. (1280) 460, 482. — T. XXIX
(s. anno) 216.

Albrechtsperg etc. ecclesia prope Welnich. T. XXIX (1292) 579.
  ,, parochia in decanatu Tulln. T. XXVIII (saec. 15) 489.
  ,, parochia in decanatu S. Poelten. ibid. 495.
  ,, Albersperg, Albrechsperge, castrum. T. XXIX (s. anno) 513.
Alburg, *Alburch*, bei Straubing. T. XXVIII (s. anno) 161, 163. (1235) 337.
    (1280) 461. — Conf. etiam *Alpurc*.
Aldersbach, monasterium Bavariae. T. XXVIII (1226) 320. (1223) 330. (1232)
    442. (saec. 15) 500, 505. — T. XXIX (1254) 81, 82. (1260) 157,
    161. (1264) 195. (1256) 242. — T. XXX (1394) 432. (1398) 472,
    473.
Alehl, ecclesia in Austria. T. XXVIII (1280) 481. — Conf. etiam *Alacht*.
Alemannia, *Alamannia*. T. XXIX (1258) 8. (1291) 200. (1269) 489.— T. XXX
    (1317) 69. (1363) 254, 255.
Algering, *Algeringen*, curia villicalis prope Schaerding. T. XXVIII (s. anno)
    176. (1280) 468. — T. XXIX (1289). — T. XXX (1304) 22.
Algersdorf, prope Graets in Styria. T. XXIX (1161) 57.
  ,, zur Burg Ratzmanstorf gehoerig. T. XXXI (1448) 402. (1449) 409.
Alknitzgneennt, parochia in decanatu Stain. T. XXVIII (saec. 15) 498.
Alhartsberg, *Alhartsperge*, parochia. T. XXIX (1256) 412. — T. XXXI (1459)
    473. (1465) 504. — In der Herrschaft Gleuss ibid. 504.
  ,, parochia in decanatu Stain. T. XXVIII (saec. 15) 498.
Alharting. T. XXVIII (1280) 456.
Alheringe. T. XXVIII (s. anno) 175, 176. (1280) 469.
Algerspach, parochia in decanatu S. Poelten. T. XXVIII (saec. 15) 495.
Ahth, ecclesia in Austria. T. XXVIII (1280) 483. — Conf. etiam *Ahliten*.
Alkhofen, im Gericht des Donauthals. T. XXXI (1427) 207. conf. *Allenchoven*.
Allenaichen. T. XXVIII (s. anno) 192. (1280) 460.
Allenchoven, *Alnickoven*, *Alnhoven*. T. XXVIII (s. anno) 180. (1067) 215.
    (1194) 262. (1280) 456, 471. — T. XXIX (1254) 229.
  ,, Allinchofa, villa publica in Austria. T. XXVIII (777) 198.
  ,, Conf. etiam *Alkhofen*.
Allensveld, *Allensvell*. T. XXIX (1254) 223. (1255) 242.
Allerging. T. XXIX (1263) 394.
Alm, die — Fluss in Oesterreich. T. XXXI (1408) 76.
Almsvelde, *Almisveld*, (*Amsfelden*) in Oesterreich. T. XXVIII (s. anno) 179.
    (1280) 470. — T. XXIX (1071) 10.
Alpeltowe. T. XXVIII (1280) 479.
Alpitowe, *Alpentawe*, in Oesterreich. T. XXIX (1260) 247. (1262) 180. (1260)
    248. (1257) 249. (1258) 119.
Alpurc. T. XXVIII (777) 199. — Conf. etiam *Alburg*.
Als, fluvius. T. XXIX (1261) 436.
  ,, Alasc, ecclesia S. Johannis prope Viennam. T. XXIX (1261) 436. —
    T. XXX (1347) 192.
Attach inferias, Niederaltaich, monasterium inferioris Bavariae. T. XXVIII

(1046) 99. (saec. 15) 492, 502, 506. — T. XXIX (1254) 81, 82. (1256) 242. (1283) 568. (1294) 581. — T. XXX (1326) 122.

Alt-Alsak, vetus Alsekke, in Austria. T. XXVIII (1241) 155.

Altckrukchen. T. XXVIII (1280) 456.

Alteisheim. T. XXIX (1253) 394. — Conf. etiam *Altesheim.*

Altenburg, *Altenpurch*, *Altenpurkh*, monasterium in decanatu Crems. T. XXVIII (1241) 155. (1144) 221, 223. (1280) 482. (saec. 15) 491, 497, 500, 504. — T. XXIX (1260) 157. (1250) 208. (1252) 210. (1254) 210.

Altendorf. T. XXIX (1253) 396.

Altenfelden, *Altenvelden*, prope Morsbach. T. XXVIII (1285) 400.

   ,, parochia in decanatu laureacensi. T. XXVIII (saec. 15) 489. — T. XXIX (1255) 232.

   ,, Pfarrei, den Ort Herhag begreifend. T. XXX (1303) 16.

Altenlenpach, parochia in decanatu S. Poelten. T. XXVIII (saec. 15) 495.

Altenlengbach, ecclesia. T. XXVIII (1280) 482.

   ,, Altenlengenbach. T. XXIX (s. anno) 217.

Altenlichtenwart, *Altenlichtenbart*, nach Nicolsburg gehoerig. T. XXX (1391) 414, 415. — T. XXXI (1409) 81.

Altenlichtenwerd, parochia in decanatu Staelz. T. XXVIII (saec. 15) 492.

Altenmarkt, *Altenmurchte*, villa et ecclesia fratrum de cella S. Mariae in Steyermark. T. XXVIII (1280) 481.

Altennusberg, *Altennusperkch*, Burg und Edelsitz der v. Nusberg. T. XXX (1381) 557. (1399) 490.

Altenpuche, *Altenbuhe.* T. XXVIII (1280) 468. (s. anno) 176.

Altenwalde. T. XXVIII (1156) 511. — T. XXIX (1256) 225.

Altenseytra, parochia in decanatu Stain. T. XXVIII (saec. 15) 498.

Altesheim. T. XXIX (1253) 384. — Conf. *Alteisheim.*

Altheim. T. XXVIII (1067) 215. — T. XXXI (1477) 536.

   ,, parochia in officio Ried. T. XXIX (1253) 399.

   ,, parochia in archidiaconatu matticensi. T. XXVIII (saec. 15) 488, 502.

   ,, parochia in archidiaconatu lambacensi. ibid. 503.

Altheimen. T. XXIX (1130) 29, 264.

Althofen, parochia in decanatu Stain. T. XXVIII (saec. 15) 498.

Altmann. T. XXVIII (s. anno) 192. (1280) 459.

Altmannsdorf. T. XXVIII (1280 475.

Alzacrstrazze, vicus Viennae. T. XXIX (1211) 70.

Alz. T. XXX (1376) 325.

Alzensperg. T. XXX (1358) 236.

Amays, parochia in decanatu Staetz. T. XXVIII (saec. 15) 490.

Ambach, parochia in archidiaconatu pataviensi. ibid. 501.

Amberg, civitas in superiori palatinatu. T. XXVIII (1166) 120. (1432) 522.— T. XXXI (1405) 56, 58. (1411) 94. (1437) 320. (1439) 437.

Amdorf, *Ambdorf*, parochia in archidiaconatu matticensi. T. XXVIII (saec. 15) 503.

Ambriching. T. XXIX (s. anno) 307.

Amerfeld, Edelsitz der Huttinger. T. XXXI (1435) 263, 266, 270, 273, 282, 287, 296, 300.

Amkinstorf. T. XXIX (s. anno) 221.

Amnes inter — decanatus. T. XXVIII (saec. 15) 487, 488.

Amstelen, Amstellen, Amstetin, in Oesterreich. T. XXVIII (s. anno) 181, 182, 183. (1276) 405. (1280) 472, 473, 483. — T. XXIX (1258) 122. (1261) 479. (1270) 499. (1276) 520. — T. XXXI (1459) 473. (1465) 496, 498, 504.

    „   Gericht und Mühle zu — T. XXX (1354) 211.

    „   Markt und Marktgericht. — T. XXX (1354) 211. (1275) 317.

    „   parochia in archidiaconatu laureacensi. T. XXVIII (saec. 15) 488.

    „   parochia in decanatu Stain. T. XXVIII (saec. 15) 498, 499.

Anagnia, civitas Italiae. T. XXIX (1267) 479.

Anasus, fluvius in Austria. T. XXVIII (1226) 145. (1262) 386. — T. XXIX (1071) 11. (1088) 46. (1263) 453.

    „   Conf. etiam *Anesis* et *Enns.*

Anconitana marcha. T. XXXI (1477) 529.

Andre S. parochia. T. XXIX (1209) 69.

    „   parochia in Hackental. T. XXX (1399) 484.

    „   parochia in decanatu Tulln. T. XXVIII (saec. 15) 489.

    „   parochia in decanatu S. Poelten. ibid. 494.

    „   praepositura. T. XXIX (1258) 127.

    „   monasterium. T. XXIX (1264) 245. — T. XXX (1323) 101, 102, 104, 105.

    „   monasterium prope rivum Traysm in Austria. T. XXX (1326) 122, 123.

    „   monasterium in decanatu Stain. T. XXVIII (saec. 15) 496. — Iterum in decanatu S. Poelten; ibid. 500, 505; iterum in decanatu Chrems; ibid. 506.

Aneriburg, oppidam. T. XXIX (1071) 11.

Anesis, fluvius. T. XXVIII (905) 202. (906) 205. (985) 206. — Conf. etiam *Anasus* et *Enns.*

Anger, der Hof. T. XXX (1313) 65.

    „   Hof bei Passau. T. XXIX (1258) 99. T. XXX (1397) 456; auch genannt *Hackenberg, Hakchenperg.*

    „   parochia in decanatu Stactz. T. XXVIII (saec. 15) 492.

Angerberg, Angerberch, castrum. T. XXIX (1262) 185. (s. anno) 221. (1244) 290. (1270) 499.

Annendorf. T. XXIX (1122) 321.

Anshalmes, villa. T. XXIX (1160) 322.

Answeld, Answelden, parochia in archidiaconatu laureacensi. T. XXVIII (saec. 15) 488.

    „   parochia in decanatu Stain. ibid. 499.

Antesina, Antesene, Antesona, Anteson, Antiusen, Fluss im Gericht Schaerding. T. XXIX (1140) 257. (1165) 29, 257. (1253) 396. (1299) 595.

Antesinhoven, *Antesenhoven*, parochia in archidiaconatu lambacensi. T.
    XXVIII (saec. 15) 503. — T. XXIX (1268) 432.
     „   Pfarrei im Gericht Schaerding. T. XXXI (1424) 183.
Antesinperg, *Antesenperg*, *Antehsenberg*. T. XXIX (s. anno) 222, 223. (1268)
    432.
Anthalming, zum Theil zur Burg Ratzmanstorf gehoerig. T. XXXI (1448)
    405. (1449) 409.
Antiochia, civitas Syriae. T. XXIX (1264) 169. (1291) 193, 200. 202.
Antlang, die — Fluss. T. XXX (1366) 265. — T. XXIX (1297) 592.
Anton S. Siechenhaus bei Crems. T. XXX (1315) 67, 68.
Antzenspach, parochia in decanatu S. Poelten. T. XXVIII (saec. 15) 494.
Auzenkirchen. T. XXVIII (1280) 460 (s. anno) 162, 163.
Anzzinge. T. XXVIII (1280) 463.
Appamia, Erzbisthum. T. XXX (1369) 239.
Apphelsbach, *Apphilsbach*. T. XXVIII (s. anno) 171, 172. (1280) 456.
Apstdorff conf. *Abstorf*.
Aquileja, civitas Italiae et patriarchatus. T. XXVIII (1201) 130. (1209) 133.
    (1210) 138. (1195) 447. — T. XXIX (1204) 64. (1212) 72. (1204)
    29, 269.
Aquitania, provincia Galliae. T. XXIX (1291) 195.
Arawezital, villa. T. XXIX (1065) 52.
Arbeispach, parochia in decanatu Stain. T. XXVIII (saec. 15) 497.
Arberg, *Arberch*. T. XXVIII (1280) 481.
Ardacker, *Ardacher*, *Ardakker*, collegium in inferiori Austria. T. XXVIII
    (1209) 131. (1155) 232. (1160) 242. (1203) 268. (1252) 370. (1280)
    483. (saec. 15) 505.
    „   in decanatu Stain. T. XXVIII (saec. 15) 500. — T. XXIX (1183)
    26. (1139) 29. (s. anno) 29, 271.
Arelat, Koenigreich. T. XXXI (1460) 483.
Arenberg, *Arenperg*, mons. T. XXIX (s. anno) 311. — Conf. etiam *Har-*
    perg.
Aribartperg, in der Pfarrei Vorbach. T. XXX (1303) 16.
Arich, auf der — Müle. T. XXX (1397) 456.
Arldorf, juxta Vilsam. T. XXIX (s. anno) 230.
Arlndorf, villa. T. XXIX (s. anno) 218, 219.
Armenia. T. XXIX (1261) 169. (1291) 202.
Arnoltingen, praedium. T. XXIX (1120) 29, 258.
Arnoltzperg. T. XXIX (1253) 390.
Arnsdorf, Pfarrei. T. XXVIII. (1280) 482. — T. XXX (1378) 332.
    „   parochia in archidiaconatu inter amnes. T. XXVIII (saec. 15) 488,
    502.
    „   parochia in decanatu S. Poelten; ibid. 495.
    „   in Bayern, Edelsitz der Closner. T. XXXI (1438) 334.
Artzperg, in officio Amsteten. T. XXVIII (s. anno) 131.
Arschwukel. T. XXVIII (1231) 338.
Ascha, fluvius. T. XXIX (1088) 45.

Ascha, villa cum vineis. T. XXVIII (777) 198. (saec. 13) 507, 509. T. XXIX (1254) 203, 205. (1249) 227. (1440) 254. (1210) 29, 274.

Aschach, fluvius. T. XXX (1346) 265.

" villa. T. XXVIII (1197) 129. — T. XXX (1325) 117.

" villa et castrum comitum de Schaumberg, necnon mula ibidem. T. XXX (1363) 257, 258. (1376) 319. — T. XXXI (1414) 124, 125. (1459) 475. (1490) 653.

" parochia in archidiaconatu pataviensi. T. XXVIII (saec. 15) 501.

Aschaha, *Aschahe*, villa cum vineis. T. XXVIII (1067) 216. — T. XXIX (1065) 53. (1120) 29, 259, 260.

Aschbach, monasterium. T. XXIX (1328) 303. — Conf. etiam *Aspach*.

Aschberg, im Lande der Abtei. T. XXXI (1472) 516, 518.

Aschenperge. T. XXIX (1255) 92.

Ascrichisbrucca (Uruk an der Leitha). T. XXIX (1065) 52.

Asirium, civitas Italiae. T. XXIX (1254) 410.

Aspach, parochia. T. XXVIII (s. anno) 190. (1067) 215. (1109) 219. (1280) 483.

" parochia et decanatus in archidiaconatu mat'icensi. T. XXVIII (saec. 15) 483, 503.

" parochia in decanatu Stein; ibid. 498.

" parochia ad amnem Rutkerspach. T. XXIX (1138) 29. (1116) 35. (1186) 35.

" monasterium Bavariae. T. XXVIII (saec. 15) 500, 506. — Conf. etiam *Aschbach*.

Aspae, in dem — T. XXIX (s. anno) 218.

Asparn, parochia in decanatu Stectz. T. XXVIII (1280) 479. (saec. 15) 490.

" majus et minus; ibid. 491. — T. XXIX (s. anno) 314.

Aspernberg conf. *Ospirinberg*.

Assar, castrum terrae sanctae. T. XXIX (1291) 198.

Aste. T. XXVIII (1280) 455.

Asturia, civitas Pannoniae. T. XXVIII (1432) 445.

Atentheim, im Gericht des Donauthals. T. XXXI (1437) 209.

Aterskirchen, Pfarrei im Gericht Windberg. T. XXXI (1449) 406.

Atichla. T. XXVIII (1280) 479.

Allergau, *Allergneu*, pagus. T. XXX (1356) 153.

Atzbach, Pfarrei. T. XXXI (1493) 669.

Alzing, *Ezing*, zur Burg Ratzmanstorf gehoerig. T. XXXI (1449) 402. (1449) 479.

Auchental. T. XXIX (1258) 233.

Aufheim, *Aufhaim*, *Ufhaim*. T. XXIX (1220) 251. (s. anno) 307. (1253) 394, 400.

Aufhausen, *Ufhusin*, *Ufhusen*. T. XXVIII (s. anno) 166. (1266) 320. (1232) 343. (1243) 550. (1280) 463. — T. XXIX (1257) 103.

" villa ortenburgica. T. XXVIII (1251) 372.

" parochia in archidiaconatu inter amnes. T. XXVIII (saec. 15) 483, 501.

Aufhausen etc. conf. etiam *Ufhusen* et *Huofhusen*.
Aufhofen, Ufhovin. T. XXVIII (s. anno) 160.
   „   parochia in archidiaconatu inter amnes. T. XXVIII (saec. 15) 488, 502.
   „   Conf. etiam *Ufhofen*.
Augia. T. XXVIII (1280) 456.
   „   augea, Vorowe — Vorau — nuncupata. T. XXIX (1260) 248.
Augsbach. T. XXXI (1447) 384.
Augsburg, Augusta. T. XXVIII (1443) 530. — T. XXIX (1254) 66. (1286) 557.
Auhalminge. T. XXIX (1264) 246. — Conf. etiam *Ahalmingen* et *Aholming*.
Aunpach, Aunpach. T. XXIX (1263) 892.
Auosten. T. XXVIII (1067) 215.
Aurolzmünster, Auroltzmünster, parochia in archidiaconatu lambacensi. T. XXVIII (saec. 15) 503.
   „   Edelsitz der von Tannberg. T. XXX (1399) 490. — T. XXXI (1436) 291, 296, 300. (1442) 350.
Ausheim, in der Pfarrei Hochenstetten. T. XXXI (1410) 86.
   „   im Gericht Griesbach; ibid. (1414) 126.
Austria, ducatus. T. XXVIII (1156) 355. (1276) 401. (1432) 444. (1283) 483, 484. — T. XXIX (1257) 109. (1260) 166. (1261) 175. (s. anno) 221, 223. (1229) 347, 349, 350. (1250) 370. (1253) 382. (1258) 421. (1261) 438. (1262) 443. (1263) 453. (1267) 469. (1272) 503. (1277) 522, 523. (1274) 511. (1276) 517. (1277) 523. (1278) 531. — T. XXX (1315) 66. (1326) 122.
   „   Conf. etiam *Euns*.
Avekkingen, curia. T. XXVIII (1067) 214.
Avignon, Avinio, civitas Galliae. T. XXVIII (1351) 432. (1364) 436. — T. XXX (1310) 53. (1317) 71. (1325) 115. (1346) 189. (1343) 194. (1363) 266. (1366) 274. — T. XXXI (1477) 629.
Awe. T. XXVIII (s. anno) 191. (1280) 459.
   „   Hube in der — T. XXIX (1255) 387. — T. XXX (1307) 33, 34.
   „   prope Durichshoven. T. XXIX (1255) 394.
   „   apud Urfar. T. XXVIII (1280) 457.
   „   Edelsitz der Wenger. T. XXXI (1494) 687.
Awenden. T. XXIX (1263) 122.
Awenhein. T. XXVIII (1244) 353.
Awerbach. T. XXX (1503) 15.
Aygen. T. XXIX (1253) 384, 387. — Conf. etiam *Aigen*.
Ayspolzkirchen, Ayspolczchirichen, Dorf. T. XXX (1370) 295.
Aytenpach, das Zollamt. T. XXX (1388) 382.
   „   conf. etiam *Aittenpach*.
Azomis praedium prope Rauvoldispach. T. XXIX (1104) 63.

B.

B. conf. etiam *P.*

Babenberg, Bamberg, sedes episcopi. T. XXVIII (s. anno) 191. (1280) 459. — Conf. etiam *Bamberg.*

Backinka, fluvius. T. XXVIII (903) 202.

Bachovia. T. XXX (1318) 82. — Conf. *Wachau, Wachovia.*

Baden, Badin, bei Wien. T. XXVIII (1209) 151. — T. XXXI (1455) 232.

„ marchionatus. T. XXIX (1248) 54.

Baeterichsdorf. T. XXVIII (1067) 214.

Baldac, civitas terrae sanctae. T. XXIX (1261) 168. (1291) 198.

Baltkirchen, Baltchirchen, parochia. T. XXIX (s. anno) 216.

Bamberg, Babenberg. T. XXX (1396) 448. — Conf. etiam *Babenberg.*

Barbach, parochia in decanatu Gallneukirchen. T. XXVIII (saec. 15) 504.

Basel, Basilea, Basilia, civitas. T. XXVIII (1454) 442. (1452) 522. — T. XXXI (1434) 243, 244, 253. (1438) 323. (1446) 374.

Baumburg, monasterium. T. XXVIII (1262) 382, 383. — T. XXIX (1249) 75. (1264) 457.

Baumgarten, Pumgarten, Poumgarten, villa. T. XXVIII (1241) 165. (1280) 469, 471, 474. (s. anno) 175. — T. XXIX (1260) 157. — Conf. etiam *Paumgarten.*

Bacaria, Bajoaria, Bayern. T. XXVIII (777) 196. (1245) 354—357. (1452) 444, 445. — T. XXIX (1253) 382. (1274) 511. (1281) 536. — T. XXX (1318) 82. (1343) 178. (1344) 183. (1355) 208. (1358) 237. (1363) 253. (1367) 276. (1343 et 1374) 514. (1377) 327, 328, 399. (1386) 377. (1389) 334.

„ Vicedom-Amt in Nieder-Bayern. T. XXX (1384) 349. (1386) 377. (1399) 491.

„ Hofmeister-Amt in Nieder-Bayern. T. XXX (1399) 491.

„ Straubing-Holland conf. *Holland.*

Beheim, Bohemia, Boehmen. T. XXX (1341) 170. (1347) 190. (1357) 230. „ conf. etiam *Boehmen.*

Beheimkirchen, Beheimchirichen, villa et ecclesia. T. XXIX (s. anno) 216, 217.

Beilstein, Pilstein, castrum. T. XXVIII (1160) 241.

Beinwalt, silva. T. XXIX (1147) 40.

Beneventum, civitas Italiae. T. XXXI (1477) 589.

Berchtesgaden, monasterium. T. XXVIII (1194) 263.

„ Frauenkloster daselbst. T. XXXI (1454) 432.

Berigen. T. XXVIII (1067) 214.

Bern, i. e. Verona. T. XXXI (1433) 256.

Berneck, monasterium in Austria. T. XXVIII (1489) 427.

Bernhard St. monasterium in decanatu Crems. T. XXVIII (saec. 15) 500.

Bernstein, Pernstein, Gericht. T. XXXI (1447) 383.

Berrinbuoge, Persenbeug. T. XXVIII (1067) 213.
Betembach. T. XXIX (1214) 250. '
Bethovia, Pettau, civitas. T. XXVIII (1432) 445.
Betler, zum — Schloss Bettlern. T. XXX (1393) 431.
Beuchriche. T. XXVIII (1067) 215.
Biberbach, Piwerbach. T. XXVIII (1211) 139.
Biburg, Biburch, Dibuerch, in ripa Oeni secus Pataviam, cum capella et
        domo leprosorum ad S. Egydium. T. XXVIII (1160) 115. (1163)
        117. — T. XXIX (s. anno) 306. — Die Biburg zu Passau. T. XXIX
        (1253) 397.
    „   Conf. etiam *Egyd St.*
Bigelberch, mons. T. XXIX (1255) 92.
Bintzpessing. T. XXVIII (s. anno) 190.
Birchemoanch, ecclesia filialis parochiae Ostersperge. T. XXVIII (1223) 144.
Bischofsbach, der — bei Vichtenstein. T. XXXI (1435) 279.
Bischofsdorf, Discholfesdorf. T. XXVIII (1241) 155.
    „   parochia in archidiaconatu matticensi, T. XXVIII (saec. 15) 502.
Boehmen, Bohemia, Boemia. T. XXVIII (saec. 13) 509. — T. XXIX (1258)
        8. (1252) 54. (1261) 174. (1269) 187. — T. XXX (1348) 193. (1363)
        254. 255. — T. XXXI (1477) 542, 544, 545.
Bononia, civitas Italiae. T. XXXI (1436) 305. (1477) 529.
Bornach, fluvius. T. XXVIII (1269) 395.
Borrinhaim. T. XXIX (1140) 254.
Botendorf, villa et castrum. T. XXVIII (1280) 481.
Botenstein, ecclesia. T. XXVIII (1280) 481.
Boytra. T. XXIX (1253) 387.
Bozen. T. XXVIII (1220) 298.
Brachbach, villa. T. XXVIII (1163) 118.
Brastineich. T. XXVIII (1163) 118.
Braunau, Prawnaw, oppidum. T. XXX (1386) 877. — T. XXXI (1406) 63.
        (1408) 80. (1433) 237. (1435) 263.
Bresslau, Pressla, civitas. T. XXXI (1483) 606.
    „   conf. etiam *Wratislavia.*
Bretingen, juxta Vilse. T. XXIX (1186) 36.
Bruck an der Leitha; conf. *Ascrichisbrucca.*
Brumbach. T. XXIX (1306) 301.
Brunn, Brunna, villa. T. XXIX (s. anno) 219. (1270) 499.
    „   Brunne, infra Anasum. T. XXVIII (1494) 261.
    „   Brunnen. T. XXVIII (1237) 339.
    „   Brunnin. T. XXIX (1121) 57.
Buda. T. XXXI (1419) 168.
Bulla, parochia. T. XXIX (1261) 436.
Buosingen. T. XXVIII (1067) 215.
Burchtal, villa in parochia Pezenkirchen. T. XXVIII (1159) 235.
Buren conf. *Michaelbeuern.*
Burgau, marchionatus. T. XXVIII (1276) 401.

Burghausen, Purchausen, Burchusa. T. XXVIII (1424) 441. — T. XXIX
    (1269) 143. (1291) 246. — T. XXX (1304) 23. (1393) 423. — T.
    XXXI (1405) 59. (1421) 175. (1433) 240. (1450) 419.

C.

C. conf. etiam *K.*
Caemcezwinsse, villa. T. XXIX (1160) 322.
Caesarea major, civitas terrae sanctae. T. XXIX (1291) 198.
Camerinum, civitas et sedes episcopalis. T. XXXI (1449) 414.
Campania, provincia. T. XXXI (1477) 629.
Campililia, Campililiorum monasterium in Austria. T. XXVIII (saec. 15) 491,
    500, 506. — T. XXX (1311) 65.
    „   conf. etiam *Lilienfeld.*
Capella, Capellen, villa et ecclesia in decanatu Staetz. T. XXVIII (saec. 15)
    491.
    „   in decanatu S. Poelten; ibid. 495.
    „   in decanatu Stain. T. XXVIII (saec. 15) 499.
    „   T. XXIX (s. anno) 217.
    „   S. Mariae in monte ad Obern-Leizz. T. XXX (1349) 198.
    „   S. Mariae, cripta dicta, in majori ecclesia Pataviae. T. XXIX
             (1261) 430. (1294) 531.
    „   omnium Sanctorum Pataviae. T. XXX (1343) 179.
    „   S. Spiritus, incorporata ecclesiae S. Pauli Pataviae. T. XXX (1346)
             186.
    „   Conf. etiam *Chapelle.*
Carinthia. T. XXVIII (1276) 401. (1432) 444. Conf. etiam *Karinthia.*
Carniola, Crain. T. XXVIII (1276) 401. — T. XXIX (1277) 523. Conf. etiam
    Karniola.
Castring. T. XXIX (1253) 591.
Cebing, Cebinge. T. XXVIII (1280) 473. — T. XXIX (1258) 126.
Cecilia S. villa et ecclesia. T. XXVIII (1290) 475.
Celeia, Cilly, civitas. T. XXVIII (1432) 445.
Cella angelorum, sive *angelica, Engeltell,* monasterium. T. XXVIII (saec.
    15) 506. T. XXX (1306) 32, 33. — T. XXXI (1439) 340. — Conf.
    Engelzell.
    „   S. Mariae, Marienzell. T. XXVIII (1156) 231. — T. XXIX (1165)
             30. (1261) 31. — Conf. etiam *Mariazell.*
    „   Principum, Fürstenzell, monasterium Bavariae. T. XXVIII (saec.
             15) 506. — Conf. etiam *Fuerstenzell.*
Celle, Cell. T. XXVIII (s. anno) 171, 172. (1290) 472, 466. — T. XXIX (1261)
    7, 29.

Celle etc. in officio Amsteten. T. XXVIII (s. anno) 181.
,, auf der — T. XXIX (1260) 223.
Chaezzenberg, Besitzung der Maulner. T. XXXI (1401) 10. (1402) 18. (1404) 29.
,, conf. etiam *Katzenberg*.
Chadan, Cadun. T. XXVIII (1367) 439.
Chadar, Chadowe, parochia in decanatu Wagrain. T. XXVIII (saec. 15)
494. — T. XXIX (s. anno) 217.
Chaelihdorf, villa ad pedem montis Sitzenberch. T. XXVIII (1290) 482.
Chuerntnuren, datz den — T. XXX (1305) 16.
Chaezzelnerdorf. T. XXVIII (s. anno) 177. (1280) 468.
Chaezeldorf. T. XXVIII (s. av) 176.
Chaezingen. T. XXVIII (s. anno) 180.
Chaezlinstorf, Chaelzlinstorf, in parochia Velusperch. T. XXIX (1125) 20.
(1186) 36. (s. anno) 229. (1286) 558, 559.
,, conf. etiam *Chazelinesdorf.*
Chager. T. XXVIII (1290) 460, 434. — T. XXIX (s. anno) 217.
,, in der Umgegend der Burg Wesen. T. XXX (1310) 47.
,, conf. etiam *Kager.*
Chagran. T. XXVIII (1280) 479.
Chalba, Chalbach, fluvius. T. XXVIII (1160) 242. — T. XXIX (1253) 401.
Chalba, praedium. T. XXVIII (1163) 119. — T. XXIX (s. anno) 507.
Chalheim, ecclesia. T. XXX (1356) 220.
Chalhohsperge, Chalhohperge, Chalchohsperg, Chalhohelsperg. T. XXIX (1258)
234. 244. (1253) 391.
Chalmüntz, ecclesia. T. XXVIII (1280) 483.
,, mons in Bachovia, Wachovia. T. XXX (1318) 82.
Chabsperg, Challensperg, in officio Amsteten. T. XXVIII (1280) 472. (s. anno)
181. — T. XXIX (1260) 223. (1279) 551.
Chalosperg, Chalosperig. T. XXIX (1253) 392.
Chalpirage. T. XXVIII (s. anno) 170. (1290) 455.
Challenpach, amnis. T. XXIX (1125) 22. Conf. etiam *Kaltenpach.*
Challenprunne. T. XXIX (1264) 245.
Challenstein, Veste auf dem Berge Urleinsperg bei Norenpach im Lande der
Abtei. T. XXX (1590) 403. (1594) 436. — Conf. etiam *Kaltenstein.*
Challitz, Edelsitz der Dreslabitz. T. XXXI (1479) 565.
Chamba, Chambe. T. XXVIII (1280) 460. — T. XXIX (1066) 53. (1082) 58.
Chambarn, Champarn, Chammbaren. T. XXVIII (s. anno) 169. (1280) 465. —
T. XXIX (1256) 101. (s. anno) 222.
,, parochia in archidiaconatu inter amnes. T. XXVIII (saec. 15) 483.
,, im Lande der Abtei. T. XXX (1353) 207.
,, conf. etiam *Kambarn.*
Chambekke. T. XXIX (s. anno) 217.
Chamerwelzmanstorf. T. XXIX (1253) 391. — Conf. *Kammerweczenstorf.*
Chanoles. T. XXIX (s. anno) 310, 316.
Chapelle, Chappelle, Chapellen. T. XXVIII (1241) 155. (1280) 479, 482. (1156)
511. — T. XXIX (1256) 225.

Chapelle etc. prope Raenna. T. XXIX (1289) 245.
, „ parochia in decanatu Staetz. T. XXVIII (saec. 15) 491.
„ conf. etiam *Capella.*
Chaphaim. T. XXX (1372) 300.
Charheim, villa. T. XXVIII (s. anno) 170. (1280) 455.
Charlstelen, Charlnstelin, parochia in decanatu S. Poelten. T. XXVIII (1280)
432. (saec. 15) 494.
Charpheim, Karpfheim. T. XXVIII (s. anno) 170.
„ parochia in archidiaconatu inter amnes. T. XXVIII (saec. 15) 502.
„ Conf. etiam *Karpfheim.*
Charscheitzing. T. XXIX (1253) 396.
Chasten. T. XXVIII (1280) 475.
Chastinge. T. XXVIII (s. anno) 192. (1280) 460.
Chatzen, parochia in decanatu Stain. T. XXVIII (saec. 15) 496.
Chaumberch, ecclesia. T. XXVIII (1280) 481.
Chazaback prope Linz. T. XXVIII (983) 207.
Chazelinesdorf, Chatzleinsdorf. T. XXIX (1179) 326.
„ parochia in decanatu Gallneukirchen. T. XXVIII (saec. 15) 505.
„ conf. etiam *Chaezlinstorf* et *Katzelstorf*, necnon *Cheizleinstorf.*
Chazemwinchel, Chatzenwinokel. T. XXVIII (1280) 466. (s. anno) 172.
Chazenzagel, Chatzinzagil. T. XXVIII (s. anno) 169. (1280) 466.
Chazlarewalde. T. XXVIII (s. anno) 166. (1280) 457.
„ Conf. etiam *Chezelarwald.*
Chazmansoed. T. XXIX (1253) 389.
Chazperch. T. XXIX (1254) 237. (1266) 239. (1267) 243. (1295) 585.
„ castrum. T. XXIX (1278) 528.
„ conf. etiam *Katzenberg.*
Chechtreinstorf. T. XXIX (s. anno) 215.
Cheizleinstorf, zur Veste Tulbingen gehoerig. T. XXXI (1412) 111.
„ conf. etiam *Chazelinesdorf.*
Chelchdorf, Chelichdorf. T. XXIX (s. anno) 311, 317.
Chelchperg, Chelchperge, parochia. T. XXVIII (1163) 113. — T. XXIX (s.
anno) 306.
Chelkaim. T. XXIX (1253) 391.
Chelinperch. T. XXIX (s. anno) 219.
Chelnperch, Chellenperch, in archidiaconatu patavionsi. T. XXVIII (saec. 15)
601. — T. XXIX (1253) 390, 391, 401.
„ conf. *Kellenberg.*
Chemenaten. T. XXVIII (1244) 353.
Chempnaten, parochia in decanatu Stain. T. XXVIII (saec. 15) 499.
Cherechbach. T. XXIX (s. anno) 230.
Chornalbrunne. T. XXIX (1292) 577.
Cherspaum, Cherspoum. T. XXVIII (s. anno) 172. (1280) 464, 466.
Cherspaumau, zwischen der grossen und kleinen Mähel. T. XXX (1385) 371.
Chessla, in der — Gericht. T. XXX (1365) 253.
„ in der niedern — Gericht ibid. (1367) 273.

Chezzbu, conf. etiam *Kesselach.*
Chetsi. T. XXIX (1065) 52.
Checeringe. T. XXVIII (1280) 464.
Chezelahe, praedium. T. XXIX (1172) 29, 267.
Chezelarwald, *Chezzelarwald*, mansus in — T. XXIX (s. anno) 306.
    ,,   silva. T. XXIX (s. anno) 312.
    ,,   conf. etiam *Chazlarewalde.*
Chezelingesdorf. conf. *Chaezlinstorf, Chazelinesdorf.*
Chezinge. T. XXVIII (1280) 471.
Chezzerwalde. T. XXVIII (1163) 118. — Conf. etiam *Kezzlaerwalde.*
Chiemsee, episcopatus. T. XXIX (1254) 66.
    ,,   Frauenkloster. T. XXXI (1455) 426.
Chienstock. T. XXX (1309) 44, 45.
Chindkaim. T. XXIX (1253) 393.
Chinnkaim; ibid. 398.
Chinitige. T. XXIX (1253) 234.
Chirchdorf. T. XXIX (1273) 296. — Conf. etiam *Kirchdorf.*
    ,,   parochia in archidiaconatu inter amnes. T. XXVIII (saec. 15) 501.
    ,,   parochia in archidiaconatu lambacensi; ibid. 503.
Chirchkaim. T. XXIX (s. anno) 216.
    ,,   curtis et ecclesia. T. XXIX (1120) 29, 258.
    ,,   in Oesterreich. T. XXX (1390) 402.
    ,,   parochia in archidiaconatu inter amnes. T. XXVIII (saec. 15) 502.
Chirchlingen. T. XXIX (1065) 52. (1222) 338.
Chirchbach. T. XXVIII (1280) 476. — Conf. etiam *Kirchbach.*
    ,,   T. XXIX (s. anno) 218.
    ,,   Dorf zwischen der grossen und kleinen Mühel. T. XXX (1385) 371.
Chirchperg, *Chiricperch*, *Chirichperg*, parochia. T. XXVIII (s. anno) 192.
    (1280) 459, 432. — T. XXIX (1065) 53. (s. anno) 217.
    ,,   parochia in archidiaconatu inter amnes. T. XXVIII (saec. 15) 488, 502.
    ,,   parochia in decanatu S. Poelten. T. XXVIII (saec. 15) 494.
    ,,   et Weyssenalben, parochia in decanatu Stain; ibid. 497.
    ,,   item parochia in eodem decanatu; ibid. 498.
    ,,   castrum, fortasse apud fluvios Mühel. T. XXIX (1265) 454.
    ,,   conf. etiam *Kirchberg.*
Chirchsteten, in decanatu S. Poelten. T. XXVIII (saec. 15) 495. — Conf.
     etiam *Kirchsteten.*
Chirchstige. T. XXVIII (s. anno) 191. (1280) 459.
Chiuzaern, sive Chriuzaern. T. XXVIII (1280) 466.
Chiuzkaim. T. XXVIII (s. anno) 171.
Chizling. T. XXIX (1253) 393, 398.
Chlamme. T. XXVIII (1172) 174. — T. XXIX (s. anno) 224.
    ,,   castrum. T. XXIX (1195) 214.
Chlaubendorf, parochia in decanatu Wagrain. T. XXVIII (saec. 15) 498.
Chlebidorf, villula. T. XXIX (1065) 53.

Chlebstain, Besitzung der Tumgast. T. XXXI (1401) 9. — Conf. etiam
    Klebstein.
Chlenow. T. XXX (1505) 16.
Chlepndorf, salisburgensis ecclesiae locellus. T. XXVIII (985) 209.
Chling, an dem — T. XXVIII (1280) 467.
  „   an dem — Besitzung der Chraffl. T. XXXI (1445) 358.
  „   Pflegamt. T. XXXI (1426) 204.
  „   Chlinge. T. XXVIII (1280) 464.
  „   Conf. etiam *Kling*.
Chlingenberg. T. XXIX (s. anno) 313.
Chlingilpach, villa. T. XXVIII (1280) 459. (s. anno) 491.
Chlingsberg, castrum. T. XXVIII (1285) 399.
Chlongenbach, parochia in archidiaconatu lambacensi. T. XXVIII (saec. 15)
    503.
Chlupping. T. XXIX (1292) 577.
Chobel. T. XXIX (1253) 233. — Conf. etiam *Chorbel*.
    bei dem Steinbach, Besitzung der Puchberger. T. XXXI (1410) 84.
Chobolswert. T. XXVIII (1280) 470.
Choczsa. T. XXXI (1425) 203.
Choebel, im Gericht Vilshofen. T. XXXI (1414) 426.
  „ conf. etiam *Chobel*.
Chogel. T. XXVIII (s. anno) 176. (1280) 468.
  „   Chogole. T. XXIX (s. anno) 219.
Cholbach, curia. T. XXIX (1253) 384.
Cholbenberg, *Cholbenperge*. T. XXVIII (s. anno) 169. (1280) 465.
Cholberg, *Cholberch*. T. XXVIII (s. anno) 169. (1280) 465.
  „   prope parochiam Musskirchen. T. XXIX (1299) 594.
  „   conf. etiam *Kolberg*.
Cholenbach, in Bavaria. T. XXVIII (1494) 261.
Chollmüntz ad S. Otiliam, in decanatu Stain. T. XXVIII (saec. 15) 500.
  „   Chullmfintz, parochia in decanatu laureacensi; ibid. 506.
Cholngrube, *Cholngruebe*, Weinberge bei Kloster-Neuburg. T. XXX (1329)
    133. (1335) 151. (1337) 161. (1359) 245.
Chomesdorff, parochia in decanatu Staelz. T. XXVIII (saec. 15) 490.
Chonelbach, *Chonnelbach*, praedium. T. XXVIII (1179) 123. — T. XXIX
    (1179) 326.
Chonlin, prope Mursbach. T. XXVIII (1285) 399.
Chopfmul, Mühle. T. XXIX (1253) 389.
Chopbing, parochia. T. XXIX (1253) 337, 338, 401.
Chorle:pach. T. XXVIII (s. anno) 189.
Chorlosin. T. XXIX (1253) 396.
Chornnewnburg, ecclesia S. Egydis. T. XXX (1391) 412. — Conf. etiam
    Neuburg et *Kornneuburg*.
Chorphaim, *Chorpeheim*. T. XXIX (1130) 29, 265. (1179) 325. T. XXX (1318)
    84.
  „   Conf. etiam *Karpfheim*.

Cholanisriuti. T. XXIX (1096) 66.

Chollans, parochia in decanatu Stain. T. XXVIII (saec. 15) 498.

Chollensprunne, parochia in decanatu Staetz; ibid. 491.

Cholaic mons. T. XXIX (s. anno) 216.

  ,,   Goetweig, Gotwicense monasterium. T. XXX (1311) 66.

  ,,   Conf. etiam *Goettweig.*

Cholzendorf, Chozzindorf. T. XXIX (1136) 60. (s. anno) 216. — Conf. etiam *Gezendorf.*

Chrainweitzoed. T. XXIX (1253) 395.

Chraucinge, Chraenzzinge. T. XXVIII (s. anno) 159. (1280) 457.

Chranoede, Chranurde. T. XXVIII (s. anno) 169.

Chranperkh, parochia in decanatu Wagrain. T. XXVIII (saec. 15) 493.

Chranrelde. T. XXVIII (1280) 465.

Chranwride, Chranwit, Chranewit, villa im Lande der Abtei. T. XXVIII (s. anno) 170. (1280) 465. — T. XXIX (1264) 246. (1265) 390. — T. XXX (1353) 207.

Chranzagel. T. XXX (1305) 16.

Chratentalhof zu Tuln, im Amte Zeiselmauer. T. XXX (1394) 439.

Chrebesteten, ecclesia filialis parochiae Aspach. T. XXIX (1116) 33. (1136) 35.

Chrebzpach. T. XXIX (1260) 232.

Chrempelsberg, Chrempilaperge, Chrempelsperche. T. XXVIII (s. anno) 169. (1280) 465.

Chremsa, Chremisa, Chrems, fluvius. T. XXVIII (777) 197. — T. XXIX (1096) 66. — T. XXX (1359) 243.

Chrems, Chremesa, Chremisa, civitas. T. XXVIII (1144) 224. (1227) 273. (1209) 281. (1222) 229. (1241) 341. (1253) 366. (1252) 370. (1279) 413, 414. (1280) 473. (saec. 15) 489, 447. — T. XXIX (1065) 52. (1255) 67, 93. (1256) 97, 102, 104. (1257) 110, 112. 113. 114. (1258) 120, 124, 125. (1259) 134. (1260) 152. (1260) 157. (1258) 161. (1260) 161. (1261) 179. (1263) 195. (1260) 235, 247, 249. (1215) 29, 268 (1250) 368, 369. (1253) 382, 395, 401. — T. XXX (1311) 58, 61. (1315) 67, 68. (1317) 77. (1330) 137. (1334) 146. (1394) 442. — T. XXXI (1419) 164, 165, 166, 168. (1456) 445, 448, 449. — Conf. etiam *Crems.*

  ,,   capella S. Stephani in — T. XXIX (1261) 436.

  ,,   ecclesia S. Viti. T. XXIX (1250) 369.

  ,,   Passauer-Hof zu — T. XXIX (1253) 382.

  ,,   Praedicatorum monasterium in — T. XXIX (1257) 113, 114. — T. XXX (1319) 86. — Conf. etiam *Krems.*

Chremsmünster, monasterium. T. XXVIII (1241) 155. (1202) 266. (1280) 415, 473. (saec. 15) 498, 499, 500. 506. — T. XXIX (1088) 45. (1258) 118. (1262) 190. (1273) 226. (1256) 242. (s. anno) 29, 264. (1274) 506.

  ,,   conf. etiam *Cremsmünster* et *Kremsmünster.*

Chrengelpach, Chrengilpach, parochia. T. XXVIII (983) 208. (1280) 456. — T. XXIX (1066) 53.

Chreppil. T. XXVIII (s. anno) 171. (1280) 466.

Chresemprunn, parochia in decanatu Staetz. T. XXVIII (saec. 15) 491.
Chrewspach, parochia in decanatu S. Poelten; ibid. 495.
Chrewitzen, parochia in decanatu Gallneukirchen. T. XXVIII (saec. 15) 504.
Chriminge. T. XXIX (1258) 244.
Christleinsterf, Edelsitz der Hautzenberger. T. XXXI (1437) 823.
Christoph S., parochia in decanatu S. Poelten. T. XXVIII (1280) 482. (saec. 15) 494. — T. XXIX (s. anno) 217.
Chritzinge, *Chriezinge*, *Chritzing*. T. XXVIII (s. anno) 169. (1280) 465. — T. XXIX (s. anno) 307. (1255) 384, 393.
Chriszarn. T. XXVIII (s. anno) 171.
Chrolendorf, *Chrolendorph*. T. XXVIII (1280) 456, 479. — T. XXIX (1158) 60.
Chrolental, villa. T. XXVIII (s. anno) 170, 172, 191. (1280) 459, 466.
Chrougarn. T. XXIX (1465) 255.
Chrüd, parochia in decanatu Staetz. T. XXVIII (saec. 15) 492.
Chrumpnau, *Chrumpnawe*. T. XXX (1358) 256. — Conf. etiam *Crummau* et *Krummau*.
Chrusilingi. T. XXIX (1444) 64. — Conf. etiam *Crusilingin*.
Chrutte, curia. T. XXVIII (1241) 155.
Chubach. T. XXVIII (s. anno) 162. — Conf. etiam *Chuebach* et *Chuewach*.
Chuching. T. XXIX (s. anno) 223.
Chucchingeroed. T. XXX (1303) 16.
Chuenaw, die — zu Trebensee gehoerig. T. XXXI (1410) 83.
Chuebach, ecclesia. T. XXVIII (1280) 460. — T. XXIX (1258) 234, 244. — Conf. etiam *Chubach* et *Chuewach*.
Chueleub, *Chuleib*, ecclesia. T. XXVIII (1280) 483.
    ,,   castrum. T. XXIX (s. anno) 315.
    ,,   conf. etiam *Chulb*.
Chuemring, im Lande der Abtei. T. XXX (1358) 207.
Chuendorf, villa. T. XXVIII (1241) 155.
Chuenelbach. T. XXX (1318) 34.
Chuenring. T. XXIX (1253) 392.
Chuerpenriute. T. XXVIII (s. anno) 169.
Chuertzenaw, sive Chuertzenchirchen. T. XXIX (1253) 395.
Chdewach. T. XXVIII (s. anno) 169.
    ,,   conf. etiam *Chubach*, *Chuebach*.
Chuffarn, *Chuoffarn*, ecclesia. T. XXVIII (1067) 215. (1280) 482.
    ,,   conf. etiam *Chuofarin*.
Chugelperg. T. XXIX (1253) 395.
Chugenriute, *Chugenreut*. T. XXVIII (s. anno) 169. (1280) 465.
Chulbingen, *Chulbing*. T. XXVIII (1157) 112. — T. XXIX (1253) 390.
Chulb, *Chuelb*, *Chuleib*, *Chuläub*, *Kilb*, Pfarrel im Decanat S. Poelten. T. XXVIII (saec. 15) 495. — T. XXIX (1066) 52. — T. XXX (1311) 58. — Conf. etiam *Chueleub* et *Kilb*.
Chumbrechting, in der Pfarrei Rorbach. T. XXX (1303) 15, 16.
Chumwide. T. XXVIII (1280) 466.

Chunchohesteten, Chunchohstetin, Koenigstetten, in Austria. T. **XXVIII** (1179) 123. (1280) 476. — T. **XXIX** (1227) 285. (1179) 526.
Chunchohstetin prope Zeiselmauer. T. **XXVIII** (s. anno) 185.
Chunerzheim. T. **XXVIII** (s. anno) 159. (1280) 457.
Chunersperge, Chunrikersperch. T. **XXVIII** (s. anno) 162. (1280) 461.
Chungestelen. T. **XXVIII** (1277) 411. — Conf. etiam *Koenigstelen.*
Chunighsprunne. T. **XXIX** (1256) 97, 98.
   ,,   Chunigesprunnen, fons. T. **XXIX** (s. anno) 512.
Chunigweisen. T. **XXIX** (1147) 41. — Conf. etiam *Kunigswiesen.*
Chunikohestorf. T. **XXVIII** (985) 209.
Chunisperg. T. **XXIX** (1293) 582.
Chunraten an dem Perg. T. **XXVIII** (1285) 399.
Chunratsnigen. T. **XXVIII** (s. anno) 192. (1280) 459.
Chunratsdorf, Besitzung der Chrafft. T. **XXXI** (1443) 562.
Chunring, parochia in decanatu Wagrain. T. **XXVIII** (saec. 15) 493. — Conf. etiam *Kunringen.*
Chuntprunn. T. **XXIX** (1212) 71.
Chunizen, parochia in archidiaconatu inter amnes. T. **XXVIII** (saec. 15) 502.
Chunzlinsdorf. T. **XXVIII** (1280) 453.
Chuofarin. T. **XXIX** (1065) 53. — Conf. etiam *Chuffern.*
Chuonradesdorf, villa secus fluvium Pyela. T. **XXIX** (1150) 322.
Chuoureut, Chuonriut. T. **XXIX** (s. anno) 217.
Chuomsita. T. **XXVIII** (1110) 270.
Churnberg, parochia in decanatu S. Poelten. T. **XXVIII** (saec. 15) 495.
Churpenreut. T. **XXVIII** (s. anno) 189. (1280) 465.
Chysehinge. T. **XXVIII** (1280) 464.
Cicensis ecclesia et sedes episcopi, Zeitz. T. **XXIX** (1950) 368.
Cidelarn. T. **XXVIII** (1194) 263. — Conf. etiam *Zeidlarn. Zeydlarn* et *Zidlarn.*
Cigelhoren. T. **XXVIII** (s. anno) 180.
Cilemperge. T. **XXVIII** (s. anno) 177.
Civitas-Castelli, Citta de Castella in Umbria. T. **XXXI** (1477) 529.
   ,,   sancta conf. *Heiligenstadt.*
Classne, comitatus. T. **XXIX** (s. anno) 313.
Clincheleinstorf. T. **XXIX** (s. anno) 216.
Clusa, villa et capella. T. **XXIX** (1186) 35.
Coffing, parochia in archidiaconatu maticensi. T. **XXVIII** (saec. 15) 502.
Colonia, civitas. T. **XXVIII** (1208) 274, 276. (1209) 280. — Conf. etiam *Koelln.*
Comagenus mons. T. **XXVIII** (903) 202. (983) 206. (985) 209.
Commerichingen, (Gammering). T. **XXIX** (1071) 10.
Conradinger, der Stein, genannt der Conradinger, im Gericht Trebensee. T. **XXXI** (1438) 326.
Constantia, civitas provinciae moguntinensis. T. **XXXI** (1427) 147, 151. (1418) 152, 155. — Conf. etiam *Konstanz.*
Constantinopolis. T. **XXIX** (1291) 202.
Coppstelen, parochia in decanatu Staetz. T. **XXVIII** (saec. 15) 491.
Corrica. T. **XXXI** (1477) 529.

Crems, *Cremis*, civitas Austriae. T. XXVIII (1156) 233. — T. XXIX (1126)
         214. (1252) 210. (1254) 210. (1256) 242. (1229) 346. (1289) 563, 569.
         — T. XXX (1302) 12. (1305) 17. (1394) 432. (1396) 452. (1398) 471,
         472, 473.
    „   conf. etiam *Chrems*.
Cremsmünster, monasterium. T. XXVIII (777) 196. (1164) 243. — T. XXIX
         (1280) 560.
    „   conf. etiam *Chremsmünster*.
Crimnau, *Crinman*. T. XXXI (1457) 311.
Crinldorf. T. XXVIII (1280) 474.
Crochenperch, mons prope fluvium Gwsin. T. XXIX (1125) 21, 22.
Crucis S. monasterium in Austria. T. XXIX (1256) 95, 96, 97. (1260) 457.
         (1229) 345. (1283) 549, 550. (1284) 653.
    „   monasterium Pataviae. T. XXVIII (1298) 424, 427. — T. XXIX
         (1310) 502.
    „   conf. etiam *Kreuz heil.*
Crucistetten. T. XXIX (1065) 52.
Cruezen, ecclesia. T. XXIX (1147) 40.
Crummau, Burggrafschaft. T. XXXI (1463) 490.
    „   conf. etiam *Chrumpnau*.
Cranzinwiten, *Cranzwitim*. T. XXVIII (777) 199.
Crusilingin. *Chrusilingi*. T. XXIX (1136) 60. (1244) 62 — Conf. etiam
         Chrusilingi.
Culmensis dioecesis. T. XXXI (1477) 545.
Cumprechtsteten. T. XXIX (1253) 389.
Curia, *(Hof)*, in decanatu Staetz. T. XXVIII (saec. 15) 491.
Curinia, civitas Moesiae. T. XXVIII (1432) 445.
Curva-Aha, fluvius. T. XXIX (1222) 339. — Conf. etiam *Ach* et *Aha*.
Custeten. T. XXVIII (1280) 457.
Cutnowe. T. XXIX (s. anno) 230.
Czebing, parochia in decanatu Stein. T. XXVIII (saec. 15) 496.
    „   conf. etiam *Zebing*.
Czellerndorf, parochia in decanatu Wagrain; ibid. 494.
Czell, parochia in archidiaconatu matticensi; ibid. 488.
    „   conf. etiam *Zell*.
    „   parochia in archidiaconatu pataviensi; ibid. 501.
    „   parochia in decanatu Gallneukirchen; ibid. 504.
    „   in der — Edelsitz der Schornstetter. T. XXIX (1442) 550.
Czistestorf bei Hausleiten. T. XXXI (1459) 327.
Czunaelkirchen, parochia in decanatu laureacensi. T. XXVIII (saec. 15) 505.
Czwentendorf, parochia in decanatu Stain; ibid. 496.
    „   conf. etiam *Zwentendorf*.
Czwerndorff, parochia in decanatu Staetz; ibid. 491.
    „   conf. etiam *Zwerndorf*.
Czwetta, parochia in decanatu Stain; ibid. 497.
    „   conf. etiam *Zwetel*.

D.

D. conf. etiam *T.*
Dacia, provincia. T. XXIX (1256) 159.
Dahslarn. T. XXIX (s. anno) 220.
Dahspach. T. XXIX (1486) 36.
Damascus in Syria. T. XXIX (1261) 169. (1291) 199.
Dandorf. T. XXVIII (1290) 461.
Danering. T. XXX (1566) 261.
Danubius fluvius. T. XXIX (1255) 238. (1250) 369. (1252) 376. (1253) 401,
    413. (1257) 413. (1261) 436. (1272) 503. (1284) 553.
    ,,   conf. etiam *Donau, Tuenawe, Tunawetal.*
Darnach, parochia in archidiaconatu inter amnes. T. XXVIII (saec. 15) 502. —
    Conf. etiam *Dornach.*
Degernbach conf. *Tegernbach.*
Degenberg, Degenberch, castrum. T. XXVIII (1228) 327. — T. XXIX (s.
    anno) 221. — T. XXX (1373) 304.
Deggendorf, Deckendorf, civitas Bavariae. T. XXVIII (1209) 131. (1256)
    381. — T. XXIX (1183) 27. — T. XXX (1373) 303.
Derschirchen conf. *Draeschirchen.*
Deihxenberge, Deihxenperg. T. XXVIII (s. anno) 175. (1280) 469.
Didzze. T. XXIX (1256) 103.
Dietach conf. *Tudech.*
Dietensheim. T. XXVIII (1280) 456.
Diethersperg, praedium. T. XXX (1307) 34.
Diethpruke. T. XXVIII (s. anno) 190.
Dietreichsdorf. T. XXIX (1292) 577.
Dietrichinge. T. XXVIII (1280) 458.
Dipoltsperg, Diepoltsperig. T. XXX (1303) 16.
Dippoldiswalde, Edelsitz der v. Schrenk. T. XXXI (1494) 687.
Dirnstein, Tiernstein, Stadt. T. XXXI (1481) 595.
    ,,   conf. *Tirnstein* et *Tyrnstein.*
Diespolczkirchen, Dispolczchirchen. T. XXX (1374) 315.
Dobernleinsdurf, parochia in decanatu Staetz. T. XXVIII (saec. 15) 499.
Dobers, Edelsitz der Gnetz oder Gnotz. T. XXXI (1479) 567. (1495) 694.
    (1497) 702, 703.
Dobrechtsperg, parochia in decanatu Stain. T. XXVIII (saec. 15) 497.
Doerrenpach, superius et inferius. T. XXIX (s. anno) 217.
Dofstaeien. T. XXIX (1253) 396.
Donau, die — Fluss. T. XXX (1393) 424. (1397) 460. — T. XXXI (1414)
    124. (1429) 221. (1433) 232, 245. (1435) 288, 289, 296, 297. (1439)
    343. (1443) 352, 357. (1450) 418. (1454) 434. (1456) 445, 448, 449.
    (1465) 493, 494. (1470) 510, 511. (1486) 618. (1489) 636, 641.

Donan etc. -Thal, das Donauthal und dortiges Gericht. T. XXXI (1497)
    ,,   conf. etiam *Danubius, Tuenawe, Tunnwetal.*
Dorf. Dorffe. T. XXIX (1253) 394.
    ,,   in Oesterreich. T. XXXI (1446) 369.
    ,,   Besitzung der Chraft. T. XXXI (1443) 352, 353.
Dorfaren. T. XXIX (s. anno) 217.
Dorflein, in Oesterreich. T. XXX (1390) 402.
Dornach, Dorna juxta Maetich. T. XXVIII (s. anno) 192. (1280) 460.
    ,,   Dornahe. T. XXVIII (s. anno) 176, 177. (1067) 214. (1280) 463. —
        T. XXIX (1255) 92. (1253) 395.
    ,,   parochia. T. XXVIII (1264) 390.
Dornbach, villa et capella. T. XXIX (1296) 73. (1251) 80.
    ,,   prope Viennam. T. XXIX (1262) 188.
    ,,   conf. etiam *Darnach.*
    ,,   Hof und Burg in Oesterreich. T. XXX (1376) 325.
Dotinge. T. XXVIII (s. anno) 192.
Dotzenpach, parochia in decanatu S. Poelten. T. XXVIII (saec. 15) 495.
Douhinge, Douchinge. T. XXVIII (s. anno) 170. (1280) 465.
Draeschirchen, ecclesia Medlicensium. T. XXVIII (1280) 481. — T. XXIX
    (1211) 70. — Derschirchen (s. anno) 314.
Draetna, Draetnah, Dretna. T. XXVIII (s. anno) 192. (1280) 456, 459. —
    Conf. etiam *Trebina.*
Drasdorf. T. XXIX (1124) 64.
Drashaim, Leuchtenbergisches Activlehen im Gericht Vilshofen. T. XXXI
    (1471) 514.
Drasing, parochia in archidiaconatu super Wagrain. T. XXVIII (saec. 15)
    492.
Drava, fluvius. T. XXVIII (1432) 445.
Dreslawitz. T. XXXI (1479) 565.
Drockvelde. T. XXVIII (1280) 477.
Droesendorf, parochia in decanatu Wagrain. T. XXVIII (saec. 15) 494.
Drozendorf, Drossendorf. T. XXIX (s. anno) 217. — T. XXX (1359) 244. —
    Hauptmannschaft daselbst. (1364) 259.
Drozz. T. XXVIII (1284) 413. (1280) 473, 476. — T. XXX (1302) 10.
    ,,   parochia in decanatu Stain. T. XXVIII (saec. 15) 495.
Druhpoltinge. T. XXVIII (1280) 464.
Dumpach, ecclesia. T. XXIX (1147) 41.
Duernitz, parochia in decanatu S. Poelten. T. XXVIII (saec. 15) 495.
Duerrenberg, der — T. XXXI (1404) 50.
Duerrenbindibch. T. XXIX (1253) 398.
Duerrenhag apud Richenbach. T. XXVIII (1280) 475.
Duerrenhub. T. XXVIII (1280) 475.
Duerrenwintperch. T. XXIX (1255) 394.
Durchshoefen, Amt im Gericht Schaerding. T. XXXI (1435) 302.
Durichshoven. T. XXIX (1293) 394.
Durinckoven. T. XXIX (1140) 257.

Durmanspang, *Durmanspanch*, in archidiaconatu pataviensi. T. XXVIII
    (saec. 15) 501.
Durren, in officio S. Poelten. T. XXVIII (s. anno) 183.
Durrenpach, parochia in decanatu Staetz. T. XXVIII (saec. 15) 492.
    „   inferius et superius in decanatu Wagrain; ibid. 493, 494.
Durrenreuchl, fluvius. T. XXIX (s. anno) 311.
Durroz-Leitze. T. XXIX (1255) 67.
Dwerkenaw, Dwerkennowe. T. XXVIII (s. anno) 170. (1280) 465.
Dyepolting. T. XXX (1325) 118.

E.

Ebelsberg, Ebelsperch, Ebilsperch, Ebelzperch, Burg, Hofmark und passauische
    Pflege in Oesterreich. T. XXVIII (s. anno) 177, 180. (1160) 238.
    (1164) 243. (1280) 455, 456, 484. — T. XXIX (1162) 24. (1255) 67.
    (1248) 76. (1257) 110, 113, 114. (1258) 121, 127. (1259) 130. (1260)
    150. (1262) 181. (1263) 194. (1252) 217. (1254) 228. (s. anno) 229.
    (1256) 242. (1257) 242, 243. (1258) 244. (1264) 245. (1260) 247.
    (1269) 493. (1282) 544. (1263) 453, 455. (1296) 589. — T. XXX
    (1303) 17. (1324) 108. (1345) 135. (1359) 241. — T. XXXI (1404)
    29. (1429) 220. (1473) 549, 550. — Schloss und Herrschaft. (1482)
    603, 604, 605. (1489) 646. (1490) 650. 651.
    „   Pfarrei im Decanat Stain T. XXVIII (saec. 15) 498.
Eben, auf der — im Amt Amstetten. T. XXVIII (s. anno) 181.
Ebenfurt, Ebnfurt, ecclesia. T. XXVIII (1280) 481.
Ebental, parochia in decanatu Staetz. T. XXVIII (saec. 15) 490.
Ebergoczsberg, passauisches Lehen zu — T. XXXI (1483) 608.
Eberhartsdorf, Eberhartzdorf. T. XXVIII (1285) 399. — T. XXIX (1292) 577.
    „   parochia in decanatu Staetz. T. XXVIII (saec. 15) 490.
    „   haud procul a Puzleinstorf. T. XXVIII (1280) 466.
    „   Besitzung der Chraft. T. XXXI (1443) 352, 353.
Eberhartsperg, Eberhartsperge, Eberharsperg. T. XXVIII (s. anno) 176, 177.
    (1280) 468.
    „   zur Burg Ratzmanstorf gehoerig. T. XXXI (1449) 410.
Eberhartsreut, Eberhartsriute, Eberhartsraeut, villa. T. XXVIII (s. anno)
    170. (1280) 465. — T. XXIX (s. anno) 217.
    „   zur Burg Ratzmanstorf gehoerig. T. XXXI (1443) 402. (1449) 409.
Ebersau, Ebersawe, Ebersowe. T. XXVIII (s. anno) 191. (1280) 459.
Ebersberg, castrum et hofmarchia. T. XXIX (1256) 99. (1258) ibid.
Ebersdorf, in Oesterreich. T. XXX (1359) 238.
    „   parochia in decanatu Chrems. T. XXVIII (saec. 15) 489.
    „   parochia in decanatu Stain; ibid. 498.

Eberwang, Eberwanch, Eberwankh, parochia. T. XXVIII (1067) 215.
,,   im Gericht Ried. T. XXIX (1253) 598.
,,   Edelsitz der Peuntner. T. XXXI (1324) 185.
,,   parochia in archidiaconatu matticensi. T. XXVIII (saec. 15) 488, 502.
Echenheim. T. XXVIII (1242) 347.
Echindorf conf. *Ekkindorf*.
Eckenheim. T. XXIX (1264) 196.
Eezing conf. *Atzing*.
Edelinspack. T. XXVIII (1211) 139.
Ederamsdorf, villa. T. XXVIII (s. anno) 170.
Ederharfberg, *Ederharfperig*, zur Burg Ratzmansdorf gehoerig. T. XXXI (1448) 403. (1449) 410.
Edramsperg. T. XXIX (1260) 162.
Efferding, *Eferding*, Burg, Ort und Gericht der Grafen v. Schaumberg. T. XXVIII (1333) 440. — T. XXIX (1254) 82, 83, 86. (1262) 131. 132. (1254) 203, 205. (1345) 305. (1255) 400. (1266) 464. (1324) 109. (1354) 210. (1356) 219, 220, 221. (1357) 226. (1359) 242. (1362) 253. — T. XXXI (1490) 654. — Die Stadt wird vom Kaiser zu Lehen getragen und zwar vom Hochstift Passau. — T. XXXI (1467) 506.
,,   Conf. etiam *Ererding*.
Egelsee, *Egelse*, *Egilsee*. T. XXVIII (1284) 448. (1280) 456, 473, 476. — T. XXIX (1256) 103. (s. anno) 217.
,,   in Oesterreich. T. XXXI (1446) 369.
,,   zur Burg Ratzmanstorf gehoerig. T. XXXI (1449) 402. (1449) 409.
Egenburg, *Egenburch*, ecclesia. T. XXVIII (1266) 393. — T. XXIX (s. anno) 217. (1266) 464. (1267) 470.
,,   parochia in decanatu Wagrain. T. XXVIII (saec. 15) 492.
Eggen, *Ekken*. T. XXIX (s. anno) 221, 222.
Egyd, St. parochia in decanato Wagrain. T. XXVIII (saec. 15) 493.
,,   St. parochia in decanatu S. Poelten; ibid. 494.
,,   St. capella in Biburg, in ripa Oeni secus Pataviam. T. XXVIII (1160) 115. (1163) 117. (1182) 125. (1212) 289. — Dicitur domus S. Egydii. — T. XXIX (1164) 253. (1180) 277. (1242) 282. (1237) 287. (1241) 289. (1244) 291. (1252) 292. (1258) 292. (1277) 294. (1302) 298, 299. (1328) 303. (s. anno) 307. (1450) 309. (1213) 331. (1237) 353. (1253) 382, 384, 385, 389, 392, 394, 396, 397, 398, 399, 400, 401. — Dicitur parochia et ecclesia. T. XXIX (1255) 384, 385. 386. — T. XXX (1304) 20. (1311) 60. (1317) 75, 76. (1318) 79, 80. (1394) 432. (1398) 472, 473.
,,   Hospitale sive domus Leprosorum Pataviae in loco dicto Biburg. T. XXIX (1160) 115. (1163) 117. (1182) 125. (1215) 140. (1237) 353, 382, 385, 386, 389, 391, 392, 396, 397, 398, 399, 402. — Ultra pontem Pataviae. T. XXX (1326) 122.
,,   Conf. etiam *Giligen St.*
,,   mons. T. XXIX (1260) 248.

Egikinsten. T. XXVIII (985) 209.
Eginindorf. T. XXIX (1065) 53.
Egizinisdorf. T. XXIX (1094) 63.
Egk, Besitzung der Chraft. T. XXXI (1443) 333, 354.
Egkentobl, Gut der Pelchinger. T. XXXI (1497) 704—706.
Ehnloub. T. XXIX (s. anno) 217.
Eholtsperge. T. XXVIII (1280) 465.
Eholving. T. XXVIII (1280) 468.
Eibach. T. XXVIII (1280) 456.
Eicha, *Eichae*, *Eiche*, praedium. T. XXVIII (s. anno) 172. (1280) 466. —
    T. XXIX (1165) 256. (s. anno) 29, 275.
Eichstaedt, Bischofssitz. T. XXXI (1487) 625.
Eigelhofen, *Eigelhove.* T. XXVIII (1164) 244. (1280) 471.
Eigelsperge. T. XXVIII (s. anno) 172. (1280) 466.
Eihousen. T. XXVIII (1280) 480.
Einbenperge. T. XXIX (s. anno) 223.
Eingelwartesheim, praedium. T. XXVIII (1179) 123. — Conf. etiam *Engel-*
    wartsheim.
Einhartstorf. T. XXVIII (1067) 214.
Einhusen. T. XXVIII (s. anno) 159.
Eisengrensheim, villa. T. XXIX (1264) 246.
Eisengrimsheim. T. XXVIII (1280) 480.
Eisenharstorf, villa. T. XXVIII (1280) 474.
Eisenpirn. T. XXIX (1253) 337. — Conf. etiam *Eysenpirn.*
Eitenbach, locus cum ecclesia. T. XXVIII (1067) 215. — Conf. etiam *Aitten-*
    pach.
Eitzing, Edelsitz der Eitzinger. T. XXXI (1467) 609. — Conf. etiam
    Eyczingen.
   "   zur Burg Ratzmanstorf gehoerig. T. XXXI (1448) 403. (1449) 410.
Eizendorf, villa. T. XXVIII (s. anno) 170. (1280) 465.
Eizinsdorf. T. XXVIII (1280) 465.
Ekara, *Eger*, fluvius. T. XXVIII (1452) 445.
Ekcharling. T. XXIX (1253) 395.
Ekchartzord. T. XXIX (1253) 394, 598.
Ekchendorf. T. XXX (1347) 192.
Ekhartsperge. T. XXIX (1255) 232.
Ekk, *Ekke.* T. XXVIII (s. anno) 170, 191. (1280) 459, 465. — T. XXIX (1253)
    384, 387, 390, 393. (1255) 232, 233. (s. anno) 223.
Ekkartzau, parochia in decanatu Stoctz. T. XXVIII (saec. 15) 491.
Ekkcharstorf. T. XXVIII (s. anno) 170.
Ekkeharsdorf. T. XXVIII (1280) 465.
Ekkchartsnede. T. XXVIII (s. anno) 188. (1280) 471.
Ekkendorf, parochia. T. XXIX (1261) 436, 437.
   "   bei Hausleiten. T. XXXI (1438) 527.
   "   prope Meissau, in decanatu Wagrain. T. XXVIII (saec. 15) 494.
Ekkenheim, villa. T. XXVIII (1251) 372.

Ekkesperg. T. XXIX (1274) 507.
Ekkental, Ekketal. T. XXIX (1147) 215. (1253) 389.
Ekkerswiesen, Ekchartzwisen. T. XXIX (1253) 389.
Ekkibrehtisperg, villa. T. XXIX (1065) 53.
Ekkindorf, Echindorf, villa. T. XXVIII (1241) 156.
Ekkolfingen, Ekkolfinge. T. XXVIII (s. anno) 160. (1226) 320. (1280) 457.
Ekkolfsheim. T. XXIX (1253) 393, 398.
Ekkolfsperg, Ekkolffesperge, locus cum ecclesia. T. XXVIII (s. anno) 159.
    (1280) 457.
Ekkolfsperg, parochia in decanatu mattieensi. T. XXVIII (saec. 15) 488.
    „   parochia in archidiaconatu lambacensi. T. XXVIII (saec. 15) 503.
Ekkreichreut. T. XXVIII (s. anno) 189.
Ekkreichsdorf in dem Haichenbach. T. XXX (1349) 197.
Ellenbrechtskirchen, Ellenbrehteschirchen, Elimbrehtschirchen, Elmbrehts-
    chirchen. castrum et hofmarchia. T. XXVIII (1194) 261. (1280) 462,
    463. — (s. anno) 160. T. XXIX (s. anno) 220. (1220) 254. (1247)
    363.
Ellensdorf, parochia. T. XXVIII (1280) 415.
Ellgering, Elgering, zur Burg Hatzmanstorf gehoerig. T. XXXI (1448) 402.
    (1449) 408.
Ellingin. T. XXIX (1121) 59.
Elmungesganch, rivulus. T. XXVIII (1280) 479.
Elmungeswerde, auges. T. XXIX (1216) 533.
Els, parochia in decanatu Stain. T. XXVIII (saec. 15) 498.
Elsarn, Elsnren, locus cum capella. T. XXIX (1186) 35. (1121) 59.
Elsonngen, monasterium. T. XXVIII (1239) 339.
Emelprehtskirchen. T. XXIX (s. anno) 223.
Emerstorf, parochia in decanatu Chrems. T. XXVIII (saec. 15) 489.
    „   parochia in decanatu Stain; ibid. 498.
Emlinge, Emmeling. T. XXVIII (1067) 215. (1280) 456.
Emzenchirchen, Pfarrei, die Oede Grillenpertz begreifend. T. XXX (1370)
    293.
Encenkirchen. T. XXIX (1165) 29, 256.
Encheinsprunn. T. XXIX (1255) 383.
Endsingen, praedium. T. XXVIII (1179) 123.
Engelburg, Edelsitz der von Puchberg. T. XXXI (1406) 66.
    „   Edelsitz der Schwarzensteiner. T. XXXI (1448) 401. (1494) 673.
Engelgerstorf. T. XXIX (s. anno) 217.
Engelhartsheim, Engelhartzheim, Engilhartsheim, in parochia Pettenweis.
    T. XXIX (1220) 29, 574. (1253) 389.
    „   der Hof. T. XXX (1513) 63.
Engelhartzell, Engelhartscelle. parochia. T. XXVIII (1194) 262. (1227) 323.
    (1425) 450. — T. XXIX (1259) 138. (1256) 240.
Engelmunsdorf. T. XXVIII (1288) 399.
    „   Besitzung der Chraft. T. XXXI (1443) 352.
Engelmarsbrunn, Engelmarsprnenn. T. XXX (1369) 244.

Engelmarsdorf. T. XXVIII (1280) 467.
Engelwartsheim, villa. T. XXVIII (1143) 104. (s. anno) 190. (1280) 458. —
    T. XXIX (1142) 29, 266.
    ,,   praedium. T. XXIX (1179) 326.
    ,,   inferior. T. XXVIII (s. anno) 192. (1280) 460.
    ,,   Conf. etiam *Eingelwartesheim.*
Engelzell, Engelszell, Cella angelorum, Kloster. T. XXVIII (saec. 13) 488,
    499, 500. — T. XXIX (1323) 303. (1297) 590. — T. XXX (1303)
    17. (1306) 34. (1315) 65. (1321) 93. (1325) 116, 118. (1326) 122.
    (1395) 447.
    ,,   Pfarrei. T. XXXI (1447) 390.
    ,,   Conf. etiam *Cella angelorum.*
Engolfinge, Enkolfinge. T. XXVIII (s. anno) 192. (1280) 459.
Enkendorf, parochia in decanatu Wagrain. T. XXVIII (saec. 15) 492.
Enns, fluvius. T. XXIX (s. anno) 311. (1236) 559. — T. XXX (1303) 18.
    (1336) 155. — T. XXXI (1435) 293.
    ,,   Land ob der Enns, i. e. Ober-Oesterreich. T. XXIX (1289) 669.
    (1290) 672, 674. — T. XXX (1338) 257. (1367) 278. (1399) 437. —
    T. XXXI (1407) 75. (1413) 118, 122. (1419) 167. (1428) 212. (1438)
    330. (1457) 456. (1459) 473. (1470) 514. (1473) 520. (1481) 598,
    (1483) 611.
    ,,   Landgericht ob der Enns. T. XXX (1370) 293. — Landtayding.
    T. XXX (1372) 302.
    ,,   Land unter der Enns, i. e. Unter-Oesterreich. T. XXXI (1459)
    350. (1465) 505. (1481) 598.
    ,,   Hauptmannschaft an der Enns. T. XXX (1552) 205. (1559) 247.
    ,,   die Stadt. T. XXVIII (1241) 155. (1160) 229. — T. XXIX (1296)
    589. — T. XXX (1346) 188. — T. XXXI (1465) 505.
    ,,   Conf. etiam *Anasus.*
Ennsdorf an der Enns. T. XXVIII (s. anno) 180. (1280) 471. — Conf. etiam
    Entzenstorf et *Entzersdorf.*
Ennsthal, das. T. XXX (1391) 412.
Entrichenstein, der — gegen Friesach zu. T. XXIX (s. anno) 316.
Entzenkirchen, Pfarrei, Gerichts Schaerding. T. XXXI (1445) 360, 361, 362.
    — T. XXIX (1140) 254.
Entzenstorf. T. XXVIII (s. anno) 177. (1280) 468, 479.
Entzersdorf minus, parochia in decanatu Stactz. T. XXVIII (saec. 15) 490.
    ,,   majus, parochia ibid. 491.
    ,,   Conf. etiam *Enzersdorf* et *Ennsdorf.*
Entzingen, Entzinge, ultra Trunam. T. XXVIII (s. anno) 179, 180. (1280)
    471. — T. XXIX (1071) 10.
Enns, Inn, fluvius. T. XXVIII (1122) 100. (1160) 115. (s. anno) 190. — T.
    XXIX (s. anno) 507. (1252) 376. (1253) 402.
    ,,   conf. etiam *Oenus* et *Inn.*
Enzendorf. T. XXVIII (s. anno) 176.
Entenmannesraeute. T. XXIX (1236) 286.

Enzental. T. XXIX (1260) 248.
Enzersdorf, Enzinsdorf, locus cum capella. T. XXVIII (1202) 266. (1257) 358.
  „   Enschasdorf, bei Wienn. T. XXX (1398) 477.
  „   conf. etiam *Entzesdorf.*
Enzinwis, Enzenwis, Enzenwisen. T. XXVIII (1067) 214. (1280) 464.
Enzinstorf. T. XXVIII (1280) 481.
Eod. T. XXVIII (1285) 399. — T. XXX (1303) 15.
Eolringe. T. XXIX (1204) 29, 270.
Eparesburg, Eperaespurch. T. XXVIII (906) 205. (985) 209.
Epillberg. T. XXVIII (1280) 470.
Eporestal. T. XXVIII (777) 198.
Eppenschlag, im Gericht Perichstein. T. XXXI (1415) 135.
Eppinge, Epping. T. XXVIII (1280) 464. — T. XXX (1303) 15.
Erchmannesakcher. T. XXVIII (s. anno) 178. (1280) 470. — Conf. etiam *Ert-*
    mansaker.
Erchmansdorf. T. XXVIII (s. anno) 172.
Ering, parochia in archidiaconatu inter amnes. T. XXVIII (saec. 15) 502.
Erlach, Erla, Erluh, Erlahe, monasterium in Austria. T. XXVIII (1241) 155.
    (1280) 483. (saec. 15) 498, 499, 500, 506. — T. XXIX (1258) 161.
  „   parochia. T. XXVIII (saec. 15) 499.
  „   locus. T. XXIX (1296) 297. (1253) 387, 390.
  „   praedium. T. XXX (1306) 39.
  „   infra Anasum. T. XXVIII (1194) 261.
  „   an der Donau im Lande der Abtei. T. XXX (1397) 460, 461.
Erlaich, Erleych, das. — T. XXX (1303) 16. (1359) 242, 243.
Erlazwisel, im Lande der Abtei. T. XXVIII (1255) 232. — T. XXXI (1472)
    516, 517. (1483) 607.
Erlbach, Erlpach, parochia in decanatu Stain. T. XXVIII (saec. 15) 497. —
    T. XXX (1399) 486.
Erlech, Erlch. T. XXIX (s. anno) 248.
  „   praedium prope rivum Sulepach et oppidum Guetenekk. T. XXX
    (1302) 7, 8.
Erleinszuphen. T. XXIX (1255) 395.
Erlich. T. XXVIII (1280) 468.
Erlstain, der Burgstall und die Veste bei Davet. T. XXX (1376) 323.
Ermbrechtsreut, Ermprehtesriute. T. XXVIII (s. anno) 169. (1280) 465.
Ernfels, Sitz der Stauffer. T. XXXI (1435) 263, 266, 270.
Ernsperg, Ernsperch. T. XXIX (s. anno) 511.
Ernsprunn, parochia in decanatu Stactz. T. XXVIIII (saec. 15) 490.
  „   conf. etiam *Ernustisprunnin.*
Ernstinge. T. XXVIII (s. anno) 170. (1280) 465.
Ernstorf. T. XXVIII (1226) 520.
Ernustisprunnin. T. XXVIII (1045) 211. — Conf. etiam *Ernsprunn.*
Erphollirspach. T. XXVIII (1240) 482.
Ertmansaker, Erhtmansaker. T. XXVIII (1280) 455.
  „   conf. etiam *Erchmannesakcher.*

Ertmansdorf, Erhtmannsdorf. T. XXVIII (s. anno) 170. (1280) 465, 466.
Ertprust. T. XXVIII (1209) 273.
Ertpurkh, parochia in decanatu Wagrain. T. XXVIII (sacc. 15) 492.
Eichelberg, die Veste. T. XXX (1554) 214.
- *Eselarn, Eselaern,* parochia in decanatu Wagrain. T. XXVIII (1280) 479.
    (sacc. 15) 493.
Eselspach, Esilspach, villa in officio Ried. T. XXVIII (1280) 482. — T.
    XXIX (1253) 398.
Espendorf, parochia in decanatu Wagrain. T. XXVIII (sacc. 15) 493.
Essenbach, capella parochiae Hohenstat. T. XXX (1380) 345.
Estrici, praedium. T. XXIX (1065) 52.
Euchendorf, locus cum ecclesia. T. XXVIII (1067) 214.
  „   forum. T. XXIX (s. anno) 221.
Eusten, Euslin, bei Praitiwisen. T. XXVIII (1280) 456. (s. anno) 179, 180. —
    T. XXIX (1254) 229.
Euslelin. T. XXVIII (s. anno) 159.
Eutzingerreut. T. XXIX (1253) 390.
Everding, Everdinge, Everdingen, Ort, Burg und Gericht. T. XXVIII (s.
    anno) 176, 177. (1067) 216. (1253) 376. (1266) 392. (1276) 408.
    (1280) 470. (sacc. 15) 498, 499. — T. XXIX (1209) 69. (1210) 29,
    274. (1257) 108. (1253) 238. (1256) 239. (1256) 242. (1258) 244.
    (1222) 358. (1276) 520. (1281) 537, 538, 540. (1282) 544. — T.
    XXX (1367) 277, 278. (1374) 315. — T. XXXI (1464) 490.
  „   conf. etiam *Efferding.*
Eybenstall, parochia in decanatu Stactz. T. XXVIII (sacc. 15) 491.
Eybenstein, parochia in decanatu Wagrain. T. XXVIII (sacc. 15) 494.
Eyczingen, Edelsitz der Eitzinger. T. XXXI (1452) 424.
  „   conf. etiam *Eitzing.*
Eylenberg, Eylenperge. T. XXVIII (1280) 468.
Eynberg, Einberkch, Edelsitz. T. XXX (1586) 377.
Eyrlach. T. XXIX (s. anno) 230.
Eyroltzreld, parochia in decanatu Stain. T. XXVIII (sacc. 15) 498.
Eysenpirn, Eysempiern, in der Pfarrei Chapbing. T. XXIX (1253) 396, 401.
  „   conf. etiam *Eisenpirn.*
Eysgur, locus et monasterium in decanatu Chrems. T. XXVIII (sacc. 15)
    500, 506.
Eyzenberg, der — T. XXVIII (1285) 399.
Ezeling, Eziling, Ezzling, Ezzelingen. T. XXVIII (s. anno) 191. (1294) 421.
    (1280) 459. (1297) 421. — T. XXIX (1264) 197. (1297) 592.
Ezelsperg, Ezelsperge. T. XXVIII (1280) 466. (s. anno) 172.
Ezenberge, castrum. T. XXVIII (1280) 466.
Ezendorf. T. XXVIII (1280) 468.
Ezimpah. T. XXIX (1140) 254.
Ezinsdorf. T. XXVIII (s. anno) 170.
Ezlestorf. T. XXVIII (1280) 473.

F.

F. conf. etiam *V*.

Fabrianum, in dioecesi camerinensi. T. XXXI (1449) 414.

Faelihlach. T. XXVIII (1280) 459.

Falkenstein, Pflegami. T. XXXI (1497) 703. — Conf. etiem *Valkenstein*.

Famana, civitas Pannoniae. T. XXVIII (1432) 445.

Farmarisdorph. T. XXIX (1140) 258.

Farum, terra citra — T. XXXI (1477) 529.

Favia, a modernis Wienna nuncupata. T. XXIX (1261) 435.
„   conf. etiam *Wien*.

Feldkirchen, *Veltchirchen*, praedium. T. XXVIII (1179) 123.
„   ecclesia. T. XXIX (1143) 23. (1218) 27.
„   conf. etiam *Veltkirchen*.

Ferrara, civitas Italiae. T. XXXI (1477) 529.

Feurach. T. XXVIII (s. anno) 191.

Fierilbach. T. XXIX (1065) 53.

Filzpach. T. XXIX (1065) 256.

Fischamünde, *Vischabsigimundi*, *Vischamend*. T. XXVIII (1203) 267. (1209) 277. — T. XXIX (1065) 52. (1258) 115, 116. (1254) 203.
„   conf. etiam *Vischamünde*.

Fistrize, locus cum ecclesia. T. XXVIII (1189) 260. — Conf. etiam *Vistritz*.

Fitring, im Gericht Efferding. T. XXIX (1255) 400. — Conf. etiam *Vitringe*.

Fladniz, fluvius. T. XXIX (1065) 53.

Flatze. T. XXVIII (1186) 36.

Fleech, dutz dem — T. XXX (1305) 15.

Flenitz, fluvius. T. XXIX (s. anno) 216.

Fliemisdorf. T. XXIX (1097) 55.

Fliusbach. T. XXIX (1144) 61.

Florentia, civitas Italiae. T. XXXI (1420) 171. (1459) 472.

Florian St. Ort und Kloster in Oesterreich. T. XXVIII (1241) 155. (s. anno) 157, 158. (1166) 235. (1160) 253. (1164) 243—248. (1209) 279. (saec. 15) 498, 500, 504, 505, 506. — T. XXIX (1122) 16, 17, 20. (1218) 27. (1220) 29, 6. (1071) 9. (1185) 26. (1225) 27. (1116) 34. (1098) 46. (1121) 58. (1248) 76. (1250) 79. (1254) 81, 82. (1257) 110. (1258) 121, 127. (1256) 160. (1260) 161. (1220) 250. (1256) 249. T. XXX (1326) 122. (1346) 187, 188. (1359) 240, 241. (1366) 261. — T. XXXI (1439) 340.

Forcheich. T. XXIX (1255) 395, 398.

Forchteneck, Edelsitz der Layminger. T. XXXI (1494) 673.
„   conf. etiam *Vorchtenegk*.

Forha. T. XXVIII (1163) 119. — Conf. *Vorha*.

Forinch, in officio S. Poelten. T. XXVIII (s. anno) 182.

Forinbah. T. XXIX (1140) 255.
Formbach, Vormbach, Varnpach, monasterium Bavariae. T. XXVIII (1122)
    100. (1159) 510. — T. XXIX (s. anno) 222. (1528) 303. (1122) 321.
    (1253) 389. (1294) 581. — Conf. etiam *Formbach* et *Varnbach*.
    ,,   rivus. T. XXVIII (1122) 100.
Fornz, inferior et superior. T. XXIX (s. anno) 216.
Forst ad Todicham. T. XXVIII (777) 193.
Forsthube. T. XXIX (1253) 233.
Forum Iulii, civitas Italiae. T. XXIX (1147) 40.
Fossatum syllanum. T. XXVIII (1452) 445.
Francia, Frankreich. T. XXIX (1291) 200, 201. — T. XXXI (1457) 457,
    458, 459.
Frankenmarkt, parochia in archidiaconatu lambacensi. T. XXVIII (saec. 15)
    503.
Frankenreis, parochia in decanatu S. Pochten; ibid. 495.
Frankfurt, Frankfordensis praepositura, moguntinensis dioecesis. T. XXX
    (1317) 69.
    ,,   Stadt. T. XXXI (1450) 433.
Fransen, parochia in decanatu Stain. T. XXVIII (saec. 15) 497.
Frauenberg, Edelsitz der Frauenberger. T. XXXI (1413) 116.
Frauendorf, parochia in decanatu Wagrain. T. XXVIII (saec. 15) 493.
Frauenleiten conf. *Vrienliuten.*
Frechowe. T. XXIX (1200) 330.
Freidensee, Burg und Pflege im Lande der Abtei. T. XXXI (1493) 667, 668.
    (1496) 701.
Freilinge. T. XXVIII (1280) 457. — Conf. etiam *Vreilinge.*
Freinleuten. T. XXVIII (1280) 457.
Freudenthal. T. XXIX (1253) 115.
Freuntsperg, parochia in decanatu Wagrain. T. XXVIII (saec. 15) 494.
Freysing, Stadt und Bischofssitz. T. XXVIII (1323) 429. (saec. 15) 491. —
    T. XXIX (s. anno) 312.
    ,,   Stift S. Andre daselbst. T. XXXI (1456) 446.
    ,,   conf. etiam *Frisinga* et *Frixina.*
Freystadt, Frienstadt, libera civitas. T. XXVIII (1241) 166. T. XXIX (1266)
    464.
    ,,   parochia in archidiaconatu laureacensi. T. XXVIII (saec. 15) 489.
    ,,   parochia in decanatu Gallneukirchen; ibid. 504.
Freytslarn, parochia in decanatu Wagrain; ibid. 494.
Freyung, parochia in archidiaconatu pataviensi; ibid. 489, 501.
Friburg, Fridburg, im Innviertel. T. XXX (1391) 409.
Fridensteine, castrum. T. XXVIII (1172) 174.
Friderichspach, parochia in decanatu Stain. T. XXVIII (saec. 15) 497.
Frienberge, praedium. T. XXVIII (1179) 123. — T. XXIX (1179) 326. —
    Conf. etiam *Vrienperg.*
Friesach. T. XXIX (s. anno) 310, 316.
Frigindorph, quod dicitur Pomgartin. T. XXIX (1140) 254.

Frischenhag, im Amte Zeiselmauer. T. XXX (1394) 349.
Frisige. T. XXVIII (1280) 475.
Frisinga. T. XXVIII (1209) 131. — T. XXIX (1254) 66. (1290) 574.
　　„　　conf. etiam *Freysing* et *Frixina*.
Fritzeling, in parochia Mempach et in officio Ried. T. XXIX (1253) 399.
Fritzlarn. T. XXIX (s. anno) 216.
Frixina, *Freysing*. T. XXVIII (1432) 445. — Conf. etiam *Freysing* et *Frisinga*.
Frizginge. T. XXVIII (1280) 459.
Frowindorf. T. XXIX (1065) 52.
Fuchowa. T. XXIX (1065) 53.
Fudicinsaede, Hof in der Pfarrei Teuffenpach und im Landgericht Galli
　　　　berg. T. XXXI (1437) 308.
Fuegsprunn, parochia in decanatu Wagrain. T. XXVIII (saec. 15) 493.
Fuelenpach, in dem — T. XXIX (1253) 382.
Fuerelspach. T. XXX (1392) 420.
Fuersetzing. T. XXIX (1253) 392.
Fuerstenekk, *Fuerstenekke*, castrum. T. XXIX (1254) 236. (1257) 245. —
　　　　T. XXX (1300) 3. (1391) 411. — T. XXXI (1410) 91. (1413) 115,
　　　　117. (1434) 246.
Fuerstenzell, monasterium. T. XXVIII (saec. 15) 500. — T. XXIX (1328)
　　　　303. (1278) 550. (1294) 581. — T. XXX (1319) 87, 88. (1326) 122.
　　　　(1380) 343.
　　„　　conf. etiam *Cella principum*.
Fuezprunn, *Fuezprinn*. T. XXIX (1253) 383.
Fukela. T. XXVIII (1144) 224.
Funfaech. T. XXIX (1253) 389.
Fuort. T. XXVIII (s. anno) 191. — T. XXIX (s. anno) 223. — Conf. etiam
　　　　Furt.
Fursetinge. T. XXVIII (1280) 465.
Furt, *Furtt* (conf. etiam *Fuort*). T. XXVIII (1280) 458.
　　„　　in Oesterreich. T. XXX (1390) 402. — Bei Hausleiten (1458) 327.
　　„　　Edelsitz der Nusberger. T. XXXI (1456) 289. (1491) 661.

G.

Gaeiching. T. XXIX (s. anno) 219.
Gaeinpach. T. XXIX (s. anno) 248, 219.
Gaenizpach, ecclesia. T. XXVIII (1280) 482.
Gaersten, monasterium. T. XXVIII (1136) 255. (saec. 15) 409. — T. XXIX
　　　　(1254) 81.
　　„　　conf. etiam *Garstina* et *Gersten*.
Gaerzhoven. T. XXVIII (1280) 464.

Gaelzendorf. T. **XXIX** (1253) 596.
Gaeulaeuten. T. **XXX** (1503) 16.
Gaeustrebendorf. T. **XXIX** (1292) 577.
Gaeweg. T. **XXIX** (1253) 396.
Gaichigen, Gaiching. T. **XXIX** (1164) 252.
Gainhartlorf. T. **XXVIII** (1280) 460.
Gaizbach. T. **XXVIII** (1280) 465.
Gaizhofen. T. **XXVIII** (1280) 464, 468, 469. – T. **XXIX** (1255) 92.
    „   Gaishofen, zum Theil zur Burg Ratzmanstorf gehoerig. T. **XXXI** (1448) 403. (1449) 409.
Gaizrukke, Guitrukg, im Gericht Trebensee. T. **XXVIII** (1277) 411. (1280) 480. — T. **XXXI** (1459) 526, 527.
Galespach. T. **XXIX** (1140) 254.
Galgenberg, Galgenperge, Galgenperig. T. **XXVIII** (1280) 463, 464. — T. **XXIX** (1158) 29.
    „   zum Theil zur Burg Ratzmanstorf gehoerig. T. **XXXI** (1448) 403.
Gallenberg, zum Theil zur Burg Ratzmanstorf gehoerig. T. **XXXI** (1448) 402. (1449) 408, 410.
    „   der — im Gericht Windberg, wo Ratzmanstorf; ibid. (1449) 406.
    „   das Landgericht. T. **XXXI** (1437) 509.
Gallensperg, parochia in decanatu Stain. T. **XXVIII** (saec. 15) 497.
Gallia conf. *Francia.*
Gallneukirchen, parochia et decanatus. T. **XXVIII** (1272) 596. (saec. 15) 489, 504.
Galkreis, Galcreie, Galewis, praedium. T. **XXVIII** (1179) 123. (1179) 326.
    „   Besitzung der Aichberger. T. **XXXI** (1487) 619.
    „   parochia in archidiaconatu inter amnes. T. **XXVIII** (saec. 15) 488, 502.
Galtzspach, Dorf. T. **XXX** (1570) 295.
Gammering, Chmerichingen. T. **XXIX** (1071) 10.
Gamundia, parochia in decanatu Stain. T. **XXVIII** (saec. 15) 497.
Ganmych, parochia in decanatu S. Poelten; ibid. 494.
Gansararelldi. T. **XXIX** (1065) 52.
Ganstzpach, parochia in decanatu S. Poelten. T. **XXVIII** (saec. 15) 495.
Gars, castrum cum capella S. Pangratii in decanatu Wagrain; ibid. 492. — T. **XXIX** (1260) 155.
Garstina. T. **XXVIII** (985) 207. — Conf. etiam *Gaersten.*
Gaspolzhoven, parochia in archidiaconatu lambacensi. T. **XXVIII** (saec. 15) 503.
Gaslnykh, parochia in decanatu Stain. T. **XXVIII** (saec. 15) 499.
Gatern, Gateren, apud Anasum. T. **XXVIII** (1280) 457. — T. **XXIX** (s. anno) 223. (1253) 337.
Gaube. T. **XXVIII** (1280) 465.
Gaudramstorph. T. **XXIX** (s. anno) 217.
Gauginperge. T. **XXIX** (s. anno) 228.
Gauncinsdorf, parochia. T. **XXIX** (1292) 579.

Gawnesdorf, parochia in decanatu Staetz. T. XXVIII (saec. 15) 491.
Gawalsch, Gawalz, Gawalz, Gawbalz, Gawbachtsch.
  „   praedium. T. XXIX (s. anno) 221. (1250) 429.
  „ ⋅ parochia. T. XXIX (1147) 41. (s. anno) 229.
  „   parochia in decanatu Leyz. T. XXVIII (saec. 15) 489.
  „   parochia in decanatu Staetz; ibid. 490.
Gayzzeperge. T. XXIX (1253) 395.
Gazpoltshoven, parochia in archidiaconatu lambacensi. T. XXVIII (saec. 15)
        488.
Gebisharn, haud procul a Traunkirchen. T. XXVIII (1280) 484.
Geblinch, mons in territorio praepositurae neunburgensis. T. XXX (1307) 36.
Gebmansdorf. T. XXVIII (1280) 475.
Geewssendorf in Oesterreich. T. XXXI (1446) 370.
Geimpach. T. XXVIII (s. anno) 192.
Geimpach. T. XXVIII (1280) 460. — T. XXIX (1264) 245.
Geirnowe. T. XXIX (s. anno) 310.
Geiselbrewl. T. XXX (1303) 15, 16.
Geisenfeld, claustrum monialium in Bavaria. T. XXVIII (1280) 431.
Geisrukk, Geizrukke, villa. T. XXVIII (1240) 155.
Geist — heiliger, Stift zu Passau. T. XXVIII (1432) 526. (1443) 530.
  „   zu Yps. T. XXX (1309) 43.
Geizhoven, (ad Vilsam). T. XXVIII (s. anno) 175.
Geleinsdorf, parochia in decanatu Leyz. T. XXVIII (saec. 15) 489.
Gellseins, in parochia Veltsperch. T. XXIX (s. anno) 229.
Gelizinge. T. XXVIII (1280) 460.
Gemez. T. XXVIII (1155) 232.
Gemnikh, parochia in decanatu Crems. T. XXVIII (saec. 15) 506.
Gemünde. T. XXVIII (1280) 464.
Gemistinge. T. XXVIII (1280) 456.
Genmikh, monasterium in decanatu S. Poelten. T. XXVIII (saec. 15) 500.
Georg St. et Georgen St. T. XXVIII (1137) 105. (1241) 155. (s. anno) 191.
        (1280) 459.
  „   ecclesia. T. XXVIII (1280) 479. — T. XXIX (1147) 41.
  „   praepositura. T. XXVIII (1280) 482. — T. XXIX (1258) 197.
  „   coenobium. T. XXIX (1140) 254.
  „   in Austria. T. XXVIII (1210) 136, 137. (1210) 288.
  „   ecclesia inter Peronich et Danubium. T. XXIX (1260) 248.
  „   ecclesia in decanatu Stain. T. XXVIII (saec. 15) 498.
  „   parochia apud Sizenberch. T. XXIX (s. anno) 217.
  „   parochia in archidiaconatu lambacensi. T. XXVIII (saec. 15) 503.
  „   parochia in decanatu Gallneukirchen. T. XXVIII (saec. 15) 504.
  „   in Herzogenburg, monasterium; ibid. 505.
Georgenberg, Georgenperg St., Veste und Pflegamt zu Passau. T. XXVIII
        (1368) 517. (1443) 531. — T. XXX (1359) 247. (1366) 264. (1371)
        297, 298. (1373) 503. (1393) 428. (1394) 434, 437. — T. XXXI
        (1413) 115, 117. (1435) 263, 266, 270. (1439) 347. (1443) 359.

Georgenberg etc. conf. etiam *Mons* S. Georgii et *Obernhaus* necnon *Joergen-
      berg.*
Geras, Jerus, monasterium Austriae. T. XXVIII (1188) 127. (saec. 15) 496. —
      Conf. etiam *Jerus.*
Gernsdorf, Gerrodstorf infra Anasum in Austria. T. XXVIII (1263) 387. —
      T. XXIX (1261) 179.
Gerchweis, Gerchwis, Gercherwis. T. XXVIII (s. anno) 151, 164. (1067) 214.
      (1194) 262. (1262) 385. (1290) 461, 463. T. XXIX (1255) 91. (1257)
      103. (s. anno) 221. — T. XXX (1320) 90, 91.
Gerekarsdorf. T. XXVIII (1290) 473, 479. — Conf. etiam *Gerkarstorf.*
Gererstorf. T. XXXI (1411) 97.
Gerestorf in Oesterreich. T. XXXI (1446) 370.
Gerhalbing, Edelsitz der Liechtenegker. T. XXXI (1455) 442. (1460) 479.
Gerkarstorf, locus cum ecclesia. T. XXVIII (1290) 479, 480. — Conf. *Gere-
      harsdorf.*
Gerking, Gerkingen. T. XXIX (s. anno) 30, 218.
Gerhohstorf. T. XXVIII (s. anno) 191. (1290) 459.
Gerlacks, parochia in decanatu Staetz. T. XXVIII (saec. 15) 491.
Gerlatingen. T. XXIX (1071) 10.
Gerlos, parochia in decanatu Leyz. T. XXVIII (saec. 15) 489.
Germansperg. T. XXXI (1402) 20.
Germanstorph. T. XXIX (1258) 234. — T. XXIX (1253) 591, 592.
Germuntsperg. T. XXVIII (s. anno) 168, 169. (1290) 465. — T. XXIX (s.
      anno) 216.
Gerolting, Jerollinge, ecclesia. T. XXVIII (1290) 432.
      „   zur Burg Ratzmanstorf gehoerig. T. XXXI (1448) 402. (1449) 408,
      409.
      „   parochia in decanatu Tulln. T. XXVIII (saec. 15) 489.
      „   parochia in decanatu S. Poelten. T. XXVIII (saec. 15) 494.
Geroltsdorf. T. XXVIII (1290) 475.
Geroltskirchen, parochia in archidiaconatu matticensi. T. XXVIII (saec. 15)
      502.
Gerradstorf in Oesterreich. T. XXIX (1265) 453.
Gerrichsdorf, Gerricherdorf, Gerrichedorf, praedium. T. XXVIII (1179) 123.
      (s. anno) 176. (1290) 468. — T. XXIX (1179) 326.
Gerstcn, parochia. T. XXVIII (1290) 415. — T. XXIX (1273) 226.
      „   monasterium. T. XXIX (1261) 432, 454. — Conf. *Gaersten* et
      Garstina.
Gertrudenkirchen, Gertroutenchirchen S. T. XXVIII (1290) 480.
Gerzhoven. T. XXVIII (s. anno) 176.
Gerungs, parochia in decanatu Stain. T. XXVIII (saec. 15) 498.
Geschail, interior. T. XXIX (1253) 387.
      „   exterior; ibid.
Gestnick, Gestnich. T. XXIX (s. anno) 310.
      „   flavius; ibid. 316.
Getzing, Gezinge. T. XXVIII (s. anno) 162. — T. XXIX (s. anno) 222.

Geuceintorf. T. XXVIII (1280) 473.
Gerell, parochia in decanatu Stain. T. XXVIII (saec. 15) 498.
Geyran. T. XXIX (s. anno) 316.
Gezenberge. T. XXIX (1138) 29.
Gezendorf, Getzendorf. T. XXVIII (1280) 481. — T. XXIX (1136) 60. —
    T. XXX (1303) 15, 16.
  ,,   conf. etiam *Cholzendorf.*
Gezmaning. T. XXIX (1165) 256.
Giiligen St., Gilg, Gilgen, Gyligen, Pfarrei und Hospital in der Innstadt zu
    Passau. T. XXIX (s. anno) 303. — T. XXX (1317) 76, 77, 78. (1330)
    136, 137. (1363) 257, 258. — T. XXXI (1455) 283, 284, 285, 286.
    (1459) 475, 476.
  ,,   conf. etiam *Egyd St.*
Glazazing, Glatzinge. T. XXVIII (1280) 465. — T. XXXI (1402) 18.
Glazinperge. T. XXVIII (s. anno) 169.
Gleunk, Gleunkh, Gleunich, Gleink, Glunich, monasterium Austriac. T.
    XXVIII (1186) 255. (saec. 15) 499, 500, 506.
  ,,   conf. etiam *Glunich.*
Gleuss, Gleuz, Gleuzze, Gleiss, hofmarchia. T. XXIX (1256) 105, 412. —
    Conf. etiam *Gluzze.*
  ,,   die Veste. T. XXX (1349) 199. — Gelegen in der Pfarrei Albarts-
    berg. T. XXXI (1459) 473. (1465) 496, 497.
Glinzendorf, parochia in decanatu Staetz. T. XXVIII (saec. 15) 491.
Glokendorf. T. XXIX (1125) 21.
Glokiz, mons. T. XXIX (1147) 40.
Gloknitz, parochia in decanatu Stain. T. XXVIII (saec. 15) 497.
Glunich, monasterium. T. XXIX (1088) 44. (1192) 47, 48. (1220) 49.
  ,,   conf. *Gleunk.*
Gluzze, Gleuzze. T. XXVIII (1280) 473. — Conf. etiam *Gleuss.*
Gmund, Gmunden. T. XXVIII (1280) 464.
  ,,   Stadt. T. XXX (1324) 112.
  ,,   in Oesterreich ob der Enns. T. XXXI (1457) 456, 460.
  ,,   parochia in archidiaconatu lambacensi. T. XXVIII (saec. 15) 488,
    503.
  ,,   Maut zu — T. XXX (1359) 165.
Gnannendorf, parochia. T. XXVIII (1209) 131.
Gnaulting. T. XXVIII (1262) 285.
Gneisting, Gneistinge. T. XXVIII (s. anno) 191, 192. (1280) 459. 460.
Gnendorf, parochia in decanatu Staetz. T. XXVIII (saec. 15) 490.
Gnemensis dioecesis. T. XXXI (1477) 545.
Gnemzendorf. T. XXVIII (1280) 473.
Gneutinge. T. XXIX (s. anno) 221.
Gobaltsburg. T. XXVIII (1280) 476.
Gobalsburg. T. XXVIII (1284) 418. — T. XXIX (1256) 103.
Gobelsburg, Gobelspurgkh, parochia in decanatu Stain. T. XXVIII (saec. 15)
    496.

Gobolsburg, in Oesterreich. T. XXXI (1446) 369.
Goelinge. T. XXVIII (1280) 459.
Goettweig, Goetwig, Goettwich, Goettweich, Ghotwich, Kothwig etc. —
monasterium Austriac. T. XXVIII (1241) 155. (s. anno) 191. (1160)
242. (1205) 268. (1209) 277, 279. (1222) 300. (1280) 474, 475, 480,
481, 482. (saec. 15) 492, 493, 494, 498, 500, 505, 506. — T. XXIX
(1065) 52, 53. (1161) 57. (1153) 60. (1141) 64. (1253) 127. (1256)
160. (1265) 196. (s. anno) 220. (1260) 232. (1259) 226. (1289) 671. —
T. XXXI (1401) 14, 15. (1446) 371. (1456) 445, 446, 448, 449, 450.
(1473) 520.
    Conf. etiam *Kotwich.*
Goezinkirch. T. XXIX (1253) 383, 401.
Golch, mons. T. XXIX (s. anno) 311.
Goldarwerde, Goldenerwerde. T. XXVIII (1067) 216. — T. XXIX (s. anno)
221.
Goldekkesperge. T. XXIX (s. anno) 219.
Golderpach. T. XXIX (s. anno) 218, 219.
    in vicedominatu ad Rotam. T. XXX (1309) 40.
Goldnerwerd. T. XXX (1354) 210.
Golinge. T. XXVIII (s. anno) 191.
Gollgeben, im Gericht Trebensee. T. XXXI (1438) 328.
Goltzsperg. T. XXIX (1253) 391.
Gopprehtsheim. T. XXVIII (1280) 459. (s. anno) 191.
Goren, zum Theil zur Burg Ratzmanstorf gehoerig. T. XXXI (1449) 403.
(1449) 410.
Gorheim. T. XXVIII (s. anno) 169. (1280) 465.
Gors. parochia. T. XXVIII (1241) 155. — T. XXIX (s. anno) 216.
    capella in — T. XXIX (1267) 470.
Goschelsreut, in der Pfarrei Rorbach im Lande der Abtei. T. XXXI (1437)
321.
Gosteylz, fluvius. T. XXIX (s. anno) 312.
Gotfritz, parochia in decanatu Stain. T. XXVIII (saec. 15) 497.
Gothalming, Golthalmyng. T. XXVIII (1280) 464.
    zum Theil zur Burg Ratzmanstorf gehoerig. T. XXXI (1449) 410.
Gothard S., parochia in decanatu S. Poelten. T. XXVIII (saec. 15) 495.
Gotschalchesreut. T. XXVIII (1280) 465.
Gotschalching. T. XXIX (s. anno) 223.
    juxta Trunam. T. XXVIII (1164) 244.
Gotschalksdorf, parochia in archidiaconatu patariensi. T. XXVIII (saec. 15)
501.
Gotsdorff, parochia in decanatu Stain; ibid. 498. — Conf. etiam *Gozdorf.*
Gottersdorf, parochia in decanatu inter amnes. T. XXVIII (saec. 15) 501.
Gotting. T. XXX (1370) 293.
Gottzeinsdorf, parochia in decanatu Wagrain. T. XXVIII (saec. 15) 493. —
Conf. etiam *Gozeinsdorf.*
Gottzehinsteten. T. XXIX (s. anno) 223.

Gougenperg, Gougenperge: T. XXVIII (1280) 457. — T. XXIX (1254) 379.
Goumpoldeskhirchen, vinea. T. XXIX (1140) 254.
Gozdorf. T. XXVIII (1280) 433. — Conf. etiam *Goisdorff.*
Gozeinsdorf, inferior et superior in officio S. Poelten. T. XXVIII (s. anno)
      182, 183, 184.
   " conf. etiam *Goltzeinsdorf.*
Gozwik, Gozzwik, ubi vinea. T. XXX (1326) 120.
Gozpoltshoven. T. XXIX (1209) 69. (1214) 250.
Graben. T. XXVIII (s. anno) 179. (1251) 373. (1280) 471. — T. XXIX (1254)
      228.
   " an dem — T. XXVIII (1280) 472.
Grabheim. T. XXVIII (s. anno) 191. (1280) 453.
Gradus, civitas. T. XXVIII (1432) 445.
Gruelz. T. XXXI (1471) 514. (1478) 553. — Hauptmanschaft daselbst. T.
      XXX (1391) 418.
Graevelchoven. T. XXVIII (1280) 462.
Graevendorf, Graefendorf. T. XXVIII (1280) 468, 482. — T. XXIX (1255)
      92. (1256) 103. (s. anno) 222. (1254) 222. (1253) 396.
   " ad Vilsam. T. XXVIII (s. anno) 174. 176.
   " parochia in decanatu inter amnes. T. XXVIII (saec. 15) 501.
   " conf. etiam *Gravendorf.*
Graevemenll. T. XXVIII (s. anno) 189.
Gramarstorf. T. XXIX (1253) 392.
Gramppelstein, Veste an der Donau im Lande der Abtei. T. XXX (1397) 460.
   " conf. etiam *Grempelstein.*
Grannach, parochia in archidiaconatu lambacensi. T. XXVIII (saec. 15) 505.
Gransperch, mons. T. XXVIII (1262) 383.
Graniberg, mons. T. XXIX (1264) 458.
Grashore, curia in Puche. T. XXVIII (1280) 480.
Gratinsee, Gratinsee, Dorf. T. XXIX (s. anno) 218, 219, 250.
Grazpach, Grazpach, major, fluvius ad terminos Bohemiae. T. XXVIII (s.
      anno) 183. (1280) 471. — T. XXIX (s. anno) 223.
Graussello, prioratus, prope Malausanam dioecesis Vasionensis (Vaison) in
      Gallia. T. XXVIII (1272) 396. — T. XXX (1312) 62.
Gravendorf. T. XXVIII (s. anno) 177. (1244) 307. (1280) 335. (1284) 418.
      (1280) 463, 468, 469, 476. — T. XXX (1368) 280.
   " parochia in decanatu S. Poelten. T. XXVIII (saec. 15) 495.
   " conf. etiam *Graevendorf.*
Gravenslag, parochia in decanatu Stain. T. XXVIII (saec. 15) 498.
Gravenwerd, parochia in decanatu Wagrain; ibid. 493.
Gravenweyden, Grafenweyden, parochia in decanatu Staetz; ibid. 492.
Grazz, parochia in decanatu Wagrain; ibid. 492.
Grazperch. T. XXVIII (1280) 474.
Greblich. T. XXIX (1212) 71. (s. anno) 223.
Grebnich, Grebnich, inter Teschingen et fluvium Rotil. T. XXVIII (s. anno)
      188. (1280) 471.

Grederhals, in der Naehe der Salzach. T. XXIX (s. anno) 311.

Gredinstorf. T. XXVIII (1244) 352.

Grefenrultz, parochia in decanatu Staetz. T. XXVIII (saec. 15) 490.

Greiffenberg, *Greiphenberch*. T. XXIX (s. anno) 217.

Greiffenstein, die Burg. T. XXX (1307) 36, 37. (1320) 89, 90. — Im Amte Zeiselmauer (1394) 439. (1398) 479, 480—482. — Conf. etiam *Griffenstein*.

Greifsperge. T. XXIX (1258) 233.

Greimhartstetten, *Greimarstetten*, locus cum ecclesia. T. XXVIII (1110 et 1204) 270.

Grein, parochia in decanatu Gallneukirchen. T. XXVIII (saec. 15) 504.

Greinmaringe. T. XXVIII (1262) 385.

Greisenstetten, parochia in decanatu Staetz. T. XXVIII (saec. 15) 490.

Greimharsten, sive Greimhartenstein. T. XXIX (s. anno) 315.

Grempelstein, an der Donau, Burg und Pflegamt. T. XXXI (1426) 205. (1433) 252. (1473) 518, 519. (1495) 698.

    ,,   conf. etiam *Gramppelstein*.

Gremh, parochia in decanatu Gallneukirchen. T. XXVIII (saec. 15) 504.

Grepeldoce. T. XXIX (1258) 220.

Greuderwis. T. XXIX (1253) 400.

Grevendorf. T. XXIX (s. anno) 230.

Grewel apud Antesen. T. XXIX (1253) 395.

Greze. T. XXIX (1243) 360.

Grezzinge, in officio Amsteten. T. XXVIII (s. anno) 181. (1280) 472.

Grie. T. XXIX (1065) 53.

Grieskirchen, *Griezchirchen*, *Criezchirchen*, locus cum ecclesia. T. XXVIII (1067) 215, 216. (1280) 471.

    ,,   ad Anasum. T. XXVIII (s. anno) 180.

    ,,   parochia in archidiaconatu lambacensi. T. XXVIII (saec. 15) 505.

Griespach, *Griezpack*, *Grizbach*, *Gryespach*, *Grychspach*. T. XXVIII (s. anno) 176, 177. (1280) 465, 466, 468. (saec. 15) 488. (1433) 526. — T. XXIX (1255) 95. (1264) 245. (1277) 294.

    ,,   ecclesia filialis. T. XXVIII (1223) 144.

    ,,   parochia. T. XXIX (1939) 354.

    ,,   forum cum castro in foresto Steinkart. T. XXVIII (s. anno) 190.

    ,,   castrum. T. XXVIII (1217) 295. (1220) 296.

    ,,   im Rotthal. T. XXXI (1435) 228.

    ,,   apud Wartam. T. XXVIII (1280) 462. — T. XXIX (s. anno) 230.

    ,,   villa juxta castrum Viechtenstein. T. XXIX (1255) 92.

    ,,   bei Wessenberch. T. XXX (1329) 133.

    ,,   wo die Veste in der Zell. T. XXXI (1426) 205.

    ,,   parochia in archidiaconatu pataviensi. T. XXVIII (saec. 15) 501.

    ,,   Gericht. T. XXX (1388) 379. (1392) 420. — T. XXXI (1414) 126. (1447) 384. (1450) 420.

Griesperg, passauischer Weinberg in Oesterreich. T. XXXI (1411) 97.

Grielschan. T. XXIX (s. anno) 217.

Griffenstein, Hofmarck. T. XXVIII (1280) 476. — Castrum. T. XXIX (1147)
    41 — (s. anno) 234.
    „   conf. etiam *Greiffenstein.*
Grillenoed, Gut, zu Hakenberg bei Passau gehoerig. T. XXX (1369) 295. —
    (1397) 457.
Grillenperg, Grillaperge. T. XXVIII (s. anno) 170. (1280) 465, 481. — T.
    XXIX (s. anno) 216.
Grillenportz, Grillporz, Grillenporze. T. XXVIII (1163) 119. T. XXIX (s.
    anno) 307. (1253) 393. — T. XXX (1303) 16.
    „   die Oede, in der Pfarrei Enzenchirchen. T. XXX (1370) 293.
Grillinge. T. XXVIII (s. anno) 169.
Grimarstein. T. XXIX (1209) 281.
Grinnpach, parochia in decanatu Gallneukirchen. T. XXVIII (saec. 15) 504.
Grizstich, i. c. Grizsteig, collis ad S. Georgium. T. XXIX (1147) 40.
Grobe. T. XXIX (s. anno) 230.
Grossenmügel, parochia in decanatu Staetz. T. XXVIII (saec. 15) 490.
Grosten, parochia in decanatu S. Poelten; ibid. 498.
Grub, Grueb, Grube. T. XXVIII (s. anno) 162, 172, 175, 176, 192. (1280)
    456, 459, 461, 465, 466, 468, 469, 471. T. XXIX (s. anno) 218.
    (1258) 225. (1253) 389. — T. XXXI (1435) 302.
    „   ad Anasum. T. XXVIII (s. anno) 180.
    „   villa. T. XXVIII (s. anno) 170.
    „   locus cum ecclesia. T. XXVIII (s. anno) 191. (1280) 469.
    „   vinea. T. XXVIII (1280) 479.
    „   zur Burg Wesen gehoerig. T. XXXI (1447) 390.
    „   im Gericht Ellerding. T. XXIX (1255) 400.
    „   in parochia Guertt et in officio Ried. T. XXIX (2253) 399.
    „   vormals Messenpchisch im Gericht Schaerding. T. XXXI (1424)
    183.
    „   zum Theil zur Burg Ratzmanstorf gehoerig. T. XXXI (1448) 402.
    (1449) 408.
Gruel, an dem — T. XXIX (1253) 394.
Gruenenpach. T. XXIX (1416) 32; (1186) 35.
Gruenpach prope Ragiz. T. XXVIII (saec. 15) 496.
Gruenspack, parochia in decanatu Stain. T. XXVIII (saec. 15) 498.
Grugering. T. XXIX (1253) 396.
Gruspach. T. XXIX (s. anno) 311, 317.
Guenskirchen, parochia in archidiaconatu lambacensi. T. XXVIII (saec. 15)
    503. — Conf. etiam *Gundschirchen* et *Gunschirchen.*
Guertt, parochia in officio Ried. T. XXIX (1253) 399.
Guelenhoren. T. XXXI (1483) 607.
Gugelare, Gugelaere. T. XXVIII (s. anno) 191. (1280) 459.
Gugenperg, Gugenperge. T. XXVIII (s. anno) 179. (1280) 470.
    „   conf. etiam *Gukkenperg.*
Gugering, Gugeringe. T. XXVIII (s. anno) 176, 177. (1280) 458.
    „   Gugring im Gericht Schaerding. T. XXXI (1424) 183.

Gukkenperg. T. XXVIII (s. anno) 190. — T. XXX (1253) 392. — Conf.
    Gugenperg.
Gukking, Gugging. T. XXVIII (s. anno) 192. (1280) 459.
Gumbaldesperge. T. XXIX (1221) 283.
Gumpendorf, wo Besitzungen des passauischen Domcapitels. T. XXXI (1412)
    109. (1415) 133.
Gumpolzkirchen, Gumpolczchirchen. T. XXIX (s. anno) 311, 517.
Gumpoting. T. XXVIII (1280) 456.
Gundachersperg, Gundachersperge. T. XXVIII (s. anno) 169. (1280) 465. —
    Conf. etiam *Kundachersperge.*
Gundachri-forum. T. XXVIII (s. anno) 192.
Gundschirchen. T. XXVIII (1280) 456. — Conf. etiam *Guenskirchen* et *Guns-
    chirchen.*
Gunestorf. T. XXIX (s. anno) 217.
Gunskirchen, parochia. T. XXIX (1088) 45.
   „   parochia in archidiaconatu lambacensi. T. XXVIII (saec. 15) 488.
   „   conf. etiam *Guenskirchen* et *Gundschirchen.*
Guntharsdorf, Gunthersdorf, parochia in decanatu Wagrain. T. XXVIII
    (saec. 15) 492.
Guntheri-cella, (Rinchna) in silva bavarica. T. XXVIII (1019) 210. — Conf.
    etiam *indicem Rerum.*
Gunthersperge, villa. T. XXVIII (s. anno) 170. (1280) 465.
Guntzenperg. T. XXIX (1253) 396.
Guntzhinstorf. T. XXVIII (s. anno) 176.
Gunzelsperge. T. XXVIII (1280) 469.
Gunzinstorf. T. XXVIII (s. anno) 176.
Gurk. T. XXVIII (1364) 454.
Gurtina, Curtina. T. XXIX (1130) 29, 264. (1140) 257.
Gurtsowe. T. XXVIII (s. anno) 169. (1280) 465.
Gurtten, parochia in archidiaconatu matticensi. T. XXVIII (saec. 15) 488,
    502.
Gusen, Gusin, fluvius. T. XXVIII (s. anno) 188. (1280) 471. T. XXIX (1125)
    22. (s. anno) 223.
   „   Gusine, curtis. T. XXIX (1125) 20.
Gutenbrunn, parochia in decanatu S. Poelten. T. XXVIII (saec. 15) 495.
Guteneck, Gutenekk, oppidum prope rivam Sulepach. T. XXX (1302) 7.
   „   Sitz der v. Murach. T. XXXI (1437) 318.
Gutensheim. T. XXVIII (s. anno) 191. (1280) 459.
Gutenstein, locus cum ecclesia et castro. T. XXVIII (1280) 481.
   „   an der Piestink. T. XXIX (s. anno) 309, 510.
Guttaw, parochia in decanatu Gallneukirchen. T. XXVIII (saec. 15) 504.
Gutzinstorf. T. XXVIII (1280) 468.
Gwerra. T. XXVIII (1280) 473.

II.

Habchespach, villa. T. XXIX (1150) 322.
Habispach, Habispach. T. XXVIII (1280) 481. — T. XXIX (s. anno) 217.
Hachilheim, locus cum vinea. T. XXIX (1120) 29, 259.
Hademarescella. T. XXVIII (1157) 112.
Hader. T. XXIX (1253) 388.
Haderichswert. T. XXIX (s. anno) 64.
Hadershoven, parochia in decanatu Stain. T. XXVIII (saec. 15) 499.
Hadmansdorf, parochia in decanatu Staetz; ibid. 490.
Hadmarsdorf, Hadmarstorph. T. XXVIII (1241) 155. — T. XXIX (s. anno) 216.
Hadmurslag, parochia in decanatu Stain. T. XXVIII (saec. 15) 498.
Hadreins, parochia in decanatu Wagrain; ibid. 493.
Hadreinsdorf, parochia in eodem decanatu; ibid. 493.
Haeberzagelsperge. T. XXIX (s. anno) 218.
Haechenschachen. T. XXIX (1253) 396.
Haedereichsvelde. T. XXIX (1254) 234.
Haedreistorf. T. XXIX (1258) 126.
Haedrichshoven, ecclesia. T. XXVIII (1280) 483.
Haekental, parochia. T. XXX (1399) 484.
Haeking, Haekking, locus cum vinca. T. XXIX (s. anno) 220. (1253) 395.
Haekkenpuech. T. XXIX (1253) 398.
Haerminge, parochia. T. XXVIII (1280) 485.
Haettinge, Haetting. T. XXVIII (s. anno) 169. — T. XXIX (1253) 390.
Haelzemperig. T. XXIX (1253) 396.
Haeumad prope Griczbach. T. XXVIII (1280) 466.
Haezinge, Haezzinge. T. XXVIII (s. anno) 175. (1280) 469.
Hafing conf. *Aevinge.*
Hafle, praedium. T. XXVIII (1179) 123. — T. XXIX (1179) 326. — Conf. etiam *Hefte.*
Hag. T. XXVIII (s. anno) 190. (1285) 399. (1280) 466. — T. XXIX (1253) 391, 392.
    „   parochia in decanatu Stain. T. XXVIII (saec. 15) 498.
    „   Besitzung der Chralft. T. XXXI (1443) 352.
    „   Edelsitz der Frauenberger. T. XXXI (1437) 314.
Hage. T. XXVIII (s. anno) 192. (1280) 459, 460. — T. XXIX (s. anno) 213. (1264) 246.
    „   ecclesia. T. XXVIII (1280) 483.
    „   in officio S. Pochten. T. XXVIII (s. anno) 183—188.
Hagendorf. T. XXIX (1125) 214.
Hagenmuel, Hagemul. T. XXVIII (s. anno) 162. (1280) 461.
Hagenowe, Hagenow, Hagenau. T. XXVIII (1280) 476. — T. XXIX (1263) 453. (1274) 510, 512.

Hagenowe etc. castrum. T. XXVIII (1280) 480.
    „   insula. T. XXVIII (1242) 348. — Conf. etiam *Högnuwe.*
    „   im Amte Zeiselmauer. T. XXX (1394) 439.
    „   Edelsitz der Ahaimer. T. XXXI (1455) 426.
Hagenperg, parochia in decanatu Stain. T. XXVIII (saec. 15) 498.
Hagenpuch. T. XXVIII (1280) 476.
Haginwell, Hainfeld, ecclesia haud procul a Lilienfeld. T. XXIX (1161) 57.
Hahenbart, Hohenwart, parochia. T. XXIX (1223) 383, 401.
Hahenpueck. T. XXIX (1253) 594.
Haibach. T. XXVIII (1163) 113. — T. XXIX (s. anno) 216. (1253) 393. —
    Conf. etiam *Haybach* et *Heibach.*
Haichenpach, Burg an der Donau. T. XXIX (1259) 136. (1268) 433. — T.
    XXXI (1429) 221, 222. (1450) 413. (1491) 665. (1493) 667.
    „   conf. etiam *Haychenbach.*
Haid, zu der — in Oesterreich. T. XXX (1390) 402.
    „   conf. etiam *Hayd.*
Haidn. T. XXVIII (1163) 118.
Haidach. T. XXIX (1253) 390, 393. — Conf. etiam *Heydrich.*
Haide, superius. T. XXVIII (1280) 470.
Haiden, zu den — gelegen im Hirchberger Winkel. T. XXX (1599) 486.
Haidenburg, Haydenburkch, Richteramt. T. XXX (1389) 379.
    „   Edelsitz der Frauenberger. T. XXXI (1494) 673.
    „   conf. etiam *Haydenbnrg.*
Haidenrichesmate. T. XXVIII (1455) 232.
Haiminge, Haimhingen, parochia. T. XXVIII (s. anno) 183.
    „   Hofmarck. T. XXIX (1264) 246.
    „   conf. etiam *Hayming* et *Heimingen.*
Haimwelde, ecclesia. T. XXVIII (1280) 431.
Hainrichslag, parochia in decanatu Stain. T. XXVIII (saec. 15) 498.
Hainveld, parochia in decanatu S. Poelten; ibid. 494.
Haipach, fluvius. T. XXIX (s. anno) 223.
Haitstein, Burg oder adlicher Sitz. T. XXX (1369) 291. (1379) 336.
Hailzkofen, Edelsitz der Kammerauer. T. XXXI (1442) 348.
Hairinge. T. XXVIII (1280) 465. — Conf. etiam *Hayizing* et *Heiringe.*
Hakchenperg, Hakkenberg. T. XXX (1367) 276.
    „   Hof, gelegen ob Anger bei Passau. T. XXX (1369) 235.
    „   Hakkenperg, parochia in decanatu Staetz. T. XXVIII (saec. 15) 490.
    „   conf. etiam *Hekchenberg.*
Hakempuoch. T. XXIX (s. anno) 307.
Halapia conf. *Alapia.*
Hall, parochia in decanatu Stain. T. XXVIII (saec. 15) 499.
Halla. T. XXIX (1065) 53.
Halle. T. XXVIII (1067) 216. (1187) 253.
Hallein. T. XXXI (1465) 494.
Hallgrafenberg, Hallegravenberge, Hallgravenperg. T. XXVIII (s. anno) 175,
    176. (1280) 468, 469. — T. XXIX (1253) 594. (1278) 529, 530.

Hals. T. XXVIII (1429) 452. — T. XXIX (1236) 286. — T. XXX (1369)
  283. — T. XXXI (1415) 142.
  „ die Burg. T. XXX (1357) 235. (1373) 310. — T. XXXI (1471) 515.
  „ das Pfleggericht. T. XXX (1373) 310. — T. XXXI (1437) 323.
  „ die Grafschaft. T. XXXI (1415) 142. (1460) 491.
Hama, civitas terrae sanctae. T. XXIX (1291) 198.
Hamdorf, parochia in decanatu S. Poelten. T. XXVIII (saec. 15) 496.
Hamzelmsreut. T. XXIX (1258) 225.
Hangenast. T. XXX (1541) 168.
Hangentenstein. T. XXVIII (935) 209.
Hangundenast. T. XXIX (1292) 577.
Hamstal, villa. T. XXIX (1125) 214.
Hamoltzstain, parochia in decanatu Stain. T. XXVIII (saec. 15) 496.
Hammetzdorf, parochia in archidiaconatu inter amnes; ibid. 502.
Haran, castrum terrae sanctae. T. XXIX (1291) 198.
Harantsdorf, in parochia Gawatsch. T. XXIX (s. anno) 229.
Harbach inferius et superius. T. XXIX (1140) 264.
  „ T. XXVIII (1280) 466.
Hard. T. XXVIII (1280) 457, 464. — T. XXIX (1253) 395.
  „ zur Burg Ratzmanstorf gehoerig. T. XXXI (1448) 403. (1449)
  409.
Hardah. T. XXVIII (1280) 453.
Harde. T. XXVIII (s. anno) 160. (1067) 215. — T. XXIX (1125) 21.
  „ superior. T. XXVIII (s. anno) 178. (1280) 455, 470.
  „ inferior. T. XXVIII (s. anno) 179. (1280) 471.
  „ ultra Oenum. T. XXVIII (1280) 453.
  „ ad Anasum. T. XXVIII (s. anno) 180.
Hardekh, parochia in decanatu Wagrain. T. XXVIII (saec. 15) 493.
  „ Hardecke, decania. T. XXX (1302) 10.
Harena. T. XXVIII (1280) 474.
Harkirchen, Harchirchen, parochia. T. XXX (1383) 364.
  „ parochia in archidiaconatu lambacensi. T. XXVIII (saec. 15) 483.
  „ parochia in decanatu Stain; ibid. 499.
  „ parochia in archidiaconatu inter amnes; ibid. 502.
Harlant. T. XXVIII (1280) 475.
Harmaning, zur Burg Ratzmanstorf gehoerig. T. XXXI (1448) 402. (1449)
  409.
Harmarcht, der — zu Wien. T. XXX (1309) 41.
Harperch, der — T. XXIX (s. anno) 311. — Conf. etiam *Arenberg*.
Harras, Harras. T. XXIX (s. anno) 221, 229.
  „ ecclesia. T. XXIX (1256) 207.
  „ parochia in decanatu Staetz. T. XXVIII (saec. 15) 491.
Harrgensee, parochia ibid. 491.
Hart, der — zwischen der Traun und Ens. T. XXVIII (1280) 456.
Hartberg, Hartperch, praedium. T. XXVIII (1179) 193.
  „ conf. etiam *Hartperg*.

Hartheim. T. XXVIII (s. anno) 177. (1067) 215. (1280) 470. T. XXIX (1261)
178. (1254) 228. (1220) 252.
Hartkirchen, Hartchirchen, locus cum ecclesia. T. XXVIII (1143) 222.
„   juxta Vilsam. T. XXIX (1253) 226.
„   im Gericht Griesbach. T. XXXI (1414) 126. (1447) 384.
„   in archidiaconatu laureacensi. T. XXIX (1242) 357.
Hartmannsberg. T. XXVIII (1280) 459.
Hartmansdorf, Hartmanistorph. T. XXVIII (s. anno) 171. (1280) 466. — T.
XXIX (1253) 220.
Hartperg, Hartperch, Hartperge. T. XXVIII (1280) 475.
„   mons. T. XXIX (s. anno) 317.
„   praedium. T. XXIX (1179) 326.
„   vinea. T. XXIX (1125) 20.
„   parochia in dioecesi salzburgensi. T. XXIX (1279) 532.
„   conf. etiam *Hartberg.*
Hartwigespramt. T. XXVIII (1280) 465.
Hasela, Haselah. T. XXVIII (s. anno) 176. (1280) 468. — T. XXIX (s. anno)
221.
Haselbach, Haselpach. T. XXVIII (1110) 270. (1156) 511. — T. XXIX (1256)
225. (1140) 254. (1150) 322.
„   in der Pfarrei Entzenkirchen, Gerichts Scherding. T. XXXI (1445)
360, 361.
„   parochia in decanatu Stain. T. XXVIII (saec. 15) 497.
Haselberg, parochia ibid. 497.
Haselow, villa et castrum. T. XXVIII (1280) 480.
Hasenegk, Gut, zur Burg Ratzmanstorf gehoerig. T. XXXI (1448) 402.
(1449) 409.
Hasenprwole. T. XXVIII (1067) 214.
Hasilpach, rivus. T. XXVIII (1280) 472. (s. anno) 174.
Haslach, bei Wessenberg. T. XXX (1529) 133.
„   der Marktfleken. T. XXX (1341) 170, 171.
„   die Burg im Markto Haslach. T. XXX (1341) 170.
„   parochia in decanatu Gallneukirchen. T. XXVIII (saec. 15) 504.
Hasria. T. XXVIII (1276) 401.
Hatting. T. XXVIII (1280) 465.
Hauchesbach. T. XXVIII (1067) 215.
Hauchsperg, Hauchsperig. T. XXX (1303) 15, 16.
Hauenarn, in officio S. Poelten. T. XXVIII (s. anno) 182, 184. (1280) 475.
Haugenheim, capella in — T. XXIX (1244) 360.
Haugesdorff, parochia in decanatu Wagrain. T. XXVIII (saec. 15) 492.
Haulcitten. T. XXIX (s. anno) 216.
Haunollstein. T. XXIX (s. anno 216.
Haunsperg. T. XXIX (s. anno) 223, 224.
Haunstein, Burgstall in der Naehe des Vinsterpaoh. T. XXX (1303) 15.
Hausperg, silva. T. XXIX (1073) 65.
Haus, das neue — auf dem Perig. T. XXX (1317) 72.

Hauskirchen, parochia in decanatu Wagrain. T. XXVIII (saec. 15) 492.
Hausleiten, im Gericht Trebensee in Oesterreich. T. XXX (1390) 402. —
     T. XXXI (1438) 325, 327. '
   „   am Wagrain. T. XXXI (1438) 328.
   „   Dorf bei S. Agatha. T. XXX (1304) 21.
   „   parochia in decanatu S. Poelten. T. XXVIII (saec. 15) 495.
   „   conf. etiam *Hausleuten* et *Husluten*.
Hauslentinge. T. XXVIII (1280) 430.
Hauspach. T. XXVIII (s. anno) 191. — Conf. etiam *Houspach*.
   „   Hauspache. T. XXVIII (1280) 459.
   „   parochia in archidiaconatu inter amnes. T. XXVIII (saec. 15) 502.
Hausruck, der — oder das Hausruck-Viertel. T. XXXI (1426) 204. (1491)
     656. — Conf. etiam *Husruke*.
Haustallgericht, decima et domus in — T. XXIX (1263) 391.
Haustein. T. XXVIII (1280) 464.
Hautzenperg, parochia in archidiaconatu pataviensi. T. XXVIII (saec. 15)
     501.
   „   ecclesia filialis parochiae Cbellenperch. T. XXIX (1253) 401.
   „   Pfarrei im Lande der Abtei. T. XXX (1353) 207. — T. XXXI (1460)
     479. (1471) 515.
   „   zum Theil zur Burg Ratzmanstorf gehoerig. T. XXXI (1448) 405.
     (1449) 410.
Hautzental, parochia in decanatu Staetz. T. XXVIII (saec. 15) 489.
Hautendorff, bei Efferding. T. XXIX (1345) 305.
   „   Houzendorf. T. XXVIII (1280) 477.
Hautzmanning, Houtzmanning. T. XXIX (1253) 388.
Hautzen. T. XXIX (1253) 394.
Haybach, curia. T. XXIX (1253) 386, 398. — Conf. etiam *Haibach* et *Heibach*.
Haychenbach, Landstrich, worin Ekkreichsdorf. T. XXX (1349) 197.
   „   conf. etiam *Haichenbuch*.
Hayd, ob der — in der Naehe der Loednitz. T. XXX (1341) 171.
   „   Hayde. T. XXIX (1253) 394.
   „   bei Hausleiten. T. XXXI (1438) 327.
   „   conf. etiam *Haid, Haide*.
Haydeich, Heydaech. T. XXIX (1253) 384, 390.
   „   conf. etiam *Haidach* et *Heidach*.
Haydenburg, Edelsitz der Frauenberger. T. XXXI (1447) 876.
   „   conf. etiam *Haidenburg*.
Haydenreichstein, parochia in decanatu Stain. T. XXVIII (saec. 15) 496.
Hayenpach conf. *Haychenbach*.
Haygen, T. XXIX (1253) 395.
Haymburg, Haimburch. T. XXIX (s. anno) 314.
Hayming, decanatus. T. XXVIII (saec. 15) 493.
   „   conf. etiam *Haiminge* et *Heiminge*.
Haymming, parochia in archidiaconatu matticensi. T. XXVIII (saec. 15) 502.
Haustollreui. T. XXVIII (s. anno) 139.

Haytzing, zur Burg Ratzmanstorf gehoerig. T. XXXI (1448) 402, 403. (1449)
    409, 410.
    ,,   conf. etiam *Haizinge* et *Heiziuge.*
Hazilinsperge. T. XXIX (1221) 283.
Hebeling, Hebelinge. T. XXVIII (s. anno) 169. (1230) 465.
Hebersdorf, zum Theil zur Burg Ratzmanstorf gehoerig. T. XXXI (1449)
    403. (1449) 410.
Hecelingen, praedium. T. XXVIII (1179) 123. — T. XXIX (1179) 326.
Hedigerisperg. T. XXVIII (1145) 107.
Hedrenwehl, im Amte Zeiselmauer. T. XXX (1394) 439.
Hefte, Heft. T. XXVIII (1109) 218. — T. XXIX (1116) 32. (1186) 35.
    ,,   im Richteramt Haidenburg. T. XXX (1388) 380.
    ,,   conf. etiam *Hafte.*
Hegelwerde. T. XXVIII (s. anno) 191. (1230) 459.
Hehen-Linden, in vicedominatu ad Hotam. T. XXX (1309) 40.
Heibach. T. XXIX (s. anno) 307. — Conf. etiam *Haibach* et *Haybach.*
Heidach. T. XXIX (s. anno) 307. — Conf. etiam *Haidach* et *Heydrich.*
Heiligenberg, mons sanctus, parochia in decanatu Staetz. T. XXVIII (saec.
    15) 492.
    ,,   conf. etiam *Mons sanctus.*
Heiligenstadt, sive Civitas sancta, in Austria. T. XXVIII (1280) 481.
Heimdorf. T. XXXI (1406) 63.
Heiminburg, Heimburch, Heimburg. T. XXIX (1065) 51. (1146) 54.
    ,,   ecclesia parochialis in Austria. T. XVVIII (1241) 155. (1230) 430.
Heimingen, parochia. T. XXVIII (1067) 215. — Conf. etiam *Haiminge* et
    Hayming, necnon *Heyming.*
Heindorf in Oesterreich. T. XXXI (1446) 369.
Heistolfsdorf. T. XXVIII (s. anno) 170. (1280) 465.
Heizinge, Heicinge. T. XXVIII (s. anno) 166, 172, 175. (1230) 467, 469. —
    Conf. etiam *Haizinge* et *Haytzing.*
Hekchenberg, Hekchenperg, (Hakkenberg, Hakelberg) das Haus. T. XXX
    (1394) 442.
    ,,   Gehoeft mit Thürmen, gelegen ob Anger bei Passau. T. XXX
    (1397) 456.
Hekenberg. T. XXXI (1402) 24.
Hekkendorf. T. XXVIII (1230) 469.
Hekkingen, Hekking. T. XXVIII (1230) 462.
    ,,   in Oesterreich. T. XXX (1366) 261.
Helbma, in der Pfarrei Pilichdorf. T. XXX (1394) 415, 416.
Heldollsperge. T. XXVIII (s. anno) 153. (1230) 457.
Heldersperge. T. XXIX (1256) 242.
Hellgrunt, der — T. XXXI (1404) 50.
Helkingen. T. XXVIII (1194) 261.
Hellinge. T. XXVIII (s. anno) 191. (1230) 459.
Helmbrechtskirchen. T. XXVIII (1262) 335.
Helmonsod, parochia in decanatu Gallneukirchen. T. XXVIII (saec. 15) 504.

Helmwigsode, villa. T. XXVIII (s. anno) 174. (1280) 472.
Hemdorfaren, *Hemdorffarn*, zur Burg Wesen gehoerig. T. XXVIII (1280)
        469. — T. XXXI (1447) 390.
Hengestlage. T. XXVIII (s. anno) 171. (1280) 466.
Henwalcharen. T. XXVIII (1227) 324.
Heperg, *Heperig*, zum Theil zur Burg Ratzmanstorf gehoerig. T. XXXI
        (1448) 403. (1449) 409.
Heppinge. T. XXVIII (s. anno) 191. (1280) 459.
Herberstorf, zur Burg Ratzmanstorf gehoerig. T. XXXI (1448) 402. (1449)
        409.
Herbipolis, *Würzburg*. T. XXVIII (1432) 445.
Herbrechtesperge. T. XXVIII (1280) 465.
Heresdorf, parochia in decanatu Staetz. T. XXVIII (saec. 15) 491.
Hergaltdorff, parochia ibid. 491.
Hergolvingen. T. XXVIII (1067) 214.
Herhab, GuL. T. XXX (1356) 222, 223.
Herhaz, in der Pfarrei Altenvelden. T. XXX (1303) 15.
Herisinge, parochia. T. XXIX (1257) 112.
Herleins-Ord. T. XXX (1341) 171.
Herleinsperg. T. XXIX (1255) 252.
Hermannsperg. T. XXIX (s. anno) 223.
Hermkarl, zu Lo. T. XXIX (s. anno) 218.
Hernalz, Dorf und Pfarrei. T. XXX (1376) 326.
    „   zur Burg und zum Hofe Dornpach (in Oesterreich) gehoerig. T.
        XXX (1376) 325.
Herolfing. T. XXVIII (1280) 456.
Herranistein. T. XXIX (1260) 167. (s. anno) 216.
    „   ecclesia. T. XXVIII (1280) 484.
Herssing, parochia in decanatu Stoin. T. XXVIII (saec. 15) 498, 499.
Herstellen, im Amte Zeiselmauer. T. XXX (1394) 439.
Herlenstain, die Burg. T. XXX (1330) 137.
Herlensteten. T. XXVIII (1280) 479.
Hertwigesprant. T. XXVIII (s. anno) 169, 216.
Herweg, im Lande ob der Ens. — T. XXX (1399) 486.
Herzogenburg, *Hertzenburga*, ecclesia. T. XXVIII (1280) 482. T. XXIX
        (1258) 161. (s. anno) 311, 317.
    „   praepositura sive claustrum. T. XXVIII (saec. 15) 493, 495, 500,
        506. — T. XXX (1326) 122.
    „   conf. etiam *Georg St.*
Herzogenhall, parochia. T. XXVIII (1280) 415. — T. XXIX (1273) 225.
Herzogenpirbaum, parochia in decanatu Staetz. T. XXVIII (saec. 15) 490.
    „   Filial-Kirche von Holabrunn. T. XXX (1341) 168.
    „   T. XXIX (1292) 577.
Herzpach. T. XXIX (s. anno) 219.
Hetzing, zum Theil zur Burg Ratzmanstorf gehoerig. T. XXXI (1448) 403.
        (1449) 410.

Helzmanstorf. T. XXIX (1292) 577.
Henberg, Henperg. T. XXVIII (1280) 456.
„   Gehoeltz bei Kloster-Neuburg. T. **XXX** (1317) 72.
Henn. T. XXVIII (1280) 475.
Hennsdorf. T. XXIX (1282) 343.
Hennreichin, Hennreichinn. T. XXIX (1253) 383.
Heurttenwanc, parochia. T. XXVIII (903) 202.
Hental, villa. T. XXIX (1125) 214.
Hewinad. T. XXVIII (1285) 599.
Heydlslag, im — im Lande der Abtei. T. XXXI (1472) 516.
Heyming, im Gericht Vilshofen. T. XXXI (1414) 126.
„   conf. etiam *Heimingen.*
Hezelinsperg. T. XXVIII (s. anno) 172. (1280) 466.
Hezelsdorf, villa. T. XXVIII (s. anno) 170. (1280) 466.
Hezzsling. T. XXIX (1283) 388.
Hierosolyma, civitas terrae sanctae. T. XXVIII (1147) 226. — Conf. etiam
        Jerosolyma.
Hildgunsraeut, Hillgunsriut. T. XXVIII (1280) 464. — T. XXIX (s. anno) 221.
Hülkersberg, Hillgersperge. T. XXVIII (1225) 317.
„   castrum. T. XXIX (s. anno) 220, 221.
Hilprehtsberg, Hilprehtsperge. T. XXVIII (s. anno) 192. (1280) 459.
Himling, superius. T. XXIX (1253) 383.
Hindberg, Hindperch. T. XXVIII (1237) 339.
„   die Veste. T. XXXI (1415) 137, 141.
Hintenberg, Hintenperg. T. XXIX (1253) 384, 393.
Hinter-Galgenberg, zum Theil zur Burg Ratzmanstorf gehoerig. T. **XXXI**
        (1443) 403.
Hinterholze. T. XXVIII (1280) 464.
Hinterperg. T. XXIX (s. anno) 215.
Hinzmanring. T. XXIX (1253) 384.
Hirschbach, Hirsbach, Hirzpach, Hirzebach, villa et ecclesia. T. XXVIII (1163)
        118. (s. anno) 174. (1280) 472. T. XXIX (1164) 259.
„   curtile. T. XXIX (s. anno) 506. — Curia (1253) 384.
„   capella in decanatu Stein. T. XXVIII (saec. 15) 496.
Hirschberg, die Grafschaft. T. XXXI (1435) 278, 282, 287, 291, 296, 500.
Birpanie. T. XXIX (1291) 200.
Hillendorf. T. XXVIII (1280) 477.
Hilting. T. XXIX (1253) 388, 392.
Bitzing, zum Theil zur Burg Ratzmanstorf gehoerig. T. XXXI (1448) 403.
        (1449) 409.
Hoanstat. T. XXIX (1130) 29, 265.
Hoch. T. XXIX (1253) 387.
Hochlein, auf dem — Besitzung der Chrafft. T. XXXI (1443) 353.
Hoeblein, parochia in decanatu Wagrain. T. XXVIII (saec. 15) 493.
Hoechenwurt, parochia. T. XXX (1317) 75.
Hoehenperge. T. XXIX (1253) 221.

Hoehnhart, silva. T. XXVIII (1067) 215.
Hoeregspach. T. XXIX (1255) 395.
Hoereinitzpach. T. XXIX (1253) 394.
Heerpruk. T. XXIX (s. anno) 219.
Hoevelein apud Durroz-Leixze. T. XXIX (1255) 67.
Hof, Güter zu — T. XXIX (1253) 397. — Conf. etiam *Hove*.
Hofarn. T. XXIX (1264) 457, 458.
Hofkirchen, *Hofchirchen*. T. XXVIII (1241) 341. (1280) 456. (1156) 511. —
    T. XXIX (1257) 103. (s. anno) 219, 220, 221. (1256) 225.
    „   Pfarrei. T. XXXI (1464) 491.
    „   parochia in archidiaconatu palaviensi. T. XXVIII (saec. 15) 488,
        501.
    „   parochia in archidiaconatu lambacensi. T. XXVIII (saec. 15) 503.
    „   parochia in decanatu Gallneukirchen; ibid. 505.
Hoflein, *Hofflein*, locus cum ecclesia S. Margarethae. T. XXVIII (1280) 481.
    „   parochia in decanatu Gallneukirchen. T. XXVIII (saec. 15) 505.
    „   Besitzung der Chraiß. T. XXXI (1443) 552.
    „   conf. etiam *Horihin*.
Hofmül, zu der — zur Burg Ratzmanstorf gehoerig. T. XXXI (1448) 402.
    (1449) 409.
Hofreut. T. XXVIII (s. anno) 190.
Hofstetten, *Hofstetin*. T. XXVIII (1280) 457.
    „   ecclesia. T. XXVIII (1280) 482.
    „   parochia in decanatu S. Poelten. T. XXVIII (saec. 15) 494.
    „   zur Burg Ratzmanstorf gehoerig. T. XXXI (1448) 402. (1449) 409.
Hognaw, insula. T. XXVIII (1253) 376. — Conf. etiam *Hagenau*.
Hohe. T. XXVIII (s. anno) 160.
Hohenaich, parochia in decanatu Stain. T. XXVIII (saec. 15) 497.
Hohenaw, parochia in decanatu Staetz; ibid. 492.
    „   Hohenowe, ad ripam Oeni. T. XXIX (1158) 29.
Hohenberg, *Hohеinberge*, *Hohnperig*, *Hohenperge*. T. XXVIII (s. anno) 170,
    171. (1280) 465, 466. — T. XXX (1503) 15.
    „   in der Pfarrei Horbach. T. XXX (1503) 16.
Hohenbrun conf. *Pfaffenhoven*.
Hohenbuch. T. XXIX (1158) 29.
Hohenek, *Hoheneke*. T. XXIX (s. anno) 313.
Hohenschache, forestum. T. XXIX (s. anno) 223.
Hohenstal, *Hoechenstal*, parochia pertinens ad monasterium Fürstenzell.
    T. XXVIII (1135) 102. 1179) 123. — T. XXIX (1179) 325. — T.
    XXX (1319) 88. (1380) 343, 344—346.
Hohenstauffe, mons in Austria haud procul a Goettweich. T. XXVIII (1280)
    481.
Hohenwart, *Hohenwarte*, *Hohnwart*. T. XXIX (1180) 277. (1241) 289. (1253)
    401.
    „   Hof. T. XXX (1330) 136, 137.
    „   locus cum ecclesia. T. XXVIII (1067) 215. — T. XXIX (s. anno) 306.

Hohenwart etc., parochia in decanatu Wagrain. T. XXVIII (saec. 15) 494.
Hohenweidek, insula. T. XXVIII (1280) 479.
Hoholtinge. T. XXVIII (s. anno) 176, 177. (1280) 468, 469.
Hoholtzell et Prinichirchen, parochia in archidiaconatu lambacensi. T. XXVIII
(saec. 15) 503.
Holnrbach. T. XXVIII (1280) 450.
Holarn, villa. T. XXVIII (1277) 411.
Holabrunn. villa. T. XXIX (1260) 158. (1259) 245.
,, parochia. T. XXVIII (1135) 93. (1241) 155. (1253) 366, 376. (1277)
410. — T. XXIX (1252) 377. (1258) 424. (1262) 439, 441, 444.
(1282) 546. (1283) 551. (1292) 577. — T. XXX (1300) 5. (1311) 54.
(1315) 65. (1327) 125. (1341) 167.
,, parochia S. Laurentii. T. XXX (1351) 203.
,, major, parochia. T. XXIX (1291) 575.
,, cujus redditus spectant ad capitulum pataviense. T. XXXI (1404) 41.
,, inferius, parochia in decanatu Staetz. T. XXVIII (saec. 15) 490.
,, sive Holenbrun, superius, parochia ibid. 489.
Holerbach, Sitz des Lerwinger. T. XXXI (1415) 142.
Holland, Sträubing-Holland. T. XXXI (1435) 268, 269, 273, 274, 275, 276,
280, 303.
Hollenburg, Holnburch, ecclesia. T. XXVIII (1280) 482.
,, Holenburgh, parochia in decanatu S. Poelten. T. XXVIII (saec. 15)
494.
Holnstein, Holenstein. T. XXVIII (1280) 472. — T. XXIX (1260) 154. (s. anno)
217.
,, in officio Amstoten prope Swertzenbach. T. XXVIII (s. anno) 181,
182. (1280) 473.
,, parochia in decanatu Stain. T. XXVIII (saec. 15) 498.
Holtz. T. XXVIII (1280) 475.
Holtzhausen, parochia in decanatu Stain. T. XXVIII (saec. 15) 499.
Holtzheim. T. XXVIII (s. anno) 166. (1067) 214. (1164) 244. (1280) 455, 456, 467.
Holtzleiten. T. XXIX (1253) 395.
Holzwege. T. XXIX (1285) 555.
Holzwinden. T. XXVIII (1280) 456.
Hominsdorf. T. XXIX (1186) 62.
Horau, Horaw, Besitzung der Chrafft. T. XXXI (1443) 352.
Horgraben. T. XXIX (1249) 227.
Horiginbach. T. XXIX (1065) 52.
Horn, parochia in decanatu Stain. T. XXVIII (saec. 15) 496.
Hormarun, locus cum ecclesia. T. XXVIII (1046) 212.
Hormllein, parochia in decanatu Staetz. T. XXVIII (saec. 15) 490.
Horne, praedium. T. XXIX (1095) 64.
Horrenpurcke. T. XXIX (s. anno) 230.
Hoselpach. T. XXVIII (s. anno) 189.
Hospitale, parochia in archidiaconatu lambacensi. T. XXVIII (saec. 15) 504.
,, Hospital, canonia Austriae. T. XXVIII (1186) 255.

Hounthublen, praedium. T. XXVIII (1179) 123.
Houperga, Houperc. T. XXIX (1138) 29. (1065) 53.
Houslruten, ecclesia. T. XXVIII (1280) 482. — Conf. etiam *Hausleiten*.
Houspach. T. XXVIII (1280) 464. — Conf. etiam *Hauspach*.
Houzenbach. T. XXVIII (1280) 436.
Houzendorf conf. *Hauzendorf,*
Houzinberge, villa. T, XXVIII (s. anno) 170.
Hove, an dem — T. XXVIII (1280) 479.
   ,,   juxta Chagran. T. XXVIII (1280) 456.
   ,,   conf. etiam *Hof*.
Hoven. T. XXVIII (1280) 475.
Hoveriut. T. XXVIII (1280) 460.
Hovesletin, locus cum vineis. T. XXIX (1065) 52.
Hovilin, Hovelin, capella. T. XXIX (1232) 227.
   ,,   conf. etiam *Hoeflein*.
Hovistal. T. XXIX (1065) 54.
Huba, Hueb, Huebe. T. XXIX (1233) 389, 390, 395.
   ,,   im Gericht Schaerding. T. XXXI (1435) 279.
Hubenstein, Edelsitz der Frauenberger. T. XXXI (1449) 410. (1453) 428.
Hubzslehemperg, mons. T. XXIX (1253) 386.
Hudering, Huderinge. T. XXVIII (1280) 463.
   ,,   zum Theil zur Burg Ratzmanstorf gehoerig. T. XXXI (1448) 403.
Huenen. T. XXIX (1186) 36.
Huerben, parochia spectans ad monasterium S. Poelten. T. XXX (1383) 361,
    362, 363, 364. — Conf. etiam *Hurben*.
Huetlechen, pertinens ad Leappoltsperg. T. XXIX (1253) 388.
Huetorn, parochia in archidiaconatu pataviensi. T. XXVIII (saec. 15) 501. —
    Conf. etiam *Hutarn*.
Huetzing. T. XXIX (1253) 391.
Hugense, Hugensi, locus cum vineis. T. XXIX (1065) 53.
Hukkenheim, Huckenheim. T. XXVIII (s. anno) 163. (1280) 460.
   ,,   capella. T. XXIX (1200) 329.
Hunchoven. T. XXVIII (s. anno) 166. (1280) 463.
Hundeshoubet, villa. T. XXIX (1220) 249. — Conf. etiam *Hunthopten*.
Hungaria, Hungerland, regnum. T. XXIX (1260) 163. — T. XXXI (1435)
    295. — Conf. etiam *Ungaria*.
Hungerperge, villa. T. XXVIII (s. anno) 170. (1280) 463. — T. XXIX (1204)
    29, 269. (1253) 390. — T. XXXI (1483) 607.
Hunisperg. T. XXIX (1065) 53.
Hunt, mons. T. XXIX (s. anno) 311.
Huntarn. T. XXVIII (s. anno) 192. (1280) 460.
Huntezzen, forum sive villa. T. XXVIII (s. anno) 192. (1280) 456. (1280) 460.
Huntfelding, Besitzung der Chrafft. T. XXXI (1443) 352, 353.
Hunthopten, praedium. T. XXIX (1179) 326. — Conf. *Hundeshoubet*.
Huntsheim, Huntsheim, locus cum vineis prope Mautarn. T. XXVIII (1065)
    52. (1065) 52. (1067) 216. — T. XXIX (1171) 57. (1172) 227.

Huntzruhhe, Huntzruhh, villa. T. XXVIII (1280) 466. (s. anno) 170. — T. XXIX (s. anno) 219.
Huntorf. T. XXIX (s. anno) 218.
Huntvelling. T. XXVIII (1285) 399. (1280) 466, 457.
Huntzdorff. T. XXIX (1253) 391.
Huofhusen. T. XXVIII (1067) 216. — Conf. etiam *Auflausen.*
Huokkenchoven. T. XXVIII (1067) 215.
Huveelin, locus cum ecclesia. T. XXIX (1146) 55.
Hurben, Hurwen, locus cum ecclesia. T. XXIX (1256) 106. (1257) 112. (s. anno) 217.
    ,,   parochia in decanatu Tulln. T. XXVIII (saec. 15) 489.
    ,,   parochia in decanatu S. Poelten; ibid. 495.
    ,,   Conf. etiam *Huerben.*
Huren, ecclesia. T. XXVIII (1280) 482. — T. XXIX (1261) 153. (1260) 162.
Hurenpach, Hurinpach, Huvernpach. T. XXVIII (s. anno) 192. (1280) 456, 459. — T. XXIX (s. anno) 222, 223.
Hurenpruhh. T. XXVIII (s. anno) 190.
Husendorf. T. XXVIII (1289) 456. — T. XXIX (1254) 229.
Hushuten, Hushoten. T. XXIX (1138) 29. — Conf. etiam *Hausleiten.*
Husruke, mons. T. XXIX (1088) 45. — Conf. etiam *Hausruck.*
Huiarn, parochia. T. XXVIII (1067) 215. — Conf. etiam *Huetorn.*
Hutendorf. T. XXIX (1250) 209.
Hutte. T. XXVIII (s. anno) 176, 177. (1280) 468, 469.
Huzinperg, Huzinperge. T. XXVIII (s. anno) 169. (1280) 465.
Huzzenheim, in parochia Guertt et in officio Ried. T. XXIX (1283) 399.
Hyenizing. T. XXIX (1263) 390.
Hylar, Hilar, abbatia Austriae. T. XXVIII (saec. 15) 504.
Hymilhheim, villa. T. XXIX (1264) 246.
Hyndling, zum Theil zur Dorg Ratzmanstorf gehoerig. T. XXXI (1449) 410.
Hypolit S. villa et monasterium Austriae. T. XXIX (1260) 429. (1262) 447. (1263) 450, 452. (1266) 465. (1270) 497, 500. (1276) 520. (1281) 543. (1291) 576. (1292) 577.
    ,,   conf. etiam *Poelten St.*

J.

Jacob St. Pfarrei in Oesterreich. T. XXXI (1415) 138.
    ,,   monasterium Viennae. T. XXVIII (saec. 15) 489. — Conf. etiam *Vienna.*
Jaegerhub. T. XXVIII (1280) 457.
Jaerdorf, villa. T. XXVIII (s. anno) 170.
    ,,   Besitzung der Leutfaringer. T. XXXI (1460) 478

Jagarn, praedium. T. XXIX (1179) 326.

Jagernreut, Jagerzriute. T. XXVIII (s. anno) 169. (1280) 465.

Jegring. T. XXVIII (1280) 475. — Conf. etiam *Jegering.*

Janua, Genua. T. XXIX (1244) 7.

Japans, parochia in decanatu Wagrain. T. XXVIII (saec. 15) 493.

Japast, parochia. T. XXIX (s. anno) 217.

Jardorf. T. XXVIII (1280) 465.

,,   in der Pfarrei Hautzenberg im Lande der Abtei. T. XXXI (1471) 515.

Jazelendorph. T. XXIX (s. anno) 217.

Ibach. T. XXIX (1165) 257.

Ibisburg, Ibisburch. T. XXVIII (1067) 213.

Ibischitz, parochia in decanatu Stain. T. XXVIII (saec. 15) 499.

Ibs, ecclesia. T. XXVIII (1280) 493. — T. XXX (1549) 199. (1559) 283. (1597) 466.

Ibsa, parochia in decanatu S. Poelten. T. XXVIII (saec. 15) 494.

,,   decania. T. XXX (1302) 10.

,,   monasterium monialium Austriae. T. XXVIII (saec. 15) 498, 500.

Ibnize, locus cum ecclesia. T. XXIX (1186) 36.

Jegering, Jegring. Hof bei S. Poelten. T. XXIX (1293) 580. T. XXX (1311) 89.

Jerosolyma, Jerusalem, Jherusalem. T. XXIX (1261) 169. (1291) 200. (1147) 215. — T. XXX (1310) 50. — Domus dominici sepulcbri ibid. 50, 51, 52.

,,   conf. etiam *Hierosolyma.*

Jerns, monasterium Austriae. T. XXVIII (saec. 15) 493, 494, 497. — T. XXIX (1258) 161. (1229) 347.

,,   conf. etiam *Geras.*

Jeuchendorf, Jeuchendorf. T. XXIX (1253) 390.

Igelbach, Igilbach, praedium. T. XXVIII (1179) 123. (s. anno) 171. — T. XXIX (s. anno) 218. (1179) 326.

Ilitz, Ilitscha, Ilsa, Ylltz, Fluss. T. XXVIII (1220) 298. (1228) 327. (1156) 510. — T. XXXI (1437) 311.

Ilitzgau, Ilitzgew, Ylskeu. T. XXVIII (1220) 297. (1156) 510. T. XXIX (1256) 224.

Ilitzstadt, Ilitschstad, Ilitstat, Ilitschu, Ilza, Vorstadt von Passau. T. XXVIII (saec. 13) 509. (1156) 510. (1432) 526. — T. XXIX (1259) 140. (s. anno) 216. (1256) 224. (1257) 243. (1260) 248. (1328) 305. — T. XXX (1385) 568.

Imelcheim. T. XXVIII (1280) 430. — Curtile. T. XXIX (s. anno) 307.

Imelhokesheim. T. XXIX (s. anno) 219. — Conf. *Immehokesheim.*

Imelsheim, in parochia Altheim, et in officio Ried. T. XXIX (1253) 599.

Imerimruche. T. XXIX (1257) 243.

Immehokesheim. T. XXIX (s. anno) 218. — Conf. *Imelhokeheim.*

Immenzell, Immencelle, Imincelle. T. XXVIII (1163) 118. (s. anno) 166. (1280) 467. (s. anno) 306.

Immizinisdorf, locus cum vineis. T. XXIX (1066) 53.

Imizinsdorf, ecclesia. T. XXVIII (1280) 482.
Inn. Fluss. T. XXX (1321) 93. — Conf. etiam *Enus* et *Oenus*.
Innbrüke, *Innpruk*, Brüke über den Inn bei Passau. T. XXIX (1263) 386,
    387, 388, 394, 396, 398, 400. — T. XXX (1365) 257. (1373) 510. —
    T. XXXI (1437) 314, 518. (1442) 330. (1449) 475. (1464) 492.
Inchingen. T. XXIX (1209) 69.
Incingen. T. XXIX (1150) 29, 265.
Innderuhart, Inndern-Hart, Besitzung der Chrafft. T. XXXI (1443) 352, 353.
Indersee, Hof in der Pfarrei Rottenpeck (Rotenbach). T. XXXI (1464) 490,
    491.
Inderspach. T. XXIX (s. anno) 219, 230.
Ingelbach, praedium. T. XXVIII (1179) 123. — T. XXIX (1179) 326.
Ingolfing. T. XXX (1313) 64.
Ingolstadt, Feldlager bei — T. XXXI (1460) 495.
Inisa, fluvius. T. XXIX (s. anno) 86.
Inlinken. T. XXVIII (s. anno) 172. (1280) 467.
Innen, rivus. T. XXIX (1088) 45.
Insbruck, Stadt. T. XXXI (1459) 471. (1439) 637.
Insimisse, l'isimissa, praedium ad flumen huj. nominis. T. XXIX (1126) 20, 22.
Innstadt, die — zu Passau. T. XXVIII (1432) 526, 527. — T. XXXI (1435)
    283.
Insula antiqua, in decanatu Wagrein. T. XXVIII (saec. 15) 493.
Insulae juxta Efferding. T. XXIX (s. anno) 86.
Joergenberg St., Veste und Pflege zu Passau. T. XXXI (1404) 29.
    „   conf. *Mons S. Georgii, Georgenberg* et *Oberhaus.*
Johann St. T. XXVIII (1280) 475,
    „   parochia in decanatu Wagrain. T. XXVIII (saec. 15) 493.
Johannis Bapt. oratorium in Nordwald. T. XXVIII (1019 210. (1046) 99.
    „   S. ecclesia, pertinens ad ecclesiam S. Stephani Pataviae. T. XXVIII
    (782) 41.
    „   S. ecclesia Ratisponae. T. XXIX (1259) 145.
Johanniskirchen, Johanniskirchen, inferior et superior parochia in archidiaco-
    natu inter amnes. T. XXVIII (saec. 15) 488.
    „   ecclesia. T. XXXI (1402) 27.
Johanstein, Burg an der Donau. T. XXIX (s. anno) 512. T. XXXI (1439) 343.
Johinbrucke. T. XXVIII (1280) 453.
Jowerwizze, Jowerntze, major, rivus. T. XXVIII (s. anno) 174. (1280) 472.
Ipfa, Ips, Ybs, Fluss. T. XXVIII (777) 197. — T. XXIX (1116) 53. (1186)
    86. (1169) 139. — Conf. *Ypha.*
Iringisperg. T. XXIX (1106) 58.
Irnheim, parochia, in qua curia Oder. T. XXIX (1284) 554.
    „   parochia in archidiaconatu inter amnes. T. XXVIII (saec. 15) 502.
Ischl, Ischil. T. XXVIII (1280) 484. — T. XXIX (1262) 190.
Isen. T. XXVIII (777) 199.
Iser, Fluss. T. XXVIII (1226) 145.
Irinvaria. T. XXIX (1065) 53.

Ispir, fluvius. T. XXIX (1147) 40.
Isseinsdorf prope Zeiselmauer. T. XXVIII (s. anno) 185.
Italia. T. XXX (1363) 254, 255.
Ittenspach, Itenttspach, Itenespach. T. XXVIII (1160) 242. T. XXIX (s. anno)
    307. (1253) 392.
Judinewa, locus cum vineis. T. XXIX (1097) 55.
Juuhas-Martina. T. XXIX (1130) 265.
Jwoavia. T. XXVIII (615) 446. — Conf. etiam *Saltburg*.
Itendorf. T. XXVIII (1067) 215.

K.

K. conf. etiam *C.*
Kaemmuch. T. XXIX (1260) 148.
Kager. T. XXVIII (s. anno) 162. — Conf. etiam *Chager*.
Kalenberg. T. XXIX (1253) 113.
Kaltenbach. T. XXVIII (1067) 215. — Conf. etiam *Chaltenbach*.
Kallenek, zum Theil zur Burg Ratzmanstorf gehoerig. T. XXXI (1448) 402.
    (1449) 408, 409.
Kallenstein, die Veste. T. XXX (1393) 428. — T. XXXI (1499) 708, 709. —
    Conf. etiam *Challenstein*.
Kambarn. T. XXXI (1491) 694. — Conf. etiam *Chambarn*.
Kammau, im Lande der Abtei. T. XXXI (1472) 616.
Kammer conf. *Chambarn*.
Kammerweetenstorf. T. XXXI (1433) 607. — Conf. etiam *Chammerwetzman-*
    torf.
Kar, der — im Gericht Trebensee. T. XXXI (1438) 826.
Karinthia. T. XXVIII (1280) 483. — T. XXIX (1274) 511. (1276) 517. —
    Conf. etiam *Carinthia.*
Karintscheide, Karintsgescheide. T. XXIX (1116) 33. (1186) 35.
Karlespach. T. XXVIII (s. anno) 170. (1280) 465.
Karhtletin. T. XXIX (1065) 63.
Karwiola. T. XXIX (1276) 617. — Conf. etiam *Carniola.*
Karpfheim, Karpham, parochia. T. XXVIII (1179) 123. — T. XXXI (1450) 421.
  „   vicariatus ecclesiae pataviensis. T. XXVIII (1210) 136.
  „   conf. etiam *Charpheim.*
Kasuring, zur Burg Ratzmanstorf gehoerig. T. XXXI (1448) 402.
Katzelstorf, villa in Austria. T. XXVIII (1179) 121. — Conf. etiam *Chaz-*
    linesdorf.
Katzenberg, Kaccenperg, Veste am Inn. T. XXVIII (1455) 455. T. XXI
    (1396) 448, 449, 450. (1399) 489. — Edelsitz der Mautner. T. XXXI
    (1435) 291, 296, 300. (1443) 401. (1453) 498.
  „   conf. etiam *Chazperch.*

Katzing, bei Passau. T. XXXI (1435) 283.
Keffring, zur Burg Ratzmanstorf gehoerig. T. XXXI (1449) 409.
Kellenberg, Pfarrei im Lande der Abtei. T. XXXI (1424) 187. (1483) 608.
   ,,   conf. *Chelnperch.*
Kesselach, Veste unterhalb der Stadt Passau. T. XXXI (1411) 95.
   ,,   conf. etiam *Chessla.*
Kesnach, Fluss unterhalb Passau. T. XXXI (1411) 99.
Ketzkingsdorf conf. *Katzelstorf.*
Kezzlaerwalde. T. XXIX (1088) 45. — Conf. etiam *Chezzerwalde.*
Kilb. T. XXIX (1269) 138. — Conf. etiam *Chulb.*
Kirchbach, Kirchpach, villa. T. XXVIII (1241) 155.
   ,,   parochia in decanatu Stain. T. XXVIII (saec. 15) 493.
   ,.   conf. etiam *Chirchpach.*
Kirchberg, locus cum ecclesia. T. XXVIII (1188) 260. (1241) 343. T. XXIX
      (1204) 6, 29.
   ,,   bayerisches Pflegamt. T. XXXI (1450) 418.
   ,,   parochia in archidiaconatu pataviensi. T. XXVIII (saec. 15) 501.
   ,,   Kirchberger Winkel, die Orte Wintsberg und Haiden begreiffend.
      T. XXX (1399) 436.
   ,,   conf. etiam *Chirchperg.*
Kirchdorf, ecclesia. T. XXVIII (1223) 144. (1179) 260.
   ,,   parochia. T. XXVIII (1280) 415.
   ,,   Filialkirche von Wartberg an der Krems. T. XXX (1359) 248.
   ,,   conf. etiam *Chirchdorf.*
Kirchhof, der Hof — T. XXX (1326) 119.
Kirchstetten, parochia in decanatu Wagrain. T. XXVIII (saec. 15) 493.
   ,,   conf. etiam *Chirchstetten.*
Kirling conf. *Chirchlingen.*
Kisling, auf dem — zur Burg Ratzmanstorf gehoerig. T. XXXI (1448) 403.
      (1449) 409.
Klagbaum, monasterium monialium. T. XXIX (1260) 158. — Conf. etiam
      Wien.
Klebstein, Edelsitz der Tangast. T. XXXI (1409) 83. (1410) 89. — Der Tun
      berger (1494) 686.
   ,,   conf. etiam *Chlebstain.*
Kleinmarienzell conf. *Cella* S. Mariae.
Kling, zur Burg Ratzmanstorf gehoerig. T. XXXI (1448) 402.
   ,,   conf. etiam *Chling.*
Klingerin, auf der — zur vorgenannten Burg gehoerig. T. XXXI (1448) 402.
      (1449) 409.
Klosterneuburg, Stadt. T. XXXI (1443) 357. — Conf. etiam *Neuburg.*
Koelln, Koellen, am Rhein. T. XXX (1399) 470. — Conf. etiam *Colonia.*
Koenigstein, bayer. Veste unterhalb Passau an der Ilesenach. T. XXXI (1411)
      99, 100. — Zum Gericht oder zur Herrschaft Schaerding gehoerig.
      (1436) 273—275, 280. — Burg der Herzoge von Bayern-Ingolstadt.
      (1435) 283, 285, 301. — Conf. *Kunigstein.*

Koenigstelen, Chumihohstelin, locus cum vineis. T. XXIX (1065) 52. — Conf.
      etiam *Chungestelen* et *Kunigstelen:*
Koelbig, Koetwig conf. *Kotwich* et *Goettweig.*
Kolberg. T. XXVIII (s. anno) 170. — Conf. etiam *Cholberg.*
Kolmaning, zur Burg Ilatzmanstorf gehoerig. T. XXXI (1443) 403. (1440) 410.
Kolnbruonen. T. XXVIII (1067) 214.
Konstanz. T. XXIX (1261) 168. — Conf. etiam *Constantia.*
Kopfsberg, Edelsitz der Preisinger. T. XXXI (1485) 610.
Kornneuburg, Stadt. T. XXXI (1443) 357. — Conf. etiam *Chornneunburg.*
Kotwich, praedium. T. XXVIII (s. anno) 160. — Conf. etiam *Goettweig.*
Kouplau. T. XXIX (s. anno) 230.
Kraempelstein conf. *Grempelstein.*
Kraling, zur Burg Ilatzmanstorf gehoerig. T. XXXI (1448) 402. (1449) 409.
Krantzngl, im Lande ob der Ens. T. XXX (1399) 486.
Krems, Krembs, Kremsa, civitas Austriae. T. XXVIII (1241) 155. — T. XXIX
      (1254) 184. — T. XXXI (1411) 97. (1414) 124. (1446) 369.
   „   conf. *Chrems* et *Crems.*
Kremsmünster, monasterium. T. XXVIII (1209) 151, 278. — Conf. *Chrems-
      münster* et *Cremsmünster.*
Kreuz, Heiligen — Kloster in Oesterreich. T. XXVIII (1203) 267. (1209)
      278, 279. (saec. 15) 492. — T. XXIX (1260) 161. (s. anno) 220. —
      T. XXX (1347) 192.
   „   Kloster zu Passau. T. XXX (1397) 460, 461.
   „   conf. etiam *Crucis* S. monasterium.
Kroenlarn, Besitzung der Chralfl. T. XXXI (1443) 352.
Kromelsode. T. XXIX (s. anno) 230.
Krummau, parochia in decanatu Stein. T. XXVIII (saec. 15) 496. — Conf.
      etiam *Chrumpnau.*
Kürn, Edelsitz der Paulsdorfer. T. XXXI (1435) 265, 266, 270, 278, 282,
      287, 296, 300.
Kuglreut. T. XXXI (1483) 607.
Kuivin. T. XXIX (s. anno) 310. — Conf. etiam *Ruwin.*
Kukkingin, locus cum vineis. T. XXIX (1065) 52.
Kundachersperge. T. XXIX (s. anno) 222. — Conf. etiam *Gundachersperg.*
Kunigstein, Burg der Herzoge von Bayern-Ingolstadt. T. XXXI (1434) 244.
      (1435) 253, 267, 268, 271.
   „   conf. etiam *Koenigstein.*
Kunigstelen, Passauische Besitzung im Tullnerfelde. T. XXXI (1418) 153,
      154. (1432) 603.
   „   conf. etiam *Koenigstelen.*
Kunigweisen, parochia in decanatu Gallneukirchen. T. XXVIII (saec. 15)
      504. — Conf. etiam *Chunigweisen.*
Kunringen. T. XXIX (s. anno) 217. — Conf. etiam *Chunring.*

L.

La, *Laa*, oppidum et ecclesia. T. XXVIII (1241) 155. (1179) 174. — T. XXIX (1125) 214. (1267) 470.

„ parochia in decanatu Staetz. T. XXVIII (saec. 15) 490, 491.

Lach, in parochia Mernpach et in officio Ried. T. XXIX (1253) 392, 399.

Lachamele, civitas terrae sanctae. T. XXIX (1291) 198.

Lachelingen, locus cum ecclesia et nemore. T. XXVIII (1157) 111, 112.

Lachsendorf. T. XXIX (1293) 580.

Ladendorf. T. XXIX (s. anno) 229, 230.

„ parochia in decanatu Staetz. T. XXVIII (saec. 15) 490.

Ladenstorph. T. XXIX (s. anno) 217.

Laengendorf. T. XXIX (1253) 396.

Lagarn, praedium. T. XXVIII (1179) 123.

Lahoriaka conf. *Laureacum*.

Lahstorf, ecclesia. T. XXVIII (1280) 485.

Laidratinge, *Laidretinge*. T. XXVIII (s. anno) 177. (1280) 470. — T. XXIX (1248) 77, 78.

Leimbach, *Laimpach*. T. XXVIII (1280) 465. — T. XXIX (s. anno) 216. — T. XXX (1389) 388.

Laimgrube, fossatum. T. XXIX (s. anno) 86.

Lakken, zur Burg Wesen gehoerig. T. XXXI (1447) 390.

Lambach. T. XXVIII (1280) 456, 474. — T. XXIX (1254) 81, 82. (1260) 153. (1262) 190.

„ parochia in decanatu Gallneukirchen. T. XXVIII (saec. 15) 504.

„ claustrum. T. XXVIII (1186) 255. (saec. 15) 500, 506.

Lamberti St., *Lambrecht S.*, *Lambrech S.*, monasterium. T. XXVII (1186) 255. — T. XXIX (s. anno) 310, 316.

Lampheritztorf. T. XXIX (1252) 384.

Lanchwat. T. XXIX (1254) 228. (1263) 453. — Conf. *Lengwat*.

Landau, *Landaw*, *Landowe*, *Landow*, an der Isar. T. XXVIII (1228) 327, 328, 529. (1262) 385. (1280) 463. T. XXIX (1260) 165. (1249) 204 (s. anno) 218, 220, 221, 250. (1230) 351, 352. — T. XXX (1305) 28.

„ parochia in archidiaconatu inter amnes. T. XXVIII (saec. 15) 501.

Landendorf, *Landindorf*, praedium. T. XXVIII (1179) 123. T. XXIX (1179) 326.

Landoltsberg, *Landoltsperig*, *Landoltzperg*. T. XXVIII (1280) 468. — T. XXIX (1253) 387, 388, 393, 394. (1253) 400, 401. Prope Eysenpiern in parochia Chopfing 401.

Landshut, *Landeshut*, *Lantzhut*, *Lantshut*, civitas Bavariae. T. XXVIII (1344) 431. (1280) 460. — T. XXX (1318) 85. (1347) 190. (1333) 144. (1336) 156. (1343 u. 1374) 314. (1377) 329. (1390) 406, 407. (1391) 419. — T. XXXI (1406) 64. (1407) 75. (1413) 117. (1436) 304. (1476) 527. (1479) 568. (1487) 625, 628, 632, 634. (1495) 666. (1494) 688.

Landshut etc. parochia S. Jodoci ibid. T. XXX (1380) 342.
Langaredorf, praedium. T. XXVIII (1179) 123. — T. XXIX (1179) 326.
Langawe, Longowe, Langau. T. XXIX (s. anno) 315.
Langenau, Langenaw, Langenowe. T. XXIX (1261) 31. (s. anno) 309.
,,   parochia. T. XXIX (s. anno) 217.
,,   parochia in decanatu Wagrain. T. XXVIII (saec. 15) 493.
Langendorf. T. XXVIII (s. anno) 176, 177. (1230) 470.
Langerdorf. T. XXVIII (1230) 469.
Langingerdorf. T. XXIX (1255) 92.
Langschlag, Langslage, ecclesia. T. XXIX (1209) 68.
Langwat, Langewal. T. XXVIII (s. anno) 180. (1230) 456, 471.
,,   conf. etiam *Lanchwal,*
Lanthersdorf. T. XXVIII (1230) 473.
Lantshabe, Lamtzhabe. T. XXIX (1253) 220, 222.
Lantstein, Lantsteine, Lanndtstain. T. XXIX (s. anno) 217. (1260) 248.
,,   parochia in decanatu Stain. T. XXVIII (saec. 15) 497.
Lantzendorf, Lanzendorf, Lanzindorf, praedium. T. XXVIII (1140) 219. —
        T. XXIX (1186) 35. (1108) 64.
,,   ecclesia. T. XXIX (1267) 470.
Lantzensdorf, parochia in decanatu Stectz. T. XXVIII (saec. 15) 490.
Lantzin. T. XXIX (s. anno) 213.
Lanvelden, parochia in decanatu Gallneukirchen. T. XXVIII (saec. 15) 504.
Lantzemansperg, Lantzmansperg. T. XXVIII (1230) 465. T. XXIX (1297)
        590. — T. XXX — im Lande der Abtei (1353) 207.
Lapharting, Lapparting, zur Burg Ratzmanstorf gehoerig. T. XXXI (1443)
        394, 402. (1449) 408.
Lasberg, Lasperg, parochia in decanatu Gallneukirchen. T. XXVIII (saec.
        15) 504.
Lastorph. T. XXIX (1259) 138. (1260) 154, 162.
Lateranum Romae. T. XXIX (1243) 7. (1222) 340.
Laufen, Lauffen. T. XXIX (1255) 238. — T. XXXI (1465) 494.
Laufenbach, fluvius. T. XXVIII (s. anno) 190.
Laugiweld. T. XXIX (1292) 577.
Laup, ubi capella S. Cholomanni. T. XXIX (1261) 436. (1263) 451.
Laupherstorph, villa. T. XXIX (s. anno) 219.
Laureacum, Lorch, civitas Pannoniae. T. XXVIII (1432) 445. — T. XXIX
        (1122) 17. — Conf. etiam *Lorch.*
,,   capella S. Mariae ibid. T. XXVIII (1067) 216.
,,   Lahoriaha, ibi ecclesia S. Laurentii. T. XXVIII (600) 12. (899) 35.
,,   laureacensis ecclesia est metropolitana Pannoniae. T. XXVIII (504)
        195; extincta (737) 446; memoratur T. XXIX (1071) 9.
,,   laureacensis ecclesia est pataviensis. T. XXXI (1420) 170. (1438)
        293.
,,   laureacensis pagus. T. XXIX (1071) 9.
Laurentii S. villa. T. XXIX (s. anno) 307. — Conf. etiam *Lorenz St.*
,,   ecclesia juxta Gozdorf. T. XXVIII (1280) 483.

Laurnich, villa. T. XXIX (1150) 322.
Iausee, parochia in decanatu Staetz. T. XXVIII (saec. 15) 491.
Lauterbach, Lauterpach. T. XXVIII (s. anno) 191. (1280) 459.
    „   conf. etiam *Lauterbach.*
Lautern, Edelsitz der Riethofer. T. XXXI (1435) 295.
Levochsen. T. XXVIII (1241) 155.
Laympach, parochia in decanatu Crems. T. XXVIII (saec. 15) 489.
Laynpach, parochia in decanatu Stain. T. XXVIII (saec. 15) 493.
Lazari S. capella extra muros Viennae. T. XXIX (1267) 479.
Lazniche, die wilden. — T. XXIX (s. anno) 311.
Lebarn, im Amte Zeiselmauer. T. XXX (1394) 439.
    „   parochia in decanatu Tulln. T. XXVIII (saec. 15) 489.
    „   conf. etiam *Lewarn.*
Lebrarn. T. XXIX (1293) 531.
    „   unterhalb Tulln. T. XXIX (1291) 575.
    „   conf. etiam *Levrarn.*
Lederaere-Winchel, strata Pataviae. T. XXVIII (saec. 15) 509.
Leen, die — bei Maularn. T. XXXI (1456) 449.
Lefelhub. T. XXVIII (s. anno) 218.
Lehen. T. XXIX (1253) 389.
    „   in vicedominatu ad Rotam. T. XXX (1309) 40.
Lehindorf. T. XXIX (1065) 52.
Leidrating. T. XXIX (1254) 223.
Leimbach. T. XXVIII (s. anno) 170.
Leimberg, Leimperge. T. XXVIII (s. anno) 171. (1280) 466.
Leimgerstorf. T. XXVIII (s. anno) 176.
Leimkar. T. XXVIII (1067) 215.
Leis, parochia. T. XXVIII (1135) 101. T. XXIX (1260) 162, 165, 213.
    „   conf. etiam *Leyzz* et *Lyz.*
Leiten. T. XXVIII (1280) 456, 465. — T. XXX (1372) 300.
    „   Leitten, die — T. XXVIII (1280) 459.
    „   in der — T. XXIX (1253) 390.
    „   Leitten, an der — T. XXVIII (1280) 466.
    „   conf. etiam *Laten.*
Leitha, Litah, Fluss in Oesterreich. T. XXIX (1065) 52. — Conf. etiam
    Leutha et *Litah.*
Lemantreut. T. XXVIII (s. anno) 189.
Lemowwe. T. XXIX (s. anno) 221.
Lemperich, zur Burg Ratzmanstorf gehoerig. T. XXXI (1448) 402. (1449)
    409.
Lengenbach, Lengenpach, Lengbach, forum. T. XXVIII (1241) 155. (1280)
    482. (saec. 13) 509. (1156) 511. — T. XXIX (1256) 325.
Lengenberg, Lengeperge. T. XXVIII (1280) 463, 464.
Lengenfeld, parochia in decanatu Stain. T. XXVIII (saec. 15) 497.
Lengenvelde. T. XXVIII (1280) 473, 476. — T. XXIX (1256) 103.
Lengerdorf. T. XXVIII (1280) 468.

Lengfeld. T, XXVIII (1284) 418.
   "   Lenngfelt in der Ober-Pfaltz. T. XXXI (1439) 847.
Lenzingaerperg, Lenzingarberge. T. XXVIII (s. anno) 170. (1280) 466.
Leodium, Lüttich. T. XXIX (1250) 374. — Conf. etiam *Lüttich.*
Leonhard St. T. XXIX (s. anno) 216.
   "   a monte Stckelberg sive Stechilberg ad terminos Bohemiae. T.
        XXVIII (s. anno) 188. (1280) 472.
   "   parochia. T. XXVIII (1160) 241. (1280) 485.
   "   parochia in decanatu S. Poelten. T. XXVIII (sacc. 15) 498.
Leoprechting, die Veste. T. XXXI (1416) 143. — Conf. etiam *Leuprechting*
       et *Liuprethingen.*
Lenben. T. XXVIII (1280) 473. — T. XXIX (1295) 214. (1289) 574.
Leubenberg, Leubenperg, mons. T. XXIX (1253) 382.
Leubendorf. T. XXIX (1263) 195.
Leubensdorf, Leubensdorff, parochia in decanatu Staetz. T. XXVIII (saec.
       15) 490. — Conl. etiam *Liubanstorph.*
Leubersdorf, im Amte Zeiselmauer. T. XXX (1394) 439.
Leubmannesreut. T. XXVIII (1280) 466.
Leubs. T. XXVIII (1280) 473. — T. XXIX (1261) 149. (1260) 152, 233. —
       T. XXXI (1411) 98. (1406) 68. (1414) 124. (1446) 369. — Conf.
       etiam *Liubisa.*
   "   Lewbsa, parochia in decanatu Stain. T. XXVIII (saec. 15) 497.
Leunting, Leuntinge. T. XXVIII (1280) 470. — T. XXIX (1254) 228. (1263)
       454. — Conf. etiam *Liuntingen.*
   "   Lewnting, parochia in decanatu Stain. T. XXVIII (saec. 15) 499.
Leupoltsberg, Leuppoltsperig. T. XXIX (1258) 383.
Leupoltsdorf. T. XXVIII (1280) 466. — Conf. etiam *Liupoltsdorf.*
   "   parochia in decanatu Staetz. T. XXVIII (saec. 15) 491.
Leupoltslag, Leupoltzslag, parochia in decanatu Gallneukirchen. T. XXVIII
       (saec. 15) 504.
Leuprechting, Veste und Sitz der von Watzmanstorf. T. XXX (1371) 299. —
       T. XXXI (1402) 18. (1448) 401, 403. (1449) 410. (1483) 608.
   "   conf. etiam *Leuprechting* et *Liuprehtingen.*
Leuprechtstorf. T. XXVIII (1280) 476.
Leutha, Leitha, Lita, Fluss. T. XXVIII (1241) 155.
Leutingen, Leutinge. T. XXVIII (1280) 471. — T. XXIX (1250) 79.
Leutolstal, villa. T. XXVIII (1256) 330.
Leuwentingen. T. XXVIII (1067) 215.
Leuzeinsperg. T. XXIX (1255) 232. — Conf. *Liuzeinsperg.*
Leuzenloch. T. XXIX (s. anno) 216.
Lewarn inferior prope Zeiselmauer. T. XXVIII (1280) 478. (s. anno) 184.
   "   in Austria. T. XXIX (1258) 116. (1269) 143.
   "   conf. etiam *Lebrarn.*
Lewarn. T. XXIX (1267) 249. — Conf. etiam *Lebarn.*
Lewinstein, Lewinstewne, castrum. T. XXIX (1147) 40.
Leychelingen, locus cum basilica. T. XXVIII (1157) 110.

Leyzz inferior et Oberleyss, parochiae in decanatu Staetz. T. XXVIII (saec. 15) 490.
  „ conf. etiam *Leis.*
Libdorf. T. XXVIII (s. anno) 170. (1280) 465.
Liburnia, civitas. T. XXVIII (1432) 445.
Lichsau, parochia. T. XXX (1528) 104, 105.
Lichtenau. T. XXVIII (s. anno) 189.
  „ parochia in decanatu Stain. T. XXVIII (saec. 14) 498.
Lichtenberg, Lichtenperge. T. XXVIII (1280) 457.
Lichtemwald, Edelsitz der Zenger. T. XXXI (1450) 416.
Liebenberg, Liebenberkh, parochia in decanatu Stain. T. XXVIII (saec. 15) 496.
Liechtenegk, Besitzung der Chrafll. T. XXXI (1443) 352.
Liechtenpurg, Lichtenburch, castrum prope Niunburch. T. XXVIII (s. anno) 189.
Lichtwingart, vinea prope Viennam. T. XXIX (1283) 549.
Lienveld, Lirenveld, monasterium. T. XXIX (s. anno) 511, 317. — Conf. etiam *Lilienfeld* et *Lirenveld.*
Ligesdorf. T. XXVIII (1241) 155.
Lignitz in Silesia. T. XXVIII (1241) 194.
Lilienfeld. T. XXIX (1260) 157, 461. — Conf. etiam *Lienveld.*
  „ Lilenvelde, campus Liliorum, monasterium Austriae. T. XXVIII (1280) 481. (saec. 15) 492, 498.
Liliunhofa juxta Tulln. T. XXVIII (985) 209. — Conf. *Lylinhoven.*
Liläunprunno, in Pannonia. T. XXVIII (903) 202.
Lamperkh, parochia in decanatu Wagrain. T. XXVIII (saec. 15) 494.
Lindenberg, Lindenberch, Lintenperg. T. XXIX (s. anno) 217, 507. (1253) 398. (1267) 470.
Lininge. T. XXVIII (1227) 324.
Lintach. T. XXVIII (1280) 445.
Lintau, Lintaw. T. XXIX (1296) 297. (1340) 365.
Lintperg. T. XXVIII (s. anno) 189.
Lintzinge, Lintzing. T. XXVIII (1280) 463. — T. XXIX (s. anno) 222.
Linz, Lintza, Lintza, Lintze, civitas Austriae superioris. T. XXVIII (1241) 155, 156. (s. anno) 179. (906) 204. (985) 207. (1255) 577. (1262) 586. (1433) 433. (1393) 440. (1280) 471. (saec. 15) 487, 488, 499. — T. XXIX (1248) 76. (1250) 79. (1256) 105. (1257) 109. (1263) 194. (s. anno) 223, 228. (1264) 245, 246. (1277) 294. (s. anno) 315. — In archidiaconatu laureacensi. T. XXIX (1242) 357 — (1246) 361. — Parochia et castrum ibid. (1286) 557. — T. XXX (1359) 155. (1354) 209. (1370) 295. (1381) 348, 350. (1383) 367. — T. XXXI (1404) 29, 30. (1408) 79. (1413) 119, 120, 122. (1419) 167. (1425) 203. (1454) 435. (1459) 467, 474. (1465) 497, 499. (1470) 511. (1480) 570. (1482) 605. (1486) 618. (1489) 642. (1491) 654.
Linzensperge. T. XXVIII (1280) 465.
Lirenveld, Lirenvelde, monasterium. T. XXIX (s. anno) 317. — Conf. etiam *Lilienfeld* et *Lienveld.*

Lilah, fluvius. T. XXIX (1146) 54. — Conf. eti.... ....
Liten. T. XXVIII (s. anno) 170, 177.
    „   in der — T. XXVIII (s. anno) 176. (1280) 458, 469.
    „   auf der — T. XXVIII (s. anno) 192.
    „   conf. etiam *Leiten*.
Littschau, parochia in decanatu Stain. T. XXVIII (saec. 15) 497.
Liubanstorph. T. XXIX (s. anno) 216. — Conf. etiam *Leubensdorf*.
Liubemannesriute. T. XXVIII (s. anno) 170.
Liubisa, locus cum vineis. T. XXIX (1065) 52. — Conf. etiam *Leubs*.
Liuntingen. T. XXVIII (s. anno) 178, 179. — Conf. *Leunting*.
Liupitiuspach. T. XXVIII (777) 197.
Liupoltsdorf, villa. T. XXVIII (s. anno) 170. — Conf. etiam *Leupoltsdorf*.
Liuprehtingen, Dorf. T. XXIX (1297) 590. — Conf. etiam *Leuprechting* et
        Leoprechting.
Liutolstal. T. XXIX (s. anno) 220.
Liutzechinde. T. XXVIII (s. anno) 171, 172. (1280) 466.
Liuzeinsperg. T. XXVIII (s. anno) 170. — Conf. *Leuzeinsperg*.
Liuzimannisdorf. T. XXIX (1086) 55.
Lo. T. XXIX (s. anno) 213.
Lobenberg, *Lobenberch*, castrum. T. XXIX (1125) 214.
Lobenstein, wo passauische Lehen. T. XXXI (1483) 607.
Lobestorf, villa. T. XXIX (1125) 214.
Loch. T. XXIX (1256) 249.
Lochheim. T. XXIX (1253) 389, 394.
Loochum. T. XXVIII (903) 202.
Loednitz, Fluss. T. XXX (1341) 171.
Loesdorff, parochia in decanatu S. Poelten. T. XXVIII (saec. 15) 494.
Loh, *Lohe*, *Lohen*. T. XXIX (1258) 221.
    „   Lohe. T. XXVIII (1280) 466. (s. anno) 171.
    „   Lohen. T. XXVIII (1280) 457.
    „   Lohen, parochia in archidiaconatu lambacensi. T. XXVIII (saec.
        15) 503.
Lohchirchen. T. XXIX (1273) 226.
Lohein. T. XXVIII (s. anno) 159.
Lonesburg, *Lonespurch*. T. XXIX (1130) 29, 264.
Longanne. T. XXIX (s. anno) 316.
Longay, locus cum ecclesia S. Michaelis. T. XXIX (1147) 40.
Loncelde, praedium. T. XXVIII (1241) 155.
Lorch, *Laureacum*, civitas et ecclesia. T. XXVIII (1147) 109. (s. anno) 157,
        158. (1067) 216. (1150) 228. (1432) 444. (saec. 15) 488. — T. XXIX
        (1088) 46.
    „   conf. etiam *Laureacum*.
Lorchfeld. T. XXVIII (1241) 155.
Lorenz St. T. XXVIII (1252) 369. — Conf. etiam *Laurentii S.* villa.
Lormich, parochia in decanatu Stain. T. XXVIII (saec. 15) 497.
Loipuchel. T. XXVIII (1280) 472.

Lospuchel, in officio Amsteten. T. XXVIII (s. anno) 181.
Lotwererinne, curia. T. XXIX (s. anno) 230.
Louterbrunne. T. XXVIII (1280) 468. — Conf. etiam *Luoterbrunne.*
Lozperch, ecclesia. T. XXIX (1125) 21.
Luchelinespach. T. XXVIII (1280) 458.
Luckinesbach. T. XXIX (1130) 29, 265.
Luenzen. T. XXVIII (s. anno) 191.
Lueterbach. T. XXIX (1253) 598.
      ,,   conf. etiam *Lanterbach* et *Laterbach.*
Lüttich, civitas et dioecesis. T. XXIX (1256) 100.
      ,,   conf. etiam *Leodium.*
Lug, in dem — T. XXVIII (1280) 473.
Lugdunum, Lyon, civitas Galliae. T. XXIX (1245 et 1246) 7. (1249) 367.
      ,,   Batavorum, *Leyden,* civitas Hollandiae. T. XXXI (1477) 597.
Lugendorph. T. XXVIII (1280) 456.
Luleinsrewt. T. XXVIII (1280) 465.
Lunking. T. XXIX (1253) 389.
Lunsmitz, Fluss in Oesterreich. T. XXIX (s. anno) 342.
Luoterbrunne. T. XXVIII (s. anno) 175. — Conf. etiam *Louterbrunne.*
Luterbach, praedium. T. XXIX (1253) 384. — Conf. etiam *Lueterbach* et
        Lauterbach.
      ,,   Lueterwach. T. XXIX (1253) 400.
Luzelkamp, am — T. XXXI (1470) 512.
Luzen. T. XXVIII (1280) 459.
Lycaos, Lycus, der Lech, Fluss. T. XXVIII (1452) 448.
Lyenten, zur Burg Wesen gehoerig. T. XXXI (1447) 390.
      ,,   conf. etiam *Lynden.*
Lykinhoven, Lilinghofen. T. XXIX (1071) 10. — Conf. etiam *Lilienhofa*
        juxta Tulln.
Lynden, zu der — Gericht. T. XXXI (1454) 433. — Conf. etiam *Lyenten.*
Lyz, parochia. T. XXVIII (1241) 155. — Conf. etiam *Leis* et *Leyzz.*

M.

Machlant, villa. T. XXIX (1088) 55. (1125) 214.
Macingen, Mazingen, praedium. T. XXIX (1165) 256.
Madau, Edelsitz der v. Hottau. T. XXXI (1413) 117. (1435) 288. (1493) 669.
Madelgeresdorf, praedium. T. XXIX (1179) 326. — Conf. etiam *Malgersdorf.*
Madelgersheim, praedium. T. XXVIII (1280) 461.
Maechinge, cujus redditus pertinent ad Vichtenstein. T. XXVIII (s. anno)
        175, 176. — Conf. etiam *Mechinge.*

Maeckinge, locus, qui nunc dicitur Schaerding sive Scherding. T. XXIX
      (1253) 394. (1279) 529, 530. — Conf. *Schaerding*.
Maewig, cujus decimae pertinent ad pontem Oeni in Maeching. ibid. 394.
Maensee, *Manse*, *Mondsee*, abbatia. T. XXVIII (1232) 344. (1280) 466, 483.
      (s. anno) 500.
   „ conf. etiam *Mondsee* et *Mensee*.
Maentzenperge, *Maentzeinsperg*. T. XXIX (1255) 232. (1253) 390.
Maelich juxta Dorna. — Conf. *Dornach*.
Maeurling, in Austria. T. XXXI (1415) 138.
Maeusling, parochia. T. XXVIII (1135) 101.
Maezelinsdorf, *Maetzlinstorf*, cujus redditus pertinent ad Viechtenstein.
      T. XXVIII (s. anno) 176, 177. (1280) 468, 469.
Maezelinsperg, *Maetzleinsperg*, im Gericht Ried. T. XXIX (1253) 398.
Magdeburg, archiepiscopatus. T. XXIX (1186) 36. T. XXXI (1477) 545.
   „ Maidburg, in Carinthia. T. XXVIII (1367) 456. (saec. 15) 497.
Magishove. T. XXVIII (1290) 469. — Conf. etiam *Mairhof*.
Mailberg cum hospitali S. Johannis. T. XXIX (1256) 207.
Maimanstorf. T. XXVIII (1241) 155.
Mainhartsdorf. T. XXVIII (1241) ibid.
Mainz, civitas. T. XXIX (1258) 117. — et dioecesis. T. XXXI (1477) 545. —
      Conf. etiam *Moguntia*.
Mairberg, der Hof. T. XXX (1544) 184.
Mairhof, villa. T. XXVIII (s. anno) 191. (1280) 459. — Juxta Stierberg et
      Serlenspach (1280) 459. — T. XXX (1503) 15.
   „ zur Burg Ratzmanstorf gehoerig. T. XXXI (1448) 402. (1449) 408.
Mairstorf. T. XXIX (s. anno) 223.
Maisterhartreign, ein dort gelegenes Gut vormals Messenpekisch, im Gericht
      Schaerding. T. XXXI (1424) 183.
Malausana, prope prioratum Grausello, dioecesis Vasionensis. T. XXX
      (1312) 62.
Malersperge majus, sive Gross-Malensperge — T. XXVIII (1280) 468. (s.
      anno) 170.
Malgersdorf, *Madelgeredorf*, praedium. T. XXVIII (1179) 123. — T. XXIX
      (s. anno) 220, 230. — T. XXXI (1402) 21.
   „ hofmarchia. T. XXVIII (s. anno) 161. (1280) 462, 463. (saec. 15)
      488, 501. — Conf. etiam *Madelgeresdorf*.
Malgezzing, *Malgazzing*, *Mallegazzen*, ante Reichenberg. T. XXIX (s. anno)
M   219. (1253) 388.
Malingareu, zu den — T. XXVIII (1285) 399.
Mannswerd, *Mannerwerd*, ecclesia parochialis in Austria. T. XXVIII (1280)
      481. (saec. 15) 489. — T. XXIX (1281) 535. (1290) 574. (1294) 581.
      T. XXX (1311) 63. — Im Amte Zeiselmauer (1394) 439. — T. XXXI
      (1415) 138.
Mautun, civitas. T. XXXI (1418) 161.
Marbach, *Maerbach*. T. XXVIII (saec. 15) 497, 498.
March, der Fluss. T. XXIX (s. anno) 512.

Marchartzdorf. T. XXVIII (saec. 15) 495. — Conf. etiam *Marquartzdorf.*
Marchartz-Urrar. T. XXVIII (saec. 15) 496.
Marchbach, *Marichpach.* T. XXVIII (s. anno) 171. (1280) 466. (saec. 15)
    505. — T. XXIX (1258) 221. — T. XXX (1303) 16.
  „   rivus. T. XXVIII (1262) 385.
Marchburg, *Marchpurch*, forum et castrum. T. XXIX (s. anno) 310, 316.
Marchekk, *Marichekk.* T. XXVIII (saec. 15) 491.
Marchersdorf. T. XXVIII (saec. 15) 494.
Marchgazzen, strata Pataviae. T. XXVIII (saec. 13) 507.
Marchslag, *Marichslag*, Dorf zwischen der grossen und kleinen Mühel. T.
    XXX (1385) 372.
Marchvelde, das. T. XXIX (s. anno) 315.
Marevini termini. T. XXVIII (985) 209.
Marienkirchen S. in Bavaria. T. XXVIII (saec. 15) 501. — Conf. *Maria S.*
    ecclesia.
Margarethae S. ecclesia. T. XXVIII (1280) 481, 482. (saec. 15) 496.
  „   ecclesia in decanatu Leyz. T. XXVIII (saec. 15) 489.
  „   apud Litam. T. XXIX (s. anno) 217.
  „   capella in Moutarn. T. XXIX (s. anno) 307.
Marggraven-Newnidel, in Austria. T. XXVIII (saec. 15) 491.
Mariae S. ecclesia (Marienkirchen?) ad Anasum. T. XXVIII (s. anno) 130.
    (1280) 471. (saec. 15) 493. — T. XXIX (1264) 246.
  „   ecclesia in decanatu Stain. T. XXVIII (saec. 15) 498.
  „   S. ecclesia Pataviae sivo Niedernburg. T. XXVIII (1200) 265. (1204)
    269. (1242) 289. (1244) 292. (1224) 302. (saec. 15) 487. — T. XXIX
    (1200) 279. (1212) 282. (1221) 285. (1236) 286. (1238) 288. (1244)
    290, 291. (1296) 297, 298. (1303) 300. (1306) 301. (1328) 303, 304.
    (1345) 305. (s. anno) 306. — Conf. etiam *Niedernburg.*
  „   S. capella, necnon Annae, Mathei et Mathiae Pataviae. T. XXX
    (1343) 179.
  „   S. sive S. Marien-Slag, Marein-Slag, i. e. Kloster Schlegel, Schloegl.
    T. XXX (1356) 222. — Conf. *Schlegel.*
  „   S. in littore Viennae, Unser Frauen auf der Stetten zu Wien. T.
    XXIX (1261) 436. (1263) 451. — T. XXX (1302) 13. (1303) 19. (1309)
    41. (1321) 94. (1334) 148. (1335) 150. (1338) 164. (1386) 376. —
    T. XXXI (1406) 65. (1409) 81. (1412) 109, 110. (1415) 133, 140,
    141. — Conf. etiam *Wien.*
  „   ecclesia de Verdanis, Tholosanae dioecesis. T. XXX (1317) 68.
Mariazell, cella S. Mariae, claustrum in Styria. T. XXVIII (1280) 481, 482. —
    T. XXIX (1258) 161. — T. XXX (1311) 55.
Marilima, provincia Italiae. T. XXXI (1477) 529.
Marquardsdorf, villa. T. XXVIII (1280) 478. — T. XXIX (s. anno) 221,
    229.
  „   Conf. etiam *Marchartzdorf.*
Marquardreut, *Marquartesriute.* T. XXVIII (s. anno) 169. (1280) 465.
Marsbach, *Marspach*, Veste und Pflegamt. T. XXX (1373) 305. (1396) 455,

456. — Edelsitz der Chrast. T. XXXI (1443) 551, 554. — Conf.
etiam *Morsbach.*

Marspirbaum. T. XXIX (1292) 577. — Conf. *Maspirbaum.*
Martin S. in decanatu ypolitensi. T. XXVIII (saec. 15) 498.
    „   Kirche zu Neunburch sive Neuburg. T. XXX (1317) 72.
Maspirbaum, ecclesia filialis pertinens ad Hollabrunn. T. XXX (1351) 203.
    „   Conf. etiam *Marspirbaum* et *Maysbirbaum.*
Massetrebaria, provincia Italiae. T. XXXI (1477) 529.
Mathcowerwalde. T. XXIX (1168) 255.
Mattenheim. T. XXVIII (1067) 215.
Mattsee, Mathse, ecclesia et praepositura Austriae. T. XXVIII (1143) 107.
      (1157) 111. (1188) 128, 260. (1202) 266. (1203) 268. (1263) 387.
      (saec. 15) 487, 500. — In archidiaconatu matticensi (saec. 15) 505,
      506. — T. XXIX (1133) 26. (1251) 80. (1263) 453.
    „   matticensis archidiaconatus. T. XXIX (1261) 177. — T. XXVIII
      (saec. 15) 501, 502, 503.
    „   villa. T. XXVIII (s. anno) 158, 159. (1067) 216. (1227) 272. (1237)
      339. (1241) 341. (1280) 457. — T. XXIX (s. anno) 220. (1256) 242.
      (1245) 269. — Das Herrenhaus Mattsee. T. XXIX (1295) 582.
    „   Veste und Herrschaft. T. XXX (1398) 475.
Mattzen. T. XXVIII (saec. 15) 490.
Maur, Mauer, Mowr, parochia. T. XXVIII (saec. 15) 495. — T. XXIX (1147)
      215.
Maurbach, Mawrbach, monasterium. T. XXVIII (saec. 15) 492. — T. XXXI
      (1452) 425.
Maurperg, Mawrperg, Mawrperk. T. XXVIII (saec. 15) 492. 493. — Pertinet
      ad ordinem S. Johannis hierosolymitani, in decanatu super Wagraio.
      (saec. 15) 505. — T. XXIX (1082) 53.
Maurkirchen, Mawrkirchen. T. XXVIII (saec. 15) 488, 503. — T. XXX (1397)
      126. — T. XXXI (1402) 27.
Maurstetten, Mawrstetten. T. XXVIII (saec. 15) 495.
Mawsking, Mawsking, parochia. T. XXVIII (saec. 15) 493.
Mautern, Mautarn, Mauttarn, Mawttarn, in Austria inferiori. T. XXVIII
      (1210) 134. (1241) 155. (1253) 375. (1263) 387. (1266) 392. (1276)
      405. (1277) 411, 412. (1279) 413. (1280) 473, 474, 482. (saec. 15)
      487, 494. (1432) 526. — T. XXIX (1253) 113, 127, 129. (1259) 135.
      (1253) 382, 383. — Ibi vineae et pomeria loc. cit. (1253) 401. (1263)
      453. (1266) 464, 466. (1276) 520. — Civitas (1279) 534. — T. XXX
      (1303) 18. Passauische Stadt und Kirche. T. XXXI (1404) 14, 15.
      (1446) 370. (1395) 445. (1456) 445—451. (1481) 581. — Passauische
      Stadt und Herrschaft. (1481) 597—601 (1494) 679, 692.
    „   Gericht. T. XXX (1397) 457.
    „   parochia. T. XXIX (1065) 52.
    „   das Urfahr zu — T. XXIX (1286) 560. (1302) 11.
    „   Conf. etiam *Mutarn.*
Maurinsperge. T. XXIX (s. anno) 219.

Mayerhofen. T. XXIX (1253) 391, 395, 398.
Mayerlobel an der Oed. T. XXIX (1253) 389.
Mayland, civitas. T. XXIX (s. anno) 316. — Conf. etiam *Mediolanum.*
Mayring, Besitzung der Chraſſſ. T. XXX (1443) 852, 353.
Mayrz. T. XXVIII (saec. 15) 493.
Maysbirbaum, Maysbirbaum. T. XXVIII (saec. 15) 490. — T. XXX (1341)
     468.
    „   conf. etiam *Marspirbaum* et *Maspirbaum.*
Mechinge. T. XXVIII (1280) 468, 469. — Conf. etiam *Maeckinge.*
Mediolanum, civitas. T. XXVIII (1159) 510.
    „   conf. etiam *Mayland.*
Medilichha, ultra montem Comagenum. T. XXVIII (903) 202.
Medlich, Medlinck, conf. *Melk.*
Medling, oesterreichische Veste und Markt. T. XXXI (1413) 120.
    „   parochia. ibid. (1415) 137.
Meginhartesdorf. T. XXIX (1196) 63.
Mehlers, Mehtyris. T. XXVIII (1280) 475. — T. XXIX (1065) 53.
Meidstein, Veste. T. XXXI (1463) 490.
Meilsteyn, Holz und Grundstüke. T. XXX (1313) 62.
Meingoldsdorf, Meginoldi praedium. T. XXIX (1088) 55.
Meinhartinge. T. XXVIII (1280) 458, 480.
Meinhartsdorf. T. XXIX (1292) 577.
Meinzelborndorf. T. XXIX (1283) 552.
Meirs. T. XXIX (s. anno) 247.
Meischingen. T. XXVIII (s. anno) 178. (1280) 470. — T. XXIX (1243) 77, 78.
Meiring. T. XXIX (1254) 228.
Meissau. T. XXVIII (saec. 15) 493, 494.
Meizlandorph. T. XXIX (s. anno) 247.
Melben, praedium. T. XXX (1356) 222, 223.
Melhenkoven. T. XXVIII (saec. 15) 504.
Melk, Melkh, Medlich, Medlicum, abbatia Austriae. T. XXVIII (1160) 242.
    (1240) 340. (1280) 481, 483. (saec. 15) 489, 491, 492, 493, 496, 500,
    504, 506. — T. XXIX (1116) 33. (1257) 110. (1258) 127. (1259) 133.
    (1260) 154, 156, 158, 160. (1250) 209. (s. anno) 311, 314. — T.
    XXXI (1452) 425.
Menkh. T. XXVIII (saec. 15) 496.
Mensee, parochia. T. XXVIII (saec. 15) 503, 506.
    „   conf. etiam *Mnensee* et *Mondsee.*
Merhsching. T. XXIX (1253) 396.
Mergersdorf. T. XXVIII (saec. 15) 490.
Merspach, Merinbach, Meranpach, Merenbah, parochia in officio Ried. —
    T. XXVIII (s. anno) 160, 191. — villa (1280) 458, 459. (saec. 15)
    503. — T. XXIX (1130) 29, 265. (1140) 255. (1253) 399.
Merspach. T. XXIX (1270) 495.
Merntal. T. XXVIII (s. anno) 192. (1280) 460.
Merspach. T. XXIX (s. anno) 222.

Merwang, Merswanch. T. XXIX (1258) 119, 232, 233.
Merlinstorph. T. XXIX (s. anno) 216.
Merzzinge, villa. T. XXVIII (s. anno) 191. (1280) 459.
Meters. T. XXVIII (1157) 111.
Metze, Metzen. T. XXIX (1292) 577. — T. XXX (1341) 168.
Metzeleinstorf, Metzlestorf. T. XXIX (s. anno) 224. (1293) 580.
Meuchenle. T. XXIX (s. anno) 312.
Meuernperg, Meuernperge, Mewrmperch. T. XXIX (1260) 157, 161. (1258)
    233.
Meurlinge. T. XXIX (s. anno) 216.
Meyrichs, villa et capella Virg. Mar. T. XXVIII (saec. 15) 498.
Meyrs. T. XXVIII (saec. 15) 493.
Michaelis S. ecclesia. T. XXVIII (1280) 483.
    „   conf. *Seitenstetten.*
    „   S. mons (Michelsberg?) T. XXIX (1186) 35.
    „   S. monasterium. T. XXIX (1121) 58.
    „   S. — St. Michael iu decanatu Stactz. T. XXVIII (saec. 15) 489.
    „   S. — Sankt Michel im Gericht Trebensee. T. XXVIII (986) 209.
           (saec. 15) 499. — T. XXXI (1438) 326, 327.
    „   S. — St. Michael in Wachau. T. XXVIII (1280) 473, 474.
Michelbach, Michilpach, in officio S. Poelten. T. XXVIII (1241) 155. (sine
           anno) 182, 183. (1280) 456, 481. (saec. 15) 496, 499.
Michelbach, Hof. T. XXX (1370) 295.
Michelbeurn, Buren. T. XXIX (1224) 211. (1245) 212.
Michelhausen, Michelhousen, Michelnhousen. ecclesia. T. XXVIII (1280) 482.
           T. XXIX (s. anno) 217. (1289) 568.
Michelsbach, passauisches Amt in Oesterreich. T. XXXI (1481) 597, 601.
           (1494) 678, 680.
Michelstetten. T. XXVIII (saec. 15) 490, 494. — T. XXX (1323) 105.
Milchgassen, strata Pataviae. T. XXIX (s. anno) 29, 278.
Milstat, abbatia. T. XXIX (1258) 89, 90.
Minnebach, Minnbach, monasterium monialium. T. XXVIII (saec. 15) 497,
           500.
    „   villa. T. XXVIII (1284) 418. (1280) 473, 476. T. XXIX (1256) 103.
           (1150) 322.
Minnerleith, vinea in pede montis Albrechtsgereute. T. XXIX (1267) 473.
Mirchingin. T. XXIX (1136) 60.
Mirs. T. XXIX (1121) 64.
Mirtelberch. T. XXVIII (1280) 476.
Misnia, Meissen, das Land. T. XXXI (1412) 114.
Mistelbach, parochia. T. XXVIII (1241) 155. (983) 207. (saec. 15) 490, 491. —
           T. XXIX (1256) 103. — T. XXX (1303) 19. — Bei Nieder-Hitten-
           dorf. (1338) 164.
Millaria. T. XXVIII (906) 205.
Mittelberg, Mittelberch. T. XXVIII (1284) 418. — in Austria. T. XXXI
           (1446) 369.

Mitternau, Dorf zwischen der grossen und kleinen Mühel. T. XXX (1385) 371.

Mitterdorf bei Chorlosin. T. XXIX (1263) 396.

Mitternhausen, *Mitternhusen*. T. XXVIII (saec. 15) 501. T. XXIX (1165) 256.

Mitternhirsen, praedium. T. XXVIII (1179) 123. — T. XXIX (1179) 326.

Mitternkirchen, *Mitterchirchen*, parochia. T. XXVIII (1256) 379. (saec. 15) 504. — T. XXIX (1147) 41.

Mitternpeunt. T. XXIX (1270) 500.

Mitterreut, *Miterinte*. T. XXVIII (s. anno) 170. — T. XXX (1303) 15.

Mitterstokstall. T. XXXI (1494) 694.

Mittich, *Mitich*, *Mitichin*. T. XXVIII (s. anno) 190. — T. XXIX (1220) 251. (1263) 386.

Mochinle. T. XXVIII (985) 209.

Modlisse. T. XXIX (1150) 322.

Modrich. T. XXVIII (saec. 15) 496.

Moenia, memoratur. T. XXVIII 250, 444, 445, 446.

Moestewich. T. XXVIII (1280) 473.

Moguntia et moguntinensis provincia, erzbischoeflicher Sprengel. T. XXXI (1417) 147. — Conf. etiam *Mainz*.

Mokkarau. T. XXVIII (saec. 15) 490.

Molainsberg, *Molainsperch*. T. XXVIII (1280) 434. — T. XXIX (s. anno) 217.

Moln. T. XXVIII (saec. 15) 499, 505.

Molle, capella. T. XXVIII (1067) 215. (saec. 15) 496.

Monacum. T. XXX (1380) 342. — Conf. etiam *München*.

Monasterium fratrum minorum Viennae. T. XXIX (1265) 460. (1267) 466, 480. (1268) 484. (1269) 491, 494. (1278) 531. (1281) 534.

Mondsee, *Monsee*, *Lunaelacum*, abbatia. T. XXVIII (777) 199. (1242) 347. (1243) 350. (saec. 15) 495. — T. XXIX (1254) 66. (1255) 74. (1251) 80. (1257) 108.

Mons S. Georgii juxta Enns. T. XXVIII (1186) 253.

    "   S. Georgii Pataviae, sive castrum Oberhaus. T. XXIX (1254) 236. (1255) 239. (1256) 241. — T. XXX (1311) 54. Conf. etiam *Oberhaus*, *Georgenberg* et *Joergenberg*.

    "   metallicus. T. XXIX (1096) 66.

    "   S. Michaelis, ecclesia filialis parochiae Wolfsbach. T. XXVIII (1142) 219.

    "   sanctus (Heiligenberg). T. XXVIII (1280) 477. — Conf. etiam *Heiligenberg*.

Moravia, Maehren. T. XXVIII (833) 447. (876) ibid. — T. XXIX (1253) 3. (1257) 109.

Morsbach, *Morspach*, castrum in terminis Abbatiae i. e. im Lande der Abtei. T. XXVIII (1280) 466. T. XXIX (1254) 237. (1255) 238. (1256) 239. (1257) 243 — et quidem castrum superius et inferius. (1268) 487. (1269) 492. (1270) 498. (1278) 528. (1282) 544. (1288) 565, 566. (1296) 534, 535.

Morsbach etc. conf. etiam *Marsbach.*

Mortal. T. XXIX (1125) 214.

Mortperg, Mortperch. T. XXVIII (s. anno) 169. (1280) 466.

Mos, circa Trunam et Anasum. T. XXVIII (1280) 457.

Mos, Mose, in officio Amstetten. T. XXVIII (s. anno) 181. (s. anno) 191. (1280) 459, 472.

    ,,   Moos, Edelsitz der v. Aichberg. T. XXXI (1413) 115, 116, 117. (1487) 619.

    ,,   dessen Zehent zur Burg Ratzmanstorf gehoert. T. XXXI (1448) 403. (1449) 409.

Mosbach, Mospach (conf. etiam *Wenng.*) T. XXVIII (1280) 480.

    ,,   rivus. T. XXIX (1264) 246.

Mosbrunn, Mosprunn, Mosprunne. T. XXVIII (s. anno) 187. (1280) 473. — T. XXIX (1256) 225. (1264) 245. (1222) 337. (1247) 362. (1399) 594, 595.

Mosburg, Moosburg. T. XXVIII (1160) 242.

Moselchirchen, Muselkirchen, parochia. T. XXVIII (1143) 222.

Mosheim, Mushaim. T. XXVIII (s. anno) 191. (1280) 459.

Mosin, Mosen, praedium. T. XXVIII (1179) 125, 326.

Moutarn conf. *Mutarn.*

Moxingen, inferior et superior villa. T. XXIX (s. anno) 207.

Muchile, Muchileu, villa. T. XXVIII (1241) 155.

Muderinge. T. XXVIII (s. anno) 172. (1280) 466.

Muensbach, Münhsbach, ecclesia parochialis. T. XXIX (1122) 16. (1147) 41.

Muer, fluvius. T. XXIX (s. anno) 309, 310, 316.

Muertz, fluvius. ibid. (s. anno) 316.

Mühel, Muhela, Muhla, die grosse und kleine Mühel, sive Mühl. T. XXVIII (1156) 510. (1452) 526. — T. XXIX (1256) 24. (1258) 220. (s. anno) 312. (1263) 454. T. XXX (1585) 371.

    ,,   die grosse — T. XXXI (1429) 220. (1437) 811.

    ,,   inferior. T. XXVIII (1220) 298.

Mühelleiten, Muheleiten, major circa Danubium. T. XXVIII (1156) 510.

Mühldorf, Muldorf, Mülendorf. T. XXVIII (1213) 140. — T. XXIX (1264) 66. (1213) 382.

Mühlhaupel, das kleine zwischen der grossen und kleinen Mühel. T. XXX (1385) 371.

Mülants in Oesterreich. T. XXXI (1446) 369.

Mülbach, Mulbach, Mulibach. T. XXVIII (s. anno) 175, 176. (1280) 468, 469. (saec. 15) 494. — T. XXIX (1263) 394, 896. (1278) 529, 530.

    ,,   parochia. T. XXIX (1065) 52.

Mülheim, curia et molendinum. T. XXVIII (1280) 460. — T. XXIX (s. anno) 306. (1253) 844. — T. XXX (1527) 126, 127.

    ,,   Edelsitz der Tumaier. T. XXXI (1410) 86.

Müllehen, datz dem — T. XXVIII (1286) 399.

Mühcerd, Muhcerd, praedium in Cebinge. T. XXIX (1258) 126.

    ,,   der — T. XXX (1369) 242.

München, Munchen, Munichen, villa in episcopatu pataviensi. T. XXVIII
    (1230) 457. — T. XXIX (s. anno) 219.
    „   Dorf in der Naehe der Traun. T. XXX (1345) 185. — T. XXXI
    (1480) 510.
    „   civitas Bavariae. T. XXX (1344) 184. — Conf. etiam *Monacum*.
Münchheim, Munchheim. T. XXVIII (saec. 15) 502.
Münchraeut, Munchenrawt. T. XXVIII (saec. 15) 497, 498.
Münster, Munstewr, parochia prope Reichersberg. T. XXVIII (1186) 235.
    „   im Rotthal. T. XXVIII (saec. 15) 502. — Conf. *Munster*.
    „   Edelsitz. T. XXX (1397) 453.
    „   praepositura. T. XXIX (1183) 25.
Muhein juxta Majerhoven. T. XXVIII (1230) 466.
Mukkarowwe. T. XXVIII (1067) 216.
Mukkendorf, prope Zeiselmauer. T. XXVIII (s. anno) 186. (1230) 475. —
    T. XXX im Amte Zeiselmauer (1394) 453.
Mukkenwinchel. T. XXIX (s. anno) 223.
Mulpennig, praedium. T. XXIX (s. anno) 307.
Munhartstal. T. XXIX (1292) 577.
Munin, villa. T. XXVIII (s. anno) 190.
Munolvinge, Munolfingen. T. XXVIII (s. anno) 153. (1230) 457.
Munspach. T. XXIX (1125) 214.
    „   conf. *Plascnstain*.
Munster prope Niunburg (Neuburg am Inn?) T. XXVIII (s. anno) 189. —
    Conf. *Münster*.
Munsterwoert. T. XXVIII (1230) 461.
Muntzing, Müntzingen, curia in vicinitate parochiae Hohenstat. T. XXX
    (1313) 63. (1380) 346.
Muntzkirchen, Munzchirchen, parochia. T. XXIX (1285) 387, 388. (1285)
    396, 401.
Muolhuosen, villa. T. XXIX (1130) 522.
Mura conf. *Muri*.
Murcz, fluvius. T. XXIX (s. anno) 310.
Murheim, inferius et superius. T. XXIX (1258) 233.
Muri, Mura. T. XXIX (1065) 52. (1136) 60. (1144) 61.
Murperg, Murperch. T. XXIX (1258) 233.
Murrestetin, ecclesia. T. XXVIII (1230) 482.
Murring, Murringe. T. XXVIII (s. anno) 194. (1230) 489.
Muselkirchen, Murileschirchen, parochia. T. XXVIII (1182) 125. (1220)
    250.
Musskirchen, parochia. T. XXIX (1299) 594.
Mutelsperg. T. XXVIII (1230) 473.
Muttarn, Mutaren, Mutarun, Muttarin, Moutarn, conf. etiam *Mautern*.
    „   T. XXVIII (1137) 103. (1172) 174. — In officio S. Poelten (s.
    anno) 184. (985) 209. (1067) 216. — T. XXIX (1045) 53. (1121) 57.
    (s. anno) 307. (1292) 579.
Mutenwinchel. T. XXVIII (1230) 464.

Muzesdorf, Mulzesdorf. T. XXVIII (saec. 15) 496.
Mychel. T. XXVIII (1280) 469.
Myrri conf. *Muri.*

N.

Naba, Nopa, fluvius in Bavaria. T. XXVIII (1432) 445.
Nabeck, Nabeche, locus ibid. T. XXVIII (1224) 332.
Nabinge, villa. T. XXVIII (1280) 464.
Naemilinge. T. XXVIII (1280) 469.
Narunling. T. XXIX (s. anno) 221.
Nalieb. T. XXVIII (saec. 15) 493.
Naprechtdorff. T. XXVIII (saec. 15) 492.
Narde, Fluss an dem boehmischen Gemerche. T. XXIX (s. anno) 312.
Nardina, Naerden, supra Anasum. T. XXVIII (985) 207. — T. XXIX (1258)
     99. (1260) 151. (1281) 542. — Conf. etiam *Nerden.*
Naschapping, zur Burg Retzmanstorf geboerig. T. XXXI (1448) 402. (1449)
     409.
Naschendorph. T. XXIX (s. anno) 217.
Naternpach. T. XXVIII (saec. 15) 498, 499. — T. XXX (1325) 116.
Naunen, Nawen. T. XXIX (s. anno) 310, 316.
Nenpolis, civitas. T. XXVIII (1432) 444. — T. XXIX (1258) 418.
Nebling. T. XXIX (s. anno) 216.
Neitslag. T. XXX (1303) 16. 17.
Nerden, parochia. T. XXVIII (saec. 15) 488, 504, 505. — Conf. etiam *Nardina.*
Neu-Alben, Neue Alben. T. XXIX (s. anno) 311.
Neuburg, Neunburg, Neunburch, Neoburgum, Niwemburg, monasterium
     Austriae sive Kloster-Neuburg.
   "   T. XXVIII (saec. 15) 490. — T. XXIX (1257) 415. (1270) 500. —
      T. XXX (1307) 35, 36. (1323) 102—104. — Dicitur etiam Chloster-
      halb (1328) 128, 129. (1329) 133—135. (1337) 161. (1347) 192. (1359)
      245. (1391) 412, 413. — T. XXXI (1404) 48. — Conf. etiam *Niun-*
      burg et *Chorunewmburg.*
   "   civitas Austriae, ubi praedictum monasterium. T. XXVIII (1209)
      279. (1242) 348. — T. XXIX (1260) 153, 161. (1254) 234. (1259)
      245. (s. anno) 315. (1270) 496. (1274) 516. (1279) 534. — T. XXX
      (1325) 118. (1352) 142. (1357) 159. (1386) 374.
   "   am Inn, Veste und Pflege. T. XXX (1333) 144, 145. (1389) 383.
      (1397) 459. (1399) 490. — T. XXXI (1401) 11. (1411) 94. (1414) 129.
Neuespruch, Soelde, genannt zum Neuenhaus. T. XXXI (1460) 479.
Neuhauss, Edelsitz. T. XXX (1381) 357, 359. (1389) 383.
   "   Neunhauss, das — in der Abtach. T. XXXI (1402) 19.

Neuhauss, die Veste, traegt der Kaiser von Passau zu Lehen. T. XXXI (1467) 506.
,,   die Veste am Inn. T. XXVIII (1585) 440.
,,   conf. *Neuenpruch*.
Neuhofen, *Neunhofen*, *Niwenhofen*, praepositura. T. XXVIII (saec. 15) 498.
,,   villa. T. XXVIII (s. anno) 165. (saec. 15) 499. — T. XXIX (1262) 185. (1262) 449.
,,   Neuenhof, zur Burg Ratzmanstorf gehoerig. T. XXXI (1448) 403. (1449) 409.
,,   conf. etiam *Niunhofen*.
Neukirchen, *Newkirchen*, *Neunchirchen*, *Newnchirichen*.
,,   super Ypfam. T. XXVIII (saec. 15) 488, 499.
,,   super Steyram. ibid.
,.   villa Austriae. T. XXVIII (1244) 308. (saec. 15) 497, 501.
,,   forum, Markt bei der Neustadt, im Erzdiaconat Lorch. T. XXVIII (1280) 471, 472. — T. XXIX (s. anno) 311, 317. (1242) 357. — T. XXX (1300) 2. (1325) 115, 116.
,,   Markt im Gericht Vilshofen. T. XXXI (1471) 514.
,,   conf. etiam *Niunkirchen* et *Nova-ecclesia*.
Neulengbach, novum Lengspach. T. XXVIII (saec. 15) 496.
Neulichtenwert, *Newenlichtenwert*. T. XXVIII (saec. 15) 492.
Neumaering. T. XXIX (1292) 579.
Neumarkt, novum forum in suburbio Pataviae. T. XXVIII (1262) 395.
Neundorf, *Newendorf*. T. XXVIII (1280) 471. (saec. 15) 494, 496. T. XXIX (s. anno) 221, 314. (1263) 452. — T. XXX (1303) 15.
Neunekk, *Newnekk*, Edelsitz. T. XXX (1396) 449.
Neunfels, Pflegamt. T. XXXI (1424) 132.
Neunlinge, *Neundling*. T. XXVIII (s. anno) 191. — T. XXIX (1253) 383, 393.
Neu-Nusberg, Edelsitz der Nusberger. T. XXXI (1442) 549.
Neu-Ortenburg. T. XXXI (1404) 32, 34.
Neunreit, *Nennreut*, im Lande der Abtey, zur Pfarrei Rorenpach gehoerig. T. XXVIII (s. anno) 169. — T. XXXI (1437) 521. — Conf. etiam *Niureit*.
Neunstadel. T. XXVIII (saec. 15) 499.
Neunstat, *Neustat* bei Wien. T. XXXI (1455) 440. (1465) 494, 501, 503. (1467) 506.
,,   die — sive civitas praenominata a duce Leopoldo fundata. T. XXVIII (s. anno) 311, 317. — T. XXIX (1277) 524.
,,   conf. etiam *Niwenstat*, *Nova-Civitas*, et *Wienerisch-Neustadt*.
Neusiedel, *Niwsidel*, *Newesidel*. T. XXVIII (1157) 110. (1241) 155. (1205) 267. (1209) 277. (1280) 478, 479. T. XXIX (1254) 65, 203.
,,   aroae in Stein. T. XXIX (1249) 227. — T. XXX (1303) 6.
,,   conf. etiam *Niwsidil*.
Neustift, *Newstift*, *Newenstift*. T. XXVIII (1280) 473. — In decanatu laureacensi (saec. 15) 500, 505.

Neustift, etc. in der Neustift, Gerichts Schaerding. T. XXXI (1446) 360.
    Passauischer Zehent daselbst. (1494) 694.
    „   conf. etiam *Nova-Cella.*
Newcarn, Neufarn conf. *Niucarum.*
Neuhäugen. T. XXIX (s. anno) 222.
Neydperg. T. XXVIII (s. anno) 149.
Nezzelpach, Nesselpach, Neselpach, parochia. T. XXVIII (1228) 327. (saec. 15)
    504. — T. XXIX (1261) 7, 29. (1255) 232. — T. XXX (1385) 363.
Nicola St., monasterium S. Nicolai, extra muros patarienses, sive in suburbio
    Pataviae. T. XXVIII (1157) 103. (1160) 116. (1067) 212. (1143) 221.
    (1155) 232. (1156) 233. (1173) 252. (1212) 289—290. (1224) 30, 333.
    (1262) 385. (1264) 390. (saec. 15) 498, 500, 507. — T. XXIX (1121)
    58. (1204) 29, 269. (1210) 29, 274. (1254) 81, 82. (1164) 253. (1140)
    254, 255. (1212) 29, 274. (1528) 503. (s. anno) 305. (1212) 232.
    (1294) 581. — T. XXX (1526) 122. — T. XXXI (1404) 49.
    „   S., ecclesia sive capella extra muros Viennae. T. XXIX (1267)
    479. — Dicitur monasterium monialium ibid. T. XXX (1335) 150.
Nicolsburg, Nicolspurg, Nicolspurkch, Nycolspurg, Veste der v. Lichten-
    stein. T. XXX (1385) 365. (1391) 413, 415. (1393) 424. — T. XXXI
    (1470) 510.
Nidecke. T. XXIX (1165) 255.
Nieder-Abstorf in Austria, Niedern-Abstorff. T. XXX (1390) 402.
Nieder-Altmich, Nieder-Altach, monasterium. T. XXVIII (777) 199. (saec. 15)
    495, 499. — T. XXIX (1242) 5, 29, 73. (1239) 6. (1200) 6, 29. (1254)
    66. (1258) 164. (1263) 196.
Niederburg, Niedernburg, monasterium monialium Pataviae, sive S. Mariae
    ecclesia. T. XXVIII (1160) 116. (s. anno) 169. (1200) 265. (1204)
    269. (1224) 30, 385. (1262) 386. (1298) 425, 427, 428. (1280) 465.
    (saec. 15) 500, 506, 507. (1432) 526. — T. XXIX (1204) 29, 269.
    (1212) 29, 275. (1258) 114, 122. (1262) 183. (s. anno) 216. (1164)
    253. (1140) 254, 258. (1294) 581. — T. XXX (1526) 122. — T. XXXI
    (1404) 48.
    „   conf. etiam *Mariae S.* ecclesia.
Nieder-Chessla, in der Pfarrei Engelzell. T. XXXI (1447) 590.
Nieder-Chumering. T. XXIX (1253) 391.
Niederdorf, Niederndorf, juxta Griesbach. T. XXVIII (s. anno) 170. (1280)
    455. — T. XXIX (s. anno) 216.
    „   Besitzung der v. Tannberg. T. XXXI (1402) 18.
Nieder-Freinberg, Niedernfreynperg. T. XXIX (1253) 393.
Nieder-Goltsowe. T. XXVIII (1280) 460.
Nieder-Hag, Niedernhag. T. XXIX (1254) 299.
Niederharde. T. XXVIII (1280) 456.
Nieder-Hartheim. T. XXVIII (1280) 456.
Niederhaus, Veste und Pflege zu Passau. T. XXX (1371) 297. (1391) 438. —
    T. XXXI (1404) 30. (1405) 64. (1487) 623, 629.
Nieder-Hautzental bei Hauslehen. T. XXXI (1438) 327.

Niederheim, zur Burg Ratzmanstorf gehoerig. T. XXXI (1448) 403. (1449) 410.
Nieder-Ihillendorf bei Mistelbach. T. XXX (1338) 164.
Niederhof, *Niedernhof*, zu Passau. T. XXVIII (1452) 525.
Nieder-Hollubrunn, Pfarrei. T. XXX (1317) 72.
Nieder-Holzheim, *Niedernholzheim*. T. XXVIII (1280) 465.
Nieder-Hunting. T. XXIX (1255) 393.
Nieder-Johanniskirchen. T. XXVIII (saec. 15) 501.
Niederkofen. T. XXIX (1203) 389.
Nieder-Leitten, *Niedernleitten*, zur Burg Wesen gehoerig. T. XXXI (1447) 390.
Nieder-Morsbach. T. XXIX (1295) 535.
Nieder-Mumenau. T. XXIX (1284) 553, 554.
Nieder-Muminge. T. XXVIII (1280) 480.
Nieder-Oberhausen, *Nidernoberhausen*. T. XXVIII (saec. 15) 488, 501.
Nieder-Praitennich, *Nidernpraitennich*. T. XXIX (1253) 595.
Nieder-Rana. T. XXVIII (saec. 15) 498.
Nieder-Reut, *Nidernreut*. T. XXIX (1254) 228.
Nieder-Rudlachingen. T. XXX (1349) 197.
Nieder-Ruspach, in Austria. T. XXX (1390) 402.
Nieder-Schaerding. T. XXXI (1414) 129.
Nieder-Schwarzenbach, *Nidernswertzenpach*. T. XXIX (1253) 394.
Nieder-Stras. T. XXIX (1255) 87.
Nieder-Sulz, inferior Sulz, parochia. T. XXVIII (1203) 267. (1209) 277.
Nieder-Wachrain. T. XXVIII (1280) 475.
Nieder-Widem, Gut zum Hofe Hakenberg bei Passau gehoerig. T. XXX (1369) 285. (1397) 457.
Nislinge. T. XXVIII (1250) 456.
Nitcen, villa. T. XXIX (1150) 322.
Nianburg, *Niunburg*, Kloster-Neuburg. T. XXVIII (1280) 430, 481. T. XXIX (1229) 347. (1261) 435. (1279) 531. — T. XXX (1323) 107.
   " conf. etiam *Neuburg*.
Niuuhofen, *Niwenhofen*. T. XXVIII (1241) 341. (1280) 461, 469, 482, 483. T. XXIX (s. anno) 219.
   " conf. etiam *Neuhofen* et *Senftlehingen*.
Niunkirchen, *Niunchirchen*, *Niwenchirchen*. T. XXVIII (s. anno) 180. (1067) 215. — T. XXIX (1125) 21. (1214) 29, 271. (1147) 40. (1153) 60.
   " conf. etiam *Neukirchen* et *Nova-ecclesia*.
Niuraetinge. T. XXVIII (s. anno) 192. (1280) 460.
Niureut, *Niwreut*. T. XXVIII (1280) 465.
   " conf. etiam *Neureit*.
Niusidil, *Niwsidel*, propo Swabdorf. T. XXVIII (s. anno) 186. T. XXIX (1256) 225.
   " conf. etiam *Neusiedel*.
Niuenrum, *Newcarn*, *Neufaru*. T. XXVIII (933) 208.
Niuwenling. T. XXIX (s. anno) 307.

Niwenstat. T. XXIX (1147) 41. (1246) 361. — Conf. etiam *Neunstat* et *Nova-civitas.*
Noohling. T. XXVIII (saec. 15) 498.
Noderschalineschaite. T. XXVIII (1155) 232.
Noetingestorf. T. XXVIII (1457) 280.
Nowimchha, ultra montem Comagenum. T. XXVIII (903) 202.
Noppendorf, villa. T. XXIX (s. anno) 246.
Nordernbach, parochia. T. XXVIII (1211) 139. — T. XXIX (1140) 255.
Nordfilusa, fluvius. T. XXVIII (777) 199.
Nordwald, Nortwald, silva. T. XXIX (1195) 21. (1096) 66. (1209) 63. (s. anno) 216.
Norzzendorf. T. XXVIII (1280) 477.
Notawe, villa. T. XXVIII (s. anno) 170. (1280) 465. — T. XXIX (1253) 590.
Nothbrechtsberg. T. XXIX (1262) 182.
Notspach. T. XXIX (s. anno) 231.
Nova-cella, Neustift, prope Frisingam. T. XXIX (1290) 574.
Nova-civitas, Neustat. T. XXIX (1260) 167. (1260) 372. — Sedes episcopalis. T. XXXI (1494) 689.
    „   conf. etiam *Neunstat* et *Niwenstat.*
Nova-ecclesia, Neukirchen, in decanatu Gallneukirchen. T. XXVIII (saec. 15) 504.
    „   conf. etiam *Neukirchen* et *Niunkirchen.*
Novum-forum (der Neumarkt) Pataviae. T. XXIX (s. anno) 29, 270, 272, 273.
Nova-sika, ecclesia ad fines Styriae. T. XXVIII (1280) 481.
Nuachowe conf. *Wachowe, Wachau.*
Nuesch, die beiden Orte — T. XXIX (1292) 577. — T. XXX (1341) 168.
Nummentobel. T. XXVIII (s. anno) 169. (1280) 465.
Nuoer, praedium in Hungerberge. T. XXIX (1204) 269.
Nuoldorf. T. XXVIII (s. anno) 191. (1280) 459.
Nuonlingen. T. XXVIII (1163) 119.
Nürnberg, Nurenberg. T. XXVIII (1262) 386. (1276) 401. (1298) 423, 426. — T. XXIX (1274) 513, 515. — T. XXXI (1461) 485. (1491) 669.
Nusberg, Nuzperg. T. XXIX (1282) 546.
Nusdorf prope Hollenburg. T. XXVIII (saec. 15) 495, 505. — T. XXX (1406) 65.
Nuwendorph. T. XXIX (s. anno) 216.
Nuwenhoven. T. XXIX (s. anno) 217. (1148) 29, 259.
Nuzpach. T. XXVIII (1280) 456.
Nybach. T. XXIX (1253) 398.
Nytraba, civitas Moesiae. T. XXVIII (1432) 445.

O.

Obelfing, Voglei, zur Burg Ratzmanstorf gehoerig. T. **XXXI** (1448) 405. (1449) 410.

Obenheim, *Owenheim*, praedium. T. **XXVIII** (1179) 123. (1280) 460. — T. **XXIX** (1179) 326.

Ober-Aetschenperg. T. **XXIX** (1253) 396.

Ober-Altaich, monasterium. T. **XXIX** (1289) 570.

Ober-Au und *Nieder-Au.* T. **XXVIII** (s. anno) 170.

Oberdorf im Lande der Abtei. T. **XXX** (1353) 207.

Oberfeuchtenbach. T. **XXX** (1399) 486.

Oberhaus conf. infra *Obernhaus.*

Obernberg, *Obernperg*, *Obernperge*, castrum, hofmarchia et forum ad Oenům. T. **XXVIII** (s. anno) 160. (1262) 385. (1276) 400. (1429) 451. (1280) 457. (1250) 458. (saec. 15) 488. — T. **XXIX** (1204) 29, 270. (1255) 94. (1257) 113. (1253) 129. (1260) 147. (1261) 176. (1259) 225. (s. anno) 231. (1253) 233. (1254) 236. (1250) 235. (1256) 239, 241. (1257) 243. (1260) 249. (saec. 15) 503. (1274) 506. (1231) 557. (1296) 588. — T. **XXX** (1317) 71. (1325) 117. (1327) 128. (1378) 332. (1379) 337. (1399) 487. — T. **XXXI** (1421) 176. (1433) 236. (1435) 260, 261. (1438) 352, 334. (1442) 360. (1465) 494. (1477) 636. (1493) 665, 666.

Obernchumering. T. **XXIX** (1253) 390.

Oberndorf, praedium. T. **XXVIII** (1179) 123. (s. anno) 169. (1280) 464, 483. (saec. 15) 496. — T. **XXIX** (s. anno) 216. (1150) 322. (1179) 326. (1253) 395. — Zehent zur Burg Ratzmanstorf gehoerig. T. **XXXI** (1448) 405. (1449) 410.

Oberndrum. T. **XXVIII** (saec. 15) 502.

Obernflaelling, zwischen der grossen und kleinen Mühel. T. **XXX** (1385) 370, 371.

Obernfreynperg. T. **XXIX** (1253) 393.

Obern-Haeltenperg. T. **XXIX** (1253) 396.

Obernhaibach. T. **XXIX** (1253) 387.

Obernhaim, *Oberhaim*, *Oberheim.* T. **XXIX** (1261) 176. (1253) 390. (1264) 457, 458.

Obernhaselbach, *Oberhaselpach*, im Gericht Vilshofen. T. **XXXI** (1437) 368. (1443) 358, 359.

Obernhaus, Veste zu Passau, auch S. Georgenberg genannt. T. **XXXI** (1487) 623, 629.

   ,,   conf. etiam *Mons S. Georgii* et *Georgenberg.*

Obernhohenstegen. T. **XXVIII** (s. anno) 170. (1280) 465.

Obernhunting. T. **XXIX** (1253) 393.

Obernkirchen. T. **XXVIII** (saec. 15) 497. — T. **XXIX** (1260) 153.

Obernlainach. T. **XXIX** (1253) 594.

Obernleizz. T. XXVIII (saec. 15) 488, 490. — T. XXX — parochia (1349) 198.
Obermeundorf. T. XXVIII (saec. 15) 498.
Obern-Neusidl, villa. T. XXVIII (1277) 411.
Obern-Paegarten in der Pfarr Antesenhofen. T. XXXI (1324) 183.
Obern-Pering, Edelsitz der Egker. T. XXXI (1487) 651.
    „   T. XXVIII (s. anno) 163.
Obernprailenaich. T. XXIX (1253) 393...
Obern-Rauna. T. XXVIII (saec. 15) 498.
Obern-Reut. T. XXIX (1254) 228. (1253) 395.
Obern-Ruspach. T. XXX (1390) 402.
Obernsand (zi)-Johanniskirchen. T. XXVIII (saec. 15) 502.
Obernslockstall. T. XXIX (1253) 402. — T. XXXI (1494) 693, 694.
Oberntrenbach. T. XXVIII (s. anno) 192.
Obernwerd, *Obernwerde*, praedium altahense. T. XXIX (1243) 7, 29. (s. anno)
        220.
Obern-Widem, Gut zum Hofe Hakenberg bei Passau gehoerig. T. XXX (1361.
        285. (1347) 457.
Obern-Zama, in Oesterreich. T. XXX (1390) 402.
Obizi. T. XXIX (1065) 62.
Obizinpach, fluvius. T. XXIX (1096) 66.
Obolsing conf. *Obelfing*.
Obrechtsperg. T. XXVIII (saec. 15) 497.
Ochsenbach, *Ochsenpach*, *Ohsenbach*. T. XXVIII (saec. 15) 169, 497. (1280)
        465.
Ochsenburg, castrum cum capella. T. XXVIII (saec. 15) 495.
Ochenrib, parochia in decanatu Stani. T. XXVIII (saec. 15) 496.
Ochsenzagel, der Werd, zu Urfar gehoerig. T. XXX (1324) 103.
Ocinsdorj. T. XXVIII (1280) 430.
Ockershrim, Edelsitz der Fuelbeghen. T. XXXI (1497) 707.
Ode, villa. T. XXVIII (1143) 106. (s. anno) 162, 170, 172, 192. — T. XXIX
        prope Grasinsec (s. anno) 230. (1262) 246. — Conf. etiam *Oedr*.
Odelberingen, praedium. T. XXVIII (1179) 123. — T. XXIX (1179) 526.
Odelpady, ripa et terminus judicii civitatis S. Ypoliti. T. XXIX (s. anno) 86.
Odemgraben major. T. XXIX (1138 — 1148) 29.
Odempletenpach, villa. T. XXIX (1150) 322.
Oder, curia in parochia Iraheim. T. XXIX (1284) 554.
Odrica, Oder, Fluss. T. XXVIII (432) 445.
Oed, auf der — T. XXIX (1253) 394.
Oede. T. XXVIII (1280) 456, 459, 461, 465, 475. — T. XXIX (1138 —
        1148) 29. (1253) 390, 391, 393, 396.
    „   sub Peilstein. T. XXVIII (1280) 466.
    „   apud Pentcenstadel. T. XXIX (1258) 234, 244.
    „   im Lande der Abtei. T. XXX (1353) 207.
    „   Besitzung der Chraft. T. XXXI (1443) 383, 384.
    „   Zehent zu — zur Burg Ratzmanstorf gehoerig. T. XXXI (1448)
        403. (1449) 409.

Oeden-Wielrawn im Gericht Schaerding. T. XXXI (1424) 183.
Oedern, zur Burg Weson gehoerig. T. XXXI (1447) 390.
Oekersdorf in Oesterreich. T. XXX (1349) 198.
Oekersheim. T. XXVIII (s. anno) 190.
Oelperig, Gut. T. XXX (1500) 3, 4.
Oenus, fluvius. T. XXVIII (1067) 214. — T. XXIX (1266) 238. — Conf.
  etiam *Enus* et *Inn*.
Oesternperg. T. XXIX (s. anno) 216.
Oesterreich conf. etiam *Austria*.
  „   T. XXVIII (1432) 525. — T. XXIX (1340) 304. (s. anno) 309, 313.
          T. XXX (1502) 11. (1503) 18. (1304) 21, 22. (1506) 30. (1317) 72,
          74, 78. (1318) 82. (1319) 86. (1323) 129, 130, 131. (1329) 134.
          (1332) 142, 143. (1349) 198. (1355) 208. (1357) 225. (1359) 245.
          (1360) 249. (1363) 258. (1369) 285, 288. (1376) 326. (1381) 353.
          (1386) 573, 374, 375. (1391) 413. (1394) 452, 433. (1394) 440,
          441. (1397) 469. (1398) 472, 481, 482. — T. XXXI (1404) 51, 52.
          — (1489) 640, 641.
Oestin. T. XXIX (s. anno) 218.
Oetenskaim. T. XXIX (s. anno) 315.
Oetinge. T. XXIX (1289) 571.
Oelmische. T. XXVIII (1230) 456.
Oezzen. T. XXVIII (saec. 15) 498.
Oezzenstorf. T. XXVIII (1230) 476.
Oezzingen. T. XXIX (s. anno) 222.
Ofen, civitas. T. XXXI (1439) 545. (1481) 601.
Offenhausen. T. XXVIII (saec. 15) 504.
Oftharinge, *Ofthering*. T. XXVIII (saec. 15) 499. — T. XXIX (1248)
          77, 78.
Okestorf. T. XXVIII (1230) 476.
Okinstorf. T. XXVIII (1135) 102. (1163) 118.
Okker, der — zwischen der Traun und Ens. T. XXVIII (1230) 456.
Olbersdorf. T. XXVIII (saec. 15) 492.
Olmütz, civitas. T. XXIX (1258) 117.
Oinstorf. T. XXIX (1273) 226.
Oloschnitz, Edelsitz der von Kommathe. T. XXXI (1463) 490.
Opawitz. T. XXXI (1465) 504.
Opolnitz, *Oppolnitz*, das Amt. T. XXXI (1459) 473.
Opolnitz, *Opolmich*, in officio Amstetten. T. XXVIII (s. anno) 181. (1230)
          472. (saec. 15) 488, 499.
Oreistorf. T. XXIX (s. anno) 311.
Orkorling. T. XXIX (1253) 337.
Oruba, parochia. T. XXVIII (1144) 224.
Ort, *Ortt*, parochia. T. XXVIII (1230) 464. (sine anno) 491, 502.
  „   das Urfar zu — T. XXIX (1303) 300.
  „   die Burg. T. XXIX (1254) 236.

Orl, *Orll*, Edelsitz der von Mersenpeck. T. XXXI (1442) 350.
Ortenburg, *Ortenberch*, castrum. T. XXVIII (1251) 372. — T. XXIX (1283) 563.
Ortmannsperg im Lande der Abtei. T. XXX (1353) 207.
Ortwinsperg. T. XXVIII. (s. anno) 169.
Osletz, Edelsitz der von Langendorf. T. XXXI (1479) 567.
Ospirinperge, praedium. T. XXVIII (1179) 123. — T. XXIX (1179) 326.
Osram. T. XXIX (s. anno) 311.
Ossarn. T. XXIX (s. anno) 317.
Ossiach, *Ozinch*, monasterium. T. XXVIII (1186) 255.
Osterberg, *Osternberg*. T. XXVIII (1223) 143. (saec. 15) 488, 501.
Osterheim, *Ostersheim*, Preyzingische Besitzung. T. XXXI (1427) 207.
Osterhofen, monasterium. T. XXVIII (1236) 153. (1280) 463. (saec. 15) 500, 506. — T. XXIX (1258) 161. (1261) 177. (1249) 205. (s. anno) 213, 306. (1338) 382.
Oswald S. in decanatu Gallneukirchen. T. XXVIII (saec. 15) 504.
    „   in decanatu Leyz ibid. 489.
    „   in decanatu Stain ibid. 498.
    „   ob Satlaeren. T. XXX (1341) 471.
    „   proprietas ecclesiae patariensis. T. XXVIII (s. anno) 188.
    „   in silva bavarica. T. XXVIII (1280) 472.
Otakering, ecclesia. T. XXX (1302) 13.
Ote. T. XXVIII (s. anno) 191 — conf. etiam *Ode* et *Oede*.
Otenshnym. T. XXX (1357) 230.
Olgeresheim, *Othgeresheim*, *Otkerisheim*. T. XXIX (1135) 253. (1165) 256. (1142) 321.
Othartskirchen, *Ottarskirchen*. T. XXVIII (1226) 390. (1282) 443. (saec. 15) 488, 501.
Otherbuch. T. XXIX (1209) 230.
Otilia S. T. XXVIII (saec. 15) 506.
Ottenchoren. T. XXVIII (saec. 15) 488.
Ottendorf. T. XXIX (1292) 577. — XXX (1341) 169.
Ottenheim. T. XXVIII (saec. 15) 504. Conf. etiam *Ottinkeim*.
Ottenslag conf. *Ottinslage*.
Ottental in Oesterreich. T. XXX (1364) 259.
Otterbach, curia. T. XXXI (1454) 432, 433.
Ottinkeim. T. XXVIII (s. anno) 179. (1280) 470. — Conf. etiam *Ottenheim*.
Ottinslage, *Ottenslag*, villa. T. XXVIII (s. anno) 174. (1280) 472. (saec. 15) 488.
Otting. T. XXVIII (saec. 15) 501. — T. XXIX (1261) 7, 29.
Ottmaringen, hofmarchia. T. XXVIII (1244) 552.
Ottnange, *Otnange*. T. XXVIII (s. anno) 192. (1280) 459.
Ottnische, *Otnische*, aqua sive rivus. T. XXVIII (s. anno) 192. (1280) 459.
Ottspach, *Otspach*, *Otzpach*, villa cum ecclesia. T. XXVIII (s. anno) 192. (1250) 456. (1280) 459. (saec. 15) 488, 503.
Ottzeinsdorf. T. XXVIII (1284) 418. (saec. 15) 493. — T. XXIX (1256) 107. (s. anno) 317.

Oltzen. T. XXVIII (saec. 15) 497.
Ottwinsperche. T. XXVIII (1280) 465.
Ouchental. T. XXVIII (s. anno) 169. (1280) 465.
Ourolstobel. T. XXVIII (1280) 461.
Oustia, Oustein. T. XXVIII (1280) 470, 471.
Ouwenchirchen, parochia. T. XXVIII (1067) 215.
Owa. T. XXVIII (s. anno) 171.
Owe, Ow, in officio Amstetten. T. XXVIII (s. anno) 181.
Owe, in der — T. XXVIII (s. anno) 192. — T. XXIX (s. a.) 216. (1258)
    221.
Owe, die — ibid. (1280) 460.
Owe, superius et inferius. T. XXVIII (1280) 465.
   „   in der — silva. ibid. (1280) 463.
   „   an der — T. XXVIII (1280) 469.
   „   T. XXVIII (1280) 473, 475, 480. — T. XXX (1324) 108.
Owenbach. T. XXVIII (s. anno) 170. (1280) 465.
Owenheim conf. *Obenheim.*
Owerberge. T. XXVIII (s. anno) 171. (1280) 466.
Ozeinstorf conf. *Oltzeinsdorf.*

P.

P. conf. etiam *B.*
Paben, villa. T. XXVIII (1280) 479.
Pabenneunkirchen. T. XXVIII (saec. 15) 504.
Pabesperge, Papensperge, villa. T. XXVIII (s. anno) 170. (1280) 465.
Pabing, zur Burg Ratzmanstorf gehoerig. T. XXXI·(1448) 394, 402. (1449)
    403, 409.
Pach. T. XXVIII (1280) 474. — T. XXIX (1125) 21. (1253) 394.
Pachelingen. T. XXIX (s. anno) 222.
Pachesperge, Pahesperge. T. XXVIII (1280) 465.
Pachmul, Pachmuole. T. XXVIII (1067) 214; — ultra Oenum. (1280) 458.
    T. XXIX (1253) 386.
Pachonowa prope Linz. T. XXVIII (983) 207.
Pachrunsen, Weingelaende bei Enzersdorf in Oesterreich. T. XXX (1398)
    478.
Padua, Padaw, civitas Italiae. T. XXXI (1401) 17.
Paegarten conf. *Ober-Paegarten.*
Paeging. T. XXVIII (s. anno) 189.
Paezzenstadel. T. XXIX (1253) 392.
Paffendorf. T. XXVIII (saec. 15) 492.
Paidenpentling, zur Burg Nicolaburg gehoerig. T. XXX (1391) 415.

Paierake, Paeierake. T. XXVIII (s. anno) 171, 172. (1280) 466.
Paierberg, Paierperge. T. XXVIII (1280) 473. — T. XXIX (1260) 223.
Pabentz. T. XXVIII (saec. 15) 499.
Palta. T. XXIX (1066) 52. (1121) 59.
Paltresperg, Paltresperig. T. XXVIII (1280) 468.
Paltrendorf. T. XXVIII (saec. 15) 492.
Pancratii S. ecclesia. T. XXVIII (1280) 481.
   „   S. ecclesia in Austria. T. XXIX (1260) 233.
   „   S. ecclesia, sive S. Pangratien in der Pfarrei Engelhardszell. T. XXX (1325) 116.
Pangsprunne. T. XXIX (1292) 577.
Pannonia. T. XXVIII (1452) 444, 445, 446.
Pansee. T. XXVIII (saec. 15) 496.
Pantgartenlehen, praedium. T. XXIX (1253) 389.
Parschalchsperge. T. XXIX (s. anno) 222.
Parsenbrunn bei Hausleiten, Parschenbrun. T. XXXI (1438) 327, 329.
   „   der Werd oder die Flusinsel bei Trebensee. T. XXX (1354) 212.
Partenstein, in der Nache von Reymoltsberg. T. XXX (1370) 292.
   „   oder Portenstain, die Burg. T. XXX (1338) 162. — T. XXXI (1421) 172. (1489) 638, 659. — Conf. etiam *Portenstein.*
Partz, im Hausruck-Viertel. T. XXXI (1426) 204.
Partzendorf in Oesterreich. T. XXX (1390) 402.
Paslbrunn. T. XXX (1541) 168.
Pasloren. T. XXIX (1253) 389.
Patavia, Pazzow, Pazowe, Passau, Stadt und Bischofssitz. T. XXVIII (777) 199. (1138) 104. (1160) 116. (1165) 119. (1067) 216. (1194) 263 (1209) 282. (1226) 308 — 314. (1262) 336. (1276) 401. (1298) 423, 425. (1323) 430. (1344) 431. (1348) 433. (1367) 436, 437, 439. (1395) 440, 441. (1434) 442. (1432) 445. (737) 446. (1429) 450, 451. (1432) 452, 453. (1443) 454. (1455) 455. (1300) 511. (1368) 515. (1432) 522. (1443) 529. — T. XXIX (1065) 65. (1254) 66. (1256) 99. (1258) 129. (1269) 139. (1260) 162. 166. (1261) 176, 177. (1263) 191. (1249) 222. (1200) 279, 330. (1227) 285. (1237) 287. (1238) 288. (1244) 291. (1258) 293. (1288) 297. (1296) 298. (1303) 300. (1306) 301. (1310) 302. (1325) 302. (1329) 303. (1340) 305. (s. anno) 307. (1164) 324. (1216) 533, 534. (1222) 338, 339. (1227) 343, 344. (1237) 353. (1240) 356. (1242) 357, 359. (1247) 364. (1248) 365. (1249) 566, 367. (1250) 370. (1261) 374. (1252) 378. (1252) 381. (1253) 397. (1257) 414. (1258) 425. (1260) 429. (1261) 431, 452. (1263 et 1262) 445. (1262) 448, 449, 450. (1263) 453, 454. (1264) 457, 458. (1265) 463. (1268) 483, 484. (1272) 504. (1278) 523, 529, 530. (1281) 536 — 538, 540. (1282) 544, 548. (1283) 551. (1284) 553, 555. (1285) 557. (1288) 563, 564, 567. (1289) 572. (1290) 573, 574. (1292) 579. (1294) 581, 582, 583. (1297) 590. (1299) 593. — T. XXX (1302) 3. (1306) 24, 27. (1308)

Pataria etc. 38, 39. (1309) 41. (1310) 49. (1311) 54, 55, 60. (1313) 65. (1318) 80, 84. (1319) 88, 89. (1320) 91. (1326) 119. (1326) 121, 124. (1327) 126, 127. (1329) 133. (1331) 139, 140. (1332) 142. (1335) 151. (1336) 153, 154, 157, 159. (1337) 160, 161. (1338) 163, 165. (1341) 167, 170, 171. (1346) 187. (1347) 190. (1349) 196, 197. (1351) 203. (1371) 297 — 299. (1394) 439, 440, 442 — 444. (1396) 449, 450, 456. (1397) 456, 465. 470. (1398) 471, 472, 474, 477. (1399) 487, 491, 492. — T. XXXI (1400) 2. (1401) 5, 8, 9. (1402) 13, 21, 25, 27, 29. (1404) 31, 32, 49, 51, 52. (1405) 54, 60. (1406) 61, 62, 67. (1407) 72. (1408) 76 — 80. (1410) 90, 92. (1411) 94, 95, 99, 105, 106. (1412) 108, 113, 114. (1413) 116 — 118. (1414) 126, 127. (1415) 131, 133, 136. (1416) 144. (1417) 145. (1419) 165. (1420) 169. (1421) 172, 175, 177. (1423) 180. (1424) 189, 193, 196. (1426) 206. (1430) 226, 227, 229. (1433) 232. (1434) 253. (1435) 257, 263, 266, 271, 272, 273, 285, 287, 289, 294, 300. (1437) 314, 315, 318. (1438) 325, 333. (1439) 344, 345, 346. (1443) 349, 350. (1445) 368, 369. (1446) 371. (1447) 375 — 377, 384, 387, 389, 391, 393. (1448) 401, 404. (1449) 410, 413. (1450) 415. (1453) 427, 429. (1455) 440, 441. (1457) 457 — 459. (1459) 469, 475. (1460) 478. (1462) 487. (1473) 519. (1473) 550. (1481) 584, 585, 601. (1482) 605, 606. (1483) 612. (1487) 629. (1489) 636, 637, 639, 640, 641, 647. (1490) 649, 651. (1491) 654, 658, 661, 662. (1493) 699. (1494) 674, 685, 687. (1496) 701. (1497) 704, 707. (1499) 710.

„ Andreas-Capelle in der Domkirche. T. XXXI (1414) 127.

„ Erasmus-Capelle daselbst loc. cit.

„ Sixtus-Capelle daselbst, Erbbegraebniss der Grafen von Ortenburg. T. XXXI (1454) 430. (1459) 472.

„ Paul S. — Pfarrkirche zu Passau. T. XXVIII (1186) 255. (1432) 527. — T. XXIX (1328) 303. (s. anno) 307. (1179) 305. — T. XXX (1308) 39. (1346) 186, 187. (1373) 303. — T. XXXI (1404) 41. (1464) 490.

„ Leprosen-Haus daselbst. T. XXIX (1253) 388. T. XXX (1317) 78. (1318) 79. (1325) 116. (1326) 122.

„ Vicedom-Amt Passau. T. XXX (1304) 21. (1389) 383. (1394) 458.

„ Stadtrichter-Amt daselbst. T. XXX (1318) 31. (1350) 201. (1369) 245. (1372) 301. (1381) 356 (1386) 572.

„ Maut-Amt. T. XXX (1343) 179. (1373) 308. (1378) 833. (1386) 372. (1397) 460, 469.

„ Brücke daselbst und Brücken-Amt. T. XXIX (1265) 382, 383, 386, 389, 390, 397, 398, 400.

„ Conf. etiam *Niedernburg, Mariae S.* — *Severini S. et Egidii S. ecclesia,* nec non *Stephani S.*

Patenheim, Patichinheim. T. XXVIII (1280) 461. T. XXIX (1180) 29, 264.

Palzmannsdorff. T. XXVIII (saec. 16) 490.

Paumelinge. T. XXIX (s. anno) 222.
Paumgaul, Gut im Amte Durchshoefen. T. XXXI (1455) 302.
Paumgarten. T. XXVIII (1280) 471. (saec. 15) 491, 492. — T. XXIX
    (s. anno) 228. (1254) ibid. (s. anno) ,229. — T. XXX (1359) 238.
  „   im Amte Zciselmauer. T. XXX (1394) 439.
  „   conf. etiam *Baumgarten*, *Poumgartea* et *Pamgarten*, nec non
  „   *Frigindorph.*
Paumgartenberg, *Paumgartlenperg*, monasterium. T. XXVIII (saec. 15)
    492, 500, 506. — T. XXIX (1260) 161. (1125) 214.
  „   conf. etiam *Poumgartenperg.*
Paumgertinge. T. XXVIII (1280) 456.
Pazzower-Lut, districtus circa Holnstein. T. XXIX (1260) 154.
Pebing, conf. *Pabing.*
Pecenchirchen, *Pecinchirchen*, ecclesia. T. XXVIII (1280) 472, 485.
  „   conf. etiam *Petzenkirchen et Pezenkirchen.*
Pecechoren. T. XXVIII (s. anno) 166. (1280) 463.
Pechlara, *Pechlarin*, in Austria. T. XXVIII (1241) 156, (1280) 483. (saec.
    15) 494. — T. XXIX (1259) 138.
Pechstich, *Pechsteych*, semita. T. XXVIII (1155) 232. — T. XXIX (1065)
    53.
Pechstal. T. XXVIII (saec. 15) 498.
Pechsutihin. T. XXIX (1065) 53.
Pehumperg, *Pehemberg* et *Weysdra.* T. XXVIII (saec. 15) 488, 499.
Peheimkirchen, *Pehemkirchen*, juxta Teuffenbach. T. XXVIII (1280) 474.
    475, 492. (saec. 15) 495.
Pehrimdorf, *Pehaimsdorf.* T. XXX (1305) 15.
Pehemitschkrud. T. XXX (1359) 238.
Peilstein, *Peylstaim.* T. XXVIII (saec. 15) 501. — T. XXIX (s. anno) 313.
  „   das Gericht. T. XXX (1373) 307.
  „   Peulstein, Edelsitz der von Dobera. T. XXXI (1497) 702, 703. —
    Conf. etiam *Peylstein.*
Peirha, curia, pertinens ad Veldin. T. XXVIII (1280) 466.
Pelkidis-lacus. T. XXVIII (1432) 445.
Pellendorf. T. XXVIII (saec. 15) 490.
Pelsa, lacus. T. XXVIII (1432) 445.
Penk. T. XXIX (s. anno) 230.
Penkinsreut. T. XXX (1303) 15, 16.
Pennen, villa. T. XXIX (1150) 322.
Penzing, capella in — T. XXIX (1267) 466, 470, 479.
Penzingdorf. T. XXVIII (1280) 468.
Penzling, *Pencinlinge*, *Penlzelinge*, parochia. T. XXVIII (1165) 118. (s.
    anno) 161, 164. (1262) 385. (1280) 461, 463. — T. XXIX (s. anno
    221, 222.
Perafrid. T. XXVIII (1280) 479.
Perbestal, Weingelaende bei Enzersdorf. T. XXX (1393) 477.
Percheim, *Perchheim* conf. etiam *Perkheim.*

Percheim etc. T. XXVIII (s. anno) 159, 172, 192. (1067) 215. (1228) 527. (1229) 443. (1280) 455, 456, 457, 459, 460, 461, 466, 480. — T. XXIX (1253) 220.

Perchtoltz. T. XXVIII (saec. 15) 493.

Peren, villa. T. XXVIII (1251) 372. — T. XXIX (s. anno) 221. — T. XXXI (1439) 642.

Pergarn, *Pergarin*, in officio S. *Poelten.* T. XXVIII (s. anno) 183, 192. (1280) 459. — T. XXIX (1140) 254.

Perge. T. XXVIII (1280) 473.

   „ castrum, alias Hausperg dictum. T. XXIX (s. anno) 315.

   „ conf. etiam *Perig.*

Perichhaering, die Müle, zur Burg Ratzmanstorf gehoerig. T. XXXI (1443) 394.

    conf. etiam *Perichtering.*

Perichstain, das Gericht. T. XXXI (1415) 185.

Perichtering, zur Burg Ratzmanstorf gehoerig. T. XXXI (1448) 402. (1449) 409. —

   „ conf. etiam *Perichhaering.*

Perig, *Perg*, in der Pfarrei Hartkirchen, Gerichts Griesbach. T. XXXI (1447) 384.

   „ Haus und Hofstatt, genannt das neue Haus. T. XXX (1317) 72.

   „ conf. etiam *Perge.*

Perin. T. XXVIII (1262) 535. T. XXIX (s. anno) 223.

Pering, Edelsitz der Chameraner oder Hammerauer. T. XXVIII (1280) 451. T. XXXI (1415) 132.

Perkheim, *Perkhaim*, zum Gericht im Donauthal gehoerig. T. XXXI (1427) 209.

   „ die Perkhaimeran, in demselben Gericht. T. XXXI (1427) 207, 208.

   „ conf. etiam *Percheim.*

Perleinsreut, *Perlesreut*, Gerichts Bernstein. T. XXVIII (saec. 15) 488, 501. (saec. 15) 509. T. XXIX (s. anno) 216. — T. XXXI (1447) 384.

Perling. T. XXIX (1253) 391, 392.

Pernau, Edelsitz der Oberheimer. T. XXXI (1491) 655.

Pernbach. T. XXVIII (1280) 465.

Perndorf. T. XXVIII (s. anno) 176, 177. (1110) 270. (1280) 468, 469. — T. XXIX (s. anno) 219.

Perneichu. T. XXVIII (saec. 15) 494.

Pernekk, *Pernekh*, praepositura ord. Praemonstr. T. XXVIII (saec. 15) 505.

    parochia. T. XXIX (1065) 52. (s. anno) 247.

Pernhartstal. T. XXVIII (saec. 15) 492. — T. XXIX (s. anno) 247.

Pernowra. T. XXIX (1148) 29, 269.

Pernreut, *Pernriut.* T. XXVIII (s. anno) 169. (1280) 465. — Passauisches Lehen daselbst. T. XXXI (1485) 607, 608.

Pernstein, castrum. T. XXIX (1244) 290.
Perktoltsperg. T. XXVIII (1110) 270.
Persenperge, *Persenpeuge*. T. XXIX (s. anno) 513.
Persmich, *Persmicha*. T. XXVIII (1241) 155. (935)209. — T. XXIX (1065) 53. (1260) 248.
Persmikka, fluvius. — T. XXIX (1097) 55.
Perusa, *Perusium*, *Perugium*, civitas Italiae. T. XXVIII (1229) 152. — T. XXIX (1252) 8. (1265) 459. (1267) 479. — T. XXXI (1477) 529.
Perwarsdorf. T. XXVIII (1280) 479.
Perzhingsperg, villa et castrum. T. XXVIII (1280) 468.
Pesdorf. T. XXVIII (saec. 15) 491.
Petenbach, *Petenpach*, parochia. — T. XXVIII (s. anno) 192. (777) 198. (1194) 263. (1280) 459. (saec. 15) 504. — T. XXIX (1258) 118. (1273) 226. (1256) 242.
Petendorf, villa. T. XXIX (1259) 215.
Petichinheim, *Petichinhaim*. T. XXVIII (s. anno) 192. (1280) 459.
Peter S. — in der Owe. T. XXVIII (1241) 156. (saec. 15) 499.
    „   S. Petri ecclesia. T. XXVIII (1280) 433. — T. XXIX (s. anno) 217. (1214) 29, 271.
    „   in decanatu Gallneukirchen. T. XXVIII (saec. 15) 504.
    „   monasterium. T. XXIX (1065) 53.
    „   monasterium Saliaburgi. T. XXIX (1226) 73. (1251) 80. (1262) 188.
    „   S. Huperti et S. Pancratii capella Viennae. T. XXIX (1261) 436. (1263) 451.
    „   super montem Windeberc. T. XXIX (1220) 250.
Petlinsperge, mons. T. XXIX (1265) 92.
Petronella S., ecclesia Gottwicensium. T. XXVIII (1280) 480. — T. XXIX (1065) 52. — Parochia (1146) 55.
Petzenberg. T. XXIX (1263) 391.
Petzenkirchen, *Petzenchirchen*, parochia. T. XXVIII (1179) 123. — T. XXX (1313) 82, 83.
    „   conf. etiam *Pecenchirchen* et *Pezenkirchen*.
Petzleinch in decanatu ypolitensi. T. XXVIII (saec. 15) 498.
Petzlinge. T. XXIX (s. anno) 223.
Peucheim. T. XXVIII (s. anno) 190.
Peuckreich, das — Feldflur. T. XXX (1347) 499.
Peuerbach, *Pewrbach*, in archidiaconatu laureacensi. T. XXVIII (saec. 15) 488.
    „   in decanatu Stain. T. XXVIII (saec. 15) 499.
    „   T. XXIX (1263) 244. (1264) 245. — T. XXX (1370) 295. T. XXXI (1435) 272, 274.
Peugen, *Pewgen*, im Amte Zeiselmauer. T. XXX (1394) 439.
Peutelspach, *Pewtelspach*, alias Pitzling dictam, in Bav. inf. T. XXVIII (saec. 15) 488, 801.
Peutra, ripa. T. XXVIII (1067) 814.

Peygarten. T. XXXI (1470) 512.
Peglstein, *Peylnstain*, die Burg. T. XXX (1311) 53, 53, 59.
    „   conf. etiam *Peilstein.*
Petenkirchen, *Petiachirchen* conf. etiam *Pecenchirchen* et *Petzenkirchen.*
    „   T. XXVIII (s. anno) 130. (1159) 234, 236. (1209) 285. — T. XXIX (1179) 895.
Petenreut. T. XXVIII (1280) 465.
Petenstadel. T. XXVIII (s. anno) 170. (1280) 465. — T. XXIX (s. anno) 216.
Petlungesperge. T. XXVIII (s. anno) 160.
Pfaffenbach, *Phaffenbach.* T. XXIX (1138, 1148) 29.
Pfaffenberg, *Phaffenberge.* T. XXVIII (1241) 155.
    „   vinea. T. XXIX (s. anno) 29, 273.
Pfaffenhoven, modo Hohenbrunn. T. XXIX (1071) 10.
Pfaffenreut, *Phaffenriut*, villa. T. XXVIII (s. anno) 170. (1230) 465. T. XXIX (1258) 234, 244.
    „   Passauisches Lehen zu — T. XXXI (1483) 608.
Pfaffenslag. T. XXVIII (saec. 15) 497.
Pfaffenstetten. T. XXVIII (1142) 219. — T. XXIX (1186) 55.
Pfaffing, *Pfapking*, *Pfeffing.* T. XXVIII (saec. 15) 503. — T. XXIX (s. anno) 307, — curia (1253) 386.
Pfarrkirchen in archidiaconatu pataviensi. T. XXVIII (saec. 15) 488.
    „   inter amnes. T. XXVIII (saec. 15) 502.
    „   prope Morsbach. T. XXVIII (saec. 15) 501.
    „   *Pharrechirchen*, forum. T. XXIX (s. anno) 222.
    „   T. XXIX (s. anno) 29, 271.
Pfeffendorf. T. XXIX (1253) 393, 398.
Phaphendorf. T. XXVIII (1230) 456.
Pharrekk in decanatu ypolitensi. T. XXVIII (saec. 15) 495.
Phalenowe, insula prope Schwabdorf. T. XXVIII (s. anno) 186. (1280) 478.
Phefersoede, curia. T. XXIX (s. anno) 230.
Phisel. T. XXVIII (s. anno) 192. — *Physesel* (1280) 459.
Phreuma, *Pfreuma.* T. XXIX (s. anno) 312.
Piberpach, villa et castrum. T. XXVIII (1250) 457.
    „   ecclesia filialis parochiae Aspach. T. XXIX (1116) 33. (1186) 35, 36.
    „   in der Pfarr Perleinsreut, Gerichts Bernstein. T. XXXI (1447) 534.
Piberekk, Edelsitz. T. XXX (1394) 437.
Pichel, in archidiaconatu lambacensi. T. XXVIII (saec. 15) 488.
Pidermonstorf, Edelsitz der Leutfaring. T. XXXI (1460) 478.
Pielaha. T. XXIX (1065) 52. (1136) 60.
Piestinc, *Piestnih*, fluvius. T. XXIX (s. anno) 309, 310, 311, 317.
Pigarten. T. XXIX (s. anno) 222.
Pigartinpach. T. XXIX (1065) 53.
Pilakegimundie. T. XXIX (1138) 62.
Pilkeim, Edelsitz der Egker. T. XXXI (1447) 574.

Pilhillorf. T. XXVIII (1280) 477.
Pilichdorf, *Pilchdorf*, in decanatu Leyz. T. XXVIII (saec. 15) 493.
    ,,   in decanatu Staetz. T. XXVIII (saec. 15) 492.
    ,,   in decanatu ad S. Stephanum super Wagrain, parochia. T. XXVIII
        (saec. 15) 493.
    ,,   Pfarrei, Hellms begreifend. T. XXX (1391) 415.
Pillungesperg, *Pillunchsperge*. T. XXVIII (1226) 320. (1280) 463. — T.
    XXIX (s. anno) 221.
Piltzling, in archidiaconatu inter amnes. T. XXVIII (saec. 15) 502.
Pilverchoren. T. XXVIII (1280) 462. — T. XXIX (s. anno) 220, 222.
Pimezheim, curtis stabularia. T. XXVIII (1067) 214.
Pinphingen. T. XXIX (1209) 280.
Pirbaum apud Siezenberg. T. XXIX (1255) 67.
Pirbaumsberg, *Pierparmsperg.* T. XXIX (1253) 395.
Pircha, ecclesia. T. XXVIII (1280) 482.
Pirchach, zur Burg Wesen gehoerig. T. XXXI (1447) 390.
    ,,   in decanatu ypolitensi. T. XXVIII (saec. 15) 494.
Pirchuhi, parochia. T. XXIX (1065) 52.
Pirchbach. T. XXVIII (1280) 460.
    ,,   in decanatu Gallneukirchen. T. XXVIII (saec. 15) 505.
Pirche, *Pirchae*, villa. T. XXVIII (s. anno) 170, 192. (1280) 459, 465,
    469.
Pirahech, *Pirchaeh*, curia. T. XXVIII (1280) 484. — T. XXIX (s. anno)
    217, 219. (1264) 246.
Pircheich. T. XXIX (1253) 387, 398.
Pirchen an der — Besitzung der Chrafft. T. XXXI (1443) 355.
Pirchein-Alben (die Birken-Alpe?) T. XXIX (s. anno) 311.
Pirchin, zu der — T. XXIX (s. anno) 218.
Pirchinstein, *Pirichenstein*, *Pirchenstein*. T. XXVIII (s. anno) 170, 171.
    (1280) 465, 466.
    ,,   die Burg. T. XXX (1311) 60.
    ,,   Edelsitz der von Tannberg. T. XXXI (1402) 17.
Pirchinwanch, *Pirchenwanchen*. T. XXVIII (s. anno) 176. (1280) 459.
Pirchinwart, *Pirchenwart*. T. XXVIII (saec. 15) 490.
Pireich. T. XXIX (1253) 393.
Pirenbach, *Pirinpach*. T. XXVIII (s. anno) 162, 163. (1244) 353. (1280)
    460.
    ,,   in archidiaconatu inter amnes. T. XXVIII (saec. 15) 502. T. XXIX
        (1164) 252, 255.
    ,,   parochia. T. XXIX (1200) 329.
Piricha, parochia. T. XXIX (1065) 53.
Pirnpaum. T. XXVIII (saec. 15) 493.
Pirtlaschircha. T. XXVIII (983) 208.
Pischoffstellen, in decanatu Stain. T. XXVIII (saec. 15) 496.
Pischolfsmaiz, *Bischofsmais*, in archidiaconatu patariensi. T. XXVIII (1280)
    461. (saec. 15) 501. . . .

Pischolfsdorf. T. XXVIII (1280) 479, 480.
Pitzendorf, in decanatu Staetz. T. XXVIII (saec. 15) 490.
Pitzling conf. *Peutelspach.*
Piunle, in der — (Peunt). T. XXVIII (s. anno) 176. (1280) 458, 459.
Piunle. T. XXVIII (1223) 144. (s. anno) 177.
Piwerbach conf. *Piberbach.*
Pirenperg. T. XXIX (1253) 392.
Pladhng, Plaedling in Bavaria. T. XXXI (1455) 441.
Plaechen, mons. T. XXX (1318) 83.
Plaga S. Mariae. T. XXVIII (saec. 15) 500. — In decanatu Gallneukirchen.
    ibid. 504, 506.
Plaichenbach, Pleichenbach. T. XXVIII (s. anno) 161, 163. (1244) 353. (1280)
    460.
Planchenperg. Planchinperge. T. XXVIII (1280) 466. (s. anno) 172.
Plankh. T. XXVIII (saec. 15) 493.
Plasenstein, castrum. T. XXIX (1125) 214.
    „   et Münspach, in decanatu Gallneukirchen. T. XXVIII (saec. 15) 505.
Plassenperge. T. XXIX (s. anno) 219.
Pleching, Plechinge. T. XXVIII (s. anno) 191. (1280) 459, 476.
Pleinting, Pleynling. Plemiling, forum Bav. T. XXVIII (saec. 15) 488, 501. —
    T. XXIX (s. anno) 219, 220, 221.
Pleitingen. T. XXVIII (1241) 341.
Plenich, superius et inferius. T. XXIX (s. anno) 216; capella ibid. (1267) 470.
Plintendorf. T. XXIX (1292) 577. — T. XXX (1341) 168.
Plintenmarckt, forum apud Novum-forum. T. XXIX (s. anno) 224.
Plomendorf. T. XXIX (s. anno) 230.
Plümnw. T. XXVIII (saec. 15) 496.
Pluomenowe, parochia. T. XXIX (s. anno) 217.
Pochflies, Pokhfless, in decanatu Staetz. T. XXVIII (saec. 15) 490. T. XXX
    (1337) 159.
Pochsdorf, Pochdorf, in decanatu super Wagrain. T. XXVIII (saec. 15) 493.
Pochreut. T. XXVIII (s. anno) 189.
Pochsrukke, Pocchesrukke. T. XXVIII (s. anno) 174. (1280) 466.
Podralinge. T. XXVIII (s. anno) 175.
Poellan conf. *Polan.*
Poelten S., monasterium S. Hippolyti in Austria. T. XXVIII (1241) 155, 156.
    (1157) 103. (1157) 111. (1159) 144. (s. anno) 182, 183, 184. (1150)
    228. (1155) 232. (1156) 253. (1160) 242. (1194) 263. (1209) 279.
    (1253) 375. (1276) 405. (1277) 411, 412. (1280) 474, 475, 480, 482.
    (saec. 15) 492. 494, 495, 496, 500, 505, 506. — T. XXIX (1088) 46.
    (1078) 65. (1254) 81, 82, 85, 98. (1257) 110, 111, 112. (1258) 115,
    117, 118, 119, 124, 127. (1259) 134, 136, 138, 145. (1256) 159, 160.
    (1258) 161. (1260) 161, 162, 166, 167. (1261) 179. (1263) 192, 193.
    (1256) 225. (1254) 235. (1256) 242. (1264) 245. (1440) 254. (1293)
    580. (1295) 583, 584. — T. XXX (1306) 30. (1314) 57, 58. (1375)
    319. — T. XXXI (1413) 120.

Poelten S., Stadt, Gericht und Amtsbezirk. T. XXX (1320) 39. (1321) 92. (1349) 199. (1378) 319. (1394) 439, 440. (1397) 466. — T. XXXI (1481) 597—601. (1494) 678—680, 692.
„ Schloss. T. XXXI (1454) 240.
„ conf. etiam *Hypolii S.*
Poerling, zur Burg Ratzmansdorf gehoerig. T. XXXI (1448) 402. (1449) 408.
Poesenberg. T. XXVIII (saec. 15) 490.
Poginbach. T. XXIX (1065) 53.
Polan, parochia. T. XXVIII (1241) 155. — Antiquum Polan et novum in decanatu Stain (saec. 15) 496, 497. — T. XXIX (1257) 112. (s. anno) 216.
„ Poelan, area Griffonis. T. XXIX (s. anno) 231.
Pollinge, *Pollingin*, ecclesia. T. XXVIII (s. anno) 191. (1280) 458, 480. — T. XXIX (1130) 29, 264. (1256) 159.
Polonia, regnum. T. XXIX (1258) 8. (1261) 169. — T. XXXI (1477) 545, 546.
Polsingen, *Polsinge*, *Polsing.* T. XXVIII (s. anno) 179. (1280) 470, 471. — T. XXIX (1254) 228. (1255) 237. — T. XXX (1503) 17, 18.
Pomberg, *Pomperge.* T. XXVIII (1223) 144. (s. anno) 176, 177. (1280) 458.
Pontenheim. T. XXVIII (1280) 456.
Ponzinge. T. XXVIII (1280) 466.
Pontiniperge. T. XXVIII (1280) 455.
Poppen, *Poeppen*, villa. T. XXVIII (saec. 15) 497; — in decanatu Stain ibid. — T. XXIX (1150) 322.
Porcindorf, locus cum vineis. T. XXIX (1065) 53.
Porcinstorf, alias Polcinstorf. T. XXVIII (1280) 477.
Porta coeli, Himmelspforten, monasterium Viennae. T. XXIX (1267) 459, 478, 480. (1270) 501.
Portenau, *Portenowe.* T. XXIX (s. anno) 310, 316.
Portenstein, castrum. T. XXIX (1262) 180. — Conf. etiam *Partenstein.*
Porttendorff bei Hausleiten. T. XXXI (1438) 327.
Portz. T. XXVIII (s. anno) 191. — T. XXIX (1253) 384, 393.
Posch. T. XXVIII (1280) 457.
Posendorf. T. XXVIII (1280) 475.
Possmünster, *Possemunster*, *Possenmunster.* T. XXVIII (s. anno) 165. (1220) 298. (1280) 462. — T. XXIX (1262) 185. (s. anno) 218, 219, 230. (1262) 448.
Posenryenn, *Posemryenn*, in decanatu Stain. T. XXVIII (saec. 15) 499.
Potenberg, *Potemperch*, mons. T. XXIX (1260) 248.
Potenbrun, inferius. T. XXVIII (saec. 15) 495.
„ Potinbrunin prope S. Poelten. T. XXIX (s. anno) 61.
Potendorf bei Hausleiten. T. XXXI (1438) 327.
Potenhofen. T. XXIX (1253) 394.
Potenreut, *Potenreute.* T. XXVIII (1156) 511. — T. XXIX (1255) 225.
Potenstein, parochia. T. XXVIII (1155) 232; — in Oesterreich. T. XXX (1369) 283.
„ die Burg, streitig zwischen Oesterreich und Bayern-München. T. XXXI (1429) 219.

Petradinge. T. XXVIII (1280) 469.
Poucha. T. XXVIII (s. anno) 176.
Poucke, forum in Austria. T. XXVIII 245.
Poumehinge. T. XXVIII (s. anno) 163. (1280) 461.
Poumgarten, Pomgarten. T. XXIX (s. anno) 221.
    „   conf. etiam *Paumgarten* et *Frigindorph.*
Poumgartenperg, monasterium. T. XXIX (1147) 40.
    „   conf. etiam *Paumgartenberg.*
Poumgarten, partim ad parochiam Wagrain pertinens. T. XXX (1319) 86.
Pouzinsberg, Pouzinsperge, Pouzenberg, villa. T. XXVIII (s. anno) 170.
    (1280) 457.
Pouring. T. XXVIII (s. anno) 170.
Poysbrunn. T. XXVIII (saec. 15) 492; in decanatu super Wagrain. ibid.
Poysdorf, in decanatu super Wagrain. T. XXVIII (saec. 15) 492.
    „   Poitorf, nach Nicolsburg gehoerig. T. XXX (1391) 414, 415.
Porre. T. XXVIII (1280) 459.
Prachatilz, die Burg. T. XXXI (1477) 544.
Prackpach. T. XXVIII (1160) 242. — T. XXIX (1164) 253; — molendinum
    ibid. (s. anno) 306.
Praech. T. XXIX (1253) 396, 398.
Praga, Prag, in Doehmen. T. XXVIII (1253) 378. (1366) 395. (1367) 437. —
    T. XXIX (1256) 160. (1258) 117. (1229) 346, 350. (1251) 375. (1262)
    442. (1272) 503. — T. XXX (1366) 267, 269. (1393) 430. — T. XXXI
    (1453) 423. (1457) 460. (1477) 545.
Praitaich, Gerichts Schaerding. T. XXXI (1424) 183.
Praitenaich, zur Burg Ratzmanstorf gehoerig. T. XXXI (1448) 402. (1449)
    409. — Conf. etiam *Preitenaich.*
Preiten-Aicheim, das Gut. T. XXXI (1436) 302.
Praitenbach, praedium. T. XXX (1302) 8.
Praitenror bei Trebensee. T. XXXI (1410) 88.
Praitiwisen apud Ensten. T. XXVIII (1280) 456.
Praitsahe. T. XXVIII (s. anno) 191.
Prama. T. XXVIII (903) 202.
Pramendorf, Pramedorf. T. XXVIII (s. anno) 176. (1280) 468.
Pramerdorf. T. XXIX (1278) 529, 530. — Conf. etiam *Pramsdorf.*
Pramhoven, Pramhof. T. XXVIII (s. anno) 175, 176. (1280) 468, 469. T. XXIX
    (1278) 529, 530.
Prampach. T. XXIX (1148) 29, 260.
Pramsdorf. T. XXVIII (s. anno) 175, 176. (1280) 469. — Conf. etiam *Pramer-
    dorf.*
Pramlebel. T. XXVIII (1280) 468.
Prant. T. XXVIII (saec. 15) 498.
Pranstat. T. XXIX (1253) 393, 398.
Pranistetten, Pranistetin, Pranstiden. T. XXVIII (s. anno) 171, 180. (1280)
    457, 466, 471. — T. XXIX (1258) 221. (s. anno) 218, 230.
Prantlabel, pertinens ad Viechtenstein. T. XXVIII (s. anno) 176.

Prapach. T. XXIX (1253) 384.
Pralzezz. T. XXVIII (saec. 15) 491.
Praumsdorf. T. XXVIII (saec. 15) 495.
Predal, villa Rosenbergorum in Bohemia. T. XXVIII (1231) 335.
Preisim. T. XXIX (1065) 53.
Preitenaich, Preitenheich, praedia in — T. XXIX (s. anno) 307. — Conf.
    etiam *Praitenaich.*
Preitenfeld, Preytenfeld, in decanatu Staetz. T. XXVIII (saec. 15) 491.
Preitenlo. T. XXVIII (1290) 479.
Preitenweydach, in decanatu Staetz. T. XXVIII (saec. 15) 489.
Preitsake. T. XXVIII (1280) 459.
Prellenkirchen, Prelichirchen, in decanatu Pottenstein. T. XXVIII (1280) 480.
    (saec. 15) 489.
Preminge. T. XXVIII (1256) 331.
Prengerstorf. T. XXIX (1248) 76.
Premminge. T. XXVIII (s. anno) 191. (1280) 459.
Prenzligen, der Hof. T. XXVIII (s. anno) 306.
Presburg. T. XXXI (1429) 218, 219. (1454) 256.
Pressla conf. *Breslau.*
Prettenperch. T. XXIX (s. anno) 307.
Preunolzheim, im Gerichte Ried. T. XXIX (1253) 399.
Preunpach, zur Pfarrei Mernbach gehoerig, im Gericht Ried. T. XXIX
    (1253) 399.
Preuzzreut. T. XXVIII (s. anno) 189.
Prewer, zwischen der grossen und kleinen Mühel. T. XXX (1385) 571.
Preze. T. XXVIII (1280) 465.
Primizlaistorf. T. XXIX (1126) 20.
Primpach, Priempach. T. XXVIII (s. anno) 190.
Primsendorf, in decanatu Staetz. T. XXVIII (saec. 15) 491.
Primickirchen conf. *Hoholtzell.*
Probestorf, in decanatu Staetz. T. XXVIII (1241) 155. (saec. 15) 491. — T.
    XXIX (s. anno) 312.
Probestesriute. T. XXVIII (1067) 214.
Proknich, Prochnik, in officio Amstetten. T. XXVIII (s. anno) 182. (1280)
    473. — T. XXX (1330) 135, 136.
Protzdrum, Protesdrum, prope parochiam Musskirohen. T. XXVIII (s. anno)
    172. (1280) 466. — T. XXIX (1299) 594.
Preutesreut. T. XXVIII (1280) 465.
Pruderdorf. T. XXIX (1292) 577.
Pruel, Prul, Pruol. T. XXVIII (s. anno) 178. (1067) 215. (1280) 459, 470,
    473. — T. XXIX (1258) 161, 177. (1254) 228. (1263) 453.
Pruening, Edelsitz der Nustorller. T. XXXI (1451) 422, 425.
Prukke, Prukke. T. XXVIII (s. anno) 171. (1280) 467, 466. — T. XXIX
    (s. anno) 217. (1258) 221. (1256) 241.
   "   parochia monast. S. Hippolyti. T. XXVIII (1290) 480.
   "   in decanatu lambacensi. T. XXVIII (saec. 15) 505.

Prukka etc. conf. etiam *Stephani* S. ecclesia.
Prukklechen, pertinens ad Leappoltsberg. T. XXIX (1253) 388.
Prunn, Pflegamt. T. XXXI (1470) 513.
    ,,   Edelsitz der v. Frauenberg. T. XXXI (1435) 278, 282, 287, 291, 296, 300. (1437) 314. (1442) 550. (1449) 410.
    ,,   Edelsitz der Chraft. T. XXXI (1443) 352.
Prunne. T. XXVIII (s. anno) 192. (1280) 479.
    ,,   in officio S. Poelten. T. XXVIII (s. anno) 182, 183, 185.
    ,,   bei der Gurten. T. XXVIII (s. anno) 192. (1280) 460.
Prunneisoede. T. XXIX (s. anno) 222.
Prunni. T. XXIX (1065) 52.
Prunninge. T. XXVIII (s. anno) 176, 177. (1280) 468, 469.
Prunst, *Prunste*. T. XXVIII (s. anno) 170, 172. (1227) 324. (1280) 465, 466. 469. — T. XXIX (1262) 133. (1253) 391, 392. (1297) 590.
    ,,   im Lande der Abtei und in der Pfarrei Kellenberg. T. XXXI (1424) 187.
    ,,   zur Burg Wesen gehoerig. T. XXXI (1447) 390.
Pruscia. T. XXVIII (1251) 372.
Pubinperge. T. XXVIII (s. anno) 191. (1280) 459.
Puchn. T. XXVIII (1280) 468.
Puchach, *Puchache*, villa. T. XXVIII (s. anno) 170. (1280) 471.
Puckberg. T. XXIX (s. anno) 217.
Puche, *Puch*. T. XXVIII (s. anno) 178. (1280) 465, 470.
    ,,   prope Ranshofen. T. XXVIII (1280) 480.
    ,,   in decanatu Stain. T. XXVIII (saec. 15) 497.
    ,,   circa Trunam et Anasum. T. XXVIII (1280) 456, 457.
    ,,   silva. T. XXVIII (s. anno) 191. (1280) 459.
    ,,   conf. etiam *Grashove*.
Puchenau. T. XXVIII (saec. 15) 504; in decanatu Gallneukirchen ibid.
Puckkirchen, *Puchchirchen*. T. XXIX (1264) 246; in eodem decanatu. T. XXVIII (saec. 15) 504.
Puchleitten. T. XXVIII (1280) 471.
Puchliutinge. T. XXVIII (s. anno) 172. (1280) 460.
Puchse. T. XXVIII (s. anno) 170, 190. (1280) 465. — T. XXX (1372) 300.
Pudimingestorf. T. XXVIII (1280) 459.
Pudungestorf. T. XXVIII (s. anno) 191.
Pudcornstinge. T. XXVIII (s. anno) 192.
Pudwenstinge. T. XXVIII (1280) 460.
Puech. T. XXVIII (1280) 459. (s. anno) 191. — Conf. etiam *Puche* et *Puech*.
Puechel, zur Burg Wesen gehoerig. T. XXXI (1447) 390.
Pueching, in decanatu Stain. T. XXVIII (saec. 15) 499.
Puechperg in decanatu Stain. T. XXVIII (saec. 15) 496.
Puedministorf. T. XXIX (s. anno) 218.
Puehel in archidiaconatu lambacensi. T. XXVIII (saec. 15) 503.
    ,,   juxta Hofkirchen. T. XXVIII (1280) 455.
    ,,   T. XXVIII (1280) 473.

Puehel, Puebele, parochia. T. XXIX (1088) 45.
Puel. T. XXIX (1255) 93.
Puerpach. T. XXIX (1165) 255.
Puesemperge, Weingelaende. T. XXIX (s. anno) 217.
Pukching, in archidiaconatu laureacensi. T. XXVIII (saec. 15) 488.
Pulchendorf, juxta Aeving. T. XXVIII (1280) 475.
Pulgarn, monasterium monialium in decanatu Gallneakirchen. T. XXVIII
    (saec. 15) 493, 500, 505.
Pulka, in decanatu S. Stephani super Wagrain. T. XXVIII (saec. 15) 494.
Pumgarten. T. XXVIII (1280) 474. — Conf. etiam *Paumgarten* et *Posmgarten*.
Pumhingen. T. XXIX (1221) 285.
Puntenperge. T. XXIX (1260) 252.
Puoch, villa. T. XXIX (1254) 228, 229. — Conf. etiam *Puche* et *Puech*.
Puocha ad Anasum. T. XXVIII (s. anno) 130.
Puocheck, silva. T. XXVIII (s. anno) 228.
Puochnawe. T. XXVIII (1410) 270.
Puoringe. T. XXVIII (s. anno) 192. (1280) 459.
Purchausen, civitas. T. XXX (1337) 160. (1367) 276. (1369) 285. (1376) 322.
    „   Pfleggericht. T. XXX (1369) 285.
Purchsleuntz, in decanatu S. Stephani super Wagrain. T. XXVIII (saec. 15) 494.
Purchstal, Purkstall, castrum in decanatu S. Hippolyti. T. XXVIII (1280)
    480. (saec. 15) 495. — T. XXIX (s. anno) 251. — T. XXX (1318) 83.
    „   villa et molendinum, partim ad Petzenkirchen parochiam pertinens.
    T. XXX (1318) 92.
Purchh, in decanatu Stain. T. XXVIII (saec. 15) 498.
Purcharting. T. XXVIII (1067) 214.
Purigelseck. T. XXVIII (1280) 468.
Purigthor, das Werder — zu Wien. T. XXX (1302) 13.
Purnbach. T. XXIX (1220) 250.
Pusenberg. T. XXIX (1253) 396.
Purikinge. T. XXVIII (s. anno) 170, 172. (1280) 465, 466.
Pusindorf. T. XXIX (s. anno) 63.
Pusinheim. T. XXVIII (s. anno) 191. (1280) 459.
Pusting, im Lande der Abtei. T. XXX (1363) 207.
Putinstorph. T. XXVIII (1156) 541.
Putrichsperg. T. XXX (1303) 15, 16.
Putyna, civitas. T. XXVIII (1432) 445.
Putzing, Pucingen, praedium. T. XXVIII (1179) 193. — T. XXIX (1179) 596.
    (1292) 577.
Putzinstorf, Puczinstorf, forum. T. XXVIII (1280) 456. — T. XXIX (1256)
    225. (1256) 286.
Pyberpurch, Gaerten auf der — T. XXIX (1256) 586.
Pyela, fluvius. T. XXIX (1150) 322.
Pyemtzing. T. XXVIII (1425) 450.
Pyesca. T. XXX (1381) 363, 385.
Pyhrn, Pirn, hospitale et monasterium. T. XXVIII (1252) 569.

Q.

Quinringowe, pagus. T. XXVIII (903) 202, 203.
Quumberch, *Kaumberg*, Commagenus mons in Austria. T. XXIX (s. anno) 53.

R.

Raba, civitas Ungariae. T. XXVIII (1432) 445.
Rabischach. T. XXVIII (saec. 15) 498; in decanatu Stain. ibid.
Rachenmannesperge. T. XXVIII (s. anno) 170. (1280) 465.
Racleinsdorf. T. XXVIII (1280) 475.
Racotulu. T. XXVIII (777) 198.
Radegenstorph. T. XXIX (s. anno) 217.
Radenbrunn. T. XXVIII (saec. 15) 494; in decanatu super Wagrain. ibid.
Radendorf, *Radinsdorf*. T. XXVIII (1280) 475, 476. (1284) 418. — T. XXIX
    (1214) 29, 271. (1255) 39. (1256) 103. (1261) 179. (1325) 302. (1353)
    382. — In Oesterreich, wo passauische Zehnten. T. XXXI (1411)
    97. (1446) 370.
Radigsdorf, *Radingsdorf*, in decanatu super Wagrain. T. XXVIII (saec. 15)
    494.
Radmier. T. XXIX (s. anno) 311.
Raekersberg, im Lande der Abtei. T. XXXI (1472) 518.
Raeine, an dem — T. XXVIII (1280) 468.
Raeinprechtstorph. T. XXIX (s. anno) 217.
Raeitelsperge. T. XXVIII (s. anno) 169.
Raekehnsdorf, *Raekleinstorf*. T. XXVIII (s. anno) 170. (1264) 245.
Raekling, *Raeccling*. T. XXIX (1258) 234.
Raentweintzaw. T. XXIX (1253) 395.
Raetenberg, *Raetenperig*. T. XXIX (1253) 395, 398.
      „   Raetinperge, mons. T. XXVIII (s. anno) 191.
Raetring. T. XXIX (1253) 384. (1258) 114.
      „   Tannbergische Besitzung. T. XXXI (1402) 17.
Raetwinerdorf, villa. T. XXVIII (s. anno) 170.
Raeut. T. XXX (1333) 143, 145.
      „   curia juxta Ebelsperg. T. XXIX (1282) 544.
      „   Gut bei der Burg Erlstain. T. XXX (1376) 323.
      „   conf. etiam *Reut* et *Raut*.
Raeutberg, *Raeutperig*. T. XXX (1308) 38.
Raezeinsdorf. T. XXVIII (s. anno) 175. (1280) 469.

Raezenluten. T. XXVIII (1280) 464.

Raezing conf. *Raetzing.*

Raeztinden. T. XXVIII (1157) 112.

Raffoltsberg, Raffelsberg. T. XXVIII (s. anno) 170. (1280) 466. — Im Lande der Abtei. T. XXX (1353) 207. — T. XXXI (1493) 607. — Conf. etiam *Raphal:perg.*

Raffoltstetten. T. XXVIII (906) 204. — Conf. etiam *Raphaltesteten.*

Raffoltswerde prope Zeiselmauer. T. XXVIII (s. anno) 186. (1280) 476. — T. XXX (1394) 459.

Rageth, Ragez; forum et comitatus. T. XXIX (s. anno) 314.

Ragizimisdorf, Ratzerstorf ad Traisen. — T. XXIX (1122) 67.

Rahetinsdorf. T. XXVIII (1280) 465.

Raimpach in decanatu Gallneukirchen. T. XXVIII (saec. 15) 504.

Rain, Reuna, Rune, monasterium Styriac. T. XXVIII (1351) 432. conf. etiam *Rune.*

Rainbach, praedium. T. XXVIII (1179) 123. — T. XXIX (1179) 326.

Raintal. T. XXIX (1260) 248.

Raitelsperge. T. XXVIII (1280) 465.

Raitenhaslach, monasterium Bavariac. T. XXVIII (1331) 432. — T. XXIX (1245) 212. (1253) 384. conf. etiam *Reitenhaslach.*

Rakesporg, parochia in dioecesi salzburgensi. T. XXXI (1425) 197.

Ramorseed, Besitzung der Chraill. T. XXXI (1443) 353.

Ramstorf, praedium. T. XXIX (1278) 527.

Ramuoltisbach. T. XXIX (1065) 52. (1119) 63. — Conf. etiam *Ramwoldispach.*

Ranah, Gegend — in dem — T. XXX (1354) 216.

Randek in decanatu hippolytensi. T. XXVIII (saec. 15) 495.

Rankalming, zur Burg Ratzmanstorf gehoerig. T. XXXI (1448) 394.

Ranna. T. XXIX (1278) 506.

Ranuarigel, Raennukrigel, Burg und Pflege an der Donau. T. XXIX (1268) 482. (1281) 639. — T. XXX (1349) 195. (1357) 226, 228, 233, 234. (1359) 243. (1381) 356. (1390) 398, 399, 400. — T. XXXI (1454) 434, 435. (1483) 607. (1487) 631, 632. — Conf. etiam *Rennarigel.*

Ramshofen, monasterium Bavariac. T. XXVIII (1205) 274. (1280) 480. (saec. 15) 500, 506. — T. XXIX (1254) 66. (1253) 161. (1261) 177.

Rantzen. T. XXIX (1255) 393.

Ramwoldispach. T. XXIX (1104) 63. — Conf. *Ramuoltisbach.*

Raphaltesteten, praedium. T. XXVIII (1179) 123. — T. XXIX (1179) 326. Conf. etiam *Raffoltsteten.*

Raphal:perg. T. XXX (1355) 207. — Conf. etiam *Raffoltsberg.*

Rapaltesteten conf. *Raphalsteten.*

Rappoltztal, in decanatu super Wagrain. T. XXVIII (saec. 15) 494.

Rappotenkirchen, Rapotchirchen, in decanatu Stain. T. XXVIII (1280) 482. (saec. 15) 496. — T. XXIX (s. anno) 217, 311, 317.

Rappotenstein, in eodem decanatu. T. XXVIII (saec. 15) 497.

Rappoltztal, ecclesia filialis parochiae Wagrain. T. XXX (1319) 85. (1396) 121.

Raptz (Ragcz - Rageth?) parochia in decanatu Stain. T. XXVIII (saec. 15) 497, 498.

Raripp, parochia in decanata lambacensi. T. XXVIII (saec. 15) 503.
,,　　　conf. etiam *Kerripp* et *Riurippa* et *Rurippe.*

Raschenlach, Edelsitz. T. XXX (1517) 74.

Rasdorf. T. XXVIII (1280) 468.

Raspach, parochia in decanatu Stain. T. XXVIII (saec. 15) 498.

Raspeinsoede. T. XXVIII (1280) 461.

Rastat. T. XXIX (1254) 409.

Rastenvelden, parochia in decanatu Stain. T. XXVIII (saec. 15) 497. — T. XXXI (1470) 512.

Ratelberg, parochia in decanatu Stain. T. XXVIII (saeo. 15) 496.

Ratenberg, Ratenperge, praedium. T. XXVIII (1160) 242. — T. XXIX (s. anno) 307.

Ratendorf. T. XXIX ibid.

Ratenschacken, Ratschach, parochia in decanatu Stain. T. XXVIII (saec. 15) 497.

Ratinberge. T. XXVIII (1163) 119.

Ratinsheim. T. XXIX (s. anno) 218.

Ratispona, Regensburg, die Stadt. T. XXVIII (1166) 120. (s. anno) 168. (777) 199. (1156) 356. (1323) 429. (1380) 463. (saec. 15) 487. (1432) 526. (1443) 530. — T. XXIX (1259) 145. (1254) 65, 203. (1279) 533. (1297) 591. — T. XXX (1523) 100, 101. — T. XXXI (1425) 201. (1434) 245, 248, 249, 250, 251, 253. (1435) 258, 264, 265, 266, 270, 271, 273, 282, 283. (1436) 286, 291, 292, 295, 296, 298, 299, 300, 303. (1437) 315. (1450) 415, 416. (1453) 426. (1495) 696, 697. (1497) 703.
,,　　　conf. etiam *Regensburg.*

Ratolsheim. T. XXIX (1259) 132.

Ratwinsdorf. T. XXVIII (1280) 465.

Ratz, parochia in decanatu Stain. T. XXVIII (saec. 15) 496.

Ratzenhofen, Edelsitz der Absimer. T. XXXI (1435) 263.

Ratzmanstorf, Edelsitz und Burg der Frauenberger vom Hag. T. XXXI (1437) 814. (1447) 392. (1448) 394. — Lehen der Landgrafen von Leuchtenberg, 395—396, 399, 400, 401, 402, 403. — Vom Lehenverbande befreit (1448) 403, 404. — Verkauft an Passau. (1449) 406, 407, 408. — Gelegen in der Pfarrei Aterskirchen und im Gericht Windberg. T. XXXI (1449) 406, 407, 411. (1454) 430, 431. (1455) 439, 440. (1491) 660.

Rauchenwart, in Oesterreich. T. XXXI (1415) 137.

Raudistelsberg. T. XXIX (s. anno) 230.

Rauschenpach. T. XXX (1373) 308.

Raut, in der — gegenüber von Hals. T. XXIX (1236) 286.
,,　　　T. XXIX (1345) 305. — Conf. etiam *Raeut.*

Rauttarn, in archidiaconatu inter amnes. T. XXVIII (saec. 15) 502.

Ravelsbach, in diaconatu Stain. T. XXVIII (saec. 15) 493.

Ravenburg, Ravenpurkh, in eodem decan. ibid. 492.
Ravel conf. *Rawl*.
Raye, locus juxta Danubium apud Lintz. T. XXIX (s. anno) 225.
Rayizendorf. T. XXIX (1253) 396.
Razin. T. XXIX (1055) 52.
Recching. T. XXIX (1253) 244.
Rechperch, Rehperch. T. XXVIII (1234) 418. (1280) 473, 476. T. XXIX (1256)
  103. (1258) 124.
 ,, castrum. T. XXIX (s. anno) 313.
Regelsdorf, parochia in decanatu Staetz. T. XXVIII (saec. 15) 491.
Regen, villa. T. XXVIII (1228) 327. — In archidiaconatu patariensi (saec. 15)
  501. — Der Markt — T. XXXI (1402) 23.
Regenbrüke, pons super fluvium Regen prope forum Regen. T. XXVIII
  (1262) 383.
Regensburg, Reginsburch. T. XXVIII (1432) 445. T. XXIX (1055) 53. T.
  XXXI (1441) 105. — Conf. etiam *Ratispona*.
 ,, Augustiner-Kloster daselbst. T. XXXI (1435) 264, 266, 271, 273,
  279, 283, 287, 292, 296, 300.
Reginoltspach. T. XXVIII (1157) 112.
Regimprehtsdorf, villa. T. XXIX (1125) 22.
Rehahing, zur Burg Ratzmanstorf gehoerig. T. XXXI (1448) 402. (1449) 409.
Rehpochinge. T. XXIX (1255) 92.
Rehwinsperg, Rehweinsperg. T. XXIX (1258) 114. (1253) 390.
Reibenstorf, in parochia Gawaich. T. XXIX (s. anno) 229.
Reickaltseed. T. XXVIII (1295) 399.
Reichenbach. T. XXIX (s. anno) 220.
Reichenhall, Hall. T. XXIX (s. anno) 234. (1290) 574.
Reichental in Austria. T. XXVIII (saec. 15) 490.
Reichersberg, monasterium ad Oenum. T. XXVIII (s. anno) 172. (1156) 233.
  (1205) 271. (1280) 467. (saec. 15) 500, 503, 506. — T. XXIX (1254)
  82. (1264) 246. (1328) 303. — T. XXX (1325) 116, 118.
Reichersdorf, in archidiaconatu inter amnes. T. XXVIII (saec. 15) 502.
Reichgreben. T. XXVIII (1280) 475.
Reichleinsdorf, parochia in decanatu Staetz. T. XXVIII (saec. 15) 491.
Reicholmswede. T. XXVIII (1280) 466.
Reichstorf, Edelsitz der Hausner. T. XXXI (1435) 266, 270, 278, 287.
Reidinxelth, Reinfeld, prope S. Veit. T. XXIX (1161) 57.
Reiffendorf. T. XXIX (s. anno) 224.
Reine. T. XXVIII (1223) 144.
 ,, an dem — T. XXVIII (s. anno) 175.
Reinhalming. T. XXVIII (s. anno) 175. (1280) 459.
Reinhartskaim. T. XXVIII (s. anno) 192. (1280) 460.
Reinoldesriut, villa. T. XXVIII (s. anno) 170.
 ,, Reinoltsraeut. ibid. (1280) 484.
Reinolzperg. T. XXX (1517) 73.
Reinprechts, in decanatu Stain. T. XXVIII (saec. 15) 498.

Reinpretkspoelan, parochia in decanatu super Wagrain. T. XXVIII (saec. 15)
493.
Reinsperg, in der Naehe der Ybs. T. XXIX (s. anno) 312. — In decanatu
Stain. T. XXVIII (saec. 15) 496.
Reintal. T. XXIX (s. anno) 217.
Reisach, Reisaeh, das — T. XXIX (s. anno) 223. — T. XXXI (1404) 50.
Reise, in dem — T. XXVIII (1280) 469.
Reispach, in parochia Guertt et in officio Ried. — T. XXIX (1253) 399.
Reitenhaslach, monasterium Bavariae. T. XXIX (1286) 653.
„   conf. etiam *Raitenhaslach*.
Reizenleitten conf. *Rettenleitten*.
Rekkendorf, parochia in decanatu super Wagrain. T. XXVIII (saec. 15) 493.
Rekkeringe. T. XXVIII (s. anno) 192. (1280) 459.
Remelsberg, Remlsperg, Edelsitz der Wenger. T. XXXI (1494) 687.
Remollesreut. T. XXVIII (1280) 455.
Rempelstorf, Besitzung der Tannberge. T. XXXI (1402) 18.
Rempolenzreut. T. XXVIII (s. anno) 139.
Renftingen. T. XXIX (1236) 286.
Renhalming, zum Theil zur Burg Ratzmanstorf gehoerig. T. XXXI (1448)
402. (1449) 408, 409.
Renholtzberg, Renhalsperg, zur Burg Ratzmanstorf gehoerig. T. XXXI (1448)
403. (1449) 409, 410.
Rennach, in archidiaconatu pataviensi. T. XXVIII (saec. 15) 501.
Rennarigel. T. XXVIII (1429) 451. — Passauisches Pflegamt. T. XXXI (1424)
176. — Conf. etiam *Rannarigel*.
Rerripp. T. XXX (1370) 294. — Conf. etiam *Raripp* et *Riurippa*.
Respilz, Respiz, in decanatu super Wagrain. T. XXVIII (saec. 15) 494. —
T. XXIX (s. anno) 217.
Restperg. T. XXVIII (1159) 510.
Retenperg. T. XXVIII (s. anno) 192.
Reting, partim ad parochiam S. Egidii Pataviae spectans. T. XXX (1304) 20.
Rettenleitten, dessen Zehent zur Burg Ratzmanstorf gehoerig. T. XXXI
(1448) 403. (1449) 410.
Rettenpach, parochia. T. XXVIII (1280) 415.
Retza, Retz, antiqua et nova parochia, in decanatu super Wagrain. T. XXVIII
(saec. 15) 492. 493. — Conf. etiam *Reze*.
Rettbach, parochia in eod. decan. ibid. 493.
Retzberg, juxta Niwenburch sive Kloster-Neuburg. T. XXVIII (1241) 155.
Retzing, zum Theil zur Burg Ratzmanstorf gehoerig. T. XXXI (1448) 402,
403. (1449) 408, 410.
Reuchlinstorf. T. XXVIII (1280) 479.
Reudwich, ad hofmarchiam Gleuzze spectans. T. XXVIII (1280) 472. T. XXIX
(1256) 412.
Reunstein, der — in Oesterreich. T. XXXI (1415) 138, 139.
Reuripp, ecclesia in archidiaconatu matticensi. T. XXVIII (saec. 15) 488. —
Conf. *Rarippe*.

Rewschmühl, Rueschmuhel, fluvius in superiori Austria. T. XXVIII (1231)
334. (1232) 336. — T. XXIX (1257) 413. — Conf. etiam *Rusche-
muhel.*
Reustinge. T. XXVIII (s. anno) 191.
Reulaker. T. XXIX (1264) 245.
Reut, Rinte. T. XXVIII (s. anno) 162, 170, 192. (1280) 459, 460, 463, 464,
465, 480. — T. XXIX (s. anno) 218, 219, 222. (1254) 229. (1286)
553. — Conf. etiam *Ruil.*
Reut inferius. T. XXVIII (1280) 470.
„	im Lande der Abtei. T. XXXI (1472) 516.
„	circa Trunam et Anasum. T. XXVIII (1250) 456, 457.
„	villa in Troungeu. T. XXIX (s. anno) 217.
„	im. T. XXXI (1404) 50.
Reuten, auf den drei — T. XXIX (1253) 388.
Reutrichstaime bri Friesach. T. XXIX (s. anno) 310.
Reychenau, parochia in decanatu Gallneukirchen. T. XXVIII (saec. 15) 505.
Reychental, parochia in cod. decan. ibid.
Reymoltzperg, in der Nache von Partenstein. T. XXX (1370) 292.
Reynoltzstorf, villa. T. XXIX (s. anno) 222.
Reystorf. T. XXIX (1253) 396.
Reyl, Zehend zur Burg Ratzmanstorf gehoerig. T. XXXI (1448) 403. (1449)
410.
Reyzing. T. XXVIII (1280) 464.
Reze, parochia in Austria. T. XXVIII (1241) 155. — Conf. etiam *Retza.*
Rickarstorf, Richerstorf. T. XXVIII (s. anno) 176. (1067) 214. (1280) 468.
Rickenbach, villa. T. XXIX (1150) 322.
„	conf. *Dürrenhag.*
Richenberg, Richenberch, castrum et villa. T. XXIX (s. anno) 219.
Richerau, Richerawe ad fluvium Graspach. T. XXIX (s. anno) 223.
Richeriscreberin. T. XXIX (1065) 53.
Richerishaim. T. XXIX (1140) 254.
Richmansperg. T. XXVIII (s. anno) 179. (1280) 466.
Richweinsdorf, Rihwinstorf, curia. T. XXVIII (1241) 155.
Ried, Riede, Ried. T. XXVIII (s. anno) 191. (1280) 459, 464, 470. T. XXIX
(1273) 226. (1294) 593.
„	parochia. T. XXVIII (1280) 415. — T. XXIX (1122) 16. (1125) 91.
„	castrum et villa. T. XXVIII (1280) 481.
„	Ort und Pfleggericht. T. XXX (1391) 409, 410. — T. XXXI (1493)
667.
„	Zehend zu — zur Burg Ratzmanstorf gehoerig. T. XXXI (1448)
403. (1449) 409.
„	Edelsitz der von Pollheim. T. XXXI (1435) 288.
„	conf. etiam *Ryed.*
Riedau, die — T. XXX (1366) 262.
Riedekk, Ridegg, passauische Burg. T. XXIX (1956) 240. — T. XXX (1383)
367. — T. XXXI (1401) 5.

Riedmarchia, possessio pataviensis. T. XXVIII (s. anno) 188. (1280) 471, 472. — T. XXIX (s. anno) 217. (1165) 255.
Riental, villa. T. XXVIII (1188) 260.
Riesenberg, *Risenperg*. T. XXIX (1136) 36. (s. anno) 314.
    ,,   Rissenberg, Edelsitz der von Janowitz. T. XXXI (1415) 130. (1477) 544.
Rietenburg, *Rietenburkh*, parochia in decanatu Stain. T. XXVIII (saec. 15) 496. (1067) 215.
Rietental, Pfarrei. T. XXX (1330) 137.
Rigelsbach. T. XXVIII (s. anno) 176. (1280) 468.
Rinchna conf. *Guntheri cella* et *indicem Rerum.*
Rinderholtz, praedium. T. XXVIII (1179) 123. — T. XXIX (1179) 326.
    ,,   silva. T. XXIX (s. anno) 315.
Ringelinsdorf. T. XXVIII (1209) 273.
Ringelinsee. T. XXVIII (1280) 473.
Rincermin, praedium. T. XXIX (1140) 255.
Rischolfsdorf, villa. T. XXVIII (1277) 411.
Rispach. T. XXVIII (s. anno) 170. (1280) 468.
Ritenslage, in officio S. Poelten. T. XXVIII (s. anno) 182.
Riudmich, in officio Amsteten. T. XXVIII (s. anno) 181.
Risrippa. T. XXIX (s. anno) 29, 263. — Conf. *Raripp* et *Rerrip* et *Rurippe.*
Riut, *Riute.* T. XXVIII (983) 207. (1067) 214. (1280) 460, 467. — T. XXIX (1065) 53. (1250) 79. (1165) 29, 257.
    ,,   inferior. T. XXVIII (s. anno) 178.
    ,,   trans pontem Pataviae. T. XXVIII (s. anno) 172.
Riutarn, villa cum vineis. T. XXVIII (s. anno) 175, 176. (s. anno) 177. (1280) 468, 469.
Riutelspach. T. XXVIII (s. anno) 162. (1280) 460, 461.
River. T. XXIX (s. anno) 316.
Ritenwinchen. T. XXVIII (1280) 456.
Ritinge. T. XXVIII (1280) 464.
Roays, comitatus in terra sancta. T. XXIX (1291) 193.
Rochirchen, parochia. T. XXVIII (1280) 415.
Rodlingen. T. XXIX (1130) 29, 266.
Redollingen. T. XXVIII (1157) 112.
Roekendorf, Pfarrei in Oesterreich. T. XXX (1328) 128.
Roernbach, parochia in decanatu Stain. T. XXVIII (saec. 15) 497.
    ,,   conf. etiam *Rornpach* et *Rorbach.*
Roeschenstein, passauische Veste. T. XXXI (1460) 477.
Roetal. T. XXIX (s. anno) 222. — Conf. etiam *Rotthal.*
Roelinberg, mons. T. XXVIII (1280) 459.
Roelinge, villa et castrum. T. XXVIII (1241) 341. (1280) 461. — T. XXIX (s. anno) 222.
    ,,   hofmarchia. T. XXIX (1288) 565, 566.
Roelling, wo passauische Lehen. T. XXXI (1483) 607.
Rohacz, castrum. T. XXIX (s. anno) 310, 316.

Roma, *Rom.* — T. XXVIII (1432) 445. — T. XXIX (1254) 82. (1264) 456. (1277) 527. (1279) 533. (1289) 571. — T. XXX (1325) 118. (1380) 340. (1383) 365. (1396) 451, 454. (1397) 464. (1399) 485, 494. — T. XXXI (1401) 2. (1421) 174. (1424) 182, 195, 196. (1425) 201, 202. (1428) 213. (1429) 216. (1433) 232, 235. (1447) 383. (1450) 417. (1454) 438, 439. (1467) 508. (1477) 530, 642. (1478) 553. (1479) 556, 563, 564, 565. (1480) 576. (1481) 579, 582, 586, 587. (1482) 606. (1486) 616. (1488) 635, 644. (1489) 646. (1490) 649. (1493) 664. (1494) 690.

Romandiola, provincia Italiae. T. XXXI (1477) 529.

Romlaer, datz dem — T. XXX (1303) 16.

Rongersdorf. T. XXVIII (1067) 214.

Ronen. T. XXVIII (s. anno) 176. (1280) 468.

Roninge. T. XXVIII (1280) 468. (s. anno) 177.

Rorbach, *Rorenbach*, villa cum ecclesia. T. XXVIII (s. anno) 169. (1067) 215. (1280) 466. (1156) 511. — T. XXIX (1250) 209. (1262) 210. (1266) 225.

    " Rorenpach, Pfarrei, die Orte Chumbrohting und Hohenberg begreifend. T. XXX (1303) 16. — Im Lande der Abtei (1394) 436. — T. XXXI (1437) 521.

    " bei der Veste Challenstein im Lande der Abtei. T. XXX (1390) 403.

    " Rorpach, parochia in decanatu Stain. T. XXVIII (saec. 15) 496.

    " parochia, in archidiaconatu pataviensi. T. XXVIII (saec. 15) 501. Conf. etiam *Ruernbach.*

Rorna. T. XXVIII (1228) 327.

Rornpekh conf. *Horbach.*

Rosbach, *Rosspach*, *Rosserpach*, villa et ecclesia. T. XXVIII (s. anno) 165. (1280) 453, 461, 440.

    " parochia in archidiaconatu inter amnes. T. XXVIII (saec. 15) 488.

    " parochia in archidiaconatu lambacensi ibid. 505.

    " in decanatu Arnsdorf. T. XXVIII (s. anno) 190—191.

Rosdorf, *Rossdorf.* T. XXVIII (906) 204.

Rosen, in den — in Rosis. T. XXVIII (1285) 399. (1280) 467. — T. XXIX (1253) 384.

Rosenau, *Rosenawe*, die — bei Stoerling. T. XXX (1341) 171. — T. XXXI (1443) 353.

Rosenberg, *Rosenberch.* T. XXIX (s. anno) 217.

    " die Burg. T. XXX (1357) 230.

    " im — im Lande der Abtei. T. XXXI (1472) 517.

Rosleinsdorf, parochia in decanatu super Wagrain. T. XXVIII (saec. 15) 493.

Rossatz, *Rossesn*, *Rorssatz.* T. XXVIII (986) 209.

    " T. XXIX (1253) 113.

    " parochia in decanatu Stain. T. XXVIII (saec. 15) 496.

Roslinge. T. XXVIII (1280) 459.

Rosswinchil. T. XXVIII (s. anno) 169. (1280) 457.

Ret, Rote, Reta, fluvius Bavariae. T. XXVIII (s. anno) 190. — T. XXIX (s. anno) 230. (1148) 29, 259.

„ Vicedom-Amt an der — T. XXX (1309) 40. (1323) 107. (1336) 155.

„ in der — T. XXIX (s. anno) 919.

Rotachgau, Rotahgowe, pagus. T. XXVIII (903) 202.

Rotegeu, locus dictus — T. XXIX (s. anno) 223.

Rotel, Rotil, Rotulu, Rottel, fluvius in parte septemtrionali versus Bohemiam. T. XXVIII (s. anno) 188, 192. (1110) 270. (1280) 459, 471, 472. — T. XXIX (1312) 71. (s. anno) 223. — T. XXXI (1429) 220.

Rotenbach, Rotenpach. T. XXVIII (1113) 106.

„ parochia in decanatu Gallneukirchen. T. XXVIII (saec. 15) 504.

„ Pfarrei. T. XXXI (1464) 490.

Rotenberg, Rotemperg, Rotenberch. T. XXVIII (1262) 385. (1280) 464.

„ castrum. T. XXVIII (1227) 271. (1226) 315, 317. (1241) 341. T. XXIX (s. anno) 222.

„ hofmarchia. T. XXVIII (s. anno) 163. (1280) 460.

Rotenbrunn superius, parochia in decanatu hippolytensi. T. XXVIII (saec. 16) 495.

Roteneck, Rotenegk, die Burg — denen v. Layming angehoerig. T. XXXI (1435) 294. (1442) 350. (1448) 401.

Rotenmann, parochia. T. XXX (1325) 102.

Rotenpühel, in officio Amsteten. T. XXVIII (s. anno) 181.

Rotensala, die Roten-Sala, Fluss. T. XXIX (1249) 204. (s. anno) 312.

Rotental. T. XXVIII (1226) 319.

Rothbach, rivulus. T. XXVIII (1110) 270.

Rotthal, das — T. XXXI (1433) 323. (1447) 374.

Rotbolzheim. T. XXXI (1435) 297, 223.

Rowdolfsbach. T. XXIX (1154) 99, 260. — Conf. etiam *Rudolfsbach.*

Rossebach. T. XXIX (1200) 300.

Routkerisdorf, villa et vineae. T. XXIX (1065) 52. — Conf. etiam *Rukkerstorf.*

Rudelheim, Rudelnheim. T. XXVIII (1179) 123. (s. anno) 158. (1280) 457. — T. XXIX (1179) 326.

Rademberg, Edelsitz der Mautner. T. XXXI (1442) 350.

„ Pflegamt. T. XXXI (1448) 401.

Rudiberg, Rudiberch, castrum. T. XXIX (s. anno) 217.

Rudluching. T. XXX (1374) 315.

Rudleiching, villa. T. XXX (1370) 295.

„ inferius. T. XXIX (1210) 99, 274.

Rudmanntstorf. T. XXIX (1253) 391, 392.

Rudnich, Rudniche. T. XXIX (1144) 61. (1186) 36. (1256) 105.

Rudolfing, Rudolfinge. T. XXVIII (s. anno) 169, 170. (1280) 465. — T. XXIX (1253) 392.

Rudolfsbach. T. XXVIII (s. anno) 171. (1280) 466. — Conf. etiam *Rowdolfsbach.*

Rudungstorf, Rudungestorf, Radingestorf. T. XXVIII (s. anno) 192. (1280) 456, 459.

Ruedling. T. XXIX (1253) 591, 592.

Ruenau, fluvius. T. XXIX (s. anno) 312.

Ruesse, villa. T. XXIX (s. anno) 221.

Ruetharting, in der Pfarr Teuflenbach, Gerichts Vilshofen. T. XXXI (1445) 366.

Rugstorf. T. XXVIII (1280) 474. — T. XXIX (1264) 245.

Ruil, Ruile. T. XXVIII (1067) 215. — T. XXIX (1209) 280. — Conf. etiam *Reul.*

Rukkersberg, Rukkersperge. T. XXVIII (s. anno) 172. (1280) 466.

Rukkerstorf, Rukkestorf. T. XXVIII (1241) 155. (1280) 473.

   ,,   in officio S. Poelten. T. XXVIII (s. anno) 134.

   ,,   conf. etiam *Routkerisdorf.*

Rukkers, parochia in decanatu Stein. T. XXVIII (saec. 15) 498.

Rulding. T. XXIX (1253) 394.

Rune, monasterium. T. XXVIII (1186) 258. — Conf. etiam *Rain.*

Ruothe. T. XXVIII (1457) 112.

Rupollstadel. T. XXVIII (s. anno) 170. (1280) 455.

Ruprechtsberg, Ruprehtsperge. T. XXVIII (s. anno) 176, 177. (1280) 468, 469. — T. XXIX (1255) 92.

Ruprechtsdorf, parochia in decanatu super Wagram. T. XXVIII (saec. 15) 492.

Ruprechtshofen, Ruprekteshofen, Ruprechtschofen, villa et ecclesia. T. XXVIII (1240) 136, 288. (1280) 483. — T. XXIX (1253) 125.

   ,,   parochia in decanatu hippolytensi. T. XXVIII (saec. 15) 494.

Ruruppe, Rouruppe. T. XXIX (1220) 250. — T. XXX — der Markt (1300) 2. — Conf. etiam *Rarip, Rerrip, Riurippa* et *Reurip.*

Ruschenmuhel, fluvius. T. XXVIII (1232) 449. — Conf. etiam *Rouschmühl.*

Ruspach, Rnospach, parochia. T. XXVIII (1231) 155.

   ,,   majus, parochia in decanatu Staetz. T. XXVIII (saec. 15) 490. — T. XXIX (1291) 575. — T. XXXI (1418) 151.

   ,,   minus, parochia in eod. decan. T. XXVIII (saec. 15) 489.

   ,,   Ober- im Gerichte Trebensee. T. XXXI (1438) 527, 328.

   ,,   Nieder- in demselben Gericht ibid. 327.

   ,,   der boese, Fluss. T. XXIX (s. anno) 312.

Russe. T. XXVIII (1067) 215.

Rustorf, Ruesdorf, zur Burg Ratzmanstorf gehoerig. T. XXXI (1448) 402. (1449) 409.

   ,,   Hof der von Rottau. T. XXXI (1408) 28.

Russia, das Land — T. XXIX (1291) 202.

Rutarn. T. XXVIII (1067) 215.

Rutherspach, amnis. T. XXIX (1138—1148) 29.

Ruwin. T. XXIX (s. anno) 316. — Conf. etiam *Kwirin.*

Rutzendorf, villa. T. XXX (1306) 30—32.

Rutzensee, Rutzinse. T. XXIX (s. anno) 229.

Ryed, Ryd, parochia in decanatu hippolytensi. T. XXVIII (saec. 15) 498.

   ,,   parochia in decanatu Gallneukirchen. ibid. 505.

Ryed etc. in parochia Altbemi et in officio Ried. T. XXIX (1253) 399, 400.
„   Conf. etiam *Ried.*
Rytental, parochia in decanatu super Wagrain. T. XXVIII (saec. 15) 495.

S.

Sabina, sabinensis comitatus. T. XXXI (1477) 529.
Sabinicha, Sabinich, Saelmich, rivus. T. XXIX (1147) 40, 41.
„   parochia et castrum. T. XXVIII (933) 397. — T. XXIX loc. cit.
Sabiona, Seben, die Stadt. T. XXVIII (1432) 445.
Sachsendorf, curia. T. XXIX (1255) 67. (s. anno) 216.
„   parochia in decanatu super Wagrain. T. XXVIII (saec. 15) 494.
Sachsengang, inferius in Austria. T. XXVIII (1280) 479.
Sachsenhofen, Sasenhoven. T. XXVIII (s. anno) 171. (1280) 466.
Saechsinge. T. XXIX (1258) 234, 244.
Saehsen, parochia. T. XXIX (1294) 531.
Saeldenau, Saeldenawe, Edelsitz der von Aichberg. T. XXX (1333) 144. — T. XXXI (1435) 263, 266, 271, 278, 282, 287. (1437) 311. (1487) 619.
Saeligenstal, parochia in decanatu Stain. T. XXVIII (saec. 15) 497.
Saerleinkirchen, parochia in archidiaconatu patavionsi. T. XXVIII (saec. 15) 488.
Saerling, ecclesia. T. XXVIII (1280) 483.
Saevrnewt. T. XXVIII (s. anno) 199.
Sagschen, parochia in decanatu Gallneukirchen. T. XXVIII (saec. 15) 504.
Saichpulz. T. XXIX (1147) 215.
Salapulka, parochia in decanatu super Wagrain. T. XXVIII (saec. 15) 493.
Salche. T. XXVIII (1456) 252.
Salchenmanne, Salchnawe. T. XXIX (s. anno) 314.
Saligenperg, Salichemperig, parochia in decanatu Stain. T. XXVIII (saec. 15) 497. — T. XXX (1303) 16.
Sallinge. T. XXVIII (1280) 461. — T. XXIX (1262) 185. (s. anno) 218. T. XXIX (1262) 448. (s. anno) 219.
Salvator S. monasterium Sav. T. XXVIII (saec. 15) 500, 506. — T. XXIX (1121) 58.
Salza, Salzah, Salzach, Fluss. T. XXVIII (1226) 145. (1224) 305. — T. XXIX (s. anno) 311.
Salzbeg, villa. T. XXVIII (s. anno) 190. — Salzweg. T. XXIX (s. anno) 216.
Salzburg, Salzburge, Salzpurg, Saltzburch, Saltzburgum. T. XXVIII (777) 199. (1224) 332. (1237) 339. (1280) 482. (1363) 543. — T. XXIX (1254) 66. (1255) 97. (1262) 187. (1215) 29, 263. (1292) 577. (1299) 593. (s. anno) 310, 316. — T. XXX (1317) 69. (1321) 93. (1348) 426. (1381) 348, 349. (1398) 474, 475. — T. XXXI (1412) 94. (1449) 462. (1477) 545. (1483) 606. — Conf. etiam *Juvavia.*
45

Salzgrietz — zu Wien. T. XXX (1357) 223.
Sambiensis dioecesis. T. XXXI (1477) 545.
Sammitarum Helia. T. XXVIII (1432) 444.
Samheon. T. XXVIII (1144) 224.
Sant, Sand — an dem — T. XXVIII (s. anno) 192. (1280) 459.
Sant-Martin, Sanmarey, parochia in archidiaconatu inter amnes. T. XXVIII
    (saec. 15) 433.
Sante-Gallen, unweit der Enns. T. XXIX (s. anno) 311.
Sante-Steffansbrucke, in der Naehe der Murr. T. XXIX (s. anno) 316.
Santpach. T. XXVIII (s. anno) 175. (1280) 469.
Sardinia. T. XXXI (1477) 529.
Satlneren bei S. Oswald. T. XXX (1341) 171.
Saularn, im Lande der Abtei. T. XXX (1353) 207.
Sauming. T. XXIX (1253) 387.
Sauning. T. XXVIII (1280) 464.
Sazpach, Satzpach. T. XXVIII (s. anno) 170. (1280) 465. — T. XXIX (1253)
    391.
Schachen, silva. T. XXVIII (s. anno) 191. (1280) 459.
    „   villa juxta Mospach. T. XXVIII (1280) 480. — T. XXIX (s. anno)
    218. (1258) 233.
Schadkinz. T. XXIX (1258) 118.
    „   Schadlinzer-Ort, der Werd, zu Ow gehoerig. T. XXX (1324) 109.
Schadwien, in Oesterreich. T. XXXI (1412) 108.
Schaerding, Schaerdinge, Scardingen, der Ort. Conf. etiam *Scherding*. T.
    XXVIII (1429) 451. — T. XXIX (s. anno) 221. (1130) 29, 265. (1296)
    588. (1299) 594. — T. XXX (1304) 12. (1306) 29. (1366) 266. (1397)
    459. — T. XXXI (1411) 100, 101, 104. (1434) 254.
    „   die Burg. T. XXIX (s. anno) 221. — T. XXXI (1424) 135. (1435)
    301.
    „   Gericht, Pflege und Herrschaft. T. XXX (1373) 308. (1397) 458.
    T. XXXI (1424) 135. (1435) 265, 267, 268, 272, 275, 279—281, 301,
    302. (1445) 360.
Schaertenberg, Schaerttenberg, passauisches Kammerleben. T. XXVIII (1227)
    523. — T. XXXI (1402) 20.
Schaeterlehen, villa. T. XXIX (1125) 214.
Schaibinge, villa. T. XXVIII (s. anno) 170. (1280) 466. — Conf. etiam *Schei-
    binge.*
Schala. T. XXIX (s. anno) 313.
Schalcheim. T. XXVIII (1067) 214. (1143) 106.
Schalchtorf. T. XXIX (s. anno) 218.
Schalenberg, Schalenberch, die Burg. T. XXX (1373) 333, 334.
Schambach, villa. T. XXIX (1251) 374, 375.
Scharsach. T. XXIX (s. anno) 313.
Scharten, in der — im Gericht Efferding. T. XXIX (1253) 400.
Schattrie. T. XXIX (1147) 40.
Schallenberg. T. XXIX (1244) 40.

Schaumberg, *Schaunberch*, *Schounberch*, Ort und Burg. T. XXVIII (1383)
    440. (saec. 15) 499. — T. XXX (1359) 243. (1366) 265. (1376) 320.
    (1357) 232. — T. XXXI (1407) 71, 72. (1411) 94. (1414) 126. (1459)
    477. — Grafschaft, die der Kaiser vom Hochstift Passau zu Lehen
    traegt. — Conf. etiam *Schouenberg*.
Schuuren, *Schouren*. T. XXVIII (1280) 469.
Schautzdorf. T. XXVIII (1280) 468.
Schefrite, *Schefrise*. T. XXVIII (s. anno) 177. (1280) 468.
Schefweg, *Schefwege*, *Schefwreck*, via ultra Danubium versus Bohemiam. T.
    XXVIII (1280) 464, 471, 472. (1156) 511. — T. XXIX (1212) 71;
    dicitur strata silvestria (s. anno) 223. (1256) 225.
Scheibinge. T. XXVIII (1280) 465. — Conf. etiam *Schaibinge*.
Scheibs, parochia in decanatu Stain. T. XXVIII (saec. 15) 496.
Scheiregk, im Gericht Windberg zur Burg Ratzmanstorf gehoerig. T. XXXI
    (1448) 405. (1449) 410.
Schellenstein, Edelsitz der v. Puchberg. T. XXXI (1406) 67.
Schellnach, *Schelnake*, *Schelna*. T. XXVIII (1160) 242. — T. XXIX (s. anno)
    221. (1253) 392.
Schenkenberg, *Schenkchenperg*, Weingelaende in Oosterreich. T. XXX (1369)
    283.
Scherding. T. XXVIII (saec. 15) 503. — T. XXIX (1355) 394. — T. XXX
    (1330) 137. — Conf. etiam *Schaerding et Maeching*.
Schererseodel. T. XXX (1303) 15.
Scherffenberg, Edelsitz. T. XXX (1396) 454.
Schergendorf, *Scherigendorf*. T. XXVIII (s. anno) 170. (1280) 465. T. XXX
    (1372) 300.
Scherleinsoed. T. XXIX (1253) 393.
Schermunting. T. XXIX (s. anno) 231.
Schertenperg, *Schertenperch*. T. XXIX (1253) 387—390.
Schertenbergen, judicium in — T. XXIX (1289) 563.
Schetz, mons. T. XXIX (s. anno) 312.
Schenr — am Scheur, zur Burg Wesen gehoerig. T. XXXI (1447) 390.
Schilhorn, *Scilhorn*. T. XXVIII (903) 202.
Schiltarn, parochia in decanatu Stain. T. XXVIII (s. anno) 191. (1067) 215.
    (1284) 418. (1280) 459, 476. (saec. 15) 496. T. XXIX (1256) 103. —
    T. XXXI (1446) 369.
Schinumchile. T. XXIX (1125) 20.
Schirolffing, parochia in archidiaconatu lambacensi. T. XXVIII (saec. 15) 503.
Schlegel, *Slegel*, *Schleegl*, *Slage*, monasterium super Anasum. T. XXVIII
    (1221) 142. (1236) 153. (1251) 372, 373. — T. XXX (1341) 171.
    (1354) 210. (1385) 370, 371, 372. — Conf. etiam *Marine S. ecclesia*
    et *Slage*.
Schoenberg. *Schoenberch*, castrum. T. XXVIII (1234) 418. (1280) 476. T.
    XXIX (1256) 102.
    „   parochia in decanatu super Wagrain. T. XXVIII (saec. 15) 489,
    494. — T. XXIX (1258) 221.

Schoendorf, zur Burg Ratzmanstorf gehoerig. T. XXXI (1448) 402.
Schoenegg, Edelsitz. T. XXX (1393) 421.
Schoenkart, zur Burg Ratzmanstorf gehoerig. T. XXXI (1449) 409.
Schoenhedweigroed. T. XXIX (1253) 395.
Schoenering, parochia. T. XXIX (1263) 194.
    „   Schonering, parochia in archidiaconatu laureacensi. T. XXVIII
        (saec. 15) 488.
Schoenkering, Schonheringen, parochia in disconato Stain. T. XXVIII (933)
        207, (saec. 15) 499.
    „   Edelsitz des Ritters Engelhard Gruber. T. XXXI (1427) 207. (1427)
        209.
Schoenpuhel, castrum juxta Geroltinge. T. XXVIII (1280) 482. T. XXIX
        (1264) 457.
Schoeunpuck. T. XXIX (1253) 390.
Schonach, parochia in decanatu Gallneukirchen. T. XXVIII (saec. 15)
        505.
Schonau, parochia in eod. decan. ibid. 504.
    „   parochia in decanatu Stain. T. XXVIII (saec. 15) 497.
Schonberg, im Gericht Perichstayn. T. XXXI (1415) 185.
Schonenberg, Sconenberg. T. XXVIII (s. anno) 171. (1280) 466.
    „   parochia in archidiaconatu pataviensi. T. XXVIII (saec. 15) 501.
Schonempach, Schonenbach. T. XXVIII (1297) 323.
Schongraben, parochia in decanatu Wagrain. T. XXVIII (saec. 15) 493.
    „   parochia in decanatu Staatz. ibid. 493.
Schorrindorf, villa. T. XXIX (1065) 52.
Schowenberg, Burg der Grafen von Schaumberg. T. XXX (1307) 54.
    „   Conf. etiam *Schaumberg*.
Schuwerich. T. XXVIII (1280) 464.
Schowinge, Scowingin. T. XXVIII (1280) 475. — T. XXIX (1065) 55.
Scowingin. T. XXIX ibid.
Scominowen, praedium. T. XXIX (1140) 254.
Scorrindorf conf. *Schorrindorf*.
Schrattenperg, Schrattenperkh, parochia in decanatu Wagrain. T. XXVIII
        (saec. 15) 492.
Schrebentz. T. XXIX (1263) 452.
Schremplz, parochia in decanatu Stain. T. XXVIII (saec. 15) 497.
Schrikh, parochia in decanatu Staatz. ibid. 491.
Schroetentobel. T. XXVIII (1285) 399. (1280) 466.
    „   Besitzung der Chrafft. T. XXXI (1443) 552.
Schundorf, parochia. T. XXIX (1183) 25.
Schuwerperg. T. XXIX (1258) 233.
Schwabdorf, Schwadorf, villa in inferiori Austria. T. XXVIII (1203) 267.
        (1209) 277, 278. — T. XXIX (1254—1265) 203. — T. XXXI (1448)
        405. (1458) 463, 464.
    „   Schloss und passauisches Kastenamt. T. XXXI (1471) 515. (1494)
        679. — Conf. etiam *Swabdorf*.

Schwainkirchen, Sweinackirchen, parochia. T. XXVIII (1189) 855.

  ,,   Schweinskirchen. T. XXVIII (1179) 123. — Conf. *Sweinnkirchen*.

Schranackkirchen, parochia. T. XXVIII (saec. 15) 501.

Schwundt, Ober und Unter — T. XXIX (1258) 115.

Schwartach, ecclesia. T. XXIX (1261) 7, 29. — Conf. etiam *Swarza* et *Swarzach*.

Schwarzenau, Swarzennwe, Edelsitz. T. XXX (1337) 159.

  ,,   Conf. etiam *Swarzennwe*.

Schwechent, Besitzung der Capelle Marien-Stiegen zu Wien. T. XXXI (1415) 156, 157. — Conf. etiam *Sweechent*.

Scuuringe. T. XXVIII (1280) 464.

See, villa in Austria. T. XXXI (1446) 569.

Sebach, villa. T. XXVIII (s. anno) 164. (1067) 216. (1228) 328, 529. (1262) 585. — T. XXIX (1140) 255. (1230) 351, 352.

  ,,   parochia in archidiaconatu pataviensi. T. XXVIII (saec. 15) 488, 501.

  ,,   hofmarchia patav. T. XXVIII (1226) 520. (1280) 461. — T. XXIX (s. anno) 219, 221.

  ,,   der — Fluss bei Vichtenstein. T. XXXI (1435) 279.

Sebaldi ecclesia Ratisponae. T. XXIX (1260) 143.

Sebarn, Sewarn. T. XXVIII (1241) 155.

Seborn, Edelsitz. T. XXX (1563) 207.

Sechenekk, castrum et capella in decanatu Gallneukirchen. T. XXVIII (saec. 15) 504.

Seclama, civitas Noeriac. T. XXVIII (1452) 415.

Seccowe, Sekkau, monasterium. T. XXVIII (1186) 255.

Seger, in dem — Grafschaft. T. XXXI (1456) 454.

Sehain, parochia. T. XXIX (1147) 41.

Sehslinge, juxta Rorbach. T. XXVIII (1280) 466.

  ,,   prope Morsbach ibid. (1285) 400.

Seibelstorf, Edelsitz der Seibelstorffer. T. XXXI (1456) 444.

Seistaeldorf, parochia in decanatu Staetz. T. XXVIII (saec. 15) 492.

Seitenstetten, Seyttenstetten, Sitmstetten, monasterium in decanatu laureacensi. T. XXVIII (1241) 155. (saec. 15) 505. T. XXIX (1116) 32. (1186) 34. (1255) 105. (1258) 161. (1260) 243. — Conf. etiam *Seyttenstetten* et *Sitmstetten*.

Seites, monasterium. T. XXVIII (1186) 255. Conf. *Syetz*.

Seldenau, Seldnau, Edelsitz der von Aichberg. T. XXXI (1415) 122. (1447) 393.

Seldenburg, desgleichen. T. XXXI (1497) 706.

Selkinge. T. XXVIII (s. anno) 170. (1280) 465.

Selfehcheim. T. XXVIII (1280) 466.

Seltenheim. T. XXVIII (s. anno) 172.

Semerwich, der Semmering, Berg in Oesterreich. T. XXIX (s. anno) 310, 311, 316, 317.

Seneldorf, villa. T. XXIX (s. anno) 292.

Senftehingen et Niwenhofen, cartes stabulariae intra Danubium et Oenum.
T. XXVIII (1067) 214.
Senftenbach, *Senftinbach*, forum, T. XXVIII (s. anno) 191. (1280) 458, 459.
T. XXIX (1253) 233. (s. anno) 307.
„ in parochia Weilpach et in judicio Ried. T. XXIX (1253) 399.
Senftenberg, *Senftenberch*. T. XXVIII (1280) 473, 476. (1284) 448. T. XXIX
(1256) 103.
„ parochia in decanatu Stain. T. XXVIII (saec. 15) 496.
Senging, parochia in decanatu Staelz. T. XXVIII (saec. 15) 490.
Sening, zur Burg Ratzmanstorf gehoerig. T. XXXI (1448) 403.
Serleinspuch, *Serleinspach*, parochia in archidiaconatu pataviensi. T. XXVIII
(1280) 466. (saec. 15) 501, 511. — T. XXIX (1256) 225.
„ die Vogtei. T. XXX (1396) 455.
Sesring, *Sessinge*, in officio Windberg. T. XXVIII (1280) 464. — Zur Burg
Ratzmanstorf gehoerig. T. XXXI (1448) 402. (1449) 409.
Setzlestorf. T. XXX (1325) 113.
Seuseneck, *Seusenekk*, denen von Wallsee zugehoerig. T. XXXI (1407) 23.
„ das Landgericht. T. XXXI (1465) 504.
Seusenstain, *Seusenstaim*, abbatia in decanatu hippolytensi. T. XXVIII (saec.
15) 498, 500.
„ parochia in decanatu Chrems. T. XXVIII (saec. 15) 506.
Seveld, parochia in decanatu Wagrain. T. XXVIII (saec. 15) 492.
Severini S. ecclesia Pataviae. T. XXVIII (1182) 125. (1143) 222. — S. Severini
alias Egydii S. ecclesia. T. XXIX (1255) 589.
„ horti Pataviae. T. XXIX (s. anno) 307.
Secringen. T. XXVIII (1280) 479.
Sewolhen. T. XXVIII (saec. 16) 503; — parochia in archidiaconatu lambs-
censi ibid.
Seyfrids, parochia in decanatu Stain. T. XXVIII (saec. 15) 497.
Seying, zum Theil zur Burg Ratzmanstorf gehoerig. T. XXXI (1448) 402.
(1449) 403.
Seyming, desgleichen ibid. 410.
Seytzendorf, parochia in decanatu Wagrain. T. XXVIII (saec. 15) 493.
Seytzesdorf, bei Hausleiten. T. XXXI (1438) 327.
Seytzenstetten, abbatia. T. XXVIII (saec. 15) 499, 500. — Conf. etiam *Seiten-
stetten* et *Sitanstetten*.
Sibenbuch, *Sibinpach*. T. XXVIII (1143) 106. — T. XXIX (s. anno) 307.
Sibenhirt. T. XXVIII (1280) 475.
Sibenhirtin, villa. T. XXIX (1065) 53.
Sichalichen, parochia in archidiaconatu matticensi. T. XXVIII (saec. 15)
502.
Sichpachzell, parochia in decanatu Stain. T. XXVIII (saec. 15) 499.
Sicilia. T. XXXI (1477) 529.
Sidenriute, *Sidenreut*. T. XXVIII (s. anno) 170. (1280) 465.
Sigefridesdorph. T. XXIX (1155) 255.
Sigenbarting in parochia Guertt et officio Ried. T. XXIX (1253) 399.

Sigenheim. T. XXVIII (1163) 118. (s. anno) 159. (1160) 241. (1280) 457.
„ curtile. T. XXIX (s. anno) 306.
Sighartingen. T. XXIX (1165) 255.
Sighartskirchen, Sigekartschirchen, Sigartzkirchen, parochia in decanatu
hippolytensi. T. XXVIII (1280) 481. (saec. 15) 495. T. XXIX (1242)
75. (1259) 133. (1263) 192. (1264) 488.
Sigwia. T. XXVIII (1214) 292.
Sigretinge. T. XXVIII (1280) 456.
Sikkehinge. T. XXVIII (1280) 459. (s. anno) 192.
Sikkental, das — in Oesterreich. T. XXXI (1415) 137—139.
Sikking, in der Naehe der Burg Wesen. T. XXX (1510) 47.
Simbretsreut, Gut. T. XXX (1300) 3, 4.
Sindelburg. T. XXVIII (1142) 219. — T. XXIX (1071) 10.
Sinleken, officium. T. XXIX (s. anno) 228.
Simwelwoelde, villa et ecclesia. T. XXIX (1147) 41.
Sippach, Sikpach. T. XXVIII (777) 197. — T. XXIX (1274) 507.
Sirnich, Sirnicha, Sirmikh, Sierning. T. XXVIII (1241) 155; ad Anasum
(983) 207. — In decanatu Stain (saec. 15) 499. — T. XXIX (1183)
27. (1192) 48. (s. anno) 216, 217. T. XXX (1398) 476, 477.
„ parochia in archidiaconatu laureacensi. T. XXVIII (saec. 15) 488. —
T. XXIX (1242) 357.
„ fluvius. T. XXVIII (777) 193.
Silanstetten, Silanstetin, Sidenstetten, monasterium. T. XXVIII (1109) 218,
219. (1142) ibid. (1280) 483. (saec. 15) 498. — T. XXIX (1256) 412.
(1264) 455. — Conf. etiam *Seitenstetten* et *Seytzenstetten.*
Sitesbach, Sitespach. T. XXVIII (s. anno) 169. (1280) 465.
Sittich, monasterium. T. XXIX (s. anno) 310.
Sittelpach, fluvius. T. XXVIII (1262) 395.
Sitzenberg, Siczenperch, mons. T. XXVIII (1280) 432. — T. XXIX (s. anno)
311, 317.
Sivitle. T. XXVIII (s. anno) 175.
Slaepphen. T. XXVIII (s. anno) 172.
Slage, monasterium. T. XXVIII (s. anno) 177. (1209) 131. (1280) 466.
„ Conf. etiam *Schlegel.*
„ in dem — T. XXVIII (s. anno) 176. (1280) 463.
Slaiskeim, parochia in decanatu Stain. T. XXVII (saec. 15) 499.
Slat, campus extra villam Walosingin. T. XXVIII (1232) 448.
„ villa. T. XXVIII (1232) ibid.
Slegelspach, villa. T. XXVIII (s. anno) 216.
Sleinpach, Slaimbach, parochia in decanatu Staetz. T. XXVIII (1280) 477,
478. (saec. 15) 490.
Slewnz, inferior. T. XXIX (s. anno) 217.
Sliccheinsdorf. T. XXVIII (1280) 474.
Slierbach, Slyerbach, Slirbach, Frauenkloster im Decanat Stain. T. XXVIII
(saec. 15) 500, 505. — T. XXX (1359) 247.
Slippfing, curia. T. XXIX (1253) 384, 393.

Smelham. T. XXIX (s. anno) 218.
Smida, in Oesterreich. T. XXIX (1264) 245, 248. — T. XXX (1390) 402.
Smidach, *Smidake*, im Gericht Trebensee. T. XXIX (1223) 340. T. XXXI
    (1438) 326, 327.
Smidhub, *Smiedhub*. T. XXIX (s. anno) 248.
Smidinge, *Smiding*. T. XXVIII (s. anno) 169, (1280) 169, 465. — T. XXIX
    (1253) 391.
Snaile, auf der — in officio Amsteten. T. XXVIII (s. anno) 184, (1280) 472.
Snellendorf. T. XXIX (1253) 396.
Snelling, zur Burg Rutzmanstorf gehoerig. T. XXXI (1448) 402. (1449) 409.
Sokking, desgleichen ibid.
Sokium, civitas. T. XXVIII (1432) 445.
Soltzburg conf. *Sulzburg.*
Sommersdorf conf. *Sumerstorf.*
Soumingen. T. XXVIII (1067) 214.
Soumweg, *Soumwech* i. e. *Saumweg*, via publica versus Bohemiam. T. XXIX
    (1212) 72.
Souslage. T. XXVIII (s. anno) 171.
Spaeting, in der Umgegend der Burg Wesen. T. XXX (1310) 47.
Spannberg, *Spannberkh*, parochia in decanatu Staetz. T. XXVIII (saec. 15)
    492.
Speche. T. XXIX (1264) 245.
Speisendorf, parochia in decanatu Stain. T. XXVIII (saec. 15) 496.
Spengenberg, *Spengenberch.* T. XXIX (s. anno) 340, 316.
Spilberg, castrum. T. XXIX (s. anno) 217.
Spilleulen, datz den — T. XXVIII (1285) 399.
    ,,   Besitzung der Chrasfl. T. XXXI (1443) 353.
Spira, *Speier*, die Stadt. T. XXX (1345) 67.
Spitz, parochia. T. XXIX (1220, 1225, 1238) 6, 29.
    ,,   Spytze, parochia in decanatu Stain. T. XXVII (saec. 15) 498.
Spitzenoed. T. XXIX (1253) 389.
Spoleto, ducatus Italiae. T. XXXI (1477) 529.
Sprazarm. T. XXVIII (1280) 475.
Sprinzenstein, castrum. T. XXIX (1281) 540.
Stachenreut, *Stachenriut.* T. XXVIII (s. anno) 192, (1280) 460.
Stadel. T. XXVIII (1280) 456, 469. T. XXX (1303) 15.
Stadelaer, ultra Trunam. T. XXVIII (s. anno) 180, (1280) 471.
Stadelau, *Stadelow*, *Stadelowe*, parochia. T. XXVIII (1237) 338, (1280) 478.
    T. XXIX (1250) 371.
    ,,   parochia in decanatu Leytz. T. XXVIII (saec. 15) 489.
    ,,   parochia in decanatu Staetz ibid. 491.
Staerbing. T. XXX (1341) 171.
Staetenpach. T. XXIX (1249) 227.
Staetz, parochia in decanatu Staetz. T. XXVIII (saec. 15) 491, 505.
Stahersberg, im Lande der Abtei. T. XXXI (1472) 516.
Stahremberg in Oesterreich. T. XXXI (1480) 569.

Stain, civitas et decanatus in Austria. T. XXVIII (saec. 15) 496, 499, 501. —
T. XXX (1305) 24. (1386) 374. — T. XXXI (1401) 7, 13. (1411) 97.
(1414) 124. (1431) 595, 596.
„   conf. etiam *Stein*.
Stainach, Staynach. T. XXIX (1253) 384, 393.
„   Edelsitz. T. XXX (1373) 335.
„   conf. *Steinach*.
Staineich. T. XXIX (1253) 395. — Conf. *Steinech*.
Stainchressen, Gut. T. XXX (1307) 34.
Staindorf. T. XXIX (s. anno) 224.
Stainheim. T. XXVIII (1280) 460.
Stainkirchen, Stainchirchen, Stacineinchirchen, Stanachirchen.
„   parochia. T. XXVIII (1280) 415, 483. — T. XXIX (1273) 226. (1294)
532.
„   parochia in archidiaconatu inter amnes. T. XXVIII (saec. 15) 483,
502.
„   bei Ortenburg. T. XXX (1392) 420.
„   parochia in decanatu hippolytensi. T. XXVIII (saec. 15) 494, 496.
„   parochia in decanatu Gallneukirchen. T. XXVIII ibid. 504.
Stainlnimbach, Steineynlaymbaeh bei Chaltenstein. T. XXX (1394) 436.
Staining, zur Burg Ratzmanstorf geboerig. T. XXXI (1448) 402. (1449) 409.
Stainoed. T. XXIX (1253) 395.
Stainpach, rivus. T. XXVIII (1262) 335.
„   villa cum vineis. T. XXIX (1140) 254.
„   parochia in decanatu laureacensi. T. XXVIII (saec. 15) 505.
„   parochia in decanatu Stain. T. XXVIII (saec. 15) 499.
„   conf. etiam *Steinpach*.
Stainperg. T. XXVIII (1280) 460.
„   T. XXIX (1255) 392.
„   das Gut. T. XXX (1300) 3, 4.
Stainprunn, Staineprunn, parochia in decanatu Staetz. T. XXVIII (saec. 15)
492. — Conf. etiam *Steinprunn*.
Stainstrasse, Stacinewistrase, locus judicii ducalis. T. XXVIII (1228) 327.
(1222) 449.
Stainveld. T. XXVIII (1280) 475.
Stalberg, in Meissen. T. XXVIII (1367) 438.
Stalekk, Hof zu Rotoltzheim. T. XXXI (1433) 227.
Stall, an dem — T. XXVIII (1280) 468.
Stallarn. T. XXVIII (1280) 479.
Stamheim, parochia et castrum. T. XXVIII (s. anno) 188. (1280) 483, 484.
Staemphinge, Staemphinge. T. XXVIII (1280) 469. — Conf. *Stemphing*.
Starchenreichs-tuern, domus prope Niedernburg Pataviae. T. XXIX (1288)
296.
Starkenberg, Starchenberg, Veste in Oesterreich. T. XXX (1395) 448.
Starmoerd, in Oesterreich. T. XXX (1399) 402. — Bei Hausleiten. T. XXXI
(1438) 327, 328.

364

Index

Staudach. T. XXVIII (1067) 215. — Conf. *Studaki.*

Staudratisdorf, villa cum vineis. T. XXIX (1065) 53.

Stauff. T. XXVIII (1383) 440.

Stauffen, Veste — traegt der Kaiser von Passau zu Lehen. T. XXXI (1467) 506.

Stayncishaim. T. XXIX (1263) 393.

Stechelberg, Stechilberg, mons ad fluvium Waldagst. T. XXVIII (1230) 472. T. XXIX (s. anno) 216.

Stegarn. T. XXIX (s. anno) 234.

Stege, in officio Amstetten. T. XXVIII (s. anno) 181. (1230) 472. — T. XXIX (s. anno) 234.

Stegen, locus postmodum Wesen dictus. T. XXVIII (1230) 472. — Conf. etiam *Wesen.*

Stein, civitas in Austria superiori apud Crems sive Chrems. T. XXVIII (1241) 155. (s. anno) 184. (1279) 413, 414. (1284) 417, 418. (1367) 435. (1230) 469, 473, 474, 476. — T. XXIX (1065) 52, 53, 54. (1256) 97, 102—104. (1263) 195, 196. (1260) 213. (1249) 227. (1260) 248. (1250) 368. (1282) 543. — T. XXX (1315) 67, 68. (1324) 111. (1334) 146, 147. — Conf. etiam *Stain.*

    " Minoriten-Kloster. T. XXX (1319) 86.

Steinach, Steinak, Steinake, Steinhake. T. XXVIII (s. anno) 161, 163, 171, 172. (1230) 460, 466.

    " conf. etiam *Siminnch.*

Steinberg, Steinperch. T. XXVIII (s. anno) 162, 163. (1230) 480.

Steinchart, Stainkart, forestum prope Griesbach. T. XXVII (s. anno) 190.

Steindorf, Staindorph, curia. T. XXVIII (1241) 155. — T. XXIX (s. anno) 217.

Steineck, Steinheh, apud Prengerstorf. T. XXIX (1248) 76. (1264) 245. T. XXX (1305) 16.

Steinekke. T. XXIX (s. anno) 216.

Steinkirchen, Steinachirchen, villa in Austria. T. XXVIII (1242) 347.

    " circa Vilsam. T. XXIX (1260) 150.

    " T. XXIX (1235) 74. (1255) 89, 90. (1257) 109. (s. anno) 222.

Steinpach. T. XXIX (1165) 256, 257. (1140) 258. (1204) 29, 269.

    " Conf. etiam *Stainpach.*

Steinpuelel. T. XXIX (s. anno) 248.

Steinprunn. T. XXVIII (1230) 456. — Conf. etiam *Stainprunn.*

Steipphen. T. XXVIII (1230) 466.

Stekelberg, mons. T. XXVIII (s. anno) 188.

Stella, mons haud procul a terminis Bohemiae. T. XXVIII (1230) 471, 472.

    " castrum. T. XXIX (s. anno) 223.

Stelizendorf, Stelzerndorf, in Oesterreich bei Hausleiten. T. XXVIII (saec. 15) 489; in decanatu Staetz ibid. — T. XXXI (1438) 327, 328.

Stelizer, auf dem — zur Burg Ratzmanstorf gehoerig. T. XXXI (1448) 405. (1449) 409.

Stempking, *Steimpkinge*. T. XXVIII (s. anno) 175. — T. XXIX (1253) 391.
    392. — Zehent daselbst zur Burg Ratzmanstorf gehoerig. T. XXXI
    (1448) 405. (1449) 409. — Conf. *Stamphinge.*
Stemrich. T. XXVIII (1159) 510.
Stephani S. claustrum Pataviae. T. XXVIII (1160) 116. — T. XXIX (s. anno)
    306.
    „   ecclesia Pataviae. T. XXX (1332) 143. (1354) 216.
    „   ecclesia in Hürben, pertinens ad monasterium S. Hippolyti. T. XXX
        (1333) 361, 362—364.
    „   ecclesia super Wagrain et decanatus. T. XXVIII (saec. 15) 489. —
        T. XXIX (1283) 553.
    „   S. Stephan datz Prukke (zu Prukk). T. XXIX (s. anno) 310.
    „   S. ecclesia conf. etiam *Vienna.*
    „   S. ecclesia juxta Waeninpach. T. XXIX (1071) 10.
Stephansdord, parochia in decanatu laureacensi. T. XXVIII (saec. 15) 506.
Stephanshard, parochia in decanatu Stain. ibid. 500. — Conf. etiam *Steven-*
    hard.
Stesdorf, zur Veste Tulbingen gehoerig. T. XXXI (1412) 111.
Steteldorf, parochia in decanatu Staetz. T. XXVIII (saec. 15) 489.
    „   Stetelndorf, villa in officio Trebensee. T. XXIX (1125) 214.
    „   T. XXX (1390) 402. — T. XXXI (1433) 326, 327. (1438) 328.
Stetenberg, *Stettenberg*, Edelsitz der von Prueschink. T. XXXI (1486) 616.
    (1491) 654.
Stetten, parochia in decanatu Staetz. T. XXVIII (saec. 15) 490.
    „   molendinum. T. XXIX (1253) 394.
Stetting, *Stetinge*. T. XXVIII (s. anno) 178. (1280) 470.
    „   der Hof zu — T. XXIX (1286) 555.
    „   Zehent zu — zur Burg Ratzmanstorf gehoerig. T. XXXI (1448)
        403. (1449) 410.
Steuderdorf, der Hof zu — T. XXX (1311) 59.
Steudersdorf, in officio S. Poelten. T. XXVIII (s. anno) 182, 183. (1280)
    475.
Steunze, parochia. T. XXIX (1260) 248.
Steure, parochia. T. XXIX (1147) 41.
Steurpach. T. XXIX (1125) 21.
Stevenharde, *Stevensharf*, parochia. T. XXVIII (1280) 483. — T. XXIX (1138)
    29. — Conf. etiam *Stephanshard.*
Steyer, das Land. T. XXIX (s. anno) 315, 316, 317. — Conf. *Styria.*
    „   der Fluss. T. XXIX (1286) 559. Conf. etiam *Styra.*
    „   Stcyr, parochia in decanatu Stain. T. XXVIII (saec. 15) 499.
    „   Steyr, parochia in decanatu laureacensi ibid. 505.
    „   Stadt und Burg. T. XXIX (1192) 47, 48. (1290) 50.
Steyrek, *Steyrekh*, parochia in decanatu Gallneukirchen. T. XXVIII (saec.
    15) 504.
    „   parochia in decanatu laureacensi. ibid. 489.
    „   Steyrbeke, castrum. T. XXIX (s. anno) 216.

Stierverg. T. XXVIII (1280) 466.
„ Stierwerch, im Lande der Abtei. T. XXX (1353) 207. — Zwischen der grossen und kleinen Mühel. (1385) 372.
Stille. T. XXVIII (s. anno) 191. (1109) 218. (1280) 459. T. XXIX (1116) 32. (1186) 35.
Stilfrid, Stilhfril, Stillasrrid, parochia. T. XXVIII (1241) 155. In decanatu Staetz. (saec. 15) 492.
Stillenwertz, augia intra Danubium in Austria. T. XXIX (1284) 553.
Stillna, insula juxta Zeiselmauer. T. XXVIII (1280) 475.
Stinkinbrunnin, Stinchundenprunne. T. XXIX (1102) 56. (1125) 214.
Stochach, Stochaech. T. XXVIII (1280) 455, 457. — T. XXIX (1264) 246.
„ curia prope Linz. T. XXIX (1264) 245.
Stockestall, Stockstall, Stekstall, praedium in orientali plaga sive Austria. T. XXVIII (1160) 116. (1163) 118. — T. XXIX (s. anno) 306. (1253) 583.
„ curia. T. XXX (1311) 60. (1317) 76, 77. (1318) 79, 80.
„ Ober- T. XXX (1329) 130, 131.
Stoerrein. parochia in decanatu Wagrain. T. XXVIII (saec. 15) 493.
Stokkarn, Stockarn, parochia in eodem decanatu ibid. 493. — T. XXIX (s. anno) 217.
Stokke, Stochke. T. XXVIII (s. anno) 158, 192. (1280) 459.
Stokkeich, Stokcheich. T. XXIX (1253) 395.
Stokkerau, Stockerau, Stockerawr, parochia. T. XXIX (s. anno) 312. (1270) 496. — T. XXX (1399) 492. — T. XXXI (1458) 326.
„ parochia in decanatu Leyz. T. XXVIII (saec. 15) 489.
„ parochia in decanatu Staetz ibid. 490.
Stokpeunt, Stokchpeunt. T. XXIX (1253) 594, 395.
Stollinge. T. XXVIII (s. anno) 169. (1280) 465.
Storchenberg, Storchenberck, castrum in foro sive villa Hantezzen. T. XXVIII (1280) 456.
Stoulousperge. T. XXVIII (1280) 459. — Conf. etiam *Stulunsperge.*
Strachin, praedium. T. XXIX (1179) 326. Conf. etiam *Strackin.*
Straetzinge, Straecinge, Strazzing, parochia. T. XXVIII (1280) 478. — T. XXIX (1269) 242. (1282) 543. — Conf. *Strezinge.*
Straken, praedium. T. XXVIII (1179) 123. — Conf. etiam *Strackin.*
Stranzdorf, parochia in decanatu Staetz. T. XXVIII (saec. 15) 490.
„ Stranciadorf, Strancindorf, Stranczdorf. T. XXIX (1065) 52. (s. anno) 229. (1260) 243.
„ Stranzendorf. T. XXVIII (1144) 224.
Stranzingen, Straenzingen. T. XXVIII (s. anno) 192. (1280) 459.
Strass in Oesterreich. T. XXXI (1446) 369. — Conf. etiam *Strazze.*
Straubing, Straubingen, Strauwing, Straubinga, Stadt in Nieder-Bayern. T. XXVIII (1224) 331, 332. — T. XXIX (1265) 91, 93. — T. XXX (1300) 5. (1381) 348, 350. — T. XXXI (1402) 24. (1411) 95.
„ das Vicedom-Amt. T. XXX (1300) 5. (1336) 156.

Strazendorf. T. XXIX (s. anno) 221.
Strazheim, Strazheim. T. XXVIII (1280) 456.
   ,,   im Gericht des Donauthals. T. XXXI (1427) 207. (1494) 690.
Strazze, Straz. T. XXVIII (s. anno) 191. (1067) 215. (1194) 262. T. XXIX
    (1250) 79. (1254) 228, 229. (s. anno) 230.
   ,,   juxta Merinpach. T. XXVIII (s. anno) 192. (1280) 459, 460.
   ,,   conf. etiam *Strass.*
Strazwalchen, Strazwalken, Straswalchen, parochia in archidiaconatu lamba-
    censi. T. XXVIII (1232) 343. (1242) 347. (1243) 350. (1280) 457.
    (saec. 15) 503.
   ,,   hofmarchia. T. XXVIII (s. anno) 159.
Stredinge. T. XXVIII (1280) 456.
Stregen, villa et capella. T. XXVIII (1067) 215. — Parochia in decanatu
    Stain et capella. (saec. 15) 496, 497.
Strenberg, parochia in eodem decanatu ibid. 499.
Stremich, Stremikh, parochia in decanatu Wagrain. T. XXVII (saec. 15)
    493. — T. XXIX (s. anno) 217.
   ,,   capella in — T. XXIX (1267) 470.
Stretinge, infra Anasum in Austria. T. XXVIII (1263) 387. — T. XXIX (1263)
    453. — T. XXXI (1411) 97. — Conf. etiam *Straetzinge.*
Strigonium, Gran in Ungern. T. XXVIII (1420) 448. — Ecclesia episcopalis
    ibidem. T. XXXI (1421) 173, 174. (1477) 545.
Strobelinsdorf. T. XXVIII (1280) 473.
Strodorf. T. XXVIII (s. anno) 180. (1280) 471.
Stronzendorf bei Hausleiten. T. XXXI (1438) 327, 328.
Strozz, parochia in decanatu Staetz. T. XXVIII (saec. 15) 492.
Struben, castrum. T. XXVIII (1194) 262.
Struminingen, Struning. T. XXIX (1071) 10.
Stubechen, apud S. Georg. T. XXVIII (1241) 155.
Stubenberg, parochia in decanatu inter amnes. T. XXVIII (saec. 15) 502.
   ,,   Burg. T. XXX (1374) 312, 313.
Studnhi. T. XXIX (1065) 53. — Conf. etiam *Staudach.*
Stuehlingen, Landgrafschaft in Schwaben. T. XXVIII (1434) 442.
Stuermau, im Amte Zeiselmauer. T. XXX (1394) 439.
Stufirn, Stuffurn. T. XXVIII (1280) 466.
   ,,   Besitzung der Chrafll. T. XXXI (1443) 352.
Stulunsperge. T. XXVIII (s. anno) 191. — Conf. etiam *Stoulousperge.*
Stuolperge. T. XXVIII (1280) 469.
Stupphenreich, villa et capella. T. XXVIII (saec. 15) 491. — In decanatu
    Staetz ibid.
Sturzbach, Sturcezpach, Sturzespach. T. XXVIII (1163) 119. — T. XXIX
    (s. anno) 307.
Sturzlinespach. T. XXIX (1165) 29, 257.
Styra, fluvius. T. XXIX (1088) 46. — Conf. etiam *Steyer.*
Styraparch. T. XXVIII (985) 207.
Styer, castrum. T. XXIX (1088) 45. — Conf. etiam *Steyer.*

Styria, marchionatus, deinde ducatus. T. XXVIII (1276) 401. (1280) 484.
    (1432) 444. — T. XXIX (1260) 165. (1262) 187. (s. anno) 309—311.
    (1250) 370. (1262) 445. (1274) 511. (1276) 517. (1277) 523. (1281)
    537. — T. XXX (1315) 66. (1328) 180. — Conf. etiam *Steyer.*
Styven, Styfen, parochia in decanatu Stain. T. XXVIII (saec. 15) 496.
   „   capella in — T. XXIX (1267) 470.
Suanis. T. XXIX (s. anno) 29, 273. Conf. etiam *Swanne.*
Suben, monasterium in ripa Oeni inferioris. T. XXVIII (1205) 271. (1251)
    372, 373. (saec. 15) 500, 607. — T. XXIX (1254) 66. (1253) 161.
    (1328) 303. — T. XXX (1325) 116.
Subenne, praedium. T. XXVIII (1179) 125. — T. XXIX (1179) 326.
Subenprunn, superior et inferior parochia in decanatu Staetz. T. XXVIII
    (saec. 15) 491.
Suenechinsdorf. T. XXVIII (s. anno) 169.
Sueramara, ad Sirnich pertinens. T. XXVIII (933) 207.
Suevia, Schwaben. T. XXIX (1256) 159. T. XXIX (1252) 380.
Suezzenbach, Suezzvnch. T. XXIX (1213) 332. (1253) 395.
Swille, villicatio. T. XXVIII (s. anno) 173.
Sulawier, Edelsitz der von Kappler. T. XXXI (1459) 467.
Sulbring. T. XXIX (1253) 394, 393.
Sulbrunnen, Sulprunn. T. XXVIII (1163) 119. (1160) 242. — T. XXIX (s.
    anno) 307. (1253) 393.
Sulepach, rivus prope oppidum Guetenekk. T. XXX (1302) 7.
Sultse. T. XXIX (s. anno) 220.
Sulz, Sultz, ecclesia in Austria. T. XXIX (1224) 211. (1245) 212.
   „   parochia in decanatu Leyz. T. XXVIII (saec. 16) 489.
   „   superior parochia in decanatu Staetz. T. XXVIII (saec. 15) 499.
   „   inferior, parochia in decanatu Wagrain ibid. 492.
Sulzbach, villa. T. XXVIII (1122) 100. (s. anno) 166. (1290) 298. (1241) 341.
    (1280) 462. — T. XXIX (s. anno) 219, 230. (1253) 389. (1288) 565,
    566.
   „   parochia in decanatu inter amnes. T. XXVIII (saec. 15) 502.
   „   Sulzibach prope Kremsmünster. T. XXVIII (777) 197, 199.
   „   hofmarchia. T. XXIX (s. anno) 121, 222.
• *Sulzburg, Solczburg*, Veste der von Wolfstein. T. XXXI (1434) 249. (1437) 316.
Sumerstorf, Edelsitz der v. Eyb. T. XXXI (1434) 248.
Sunberg, Sunberkh, parochia, hospitale et capella in decanatu Staetz. T.
    XXVIII (saec. 15) 489.
   „   Sunberch villa. T. XXIX (1259) 245.
Suncechinsdorf. T. XXVIII (1280) 465.
Sundelburg, Sundelbarkh, parochia in decanatu Stain. T. XXVIII (saec. 16) 499.
Sundling, zur Burg Katzmanstorf gehoerig. T. XXXI (1448) 391, 402, 405.
    (1449) 408.
Sunelburg, Sunnelburch, Suenelburch, Sindelburg in Austria, partim ad S.
    Florianum pertinens. T. XXVIII (1280) 483. — T. XXIX (1071) 10.
    1143) 23. (1138) 29. (1186) 35.

Sunchinge, Sunkinge. T. XXVIII (1280) 453, 454.
Sunnenbach, Sunnenbach. T. XXVIII (1179) 123. (1067) 214. — T. XXIX
(1179) 326.
Sunpach inferior. T. XXIX (1253) 389.
   ,,   in dem — T. XXIX (1253) 389.
Suslage, Souslage. T. XXVIII (1280) 466.
Sulinakgocce (?) pagus. T. XXVIII (903) 202.
Suwaine, praedium. T. XXVIII (1179) 123.
Sutzenbach. T. XXVIII (1213) 140.
Swabdorf, Suabdorf, Swadorf, parochia in decanatu Potenstein. T. XXVIII
(186) 187. (1237) 339. (1280) 478. (saec. 15) 489. — T. XXIX (1253)
419. (1260) 223. (1256) 225. (1264) 245. (1222) 337. (1299) 894. —
T. XXX (1302) 6. — T. XXXI (1413) 121. (1415) 138.
   ,,   Veste, Pflege und Kastenamt. T. XXX (1383) 365, 366. — T. XXXI
(1421) 176. (1445) 363, 364.
   ,,   Conf. etiam *Schwabdorf.*
Swabengrub. T. XXVIII (1280) 468. — T. XXIX (1253) 393, 398.
Swaichove, curia prope castrum Greiffenstein. T. XXIX (1254) 254.
Sweigen. T. XXVIII (1280) 458.
Swain. T. XXX (1349) 84. — Conf. etiam *Swaine.*
Swainach, ecclesia. T. XXIX (1179) 325.
Swainakirchen, Swainachirchen, ecclesia. T. XXIX (s. anno) 307. (1253) 384,
392. — Conf. etiam *Schwainkirchen.*
Swaine, praedium. T. XXIX (1179) 326. — Conf. supra *Swain.*
Swanns, parochia in archidiaconatu lambacensi. T. XXVIII (saec. 15) 488,
503.
   ,,   Swantz, datz dem — T. XXX (1303) 16.
   ,,   Conf. etiam *Suans.*
Swartza, fluvius. T. XXIX (s. anno) 312.
   ,,   parochia in decanatu hippolytensi. T. XXVIII (saec. 15) 495.
Swartzach, Swartzak, parochia. T. XXVIII (1280) 481.
   ,,   parochia in archidiaconatu pataviensi. T. XXVIII (saec. 15) 501.
   ,,   Conf. etiam *Schwartzach.*
Swartzenawe, Swarcenawe, villa. T. XXIX (1150) 322. — Conf. etiam
Schwartzenau.
Swartzenhering, zur Burg Ratzmanstorf gehoerig. T. XXXI (1448) 402. (1449)
409.
Swartzenpach. T. XXVIII (1280) 473.
   ,,   Swaertzenbach, in officio Amsteten. T. XXVIII (s. anno) 182.
Swechent, ecclesia. T. XXIX (1267) 470. Conf. etiam *Schwechent.*
Sweikerstorf prope Morsbach. T. XXVIII (1285) 399.
   ,,   Sweigkerstorff, Besitzung der Chrässl. T. XXXI (1443) 553.
Sweinake. T. XXVIII (1160) 242.
Sweinsteig, parochia in decanatu Staetz. T. XXVIII (saec. 15) 490. T. XXIX
(1292) 577.
   ,,   ecclesia filialis ad Hollabrun pertinens. T. XXX (1351) 203.

Sweinwart, parochia in decanatu Staetz. T. XXVIII (saec. 15) 490.
Swent, Edelsitz der Messenpeck. T. XXXI (1424) 182.
Swertperg, parochia in decanatu Gallneukirchen. T. XXVIII (saec. 15) 505.
Swertz. T. XXIX (1253) 384, 398.
Swertzen. T. XXIX (1253) 393.
Swertzenbach, inferior et superior. T. XXIX (1253) 388.
Sweykers, parochia in decanatu Stain. T. XXVIII (saec. 15) 498.
Swiblen, villa. T. XXIX (1150) 522.
Swikkinge, Swiekkinge. T. XXVIII (s. anno) 169. (1280) 468.
Syerndorf, parochia in decanatu Staetz. T. XXVIII (saec. 15) 490.
Syetz, Seitz, monasterium. T. XXIX (s. anno) 316. — Conf. etiam *Sitez.*
Symeminge, ecclesia. T. XXIX (1267) 470.
Symonfeld, parochia in decanatu Staetz. T. XXVIII (saec. 15) 490.
Synn, datz dem — sive Sun. T. XXIX (1253) 395.
Stechant. T. XXIX (1065) 53.

T.

Taekenpach. T. XXVIII (s. anno) 162. (1280) 460.
Taenne. T. XXVIII (1280) 456. — Conf. etiam *Tenne.*
Taeren. T. XXIX (1262) 182.
Tahsperch, mons. T. XXIX (1147) 40.
Tainsperg, mons haud procul ab Obernberg. T. XXVIII (s. anno) 190. (1280) 458.
Tal. T. XXVIII (s. anno) 191. (1280) 459. — T. XXIX (1125) 21.
   " in dem — Gegend im Burgfrieden von Efferding. T. XXX (1359) 242.
Talarin, villa et vinea. T. XXIX (1065) 52.
Talheim, Taleheim. T. XXVIII (s. anno) 191. (1149) 220. (1280) 425, 459, 464. — T. XXIX (1273) 226. (1154) 29, 260. (1255) 384, 386.
   " praedium. T. XXIX (1140) 255.
Talheimin, Talaheimin, juxta flavium Persnikka. T. XXIX (1097) 56.
Talking, Hof zur Burg Ratzmanstorf geboerig. T. XXXI (1448) 402. (1449) 409.
Tambach, inferior et superior villa. T. XXVIII (1280) 456.
Tanberg, Tannberg, Tannenberch, parochia in decanatu laureacensi. T. XXVIII (saec. 15) 505.
   " castrum. T. XXIX (1281) 539. T. XXX (1305) 25, 28. (1354) 215, 216, 217, 218. (1366) 262, 263. — T. XXXI (1430) 223, 224, 225.
   " Tannberger Schlaege oder Waelder, zur Burg Tannberg geboerig. T. XXX (1357) 230, 231.
Tanewetzmanstorf. T. XXIX (1253) 391.

Tange. T. XXIX (s. anno) 312.

Tanheim, praedium. T. XXVIII (1179) 123. T. XXIX (1179) 326.

Tannach, Tannech. T. XXIX (1258) 233.

„ daiz. T. XXIX (1253) 396.

Tanne. T. XXVIII (1280) 456. Conf. etiam *Taenne.*

Tannen. T. XXVIII (1280) 450. (s. anno) 162.

Tantobel, Tantobele. T. XXVIII (s. anno) 166, 172. (1067) 214. (1143) 222. (1280) 457.

Talta, locus dati diplomatis Sigismundi regis. T. XXXI (1425) 199, 201.

Taubenbrunn. T. XXIX (1254) 83.

Tauchleiten, Tauchliten. T. XXVIII (s. anno) 178, 179. (1280) 470, 471. — Conf. etiam *Thouchleiten.*

Taufkirchen, Taufchirichin, Toufchirchen, parochia. T. XXVIII (1210) 136, 283. — T. XXIX (1130) 29, 265. — T. XXX (1356) 220.

„ parochia juxta Dretnach sive Tradnach in archidiaconatu lambacensi. T. XXVIII (saec. 15) 488, 503.

„ parochia juxta Pram in archidiaconatu lambacensi. T. XXVIII (saec. 15) 488, 503.

„ im Gericht Schaerding. T. XXX (1373) 308, 310.

Taufendorf. T. XXIX (s. anno) 217.

Taversheim, in archidiaconatu laureacensi. T. XXIX (1242) 357.

Taylant, villa et vineae. T. XXIX (1253) 332.

Tayskirchen, parochia in archidiaconatu matticensi. T. XXVIII (saec. 15) 488, 502.

Techinge. T. XXVIII (s. anno) 170.

Tegenberg conf. *Degenberg.*

Tegernbach, Degernbach, Edelsitz der von Laiming. T. XXXI (1455) 426. (1462) 486. (1494) 672.

Tegernsee, abbatia superioris Bavariae. T. XXVIII (1209) 273. (1210) 283. (1224) 332. (1280) 483. (saec. 15) 499. — T. XXIX (1232) 227.

Tehtinge. T. XXVIII (1280) 455.

Teiminge. T. XXVIII (1280) 480.

Teimprunne. T. XXVIII (s. anno) 178. (1280) 470.

Teitschinge, villa. T. XXVIII (1280) 471, 472. — T. XXIX (1242) 71. (s. anno) 223.

Teilenfurt. T. XXVIII (1280) 457.

Teitenheim, Teitnheim. T. XXVIII (s. anno) 192. (1280) 459.

Teitze. T. XXVIII (1280) 474.

Tekkendorf conf. *Deggendorf.*

Tekkelins-Alben. T. XXIX (s. anno) 311.

Tekkenpach. T. XXIX (1258) 233.

Telern, in den — T. XXIX (1253) 383.

Temdorf. T. XXVIII (1280) 479.

Tenen. T. XXVIII (s. anno) 160, 177.

„ hofmarchia. T. XXVIII (1280) 462.

Tennisberg. T. XXVIII (1155) 232.

Tennprunn. T. XXIX (1254) 229.
Terat, parochia in decanatu Wagrain. T. XXVIII (saec. 15) 494.
Teren. T. XXIX (1263) 194.
Terna. T. XXIX (1190) 251.
Ternperg, parochia in decanatu Stain. T. XXVIII (saec. 15) 499.
Tesching, zur Burg Ratzmanstorf gehoerig. T. XXXI (1448) 394, 402. (1449)
    408, 409.
  „   Teschingen intra Danubium et Rott fluvios. T. XXVIII (s. anno)
    188.
Tesselprunne. T. XXVIII (s. anno) 192. (1280) 459.
Telelheim, Pflegamt. T. XXXI (1449) 406.
Tellemeeis, Telemeis, parochia in archidiaconatu inter amnes. T. XXVIII
    (1182) 125. (saec. 15) 502. — T. XXIX (s. anno) 306. (1253) 388,
    401.
Tellking, parochia in archidiaconatu inter amnes ibid. 502.
Teuffenbach, Teuffenpach, parochia in archidiaconatu pataviensi. T. XXVIII
    (saec. 15) 501, 508. — T. XXIX (1261) 430.
  „   ecclesia pertinens ad cryptam pataviensem. T. XXIX (1264) 457.
  „   parochia in officio S. Poelten. T. XXVIII (s. anno) 183, 185.
  „   parochia in officio Gallneukirchen. T. XXXI (1437) 308.
  „   Pfarrei im Gericht Vilshofen. T. XXXI (1443) 358, (1445) 366.
    (1471) 614.
  „   curia apud Beheimkirchen. T. XXVIII (1230) 475. — T. XXIX
    (s. anno) 216.
Teuffental, im Gericht Trebensee. T. XXX (1390) 402. — T. XXXI (1438)
    327.
Teya, Try, fluvius. T. XXIX (s. anno) 312.
  „   parochia in decanatu cremsensi. T. XXVIII (saec. 15) 488, 489.
  „   parochia in decanatu Stain ibid. 497.
Thabor, der Berg. T. XXXI (1473) 521.
Thalheim, parochia in archidiaconatu lambacensi. T. XXVIII (saec. 15) 503.
Thanheim conf. *Tanheim.*
Thaubarn, Taubarn, parochia in archidiaconatu inter amnes. T. XXVIII
    (saec. 15) 502.
Themin. T. XXIX (1254) 228.
Thomansbrunn bei Schwabdorf. T. XXXI (1458) 464.
Thouchleiten, Tauchleiten. T. XXIX (1254) 228. — Conf. etiam *Tauchleiten.*
Tiemarsperge, villa. T. XXIX (s. anno) 216.
Tiemdorf, Tiembdorf. T. XXIX (1285) 555. — T. XXXI (1435) 607, 608.
Tiewindorf. T. XXIX (1066) 52, 53.
Tieschinprunne. T. XXVIII (1280) 471.
Tirgruobe, die obere und niedere, zwischen der grossen und kleinen Mühel.
    T. XXX (1385) 371.
Tirnawe, parochia in decanatu Wagrain. T. XXVIII (saec. 15) 494.
Tirnstein. T. XXVIII (1230) 473. — T. XXIX (1263) 196. — T. XXX (1352) 206.
  „   conf. etiam *Dirnstein* et *Tyrnstein.*

Tirizza. T. XXIX (1097) 55.

Tittmoning. T. XXIX (1236) 558.

Tiufintal, Tiefenthal. T. XXIX (1136) 61.

Tiurgidin. T. XXIX (1065) 53.

Tiurm, villa. T. XXIX (1066) ibid.

Tiver. T. XXIX (s. anno) 510.

Tobel. T. XXVIII (s. anno) 162, 163, 175, 192. (1280) 456, 460, 461, 469. T. XXIX (1258) 233. (1278) 529, 530.

    ,,   in parochia Tetenweis. T. XXIX (1253) 401.

    ,,   zur Burg Ratzmanstorf gehoerig. T. XXXI (1448) 403. (1449) 409.

    ,,   der — zwischen Cherspaumau und Weichselpaum. T. XXX (1385) 371.

    ,,   mons. T. XXIX (1253) 389.

    ,,   silva, pertinens ad praedium Gawatsch. T. XXIX (1260) 429.

Tobelheim. T. XXIX (1253) 394, 396, 397, 401.

Tobelicum, Toblic. T. XXIX (s. anno) 29, 270. — Ecclesia ibidem (1267) 470.

Tobilarin. T. XXIX (1082) 58.

Tobiramineites. T. XXIX (s. anno) 61.

Todicha, fluvius. T. XXVIII (777) 198.

Tolersheim, parochia in decanatu Stain. T. XXVIII (saec. 15) 496.

Tolheim. T. XXIX (1253) 394.

Tolling. T. XXIX (1253) 387.

Totehinge. T. XXVIII (1280) 457.

Totinge. T. XXVIII (1280) 460.

Toutendorf. T. XXVIII (1144) 224.

Towwingen. T. XXIX (1220) 249.

Tozempech. T. XXVIII (1280) 475.

Trachendorf. T. XXIX (s. anno) 217.

Traeghing, zur Burg Ratzmanstorf gehoerig. T. XXXI (1448) 402. (1449) 408, 409.

Traehins, ecclesia. T. XXVIII (1280) 482.

Tragein, parochia in decanatu Gallneukirchen. T. XXVIII (saec. 15) 504.

Tragenreut. T. XXVIII (1280) 465.

Traisdorf, Edelsitz der Salchinger. T. XXXI (1494) 691.

Traisenmaur, ecclesia. T. XXVIII (1280) 482.

Traseushausen. T. XXIX (s. anno) 220.

Tratwerde, haud procul a curva Aha. T. XXIX (1222) 339.

Traun, Trune, Fluss. T. XXIX (1071) 10. (1286) 559. — T. XXX (1345) 185. — T. XXXI (1408) 75. (1470) 510, 511. (1478) 549. — Conf. etiam *Truna.*

    ,,   die Traunbrühe bei Ebelsberg. T. XXX (1345) 185.

Traundorf. T. XXXI (1494) 694. — Conf. etiam *Trauerdorf.*

Traunfeld, das — in Oesterreich ob der Enns. T. XXXI (1473) 520. Conf. etiam *Trunvelde.*

Traungau, Traungeu, pagus. T. XXIX (1249) 204. Conf. *Trungewe.*

Traunkirchen, Traunchirchen. T. XXVIII (1280) 484. — T. XXIX (1262) 190.
   „   parochia in archidiaconatu lambacensi. T. XXVIII (saec. 15) 503.
   „   monasterium. T. XXVIII (1186) 255, (saec. 15) 500, 506.
   „   conf. *Trunkirchen.*
Traunstein, ecclesia in decanatu Stain. T. XXVIII (saec. 15) 493.
Trausburg, Trauspurch. T. XXIX (1264) 246.
Trautmansdorf, parochia et castrum. T. XXVIII (1280) 480.
Trautsun, Werd oder Flussinsel bei Trebensee. T. XXX (1354) 212.
Traysem, parochia in decanatu hippolytensi. T. XXVIII (saec. 15) 495.
   „   Traysm, fluvius Austriae. T. XXX (1326) 123.
   „   conf. etiam *Treisima.*
Trebensee, Trebense, villa. T. XXVIII (1241) 155. (985) 209; — forum. (1277) 410. — Parochia in decanatu Staetz. (saec. 15) 489. — T. XXIX (1284) 553.
   „   Ort, Gericht und passauisches Kastenamt. T. XXX (1302) Z (1304) 22. (1354) 212, 213. — T. XXXI (1410) 88. (1462) 487, 488.
   „   Markt und das Haus — i. e. Burg. T. XXXI (1433) 326, 327.
Trehina, rivus. T. XXIX (1088) 45. — Conf. etiam *Draeina.*
Treiceinsdorf. T. XXVIII (1280) 474.
Treisima, civitas monasterii S. Hippolyti. T. XXVIII (985) 209.
   „   Treisim, ecclesia juxta Lilienfeld. T. XXVIII (1280) 481.
   „   fluvius. T. XXIX (1065) 53. (1106) 52. (s. anno) 86.
   „   conf. *Traysem.*
Tremdorf. T. XXVIII (s. anno) 190.
Tremsee conf. *Trebensee.*
Treubach superior, villa. T. XXVIII (1280) 460.
Trecinich. T. XXIX (1186) 35.
Trecirensis civitas, Trier. T. XXX (1317) 69.
Trinacria, Sicilia. T. XXXI (1477) 529.
Tripolis, civitas terrae sanctae. T. XXIX (1261) 169. (1291) 200.
Tritschent, villa in regione forojuliensi. T. XXIX (1147) 40.
Troffler conf. *Trüflern.*
Trosthinespach. T. XXVIII (1211) 139.
Troubinge. T. XXVIII (1290) 480.
Trübenbach, Edelsitz der von Albern. T. XXXI (1497) 701.
Trübpackel, Bach zwischen der grossen und kleinen Mühel. T. XXX (1485) 371.
Trüflern, Truflern, Truflarn, Troffler decanatus. T. XXVIII (818) 20. (1226) 149. (1194) 261. (saec. 15) 488.
   „   parochia in archidiaconatu inter amnes. T. XXVIII (saec. 15) 502.
Truhtliebingen. T. XXIX (s. anno) 29, 270.
Truna, fluvius. T. XXVIII (s. anno) 179. (1280) 471. T. XXIX (s. anno) 222. (1260) 147.
   „   conf. etiam *Traun.*
Trunierdorf. T. XXVIII (1164) 244. Conf. etiam *Traunsdorf.*
Trungowe. T. XXVIII (903) 202. (906) 205. Conf. etiam *Traungau.*

Traunkirchen, abbatia superioris Austriae. T. XXVIII (s. anno) 192. (1230) 459. — Conf. etiam *Traunkirchen*.
Truneelde. T. XXIX (1088) 45. — Conf. etiam *Traunfeld*.
Truostat. T. XXVIII (1205) 271.
Tuchen, villa. T. XXIX (1150) 322.
Tudech, Tudecha, Tudich, Dietach, ecclesia sive capella castro Steyer contigua. T. XXIX (1088) 45. (1192) 48. (1220) 49.
   „   praedium ibid. T. XXIX (1192) 47.
   „   parochia in decanatu Stain. T. XXVIII (saec. 15) 499.
Tudertum, civitas. T. XXXI (1477) 529.
Tuerspack. T. XXX (1392) 420.
Tueslingen, Edelsitz der Torringer. T. XXXI (1451) 422, 423.
Tuelenbach. T. XXVIII (1244) 307. (1280) 470.
Tuenawe, Thuenawe, Tunaw, Fluss. T. XXIX (s. anno) 312. T. XXX (1321) 93. (1334) 147. (1336) 155. (1345) 186. (1357) 223. (1366) 265. — Conf. *Donau, Danubius*,
   „   das Vicedomamt bei der — T. XXX (1323) 107.
Tuendorf. T. XXIX (1253) 391.
Tuffiren. T. XXIX (1253) 391.
Tullingen, Tulbing, Tulpingun, in decanatu hippolytensi. T. XXVIII (1109) 213. (saec. 15) 495. — T. XXIX (1186) 36. (1260) 243. — Im Amte Zeiselmauer. T. XXX (1394) 439. — Die Veste auf dem Tulnerfelde wird passauisch. T. XXXI (1412) 111. (1423) 180. (1435) 298, 299. (1448) 405. (1482) 603—605.
Tuldnarn, zur Burg Wesen gehoerig. T. XXXI (1447) 390.
Tuln, Tulln, Tulloua, Tullna, Thuln, in Oesterreich. T. XXVIII (985) 209. (1187) 253. (1277) 411. (1284) 418. (1280) 479, 481. (saec. 15) 489, 495. — T. XXIX (1259) 133. (1261) 179. (1293) 549, 550. (1294) 553. (1291) 575. (1293) 591. — T. XXXI (1410) 87, 88, 89.
   „   capella S. Crucis ibid. T. XXIX (1261) 435.
   „   monasterium monialium ibid. T. XXVIII (saec. 15) 506. — T. XXX (1354) 212, 213. — T. XXXI (1410) 87, 89.
   „   Prediger- und Minoriten-Kloster daselbst. T. XXX (1349) 86.
   „   der Chratental-Hof daselbst, zum Amte Zeiselmauer gehoerig. T. XXX (1394) 439.
Tulnerfeld, das. T. XXXI (1412) 111. (1482) 603.
Tumberg, das Geboelz am — zur Burg Johannstein gehoerig. T. XXXI (1439) 343.
Tummenowe. T. XXIX (s. anno) 217.
Tunawetal. T. XXIX (1249) 204. — Conf. *Danubius* et *Tuenawe*.
Tunendorf. T. XXVIII (1280) 473.
Tungozinge. T. XXVIII (s. anno) 170. (1280) 465.
Tunnersinge. T. XXIX (1253) 395.
Tuntinesdorf. T. XXVIII (983) 207.
Turegum, Zürch. T. XXX (1310) 46.

Turnohtingen. T. XXIX (1150) 29, 266.
Turnstein, Edelsitz der Sigenheimer. T. XXXI (1491) 658.
Tuscia, Land in Italien. T. XXXI (1477) 529.
Turingen, praedium. T. XXIX (1179) 326.
Tutenbach, *Tutinbach*. T. XXVIII (s. anno) 176, 179. (1280) 469. T. XXIX
   (1280) 469. (1255) 93. (1249) 222. (1254) 228.
   -Oed. T. XXIX (1253) 396.
Tutlinge. T. XXVIII (1280) 451.
   „   prope Kirchham. T. XXVIII (s. anno) 190.
Tutling, Edelsitz der von Nasdorf. T. XXXI (1491) 660.
Tyegin, ecclesia sive basilica. T. XXIX (1150) 322.
Tymdorf. T. XXIX (1253) 384, 392, 593.
Tyna, villa sive curia prope Teynkirche in civitate Prag. T. XXIX (1229)
   346.
Tyrbach, Tyerbach. T. XXX (1303) 16.
Tyrnstein, Tyerstain, monasterium in decanatu Chrems. T. XXVIII (saec. 15)
   500, 506.
   „   conf. etiam *Tirnstein.*
Tyrana, civitas Moesiae. T. XXVIII (1432) 445.
Tyrus, civitas terrae sanctae. T. XXIX (1291) 200.
Tyza, fluvius. T. XXVIII (1432) 445.

U.

Uberlenten, auf den — curia villicalis ad Heuamaning pertinens. T. XXIX
   (1253) 388.
Udelharting, Hof. T. XXX (1313) 63.
Udelpach. T. XXVIII (1280) 475.
Uedelgersperg. T. XXIX (1253) 392.
Uerlingestorf. T. XXVIII (1280) 479.
Uetzinsee. T. XXVIII (1280) 478.
Ufhofen. T. XXVIII (1226) 320. (1230) 458. — T. XXIX (s. anno) 219.
   „   conf. etiam *Aufhofen.*
Ufkusin. T. XXVIII (1280) 453. (s. anno) 160. — T. XXIX (s. anno) 270.
   „   conf. *Uofhausen* et *Aufhausen.*
Ugenbach, in officio Amstetten. T. XXVIII (s. anno) 181. (1280) 472.
Uging, parochia in archidiaconatu matticensi. T. XXVIII (saec. 15) 488.
   „   parochia in archidiaconatu lambacensi ibid. 503.
Ulcanswantte. T. XXVIII (s. anno) 174. (1280) 472.
Ulemitz, fluvius prope terminos Bohemiae. T. XXVIII (s. anno) 188.
Ulfing. T. XXIX (1299) 594.
Ulm, civitas. T. XXXI (1473) 526.

Ulreichsberg, parochia in archidiaconatu inter amnes. T.XXVIII (saec. 15)502.
Ulrich St., besitzt gemeinschaftlich mit der Veste Ratzmanstorf mehrero
Güter. T. XXXI (1448) 401. (1449) 403.
Ulrichskirchen, *Ulrichchirchen*, parochia. T. XXVIII (1209) 130. (1230) 477.
T. XXIX (1263) 194.
„   parochia in decanatu Staetz. T. XXVIII (saec. 15) 492.
Ulschalsdorf conf. *Uschalchsdorf*.
Ultz, parochia in archidiaconatu pataviensi. T. XXVIII (saec. 15) 483.
Unering, *Uneringe*. T. XXVIII (s. anno) 194. (1280) 459.
Ungaria, regnum. T. XXIX (1261) 169, 174. (1262) 187. (1258) 421. T. XXX
(1348) 193. (1363) 254, 255. — T. XXXI (1477) 544, 545. (1494)
680. — Conf. etiam *Hungaria*.
Ungenpach, in officio Amsteten. T. XXVIII (s. anno) 181.
Ungerdorf, villa. T. XXVIII (1172) 174.
Ungerischhaselaure. T. XXIX (1259) 226.
Unholdenperge. T. XXVIII (s. anno) 170. (1280) 465.
Unrehtenhinten. T. XXIX (1138—1148) 29.
Untarenperg, mons. T. XXIX (s. anno) 312.
Unterleinnck. T. XXIX (1253) 594.
Unterreut, sive Reut secundum. T. XXIX (1253) 395.
Unterscheutzendorf, sive inferior. T. XXIX (1253) 396.
Unterschwerzenpach. T. XXIX (1253) 400.
Untling. T. XXX (1333) 143, 145.
Untriue, *Untruwe*. T. XXVIII (s. anno) 172. (1280) 467.
Uofhusen. T. XXVIII (1067) 214. (1280) 483. — Conf. *Ufhusin* et *Aufhausen*.
Urbs alma i. e. Roma. T. XXXI (1477) 529.
Urbs vetus i. e. Civita Vecchia. T. XXVIII (1297) 422. — T. XXIX (1283)
551. (1292) 577.
Urchingen. T. XXVIII (s. anno) 160. (1226) 320. (1280) 458.
Ureindorf. T. XXVIII (1280) 464.
Urfar conf. *Urvar*.
Urla, *Urula*, Fluss. T. XXVIII (903) 202. (906) 205. — T. XXIX (1186) 35.
„   Urle secus Essingen. T. XXIX (1138) 29. (1186) 36.
Urleinsberg, Berg und Veste, genannt Challenstein bei Rorenpach im Lande
der Abtei. T. XXX (1389) 383. (1390) 397, 403, 404. (1394) 436.
Urlinge. T. XXVIII (1280) 458.
Urmarvelde, ecclesia. T. XXVIII (1280) 483.
Urufar, *Urfar*. T. XXIX (1253) 394.
„   Urfar in Oesterreich. T. XXX (1324) 108.
„   conf. etiam *Urvar*.
Urspringe. T. XXIX (1147) 215.
Urstorf. T. XXVIII (s. anno) 159.
Urteil. T. XXVIII (1280) 457.
Urula conf. *Urla*.
Urvalle. T. XXVIII (1280) 456.
„   Urfal. ibid. 457.

Urear, praedium. T. XXIX (1252) 227. — Conf. *Urnfar*.
„ parochia in decanatu Staetz. T. XXVIII (saec. 15) 491.
Uschalchsdorf, Uschaladorf. T. XXVIII (1280) 463. — T. XXIX (1255) 92.
Ussendorf. T. XXVIII (1457) 110.
Utelau, Uttelmo, parochia in archidiaconatu inter amnes. T. XXVIII (saec.
15) 488, 502.
Utelpach, rivus. T. XXVIII (1228) 327.
Utenhofen, Uttenhoven. T. XXVIII (s. anno) 163, (1228) 328, 329. (1280)
461. — T. XXIX (s. anno) 222, (1230) 352.
„ parochia in archidiaconatu inter amnes. T. XXVIII (saec. 15) 502.
Utendorf, Uttendorf, Edelsitz. T. XXX (1309) 487.
Utenhofen, Uenchoven, Uttenchoven. T. XXVIII (s. anno) 160, (1194) 261,
(1280) 462. — T. XXIX (s. anno) 220.
Utilpack, fluvius. T. XXVIII (1262) 385.
Uzenperge. T. XXVIII (s. anno) 176, (1280) 468.
Uzental, Ucintal, Uxental. T. XXVIII (s. anno) 191, (1280) 458. 459. — T.
XXIX (s. anno) 307.

V.

V. conf. etiam *F.*
Vaerichech, in der Umgegend der Burg Wesen. T. XXX (1510) 47.
Vaeulinge. T. XXVIII (s. anno) 192. (1280) 459.
Vakbach, parochia in decanatu Staetz. T. XXVIII (saec. 15) 491.
Valentin S., parochia in decanatu Stain. T. XXVIII (saec. 15) 499. (1280) 483.
Valentina, civitas Pannoniae. T. XXVIII (1452) 445.
Valkenberg, Valchinberch, Valchenperch. T. XXVIII (s. anno) 169, (1284)
418. (1280) 465, 476. — T. XXIX (1256) 102.
„ parochia in decanatu Wagrain. T. XXVIII (saec. 15) 493.
Falkenfels, Edelsitz der v. Valkenstein. T. XXXI (1411) 96.
„ Edelsitz der v. Frauenberg. T. XXXI (1450) 414.
Valkenstein, Valchenstein, Valchenstain, parochia in Austria et quidem in
decanatu super Wagrain. T. XXVIII (1241) 155. (saec. 15) 492,
493. — T. XXX (1328) 128, (1354) 210.
„ Edelsitz der von Valkenstein. T. XXIX (1272) 504.
„ Edelsitz der Oberhaimer. T. XXXI (1443) 355.
„ conf. etiam *Falkenstein.*
Valling conf. *Waelklingen.*
Vallis S. Johannis conf. *Aune.*
Valter. T. XXVIII (s. anno) 162, (1280) 461.
Valwa, villa. T. XXIX (1125) 214.
„ parochia. T. XXIX (1147) 41.

Vandorf. T. XXVIII (s. anno) 162.
Varchdorff, parochia in archidiaconatu lambacensi. T. XXVIII (saec. 15) 503.
Varinperge. T. XXVIII (s. anno) 191.
Varmperge. T. XXVIII (1280) 459.
Varnbach, Varenpach, Varmpach, Ort und Kloster am Inn. T. XXVIII (1425)
  450. (saec. 15) 490, 500, 506. — T. XXIX (s. anno) 311. (1122) 321.
  T. XXX (1325)) 116. T. XXXI (1404) 33, 34. (1414) 102, 106.
 ,, conf. etiam *Vormbach.*
Vatzern. T. XXVIII (s. anno) 191.
Vechelnbrukke, Vechelakebruoke, Veclabrukke, praedium sive villa. T. XXVIII
  (1143) 106. (1179) 123. — T. XXIX (1179) 326. — Conf. etiam
  Voecclabruck.
Veit S. T. XXVIII (s. anno) 163. (1280) 460. — T. XXIX (1260) 243.
 ,, parochia in decanatu S. Poelten. T. XXVIII (saec. 15) 495.
 ,, parochia in decanatu Staetz. ibid. 496.
 ,, an der Goelsen. T. XXIX (1161) 57.
Vekkelstorf, parochia. T. XXVIII (1067) 215.
Velabrunne prope Holabrunn superiorem. T. XXIX (1292) 577.
Velbereich, Velbrech, das — T. XXX (1359) 242, 243. — T. XXXI (1404) 50.
Veldagst, fluvius prope terminos Bohemiae. T. XXIX (s. anno) 216. Conf.
  Agst, Agasta et *Waldagst.*
Velde, auf dem — T. XXVIII (1280) 471.
Vehlen, Veldin, in Oesterreich. T. XXVIII (s. anno) 170. (1231) 335. (1280)
  465. — T. XXIX (1260) 147. (1257) 242. (1260) 245. (1272) 503—505.
  T. XXX (1311) 60. (1357) 231.
 ,, forum. T. XXVIII (1247) 295. (1220) 296.
 ,, Pflege und Landgericht in Oesterreich. T. XXX (1347) 191. (1398)
  436.
 ,, parochia in decanatu Gallneukirchen. T. XXVIII (saec. 15) 504.
 ,, in archidiaconatu laurescensi. T. XXIX (1242) 357.
Veldgericht, das — wo passauische Zehnten. T. XXXI (1415) 134.
Velding, Veldinge. T. XXVIII (s. anno) 191. (1280) 459.
Veltkirchen, parochia in decanatu Gallneukirchen. T. XXVIII (saec. 15) 504.
 ,, praedium. T. XXIX (1179) 326.
 ,, conf. etiam *Feldkirchen.*
Veltsberg, Veltsperch, parochia in decanatu Wagrain. T. XXVIII (saec. 15)
  492. — Ubi vineae. T. XXIX (s. anno) 229.
Veltza, parochia ibid. 493.
Vennissinus comitatus in Gallia. T. XXXI (1477) 529.
Venetia, civitas. T. XXXI (1490) 652.
Vennenpach. T. XXIX (1156) 29, 256.
Vermpach. T. XXVIII (1280) 457.
Verona, civitas. T. XXVIII (1245) 357. (1432) 445. — T. XXIX (1186) 34.
Vertendorf. T. XXVIII (1280) 465.
Vessnitz, parochia in decanatu Stain. T. XXVIII (saec. 15) 496.
Vetendorf, villa. T. XXVIII (s. anno) 170.

Vetrava, civitas Moesiae. T. XXVIII (1432) 445.

Vellau, Edelsitz der boehmischen Herrn von Leuchtenburg. T. XXXI (1455) 500.

Vettenprucke. T. XXVIII (1159) 510.

Velzingerdorf. T. XXIX (1253) 596.

Veuchtenpach. T. XXX (1356) 222, 223.

Via, locus qui dicitur via. T. XXIX (s. anno) 224.

Vichtelbach. T. XXVIII (1280) 456.

Vichtenstein, Viechtenstein, Vichtenstein, castrum et comitia ultra danubium. T. XXVIII (1226) 145, 149. (s. anno) 176. (1224) 305, 306. (1244) 303. (1227) 322, 325. (1280) 469. (1432) 526. — T. XXIX (1254) 83. (1255) 93. (1261) 176. (1260) 213. (1254) 235. (1255) 237. (1256) 240. (1257) 243. (1260) 248. (1247) 362. (1288) 563. — T. XXX (1358) 237. (1369) 289. (1394) 438. T. XXXI Passauisches Pflegamt. (1424) 198, 199. (1438) 273, 279, 281.

    „ Vichtensteiner Wald. T. XXXI (1435) 281.

Vichtwang, Viehtwanch, parochia. T. XXVIII (1280) 415. — T. XXIX (1273) 226.

Viechtenwankh, parochia in decanatu Gallneukirchen. T. XXVIII (saec. 15) 504.

Viehausen, Hof. T. XXXI (1454) 432, 435.

Viehoven, parochia in decanatu hippolytensi. T. XXVIII (saec. 15) 496.

    „ praedium. T. XXVIII (1179) 123. — T. XXIX (1179) 326.

Vienna conf. *Wien*.

Vietbach, villa. T. XXVIII (1179) 123. — T. XXIX (1179) 326.

Viktring, victoriense monasterium in Carinthia. T. XXVIII (1331) 432. Conf. etiam *Vitringe*.

Vilshofen, civitas. T. XXVIII (s. anno) 165. (1067) 215. (1226) 317. (1242) 345. (1280) 462. (saec. 15) 488. — T. XXIX (s. anno) 221, 222. (1242) 353. (1255) 411, 412. (1268) 489. (1277) 526. (1295) 586. — T. XXX (1310) 49. (1325) 108. (1277 — memoratur 1344) 185. — T. XXXI (1401) 8. (1410) 91, 92. — Stadt und Gericht (1414) 126. (1424) 196. (1443) 358. (1445) 366. — Landgericht. (1471) 515.

    „ monasterium sive colleg. ibid. T. XXVIII (saec. 15) 500, 507.

Viltzmos, palus propo castrum Wiltperch. T. XXIX (1212) 71.

Vinsterpach bei dem Burgstall Haunstein. T. XXX (1503) 15.

    „ Bach zwischen der grossen und kleinen Mühel. T. XXX (1385) 370, 371.

Virlinge. T. XXVIII (1280) 469.

Vischa. T. XXIX (s. anno) 511, 317.

Vischach, fluvius. T. XXIX (1065) 52. (1146) 54.

Vischamünde, Viscahisgimundi, Vischament. T. XXVIII (1147) 108. (s. anno) 135. (1280) 478, 481. — T. XXIX (1065) 52. (s. anno) 221. (1255) 225. (s. anno) 229. (1258) 425. — T. XXXI (1413) 121. (1443) 357.

    „ conf. etiam *Fischamünde*.

Vischenheim, parochia in archidiaconatu Lambacensi. T. XXX (saec. 15) 488, 503.

Vischinge. T. XXIX (s. anno) 229.

Vischorn, zum Theil zur Burg Ratzmanstorf gehoerig. T. XXXI (1447) 403. (1449) 409.

Vischpach. T. XXX (1305) 15.

Visenhart, praedium. T. XXVIII (1179) 123. — T. XXIX (1179) 326.

Visham. T. XXX (1309) 6.

Virimissu conf. *Inrinisse.*

Vispack. T. XXIX (1258) 233.

Vistritz, parochia in decanatu Stain. T. XXVIII (saec. 15) 496.

    „   Edelsitz der Gnetz vom Dobers. T. XXXI (1495) 694. (1497) 702, 703. — Conf. etiam *Fistrize.*

Vitenstein, castrum conf. *Vichtenstein.*

Viter, im Gericht Efferding. T. XXIX (1263) 400.

Viterbo. T. XXVIII (1266) 394. 397. — T. XXIX (1268) 8, 427.

Viti S. ecclesia juxta Ilohenstauffe in Austria. T. XXVIII (1280) 481.

Vitis, parochia in decanatu Stain. T. XXVIII (saec. 15) 497.

Vitisse, villa. T. XXIX (1150) 322.

Vitringe, claustrum. T. XXVIII (1186) 255. — Conf. *Viktring* et *Fitringe.*

Vitstitz. T. XXIX (s. anno) 217.

Viuntestale. T. XXVIII (985) 209.

Virimanni, villa et ecclesia. T. XXVIII (988) 208.

Vloenz, fluvius prope terminos Bohemiae versus Zwisel. T. XXVIII (1280) 472.

Vochinch. T. XXIX (1263) 391.

Vochingen. T. XXVIII (s. anno) 192.

Voecclabruck, *Vechlabruke*, parochia. T. XXIX (1183) 25. (1183) 25. (1218) 27. (1259) 27. — Conf. etiam *Vechelabrukke.*

Voekkendorf. T. XXX (1372) 300.

Voellendorf. T. XXIX (1291) 576.

Voerchech, molendinum. T. XXX (1318) 83.

Vogelarn. T. XXVIII (1280) 460.

Vogelrait. T. XXVIII (s. anno) 191. (1280) 459.

Voithschowe. T. XXIX (1147) 215.

Volartinge. T. XXVIII (1280) 464.

Volchenmarcht, praepositura. T. XXX (1300) 5.

Volchenstorf, *Volchensdorf*, parochia in decanatu Staetz. T. XXVIII (1280) 455. (saec. 16) 491.

Volchmarsdorf. T. XXIX (1355) 92.

Volchstorf, *Volchsdorf.* T. XXVIII (s. anno) 162. (1280) 461.

Volschnlstorf. T. XXVIII (s. anno) 176.

Voltendorf. T. XXIX (1264) 245.

Voltsemshoven. T. XXIX (s. anno) 229.

Voravach, silva. T. XXIX (1065) 53.

Vorau, *Vorowe*, claustrum. T. XXVIII (1186) 255. Conf. *Augia.*

Vorbach, Pfarrei, Aribarnberg begreifend. T. XXX (1303) 16.

Vorchtenegk, Edelsitz der Laiminger. T. XXXI (1447) 393. — Conf. etiam
    Forchtenek.

Vorka, Vorke. T. XXIX (s. anno) 307. (1259) 155. Conf. *Forka*.

Vorholze, vor dem Holze. T. XXVIII (s. anno) 176. (1280) 468.

Vorktdorf. T. XXIX (1273) 226.

Vormbach, Vornbach, Varenbach, Vornpack, monasterium. T. XXVIII (s.
    anno) 173, 190. (1186) 255. (1280) 467. — T. XXIX (1258) 161.
    (1204) 29, 270. (s. anno) 317. (1296) 587. — T. XXX (1397) 126. —
    Conf. etiam *Varnbach* et *Vormbach*.

Vorstersperge. T. XXIX (s. anno) 218.

Vosendorf, ecclesia sive capella. T. XXIX (1267) 470.

Vosprunne. T. XXIX (s. anno) 217. (1260) 248.

Vozzenstorf. T. XXIX (s. anno) 217.

Vreich, mons. T. XXVIII (1280) 456.

Vreilinge. T. XXVIII (s. anno) 191, 192. — Conf. etiam *Freilinge,*
    Vreiling inferius. T. XXVIII (s. anno) 192. (1280) 459, 460.

Vreindorf. T. XXVIII (1280) 476, 479, 480.

Vreinperg, Vreinperig. T. XXIX (1253) 584.

Vrellinge. T. XXVIII (s. anno) 191. (1280) 459.

Vrelinge. T. XXVIII (1280) 456.

Vrienhuten. T. XXIX (1071) 11.

Vrienperg. T. XXIX (s. anno) 307. Conf. etiam *Frienberge*.

Vrileginge. T. XXVIII (s. anno) 191.

Vronslage. T. XXIX (1255) 232.

Vrowendorf, Vruowendorph. T. XXIX (s. anno) 221, 229.

Vuchilinisdorf. T. XXIX (1106) 58.

Vurholtz, Vurholze. T. XXVIII (1156) 511. (1256) 225. (1258) ibid.

Vurta. T. XXIX (1065) 62.

W.

Wachau, Wachowe, Wachow, Ort und Landstrich an der Donau in Oester-
    reich. T. XXVIII (s. anno) 126. (1160) 238. (1164) 245. (1284) 418.
    (1280) 475, 476. — T. XXIX (1225) 29, 6. (1256) 101. (1257) 110.
    (1258) 127, 129. (1261) 179. (s. anno) 217. (1260) 248. (1169) 24.
    (1218) 97.

Wachemris. T. XXVIII (1067) 214.

Wachrain, Wachrein, Wachrayn, Wacreine, parochia. T. XXVIII (1209)
    285. (1280) 473, 479. — T. XXIX (1179) 325. — T. XXX (1303) 8.
    (1311) 60, 61. (1317) 75, 76, 78. (1318) 79, 80. (1319) 86, 87. (1325)
    120. (1328) 130, 131. (1331) (1330) 167.

Wachrain etc. superius et inferius. T. XXVIII (1280) 475.
„ Conf. *Wagrain.*
Waelhingen, Waelhlingen, Falling. T. XXIX (1074) 11.
„ Hof bei S. Florian in Oesterreich. T. XXX (1359) 240.
Waeneinstorf. T. XXVIII (1280) 465.
„ hofmarchia. T. XXVIII (s. anno) 461.
Waeninge. T. XXVIII (1280) 465.
Waeninpach, Wanbach. T. XXIX (1074) 10. — Haud procul a Waeninpach
locus S. Stephan ibid.
Waenupach, inferius et superius prope Ebelsberg in Austria. T. XXVIII
(1164) 244.
Waetzelperge. T. XXVIII (s. anno) 176.
Waetzenau. T. XXIX (1553) 395.
Waetzinge. T. XXVIII (s. anno) 176, 177. (1280) 469. — T. XXIX (1253)
596.
Waezingunum. T. XXVIII (1280) 468.
Wagrain, Ort mit der Pfarrei S. Stephan (Wagram) und Umgegend. T.
XXVIII (1179) 123. (1147) 226. (1280) 456, 471. (saec. 15) 491, 493,
494, 505. — T. XXIX (1065) 55. — T. XXX (1332) 142. (1564)
259.
„ der — wo das Dorf Hausleiten. T. XXXI (1438) 323.
„ conf. etiam *Wachrain* et *Wagrain.*
Waicenkirchen. T. XXIX (s. anno) 273.
Waidhoren, villa et ecclesia. T. XXVIII (1280) 483. — T. XXIX (1136) 35.
Conf. etiam *Waydhoren.*
Waitzing. T. XXIX (1253) 396.
Wakersbach, Dorf. T. XXX (1570) 295.
Walburgskirchen. T. XXIX (s. anno) 218.
Walchen, Walckchen. T. XXIX (1255) 589. — Conf. etiam *Walichen.*
Walchenkirchen, parochia in decanatu Leyz. T. XXVIII (saec. 16) 489.
Walcheren. T. XXVIII (1280) 469.
Walchrain ad Anasum. T. XXVIII (s. anno) 180.
Walchringen, Walchringe. T. XXVIII (s. anno) 166. (1280) 461. T. XXIX
(s. anno) 222.
„ molendinum. T. XXVIII (1226) 320.
Walchstorf. T. XXIX (s. anno) 218.
Walchunskirchen, Walchunschirchen. T. XXIX (s. anno) 314. (1217) 335. —
Conf. etiam *Waltchunskirchen.*
Wald, an dem — T. XXX (1305) 16.
Walda, praedium. T. XXIX (1140) 258.
Waldagst, Waldagest, fluvius versus Bohemiam. T. XXVIII (s. anno) 188.
T. XXIX (s. anno) 216.
„ Conf. *Agasta, Agst* et *Veldagst.*
Waldarn ad Anasum. T. XXVIII (s. anno) 180.
„ praedium. T. XXIX (1210) 29, 275.
„ parochia in decanatu Stain. T. XXVIII (1280) 471. (saec. 15) 499.

Waldhausen, *Waldhusen*, monasterium. T. XXVIII (1256) 379. (1280) 477.
    T. XXIX (1147) 39. (1125) 214. — Conf. *Walthausen*.
Waldkirchen, villa et ecclesia. T. XXVIII (1188) 260.
  „   forum. T. XXIX (1305) 301.
  „   im Lande der Abtei. T. XXXI (1472) 516, 517. (1477) 544.
  „   Conf. *Waltkirchen*.
Waldolfingen. T. XXIX (s. anno) 222.
Walenstorf, *Walhenstorf*. T. XXIX (s. anno) 230. — T. XXX (1344) 184.
    (1373) 335.
Walgerstein. T. XXIX (s. anno) 217.
Walhern, zur Burg Wesen gehoerig. T. XXXI (1447) 390.
Walkthratharde. T. XXVIII (s. anno) 180. — Conf. etiam *Waltradharde*.
Walichen. T. XXIX (1253) 399. — Conf. etiam *Walchen*.
Walkerslegen. T. XXVIII (1067) 216.
Walkerstain, parochia in decanatu Wagrain. T. XXVIII (saec. 15) 494.
Walkersdorf. T. XXVIII (s. anno) 160.
Walmerisheim. T. XXVIII (1122) 100.
Walosingin, villa. T. XXVIII (1232) 448.
Walt. T. XXVIII (1280) 475.
Waltchunskirchen, parochia in decanatu Staetz. T. XXVIII (saec. 15) 492.
  „   conf. etiam *Walchunskirchen*.
Waltgemerche, das — in circuitu castri Friderasteine. T. XXVIII (1172)
    174.
Walthausen, monasterium in decanatu Gallneukirchen. T. XXVIII (1241)
    155. (saec. 15) 490, 500, 504, 505. — T. XXIX (1256) 103. — Conf.
    etiam *Waldhausen*.
  „   parochia in decanatu Stain. T. XXVIII (saec. 15) 497.
Waltkersdorf, *Waltersdorf*, villa et ecclesia. T. XXVIII (1284) 418. (1280)
    431. — T. XXIX (1256) 102. (s. anno) 314.
Waltinge. T. XXVIII (1280) 463.
Waltkerstorf. T. XXVIII (1280) 476.
Waltkirchen, *Waltchirchen*, ecclesia. T. XXVIII (1280) 465. (1156) 511. —
    T. XXIX (1122) 18. (s. anno) 217. (1256) 225. (1260) 248.
  „   T. XXXI (1459) 468, 469.
  „   parochia in archidiaconatu pataviensi. T. XXVIII (saec. 15) 483,
    501.
  „   parochia in archidiaconatu Stain. T. XXVIII (saec. 15) 495.
  „   Conf. etiam *Waldkirchen*.
Walprehstorf, *Walprehtesdorf*, villa. T. XXVIII (1280) 473. — T. XXIX
    (1133) 62.
Waltenstein, parochia in decanatu Stain. T. XXVIII (saec. 15) 497.
Walting, zum Theil zur Burg Ratzmanstorf gehoerig. T. XXXI (1448) 403.
    (1449) 410.
Waltpurg, *Waltpurgh*, parochia in decanatu Gallneukirchen. T. XXVIII
    (saec. 15) 505.
Waltradharde. T. XXVIII (1280) 471. — Conf. etiam *Walhtratharde*.

Waltzell, *Walzell*, parochia in decanatu matticensi. T. XXVIII (saec. 15) 488, 503.

Wamprehtsdorf. T. XXVIII (s. anno) 175. (1280) 459.

Wand, mons in Austria. T. XXIX (1258) 118.

Wange. T. XXVIII (1280) 472. (1260) 223.

   „   in officio Amsteten. T. XXVIII (s. anno) 181.

Woningertorf. T. XXVIII (1194) 261, 262.

Warasdin, comitatus Hungariae. T. XXIX (1260) 166.

Warminc, mons. T. XXVIII (777) 193.

Warndorf, parochia in Austria. T. XXVIII (1280) 415.

Warnpach, *Warenpach*, Edelsitz der Schoenstetter. T. XXXI (1438) 334. (1439) 342.

Warnsdorf, hofmarchia. T. XXVIII (1280) 462.

Wartberg, *Wartperch*, *Wartperg*, parochia. T. XXVIII (1137) 103. (1280) 415. — T. XXIX (1125) 21. (s. anno) 217. (1273) 226.

   „   Ort und Kirche bei Chrems. T. XXVIII (s. anno) 157. — S. Kyliana-kirche daselbst. T. XXX (1359) 243.

   „   parochia in archidiaconatu lambacensi. T. XXVIII (saec. 15) 488.

   „   parochia in decanatu Gallneukirchen. T. XXVIII (saec. 15) 504.

Wartchirchen. T. XXVIII (s. anno) 169.

Wartenburg, Edelsitz der v. Pollheim. T. XXXI (1435) 288.

Wassenberg, *Wnessenberch*, castrum in Austria. T. XXIX (s. anno) 293. (1212) 71.

   „   Conf. etiam *Wazzerberg.*

Watzenkirchen, parochia in decanatu Stain. T. XXVIII (saec. 15) 499.

Watzmansreut, *Wazemannsreiute.* T. XXVIII (s. anno) 170. (1280) 455.

Watzmanstorf. T. XXIX (1253) 391.

Waydendorf, parochia in decanatu Stactz. T. XXVIII (saec. 15) 492.

Waydercelden, parochia in decanatu Gallneukirchen ibid. 504.

   „   Conf. etiam *Weyderceld.*

Waydhoven, parochia in decanatu Stain. ibid. 497, 499.

   „   Conf. etiam *Waidhoven.*

Waringe. T. XXVIII (s. anno) 169. (1280) 465.

Wazzerberch, *Wazzerburch* castrum in Austria. T. XXIX (1260) 248. — Edelsitz. T. XXX (1302) 10.

Wazzern. T. XXVIII (1280) 459.

Weckingun. T. XXIX (1140) 257.

Wegaern. T. XXX (1303) 17.

Wege, an dem — T. XXVIII (1280) 466.

Weging, *Weginge.* T. XXVIII (s. anno) 191. (1280) 459.

Wegscheid, parochia in archidiaconatu pataviensi. T. XXVIII (saec. 15) 488, 501. — T. XXX (1354) 215.

Weibarn. T. XXVIII (s. anno) 192. (1280) 459.

Weichendorf. T. XXVIII (1280) 475.

Weichflorian, *Wikinflorian*, parochia. T. XXVIII (1182) 124. — T. XXIX (1253) 392, 397, 401.

Weichmerting, Wikenmartin, parochia in archidiaconatu inter amnes. T. XXVIII (saec. 15) 502. — T. XXIX (1220) 251. — T. XXXI (1434) 196. — Conf. *Wikmertingen.*

Weichselbach, Wihselbach. T. XXIX (1258) 125.

Weichselbaum, zwischen der grossen und kleinen Mabel. T. XXX (1385) 371.

Weichselveld. T. XXX (1326) 120.

Weichsinge. T. XXVIII (1280) 474.

Weickerstorf, im Gericht Vilshofen. T. XXXI (1471) 514.

Weidarn. T. XXVIII (1280) 475. — T. XXIX (1264) 245.

Weidbach, Weidbah, rivus. T. XXIX (1147) 40.

Weide, villa. T. XXIX (1254) 229.

Weidendorf. T. XXVIII (1280) 477.

Weidinge. T. XXVIII (1280) 463, 464.

Weidungsau. T. XXXI (1406) 65.

Weiern. T. XXIX (1258) 233.

Weigbotesheim. T. XXIX (1289) 569.

Weigelinsdorf. T. XXVIII (s. anno) 171, 172. (1280) 466.

Weigintinge, superius. T. XXVIII (1280) 460.

Weigling. T. XXVIII (1280) 475.

Weigratinge, superius. T. XXVIII (s. anno) 192.

Weilbach. T. XXIX (1258) 233.

„   Weylbach, Pfarrei im Gericht Ried. T. XXIX (1253) 599.

Weilhart. T. XXIX (s. anno) 220.

Weilnstorf. T. XXIX (1292) 577.

Weinberg, Weinperg, Weinberch. T. XXVIII (1280) 468. — T. XXIX (1278) 629, 630.

„   parochia in decanatu S. Poelten. T. XXVIII (saec. 15) 498.

Weinleiten. T. XXIX (1258) 233.

Weinz. T. XXVIII (1241) 155.

Weinzierl, Weinzürl, Weintzärl, bei Chrems. T. XXVIII (1280) 473, 476. T. XXX (1398) 472. — T. XXXI (1446) 570.

„   Richteramt daselbst. T. XXX (1594) 432.

Weirehtinge. T. XXIX (1258) 233.

Weissenawe, parochia in decanatu Stain. T. XXVIII (saec. 15) 496.

Weissenbach, Weyssenbach, denen v. Wallsee gehoerig. T. XXXI (1407) 71. — Conf. etiam *Weyssenpach.*

Weissenkirchen, parochia in decanatu Stain. T. XXVIII (saec. 15) 499.

Weissenstein, Veste. T. XXX (1571) 297.

Weisslingen, juxta castrum Windberg. T. XXIX (1244) 291.

Weiten, parochia. T. XXIX (s. anno) 217. (1264) 245.

Weitenstorf. T. XXIX (s. anno) 223.

Weilgenstorf. T. XXIX (s. anno) 216.

Weilinge. T. XXIX (s. anno) 217.

Weizenstorf. T. XXIX (s. anno) 221.

Weiztrah, ecclesia. T. XXVIII (s. anno) 188. (1280) 483. — Conf. etiam *Wiztra.*

Weizzowe, superior et inferior villa. T. XXVIII (1280) 457. — Conf. etiam *Wizzowe*.
Welanstorf. T. XXIX (v. anno) 216.
Welchenberg, Edelsitz der Lengfelder. T. XXXI (1402) 24.
Welkarn. T. XXIX (1258) 220.
Welmich, ecclesia. T. XXVIII (1280) 482.
Welmich, prope Albrehtsperge. T. XXIX (1292) 579.
Wels, in Austria. T. XXVIII (1280) 474. — T. XXIX (1254) 83. (1260) 152. (s. anno) 29, 272, 315.
   „   parochia in archidiaconatu lambacensi. T. XXVIII (saec. 15) 503. — T. XXX (1395) 447.
   „   Stadt. T. XXIX (1246) 561. (1352) 206. — T. XXXI (1413) 121.
Weltarn. T. XXVIII (s. anno) 170. (1280) 465.
Weminge. T. XXVIII (s. anno) 169.
Wemprechstorf. T. XXIX (s. anno) 314.
Wenckenralter. T. XXIX (s. anno) 218.
Wendelstorf. T. XXVIII (1241) 155. (1280) 469.
Wendlhering, mit der Vogtei zur Burg Stahremberg gehoerig. T. XXXI (1480) 569. 570.
Wengslage. T. XXVIII (1156) 511.
Wening. T. XXIX (1253) 391.
Weng, Wenng, Wenngen. T. XXIX (1142) 321.
   „   alias Mospach dictum, parochia in archidiaconatu matticensi. T. XXVIII (saec. 15) 502, 433.
Wenstinloune. T. XXVIII (s. anno) 192. — Conf. etiam *Westenloune.*
Wentling, nach Nicolsburg gehoerig. T. XXX (1391) 416.
Wentzesdorf, parochia in decanatu Staetz. T. XXVIII (saec. 15) 490.
Werd, praedium. T. XXVIII (s. anno) 160.
   „   prope parochiam Mauer. T. XXIX (1147) 215, 216.
   „   bei Mautarn, dem Kloster Goettweig gehoorig. T. XXXI (1456) 445. 448. 449.
Werda. T. XXVIII (1157) 111.
Werdarn, Werdarin. T. XXVIII (1230) 476. — T. XXIX (1065) 52. (1368) 124.
   „   der Hof. T. XXX (1311) 57.
   „   der Markt. T. XXX (1360) 249.
   „   prope Zoiselmauer. T. XXVIII (s. anno) 185. — Im Amte Zeiselmauer. T. XXX (1594) 439.
Werde, parochia. T. XXVIII (1240) 136, 288.
Werich juxta Viennam. T. XXIX (s. anno) 99, 273.
Wernberg, Edelsitz der v. Nothaft. T. XXXI (1411) 98, 99. (1415) 132. (1429) 222. (1494) 693.
Wernhart S. parochia in decanatu Chrems. T. XXVIII (saec. 15) 506.
Wernherstorf, Werinherstorf, in officio S. Poelten. T. XXVIII (s. anno) 189, 185. 192. (1280) 459.
Wernstein, Wirnstein, Veste und Pflege am untern Inn. T. XXX (1397) 459.

49 *

Wersecinge, villa. T. XXVIII (s. anno) 170.
Wertaern. T. XXVIII (1280) 471.
Wertensdorf. T. XXVIII (1280) 471.
Wesen conf. etiam *Siegen.*
  „   castrum. T. XXIX (1282) 544. — T. XXX (1321) 94. (1356) 220.
         (1396) 455, 456. — Burg und Thurm. (1300) 1. — Burg und Hof.
         (1310) 47, 49. — Burg. (1366) 264. — T. XXXI (1447) 390, 391.
  „   die beiden Burgen, Ober- und Niederhaus. T. XXX (1336) 157.
         (1325) 115, 118.
  „   Pflege. T. XXXI (1404) 29.
  „   Urfar daselbst. T. XXX (1310) 47.
  „   Pfarrei. T. XXX (1325) 116.
  „   parochia in archidiaconatu laureacensi. T. XXVIII (saec. 16) 483,
         505.
  „   parochia in decanatu Stain. T. XXVIII (saec. 15) 500.
Wesenberg, Wesenberch, der Burgstall. T. XXIX (1284) 553. (1296) 539. —
         T. XXX (1321) 93.
  „   alias Wachsenberg dictum. T. XXIX (s. anno) 315.
Wesendorf, villa in Bachovia i. e. Wachovia, Wachau. T. XXX (1318) 82.
         (1325) 118.
Wesen-Urfar, die Capelle. T. XXX (1325) 116.
Wessenberg, praedium. T. XXVIII (1280) 472.
  „   Wessenberch, bei Griesbach und Haslach. T. XXX (1329) 133.
  „   die Veste. T. XXX (1346) 188.
Westenlonne, Westeloune. T. XXVIII (s. anno) 172. (1280) 460, 466.
  „   conf. etiam *Wenstinloune.*
Westin. T. XXIX (s. anno) 213.
Wetern, silva. T. XXVIII (1262) 335.
  „   juxta Ahalming. T. XXIX (s. anno) 222.
Wetzmstorf. T. XXIX (1255) 232.
Wererdinge. T. XXVIII (1280) 464.
Weyden superius, parochia in decanatu Stactz. T. XXVIII (saec. 16) 491.
Weydenspach, parochia in decanatu Gallneukirchen; ibid. 504.
  „   Conf. etiam *Wagdervelden.*
Weyer, parochia in decanatu Stain. T. XXVIII (saec. 14) 499.
Weyerberg, parochia in decanatu Stactz; ibid. 499.
Weykartzdorf, parochia in decanatu Wagrain; ibid. 493.
Weykartzing, parochia in decanatu Stain; ibid. 497. — Conf. etiam *Wichards-*
         lage.
Weykendorf, parochia in decanatu Stactz; ibid. 491.
Weyssenalben, parochia in decanatu Stain; ibid. 497.
Weyssenpach, parochia in decanatu Gallneukirchen; ibid. 505. — Conf. etiam
         Weissenbach.
Weysdra conf. *Pehamperg.*
Weyten, parochia in decanatu Stain. T. XXVIII (saec. 15) 498.
  „   parochia in decanatu Crems; ibid. 489.

Weytra, parochia. T. XXIX (1291) 576.

„ parochia in decanatu Stain. T. XXVIII (saec. 15) 497, 498.

Wezeinsdorf. T. XXVIII (s. anno) 169. (1280) 468.

Wezelbach. T. XXVIII (1280) 463, 469. — T. XXIX (s. anno) 175.

Wicelingen. T. XXVIII (1163) 118. — Conf. etiam *Wiczling.*

Wickardslage. T. XXVIII (1188) 260. — Parochia. T. XXIX (s. anno) 217. (1260) 248.

„ Conf. etiam *Weykartzslag.*

Wichtliutten. T. XXIX (s. anno) 218.

Wiczling, leuchtenbergisches Activlehen im Gericht Vilshofen. T. XXXI (1471) 513.

„ Conf. etiam *Wicelingen.*

Widache. T. XXIX (1125) 21.

Widehe. T. XXVIII (s. anno) 170. (1280) 455.

Widein. T. XXVIII (s. anno) 170. (1280) 463.

Widem, Weinberg in Oesterreich. T. XXXI (1411) 97.

„ Gut, zum Theil zur Burg Ratzmanstorf gehoerig. T. XXXI (1448) 403. (1449) 410.

Widen, datz den — T. XXVIII (1285) 399.

„ villa. T. XXVIII (1241) 155.

Widerreld, parochia. T. XXVIII (1241) 155.

Widinthal. T. XXVIII (1280) 453.

Widorf, parochia in decanatu Stain. T. XXVIII (saec. 15) 499.

Wielantisdorf. T. XXIX (1146) 54.

Wielamstanne ad Rotilam. T. XXVIII (s. anno) 188. (1280) 471, 472.

Wielbach. T. XXVIII (1280) 456.

Wien, Wienna, Vienna, in Austria. T. XXVIII (1137) 103. (1165) 252. (1157) 110. (1208) 274, 276. (1209) 280. (1244) 351. (1261) 382. (1276) 401, 405. (1277) 406, 408. (1279) 414. (1280) 416. (1281) 417. (1288) 420. (1240) 340. (1241) 156. (1280) 431. (1321) 430. (1368) 521. (1443) 530. (saec. 15) 489, 491. — T. XXIX (1147) 43. (1211) 70. (1251) 80. (1256) 100. (1258) 115, 116, 117. (1259) 138. (1260) 158, 160, 161, 214, 223. (1261) 174. (1262) 182. (1263) 192. (1273) 226. (1279) 534. (1280) 533. (1281) 535. (1282) 545. (1283) 549. (1286) 559, 561, 562. (1289) 570. (1290) 574. (1291) 575, 576. (1292) 578. (1293) 580. (1294) 581. (1299) 593. — T. XXX (1302) 7, 10, 12, 14. (1303) 18, 19. (1304) 22. (1305) 25. (1306) 31, 33. (1307) 37. (1309) 41, 42, 43, (1311) 54, 57. (1313) 63. (1317) 74. (1321) 94, 95. (1324) 109, 111, 114. (1327) 125. (1328) 130, 131, 152. (1334) 149. (1336) 152. (1338) 164, 165. (1341) 169. (1343) 176. (1345) 185. (1346) 188. (1347) 192. (1347) 193. (1348) 195. (1349) 200. (1352) 206. (1354) 211, 212, 216. (1357) 255. (1359) 238, 240. (1362) 252. (1363) 256. (1367) 279, 280. (1372) 302. (1375) 317. (1377) 330. (1378) 331. (1381) 351, 360. (1383) 366. (1388) 378. (1389) 385, 393. (1390) 597. (1391) 408, 409. (1391) 417. (1393) 422, 424, 425. (1394) 442, 443, 444. (1395) 446. (1397) 462, 466. (1398) 477, 473. (1398) 483. — T. XXXI (1401) 4, 16.

Wien etc. (1406) 65, 66. (1407) 71. (1412) 108—110, 112. (1415) 132, 135, 141. (1419) 168. (1424) 192, 193. (1428) 214, 215. (1438) 331, 332. (1443) 356, 357. (1446) 371. (1452) 425. (1455) 441. (1456) 453—455. (1457) 457. (1460) 484. (1462) 488. (1480) 673. (1481) 694. (1493) 671. (1494) 677, 678, 681, 682, 691. (1494) 694. — Conf. etiam *Favia*, oppidum pataviensis dioccesis. T. XXXI (1425) 202.

„ sedes proprii episcopi; fundationi sedis contradicitur ab episcopo pataviensi. T. XXXI (1477) 531—536.

„ Universitaet daselbst. T. XXXI (1407) 69. (1409) 81, 82.

„ Stadtrichter-Amt. T. XXX (1381) 359, 360.

„ Bürger-Hospital daselbst. T. XXIX (1267) 469, 470. — T. XXX (1369) 284.

„ capella S. Trinitatis ibid. T. XXIX (1283) 549.

„ S. Job in Klagbaum, hospitale infirmorum ibid. T. XXIX (1267) 469, 474, 479. — Conf. etiam *Klagbaum*.

„ Frauen-Capelle auf der Stetten daselbst. T. XXX (1343) 177. (1357) 223. (1369) 233, 234. (1376) 325. (1381) 360. (1391) 413. (1393) 424. (1398) 478. — Conf. etiam *Mariae S. ecclesia*.

„ S. Claren-Kloster daselbst. T. XXX (1369) 283.

„ S. Dorothea-Stift daselbst. T. XXXI (1462) 486.

„ Deutsches Haus daselbst. T. XXIX (1260) 157. (1265) 459. (1267) 466, 467, 474, 480, 482. (1268) 484. (1269) 489. — T. XXX (1307) 37. (1328) 130—152.

„ Schotten-Kloster daselbst. T. XXVIII (1564) 434. (saec. 15) 491, 492, 494. — T. XXIX (1229) 350. (1259) 161. (1261) 435. (1265) 459—461. (1267) 477. (1268) 484. (1269) 489, 493. (1292) 578. — T. XXX (1303) 18. (1323) 102, 103. 104 (1337) 223—225. — T. XXXI (1439) 340. — Conf. etiam *Jacob St.*

„ S. Stephans-Kirche daselbst. T. XXVIII (1564) 435. — T. XXIX (1260) 155. (1265) 459. (1267) 473, 475, 476, 477, 479, 480. (1268) 485. (1269) 491. (1279) 532. (1281) 534. (1299) 593. — T. XXX (1323) 97, 98. (1366) 271, 272. (1381) 360. (1391) 418. (1393) 425. (1396) 451.

„ Prediger-Kloster daselbst. T. XXIX (1267) 466. (1269) 491, 494.

Wienerherberger-Weg. T. XXXI (1415) 139.

Wiener-Hofmark. T. XXXI (1465) 496.

Wienerisch-Neustadt. T. XXVIII (1277) 409, 413. Conf. etiam *Niwenstat, Nova-Civitas* et *Neumstat*.

Wierantisdorf. T. XXIX (s. anno) 61.

Wierberg. T. XXIX (1204) 22, 269.

Wieselburg. T. XXIX (1235) 74. (1254) 184. (1257) 108.

Wiesen. T. XXVIII (1240) 466.

Wiezleinstorf, Besitzung der Chrafft. T. XXXI (1443) 352, 353.

Wikanflorian, S. Floriani, monasterium. T. XXIX (1130) 22, 266.

Wikmertingen, ecclesia. T. XXIX (1218) 352. — Conf. *Weichmerting*.

Wilanstain. T. XXIX (1212) 74.

Wilanstaine. T. XXIX (s. anno) 223.
Wilantxvarl. T. XXVIII (1155) 232.
Wildenau, Edelsitz der Ahaimer. T. XXXI (1447) 376.
Wildenhage. T. XXIX (s. anno) 224. — Im Amte Zeiselmauer. T. XXX (1394) 439.
Wildenstein, Veste im Lando der Abtei. T. XXVIII (1368) 516. — T. XXX (1354) 209. (1369) 287. (1369) 288. (1374) 311. (1390) 404. (1398) 474.
Wildhawen, monasterium in decanatu Gallneukirchen. T. XXVIII (saec. 15) 506.
Wildscheut, Flussinsel oder Werd bei Trebensee. T. XXX (1354) 212.
Wildshut, Edelsitz der Nustorll'er. T. XXXI (1451) 422, 423.
Wilehart. T. XXVIII (1280) 466.
Wilflinsdorf, ecclesia. T. XXVIII (1280) 480.
Wilhalminge. T. XXVIII (1280) 464.
Wilhalmsaltheim, parochia in archidiaconatu matticensi. T. XXVIII (saec. 15) 488.
Wilhalmspach. T. XXVIII (1280) 472.
Wilhalmspurg, *Wilhelmsburg*, parochia in decanatu S. Poelten. T. XXVIII (1280) 481. (saec. 15) 494. — T. XXIX (1259) 133.
      " in der Nache der Piestnich. T. XXIX (s. anno) 311, 317.
Wilhalspach, in officio Amsteten. T. XXVIII (s. anno) 131.
Wilheim, parochia. T. XXVIII (1210) 136.
Wilheringa, *Wilhering*. T. XXVIII (983) 207. — T. XXIX (1260) 157, 161, 162. (s. anno) 223.
      " monasterium in decanatu laureacensi. T. XXVIII (saec. 15) 500, 506.
Willehart. T. XXVIII (s. anno) 172.
Willehartsperg. T. XXVIII (s. anno) 169. (1280) 455.
Willeheim. T. XXVIII (1210) 288.
Willendorf, in der Nache von Wien. T. XXIX (1267) 475.
Willemprukk, Veste. T. XXIX (s. anno) 311.
Willernsreut. T. XXVIII (1280) 466.
Willingen, *Willigen*, praedium. T. XXVIII (1179) 123. — T. XXIX (1165) 29, 256. (1179) 326.
Willingendorf. T. XXIX (1253) 396.
Willmtinge. T. XXVIII (s. anno) 192. (1280) 459.
Willungsmaur, in decanatu Wagrain. T. XXVIII (saec. 15) 492.
Wilpach. T. XXIX (1140) 257.
Wiltinge. T. XXVIII (1280) 456.
Willperg, *Willperch*, praedium. T. XXVIII (1280) 472.
      " castrum. T. XXIX (1212) 71.
      " Edelsitz der Starchenberger. T. XXXI (1404) 29.
Winberge. T. XXVIII (1280) 469. — Conf. etiam *Winperge.*
      " Winberg, Winberig, zum Theil zur Burg Ratamanstorf gehoerig. T. XXXI (1448) 402. (1449) 409.
Winckel. T. XXVIII (1280) 457, 469. T. XXIX (1254) 229. (s. anno) 506.

Winckel, juxta claustrum Slag sive Schlegel. T. XXVIII (1280) 466.
„   parochia dioecesis patav. T. XXX (1318) 78, 79.
Winchiren. T. XXIX (s. anno) 230.
Windberg, Windperge, Windeperge, Windeperch, castrum Bavariae inferioris.
        T. XXVIII (1209) 150. (1226) 516, 317. (1280) 463, 464. — T. XXIX
        (1259) 142. (1260) 166. (1190) 252. (1244) 291.
„   forum. T. XXVIII (1280) 464.
„   comitia. T. XXVIII (1228) 327, 329.
„   Gericht. T. XXXI (1449) 406.
„   Windiberg, Gut des Klosters S. Florian. T. XXIX (1258) 121. —
        T. XXX (1346) 187.
„   Conf. etiam *Wintperge.*
Windelberg, possessio monasterii S. Nicolai. T. XXVIII (1067) 214.
Winden. T. XXVIII (1280) 480.
„   zu den — T. XXX (1573) 509.
Windischsteig, parochia in decanatu Stain. T. XXVIII (saec. 15) 497.
Windleinsoed. T. XXIX (1253) 392.
Windorf. T. XXIX (1296) 689. — Conf. etiam *Winidorf* et *Wyndorff.*
„   forum. T. XXVIII (1280) 464.
„   zur Burg Ratzmanstorf gehoerig. T. XXXI (1448) 402. (1449) 409.
Wineberg, Winneberge, Winnberge. T. XXVIII (s. anno) 175, 176. (1173) 252.
„   comitia. T. XXVIII (1222) 448. — T. XXIX (s. anno) 221. (1230)
        351.
„   hofmarchia. T. XXIX (s. anno) 222.
Winegozesdorf, curia. T. XXVIII (s. anno) 170. (1280) 465.
Winestige. T. XXVIII (s. anno) 172. (1280) 466.
Winidorf. T. XXIX (1065) 52. — Conf. etiam *Windorf.*
Winkchel, parochia in decanatu Wagrain. T. XXVIII (saec. 15) 493.
Winklarn, Winkelarn, Winkhlarn. T. XXVIII (1067) 215.
„   parochia in decanatu Stain. T. XXVIII (saec. 15) 499.
„   bei der Burg Gleuss. T. XXXI (1459) 473.
Winkobeln, possessio monasterii S. Nicolai. T. XXVIII (1067) 214.
Winperge, auf dem — T. XXVIII (s. anno) 192.
„   conf. etiam *Winberge.*
Winpozzing. T. XXIX (1285) 655. — Conf. etiam *Wintpaizzing.*
Winraedinge. T. XXIX (1253) 395.
Winsendorf, villa cum vinea et nemore. T. XXVIII (1157) 110, 112.
Winsteige. T. XXIX (1258) 220.
Winterberg, Wynnderberg, in Boehmen, Edelsitz der Kappler. T. XXXI
        (1459) 467.
Wintherzhuell. T. XXVIII (s. anno) 189.
Wintpaizzing, Wintpazzing. T. XXIX (1253) 393, 393. — Conf. etiam
        Winpozzing.
Wintperge. T. XXVIII (1280) 459. — T. XXIX (1260) 223.
„   conf. etiam *Windberg.*
Wintsperg, im Kirchberger Winkel. T. XXX (1399) 486.

Winzer, parochia in archidiaconatu pataviensi. T. XXVIII (saec. 15) 501.

    „   Winlzer, Wynlzer, Edelsitz der von Puchberg.· T. XXX (1356) 221. (1381) 357, 359. (1396) 449. — T. XXXI (1402) 22. (1406) 67. (1421) 173. (1424) 188. (1429) 217.

Winzinge, *Winzingin.* T. XXVIII (1244) 352. — T. XXIX (1065) 52. (1136) 60.

Winzürlberge. T. XXIX (1212) 29, 275.

Wipphinge, im Amto Zeiselmauer. T. XXVIII (s. anno) 185. (1230) 475. — T. XXX (1394) 438.

Wippenhaim, *Wippinheim*, villa et ecclesia. T. XXVIII (s. anno) 191. (1230) 458, 459.

Wirockperge, villa. T. XXIX (1261) 435.

Wirting, parochia in decanatu inter amnes. T. XXVIII (saec. 15) 502. — T. XXX (1333) 143, 145. — Im Gericht Griesbach (1392) 420.

Wircelburg, *Wircelburch*, ecclesia. T. XXVIII (1280) 483.

Wischinge. T. XXIX (s. anno) 221.

Wise, in der — T. XXIX (s. anno) 218.

Wiselburg, *Wiselburch.* T. XXVIII (1232) 344. (1243) 350.

    „   hofmarchia. T. XXVIII (1230) 457.

    „   parochia in decanatu S. Poelten. T. XXVIII (saec. 15) 495.

Wisen. T. XXVIII (1285) 399. — T. XXIX (s. anno) 314.

    „   prope Swertzenpach. T. XXIX (1253) 388.

Wisenberg, *Wisenperig*, Vogtei, zur Burg Hatzmanstorf gehoerig. T. XXXI (1448) 405. (1449) 410.

Wisendorf. T. XXVIII (s. anno) 160. (1230) 463. — T. XXIX (s. anno) 216. (s. anno) 222.

Wiring, leuchtenbergisches Lehen. T. XXXI (1434) 613.

Wisperg, *Wisperch.* T. XXVIII (1280) 471.

    „   ad Anasum. T. XXVIII (s. anno) 180.

Wissegrat, *Wischerad*, claustrum S. Petri Pragae. T. XXVIII (saec. 13) 509.

Wissenpruche, villa et pons. T. XXIX (s. anno) 317.

Wissensinge. T. XXVIII (1280) 463. — Conf. etiam *Wizzinsinge.*

Wisseyda, civitas Moesiae. T. XXVIII (1432) 445.

Witenspach, parochia. T. XXVIII (1280) 415. — T. XXIX (1273) 226.

Witra, ad terminos Bohemiae. T. XXVIII (1280) 472.

Wittawe. T. XXVIII (1280) 479.

    „   parochia in decanatu Staetz. T. XXVIII (saec. 15) 491.

Wittekk. T. XXIX (1253) 390.

Witehing. T. XXIX (s. anno) 306.

Wizlinsdorf. T. XXVIII (1241) 155.

Wiztra, in archidiaconatu laureacensi. T. XXIX (1242) 357.

    „   conf. etiam *Weiztrah.*

Wizwuel, *Witzwuel.* T. XXIX (1253) 395.

Wizzinsinge. T. XXVIII (1244) 352. — Conf. etiam *Wissensinge.*

Wizzowe. T. XXVIII (s. anno) 158, 159. — Conf. etiam *Weitzowe.*

Wlfingshof conf. *Wulfingshof.*

Wochinge. T. XXVIII (1230) 459.

Wafinge. T. XXVIII (1280) 459. — Conf. etiam *Waefinge.*
Wofkersperg. T. XXX (1303) 16.
Wograin, der — in Oesterreich. T. XXXI (1415) 137, 140. — Conf. etiam
        Wachrain et *Wagrain.*
Wolfach, Wolfaha, fluvius. T. XXVIII (s. anno) 190.
Wolfarn, Wolffarn. T. XXVIII (1280) 456.
    „   parochia in decanatu Stain. T. XXVIII (saec. 15) 499.
Wolfenranch. T. XXVIII (983) 207. — Conf. etiam *Wolvenvanc.*
Wolfharting. T. XXVIII (s. anno) 191. (1280) 459.
Wolfkersperg. T. XXIX (1253) 387.
Wolfpaissing, Wolfpayssing, Wolfpeyssing, parochia in decanatu Staetz. T.
        XXVIII (saec. 15) 490.
    „   im Amte Zeiselmauer. T. XXX (1394) 438.
    „   bei Hausleiten. T. XXXI (1438) 327.
    „   Besitzung der Garhalmer. T. XXXI (1443) 356.
Wolfpassing circa Pleinting. T. XXIX (1255) 88.
Wolfram. T. XXIX (1125) 21.
    „   an dem Hausruk sive Husrukke. T. XXVIII (s. anno) 192.
Wolfrangen an dem Husrukke. T. XXVIII (1280) 459.
Wolfsekk, Veste. T. XXX (1394) 434.
Wolfspach, parochia. T. XXVIII (1109) 219. (1142) ibid. (1280) 485. — T.
        XXIX (1186) 35.
    „   parochia in decanatu Stain. T. XXVIII (saec. 15) 491.
Wolfperg, Wolfsperch. T. XXVIII (s. anno) 192. (1280) 460, 474.
Wolfstal. T. XXIX (s. anno) 814.
Wolfstorf. T. XXIX (1253) 388.
Wolfswerde, Wolffeswerde. T. XXVIII (1280) 479.
Wolkendorf, parochia in decanatu Staetz. T. XXVIII (saec. 15) 491.
Wolvevanc, Wolfenranch, in comitia Trungau. T. XXVIII (905) 202.
Womperg. T. XXVIII (s. anno) 189.
Worms, civitas et sedes episcopalis. T. XXVIII (598) 446.
Wollinge. T. XXVIII (1280) 466.
Wranicho, Edelsitz der Slowitzky. T. XXXI (1477) 544.
Wratislavia, Breslau, civitas et sedes episcopalis. T. XXXI (1477) 548.
Wrichdorf, decanatus. T. XXVIII (saec. 15) 438.
Wudure. T. XXIX (s. anno) 312.
Wuebelsperch. T. XXIX (s. anno) 218.
Wulden. T. XXVIII (1280) 466.
    „   Besitzung der Chrafft. T. XXXI (1443) 352, 353.
Wuldesdorf, parochia in decanatu Wagrain. T. XXVIII (saec. 15) 493.
Wulfingshof, Wlfingshof. T. XXX (1303) 16.
Wulfteinsdorf, Wülfteinsdorff, parochia in decanatu Pottenstein. T. XXVIII
        (saec. 15) 489.
    „   parochia in decanatu Staetz; ibid. 491.
    „   ecclesia. T. XXIX (1270) 495. — T. XXX (1311) 58.
Wulstain, in decanatu S. Poelten. T. XXVIII (saec. 15) 495.

Waltscheinthoven. T. XXIX (s. anno) 221.
Wuofinge. T. XXVIII (s. anno) 192. — Conf. etiam *Wofinge.*
Wurm, Wuerm. T. XXIX (1253) 389.
Wurmla, parochia in decanatu Stain. T. XXVIII (saec. 15) 496.
Wurmprant. T. XXX (1356) 229.
    „   bei dem Kloster Schlegel. T. XXX (1341) 171.
Wurnitz, parochia in decanatu Stuetz. T. XXVIII (saec. 15) 490.
Wuslage. T. XXIX (1256) 225.
Wulzendorf. T. XXVIII (1230) 479.
Wynderberg conf. *Winterberg.*
Wyndorf. T. XXX (1370) 292. — Conf. etiam *Windorf.*

Y.

Y. conf. etiam *I.*
Ybsa, monasterium monialium in decanatu Crems. T. XXVIII (saec. 15) 506.
        T. XXX (1309) 43, 46.
    „   Yba, forum. T. XXIX (s. anno) 313.
    „   fluvius. T. XXIX (s. anno) 312.
Ydungidorf, Ydungestorf. T. XXIX (1186) 36.
Ydungspeugen, parochia in decanatu Wagrain. T. XXVIII (saec. 15) 492.
Ygelbach. T. XXVIII (1280) 466.
Yltza, in archidiaconatu pataviensi. T. XXVIII (saec. 15) 501.
Ymbripolis conf. *Regensburg* et *Ratispona.*
Ypha, rivus. T. XXIX (1071) 9, 11. — Conf. *Ipha.*
Ypoliti S. monasterium. T. XXIX (1150) 323. — T. XXX (1323) 101, 102, 104,
    105. (1383) 361—364.
    „   S. villa. T. XXIX (1066) 53.
    „   S. oppidum. T. XXX (1389) 394. — Civitas. T. XXXI (1481) 584,
    585.
    „   decanatus. T. XXVIII (saec. 15) 494, 505.
    „   conf. etiam S. *Poelten.*
Yrsheim, Yersheim, ecclesia filialis parochiae Hohenstat. T. XXX (1349) 88.
    (1380) 343.
Yserhoven, parochia in archidiaconatu inter amnes. T. XXVIII (saec. 15)
    501.
Ysteinsdorf. T. XXVIII (1280) 476.

Z.

Zaekling, Zaeking. T. XXVIII (1280) 475. — T. XXIX (1284) 553, 554.
Zagelau, Zagelare, auges. T. XXIX (1216) 353. — T. XXX (1303) 17. — T. XXXI (1470) 510. — An der Traun ibid.
Zainach, Ober-Zainach bei Hausleiten. T. XXXI (1438) 327.
Zaissenberg, Zaizenperge. T. XXIX (s. anno) 216. — T. XXXI (1494) 694.
Zaissenmauer conf. Zeiselmauer.
Zulchstorf. T. XXIX (s. anno) 230.
Zasenitz, Edelsitz der von Cadaw. T. XXXI (1479 567.
Zaune, in dem — T. XXIX (s. anno) 218.
Zaunprech, Lehen zu — T. XXXI (1402) 17.
Zaysmanspruonne, Zaizmannesprunne. T. XXIX (1211) 69.
    „   capella ibidem S. Udalrici extra muros civitatis wiennensis. T. XXX (1303) 19.
Zebing, Zebinge, parochia. T. XXIX (s. anno) 217. — T. XXXI (1494) 694. Conf. etiam Czebing.
Zeholfing, parochia in archidiaconatu inter amnes. T. XXVIII (saec. 15) 502. T. XXIX (1256) 240.
Zeidelhub, in vicedominatu ad Rotam. T. XXX (1309) 40.
Zeidlarn, ecclesia filialis parochia Stephenshart. T. XXIX (1158) 29. — Conf. etiam Zeydlarn, Zidlarn et Cidelarn.
Zeilperg, Zeilperch. T. XXVIII (s. anno) 176. (1280) 469.
Zeimperg, Zeimperch. T. XXVIII (s. anno) 192. (1280) 459.
Zeiselberg, Zeizelberch. T. XXVIII (1280) 475, 476. — T. XXIX (1256) 102. T. XXXI (1446) 369.
Zeiselmauer, Zeizenmaur, Zeizenmure, Zaissenmaur, Zeizinmure, Zeizenmure, Zeizzimawer, Zeitzanmaur, in Oesterreich. T. XXVIII (1241) 155. (985) 209. (1253) 375. (1277) 411, 412. — T. XXIX (1065) 53. (1258) 119. — T. XXX (1306) 29. (1325) 102. (1394) 439, 440. (1393) 479—481.
    „   Amt in Oesterreich. T. XXX (1394) 438.
    „   Hofmark. T. XXVIII (1280) 475, 476. (s. anno) 185, 185.
    „   parochia in decanatu Tulln. T. XXVIII (saec. 15) 489.
Zeitz conf. Cicensis ecclesia.
Zeizmannestetin. T. XXVIII (935) 209.
Zelich. T. XXIX (s. anno) 230.
Zelking, Zelkingen. T. XXVIII (1140) 219. — T. XXIX (1186) 85.
    „   parochia in decanatu Stain. T. XXVIII (saec. 15) 496.
Zell. T. XXVIII (1432) 526. — Conf. etiam Czell.
    „   Gut zu — T. XXXI (1450) 420.
    „   in der — Besitzung der Chraffl. T. XXXI (1443) 353, 354.
    „   in der — Passauisches Pflegamt. T. XXXI (1491) 660.

Zell, die Veste, zu Griesbach. T. XXXI (1426) 205.
,, parochia in archidiaconatu pataviensi. T. XXVIII (saec. 15) 504.
,, parochia in dioccesi salisburgensi. T. XXIX (1255) 406.
Zeno S. ecclesia in decanatu S. Poelten; Ibid. (1280) 482. (saec. 15) 498.
,, monasterium Bavariae. T. XXIX (1290) 874.
Zenolsberg, Zenolzsperg. T. XXIX (1253) 392.
Zeppelberch. T. XXVIII (1284) 418.
Zerwall, claustrum. T. XXVIII (1186) 255.
Zeuronechotta. T. XXVIII (s. anno) 177.
Zeumek, die Burg. T. XXX (1330) 135.
Zeydlarn, ecclesia in Austria. T. XXVIII (saec. 15) 500, 506.
,, conf. etiam *Zidlarn* et *Zeydlarn.*
Zhonnen, freysingisches Activlehen in Oesterreich. T. XXIX (s. anno) 318.
Zidelhub. T. XXIX (s. anno) 219.
Zidlarn, ecclesia. T. XXVIII (1280) 483. — Conf. etiam *Zeydlarn.*
Zidolsberg, Pfarrei. T. XXXI (1470) 512. — Conf. *Zydolisperg.*
Ziegelstadel, Cigilstadel. T. XXVIII (s. anno) 169. (1280) 465.
Zieringe. T. XXVIII (s. anno) 169. (1280) 465.
Zimbern. T. XXIX (s. anno) 218.
Znaym, Znoyma in Maehren. T. XXVIII (1253) 377. — T. XXIX (1289) 546, 548.
Zohenzunsdorf. T. XXVIII (s. anno) 175. (1280) 469.
Zolling. T. XXIX (s. anno) 220.
Zolum. T. XXIX (1260) 163.
Zuelanisdorf. T. XXIX (s. anno) 63.
Zuffinprunno, fons. T. XXVIII (777) 198.
Zugezingen, curiae. T. XXIX (s. anno) 230.
Zuncrn. T. XXIX (s. anno) 216.
Zwecchin. T. XXVIII (s. anno) 170.
Zweiching. T. XXVIII (1280) 465.
Zwelfinge. T. XXVIII (1280) 465.
Zwelflinge, villa. T. XXVIII (s. anno) 170.
Zwelfoechsing, in Oesterreich. T. XXXI (1415) 138.
Zwentendorf, parochia in Austria. T. XXVIII (1210) 156, 288. (1280) 482. — T. XXIX (1261) 179. — T. XXX (1311) 58. — T. XXXI (1445) 372. — Conf. etiam *Czwentendorf.*
Zwerndorf, villa. T. XXVIII (1155) 231. — Conf. etiam *Czwerndorf.*
Zwetel, Zwettel, Zwetl, monasterium in Austria. T. XXVIII (1209) 279. (saec. 15) 488, 489, 496, 497, 498, 500. — T. XXIX (1258) 126. (1260) 157, 161. (s. anno) 311, 517. (1229) 345. (1268) 482. — T. XXX (1359) 248.
,, Conf. etiam *Czwetla.*
Zwelendorf, villa. T. XXVIII (1241) 155. — Conf. *Zwentendorf.*
Zwetzensdorf. T. XXVIII (s. anno) 190.
Zwischenbrunnen, villa. T. XXVIII (1155) 231.
Zwischleichskirchen, parochia in decanatu Stain. T. XXVIII (saec. 15) 500.

Zwisel, parochia in archidiaconatu pataviensi. T. XXVIII (saec. 11) 501.
(1156) 511. — T. XXIX (1256) 925.
Zwiselberg, Zwiselberch. T. XXVIII (1280) 480.
Zwiselkirchen, Zwiselchirchen, ecclesia. T. XXVIII (1280) 483.
Zwiseln. T. XXIX (1254) 245.
Zwisen. T. XXVIII (a. anno) 189.
Zydoltsperg, parochia in decanatu Stain. T. XXVIII (saec. 15) 497.

III.

INDEX RERUM.

A.

Abern, aeſſern, aevern, ahnden. T. XXXI (1404) 88. (1479) 566.
Absamer, Einsamler. T. XXX (1336) 152.
Academia viennensis et ejus discordia cum episcopo pataviensi. T. XXXI
    (1449) 413. 414.
Acht, kaiserliche. T. XXVIII (1367) 437.
Afflendes — so ist er zu stund afflendes. T. XXXI (1433) 611.
Aidingen, in Eid nehmen. T. XXXI (1435) 297.
Aigenvogtei. T. XXVIII (1255) 92.
Alani. T. XXVIII (1432) 445.
Alemanni et eorum leges — conf. *Leges.*
Allex, halec, der Haering. T. XXVIII (saec. 13) 503.
Altaristae patavienses. T. XXXI (1404) 47.
Ambasiator — T. XXXI (1439) 340.
Angaria — T. XXXI (1418) 157.
Anlage — Reichs-Anlage auf die Reichsfürsten. T. XXXI (1494) 659.
Annalae — T. XXXI (1486) 614.
Anzaigung — T. XXX (1373) 305. — T. XXXI (1400) 2.
Apes et earum cultores. T. XXVIII (777) 198. (1067) 316.
Apocalypsis. T. XXVIII (1259) 486.
Apothecarii patavienses. T. XXXI (1407) 70.
Archidiaconalis dignitas. T. XXIX (1252) 376.
Arithmetica. T. XXVIII (1259) 486.
Arnaldistae sunt haeretici. T. XXXI (1477) 527.
Arsenicum solummodo ab apothecariis et mercatoribus vendatur. T. XXXI
    (1407) 70.
Astrolabium. T. XXVIII (1259) 487.
Astronomia. T. XXVIII (1259) 485, 486.
Asylum Pataviae et jus asyli. T. XXVIII (1225) 313. (1455) 441, 442.
Auszüge der Mannschaft. T. XXX (1383) 436.
Avari. T. XXVIII (1432) 445.

B.

B. conf. etiam *P.*
Bad, das — zu Passau. T. XXVIII (1425) 460.
  „   — zu Pyrawing ibid.
  „   — im Amte Ebelsberg. T. XXVIII (s. anno) 229.
Bajoarii, Borari. T. XXVIII (508) 445, 446. (906) 204, 205. (s. anno) 509.
Brelphegor. T. XXX (1302) 9.
Beneficium ecclesiae ad dies vitae concessum. T. XXVIII (600) 40, (788) 55.
     (899) 25; — cum proprietate (874) 64, (947) 73. — Conf. *Praestaria.*
  „   ecclesiae concambio alienatum. T. XXVIII (1013) 80.
  „   nobile cum proprietate ecclesiae donatum. T. XXVIII (899) 33.
  „   regium. T. XXVIII (799) 56.
Bergfrau, Grundeigenthümerin von Weingaerten. T. XXX (1369) 283, 285.
Bergherr, Grundeigenthümer etc. T. XXX (1329) 134. (1336) 151.
  „   conf. etiam *Purckherr.*
Bergmeister, Bergherr — T. XXX (1328) 128. (1335) 151.
Bergrecht, jus decimarum in vincis. T. XXIX (1280) 477, 479. (1200) 329. —
     T. XXX (1304) 21. (1317) 73, (1328) 129. (1329) 134. (1337) 161.
     (1369) 283. (1376) 325, 326.
Besitzungen, passauische in den Gerichten der Herzoge von Bayern und
     deren Rechte. T. XXXI (1454) 211 — 243. — Conf. etiam *Bona* et
     Privilegien.
Belng, i. e. Erchtag sive Dienstag. T. XXVIII (1368) 519.
Betrogt über die Stephaner im Hausrukviertel. T. XXXI (1491) 656.
Beutellehen. T. XXVIII (1297) 501.
Biblia vetustissima. T. XXVIII (1259) 484.
Bibliotheca Madalwini corepiscopi pataviensis. T. XXVIII (903) 201.
  „   Ottonis episcopi pataviensis. ibid. (1259) 484.
Bieraufschlag, sicura cerevisiae. T. XXVIII (1259) 141.
Blutbann conf. *Poena sanguinis.*
Boemanni in Persnichu. T. XXVIII (906) 205. (983) 37. (985) 209.
Boemi mercatores. T. XXVIII (s. anno) 509.
  „   haeretici. T. XXXI (1429) 216.
Bona pataviensia; eorum invasio et direptio interdicitur a sede apostolica.
     T. XXXI (1477) 537 — 542.
  „   conf. etiam *Besitzungen.*
Bot, citatio. T. XXVIII (1300) 513.
Brazatores Pataviae. T. XXVIII (1259) 141.
Brukstewer. T. XXIX (1253) 398, 400.
Bündniss des Hochstiftes Passau mit Bayern-Landshut. T. XXXI (1406) 52.
     (1407) 74. (1408) 76. (1436) 303, 304.
  „   desgleichen gegen Bayern-Ingolstadt. T. XXXI (1433) 236. (1435)
     292.

Bündniss, oesterreichisches mit dem Capitel von Passau bestaetigt. T. XXXI
    (1428) 214.
    „   desgleichen zum Schutze des Hochstifts erneuert. T. XXXI (1459)
    465. — Durch Koenig Ladislaus bestaetigt. (1456) 453—455. (1459)
    470—471.
Bürgerbewafnung unter Panieren und Fahnen zu Passau. T. XXVIII (1432)
    523—524.
Bürgerschranne, staedtisches Gericht. T. XXX (1391) 360.
Bulle, die goldene. T. XXXI (1435) 294. — Conf. etiam *Wulle*.
Burgfriede. T. XXX (1310) 49. (1359) 242. (1367) 277.
Burghut, Purghut, Burchhuotte. T. XXVIII (1226) 146. — T. XXIX (1255)
    237, 238. — T. XXX (1394) 433.
Burghutter, Burghüter. T. XXX (1397) 458, 459.
Burgrecht. T. XXIX (1259) 144. (1262). 181. (s. anno) 229. — Conf. etiam
    Jus civile et *Emphyteusis*.
    „   in Ebelsberg. T. XXIX (1259) 229.
    „   auf drei Inseln bei Trebensee. T. XXX (1354) 213.
    „   in Mautern. T. XXVIII (s. anno) 473.
    „   zu Passau. T. XXX (1350) 201, 202. (1373) 303; — ewiges Burg-
    recht daselbst. (1331) 139, 140.
    „   zu Passau. T. XXIX (1237) 353. — Trans pontem Pataviae. T.
    XXVIII (s. anno) 467.
    „   in Puzleinstorf. T. XXIX (1236) 286. (1237) 287.
    „   in Stein. T. XXVIII (s. anno) 473.
    „   in Trebensee et Stillenwertz. T. XXIX (1284) 553.
    „   in Weichenburg. T. XXIX (1267) 459.
    „   zu Wien. T. XXX (1343) 176, 177. (1357) 224. (1369) 284. (1381)
    560. (1385) 368.
    „   in S. Ypolito. T. XXVIII (s. anno) 184.

C.

Calcei et usus eorum. T. XXVIII (1163) 118.
Calendarium Jeronymi et defunctorum. T. XXVIII (1259) 486.
Canones antiqui. T. XXVIII (1259) 486.
Canonicus pataviensis praebendatus quilibet debet habere duos equos pro
    duobus armatis. T. XXXI (1404) 44.
    „   pataviensis, qui studio vacare vult ultra montes. T. XXXI (1404) 48.
Carolina conf. *Constitutio imperialis*.
Castenlehen. T. XXVIII (1280) 462.
Cecha, Checha, Zechschrein. T. XXIX (1204) 269. (1267) 479, 480.
Cellarium pataviense. T. XXIX (1242) 368.

Cellerárius pataviensis in Bavaria. T. XXXI (1404) 44, 45.
    „   conf. etiam *Kellner-Amt.*
Cellerarii — T. XXXI (1404) 47.
Censuales oblati et spontanei. T. XXVIII (800) 10. (1013) 75, 76, 77, 80, 84, 85, 86, 92.
Cerevisia. T. XXIX (1140) 257.
Chaslmutte, Getraidmass. T. XXVIII (1241) 156, 183, (1253) 365. T. XXIX (1262) 444.
Checha conf. *Cecha.*
Cheyd (?) T. XXX (1317) 77.
Chirchlehen, *Kirchenlehen.* T. XXX (1367) 278, (1383) 365, (1398) 479.
Chlostever, *Klauensteuer.* T. XXVIII (1323) 429. — T. XXX (1323) 98, 99.
Chorhoefe des passauischen Capitels. T. XXXI (1428) 212. — Conf. etiam *Curiae.*
Chresemphenning conf. *Denarius exorcismalis.*
Chreutzsaltz. T. XXIX (1253) 598.
Chumigsteura, *Chumiksteura*, *Chumigstewr.* T. XXVIII (1156) 510, 511. — T. XXIX (1256) 224. (1253) 594. — T. XXX (1357) 231.
Collecta. T. XXIX (1258) 289.
Concilium basiliense. T. XXVIII (1432) 522. — Conf. etiam *Synodus.*
    „   constantiense. ibid. (1420) 448.
    „   lateranense. T. XXXI (1418) 156, (1477) 540. (1481) 590.
    „   mosomense. T. XXVIII (1259) 437.
    „   sardicense. ibid. (s. anno) 446.
Concordata Inter sedem apostolicam et Fridericum III imperatorem. T. XXXI (1447) 377.
    „   sedes apostolicae cum natione germanica memorantur. T. XXXI (1478) 552.
Conductus regius. T. XXIX (1229) 349.
Constitutio capituli pataviensis per neoelectum episcopum est confirmanda. T. XXX (1342) 172. — Conf. etiam *Statuten.*
    „   imperialis, dicta Carolina ab imperatore Carolo IV. T. XXXI (1477) 540.
Cripta Pataviae. T. XXVIII (saec. 15) 487.
    „   vocata capella b. Mariae ibid. T. XXIX (1261) 430. (1264) 437.
Criptarii pataviensis. T. XXVIII (saec. 15) 502. T. XXXI (1404) 47.
Cruciata contra Hussitas. T. XXXI (1489) 644, 645.
Cumani, gens infidelis ad fidem conversa. T. XXIX (1255) 95. (1260) 165.
Cuprum in montibus haud procul a Stein. T. XXVIII (1280) 473.
    „   conf. etiam *Kupfer.*
Curiae chorales capituli pataviensis. T. XXXI (1404) 42, 44.
    „   conf. etiam *Chorhoefe.*
Cursarii (i. e. Corsaren) excommunicantur. T. XXXI (1477) 827.
Cutellarii Pataviae. T. XXIX (1261) 149.
    „   in Stein. T. XXVIII (1280) 473.

D.

Decanus pataviensis habeat in judicio assessorem. T. XXXI (1404) 48.
Decima ad portam dari solita. T. XXVIII (985) 88.
     „   infra cellam b. Guntheri in Nordwald. T. XXVIII (1045) 99.
     „   Sclavorum. T. XXVIII (777) 198.
Decimatio vini. T. XXVIII (1038) 85. (1432) 524, 525.
Decimationes ad ecclesiam pataviensem spectantes. T. XXVIII (983) 206, 207.
Denarii veteres et novi. T. XXIX (1267) 473. (1269) 492.
     „   pataviensos. T. XXX (1307) 35. (1319) 88.
     „   viennenses. T. XXVIII (1277) 412. — T. XXX (1306) 32. (1318) 83.
     „   viennenses veteres. T. XXIX (1259) 229.
     „   viennenses antiqui. T. XXX (1326) 121—123.
     „   conf. etiam *Pfennige.*
Denarius exorcismalis, vulgariter dictus Chresemphenning. T. XXX (1380) 345.
Devastatio regionis inter Anasum et Commagenum montem. T. XXVIII (983) 206.
Dominici et dominicantes. T. XXVIII (450) 5.
Dominium directum et utile. T. XXX (1309) 40.
Domus lapideae traditio. T. XXVIII (1210) 136.
     „   Theutonicorum. — T. XXVIII (saec. 15) 499. — Theutonicorum
            et templi. — T. XXIX (1255) 87. (1222) 337. — Theutonicorum
            Viennae. (1256) 100, 160, 161. (1257) 455, 480. (1267) 482. (1268)
            484. (1291) 200.
Dorfgericht. T. XXX (1304) 21.
Dreyling, Weinmaass. T. XXVIII (1443) 454.

E.

Ehaft-Teidinge. T. XXIX (1152) 377.
Einlager. T. XXXI (1405) 59. (1410) 90, 92. (1413) 117. — Conf. etiam
            Leistung.
Emphyteusis, jus civile, quod dicitur Burgrecht. T. XXVIII (1225) 509. —
            Conf. etiam *Burgrecht* et *Jus civile.*
Ennaw i. e. Flussabwaertz. T. XXXI (1459) 475.
Entwichen — ein Schiff. T. XXXI (1435) 264.
Episcopatus, sive sedes pataviensis ab omni jurisdictione et legationis jure
            sedis salisburgensis eximitur. T. XXXI (1420) 169. — Conf. etiam
            Pataviensis sedes.

Episcopatus, viennensis fundationi contradicitur a sede pataviensi. T. **XXXI**
　　　(1477) 531—536.
Erbamt, passauisches. T. **XXX** (1399) 497, 498, 499.
Eremita in Pokkesrukke. T. **XXVIII** (s. anno) 171.
Eremitorium in Nordwald. T. **XXVIII** (1046) 99. — Conf. etiam *Decima*.
Ertzengrite, (Erzgrube?) bei Klosterneuburg. T. **XXIX** (1254) 234.
Esox, piscis. T. **XXIX** (1258) 117, (1253) 403.
Etische, Brodtische. T. **XXIX** (1259) 140.
Expeditio hierosolymitana. T. **XXIX** (1147) 43, 215.
　　,,　　　regia. T. **XXVIII** (1210) 138.
　　,,　　　mediolanensis. ibid. (1159) 510.

F.

Familiae sive ministerialium pataviensium libertates. T. **XXVIII** (983) 86—87.
Feldzug gegen die Bochmen. T. **XXXI** (1491) 659.
Ferramenta equorum pataviensi ecclesiae reddi solita. T. **XXVIII** (s. anno) 165.
Fischlehen. T. **XXIX** (s. anno) 223.
Flamines, presbyteri. T. **XXVIII** (1432) 445.
Floreni aurei. T. **XXX** (1346) 118, (1348) 195, (1363) 254. 255. (1380) 339.
Forestarii, custodes forestorum. T. **XXVIII** (1253) 376.
Forst, Waldhut. T. **XXVIII** (777) 199.
Franci et eorum leges conf. *Leges*.
Fraticelli de opinione sunt haeretici. T. **XXXI** (1477) 527.
Fratres minores Pataviae. T. **XXIX** (1249) 227.
　　,,　　　Ratisponae. ibid. (1254) 65, 203.
　　,,　　　Viennae. T. **XXVIII** (1277) 406.
Freithof, *Freythof* zu Passau. T. **XXIX** (1368) 516.
Fürvart, *Fuorvart*, zu Passau. T. **XXVIII** (1241) 343. — T. **XXIX** (1281)
　　　535. — T. **XXXI** (1492) 661.
　　,,　　　conf. etiam *Niederlage* gezwungene und *Stapelrecht*.
Furzihte, Verzicht. T. **XXVIII** (1227) 326.

G.

Gabas i. e. Kraut. T. **XXIX** (1296) 297.
Gaerbelehen et Gerlehen. T. **XXIX** (s. anno) 228.
Gazari sunt haeretici. T. **XXXI** (1477) 527.

Gehelen. T. XXXI (1402) 19.
Geleit, passauisches auf der Donau nach Oesterreich. T. XXXI (1435) 288, 289.
Geller, Schuldner. T. XXVIII (1300) 513.
Gemerch, Gemerich, Graenzmarken. T. XXX (1347) 190.
    ,,   zwischen Oesterreich und Steyermark. T. XXIX (s. anno) 309.
    ,,   boehmisches. ibid. (s. anno) 312.
Geometria. T. XXVIII (1259) 485, 486.
Georgendult zu Passau. T. XXIX (1260) 234.
Gepidae. T. XXVIII (1432) 445.
Gericht, offnes. T. XXX (1381) 360.
    ,,   westphaelisches. T. XXVIII (1434) 442.
Gerichtsordnung der Stadt Passau. T. XXVIII (1225) 308—314.
    ,,   conf. etiam *Judicium.*
Gerichtstand, privilegirter des passauischen Domcapitels durch Koenig
      Sigmund. — T. XXXI (1417) 147.
    ,,   befreiter des genanten Capitels in Bayern. T. XXXI (1406) 64.
Geschol, Schuldner. T. XXVIII (1300) 512.
Gesellschaft des Kalenberger in Bayern. T. XXX (1565) 260.
Gesetze, kaiserliche, die man nennt Karlmann. T. XXXI (1417) 148.
Gesuech i. e. Interesse. T. XXX (1306) 29, 30. (1356) 154.
Getraid, verschiftes auf der Donau. T. XXXI (1434) 249, 250. (1435) 264.
Gothorum gens. T. XXVIII (1432) 445.
Gottsee. T. XXX (1323) 100.
Gotzgab verleihen — eine Kirche oder geistliche Pfründe. — T. XXX (1381)
      358, 359.
Gotzgewalt, i. e. elementarisches Unglück. T. XXX (1394) 440.
Grammatica. T. XXVIII (1259) 485, 487.
Granarium pataviense. T. XXVIII (s. anno) 173. — T. XXIX (1242) 358.
Groschen, behaimische, Prager Münze. T. XXXI (1418) 154. (1422) 176.
      (1487) 310.
Grundherr, Gruntherr. T. XXX (1334) 149. (1357) 215.
Grundrecht, Gruntrecht. T. XXX (1354) 224. — T. XXXI (1406) 65. (1410)
      88. (1412) 109.
Guerra, sive bellum. T. XXXI (1439) 341.
Gwer, Bürge. T. XXIX (1258) 120.
Gwerandia, Gewaehrleistung. T. XXVIII (1226) 146.

II.

Halgravensia feoda. T. XXVIII (1230) 464.
Handel mit Salz, Wein und Getraide auf der Donau. T. XXXI (1408) 79.
      Vergl. auch die einzelnen Artikel, als *Salz, Wein, Getraide,*
      Honig etc. ferner *Moravi.*

Handel der Orte Dingolfing, Schaerding und Rattenberg nach Passau. T. XXXI (1435) 264.

Handschuchstaer, Handwerk der — T. XXX (1321) 92.

Handwerkszünfte zu Passau. T. XXVIII (1432) 525.

Haystollgericht. T. XXVIII (s. anno) 189.

Heftstecken, Landungsplatz zu Passau. T. XXX (1386) 373.

Heilbertigkeit i. o. Heil. T. XXXI (1447) 384.

Heiraths-Steuer, herzoglich bayerische. T. XXXI (1475) 525.

Helbling, Heller. T. XXVIII (1443) 454.

Herbularium. T. XXVIII (1259) 487.

Herulorum gens. T. XXVIII (1432) 445.

Historia scholastica. T. XXVIII (1264) 486.

Historie, Stiftung einer Historie im Dome zu Passau. T. XXXI (1415) 132.
    „   des S. Sixtus, ortenburgische Stiftung zu Passau. T. XXXI (1447) 384.
    „   Stiftung dreier ewigen Historien durch den Dompropsten von Nothaft. T. XXXI (1473) 520.

Hofgericht. T. XXIX (1277) 525. — T. XXX (1344) 183. — Vergl. auch *Pawgerüste*.

Hofmarck, Hofmarchin, Hofmarich. T. XXIX (1256) 412. (1259) 228, (1256) 240. — T. XXX (1324) 108.

Hoftayding unterhalb der Ens. T. XXX (1372) 302.

Hohzeiten, Festtage. T. XXX (1331) 140.

Honig, verschifter auf der Donau. T. XXXI (1434) 246.

Hospitium Pataviae juxta danubium. T. XXIX (s. anno) 271.

Hovesacha . Hovesacke. T. XXVIII (1067) 214, 216. — T. XXIX (s. anno) 264, 265.

Huba salica, sive praedium liberum, subjectum tamen servitio militari. T. XXVIII (903) 202.

Hubmeisteramt der Herzoge v. Oesterreich. T. XXXI (1413) 119. (1452) 425.

Hugnuss der Seelen i. e. Gedaechtniss. T. XXXI (1459) 476.

Hungari. T. XXVIII (1452) 445. — T. XXIX (1255) 95, 205, (1246) 861. — Conf. etiam *Ungari*.

Hunni. T. XXVIII (1432) 445. — Conf. etiam *Unruli*.

Husones et corum piscatus in danubio. T. XXVIII (983) 87. (985) 209.

Hussen i. e. Hussiten. T. XXXI (1435) 284.

Hussiten. T. XXVIII (1432) 453. — T. XXXI (1429) 215. (1446) 379, (1489) 644.
    „   seu Wicclefistae sunt haeretici. T. XXXI (1477) 527.

J.

Jahrmarkt zu Passau. T. XXVIII (1443) 553. — Conf. etiam *Nundinae*.

Januenses mercatores, Genueser. T. XXIX (1291) 201.

Jarpan-Pfennig. T. XXIX (s. anno) 229.

Immunitas famulorum capituli pataviensis a judice civitatis. T. XXVIII (1179) 123.

Innewerteigen, rechtes Eigen. T. XXVIII (1280) 462, 470, 474. — T. XXIX (s. anno) 86. (1259) 135, 144. (1257) 243. (1200) 830. (1284) 554.
   ,,   passauisches zwischen der grossen Mühel und Rottel. T. XXXI (1429) 220.
   ,,   conf. etiam *Werteigen.*

Joculatores. T. XXVIII (1280) 466.

Juchart-Pfennig. T. XXIX (s. anno) 227.

Judaei. T. XXVIII (906) 206. — Pataviae. T. XXVIII (1210) 137. (1443) 531. — T. XXIX (1260) 165.
   ,,   in episcopatu pataviensi. T. XXXI (1465) 501.
   ,,   ipsis interdicitur exercitium medicinae ab episcopo pataviensi in dioecesi sua. T. XXXI (1407) 69.
   ,,   conf. etiam *Opfer-Pfennige.*

Judenrichter zu Krems. T. XXX (1398) 473.

Judicium civitatis pataviensis. T. XXIX (1242) 359. (1252) 377. (1256) 239. (152) 377. — Conf. etiam *Gerichts-Ordnung* und *Stadtrecht.*
   ,,   criminale, episcopo pataviensi concessum. T. XXVIII (1277) 411, 412.
   ,,   sive forum episcopale in Efferding et Pataviae. T. XXIX (1254) 83, 84.
   ,,   inter Danubium et Reusmuhel. T. XXIX (1257) 413.
   ,,   in S. Poelten. ibid. (1254) 85.

Jus advocatiae Pataviae. T. XXIX (1277) 524.
   ,,   cathedraticum. ibid. (1242) 357.
   ,,   civile. T. XXVIII (1254) 496; dictum Burgrecht. T. XXIX (1284) 553. — Conf. etiam *Burgrecht* et *Emphyteusis.*
   ,,   laufense. T. XXIX (1255) 239.
   ,,   naturale sive haereditarium. ibid. (1270) 497. — dictum Erbrecht. T. XXX (1304) 20. (1317) 77.
   ,,   episcopum eligendi; ei derogatur a Nicolao papa V. T. XXXI (1450) 416, 417. (1478) 651.
   ,,   fori ad S. Ypolitum. T. XXVIII (s. anno) 85.

K.

Kaiser — der — als passauischer Lehenmann. T. XXXI (1467) 506.

Kanzlei-Ordnung, passauische. T. XXVIII (1453) 523.

Karistia, Getraidtheurung. T. XXVIII (1156) 511.

Kellner-Amt, passauisches — in Oesterreich. T. XXXI (1415) 132.
   ,,   conf. etiam *Cellerarius.*

Koemigshube, Küngeshueb, sive mansus regius. T. XXXI (1419) 165.

Koenigstewer, Kunigstewr, Kungstewer, Chungstewer. T. XXXI (1424) 187.
(1437) 321. (1443) 354. (1483) 607, 608.
Kufe, Salzmaass. T. XXVIII (1443) 454.
Kupfer, verschiftes auf der Donau. T. XXXI (1434) 246.
    ,,   conf. etiam *Cuprum.*

L.

Laneum, quod vulgo Lehen dicitur. T. XXX (1326) 120.
Landgericht. T. XXX (1373) 505, 306.
Landmezzen, Lantmezzen, Getraidemass. T. XXVIII (1280) 473.
Lundmutt, Lautmutt — desgleichen. T. XXVIII (1280) ibid.
Landrecht in Oesterreich. T. XXX (1376) 325.
    ,,   in Oesterreich ob der Ens. T. XXX (1367) 278. (1399) 487.
    ,,   passauisches. T. XXX (1369) 288.
Landstrasse zu Crems, platea communis. T. XXXI (1419) 165.
Landtayding oberhalb der Ens. T. XXX (1372) 302.
Landurleug, Landzurleug, Krieg im Lande. T. XXX (1374) 316. — Conf.
    etiam *Urleug.*
Latini, sive Romani e Bavaria ejecti. T. XXVIII (508) 445.
    ,,   conf. etiam *Romani.*
Latrunculi maritimi excommunicantur. T. XXXI (1477) 527.
Lebern, die — die sich anheben bei der Donau. T. XXXI (1456) 449.
Leges-Alemannorum. T. XXVIII (903) 201.
    ,,   Bawariorum. ibid. 201. (1254) 486.
    ,,   Francorum ibid. (903) 201. (1254) 486.
Lehen, vollgültige. T. XXVIII (1254) 486. (1256) 510.
Lehenrecht — deutsches. T. XXX (1341) 170.
Lehenrecht bei Kirchen, collatio. T. XXX (1369) 248.
    ,,   in Oesterreich. T. XXX (1367) 278. (1399) 487.
Leibgeding, jus precarium. T. XXIX (1289) 571. (1294) 582. T. XXX (1369)
    239. (1370) 295. (1374) 315. (1393) 423.
    ,,   rechtes. T. XXX (1383) 366.
Leistung, Laistung, Einlager. T. XXX (1369) 244. — Conf. etiam *Einlager.*
Litchouf, Leihkauf. T. XXVIII (1225) 251.
Lodweber. T. XXIX (s. anno) 218.
Ludus puerorum cum funibus et pilis. T. XXVIII (saec. 13) 507.

M.

Maefuler. T. XXX (1350) 137.
Mancipia ecclesiarum ratisponensis et pataviensis. T. **XXVIII** (1210) 135.
Mannlehen. T. XXX (1354) 210.
Mannschaft und Lehenschaft. T. XXX (1386) 377.
Mannslacht, Todschlag. T. XXX (1369) 287.
Mansus regius, quod vulgariter sonat Hüngeshueb. T. **XXXI** (1419) 165.
Marchfuter. T. XXVIII (1277) 411.
Marck Silbers, marca argenti. T. XXX (1383) 361. (1397) 465. (1399) 434.
,,   Silber wienerischen Geloets. T. XXX (1302) 11.
,,   Silber wiener Gewichts. T. XXX (1317) 73. (1320) 89.
Marcomanni. T. XXVIII (1452) 445.
Marktgericht. T. XXX (1375) 317.
Markttage zu Possau. T. XXVIII (1432) 525. (1443) 533.
Martyrologia. T. XXVIII (1254) 487.
Matrimonium servi cum libera. T. XXVIII (800) 10.
Maut conf. etiam *Muta* et *Zoll* et *Telonium.*
,,   zu Aschach. T. XXXI (1459) 475. — Dortige Zollfreiheit des Dom-
        capitels von Passau. (1490) 653.
,,   und Brüken-Amt zu Ebelsberg. T. XXXI (1478) 549.
,,   zu Neuburg am Inn. T. XXXI (1414) 129.
,,   zu Obernberg. T. XXXI (1459) 352. (1447) 387, 388. (1465) 494.
,,   zu Passau. T. XXXI (1411) 98, 105, 106. (1413) 115, 117. (1426)
        205. (1430) 224. (1234) 240, 245, 249, 250. (1437) 314. (1442) 350.
        (1443) 353, 354. (1447) 375, 390. (1450) 414. (1456) 443. (1460)
        477. (1465) 494. (1490) 651. (1491) 654. (1494) 686, 687. (1497) 703.
,,   zu Schwechent. T. XXXI (1415) 141.
,,   zu Stain. T. XXXI (1481) 595.
,,   -Freyheit der Kirche S. Egyd zu Passau an den Schaumbergischen
        Zollstaetten. T. XXXI (1459) 475.
,,   -Gebühren auf der Donau; Streit zwischen Regensburg und Passau.
        T. XXXI (1434) 245, 248.
Mensa communis canonicorum pataviensium. T. **XXVIII** (1216) 141. (1241) 342.
Mensura amstettensis. T. XXVIII (1280) 181, 472.
,,   cremensis ibid. (saec. 13) 509.
,,   coloniensis. ibid. (1241) 341.
,,   pataviensis. ibid. (1242) 345.
,,   ratisponensis. ibid. (1280) 463.
Mercatores civitatum Austriae. T. XXIX (1259) 138.
Mercatus salinarius, Salzhandel. T. XXVIII (906) 205. — Conf. etiam *Handel*
     et *Salz.*
Metzan, Metzen, mensura annonae. T. XXIX (1140) 257.

Milites liberi a praestatione Voithaber dicta. T. XXVIII (1156) 510.
Minna, mensura cerevisiae. T. XXIX (1140) 257.
  ,,   vini. T. XXIX (1404) 45.
Missi dominici. T. XXVIII (783) 49. (800) 2. (802) 66. (818) 19.
Molendina in Oeno sita. T. XXVIII (1230) 467.
Moneta pataviensis. T. XXVIII (1240) 157, 175. (1242) 345. (1244) 307. (1269)
         385. (1276) 400. (1280) 463, 467. (1298) 425, 427. — T. XXIX
         (1242) 359.
  ,,   pataviensis usualis. T. XXX (1308) 39. (1326) 121.
  ,,   ratisponensis. T. XXVIII (1243) 350.
  ,,   viennensis. T. XXVIII (1277) 410.
  ,,   conf. etiam *Münze.*
Monetarii. T. XXVIII (1209) 131.
Moniales ecclesiae laureacensis. T. XXVIII (737) 445.
Moravorum mercatus. T. XXVIII (906) 205.
Mülgericht. T. XXXI (1472) 516.
Münze conf. etiam *Moneta.*
  ,,   gemeine von Wien. T. XXX (1306) 29. (1328) 131. (1332) 142.
Münzpraegung passauische. T. XXXI (1438) 324.
Muntmann, homo juris alieni. T. XXIX (1276) 519.
Musica. T. XXVIII (1259) 486.
Muta conf. etiam *Maut* et *Zoll* et *Teloneum.*
  ,,   aquae. T. XXVIII (saec. 13) 507.
  ,,   Bohemorum Pataviae. T. XXVIII (saec. 13) 507. — T. XXIX (1258)
         114. (1289) 295.
  ,,   in Obernberg. ibid. (1274) 506.
  ,,   pataviensis. ibid. (1254) 81. (1241) 289. (1232) 338. (1242) 358.
         (1253) 390, 393. (1231) 535.
  ,,   et theloneum in orientalibus partibus. T. XXVIII (906) 205.
Mutarius claustri Niedernburg. T. XXVIII (saec. 13) 509.

N.

Nahtsedele, Nachtsedel, Nachtherberge. T. XXVIII (1156) 510. — T. XXIX
         (1256) 224.
Nautae beneficiati. T. XXVIII (s. anno) 165.
Nemus Bohemorum. T. XXVIII (1226) 145.
  ,,   pataviense. ibid. (1159) 510.
Niederlage — gezwungene, zu Passau, hinsichtlich der vorüberfahrenden
         Güter. T. XXXI (1408) 79.
  ,,   conf. etiam *Stapelrecht.*

Nobiles et viri literati, gradati in Theologia, in jure et in medicina, solum-
      modo in consortium canonicorum ecclesiae pataviensis recipiantur.
      T. XXXI (1404) 46.
Noricorum gens. T. XXVIII (503) 445. 446.
Nundinae conf. etiam *Jahrmarkt.*
   „   T. XXVIII (1164) 239. (1166) 120. — T. XXIX (1164) 324.

O.

Obulus, moneta. T. XXVIII (1280) 472, 509. (s. anno) 161.
Officium custodiae patav. T. XXIX (1242) 357.
Oficeta in Foro Iulii. T. XXIX (1147) 40.
Opferpfennige, goldene, welche der Kaiser von der passauischen Juden-
      schaft bezieht. T. XXXI (1465) 502. — Conf. etiam *Judaei.*
Osterwein. T. XXX (1368) 280.

P.

Palatium consulis Pataviae. T. XXIX (1252) 375.
Pallium episcopo laureacensi concessum. T. XXVIII (504) 195. (731) 446; —
      subreptum (806) 446. — Contentio pro pallio (848) 447. (879) ibid.
Panifices Pataviae. T. XXIX (1231) 73. (1259) 140.
Panni colorati. T. XXIX (1259) 139.
Pannpfennige. T. XXVIII (s. anno) 184.
Parscalci, *Parsalki.* T. XXIX (1150) 265.
Passagerii sunt haeretici. T. XXXI (1477) 527.
Passagium conf. etiam *Urrar.*
   „   Wegzoll zu Mautern. T. XXVIII (1241) 155.
Patareni sunt haeretici. T. XXXI (1477) 527.
Pataviensis sedes, ut fertur, a ducibus Bavariae fundata. T. XXXI (1435)
      292. 293.
   „   conf. etiam *Episcopatus.*
Patrimonium S. Petri in Tuscia. T. XXXI (1477) 529.
Pauperes de Lugduno sunt haeretici. T. XXXI (1477) 527.
Paurleut, Bauleute, im Gegensatze von edlen Leuten. T. XXX (1310) 48.
Paurgerüste, das man nennt Hofgericht. T. XXX (1344) 183.
Pechbrot. T. XXVIII (saec. 15) 507.
Pecia, vulgariter dicta Schoctt. T. XXX (1318) 83.

Pennwasser d. i. Bannwasser, wo die Fischerei verbothen ist. T. XXXI
(1437) 312.
Perangaria. T. XXXI (1418) 157.
Peregrinatio hierosolymitana. T. XXVIII (1197) 129.
Pern, Art eines Fischzeugs. T. XXX (1345) 185.
Pesezz conf. *Pisezz.*
Pfell und Kertzen. T. XXX (1369) 246.
Pfennige, Pfenninge, boehmische. T. XXX (1329) 134.
    "   Landshuter. T. XXXI (1447) 374.
    "   Oettinger. ibid. (1447) 374.
    "   Passauer. T. XXVIII (1298) 427. — T. XXX (1303) 15. (1307) 34.
(1311) 53, 58. (1324) 110. (1325) 116, 117, 118. (1336) 157, 158.
(1338) 163. (1341) 170. (1350) 201, 202. (1353) 207. (1354) 215,
216, 217. (1357) 226. (1363) 258. (1366) 265. (1370) 293. (1370)
296. (1374) 316. (1376) 325.
    "   Regensburger. T. XXX (1313) 63. (1320) 91. (1353) 143. (1302)
11, 12. (1304) 21. (1305) 25. (1306) 30. (1309) 44, 45. (1311) 57.
(1369) 281.
    "   Wiener. T. XXVIII (1368) 516. — T. XXX (1317) 72. (1330) 135.
(1337) 159. (1338) 165. (1343) 176, 177. (1354) 213. (1357) 224.
(1364) 259. (1366) 261, 263. (1369) 281, 283, 284. (1371) 297. (1373)
307. (1374) 316. (1378) 353, 354. (1381) 360. (1383) 565. (1385) 369.
(1388) 384. (1389) 396. (1390) 398, 400, 401. (1391) 414, 415. (1394)
433, 434, 443. (1395) 445, 446, 447. (1396) 454, 455. (1397) 460.
    "   neue Wiener. T. XXX (1307) 35.
    "   Wiener Pfennige von Passauer Waehrung. T. XXXI (1447) 384.
    "   conf. etiam *Denarii.*
Phantlose — Summa Phantlose magne — T. XXIX (1255) 239.
Phrengsal i. e. Drangsal. T. XXXI (1459) 475.
Pidibem — mit einem Pidibem und vier Pferden. T. XXX (1349) 196.
Pidibermann, biederber Mann. T. XXX (1396) 455.
Piratae excommunicantur. T. XXXI (1477) 527.
Pisezz, Pisez, Piset, Pesezz, Theuerung. T. XXX (1324) 110. (1370) 294.
(1374) 316. (1394) 440.
Pistrinum Pataviae. T. XXVIII (s. anno) 173.
Placitum Pataviae et quidem in Ilzstadt. T. XXIX (1256) 224. — T. XXVIII
(1156) 510. (1288) 420.
    "   sive placita ducis Heinrici. T. XXVIII (983) 87.
    "   in marchia orientali Liutbaldi ibid. (985) 208.
    "   Laureaci et ad Mutarn. ibid. (983) 206. (985) 88.
    "   in Mistelbach. ibid. (983) 207.
    "   advocati pataviensis. ibid. (1055) 32.
    "   ecclesiasticum sive synodi episcopalis. ibid. (903) 201.
Poena sanguinis i. e. Blutbann, exerceri potest per officiales pavavienses
absque metu irregularitatis. T. XXXI (1436) 504.
Polsterhelz — bei der Bewaesserung von Grundstücken. T. XXX (1389) 241.

Pons Oeni Pataviae. T. XXVIII (1143) 221. (1160) 116. (1173) 252. (1182)
    125. — T. XXIX (1253) 382, 383, 386, 394, 396, 398, 400.
   „ ultra Litam. T. XXVIII (1280) 480.
Postille über die Evangelien. T. XXX (1395) 447.
Praebenda canonicalis vitalitio contractu obtenta. T. XXVIII (1013) 75.
   „ sive praebendae Leprosorum Pataviae. T. XXXI (1404) 48.
Praestaria, facta donatori. T. XXVIII (788) 13. (800) 57. (805) 43. (806) 30.
    (812) 15. — Renovata (817) 48.
   „ propria, sive concessio beneficii cum pacto meliorationis. T. XXVIII
    (801) 44, 45, 49.
   „ conf. etiam *Beneficium.*
   „ concessio rei ad dies vitae pro annuo censu. T. XXVIII (795) 16.
   „ concessio ususfructus ad dies vitae absque censu. T. XXVIII
    (1013) 90.
Preces primariae. T. XXXI (1418) 151.
Privilegien, bayerische, für das Hochstift Passau. T. XXXI (1479) 567.
   „ conf. etiam *Besitzungen* et *Zoll.*
Protoflamen. T. XXVIII (1432) 445.
Puech-Arzart, Hausbarzt, Leibarzt. T. XXX (1359) 244.
Pulver, Schiesspulver. T. XXXI (1462) 485.
Purckherr, bei Weingaerten. T. XXX (1398) 472.
   „ conf. etiam *Bergherr.*

Q.

Quadorum gens. T. XXVIII (1422) 445.

R.

Rainvals, eine Weinsorte. T. XXX (1368) 280.
Rathhaus zu Passau. T. XXVIII (1425) 450.
Regalia. T. XXX (1366) 266. (1381) 352.
Reichstag zu Nürnberg. T. XXXI (1491) 659.
Reisa, expeditio militaris. T. XXIX (1227) 343.
Reodarii, die Bewohner der Umgegend von Ried. T. XXVIII (906) 208.
Reuschen, Art eines Fischzengs. T. XXX (1345) 185.
Reutmezzen, metreta frumenti novalia. T. XXIX (1259) 136.
Reutzehent. T. XXIX (1256) 101.

Roken, Feldmaas bei Weingaerten. T. XXX (1329) 128.
Romani. T. XXVIII (1432) 444. — Conf. etiam *Latini*.
Rotalarii, die Bewohner des Rotthales. T. XXVIII (906) 205.
Rugii. T. XXVIII (906) 205. (1432) 445.

S.

Sacramentales, Eideshelfer beim Schwur. T. XXVIII (983) 207.
Safran, und dessen Anbau zu Gumpendorf. T. XXXI (1412) 109.
Sagittarii. T. XXIX (1256) 239, (1257) 245. — Conf. etiam *Schützen*.
Sagma, onus jumenti onerarii. T. XXVIII (906) 205. — Conf. etiam *Saum*
    et *Sumarii*.
Saig, nach der — T. XXXI (1402) 28.
Saiga auri. T. XXVIII (1143) 104.
    "   pars solidi. T. XXVIII (906) 205.
Saigen, den Traid i. e. das Getraid. T. XXXI (1402) 28.
Sale, dictum jus speciale et consuetudinarium. T. XXIX (1209) 281.
Salemansrecht, Salmansrecht. T. XXVIII (1227) 322.
Salina in Ischl. T. XXIX (1262) 190.
    "   ad Sulzibach. T. XXVIII (777) 197, 199.
Salvogtamt, passauischer zwischen der Traun und Alm. T. XXXI (1408) 76.
Salz, verschifftes auf der Donau. T. XXXI (1454) 250.
    "   -Fertiger. T. XXXI (1435) 296.
    "   -Handel des Hochstifts Passau, beeintraechtigt durch Herzog
        Ludwig den Baertigen von Bayern-Ingolstadt. T. XXXI (1435) 296.
    "   conf. etiam *Handel, Niederlage* gezwungene und *Stapelrecht*.
Saraceni. T. XXIX (1261) 169. — T. XXX (1340) 50. — T. XXXI (1477) 528.
Sarmati. T. XXVIII (1432) 445.
Saum, sagma. T. XXVIII (1443) 454.
Scafilus salis, Schaeffel Salz. T. XXVIII (906) 204, 205.
Scheffrecht, Schiffrecht, Abgabe von verschifften Producten. T. XXXI
    (1434) 246.
Schiffung, i. e. Schiff. T. XXXI (1434) 249, 250.
Scholae Pataviae. T. XXVIII (1216) 141.
Scholastria pataviensis non est inter dignitates censenda. T. XXX (1331) 141.
Schraiat, feste Bank oder Stok genannt. T. XXVIII (1300) 512.
Schranne, Shrann, Gerichtsstaette. T. XXVIII (1425) 450.
Schrannengericht. T. XXX (1335) 151. (1343) 173. (1388) 380, 382. (1891)
    410. (1394) 432.
Schroettrecht, Recht der Lasttraeger oder Schroetter. T. XXVIII (1458) 528.
Schützen. T. XXX (1394) 434, 435.
    "   conf. etiam *Sagittarii*.

Schupfe, poena, a qua panifices patavienses sunt exemti. T. XXIX (1281) 74.

Schweinpfennig, Sweeinpfenning. T. XXX (1390) 402.

Sclavi sive Slawi Bavariae. T. XXVIII (906) 205.

   ,,   ex regione Rugorum et Bohemorum. T. XXVIII (906) 205.

Scoti, moneta. T. XXVIII (906) 204, 205.

Selleben, praediolum hominibus, Selknecht dictis, concessum. T. XXIX (s. anno) 222.

Silva Pataviae. T. XXVIII (906) 204.

   ,,   Bohemiae. T. XXVIII loc. cit.

Sitfrisching, Sitefrischinge, Seitfrisching, Seitter — T. XXVIII (1241) 156. (1280) 178, 179, 470, 471. — T. XXIX (1204) 270.

Slaufpraelingen, Slaufpraeligen, Suugschweine. T. XXVIII (1280) 177, 470.

Speckswin, Speckschwein. T. XXVIII (1241) 156.

Speromistae sunt haeretici. T. XXXI (1477) 527.

Spisepachen. T. XXVIII (saec. 15) 509.

Spiezzer, Spiestraeger. T. XXX (1594) 454, 455.

Sprüche, schiedsrichterliche, mit versiegelten Zetteln. T. XXX (1399) 488, 489.

Subcellarius pataviensis. T. XXXI (1404) 48.

Subsidium caritativum. T. XXXI (1433) 330. (1439) 341. (1486) 615.

Sumarius, equus onerarius, Saumpferd. T. XXVIII (s. anno) 509.

   ,,   conf. etiam *Sagma* et *Snum.*

Stadtrecht von Passau. T. XXVIII (1300) 511. — T. XXX (1369) 288. — Conf. etiam *Gerichtsordnung* et *Judicium.*

   ,,   von Wien. T. XXX (1354) 224.

Stallmiet, Stallmiethe. T. XXVIII (saec. 13) 599.

Stapelrecht zu Passau. T. XXXI (1411) 105, 106.

   ,,   conf. etiam *Niederlage* gezwungene.

Statutarii. T. XXXI (1418) 157, 153.

Statutum pataviense de Canonicis. T. XXIX (1252 et 1508) 378—381.

   ,,   statuta ecclesiae pataviensis. T. XXXI (1404) 35.

   ,,   passauische Statuten und deren Beschwoerung durch den Bischof. T. XXXI (1451) 422.

   ,,   conf. etiam *Constitutio.*

Stechrecht, Stechreht, judicium de navibus. T. XXIX (1222) 339.

Stechzeug. T. XXX (1354) 217.

Stephaner, die — die dem passauischen Schutzpatron S. Stephan zugehoerigen Grunduntertbanen im Hausruk-Viertel. T. XXXI (1491) 656, 657.

Steura, Stiura, Steuer. T. XXVIII (1210) 134, 138. (1280) 463. (1432) 528. T. XXIX (1238) 288.

Storen und Stiften an einer Badstube. T. XXXI (1406) 65.

Synodus, Provincial-Synode, gehalten vom Erzbischof von Salzburg zur Wahrung geistlicher Rechte und Freiheiten. T. XXXI (1419) 162.

   ,,   basiliensis. T. XXXI (1439) 340. (1446) 371.

T.

Tarraspüchsen, Kriegswerkzeug. T. XXXI (1462) 486.
Tartarorum gens. T. XXIX (1261) 168, 173. (1291) 197, 198. (1267) 468.
Tawpell, Art eines Fischzeugs. T. XXX (1345) 185.
Teloneum, *Theloneum* novum Pataviae. T. XXVIII (1209) 283. — T. XXIX
    (1264) 458.
   ,,   in comitatu Aribonis. T. XXVIII (906) 204.
   ,,   conf. etiam *Muta*, *Maut* et *Zoll*.
Tengk, die tengke i. e. linke Hand. T. XXXI (1448) 394.
Testamenta, eorum forma quoad canonicos patavienses. T. XXXI (1404) 47.
Torneamenta in regno Franciae. T. XXIX (1291) 202.
Tornator Pataviae debet porrigere peccarium episcopo. T. XXVIII (s. anno)
    173.
Treugae. T. XXIX (1227) 343.
Turbatio terrae generalis. T. XXIX (1258) 126.
Turchi i. e. Turci. T. XXXI (1477) 528, 545, 545.
Turnayszeug, *Turnierzeug*. T. XXX (1354) 217.

U.

Uberlennt, ein Bestandtheil des Grundbesitzes. T. XXXI (1418) 153.
Uberlenntiges Gut. T. XXX (1359) 244.
Uberuanch, modus usurpationis. T. XXIX (1227) 343.
Umgeld, *Ungelt*. T. XXVIII (1432) 525. — T. XXIX (1266) 225. — T. XXX
    (1310) 49. — Conf. etiam *Wein-Umgeld*.
Umschlagsrecht zu Passau auf oesterreichischen Wein. T. XXXI (1489) 636,
    639, 640.
Ungarorum incursus. T. XXIX (1071) 9, 10, 17.
   ,,   conf. etiam *Hungari*.
Universitas viennensis. T. XXXI (1407) 69.
Unnulorum gens. T. XXVIII (1432) 445.
   ,,   conf. etiam *Hunni*.
Urbor, *Urbarium*, consignatio praediorum et titulos possidendi. T. XXVIII
    (1280) 454, 466, 468, 477. — T. XXIX (1260) 147. (1269) 492.
    (1270) 497. — T. XXX (1303) 14, 18. (1349) 199. (1366) 364.
Urleug, *Krieg*. T. XXX (1324) 110.
   ,,   conf. etiam *Landurleug*.
Urvar ad Danubium. T. XXIX (1259) 227.

Urvar zu Alberaech. T. XXX (1306) 30, 32.
  „ zu Mautern. T. XXIX (1286) 560. — T. XXX (1302) 11.
  „ zu Ruzendorf. T. XXX (1306) 30, 52.
  „ conf. etiam *Vronurfar*.
Usnitae conf. *Hussen* et *Usuritae*.

V.

Vandali conf. *Wandali*.
Venator, *Venatorum* supremus magister dicitur Rudolphus dux Austriae.
  T. XXXI (1419) 166.
Venetianer-Gut, Kaufmannsgüter aus Venedig. T. XXVIII (1443) 454.
Verboth, passauisches, die Ausübung der Heilkunde durch Ungelehrte und
  Juden betreffend. T. XXXI (1407) 69.
  „ bayerisches, in Oesterreich und zu Passau Wein zu kaufen. T.
  XXXI (1404) 61. — Conf. etiam *Weinhandel.*
Verg, *Vergen*, Schiffleute zu Passau. T. XXVIII (1432) 526.
Verleutatz crib. T. XXX (1337) 161.
Vestnunge. T. XXVIII (1225) 310.
Vezzen, einsammeln. T. XXX (1347) 192.
Viehsteuer. T. XXX (1323) 101.
Vineae, *Weingaerten*, in Alt-Alsek. T. XXVIII (1241) 166.
  „ in Ascha, sive Aschahe. T. XXVIII (777) 198. (1067) 216.
  „ apud Drunne. ibid. (1194) 216.
  „ in Challenberch. T. XXIX (1279) 631.
  „ in Cholenbach. T. XXVIII (1194) 261.
  „ in Cholngrube. T. XXX (1329) 133. (1335) 161. (1357) 161.
  „ apud Chrems. T. XXVIII (1156) 233. — T. XXX (1394) 432. — T.
  XXXI (1419) 166.
  „ in Chunhohensteten. T. XXIX (1227) 285.
  „ in Ebersdorf. T. XXX (1359) 238.
  „ in Engelhartszell. T. XXVIII (1194) 261.
  „ in Enschasdorf. T. XXX (1393) 477.
  „ apud Erlahe. T. XXVIII (1194) 261.
  „ in foro Inlii. T. XXIX (1147) 40.
  „ in Goettweich. T. XXIX (1130) 65.
  „ in Gotznich. T. XXX (1326) 120.
  „ in Gwerra. T. XXVIII (1280) 473.
  „ in Hauzendorf. T. XXVIII (1280) 477.
  „ in Hekkingen. T. XXVIII (1280) 462.
  „ in Helkingen. T. XXVIII (1280) 461.
  „ in Herrmals. T. XXX (1376) 525, 526.

420   Index

Vineae etc. in Huntsheim. T. XXVIII (1067) 216.
,,   in Maspirbaum. T. XXX (1351) 205.
,,   in Minnerleith. T. XXIX (1267) 473.
,,   in Mitterpeunt. T. XXIX (1270) 500.
,,   in Mutarn. T. XXVIII (1067) 216. (1240) 134. (1280) 473, 474 —
      T. XXIX (s. anno) 307.
,,   in Neunburg. T. XXX (1325) 118. (1328) 128. (1359) 245.
,,   in Nuezperch. T. XXIX (1282) 546.
,,   in Pach. T. XXVIII (1241) 156.
,,   in Pachransen. T. XXX (1398) 478.
,,   in Pechlarn. T. XXVIII (1241) 156.
,,   in Perbestal. T. XXX (1398) 477.
,,   in Phaphing. T. XXIX (s. anno) 307.
,,   in Pumgarten. T. XXVIII (s. anno) 474.
,,   in Radendorf. T. XXIX (1325) 302. (s. anno) 307.
,,   in Rapotstal. T. XXX (1326) 121.
,,   in Reinoltzberg. T. XXX (1317) 73.
,,   in Retzberg apud Niwenburch. T. XXVIII (1241) 155.
,,   in Riutern, Reutern. T. XXVIII (s. anno) 175. (1067) 219. (1280)
      469.
,,   an dem Schenkenperg. T. XXX (1369) 283.
,,   in Schinumchile. T. XXIX (1125) 20.
,,   in Schweinsteig. T. XXX (1351) 203.
,,   in Sebach. T. XXVIII (1067) 216.
,,   in Stein, Stain. T. XXVIII (1242) 165. (1280) 474. — T. XXIX
      (1256) 103.
,,   in Swabdorf. T. XXVIII (s. anno) 186, 187.
,,   in Vischamünde. T. XXVIII (1280) 478. (s. anno) 186, 187.
,,   in Vreindorf. T. XXVIII (1280) 476, 480.
,,   in Wachau. T. XXVIII (1067) 216.
,,   in Wartberg. T. XXVIII (1227) 285.
,,   in Weinzürl bei Chrems. T. XXX (1398) 472.
,,   in Werdarn. T. XXX (1360) 249.
,,   apud Wesendorf in Wachovia. T. XXX (1318) 82. (1325) 118.
,,   Conf. etiam *Weingaerten.*

Vinum familiare, gewoehnlicher Tischwein. T. XXXI (1404) 45.
Vinum monasteriorum retentum per ducem Austriac. T. XXXI (1425) 203.
Vischlchen apud Trunam. T. XXIX (s. anno) 223.
Vitrici, seu magistri luminum. T. XXXI (1477) 539.
Vogteilehen in Huospach. T. XXVIII (1280) 464.
Voithaber, *Vogthuber*. T. XXVIII (1156) 510. — T. XXIX (1256) 224 —
      Milites ab hac praestatione sunt liberi. ibid. (1156) 510.
Vormaister. T. XXXI (1401) 8.
Vorwehsel. T. XXIX (1260) 151.
Vreisaeize, Freisasse und Freisassenrecht. T. XXX (1349) 497.
Vreiung. T. XXX (1334) 145. (1357) 233. (1363) 257, 258. (1376) 310.

Vronchost. T. XXVIII (a. anno) 177. (1280) 470. — T. XXIX (1264) 245.
Vrowerge, portitor. T. XXVIII (saec. 13) 509.
Vronwuar, Zollamt am Ufer. T. XXVIII (saec. 13) 509.
    ,,   conf. etiam *Urvar.*

W.

Wachs, verschifftes, auf der Donau. T. XXXI (1434) 245.
Wandali, Vandali. T. XXVIII (1432) 445.
Wandel, Strafe. T. XXVIII (1156) 510. — T. XXIX (1256) 224.
Weichsteuer. T. XXXI (1491) 657.
Weiffe, ligamina dicta. — T. XXVIII (1280) 476.
Wein, verschifter auf der Donau. T. XXXI (1434) 249, 250. (1435) 264.
Wein-Aufschlag zu Passau. T. XXVIII (1443) 533.
Weingaerten conf. etiam *Vineae.*
    ,,   zu Gumpendorf. T. XXXI (1412) 109.
    ,,   zu Hambarn. T. XXXI (1494) 694.
    ,,   zwischen Stein und Dirnstein. T. XXXI (1481) 595.
    ,,   zu Stein, Chrems und Leubs. T. XXXI (1414) 124.
    ,,   zu Schwabdorf. T. XXXI (1458) 463.
    ,,   zu Zeking. T. XXXI (1494) 694.
Weinhandel aus Oesterreich nach Bayern. T. XXXI (1404) 52.
    ,,   conf. etiam *Verboth.*
Wein-Umgeld, Ungelt zu S. Poelten. T. XXXI (1413) 120.
    ,,   zu Schwabdorf ibid. 121.
    ,,   zu Vischamünde ibid.
    ,,   zu Wels ibid.
    ,,   conf. etiam *Umgeld.*
Weinzürl-Gericht, judicium super vineas ob contentiones inter possessores.
    T. XXVIII (1280) 475, 476, 479.
Weisat, Weyset, Reichniss der Grundholden. T. XXX (1380) 346. (1391)
    414. — Conf. etiam *Wisaete* et *Wiselbrod.*
Weishail i. e. Weisat. T. XXXI (1470) 512.
Werteigen. T. XXVIII (1280) 458. — T. XXIX (1257) 86, 245. — Conf.
    etiam *Inraerteigen.*
Wicclefistae seu Hussitae sunt haeretici. T. XXXI (1477) 527.
Widerwassers, Flussaufwaerts. T. XXXI (1459) 475.
Wisaete, Weiset. T. XXVIII (saec. 13) 509.
    Conf. etiam *Weisat.*
Wiselbrod, Weyselbrod. T. XXVIII (saec. 13) 508.
Witz (in Verbindung mit Raub und Brand). T. XXX (1376) 320.
Wochendienst, jus dominicale quoddam. T. XXIX (1274) 507.

Walle i. e. Bulle, die goldene. T. **XXXI** (1435) 394.
   ,,   Conf. etiam *Bulle*.
Weifuter, mensura minor avenae. T. **XXVIII** (s. anno) 183.
Wytrecht, bei Weinbergen. T. **XXX** (1369) 283.

X.

Xenium, ab habitatore domus cujusdam porrigendum. T. **XXIX** (1412) 375.

Y.

Yrichaer, das Handwerk der — T. **XXX** (1321) 92.

Z.

Zellent-Pferd, Zeller. T. **XXX** (1354) 217.
Zeug, rinnendes — grosses und kleines — i. e. verschiedene Arten von
     Fischnetzen. T. **XXX** (1345) 185.
Zoll zu Amsteten. T. **XXXI** (1459) 473. — Conf. etiam *Muta* et *Maut*.
Zollfreiheit, passauische, auf der Donau und auf dem Inn. T. **XXXI** (1456)
     451—453.
Zoll- und Mautprivilegien, kaiserliche, für das Hochstift Passau. T. **XXXI**
     (1465) 492.
Zweispiel, Zwispil, Zwispild, i. e. das Doppelte. T. **XXVIII** (1300) 512. —
     T. **XXXI** (1435) 264.